Volume 1

O LIVRO DAS VIRTUDES

3ª edição

EDITORA NOVA FRONTEIRA

WILLIAM J. BENNETT

CIP-Brasil. Catalogação na publicação
Sindicato Nacional dos Editores de Livros, RJ

L762
3. ed. O livro das virtudes – volume 1 / organização William J. Bennett ; organização da edição brasileira Luiz Raul Machado ; tradução Angela Lobo de Andrade ... [et al.]. - 3. ed. - Rio de Janeiro : Nova Fronteira, 2019.
560 p. ; 23 cm.

Tradução de: The Book of Virtues : A Treasury of Great Moral Stories
Continua com: O livro das virtudes – vol.2 : o compasso moral

Inclui índice
ISBN: 978.85.209.4409-7

1. Antologias (Conto). 2. Antologias (Poesia). 3. Literatura - Coletânea. I. Bennett, William J. II. Machado, Ana Maria. III. Andrade, Angela Lobo de.

CDD: 808.8
CDU: 82-82

Editora Nova Fronteira Participações S.A.
Rua Candelária, 60 — 7º andar — Centro — 20091-020
Rio de Janeiro – RJ – Brasil
Tel.: (21) 3882-8200 – Fax: (21) 3882-8312/8313

SUMÁRIO

Nota do editor 7

Introdução à edição norte-americana 9

Disciplina 13

Compaixão 77

Responsabilidade 145

Amizade 189

Trabalho 243

Coragem 299

Perseverança 359

Honestidade 401

Lealdade 449

Fé 493

Índice 549

NOTA DO EDITOR

Os ENTENDIMENTOS PARA ESTA EDIÇÃO de *O livro das virtudes* permitiram algumas modificações importantes com vistas ao leitor brasileiro.

Em primeiro lugar, o corte de textos que fossem mais pertinentes ao leitor norte-americano. Com isso, pudemos fazer uma edição menor — a original tem mais de oitocentas páginas — e nos ater a textos com ressonância mais universal. Páginas muito bonitas, como algumas canções e poesias, tiveram que ser excluídas. Mantivemos as que possuem traduções consagradas em língua portuguesa e que tivemos possibilidade de utilizar.

Em segundo lugar, o organizador da antologia e sua agência literária permitiram e incentivaram a inclusão de alguns textos de língua portuguesa que ilustrassem as virtudes e que se adequassem ao espírito do livro. Escolhemos algumas joias de nossa literatura, para deleite dos leitores brasileiros.

Toda escolha implica omissões e é amplamente discutível. O que nos conforta é a afirmação do próprio organizador quando diz que esta não é uma antologia definitiva.

O livro das virtudes é um tesouro de histórias que ajudam a compreender algumas qualidades essenciais à formação ética de cidadãos. São histórias eternas que vêm de diversas épocas, dos mais variados lugares, das mais diferentes culturas. São poemas, fábulas, lendas, contos de fada, relatos biográficos, cartas, discursos. No caso desta antologia, a grande maioria faz parte do acervo da civilização ocidental.

Às vezes, os autores se perdem no anonimato ou se confundem, tal a permanência destas histórias. O caso das fábulas é particularmente ilustrativo. William Bennett selecionou, por exemplo, algumas fábulas de Esopo. Estas historietas que terminam com uma pequena lição atravessaram séculos. La Fontaine as reescreveu em finos versos franceses. Bocage e outros poetas as traduziram com economia e precisão para um maravilhoso português. Na escolha das traduções, procuramos mostrar as várias possibilidades de se contar as mesmas histórias.

Tivemos o privilégio de poder lançar mão de traduções belas e competentes para textos clássicos incluídos neste livro. Por exemplo, os trechos de Shakespeare e Wilde na versão de Barbara Heliodora e os contos dos irmãos Grimm na de Ana Maria Machado.

Para traduções especialmente feitas para esta edição, utilizamos o trabalho de Angela Lobo de Andrade, Bali Lobo de Andrade, Luiz Raul Machado, Maria Angela Villela e Ricardo Silveira, cujos textos estão identificados no final pelas respectivas iniciais.

Para a transcrição de textos bíblicos, tanto do Antigo quanto do Novo Testamento, utilizamos a versão *A Bíblia na linguagem de hoje*, da Sociedade Bíblica do Brasil.

Este é um livro para a família, para o leitor jovem ou maduro, para ser lido ou contado. Uns descobrirão aqui lendas que não conheciam. Outros recordarão textos que os encantaram na meninice. Certamente será ponto de partida para novas leituras, em busca das obras originais, dos textos na íntegra, de outros livros que poderiam constar de uma antologia como esta. Nosso objetivo estará, assim, alcançado. Afinal, consideramos a leitura também uma virtude.

INTRODUÇÃO À EDIÇÃO NORTE-AMERICANA

ESTE LIVRO SE DESTINA a auxiliar na eterna tarefa da formação moral.

As histórias, poemas, ensaios e outros escritos apresentados aqui têm o objetivo de alimentar a cultura moral. Este livro pretende mostrar aos pais, professores, jovens e crianças o que as virtudes são e como aparecem na prática.

A grande maioria das pessoas compartilha do respeito por certos traços fundamentais do caráter: honestidade, compaixão, coragem e perseverança. São virtudes. Como não nascemos com esses conhecimentos, precisamos aprender o que são. Podemos apreender e apreciar esses traços por meio da leitura. Podemos convidar os jovens a discernir as dimensões morais de histórias, eventos históricos, vidas heroicas. Existem excelentes histórias sobre o bem e o mal que devemos conhecer. Este livro reúne algumas das melhores, das mais antigas e mais comoventes.

A literatura e a história são verdadeiras fontes de educação moral.

Estas e outras histórias são fascinantes. Nenhum recurso moderno, nem mesmo a televisão, supera as boas histórias que começam com "Era uma vez...".

Elas ajudam a ancorar a criança na cultura, em sua história e suas tradições. E as âncoras e os ancoradouros morais nunca foram tão necessários.

Contar estas histórias é também um ato de renovação. Convidamos crianças e jovens a entrarem num mundo em comum, um mundo de ideais compartilhados. Nessa comunidade oferecemos a tarefa constante de preservar os princípios, os ideais e as noções de bondade e grandeza que nos são caras.

O leitor verá, no decorrer deste livro, que não abordamos assuntos como guerra nuclear, aborto, engenharia genética ou eutanásia. Para alguns, isso pode ser um desapontamento. Mas o fato é que a formação do caráter dos jovens é uma tarefa diferente e prioritária à discussão das difíceis controvérsias éticas atuais. Todas as áreas têm suas complexidades e controvérsias. E sua ética. Todas as áreas têm seus fundamentos. E seus valores. Este é um livro de fundamentos. Este livro oferece histórias, poemas e ensaios do acervo da história e da literatura humanas. Articula a compreensão comum e a visão clássica das virtudes. Destina-se a todos, de todos os credos políticos e religiosos, e lhes fala num nível mais fundamental que raça, sexo ou qualquer outra categoria. Fala a seres humanos e agentes morais.

Ao organizar este livro, aprendi muitas coisas. Para começar, a pesquisa do material foi uma redescoberta estimulante e esclarecedora para mim. Recordei belas histórias esquecidas. E, graças às recomendações de amigos e professores e à competente intrusão de meus colegas neste projeto, vim a ler histórias que não conhecia.

Estas histórias falam de moralidade e de virtude como parte central da natureza humana; não como algo para se ter, mas para ser, a coisa mais importante que se pode ser. Percorrer estes capítulos é se colocar, via imaginação, em tempo e lugar diferentes, num tempo em que não havia dúvidas de que as crianças são seres essencialmente morais e espirituais e que a tarefa central da educação é a virtude. Este livro é uma espécie de antídoto para algumas distorções do tempo em que vivemos. Espero que os pais descubram que a leitura deste livro com, ou para, os filhos irá aprofundar, em si mesmos e nos filhos, o entendimento da vida e da moralidade. Se atingir esse louvável objetivo, o livro terá compensado o esforço.

São necessários ainda alguns comentários adicionais. Embora intitulado *O livro das virtudes* — e os capítulos sejam organizados por virtudes —, é também um livro dos vícios. Muitas histórias ilustram o reverso de uma virtude.

Ao recontar essas histórias, estou mais interessado na lição moral que na histórica. Nas mais antigas, a linha entre lenda e história é indistinta.

Além disso, devo enfatizar que este livro não é absolutamente uma antologia definitiva das melhores histórias morais. É muito extenso o filão da literatura infantil, da nossa e de outras culturas, e mal arranhei a superfície.

Este volume não se destina a ser lido do começo ao fim. É, antes, um livro para folhear, marcar passagens favoritas, ler alto para a família, recordar uma história aqui e ali. Os capítulos podem ser lidos em qualquer ordem; há alguns dias em que precisamos mais de uma virtude que de outra.

Por fim, espero que seja um livro estimulante. Há tantas coisas que lemos ou vivenciamos que em nada nos estimulam... Espero que este livro sirva a seus propósitos. Espero que estimule; espero que aponte "os melhores ângulos da nossa natureza". Este livro nos lembra aquilo que é importante. E deve nos ajudar a olhar para o alto.

William J. Bennett

DISCIPLINA

NA DISCIPLINA, o indivíduo se torna "discípulo" de si mesmo. É seu próprio professor, treinador, técnico e orientador.

Platão dividiu a alma em três partes, ou funções — razão, paixão e desejo —, e disse que o comportamento correto resulta da harmonia entre esses elementos. Santo Agostinho procurou entender a alma hierarquizando as diversas formas de amor, em seu famoso *ordo amoris*: amor a Deus, ao próximo, a si mesmo e aos bens materiais. Sigmund Freud dividiu a psique em id, ego e superego. E vemos William Shakespeare observando os conflitos da alma, a luta entre o bem e o mal, em obras imortais como *Rei Lear*, *Macbeth*, *Otelo* e *Hamlet*. O problema volta sempre ao equilíbrio da alma.

Mas a questão da ordem correta da alma não se atém ao domínio sublime da filosofia e do drama. Ela está no cerne da perfeita conduta no cotidiano. Aprendemos a organizar a alma da mesma maneira que aprendemos a resolver problemas de matemática e a jogar futebol — com a prática.

O caso de Demóstenes, contemporâneo de Aristóteles, ilustra o tema. Demóstenes tinha grande ambição de se tornar orador, mas tinha limitações naturais da fala. A vontade firme é essencial, mas insuficiente. Segundo Plutarco, "sua pronúncia inarticulada e gaguejante foi superada e tornou-se mais distinta porque ele treinou falar com pedras na boca". Aumentando o problema que desejamos superar desenvolvemos o poder necessário para vencer a dificuldade inicial. Demóstenes usou estratégia semelhante no treinamento da voz, que "ele disciplinou declamando versos e fazendo discursos quando estava quase sem fôlego, correndo ou subindo montanhas".

JUSTIÇA

Olavo Bilac (1865 - 1918)

Chega à casa, chorando, o Oscar. Abraça
Em prantos a Mamãe.
"Que foi, meu filho?"
—"Sucedeu-me, Mamãe, uma desgraça!
Outros, no meu colégio, com mais brilho,
Tiveram prêmios, livros e medalhas...
Só eu não tive nada!"
—"Mas por que não trabalhas?
Por que é que, a uma existência dedicada
Ao trabalho e ao estudo,
Preferes os passeios ociosos?
Os outros, filho, mais estudiosos,
Pelas suas lições desprezam tudo...
Pois querias então que, vadiando,
Os outros humilhasses,
E que, os melhores prêmios conquistando,
Mais que os outros brilhasses?
Para outra vez, ao teu prazer prefere
O estudo! e o prêmio alcançarás sem custo:
E aprende: mesmo quando isso te fere,
É preciso ser justo!"

O REI E O FALCÃO

Adaptação de James Baldwin

Gengis Khan foi um grande rei e guerreiro.

Conduziu seu exército à China e à Pérsia, e conquistou muitas terras. Em todos os países, falava-se de seus feitos ousados e dizia-se que desde Alexandre, o Grande, não houvera rei igual.

Certa manhã, longe das guerras, saiu cedo de casa a fim de passar o dia caçando na floresta. Muitos amigos foram com ele. Todos, carregando seus arcos e flechas, seguiam felizes em suas montarias. Acompanhavam-nos os serviçais, conduzindo os cães pela retaguarda.

O grupo mostrava-se muito bem disposto. Seus gritos e risadas retumbavam na floresta. Esperavam abater muitos animais, que levariam para casa ao final do dia.

O rei levava ao punho seu falcão predileto, pois naquela época essa ave era treinada para a caça. A uma ordem do dono, o pássaro alçava voo, e do alto vasculhava a floresta. Ao avistar um cervo ou uma lebre, mergulhava velozmente sobre a presa, qual uma flecha.

O dia inteiro passaram Genghis Khan e seus caçadores a cavalgar pela floresta. Não encontraram, porém, tanta caça quanto esperavam.

À tardinha, decidiram retornar. O rei estava habituado a cavalgar pela floresta e conhecia todas as trilhas. Tendo o grupo escolhido o caminho mais curto para casa, ele tomou uma estrada mais longa que passava por um vale entre duas montanhas.

O dia fora quente, e o rei tinha sede. Seu falcão amestrado alçara voo, deixando-o só. O pássaro saberia encontrar o caminho de casa.

O rei prosseguia lentamente. Conhecia uma fonte de águas límpidas em alguma paragem perto da trilha. Se ao menos pudesse encontrá-la naquele momento! Mas os dias quentes do verão haviam secado todos os córregos da montanha.

Mas eis que, para sua alegria, avistou um pouco de água escorrendo pela beira de uma pedra. Haveria de encontrar a fonte logo acima. Na estação chuvosa, as águas corriam ligeiras naquele ponto; mas agora gotejavam lentamente.

O rei apeou da montaria. Tirou do embornal um cálice de prata. Começou a aparar as gotas que caíam lentamente da pedra.

A água demorava para encher o cálice; e o rei tinha tanta sede que mal podia esperar. Finalmente, estava quase cheio. Levou-o aos lábios e estava prestes a sorver o primeiro gole.

De repente, um zunido cruzou os ares e o cálice foi derrubado de suas mãos. A água derramou-se toda.

O rei procurou ver quem fizera aquilo. Fora seu falcão amestrado.

O pássaro voou de um lado para outro algumas vezes e acabou pousando nas pedras, perto da fonte.

O rei pegou o cálice e tornou a recolher as gotas de água.

Desta vez não esperou tanto tempo. Quando estava pela metade, levou-o à boca. Mas antes que o cálice lhe tocasse os lábios, o falcão deu outro mergulho, derrubando o objeto.

Desta vez o rei começou a ficar zangado. Empreendeu mais uma tentativa, e pela terceira vez o falcão o impediu de beber.

O rei ficou bastante irritado e gritou:

— Como te atreves a fazer isso? Se eu pusesse minhas mãos em ti, torcer-te-ia o pescoço!

Mais uma vez, o rei encheu o cálice. Porém, antes de levá-lo à boca, sacou da espada.

— Agora, senhor Falcão, é a última vez — disse ele.

Mal proferira as palavras, o falcão mergulhou e derrubou-lhe das mãos o cálice. Mas o rei já esperava por isso. De um golpe, acertou o pássaro em pleno voo.

E logo o pobre falcão jazia aos pés do dono, sangrando até morrer.

— É o que mereces por teus caprichos — disse Genghis Khan.

Entretanto, ao procurar o cálice, encontrou-o caído entre duas pedras, onde não conseguia alcançar.

— Mesmo assim, vou beber desta fonte — disse consigo mesmo.

E pôs-se a galgar a parede íngreme da rocha para chegar até o lugar de onde a água escorria. A tarefa era árdua; e quanto mais subia, mais sede sentia.

Por fim, atingiu o local. E havia, de fato, uma nascente; mas o que era aquilo dentro da poça, ocupando-lhe quase todo o espaço? Uma enorme serpente morta, e das mais venenosas.

O rei parou. Esqueceu-se da sede. Pensou apenas no pobre pássaro morto ali no chão.

— O falcão salvou-me a vida! — gritou. — E o que fiz em troca? Era meu melhor amigo, e eu o matei.

Desceu a escarpa. Tomou cuidadosamente o pássaro nas mãos e o colocou no embornal. Subiu na montaria e partiu ligeiro, dizendo consigo:

— Aprendi hoje uma triste lição, que é nunca fazer coisa alguma com raiva.

(RS)

O MENINO E A JARRA

Adaptada de Esopo

O menino viu na mesa uma jarra cheia de nozes. Pensou com seus botões: "Ah, que bom! Aposto que, se mamãe estivesse aqui, ela me dava. Vou pegar uma porção." Assim pensou, assim fez. Mas quando tentou tirar a mão cheia de nozes viu que estava presa no bocal da jarra. Largar as nozes, nem pensar. Tentou, tentou e nada. Começou a chorar. A mãe chegou:

— O que é que há?

— Não consigo tirar a mão da jarra.

— Se você não fosse tão guloso, podia pegar uma ou duas e não ia ter problema.

— Como era fácil! Eu podia ter pensado nisso antes.

(LRM)

A GALINHA DOS OVOS DE OURO

Jean de La Fontaine, adaptado por Maria Helena Rouanet

A avareza perde tudo por querer tudo ganhar. Para comprovar isso, basta lembrarmos do homem que tinha uma galinha. A cada dia, segundo a fábula, essa galinha botava um ovo de ouro.

Convencido de que havia um verdadeiro tesouro dentro do corpo da ave, o seu dono a matou e descobriu que, por dentro, ela era como qualquer outra galinha cujos ovos não lhe davam lucro algum.

Com isso, ele próprio destruiu o maior bem que possuía.

Bela lição para todos os que são gananciosos: nos últimos tempos, quanta gente não tem ficado pobre da noite para o dia simplesmente por querer ficar cada vez mais rica?

MOSCAS E MEL

Esopo

Do pote de mel
A gota caiu.

A mosca chegou,
Lambeu e lambeu
E se lambuzou.

A perna prendeu,
A asa caiu.

Lutou e lutou
Até que morreu.

Moral

Por que destruir
A si no prazer?

(LRM)

O SR. VINAGRE E A SORTE

Adaptação de James Baldwin

Há muito tempo, vivia um pobre homem cujo nome verdadeiro foi esquecido. Era velho e pequenino, e tinha o rosto enrugado; por isso, os amigos o chamavam de sr. Vinagre.

Sua mulher também era velha e pequenina, e moravam os dois numa cabana, velha e pequenina, nos fundos de um pequeno lote, há muito abandonado.

Um dia, enquanto varria a cabana, a sra. Vinagre usou tanta força que a porta, velha e pequenina, desabou.

Ela ficou assustada. Saiu correndo da casa e gritou:

— João! João! A casa está desabando. Vamos ficar sem um teto para nos proteger.

O sr. Vinagre aproximou-se da casa e olhou para a porta. Em seguida, disse:

— Não se preocupe, querida. Vista seu abrigo e vamos partir em busca da sorte.

A sra. Vinagre colocou então um chapéu, e o sr. Vinagre pôs a porta sobre a cabeça, e eles partiram.

Caminharam sem parar o dia inteiro. À noitinha, chegaram a uma floresta escura, de árvores muito altas.

— Este lugar dá um bom abrigo — disse o sr. Vinagre.

Pôs-se a subir numa árvore e lá improvisou uma cama, encaixando a porta sobre os galhos. A sra. Vinagre subiu em seguida, e deitaram-se os dois.

— É melhor ficarmos sobre a casa do que ela sobre nós — disse ele. Mas a mulher já dormia profundamente e não o escutou.

Escureceu rapidamente, e o sr. Vinagre também caiu no sono. À meia-noite, ele foi acordado por um barulho lá embaixo.

Ergueu-se e ficou prestando atenção.

— Aqui tem dez partes de ouro para você, José — ouviu ele. — E dez para você, Paulo. Eu ficarei com o restante.

O sr. Vinagre olhou para baixo. Viu três homens sentados no chão. Havia uma lamparina acesa perto deles.

— Ladrões! — gritou, assustado, e pulou para um galho mais alto.

Ao pular, desencaixou dos galhos a porta, que caiu no chão com estardalhaço, e a sra. Vinagre foi junto.

Os ladrões tomaram tamanho susto que saíram correndo atabalhoadamente e desapareceram na floresta escura.

— Machucou-se, querida? — perguntou o sr. Vinagre.

A mulher respondeu:

— Eu, não! Mas quem haveria de dizer que a porta iria desabar no meio da noite? E temos aqui uma bela lamparina acesa, a iluminar nosso recanto.

O sr. Vinagre desceu da árvore. Pegou a lamparina e fitou-a. Mas o que seriam aquelas coisinhas brilhantes espalhadas pelo chão?

— Moedas de ouro! Moedas de ouro! — gritou. Pegou uma delas e olhou-a contra a luz.

— Encontramos nossa sorte! Encontramos nossa sorte! — gritou a sra. Vinagre. E começou a pular de alegria.

Puseram-se a juntar o ouro. Havia cinquenta moedas; eram todas brilhantes, amarelas e bem redondinhas.

— Que sorte a nossa! — disse o sr. Vinagre.

— Que sorte a nossa! — disse a sra. Vinagre.

Os dois sentaram-se no chão e ficaram olhando para o ouro até o amanhecer.

A sra. Vinagre disse, então:

— Bem, João, vamos fazer o seguinte: vá até a cidade e compre uma vaca. Vou tirar o leite para fazer manteiga, e nada mais nos faltará.

— É uma boa ideia — disse o sr. Vinagre.

E logo partiu, ficando a mulher a esperá-lo à beira da estrada.

O sr. Vinagre passeou pela rua da cidade, à procura do que comprar. Depois de algum tempo, chegou um fazendeiro com uma vaca gorda e bonita.

— Ah, se essa vaca fosse minha — disse o sr. Vinagre —, eu seria o homem mais feliz do mundo.

— É uma vaca muito boa — disse o fazendeiro.

— Bem — disse o sr. Vinagre —, dou-lhe estas cinquenta moedas de ouro por ela.

O fazendeiro sorriu e estendeu a mão para receber o dinheiro.

— Pode ficar com ela — disse ele. — Gosto de agradar aos amigos.

O sr. Vinagre tomou do cabresto e saiu com ela, passeando para cima e para baixo na rua.

— Sou o homem mais sortudo do mundo, pois veja só como todos olham para mim e minha vaca.

Porém, no fim da rua havia um homem tocando gaita de foles. Ele parou para ouvi-lo. Doce melodia!

— Ora, é a música mais bela que já ouvi — disse o sr. Vinagre. — E veja só como as crianças aproximam-se dele e jogam-lhe moedinhas! Se essa gaita fosse minha, eu seria o homem mais feliz do mundo.

— Pois vendo-a, então — disse o gaiteiro.

— Vende, mesmo? Mas não tenho dinheiro; dou-lhe, portanto, esta vaca em troca.

— Pode ficar com a gaita — disse o gaiteiro. — Gosto de agradar aos amigos.

O sr. Vinagre pegou a gaita de foles, e o gaiteiro foi-se embora levando a vaca consigo.

— Vamos ouvir um pouco de música — disse o sr. Vinagre.

Todavia, por mais que tentasse, não conseguia tocar. Todo som que produzia não passava de ruídos dissonantes.

As crianças, em vez de atirar-lhe moedinhas, riam-se dele. Fazia frio, e, enquanto tentava tocar o instrumento, seus dedos enregelavam-se. Ficou pensando que teria sido melhor ter ficado com a vaca.

Mal partira de volta para casa, passou por ele um homem com luvas nas mãos.

— Ah, se essas lindas luvas fossem minhas — disse ele —, eu seria o homem mais feliz do mundo.

— Quanto pretende pagar por elas? — perguntou-lhe o homem.

— Não tenho dinheiro, mas dou-lhe esta gaita de foles — respondeu o sr. Vinagre.

— Bem — disse o homem —, pode ficar com elas, pois gosto de agradar aos amigos.

O sr. Vinagre entregou o instrumento e colocou as luvas nas mãos enregeladas.

— Que sorte a minha! — ia dizendo a caminho de casa.

Logo suas mãos estavam aquecidas, mas a estrada era ruim e a caminhada, difícil. Estava muito cansado, quando chegou ao sopé de uma colina íngreme.

— Como conseguirei chegar lá em cima? — disse ele.

Naquele momento, surgiu um homem descendo a colina em sua direção. Trazia na mão um cajado, que o ajudava a descer.

— Meu amigo — disse o sr. Vinagre —, se eu tivesse esse cajado para me ajudar a subir a colina, seria o homem mais feliz do mundo.

— Quanto pretende pagar por ele? — perguntou o homem.

— Não tenho dinheiro, mas dou-lhe este par de luvas bem quentes — disse o sr. Vinagre.

— Bem — disse o homem —, pode ficar com ele, pois gosto de agradar aos amigos.

As mãos do sr. Vinagre estavam bastante aquecidas. Entregou, então, as luvas para o homem e pegou o cajado para ajudar na caminhada.

— Que sorte a minha! — dizia ele, enquanto esforçava-se para concluir a subida.

No topo da colina, parou para descansar. Mas, enquanto pensava na sorte que tivera durante o dia inteiro, ouviu alguém gritar seu nome. Levantou o olhar e avistou apenas um papagaio verde, pousado num galho de árvore.

— Sr. Vinagre! Sr. Vinagre! — dizia o pássaro.

— Pois não? — indagou o sr. Vinagre.

— Que estupidez! Que estupidez! — respondeu o pássaro. — O senhor partiu em busca da sorte e a encontrou. Depois, trocou-a por uma vaca, e esta por uma gaita de foles, e a gaita por um par de luvas, e as luvas por um cajado que poderia ter apanhado em qualquer canto da estrada. Ha! Ha! Ha! Ha! Ha! Que estupidez! Que estupidez!

O sr. Vinagre ficou muito zangado com isso. Atirou o cajado contra o papagaio com toda a força. Mas o pássaro repetia apenas "Que estupidez! Que estupidez!", e o cajado foi parar no alto da árvore, onde o homem não o alcançaria.

O sr. Vinagre prosseguiu lentamente, pois tinha muito no que pensar. A mulher o esperava à beira da estrada e, ao avistá-lo, foi logo gritando:

— Onde está a vaca? Onde está a vaca?

— Bem, não sei direito onde ela está — disse o sr. Vinagre; e contou-lhe toda a história.

Conta-se que ela lhe disse coisas que o agradaram bem menos do que as que lhe dissera o papagaio, mas isso fica entre o sr. e a sra. Vinagre, e não interessa a mais ninguém.

— Não estamos em situação pior do que estávamos ontem — disse o sr. Vinagre. — Vamos voltar para casa e cuidar da nossa velha cabaninha.

Colocou outra vez a porta sobre a cabeça e partiu. E a sra. Vinagre o acompanhou.

(RS)

AS RÃS E O POÇO

Esopo

Duas rãs viviam num pântano. Mas no verão o pântano secou e elas foram procurar outro lugar para morar. Chegaram perto de um poço. Uma disse: "Parece um lugar gostoso e úmido. Vamos pular e fazer nossa casa." Mas a outra retrucou: "Vamos com calma, amiga. Se este poço secar, como vamos sair e pular?"

É bom pensar duas vezes antes de agir.

(LRM)

O PESCADOR E A MULHER

Adaptação de Clifton Johnson

Havia um pescador que vivia com a mulher numa choupana bem pobre em frente ao mar. Um dia, quando o pescador estava sentado nas pedras à beira do mar com a linha lançada na água, um enorme peixe fisgou-lhe o anzol e puxou com tanta força que ele teve muita dificuldade para pegá-lo. Estava felicíssimo por ter capturado um peixe daquele tamanho quando foi surpreendido ao ouvi-lo dizer:

— Deixe-me viver, por favor. Não sou um peixe de verdade. Sou um mágico. Coloque-me de volta na água e deixe-me partir.

— Não precisa usar tantas palavras para tratar desta questão — disse o homem. — Não quero ter nada a ver com um peixe que fala.

Imediatamente, retirou-o do anzol e colocou-o de volta na água.

— Pronto! Vá embora, nade para onde quiser — disse o homem, e o peixe partiu ligeiro rumo ao fundo do mar.

O pescador retornou à choupana e contou à mulher como pegara um enorme peixe, e como ele lhe contara que era um mágico, e como, ao ouvi-lo falar, deixara-o partir.

— Você não pediu nada a ele? — disse a mulher.

— Não — retrucou o homem. — O que deveria pedir?

— O que deveria pedir! — exclamou a mulher. — Você fala como se tivéssemos tudo de que precisamos, mas veja as condições precárias em que vivemos nesta choupana pequena e escura. Volte e diga ao peixe que queremos uma casa confortável.

O pescador não ficou satisfeito de ter que empreender tal tarefa. Mas, como a mulher o mandara ir, foi; e, quando chegou ao mar, a água estava toda amarela e verde. Postou-se sobre a pedra onde estivera pescando e disse:

— Oh, homem do mar!
Venha me escutar;
Pois minha mulher, Alice,

Em minha vida, uma chatice,
Mandou-me dizer que tem algo a lhe implorar!

E logo o peixe foi nadando até ele e disse:

— Pois bem, o que ela deseja?

— Ah — respondeu o pescador —, minha mulher diz que, quando eu o peguei, deveria ter-lhe pedido algo e só então deixá-lo partir. Não gosta mais de nossa pequena choupana. Quer uma casa confortável para morar.

— Vá para casa, então — disse o peixe. — Ela já está na casa que deseja.

Pois o homem retornou e encontrou a mulher parada na soleira da porta de uma casa confortável, e atrás da casa havia um quintal com patos e galinhas ciscando o chão, e atrás do quintal havia um pomar onde cresciam todos os tipos de flores e frutos.

— Como vamos viver felizes de agora em diante! — disse o pescador.

Tudo correu bem por uma ou duas semanas, e logo a mulher falou:

— Marido, falta-nos espaço suficiente na casa, e o quintal e o pomar são muito menores do que deveriam. Eu gostaria de ter um grande castelo de pedras para morar. Volte, portanto, ao peixe e mande-o dar-nos um castelo.

— Mulher — disse o pescador —, não acho bom ir ter com ele outra vez, pois pode se irritar. Deveríamos estar satisfeitos com uma casa boa assim.

— Besteira! — disse a mulher. — Haverá de dar-nos um castelo de bom grado. Vá e tente.

O pescador foi, mas pesava-lhe o coração, e, quando chegou ao mar, a água estava escura e cinzenta, de aspecto tenebroso. Postou-se sobre a pedra à beira da água e disse:

— Oh, homem do mar!
Venha me escutar;
Pois minha mulher, Alice,

Em minha vida, uma chatice,
Mandou-me dizer que tem algo a lhe implorar!

O peixe foi nadando até ele e disse:

— Pois bem, o que ela deseja agora?

— Ah — respondeu o homem muito sentido —, minha mulher deseja morar num castelo de pedra.

— Vá para casa, então — disse o peixe. — Ela já está no castelo.

Lá se foi o pescador e encontrou a mulher parada diante de um enorme castelo.

— Veja — disse ela —, não é lindo?

Entraram os dois no castelo, e havia muitos criados, e os aposentos tinham rico mobiliário com cadeiras e mesas bonitas; e havia nos fundos um parque com quase um quilômetro de extensão, repleto de ovelhas e cabras e lebres e cervos.

— Pronto! — disse o homem. — Viveremos felizes e satisfeitos neste lindo castelo pelo resto de nossas vidas.

— Talvez! — respondeu a mulher. — Mas vamos considerar a questão e veremos o que achamos ao amanhecer.

E foram dormir.

Na manhã seguinte, acordaram já em plena luz do dia, e a mulher cutucou o marido e disse:

— Levante-se, marido; ande, pois precisamos ser rei e rainha de todas estas terras.

— Mulher, mulher — disse o marido —, por que desejaríamos ser rei e rainha? Eu não gostaria de ser rei mesmo que pudesse.

— Pois bem, eu serei rainha, de qualquer maneira — disse a mulher. — Não falemos mais nisso; mas vá ter com o peixe e diga-lhe o que desejo.

E o homem foi, mas ficou muito triste ao ver que a mulher desejava ser rainha. O mar estava lamacento e coberto de espuma enquanto ele gritava:

— Oh, homem do mar!
Venha me escutar;

Pois minha mulher, Alice,
Em minha vida, uma chatice,
Mandou-me dizer que tem algo a lhe implorar!

O peixe foi nadando até ele e disse:

— Pois bem, o que ela quer ter agora?

— Ora, essa! — disse o homem. — Minha mulher deseja ser rainha.

— Vá para casa — disse o peixe. — Ela já é rainha.

O pescador retornou em seguida ao castelo, e lá chegando encontrou uma tropa de soldados, e ouviu o soar de tambores e trombetas. Entrou, encontrou a mulher sentada no trono, com uma coroa de ouro sobre a cabeça, e em cada lado perfilavam-se seis lindas aias.

— Pois bem, mulher — disse o pescador —, você é uma rainha?

— Ora — retrucou ela —, sou rainha, sim.

Depois de fitá-la por um bom tempo, ele disse:

— Ah, mulher, que coisa boa é ser rainha! Não teremos mais o que desejar, nunca.

— Não tenho bem certeza disso — disse ela. — Nunca é muito tempo. Sou rainha, é verdade, mas já começo a me enfadar. Acho que gostaria de tornar-me papisa agora.

— Oh, mulher, mulher! — exclamou o homem. — Como você pode ser papisa? Só há um papa de cada vez em toda a cristandade.

— Marido — disse ela —, serei papisa ainda hoje.

— Ah, mulher! — retrucou o pescador. — O peixe não pode fazê-la papisa e eu não gostaria de pedir algo assim.

— Que besteira! — disse ela. — Se ele pode fazer uma rainha, pode fazer uma papisa. Vá e tente.

O pescador foi, então; e, quando chegou à beira do mar, o vento soprava forte e as ondas quebravam atemorizadoras sobre as pedras, e pesadas nuvens cruzavam o céu. O pescador estava assustado; não obstante, obedeceu à mulher e clamou:

— Oh, homem do mar!

Venha me escutar;
Pois minha mulher, Alice,
Em minha vida, uma chatice,
Mandou-me dizer que tem algo a lhe implorar!

E logo o peixe foi nadando até ele e disse:

— Pois bem, o que ela quer desta vez?

— Ah — disse o pescador —, minha mulher quer ser papisa.

— Vá para casa — ordenou-lhe o peixe. — Ela já é papisa.

O pescador voltou para casa e encontrou a mulher sentada sobre um trono de trinta metros de altura, e dos lados ardiam círios de todos os tamanhos, e em sua cabeça havia três coroas, uma sobre a outra, e dela se acercava toda a pompa e suntuosidade da Igreja.

— Mulher — disse o pescador ao ver toda aquela grandiosidade —, você agora é papisa?

— Ora — retrucou ela —, sou papisa, sim.

— Bem, mulher — disse ele —, é magnífico ser papisa. E você deve estar contente, pois mais do que isso não pode ser.

— Quanto a isso, veremos! — disse ela.

Em seguida, recolheram-se aos seus aposentos, mas a mulher não conseguiu dormir, pois passou a noite inteira pensando no que mais poderia ser. Afinal, a manhã clareou.

— Ha! — disse ela. — Eu já estava pegando no sono, não fosse o sol a me perturbar com essa luz forte. Acaso não posso evitar o nascer do sol? — E ficou irritada e disse ao marido: — Vá até o peixe e diga que desejo ser senhora do sol e da lua.

— Ora essa, mulher — disse ele —, você não consegue se contentar em ser papisa?

— Não — disse ela —, estou irrequieta e não tolero ver o sol e a lua surgirem sem minha autorização. Vá ter com o peixe, já!

O homem foi, e ao chegar à beira da água abateu-se horrível tempestade que sacudia árvores e pedras, e o céu escureceu, e surgiram relâmpagos, e ouviram-se trovões, e o mar encobriu-se de vagas enormes qual montanhas. O pescador tremeu todo, os joelhos a tiritar, e quase faltaram-lhe forças para resistir à tormenta enquanto chamava o peixe:

— Oh, homem do mar!
Venha me escutar;
Pois minha mulher, Alice,
Em minha vida, uma chatice,
Mandou-me dizer que tem algo a lhe implorar!

E logo o peixe foi nadando até ele e disse:

— Pois bem, o que mais ela quer?

— Ah — disse o homem —, ela quer ser senhora do sol e da lua.

— Volte para sua choupana — disse o peixe.

O homem voltou, e o castelo se fora, e em seu lugar ele encontrou a pequena e escura choupana que lhe servira de morada, e os dois vivem ali até hoje.

(RS)

A LINHA MÁGICA

Lenda francesa

Era uma vez uma viúva que tinha um filho chamado Pedro. O menino era forte e são, mas não gostava de ir à escola e passava o tempo todo sonhando acordado.

— Pedro, com o que você está sonhando a uma hora dessas? — perguntava-lhe a professora.

— Estava pensando no que serei quando crescer — respondia ele.

— Seja paciente. Há muito tempo para pensar nisso. Depois de crescido, nem tudo é divertimento, sabe? — dizia ela.

Mas Pedro tinha dificuldades para apreciar qualquer coisa que estivesse fazendo no momento e ansiava sempre pela próxima. No inverno, ansiava pelo retorno do verão; e, no verão, sonhava com passeios de esqui e trenó, e com as fogueiras acesas durante o inverno. Na escola, ansiava pelo fim do dia, quando poderia voltar para casa; e, nas noites de domingo, suspirava dizendo: "Ah, se as férias chegassem logo!" O que mais o entretinha era brincar com a amiga Lise. Era companheira tão boa quanto qualquer menino, e a ansiedade de Pedro não a afetava, ela não se ofendia. "Quando crescer, vou casar-me com ela", dizia Pedro consigo mesmo.

Costumava perder-se em caminhadas pela floresta, sonhando com o futuro. Às vezes, deitava-se ao sol sobre o chão macio, com as mãos sob a cabeça, e ficava olhando o céu através das copas altas das árvores. Uma tarde quente, quando estava quase caindo no sono, ouviu alguém chamando por ele. Abriu os olhos e sentou-se. Viu uma mulher idosa em pé à sua frente. Ela trazia na mão uma bola prateada, da qual pendia uma linha de seda dourada.

— Olhe o que tenho aqui, Pedro — disse ela, oferecendo-lhe o objeto.

— O que é isso? — perguntou, curioso, tocando a fina linha dourada.

— É a linha da sua vida — retrucou a mulher. — Não toque nela e o tempo passará normalmente. Mas, se desejar que o tempo ande mais rápido, basta dar um leve puxão na linha e uma hora passará como se fosse um segundo. Mas devo avisá-lo: uma vez que a linha tenha sido puxada, não poderá ser colocada de volta dentro da bola. Ela desaparecerá como uma nuvem de fumaça. A bola é sua. Mas, se aceitar meu presente, não conte para ninguém; senão, morrerá no mesmo dia. Agora diga, quer ficar com ela?

Pedro tomou-lhe das mãos o presente, satisfeito. Era exatamente o que queria. Examinou-a. Era leve e sólida, feita de uma peça só. Havia apenas um furo, de onde saía a linha brilhante. O menino colocou-a no bolso e foi correndo para casa. Lá chegando, depois de certificar-se da ausência da mãe, examinou-a outra vez. A linha parecia sair lentamente de dentro da bola, tão devagar que era difícil perceber o movimento a olho nu. Sentiu vontade de dar-lhe um rápido puxão, mas não teve coragem. Ainda não.

No dia seguinte, na escola, Pedro imaginava o que fazer com sua linha mágica. A professora o repreendeu por não se concentrar nos deveres. "Se ao menos", pensou ele, "já fosse a hora de ir para casa!" Tateou a bola prateada no bolso. Se desse apenas um pequeno puxão, logo o dia chegaria ao fim. Cuidadosamente, pegou a linha e puxou. De repente, a professora mandou que todos arrumassem suas coisas e fossem embora, organizadamente. Pedro ficou maravilhado. Correu sem parar até chegar em casa. Como a vida seria fácil agora! Todos os seus problemas haviam terminado. Dali em diante, passou a puxar a linha, só um pouco, todos os dias.

Entretanto, logo percebeu que era tolice puxar a linha apenas um pouco todos os dias. Se desse um puxão mais forte, o período escolar estaria concluído de uma vez. Ora, poderia aprender uma profissão e casar-se com Lise. Naquela noite, então, deu um forte puxão na linha e acordou na manhã seguinte como aprendiz de um carpinteiro da cidade. Pedro adorou sua nova vida, subindo em telhados e andaimes, erguendo e colocando a marteladas enormes vigas que ainda exalavam o perfume da floresta. Mas às vezes, quando o dia do pagamento demorava a chegar, dava um pequeno puxão na linha e logo a semana terminava, já era a noite de sexta-feira e ele tinha dinheiro no bolso.

Lise também mudara-se para a cidade e morava com a tia, que lhe ensinava os afazeres do lar. Pedro começou a ficar impaciente acerca do dia em que se casariam. Era difícil viver tão perto e tão longe dela, ao mesmo tempo. Perguntou-lhe, então, quando poderiam se casar.

— No próximo ano — disse ela. — Eu já terei aprendido a ser uma boa esposa.

Pedro tocou com os dedos a bola prateada no bolso.

— Ora, o tempo vai passar bem rápido — disse, com muita certeza.

Naquela noite, não conseguiu dormir. Passou o tempo todo agitado, virando de um lado para outro na cama. Pegou a bola mágica, que estava debaixo do travesseiro. Hesitou um instante; logo a impaciência o dominou, e ele puxou a linha dourada. Pela manhã, descobriu que o ano já havia passado e que Lise concordara afinal com o casamento. Pedro sentiu-se realmente feliz.

Mas, antes que o casamento pudesse realizar-se, recebeu uma carta com aspecto de documento oficial. Abriu-a, trêmulo, e leu a notícia de que deveria apresentar-se ao quartel do Exército na semana seguinte para servir por dois anos. Mostrou-a, desesperado, para Lise.

— Ora — disse ela —, não há o que temer, basta-nos esperar. Mas o tempo passará rápido, você vai ver. Há tanto o que preparar para nossa vida a dois!

Pedro sorriu com galhardia, mas sabia que dois anos durariam uma eternidade para passar.

Quando já se acostumara à vida no quartel, entretanto, começou a achar que não era tão ruim assim. Gostava de estar com os outros rapazes, e as tarefas não eram tão árduas a princípio. Lembrou-se da mulher aconselhando-o a usar a linha mágica com sabedoria e evitou usá-la por algum tempo. Mas logo tornou a sentir-se irrequieto. A vida no Exército o entediava com tarefas de rotina e rígida disciplina. Começou a puxar a linha para acelerar o andamento da semana a fim de que chegasse logo o domingo, ou o dia da sua folga. E assim se passaram os dois anos, como se fosse um sonho.

Terminado o serviço militar, Pedro decidiu não mais puxar a linha, exceto por uma necessidade absoluta. Afinal, era a melhor época da sua vida, conforme todos lhe diziam. Não queria que acabasse tão rápido assim. Mas ele deu um ou dois pequenos puxões na linha, só para antecipar um pouco o dia do casamento. Tinha muita vontade de contar para Lise seu segredo; mas sabia que, se contasse, morreria.

No dia do casamento, todos estavam felizes, inclusive Pedro. Ele mal podia esperar para mostrar-lhe a casa que construíra para ela. Durante a festa, lançou um rápido olhar para a mãe. Percebeu, pela primeira vez, que o cabelo dela estava ficando grisalho. Envelhecera rapidamente. Pedro sentiu uma pontada de culpa por ter puxado a linha com tanta frequência. Dali em diante, seria muito mais parcimonioso com seu uso e só a puxaria se fosse estritamente necessário.

Alguns meses mais tarde, Lise anunciou que estava esperando um filho. Pedro ficou entusiasmadíssimo e mal podia esperar. Quando o bebê nasceu, ele achou que não iria querer mais nada na vida. Mas, sempre que o bebê adoecia ou passava uma noite em claro chorando, ele puxava a linha um pouquinho para que o bebê tornasse a ficar saudável e alegre.

Os tempos andavam difíceis. Os negócios iam mal e chegara ao poder um governo que mantinha o povo sob forte arrocho e pesados impostos, e não tolerava oposição. Quem quer que fosse tido como agitador era preso sem julgamento, e um simples boato bastava para se condenar um homem. Pedro sempre fora conhecido por dizer o que pensava, e logo foi preso e jogado numa cadeia. Por sorte, trazia a bola mágica consigo e deu um forte puxão na linha. As paredes da prisão se dissolveram diante dos seus olhos e os inimigos foram arremessados à distância numa enorme explosão. Era a guerra que se insinuava, mas que logo acabou, como uma tempestade de verão, deixando o rastro de uma paz exaurida. Pedro viu-se de volta ao lar com a família. Mas era agora um homem de meia-idade.

Durante algum tempo, a vida correu sem percalços, e Pedro sentia-se relativamente satisfeito. Um dia, olhou para a bola mágica e surpreendeu-se ao ver que a linha passara da cor dourada para a prateada. Foi olhar-se no espelho. Seu cabelo começava a ficar grisalho e seu rosto apresentava rugas onde nem se podia imaginá-las. Sentiu um medo súbito e decidiu usar a linha com mais cuidado ainda do que antes. Lise dera-lhe outros filhos e ele parecia feliz como chefe da família que crescia. Seu modo imponente de ser fazia as pessoas pensarem que ele era algum tipo de déspota benevolente. Possuía um ar de autoridade como se tivesse nas mãos o destino de todos. Mantinha a bola mágica bem escondida, resguardada dos olhos curiosos dos filhos, sabendo que, se alguém a descobrisse, seria fatal.

Cada vez tinha mais filhos, de modo que a casa foi ficando muito cheia de gente. Precisava ampliá-la, mas não contava com o dinheiro necessário para a obra. Tinha outras preocupações, também. A mãe estava ficando idosa e parecia mais cansada com o passar dos dias. Não adiantava puxar a linha da bola mágica, pois isso só aceleraria a chegada da morte para ela. De repente, ela faleceu, e Pedro, parado diante do túmulo, pensou como a vida passara tão rápido, mesmo sem fazer uso da linha mágica.

Uma noite, deitado na cama, sem conseguir dormir, pensando nas suas preocupações, achou que a vida seria bem melhor se todos os filhos já estivessem crescidos e com carreiras encaminhadas. Deu um fortíssimo puxão na linha e acordou no dia seguinte vendo que os filhos já não estavam mais em casa, pois tinham arranjado empregos em diferentes cantos do país, e que ele e a mulher estavam sós. Seu cabelo estava quase todo branco e doíam-lhe as costas e as pernas quando subia uma escada ou os braços quando levantava uma viga mais pesada. Lise também envelhecera e estava quase sempre doente. Ele não aguentava vê-la sofrer, de tal forma que lançava mão da linha mágica cada vez mais frequentemente. Mas bastava ser resolvido um problema, e já outro surgia em seu lugar. Pensou que talvez a vida melhorasse se ele se aposentasse. Assim, não teria que continuar subindo nos edifícios em obras, sujeito a lufadas de vento, e poderia cuidar de Lise sempre que ela adoecesse. O problema era a falta de dinheiro suficiente para sobreviver. Pegou a bola mágica, então, e ficou olhando. Para seu espanto, viu que a linha não era mais prateada, mas cinza, e que perdera o brilho. Decidiu ir para a floresta dar um passeio e pensar melhor em tudo aquilo.

Já fazia muito tempo que não ia àquela parte da floresta. Os pequenos arbustos haviam crescido, transformando-se em árvores frondosas, e foi difícil encontrar o caminho que costumava percorrer. Acabou chegando a um banco no meio de uma clareira. Sentou-se para descansar e caiu em sono leve. Foi despertado por uma voz que o chamava pelo nome: "Pedro! Pedro!"

Abriu os olhos e viu a mulher que encontrara havia tantos anos e que lhe dera a bola prateada com a linha dourada mágica. Aparentava a mesma idade que tinha no dia em questão, exatamente igual. Ela sorriu para ele.

— E então, Pedro, sua vida foi boa? — perguntou.

— Não estou bem certo — disse ele. — Sua bola mágica é maravilhosa. Jamais tive que suportar qualquer sofrimento ou esperar por qualquer coisa em minha vida. Mas tudo foi tão rápido. Sinto como se não tivesse tido tempo de apreender tudo que se passou comigo; nem as coisas boas, nem as ruins. E agora falta tão pouco tempo! Não ouso mais puxar a linha, pois isso só anteciparia minha morte. Acho que seu presente não me trouxe sorte.

— Mas que falta de gratidão! — disse a mulher. — Como você gostaria que as coisas tivessem sido?

— Talvez se você tivesse me dado uma outra bola, da qual eu pudesse puxar a linha para fora e para dentro também. Talvez, então, eu pudesse reviver as coisas ruins.

A mulher riu.

— Está pedindo muito! Você acha que Deus nos permite viver nossas vidas mais de uma vez? Mas posso conceder-lhe um último desejo, seu tolo exigente.

— Qual? — perguntou ele.

— Escolha — disse ela.

Pedro pensou bastante. Depois de um bom tempo, disse:

— Eu gostaria de tornar a viver minha vida, como se fosse a primeira vez, mas sem sua bola mágica. Assim poderei experimentar as coisas ruins da mesma forma que as boas sem encurtar sua duração, e pelo menos minha vida não passará tão rápido e não perderá o sentido como um devaneio.

— Assim seja — disse a mulher. — Devolva-me a bola.

Ela esticou a mão e Pedro entregou-lhe a bola prateada. Em seguida, ele se recostou e fechou os olhos, exausto.

Quando acordou, estava na cama. Sua jovem mãe se debruçava sobre ele, tentando acordá-lo carinhosamente.

— Acorde, Pedro. Não vá chegar atrasado à escola. Você estava dormindo como uma pedra!

Ele olhou para ela, surpreso e aliviado.

— Tive um sonho horrível, mãe. Sonhei que estava velho e doente e que minha vida passara como num piscar de olhos sem que eu sequer tivesse algo para contar. Nem ao menos algumas lembranças.

A mãe riu-se e fez que não com a cabeça.

— Isso nunca vai acontecer — disse ela. — As lembranças são algo que todos temos, mesmo quando velhos. Agora, ande logo, vá se vestir. A Lise está esperando por você, não deixe que se atrase por sua causa.

A caminho da escola em companhia da amiga, ele observou que estavam em pleno verão e que fazia uma linda manhã, uma daquelas em que era ótimo estar vivendo. Em poucos minutos estariam encontrando os amigos e colegas, e mesmo a perspectiva de enfrentar algumas aulas não parecia tão ruim assim. Na verdade, ele mal podia esperar.

(RS)

O TOQUE DE OURO

Adaptação de O livro das maravilhas, *de Nathaniel Hawthorne*

Era uma vez um rei muito rico chamado Midas. Ele possuía mais ouro do que qualquer outro no mundo inteiro, mas ainda assim não estava satisfeito. Nada o deixava mais feliz do que conseguir acrescentar um pouco mais à sua riqueza. Mantinha-a toda guardada em enormes cofres nos subterrâneos do palácio e passava muitas horas por dia contando e recontando seu tesouro.

O rei Midas tinha uma filhinha chamada Áurea. Amava-a com verdadeira devoção, e dizia: "Ela será a princesa mais rica do mundo!"

Mas a pequena Áurea nem se importava com isso. Adorava seu jardim, as flores e o sol mais do que toda a riqueza do pai. Ficava sozinha a maior parte do tempo, pois o pai estava sempre ocupado, buscando novas formas de conseguir mais ouro e contando o que já possuía, de tal sorte que quase nunca tinha tempo para contar-lhe histórias ou passear, conforme deveriam fazer todos os pais.

Um dia, o rei Midas estava na sala do tesouro, nos subterrâneos do castelo. Havia trancado as pesadas portas do aposento e aberto os enormes baús. Despejou todo o conteúdo sobre a mesa e pôs-se a brincar com o ouro como se o simples toque o deixasse satisfeito. Fazia-o escorrer entre os dedos e sorria ao ouvir o tilintar das peças, qual doce melodia. De repente, uma sombra se projetou sobre a pilha de objetos. Ao levantar os olhos, deu com um estranho trajando roupas brancas brilhantes e sorrindo para ele. Soergueu-se, surpreso. Não se esquecera de trancar as portas! O tesouro, então, não estava seguro! Entretanto, o estranho continuou sorrindo.

— Vossa Excelência tem muito ouro — disse ele.

— Tenho, sim — disse o rei —, mas é pouco comparado a todo o ouro que existe no mundo!

— Ora! Esse ouro todo não satisfaz a Vossa Excelência? — perguntou o estranho.

— Ora, essa! — respondeu o rei. — Mas é claro que não estou satisfeito. Passo longas noites acordado planejando novas formas de conseguir mais. Gostaria de poder transformar em ouro tudo que toco.

— É isso que Vossa Excelência realmente deseja?

— Claro que sim! Nada haveria de deixar-me mais satisfeito.

— Pois o desejo de Vossa Excelência será atendido. Amanhã de manhã, quando os primeiros raios de sol adentrarem os aposentos, Vossa Excelência terá o toque de ouro.

Ao terminar de falar, o estranho desapareceu. O rei Midas esfregou os olhos.

— Devo ter sonhado — disse ele —, mas como eu ficaria feliz se isso fosse verdade!

No dia seguinte, o rei Midas acordou quando a primeira luz do dia se fez presente em seus aposentos. Esticou a mão e tocou as cobertas da cama. Nada aconteceu.

— Eu sabia que não poderia ser verdade — exclamou, desapontado. Naquele exato momento, entraram pelas janelas os primeiros raios de sol. As cobertas onde estava encostada a mão do rei transformaram-se em ouro puro. — É verdade! É verdade! — gritou ele, muito contente.

Saltou da cama e correu pelo aposento tocando em tudo que havia. O manto real, os chinelos, os móveis, tudo virou ouro. Foi até a janela e olhou para o jardim de Áurea.

— Vou fazer-lhe uma boa surpresa — disse ele. Desceu ao jardim e tocou todas as flores da filha, transformando-as em ouro. "Ela ficará muito satisfeita", pensou.

Voltou aos seus aposentos para aguardar a chegada do café da manhã e dispôs-se a retomar a leitura da noite anterior, mas, assim que suas mãos tocaram o livro, o objeto se transformou em ouro maciço.

— Não posso ler, assim — disse o rei —, mas, ora, é bem melhor ter um livro de ouro.

Naquele exato momento, um criado entrou nos aposentos, trazendo-lhe o café da manhã.

— Que beleza! Vou começar pelo pêssego, que está vermelhinho de tão maduro.

Pegou-o então, mas, antes de conseguir comê-lo, já se havia transformado num pedaço de ouro. O rei Midas o colocou de volta no prato.

— É muito bonito, mas não posso comê-lo! — disse ele. Pegou uma broa de pão, mas também ela se transformou em ouro. Colocou a mão no copo d'água, mas tudo virava ouro. — O que vou fazer? Tenho fome e sede. Não posso comer nem beber ouro!

E logo a pequena Áurea entrou em seus aposentos. Ela estava chorando, muito sentida, e trazia nas mãos uma das rosas.

— O que houve, filhinha?

— Ah, papai! Veja o que aconteceu com minhas rosas! Estão todas duras e feias!

— Ora, são rosas de ouro, filha. Você não acha que estão mais bonitas agora?

— Não — disse ela, soluçando. — Não têm mais o agradável perfume que tinham. Não crescerão mais. Gosto de rosas vivas.

— Não se preocupe — disse o rei —, venha tomar seu café.

Entretanto, Áurea percebeu que o pai não comia e que estava triste.

— O que houve, meu querido pai? — perguntou ela, aproximando-se. Deu-lhe um abraço, e ele a beijou. Mas, de repente, o rei soltou um grito de pavor. Ao tocá-la, o lindo rostinho transformou-se em ouro brilhante, os olhos não viam mais, os lábios não conseguiram beijá-lo também, os bracinhos não o estreitaram. Deixou de ser uma adorável e carinhosa menina; transformara-se numa estatueta de ouro.

O rei Midas baixou a cabeça e os soluços o sobrepujaram.

— Vossa Excelência está feliz? — perguntou alguém. O rei levantou a cabeça e viu o estranho de pé a seu lado.

— Feliz! Como te atreves a perguntar uma coisa dessas? Sou o homem mais triste na face da terra! — disse o rei.

— Vossa Excelência tem o toque de ouro. E isso não basta?

O rei Midas não tornou a olhar para o estranho, nem respondeu.

— O que Vossa Excelência prefere: comida e um copo d'água fresca ou essas pedras de ouro? — disse o estranho.

O rei Midas não conseguiu responder.

— O que prefere ter, ó Majestade? Aquela estatueta de ouro ou uma menininha que pode correr, rir e amá-lo?

— Ah, devolva-me minha filhinha Áurea e eu abdicarei de todo o ouro que tenho! — disse o rei. — Perdi a única coisa que realmente me valia ter.

— Vossa Excelência demonstra agora mais sabedoria do que antes — disse o estranho. — Vá mergulhar no rio que passa nos fundos do jardim e depois leve um pouco da água para jogar sobre tudo aquilo que deseja ter de volta ao normal.

O estranho, então, desapareceu.

O rei Midas levantou-se rapidamente e foi correndo até o rio. Mergulhou, pegou um bocado de água e retornou ao palácio. Jogou-a sobre Áurea e as cores voltaram a iluminar seu rosto. Ela tornou a abrir os olhinhos azuis.

— Ora, papai! — disse ela. — O que aconteceu?

Chorando de alegria, ele a pegou no colo.

Depois disso, o rei Midas nunca mais se preocupou com ouro algum, a não ser o ouro que existe no brilho do sol e nos cabelos da pequena Áurea.

(RS)

A RAPOSA E O CORVO

Esopo

Estava o corvo num galho com um queijo no bico. A raposa, quando viu, começou a pensar num jeito de conseguir o pitéu. Olhou para cima e disse:

— Como você é bonito, amigo. Que penas lindas e que cores! Será que a sua voz é tão bonita quanto você? Se for, você deve ser o rei dos passarinhos!

O corvo ficou todo prosa e, para soltar a voz, abriu o bico. E lá foi o queijo direto para a boca da raposa.

Quem tudo quer tudo perde.

(LRM)

O REI CANUTO À BEIRA-MAR

Adaptação do original de James Baldwin

Há muito tempo, a Inglaterra era governada por um rei chamado Canuto. Como sói ser com muitos líderes e homens de poder, Canuto estava sempre cercado de pessoas a enaltecê-lo. Bastava entrar num aposento qualquer e já começavam os elogios.

— Vossa Excelência é o homem mais glorioso que já surgiu na face da terra — dizia um.

— Jamais haverá alguém tão poderoso quanto Vossa Majestade — reforçava outro.

— Nada há que Vossa Alteza não seja capaz de fazer — comentava, entre sorrisos, um terceiro.

— Grande Canuto, monarca de todos! Nada neste mundo ousa desobedecer a vossas ordens — alguém mais dizia em seu louvor.

O rei era uma pessoa bastante sensata e estava ficando cansado de todas essas bobagens.

Um dia, caminhava à beira-mar, e seus reais dignitários e fidalgos o acompanhavam, tecendo-lhe elogios como de costume. Canuto decidiu ensinar-lhes uma lição.

— Pois então, dizeis que sou o maior do mundo? — perguntou a todos os presentes.

— Ó rei — responderam —, nunca houve alguém tão poderoso, nem jamais existirá quem tenha tanto valor!

— E dizeis também que tudo me obedece?

— Perfeitamente! O mundo se curva diante de vós e vos honra.

— Entendo — disse o rei. — Então, trazei minha liteira, e vamos para a água.

— Imediatamente, Alteza! — E desceram todos, carregando o assento real pelas areias da praia.

— Vamos mais para perto — ordenou Canuto. — Colocai a liteira aqui mesmo, na beira d'água. — O rei então se sentou e ficou a espreitar o oceano à sua frente. — Vejo que a maré está subindo. Deter-se-á, se eu assim ordenar?

Os conselheiros ficaram perplexos, mas não ousaram dizer que não.

— Ordenai, ó grande rei, e o oceano vos obedecerá — garantiu-lhe um deles.

— Pois bem! Oceano — gritou Canuto —, ordeno que te detenhas. Maré, interrompe teu fluxo. Ondas, deixai de quebrar. Não ousai tocar-me.

Esperou em silêncio alguns instantes, até que uma pequena onda veio espraiar-se aos seus pés.

— Como ousas! — gritou Canuto. — Oceano, retorna agora. Mandei que te recolhas diante de mim, e deves obedecer-me agora. Retorna.

E a resposta foi outra onda que veio quebrar bem ali, juntinho aos pés do rei. A maré subia, tal qual sempre fizera. A água aproximava-se cada vez mais. Atingiu a liteira e molhou não somente os pés do rei, mas também seu manto. Os conselheiros estavam todos ao redor, alarmados e curiosos para saber se ele não se irritaria.

— Ora, meus amigos — disse Canuto —, parece que não tenho tanto poder quanto me fazeis acreditar. Talvez tenhais aprendido algo no dia de hoje. Talvez agora saibais que só há um rei todo-poderoso, que governa o mar e detém o oceano na palma da mão. Sugiro que guardeis vossas expressões de louvor para Ele.

Os conselheiros e dignitários do rei deixaram cair a cabeça e sentiram-se tolos. E dizem por aí que, pouco depois, Canuto tirou da cabeça a coroa e jamais tornou a usá-la.

(R5)

FAETONTE

Ovídio

Faetonte era filho de Apolo e da ninfa Climene. Um dia, um colega riu da ideia de ser ele filho de um deus, e Faetonte foi, furioso e envergonhado, falar com a mãe.

— Se venho realmente de berço celestial — disse ele —, dê-me alguma prova.

— Vai ter com teu pai e faz tu mesmo a pergunta — respondeu Climene. — Não será difícil. A terra do Sol fica junto à nossa.

Repleto de esperança e orgulho, Faetonte viajou até as regiões do nascente. O palácio do Sol ficava sobre altivas colunas, ouro e pedras preciosas conferiam-lhe brilho, os tetos eram feitos de mármore polido, e as portas, de prata. Nas paredes, Vulcano representara a terra, o mar e os céus com seus habitantes. No mar havia ninfas, algumas divertiam-se nas ondas, outras cavalgavam peixes e outras mais sentavam-se sobre as pedras a secar os cabelos verde-marinhos. A terra tinha cidades e florestas e rios e divindades rústicas. Em tudo encontrava-se uma semelhança com o glorioso paraíso, e nas portas prateadas, os doze signos do zodíaco, seis em cada lado.

O filho de Climene chegou ao topo da árdua subida e adentrou os salões do pai. Dirigiu-se aos aposentos do Sol, mas deteve-se a uma certa distância, pois a luz era mais forte do que podia aguentar. Febo, ostentando vestuário de cor púrpura, estava sentado em um trono, que brilhava como se coberto de diamantes. Entre sua mão direita e o lado esquerdo, estavam o Dia, o Mês e o Ano, e, a intervalos regulares, as Horas. A Primavera, de pé, tinha a cabeça coroada de flores. O Verão, com as roupas jogadas ao lado, ornava-se com uma guirlanda formada de feixes de grãos maduros. Estavam presentes também o Outono, com os pés manchados pelo sumo das uvas, e o enregelado Inverno, com os cabelos enrijecidos pela geada.

Cercado por esses assistentes, o Sol, com o olho que tudo vê, contemplava o jovem fascinado pela novidade e o esplendor da cena.

— Qual é o propósito de tua visita? — perguntou ele.

— Ó luz do mundo sem fronteiras — retrucou o jovem —, rogo que me seja dada alguma prova de que sou realmente vosso filho.

Terminou de falar, e o pai, deitando ao lado os raios que brilhavam em torno da própria cabeça, fez-lhe um sinal para que se aproximasse.

— Tu és meu filho — disse, abraçando-o. — O que tua mãe te disse é verdade. Para acabar com tuas dúvidas, pede o que quiseres, e o presente será teu. Convoco para servir de testemunha o temível rio Estiges, pelo qual nós, os deuses, juramos em nossos compromissos mais solenes.

Muitas vezes Faetonte observara o Sol a cruzar os ares e imaginara a sensação de conduzir a carruagem do pai, instigando os cavalos alados em seu percurso celestial. Percebia agora que o sonho poderia tornar-se realidade.

E prontamente respondeu em voz alta:

— Quero tomar vosso lugar por um dia, Pai. Por um dia apenas, quero conduzir vossa carruagem pelo céu e trazer luz para o mundo.

Logo o Sol percebeu a tolice da promessa e balançou a cabeça radiante em sinal de alerta, dizendo:

— Falei precipitadamente. Este é o único desejo que não posso atender, e insisto que o reconsideres, pois estás pedindo algo inadequado à tua juventude e força, meu filho. Tu pertences ao mundo dos mortais, e o que pedes está além do teu poder. Por não saberes, aspiras ao que mesmo os outros deuses não podem. A não ser eu mesmo, nenhum outro pode conduzir o flamejante carro do Dia. Nem mesmo Júpiter, cujo terrível braço direito arremessa os raios, o tentaria.

"A primeira parte do caminho é íngreme", continuou o Sol, "tão íngreme que mesmo estando bem dispostos pela manhã, os cavalos têm dificuldade para vencê-la. A parte intermediária da jornada me leva para bem alto no céu e quase não consigo evitar o espanto ao olhar para baixo a fim de ver a terra e o mar estendidos sob meu caminho. A última parte da estrada é um declive acentuado e requer condução muito precisa. Tétis, mulher do Oceano, que aguarda minha chegada, costuma tremer ao pensar que eu possa cair de cabeça para baixo. Acresce a tudo isso o fato de que o céu está sempre girando e carregando consigo as estrelas. Preciso estar constantemente em guarda para que esse movimento, que a tudo arrasta, não me apresse a concluir minha jornada.

"Imagina que eu te empreste a carruagem. O que farias? Serias capaz de manter o curso enquanto a esfera gira sob ti? Talvez penses que haja florestas e cidades, moradas de deuses, palácios e templos pelo caminho. Pelo contrário, pela estrada cruzam monstros aterrorizadores. Ela passa entre os chifres do Touro, em frente ao Arqueiro, e perto das mandíbulas do Leão, e onde o Escorpião estende os braços num sentido e o Caranguejo no outro. Tampouco acharás fácil conduzir esses cavalos, que expelem fogo pelas narinas e boca. Mal posso contê-los quando resistem ao comando das rédeas.

"Cuidado, meu filho, ou estarei dando-te um presente fatal. Reconsidera teu pedido enquanto ainda podes. Queres prova de que nascestes do meu sangue? Dou-te prova disso ao temer por ti. Olha o meu rosto; quisera eu que tu pudesses olhar em meu coração, e lá verias o carinho de um pai.

"Olha ao teu redor e pede qualquer das riquezas da terra ou do mar. Pede, e terás! Mas minha súplica é para que não peças isto. É a destruição, e não uma honra, o que queres. Irás conseguir, se insistires. Fiz um juramento e ele deve ser mantido. Mas insisto em que peças com mais sabedoria."

Concluiu o que tinha a dizer, mas seu aviso de nada serviu, e Faetonte ateve-se ao pedido. E assim, tendo resistido o mais que pôde, Febo conduziu o filho até onde se encontrava a carruagem. As rodas eram feitas de ouro, e os raios, de prata. Nos arreios, todos os tipos de joias refletiam o brilho do sol. Enquanto o rapaz a olhava admirado, a Aurora abriu as púrpuras portas do oriente, deixando à vista o caminho coberto de rosas.

Febo, quando viu a Terra começar a reluzir e a Lua preparando-se para recolher-se, mandou as Horas arrearem os cavalos. Elas lhe obedeceram e trouxeram dos altaneiros estábulos os corcéis, bem alimentados de rica ambrosia. Em seguida, o Sol espalhou no rosto do filho uma loção mágica que lhe permitiria aguentar o fulgor das chamas. Colocou-lhe sobre a cabeça a coroa de raios e resignou-se.

— Se insistes nisso — disse ele —, ao menos atenta aos meus conselhos. Não abusa do chicote e mantém a rédea curta. Os corcéis não precisam de açulamento; no entanto, precisas esforçar-te para contê-los. Não toma a estrada reta que atravessa os cinco círculos do Paraíso, toma a da esquerda. Evita as zonas boreais e austrais, fica dentro dos limites da região mediana. Verás as marcas das rodas e elas te guiarão. O céu e a terra precisam cada um da sua cota de calor; portanto, não anda muito alto, ou queimarás as moradas celestiais, nem muito baixo, ou tocarás fogo na terra. O caminho do meio é melhor e mais seguro.

"Deixo-te agora com a Sorte e espero que ela te faça um plano melhor do que o teu próprio. A Noite já vai além das portas do ocidente, e não podemos nos retardar mais. Pega as rédeas. Ou, melhor ainda, aceita meu conselho e deixa-me trazer luz para o mundo enquanto ficas aqui e observas em segurança.

Mas, enquanto o Sol falava, o rapaz saltou para dentro da carruagem e, de pé, tomou das rédeas, deleitado, desfazendo-se em agradecimentos ao pai relutante. Os cavalos encheram o ar com seu bafo flamejante e, impacientes, açoitaram o chão com os cascos. Foram baixadas as estacadas e surgiu à sua frente a planície infinita do universo. Partiram, cruzando as nuvens em disparada, rumo aos ventos do leste.

Os corcéis não tardaram a perceber que seu fardo era mais leve do que o normal. Qual navio sem lastro que aderna e segue à deriva pelo mar, a carruagem prosseguia velozmente como se estivesse vazia. Os cavalos seguiram adiante, abandonando a estrada habitualmente percorrida. Faetonte começou a entrar em pânico. Não fazia ideia da direção para a qual deveria voltar as rédeas; e, mesmo que soubesse, não tinha força para puxá-las. E assim, pela primeira vez, a Ursa Maior e a Ursa Menor foram chamuscadas pelo calor; e teriam mergulhado na água, se fosse possível. A Serpente, que fica enrolada em torno do polo, tórpida e inofensiva no frio dos céus, aqueceu-se e contorceu-se enfurecida.

Quando olhou para a terra, que se espalhava pela imensidão abaixo dele, o pobre Faetonte empalideceu e os joelhos tiritaram de pavor. Apesar de toda a resplandecência ao seu redor, a vista se lhe turvou. Desejou nunca ter tocado os cavalos do pai. Estava sendo levado como um navio arrastado em meio à tempestade, quando o comandante nada pode fazer além de rezar. Já deixara para trás grande parte da estrada celestial, mas ainda havia muito mais pela frente. Encontrava-se estonteado e confuso e não sabia se segurava as rédeas ou se as largava. Esqueceu-se dos nomes dos cavalos. Horrorizava-o a visão das formas monstruosas espalhadas pelo céu. O Escorpião, por exemplo, esticava as duas enormes garras em sua direção, enquanto a presa venenosa espichava-se atrás. A coragem de Faetonte esmoreceu, e as rédeas caíram-lhe das mãos.

Os cavalos, ao sentirem as rédeas soltas em suas costas, partiram a toda em direção às regiões desconhecidas do céu. Corriam pelas estrelas, fazendo sacolejar a carruagem, passando por lugares onde não existia trilha, ora nas alturas, ora bem próximo à terra. A Lua observou, estarrecida, a carruagem do irmão passando por baixo da sua. As nuvens começaram a evaporar e os picos das montanhas, a incendiar-se. Os campos estorricavam com o calor, as plantas murchavam e as plantações eram consumidas pelas chamas. Cidades pereciam, com suas muralhas e torres, e nações inteiras viravam cinzas.

Faetonte via o mundo pegando fogo e sentia o calor intolerável. O ar parecia o sopro de uma fornalha, cheio de fuligem e fagulhas. As emanações do calor conferiam um brilho esbranquiçado à carruagem, que dava guinadas ora para um lado, ora para o outro. Florestas transformavam-se em desertos, rios secavam, e a terra abria-se em rachaduras. O mar encolheu e estava prestes a transformar-se em seca planície. Por três vezes, Netuno tentou erguer a cabeça para fora da água, e nas três foi impedido pelo calor violento.

A Terra, então, em meio à evaporação das águas, protegendo o rosto com as mãos, olhou para o céu e, com a voz trêmula, clamou por Júpiter.

— Ó senhor dos deuses — gritou ela —, se fiz por merecer este tratamento, e é vossa vontade que eu pereça ao fogo, por que nos poupais de vossos raios? Deixai-me, pelo menos, cair por tuas próprias mãos. É esta a recompensa por minha fertilidade? É por isto que dei forragem para o gado, e frutas para os homens, e incenso para vossos altares? E o que fez meu irmão Oceano para merecer tal destino? E olhai para vossos próprios céus. Até os polos estão evaporando, e, se eles tombarem, vosso palácio cairá. Se o mar, a terra e o céu perecerem, voltaremos ao antigo Caos. Salvai o que ainda resta das chamas devoradoras. Considerai e livrai-nos deste momento horrível.

Subjugada pelo calor e pela sede, a Terra nada mais conseguiu dizer. Mas Júpiter a escutou e viu que todas as coisas pereceriam se não ajudasse logo. Subiu à torre mais elevada no céu, de onde costumava espalhar nuvens sobre o mundo e provocar seus poderosos trovões. Brandiu na mão um raio e arremessou-o sobre o condutor da carruagem. O carro explodiu. Os cavalos ensandecidos romperam as rédeas, as rodas se estraçalharam, e os destroços ficaram espalhados entre as estrelas.

E Faetonte caiu das alturas, com o cabelo em chamas, feito uma estrela cadente. Morreu muito antes de iniciar a queda. Um deus rio o recebeu e apagou as chamas que consumiam seu corpo.

(RS)

O REBANHO DO SOL

Da Odisseia, de Homero, adaptação de Andrew Lang

A embarcação atravessava os estrondosos estreitos entre o rochedo de Cila e o redemoinho de Caribde para chegar a mar aberto, e os homens, cansados e pesarosos, desdobravam-se a remar e ansiavam por repouso.

Parecia acercar-se um bom lugar para o descanso, pois à frente da embarcação surgia uma linda ilha, e os homens ouviam o balido de ovelhas e o mugido de vacas a serem tangidas para os estábulos. Mas Ulisses recordava-se de que, na Terra dos Mortos, o fantasma do profeta cego o avisara de uma coisa. Se os membros de sua tripulação abatessem e se alimentassem da carne do rebanho do Sol, na ilha sagrada de Trinácria, iriam todos perecer. Então, Ulisses contou-lhes sobre a profecia e pediu-lhes que continuassem remando até passarem da ilha. Euríloco ficou irritado e disse que os homens estavam cansados e não conseguiam mais remar; precisavam aportar, fazer uma boa ceia e dormir confortavelmente em terra firme. Ao ouvir Euríloco, a tripulação inteira bradou que não mais prosseguiria durante aquela noite e Ulisses não conseguiu induzi-los a continuar. Conseguiu apenas que jurassem não tocar no rebanho do Deus Sol, compromisso que aceitaram de pronto; e assim aportaram, cearam e dormiram.

Durante a noite, formou-se enorme tempestade: as nuvens e um denso nevoeiro ocultaram a visão do mar e do céu, e durante um mês inteiro passou o forte vento sul a arremessar ondas contra a costa, e nenhuma embarcação se aventuraria em meio à tormenta. Entrementes, a tripulação consumiu todos os víveres a bordo e acabou com o vinho, de vez que foram forçados a capturar aves aquáticas e peixes, sempre em pequenas quantidades, pois o mar batia forte contra os rochedos. Ulisses foi sozinho até a ilha a fim de fazer uma prece aos deuses e, depois, encontrou um lugar bem protegido, onde caiu no sono.

Euríloco aproveitou a ocasião, enquanto Ulisses se encontrava ausente, para instigar a tripulação a capturar e abater o rebanho sagrado do Deus Sol, que nenhum homem poderia tocar. E assim fizeram, de tal forma que, tendo despertado e se aproximado da embarcação, Ulisses sentiu o cheiro de carne assada e percebeu o que os homens haviam feito. Repreendeu-os a todos, mas eles, como o rebanho já estava morto, continuaram se alimentando da carne durante cinco dias. A tempestade finalmente acabou, o vento abrandou, o sol saiu; as velas foram içadas e a embarcação zarpou. Mas a malfeitoria foi punida, pois, quando perdeu-se de vista a terra, uma enorme tempestade abateu-se sobre a embarcação. Os ventos derrubaram o mastro, que partiu a cabeça do timoneiro; um raio atingiu o centro da embarcação, ela adernou e os homens foram lançados ao mar. Suas cabeças ficaram boiando na superfície por alguns instantes, qual pelicanos sobre as ondas.

Mas Ulisses mantivera nas mãos uma corda e, quando a embarcação endireitou, pôs-se a passear pelo convés até que uma onda desaparelhou a talha e afrouxou as laterais da quilha. Ulisses só teve tempo de usar a corda para amarrar o mastro quebrado à quilha e ficou sentado nessa jangada com os pés dentro da água, enquanto o Vento Sul tornava a bater furiosamente, empurrando a jangada de volta para o rochedo onde havia o redemoinho de Caribde. Ali, Ulisses teria se afogado, mas conseguiu agarrar-se à raiz de uma figueira que crescia sobre o rochedo e ficou pendurado, com os dedos dos pés escorregando nas pedras que despencavam, até que o redemoinho se formou outra vez, trazendo à tona alguns troncos. Ulisses deixou-se cair sobre eles e ali ficou, remando com os braços; por fim, o vento encarregou-se de empurrá-lo até a praia de uma ilha.

(RS)

DAVI E BETSABÁ

Uma tarde Davi se levantou depois de ter dormido um pouco e foi passear no terraço do palácio. Dali viu uma mulher muito bonita tomando banho. Ele mandou que descobrissem quem era aquela mulher e soube que era Betsabá, filha de Eliã e esposa de Urias, o heteu. Então Davi mandou que alguns mensageiros fossem buscá-la. Eles a trouxeram, e Davi teve relações com ela. Betsabá tinha justamente terminado o seu ritual mensal de purificação. Ela voltou para casa e depois descobriu que estava grávida e mandou um recado a Davi contando isso.

Davi mandou então esta mensagem a Joabe:

— Mande que Urias, o heteu, venha falar comigo.

E Joabe obedeceu. Quando Urias chegou, Davi perguntou a ele se Joabe e as tropas estavam bem e como estava indo a guerra. Depois disse a Urias:

— Vá para casa e descanse um pouco.

Urias saiu, e Davi mandou que levassem um presente à casa dele. Mas Urias não foi para casa; em vez disso dormiu no portão do palácio junto com os guardas do rei.

Quando Davi soube que Urias não tinha ido para casa, perguntou-lhe:

— Você acaba de voltar depois de ter ficado fora muito tempo. Por que não foi para casa?

Urias respondeu:

— Os homens de Israel e de Judá estão longe, na frente de batalha, e a arca do acordo está com eles. O meu comandante Joabe e os seus oficiais estão acampados ao ar livre. Como poderia eu ir para casa, comer e beber e dormir com a minha mulher? Juro por tudo o que é sagrado que nunca poderia fazer isso!

Então Davi disse:

— Fique aqui o resto do dia. Amanhã eu o mandarei de volta.

Urias ficou em Jerusalém naquele dia e no dia seguinte. Davi convidou-o para jantar e fez com que ele ficasse bêbado. Mesmo assim Urias não foi para casa naquela noite. Em vez disso, dormiu no seu cobertor, no quarto da guarda do palácio.

Na manhã seguinte, Davi escreveu uma carta a Joabe e a mandou por Urias. Davi escreveu o seguinte: "Ponha Urias na linha de frente, onde a luta é mais pesada. Depois se retire e deixe que ele seja morto."

Por isso, enquanto estava cercando a cidade, Joabe mandou Urias para um lugar onde sabia que o inimigo estava mais forte. As tropas inimigas saíram da cidade, lutaram contra as forças de Joabe e mataram alguns oficiais de Davi. E Urias também foi morto.

Então Joabe mandou a Davi notícias da batalha. Ele disse ao mensageiro o seguinte:

— Se, depois que você contar ao rei tudo sobre a batalha, ele ficar zangado e perguntar: "Por que vocês chegaram tão perto da cidade para lutar com eles? Não viram que eles poderiam atirar flechas do alto da muralha? Vocês não se lembram de como Abimeleque, filho de Jerubesete, foi morto? Foi na cidade de Tebes, onde uma mulher atirou de cima da muralha uma pedra de moinho e o matou. Então por que vocês chegaram tão perto da muralha?" Se o rei perguntar isso, responda: "Urias, seu oficial, também foi morto."

Então o mensageiro foi e disse a Davi o que Joabe tinha mandado. O mensageiro disse assim:

— Os inimigos eram mais fortes do que nós e saíram da cidade para lutar em campo aberto. Mas nós os forçamos a voltar para o portão da cidade. Então eles atiraram flechas do alto da muralha contra nós, e alguns dos seus oficiais foram mortos. E o seu oficial Urias também morreu.

Davi respondeu ao mensageiro:

— Anime Joabe e diga-lhe que não fique preocupado, pois numa batalha nunca se sabe quem vai morrer. Diga-lhe que ataque com mais força, até conquistar a cidade.

Betsabá soube que o marido tinha morrido e chorou por ele. Depois que passou o tempo de luto, Davi mandou que a levassem para o palácio. Ela se tornou sua esposa e lhe deu um filho. Mas o Deus Eterno não gostou do que Davi tinha feito.

O Deus Eterno mandou que o profeta Natã fosse falar com Davi. Natã foi e disse:

— Havia dois homens que viviam na mesma cidade: um era rico, e o outro era pobre. O rico possuía muito gado e ovelhas, enquanto que o pobre tinha somente uma ovelha, que havia comprado. Ele cuidou dela, e ela cresceu na sua casa, junto com os filhos dele.

Ele a alimentava com a sua própria comida, deixava que ela bebesse no seu próprio copo, e ela dormia no seu colo. A ovelha era como uma filha para ele. Certo dia um visitante chegou à casa do homem rico. Este não quis matar um dos seus próprios animais para preparar uma refeição para o visitante; em vez disso, pegou a ovelha do homem pobre, matou-a e preparou com ela uma refeição para o seu hóspede.

Então Davi ficou furioso com aquele homem e disse:

— Eu juro pelo Eterno, o Deus vivo, que o homem que fez isso deve ser morto! Ele deverá pagar quatro vezes o que tirou, por ter feito uma coisa tão cruel!

Então Natã disse a Davi:

— Esse homem é você. E é isto o que diz o Eterno, o Deus de Israel: "Eu tornei você rei de Israel e o salvei de Saul. Eu lhe dei o reino e as mulheres dele; tornei você rei de Israel e de Judá. E, se isso não bastasse, eu lhe teria dado duas vezes mais. Por que é que você desobedeceu aos meus mandamentos e fez essa coisa tão horrível? Você fez com que Urias fosse morto na batalha; deixou que os amonitas o matassem e então ficou com a esposa dele! Portanto, porque você me desobedeceu e tomou a mulher de Urias, sempre alguns dos seus descendentes morrerão de morte violenta. E também afirmo que farei uma pessoa da sua própria família causar a sua desgraça. Você verá isso quando eu tirar as suas esposas e as der a outro homem; e ele terá relações com elas em plena luz do dia. Você pecou escondido, em segredo, mas eu farei que isso aconteça em plena luz do dia, para todo o povo de Israel ver."

Então Davi disse:

— Eu pequei contra o Deus Eterno.

Natã respondeu:

— O Eterno perdoou o seu pecado; você não morrerá. Mas, porque, fazendo isso, você mostrou tanto desprezo pelo Eterno, o seu filho morrerá.

Natã foi para casa.

Então o Deus Eterno fez com que o filho de Davi e da mulher de Urias ficasse muito doente. Davi orou a Deus para que a criança sarasse e não quis comer nada. Entrou no seu quarto e passou a noite inteira deitado no chão. Os funcionários do palácio tentaram fazer Davi se levantar, mas ele não quis e não comeu nada com eles. Uma semana depois, a criança morreu, e os funcionários ficaram com medo de dar a notícia a Davi. Eles disseram:

— Enquanto a criança estava viva, Davi não respondia quando falávamos com ele. Como vamos dizer a ele que a criança morreu? Ele poderá fazer alguma loucura!

Quando Davi viu os oficiais cochichando uns com os outros, compreendeu que a criança havia morrido. Então perguntou:

— A criança morreu?

— Morreu — responderam eles.

Então Davi se levantou do chão, tomou um banho, penteou os cabelos e trocou de roupa. Depois foi à casa do Deus Eterno e o adorou. Quando voltou ao palácio, pediu comida e comeu logo o que lhe foi servido.

Aí os seus oficiais disseram:

— Nós não entendemos isto. Enquanto o menino estava vivo, o senhor chorou por ele e não comeu; mas, logo que ele morreu, o senhor se levantou e comeu!

— Sim — respondeu Davi. — Enquanto o menino estava vivo, eu jejuei e chorei porque o Deus Eterno poderia ter pena de mim e não deixar que ele morresse. Mas, agora que está morto, por que jejuar? Será que eu poderei fazê-lo viver novamente? Um dia irei para o lugar onde ele está, porém ele nunca voltará para mim.

Então Davi consolou a sua esposa Betsabá. Teve relações com ela, e ela deu à luz um filho, a quem Davi deu o nome de Salomão. Deus amou o menino e mandou que o profeta Natã lhe desse o nome de Jedidias porque Deus o amava.

AMBIÇÃO

Macbeth, *Shakespeare, tradução de Barbara Heliodora*

MACBETH Ficasse feito o feito, então seria
Melhor fazê-lo logo: se o matar
Trancasse as consequências e alcançasse
Com seu cessar sucesso; se este golpe
Pudesse ter um fim de tudo aqui,
E só aqui, nesta margem do tempo,
Riscava-se o futuro. Mas tais casos
São julgados aqui e nos ensinam
Que os truques sanguinários que criamos
Punem seus inventores, e a Justiça
Conduz o cálice que envenenamos
Aos nossos lábios. Ele está aqui
Por dupla confiança ao meu cuidado:
Primeiro, sou seu súdito e parente —
São ambos contra o ato. E, hospedeiro,
Devia interditar o assassino
E não tomar eu mesmo do punhal,
Duncan, além do mais, tem ostentado
Seu poder com humildade, e tem vivido
Tão puro no alto posto que seus dotes
Soarão, qual trombeta angelical,
Contra o pecado que o destruirá:
E a piedade, nua e recém-nata,
Montada no clamor, ou os querubins
A cavalgar os correios dos céus,
A todo olhar dirão o feito horrível,
Fazendo a lágrima afogar o vento.
Para esporar meu alvo eu tenho apenas
Esta imensa ambição que, salta tanto,
Que cai longe demais.

(*Entra lady Macbeth*)

	Então, que há?
LADY M.	O rei ceou. Por que deixaste a sala?
MACBETH	Ele chamou por mim?
LADY M.	Então não sabes?
MACBETH	Não vou levar avante este negócio. Ele vem de me honrar; e eu conquistei O ouro do respeito dessa gente; Devo agora ostentá-lo no seu brilho, Não descartá-lo assim.
LADY M.	Estava bêbada A ambição que vestias? E dormiu? E, acordada, olha assim pálida e verde, Pro que livre pensara? Doravante Julgo assim teu amor. Tens tanto medo De seres, com teus atos e coragem, Igual ao teu desejo? Queres ter O que julgas da vida o ornamento, Ou viver, um covarde aos próprios olhos, Deixando o "quero" curvar-se ao "não ouso", Como o gato pescando?
MACBETH	Paz, eu peço. Eu ouso tudo o que convém a um homem; Quem ousa mais não o é.
LADY M.	Que fera, então, Levou-te a sugerir-me tal empresa? Quando o ousaste é que tu foste homem, E para vir a ser mais do que foste Devias ser mais homem. Nem local Nem hora no momento nos serviam, Porém tu te esforçaste por dobrá-los. Pois agora por si são adequados E tu tremes. Eu já amamentei E sei o quanto é doce o sugar do neném; Enquanto ele sorria eu poderia

	Roubar-lhe o seio da gengiva mole E arrebentar-lhe o cérebro, se houvesse Jurado que o faria.
MACBETH	E se falharmos?
LADY M.	Falharmos? Com a coragem retesada Não falharemos. Quando o rei dormir — Ao que a dura viagem deste dia Há de chamá-lo — seus dois camareiros Hei de embalar com tanta e tal bebida Que a guardiã do cérebro, a memória, Fará, com seus vapores, da razão Mero alambique. Chafurdando em sono, Tão encharcados que pareçam mortos, O que não poderemos perpetrar Num Duncan desguardado? Ou imputar A essas esponjas, que arcarão com a culpa Do nosso crime?
MACBETH	Dá à luz só machos, Pois tua têmpera indômita só deve Gerar varões. Não hão de julgar todos, Se cobrimos com sangue os camareiros, Dormindo junto às armas que usaremos, Que foram eles?
LADY M.	Quem dirá que não, Se com clamor gritarmos nossa dor Pela morte?
MACBETH	Estou pronto; e cada nervo Será um tenso agente desse horror. Vamos; mostrando ar sereno e são, O rosto esconde o falso coração.

(Saem)

DE QUANTA TERRA UM HOMEM PRECISA?

Tolstoi

CAPÍTULO I

Certa vez a mulher de um comerciante foi à aldeia visitar a irmã mais nova, que era casada com um camponês. Durante o chá, a mulher do comerciante elogiava a vida na cidade, onde vivia com o marido e os filhos. Morava numa casa espaçosa, tinha fartura de doces e bebidas finas, ia a teatros e passeios.

A irmã mais nova, despeitada, começou a depreciar a vida dos comerciantes, enaltecendo a dos camponeses.

— Pois eu não trocaria a minha vida pela sua. Não temos tantas distrações, mas também não temos insegurança. Vocês vivem melhor, mas, ou vendem muito, ou ficam à beira da ruína. "Dia de muito, véspera de nada", diz o ditado! Às vezes uma pessoa é rica hoje e amanhã está na miséria. A vida no campo é mais segura. Nunca seremos ricos, mas não há de faltar o que comer!

— Mas como? Com os porcos e as vacas! Vivem sem conforto algum e, por mais que seu marido trabalhe, vão morrer no meio do esterco. E seus filhos não terão outra vida.

— Que mais podemos fazer? É a nossa vida. Em compensação, não precisamos nos curvar para ninguém e nada nos ameaça. Na cidade há todo tipo de tentações. Hoje está tudo muito bem, mas amanhã o diabo pode vir tentar seu marido com a bebida, o jogo, ou coisa pior. E, então, o que será de vocês?

Sentado junto ao fogão, Pakome, marido da irmã mais nova, ouvia a conversa das duas.

— É verdade — disse ele. — A gente que se acostuma desde cedo a trabalhar na mãe terra não corre perigo de ter essas loucuras. O único problema é a terra. Se a gente tem toda a terra que deseja, não tem medo nem do diabo!

Depois da refeição, as mulheres lavaram a louça, conversaram sobre vestidos e foram se deitar.

O diabo estava atrás do fogão e tinha escutado a conversa toda. Estava contente porque a mulher levara o marido a se gabar de não temer nem ao diabo, se tivesse muitas terras. "É assim?", pensou o diabo. "Pois vou lhe dar muitas terras, e ele será meu."

CAPÍTULO II

Perto da aldeia vivia uma mulher, proprietária de uns trezentos acres, que tratava bem os camponeses e nunca os havia prejudicado. Um dia, porém, contratou um soldado reformado para administrar suas terras e as coisas mudaram para os camponeses. O novo administrador cobrava multas por qualquer invasão e, fosse por um cavalo no campo de aveia, uma vaca no pomar, um bezerro no pasto da vizinha, volta e meia Pakome era multado.

Pakome pagava, mas ficava muito irritado, brigava por qualquer pretexto e batia na família. Durante todo o verão sofreu com isso. Quando chegou a época de recolher o gado ao curral, ficou aliviado, apesar de ele mesmo ter que levar as rações. No inverno correu a notícia de que a vizinha ia vender suas terras para o estalajadeiro da estrada real. Os camponeses ficaram desanimados. "Ele vai acabar conosco", diziam eles. "Será pior que agora, vai nos arruinar. Não podemos impedir os animais de pastar naquelas terras." Foram então pedir à proprietária que lhes vendesse a terra, propondo pagar mais que o estalajadeiro. Ela concordou. Reuniram-se em conselho para comprar a terra em nome de todos, mas não conseguiam resolver a questão. Parecia que o diabo intervinha, não havia meio de chegarem a um acordo. Assim, decidiram que cada um compraria uma parte, conforme pudesse. A proprietária tornou a concordar. Pakome soube que um vizinho comprara cinquenta acres e que ela aceitara receber a metade agora e a outra metade no prazo de um ano. "Vão comprar a terra toda e eu ficarei sem nada", pensou com inveja e disse à mulher:

— Todos estão comprando, precisamos comprar também. Não é mais possível viver sem terras.

Pensaram juntos na maneira de conseguir o dinheiro. Tinham cem rublos de economias. Venderam um potro, metade das colmeias, puseram o filho para trabalhar como empregado e pegaram o pagamento adiantado. Pediram emprestado a um cunhado o suficiente para completar a metade do dinheiro.

Pakome escolheu uma área de quarenta acres, com uma parte de floresta, e foi falar com a proprietária. Discutiram o preço, Pakome pagou um sinal e foram à cidade passar a escritura. Pakome pagou a metade e se comprometeu a dar a outra metade ao fim de dois anos.

Agora que tinha alguma terra, comprou sementes e plantou. A colheita foi tão boa que em um ano quitou o terreno e a dívida com o cunhado. Tornou-se proprietário. Arava, semeava, fazia seu próprio trigo, cortava as árvores da sua própria floresta, levava o gado a pastar no seu próprio terreno. Quando saía para arar o campo, ver a plantação, andar pelos prados, seu coração se enchia de alegria. A relva, as flores, tudo lhe parecia diferente dos outros lugares. Antes não via diferença entre aquela terra e qualquer outra, mas agora tudo era especial.

CAPÍTULO III

Pakome estava feliz. Tudo caminhava em perfeita ordem até começarem as invasões. Pediu aos camponeses que prendessem os animais, mas não adiantou. As vacas pastavam em seus campos e os cavalos pisoteavam as plantações. A princípio Pakome enxotava os animais e perdoava os camponeses, mas, com o passar do tempo, cansou-se daquilo e foi se queixar às autoridades. Sabia que os camponeses não faziam por mal, mas por falta de espaço. Porém, pensava: "Se isso continuar, vou perder toda a colheita; não é possível deixar. Eles têm que compreender."

Queixou-se várias vezes e os camponeses eram obrigados a pagar multas. Os vizinhos começaram a ter raiva dele. Às vezes pisoteavam de propósito os campos semeados. Certa vez lhe roubaram dez tílias para aproveitar a madeira. Ao passar pelo bosque, Pakome viu algo esbranquiçado no chão e encontrou os troncos derrubados. Se pelo menos tivessem cortado tílias alternadas, deixando algumas, mas não! Haviam derrubado as dez em seguida! Pakome ficou furioso. "Se eu souber quem foi, vou me vingar, com todo o peso da lei!", disse a si mesmo. Depois de muito pensar, achou que só podia ser Siomka. Foi ao curral do vizinho, mas não encontrou prova alguma. Acabou brigando com ele e se convenceu mais ainda de que era o culpado. Apresentou queixa. Siomka foi julgado e absolvido, pois não havia provas contra ele. Pakome foi tomado de raiva e desacatou o juiz e as autoridades, dizendo: "Estão em conluio com os ladrões! Se fossem honestos, não o teriam absolvido!"

Assim, Pakome estava mais folgado na vida e mais apertado no mundo. Nessa ocasião, ouviu falar que os camponeses estavam deixando a região para instalar-se em outros lugares e pensou: "Não tenho motivos para sair de minhas terras, mas se alguns vizinhos se mudassem teríamos mais espaço. Eu compraria as terras e viveríamos melhor. Estamos um pouco espremidos."

Um dia, um viajante que passava pela aldeia veio à sua casa. Pakome ofereceu-lhe comida e abrigo para a noite. Conversaram um pouco e Pakome perguntou-lhe de onde vinha. O homem contou que voltava de além do Volga, onde estivera trabalhando. Muitos camponeses estavam se mudando para lá. "Inscreveram-se no município e receberam trinta acres por pessoa. A terra é tão boa que o centeio cresce a ponto de cobrir um cavalo, e tão espesso que cinco golpes de foice dão um bom feixe. Um camponês muito pobre chegou lá de mãos vazias e agora tem seis cavalos e duas vacas", contou o viajante.

Pakome sentiu o desejo encher seu coração. "Por que sofrer nesse aperto", pensou, "se posso viver tão bem em outro lugar? Posso vender minha propriedade e comprar uma fazenda. Não há por que continuar nesse aperto. Mas antes preciso ver de perto", disse a si mesmo.

Partiu no início do verão. Embarcou num vapor, viajou pelo Volga até Samará e depois percorreu quatrocentos quilômetros a pé. Ao chegar, constatou que o viajante lhe contara a verdade. Os camponeses viviam bem, cada um tinha recebido seus trinta acres e o município acolhia de bom grado os recém-chegados. Quem tinha dinheiro podia comprar, além da quota prevista, quantos acres desejasse, e as melhores terras custavam um rublo o acre.

Pakome voltou à sua casa no começo do outono. Vendeu com lucro as terras e os animais e, ao chegar a primavera, mudou-se com a família para o novo lugar.

CAPÍTULO IV

Ao chegar, inscreveu-se numa grande aldeia, ofereceu uma bebida aos funcionários e arrumou a concessão. Para as cinco pessoas de sua família deram cento e cinquenta acres em campos diferentes, sem contar as pastagens. Pakome construiu uma casa e comprou animais. Só de concessão, possuía agora três vezes mais terras do que antes e estas eram muito mais férteis. Sua vida estava dez vezes melhor. Podia ter tanto gado quanto quisesse.

A princípio, enquanto se ocupava na construção da casa e das instalações, Pakome estava feliz, mas logo que se acostumou à nova vida voltou a insatisfação.

No primeiro ano, semeou trigo nas terras da concessão e teve boa colheita. Mas queria semear mais e nem todos os campos serviam para o trigo. Naquela região plantava-se o trigo apenas em alguns campos que são cultivados por um ou dois anos, e então era preciso deixar o solo se recuperar. Muitos aldeões queriam ter esses campos, mas não havia bastante para todos e as disputas eram comuns. Os mais ricos os cultivavam e os mais pobres os arrendavam aos comerciantes para cobrir os impostos. Pakome arrendou-os por um ano e a colheita foi boa. O campo ficava uns quinze quilômetros distante da aldeia e Pakome notou que os camponeses dali viviam em granjas e enriqueciam. "Se eu tivesse terras aqui, poderia ter uma casa no campo", pensou. Daí por diante, só pensava em comprar terras naquele lugar.

Viveu assim por três anos. Teve excelentes colheitas e ganhou muito dinheiro. Mas estava cansado de arrendar terras, pois os camponeses disputavam os melhores campos e ele precisava estar sempre atento para não perder as oportunidades. Arrendou um campo em sociedade com um comerciante, mas, depois de arado, perdeu-o numa demanda. "Se a terra fosse minha, não perderia meu trabalho nem me rebaixaria diante de ninguém", pensou Pakome.

Andando à procura de terras para comprar, Pakome encontrou um mujique arruinado disposto a vender mil e trezentos acres a preço muito baixo. Depois de muita negociação, concordou em pagar mil e quinhentos rublos, metade à vista e metade a prazo.

Um dia um comerciante parou na casa de Pakome para dar ração aos cavalos. Pakome ofereceu-lhe chá e o comerciante contou que vinha do território *bashkir*, onde havia comprado treze mil acres por mil rublos. Pakome ficou interessado.

— Basta fazer amizade com os velhos. Gastei uns cem rublos em presentes, roupas, tapetes e chá e aos que bebiam dei bons vinhos. Comprei as terras por sete copeques o acre — disse o comerciante, mostrando o contrato de venda. — A terra fica ao longo de um riacho, é especial para o trigo. Leva-se mais de um ano para percorrer todo o território dos *bashkirs*. É um povo ingênuo, vendem as terras quase de graça.

"Por que gastar mil e quinhentos rublos em mil e trezentos acres e contrair uma dívida se lá, pelo mesmo dinheiro, posso comprar sabe Deus quantas terras?", disse Pakome a si mesmo.

CAPÍTULO V

Pakome informou-se sobre o caminho, disposto a conhecer aquelas terras. Deixou a casa aos cuidados da família e partiu acompanhado de um criado. Ao passar pela cidade comprou chá, vinho e outros presentes, como o comerciante aconselhara. Percorreram mais de trezentos quilômetros e no sétimo dia chegaram ao acampamento dos *bashkirs*.

O lugar era realmente como o comerciante dissera. O povo vivia em tendas na estepe, ao longo de um riacho. Não cultivavam a terra nem comiam pão. O gado pastava na estepe e os potros ficavam reunidos junto às tendas. Duas vezes por dia traziam as éguas para a ordenha e com seu leite preparavam o *kumis*. As mulheres faziam queijo e os homens passavam o tempo tomando chá e *kumis*, comendo carneiro e tocando flauta. Eram alegres e saudáveis; passavam todo o verão em festa. Eram muito ignorantes e nem sabiam falar russo, mas acolhiam com prazer os viajantes.

Ao ver Pakome, vieram recebê-lo, trazendo um intérprete. Pakome disse que vinha comprar terras e eles ficaram muito contentes. Levaram-no a uma tenda grande, onde o convidaram a se sentar em tapetes e coxins de plumas e trouxeram chá, *kumis* e carneiro. Pakome tirou da charrete os presentes e os ofereceu a todos. Conversaram alegremente entre si e disseram ao intérprete para traduzir.

— Mandam dizer que apreciam muito os presentes e querem saber como podem retribuir. Temos o costume de dar ao hóspede o que ele pedir. Diga-nos o que deseja e teremos prazer em atender ao seu pedido.

— No lugar onde vivo não há muitos campos férteis, as terras estão esgotadas — disse Pakome. — Aqui, vejo campos bons para o cultivo. Gostaria de comprar terras.

O intérprete traduziu as palavras de Pakome e os homens discutiram animadamente.

Pakome não entendia o que diziam, mas via que estavam satisfeitos, gritavam e riam. Por fim, o intérprete disse:

— Mandam comunicar que, em troca dos presentes, darão com prazer toda a terra que desejar.

Os homens voltaram a conversar entre si e Pakome perguntou o que falavam.

— Uns dizem que é preciso consultar o chefe; acham que não podem decidir sem o consentimento dele — disse o intérprete. — Outros pensam que não é preciso, já que seguimos os costumes.

CAPÍTULO VI

Estavam em plena discussão quando surgiu um homem com um gorro de pele de raposa. Todos ficaram de pé, em silêncio.

— É o chefe — disse o intérprete.

Pakome mandou buscar o melhor traje e uma caixa de chá na charrete para oferecer ao chefe. O homem aceitou os presentes e os colocou a seu lado. Os *bashkirs* conversaram com ele por longo tempo. Depois de ouvi-los, o chefe fez um gesto para que se calassem e dirigiu-se a Pakome em russo:

— Pode escolher a terra que mais lhe agrade; temos muita.

"Como fazer?", pensou Pakome. "Se não fizermos um contrato, poderão dizer depois que a terra não é minha e tomá-la de volta."

— Agradeço suas palavras, mas as terras são muito extensas e só preciso de uma parte. Vejo que seu povo é bom e me concede essas terras, mas nossas vidas não dependem de nós, dependem de Deus e talvez um dia seus filhos as peçam de volta. Assim, talvez seja melhor fazer um contrato definindo qual é a minha parte.

— Tem razão — disse o chefe.

— Ouvi dizer que um comerciante comprou terras de seu povo e recebeu uma escritura. Gostaria de fazer a mesma coisa — disse Pakome.

O chefe compreendeu o que ele desejava.

— Podemos fazer isso. Temos um escrevente na cidade que prepara a escritura e põe os selos necessários.

— Qual é o preço? — perguntou Pakome.

— Nosso preço é um só: mil rublos por dia.

Pakome não entendeu.

— Que medida é essa? Quantos acres tem um dia?

— Não sabemos calcular — disse o chefe. — Vendemos a terra por dia. Toda a terra que puder percorrer a pé em um dia será sua pelo preço de mil rublos.

— Pode-se percorrer muita terra em um dia — disse Pakome, surpreso.

— Pois será toda sua — respondeu o chefe, rindo. — Mas há uma condição: se não voltar no mesmo dia ao ponto de partida, perderá o dinheiro.

— Como vou marcar o lugar?

— Ficaremos no ponto de partida até você voltar. Pode levar uma enxada e cavar buracos pelo caminho, colocando um monte de capim ao lado de cada buraco. Depois faremos um sulco com o arado, ligando os montes de capim. Toda a extensão marcada será sua, desde que retorne ao lugar de onde saiu antes que o sol se ponha.

Pakome estava encantado. Resolveram marcar a terra no dia seguinte. Conversaram mais um pouco, bebendo *kumis*, comendo carneiro e tomando chá até o anoitecer. Acomodaram Pakome em coxins de plumas e se dispersaram, combinando de se reunir de madrugada, para chegar ao lugar antes do nascer do sol.

CAPÍTULO VII

Pakome deitou-se, mas não conseguia dormir, pensando nas terras. "Vou percorrer uns cinquenta quilômetros, pois nessa estação o dia é tão longo quanto a noite. É muita terra! Posso arrendar a pior parte aos camponeses e cultivar os melhores campos. Compro duas juntas de bois e contrato dois empregados. Semeio uns duzentos e cinquenta acres e deixo o resto para pasto."

Passou a noite em claro mas, pouco antes da madrugada, adormeceu e teve um sonho. Sonhou que estava deitado na tenda dos *bashkirs* e ouvia alguém rir do lado de fora. Foi ver quem era e encontrou o chefe segurando a barriga com as duas mãos, dobrando-se de rir. Pakome aproximou-se e perguntou:

— De que está rindo tanto?

Viu então que o chefe era o negociante que tinha ido à sua casa contar sobre as terras. Mas quando lhe perguntou: "Chegou aqui há muito tempo?" viu que não era aquele, mas o primeiro viajante que viera de além do Volga, e logo também já não era o viajante, mas o próprio diabo, com chifres e patas de bode. Estava parado, às gargalhadas, ao lado de um homem morto que vestia apenas uma camisa e não tinha sapatos. Olhou para o morto e viu que era ele mesmo. Despertou horrorizado. "A gente sonha cada coisa!", disse consigo. Viu pela porta aberta que começava a clarear. "Preciso acordar os outros, pois já é hora de partir", pensou. Levantou-se, chamou o criado que dormia na charrete, mandou que atrelasse os animais e foi acordar os *bashkirs*.

— É hora de ir à estepe marcar as terras — disse a eles.

Os homens se reuniram para esperar o chefe. Beberam *kumis* e ofereceram chá, mas Pakome mal podia esperar.

— Se temos que ir, vamos logo, pois já é dia — disse ele.

CAPÍTULO VIII

Alguns a cavalo, outros em charrete, partiram. Pakome e seu criado seguiram na charrete, levando a enxada. Chegaram à estepe quando a aurora avermelhava o céu. Subiram uma colina, apearam dos cavalos e das charretes e se reuniram no alto.

O chefe aproximou-se de Pakome e mostrou o campo, dizendo:

— Até onde a vista alcança, a terra é nossa. Escolha a parte que quiser.

Os olhos de Pakome brilharam. O solo virgem era perfeito para o cultivo do trigo, a terra era preta e toda plana, coberta de vários tipos de capim alto.

O chefe tirou o gorro e colocou no chão, dizendo:

— Aqui é o ponto de partida. Quando voltar aqui, toda a terra que tiver percorrido será sua.

Pakome pôs o dinheiro sobre o gorro do chefe e tirou o casaco, ficando só com a camisa e a túnica. Ajustou o cinto, pendurou nele uma bolsa com pão e água, ajeitou as botas e pegou a enxada, pronto para começar a caminhada. Por um momento ficou pensando na direção a tomar, mas, como toda a terra era boa, decidiu ir para o nascente. Voltando o rosto para o oriente, esperou o sol despontar. "Não devo perder um minuto e, além disso, é mais fácil caminhar enquanto está mais fresco", pensou. Mal surgiram os primeiros raios de sol Pakome iniciou a jornada, levando a enxada ao ombro.

Começou a andar em passo constante, nem lento nem rápido. Percorrido um quilômetro, parou, cavou um buraco e pôs um monte de capim bem visível ao lado e continuou a andar. Animado, apressou o passo e, percorrido um bom trecho, cavou outro buraco. Virou-se e viu a colina bem delineada à luz do sol, as pessoas no topo e o brilho das rodas das charretes. Calculou ter andado já uns cinco quilômetros. Sentiu calor. Tirou a túnica, atirou-a sobre o ombro e prosseguiu. Andou outros cinco quilômetros. O calor aumentava. Pakome olhou o sol e viu que era hora do almoço.

"Já fiz um quarto da jornada, mas ainda é cedo para começar a voltar. Vou tirar as botas", pensou.

Sentou-se para tirar as botas, pendurou-as na cintura e continuou a andar. Era mais fácil andar descalço. "Ando outros cinco quilômetros e viro para a esquerda. Esse lugar é excelente, seria pena perdê-lo. Quanto mais ando, melhor é a terra." Continuou a andar em linha reta e, ao olhar para trás, mal dava para ver a colina. Os homens pareciam formigas e o brilho das rodas sumia na distância.

"Ah, já andei muito nessa direção, é hora de voltar. Além disso, estou suado e tenho sede." Parou, cavou um buraco maior e pôs o monte de capim. Desatou a garrafa, bebeu um gole de água e virou para a esquerda. Continuou a andar; o capim era muito alto e fazia mais calor.

Pakome começou a sentir cansaço. Olhou o sol e viu que era meio-dia. "Preciso descansar", pensou. Sentou-se, comeu um pedaço do pão e bebeu água, mas não se atreveu a recostar, com medo de adormecer. Recomeçou a caminhada. A comida havia refeito suas forças, mas o calor aumentava cada vez mais. Apesar de sentir cansaço e sono, continuou andando, dizendo a si mesmo que eram poucas horas de sofrimento em troca de muitos anos de boa vida.

Andou muito tempo naquela direção e já ia virar novamente para a esquerda quando avistou um vale. "Aqui o linho deve crescer bem; seria pena perdê-lo", pensou. Rodeou o vale, cavou um buraco para marcar do outro lado e só então mudou de direção. Olhou para a colina. O calor tornava o ar trêmulo e mal podia distinguir os homens no topo.

"Ah, marquei dois lados muito compridos; preciso fazer o terceiro mais curto", pensou, acelerando o passo. O sol estava a meio caminho do horizonte e ele só havia percorrido dois quilômetros. Faltavam dez para chegar ao lugar de onde saíra. "Meu terreno vai ficar irregular, mas agora preciso seguir em linha reta. Mesmo assim, já tenho muitas terras." Apressou-se a cavar um buraco e seguiu em direção à colina.

CAPÍTULO IX

Estava exausto. Andava com dificuldade, os pés descalços doíam e as pernas fraquejavam. Precisava descansar, mas, se parasse, não chegaria à colina antes do pôr do sol. O sol não esperava. Descia pouco a pouco, a caminho do horizonte. "Meu Deus, será que fui longe demais? E se eu não chegar a tempo?" Olhou para a colina e para o sol. Ainda tinha muito que andar e o sol já estava baixo.

Pakome continuou a andar. Apesar da exaustão, caminhava cada vez mais rápido. Ao ver que ainda estava muito longe, começou a correr. Jogou fora a túnica, as botas, a garrafa de água e o gorro. Levava apenas a enxada, que usava como cajado. "Que farei? Fui ambicioso demais! Não chegarei a tempo e vou perder tudo!" O medo lhe tirava o fôlego. Pakome continuou a correr. As roupas suadas grudavam na pele, a boca estava seca. Arquejava como um fole, o coração martelava, já não sentia as pernas. Teve medo de morrer de cansaço. Apesar do medo de cair morto, não conseguia parar de correr. "Se paro agora, depois de tudo que andei, vão me chamar de idiota", pensava. Continuou a correr e, quanto mais perto chegava, mais alto ouvia os gritos e assovios dos homens na colina. Estimulado pelos gritos, reuniu as últimas forças e continuou.

O sol se tornara grande, vermelho, e já alcançava o horizonte. Pakome estava bem perto agora. Via os homens acenando, animando-o a chegar. Já via o gorro de pele de raposa no chão, o dinheiro e o chefe, sentado ao lado, segurando a barriga com as duas mãos. Nesse momento lembrou-se do sonho e pensou: "Tenho muitas terras, mas será que Deus vai me permitir viver nelas? Acho que tudo está perdido, não vou conseguir chegar!"

Pakome viu o sol, na linha do horizonte, começando a desaparecer. Juntando todas as forças que restavam, correu tão depressa que o corpo se curvava para a frente e as pernas mal conseguiam acompanhar. Estava a ponto de cair. Quando alcançou o pé da colina, o sol sumiu e Pakome pensou, aterrorizado: "Tudo o que fiz foi em vão!" Ia parar de correr, mas viu que os homens ainda acenavam, animando-o com assovios e gritos. Então compreendeu que, embora estivesse escuro ali embaixo, em cima da colina ainda se via o sol. Redobrou o esforço e subiu. A primeira coisa que viu foi o gorro com o dinheiro. Ainda era dia lá no alto e ao lado do gorro estava o chefe sentado, segurando a barriga com as duas mãos, dobrando-se de rir. Lembrando-se do sonho, Pakome sentiu tamanho horror que as pernas fraquejaram e ele caiu de bruços, alcançando o gorro com os braços estendidos.

— Que homem competente! — disse o chefe. — Quantas terras conseguiu!

O criado veio ajudá-lo a se levantar e viu o sangue escorrendo-lhe da boca.

Pakome estava morto.

Os homens mostravam pesar pela morte de Pakome. O criado pegou a enxada, cavou um buraco e enterrou o patrão. Dois metros, da cabeça aos pés, era a terra de que Pakome precisava.

(ALA)

SOBRE A DISCIPLINA

Górgias, Platão

Sócrates — Todo homem é seu próprio governante, mas pensas que não há necessidade de ele se governar a si mesmo e sim aos outros?

Cálicles — Que entendes por "governar a si mesmo"?

S — Uma coisa bem simples: ser disciplinado, ter domínio de si e governar prazeres e paixões.

C — Que inocência! Confundes sabedoria com tolice.

S — Qualquer um entende o que eu digo.

C — Não. Como pode um homem ser feliz se é escravo? A maneira certa de viver é deixar crescer as paixões e não as reprimir, servi-las com coragem e inteligência e satisfazer a todos os seus desejos.

(...)

S — Com que bravura, Cálicles, argumentas. Continua. Então, não reprimir as paixões é virtude?

C — Sim.

S — Então, quem nada quer é que é feliz?

C — Não, pois mais felizes seriam os mortos e as pedras.

S — A ser verdade, que coisa terrível é a vida! (...) Dois homens — o sóbrio e o intemperante — são donos de barris. Os do primeiro, em bom estado, estão cheios de vinho, mel, leite e outros líquidos, frutos do trabalho e do esforço. O dono não cuida deles e está tranquilo. Os do segundo estão podres e furados e ele tem que trabalhar dia e noite sem parar para não cair na fome e na agonia. Qual deles é o mais feliz?

C — O dos barris cheios não tem qualquer prazer. Depois que os vê repletos, vive como pedra, sem penas ou alegria. O gosto da vida é o transbordar.

S — Se muito transbordar, muito se perde.

C — Certamente.

S — A vida de que falas não é a de um morto ou de uma pedra, mas de um abutre. Tua ideia é, então, apenas comer quando se tem fome?

C — Sim.

S — E beber, quando se tem sede?

C — Sim. Viver é desejar, e ser feliz é satisfazer os desejos.

(...)

S — Escuta-me, que torno a argumentar. O prazer e o bem são a mesma coisa? Não, concordamos Cálicles e eu. Deve-se procurar o prazer pelo bem ou o bem pelo prazer? O prazer pelo bem. O prazer nos alegra e o bem nos torna bons? Certamente. E somos bons e as coisas são boas quando há virtude em nós e nelas? Esta é minha convicção, Cálicles. Mas a virtude das coisas — corpo ou alma, instrumento ou animal — não vem do acaso, mas resulta da ordem, da verdade e da arte que são parte delas. É assim? Eu digo que sim. A virtude das coisas vem da ordem e proporção? Sim. É a ordem inerente a cada ser que o torna bom? É o que penso. E a alma que tem ordem é melhor do que a que não tem? Certamente. A alma que tem ordem é ordeira? Sim. E a ordeira é sábia? Necessariamente. Então a alma sábia é boa. Não posso negar tudo isso, caro Cálicles. Tu negas?

C — Continua, meu amigo.

S — Digo, então, que, se a sábia é boa, a desordenada é má, tola e intemperante. Evidente. Se a sábia age bem para com deuses e com homens, agindo ao contrário não seria tola? Sim. Se é justa com os homens e santa com os deuses, é justa e santa? Sim. E não deve ser corajosa? Pois, não fazendo o que não deve e fazendo o que deve, deve suportar tudo e ficar firme, em relação a coisas e pessoas, dor e alegria. Cálicles, o sábio, sendo justo, santo e corajoso, só pode ser um homem bom, pois o bom pratica o bem. e o mau, o mal. É isso o que sustento: quem deseja ser feliz deve buscar a temperança e fugir da intemperança. Então, não precisará de castigo, mas praticará a justiça com a família, com os amigos e com a cidade. (...) Os sábios, Cálicles, nos ensinam que céus e terra, deuses e homens se encontram na amizade, na ordem, na cordura e na justiça. Por isso, amigo, o universo se chama Cosmos, ou ordem, e não desordem e desenfreio.

(LRM)

SOBRE A DISCIPLINA

Ética a Nicômaco, *Aristóteles, tradução de Leonel Vallandro e Gerd Bornheim*

Sendo, pois, de duas espécies a virtude, intelectual e moral, a primeira, por via de regra, gera-se e cresce graças ao ensino — por isso, requer experiência e tempo; enquanto a virtude moral é adquirida em resultado do hábito. (...) Não é, pois, por natureza, nem contrariando a natureza, que as virtudes se geram em nós. Diga-se, antes, que somos adaptados por natureza a recebê-las e nos tornamos perfeitos pelo hábito.

Por outro lado, de todas as coisas que nos vêm por natureza, primeiro adquirimos a potência e mais tarde exteriorizamos os atos. Isso é evidente no caso dos sentidos, pois não foi por ver ou ouvir frequentemente que adquirimos a visão e a audição, mas, pelo contrário, nós as possuíamos antes de usá-las e não entramos na posse delas pelo uso. Com as virtudes dá-se exatamente o oposto: adquirimo-las pelo exercício, como também sucede com as artes. Com efeito, as coisas que temos de aprender antes de poder fazê-las, aprendemo-las fazendo; por exemplo, os homens tornam-se arquitetos construindo e tocadores de lira tangendo o instrumento. Da mesma forma, tornamo-nos justos praticando atos justos, e assim com a temperança, a bravura etc. (...)

Isso, pois, é o que também ocorre com as virtudes: pelos atos que praticamos em nossas relações com os homens nos tornamos justos ou injustos; pelo que fazemos em presença do perigo e pelo hábito do medo ou da ousadia, nos tornamos valentes ou covardes. O mesmo se pode dizer dos apetites e da emoção da ira; uns se tornam temperantes e calmos, outros intemperantes e irascíveis, portando-se de um modo ou de outro em igualdade de circunstâncias.

Numa palavra: as diferenças de caráter nascem de atividades semelhantes. É preciso, pois, atentar para a qualidade dos atos que praticamos, porquanto da sua diferença se pode aquilatar a diferença de caracteres. E não é coisa de somenos que desde a nossa juventude nos habituemos desta ou daquela maneira. Tem, pelo contrário, imensa importância, ou melhor: tudo depende disso. (...)

Está, pois, suficientemente esclarecido que a virtude moral é um meio-termo, e em que sentido devemos entender esta expressão; e que é um meio-termo entre dois vícios, um dos quais envolve excesso e o outro, deficiência, e isso porque a sua natureza é visar à mediania nas paixões e nos atos.

Do que acabamos de dizer segue-se que não é fácil ser bom, pois em todas as coisas é difícil encontrar o meio-termo. (...) Por isso a bondade tanto é rara como nobre e louvável.

Por conseguinte, quem visa ao meio-termo deve primeiro afastar-se do que lhe *é* mais contrário. (...)

Com efeito, dos extremos, um é mais errôneo e o outro menos; portanto, como acertar o meio-termo é extremamente difícil, devemos contentar-nos com o menor dos males, como se costuma dizer; (...) Mas devemos considerar as coisas para as quais nós próprios somos facilmente arrastados, porque um pende numa direção e outro, noutra; e isso se pode reconhecer pelo prazer e pela dor que sentimos.

É preciso forçar-nos a ir na direção do extremo contrário, porque chegaremos ao estado intermediário afastando-nos o mais que pudermos do erro, como procedem aqueles que procuram endireitar varas tortas.

Ora, em todas as coisas o agradável e o prazer é aquilo de que mais devemos nos defender, pois não podemos julgá-lo com imparcialidade. A atitude a tomar em face do prazer é, portanto, a dos anciãos do povo de Helena, e em todas as circunstâncias cumpre-nos dizer o mesmo que eles; porque, se não dermos ouvidos ao prazer, corremos menos perigo de errar. Em resumo, é procedendo dessa forma que teremos mais probabilidades de acertar com o meio-termo.

Não se há de negar, porém, que isso seja difícil, especialmente nos casos particulares. (...) E às vezes louvamos os que ficam aquém da medida, qualificando-os de calmos, e outras vezes louvamos os que se encolerizam, chamando-os de varonis. Não se censura, contudo, o homem que se desvia um pouco da bondade, quer no sentido do menos, quer no do mais; só merece reproche o homem cujo desvio é maior, pois esse nunca passa despercebido.

Mas até que ponto um homem pode desviar-se sem merecer censura? Isso não é fácil de determinar pelo raciocínio, como tudo que seja percebido pelos sentidos; tais coisas dependem de circunstâncias particulares, e quem decide é a percepção.

Fica bem claro, pois, que em todas as coisas o meio-termo é digno de ser louvado, mas que às vezes devemos inclinar-nos para o excesso e outras vezes para a deficiência. Efetivamente, essa é a maneira mais fácil de atingir o meio-termo e o que é certo.

TEMPO PARA TUDO

Eclesiastes 3, 1-8

Tudo neste mundo tem seu tempo;
cada coisa tem sua ocasião.
Há um tempo de nascer e tempo de morrer;
tempo de plantar e tempo de arrancar;
tempo de matar e tempo de curar;
tempo de derrubar e tempo de construir.
Há tempo de ficar triste e tempo de se alegrar;
tempo de chorar e tempo de dançar;
tempo de espalhar pedras e tempo de ajuntá-las;
tempo de abraçar e tempo de afastar.
Há tempo de procurar e tempo de perder;
tempo de economizar e tempo de desperdiçar;
tempo de rasgar e tempo de remendar;
tempo de ficar calado e tempo de falar.
Há tempo de amar e tempo de odiar;
tempo de guerra e tempo de paz.

Compaixão

ASSIM COMO A CORAGEM toma posição *pelo* outro em situações de perigo, a compaixão toma posição *com* o outro em horas de infortúnio. É uma disposição ativa para a amizade e a participação, é a vontade de estar ao lado do outro, trazendo consolo e apoio na tristeza e na aflição.

As sementes da compaixão estão plantadas na própria natureza dos seres humanos. "Existe alguma benevolência, ainda que pequena, incutida em nosso peito, uma centelha de amizade pela espécie humana, uma partícula da pomba branca convivendo em nossa estrutura com os elementos do lobo e da serpente", disse David Hume. Seu contemporâneo Jean-Jacques Rousseau concorda: "Compaixão é um sentimento natural que, por moderar a violência do amor a si mesmo no indivíduo, contribui para a preservação de toda a espécie. É a compaixão que nos impele, sem refletir, a levar alívio aos que sofrem."

Como se pode cultivar a compaixão natural da criança? Histórias e provérbios úteis são inúmeros. O passo principal é impedir que a animosidade e o preconceito prejudiquem o crescimento natural da virtude. Os "ismos" sectários são os maiores obstáculos: racismo, sexismo e outros.

VELHAS ÁRVORES

Olavo Bilac (1865-1918)

Olha estas velhas árvores, mais belas
Do que as árvores mais novas, mais amigas:
Tanto mais belas quanto mais antigas,
Vencedoras da idade e das procelas...

O homem, a fera e o inseto, à sombra delas
Vivem, livres de fomes e fadigas;
E em seus galhos abrigam-se as cantigas
E os amores das aves tagarelas.

Não choremos, amigo, a mocidade!
Envelheçamos rindo! Envelheçamos
Como as árvores fortes envelhecem:

Na glória da alegria e da bondade,
Agasalhando os pássaros nos ramos,
Dando sombra e consolo aos que padecem!

O LEÃO E O RATO

Jean de La Fontaine, adaptado por Maria Helena Rouanet

Sempre que possível, devemos ajudar os outros, pois, muitas vezes, precisamos de quem é menor do que nós. Essa verdade, tão fácil de ser comprovada, é tema de duas fábulas.

Um rato saiu da sua toca e ficou apavorado ao se ver entre as patas de um leão. Nessa ocasião, o Rei dos animais demonstrou toda a sua grandeza e deixou que o bichinho fosse embora são e salvo. Por incrível que pareça — para que um leão precisaria de um animal tão pequenino? —, podem crer que tal atitude veio a ser recompensada.

Aconteceu que, ao sair da floresta, o leão foi capturado pelas redes de caçadores e, por mais que rugisse, não conseguiu se livrar delas. Foi então que o rato apareceu e, com os seus dentes afiados, tanto roeu uma das malhas que a rede acabou se rasgando.

Paciência e persistência podem mais do que força e do que raiva.

AS FADAS

Charles Perrault

Era uma vez uma viúva que tinha duas filhas: a mais velha era tão parecida com ela que quem via a filha via a mãe.

Todas as duas eram tão desagradáveis e orgulhosas, que não era possível viver com elas.

A filha caçula, que era o retrato do pai e, por isso, a doçura e a honestidade em pessoa, era também uma das meninas mais bonitas que se tinha visto.

Como é mais fácil para todo mundo gostar de quem nos é semelhante, naturalmente esta mãe adorava sua filha mais velha e, como era de se esperar, tinha verdadeira aversão pela mais moça.

Obrigava a caçula a comer na cozinha e a trabalhar sem descanso. Entre outras coisas, ela tinha que ir duas vezes por dia buscar água em uma fonte que ficava a mais de meia légua de sua cabana e ainda, na volta, carregar a grande jarra cheia.

Um dia em que estava na fonte, chegou perto dela uma pobre mulher que lhe implorou por um pouco de água para beber.

— Mas é claro, minha boa senhora! — disse a linda menina, que, depois de lavar a jarra, mergulhou-a no lugar onde a água era mais cristalina, voltando em seguida para perto da pobre mulher, tendo o cuidado de segurar a jarra para que ela bebesse.

A boa mulher, depois de matar a sede, lhe disse:

— Você é tão linda, tão boa e tão honesta que eu vou lhe conceder um dom. — Pois tratava-se de uma fada que tinha se transformado em uma velha camponesa, para testar até onde ia a bondade e a honestidade daquela menina. — Eu lhe concedo o dom de, a cada palavra que você disser, sair de sua boca uma flor ou uma pedra preciosa.

Logo que chegou em casa, a menina foi logo sendo chamada a atenção pela mãe, que brigou com ela por ter chegado tarde.

— Eu lhe peço perdão, minha mãe — disse a pobrezinha, explicando por que tinha chegado mais tarde. Enquanto falava, saíram de sua boca duas rosas, duas pérolas e dois grandes diamantes.

— O que estou vendo! — assustou-se a mãe. — Parece que estão saindo de sua boca pérolas e diamantes! De onde vem isto, minha filha?

(Era a primeira vez que a chamava de sua filha.)

A filha então contou inocentemente tudo o que tinha acontecido, enquanto continuava a sair de sua boca, enquanto falava, uma infinidade de diamantes.

— Na verdade — disse a mãe —, é preciso mandar minha filha lá. Franchon, venha cá! Venha ver o que sai da boca de sua irmã quando ela fala! Quem sabe você também não pode ter o mesmo dom? Basta que você vá até a fonte buscar água e, quando chegar a pobre mulher, dar-lhe de beber bem gentilmente.

— Só me faltava esta! — respondeu a malcriada. — Ir à fonte!

— Eu quero que você vá, e bem depressa! — disse a mãe.

E lá foi ela, e, sempre reclamando, pegou a mais linda jarra de prata que havia na casa.

Mal ela chegou à fonte, viu sair do bosque uma dama magnificamente vestida que lhe pediu um pouco d'água. Era a mesma fada que tinha aparecido para sua irmã, mas que, disfarçada de princesa, queria provar a desonestidade da moça.

— Pensa que eu vim até aqui — disse a grosseira orgulhosa — para lhe dar de beber? Pensa que trouxe o jarro de prata especialmente para dar água para a madame? Ora, beba por sua própria conta!

— Você não é nem um pouco honesta — disse a fada, sem rancor. — Muito bem, como você é tão pouco prestativa, eu lhe concedo o dom de, a cada palavra que você disser, sair de sua boca ou uma serpente, ou um sapo.

Assim que sua mãe a viu chegar, foi logo perguntando:

— Então, minha filha?

— Então, minha mãe! — Foi respondendo a mal-educada, cuspindo cobras e sapos.

— Oh! Céus! — gritou a mãe. — O que estou vendo! A culpa é de sua irmã, e ela me paga!

E saiu atrás da outra para lhe dar uma surra. A pobre menina, apavorada, correu para a floresta para se esconder.

O filho do rei, que passava pela floresta vindo de uma caçada, encontrou a menina e achou-a muito linda. Perguntou o que ela estava fazendo sozinha por ali e por que estava chorando.

— Pobre de mim, senhor. Minha mãe me expulsou de casa!

O filho do rei, vendo sair de sua boca cinco ou seis pérolas e o mesmo tanto de diamantes, pediu para ela explicar como aquilo podia acontecer. Mais uma vez ela contou toda a sua aventura.

O filho do rei logo se apaixonou por ela e, considerando que um tal dom valia mais do que qualquer dote, levou-a para o palácio do rei, seu pai, onde se casaram.

Quanto à irmã, esta se tornou tão detestável que nem mesmo sua mãe aguentou mais: tocou-a de casa, e a infeliz, depois de procurar e não encontrar ninguém que a abrigasse, acabou morrendo em um canto qualquer do bosque.

Moral

Diamantes e rubis
Despertam o desejo da gente,
Mas as palavras gentis
Têm mais poder sobre a mente.

Outra moral

Aos sonhos renunciamos
Em favor da honestidade,
Ela exige complacência
E um pouco de paciência,
Mas compensa, cedo ou tarde
Quando menos esperamos.

(MAV)

ANDROCLES E O LEÃO

Adaptação de James Baldwin

Em Roma, havia um pobre escravo cujo nome era Androcles. Seu senhor era um homem cruel e tratava-o tão mal que Androcles acabou fugindo.

Escondeu-se na selva durante muitos dias. Mas, como não conseguia encontrar comida, foi ficando tão fraco e doente que pensou que iria morrer. Um belo dia, esgueirou-se para dentro de uma caverna e deitou-se por lá, caindo logo em sono profundo.

Passado algum tempo, um forte barulho o despertou. Um leão entrara na caverna e rugia estrondosamente. Androcles ficou apavorado, pois achou que a fera com certeza o mataria. Entretanto, logo percebeu que o animal não estava irritado; mancava, apenas, como se a pata o incomodasse.

Androcles sentiu-se tão corajoso que pegou-lhe a pata para averiguar o problema. O leão ficou bastante quieto e roçou a cabeça no ombro do homem. Parecia estar dizendo: "Eu sei que me ajudarás."

Androcles levantou a pata e encontrou um espinho comprido e afiado; era o que tanto incomodava o animal. Pegou a ponta do espinho com os dedos e deu um forte puxão; e pronto! O leão encheu-se de felicidade. Começou a dar pulos de alegria, feito um cãozinho satisfeito, e pôs-se a lamber as mãos e os pés do novo amigo.

Androcles perdeu todo o medo depois do incidente. Ao cair da noite, ele e o leão deitaram-se lado a lado para dormir.

Durante muito tempo, a fera trazia comida diariamente para o homem; e os dois ficaram tão amigos que Androcles passou a gostar muito daquela nova vida.

Um dia, alguns soldados que passavam encontraram Androcles na caverna. Sabiam quem era e levaram-no de volta para Roma.

Dizia a lei naquela época que todo escravo foragido deveria ser posto para lutar contra um leão faminto. Assim sendo, um leão feroz foi trancado sem alimento por algum tempo e uma data foi marcada para a luta.

Quando chegou a hora, milhares de pessoas se juntaram para assistir ao evento. O povo costumava frequentar lugares assim naquela época, da mesma forma que hoje em dia assiste aos espetáculos de circo ou aos jogos esportivos.

A porta se abriu e Androcles foi trazido ao recinto. Estava quase morto de medo, pois já se ouviam os rugidos do leão. O infeliz observou a multidão e percebeu que não havia piedade em seus rostos.

E logo o leão faminto entrou correndo. Num único pulo, chegou até o pobre escravo. Androcles soltou um grito bem alto, mas não era de medo, e sim de alegria. Estava ali seu velho amigo, o leão da caverna.

A multidão, que esperava ver o homem ser morto pelo bicho, ficou espantada. Todos viram Androcles abraçar o pescoço do animal; viram o leão deitar-se aos pés do homem e dar-lhe carinhosas lambidas; viram a enorme fera roçar a cabeça contra o rosto do escravo como se quisesse ser acariciado. Não conseguiram entender o significado daquilo.

Passado algum tempo, pediram que Androcles lhes explicasse o que estava acontecendo. Então, levantou-se diante de todos e, com um braço em torno do pescoço do leão, contou-lhes como ele e a fera haviam morado juntos na caverna.

— Sou um homem — disse ele —, contudo, homem algum jamais buscou minha amizade. Este pobre leão cuidou de mim e temos um pelo outro o amor de irmãos.

O povo não era mau ao ponto de praticar qualquer crueldade contra o escravo naquele momento.

— Segue tua vida em liberdade — gritaram todos. — Segue tua vida em liberdade.

E alguns complementaram:

— Soltem também o leão. Concedam aos dois a liberdade.

E assim Androcles foi libertado e o leão foi-lhe dado de presente. E os dois viveram juntos em Roma por muitos anos.

(RS)

POLEGARZINHA

Hans Christian Andersen

Era uma vez uma mulher que queria ter uma criança bem pequena e não sabia como. Foi procurar uma bruxa e perguntou:

— Como posso ter uma criança bem pequenininha?

— Vamos ver — disse a bruxa. — Pegue este grão de cevada e plante num vaso.

— Muito obrigada — disse a mulher, dando doze moedas à bruxa.

Voltou para casa e plantou o grão no vaso. Nasceu uma flor grande e bonita mas com as pétalas fechadas.

— É uma flor linda.

E a mulher beijou as pétalas coloridas. No mesmo minuto, a flor se abriu e a mulher viu lá dentro uma menina pequenininha, do tamanho de uma polegada. Por isso, recebeu o nome de Polegarzinha.

Seu berço era uma casca de noz e o colchão era feito de pétalas de violeta. De dia, brincava em cima da mesa: a mulher enchia um prato com água e, numa folha, Polegarzinha navegava remando com pedacinhos de crina de cavalo. Era uma cena linda. A menina cantava com uma vozinha doce.

Uma noite, Polegarzinha dormia na noz quando entrou pela janela a dona Sapa, grande, feia e molhada.

— Aí está uma boa mulher para o meu filho — disse a sapa.

Pegou a casca de noz e foi embora pulando para o jardim.

Dona Sapa morava com o filho na lama da beira do rio no fundo da casa. O sapo era feio como a mãe e deu uns gritos quando viu a menininha.

— Não fala alto que você vai acordar a criança e ela pode fugir. Vamos pôr uma folha de nenúfar no rio, de modo que ela não possa escapar.

De manhãzinha, a menina acordou e começou a chorar, vendo que estava cercada de água, sem poder ir para a terra.

Dona Sapa, depois de enfeitar a casa, nadou com o filho até onde estava Polegarzinha.

— Este é o meu filho, que vai casar com você. Vocês vão morar muito bem na lama.

O sapo só deu uns gritos. Polegarzinha chorou muito. Uns peixinhos apareceram e ficaram com pena dela. Juntaram-se e roeram o caule que prendia a folha. Quando ela se soltou, foi arrastada pelo rio, levando Polegarzinha para bem longe dos sapos. Ela foi passando por muitos lugares.

— Como ela é bonita! — disseram os passarinhos.

Uma borboleta pousou na folha. A menina, toda contente, amarrou uma ponta do cinto na borboleta e outra na folha, que começou a deslizar mais depressa. Um besouro veio, agarrou Polegarzinha pela cintura e voou para uma árvore. Que susto enorme! E que aflição por causa da borboleta amarrada na folha!

O besouro deu um botão de flor para a menina comer e disse que ela era muito bonita, mesmo sendo tão diferente dele. Outros besouros vieram visitar e disseram:

— Ela só tem duas pernas. Que esquisito! E não tem antenas. Parece gente. Como é feia!

O besouro, que achava a menina linda, acabou acreditando e desistiu dela. Desceu da árvore e deixou a menina num canteiro de margaridas. Ela ficou lá chorando.

Sozinha, passou o verão e o outono. Fez uma cama de galhos trançados e colocou debaixo de uma folha bem grande para não apanhar chuva. Comia néctar das flores e bebia orvalho das folhas.

Quando o inverno chegou, os passarinhos foram embora e as flores murcharam. Polegarzinha começou a sentir frio. Um só floco de neve cobria seu corpinho de uma polegada.

Atravessando um trigal, ela chegou à casa dos ratos do campo. Dona Rata teve pena quando Polegarzinha pediu comida.

— Entre, menina. Minha casa é quentinha. Venha comer. Você pode ficar durante o inverno, se me ajudar a limpar tudo e me contar histórias.

A menina ficou muito contente e fez o que foi pedido.

— Vou receber a visita do vizinho — disse um dia dona Rata. — Ele tem uma capa preta. Você podia se casar com ele, que vive melhor do que eu. Ele não enxerga e bem que gostaria de ouvir suas histórias.

Polegarzinha não gostou muito da ideia. O senhor Toupeira chegou com sua capa preta.

Quando ouviu a voz da menina cantando, se apaixonou por ela. Mas, como era tímido, não falou nada.

Ele cavou um túnel entre a sua casa e a casa de dona Rata. Com um pedaço de madeira fosforescente, saiu na frente clareando o caminho. Chegaram num lugar onde estava um pássaro morto de frio. Polegarzinha ficou com muita pena.

— Que coisa triste ser passarinho! — disse o senhor Toupeira. — Que bom que nenhum filho meu é passarinho. Um bicho assim morre de fome no inverno.

— O senhor tem razão — disse dona Rata.

Polegarzinha não falou nada, mas, assim que os outros se viraram, deu um beijo nos olhos fechados do passarinho. "Quem sabe foi ele que cantou para mim no verão", pensou ela.

De noite, Polegarzinha não conseguiu dormir. Levantou-se e fez um cobertor, que levou para cobrir o pássaro morto.

— Adeus, passarinho! E obrigada pelo seu canto do verão, nas árvores verdes e debaixo do sol!

Encostou a cabeça no peito do passarinho e levou um susto. Ela tinha ouvido bater o coração. Ele não estava morto e, ao ser aquecido, voltou à vida. Polegarzinha ficou com medo, mas cobriu melhor o passarinho.

Na noite seguinte, ela voltou e o passarinho abriu os olhos por um momento.

— Obrigado, criança, pelo calor que você me trouxe. Vou ficar bom e vou voar de novo no céu e no sol.

— Lá fora está muito frio. Fique aqui que eu trato de você.

Ela trouxe água numa pétala. O passarinho bebeu e contou como tinha se ferido e não tinha podido seguir com os companheiros para a terra quente.

Polegarzinha tratou do pássaro durante o inverno. Não falou nada com o senhor Toupeira e com dona Rata.

Quando a primavera chegou, o sol esquentou o chão. Polegarzinha abriu um buraco e o passarinho começou a se despedir. Perguntou se ela não queria voar com ele.

— Não posso — disse a menina, pensando na tristeza de dona Rata.

— Adeus, menina!

E saiu voando pelo céu cheio de sol. Polegarzinha acompanhou o voo com os olhos cheios de lágrimas.

A menina ficou ainda mais triste porque não podia sair, pois o trigo cresceu muito e virou uma floresta para quem tinha só uma polegada.

— No verão você pode fazer o seu enxoval — disse dona Rata, pensando no casamento de Polegarzinha com o senhor Toupeira.

Todas as noites, ele vinha visitar as duas e sempre dizia que queria se casar no fim do verão. A menina não estava nada contente com a ideia. Toda manhã, ela via um pedacinho de céu azul e sentia muita saudade do passarinho.

Quando começou o outono, Polegarzinha terminou o enxoval.

— Daqui a um mês você vai se casar — disse dona Rata.

Polegarzinha começou a chorar, dizendo que não gostava do senhor Toupeira.

— Que bobagem! — falou dona Rata. — Ele vai ser um bom marido. É rico e tem uma cozinha muito boa.

No dia do casamento, o senhor Toupeira veio buscar a noiva. Polegarzinha estava triste porque nunca mais ia ver o sol. Quis despedir-se dele e foi até a frente da casa.

— Adeus, sol! Dê lembranças ao passarinho!

Nesse momento, escutou um canto e viu o passarinho. Ele ouviu a triste história do casamento e disse:

— O inverno vem aí e eu vou para a terra quente. Você quer vir comigo? Vamos para longe do senhor Toupeira e de sua casa escura. Vamos para onde o sol brilha e onde há sempre flores. Venha comigo, menina que me salvou a vida!

— Vou, sim!

Sentou-se nas costas do passarinho, amarrando-se muito bem com o cinto.

Voaram por cima de mares, florestas e montanhas. Polegarzinha sentiu frio e se enfiou na penugem do pássaro, só com a cabeça de fora para ver as maravilhas do voo. Chegaram na terra quente, cheia de sol, céu azul e árvores perfumadas carregadas de frutas. Crianças corriam nas estradas brincando com borboletas coloridas. No alto de um castelo de mármore estava o ninho onde o pássaro morava.

— Esta é a minha casa — disse ele. — Mas, se você preferir, pode morar nas flores lá embaixo.

— Que bom! — disse a menina, batendo palmas.

No chão, junto a uma coluna partida, cresciam flores lindas. O passarinho voou levando a menina. Polegarzinha estava radiante. No meio de uma flor, estava sentado um homenzinho transparente. Tinha uma coroa de ouro, asas nos ombros e era do tamanho de Polegarzinha. Era o Anjo das Flores. Em cada flor morava um desses, homens e mulheres, mas aquele era o principal.

— Como ele é bonito! — disse Polegarzinha para o pássaro.

O anjo se assustou com o tamanho do pássaro, mas ficou alegre encontrando a menininha mais bonita que ele tinha visto. Ele tirou a coroa da cabeça e a colocou nela. Perguntou o nome dela e quis saber se ela queria se casar com ele, tornando-se rainha das flores. Como ele era diferente do filho da dona Sapa, como era diferente do senhor Toupeira com sua capa preta! Ela disse que sim. De cada flor saiu um homenzinho ou uma mulherzinha com presentes para ela. O melhor presente foi um par de asas de uma mosca branca, que foram coladas nas costas da menina. Ela agora podia voar de uma flor para outra. Todos estavam muito contentes e o passarinho, que via tudo lá de cima, cantava com alegria.

— Seu nome não vai ser mais Polegarzinha — disse o Anjo das Flores. — Não é um nome digno de uma princesa. Você vai se chamar agora Maja.

— Adeus! — disse o passarinho.

E foi embora de novo da terra quente em direção à Dinamarca. Lá ele tinha um ninho na janela da casa de um grande contador de histórias. Foi dele que eu ouvi esta.

(LRM)

A MENINA DOS FÓSFOROS

Hans Christian Andersen

Estava muito frio, a neve caía e já estava começando a escurecer. Era a noite do último dia do ano. Uma menina descalça e sem agasalho andava pelas ruas, no frio e no escuro. Quando atravessou correndo para fugir dos carros, a menina perdeu os chinelos que tinham sido da mãe e eram grandes demais. Um ela não achou mais e um garoto levou o outro, dizendo que ia usar como berço quando tivesse um filho.

A menina já estava com os pés roxos de frio. Tinha um pacotinho de fósforos na mão e outro no bolso do avental velho. Naquele dia não tinha conseguido vender nada e estava sem um tostão. Com frio e com fome, ela andava pelas ruas morrendo de medo. A neve caía no cabelo cacheado, mas ela não podia pensar nem no cabelo nem no frio. As casas estavam iluminadas e havia por toda parte um cheirinho gostoso de assado de Ano-Novo. Era nisso que ela pensava.

Num cantinho entre duas casas, ela se encolheu toda, mas continuava sentindo muito frio. Voltar para casa, nem pensar: sem dinheiro, sem ter vendido nada, era certo o castigo do pai. Além do mais, a casa deles também era muito fria, sem forro e com o telhado cheio de furos e emendas, por onde o vento entrava assobiando.

Com as mãos geladas, pensou em acender um fósforo. Conseguiu. A chama pequenininha parecia uma vela na concha da mão. A menina se imaginou diante de uma lareira enorme, com o fogo esquentando tudo e ela também. Mas logo a chama se apagou e a lareira sumiu. Ela só ficou com um fósforo queimado na mão.

Acendeu outro, que, brilhando, fez a parede ficar transparente. Ela viu a casa por dentro: a mesa posta, a toalha branca, a louça linda. O assado, o recheio, as frutas. Não é que o assado, com garfo e faca espetados, pulou do prato e veio até onde ela estava? Mas o fósforo se apagou e ela só viu a parede grossa e úmida.

Acendeu mais um fósforo e se viu junto de uma belíssima árvore de Natal. Maior do que uma que tinha visto antes. Velinhas e figuras coloridas enchiam os galhos verdes. A menina esticou o braço e... o fósforo se apagou. Mas as velinhas começaram a subir, a subir e ela viu que eram estrelas. Uma virou estrela cadente e riscou o céu.

— Alguém deve ter morrido.

A avó — única pessoa que tinha gostado dela de verdade e que já tinha morrido — sempre dizia: "Quando uma estrela cai, é sinal de que uma alma subiu para o céu."

A menina riscou mais um fósforo e, no meio do clarão, viu a avó tão boa e tão carinhosa, contente como nunca.

— Vovó, me leva embora! Sei que você não vai mais estar aqui quando o fósforo se apagar. Você vai desaparecer como a lareira, o assado e a árvore de Natal.

E foi acendendo os outros fósforos para que a avó não sumisse. Foi tanta luz que parecia dia. E a avó ali, tão bonita, tão bonita. Pegou a menina no colo e voou com ela para onde não fazia frio e não havia fome nem dor. Foram para junto de Deus.

De manhãzinha, as pessoas viram no canto entre duas casas uma menina corada e sorrindo. Estava morta. Tinha morrido de frio na última noite do ano. Nas mãos, uma caixa inteira de fósforos queimados.

— Ela tentou se esquentar, coitadinha.

Ninguém podia adivinhar tudo o que ela tinha visto, o brilho, a avó, as alegrias de um novo ano.

(LRM)

A BELA E A FERA

Versão de Figueiredo Pimentel

Riquíssimo e honrado mercador do Oriente, chamado Abdenos, tinha três filhas formosíssimas. Infelizmente, as duas mais velhas não aliavam a bondade à beleza. Eram más, astuciosas, dissimuladas e invejosas.

Em compensação, a mais nova — tão bonita que a chamavam Bela — era um anjinho, e por isso mesmo as irmãs mais velhas não podiam vê-la. Como o pai a estimava muito, limitavam-se apenas a contrariá-la, no que podiam, e a mal interpretar todas as ações da pobre menina.

Um dia o mercador teve necessidade de fazer uma viagem para tratar de negócios importantes. Na ocasião em que se despedia das filhas, perguntou-lhes se tinham desejo que lhes trouxesse alguma coisa.

As duas mais velhas, que já esperavam a pergunta, fizeram-lhe mil pedidos, joias, rendas e outros objetos da mesma natureza.

Como Bela nada pedisse, o mercador perguntou-lhe se não tinha desejo algum.

— Eu, meu pai — respondeu a gentil menina —, que hei de desejar?... Nada me falta.

Abdenos insistiu. Bela não sabia o que havia de pedir, só para contentar o pai, porque, na verdade, nada desejava. Uma flor que tinha na mão lembrou-lhe um meio de sair da dificuldade.

— Traga-me uma rosa, papai — disse por fim.

O mercador fez a viagem sem novidade e, depois de concluir os negócios, pôs-se a caminho de casa, montado num magnífico cavalo.

Ao cair da noite do primeiro dia de marcha, sobreveio terrível tempestade, que fez com que se perdesse no bosque.

Galopou, durante algum tempo, por uma estrada que se estreitava cada vez mais, na qual os calhaus, que a princípio tornavam o passo um pouco incômodo, eram substituídos por grandes penedos, dificilmente transpostos pela alimária, constituindo sério perigo para o cavaleiro, que podia ser cuspido da sela e esmigalhado.

As árvores descarnadas, que orlavam a estrada, tomavam estranho aspecto, figurando seres fantásticos, cujos braços pareciam querer dilacerar o temerário que se embrenhara na terrível estrada e obstar a que continuasse a avançar.

Abdenos, aterrado, incitava o cavalo, que galopava, transpondo com prodigiosos saltos os grandes penedos.

A estrada, que ia pouco a pouco estreitando, por fim terminara.

De repente, em um daqueles saltos, o terreno faltou-lhe subitamente debaixo dos pés e o animal precipitou-se num profundo abismo.

O mercador, vendo a morte ante seus olhos, e lembrando-se das filhas, principalmente da mais nova, a mais querida, soltou um grito angustioso, dizendo:

— Adeus, Bela.

No momento em que pronunciava estas palavras, um ramo susteve-o no ar, e o pobre velho, meio louco de terror, viu-se salvo.

Achava-se quase no fundo dum abismo, profundíssimo. Passado o primeiro momento de estupefação, começou a trepar pela parede do abismo, onde as enormes rochas formavam uma espécie de escada. Nunca poderia subir aqueles imensos degraus. Mil e mil vezes teria caído, se os ramos das árvores não o ajudassem e amparassem.

Quando chegou à parte superior, ficou deslumbrado com a formosa cena que tinha ante os olhos.

As sombras da noite tinham sido substituídas por suave claridade; o caminho aparecia de novo liso, igual, coberto de dourada areia que cintilava. As horrendas árvores cediam lugar a formosos arbustos cobertos de mimosíssimas e variadas flores, que embalsamavam o ar. No fim da extensa aleia de esfinges, via-se um palácio cujas portas estavam abertas de par em par. Entrou.

Na porta de uma das salas estava escrito o seu nome. Abdenos, surpreendido, viu-se numa sala de banho. Fez as suas abluções, mudou de roupa e passou à sala imediata, onde viu uma mesa luxuosamente posta, mas com um só talher.

O mercador sentou-se. Quando acabava de se servir de um prato, este desaparecia, sendo instantaneamente substituído por outro. Abdenos notou que lhe eram servidas as suas comidas e vinhos prediletos. Terminando, foi visitar o palácio. Estava já fatigado, quando se lhe deparou um quarto, onde havia uma cama feita. Deitou-se e não tardou em adormecer profundamente, prostrado pela fadiga e pelas emoções por que passara.

Acordou no dia seguinte, ao romper do dia. Depois de se vestir e de orar, passou à sala onde encontrou o almoço na mesa.

Após o almoço, erguendo-se, disse em voz alta:

— Quem quer que sejas, a quem devo tão generosa hospitalidade, recebe os meus sinceros agradecimentos. Bendito sejas.

E, seguindo o caminho que na véspera percorrera, saiu do palácio.

À vista dos jardins, lembrou-se do pedido de Bela. Andou em busca da mais formosa roseira e, vendo uma que lhe agradou, escolheu a mais bela.

Quando cortou a haste, que ficou a gotejar sangue, ouviu um sentido gemido e uma voz que na espessura dizia:

— Ah, ingrato! Assim pagas a hospitalidade que te dei!

O mercador, surpreendido, ergueu os olhos e ficou aterrado, deparando com uma fera, parecida com um urso, que lhe mostrava um dístico no qual se liam estas palavras:

"Todo aquele que tocar nestas flores será imediatamente morto."

Abdenos balbuciou algumas palavras, tentando justificar-se:

— Perdão! Perdão! Como poderia adivinhar que, cortando uma rosa, para levar a minha filha, cometia uma ação má, que incorria em tão severa pena?

— É irrevogável esta sentença e ninguém a ela se pode esquivar, a menos que outrém se sacrifique pelo criminoso. Prepara-te, pois, para bem morrer.

— Como posso preparar-me para bem morrer — gemeu o mísero — sem ter deixado os meus negócios em ordem e levando para a outra vida o receio de não ter seguro o futuro de minhas filhas? Tenho atualmente toda a fortuna empregada em negócios, que só eu posso deslindar. Com mais três meses de vida, salvava-se; e, assim, deixo-as na miséria! Como posso bem morrer?

A Fera parecia sensibilizada.

— Não te poderia perdoar, ainda que o quisesse. Posso, porém, aceder ao teu último desejo. Concedo-te os meses. Findo esse prazo, tu ou alguém que queira substituir-te estará aqui, neste mesmo local. Dá-me tua palavra que assim o farás?

— Dou — respondeu Abdenos.

Mal pronunciava essa palavra, achou-se à porta de casa. Pareceu-lhe um sonho tudo quanto se passara, mas a rosa que tinha na mão não lhe deixava dúvida alguma sobre a triste realidade.

Abdenos subiu, sendo recebido pelas filhas com grandes manifestações de alegria. As duas mais velhas perguntaram-lhe logo pelas encomendas, ficando desesperadas quando viram que o pai não lhas trazia, e mais ainda ao darem com os olhos na rosa pedida por Bela.

Esta, reparando só no gesto demudado do velho, apenas tratou de inquirir o que tinha ele. O mercador procurou disfarçar, dizendo que estava bem e que não sentia coisa alguma, além da natural fadiga da viagem. Bela não acreditou nas palavras do pai; mas, não querendo ser importuna, fingiu que aceitava a explicação.

Os dias iam passando rapidamente para Abdenos, que não saía do escritório, ocupado em pôr em ordem os seus negócios, em liquidar a sua fortuna e em chorar por ter de se separar para todo o sempre das filhas, principalmente de Bela.

Bela, por sua parte, desconfiava, espreitava-o. Numa noite ouviu-o dizer:

— Chegou o dia fatal. Amanhã tenho que dar cumprimento à minha promessa. Ah! Bela, Bela, quem diria que aquela rosa seria a causa da morte de teu pai!

Imagine-se como tais palavras deixaram a pobre menina. Recolhendo-se, lavada em lágrimas, ao quarto, ajoelhou-se ao pé do leito, pedindo ao Céu uma inspiração que lhe permitisse salvar o pai.

Depois de feita essa oração, sentiu-se possuída de invencível sono, durante o qual lhe passaram ante os olhos as cenas que se haviam passado durante a viagem do mercador. Depois ouviu uma voz que lhe dizia:

— Se quiseres salvar teu pai, mete este anel no dedo, e ele te transportará para onde desejares.

Nisto, Bela acordou e viu sobre o travesseiro um anel. Então a excelente menina escreveu uma longa carta a Abdenos, contando-lhe como soubera o que se passara e dizendo-lhe que, tendo sido a causa do perigo que o ameaçava e que fazendo ele mais falta neste mundo do que ela, era de justiça substituí-lo.

Quando acabou de escrever, meteu o anel no dedo, dizendo:

— Anelzinho de condão, pelo condão que Deus te deu, transporta-me ao palácio da Fera.

De repente, viu-se à porta do palácio encantado.

Entrou e, percorrendo as salas, cujas portas estavam abertas de par em par, foi dar a uma outra, onde estava uma mesa posta para dois comensais. Na verga da porta da sala imediata lia-se o seguinte dístico: "*Toucador de Bela.*"

Nesse momento batiam a uma das portas da sala de jantar. Bela ficou perdida de medo, mas, lembrando-se de que estava ali para dar a sua vida em resgate da de seu pai, mandou entrar quem batia. Era a Fera; com um ramo na mão, avançava lentamente.

— Nada receies, Bela; não sou capaz de te fazer mal. Amo-te e só peço que não tenhas medo de mim. Pode ser que, conhecendo-

-me melhor, vejas que o hábito não faz o monge, e que este horrível corpo esconde alguma coisa que vale muito.

E, avançando com a mão sobre o coração, ofereceu o ramo a Bela.

Esta ainda estava mais aterrada do que se a morte a ameaçasse. Mas, erguendo os olhos, viu os da Fera tão meigos e o gesto do pobre animal tão humilde, que recobrou o ânimo. Os olhos da Fera encheram-se de lágrimas e, dando um suspiro, murmurou:

— Vejo que me temes e eu amo-te tanto, tanto!...

Bela sossegou-a e, compungida pelo sofrimento em que a via, falou:

— Não tenho medo de ti, Fera, mas tu és tão feia! Bem vês que é impossível ter-te amor, mas posso ser muito tua amiga.

A Fera, um pouco mais consolada, disse-lhe que, se tinha vontade de comer, tomasse aquela refeição, e que todos os desejos que tivesse seriam cumpridos.

Bela sentou-se à mesa e, vendo mais um talher, perguntou para quem era.

— Era para mim, mas eu repugno-te tanto! — respondeu o pobre animal com voz triste.

— Não me repugnas, não. Pareces-me muito boa. És feia de corpo, mas vejo que és bonita de alma. Se o desejas, senta-te aqui ao pé de mim.

A Fera, com os olhos brilhantes de contentamento, sentou-se ao pé de Bela, cercando-a de milhares de atenções e servindo-a com toda a delicadeza.

Depois de terminada a refeição, ergueu-se e, agradecendo a Bela a sua condescendência, disse-lhe:

— Ninguém entrará neste aposento a não ser eu quando me quiseres dar esse prazer. Podes, pois, estar tranquila.

A vida de Bela corria tão feliz quanto podia ser, longe da família. Nada lhe faltava e a Fera era tão boa, tão humilde, tão respeitosa, tão meiga que a gentil menina lhe tomara verdadeira afeição, e nem já reparava que era um monstro horroroso.

No seu quarto havia um enorme espelho em que via tudo que se passava em casa do pai.

Um dia, quando se levantou, viu o velho mercador no leito, cercado de médicos. Deu um grito:

— Fera, ó, Fera!

Esta apareceu logo, cheia de cuidado.

— Vê, meu pai está doente, sem ter ao pé de si a sua enfermeira. Deixa-me ir tratar dele.

A Fera chorava.

— Vai — disse. — Vai, mas não te esqueças de mim, senão morro. Logo que teu pai esteja bom, volta. Não te demores, senão já não me encontrarás. Este anel te transportará, e nunca o deixes para não te esqueceres de mim.

Bela, para não prolongar as dores da despedida, disse, também a chorar:

— Anelzinho de condão, pelo condão que Deus te deu, transporta-me à casa do meu pai.

E achou-se em casa do pai.

Abdenos, quando viu a filha, ficou tão contente, que melhorou consideravelmente. O mercador tinha todas as noites, em sonhos, notícias da filha, e sabia tudo quanto ocorria no palácio da Fera. Mas a saudade ia-o minando lentamente, e adoecera.

Já o mesmo não sucedia às irmãs. Ao verem-na, ficaram desesperadas. Cheias de inveja, procuraram saber o meio de que Bela dispunha para se transportar ao palácio encantado, meio que a irmã, por prudência, não lhes revelara.

Bela, quando se lavava, tirava sempre o anel; as irmãs desconfiaram que ele era de condão e combinaram-se para a chamarem de repente, quando o tivesse tirado do dedo, roubando-lhe. Assim fizeram e conseguiram haver à mão o desejado anel.

O mercador no fim de oito dias estava restabelecido.

Bela sonhava todas as noites com a Fera, que via triste e adoentada, sempre a chorar. Como, porém, lhe tinham roubado o anel, de dia esquecia-se.

Uma noite sonhou que a Fera estava a expirar. Acordou apavorada e, vendo que não tinha o anel no dedo, lembrou-se que as irmãs eram capazes de lho terem tirado. E, para o reaver, foi ao quarto delas, dizendo, como de si para si:

— Ora isto! Perdi o meu anel. Que desgraça! Se alguém o tem, morre dentro de um mês.

As irmãs, acreditando nas palavras de Bela, foram logo a correr buscar-lhe o anel, dizendo-lhe que o tinham guardado por brincadeira.

Bela meteu-o imediatamente no dedo e, proferindo as palavras sacramentais, achou-se no palácio, onde viu a Fera agonizante.

Ajoelhou-se junto do pobre animal, afagando-o, dispensando-lhe as palavras mais meigas, fazendo-o respirar sais. Mas o animal não se movia.

Depois de muitos esforços, pareceu a Bela que sentia palpitar-lhe o coração. Continuou, pois, a ministrar-lhe os mesmos remédios, e por fim ela voltou a si.

A moça compusera o rosto, disfarçando a sua aflição, a fim de não aterrar a doente. Tornando a Fera a si, ela murmurou:

— Agora, que te vi quase perdida, é que conheci o que passava no meu coração. Não sejas injusta, amo-te.

Mal pronunciara esta última palavra, espalhou-se pelo palácio uma deslumbrante luz e, em lugar da Fera, apareceu aos seus olhos atônitos um formosíssimo príncipe.

Esse príncipe fora encantado naquele horrível animal, por uma fada má, e todos os seus súditos, em plantas. As árvores, que se opunham à marcha de Abdenos, eram aguerridos soldados. O encanto só terminaria quando uma menina boa e bonita se apaixonasse pela Fera.

Logo que se quebrou o encanto, uma boa fada transportou para o palácio a família de Bela, transformando as irmãs em estátuas, para as castigar da sua maldade.

O REI CRESO

Heródoto, adaptação de James Baldwin

Há alguns milhares de anos, viveu na Ásia um rei cujo nome era Creso. Seu país não era muito grande, mas o povo era próspero e famoso por sua riqueza. O próprio monarca era tido como o homem mais rico do mundo, e seu nome era tão conhecido que até hoje não é raro ouvir dizer que alguém muito abastado é "tão rico quanto Creso".

O rei Creso tinha tudo que o tornava feliz: terras, casas, escravos, lindas roupas e muitas coisas bonitas para ver. Não conseguia pensar em mais nada que viesse a contribuir para seu conforto ou contentamento. "Sou o homem mais feliz do mundo", dizia ele.

Acontece que, num certo verão, um homem importante do outro lado do oceano estava passeando pela Ásia. O nome deste homem era Sólon. Ele era o magistrado de Atenas, na Grécia. Tornara-se conhecido por sua sabedoria e, séculos depois de sua morte, o maior elogio que se poderia fazer a um homem culto era: "Ele é tão sábio quanto Sólon."

Sólon ouvira falar de Creso e foi visitá-lo um dia em seu lindo palácio. Este ficou ainda mais feliz e orgulhoso do que nunca, pois o homem mais sábio do mundo era seu hóspede. Mostrou o palácio todo a Sólon, levou-o a ver os grandiosos aposentos, a linda tapeçaria, os sofás confortáveis, o rico mobiliário, os quadros, os livros. Convidou-o depois a ir até os jardins, os pomares e as estrebarias, e mostrou-lhe milhares de coisas raras e lindas que colecionava de todas as partes do mundo.

À noite, enquanto o homem mais sábio do mundo e o homem mais rico do mundo jantavam juntos, o rei disse para o hóspede:

— Diz agora, ó Sólon, quem achas que é o homem mais feliz do mundo? — Fez a pergunta na esperança de que Sólon respondesse: "Creso."

O sábio permaneceu alguns instantes em silêncio e disse:

— Estou pensando num homem pobre que morava em Atenas e cujo nome era Telus. Ele, não duvido, era o homem mais feliz do mundo.

Não era essa a resposta que Creso esperava; escondeu, porém, a decepção e perguntou:

— E por quê?

O hóspede respondeu:

— Porque Telus era um homem honesto que trabalhou bastante a vida inteira para criar os filhos e dar-lhes uma boa educação. E, quando já estavam crescidos o suficiente para cuidarem de si próprios, foi juntar-se ao Exército ateniano e deu a própria vida com bravura em defesa de seu país. Podeis pensar em alguém com maior mérito?

— Talvez não — respondeu Creso, meio engasgado pela decepção. — Mas quem achas que vem depois de Telus em termos de felicidade? — Tinha quase certeza de que Sólon diria "Creso" desta vez.

Sólon respondeu:

— Estou pensando em dois jovens que conheci na Grécia. O pai morreu quando ainda eram crianças, e era uma família muito pobre. Mas trabalharam com hombridade para sustentar o lar e a mãe, que tinha a saúde frágil. Ano após ano, seguiam trabalhando, sem pensar em nada além do conforto da mãe. Quando, afinal, ela faleceu, dedicaram seu amor a Atenas, sua cidade natal, e serviram--na com nobreza até o fim de seus dias.

Creso ficou irritado:

— Como podes fazer tão pouco de mim, de minha riqueza e de meu poder? Por que colocas esses trabalhadores pobres acima do rei mais rico do mundo?

— Ó rei — disse Sólon —, ninguém pode dizer se sois feliz ou não antes de morrerdes. Pois não se sabe os infortúnios que podem acometer-vos, ou a tristeza que é capaz de dominar-vos mesmo diante de todo este esplendor.

Muitos anos depois deste episódio, chegou ao poder na Ásia um rei cujo nome era Ciro. À frente de poderoso exército, marchava de um país para outro, destronando muitos reis e anexando seus domínios ao grande império da Babilônia. O rei Creso, com toda a sua riqueza, não conseguiu fazer frente a este valoroso guerreiro. Resistiu o mais que pôde. Mas a cidade acabou sendo tomada, o palácio foi queimado, os pomares e os jardins foram destruídos, os tesouros, levados para bem distante, e ele próprio foi feito prisioneiro.

— A teimosia deste Creso — disse o rei Ciro — causou-nos vários problemas e fez-nos perder soldados muito bons. Levem-no e façam dele um exemplo para outros reizinhos que ousem colocar-se em nosso caminho.

Dito isso, os soldados pegaram Creso e o arrastaram até o mercado, tratando-o sempre com muita brutalidade. E ali ergueram enorme pilha de pedaços de pau e madeira recolhidos dentre as ruínas do que fora seu magnífico palácio. Ao terminarem, amarraram sobre ela o infeliz rei, e alguém foi buscar uma tocha para atear-lhe fogo.

— Vamos fazer uma linda fogueira — diziam os homens entusiasmados com a selvageria. — De que lhe serve toda aquela riqueza agora?

Enquanto jazia sobre a pira, machucado e ensanguentado, sem um amigo sequer para consolá-lo no desespero, Creso pensou nas palavras que Sólon lhe dissera muitos anos antes, "ninguém pode dizer se sois feliz ou não antes de morrerdes", e lamentou-se:

— Oh, Sólon! Oh, Sólon! Oh, Sólon!

Acontece que Ciro estava passando por ali naquele exato momento e ouviu os lamentos.

— O que ele está dizendo? — perguntou aos soldados.

— Está dizendo: "Sólon! Sólon! Sólon!" — respondeu um deles.

O rei aproximou a montaria e perguntou a Creso:

— Por que pronuncias o nome de Sólon?

Creso ficou em silêncio, a princípio. Mas depois que Ciro repetiu a pergunta com delicadeza, contou-lhe sobre a visita de Sólon ao seu palácio e o que este lhe dissera.

A história afetou Ciro profundamente. Ele pensou nas palavras "Não se sabe os infortúnios que podem acometer-vos, ou a tristeza que é capaz de dominar-vos mesmo diante de todo este esplendor". E imaginou se um dia ele próprio não poderia perder todo o poder e encontrar-se desamparado nas mãos dos inimigos.

— Afinal — disse ele —, os homens não devem ser misericordiosos e generosos com aqueles que sofrem? Farei com Creso o que gostaria que fizessem comigo.

E fez com que Creso recebesse de volta a liberdade e passou a tratá-lo como um dos seus amigos mais honrados.

(RS)

MOISÉS NO CESTO

Os descendentes de Jacó, os israelitas, tiveram muitos filhos e aumentaram tanto, que se tornaram poderosos. E eles se espalharam por todo o Egito. Depois o Egito teve um novo rei que não sabia nada a respeito de José. Ele disse ao seu povo:

— Vejam, o povo de Israel é forte e está aumentando mais depressa do que nós. Em caso de guerra, eles poderiam se unir com os nossos inimigos, lutariam contra nós e sairiam do país. Precisamos achar um jeito de não deixar que eles se tornem ainda mais numerosos.

Por isso os egípcios puseram feitores para maltratar os israelitas com trabalhos pesados. E assim os israelitas construíram as cidades de Pitom e Ramessés, onde o rei do Egito guardava as colheitas de cereais. Porém, quanto mais os egípcios maltratavam os israelitas, tanto mais eles aumentavam. Os egípcios ficaram com medo deles e os tornaram escravos, tratando-os com brutalidade. Fizeram com que a vida deles se tornasse amarga, obrigando-os a fazer trabalhos pesados na fabricação de tijolos, nas construções e nas plantações. Em todos os serviços que os israelitas faziam, eles eram tratados com crueldade.

O rei do Egito deu a Sifrá e a Puá, que eram parteiras das mulheres israelitas, a seguinte ordem:

— Quando vocês forem ajudar as mulheres israelitas nos seus partos, façam o seguinte: se nascer um menino, matem; mas, se nascer uma menina, deixem que viva.

Porém as parteiras temiam a Deus e não fizeram o que o rei do Egito havia mandado. Ao contrário, deixaram que os meninos vivessem. Então o rei mandou chamar as parteiras e perguntou:

— Por que vocês estão fazendo isso? Por que estão deixando que os meninos vivam?

Elas responderam:

— É que as mulheres israelitas não são como as egípcias. Elas dão à luz com facilidade, e as crianças nascem antes que a parteira chegue.

As parteiras temiam a Deus, e por isso ele foi bom para elas e fez com que tivessem as suas próprias famílias.

E o povo de Israel aumentou e se tornou muito forte. Então o rei deu a seguinte ordem a todo o seu povo:

— Joguem no rio Nilo todos os meninos israelitas que nasceram, mas deixem que todas as meninas vivam.

Um homem e uma mulher da tribo de Levi se casaram. A mulher ficou grávida e deu à luz um filho. Ela viu que o menino era muito bonito e então o escondeu durante três meses. Como não podia escondê-lo por mais tempo, ela pegou uma cesta entre os juncos, na beira do rio. A irmã do menino ficou de longe, para ver o que ia acontecer com ele.

A filha do rei do Egito foi até o rio e estava tomando banho enquanto as suas empregadas passeavam ali pela margem. De repente ela viu a cesta no meio da moita de juncos e mandou que uma das suas escravas fosse buscá-la. A princesa abriu a cesta e viu um bebê chorando. Ela ficou com muita pena dele e disse:

— Este é um menino israelita.

Então a irmã da criança perguntou à princesa:

— Quer que eu vá chamar uma mulher israelita para amamentar e criar esta criança para a senhora?

— Vá — respondeu a princesa.

Então a moça foi e trouxe a própria mãe do menino. Aí a princesa lhe disse:

— Leve este menino e o crie para mim, que eu pagarei pelo seu trabalho.

A mulher levou o menino e o criou. Quando ele já estava grande, ela o levou à filha do rei, que o adotou como filho. Ela pôs nele o nome de Moisés e disse:

— Eu o tirei da água.

O BOM SAMARITANO

Lucas 10, 25-37

Um professor da Lei se levantou e, querendo pegar Jesus em contradição, perguntou:

— Mestre, o que devo fazer para conseguir a vida eterna?

Jesus respondeu:

— O que é que as Escrituras Sagradas dizem a respeito disso? E como é que você as interpreta?

O homem respondeu:

— "Ame o senhor seu Deus com todo o coração, com toda a alma, com todas as forças e com toda a inteligência. E ame o seu próximo como ama a si mesmo."

— A sua resposta está certa — disse Jesus. — Faça isso e você viverá.

Porém, o professor da Lei, querendo se desculpar, perguntou:

— Mas quem é o meu próximo?

Jesus respondeu:

— Um homem ia descendo de Jerusalém para Jericó. No caminho, alguns ladrões o assaltaram, tiraram a sua roupa, bateram nele e o deixaram quase morto. Por acaso um sacerdote estava descendo por aquele mesmo caminho. Quando viu o homem, passou pelo outro lado da estrada. Também um levita passou por ali. Olhou e também foi embora pelo outro lado da estrada. Mas um samaritano estava viajando por aquele caminho e chegou até ali. Quando viu o homem, ficou com muita pena dele. Chegou perto e fez curativos nele, pondo azeite e vinho nas feridas. Depois disso, colocou o homem no seu próprio animal e o levou para uma pensão, onde cuidou dele. No dia seguinte, entregou duas moedas de prata ao dono da pensão, dizendo:

— Tome conta dele. Na volta, quando eu passar por aqui, pagarei o que você gastar a mais com ele.

Então Jesus perguntou ao professor da Lei:

— Na sua opinião, qual desses três foi o próximo do homem assaltado?

— Aquele que o socorreu — respondeu o professor da Lei.
— Pois vá e faça a mesma coisa — disse Jesus.

O VELHO E SEU NETO

Irmãos Grimm, tradução de Ana Maria Machado

Era uma vez um velho muito velho, quase cego e surdo, com os joelhos tremendo. Quando se sentava à mesa para comer, mal conseguia segurar a colher. Derramava sopa na toalha e, quando afinal acertava a boca, deixava sempre cair um bocado pelos cantos.

O filho e a nora dele achavam que era uma porcaria e ficavam com nojo. Finalmente, acabaram fazendo o velho se sentar num canto atrás do fogão. Levavam comida para ele numa tigela de barro e — o que era pior — nem lhe davam bastante.

O velho olhava para a mesa com os olhos compridos, muitas vezes cheios de lágrimas.

Um dia, suas mãos tremeram tanto que ele deixou a tigela cair no chão e ela se quebrou. A mulher ralhou com ele, que não disse nada, só suspirou.

Depois ela comprou uma gamela de madeira bem baratinha, e era aí que ele tinha que comer.

Um dia, quando estavam todos sentados na cozinha, o neto do velho, que era um menino de quatro anos, estava brincando com uns pedaços de pau.

— O que é que você está fazendo? — perguntou o pai.

O menino respondeu:

— Estou fazendo um cocho, para papai e mamãe poderem comer quando eu crescer.

O marido e a mulher se olharam durante algum tempo e caíram no choro. Depois disso, trouxeram o avô de volta para a mesa. Desde então passaram a comer todos juntos e, mesmo quando o velho derramava alguma coisa, ninguém dizia nada.

NÃO FOI EM VÃO

Emily Dickinson (1830-1886)
tradução de Ruy Jungmann

Se eu puder impedir que um coração se parta,
Não terei vivido em vão.
Se eu puder aliviar o sofrimento de uma vida,
Ou aliviar uma dor,
Ou ajudar um débil tordo
A subir para seu ninho,
Não terei vivido em vão.

SABEDORIA DE SALOMÃO

Certo dia, duas prostitutas apresentaram-se diante do rei Salomão, e uma delas disse:

— Ó rei Salomão! Eu e esta mulher moramos na mesma casa. Eu dei à luz um menino, e ela estava lá comigo. Dois dias depois do nascimento do meu filho, ela também deu à luz um menino. Somente nós duas estávamos na casa; não havia mais ninguém lá. Uma noite, ela rolou sem querer sobre o seu filho e o sufocou. Então se levantou durante a noite, enquanto eu dormia, pegou o meu filho e o colocou na cama dela. Depois colocou o menino morto nos meus braços. No outro dia de manhã, quando eu me levantei para dar de mamar ao meu filho, vi que estava morto. Porém, quando reparei bem, percebi que não era o meu filho.

Mas a outra mulher disse:

— Não é verdade. Pelo contrário, meu filho é o que está vivo, e o seu é o que está morto!

E a primeira mulher respondeu:

— Não é, não! A criança morta é a sua, e a viva é a minha!

E foi assim que discutiram na frente do rei.

Então o rei Salomão disse:

— Cada uma de vocês diz que a criança viva é a sua, e que a morta é a da outra.

Então mandou buscar uma espada e, quando a trouxeram, disse:

— Cortem a criança viva pelo meio e deem metade para cada uma destas mulheres.

A verdadeira mãe do menino, com o coração cheio de amor pelo filho, disse:

— Por favor, senhor, não mate o meu filho! Entregue-o a esta mulher!

Mas a outra disse:

— Podem cortá-lo em dois pedaços! Assim ele não será nem meu nem seu.

Aí Salomão disse:

— Não matem a criança! Entreguem o menino à primeira mulher porque ela é a mãe dele.

Todo o povo de Israel soube dessa decisão do rei Salomão, e aí todos sentiram um grande respeito por ele, pois viram que Deus lhe tinha dado sabedoria para julgar com justiça.

A GRAÇA DO PERDÃO

Shakespeare, O mercador de Veneza,
tradução de Barbara Heliodora

A graça do perdão não é forçada;
Desce dos céus como uma chuva fina
Sobre o solo: abençoada duplamente,
Abençoa a quem dá e a quem recebe;
É mais forte que a força: ela guarnece
O monarca melhor que uma coroa;
O cetro mostra a força temporal,
Atributo de orgulho e majestade,
Onde assenta o temor devido aos reis;
Mas o perdão supera essa imponência:

É um atributo que pertence a Deus,
E o terreno poder se faz divino
Quando, à piedade, curva-se a justiça.

ECO E NARCISO

Adaptação de Thomas Bulfinch

Eco era uma linda ninfa, apaixonada pelas florestas e colinas, onde se dedicava à caça. Era uma das preferidas de Diana e servia-lhe de assistente nas perseguições. Mas Eco tinha um defeito: adorava falar e, conversando ou discutindo, queria ter sempre a última palavra. Um dia, Juno foi procurar o marido junto às ninfas, pois tinha razões para temer que ele estivesse se divertindo entre elas. Eco conseguiu deter a deusa com sua conversa até que as ninfas pudessem fugir. Quando Juno descobriu a trama, proferiu a seguinte sentença contra Eco:

— Deverás abrir mão do uso da mesma língua com a qual me enganastes, exceto para o único propósito que tanto te apraz: *retrucar*. Continuarás tendo a última palavra, mas não poderás falar primeiro.

Enquanto o lindo e jovem Narciso acompanhava uma caçada montanha acima, a ninfa o avistou. Apaixonou-se por ele e seguiu seus passos. Ah, como desejava dirigir-lhe a palavra nos tons mais suaves e envolvê-lo com sua conversa! Mas isso estava fora do seu alcance. Esperou, impacientemente, que ele se dirigisse a ela. A resposta, tinha-a pronta. Um dia, encontrando-se afastado dos companheiros e embrenhado na mata, o jovem gritou:

— Quem está aí?

Eco retrucou:

—Aí.

Narciso procurou em volta, mas, não tendo encontrado ninguém, chamou:

— Venha.

Eco respondeu:

— Venha.

Como ninguém veio, Narciso tornou a chamar:

— Por que te esquivas de mim?

Eco repetiu a pergunta. E o jovem disse:

— Vamos juntar-nos um ao outro.

A donzela respondeu de todo o coração com as mesmas palavras e correu ao local, pronta para lançar-se num abraço. Narciso recuou, exclamando:

— Tire as mãos de mim! Preferiria morrer a deixar que me possuas!

— Me possuas! — disse ela; mas foi em vão.

Ele a deixou, e ela foi esconder as mágoas nos recantos da floresta. Desde então, passou a viver em cavernas e nas escarpas das montanhas. Sua forma se desfez com a tristeza e sua carne foi encolhendo até desaparecer. Os ossos se transformaram em pedras e nada sobrou além da voz. E, assim, ela ainda retruca a quem quer que a chame, e mantém o velho hábito de ter a última palavra.

A crueldade demonstrada por Narciso neste caso não foi seu único exemplo. Ele afastou todas as outras ninfas, qual fizera com a pobre Eco. Um dia, uma das donzelas que em vão tentaram atraí-lo vaticinou contra ele: que sentisse um dia o que era o amor e não obtivesse uma afeição sequer em retorno. A deusa da vingança escutou a imprecação e atendeu-a.

Havia uma fonte límpida, cuja superfície era como a prata, à qual os pastores nunca levavam seus rebanhos, nem a procuravam os cabritos monteses ou qualquer outro animal da floresta; tampouco se deteriorava com folhas ou galhos caídos; mas a relva crescia verdejante à sua volta, e as pedras a protegiam do sol. Ali veio ter um dia o jovem, cansado da caçada, sentindo sede e calor. Agachou-se para beber e viu a própria imagem na água; pensou tratar-se de um belo espírito que habitava a fonte. Pôs-se a admirar aqueles olhos brilhantes, aqueles cabelos caídos em cachos como os de Baco ou Apolo, as maçãs do rosto torneadas, o colo poderoso, os lábios entreabertos e, acima de tudo, o vigor da saúde e da força física. Apaixonou-se por si próprio. Aproximou os lábios para beijar a imagem; meteu n'água os braços para estreitá-la. O objeto amado fugiu-lhe ao contato, mas voltou após alguns instantes e tornou a exercer o mesmo fascínio. Era incapaz de afastar-se por vontade própria. Esqueceu a comida e o descanso e ficou pairando sobre a fonte, obcecado pela própria imagem. Tentou conversar com aquele espírito:

— Por que me evitas, linda criatura? Meu rosto certamente não há de causar-te repulsa. As ninfas me adoram, e tu próprio não me olhas com indiferença. Quando estico meus braços em tua direção, fazes o mesmo; e sorris para mim, e respondes aos meus chamados com igual zelo.

Suas lágrimas caíram sobre a água, distorcendo a imagem. Ao vê-la desfigurar-se, exclamou:

— Fica, eu te imploro! Deixa-me ao menos olhar para ti, já que não te posso tocar.

Com tais gestos e palavras, e muitos outros mais, acalentou a chama que o consumia, até que foi perdendo gradativamente a cor, o vigor e a beleza que tanto encantara Eco. Mas a ninfa estava sempre por perto e, quando ele exclamava "Ai de mim!", retrucava com as mesmas palavras. Narciso definhou e acabou morrendo; e, ao passar pelo rio Estiges, sua imagem debruçou-se sobre o convés para poder ver-se refletida nas águas. Lamentaram-no as ninfas, especialmente as das águas; e, quando afligia-lhes o peito, Eco sentia a mesma aflição. Prepararam-lhe uma pira e teriam cremado o corpo, mas não conseguiram encontrá-lo; em seu lugar, uma flor, púrpura por dentro e cercada de pétalas brancas, que leva seu nome e preserva a memória de Narciso.

(RS)

O ESPECTRO DE MARLEY

Charles Dickens, Cântico de Natal

Para começar, Marley morrera. Não havia sobre isso a menor dúvida. O registro do seu enterro fora assinado pelo padre, pelo escrivão e pelo agente funerário. Scrooge assinara também. E a sua assinatura era válida na bolsa, qualquer que fosse o papel sobre a qual estivesse aposta.

Não resta, pois, a menor dúvida de que o velho Marley tinha morrido. Todos podiam ignorar essa morte, exceto Scrooge. Como havia ele de ignorá-la, se o defunto não tinha outro sócio, outro testamenteiro, outro administrador, outro herdeiro, outro amigo, outro parente senão Scrooge?

Todas essas coisas, mais que suficientes para perturbar qualquer outro, não produziram o menor abalo em Scrooge, que solenizou o dia do funeral com um excelente negócio na Bolsa.

E, já que falei no funeral de Marley, não quero perder o ensejo de dizer mais uma vez que não há a menor dúvida acerca de sua morte. Insisto nesse ponto porque dele depende a compreensão desta história. Se o espectador não estivesse convencido de que o pai de Hamlet morre antes de começar a peça, acharia os seus passeios pelos muros do seu castelo, em noites tempestuosas, tão naturais como os de qualquer outro indivíduo de idade madura que, para atemorizar um filho, aparecesse de súbito, no escuro, em qualquer lugar varrido pela brisa, como, por exemplo, o Cemitério de São Paulo.

Scrooge nunca suprimiu o nome do sócio das tabuletas. Durante muitos anos, viam-se ainda na fachada da sua casa comercial os dois nomes: Scrooge & Marley, que representavam uma firma conhecida. Às vezes, as pessoas pouco a par de negócios chamavam-lhe Scrooge & Scrooge, às vezes, Marley apenas, o que para ele era de todo indiferente, porque estava de há muito habituado a atender tanto pelo seu nome como pelo do seu defunto sócio.

O velho era avarento; sabia apertar com força, arrancar, torcer, comprimir, tosar o cliente e, sobretudo, não irritar ninguém.

Duro e cortante como uma pedra de fuzil da qual nem o melhor aço consegue tirar uma faísca generosa; misterioso, retraído e solitário como uma ostra. O frio que lhe ia na alma adivinhava-se na dureza das suas velhas feições, no aguçado nariz, nas faces enrugadas, na inflexibilidade do andar, nos olhos raiados de sangue, nos lábios delgados e azuis e na aspereza da voz. Dir-se-ia que a cabeça, as sobrancelhas e as faces lhe andavam envoltas numa espécie de orvalho gelado. Por onde ele passasse, ficava como que um rastro daquela frieza inóspita, que chegava a refrigerar-lhe o escritório no verão e não se abrandava um bocadinho nem com as alegrias do Natal. É que o frio e o calor do ambiente tinham pouca influência sobre Scrooge. Não havia calma que o aquecesse nem inverno que o esfriasse. Ninguém se lembrava de nortada mais áspera do que ele, nem de chuva mais invencível, nem de nevada mais implacável. Ainda a neve, a saraiva e a chuva são às vezes em abundância; Scrooge era sempre o mesmo sovina.

Não havia memória de ninguém ter parado alguma vez na rua para lhe dizer carinhosamente: "Meu caro Scrooge, como vai você? Quando vem me visitar?" Nunca um mendigo lhe estendeu a mão pedindo uma esmola; nunca uma criança lhe perguntou que horas eram; nunca uma mulher ou homem se acercou dele para indagar um caminho. Até pareciam conhecê-lo os próprios cães dos ceguinhos; e, quando ele se aproximava, puxavam o dono para o vão de uma porta e deixavam a passagem livre, abanando ao mesmo tempo a cauda, como se dissessem: "Antes ser cego do que ter o meu olhar desse homem!"

Que importava isso a Scrooge? O que lhe convinha e satisfazia era passar ao lado das multidões evitando-as, deixando as simpatias a respeitável distância.

Uma vez, era o mais belo dia do ano, a véspera de Natal, e o velho Scrooge estava sentado no escritório, todo entregue aos seus negócios. Lá fora fazia um frio intenso e o nevoeiro era cerrado; ouviam-se as vozes das pessoas que passavam na rua, esfregando as mãos e batendo no chão com os pés para aquecê-los. Os relógios acabavam de dar três horas, mas já era quase noite (nem se vira nada durante todo o dia), e os candeeiros acesos nos escritórios vizinhos lançavam clarões afogueados naquela atmosfera negra, que quase se podia apalpar. O nevoeiro estava tão denso que, penetrando no interior das casas, chegava a tapar buracos de fechadura e dava aos prédios fronteiros o aspecto de fantasmas, embora a rua fosse das mais estreitas. Ao ver baixar cada vez mais as pesadas nuvens, envolvendo tudo numa obscuridade profunda, dir-se-ia que a natureza transportara para lá os seus depósitos e ali mesmo fabricava a chuva e a neve.

Scrooge deixara aberta a porta do escritório para poder vigiar o seu caixeiro, que copiava cartas numa miserável alcova, fria e úmida como um poço. Junto a Scrooge, ardia um escasso fogo, mas o do seu ajudante era tão mirrado que parecia haver nele uma só brasa incandescente. Avivá-lo era impossível, porque a caixa do carvão ficava no quarto de Scrooge, e, se o pobre caixeiro ousasse ir buscar um pouco, logo ouviria a voz do patrão a lhe dizer que não havia remédio senão despedir um homem tão gastador. O infeliz procurava consolar-se aproximando-se muito do candeeiro e aconchegando ao pescoço uma manta; mas, como era homem de pouca imaginação, seus esforços não davam resultado.

— Boas festas, titio, e que Deus o guarde! — gritou subitamente, com uma voz alegre, o sobrinho de Scrooge, ao mesmo tempo que entrava tão precipitadamente na sala que, quando o velho deu por ele, já o tinha junto de si.

— Tolices! — disse Scrooge. — Tolices!

O sobrinho, a quem o caminho e a pressa tinham afogueado as faces e acendido o olhar numa cintilação de alegria, ficou estupefato.

— O Natal é uma tolice, titio? — replicou. — Sabe bem o que está dizendo?

— Sei muito bem! — volveu Scrooge. — Feliz Natal! Que direito tem você de estar alegre? Por que razão essa alegria? Você devia se lembrar de que é pobre.

— Sim — disse, alegre e zombeteiramente, o sobrinho —, mas então com que direito está o senhor tão triste? Não é rico?

— Ora! — disse Scrooge, que no momento não achou melhor resposta; e a esse "ora" ajuntou outra palavra: — Tolices!

— Ora, titio, não fique triste!

— Quem pode estar alegre não vendo senão doidos à volta? Feliz Natal! Boas festas! Deixem-me sem as suas festas! O que é o Natal, senão a época em que, custe o que custar, somos forçados a liquidar as contas, a época em que ficamos um ano mais velhos e nem uma hora mais ricos, a época em que, dando balanço nos livros, depois de doze meses, não há verba que não tenha dado prejuízo? É por isso que devo ficar alegre? Se eu pudesse fazer a minha vontade — vociferava Scrooge, cuja indignação tinha atingido o auge —, todo idiota que eu apanhasse com um "Feliz Natal" nos lábios havia de ser cozido com o seu próprio pudim e com o coração transpassado por um galho de pinheiro! Devia ser assim mesmo!

— Titio! — disse o sobrinho.

— Sobrinho! — replicou severamente o tio. — Festeje o Natal como quiser e deixe-me festejar o meu ao meu modo.

— Festejar? Mas o senhor não festeja coisa nenhuma.

— Deixe-me em paz, então. Você há de tirar grande lucro do seu Natal; o mesmo que tem tirado até hoje!

— Há muitas coisas, confesso, de que eu poderia ter tirado proveito, se quisesse, e uma delas é o Natal — disse o sobrinho. — Mas para mim o Natal, além da veneração que me inspira sua origem e seu nome sagrado, foi sempre a época da caridade e do esquecimento das ofensas; o único instante, em todo o calendário, em que homens e mulheres, num assentimento unânime, abrem livremente o coração e consideram as criaturas abaixo deles como seus iguais, seus companheiros nesta jornada para o túmulo, e não uma raça diferente, com outro destino. É por isso, meu tio, que, embora nunca me tivesse metido no bolso uma moeda de outro ou de prata, creio que ele me tem feito verdadeiramente bem e ainda me fará. Por isso repito: Deus abençoe o Natal!

O caixeiro, na sua fria e úmida alcova, aplaudiu involuntariamente, mas logo, caindo em si da inconveniência, quis atiçar o fogo e com isso apagou a última centelha.

— Torne eu a ouvir mais algum ruído seu — disse Scrooge —, e você verá que sua festa de Natal é perder o seu lugar. — Depois, voltando-se para o sobrinho, acrescentou: — Saiu-me um verdadeiro orador, o meu sobrinho! Nem sei como ainda não tem uma cadeira no Parlamento!

— Não se aborreça, meu tio. Ora, venha jantar conosco amanhã.

Scrooge disse que queria vê-lo no... sim, na verdade ele disse. Pronunciou a frase inteira, tão certa como eu conto.

— Mas por quê? — perguntou o sobrinho. — Por quê?

— Por que você se casou? — inquiriu Scrooge.

— Porque amei.

— Porque amou... — resmungou o velho, como se fosse essa a única coisa no mundo mais ridícula do que o Natal. — Passe bem!

— Mas o senhor nunca me visitou antes do meu casamento, o que me faz crer que as suas palavras não passam de mera desculpa!

— Boa tarde! — tornou Scrooge.

— Não desejo nada do senhor, não lhe peço nada; por que não havemos de ser amigos?

— Boa tarde!

— Tenho pena de achá-lo inabalável. Empreguei todos os meus esforços, em homenagem ao Natal, para demovê-lo e, embora não consiga, hei de conservar o meu bom humor até o fim. Tenha um feliz Natal, meu tio!

— Boa tarde — disse Scrooge.

— E um feliz Ano-Novo também!

— Boa tarde! — tornou Scrooge.

Apesar da frieza da recepção, o sobrinho deixou o escritório sem uma palavra de cólera. No limiar da porta ainda parou, para desejar boas festas ao caixeiro, que, embora tiritando de frio, teve todavia, ao contrário de Scrooge, calor suficiente para lhe agradecer e retribuí-las cordialmente.

— Aí temos outro — murmurou Scrooge, que o ouvira. — Um caixeiro que chega ao fim da semana e recebe quinze xelins para sustentar a mulher e os filhos falando em festas e em Natal alegre. Tenho de me refugiar num hospício para ver se lá encontro gente com mais juízo.

O maluco, quando acompanhou o sobrinho de Scrooge, recebeu e mandou entrar dois homens de aparência distinta e bem trajados, trazendo na mão livros e papéis. Depois de se descobrirem e cumprimentarem Scrooge com respeitosa mesura, um deles tomou a palavra e, consultando a sua lista, disse:

— Scrooge & Marley, creio eu, não é? A quem tenho a honra de falar, ao sr. Scrooge ou ao sr. Marley?

— O sr. Marley morreu há sete anos — replicou Scrooge. — Faz esta noite precisamente sete anos.

— Não temos a menor dúvida de que no sócio sobrevivente encontraremos a generosidade que distinguia o falecido — disse o mesmo que antes tomara a palavra, estendendo a Scrooge as credenciais que o autorizavam a pedir.

E não havia dúvida de que tão generoso era um dos sócios como outro, porque aqueles dois espíritos eram irmãos. Ao ouvir a abominável palavra "generosidade", Scrooge franziu o sobrolho, abanou a cabeça e afastou os papéis.

— Nesta festiva época do ano, sr. Scrooge — disse o homem, pegando uma caneta —, é dever da humanidade contribuir com qualquer esmola para minorar o padecimento dos pobres e dos indigentes, que sofrem imensamente nesta época. Há milhares de pessoas que não têm sequer o indispensável à vida, e contam-se por centenas de milhares as que carecem do menor conforto.

— Não há prisões? — perguntou Scrooge.

— Há uma quantidade delas — respondeu o outro, pousando a caneta que lhe estendera.

— E os asilos? — continuou Scrooge. — Não funcionam mais?

— Estão abertos, infelizmente. Oxalá pudesse eu dizer que tinham se fechado por desnecessários.

— E a casa de correção? E a lei de repressão à mendicância? Tudo isso acabou?

— Tudo está em vigor, e não faltam condenados.

— Eu estava receoso porque, pelo que ouvi, supus que algum estorvo tivesse sustado o andamento de instituições tão úteis como essas. Ainda bem! Ainda bem!

— Impressionados pela ideia de que muitos pobres mal têm com que se alimentar e tremem de frio, resolvemos nos reunir a outras pessoas e, juntos, angariar a favor dos desprotegidos da sorte alguns meios para comprarem de comer e de beber e alguns agasalhos. E escolhemos o Natal por ser a época em que a penúria é mais cruel e a abundância, mais alegre. Quanto devo escrever nesta lista, em nome do sr. Scrooge?

— Nada! — respondeu este.

— Deseja conservar o anonimato?

— Desejo que me deixem em paz — disse Scrooge. — Visto que me perguntam, a resposta é essa. Não me alegra o Natal e não estou disposto a trabalhar para contentar preguiçosos. Ajudo a manter os estabelecimentos a que me referi, e não é pequeno o sacrifício. Quem não tiver o que comer que se recolha a eles.

— Nem todos podem ir até lá, e muitos prefeririam morrer.

— Pois, se preferem morrer, prestam um grande benefício à humanidade, porque diminuem o excesso de população. De resto, queiram me desculpar, mas nada tenho com isso.

— Mas todos nós devemos nos interessar pela sorte dos indigentes — observou o outro.

— Eu trato dos meus negócios e já não tenho pouco que fazer. Não me sobra tempo para me meter na vida dos outros. Boa tarde, meus senhores!

Vendo que todos os esforços eram inúteis, os dois amigos dos pobres se retiraram, e Scrooge voltou ao seu trabalho, muito satisfeito consigo mesmo e com um ar mais alegre do que de costume.

Entretanto, o nevoeiro tornara-se tão espesso que alguns homens do povo, empunhando archotes, ofereciam ajuda aos cocheiros, indo adiante dos cavalos para alumiar o caminho. A velha torre de uma igreja, que através de uma janela gótica, rasgada no muro, parecia estar sempre olhando para Scrooge, tornara-se invisível e dava horas e os quartos entre nuvens, com vibrações trêmulas, quase angustiosas, como se o mecanismo estivesse também congelado. O frio tornara-se intenso. Na rua, bem na esquina, alguns operários reparavam a canalização do gás e tinham acendido uma fogueira, em torno da qual um grupo de rapazes e homens esfarrapados se aconchegava, aquecendo as mãos e deliciando-se na atmosfera tépida que as brasas espalhavam em roda. A água da fonte próxima, abandonada, gelara e formava tristonhos pedaços de gelo. Dos mostruários das lojas, onde se viam apetitosos pudins, saíam clarões vermelhos que afogueavam a face pálida dos transeuntes. As mercearias e as lojas de aves sobressaíam a tudo o mais: tinham ornamentação tão linda que até parecia impossível que fossem destinadas a essa coisa tão prosaica chamada negócio. O prefeito, em seu esplêndido e formidável palácio, não desdenhara ordenar que os seus cinquenta cozinheiros e copeiros festejassem o Natal como cumpre à casa de tão alta personagem; e até o pobre alfaiate, a quem ele multara em cinco xelins na segunda-feira anterior, por andar embriagado e miserável pelas ruas, preparava o pudim na sua água-furtada, enquanto a magra esposa e o filhinho saíam para comprar carne.

O nevoeiro ficava cada vez mais denso, e o frio tornara-se áspero e penetrante.

Se, como reza a crônica, em vez de ter agarrado o diabo pelo nariz com as pinças incandescentes do seu ofício, o bom São Dunstan e milagroso ferreiro lhe tivesse friccionado esse apêndice com um bocado de tempo como aquele, decerto lhe teria arrancado estentóreos berros.

Um rapazinho de nariz pequenino, roído como um osso por um cão, aproximou-se da porta de Scrooge e começou a entoar um cântico de Natal. Mal tinha dito os dois primeiros versos:

> "Deus o conserve sempre alegre, gentil cavalheiro,
> Não o fazendo cair em desânimo!",

quando lhe surgiu pela frente o velho avarento, empunhando uma régua com tal energia que o cantor fugiu espavorido, perdendo-se na espessa garoa.

Chegou enfim a hora de fechar o escritório. Com visível má vontade, Scrooge desceu do seu banco, autorizando assim tacitamente o caixeiro a imitá-lo, o que ele se apressou a fazer, apagando o candeeiro e pondo o chapéu.

— Então, quer todo o dia de amanhã para folguedos, não é verdade? — disse Scrooge.

— Se não houver inconveniente...

— Nem é conveniente, nem bonito. Se eu lhe descontasse meia coroa no ordenado decerto se julgaria lesado, não?

O caixeiro sorriu.

— E, apesar disso — acrescentou Scrooge —, não se julga lesado por eu lhe pagar o salário de um dia de vadiação.

O caixeiro observou humildemente que era só uma vez por ano.

— Franca desculpa para enfiar impunemente a mão no bolso dos outros no dia 25 de dezembro de cada ano! — vociferou Scrooge, abotoando até o queixo o seu grande sobretudo. — Mas suponho que há de ficar farto com o dia todo. Depois de amanhã apresente-se aqui bem cedo.

O caixeiro prometeu cumprir suas ordens, e Scrooge saiu rosnando. As portas fecharam-se num instante, e o empregado, levando caídas pelas costas as pontas da manta, que enrolara no pescoço (pois suas mesquinhas posses não lhe permitiam o luxo de um sobretudo), parou em Cornhill para patinar no gelo com um bando de rapazes alegres, em honra à véspera do Natal, e dali se apressou para chegar a casa, que era bem longe, em Camden Town, para brincar de cabra-cega.

Scrooge engoliu o seu melancólico jantar na triste estalagem de costume e, depois de ter lido todos os jornais e passado algumas horas com os livros de escrituração, recolheu-se aos seus aposentos, para se meter na cama. A casa de Scrooge, a mesma onde vivera Marley, era um edifício de poucos andares, como que empinhados uns em cima dos outros, escuro e de aspecto triste, isolado no extremo de uma travessa, mas de modo tão extravagante que quem o visse pensaria involuntariamente que, tendo brincado de esconde-esconde com outras casas, em pequenina, ali a tivessem deixado por esquecimento. Além de tudo isso, era velha e infundia o medo que inspiram as casas abandonadas, pois seu único habitante era Scrooge. A parte que ele não ocupava estava alugada para escritórios e, ao anoitecer, ficava deserta. O pátio era tão escuro que o próprio Scrooge, conhecendo-o palmo a palmo, caminhava às apalpadelas. A vasta porta da casa, negra e velha, toda envolta em denso nevoeiro, apresentava um aspecto sinistro, como se o Gênio do Tempo tivesse se sentado na soleira com a cabeça reclinada em profunda meditação.

Uma coisa agora é preciso acentuar, para que se compreenda bem o alcance do que se segue: é que a maçaneta dessa porta não tinha nada de extraordinário, a não ser o tamanho, que era bastante grande. Fique também esclarecido que Scrooge a vira muitas vezes, pois vivia noite e dia, havia muitos anos, sempre naquele lugar, e que sua imaginação era tão pouca como a de qualquer outra pessoa de Londres, sem mesmo excetuar os vereadores do município e demais funcionários.

É de se notar igualmente que Scrooge, depois da referência que horas antes fizera à morte de Marley, havia sete anos não tornara a pensar no defunto sócio. E, isso posto, expliquem-me, se possível, por que foi que Scrooge, ao meter a chave na fechadura, viu na maçaneta, sem nenhum processo mágico de transformação, não uma maçaneta, como sempre vira, mas o rosto de Marley.

O rosto de Marley! Em vez de mergulhado em trevas profundas como tudo quanto rodeava o pátio, iluminava-o uma claridade muito frouxa, uma espécie de fosforescência como a que se destaca de uma lagosta estragada, abandonada no canto de uma adega escura. Não havia nele a menor expressão de cólera ou de rancor; pelo contrário, Marley fixava Scrooge serenamente, como costumava fazer em vida, com os óculos de fantasma na testa, também de fantasma. O cabelo estava estranhamente arrepiado, como se o soprasse um vapor quente; e os olhos, embora muito abertos, absolutamente parados. Isso e a lividez do rosto tornavam-no horrível, mas o horror não provinha do rosto nem derivava da expressão.

Mas quando, vencida a perturbação do primeiro momento, Scrooge tornou a olhar fixamente, viu outra vez a maçaneta como de costume.

Dizer que ele não sofreu uma comoção estranha, uma impressão como nunca sentira desde a infância, seria faltar à verdade; mas pôs a mão na chave, que largara, e girou-a apressadamente. Entrou e acendeu a luz. Hesitou um momento antes de fechar a porta, como se esperasse ver Marley dentro de casa; examinou minuciosamente a porta por trás, mas não viu senão os parafusos e as porcas que a seguravam. Mais tranquilo, empurrou com força a porta, que bateu com estrondo, repercutindo separadamente em cada um dos quartos dos andares de cima e nas adegas dos pavimentos inferiores, parecendo uma série de trovões descarregados sobre a casa. Scrooge, a quem os ecos não intimidavam, deu volta à chave, atravessou o vestíbulo e subiu vagarosamente as escadas, fazendo trepidar a luz do candeeiro à medida que subia. Fala-se de escadas antigas onde cabia um coche puxado por três parelhas, ou um cortejo do Parlamento; mas naquela podia até ter subido um carro mortuário e ainda sobraria espaço. Foi talvez por isso que Scrooge julgou ver diante de si um séquito fúnebre. Meia dúzia de candeeiros a gás da via pública mal a iluminariam; por aí se pode imaginar a escuridão em que a deixava mergulhada a tíbia luz do candeeiro de Scrooge.

Ele continuou subindo sem parecer fazer grande caso da aparição. A escuridão é barata, e isso era suficiente para lhe agradar. Antes, porém, de fechar a pesada porta, revistou todos os quartos, porque, afinal, a lembrança do rosto de Marley o perseguia.

Tudo estava em ordem. Ninguém debaixo da mesa, ninguém debaixo do sofá; na lareira umas brasas quase apagadas; a colher e a xícara prontas e um boião de xarope sobre a lareira (porque Scrooge andava gripado). Debaixo da cama, ninguém; e ninguém dentro do seu roupão de uso caseiro, que pendia de um cabide encostado à parede, com um aspecto que poderia gerar suspeitas. O quarto de despejo, como de costume: uns sapatos esburacados, dois cestos, um lavatório de três pés e uma barra de ferro de remexer o fogo.

Satisfeito, fechou a porta, dando duas voltas à chave, o que não era costume. Assim, acautelado contra qualquer surpresa, tirou a gravata, vestiu o roupão, pôs os chinelos, encaixou na cabeça o seu capuz de dormir e sentou-se diante da lareira para tomar o seu mingau.

Para experimentar alguma sensação de calor, Scrooge tinha de se chegar muito ao fogo e curvar-se um pouco para diante, porque a quantidade de carvão que pusera no braseiro era irrisória para uma noite tão fria. A lareira era antiga, construída por algum fabricante holandês, revestida com azulejos esquisitos, representando cenas da Escritura Sagrada. Havia imagens de Caim e Abel, das filhas dos faraós, da rainha de Sabá, de anjos atravessando os ares sobre nuvens que pareciam colchões de penas, de apóstolos aventurando-se no tenebroso oceano em pequeninos batéis; Abraão e Baltazar lá estavam também, assim como centenas de outras figuras capazes de atrair a atenção; mas tudo isso desapareceu como por encanto aos olhos de Scrooge, que em cada azulejo via uma cabeça de Marley, que absorvia o resto como a antiga vara do profeta. Se cada um dos azulejos tivesse o poder de formar na superfície uma figura com os pensamentos de Scrooge, não haveria dúvida de que em cada um deles se veria uma cópia da cabeça de Marley.

— Tolices! — disse Scrooge, levantando-se e pondo-se a passear pelo quarto.

Depois de dar algumas voltas, tornou a sentar-se e reclinou a cabeça no espaldar da cadeira. Dessa vez seus olhos pousaram insensivelmente sobre uma sineta sem utilidade que facilitava a comunicação com um quarto do último andar. Foi com grande espanto e não menor pavor que, ao fitar a sineta, sentiu que dela saía um som a princípio quase imperceptível, mas que foi crescendo, crescendo, até se converter num furioso badalar de todas as sinetas da casa. Isso durou talvez meio minuto, mas pareceu-lhe uma hora. As sinetas cessaram como haviam começado, isto é, gradualmente, para cederem lugar a um estranho ruído, que vinha do pavimento inferior, como se alguém arrastasse pesadas correntes de ferro por cima dos tonéis da adega do negociante de vinhos. Scrooge lembrou-se então de ter ouvido dizer que os espectros costumam arrastar correntes nas casas onde aparecem.

Um momento depois, sentiu abrir-se com estrondo a porta da adega e percebeu que o ruído se tornava mais forte no andar de baixo; depois, sentiu-o subir a escada e encaminhar-se para o seu quarto.

— Tolices! — disse ainda Scrooge. — Não acredito nisso.

Não obstante, a cor fugiu-lhe quando o fantasma atravessou a grossa porta e, entrando no quarto, passou diante dos seus olhos. Ao mesmo tempo, do fogo quase apagado ergueu-se uma grande labareda que parecia gritar: "Conheço-a! É a alma de Marley!", e logo se apagou.

E era, com efeito, a mesma cara, sem tirar nem pôr: Marley com o seu colete, os mesmos calções, as mesmas botas luzidias com os cordões, as mesmas abas do casaco e o mesmo cabelo.

A corrente que ele arrastava prendia-o pela cintura e estendia-se como uma cauda. Scrooge, observando tudo minuciosamente, notou que ela era feita de cofres-fortes, chaves, cadeados, livros-caixas, letras de câmbio e pesadas bolsas de aço. O corpo era tão transparente que Scrooge, olhando-o pela frente através do casaco, viu os dois botões pregados nas abas e lembrou-se então de ter ouvido dizer, sem jamais lhe ter dado crédito, que Marley não tinha entranhas.

E ainda lhe custava crer no que estava vendo. Embora o fantasma estivesse diante dele, embora sentisse a gélida influência dos seus olhos parados, embora visse distintamente até o tecido do lenço dobrado que lhe amarrava a cabeça e o queixo e que a princípio escapara à sua observação, não obstante tudo isso, sua incredulidade não o abandonava, e ele lutava contra os próprios sentidos.

— Fale! — disse Scrooge, frio e causticante como sempre. — Que pretende de mim?

— Muito — respondeu o espectro, com a voz de Marley, sem dúvida.

— Quem é você?

— Pergunte-me antes quem eu era.

— Quem era então? — tornou Scrooge, erguendo a voz. — É decerto o espectro de alguém. E como espectro é muito exigente.

— Em vida fui o seu sócio, Jacob Marley.

— Pode se sentar?

— Posso.

— Então sente-se.

Scrooge fez essa pergunta por lhe parecer que um fantasma tão transparente não poderia pegar uma cadeira, e julgou que assim o obrigaria a entrar em explicações embaraçosas. O seu ardil não deu resultado, porque o espectro sentou-se na lareira com toda a naturalidade, como se estivesse muito acostumado a fazê-lo.

— Não acredita em mim? — observou o espectro.

— Não — disse Scrooge.

— Que prova da minha realidade você queria, além do testemunho dos seus olhos?

— Não sei — replicou Scrooge.

— Por que duvida dos seus sentidos?

— Porque — respondeu Scrooge — creio que alguma coisa os afeta. Qualquer pequeno desarranjo do estômago altera-os imediatamente. Ainda creio que você não passa de algum pedaço de carne mal digerida, uma colherada de mostarda, um pedaço de queijo ou de batata, alguma coisa, enfim, que o estômago teima em não digerir.

Não estava muito nos hábitos de Scrooge gracejar, nem sentia naquela ocasião vontade de o fazer. A verdade é que estava se esforçando por afastar o terror que a voz do espectro lhe incutia, e que era tal que o gelava até a medula dos ossos. Só o Demônio, pensava ele, seria capaz de ficar sentado diante daquele fantasma, sofrendo a impressão daquele olhar fixo, e sentir vontade de brincar. Além de tudo, concorria ainda para tornar mais horrível o espectro a atmosfera infernal em que ele estava envolto. Scrooge não o sentia, mas via-lhe os efeitos, porque, embora o fantasma estivesse perfeitamente imóvel, o cabelo, as abas do casaco, os enfeites das botas eram constantemente agitados como se os atravessasse o vapor quente de um forno.

— Vê este palito? — disse Scrooge, pretendendo ainda gracejar, sempre na intenção de dissimular o terror e de desviar de si aquele olhar imperturbável.

— Vejo — disse o espectro.

— Como pode vê-lo, se não olha para ele?

— Não preciso olhar. Vejo-o muito bem.

— Pois bastava que eu o engolisse para ser perseguido, durante todo o resto da vida, por legiões de espíritos imaginários, todos filhos do meu estômago. Tolices!, digo-lhe eu. Tolices.

Ao ouvir isso, o espectro soltou um grito tão pavoroso e sacudiu a cadeira com um ruído tão horrível e infernal que Scrooge se agarrou à cadeira para não desmaiar. Mas seu terror foi ainda maior quando o fantasma, desamarrando o lenço do rosto, como se fizesse muito calor, deixou pender sobre o peito o maxilar inferior. Scrooge caiu de joelhos, escondeu a cara nas mãos e disse com voz trêmula:

— Misericórdia, horrível visão! Por que me persegue assim?

— Homem de espírito terrestre, crê em mim ou não?

— Creio — disse Scrooge —, é preciso; mas por que andam os espíritos passeando pela terra e por que vêm me perturbar?

— Os espíritos dos homens têm obrigação de viajar pelo mundo, de visitar os homens, seus irmãos; e aqueles que não fizeram em vida são condenados a fazê-lo depois da morte. O destino dos espíritos que, como eu, horrível desgraça a minha!, viveram só para si é percorrer o mundo e ver aquilo de que não partilharam.

O espectro soltou um grito, tornou a agitar a cadeia e contorceu as mãos transparentes.

— Por que está acorrentado? — perguntou Scrooge com voz trêmula. — Por quê?

— Arrasto a cadeia que forjei em vida — respondeu o espectro. — Eu mesmo a fiz, elo por elo, palmo a palmo; eu próprio a guarneci, e uso-a por minha vontade. Não a conhece?

Scrooge tremia cada vez mais.

— Sabe o peso e o comprimento da cadeia que você mesmo usa? — prosseguiu o espectro. — Há sete anos, precisamente nesta noite de Natal, tinha ela o peso e o comprimento da minha. De então para cá, você não tem feito senão aumentá-la. Deve pesar muito!

Scrooge olhou em torno de si, como se esperasse achar-se enleado em muitos metros de correntes de ferro, mas não viu nada.

— Jacob — implorou ele —, meu velho Jacob Marley, anime-me, console-me, dê-me uma esperança!

— Não posso — replicou o espectro. — A consolação e a esperança vêm de outras regiões, Elbenezer Scrooge, e são levadas por outros mensageiros a outra espécie de homem. Eu nem posso lhe dizer o que desejaria. Pouco tempo me resta já. Não posso repousar, nem sequer me demorar em parte alguma. Em vida, o meu espírito nunca transpôs os muros do nosso escritório, note bem isto; nunca a minha alma se alçou acima do estreito âmbito do nosso miserável buraco de câmbio; agora o meu fado é uma peregrinação constante e dolorosa!

Scrooge tinha costume, quando meditava sobre alguma coisa, de meter as mãos nos bolsos das calças. Pensando agora no que o espectro lhe dizia, foi nessa atitude que lhe dirigiu a palavra, de joelhos, sem levantar os olhos do chão; com humildade e deferência, mas com o mesmo ar com que tratava de questões comerciais.

— Você deve estar muito atrasado, Jacob.

— Muito! — repetiu o espectro.

— Morto há sete anos — brincou Scrooge — e sempre viajando!

— Sempre, sem descanso, sem um momento de tranquilidade! Oh, tortura infinda do remorso!

— Viaja depressa? — perguntou Scrooge.

— Nas asas do vento — tornou o espectro.

— Em sete anos deve ter percorrido uma grande parte do mundo! — disse Scrooge.

Ao ouvir essas palavras, o espectro soltou um grito medonho e agitou a cadeia, cortando o silêncio da noite com um ruído tão grande que o guarda, na rua, podia muito bem tê-lo tomado por um motim.

— Ah! Cativo, preso, acorrentado — gritou o fantasma —, por ter olvidado que todo homem deve associar-se à grande obra da humanidade prescrita pelo Onipotente e perpetuar o progresso! Por ignorar que qualquer alma cristã, por muito pequena que seja a sua esfera de ação, há de achar a vida demasiado curta para espalhar o bem em torno de si! Por ignorar que não há arrependimento que possa resgatar o mau emprego de uma vida inteira! Eu fui um desses desgraçados!

— Mas você sempre foi um bom homem de negócios, Jacob — murmurou Scrooge, que começava a compreender o alcance daquelas palavras e aplicá-las a si mesmo.

— Negócios — gritou o espectro, contorcendo novamente as mãos. — Tudo servia ao meu negócio: a humanidade, o bem-estar dos outros, a caridade, a compaixão, o esquecimento das faltas alheias, a benevolência; era tudo isso o que constituía o imenso oceano do meu negócio, onde a compra e a venda representavam apenas uma gota de água.

Dizendo isso, ergueu a cadeia a toda a altura do braço, como se ela fosse a causa de seu indizível sofrimento, e novamente a deixou cair no chão, com todo o seu formidável peso.

— Quando chega esta época do ano, ainda é maior o meu sofrimento — disse o espectro. — Por que passei pela multidão sempre de olhos baixos, sem nunca erguê-los para aquela abençoada casa? Não havia na terra pobres albergues para onde essa estrela me pudesse ter guiado?

Scrooge já mal podia ouvir essas palavras e cada vez tremia mais.

— Escute-me! — disse o espectro. — O meu tempo está quase findo.

— Fale, mas não me maltrate com suas palavras! Seja breve, Jacob, peço-lhe encarecidamente.

— Como eu lhe apareci sob esta forma de sombra visível, não posso lhe dizer. Muitos e muitos dias eu tenho me sentado junto de você, invisível.

A revelação não tinha nada de agradável. Scrooge estremeceu e enxugou o suor da fronte.

— Não é essa menor pena do meu sofrimento — acrescentou o espectro. — Hoje vim para lhe anunciar que ainda há possibilidade e esperança de você escapar ao meu fado. Esperança e possibilidade que eu mesmo lhe arranjei, Elbenezer.

— Obrigado — disse Scrooge —, sei que você sempre foi muito meu amigo.

— Você vai ser visitado — continuou o espectro — por três espíritos.

O queixo de Scrooge, ao ouvir essa notícia, descaiu quase tanto quanto o do fantasma.

— É essa a possibilidade e a esperança que você me conseguiu, Jacob? — perguntou ele, com voz sumida.

— Sem elas — tornou o espectro —, não espere evitar a minha sorte. O primeiro virá amanhã, quando o relógio der uma hora.

— Não podiam vir todos ao mesmo tempo, para que a visita acabe mais depressa? — insistiu Scrooge.

— Espere o segundo na noite seguinte, à mesma hora. O terceiro virá na outra noite, ao bater a última badalada da meia-noite. Não espere tornar a me ver; e não se esqueça, por seu bem, do que se passou entre nós!

Dizendo isso, o espectro pegou o lenço que pusera em cima da mesa e amarrou-o em volta da cara, como ao entrar, o que Scrooge percebeu pelo som seco que os dentes produziram, quando os dois maxilares bateram um no outro. Levantando os olhos, com medo, para o seu extraordinário visitante, viu-o de pé, diante de si, com a corrente enrolada no braço.

O espectro foi se afastando, de costas, e, a cada passo que dava, a janela abria-se um pouco, até que, quando chegou junto dela, os dois batentes estavam abertos de par em par. A um sinal seu, Scrooge aproximou-se e, a outro sinal feito com o braço, parou.

A surpresa e o medo dominavam Scrooge mais do que a obediência, pois quando o fantasma levantou o braço sentiram-se no espaço ruídos confusos, sons incoerentes de lamentações e saudades, queixumes de indizível sofrimento e de remorso. O espectro, depois de ouvi-los por um momento, juntou sua voz àquela música fúnebre e desapareceu na escuridão, flutuando no ar.

Scrooge chegou-se à janela, preso de grande curiosidade, e presenciou então um estranho espetáculo. Todo o espaço estava cheio de fantasmas, que perpassavam incessantes, não deixando nunca de gemer aflitivamente. Todos tinham cadeias como as do espectro de Marley e alguns andavam amarrados em grupos, talvez por terem feito, na terra, parte de algum governo criminoso: livre não havia nenhum. Muitos deles tinham sido conhecidos de Scrooge neste mundo. Havia um, sobretudo, que tinha sido íntimo seu: esse andava com um casaco branco, trazia presa à ilharga uma formidável corrente de ferro e soltava gemidos lancinantes por não poder socorrer uma miserável mulher e uma criancinha, que vira junto de sua porta. A causa do sofrimento de todos era quererem socorrer as misérias humanas e terem perdido o poder de fazê-lo.

Não sei se esses fantasmas desapareceram no nevoeiro ou se a cerração os encobriu; o certo é que um momento depois as vozes cessaram, os espíritos sumiram e o espaço ficou silencioso e ermo como quando Scrooge se recolheu à casa.

O velho então cerrou a janela, examinou a porta por onde o fantasma entrara e verificou que estava fechada com duas voltas da chave, dadas por ele mesmo, e que nos trincos não havia sinal algum de arrombamento.

Serenado com essa inspeção, ia dizer a palavra "tolice", mas parou na primeira sílaba. E, sentindo-se muito necessitado de descanso, tanto pela comoção que lhe causara o vislumbre do outro mundo e a conversação com o espectro, como pela fadiga do dia e pelo adiantado da hora, Scrooge deitou-se imediatamente, sem nem mesmo se despir.

ONDE ESTÁ DEUS, ESTÁ O AMOR

Tolstoi

Havia numa cidadezinha um sapateiro chamado Mikail Avdeievitch. Morava num porão cuja única janela dava para a rua, na altura do chão. Embora visse apenas os pés de quem passava pela rua, Mikail conhecia todas as pessoas pelos sapatos que usavam. Como já era velho e competente em seu trabalho, era raro um par de botas que não houvesse passado por suas mãos, fosse para um remendo, uma meia-sola ou para colocar um novo cano. Assim, era comum ver passar pela janela uma obra sua.

Mikail estava sempre muito ocupado, pois trabalhava com perfeição, usava material de boa qualidade, não cobrava caro e entregava no prazo prometido. Por isso todos o estimavam e nunca lhe faltava serviço.

Sempre fora um homem bom, mas, ao envelhecer, começou a se preocupar com sua alma e queria se aproximar de Deus. Sua mulher tinha morrido quando ele ainda era aprendiz, deixando um filho de três anos. Haviam tido outros filhos antes, mas todos tinham morrido. Ao se ver só com o menino, pensou em mandá-lo para a casa de um tio, na aldeia, mas ponderou: "Será muito triste para o pequeno Karp viver longe de mim. É melhor ficar mesmo comigo."

Pouco tempo depois, despediu-se do patrão e abriu sua própria oficina. Deus, porém, não velava muito por seus filhos. Quando o que lhe restara se tornou rapaz e começou a ajudá-lo, adoeceu e morreu em uma semana.

Mikail enterrou o filho. A perda feriu-lhe de tal modo o coração que chegou a murmurar contra a justiça divina. Sentia-se tão infeliz que implorava a Deus que lhe tirasse também a vida. Censurava o Senhor por não levar a ele, que já era velho, em lugar do filho único tão querido, e deixou de ir à igreja.

Um dia, na época da Páscoa, chegou à casa do sapateiro um conterrâneo seu que há oito anos percorria o mundo como peregrino. Conversaram muito tempo e Mikail se queixou amargamente da sua desgraça.

— Perdi o desejo de viver, agora só espero a morte. Peço a Deus que me leve, pois não tenho mais ilusões na vida.

— Não fale assim, Mikail. Os homens não devem julgar a vontade do Senhor, pois suas razões estão acima do nosso entendimento. Se Ele decidiu que seu filho morresse e você vivesse, tem que ser assim. Você se desespera porque só quer viver para sua própria felicidade.

— E para que viver, se não para isso? — perguntou o sapateiro.

— É preciso viver para Deus. É Ele quem dá a vida, e para Ele que devemos viver. Quando entender isso, seu sofrimento terminará e você suportará tudo com paciência e resignação.

Mikail ficou calado por um momento, e disse:

— E como se vive para Deus?

— Como Cristo ensinou. Você sabe ler? Pode aprender nos Evangelhos. Na Sagrada Escritura você encontrará resposta para todas as perguntas.

Essas palavras calaram fundo no coração de Mikail. No mesmo dia comprou um exemplar do Novo Testamento, impresso em letras bem grandes, e começou a ler.

Pretendia pegá-lo somente nos dias de folga, mas o texto lhe trazia tal consolo à alma que foi adquirindo o hábito de ler algumas páginas todos os dias. Às vezes se entretinha de tal modo que só deixava o livro quando o óleo da lâmpada terminava.

Lia todas as noites. À medida que progredia na leitura, ia compreendendo com maior clareza o que Deus exigia, como viver para Deus, e a alegria penetrava docemente em sua alma.

Acostumado a ir se deitar gemendo e suspirando com a lembrança dos filhos, agora dizia:

— Glória a Deus, glória ao senhor, pois essa foi a Sua vontade.

A vida do sapateiro transformou-se completamente. Antes, nos dias de festa, ia para a taberna tomar chá e, por vezes, um gole de vodca com os amigos. Nessas ocasiões saía da taberna não propriamente embriagado, mas um tanto eufórico, e dizia bobagens, chegava a insultar quem encontrava no caminho.

Agora tudo mudara. Sua vida transcorria em harmonia e paz. Punha-se a trabalhar ao amanhecer e, terminado o dia, colocava a lâmpada sobre a mesa, tirava o livro da prateleira e sentava-se para ler. Quanto mais lia, melhor compreendia e uma suave serenidade envolvia-lhe a alma.

Uma noite estendeu a leitura até bem tarde e, chegando ao capítulo VI do Evangelho de São Lucas, encontrou os seguintes versículos:

"Ao que te ferir numa face, oferece-lhe também a outra. Ao que te tirar o manto, não o impeças de levar também a túnica. Dá a todo aquele que te pede; e ao que leva o que é teu, não lhe tornes a pedir. O que quereis que vos façam os homens, fazei-o também a eles."

A seguir, leu que o Senhor disse:

"Por que me chamais: Senhor, Senhor, e não fazeis o que vos digo? Todo aquele que vem a mim, que ouve minhas palavras e as põe em prática, eu vos mostrarei a quem ele é semelhante. É semelhante a um homem que, edificando uma casa, cavou profundamente e pôs os alicerces sobre a rocha. Vindo uma inundação, investiu a torrente contra aquela casa e não pôde movê-la, porque estava bem edificada. Mas o que ouve e não pratica é semelhante a um homem que edificou a sua casa sobre a areia, sem fundamentos. Investiu a torrente contra ela e logo caiu, e foi grande a ruína daquela casa."

Ao ler essas palavras, seu coração se inundou de alegria. Deixou os óculos sobre o livro e apoiou os cotovelos na mesa, imerso em reflexão. Comparou seus próprios atos a essas palavras e disse:

— Minha casa está fundada sobre rocha ou sobre areia? Seria bom se estivesse apoiada na rocha. A felicidade nos domina quando estamos em paz com a consciência, procedendo como Deus quer. Quando nos esquecemos de Deus, podemos cair outra vez em pecado. Continuarei como estou, pois sinto que é bom. Que Deus me proteja!

Mergulhado nesses pensamentos, resolveu ir se deitar. Mas relutava em largar o livro e começou o sétimo capítulo. Leu a história do centurião, a do filho da viúva e a resposta de Jesus aos discípulos de São João. Chegou ao trecho em que o rico fariseu convidou Jesus para ir à sua casa, onde a pecadora ungiu-lhe os pés e os lavou com suas lágrimas e Ele perdoou-lhe os pecados, e leu ainda:

"E, voltando-se para a mulher, disse a Simão: Vês esta mulher? Entrei em tua casa, não me deste água para os pés; ela, com as suas lágrimas me banhou os pés, e enxugou-os com os cabelos. Não me deste o ósculo da paz; porém ela, desde que entrou, não cessou de beijar os meus pés. Não ungiste minha cabeça com bálsamo, porém esta ungiu com bálsamo os meus pés."

Ao ler esse versículo, Mikail pensou: "Não lhe deu água para os pés, não o beijou, não ungiu a cabeça dele com bálsamo..." Tornou a tirar os óculos, colocou-os sobre o livro e voltou às reflexões. "Aquele fariseu deve ter sido como eu. Ele também só pensava em si mesmo — tomar o seu chá, estar agasalhado, confortável, nem um pensamento para o hóspede. Cuidava de sua vida e nem pensava no conforto do convidado. E quem era esse convidado? O próprio Deus! Se Ele viesse me visitar, eu faria a mesma coisa?"

Mikail apoiou a cabeça nos braços cruzados sobre a mesa e, sem se dar conta, adormeceu.

— Mikail! — disse uma voz de repente, sussurrando em seu ouvido. Despertou assustado.

— Quem é? — perguntou.

Olhou em volta, olhou para a porta, não viu ninguém. A voz tornou a chamar, desta vez com mais clareza.

— Mikail, Mikail! Olha para a rua amanhã, pois eu virei.

Mikail levantou-se da cadeira, esfregando os olhos, sem saber se ouvira as palavras num sonho ou acordado. Apagou a lâmpada e foi dormir.

No dia seguinte levantou-se antes do amanhecer, fez suas orações e acendeu o fogo para preparar a sopa de repolho e o mingau. Mantendo acesa a chama do samovar, vestiu o avental e sentou-se junto à janela para trabalhar.

Não conseguia afastar o pensamento do que acontecera na véspera, sem saber se fora uma alucinação ou se alguém falara realmente.

— São coisas que acontecem na vida — disse a si mesmo.

Continuava a trabalhar, espiando de vez em quando pela janela e, quando passavam botas desconhecidas, levantava-se para ver o rosto da pessoa.

Passou um carregador calçando botas novas de camurça, passou um velho soldado do tempo de Nicolau, com botas de cano alto tão velhas e remendadas quanto ele próprio. Esse soldado chamava-se Stepanitch. Morava na casa de um comerciante da vizinhança, que o acolhia por caridade. Para dar-lhe uma ocupação condizente com a idade avançada, encarregara-o de ajudar o porteiro.

Stepanitch parou em frente à janela e, com uma pá, começou a tirar a neve da rua. Mikail olhou para ele e continuou a trabalhar.

— Sou mesmo um tolo — disse ele, rindo de si mesmo. — Stepanitch está limpando a neve e imagino que Cristo vem me visitar. Estou delirando. Estou louco.

Mal tinha dado dez pontos, porém, voltou a olhar pela janela e viu a pá encostada à parede e o velho soldado tentando se aquecer. "Esse infeliz está muito velho", pensou Mikail. "Já não tem forças para tirar a neve. Uma xícara de chá lhe faria bem. E o samovar está fervendo."

Cravou a sovela no tamborete, levantou-se, pôs o samovar na mesa, colocou mais água e deu uma pancadinha na janela. Stepanitch virou-se. Mikail fez-lhe um sinal e foi abrir a porta.

— Entre. Venha se aquecer, você deve estar com frio.

— Valha-me Deus! Muito frio! Os ossos chegam a doer — disse o velho.

Sacudiu a neve dos pés, para não sujar o chão, e quase caiu ao entrar, tão trôpego que estava.

— Não se preocupe com a neve nos pés. Vou ter mesmo que varrer o chão; não faz mal sujá-lo. Venha, vamos tomar um chá.

Mikail serviu duas xícaras de chá escaldante e deu uma ao hóspede. Derramou um pouco no pires e soprou para esfriá-lo.

Ao terminar, o soldado colocou a xícara emborcada no pires e, em cima dela, o resto do tablete de açúcar. Agradeceu ao sapateiro, mas estava claro que tomaria de bom grado mais uma xícara do chá quente.

— Tome mais — disse Mikail, enchendo de novo as duas xícaras. A cada gole, olhava pela janela.

— Está esperando alguém? — perguntou o convidado.

— Se estou esperando alguém? Tenho vergonha de dizer a quem espero. Nem sei se tenho razão para esperar ou não, mas ontem à noite ouvi uma coisa que não me sai da cabeça. Se foi verdade ou fantasia, não sei. Sabe, meu amigo, ontem à noite eu estava lendo o Evangelho... Jesus sofreu muito entre os homens! Já ouviu falar nisso, não?

— Sem dúvida, já ouvi falar, mas sou ignorante, não sei ler...

— Pois eu estava lendo a história de Jesus na terra e cheguei à parte em que ele foi à casa de um fariseu que não o recebeu bem... Depois fiquei pensando em como seria possível não receber bem Jesus Cristo. Se acontecesse a mim, nem sei o que faria em sua honra! Mas o fariseu não o tratou bem. Enquanto pensava nessas coisas, adormeci. De repente, ouvi alguém dizer meu nome. Acordei, e parecia que alguém sussurrava: "Espere, que eu virei amanhã." Disse duas vezes seguidas. E por incrível que pareça, apesar de ter vergonha de acreditar nisso, estou esperando a visita do Senhor!

O soldado balançou a cabeça sem nada dizer, terminou de beber o chá e emborcou a xícara, mas Mikail tornou a enchê-la.

— Tome mais, o chá faz bem. Acho que o Senhor nunca rejeitou ninguém, quando andava pelo mundo. Andava com os humildes, visitava os pobres. Os discípulos eram gente simples como nós, pescadores, artesãos. "O que se exalta será humilhado e o que se humilha será exaltado... Chamais-me Senhor e eu vos lavo os pés; aquele que quiser ser o primeiro deve ser o servidor dos demais. Bem-aventurados os pobres em espírito, porque deles é o reino dos céus."

Stepanitch tinha esquecido sua xícara de chá. Era um velho sensível. Ouvindo as palavras de Mikail, as lágrimas corriam pelo seu rosto.

— Vamos, tome mais — disse o sapateiro.

O soldado fez o sinal da cruz, agradeceu e, afastando a xícara, se pôs de pé.

— Agradeço muito, Mikail, por me receber tão bem, satisfazendo ao mesmo tempo meu corpo e minha alma.

— Estou sempre ao seu dispor. Venha sempre que quiser, tenho prazer em recebê-lo.

Quando Stepanitch saiu, Mikail terminou seu chá e voltou a se sentar junto à janela para trabalhar.

Enquanto costurava, espiava pela janela pensando em tudo o que tinha lido, em tudo o que Jesus dissera.

Passaram dois soldados; um calçava botas do governo e o outro, botas dele mesmo. Depois passou um nobre de galochas e, em seguida, um padeiro carregando um cesto.

Apareceu uma mulher em meias de lã e sapatos de camponesa. Passou em frente à janela e encostou-se à parede. Através da vidraça, Mikail olhou para aquela desconhecida com uma criança nos braços, de costas para o vento. Em vão procurava abrigar a criança, pois não tinha com que envolvê-la. Apesar do frio, a mulher usava roupas de verão, velhas e gastas.

Junto à janela, Mikail ouvia o choro do bebê e via os inúteis esforços da mãe para consolá-la. Levantou-se, abriu a porta e, indo até a rua, gritou:

— Ei, ei, você! Está ouvindo?

A mulher voltou-se para ele.

— Não fique aí nesse frio com a criança. Entre aqui. Pode aquecê-lo melhor aqui dentro. Entre...

A mulher olhou, surpresa, aquele velho de avental e óculos na ponta do nariz que lhe fazia sinais para entrar, mas aceitou.

Desceram os degraus até o pequeno cômodo.

— Venha, sente-se aqui, junto ao fogão. Venha se aquecer para dar de mamar ao menino.

— Não tenho mais leite. Não como nada desde a manhã — disse a mulher, dando mesmo assim o peito à criança.

O sapateiro olhou para o outro lado. Pegou na mesa um pedaço de pão e uma tigela, foi ao fogão e encheu a tigela de sopa. Vendo que o mingau ainda não estava bem cozido, cobriu a mesa com uma toalha, pôs os talheres e serviu só a sopa e o pão.

— Sente-se, venha comer. Eu cuido do menino. Também já tive filhos, sei lidar com crianças.

A mulher fez o sinal da cruz, sentou-se à mesa e começou a comer. Mikail deitou o menino na cama e sentou-se ao lado. O menino chorava e Mikail fingiu ameaçá-lo, levando o dedo ao rostinho, mas sem tocá-lo, porque sua mão estava suja de alcatrão. Atento ao movimento do dedo, o bebê parou de chorar e começou a rir.

Enquanto comia, a mulher contou de onde vinha.

— Meu marido é soldado, mas faz oito meses que o levaram e não tenho notícias dele. Trabalhei como cozinheira, mas depois que o bebê nasceu não me quiseram mais. Não trabalho há três meses; já gastei tudo o que tinha. Tentei ser ama de leite, mas dizem que estou muito magra e não me aceitam. Fui à casa de uma mulher, onde minha filha trabalha, e me prometeram trabalho, mas só daqui a uma semana... Ela mora muito longe. Fiquei muito cansada e o bebê também. Minha patroa teve pena de mim e nos deixa dormir na casa dela, graças a Deus. Senão, não sei o que seria de nós.

— Não tem uma roupa mais quente? — perguntou o sapateiro.

— Não. Empenhei meu último xale de lã ontem, por vinte copeques.

A mulher foi até a cama pegar a criança. Mikail procurou entre as roupas penduradas na parede e encontrou um velho manto de lã.

— Tome. Está bem usado, mas serve para aquecer.

A mulher olhou para o agasalho, olhou para o sapateiro e, pegando o presente, desatou a chorar. Comovido, Mikail abaixou-se e pegou um bauzinho que estava sob a cama. Remexeu no baú e sentou-se diante da mulher.

— Deus lhe pague — disse ela. — Foi Ele quem me trouxe à sua janela. Não estava tão frio quando saí, mas agora meu filho estava quase congelando. Foi Deus que fez você olhar pela janela e ter compaixão de nós.

Mikail sorriu.

— Sim, foi Deus. Não olhei por acaso. — E Mikail contou à mulher que ouvira a voz dizer que Jesus viria à sua casa.

— Tudo pode acontecer — disse ela, levantando-se.

Pegou o manto, enrolou o menino e agradeceu, inclinando-se diante do sapateiro.

— Tome isso, em nome de Deus — disse ele, passando à mão dela uma moeda de vinte copeques. — É para resgatar seu xale.

A mulher fez o sinal da cruz. Mikail imitou o gesto e acompanhou-a até a porta.

Depois da sopa, Mikail voltou ao trabalho. Enquanto manejava a sovela, espiava a rua. A cada vulto que se aproximava, levantava os olhos para ver quem era. Alguns eram conhecidos, outros não.

A certa altura, uma velha vendedora de maçãs parou em frente à janela. Restavam poucas maçãs na cesta; certamente já vendera a maior parte. Ela carregava nas costas um saco de gravetos que devia ter apanhado perto de alguma carvoaria e agora levava para casa. Parecia que o ombro lhe doía ao peso do saco e queria trocá-lo de lado. Deixou a cesta no vão da janela e pôs o saco no chão. Enquanto se ocupava em ajeitar os gravetos dentro do saco, apareceu um garoto e roubou uma das maçãs. Antes que conseguisse fugir, a velha agarrou-o pela manga. Ele se debatia, tentando escapar, mas a velha arrancou-lhe o gorro e puxou seus cabelos. O garoto gritava e a velha estava furiosa.

Sem perder tempo em fincar a sovela, Mikail largou-a no chão e correu para a porta. Subiu os degraus aos tropeções, seus óculos caíram na correria e ele chegou à rua. A mulher batia no menino e puxava seus cabelos, ameaçando entregá-lo à polícia. O garoto continuava a se debater, negando o furto da maçã.

— Não tirei nada! Por que está me batendo? Me solte!

Mikail separou os dois, segurou a mão do menino e disse:

— Solte-o. Perdoe o menino.

— Perdoar? Ele nunca vai se esquecer de mim. Vou levá-lo à polícia agora mesmo! Ladrão!

— Por favor, solte o menino. Ele não vai mais fazer isso. Deixe-o, em nome de Cristo.

A velha soltou o garoto. Antes que ele saísse correndo, Mikail segurou-o.

— Peça perdão e nunca mais faça isso. Eu vi você pegando a maçã.

O menino começou a chorar e pediu perdão, soluçando.

— Não chore. Tome, eu dou essa maçã para você — disse Mikail, tirando uma maçã da cesta e entregando-a ao menino.

— Está mimando demais esse ladrãozinho — disse a velha. — Seria melhor dar-lhe uma surra para ele se lembrar a semana inteira.

— Nós pensamos assim, mas Deus não nos julga assim. Se é certo surrar esse menino por causa de uma maçã, o que Deus terá que fazer conosco por causa de nossos pecados?

A velha ficou calada. Então Mikail contou-lhe a parábola do senhor que perdoou a dívida do servo e o mesmo servo quis esganar um devedor. A velha e o menino ouviam, quietos.

— Deus nos ensina a perdoar — disse Mikail — para sermos perdoados. Perdoar a todos, e mais ainda a um garoto sem juízo.

A velha concordou com um aceno de cabeça e suspirou.

— É verdade — disse ela —, mas eles estão muito mal-educados.

— Então nós, mais velhos, devemos educá-los melhor.

— Eu sempre achei — concordou ela. — Eu tive sete filhos, e só resta uma filha. — E a velha contou que morava com a filha e os netos. — Já estou velha e fraca, mas trabalho muito para cuidar dos meus netos. São crianças lindas! Tão carinhosos comigo! Aksiutka, então, só quer ficar comigo. É só "vovozinha, vovozinha querida". — Enquanto falava ia ficando comovida. — Claro que foi só criancice — disse ela, referindo-se ao garoto. — Vai com Deus, meu filho.

Estava prestes a pôr o saco no ombro quando o menino disse:

— Deixe-me levar o saco para a senhora. Também vou para esse lado.

A velha aceitou, e se foram. Ela nem se lembrou de cobrar a maçã a Mikail. O sapateiro ficou olhando os dois se afastarem, conversando. Entrou em casa, encontrou os óculos caídos na escada, inteiros, pegou a sovela e voltou a trabalhar. Logo não havia mais luz suficiente para costurar e Mikail viu passar na rua o acendedor de lampiões. "Preciso acender a lâmpada", pensou. Encheu de óleo o candeeiro, pendurou-o e continuou o serviço. Terminou uma bota, examinou-a e aprovou o trabalho. Guardou as ferramentas, arrumou os cordões e sovelas, varreu os retalhos e colocou a lâmpada na mesa. Pegou o Evangelho na prateleira. Pretendia continuar onde tinha parado na véspera, mas o livro se abriu em outra página. O sonho voltou-lhe à mente e julgou ouvir passos ou alguém se movendo atrás de si. Virou-se e teve a impressão de que havia pessoas no canto mais escuro, mas não distinguia bem quem eram. Uma voz sussurrou em seu ouvido:

— Mikail, Mikail, não me conhece?

— Quem é você? — murmurou ele.

— Sou eu — disse a voz. — Sou eu. — E Stepanitch saiu sorrindo do canto escuro e desapareceu, desfazendo-se numa nuvem.

— Sou eu — disse a voz. E da penumbra saiu sorrindo a mulher carregando a criança, que também sorria, e desapareceram.

— Sou eu — disse a voz mais uma vez. Surgiram a velha e o garoto com uma maçã na mão e desapareceram sorrindo. O sapateiro sentiu uma intensa alegria no coração. Fez o sinal da cruz, pôs os óculos e começou a ler o Evangelho na página aberta.

"Tive fome e deste-me de comer; tive sede e deste-me de beber; eu era estrangeiro e me acolheste."

No final da página, estava escrito:

"O que tiverdes feito pelo menor dos meus irmãos, é a mim que fizestes."

Mikail compreendeu então que seu sonho fora verdadeiro. O Salvador viera à sua casa naquele dia e ele O havia acolhido.

(ALA)

A INFLUÊNCIA DA DEMOCRACIA

Alexis de Tocqueville (1805-1859)

O autor tinha 26 anos quando foi enviado pelo governo francês para estudar o sistema penal norte-americano. O resultado de seus estudos foi um livro fundamental para a ciência política: Democracia na América, *do qual este texto foi extraído.*

Percebemos que, ao longo das eras, as condições sociais tendem para a igualdade, e descobrimos que, no decurso do mesmo período, os modos sociais se abrandaram. Seriam essas coisas meramente contemporâneas ou haveria algum elo secreto entre elas, de tal forma que uma não pudesse prosseguir sem promover o avanço da outra? Várias causas podem contribuir para refinar as maneiras rudes de um povo; mas, entre elas, a mais poderosa me parece ser a igualdade de condições. Esta e a crescente civilidade das maneiras são, então, a meus olhos, não apenas ocorrências contemporâneas, mas também fatos correlatos...

Quando todos os escalões de uma comunidade se encontram quase em igualdade, pois todos os homens pensam e sentem aproximadamente da mesma maneira, cada um pode julgar num momento as sensações de todos os outros: lança um rápido olhar sobre si mesmo, e basta. Não há maldade em que não possa ingressar de pronto, e um instinto secreto lhe revela a extensão. Não significa que os desconhecidos ou inimigos sejam os sofredores; a imaginação o coloca nos lugares deles: algo como um sentimento pessoal se mistura à sua piedade, e o faz sofrer enquanto o corpo de sua criatura irmã é torturado.

Nos períodos democráticos, os homens raramente se sacrificam uns pelos outros; mas demonstram compaixão geral pelos integrantes da raça humana. Não infligem males inúteis; e se satisfazem ao aliviar o pesar de outrem, quando conseguem fazê-lo sem grandes prejuízos a si próprios; não se mostram desinteressados, são apenas humanos.

Embora os norte-americanos tenham, de certa forma, reduzido o egoísmo a uma teoria social e filosófica, mostram-se, contudo, extremamente abertos à compaixão...

Quando sentem uma compaixão natural por seus sofrimentos mútuos — quando se agrupam por facilidade de relacionamento frequente, e nenhuma sensibilidade os mantém afastados, pode-se logo supor que correrão no auxílio do próximo sempre que necessário. Se um norte-americano pede a cooperação de um concidadão, é rara a recusa, e eu já testemunhei concessões espontâneas e de muito bom grado. Pessoas acidentadas na estrada, por exemplo, contam com a imediata ajuda de todos que estejam por perto; uma família vitimada por calamidade súbita conta com a contribuição dos bolsos de milhares de desconhecidos, e logo surgem diversas doações para seu alívio.

A igualdade de condições, ao mesmo tempo que torna os homens independentes, mostra-lhes a sua própria fraqueza: eles são livres, mas estão expostos a mil acidentes. E a experiência lhes ensina que, embora habitualmente não peçam a ajuda de outros, quase sempre chega a hora em que não podem prescindir dela.

Vemos frequentemente na Europa que pessoas da mesma profissão estão sempre prontas a ajudar umas às outras, por mais egoístas que sejam.

Estenda-se para o povo a observação feita aqui para uma classe e entender-se-á o que eu quero dizer. Um acordo semelhante existe de fato entre todos os cidadãos de uma democracia: todos se sentem sujeitos às mesmas fraquezas e aos mesmos perigos; e o interesse comum, bem como a natural solidariedade, cria a regra de prestar mútuo auxílio quando necessário. Quanto mais as condições sociais se tornarem iguais, mais os homens demonstrarão a inclinação recíproca de ajudar uns aos outros. Na democracia não são concedidos grandes benefícios, mas bons serviços devem ser prestados: um homem pode não ser dedicado a si mesmo, mas os homens em conjunto devem estar dispostos a servir uns aos outros.

(RS)

Responsabilidade

SER "RESPONSÁVEL" é "responder pelos próprios atos", é *corresponder*. No Jardim do Éden, foi um Adão imaturo que, ao descobrir que comera o fruto proibido, colocou a responsabilidade em Eva. E foi uma Eva imatura que, por sua vez, colocou-a na tentação da serpente. Aristóteles foi um dos primeiros a observar que nos *tornamos* as pessoas que somos devido às nossas próprias decisões. A filósofa inglesa Mary Midgley diz que "o ponto central, de verdadeira excelência do Existencialismo [é] a aceitação da responsabilidade de ser como nós fizemos, a recusa a dar falsas desculpas".

Soren Kierkegaard, um dos pioneiros do Existencialismo do século XIX, deplorava os efeitos nocivos dos grupos e das multidões em nosso *senso* de responsabilidade. Ele diz: "Uma multidão em seu próprio conceito é o falso, pelo fato de deixar o indivíduo completamente impune e irresponsável ou, no mínimo, enfraquecer seu senso de responsabilidade, reduzindo-o a uma fração." Nas *Confissões*, Santo Agostinho usou esse senso de responsabilidade enfraquecido pela pressão dos pares como traço central da meditação sobre o vandalismo de sua juventude "porque temos vergonha de recuar quando os outros dizem 'Vamos!'". E insistiu tanto quanto Aristóteles e os existencialistas no reconhecimento da responsabilidade pessoal pelo que fazemos. Um *senso* de responsabilidade enfraquecido não enfraquece o *fato* da responsabilidade.

OS OMBROS SUPORTAM O MUNDO

Carlos Drummond de Andrade (1902-1987)

Chega um tempo em que não se diz mais: meu Deus.
Tempo de absoluta depuração.
Tempo em que não se diz mais: meu amor.
Porque o amor resultou inútil.
E os olhos não choram.
E as mãos tecem apenas o rude trabalho.
E o coração está seco.

Em vão mulheres batem à porta, não abrirás.
Ficaste sozinho, a luz apagou-se
mas na sombra teus olhos resplandecem enormes.
És todo certeza, já não sabes sofrer.
E nada esperas de teus amigos.

Pouco importa venha a velhice, que é a velhice?
Teus ombros suportam o mundo
e ele não pesa mais que a mão de uma criança.
As guerras, as fomes, as discussões dentro dos edifícios
provam apenas que a vida prossegue
e nem todos se libertaram ainda.
Alguns, achando bárbaro o espetáculo,
prefeririam (os delicados) morrer.
Chegou um tempo em que não adianta morrer.
Chegou um tempo em que a vida é uma ordem.
A vida apenas, sem mistificação.

SÃO JORGE E O DRAGÃO

Adaptação de J. Berg Esenwein e Marietta Stockard

Há muito tempo, quando os cavaleiros habitavam a terra, havia um cujo nome era Sir Jorge. Não era apenas mais corajoso do que os outros; era tão nobre, generoso e bom que as pessoas passaram a chamá-lo de São Jorge.

Os ladrões não ousavam atacar as pessoas que moravam perto do seu castelo, e os animais selvagens eram mortos ou afastados dali para que as criancinhas pudessem brincar tranquilas na floresta.

Um dia, São Jorge cruzou o país inteiro em sua montaria. Em todos os cantos, viu homens ocupados na lida dos campos, mulheres cantando enquanto cuidavam da casa e criancinhas gritando na alegria de suas brincadeiras.

— Essas pessoas estão em segurança e são felizes. Não mais necessitam de mim — disse São Jorge. — Em algum lugar talvez haja complicações e medo. Deve haver alguma região onde as criancinhas não possam brincar em paz, onde alguma mulher tenha sido levada do seio de seu lar; talvez haja ainda dragões por matar. Amanhã partirei e deter-me-ei quando encontrar alguma tarefa que só um cavaleiro possa desempenhar.

Na manhã seguinte, bem cedinho, São Jorge colocou na cabeça o elmo, vestiu a armadura brilhante e cingiu a espada. Montou no magnífico cavalo branco e cruzou os portões do castelo. Desceu a difícil e íngreme estrada, altivo em sua montaria; perfeito cavaleiro, forte e destemido.

Atravessou o vilarejo ao sopé da colina e saiu cavalgando pelos campos afora. Em todos os lugares, via férteis trigais balouçando ao vento; em todos os lugares, havia paz e abundância.

Continuou em seu caminho até que afinal chegou a uma parte do país onde ainda não estivera. Percebeu que não havia ninguém na lida do campo. As casas que encontrou estavam silenciosas e vazias. A relva à beira da estrada estava estorricada, como que destruída pelo fogo. O trigal fora pisoteado e queimado.

São Jorge parou a montaria e observou os arredores. Em todos os cantos, havia silêncio e desolação.

— Que coisa terrível teria afugentado de casa todos os habitantes desta região? Preciso descobrir; e ajudar, se puder — disse ele.

Mas não havia a quem perguntar, e São Jorge prosseguiu até que afinal avistou ao longe as muralhas de uma cidade.

— Aqui, certamente, encontrarei alguém que possa me contar a causa de tudo isto — disse ele, e acelerou o passo.

Os enormes portões logo se abriram e São Jorge se deparou com uma multidão de pessoas. Muitas choravam, e estavam todas amedrontadas. Ficou uns instantes a observá-las até que viu sair sozinha uma linda jovem vestida de branco com uma faixa escarlate em volta da cintura. Os portões se fecharam estrondosamente e a moça tomou a estrada, chorando com grande amargura. Ela não percebeu a presença de São Jorge, que cavalgava rapidamente em sua direção.

— Jovem, por que choras? — perguntou ele ao chegar perto.

Ela levantou o olhar e deparou com São Jorge, belo e altivo, aprumado em seu cavalo.

— Oh, senhor cavaleiro! — gritou ela. — Foge daqui imediatamente. Não sabes o perigo que corres!

— Perigo! — exclamou São Jorge. — Achas que um cavaleiro fugiria do perigo? Além disso, tu, uma linda jovem, estás aqui sozinha. Acaso pensas que um cavaleiro a deixaria nessas condições? Conta-me teus problemas para que possa ajudar-te.

— Não! Não! — gritou ela. — Foge daqui. Só irias perder a vida. Há por perto um terrível dragão. Ele pode aparecer a qualquer instante. Uma baforada apenas seria capaz de destruir-te. Foge! Foge depressa!

— Conta-me mais acerca disso tudo — falou São Jorge em tom severo. — Por que estás sozinha aqui para encontrar-te com esse dragão? Não sobraram mais *homens* na cidade?

— Oh! — exclamou a jovem. — Meu pai, o rei, está velho e debilitado. Só tem a mim para ajudá-lo a cuidar do povo. Esse dragão terrível espantou a todos de suas casas, levou-lhes os rebanhos e destruiu as plantações. Vieram todos agora refugiar-se dentro dos limites das muralhas. Há semanas que o dragão vem assolar-nos diante dos portões da cidade. Vemo-nos obrigados a dar-lhe duas ovelhas todas as manhãs. Ontem, não havia mais ovelhas. Então, ele ordenou que lhe fosse entregue uma jovem donzela; caso contrário, derrubaria as muralhas e destruiria a cidade. O povo implorou a meu pai, mas ele nada podia fazer. Vou entregar-me ao dragão. Talvez se contente comigo, a princesa, e deixe nosso povo em paz.

— Mostra-me o caminho, corajosa princesa. Conduze-me até onde esse monstro se encontra.

Ao ver o brilho nos olhos de São Jorge e o poderoso braço erguendo a espada em riste, a princesa esqueceu-se do medo. Voltou-se na direção de um pequeno e reluzente lago e o conduziu até lá.

— É ali que se esconde o dragão — sussurrou a princesa. — Olha, a água se mexeu. Ele está acordando.

São Jorge avistou a cabeça do monstro aflorando à superfície. Dobra após dobra, o dragão emergiu por inteiro. Ao deparar-se com São Jorge, soltou um rugido estarrecedor e investiu em sua direção. Expelindo fogo e fumaça pelas narinas, abriu as enormes mandíbulas, tentando engolir cavaleiro e montaria.

São Jorge emitiu seu brado e empunhou a espada acima da cabeça, disparando contra o dragão. Rápidos e violentos foram seus golpes. A batalha foi terrível.

Finalmente, o dragão estava ferido. Soltou um rugido de dor e investiu contra São Jorge, abrindo a enorme boca bem perto da cabeça do cavaleiro.

O cavaleiro estudou o golpe cuidadosamente e o desferiu com toda a força contra a garganta do dragão, que caiu morto aos pés da montaria.

São Jorge, exultante, clamou sua vitória. Chamou a princesa. Ela se aproximou.

— Dê-me a faixa que trazes à cintura, ó princesa! — disse ele.

A jovem a entregou e o cavaleiro a amarrou em torno do pescoço do dragão; os dois, então, o puxaram pela pequenina tira de seda de volta até a cidade para mostrar ao povo que o dragão não prejudicaria mais ninguém.

Quando avistaram São Jorge trazendo a princesa em segurança e o dragão morto, todos correram a abrir os portões da cidade e a gritar de alegria.

O rei ouviu o clamor do povo e deixou o palácio a fim de inteirar-se do ocorrido.

Ao deparar com a filha sã e salva, mostrou-se o mais alegre de todos.

— Ó audaz cavaleiro! — disse ele. — Estou velho e enfraquecido. Fica e ajuda-me a proteger meu povo contra o mal.

— Ficarei enquanto Vossa Majestade de mim necessitar — respondeu São Jorge.

E passou a morar no castelo e ajudar o velho rei a cuidar do seu povo; e, quando o velho rei morreu, São Jorge foi coroado sucessor. O povo viveu feliz e em segurança, com um rei assim tão bravo e bondoso.

(RS)

O REI ALFREDO E OS BOLINHOS

Adaptação do original de James Baldwin

Na Inglaterra, há muitos anos, reinava um monarca chamado Alfredo. Homem sábio e justo, foi um dos melhores reis que o país já teve. Até hoje, séculos depois, ainda é conhecido como Alfredo, o Grande.

A época do seu reinado era de dias difíceis para a Inglaterra. O país foi invadido pelos ferozes dinamarqueses, que haviam cruzado o mar. Havia tantos invasores, tão fortes e audazes, que durante muito tempo ganharam quase todas as batalhas. Se continuassem assim, logo seriam os senhores do país inteiro.

Afinal, após tanta luta, o exército inglês estava combalido e disperso. Cada homem teve que se salvar como pôde, inclusive o próprio rei Alfredo, que se disfarçou de pastor e escapou pelas florestas e pântanos.

Depois de vagar por muitos dias, chegou à cabana de um lenhador. Cansado e faminto, bateu à porta e pediu à mulher do lenhador que lhe desse comida e acolhida.

A mulher apiedou-se do pobre homem esfarrapado. Não tinha ideia de quem se tratava.

— Entre — disse ela —, vou dar-te um jantar se cuidares desses bolinhos no forno para mim. Preciso sair para ordenhar a vaca. Cuida bem deles e não os deixa queimar enquanto me ausento.

Alfredo agradeceu gentilmente e sentou-se perto do fogo. Tentou prestar atenção nos bolinhos, mas os problemas logo tomaram conta de sua mente. O que faria para organizar o exército outra vez? E, se conseguisse, como iria preparar seus homens para enfrentar os dinamarqueses? Como conseguiria expulsar da Inglaterra invasores tão audazes? Quanto mais pensava, menos esperanças tinha no futuro; e começou a acreditar que não havia propósito em continuar a luta. Alfredo só enxergava os próprios problemas. Esqueceu que estava na cabana do lenhador, esqueceu a fome e esqueceu totalmente os bolinhos.

Em pouco tempo, a mulher retornou. Encontrou a cabana cheia de fumaça e os bolinhos torrados. E lá estava Alfredo sentado junto ao forno, olhando para o fogo. Sequer notara que os bolinhos estavam queimando.

— Ora, mas que homem preguiçoso e desleixado tu és! — gritou ela. — Olha só o que fizestes! Queres comer, mas não queres fazer nada para merecê-lo! Agora, ficaremos todos sem jantar! — Alfredo simplesmente deixou pender a cabeça, envergonhado.

Nesse momento exato, o lenhador chegou em casa. Mal passou pela porta, reconheceu o estranho sentado junto ao forno.

— Cala a boca! — disse para a mulher. — Sabes com quem estás ralhando? Com nosso nobre monarca, o rei Alfredo em pessoa.

A mulher apavorou-se. Correu para junto do rei e jogou-se de joelhos. Implorou que lhe perdoasse as palavras tão ásperas.

Mas o sábio rei Alfredo mandou que se levantasse.

— Tinhas razão ao ralhar comigo — disse ele. — Eu disse que cuidaria dos bolinhos, mas deixei-os queimar. Mereci tudo que dissestes. Qualquer um que aceite uma tarefa, seja ela grande ou pequena, deve desempenhá-la com atenção. Fracassei desta vez, mas isto não tornará a acontecer. Minhas atribuições de rei me aguardam.

A história não nos diz se o rei Alfredo comeu alguma coisa naquela noite. Mas poucos dias se passaram até que conseguisse organizar de novo seus homens, e em breve expulsou os dinamarqueses da Inglaterra.

(RS)

"MEU REINO POR UM CAVALO!"

Adaptado do original de James Baldwin

O rei Ricardo III estava se preparando para a maior batalha de sua vida. Um exército liderado por Henrique, Conde de Richmond, marchava contra o seu. A disputa determinaria o novo monarca da Inglaterra.

Na manhã da batalha, Ricardo mandou um cavalariço para verificar se seu cavalo preferido estava pronto.

— Ferrem-no logo — disse ao ferreiro. — O rei quer seguir em sua montaria à frente dos soldados.

— Terás que esperar — respondeu o ferreiro. — Há dias que estou ferrando todos os cavalos do exército real e agora preciso ir buscar mais ferraduras.

— Não posso esperar — gritou o cavalariço, impacientando-se. — Os inimigos do rei estão avançando neste exato momento e precisamos ir ao seu encontro no campo. Faze o que puderes agora com o material de que dispões.

O ferreiro, então, voltou todos os esforços para aquela empreitada. A partir de uma barra de ferro, providenciou quatro ferraduras. Malhou-as o quanto pôde até dar-lhes formas adequadas. Começou a pregá-las nas patas do cavalo. Mas, depois de colocar as três primeiras, descobriu que lhe faltavam alguns pregos para a quarta.

— Preciso de mais um ou dois pregos — disse ele —, e vai levar tempo para confeccioná-los no malho.

— Eu disse que não posso esperar — falou, impacientemente, o cavalariço. — Já se ouvem as trombetas. Não podes usar o material que tens?

— Posso colocar a ferradura, mas não ficará tão firme quanto as outras.

— Ela cairá? — perguntou o cavalariço.

— Provavelmente não — retrucou o ferreiro —, mas não posso garantir.

— Bem, usa os pregos que tens — gritou o cavalariço. — E anda logo, senão o rei Ricardo se zangará com nós dois.

Os exércitos se confrontaram e Ricardo participava ativamente, no coração da batalha. Tocava a montaria, cruzando o campo de um lado para outro, instigando os homens e combatendo os inimigos. "Avante! Avante!", bradava ele, incitando os soldados contra as linhas de Henrique.

Lá longe, na retaguarda do campo, avistou alguns de seus homens batendo em retirada. Se os outros os vissem, também iriam fugir da batalha. Então, Ricardo meteu as esporas na montaria e partiu a galope na direção da linha desfeita, conclamando os soldados de volta à luta.

Mal cobrira metade da distância quando o cavalo perdeu uma das ferraduras. O animal perdeu o equilíbrio e caiu, e Ricardo foi jogado ao chão.

Antes que o rei pudesse agarrar de novo as rédeas, o cavalo, assustado, levantou-se e saiu em disparada. Ricardo olhou em torno de si. Viu seus homens dando meia-volta e fugindo, e os soldados de Henrique fechando o cerco ao redor. Brandiu a espada no ar e gritou:

— Um cavalo! Um cavalo! Meu reino por um cavalo!

Mas não havia nenhum por perto. Seu exército estava destroçado e os soldados ocupavam-se em salvar a própria pele. Logo depois, as tropas de Henrique dominavam Ricardo, encerrando a batalha.

E desde então as pessoas dizem:

Por falta de um prego, perdeu-se uma ferradura,
Por falta de uma ferradura, perdeu-se um cavalo,
Por falta de um cavalo, perdeu-se uma batalha,
Por falta de uma batalha, perdeu-se um reino,
E tudo isso por falta de um prego na ferradura!

(RS)

SIR WALTER RALEIGH

Adaptação de James Baldwin

Numa certa época, vivia na Inglaterra um nobre e corajoso homem chamado Walter Raleigh. Não era apenas corajoso e nobre, mas também elegante e refinado. E por tal razão a rainha o fez cavaleiro, e passou a chamá-lo Sir Walter Raleigh.

Vou contar-lhes a história.

Um dia, quando jovem, Raleigh caminhava por uma rua de Londres. Na época, as ruas não eram pavimentadas e não havia calçadas. Ele trajava roupas de fino estilo e trazia sobre os ombros um manto escarlate.

Enquanto caminhava, mal conseguia evitar as poças d'água para não enlamear os elegantes sapatos novos. E logo se deparou com um lamaçal que ia de um lado a outro da rua. Era mais extenso do que uma passada. Talvez fosse capaz de vencê-lo de um pulo.

Estava pensando no que fazer, quando calhou de olhar mais adiante. Quem era aquela pessoa vindo no sentido oposto da rua, do outro lado do lamaçal?

Era Elizabeth, a rainha da Inglaterra, com seu séquito de damas de honra e aias. Ela avistou a poça de lama no meio da rua. Avistou o elegante jovem com o manto escarlate, parado do outro lado. Como iria atravessar aquele lamaçal?

O jovem Raleigh, ao ver quem se aproximava, esqueceu-se de si próprio. Pensou apenas em auxiliar a rainha. Só havia uma coisa a fazer, e ninguém mais teria pensado naquela solução.

Tirou o manto escarlate e colocou-o sobre a poça. A rainha poderia, então, pisar sobre ele como se fosse um lindo tapete.

Ela cruzou o lamaçal. Chegara ao outro lado da horrível poça sem que seus pés tocassem na lama. Parou por um breve instante e agradeceu ao jovem. Prosseguindo com sua comitiva, perguntou a uma das damas de honra:

— Quem é aquele jovem cavalheiro que nos ajudou com tanta elegância?

— Chama-se Walter Raleigh — respondeu a dama.

— Será recompensado — disse a rainha.

Pouco depois do incidente, mandou que Raleigh fosse ao palácio.

O jovem foi, mas não tinha mais o manto escarlate para usar sobre os ombros. E então, enquanto o rodeavam grandes homens e elegantes damas da Inglaterra, a rainha o nomeou cavaleiro. E desde aquele momento é conhecido como Sir Walter Raleigh, o preferido da rainha.

(RS)

CAIM E ABEL

Adão teve relações com Eva, sua mulher, e ela ficou grávida. Eva deu à luz um filho e disse:

— Com a ajuda do Deus Eterno, tive um filho homem.

E ela pôs nele o nome de Caim. Depois teve outro filho, chamado Abel, irmão de Caim. Abel era pastor de ovelhas e Caim era agricultor. O tempo passou. Um dia, Caim pegou alguns produtos da terra e os ofereceu ao Deus Eterno.

Abel, por sua vez, pegou o primeiro carneirinho nascido no seu rebanho, matou-o e ofereceu as melhores partes ao Deus Eterno. O Eterno ficou contente com Abel e com sua oferta, mas rejeitou Caim e sua oferta.

Caim ficou furioso e fechou a cara.

Então o Eterno disse:

— Por que você está com raiva? Por que anda carrancudo? Se você tivesse feito o que é certo, estaria sorrindo; mas você agiu mal, e por isso o pecado está na porta, à sua espera. Ele quer dominá-lo, mas você precisa vencê-lo.

Aí Caim disse a Abel, seu irmão:

— Vamos até o campo.

Quando os dois estavam no campo, Caim atacou Abel, seu irmão, e o matou.

Mais tarde, o Deus Eterno perguntou a Caim:

— Onde está Abel, seu irmão?

— Não sei — respondeu Caim. — Por acaso eu sou guarda do meu irmão?

Então Deus disse:

— Por que você fez isso? Da terra, o sangue do seu irmão está gritando, pedindo vingança. Por isso você será amaldiçoado e não poderá mais cultivar a terra. Pois, quando você matou o seu irmão, a terra abriu a boca para beber o sangue dele. Quando você preparar a terra para plantar, ela não produzirá nada. Você vai andar pelo mundo sempre fugindo.

Caim disse ao Deus Eterno:

— Eu não vou poder aguentar esse castigo tão pesado. Hoje tu estás me expulsando desta terra. Terei de andar pelo mundo sempre fugindo da tua presença. E qualquer pessoa que me encontrar vai querer me matar.

Mas o Deus Eterno respondeu:

— Isso não vai acontecer. Pois, se alguém matar você, serão mortas sete pessoas da sua família, como vingança.

Em seguida, o Eterno pôs um sinal em Caim para que, se alguém o encontrasse, não o matasse. Então Caim saiu da presença do Eterno e foi morar na região do Node, que fica a leste do Éden.

OS DEZ MANDAMENTOS

Deus falou, e foi isto o que ele disse:

— Meu povo, eu, o Eterno, sou o seu Deus. Eu o tirei do Egito, a terra onde você era escravo. Não adore outros deuses; adore somente a mim.

— Não faça imagens de nenhuma coisa que há lá em cima no céu, ou aqui embaixo na terra, ou nas águas debaixo da terra. Não se ajoelhe diante de ídolos, nem os adore, pois eu, o Eterno, sou o seu Deus e não tolero outros deuses. Eu castigo aqueles que me odeiam, até os netos e bisnetos. Porém, sou bondoso com aqueles que me amam e obedecem aos meus mandamentos e abençoo os seus descendentes por milhares de gerações.

— Não use o meu nome sem o respeito que ele merece; pois eu sou o Eterno, o Deus de vocês, e castigo aqueles que desrespeitam o meu nome.

— Guarde o sábado, que é um dia santo. Faça todo o seu trabalho durante seis dias da semana; mas o sétimo dia é o dia de descanso, dedicado a mim, o seu Deus. Não faça nenhum trabalho nesse dia, nem você, nem os seus filhos, nem os seus escravos, nem os seus animais, nem os estrangeiros que vivem na terra de vocês. Em seis dias eu, o Deus Eterno, fiz o céu, a terra, os mares e tudo o que há neles, mas no sétimo dia descansei. Foi por isso que eu, o Deus Eterno, abençoei o sábado e o separei para ser um dia santo.

— Respeite o seu pai e a sua mãe, para que você viva muito tempo na terra que estou lhe dando.

— Não mate.

— Não cometa adultério.

— Não roube.

— Não dê testemunho falso contra ninguém.

— Não cobice a casa de outro homem. Não cobice a sua mulher, os seus escravos, o seu gado, os seus jumentos ou qualquer outra coisa que seja dele.

O SINO DE ATRI

Adaptação de James Baldwin

Atri é o nome de uma cidadezinha na Itália. Muito antiga, foi construída sobre as íngremes encostas de uma colina.

Há muito tempo, o rei de Atri comprou um sino grande e bonito e o mandou pendurar na torre do mercado. Foi amarrada a ele uma corda comprida, que chegava quase ao chão. Até mesmo uma criancinha seria capaz de tocá-lo puxando a corda.

— É o sino da justiça — disse o rei.

Quando estava tudo pronto, o povo de Atri celebrou o grande dia. Todos os homens, mulheres e crianças foram ao mercado para ver o sino da justiça. Era muito bonito e foi polido até ficar tão brilhante e amarelo quanto o sol.

— Como gostaríamos de ouvi-lo tocar! — disseram todos.

O rei, então, desceu à rua.

— Talvez ele toque o sino! — disseram. E ficaram todos a esperar, imóveis, para ver o que o rei iria fazer.

Mas ele não o tocou. Nem ao menos colocou as mãos na corda. Ao chegar à base da torre, parou e levantou a mão.

— Meu povo, estão vendo este lindo sino? Pois ele é seu. Mas não deve ser tocado, a não ser em caso de necessidade. Se algum de vocês sofrer alguma injustiça, que venha tocá-lo. Os juízes se reunirão imediatamente, e ouvirão o caso, e farão justiça. Rico ou pobre, velho ou novo, todos têm igual direito de usá-lo. Mas ninguém deve tocar na corda, a não ser que tenha sido mesmo injustiçado.

Muitos anos se passaram depois desse evento. Muitas vezes o sino do mercado foi tocado para reunir os juízes. Muitas injustiças foram sanadas, muitos culpados foram punidos. Depois de muito uso, a corda de cânhamo estava bastante desgastada. A extremidade inferior se destorcera; alguns dos fios haviam se partido; estava tão curta que somente um homem alto conseguia alcançá-la. Até que um dia os juízes disseram:

— Isso não pode ficar assim. E se uma criança for injustiçada? Não conseguirá tocar o sino para nos informar do acontecido.

Deram ordens para que fosse colocada imediatamente uma corda nova no sino: uma corda que chegasse até o chão, para que uma criancinha pudesse alcançá-la. Mas não se encontravam cordas em Atri. Precisavam enviar alguém até o outro lado da serra para trazer uma nova, e isso levaria alguns dias. E se alguma afrontosa injustiça fosse cometida antes de sua chegada? Como os juízes seriam avisados caso o injustiçado não alcançasse a corda antiga?

— Deixem-me solucionar o problema — disse um dos homens ali presentes.

Foi até seu jardim, que não ficava longe, e logo retornou com um grande ramo de videira nas mãos.

— Este ramo servirá de corda — disse ele. E subiu a torre, amarrando-o ao sino. O ramalho fino, com folhas e gavinhas ainda penduradas, chegava até o chão.

— Muito bem! — disseram os juízes. — É uma corda muito boa. Assim seja.

Ora, na parte superior da colina onde ficava o vilarejo, morava um homem que fora um corajoso cavaleiro. Em sua juventude, cavalgara por muitas terras e empreendera muitas batalhas. Seu melhor amigo em todo aquele tempo fora a montaria: um corcel forte e altivo, que o conduzira em segurança diante de muitos perigos.

Mas o cavaleiro, com a idade, não mais se entretinha participando de batalhas; não mais se importava com grandes feitos; só pensava em ouro; tornara-se avarento. Acabou vendendo tudo que tinha, exceto o cavalo, e foi morar numa choupana no alto do morro. Passava dias a fio sentado entre as sacolas de dinheiro, planejando o que fazer para conseguir mais ouro. E o cavalo passava os dias na cocheira vazia, faminto e tremendo de frio.

— De que me vale ficar com aquele corcel inútil? — disse o sovina consigo mesmo, certo dia. — A cada semana que passa, gasto mais do que ele vale só para sustentá-lo. Seria bom vendê-lo, mas não há quem o compre. Não conseguirei nem a quem doá-lo. Vou soltá-lo para que cuide de si, e que coma a relva da beira da estrada. Se morrer de fome, melhor assim.

O velho e destemido corcel foi, então, solto para viver do que encontrasse entre as pedras da árida colina. Coxeando, o animal doente partiu pelas estradas poeirentas, ficando satisfeito quando encontrava um tufo de grama ou cardo. Os meninos atiravam-lhe pedras, os cães ladravam quando passava, e no mundo inteiro não havia quem dele se apiedasse.

Uma tarde calorenta, sem ninguém nas ruas, o cavalo teve a oportunidade de ir parar no mercado. Não havia adultos nem crianças, pois o calor os afugentara. Estavam todos em suas casas. Os portões estavam escancarados; o pobre animal podia passear por onde quisesse. Avistou o ramo de videira pendurado no sino da justiça. As folhas e gavinhas ainda estavam frescas e verdinhas, pois fazia pouco tempo que o galho fora cortado. O cavalo faminto viu nelas uma ótima refeição!

Esticou o pescoço magro e abocanhou um bom pedaço. Foi difícil arrancá-lo do ramo. Ele deu alguns puxões e o grande sino começou a tocar. Todos na cidade o ouviram. Parecia estar dizendo:

Alguém, alguém errou!
Alguém, alguém errou!
Oh! Venham ouvir meu caso!
Oh! Venham ouvir meu caso!
Pois fui injustiçado!

Os juízes ouviram o sino tocar. Vestiram suas batas e desceram as ruas quentes até o mercado. Estavam curiosos por saber quem o tocaria numa hora daquelas. Ao cruzarem os portões, depararam com o velho cavalo mordendo o ramo.

— Ora, essa! — exclamou um deles. — É o corcel do avarento. Veio clamar por justiça, pois seu dono, como todos sabem, tratou-o vergonhosamente.

— Ele está reclamando seus direitos, como qualquer sujeito ignóbil faria — disse outro.

— E terá justiça! — disse um terceiro.

Entrementes, juntara-se uma multidão de homens, mulheres e crianças no mercado, todos ansiosos por conhecer a causa que os juízes iriam analisar. Ao avistarem o cavalo, ficaram pasmos. E logo se puseram a contar suas histórias: que o tinham visto vagando pelas colinas, faminto, sem trato, enquanto o dono ficava em casa contando e recontando todo o ouro que tinha.

— Tragam o avarento à nossa presença — disseram os juízes.

E, quando ele chegou, fizeram-no ouvir de pé o julgamento:

— Este cavalo serviu-lhe muito bem durante vários anos. Salvou-o de muitos perigos. Ajudou-o a obter sua riqueza. Portanto, ordenamos que metade do seu ouro seja dedicada a comprar-lhe abrigo e comida, uma área de pasto verdejante e uma cocheira onde possa se proteger do frio e ter conforto na velhice.

O avarento baixou a cabeça e lamentou-se por perder seu ouro. Mas o povo gritava de alegria, e o cavalo foi levado para sua nova cocheira e recebeu muita comida, pois havia dias em que não encontrava o bastante.

(RS)

ÍCARO E DÉDALO

Dédalo foi o construtor e inventor mais habilidoso de sua época, na Grécia Antiga. Construiu palácios e jardins magníficos e criou obras de arte maravilhosas em todos os lugares. As estátuas de sua autoria foram feitas com tanta maestria que pareciam seres humanos de verdade, e acreditava-se que elas seriam capazes de ver e andar. Uma pessoa tão engenhosa quanto Dédalo, dizia-se, só poderia ter desenvolvido sua habilidade com os deuses.

Acontece que na ilha de Creta, a pouca distância do litoral grego, havia um rei chamado Minos. O rei Minos possuía um monstro terrível que era metade touro e metade homem, chamado Minotauro, e o monarca precisava de um lugar onde pudesse manter presa a criatura. Quando ouviu falar de Dédalo e suas habilidades, convidou-o a visitar seu país a fim de construir uma prisão para a fera. Dédalo, então, junto com seu jovem filho Ícaro, dirigiu-se para

Creta, onde construiu o famoso labirinto, intricada construção de caminhos sinuosos de tal forma emaranhados que, uma vez em seu interior, ninguém conseguia encontrar a saída. E lá foi colocado o Minotauro.

Concluído o labirinto, Dédalo quis retornar à Grécia com o filho, mas Minos já estava decidido a mantê-los em Creta. Queria Dédalo em seu país para que este lhe construísse mais inventos maravilhosos e mandou prender os dois no alto de uma torre defronte ao mar. O rei sabia que Dédalo era suficientemente esperto para conseguir fugir e mandou vistoriar todos os navios a fim de evitar que passageiros clandestinos abandonassem a ilha.

Outros teriam desistido, mas Dédalo não. Do alto da torre, passou a observar as gaivotas voando ao sabor da brisa. "Minos pode ter o controle da terra e do mar, mas não manda no ar. Será este o nosso caminho."

E pôs-se a trabalhar, colocando em prática todos os segredos de seu ofício. Pouco a pouco, reuniu um monte de penas de todos os tamanhos. Utilizando uma linha, juntou-as todas e modelou-as com cera; e conseguiu, afinal, fazer duas asas grandes, como as das gaivotas. Prendeu-as aos ombros e, depois de uma ou duas tentativas malfadadas, descobriu que, adejando como os pássaros, conseguia alçar voo. Manteve-se no ar assim, flutuando ao sabor do vento, até que aprendeu a deslizar com as correntes, elevando-se graciosamente como uma gaivota.

Construiu, depois, um outro par de asas para Ícaro. Ensinou o menino a mexer as penas e a ficar pairando no ar, e depois deixou-o dar alguns voos de um lado para o outro do aposento. A seguir, ensinou-o a aproveitar as correntes, subindo em círculos e flutuando com o vento. Praticaram juntos até que Ícaro estivesse preparado.

Finalmente, chegou um dia em que os ventos estavam bem apropriados. Pai e filho amarraram as asas e prepararam-se para voar de volta para casa. Dédalo então disse:

— Não se esqueça de tudo que lhe falei. Lembre-se, principalmente, de não voar muito alto, nem baixo demais. Se baixar muito, os respingos do mar molharão suas asas, deixando-as pesadas. Se subir muito, o calor do sol derreterá a cera, estragando suas asas. Fique perto de mim e dará tudo certo.

Partiram, então, o menino seguindo o pai; e a detestável terra de Creta foi ficando para trás, muito abaixo deles. Ao vê-los passar no céu, os homens largavam seus arados nos campos para observar, os pastores se escoravam nos cajados para melhor poderem assistir à cena, as pessoas saíam de suas casas para não perderem o espetáculo daquelas duas figuras voando bem acima da copa das árvores. Só podiam ser deuses: Apolo, talvez, acompanhado de Cupido.

A princípio, o voo foi terrível para Dédalo e Ícaro. O céu infinito, com toda a sua magnitude, dava-lhes vertigem, e mesmo uma rápida olhadela para baixo os estonteava. Mas foram gradativamente se adaptando a passear pelas nuvens, até que perderam o medo. Ícaro sentia o vento a enfunar-lhe as asas, levando-o cada vez mais para cima, e começou a sentir uma liberdade que nunca experimentara. Olhava para baixo com grande empolgação; via as ilhas passando, seus habitantes e aquele mar grandioso a espalhar-se em todas as direções, pontilhado pelas velas brancas das embarcações. Subia cada vez mais, esquecendo-se do conselho do pai. Esqueceu-se de tudo que havia no mundo, menos da alegria.

— Volte! — gritou-lhe o pai, freneticamente. — Você está subindo muito! Lembre-se do sol! Desça! Desça!

Mas Ícaro não pensava em nada além dos próprios deslumbramento e felicidade. Almejava chegar o mais próximo do céu que conseguisse. Foi aproximando-se cada vez mais do sol, e as asas começaram a amolecer. Uma a uma, as penas foram se soltando e caindo, até que a cera acabou se derretendo toda de imediato. Ícaro sentiu-se despencando no ar. Agitou os braços o mais rápido que pôde, porém já não havia mais penas para dar-lhe sustentação. Pediu socorro ao pai, mas foi tarde demais: soltou um grito e despencou das alturas, indo cair no mar e desaparecendo sob as vagas.

Dédalo ficou voando em círculos pouco acima do nível da água, mas só conseguia ver as penas boiando, e percebeu que o filho se fora. Depois de algum tempo, o corpo voltou à superfície, e ele conseguiu içá-lo. Carregando pesado fardo e um coração despedaçado,

Dédalo prosseguiu com seu voo. Ao chegar à terra firme, enterrou o filho e construiu um templo dedicado aos deuses. Pendurou, então, as asas e jamais tornou a voar.

(RS)

A ESPADA DE DÂMOCLES

Adaptação de James Baldwin

Era uma vez um rei chamado Dionísio, monarca de Siracusa, a cidade mais rica da Sicília. Vivia num palácio cheio de requintes e de coisas bonitas, atendido por criadagem sempre disposta a fazer-lhe as vontades.

Naturalmente, por ser rico e poderoso, muitos siracusanos invejavam-lhe a sorte. Dâmocles estava entre eles. Era um dos melhores amigos de Dionísio e dizia-lhe frequentemente:

— Que sorte a sua! Você tem tudo que se pode desejar. Só pode ser o homem mais feliz do mundo!

Dionísio foi ficando cansado de ouvir esse tipo de conversa.

— Ora, essa! Você acha mesmo que eu sou mais feliz do que todo mundo?

O amigo respondeu:

— Mas é claro! Olhe só os seus tesouros e todo o seu poder! Você não tem absolutamente nada com que se preocupar. Poderia sua vida ser melhor do que isso?

— Talvez você queira trocar de lugar comigo — disse Dionísio.

— Ora, eu nem sonharia com uma coisa dessas! Mas, se eu pudesse ter sua riqueza e desfrutar de todos esses prazeres por um dia apenas, não desejaria felicidade maior.

— Pois bem! Troque de lugar comigo por um dia apenas e desfrute disso tudo.

E então, no dia seguinte, Dâmocles foi levado ao palácio e todos os criados receberam instruções de tratá-lo como amo e senhor. Vestiram-no com mantos reais e puseram-lhe na cabeça uma coroa de ouro. Ele sentou-se à mesa na sala de banquetes e foi-lhe servida lauta refeição. Nada lhe faltou ao seu bel-prazer. Havia vinhos requintados, lindas flores, raros perfumes e música maravilhosa. Recostou-se em almofadas macias. Sentiu-se o homem mais feliz do mundo.

— Ah, isso é que é vida! — confessou a Dionísio, que se encontrava sentado à mesa, na outra extremidade. — Nunca me diverti tanto.

Ao levar a taça de vinho à boca, levantou o olhar para o teto. O que era aquilo ali pendurado, com a ponta quase tocando sua cabeça?

Dâmocles enrijeceu-se todo. O sorriso fugiu-lhe dos lábios e o rosto empalideceu. Suas mãos estremeceram. Esqueceu-se da comida, do vinho, da música. Só quis saber de ir embora dali, para bem longe do palácio, para onde quer que fosse. Pois pendia bem acima de sua cabeça uma espada, presa ao teto por um único fio da crina de um cavalo. A lâmina brilhava, apontando diretamente para seus olhos. Ele foi se levantando, pronto para sair correndo, mas deteve-se, temendo que um movimento brusco pudesse arrebentar aquele fiozinho fino e fizesse com que a espada lhe caísse em cima. Ficou paralisado, preso ao assento.

— O que foi, meu amigo? — perguntou Dionísio. — Parece que você perdeu o apetite.

— Essa espada! Essa espada! — disse o outro, num sussurro. — Você não está vendo?

— É claro que estou. Vejo-a todos os dias. Está sempre pendendo sobre minha cabeça e há sempre a possibilidade de alguém ou alguma coisa partir o fio. Um dos meus conselheiros pode ficar enciumado do meu poder e tentar me matar. As pessoas podem espalhar mentiras a meu respeito, para jogar o povo contra mim. Pode ser que um reino vizinho envie um exército para tomar-me o trono. Ou então, posso tomar uma decisão errônea que leve à minha derrocada. Quem quer ser líder precisa estar disposto a aceitar esses riscos. Eles vêm junto com o poder, percebe?

— É claro que percebo! — disse Dâmocles. — Vejo agora que eu estava enganado e que você tem muitas outras coisas no que pensar além de sua riqueza e fama. Por favor, assuma seu lugar e deixe-me voltar para minha casa.

Até o fim de seus dias, Dâmocles não voltou a querer trocar de lugar com o rei, nem por um momento sequer.

(RS)

O CASAL SILENCIOSO

Este conto aparece em diferentes versões pelo mundo afora, desde o Sri Lanka até a Escócia.

Era uma vez um jovem que era tido por todos como o sujeito mais pertinaz da cidade, e uma jovem tida como a mais teimosa. E, é claro, eles deram um jeito de se apaixonar um pelo outro e acabaram se casando. Depois da cerimônia do casamento, ofereceram uma grande festa na residência do casal que durou o dia inteiro.

Quando os amigos e parentes não aguentavam mais comer, começaram a voltar para suas casas. Os noivos estavam exaustos e foram tirando os sapatos, preparando-se para relaxar, quando o marido percebeu que o último convidado havia deixado a porta aberta.

— Querida, você se importaria de ir até lá para fechar a porta? Está entrando uma corrente de ar.

— Por que eu deveria ir? — disse ela, bocejando de cansaço. — Passei o dia inteiro andando de um lado para o outro e mal acabei de sentar. Vá você.

— Ah, então é assim que serão as coisas! — retrucou, de pronto, o marido. — Bastou colocar o anel no dedo para você se transformar numa grande preguiçosa!

— Mas que atrevido! Não faz um dia que estamos casados e você já está me xingando e dando ordens! Eu deveria saber o tipo de marido que você seria!

— Nhém, nhém, nhém! Será que você não para nunca de resmungar?

— E será que você não para nunca de reclamar e criticar?

Ficaram os dois se entreolhando, irados, por bons cinco minutos. Enfim, a noiva teve uma ideia:

— Meu bem, nenhum de nós quer ir fechar a porta e estamos os dois cansados de ouvir a voz do outro. Proponho, então, um concurso. Aquele que falar primeiro terá que ir fechar a porta.

— É a melhor ideia que ouvi hoje — retrucou o marido. — Vamos começar já.

Acomodaram-se, então, em suas cadeiras, e ficaram se olhando em silêncio absoluto.

Estavam sentados de frente um para o outro havia duas horas quando dois ladrões passaram com um carrinho e viram a porta aberta. Esgueiraram-se para dentro da casa, que parecia totalmente deserta, e começaram a roubar tudo que conseguiam. Pegaram mesas e cadeiras, arrancaram quadros da parede, chegaram a enrolar os tapetes para levar. Mas nenhum dos recém-casados disse uma palavra, nem se mexeu.

"Não posso acreditar", pensou o marido. "Eles vão levar tudo que temos, e ela não vai dizer uma palavra sequer."

"Por que ele não pede socorro?", pensou a mulher com seus botões. "Será que ele vai ficar sentado ali enquanto eles roubam tudo que desejam?"

Os ladrões acabaram percebendo o casal calado e imóvel e, achando que fossem estátuas de cera, tiraram-lhes as joias, relógios e carteiras. Mas nem o marido nem a mulher disseram uma palavra sequer.

Os ladrões fugiram com o produto do roubo, e os recém-casados passaram a noite ali sentados. Quando o dia raiou, um policial passou na frente da casa e, percebendo a porta aberta, meteu a cabeça pelo vão para verificar se estava tudo bem. Mas, é claro, não obteve resposta alguma do silencioso casal.

— Ora, essa! — gritou ele. — Eu sou um agente da lei. Quem são vocês? Esta casa é sua? O que aconteceu com seus móveis? — E, ainda sem resposta, preparou-se para acertar um sopapo no homem.

— Não se atreva! — gritou a mulher, levantando-se de um pulo. — Ele acaba de se tornar meu marido, e, se você encostar um dedo nele, vai ter que se ver comigo.

— Ganhei! — gritou o marido, batendo palmas. — Agora, vá lá e feche a porta.

(RS)

JURAMENTO ATENIENSE

Este juramento era feito por jovens da Grécia Antiga ao atingir os 17 anos.

Não causaremos desgraças a nossa Cidade por atos de desonestidade ou covardia.

Lutaremos individual e coletivamente pelos ideais e tradições da Cidade.

Prestaremos reverência e obediência às leis da Cidade e envidaremos os melhores esforços para que nossos superiores — que podem modificá-las ou anulá-las — as respeitem também.

Lutaremos sempre para incentivar o povo a desenvolver a consciência cívica.

Através destes procedimentos, legaremos uma Cidade não apenas igual, mas maior e melhor do que a que nos foi legada.

(LRM)

ESCOTEIROS E BANDEIRANTES

O escotismo foi fundado por Lord Robert Baden-Powell na Inglaterra em 1908 e trazido para o Brasil logo depois. A Federação das Bandeirantes do Brasil foi criada em 1919 e a União dos Escoteiros do Brasil, em 1924. O texto seguinte é a forma atualizada dos juramentos e leis.

PROMESSA ESCOTEIRA

Prometo pela minha honra fazer o melhor possível para cumprir meus deveres para com Deus e a minha pátria, ajudar ao próximo em toda e qualquer ocasião e obedecer a lei escoteira.

LEI ESCOTEIRA

- O escoteiro tem uma só palavra; sua honra vale mais do que sua própria vida.
- O escoteiro é leal.
- O escoteiro está sempre alerta para ajudar ao próximo e pratica diariamente uma boa ação.
- O escoteiro é amigo de todos e irmão dos demais escoteiros.
- O escoteiro é cortês.
- O escoteiro é bom para os animais e as plantas.
- O escoteiro é obediente e disciplinado.
- O escoteiro é alegre e sorri nas dificuldades.
- O escoteiro é econômico e respeita o bem alheio.
- O escoteiro é limpo de corpo e alma.

PROMESSA BANDEIRANTE

Prometo, sob a minha palavra de honra, que farei o melhor possível para ser leal a Deus e a minha pátria, ajudar o próximo em todas as ocasiões e obedecer ao código dos Bandeirantes.

CÓDIGO BANDEIRANTE

- O sentimento de honra do bandeirante é sagrado e sua palavra merece toda confiança.
- O bandeirante é leal e sincero.

- O bandeirante ajuda ao próximo em todas as ocasiões.
- O bandeirante estima a todos e é irmão para os outros bandeirantes.
- O bandeirante é cortês.
- O bandeirante vê Deus na criação, protege as plantas e os animais.
- O bandeirante obedece as ordens.
- O bandeirante enfrenta alegremente todas as dificuldades.
- O bandeirante é econômico.
- O bandeirante é puro em pensamentos, palavras e ações.

CARTA PARA A FILHA

Scott Fitzgerald

Querida filha:

Preocupo-me muito com suas obrigações. Mostre-me alguma prova das suas leituras em francês. Estou satisfeito por você estar feliz, mas não acredito muito em felicidade. Tampouco acredito em tristeza. São coisas que vemos no teatro, no cinema ou nos livros; essas coisas não nos acontecem na vida real.

Tudo em que acredito na vida são as recompensas à virtude (de acordo com os talentos de cada um) e os castigos por deixar de cumprir com as obrigações, que custam o dobro. Se existisse na biblioteca da colônia de férias um livro assim, você iria pedir à sra. Tyson que lhe mostrasse um soneto de Shakespeare onde aparece este verso: *Lírios apodrecidos têm cheiro pior do que o das ervas daninhas.*

Sem pensamentos hoje, a vida parece o simples relato de um caso publicado no *Saturday Evening Post*. Penso em você, e sempre de forma agradável: mas se me chamar de "Pappy" outra vez, vou levar o Gato Branco para fora e dar-lhe uma boa surra, seis palmadas para cada vez que você for impertinente. Alguma reação quanto a isso?

Vou preparar a lista de comportamento na colônia.

Tolices, concluirei. Coisas que merecem atenção:

Cuide da coragem
Cuide da higiene
Cuide da eficiência
Cuide da equitação...

Coisas que não merecem atenção:

Não ligue para a opinião dos outros
Não ligue para bonecas
Não se preocupe com o passado
Não se preocupe com o futuro
Não se preocupe com o seu crescimento
Não se preocupe se alguém passar à sua frente
Não pense em triunfar
Não pense no fracasso, exceto se for por sua culpa
Não ligue para os mosquitos
Não ligue para as moscas
Não ligue para os insetos em geral
Não se preocupe com os pais
Não se preocupe com os meninos
Não se preocupe com as decepções
Não se preocupe com os prazeres
Não se preocupe com as satisfações

Coisas para pensar:

Qual é o meu objetivo verdadeiro?

Como me classifico em comparação às meninas da minha idade quanto a:

a) Meu desempenho na escola?

b) Compreender realmente as pessoas e ser capaz de me relacionar bem com elas?

c) Estar fazendo do meu corpo um instrumento útil ou negligenciando este aspecto?

Com amor e carinho.

(RS)

A DECLARAÇÃO DE INDEPENDÊNCIA

Thomas Jefferson

No curso dos acontecimentos humanos, quando se torna necessário que um povo desfaça os laços políticos que o ligavam a outro, e que assuma dentre os Poderes da terra a condição separada e igual que lhe conferem as Leis da Natureza e do Deus da Natureza, um respeito digno para com as opiniões da humanidade exige que esse povo declare as causas que o levam à separação. Tais verdades são, para nós, evidentes: que todos os homens são criados em igualdade, que são dotados pelo Criador de certos Direitos inalienáveis, e que entre esses direitos estão a Vida, a Liberdade e a busca da Felicidade. Que para garantir esses direitos, os governos são instituídos entre os Homens, advindo os seus poderes do consentimento dos governados. Que, quando uma forma qualquer de governo passe a destruir esses fins, cabe ao Povo o Direito de alterá-la ou aboli-la, e de instituir um novo Governo, fundamentando-o sobre princípios tais e organizando os poderes de forma tal que lhe pareçam os mais adequados a fim de realizar sua Segurança e Felicidade.

(RS)

OS ARTIGOS FEDERALISTAS

James Madison, tradução de Maria Luiza Borges

A verdadeira questão a resolver é: a exiguidade do número, como norma temporária, representa ou não um perigo para a liberdade pública? Sessenta e cinco membros durante alguns anos e uma ou duas centenas por um período um pouco maior são um depositário seguro para o poder limitado e bem resguardado de legislar para os Estados Unidos? Devo confessar que, para partilhar deste temor, eu teria antes que apagar todas as impressões que recebi com relação ao atual ânimo do povo da América, ao espírito que move os legislativos estaduais e aos princípios que estão incorporados à índole política de todas as classes de cidadãos. Não posso conceber que o povo da América, em sua atual disposição, ou sob quaisquer circunstâncias que venham a se produzir rapidamente, escolherá, e a intervalos de dois anos voltará a escolher, 65 ou cem homens que estariam dispostos a formar e levar adiante um esquema de tirania ou traição. Não posso conceber que os legislativos estaduais, que devem ter tantos motivos para vigiar o legislativo federal e possuem tantos meios para neutralizá-lo, seriam incapazes de detectar ou de frustrar uma conspiração deste último contra as liberdades de seus eleitores comuns. Não posso conceber tampouco que haja neste momento, ou possa haver dentro em breve, nos Estados Unidos, 65 homens, ou uma centena deles, capazes de se impor à escolha do povo em geral e que teriam o desejo ou a ousadia de, no curto espaço de dois anos, trair a missão solene a eles confiada. Para prever que mudança de circunstâncias o tempo e um povoamento mais completo de nosso país poderiam produzir, seria preciso um espírito profético que não está entre minhas pretensões. A julgar pelas circunstâncias que temos agora sob nossos olhos, porém, e a partir do seu provável estado dentro de um período razoável de tempo, devo declarar que as liberdades da América não podem estar em perigo no número de mãos proposto pela Constituição federal.

DESPERTANDO A CONSCIÊNCIA

Frederick Douglass

Frederick Douglass nasceu escravo em 1817 e foi criado pela avó numa plantação no estado de Maryland até que foi enviado para trabalhar em Baltimore, com oito anos de idade. Lá, com a ajuda da esposa do seu dono, começou seus estudos, o que era proibido por lei. Em 1838, fugiu e foi se estabelecer em New Bedford, no estado de Massachusetts, e começou a trabalhar pela causa antiescravagista.

Em pouco tempo, era considerado o principal abolicionista negro do país e um dos oradores mais brilhantes.

Em 1852, tendo sido convidado a fazer um discurso pelo Dia da Independência em Rochester, no estado de Nova York, Douglass aproveitou a ocasião para empunhar o "ferro em brasa" da repreensão moral à consciência nacional. Para Douglass e todos os negros norte-americanos, o 4 de Julho não era uma data para celebrar os direitos e liberdades conferidos pela democracia; era um dia de profunda vergonha para aqueles que traíam as mais básicas obrigações morais para com seus compatriotas. Eis aqui uma alma corajosa responsabilizando a América por seus pecados.

Meus concidadãos, peço seu consentimento para perguntar por que fui chamado a proferir hoje este discurso. O que temos, eu ou aqueles a quem represento, a ver com sua independência nacional? Serão aqueles sublimes princípios de liberdade política e de justiça natural, incorporados na Declaração de Independência, extensivos a nós? E estarei eu, portanto, sendo chamado para trazer nossa humilde oferenda ao altar nacional e para confessar os benefícios e expressar devota gratidão pelas bênçãos para nós resultantes da sua independência?

Quisera Deus, tanto em prol de vocês quanto de nós mesmos, que uma resposta afirmativa pudesse ser veridicamente oferecida a essas perguntas!

Mas a situação vigente não é essa. Digo isso com a triste noção da disparidade entre nós. Não estou incluído no âmbito deste glorioso aniversário! Sua ilustre independência revela apenas a incomensurável distância entre nós. As bênçãos que, hoje, vocês celebram não são desfrutadas em comunhão. O rico legado de justiça, liberdade, prosperidade e independência conferido por seus antepassados é compartilhado por vocês, não por mim. O sol lhes trazia luz e saúde enquanto me trazia vergões e morte. Este 4 de Julho é seu, não é meu. Vocês devem celebrar, eu devo lastimar. Arrastar um homem acorrentado até o grande templo iluminado da liberdade e pedir-lhe que tomasse parte em seus cânticos alegres constituíram zombarias desumanas e ironias sacrílegas...

Meus concidadãos, mais alto do que sua tumultuosa alegria nacional, escuto a lamúria de milhões cujos grilhões, anteriormente pesados e deploráveis, tornam-se, hoje, ainda mais intoleráveis pelo clamor de júbilo que os alcança. Se eu esquecer, se eu não recordar piamente aqueles ensanguentados filhos do desalento no dia de hoje, "que minha mão direita se olvide de sua destreza e que minha língua se prenda ao céu da boca!". Esquecê-los, fazer pouco das injustiças e assentir com o temário popular seria traição das mais escandalosas e chocantes, e faria de mim um deboche diante de Deus e do mundo. Meu assunto é, pois, caros concidadãos, a *escravatura americana*. Devo observar este dia e suas características populares do ponto de vista do escravo. Assim postado e identificado com o escravo americano, fazendo minhas as suas injustiças, não hesito em declarar com toda a minha alma que o caráter e a conduta desta nação nunca se apresentaram mais negros para mim do que neste 4 de Julho! Quer nos voltemos para as declarações do passado ou para as profissões do presente, a conduta desta nação nos parece igualmente hedionda e revoltante. A América é falsa para com o passado, falsa para com o presente e se compromete solenemente a ser falsa para com o futuro. Postando-me junto a Deus e ao escravo aviltado e ferido nesta ocasião, ousarei, em nome da humanidade que é ultrajada, em nome da liberdade que é agrilhoada, em nome da Constituição e da Bíblia que são desconsideradas e pisoteadas, trazer à baila e denunciar, com toda a ênfase de que for capaz, tudo que se preste a perpetuar a escravidão — o grande pecado e vergonha da América!

Ora, deveria eu argumentar que é errado seviciar os homens, privá-los da liberdade, forçá-los a trabalhar sem pagamento, mantê-los ignorantes de suas relações com seus iguais, golpeá-los com pedaços de pau, açoitá-los com o chicote, algemar-lhes braços e pernas, persegui-los com cães de caça, vendê-los em leilões públicos, despedaçar suas famílias, arrancar-lhes os dentes à força bruta, queimar-lhes a pele, submetê-los à inanição da obediência e subserviência ao feitor? Deveria eu argumentar que um sistema assim manchado a sangue, e maculado pelo aviltamento, está errado? Não!

Não farei isso. Tenho melhor emprego para meu tempo e minhas forças do que fariam supor argumentos desse tipo.

O que resta argumentar, então? Seria dizer que a escravidão não é divina; que Deus não a estabeleceu; que nossos mensageiros do divino estão enganados? O pensamento, por si só, encerra blasfêmias. O que é desumano não pode ser divino! Quem seria capaz de raciocinar em cima de tal proposição? Aquele que for capaz que o faça; eu não sou. A época para esse tipo de argumentos já passou.

Numa época como esta, é necessário o ferro em brasa, não o argumento convincente. Ah, se eu tivesse a habilidade, e pudesse chegar aos ouvidos da nação, iria hoje verter uma abrasadora torrente de escárnio mordaz e reproches ensurdecedores, de intimidante sarcasmo e vigorosa represália. Pois não é a luz que se faz necessária, mas o fogo; não é a chuva delicada, mas o trovão. Precisamos da tempestade, do turbilhão e do terremoto. O sentimento desta nação precisa ser despertado; a nação tem que se conscientizar; a propriedade deve assoberbar-se; a hipocrisia nacional há de ser exposta; e seus crimes contra Deus e o homem, proclamados e denunciados.

O que é, para o escravo americano, o 4 de Julho? Eu respondo: um dia que lhe revela, mais do que qualquer outro no calendário, as violentas injustiça e crueldade das quais é vítima constante. Para ele, sua celebração é um simulacro; sua aclamada liberdade, uma concessão dessacralizada; sua grandeza nacional, uma pretensiosa veleidade; a expressão de seu regozijo é vazia e desalmada; quando seu país denuncia tiranos, isso não passa de impudente petulância; seus gritos de liberdade e igualdade são arremedo vazio; seus hinos, sermões e ações de graça, com toda a solenidade religiosa e suas liturgias, são, para ele, mera linguagem bombástica, fraude, logro, irreverência e hipocrisia — fino véu para encobrir crimes que levariam à desgraça uma nação de selvagens. Não há nação de selvagens, não há sequer uma nação sobre a face da terra que seja culpada de práticas mais chocantes e sanguinárias do que a dos Estados Unidos neste exato momento.

(RS)

SEGUNDA MENSAGEM AO CONGRESSO

Abraham Lincoln

Pode-se dizer que uma nação se constitui de seu território, seu povo e suas leis. O território é a única parte que tem certa durabilidade. "Uma geração se vai e outra vem, mas a terra é para sempre." É de primordial importância considerar devidamente, e estimar, essa parte duradoura. Essa porção da superfície da terra que pertence e é habitada pelo povo dos Estados Unidos é bastante adequada para servir de lar a uma família nacional; e não se adéqua a duas ou mais. Sua vastidão e variedade de climas e frutos são uma vantagem, nos dias atuais, para um povo apenas, o que quer que tenha sido esse povo em outras épocas. O vapor, o telégrafo e a inteligência transformaram essas características numa vantajosa combinação para um povo unido.

No discurso de posse, fiz breve explanação sobre a total inadequação da desunião como remédio para as diferenças entre o povo das duas seções. Utilizei-me da melhor linguagem de que fui capaz e, portanto, peço licença para repetir minhas palavras:

"Uma seção de nosso país acha que a escravatura é *correta* e que deve se prolongar, enquanto a outra acha que é *errada* e que não deve se prolongar. Esta é a única disputa substancial... Fisicamente falando, não podemos nos separar. Não podemos remover uma seção da outra, respectivamente, nem construir um muro intransponível entre elas. Marido e mulher podem se divorciar, evitar a presença um do outro e sumir de vista; mas as diferentes partes do nosso país não podem fazer isso. Não podem deixar de estar face a face; e devem prosseguir em intercurso, seja ele amigável ou hostil. Será possível, então, fazer desse intercurso algo mais vantajoso, ou mais satisfatório, *após* a separação ou *antes*? Seriam estranhos entre si capazes de fazer tratados com maior facilidade do que amigos fariam leis? Tratados entre estranhos podem ser mantidos à risca com mais fidelidade do que leis entre amigos? Supondo que entremos em guerra, não poderemos lutar o tempo todo; e, depois de muitas perdas de ambos os lados, e de nenhum ganho para ambas as partes, ao pararmos de lutar, as mesmas velhas questões, relativas ao intercurso, irão se abater sobre nós..."

Caso houvesse um momento adequado para argumentos espezinhadores, esse momento certamente não seria agora. Em ocasiões como a atual, os homens jamais devem dizer o que, passado algum tempo, não estejam mais dispostos a acatar para todo o sempre...

Não esqueço a gravidade que deveria caracterizar um documento endereçado ao Congresso Nacional pelo presidente. Tampouco esqueço que alguns dos senhores têm mais idade e muitos têm mais experiência do que eu na condução dos assuntos públicos. Contudo, tenho confiança de que, face à grande responsabilidade em mim depositada, os senhores não irão perceber uma falta de respeito sequer em qualquer zelo indevido que eu possa vir a demonstrar...

Os dogmas do passado silencioso são inadequados ao tormentoso presente. A ocasião está repleta de dificuldades e precisamos nos manter altivos em relação a ela. Como nosso caso é novo, precisamos de ideias renovadoras e precisamos agir de forma também renovadora. Precisamos emancipar-nos, e só assim conseguiremos salvar nosso país.

Meus concidadãos, *nós* não podemos fugir à história. Nós, deste Congresso e governo, seremos lembrados apesar de nossas próprias personalidades. Nenhuma significância ou insignificância pessoal poderá separar qualquer de nós. O atribulado processo que atravessamos nos manterá iluminados, para honra ou desonra, através de todas as gerações. *Dizemo-nos* a favor da União. O mundo não esquecerá que dissemos isso. Sabemos como salvar a União. O mundo é conhecedor do fato de que sabemos como salvá-la. Nós — mesmo *nós aqui* — detemos o poder e arcamos com a responsabilidade. Ao *darmos* a liberdade *aos escravos*, estamos *garantindo* a liberdade aos que são *livres* — igualmente dignos de honra no que concedemos e preservamos. Haveremos de salvar com nobreza, ou perder com mediocridade, a última boa esperança da terra. Outros meios podem lograr sucesso; este nosso meio não pode fracassar. O caminho é simples, pacífico, generoso, justo — caminho este que, se for seguido, o mundo reconhecerá para sempre e Deus abençoará eternamente.

(RS)

CARTA DA PRISÃO

Martin Luther King Jr.

Acho que devo indicar as razões pelas quais me encontro aqui em Birmingham, já que os senhores estão sob a influência dos argumentos contra "a interferência de estranhos". Estou aqui, junto com vários membros de minha equipe, porque fui convidado. Estou aqui porque aqui tenho laços organizacionais.

Falando em termos ainda mais básicos, estou em Birmingham porque aqui há injustiças. Tal qual os profetas do século VIII a.C. partiram levando sua "palavra do Senhor" para muito além das fronteiras de suas cidades natais, e tal qual o apóstolo Paulo deixou o vilarejo de Tarso e levou o evangelho de Jesus Cristo aos confins do mundo greco-romano, também eu me vejo compelido a levar o evangelho da liberdade para além das fronteiras de minha cidade natal. Como Paulo, devo estar sempre atendendo ao apelo macedônio por ajuda.

Além do mais, sou conhecedor da inter-relação de todas as comunidades e estados. Não posso sentar-me inerte em Atlanta sem me preocupar com o que se passa em Birmingham. A injustiça em algum lugar é uma ameaça à justiça em todos os lugares. Fazemos parte de uma invencível rede de mutualidades, tecida sobre uma única peça de destino. O que quer que afete um indivíduo diretamente a todos afeta indiretamente. Jamais poderemos tornar a conviver com a ideia obtusa e provinciana do "agitador de fora". Todo aquele que vive dentro das fronteiras dos Estados Unidos não pode ser considerado forasteiro em região alguma do país.

Os senhores desaprovam as manifestações que estão acontecendo em Birmingham. Sua declaração, porém, sinto dizer, é incapaz de expressar preocupação semelhante quanto às condições que levaram a essas manifestações. Estou certo de que nenhum dos vossos reverendíssimos senhores iria se contentar com esse tipo de análise social superficial que lida meramente com os efeitos e não se atém às causas subjacentes. Infelizmente, estão acontecendo manifestações em Birmingham; porém, é ainda mais desafortunado que a estrutura do poder branco desta cidade tenha deixado a comunidade negra sem alternativas.

Em qualquer campanha pacífica existem quatro etapas básicas: levantamento dos fatos para determinar se há injustiças; negociação; expurgo; e ação direta. Passamos por todas essas etapas em Birmingham. Não há como negar que esta comunidade está mergulhada na injustiça racial. Birmingham é provavelmente a cidade onde mais há segregação nos Estados Unidos. Seu hediondo passado de brutalidades é amplamente conhecido. Os negros recebem tratamento boçalmente injusto nos tribunais. Há mais casos sem solução de bombas explodindo nos lares de famílias negras e nas suas igrejas em Birmingham do que em qualquer outra cidade do país. É esse o histórico dos duros fatos e da brutalidade do caso em questão...

Os senhores demonstram muita ansiedade quanto à nossa disposição em desobedecer a lei. Trata-se de uma preocupação legitimada, é claro. Pois se reiteradamente pedimos ao povo que acate a decisão de banir a segregação nas escolas públicas, tomada pela Suprema Corte em 1954, à primeira vista qualquer desobediência nossa às leis pareceria um paradoxo. Bem se poderia perguntar: “Como é possível defender que algumas leis sejam acatadas e outras, desrespeitadas?” A resposta se encontra no fato de existirem dois tipos de leis: as justas e as injustas. Eu seria o primeiro a defender o respeito às leis justas. Inversamente, cabe a responsabilidade moral de desobedecer as injustas. Concordo quando Santo Agostinho diz que “lei injusta não é lei”.

Ora, qual é a diferença entre as duas leis? Como se determina que uma é justa e outra é injusta? A lei justa é um código feito pelos homens em harmonia com a lei moral ou a lei de Deus. A lei injusta é um código que está em desarmonia com a lei moral. Para usarmos os termos de São Tomás de Aquino: a lei injusta é uma lei humana que não se encontra arraigada nas leis eterna e natural. Qualquer lei que eleve a personalidade humana é justa. Qualquer lei que deprecie a personalidade humana é injusta. Todos os estatutos da segregação são injustos porque ela distorce a alma e prejudica a personalidade. A segregação dá ao seu autor uma falsa noção de superioridade e ao segregado uma falsa noção de inferioridade. A segregação, para usarmos a terminologia empregada pelo filósofo judeu Martin Buber, substitui uma relação "eu-tu" por uma relação "eu-outra coisa" e acaba relegando pessoas ao status de coisas. Resulta que a segregação não é apenas política, econômica e sociologicamente insalubre; ela é moralmente errada e pecaminosa. Paul Tillich disse que pecado é separação. Não seria a segregação uma expressão existencial da separação trágica do homem, de seu horrendo afastamento, de sua mácula terrível? Posso, portanto, instigar a obediência à decisão tomada pela Suprema Corte em 1954, pois ela é moralmente correta; e posso instigar a infração dos regulamentos segregacionais, pois são moralmente errados.

Consideremos um exemplo mais concreto de leis justas e injustas. A lei injusta é um código que um grupo numericamente majoritário ou detentor de algum poder impõe sobre um grupo minoritário ou menos poderoso mas ao qual não se obriga. Isso é a legalização da *diferença*. Ademais, a lei justa é um código que a maioria impõe sobre a minoria e o qual se dispõe a acatar. Isso é a legalização da *igualdade*.

Deixem-me dar uma outra explicação. Uma lei é injusta se for aplicada a uma minoria que, por ter-lhe sido negado o direito ao voto, não participou na sua elaboração ou aprovação. Quem seria capaz de dizer que o legislativo do estado do Alabama que estabeleceu suas leis segregacionais foi eleito democraticamente? No estado inteiro, usam-se todos os tipos de métodos desonestos para evitar que os negros tirem seu título de eleitor; e há condados onde, muito embora constituam a maioria populacional, nenhum deles tem o título. Aprovada em tais circunstâncias, ela poderia ser considerada como uma lei democraticamente estruturada?

Às vezes, uma lei é justa na forma, porém injusta na aplicação. Por exemplo, eu fui preso sob a acusação de participar de uma passeata sem permissão. Ora, não há nada errado com a exigência de uma permissão para fazer passeata. Mas tal exigência torna-se injusta a partir do momento em que é usada para manter a segregação e negar aos cidadãos o privilégio da reunião e do protesto pacíficos garantidos pela Primeira Emenda.

Espero que os senhores percebam a distinção que tento ressaltar. De forma alguma eu defenderia o descumprimento ou o desacato à lei, conforme faria um segregacionista fanático. Tal comportamento levaria à anarquia. Aqueles que desobedecem a uma lei injusta devem fazê-lo abertamente, com dedicação e disposição para aceitar a penalidade. Devo admitir que um indivíduo — ao infringir uma lei que sua consciência lhe diz ser injusta, dispõe-se inteiramente a aceitar a condenação a fim de conscientizar a comunidade quanto à sua injustiça — está na realidade expressando o mais elevado respeito pelas leis.

Os reverendíssimos senhores dizem ser extremada a nossa atividade em Birmingham... Muito embora eu tenha me decepcionado inicialmente com o rótulo de extremista, ao prosseguir com o raciocínio sobre a questão, começo gradativamente a desenvolver uma satisfação acerca desta categorização. Pois, não teria sido Jesus um extremista do amor? "Amai vossos inimigos, abençoai aqueles que vos ofendem, fazei o bem àqueles que vos odeiam e orai por aqueles que vos desprezam e perseguem." Não teria sido Amós um extremista da justiça? "Permiti que a justiça a todos banhe como as águas das corredeiras e que seja a honestidade qual um córrego inesgotável." Não teria sido Paulo um extremista do evangelho de Cristo? "Trago em meu corpo as marcas do Senhor Jesus." Não teria sido Lutero um extremista? "Aqui estou; não pode ser diferente, que Deus me ajude." E John Bunyan: "Prefiro passar o resto dos meus dias na prisão a ter que violar minha consciência." E Abraham Lincoln: "Esta nação não pode sobreviver com a metade de escravos e a outra de homens livres." E Thomas Jefferson: "Tais verdades são, para nós, evidentes: que todos os homens são criados em igualdade..." Portanto, a questão não é se vamos ser extremistas, mas sim que tipo de extremistas seremos. Seremos extremistas do ódio ou do amor? Seremos extremistas da preservação da injustiça ou do prolongamento da justiça?

Um dia o Sul irá reconhecer seus verdadeiros heróis. Serão eles os James Meredith, com o nobre propósito que lhes permite enfrentar o escárnio das multidões hostis, e com a angústia solitária que caracteriza a vida dos pioneiros. Serão as negras, envelhecidas, oprimidas e abatidas, simbolizadas na pessoa de uma mulher de 72 anos de Montgomery, no Alabama, que se levantou indignada e, junto aos seus, decidiu não andar em ônibus segregados e respondeu com a profundidade de sua linguagem gramaticalmente incorreta quando lhe indagaram de seu cansaço: "Meus pé tão cansado, mas minha alma tá em paz." Serão os jovens estudantes secundaristas e universitários, os jovens ministros do evangelho e muitos de seus presbíteros, sentados corajosa e pacificamente nas cantinas e dispostos a serem presos em prol de sua consciência. Um dia o Sul saberá que, quando esses deserdados filhos de Deus se sentavam nas cantinas, estavam na verdade se levantando em favor do que há de melhor no sonho americano e dos valores mais sagrados de nossa herança judaico-cristã, trazendo assim nossa nação de volta aos grandes mananciais da democracia, cujas profundezas foram sondadas por nossos fundadores a fim de elaborar a Constituição e a Declaração de Independência.

Espero que esta carta os encontre com inabalada fé. Espero, também, que as circunstâncias logo permitam meu encontro com cada um dos reverendíssimos senhores, não como um integracionista ou líder dos direitos civis, mas como clérigo e irmão cristão. Esperemos todos que as escuras nuvens do preconceito racial passem logo e que a densa névoa da incompreensão se dissipe de nossas comunidades encharcadas de medo, e que num amanhã não muito distante as estrelas radiantes do amor e da fraternidade brilhem sobre nossa grande nação com toda a sua beleza cintilante.

Seu fiel servidor para a causa da Paz e da Fraternidade,

Martin Luther King Jr.

(RS)

HOMENS SEM PEITO

C.S. Lewis

C. S. Lewis (1898-1963) foi um dos maiores pensadores americanos e dedicou-se a questões como a responsabilidade dos adultos na educação dos jovens.
Este é um trecho do livro A abolição do homem.

Até uma época que já se podia dizer moderna, todos os professores e talvez até todos os homens acreditavam que o universo era tal que certas reações emocionais de nossa parte poderiam ser congruentes ou incongruentes com ele — acreditavam, de fato, que os objetos não apenas recebiam, mas eram capazes de *merecer* nossa aprovação ou desaprovação, nossa reverência ou nosso desrespeito.

"Podemos ser honestos", pergunta Traherne, "sem sermos justos ao dedicarmos às coisas sua devida estima? Todas elas foram feitas para serem nossas e nós fomos feitos para apreciá-las de acordo com seu valor." Santo Agostinho define a virtude com *ordo amoris*, a condição ordenada das afeições, na qual cada objeto recebe o tipo e gradação de amor que lhe são apropriados. Aristóteles diz que a meta da educação é fazer com que o aluno possa discernir aquilo de que deve e aquilo de que não deve gostar. Quando chegar a idade do pensamento reflexivo, o aluno que foi assim treinado nas "afeições ordenadas" ou "sentimentos justos" encontrará facilmente os primeiros princípios da Ética, mas para o homem corrupto esses princípios jamais serão visíveis e ele não conseguirá progresso algum nessa ciência. Platão, antes dele, já dissera o mesmo. O pequeno animal humano a princípio não terá as respostas corretas. Ele precisa ser treinado para sentir prazer ou ódio, para gostar ou não das coisas que são realmente prazerosas ou odiosas, gostosas ou desagradáveis. Na *República*, o bem nutrido jovem seria capaz de "ver mais claramente o que estivesse defeituoso nos trabalhos malfeitos do homem ou nos frutos malformados da natureza, e com justo desgosto iria culpar e odiar o feio já nos seus primeiros anos de vida, e com justo deleite reverenciar a beleza, recebendo-a em sua alma e nutrindo-se dela, para tornar-se um homem de coração nobre. Tudo isso antes de uma idade em que possa raciocinar; de tal forma que, quando a Razão enfim o alcançar, assim criado como foi, estenderá as mãos em boas-vindas e a reconhecerá por causa da afinidade que tem por ela." Nos primórdios do hinduísmo, a conduta do homem que se pode chamar de boa consiste na conformidade com, ou quase uma participação em *Rta* — o grande ritual ou padrão da natureza e sobrenatureza que se revela igual na ordem cósmica, nas virtudes morais e no cerimonial do templo. Honestidade, integridade, ordem: o *Rta* é constantemente identificado com *satya*, ou a verdade, correspondência à realidade. Assim como Platão disse que o Bem estava "além da existência" e Wordsworth que através da virtude os astros eram fortes, também os mestres indianos dizem que os próprios deuses nascem do *Rta* e a ele obedecem. Os chineses também falam de uma coisa grande (a maior das coisas) chamada *Tao*. É a realidade além de todos os predicados, o abismo que existia antes do Próprio Criador. É a Natureza, o Caminho, a Estrada. É o Caminho que o universo percorre, o Caminho através do qual as coisas infindáveis emergem, tranquila e serenamente, para o espaço e o tempo. É também o Caminho que todo homem deve trilhar em imitação àquela progressão cósmica e supercósmica, conformando todas as atividades àquele grande exemplar. "No ritual", dizem os Analeros, "é a harmonia com a Natureza o que se aprecia." Os judeus antigos da mesma forma apreciam a Lei como "verdade".

Mas, comum a tudo isso, existe algo que não podemos negligenciar. É a doutrina do valor objetivo, a crença de que certas atitudes são realmente verdadeiras, e outras realmente falsas, em relação ao tipo de coisa que o universo é e ao tipo de coisas que nós somos.

Daí ser o problema educacional totalmente diferente para quem se situe incluso no *Tao* e quem dele esteja desprovido. Para os inclusos, a tarefa consiste em treinar no aluno as respostas apropriadas por si só, quer alguém as esteja fazendo ou não, e em fazer aquilo em que consiste a própria natureza do homem. Os desprovidos, se forem lógicos, devem observar todos os sentimentos como igualmente não racionais, como mera névoa entre nós e os objetos reais. Como resultado, devem decidir remover da mente do aluno, até onde seja possível, todos os sentimentos: ou então estimular alguns, por razões que não tenham absolutamente nada a ver com sua "justeza" ou "ordenação". A segunda alternativa os envolve no questionável processo de criar nos outros, por "sugestão" ou encantamento, uma miragem que sua própria razão tenha conseguido dissipar.

E o tempo todo — assim é a tragicomédia da nossa situação — continuamos reclamando aquelas mesmas qualidades que estamos impedindo. Quase nunca deixamos de encontrar depoimentos, ao abrirmos um jornal, apontando que nossa civilização precisa de mais "ímpeto", ou dinamismo, ou abnegação, ou "criatividade". Agindo com uma certa simplicidade horripilante, retiramos o órgão e exigimos a função. Fazemos homens sem peito e esperamos deles virtude e arrojo. Rimos da honra e nos chocamos ao encontrarmos traidores entre nós. Castramos e exigimos que o animal capão dê frutos.

AMIZADE

As histórias boas nos convidam a entrar no papel de outras pessoas, passo crucial na aquisição da perspectiva moral. Histórias sobre amizade exigem que se adote a perspectiva de amigo, da solidariedade com o outro.

Amizade é mais que afinidade e envolve mais que afeição. As exigências da amizade — franqueza, sinceridade, aceitar com a mesma seriedade as críticas e os elogios do amigo, lealdade incondicional e auxílio a ponto do sacrifício — são estímulos poderosos para o amadurecimento moral e o enobrecimento.

A amizade genuína requer tempo, esforço e trabalho para ser mantida. A amizade é algo profundo. De fato, é uma forma de amor.

PONTEANDO SOBRE O AMIGO RUIM

Mário de Andrade (1893-1945)

Enfim a gente não é mais amigo um do outro não.

Você anda fácil, levianinho,
No labirinto das complicações.
Que sutileza! quanta graça dançarina!...
É certo que fica sempre
Bastante pó das asas de você
Nos galhos, nos espinhos,
Até nas flores desse mato...
Mesmo já pus reparo várias vezes
Nas asas de você estragadas pelas beiras...
Porém o essencial, o importante
É que apesar desse estrago inda você pode voar.

Eu não sou assim não.
Sou pesado, bastante estabanado,
Não tenho asa nem muita educação.
Careço de caminho largo, bem direito.
Se falta espaço, quebro tudo,
Me firo, me fatigo... Afinal caio.
No meio do mato eu paro, não posso mais caminhar.
Não posso mais.
Você... É possível que ainda me chame de amigo...
Mesmo perdendo um bocadinho de asa
Pousa no meu espinheiro e inda pode voar depois.
Mas eu, eu sofro é certo,
Porém já não sou mais amigo de você.

Você é amigo do mar, você é amigo do rio...

O URSO E OS VIAJANTES

Esopo

Dois viajantes encontraram um urso na estrada.

O primeiro subiu numa árvore e se escondeu.

O outro, apavorado, resolveu se jogar no chão e se fingir de morto. O animal chegou perto, cheirou as orelhas dele e foi embora. (Dizem que um urso não mexe com quem está morto.) O que estava na árvore desceu e perguntou ao companheiro o que é que o urso tinha cochichado.

— Ele me disse para não viajar mais com quem abandona os amigos na hora do perigo.

É na dificuldade que se prova a amizade.

(LRM)

O GATO E O RATO FIZERAM UM TRATO

Irmãos Grimm, tradução de Ana Maria Machado

Um gato fez amizade com um rato e tanto falou e falou sobre seus sentimentos de amor e carinho que finalmente o rato consentiu em ir morar com ele.

— Mas tem uma coisa — disse o gato — que precisamos fazer. É guardar comida para o inverno, para não passarmos fome. Só que seria muito arriscado um ratinho pequeno como você sair por aí caçando. Ia acabar caindo numa ratoeira.

O rato concordou que era um ótimo conselho.

Resolveram comprar um pote de banha. Mas não sabiam onde podiam guardá-lo.

Finalmente, depois de muita conversa, o gato disse:

— Pensei num lugar ótimo, impossível haver lugar mais seguro. É na igreja, porque ninguém ia ter coragem de roubar nada da igreja.

Vamos guardar a banha debaixo do altar e deixar lá, sem mexer enquanto não precisarmos.

Assim, guardaram o pote. Mas, daí a pouco tempo, o gato ficou morrendo de vontade de comer banha e disse ao rato:

— Amigo rato, fui convidado para um batizado. Minha prima teve um gatinho, branco de manchas castanhas, e me chamou para ser o padrinho. Vou ter que sair hoje e deixar todo o serviço da casa com você.

— Claro — disse o rato. — Pode ir. E, se tiver alguma coisa gostosa para comer, lembre-se de mim. Bem que eu gostaria de dar uma provadinha naquele vinho tinto doce delicioso que eles servem nos batizados.

Mas não era verdade. O gato não tinha prima. Nem tinha sido convidado para batizado nenhum. O que ele fez foi ir direto para a igreja e lamber o pote de banha até raspar toda a cobertura. Depois, foi dar uma volta pelos telhados, procurando novas gostosuras. Mais tarde, ficou se espreguiçando ao sol e lambendo os bigodes cada vez que se lembrava da banha. Finalmente, à noite, voltou para casa.

— Muito bem — disse o rato —, até que enfim você voltou. Aposto que teve um dia muito agradável.

— Nada mau — confirmou o gato.

— E que nome deram ao bebê? — quis saber o rato.

— Cobertura-raspada — respondeu o gato, secamente.

— Cobertura-raspada? — estranhou o rato. — Mas que nome esquisito! Sua família costuma ter esses nomes assim?

— Não vejo nada esquisito... — disse o gato. — Não é pior do que Ladrão-de-Migalhas, como os seus afilhados se chamam...

Não se passou muito tempo e o gato teve vontade de comer banha outra vez.

Disse ao rato:

— Você vai ter que me fazer um favor e tomar conta da casa sozinho. Fui convidado para outro batizado, e não posso recusar, porque é um gatinho com colar branco no pescoço.

O rato, que era bonzinho, concordou. E lá se foi o gato por cima da muralha da cidade até a torre da igreja, onde comeu metade da banha.

— Nada tem gosto melhor do que aquilo que a gente mesmo come — disse ele, muito satisfeito com seu dia de trabalho.

Quando voltou para casa, o rato perguntou:

— Que nome deram ao bebê?

— Pela-Metade — respondeu o gato.

— Pela-Metade! — disse o rato. — Mas que nome! Onde já se viu? Aposto que nem está na folhinha dos santos. Nunca ouvi um nome desses na minha vida.

Daí a mais algum tempo, o gato começou outra vez a ficar com água na boca, pensando na gostosura que era a banha.

— Tudo o que é bom vem de três em três — disse ao rato. — Vou ser padrinho outra vez. É um gatinho preto de patas brancas e, fora as patas, não tem mais nenhum pelo branco em todo o corpo. É uma coisa raríssima, que leva muitos anos sem acontecer. Você vai me deixar ir de novo, não é?

— Cobertura-Raspada... Pela-Metade... — respondeu o rato. — Esses nomes são tão esquisitos que até me dão maus pensamentos.

— É porque você passa o dia inteiro em casa, enfiado nesse casaco cinzento com esse rabo comprido — disse o gato. — Acaba ficando de mau humor. É isso que acontece com quem não sai nunca.

Na ausência do gato, o rato lavou a louça e arrumou a casa. Enquanto isso, o gato guloso esvaziava o resto do pote de banha.

— Agora que está tudo liquidado, até o fundo — disse o gato para si mesmo —, não há mais motivo para preocupação.

De barriga cheia, só voltou para casa de noite, passeando bem contente. Assim que chegou, o rato foi logo perguntando qual era o nome do terceiro afilhado.

— Você não vai gostar muito, como os outros — respondeu o gato. — O nome é Até-o-Fundo.

— Até-o-fundo! — exclamou o rato. — É o nome mais esquisito que eu já ouvi. Nunca vi um nome desses escrito em lugar nenhum. Até-o-Fundo! Que será que quer dizer?

Sacudiu a cabeça, se encolheu todo e foi dormir.

Depois disso, o gato não foi mais convidado para ser padrinho de ninguém. Mas, quando o inverno chegou, e não se encontrava mais nada para comer, o rato se lembrou do tesouro e disse:

— Vamos, amigo gato, vamos até o pote de banha que estávamos guardando. Deve estar gostosíssimo.

— Isso, vamos — disse o gato. — E você vai achar tão gostoso como se prendesse a sua linguinha deliciosa na janela.

E lá se foram os dois.

Quando chegaram lá, o pote ainda estava no lugar, só que vazio.

— Ah... — disse o rato. — Agora estou entendendo... Agora eu sei o que aconteceu, está começando a clarear. Que amigo que você foi! Você foi comendo, de cada vez que saía para ser padrinho... Primeiro, a cobertura raspada. Depois, pela metade. Depois...

— Cale a boca! — gritou o gato. — Mais uma palavra e eu como é você!

— Até o fundo! — completou o rato, porque a palavra já estava saindo de sua boca.

E assim que ele disse isso, o gato deu um bote, agarrou o rato e engoliu ele todinho. Viu só? O mundo é assim.

O SAPO E A COBRA

Lenda africana

Era uma vez um sapinho que encontrou um bicho comprido, fino, brilhante e colorido deitado no caminho.

— Olá! Que é que você está fazendo estirada na estrada?

— Estou me esquentando aqui no sol. Sou uma cobrinha, e você?

— Um sapo. Vamos brincar?

E eles brincaram a manhã toda no mato.

— Vou ensinar você a pular.

E eles pularam a tarde toda pela estrada.

— Vou ensinar você a subir na árvore se enroscando e deslizando pelo tronco.

E eles subiram.

Ficaram com fome e foram embora, cada um para sua casa, prometendo se encontrar no dia seguinte.

— Obrigada por me ensinar a pular.

— Obrigado por me ensinar a subir na árvore.

Em casa, o sapinho mostrou à mãe que sabia rastejar.

— Quem ensinou isso para você?

— A cobra, minha amiga.

— Você não sabe que a família Cobra não é gente boa? Eles têm veneno. Você está proibido de brincar com cobras. E também de rastejar por aí. Não fica bem.

Em casa, a cobrinha mostrou à mãe que sabia pular.

— Quem ensinou isso para você?

— O sapo, meu amigo.

— Que besteira! Você não sabe que a gente nunca se deu com a família Sapo? Da próxima vez, agarre o sapo e... bom apetite! E pare de pular. Nós, cobras, não fazemos isso.

No dia seguinte, cada um ficou na sua.

— Acho que não posso rastejar com você hoje.

A cobrinha olhou, lembrou-se do conselho da mãe e pensou: "Se ele chegar perto, eu pulo e devoro ele."

Mas lembrou-se da alegria da véspera e dos pulos que aprendera com o sapinho. Suspirou e deslizou para o mato.

Daquele dia em diante, o sapinho e a cobrinha não brincaram mais juntos. Mas ficavam sempre no sol, pensando no único dia em que foram amigos.

(LRM)

O GIGANTE EGOÍSTA

Oscar Wilde, tradução Barbara Heliodora

Todas as tardes, ao saírem do colégio, as crianças iam brincar no jardim do Gigante.

Era um jardim lindo e grande, com grama verde e suave. Aqui e ali, sobre a grama, apareciam flores belas como estrelas, e havia doze pessegueiros que, na primavera, abriam-se em flores delicadas em tons de rosa e pérola, e davam ricos frutos no outono. Os pássaros pousavam nas árvores e cantavam tão docemente que as crianças paravam de brincar só para ouvi-los.

— Como nos sentimos felizes aqui! — exclamavam elas.

Certo dia o Gigante voltou. Ele tinha andado visitando seu amigo, o ogre da Cornualha, e ficara sete anos com ele. Depois de sete anos ele já havia dito tudo o que tinha para dizer, já que sua conversa era limitada, e resolveu voltar para seu próprio castelo. Ao chegar, ele viu as crianças brincando no jardim.

— O que é que vocês estão fazendo aqui? — gritou ele com uma voz muito ríspida, e as crianças saíram correndo. — O meu jardim é o meu jardim — disse o Gigante. — Qualquer um pode compreender isso. Eu não vou permitir que ninguém brinque nele, a não ser eu mesmo.

De modo que ele construiu um muro alto em torno do jardim e colocou um cartaz de aviso:

INVASORES SERÃO PROCESSADOS

Ele era um gigante muito egoísta.

As pobres crianças agora não tinham mais onde brincar.

Elas tentaram brincar na estrada, mas a estrada era muito poeirenta e cheia de pedras duras, e elas não gostavam. Começaram a passear em torno do muro depois das aulas, conversando sobre o lindo jardim que ficava lá dentro. "Como éramos felizes lá!", diziam umas às outras.

Então chegou a primavera, e por todo o país apareceram pequenas flores e pequenos pássaros. Só no jardim do Gigante Egoísta é que continuava a ser inverno.

Os passarinhos não gostavam de cantar lá, porque não havia crianças, e as árvores se esqueceram de florescer. Uma vez uma flor bonita começou a brotar, mas ao ver o cartaz de aviso ficou com tanta pena das crianças que se enfiou de volta no chão e adormeceu. Os únicos que estavam contentes eram a Neve e o Gelo.

— A Primavera se esqueceu deste jardim — exclamaram eles —, de modo que podemos viver aqui o ano inteiro.

A Neve cobriu toda a grama com seu manto branco, e o Gelo pintou todas as árvores de prata. Eles convidaram o Vento do Norte para se hospedar com eles, e ele veio. Todo enrolado em peles, rugia o dia inteiro pelo jardim, derrubando as chaminés com seu sopro.

— Este lugar é ótimo — disse ele. — Nós precisamos convidar o Granizo para vir fazer uma visita.

E o Granizo apareceu. Todos os dias, durante três horas, ele matracava no telhado do castelo até quebrar quase todas as telhas, e depois corria, dando voltas no jardim o mais depressa que podia. Sempre vestido de cinza, soprava gelo para todo lado.

— Não entendo por que a Primavera está demorando tanto a chegar! — disse o Gigante Egoísta, sentado junto à janela e olhando para seu jardim frio e branco. — Espero que o tempo mude logo.

Mas a Primavera não apareceu, nem o Verão. O Outono trouxe frutos dourados para todos os jardins, mas nenhum para o do Gigante.

— Ele é muito egoísta — disse o Outono.

De modo que ali ficou sendo sempre inverno, e o Vento Norte e o Granizo, a Neve e o Gelo dançavam em meio às árvores.

Certa manhã, o Gigante estava deitado, acordado, na cama, quando ouviu uma música linda. Soava com tal doçura em seus ouvidos que ele até pensou que deviam ser os músicos do rei que passavam. Na realidade era apenas um pequeno pintarroxo cantando do lado de fora de sua janela, mas já fazia tanto tempo que ele não ouvia um só passarinho em seu jardim que aquela parecia ser a música mais bonita do mundo. E então o Granizo parou de dançar sobre a cabeça dele, e o Vento do Norte parou de rugir, e um perfume delicioso chegou até ele, através da janela aberta.

— Acho que finalmente a Primavera chegou — disse o Gigante. — E, pulando da cama, olhou para fora.

O que ele viu?

A visão mais bonita que se possa imaginar. Por um buraquinho no muro, as crianças haviam conseguido entrar, e estavam todas sentadas nos ramos das árvores. Em todas as árvores que ele conseguiu ver havia uma criança. E as árvores estavam tão contentes de terem as crianças de volta que se cobriram de flores, balançando delicadamente os galhos, por cima das cabeças da meninada. Os passarinhos voavam de um lado para outro, chilreando de prazer, e as flores espiavam e riam. Era uma cena linda, e só em um canto é que continuava a ser inverno. Era o canto mais distante do jardim, e nele estava de pé um menininho. Ele era tão pequeno que não conseguia alcançar os ramos da árvore e ficou andando em volta dela, chorando, muito sentido. A pobre árvore continuava coberta de neve e gelo, e o Vento do Norte soprava e rugia acima dela.

— Sobe logo, menininho! — dizia a Árvore, curvando os ramos o mais que podia. Mas o menino era pequeno demais.

E o coração do Gigante se derreteu quando ele olhou lá para fora.

— Como eu tenho sido egoísta! — disse ele. — Agora já sei por que a Primavera não aparecia por aqui. Eu vou colocar aquele menininho em cima daquela árvore, depois vou derrubar o muro, e meu jardim será um lugar onde as crianças poderão brincar para sempre.

Ele estava realmente arrependido do que tinha feito. E, assim, desceu as escadas, abriu a porta da frente com toda a delicadeza e saiu para o jardim. Mas, quando as crianças o viram, ficaram tão assustadas que fugiram, e o inverno voltou ao jardim. Só o menininho pequeno é que não fugiu, porque seus olhos estavam marejados de lágrimas e não viu o Gigante chegar. E o Gigante aproximou-se de mansinho por trás dele, pegou delicadamente em sua mão e o colocou em cima da árvore. A árvore imediatamente floresceu, e os passarinhos vieram cantar nela; o menininho esticou os braços, passou-os em torno do pescoço do Gigante e o beijou. Quando viram que o Gigante não era mais mau, as outras crianças voltaram correndo, e com elas veio a Primavera.

— Agora o jardim é de vocês, crianças — disse o Gigante. E, pegando um imenso machado, derrubou o muro. Quando toda a gente começava a ir para o mercado, ao meio-dia, lá estava o Gigante brincando com as crianças no jardim mais bonito que todos já haviam visto.

Elas brincavam o dia inteiro, mas quando chegava a noite despediam-se do Gigante.

— Mas onde está seu companheirinho? — perguntou ele. — O menino que eu botei em cima da árvore.

O Gigante gostava dele mais do que de todos os outros, porque ele lhe havia dado um beijo.

— Nós não sabemos — responderam as crianças. — Ele foi embora.

— Vocês têm de dizer a ele para não deixar de vir amanhã — disse o Gigante.

Mas as crianças disseram que não sabiam onde ele morava e que jamais o haviam visto antes. O Gigante ficou muito triste.

Todas as tardes, quando acabavam as aulas, as crianças iam brincar com o Gigante. Mas o menininho de quem o Gigante gostava nunca mais apareceu. O Gigante era muito bondoso com todas as crianças, mas sentia saudades de seu primeiro amiguinho, e muitas vezes falava dele.

— Como eu gostaria de vê-lo! — costumava dizer.

Os anos se passaram, e o Gigante ficou mais velho e fraco. Ele já não conseguia brincar direito e então ficava sentado em uma poltrona enorme, olhando as crianças que brincavam e admirando seu jardim.

— Tenho tantas flores lindas — dizia ele —, mas as crianças são as flores mais bonitas de todas.

Certa manhã de inverno, ele olhou pela janela enquanto se vestia. Agora já não odiava o Inverno, pois sabia que este era apenas a Primavera enquanto dormia e que as flores estavam descansando.

De repente ele esfregou os olhos, espantado, e olhou, e olhou, e olhou. Era por certo uma visão maravilhosa. No cantinho mais distante do jardim havia uma árvore toda coberta de flores brancas. Seus ramos eram dourados, carregados de frutos de prata, e debaixo deles estava o menininho que ele amava.

O Gigante correu pelas escadas, com a maior alegria, e saiu para o jardim. Cruzou depressa o gramado e chegou perto do menino. E, quando chegou bem perto, seu rosto ficou rubro de raiva, e ele disse:

— Quem ousou te ferir?

Nas palmas das mãos da criança estavam as marcas de dois pregos, como havia marcas de dois pregos em seus pezinhos.

— Quem ousou te ferir? — gritou o Gigante. — Dize-me, para que eu possa tomar de minha grande espada para matá-lo.

— Não — respondeu o menino —, pois essas são as feridas do Amor.

— Quem és? — perguntou o Gigante, e, quando o temor apossou-se dele, ajoelhou-se diante da criança.

A criança sorriu para o Gigante e lhe disse:

— Você me deixou, certa vez, brincar em seu jardim, e hoje você irá comigo para o meu jardim, que é o Paraíso.

Naquela tarde, quando as crianças chegaram correndo, encontraram o Gigante morto, deitado debaixo da árvore, todo coberto por flores brancas.

RUTE E NOEMI

No tempo em que Israel era governado por juízes, houve uma grande fome naquele país. Por isso um homem de Belém, cidade da região de Judá, foi com a sua mulher e os seus dois filhos morar por algum tempo num país chamado Moabe. O nome desse homem era Elimeleque, e o da sua mulher, Noemi. Os dois filhos se chamavam Malom e Quiliom. Essa família era de Efrata, um povoado que ficava perto de Belém de Judá. Eles foram para Moabe e ficaram morando ali. Algum tempo depois, Elimeleque morreu, e Noemi ficou com os dois filhos, que se casaram com moças moabitas. O nome de uma delas era Orfa, e o da outra, Rute. Quando já fazia quase dez anos que estavam morando ali, Malom e Quiliom também morreram. E Noemi ficou só, sem os filhos e sem o marido.

Um dia Noemi soube que o Deus Eterno tinha ajudado o seu povo, dando-lhes boas colheitas. Então ela se aprontou para sair de Moabe com as suas noras. Elas saíram a fim de voltar para Judá, mas no caminho Noemi disse às noras:

— Voltem para casa e fiquem com as suas mães. Que o Deus Eterno seja bom para vocês, assim como vocês foram boas para mim e para os falecidos. Que o Deus Eterno permita que vocês se casem de novo e cada uma tenha o seu lar.

Então Noemi se despediu das suas noras com um beijo. Porém, elas começaram a chorar alto e disseram:

— Não, nós não voltaremos. Iremos com a senhora e ficaremos com o seu povo.

Mas Noemi respondeu:

— Voltem, minhas filhas. Por que querem ir comigo? Vocês acham que eu ainda poderei ter filhos para se casarem com vocês? Voltem para casa porque já estou muito velha para me casar de novo. Pois, ainda que eu tivesse esperança de me casar outra vez ou mesmo que me casasse esta noite e chegasse a ter filhos, será que vocês iriam esperar até que eles crescessem para vocês se casarem com eles? É claro que não, minhas filhas! O Deus Eterno está contra mim, e isso me deixa muito triste, pois vocês também estão sofrendo.

Aí elas começaram a chorar alto outra vez. Então Orfa se despediu da sua sogra com um beijo e voltou para o seu povo. Mas Rute ficou.

— Veja! — disse Noemi. — A sua cunhada voltou para o seu povo e para os seus deuses. Volte você também para casa com ela.

Porém, Rute respondeu:

— Não me proíba de ir com a senhora nem me peça para abandoná-la! Aonde a senhora for, eu irei; e, onde morar, eu também morarei. O seu povo será o meu povo, e o seu Deus será o meu Deus. Onde a senhora morrer, eu morrerei também e ali serei enterrada. Que o Deus Eterno me castigue se qualquer coisa, a não ser a morte, me separar da senhora!

Como Noemi viu que Rute estava mesmo resolvida a ir com ela, não disse mais nada. E elas continuaram a viagem até Belém.

Quando chegaram lá, toda a cidade ficou agitada por causa delas. E as mulheres perguntavam:

— Esta é a Noemi?

Porém, ela respondeu:

— Não me chamem de Noemi, a Feliz. Chamem de Mara, a Amargurada, porque o Deus Todo-Poderoso me deu muita amargura. Quando saí daqui, eu tinha tudo, mas o Deus Eterno me fez voltar sem nada. Então, por que me chamar de Feliz, se o Deus Todo-Poderoso me fez sofrer e me deu tanta aflição?

E foi assim que Noemi voltou de Moabe, com Rute, a sua nora moabita. Elas chegaram a Belém quando a colheita de cevada estava começando.

Noemi tinha um parente chamado Boaz, que era um homem rico e muito importante. Ele era da família de Elimeleque, o marido de Noemi.

Um dia, Rute disse a Noemi:

— Deixe que eu vá até as plantações para catar as espigas que ficam caídas no chão. Talvez algum trabalhador me deixe ir atrás dele, catando as espigas que forem caindo.

— Vá, minha filha — respondeu Noemi.

Então Rute foi ao campo e andava atrás dos trabalhadores, catando as espigas que caíam. E por acaso ela entrou numa plantação que era de Boaz, um parente de Elimeleque.

Nisso Boaz chegou de Belém e disse aos trabalhadores:

— Que o Deus Eterno esteja com vocês!

— Que o Deus Eterno o abençoe! — responderam eles.

Aí Boaz perguntou ao chefe dos trabalhadores:

— Quem é aquela moça ali?

Ele respondeu:

— É a moabita que veio de Moabe com Noemi. Ela me pediu que a deixasse ir atrás dos trabalhadores, catando as espigas que fossem caindo. E assim ela está trabalhando desde cedo até agora e só parou um pouco para descansar debaixo do abrigo.

Então Boaz disse a Rute:

— Escute, minha filha. Não vá catar espigas em nenhuma outra plantação. Fique aqui e trabalhe perto das minhas empregadas. Preste atenção e fique com elas no campo onde vão cortar espigas. Eu dei ordem aos empregados para não mexerem com você. Quando ficar com sede, beba da água que os empregados tirarem para beber.

Aí Rute ajoelhou-se, encostou o rosto no chão e disse:

— Por que é que o senhor reparou em mim e é tão bom para mim, que sou estrangeira?

Boaz respondeu:

— Eu ouvi falar de tudo o que você fez pela sua sogra desde que o seu marido morreu. E sei que você deixou o seu pai, a sua mãe e a sua pátria e veio viver entre gente que não conhecia. Que o Deus Eterno a recompense por tudo o que você fez. Que o Eterno, o Deus de Israel, cuja proteção você veio procurar, lhe dê uma grande recompensa.

Rute disse a Boaz:

— O senhor está sendo muito bom para mim. O senhor me dá ânimo, falando comigo com tanta bondade, pois eu mereço menos do que uma das suas empregadas.

Na hora do almoço, Boaz disse a Rute:

— Venha aqui, pegue um pedaço de pão e molhe no vinho.

Então ela sentou-se ao lado dos trabalhadores, e Boaz lhe deu cevada torrada. Ela comeu até ficar satisfeita, e ainda sobrou. Quando Rute se levantou para ir de novo catar espigas, Boaz ordenou aos empregados:

— Deixem que ela apanhe espigas até no meio dos feixes e não a aborreçam. Tirem também algumas espigas dos feixes e deixem cair para que ela possa apanhar. E não briguem com ela.

E assim Rute catou espigas no campo até de tarde. Depois, debulhou os grãos das espigas que havia apanhado, e estes pesaram quase 25 quilos. Pegou a cevada, voltou para a cidade e mostrou à sua sogra o quanto havia catado. Também lhe deu a comida que tinha sobrado do almoço. Então Noemi perguntou:

— Onde é que você foi catar espigas hoje? Onde foi que você trabalhou? Que Deus abençoe o homem que se interessou por você!

Aí Rute contou a Noemi que havia trabalhado na plantação de um homem chamado Boaz. E Noemi disse:

— Que o Deus Eterno abençoe Boaz, que sempre tem sido bom, tanto para os que estão vivos como para os que já morreram!

Noemi continuou:

— Esse homem é nosso parente chegado e um dos responsáveis por nós.

Então Rute disse:

— Além de tudo isso, ele disse que eu posso continuar trabalhando com os seus empregados até acabar a colheita.

Noemi respondeu:

— É bom que você vá com as empregadas dele, minha filha. Pois, se fosse trabalhar na plantação de outro homem, você poderia ser humilhada.

Assim Rute trabalhou com as empregadas de Boaz e catou espigas até terminar a colheita da cevada e do trigo. E continuou morando com a sua sogra.

Um dia Noemi disse a Rute:

— Minha filha, preciso arranjar um marido para você, a fim de que você tenha um lar. Você se lembra de que Boaz, o homem que a deixou trabalhar com as suas empregadas, é um dos nossos parentes? Pois bem. Essa noite ele vai debulhar a cevada. Faça o seguinte: lave-se, ponha perfume e vista o seu melhor vestido. Depois vá até o lugar onde Boaz está trabalhando, mas não o deixe saber que você está ali, até que ele acabe de comer e de beber. Quando Boaz for dormir, olhe bem onde ele vai se deitar. Então vá, levante a coberta dos pés dele e deite-se ali. Ele dirá o que você deve fazer.

Rute respondeu:

— Vou fazer tudo o que a senhora disse.

Ela foi ao lugar onde debulhavam as espigas e fez tudo o que a sua sogra havia mandado. Quando Boaz acabou de comer e de beber, ficou um pouco alegre e foi dormir perto de um monte de cevada. Então Rute veio de mansinho, levantou a coberta dos pés dele e se deitou ali. No meio da noite ele acordou de repente, sentou-se e ficou muito admirado de encontrar uma mulher deitada perto dos seus pés.

Ele perguntou:

— Quem é você?

— Eu sou Rute, a sua empregada — respondeu ela. — O senhor é nosso parente chegado e por isso tem o dever de me proteger.

Boaz respondeu:

— Que o Deus Eterno a abençoe, minha filha. Você está mostrando maior lealdade à família do seu sogro naquilo que está fazendo agora do que naquilo que fez pela sua sogra. Pois você não foi procurar um homem mais moço, fosse rico ou fosse pobre. Agora, minha filha, não tenha medo. Na cidade toda gente sabe que você é uma mulher direita. Vou fazer tudo o que me pede. De fato sou seu parente chegado e sou responsável por você. Mas acontece que há um homem que também é seu parente e até mais chegado do que eu. Fique aqui o resto da noite, e de manhã nós veremos se ele quer ser responsável por você. Se ele quiser, muito bem; mas, se não quiser, prometo pelo Deus Eterno que ficarei com essa responsabilidade. Agora deite-se e durma de novo.

Então Rute passou o resto da noite deitada aos pés dele. Enquanto ainda estava escuro, ela se levantou para não ser vista, pois Boaz não queria que ninguém soubesse que uma mulher havia ido lá.

Então Boaz disse:

— Tire a sua capa e estenda no chão.

Ela estendeu, e ele despejou na capa uns vinte quilos de cevada e a ajudou a pôr no ombro. Aí Rute voltou para a cidade.

Quando ela chegou a casa, a sua sogra perguntou:

— Como foram as coisas, minha filha?

Rute contou tudo o que Boaz tinha feito por ela. E disse ainda:

— Ele também me deu toda esta cevada e disse: "Não volte para casa sem levar alguma coisa para a sua sogra."

Então Noemi disse:

— Agora, minha filha, tenha paciência e espere para ver o que vai acontecer. Pois Boaz não vai descansar enquanto não resolver este assunto, ainda hoje.

Boaz foi até a praça que ficava ao lado do portão da cidade e sentou-se ali. Nesse momento apareceu o parente mais chegado de Elimeleque, aquele de quem Boaz havia falado. E Boaz lhe disse:

— Meu amigo, venha aqui e sente-se.

Ele foi e sentou-se.

Então Boaz chamou dez pessoas importantes da cidade e disse:

— Sentem-se aqui.

Elas se sentaram, e Boaz disse ao seu parente:

— Noemi voltou do país de Moabe e está querendo vender as terras que eram do nosso parente Elimeleque. Então eu resolvi conversar com você sobre este assunto. Agora, se você quiser, compre essas terras na presença das autoridades do nosso povo e dos homens que estão sentados aqui. Mas, se não quiser, diga, pois o direito de comprar essas terras é primeiro seu e depois, meu.

O homem respondeu:

— Eu compro as terras.

Aí Boaz disse:

— Se você comprar as terras de Noemi, também terá de se casar com Rute, a viúva moabita, para que as terras fiquem com a família do falecido.

Então o homem respondeu:

— Nesse caso não vou usar o meu direito de comprar as terras, pois correria o risco de prejudicar a minha própria herança. Use você o meu direito; eu prefiro não fazer isso. Compre você as terras.

Em seguida tirou as sandálias e deu a Boaz. (Antigamente, em Israel, para fechar um negócio de compra ou troca de propriedades, uma pessoa entregava à outra a sua sandália.)

Aí Boaz disse às autoridades e a todo o povo:

— Hoje vocês são testemunhas de que eu comprei de Noemi tudo o que era de Elimeleque e de Quiliom e Malom. Também casarei com Rute, a moabita, viúva de Malom, para que a propriedade continue com a família do falecido. Assim o nome de Malom será sempre lembrado no meio deste povo e na sua cidade natal. Hoje vocês são testemunhas disso.

Todos responderam:

— Sim, nós somos testemunhas.

E as autoridades disseram a Boaz:

— O Deus Eterno faça que essa mulher, que veio para o seu lar, seja como Raquel e Leia, que deram muitos filhos a Jacó, tornando-se assim as mães da nação israelita. Que você seja rico e famoso em Belém-Efrata. Que os filhos que o Eterno lhe der neste casamento façam com que a sua família seja como a família de Peres, filho de Judá e de Tamar.

Então Boaz levou Rute para casa, para ser a sua mulher. Eles tiveram relações, e o Deus Eterno deu a Rute a bênção de ficar grávida, e ela deu à luz um filho. E as mulheres disseram a Noemi:

— Louvado seja o Deus Eterno, que lhe deu hoje um neto para cuidar de você! Que este menino venha a ser famoso em Israel! Que ele seja um consolo para o seu coração e lhe dê segurança na velhice. A sua nora, a mãe do menino, a ama; e ela vale para você mais do que sete filhos.

Noemi pegou o menino no colo e cuidou dele. Ao vê-lo, as mulheres da vizinhança diziam:

— Nasceu um filho para Noemi!

E lhe deram o nome de Obede.

Obede veio a ser o pai de Jessé, que foi o pai do rei Davi.

JÔNATAS E DAVI

Assim, quando Davi voltou para o acampamento, depois de matar Golias, Abner o levou a Saul. Davi ainda estava carregando a cabeça de Golias. Saul perguntou:

— Rapaz, quem é você?

— Sou filho do seu criado Jessé, da cidade de Belém — respondeu Davi.

Saul e Davi terminaram a sua conversa. Jônatas, filho de Saul, começou a sentir uma profunda amizade por Davi e veio a amá-lo como a si mesmo. Daquele dia em diante, Saul levou Davi para a sua casa e não deixou que voltasse para a casa de seu pai. Jônatas e Davi fizeram um juramento de amizade, pois Jônatas tinha grande amor por Davi. Ele tirou a capa que estava usando e a deu a Davi. Deu também a sua túnica militar, a espada, o arco e o cinto. Davi saiu-se bem em todos os lugares aonde Saul o enviou. Então Saul o promoveu a comandante do seu exército. E isso agradou a todo o exército, inclusive aos outros oficiais.

Quando os soldados estavam voltando para casa depois de Davi ter matado Golias, as mulheres de todas as cidades de Israel saíram para encontrar o rei Saul. Elas cantavam canções alegres, dançavam e tocavam pandeiro e lira. Alegravam-se e cantavam assim:

"Saul matou mil; Davi matou dez mil!"

E Saul não gostou disso. Ficou muito zangado e disse:

— Para mim as mulheres deram mil, mas para Davi deram dez mil. A única coisa que está faltando agora é ele ser rei!

E desse dia em diante Saul começou a ter ciúme de Davi e a desconfiar dele.

No dia seguinte, um espírito mau mandado por Deus dominou Saul, e ele começou a agir como louco dentro de casa. Davi estava tocando harpa, como fazia todos os dias, e Saul estava segurando uma lança.

Então Saul pensou assim:

"Vou espetar Davi na parede."

E atirou a lança contra ele, duas vezes. Porém nas duas vezes Davi se desviou.

O Deus Eterno estava com Davi e havia abandonado Saul; por isso Saul tinha medo de Davi. Então Saul o afastou de si, pondo-o como oficial comandante de mil homens. Davi comandava os seus soldados na batalha, e tudo o que fazia dava certo, pois o Deus Eterno estava com ele. Saul viu o sucesso de Davi e ficou com mais medo ainda dele. Mas em Israel e em Judá todos amavam Davi porque ele era um líder corajoso.

Saul contou ao seu filho Jônatas e a todos os seus oficiais que ele planejava matar Davi. Mas Jônatas era muito amigo de Davi e por isso lhe disse:

— O meu pai está planejando matar você. Amanhã cedo tenha cuidado. Esconda-se em algum lugar secreto e fique lá. Eu vou esperar pelo meu pai no campo em que você estiver escondido e vou falar com ele a seu respeito. Se descobrir alguma coisa, eu aviso você.

Então Jônatas elogiou Davi para Saul e disse:

— Meu pai, não faça nenhum mal ao seu servidor Davi, pois ele nunca lhe fez nenhum mal. Ao contrário, tudo o que ele tem feito tem ajudado bastante o senhor. Ele arriscou a própria vida quando matou Golias, e por meio dele o Deus Eterno conquistou uma grande vitória para Israel. O senhor mesmo viu isso e ficou contente. Então, por que o senhor faria mal a um homem inocente, matando Davi sem nenhuma razão?

Saul atendeu o pedido de Jônatas e jurou em nome do Eterno, o Deus vivo, que Davi não seria morto. Então Jônatas chamou Davi e lhe contou tudo. Aí o levou a Saul, e Davi continuou a servir o rei como antes.

E novamente houve guerra contra os filisteus. Davi os atacou e os derrotou tão completamente que eles fugiram.

Um dia, um espírito mau mandado pelo Deus Eterno dominou Saul. Ele estava sentado em casa, com a lança na mão, e Davi estava ali tocando harpa. Saul tentou espetar Davi na parede com a sua lança, mas ele desviou, e a lança ficou fincada na parede. Então Davi correu e escapou.

Naquela mesma noite Saul mandou alguns homens vigiarem a casa de Davi, para o matarem na manhã seguinte. Mical, a mulher de Davi, o avisou:

— Se você não fugir esta noite, amanhã estará morto.

Aí ela desceu Davi por uma janela, e ele correu e escapou. Então Mical pegou o ídolo protetor do lar e o deitou na cama. Pôs uma almofada feita de pelo de cabra na cabeça dele e o cobriu.

Quando os homens de Saul foram pegar Davi, Mical disse que ele estava doente. Mas Saul mandou que voltassem lá e que eles mesmos vissem Davi.

— Tragam Davi aqui na sua cama, e eu o matarei — disse Saul.

Eles entraram e acharam o ídolo do lar na cama e a almofada de pelo de cabra na cabeça dele. Então Saul perguntou a Mical:

— Por que você me enganou assim e deixou o meu inimigo escapar?

Ela respondeu:

— Ele disse que me mataria se eu não o ajudasse a fugir.

Davi escapou, foi para Ramá e contou a Samuel tudo o que Saul tinha feito contra ele. Depois ele e Samuel foram para a casa dos profetas e ficaram lá.

Saul ficou sabendo que Davi estava na casa dos profetas, em Ramá, e mandou alguns homens lá para prendê-lo. Quando eles chegaram, viram um grupo de profetas profetizando, e Samuel era o líder. Então o Espírito de Deus dominou os homens de Saul, e eles também começaram a profetizar. Quando Saul soube disso, mandou mais mensageiros, e eles também começaram a profetizar. Então mandou mensageiros pela terceira vez, e aconteceu a mesma coisa. Aí o próprio Saul foi a Ramá. Quando chegou a um poço grande em Seco, perguntou onde estavam Samuel e Davi, e lhe disseram que eles estavam na casa dos profetas. Enquanto Saul estava indo para lá, o Espírito de Deus o dominou também, e ele foi profetizando por todo o caminho, até chegar à casa dos profetas. Lá, tirou a roupa e profetizou na presença de Samuel. E ficou deitado no chão, nu, o dia inteiro e a noite inteira. E foi assim que surgiu o seguinte ditado: "Será que Saul também virou profeta?"

Então Davi fugiu da casa dos profetas, em Ramá, foi até o lugar onde Jônatas estava e disse:

— O que foi que eu fiz? Qual foi o meu crime? Que mal fiz ao seu pai, para ele querer me matar?

Jônatas respondeu:

— Que Deus não permita que você morra! O meu pai me conta tudo o que faz, seja importante ou não. Ele não esconderia isso de mim. Isso não é bem assim!

Mas Davi respondeu:

— O seu pai sabe muito bem o quanto você gosta de mim. Por isso resolveu não deixar que você fique sabendo dos planos dele, para você não sofrer muito. Eu juro pela sua vida e pela vida do Deus Eterno que estou bem perto da morte!

— O que você quer que eu faça? — perguntou Jônatas.

Davi respondeu:

— Amanhã é a Festa da Lua Nova, e eu deveria ir sem falta ao jantar do rei. Mas, se você deixar, eu irei me esconder no campo até depois de amanhã à noite. Se o seu pai notar que eu não estou à mesa, diga que eu pedi a você para me deixar ir com urgência a Belém, pois está na época de toda a minha família oferecer lá o sacrifício anual. Se ele disser: "Está bem", eu estarei salvo. Mas, se ele ficar com raiva, então você ficará sabendo que ele está com más intenções. Peço que você me faça este favor e cumpra assim a promessa sagrada que me fez. Porém, se eu sou culpado, mate-me você mesmo! Por que deixar o seu pai fazer isso?

— Nem pense numa coisa dessas! — respondeu Jônatas. — Se eu soubesse que o meu pai estava mesmo resolvido a acabar com você, acha que eu não o avisaria?

Então Davi perguntou:

— E, se o seu pai responder com raiva, quem vai me avisar?

Jônatas respondeu:

— Venha comigo, vamos até o campo.

Eles foram, e Jônatas disse a Davi:

— Que o Eterno, o Deus de Israel, seja nossa testemunha. Amanhã e depois de amanhã, a esta hora, eu vou fazer algumas perguntas ao meu pai. Se a intenção dele para com você for boa, eu lhe mandarei dizer. Mas, se ele tiver a intenção de fazer alguma coisa contra você, que o Deus Eterno me mate se eu não enviar uma mensagem a você e não deixá-lo ir embora são e salvo. Que o Eterno esteja com você, assim como esteve com o meu pai! E agora, se eu continuar vivo, cumpra a sua promessa sagrada e seja fiel a mim. Mas, se eu morrer, trate sempre a minha família com bondade. E, quando o Deus Eterno destruir completamente todos os nossos inimigos, que nós não quebremos a promessa que fizemos um ao outro. Se você a quebrar, Deus o castigará.

Novamente Jônatas fez um juramento de amizade a Davi, pois ele amava Davi como a si mesmo. E disse a Davi:

— Amanhã é a Festa da Lua Nova, e, se você não estiver lá, a sua falta será notada. Depois de amanhã a sua falta será notada ainda mais. Assim, vá para o lugar onde você se escondeu da outra vez e fique atrás do monte de pedras que há ali. Então eu atirarei três flechas, como se o monte de pedras fosse um alvo. Aí direi ao meu empregado para ir buscá-las. Se eu disser a ele: "Olhe, as flechas estão para cá de você, pegue-as", isso quer dizer que tudo está bem, e você pode sair. Eu juro pelo Deus Eterno que neste caso você não estará em perigo. Mas, se disser a ele: "As flechas estão mais para lá de você", então fuja, pois o Eterno estará mandando que você vá. Quanto à promessa que fizemos um ao outro, o Deus Eterno nos ajudará a cumpri-la para sempre.

Então Davi se escondeu no campo. O rei Saul chegou para a Festa da Lua Nova e sentou-se para comer no lugar de costume, perto da parede. Abner sentou-se ao lado de Saul, e Jônatas, na sua frente. Mas o lugar de Davi ficou vazio. Naquele dia Saul não disse nada, porque pensou: "Deve ter acontecido alguma coisa com ele, e decerto ele não passou pela cerimônia de purificação."

No dia seguinte, o segundo dia da Festa da Lua Nova, o lugar de Davi continuava desocupado. Aí Saul perguntou a Jônatas:

— Por que Davi não veio comer nem ontem nem hoje?

Jônatas respondeu:

— Ele me pediu licença para ir a Belém. Ele me disse: "Deixe-me ir a Belém porque a minha família está lá fazendo a festa do sacrifício, e o meu irmão mandou que eu também fosse. Se você é meu amigo, deixe que eu vá ver os meus parentes."

E Jônatas continuou:

— É por isso que ele não está no seu lugar, à mesa.

Então Saul ficou muito zangado com Jônatas e disse:

— Seu filho de uma mulher à toa! Agora eu sei que você passou para o lado de Davi, trazendo desonra para você e para a sua mãe! Enquanto Davi for vivo, você não será rei deste país. Vá agora e traga-o aqui porque é preciso que ele morra!

— Por que é que ele deve morrer? — perguntou Jônatas. — O que foi que ele fez?

Então Saul atirou a sua lança contra Jônatas para matá-lo. E assim Jônatas compreendeu que o seu pai estava mesmo resolvido a matar Davi. Jônatas levantou-se furioso da mesa e não comeu nada naquele dia, o segundo dia da Festa da Lua Nova. Ele estava muito sentido porque Saul tinha insultado Davi. Na manhã seguinte ele foi ao campo a fim de encontrar Davi, como tinha combinado. Levou consigo um rapazinho e disse:

— Corra e vá buscar as flechas que eu atirar.

O rapaz correu, e Jônatas atirou uma flecha que passou além dele. Quando o rapaz chegou ao lugar onde a flecha tinha caído, Jônatas gritou:

— A flecha caiu mais para lá de você! Não fique aí parado! Ande logo!

O rapaz pegou as flechas e voltou para perto do seu patrão, não sabendo o que queria dizer tudo aquilo — somente Jônatas e Davi sabiam. Aí Jônatas entregou as suas armas ao rapaz e mandou que as levasse de volta para a cidade. Depois que o rapaz foi embora, Davi saiu de trás do monte de pedras, jogou-se no chão e encostou o rosto na terra três vezes. Então eles se beijaram chorando. E a tristeza de Davi era maior do que a de Jônatas. Aí Jônatas disse a Davi:

— Deus esteja com você. O Deus Eterno fará com que você e eu e os seus descendentes e os meus cumpramos sempre a promessa sagrada que nós fizemos um ao outro.

Então Davi partiu, e Jônatas voltou para a cidade.

BAUCIS E FILEMON

Thomas Bulfinch

Certa vez Júpiter, tomando a forma humana, visitou as terras da Frígia, levando consigo Mercúrio sem as asas. Bateram em muitas portas, apresentando-se como viajantes cansados à procura de abrigo e descanso, mas todas se fecharam, pois já era tarde e os inóspitos habitantes não queriam se dar ao trabalho de atendê-los. Por fim foram recebidos numa cabana coberta de sapé, onde Baucis, uma piedosa senhora, e seu marido, Filemon, envelheciam juntos. Não se acanhavam da pobreza em que viviam, tornando-a suportável por meio da moderação dos desejos e da bondade na conduta. Curvando-se para passar pela porta baixa, os hóspedes cruzaram a soleira humilde enquanto o homem trazia um banco e Baucis, prestimosa, se alvoroçava a cobri-lo com um pano, convidando-os a sentar. Catou os carvões por entre as cinzas, acendeu o fogo e cozinhou hortaliças e presunto para os viajantes. Encheu de água quente uma cabaça para que se lavassem. Durante esses preparativos, distraíam-se a conversar.

Com mãos trêmulas, a velha mulher pôs a mesa, enfiando uma lasca de ardósia para nivelar, porque uma perna era mais curta do que as outras e, sentindo-a firme, esfregou o tampo com ervas aromáticas. Em pratos de barro colocou azeitonas virgens de Minerva, conservas, rabanetes, queijo e ovos mal cozidos nas cinzas. Junto aos pratos, pôs um cântaro de barro e copos de madeira. Uma vez tudo arrumado, foi servido o cozido fumegante. A refeição foi acompanhada de um vinho não muito envelhecido e, como sobremesa, maçãs e mel silvestre.

No decorrer do repasto, o casal de anciãos ficou perplexo ao notar que o vinho, tão logo era servido nos copos, se renovava no cântaro. Reconhecendo a divindade dos hóspedes, Baucis e Filemon caíram de joelhos, tomados de terror, implorando de mãos juntas o perdão por tão pobre acolhida. Veio-lhes o pensamento de oferecer em sacrifício aos convivas o velho ganso que mantinham como guardião da humilde cabana. Porém o ganso, ligeiro demais para os velhos, valeu-se de pés e asas para se esquivar dos perseguidores, foi se refugiar entre os próprios deuses. Estes proibiram sua imolação e disseram as seguintes palavras:

— Somos deuses. Esta cidade inóspita deve pagar o preço da impiedade; somente vocês serão livrados do castigo. Deixem sua casa e venham conosco para o cimo de um monte distante.

Os velhos se apressaram a obedecer. A terra submergiu rapidamente num lago, restando apenas a casa deles. Enquanto olhavam, abismados, o que acontecia, a velha cabana se transformava. Colunas surgiam em lugar dos mourões, o sapé amarelou até se tornar um telhado dourado, o chão se transformou em mármore, as portas se enriqueciam com relevos e ornamentos de ouro. Então Júpiter disse, em tom benigno:

— Excelente homem e mulher digna do marido, falem, contem-nos seus desejos. Que favor têm a nos pedir?

Filemon conferenciou com Baucis por um momento e comunicou aos deuses o desejo comum aos dois.

— Concedei que sejamos sacerdotes e guardiães deste vosso templo, e que o mesmo dia e a mesma hora possam levar-nos juntos desta vida.

O apelo foi atendido. Certo dia, quando já contavam idade bem avançada, estavam nos degraus do templo, narrando a história daquele lugar sagrado, quando Baucis viu brotarem folhas em Filemon e Filemon viu o mesmo fenômeno ocorrendo em Baucis. Ainda trocavam palavras de despedida quando uma coroa de folhagem brotou-lhes na cabeça.

— Adeus, amor da minha vida — diziam juntos, e, no mesmo momento, o tronco se fechou em suas bocas.

Os pastores da Tiania mostram ainda hoje as duas árvores — o carvalho e a tília — lado a lado.

(ALA)

DAMON E PÍTIAS

Esta história se passa em Siracusa, cidade-estado da Sicília, no século IV a.C. O orador romano Cícero relata que Damon e Pítias (também chamado Fíntias) eram seguidores do filósofo Pitágoras.

Damon e Pítias eram grandes amigos desde a infância. Confiavam um no outro como se fossem irmãos e ambos sabiam, no fundo do coração, que nada havia que não fizessem um pelo outro. Chegou o dia em que precisaram demonstrar a profundidade dessa devoção. Aconteceu assim:

Dionísio, rei de Siracusa, aborreceu-se ao tomar conhecimento dos discursos que Pítias vinha fazendo. O jovem pensador andava dizendo ao público que nenhum homem deveria ter poder ilimitado sobre outro e que os tiranos absolutos eram reis injustos. Num assomo de cólera, Dionísio mandou chamar Pítias e seu amigo.

— Quem você pensa que é, espalhando a inquietação entre as pessoas? — exortou.

— Divulgo apenas a verdade — respondeu Pítias. — Não pode haver nada errado nisso.

— E sua verdade sustenta que os reis têm poder demais e que suas leis não são boas para os súditos?

— Se um rei apossou-se do poder sem a permissão do povo, sim, é o que falo.

— Isso é traição! — gritou Dionísio. — Você está conspirando para me depor. Retire o que disse ou arque com as consequências.

— Não retiro nada — respondeu Pítias.

— Então você morrerá. Tem algum último desejo?

— Sim. Permita-me ir em casa apenas para dizer adeus à minha mulher e aos meus filhos e deixar em ordem os assuntos domésticos.

— Vejo que não somente me considera injusto, mas também estúpido. — Dionísio riu, sarcástico. — Se sair de Siracusa, tenho certeza de que nunca mais o verei.

— Dou-lhe uma garantia — disse Pítias.

— Que garantia nesse mundo você me poderia dar para fazer-me crer que algum dia voltará? — exclamou Dionísio.

Nesse momento Damon, que permanecia calado ao lado do amigo, deu um passo à frente.

— Eu serei a garantia — disse. — Mantenha-me em Siracusa como seu prisioneiro até o retorno de Pítias. Nossa amizade é bem conhecida. Pode ter certeza de que Pítias voltará se eu ficar retido aqui.

Dionísio examinou em silêncio os dois amigos.

— Muito bem — disse por fim. — Mas, se está disposto a tomar o lugar do seu amigo, deve se dispor a aceitar a mesma sentença, se ele quebrar a promessa. Se Pítias não voltar a Siracusa, você morrerá em lugar dele.

— Ele cumprirá a palavra — respondeu Damon. — Não tenho a menor dúvida.

Pítias recebeu permissão para partir e Damon foi atirado na prisão. Muitos dias se passaram, e, como Pítias não voltava, Dionísio se deixou vencer pela curiosidade e foi à prisão ver se Damon já estava arrependido de ter feito o acordo.

— Seu tempo está chegando ao fim — escarneceu o rei de Siracusa. — Será inútil implorar misericórdia. Você foi um tolo ao confiar na promessa do seu amigo. Pensou realmente que ele iria sacrificar a vida por você, ou por qualquer outra pessoa?

— É um mero atraso — rebateu Damon com firmeza. — Os ventos não permitiram que navegasse, ou talvez tenha encontrado um imprevisto na estrada. Mas, se for humanamente possível, chegará a tempo. Tenho tanta certeza da sua virtude como da minha própria existência.

Dionísio admirou-se da confiança do prisioneiro.

— Logo veremos — disse ele, deixando Damon sozinho na cela.

Chegou o dia fatal. Damon foi retirado da prisão e levado à presença do algoz. Dionísio saudou-o com um sorriso presunçoso.

— Parece que seu amigo não apareceu. — Ele riu. — Que acha dele agora?

— É meu amigo — respondeu Damon. — Confio nele.

Nem terminara de falar e as portas se abriram, deixando entrar Pítias cambaleante. Estava pálido, ferido, e a exaustão tirava-lhe o fôlego. Atirou-se aos braços do amigo.

— Você está vivo, graças aos deuses — soluçou. — Os fados pareciam conspirar contra nós. Meu navio naufragou numa tempestade, bandidos me atacaram na estrada. Mas recusei-me a perder a esperança e finalmente consegui chegar a tempo. Estou pronto a cumprir minha sentença de morte.

Dionísio ouviu com espanto essas palavras. Abriam-se seus olhos e seu coração. Era-lhe impossível resistir ao poder de tal lealdade.

— A sentença está revogada — declarou ele. — Jamais acreditei que pudessem existir tamanha fé e lealdade na amizade. Vocês mostraram como eu estava errado, e é justo que os recompense com a liberdade. Em troca, porém, peço um grande auxílio.

— Que auxílio? — perguntaram os amigos.
— Ensinem-me a ter parte em tão sólida amizade.

(ALA)

COMO ROBIN HOOD ENCONTROU JOÃO PEQUENO

Adaptado de Henry Gilbert

Certo dia, viajando pela floresta de Barnsdale, Robin Hood chegou a um rio cuja única ponte era um tronco de carvalho deitado sobre a correnteza. O tronco estreito só permitia a passagem de uma pessoa de cada vez e, certamente, não tinha corrimão. Robin mal tinha iniciado a travessia, quando apareceu na outra margem um homem muito alto que pulou para o tronco e também começou a atravessar o rio.

Chegando à distância de uns três metros um do outro, ambos pararam e se encararam, carrancudos.

— Onde estão as boas maneiras, camarada? — gritou Robin. — Não viu que eu já estava na ponte quando você botou esse pezão enorme nela? Volte!

— Volte você, cabeça de bagre — retorquiu o outro. — O pirralho deve dar passagem a gente grande.

— Você é estrangeiro nessas terras, cabeça-dura — disse Robin. — Dá para ver pela má educação. Mas vou-lhe dar uma boa lição de Barnsdale, se não recuar para eu passar.

Ao dizer isso, Robin puxou uma flecha e levantou o arco. O homem alto, com um piscar de olhos entre zangado e brincalhão, olhou as armas.

— Se essa é a lição de Barnsdale — replicou ele —, é a lição dos covardes. Você tem o arco na mão, pronto a atirar num homem que só tem um cajado.

Robin estacou. Estava furioso com o estrangeiro, mas aquele gigante tinha um ar de honestidade e simpatia que lhe agradava.

— Como queira — disse ele. — Espere aí.

Voltou rapidamente à margem, cortou um galho bem sólido, aplainou, aparou-o no tamanho desejado e pulou de volta à ponte.

— Agora — disse Robin — vamos fazer um joguinho. Quem for atirado n'água perde a luta. Está pronto? Já!

Ao primeiro volteio do bastão, o estrangeiro grandalhão viu que não lutava com um novato e logo descobriu no braço de Robin uma força igual à sua. Por longo tempo os bastões rodopiaram como as pás de dois moinhos e, quando se chocaram, o estrépito da madeira estalando sacudiu as árvores em ambos os lados do rio. O estrangeiro investiu e desceu o bastão, acertando um golpe forte na cabeça de Robin.

— Um ponto pra você! — gritou Robin.

— Outro ponto pra você! — disse o gigante com uma risada bem-humorada, esfregando o braço esquerdo recém-machucado.

Os golpes se sucediam, rápidos como o raio, chocalhando até os ossos dos lutadores. Era quase impossível manter os pés sobre a ponte estreita. Cada passo à frente ou atrás exigia grande cuidado, e a custo não caíam de lado com a força dos golpes desferidos e recebidos.

Robin desfechou uma pancada súbita na cabeça do grandalhão e, no instante seguinte, o estrangeiro revidou com um araque furioso, levando Robin a perder o equilíbrio. Com um violento baque, o fora da lei estatelou-se na água.

Por um momento, o gigante pareceu surpreso por não encontrar o adversário. Limpando o suor dos olhos, gritou:

— Alô, senhorita, aonde você foi?

Debruçou-se ansioso sobre a água que corria ligeira por baixo da ponte.

— Por São Pedro! — exclamou ele. — Espero que o valentão não tenha se machucado!

— Tenha fé! — disse uma voz na margem, pouco abaixo da ponte. — Aqui estou, grandão, pronto pra outra. Você ganhou o dia e eu não preciso mais passar pela ponte.

Robin subiu pela margem e ajoelhou-se para lavar o rosto. Ao se levantar, viu o estrangeiro a seu lado, jogando água na própria cabeça.

— Como?! — gritou Robin. — Ainda não seguiu viagem? Tanta pressa para cruzar a ponte, e agora volta para o lado de cá!

— Não zombe de mim, bom amigo — disse o grandão. — Não conheço lugar aonde eu possa ir. Sou apenas um servo que fugiu do amo e agora, em vez do calor da minha choupana, terei apenas uma moita para me abrigar. Mas quero apertar a sua mão antes de partir, pois você é um verdadeiro adversário, o melhor de quantos conheci.

Robin estendeu imediatamente a mão e cumprimentaram-se com satisfação e respeito mútuos.

— Fique um pouco mais — disse Robin. — Talvez queira jantar antes de sair andando sem rumo.

Dizendo isso, Robin levou o chifre aos lábios e soprou com tal ímpeto que o som acordou os ecos, espantou os melros em ruidosa debandada e os animais da floresta fugiram espavoridos, sumindo cada qual na toca mais próxima. Ouviram então um som como o de alces correndo entre as moitas, e, num instante, um bando de homens emergiu do escuro paredão da mata.

— Ora, bom Robin — disse um deles —, o que aconteceu a você? Está ensopado até os ossos!

— Ah, isso é bobagem. — Robin riu. — Estão vendo o grandão aqui? Lutamos na ponte e ele me derrubou com o bastão.

— Agarrem o homem, rapazes! — gritaram os homens de Robin, cercando o estrangeiro. — Vamos fazê-lo dar um mergulho!

— Não, não — gritou Robin, rindo. — Para trás, rapazes. Não tenho rancor, pois é um camarada bom e valente. Escute aqui, companheiro — disse ao estrangeiro. — Somos fora da lei, homens de coragem; vivemos aqui na floresta escondidos dos maus senhores e achamos que é nosso dever tirar dos ricos o que eles roubam dos pobres. Fique conosco, se quiser. Só posso prometer muita pancadaria e grandes comemorações.

— Pela terra e pelo fogo, serei um dos seus! — gritou o estrangeiro, segurando a mão de Robin. — Jamais ouvi palavras tão doces, e servirei com todo o coração a você e aos companheiros.

— Qual é seu nome, bom homem? — perguntou Robin.

— João dos Tocos — disse o outro, e, com uma enorme gargalhada: — Mas me chamam de João, o Pequenino!

Todos riram, acotovelando-se para dar as boas-vindas. Correram de volta ao reduto do bando, onde os aguardava no fogo um enorme caldeirão de ferro, do qual emanavam aromas apetitosos, pois o ar verde da floresta desperta a fome dos homens. Reunidos em torno de João, o Pequenino, uma cabeça mais alto do que todos eles, os fora da lei levaram os canecos a um grande tonel de madeira e os encheram até a borda de cerveja escura.

— Agora, rapazes — gritou Robin —, vamos batizar nosso novo companheiro no bando de homens livres da floresta. Até hoje foi chamado João, o Pequenino, porque é mesmo um lindo bebezinho. Mas de agora em diante será chamado João Pequeno. Amigos, três hurras para João Pequeno!

As estrelas tilintavam! As folhas estremeciam com o vozerio! Jogando longe os canecos de cerveja, atiraram-se sobre o caldeirão, mergulharam as terrinas no rico cozido e se entregaram à festa.

(ALA)

HELEN KELLER E ANNE SULLIVAN

Não há amizade mais sagrada do que a existente entre aluno e professor. Uma das maiores foi a que ligou Helen Keller (1880-1968) a Anne Mansfield Sullivan (1866-1936). A enfermidade destruiu a visão e a audição de Helen Keller antes dos dois anos de idade, deixando-a à parte do mundo. Durante cerca de cinco anos ela viveu, como descreveu mais tarde, "selvagem e rebelde, rindo para expressar prazer e chutando, arranhando, emitindo gritos engasgados de surda-muda para expressar o oposto". A chegada de Anne Sullivan à casa dos Keller, no Alabama, vinda do Instituto Perkins para Cegos, de Boston, mudou a vida de Helen. A própria Anne era parcialmente cega, devido a uma infecção nos olhos da qual jamais se recuperou por completo, e veio a Helen com experiência, com inflexível dedicação e amor. Através da sensação do toque ela conseguiu entrar em contato com a mente da menina e no espaço de três anos ensinou-lhe a ler e a escrever em braile.

Aos dezesseis anos, Helen sabia falar suficientemente bem para frequentar a escola e, mais tarde, a universidade. Graduou-se cum laude *na Radcliffe, em 1904, e dedicou o resto da vida a ajudar os cegos e os surdos, como o fizera sua professora. As duas mulheres mantiveram sua notável amizade até a morte de Anne. Helen descreve a chegada de Anne Sullivan em sua biografia,* A história da minha vida.

O dia mais importante de que me lembro em toda a minha vida foi o da chegada de minha professora, Anne Mansfield Sullivan. Encho-me de assombro ao avaliar os imensos contrastes entre as duas vidas ligadas por esse dia. Era 3 de março de 1887, três meses antes de eu completar sete anos.

Na tarde daquele dia memorável fiquei na varanda, quieta, na expectativa. Adivinhava vagamente, pelos sinais de minha mãe e pelo ir e vir apressado na casa, que alguma coisa insólita estava prestes a acontecer. Então fui para a porta e esperei, sentada nos degraus. O sol da tarde penetrava na massa de madressilva que cobria a varanda e banhava meu rosto erguido. Meus dedos se detinham quase inconscientemente nas folhas e nas flores tão familiares que acabavam de brotar para saudar a doce primavera do Sul. Não suspeitava das surpresas e maravilhas que o futuro guardava para mim. A raiva e a amargura me haviam dominado continuamente nas últimas semanas e um profundo langor se sucedera à exaltação daqueles acessos.

Você já esteve envolto num nevoeiro denso em pleno mar, parecendo estar trancado numa escuridão tangível enquanto o grande barco, tenso e ansioso, procura às cegas, com sondas e lastro, o caminho da costa e você espera, o coração disparado, que alguma coisa aconteça? Eu era como esse barco antes que minha educação começasse, mas sem compasso ou sonar, e sem maneira de saber a que distância estava o porto. "Luz! Dê-me luz!" era o grito mudo da minha alma, e a luz do amor brilhou em mim naquele exato momento.

Senti passos se aproximando. Pensei ser minha mãe e estendi a mão. Alguém pegou-a e fui tomada nos braços daquela que viera para revelar-me todas as coisas e, acima de tudo, para me amar.

Na manhã seguinte à sua chegada, minha professora levou-me ao seu quarto e me deu uma boneca. As criancinhas cegas do Instituto Perkins a tinham mandado, vestida por Laura Bridgman; mas eu só saberia disso mais tarde. Enquanto eu brincava com a boneca, Anne Sullivan lentamente escreveu em minha mão a palavra "b-o-n-e-c-a". Meu interesse pelo movimento do dedo foi imediato e tentei imitá-lo. Quando enfim consegui fazer as letras corretamente, senti-me inundar de prazer e orgulho infantil. Desci correndo as escadas para mostrar à minha mãe, levantei a mão e fiz as letras de *boneca*. Eu não sabia que estava soletrando uma palavra, nem sabia que existiam palavras; simplesmente imitava com os dedos, como um macaco. Nos dias seguintes aprendi a escrever dessa maneira incompreensível uma série de palavras, incluindo *palito*, *boné*, *copo* e alguns verbos como *sentar*, *levantar*, *andar*. Mas minha professora já estava há semanas comigo quando compreendi que tudo tinha um nome.

Certo dia eu brincava com a boneca nova e Anne Sullivan pôs também em meu colo minha grande boneca de trapos, escreveu "b-o-n-e-c-a" e tentou fazer-me entender que "b-o-n-e-c-a" se aplicava a ambas. Naquele dia já tivéramos uma briga por causa das palavras "c-a-n-e-c-a" e "á-g-u-a". Anne Sullivan tinha tentado me fazer gravar que "c-a-n-e-c-a" era *caneca* e "á-g-u-a" era *água*, mas eu continuava confundindo as duas. Desesperada, ela deixara de lado o assunto, mas o trouxe de volta na primeira oportunidade. Impaciente com as repetidas tentativas, peguei a boneca nova e atirei-a ao chão. Senti uma intensa satisfação ao sentir os fragmentos da boneca quebrada em meus pés. Nenhuma tristeza, nenhum arrependimento seguiu-se ao acesso de cólera. Eu não amava a boneca. No mundo silencioso e escuro em que eu vivia não havia ternura nem sentimentos definidos. Senti minha professora varrer os fragmentos para um canto da lareira e tive certa satisfação, pois a causa da minha inquietação fora retirada. Ela colocou meu chapéu e eu soube que iria sair para o calor do sol. Esse pensamento, se é que uma sensação muda pode ser chamada de pensamento, me fez saltitar de prazer.

Andamos até o poço, atraídas pela fragrância das madressilvas que o cobriam. Alguém estava bombeando água e minha professora colocou minha mão sob a torneira. Enquanto a água fria jorrava numa das mãos ela escreveu na outra a palavra *água*, a princípio devagar, depois rapidamente. Fiquei imóvel, toda a minha atenção voltada para os movimentos do dedo. Subitamente tive uma consciência difusa, como se de alguma coisa esquecida — a excitação do retorno do pensamento; e de algum modo o mistério da linguagem me foi revelado. Eu sabia que "á-g-u-a" significava aquela maravilhosa coisa fria que jorrava em minha mão. O mundo vivo despertou minha alma, encheu-a de luz, esperança, alegria, libertou-a! Ainda havia barreiras, é verdade, mas barreiras que seriam removidas no devido tempo.

Deixei o poço ansiosa por aprender. Tudo tinha um nome e cada nome fazia nascer um novo pensamento. Ao voltar para casa, cada objeto que eu tocava parecia trepidante de vida. Porque eu via tudo com a nova e estranha visão que tinha vindo a mim. Chegando à porta, lembrei-me da boneca que eu tinha quebrado. Tateei até a lareira e peguei os cacos. Em vão tentei juntá-los. Meus olhos então se encheram de lágrimas; pois entendi o que tinha feito e pela primeira vez senti tristeza e arrependimento.

Aprendi inúmeras palavras novas naquele dia. Não me lembro de todas, mas sei que *mãe, pai, irmã, professora* estavam entre elas — palavras que fariam o mundo se abrir para mim, como "o bastão de Aarão, em flores". Seria difícil encontrar uma criança mais feliz do que eu quando me deitei, ao final daquele dia inesquecível, revivendo as alegrias que me trouxera, e pela primeira vez ansiei pela chegada de um novo dia.

Anne Sullivan descreve em suas cartas o "milagre" que viu acontecer em Helen.

20 de março de 1887

Meu coração canta de felicidade esta manhã. Um milagre aconteceu! A luz do entendimento brilhou na mente de minha pequena aluna, e, veja só, todas as coisas estão mudadas!

A criaturinha selvagem de duas semanas atrás se transformou numa criança amável. Está sentada a meu lado enquanto escrevo, a face serena e feliz, fazendo uma longa correntinha vermelha de crochê em lã escocesa. Aprendeu o ponto esta semana e está muito orgulhosa da façanha. Quando completou uma correntinha que vai de um lado a outro do quarto, acariciou o próprio braço e levou ao rosto, com amor, o primeiro trabalho feito com suas próprias mãos. Já permite que eu a beije e, quando está numa disposição especialmente carinhosa, senta-se um ou dois minutos no meu colo; mas não retribui meus carinhos. O grande passo — o passo mais importante — foi dado. A pequena selvagem aprendeu a primeira lição de obediência e aceita o jugo com facilidade. Minha agradável tarefa é agora orientar e moldar a bela inteligência que começa a despertar na alma-criança. As pessoas já comentam a mudança em Helen. Seu pai vem nos ver todos os dias de manhã e à noite, ao sair e voltar do escritório, e a encontra satisfeita, enfiando contas ou fazendo linhas horizontais no cartão de costura, e exclama: "Como ela está quieta!" Quando cheguei, seus movimentos eram tão insistentes que a gente sentia algo de artificial e quase anormal nela. Observei também que está comendo bem menos, fato que preocupa tanto seu pai que o torna ansioso para levá-la para casa. Diz que ela tem saudades de casa. Não concordo, mas suponho que precisaremos deixar nosso retiro muito brevemente.

Helen aprendeu vários substantivos essa semana. Teve mais problemas com "c-a-n-e-c-a" e "l-e-i-t-e" do que com outras palavras. Quando soletra *leite*, aponta para a caneca e quando soletra "caneca" faz sinais de entornar ou beber, mostrando que confundiu as palavras. Ainda não tem ideia de que cada coisa tem um nome.

5 de abril de 1887

Preciso escrever rapidamente, porque aconteceu algo muito importante. Helen deu o segundo grande passo do aprendizado. Aprendeu que *tudo tem um nome e que o alfabeto manual é a chave para tudo o que deseja saber.*

Em carta anterior disse a você que ela teve mais problemas com *caneca* e *leite* que com qualquer outra coisa. Ela confundia esses substantivos com o verbo *beber*. Não sabia a palavra para *beber*, mas fazia a pantomima de beber algo todas as vezes que soletrava *caneca* ou *leite*. Enquanto se lavava hoje de manhã, quis saber o nome de *água*. Quando quer saber o nome de alguma coisa, ela aponta e me dá um tapinha na mão. Soletrei "á-g-u-a" e não pensei mais nisso até após o café da manhã. Ocorreu-me então que, com o auxílio dessa nova palavra, eu poderia conseguir resolver a dificuldade de *caneca-leite*. Fomos ao poço, onde coloquei a caneca na mão de Helen sob a torneira e bombeei a água. Quando a água fria jorrou, enchendo a caneca, escrevi "á-g-u-a" na outra mão de Helen. A palavra, vindo tão próxima à sensação da água fria correndo na mão dela, pareceu assustá-la. Deixou cair a caneca e ficou transfigurada. Uma luz nova surgiu em seu rosto. Escreveu *água* várias vezes. Jogou-se no chão e perguntou o nome, apontou para a bomba, para a treliça e, voltando-se de repente, perguntou o meu nome. Soletrei *professora*. Nesse momento, a enfermeira trouxe a irmãzinha de Helen ao poço e ela soletrou *bebê* apontando para a enfermeira. No caminho de volta para casa, Helen estava excitadíssima, aprendendo o nome de todos os objetos que tocava, de modo que em algumas horas acrescentou trinta palavras novas ao seu vocabulário. Aí vão algumas: *porta*, *abrir*, *fechar*, *dar*, *ir*, *vir* e muitas outras.

P.S.: Não terminei a carta a tempo de pôr no correio ontem à noite; portanto, adiciono uma linha. Helen acordou hoje como uma fada radiante. Esvoaçava de um objeto a outro perguntando o nome de tudo e me beijando, de puro prazer. Quando me deitei ontem à noite ela chegou-se a meus braços por vontade própria e me beijou pela primeira vez. Achei que meu coração fosse estourar de tanta alegria.

(ALA)

MENINAS MAIS SÁBIAS DO QUE HOMENS

Tolstoi

Era uma Páscoa ainda no inverno. Havia restos de neve nos jardins e a água corria pelas ruas da cidade.

Duas meninas se encontraram por acaso num beco entre dois quintais, onde a água suja que descia das fazendas formara uma poça grande. Uma das meninas era muito pequena e a outra, um pouco maior. Ambas estavam de vestido novo e lenço vermelho na cabeça. O vestido da pequena era azul e o da outra era amarelo. Acabavam de vir da igreja e, primeiro, exibiram uma à outra sua elegância e depois foram brincar. Logo ficaram tentadas a pular na água e a menor ia entrar na poça com sapato e tudo quando a maior a impediu:

— Não entre assim, Malasha! Sua mãe vai zangar com você. Vamos tirar as meias e os sapatos.

Tiraram e, levantando as saias, foram andando uma ao encontro da outra através da poça. A água chegou aos tornozelos de Malasha e ela gritou:

— É fundo, Akoulya. Estou com medo.

— Pode vir — disse a outra. — Não tenha medo, não vai ficar mais fundo.

Chegando mais perto, Akoulya disse:

— Cuidado, Malasha, não deixe espirrar água. Ande com cuidado!

Mal tinha avisado e Malasha meteu o pé com força, espirrando água no vestido de Akoulya, molhando também seus olhos e o nariz. Quando viu os respingos de lama no vestido, Akoulya ficou brava e correu para bater na outra. Malasha teve medo e, vendo que se metera em encrenca, saiu correndo da poça, pronta a fugir para casa. Nesse instante, a mãe de Akoulya ia passando e, vendo a filha com a saia molhada e as mangas sujas, ralhou:

— Que sujeira, menina impossível! O que você fez?!

— Malasha molhou de propósito — disse ela.

A mãe de Akoulya pegou Malasha e deu-lhe um tapa na nuca. Malasha chorou tão alto que a rua inteira ouviu e a mãe dela apareceu.

— Por que está batendo na minha filha? — ela veio dizendo, furiosa com a vizinha. Uma palavra puxa outra e a discussão virou uma altercação feroz. Os homens apareceram, juntou-se uma multidão na rua, todos gritavam e ninguém ouvia. Todos discutiam até que alguém deu o primeiro empurrão e o caso estava próximo à pancadaria quando a bisavó de Akoulya chegou, tentando acalmá-los.

— Que é isso, amigos? É assim que se faz? Logo hoje! É dia de alegria, não se faz uma loucura dessas!

Ninguém ouvia a velha senhora e quase a jogaram ao chão. Ela não teria sido capaz de impedir o conflito se não fosse por Akoulya e Malasha. Enquanto as mães trocavam impropérios, Akoulya tinha limpado a lama do vestido e voltado à poça. Pegou uma pedra e começou a cavar a terra em frente à poça, abrindo um canal para a água correr até a rua. Malasha ajudava, com um pedacinho de pau. No momento em que os homens iam se atracar, a água jorrou pelo canal diretamente onde estava a bisavó, ainda tentando aquietar os homens. As meninas seguiram correndo ao lado do fio d'água.

— Pegue, Malasha! Pegue! — gritou Akoulya, e Malasha perdia o fôlego de tanto rir.

Encantadas com o pedacinho de pau flutuando na pequena correnteza, as meninas entraram correndo no grupo de homens; e, ao vê-las, a bisavó gritou:

— Não têm vergonha? Brigando por causa dessas menininhas e elas nem se lembram mais do porquê! Estão brincando, felizes. Que linda é a inocência! São mais sábias do que vocês!

Os homens se olharam, envergonhados, e voltaram para casa, rindo de si mesmos.

"Somente quando te tornares novamente criança, entrarás no reino dos céus."

(ALA)

MANUTENÇÃO CONSTANTE DAS AMIZADES

James Boswell (1740-1795), advogado escocês famoso pela biografia de Samuel Johnson, disse uma vez que "não sabemos dizer o momento preciso em que se forma a amizade. Ao enchermos um jarro gota a gota, a última faz o jarro transbordar; assim, numa série de gentilezas há uma última que faz transbordar o coração". Aqui, na Vida de Samuel Johnson, *ele aconselha a encher a vida de amizades antigas e novas. Uma vez formada, a amizade deve ser reabastecida de tempos em tempos, portanto permanece em "manutenção constante".*

Muitas vezes tenho pensado que, como a longevidade é geralmente desejada e, creio, geralmente esperada, seria aconselhável adicionar continuamente novos amigos, de modo que a falta de uns possa ser suprida por outros. Assim a amizade, "o vinho da vida", tal como uma adega bem provida, deveria ser constantemente renovada; e é consolador pensar que, embora raramente seja possível a reposição no mesmo nível das generosas *primeiras-safras* da juventude, a amizade torna-se imperceptivelmente antiga em tempo bem menor do que se imagina, e não são necessários muitos anos para se tornar madura e agradável. O *calor* faz, sem dúvida, considerável diferença. Homens de temperamento afetuoso e riqueza de imaginação irão se unir muito mais cedo do que os frios e embotados.

A proposição que me empenhei em ilustrar foi, num período subsequente de sua vida, a opinião do próprio Johnson. Ele disse a *Sir* Joshua Reynolds que "se um homem não trava novos conhecimentos à medida que avança pela vida, em breve se encontrará sozinho. Um homem, senhor, deve manter a amizade *em constante manutenção*".

A AMIZADE EM ARISTÓTELES

Da Ética a Nicômaco

Os antigos colocavam a amizade entre as mais altas virtudes. Era um elemento essencial à felicidade e ao pleno florescer da vida. "Pois sem amigos", diz Aristóteles, "ninguém escolheria viver, apesar de todos os outros bens." Palavras dignas de serem lembradas num mundo de "bens" perecíveis.

Segundo Aristóteles, a amizade ou é, ou envolve, um estado de caráter, uma virtude. Há três tipos de amizade: fundamentada no prazer recíproco da companhia (amizade de prazer), na utilidade da associação (amizade de utilidade) ou na admiração mútua (amizade na virtude). Todas são essenciais à vida plena e os amigos de melhor qualidade não só apreciarão a excelência do outro, mas terão prazer em sua companhia e encontrarão vantagens recíprocas na associação. Aqui, um trecho da discussão clássica de Aristóteles.

Assim como os motivos da Amizade diferem em espécie, também diferem as respectivas formas de afeição e de amizade. Existem três espécies de Amizade, e igual número de motivações do afeto, pois na esfera de cada espécie deve haver "afeição mútua mutuamente reconhecida".

Aqueles que têm Amizade desejam o bem do amigo de acordo com o motivo da sua amizade; desse modo, aqueles cujo motivo é a utilidade não têm Amizade realmente um pelo outro, mas apenas na medida em que recebem um bem do outro.

Aqueles cujo motivo é o prazer estão em caso semelhante: isto é, têm Amizade por pessoas de fácil graciosidade, não em virtude do seu caráter, mas porque elas lhes são agradáveis. Assim, aqueles cujo motivo da Amizade é a utilidade amam seus amigos pelo que é bom para si mesmos; aqueles cujo motivo é o prazer o fazem pelo que é prazeroso a si mesmos; ou seja, não em função daquilo que a pessoa estimada *é*, mas na medida em que ela é útil ou agradável. Essas Amizades são, portanto, circunstanciais: pois que o objeto não é amado por ser a pessoa que é, mas pelo que fornece de vantagem ou prazer, conforme o caso.

Tais Amizades são de fato muito passíveis de dissolução se as partes não permanecem iguais: isto é, os outros cessam de ter Amizade por eles quando deixam de ser agradáveis ou úteis. Ora, a natureza da utilidade não é de permanência, mas de constante variação: assim, quando o motivo que os tornou amigos desaparece, a Amizade também se dissolve; pois que existia apenas em relação àquelas circunstâncias...

A perfeita Amizade é a que subsiste entre aqueles que são bons e cuja similaridade consiste na bondade; pois estes desejam o bem do outro de maneira semelhante: na medida em que são bons (e são bons em si mesmos); e são especialmente amigos aqueles que desejam o bem a seus amigos por si mesmos, porque assim se sentem em relação a eles, e não por uma mera questão de circunstâncias; assim a Amizade entre esses homens permanece enquanto eles são bons; e a bondade traz em si um princípio de permanência...

São poucas as probabilidades de Amizades dessa espécie, porque os homens dessa espécie são raros. Além disso, pressupondo-se todas as qualificações exigidas, essas Amizades exigem ainda tempo e intimidade; pois, como diz o provérbio, os homens não podem se conhecer "até que tenham comido juntos a quantidade de sal necessária"; nem podem de fato admitir um ao outro em sua intimidade, muito menos serem amigos, até que cada um se mostre ao outro e dê provas de ser objeto apropriado para a Amizade. Aqueles que iniciam apressadamente uma troca de gestos amigáveis querem ser amigos, mas não o são, a menos que sejam também objetos apropriados para a Amizade e se reconheçam mutuamente como tal: ou seja, o desejo de Amizade pode surgir rapidamente, mas não a Amizade propriamente dita.

(ALA)

A AMIZADE EM CÍCERO

Do Lélio

Já se disse que através de Cícero (106-43 a.C.) a filosofia grega chegou à Europa Ocidental. Os escritos do estadista romano constituem uma fonte inesgotável que veio irrigar o pensamento e a expressão de sucessivas eras. Seu exame da questão do verdadeiro significado da Amizade ainda é um preceito irrefutável da boa conduta na vida moderna. Lélio, a figura principal no diálogo, define a amizade como "uma completa identidade de sentimentos sobre todas as coisas na terra e no céu: uma identidade reforçada pela boa vontade e afeição mútuas". A bondade moral, ou "bondade do caráter", é a qualidade que torna possível a amizade: "Toda a harmonia, a permanência e a fidelidade daí advêm."

Desejo que se possa entender que falo agora não da espécie inferior de amizade que ocorre nas inter-relações mundanas normais (embora também esta não seja destituída de prazeres e vantagens), mas daquela amizade genuína e perfeita, cujos exemplos são tão extremamente raros que se tornam memoráveis por sua singularidade. Apenas dessa espécie se pode verdadeiramente dizer que exalta as alegrias da prosperidade e mitiga as tristezas da adversidade, por meio da generosa participação de ambos; de fato, uma das mais destacadas entre as muitas tarefas importantes dessa conexão é exercida no dia da aflição, dispersando o desalento que anuvia a mente, alimentando a esperança de tempos mais felizes, evitando que o espírito deprimido mergulhe num estado de fraqueza e vil desânimo. Quem está na posse de um verdadeiro amigo vê a exata contraparte da própria alma. Em consequência dessa semelhança moral entre eles, tornam-se tão intimamente um que nenhuma vantagem favorece a um deles sem que se estenda igualmente a ambos; são fortes na força, ricos na opulência, poderosos no poder recíproco. Mal podem, na verdade, ser em qualquer aspecto considerados indivíduos separados: onde quer que esteja um, o outro virtualmente está presente.

Arrisco uma asserção ainda mais ousada e afirmo que, apesar da morte, continuam ambos a existir enquanto um deles permanece vivo; pois se pode dizer que o finado vive ainda, em certo sentido, na memória preservada em elevada veneração e no terno pesar no peito do sobrevivente, circunstância esta que torna o primeiro feliz na morte e o segundo honrado em vida.

Se este benevolente princípio, que une assim intimamente duas pessoas no âmbito da amizade, fosse riscado do coração humano, seria impossível que as famílias privadas e as comunidades públicas sobrevivessem — mesmo os campos jazeriam no abandono e a desolação cobriria a terra. Se preciso fosse comprovar essa asserção, a evidência seria dada pelas fatais consequências da dissensão e da discórdia; pois que família se estabelece com tamanha segurança, que governo se fixa em base tão firme, que não sejam subvertidos e totalmente destruído por um espírito de malevolência e inimizade geral entre seus membros? — argumento suficiente, por certo, dos inestimáveis benefícios que decorrem dos afetos bondosos e amigáveis.

(ALA)

SONETO 29

Shakespeare, tradução de Anna Amélia Carneiro de Mendonça

Quando malquisto da fortuna e do homem
Comigo a sós lamento o meu estado,
E atiro aos céus os ais que me consomem,
E olhando para mim maldigo o fado;
Vendo outro ser mais rico de esperança,
Cobiçando o seu porte e os seus amigos,
Se desejo a arte de um, de outro a bonança,
Descontente dos sonhos mais antigos;

Se desprezado e cheio de amargura
Penso um momento em vós, logo, feliz,
Como a ave que abre as asas para a altura
Esqueço a lama que o meu ser maldiz:
Pois tão doce é lembrar o que valeis,
Que esta sorte eu não troco nem com reis.

SONETO 30

Shakespeare, tradução de Barbara Heliodora

Quando à corte silente do pensar
Eu convoco as lembranças do passado,
Suspiro pelo que ontem fui buscar,
Chorando o tempo já desperdiçado,
Afogo o olhar em lágrima, tão rara,
Por amigos que a morte anoiteceu;
Pranteio dor que o amor já superara,
Lastimando o que desapareceu.
Posso então lastimar o erro esquecido,
E de tais penas recontar as sagas,
Chorando o já chorado e já sofrido
Tornando a pagar contas todas pagas.
Mas, amigo, se em ti penso um momento,
Vão-se as penas e acaba o sofrimento.

SOBRE A AMIZADE

Ralph Waldo Emerson, tradução de Carlos Graieb e José Marco Mariani de Macedo

Não desejo tratar amizades com suavidade, mas com a mais áspera coragem. Quando elas são reais, não são lâminas de vidro ou esculturas de gelo, mas a coisa mais sólida que conhecemos. Pois agora, depois de tantas eras de experiência, o que conhecemos da natureza, ou de nós mesmos? Nem sequer um passo foi dado pelo homem no sentido de solucionar o problema de seu destino. Condenado à insanidade permanece todo o universo humano. Mas a doce sinceridade da alegria e da paz, que trago desta aliança com a alma de meu irmão, é o próprio cerne do qual toda a natureza e todo pensamento são apenas concha e cobertura. Feliz é a casa que abriga um amigo! Bem poderia ela ser construída, como um caramanchão ou arco festivo, para entretê-lo um único dia. Mais feliz, se ele reconhecer a solenidade daquela relação e honrar sua lei! Aquele que se oferece como candidato para tal pacto toma parte, como um deus do Olimpo, nos grandes jogos dos quais os primogênitos do mundo são os competidores.

Ele se oferece para disputas em que o Tempo, a Carência, o Perigo estão no páreo, e apenas aquele que tiver em sua constituição verdade o bastante para preservar das investidas e estocadas daqueles o frescor de sua beleza será o vencedor. Os dons do destino podem estar presentes ou ausentes, mas a velocidade naquela disputa depende da nobreza intrínseca e do desprezo por bagatelas. Há dois elementos que entram na composição da amizade, cada um tão soberano que não sou capaz de detectar superioridade em nenhum deles, nenhuma razão para que um devesse ser nomeado em primeiro lugar. O primeiro é a Verdade. Um amigo é uma pessoa com quem posso ser sincero. Diante dele posso pensar em voz alta. Cheguei finalmente à presença de um homem tão real e harmonioso que posso abandonar até mesmo aqueles mais ocultos véus de dissimulação, cortesia e segundos pensamentos, que os homens jamais põem de lado, e lidar com ele com a simplicidade e a inteireza com que um átomo reage a outro. A sinceridade é o luxo permitido, como diademas e autoridade, apenas ao mais alto escalão, sendo ela a permissão para falar a verdade como se ninguém houvesse acima para cortejar, ou a cuja vontade conformar-se. Todo homem é sincero sozinho. Quando entra uma segunda pessoa, começa a hipocrisia. Contornamos e evitamos a aproximação de nosso camarada por meio de cumprimentos, tagarelice, diversões e negócios. Encobrimos para ele nosso pensamento com uma centena de mesuras. Conheci um homem que, sob certo transe religioso, desfez-se de todos os seus adereços e, omitindo convenções e concordâncias, falou à consciência de toda pessoa que encontrou com grande penetração e beleza. A princípio resistiram a ele, todos disseram que ele estava louco. Mas, persistindo por algum tempo nesse caminho, como de fato não podia evitar de fazer, ele teve o privilégio de trazer todo homem de seu conhecimento para uma relação verdadeira com ele. Ninguém pensaria em usar de falsidade para com ele, ou em desperdiçar seu tempo com assuntos vazios para mercado ou salão. Todo homem se sentia obrigado, por sua grande sinceridade, a igual tratamento direto, e, qualquer que fosse o entusiasmo pela natureza, a poesia, o símbolo de verdade que portasse, ele certamente o mostraria. Mas, para a maioria de nós, a sociedade não mostra sua face e olhos, mas seu perfil e costas. Para manter-se em relações sinceras com os homens em uma época falsa não é necessário um acesso de insanidade? Raramente podemos andar eretos. Quase todo homem que encontramos requer certa civilidade — precisa ser afagado; ele tem alguma fama, algum talento, ele tem alguma mania religiosa ou filantrópica que não deve ser posta em questão e que põe a perder toda conversação com ele. Mas um amigo é um homem são, que exercita a mim mesmo e não à minha engenhosidade. Ele me oferece entretenimento sem impor qualquer retribuição de minha parte. Um amigo, portanto, é uma espécie de paradoxo na natureza. Eu, que sozinho sou, eu, que nada vejo na natureza cuja existência possa afirmar com igual certeza que a minha, observo agora a semelhança de meu ser, em toda a sua altura, variedade e curiosidade, reiterada em uma forma estranha; de modo que um amigo pode perfeitamente ser considerado a obra-prima da natureza.

INFÂNCIA E POESIA

Pablo Neruda
Poeta chileno (1904-1973), escreveu livros de memórias como Confesso que vivi.
Trecho traduzido por Hugo Langone.

Certa vez, ao vasculhar os primeiros objetos e os minúsculos seres de meu mundo no quintal de minha casa em Temuco, me deparei com um furo numa das tábuas do cercado. Espiei pelo buraco e vislumbrei um terreno como o de minha casa, baldio e deserto. Recuei então alguns passos, pressentindo vagamente que algo viria a acontecer.

De súbito apareceu uma mão. Era a mão pequenina de um menino da minha idade. Quando me aproximei, ela não estava lá, porque em seu lugar havia uma maravilhosa ovelha branca.

Era uma ovelha de lã desbotada. Suas rodinhas haviam sumido. Tudo isso só a deixava mais verdadeira. Jamais tinha visto ovelha tão linda. Espiei pelo buraco, mas o menino havia desaparecido. Fui à minha casa e retornei com um presente que deixei ali, no mesmo lugar: uma pinha de pinheiro entreaberta, perfumada e balsâmica que eu adorava. Deixei-a no mesmo lugar e me fui com a ovelha.

Nunca mais vi a mão ou o menino. Tampouco voltei a ver uma ovelhinha como aquela. Perdi-a num incêndio. E ainda hoje, neste ano de 1954, tão perto como estou dos cinquenta anos, ao passar por uma loja de brinquedos ainda esquadrinho furtivamente as vitrines. Mas em vão. Nunca mais se fez uma ovelha como aquela.

Tenho sido um homem de sorte. Conhecer a fraternidade de nossos irmãos é um gesto maravilhoso da vida. Conhecer o amor dos que amamos é o fogo que a alimenta. Sentir, no entanto, o carinho dos que não conhecemos, dos desconhecidos que estão velando nosso sonho e nossa solidão, nossos perigos ou nossas fraquezas, é uma sensação ainda maior e mais bela, pois alarga nosso ser e abarca todas as vidas.

Aquela oferenda me trouxe, pela primeira vez na vida, um tesouro que viria a me acompanhar mais tarde: a solidariedade humana. A vida a colocaria em meu caminho depois, destacando-a da adversidade e da perseguição.

Não surpreenderá, pois, que eu tenha pago com algo balsâmico, perfumado e terrestre a fraternidade humana. Do mesmo modo como deixei ali aquela pinha de pinheiro, deixei também, na porta de muitos desconhecidos, de muitos prisioneiros, de muitos solitários, de muitos perseguidos, as minhas palavras.

Esta é a grande lição que assimilei no pátio de minha casa solitária, na minha infância. Talvez se tratasse apenas de uma brincadeira de meninos que não se conheciam e desejavam comunicar entre si os dons da vida. No entanto, este intercâmbio pequeno e misterioso talvez se tenha depositado como um sedimento indestrutível em meu coração e inflamado minha poesia.

A FLECHA E A CANÇÃO

Henry Wadsworth Longfellow

Lancei uma flecha no ar,
Caiu no chão, onde foi parar?
Pois tão ligeira voou, que a vista
Não pôde seguir-lhe a pista.

Murmurei uma canção no ar,
Caiu no chão, onde foi parar?
Pois haverá tão perfeita visão
Que siga o voo da canção?

Muito tempo depois, numa aroeira
Encontrei a flecha ainda inteira;
E a canção, do começo ao fim,
Um amigo guardou para mim.

(ALA)

THOMAS JEFFERSON E JAMES MADISON

Thomas Jefferson e James Madison se conheceram em 1776 — não poderia ter sido outra data — e desde então trabalharam juntos, pela Revolução Americana e, mais tarde, no planejamento da nova forma de governo. Desse trabalho surgiu uma amizade talvez incomparável em termos de intimidade, de confiança na colaboração e de durabilidade: permaneceu por cinquenta anos.

Quatro meses e meio antes de morrer, doente e afogado em dívidas, preocupado com a família empobrecida, Jefferson escreveu ao velho amigo. Suas palavras, e a resposta de Madison, mostram que amigos são amigos até a morte. Mostram também que a amizade abrange às vezes coisas maiores que a própria amizade.

A amizade que perdura entre nós há meio século e a harmonia de nossos princípios e objetivos políticos têm sido fontes de constante felicidade durante todo esse período. É ainda de grande consolo para mim acreditar em seu compromisso de reivindicar para a posteridade as diretrizes que buscamos seguir na preservação, em toda a sua pureza, das bênçãos do governo nacional para cuja conquista colaboramos. Se algum dia a terra contemplou um sistema de administração conduzido com firmeza e constância para o interesse geral e a felicidade daqueles que dele participaram, sistema protegido pela verdade e que jamais conhecerá censuras, a este devotamos nossas vidas. Para mim, você tem sido um pilar de apoio através da vida. Cuide de mim após minha morte e receba minha derradeira afeição.

Uma semana depois, Madison respondeu:

Você não pode avaliar o longo período da nossa amizade particular e harmonia política com recordações mais afetuosas do que eu. Se elas são uma fonte de prazer para você, o que não serão para mim? Não podemos ser despojados da feliz consciência da pura dedicação ao bem público com que nos desincumbimos da confiança depositada em nós. E permito-me confiar em que provas suficientes percorrerão o caminho até a outra geração para garantir, depois que nos formos, que se faça a justiça, negada enquanto estamos aqui.

(ALA)

Trabalho

O TRABALHO É O ESFORÇO APLICADO; é qualquer coisa a que nos dedicamos, qualquer coisa em que gastamos energia para conquistar ou adquirir algo. O sentido fundamental do trabalho não é aquilo *por que* lutamos para viver, mas o que fazemos *com* nossa vida.

A felicidade, como Aristóteles disse há muito tempo, reside na atividade, tanto física como mental. Reside em fazer coisas de que se possa orgulhar por fazer bem e, portanto, que se tenha *prazer* em fazer.

UM APÓLOGO

Machado de Assis (1839-1908)

Era uma vez uma agulha, que disse a um novelo de linha:

— Por que está você com esse ar, toda cheia de si, toda enrolada, para fingir que vale alguma cousa neste mundo?

— Deixe-me, senhora.

— Que a deixe? Que a deixe, por quê? Porque lhe digo que está com um ar insuportável? Repito que sim, e falarei sempre que me der na cabeça.

— Que cabeça, senhora? A senhora não é alfinete, é agulha. Agulha não tem cabeça. Que lhe importa o meu ar? Cada qual tem o ar que Deus lhe deu. Importe-se com a sua vida e deixe a dos outros.

— Mas você é orgulhosa.

— Decerto que sou.

— Mas por quê?

— É boa! Porque coso. Então os vestidos e enfeites de nossa ama, quem é que os cose, senão eu?

— Você? Esta agora é melhor. Você é que os cose? Você ignora que quem os cose sou eu, e muito eu?

— Você fura o pano, nada mais; eu é que coso, prendo um pedaço ao outro, dou feição aos babados...

— Sim, mas de que vale isso? Eu é que furo o pano, vou adiante, puxando por você, que vem atrás, obedecendo ao que eu faço e mando...

— Também os batedores vão adiante do imperador.

— Você, imperador?

— Não digo isso. Mas a verdade é que você faz um papel subalterno, indo adiante; vai só mostrando o caminho, vai fazendo o trabalho obscuro e ínfimo. Eu é que prendo, ligo, ajunto...

Estavam nisto, quando a costureira chegou à casa da baronesa. Não sei se disse que isto se passava em casa de uma baronesa, que tinha a modista ao pé de si, para não andar atrás dela. Chegou a costureira, pegou do pano, pegou da agulha, pegou da linha, enfiou a linha na agulha, e entrou a coser. Uma e outra iam andando orgulhosas, pelo pano adiante, que era a melhor das sedas, entre os dedos da costureira, ágeis como os galgos de Diana — para dar a isto uma cor poética. E dizia a agulha:

— Então, senhora linha, ainda teima no que dizia há pouco? Não repara que esta distinta costureira só se importa comigo; eu é que vou aqui entre os dedos dela, unidinha a eles, furando abaixo e acima...

A linha não respondia nada; ia andando. Buraco aberto pela agulha era logo enchido por ela, silenciosa e ativa, como quem sabe o que faz, e não está para ouvir palavras loucas. A agulha, vendo que ela não lhe dava resposta, calou-se também, e foi andando. E era tudo silêncio na saleta de costura; não se ouvia mais do que o *plic-plic-plic-plic* da agulha no pano. Caindo o sol, a costureira dobrou a costura, para o dia seguinte; continuou ainda nesse e no outro, até que no quarto acabou a obra, e ficou esperando o baile.

Veio a noite do baile, e a baronesa vestiu-se. A costureira, que a ajudou a vestir-se, levava a agulha espetada no corpinho, para dar algum ponto necessário. E enquanto compunha o vestido da bela dama, e puxava a um lado ou outro, arregaçava daqui ou dali, alisando, abotoando, acolchetando, a linha, para mofar da agulha, perguntou-lhe:

— Ora, agora, diga-me quem é que vai ao baile, no corpo da baronesa, fazendo parte do vestido e da elegância? Quem é que vai dançar com ministros e diplomatas, enquanto você volta para a caixinha da costureira, antes de ir para o balaio das mucamas? Vamos, diga lá.

Parece que a agulha não disse nada; mas um alfinete, de cabeça grande e não menor experiência, murmurou à pobre agulha:

— Anda, aprende, tola. Cansas-te em abrir caminho para ela e ela é quem vai gozar da vida, enquanto aí ficas na caixinha de costura. Faze como eu, que não abro caminho para ninguém. Onde me espetam, fico.

Contei esta história a um professor de melancolia, que me disse, abanando a cabeça:

— Também eu tenho servido de agulha a muita linha ordinária!

A CIGARRA E A FORMIGA

La Fontaine (1621-1695)
Tradução de Bocage (1765-1805)

Tendo a cigarra, em cantigas,
Folgado todo o verão,
Achou-se em penúria extrema,
Na tormentosa estação.

Não lhe restando migalha
Que trincasse, a tagarela
Foi valer-se da formiga,
Que morava perto dela.

— Amiga — diz a cigarra —
Prometo, à fé de animal,
Pagar-vos, antes de agosto,
Os juros e o principal.

A formiga nunca empresta,
Nunca dá; por isso, junta.
— No verão, em que lidavas? —
À pedinte, ela pergunta.

Responde a outra: — Eu cantava
Noite e dia, a toda hora.
— Oh! Bravo! — torna a formiga —
Cantavas? Pois então dança agora!

A CASA

Lenda escandinava, adaptada por Carolyn Sherwin Bailey

Um dia, um carneiro e um porco saíram pelo mundo para procurar uma casa.

— Vamos construir uma casa e morar juntos.

Andaram, andaram e encontraram um coelho.

— Aonde é que vocês dois vão?

— Vamos fazer uma casa.

— Posso morar com vocês?

— Como você vai ajudar?

— Posso cortar madeira com os dentes e juntar com as patas.

— Ótimo. Pode vir.

Andaram, andaram e encontraram um ganso.

— Aonde é que vocês três vão?

— Vamos fazer uma casa.

— Posso morar com vocês?

— Como você vai ajudar?

— Posso juntar barro e tapar as frestas com o bico.

— Ótimo. Pode vir.

Andaram, andaram e encontraram um galo.

— Aonde é que vocês quatro vão?

— Vamos fazer uma casa.

— Posso morar com vocês?

— Como você vai ajudar?

— Eu canto de manhã cedinho e posso acordar vocês.

— Ótimo. Pode vir.

Andaram, andaram e acharam um bom lugar para morar.

O carneiro derrubou árvores. O porco fez tijolos. O coelho cortou madeira. O ganso juntou barro. E o galo cantava toda manhã para acordar todo mundo.

E viveram felizes na casinha.

(LRM)

OS TRÊS PORQUINHOS

Adaptação de Clifton Johnson

Era uma vez uma porca que tinha três porquinhos. Eles ainda eram pequenos quando faltou comida. A mãe, não encontrando jeito de alimentá-los, mandou-os embora atrás de melhor sorte.

O primeiro porquinho andou, andou e encontrou um homem com um feixe de palha.

— Por favor, me dá palha para fazer uma casa.

O homem deu e o porquinho fez uma bela casa de palha.

Um dia veio um lobo e bateu na porta.

— Porquinho, porquinho, me deixa entrar.

— Não, não, de jeito nenhum.

— Então vou soprar e bufar até derrubar e da sua casa nada sobrar.

Soprou e bufou, conseguiu derrubar e da casa de palha nada sobrou. O pobre porquinho ele carregou.

O segundo porquinho andou, andou e encontrou um homem com um feixe de lenha.

— Por favor, me dá lenha para fazer uma casa.

O homem deu e o porquinho fez uma bela casa de madeira.

Um dia veio o lobo e bateu na porta.

— Porquinho, porquinho, me deixa entrar.

— Não, não, de jeito nenhum.

— Então vou soprar e bufar até derrubar e da sua casa nada sobrar.

Soprou e bufou, bufou e soprou, conseguiu derrubar e da casa de lenha nada sobrou. O pobre porquinho ele carregou.

O terceiro porquinho andou, andou e encontrou um homem com um monte de tijolos.

— Por favor, me dá tijolo para fazer uma casa.

O homem deu e o porquinho fez uma bela casa de tijolo.

Um dia veio o lobo e bateu na porta.

— Porquinho, porquinho, me deixa entrar.

— Não, não, de jeito nenhum.

— Então vou soprar e bufar até derrubar e da sua casa nada sobrar.

Soprou e bufou, bufou e soprou, soprou e bufou, mas a casa de tijolo ele não derrubou.

Até que ficou sem fôlego para soprar e bufar, desistiu e foi embora.

E o terceiro porquinho vive até hoje na bela casa de tijolo.

(LRM)

HÉRCULES E O CARROCEIRO

Esopo

Um carroceiro levava a carroça muito carregada por uma estrada lamacenta. As rodas afundaram na lama e os cavalos não conseguiram desatolar. Ele ficou se lamentando desesperado e implorou a ajuda de Hércules, até que o herói apareceu.

— Se você fizer força para arrancar as rodas da lama, se você dirigir bem os cavalos, eu posso ajudar. Mas, se você não levantar um dedo para tentar sair do buraco, ninguém, nem mesmo Hércules, pode ajudar.

O céu ajuda a quem se ajuda.

(LRM)

A AGULHA

Hans Christian Andersen

Era uma vez uma agulha fina que se achava muito importante.

— Prestem bastante atenção — falou aos dedos —, me segurem com cuidado! Se vocês me deixam cair, nunca mais me encontram. Eu sou tão fina!

— Para tudo dá-se um jeito — disseram os dedos, apertando mais a agulha.

— Olhem só a minha comitiva!

Atrás dela vinha uma linha comprida e sem nó.

Os dedos levaram a agulha para o chinelo da cozinheira: a parte de cima estava solta e precisava ser costurada.

— Isso é baixaria! Nunca vou conseguir furar este couro! Vou quebrar!

De fato, quebrou.

— Eu não disse? Eu sou fina!

Os dedos acharam que ela não servia mais. Mas a cozinheira colocou uma ponta de lacre e espetou no lenço.

— Olha só: agora sou alfinete! Sempre achei que ia subir na vida.

E riu para si mesma, porque não dá para ver quando uma agulha ri.

— O senhor é de ouro? — perguntou ela para outro alfinete. — O senhor é bonito, mas é muito pequeno. Precisa crescer, pois não é todo mundo que tem lacre.

A agulha se espichou tanto que caiu do lenço e foi parar na bacia na hora que a cozinheira ia despejar a água suja.

— Agora vou viajar! Tomara que eu volte um dia.

Mas não foi isso que aconteceu.

— Sou muito fina para este mundo — disse ela, lá na sarjeta. — Tenho muito orgulho do que sou.

E ficou lá, muito reta, com muito bom humor.

Por cima dela passavam pedaços de pau, objetos diversos, folhas de jornal.

— Lá vão eles sem saber que eu estou aqui embaixo. Olha só: eu estou aqui! Lá vai um pedaço de pau que só pensa em si mesmo. Uma folha: como se vira! Ali, um jornal. Tudo o que está escrito nele já foi esquecido e ele continua aberto! Eu fico aqui quietinha. Sei o que sou.

De repente, alguma coisa brilhou perto dela e ela pensou que fosse um diamante. Era um caco de vidro. Sendo brilhante, a agulha logo se apresentou como alfinete.

— O senhor é um diamante, não é?

— Sou sim, mais ou menos.

Cada um ficou pensando que o outro era uma coisa preciosa e eles conversaram sobre vaidade.

— Eu morava numa caixa na casa de uma cozinheira — disse a agulha. — Ela tinha cinco dedos em cada mão. Como eram vaidosos! Achavam que eram importantes, mas só serviam para me segurar, me tirar da caixa e me guardar de novo. Só para isso...

— E brilhavam? — perguntou o caco.

— Nada! Só eram vaidosos. Cinco irmãos da mesma família, em fila, retos, um ao lado do outro, mas de tamanhos diferentes. O primeiro, Mata-Piolho, era gordo e pequeno, ficava de fora e só dobrava num ponto. Mas costumava dizer que, se fosse cortado, o homem não podia fazer serviço militar. O outro, Fura-Bolos, apontava para tudo e apertava o lápis quando a mão escrevia. Pai-de-Todos olhava de cima para todo mundo. Seu-Vizinho andava de anel e o Mindinho ficava o dia todo sem fazer nada. Eram cheios de si e quem foi para a bacia fui eu.

— Mas estamos aqui brilhando — disse o caco.

Foi aí que veio mais água, alagando a sarjeta e levando o caco embora.

— Foi promovido — disse a agulha. — Eu fico. Sou fina e me orgulho disso.

E ficou por ali, pensando na vida.

— Eu acho até que nasci de um raio de sol. Ele sempre me procura, até debaixo d'água. Sou tão fina que nem minha mãe me encontra. Se eu ainda tivesse o meu olho, eu podia chorar, mas acho que não seria de bom-tom.

Um dia, uns moleques estavam mexendo na sarjeta, procurando velharias e cacarecos. Era porcaria, mas eles gostavam.

— Ai! — gritou um se espetando na agulha.

O lacre tinha caído e ela agora estava escura. Mas estava ainda mais magra.

— Lá vem uma casca de ovo!

Os meninos pegaram a agulha e espetaram a casca.

— Paredes branquinhas e eu preta — disse a agulha. — Isso é bom porque eu vou ser vista.

Ficou com medo de ter enjoo porque estava num barco.

— Contra enjoo, é bom ter estômago de aço. É bom saber que eu sou mais que um ser humano. Eu estou me sentindo muito bem.

— Crac — fez a casca de ovo. Uma carroça tinha passado por cima dela.

— Como estou apertada! Vou acabar ficando enjoada. Vou quebrar!

Mas não quebrou, apesar de todo o peso da carroça. Ela estava na horizontal e ficou por lá, sem maiores problemas.

(LRM)

O HOMEM QUE TEVE QUE CUIDAR DA CASA

Lenda escandinava

Era uma vez um homem muito rabugento e mal-humorado, que nunca achava certo nada que a mulher fizesse em casa. Uma tarde, na época de secar o feno, ele chegou em casa reclamando que o jantar não estava pronto, o bebê estava chorando e a vaca não tinha sido recolhida ao estábulo.

— Eu trabalho o dia inteiro — resmungou ele — e você fica só aqui cuidando da casa. Bem que eu queria essa moleza para mim. Eu ia aprontar o jantar na hora, palavra!

— Amorzinho querido, não fique tão zangado — disse a mulher. — Amanhã, vamos trocar nossos trabalhos. Eu saio com os ceifeiros, corto feno, e você fica aqui, cuidando da casa.

O marido achou que daria certíssimo.

— É, eu ganho um dia livre — disse ele. — Faço todos os seus afazeres em uma hora ou duas e durmo o resto da tarde inteira.

Assim, na manhã seguinte bem cedo, a mulher pendurou a foice no ombro e partiu com os ceifeiros. O marido ficou, incumbido de fazer todo o trabalho doméstico.

Em primeiro lugar, lavou umas roupas e começou a bater a manteiga. Mas depois de bater um pouquinho, lembrou que tinha que pendurar as roupas para secar. Saiu para o quintal e mal tinha acabado de estender suas camisas quando viu o porco correndo para dentro da cozinha.

Voou para a cozinha para tratar do porco, temendo que estragasse a manteiga. Mas, logo que entrou, viu que o porco já tinha derrubado a batedeira. Lá estava ele, grunhindo e chafurdando no creme, que escorria pelo chão da cozinha inteira. O homem ficou tão louco de raiva que se esqueceu das camisas no varal e partiu para cima do porco.

Conseguiu agarrá-lo, mas o porco já estava tão lambuzado de manteiga, que lhe escapuliu dos braços e saiu porta afora. O homem correu para o quintal, decidido a pegar o porco de qualquer jeito, mas estacou apavorado quando viu o bode, parado bem debaixo do varal, mordendo e mascando as camisas. Então o homem espantou o bode, trancou o porco e tirou do varal o que sobrara das camisas.

Em seguida, foi à leiteria, pegou creme bastante para encher de novo a batedeira e recomeçou a bater, pois tinham que ter manteiga para o jantar. Quando já tinha batido um pouco, lembrou que a vaca ainda estava trancada no estábulo, sem ter comido nem bebido nada a manhã toda; e o sol já estava alto.

Matutando que o pasto ficava muito longe para levar a vaca até lá, decidiu colocá-la em cima da casa, pois o telhado, como se sabe, era coberto de capim. A casa ficava perto de um morro íngreme e ele achou que, estendendo uma tábua larga da lateral do morro até o telhado, levaria facilmente a vaca para cima.

Mas não podia abandonar a batedeira, pois lá vinha o bebê engatinhando pela casa. “Se eu deixar a batedeira”, pensou ele, “a criança com certeza vai estragar tudo.”

Assim, ajeitou a batedeira às costas e saiu carregando-a. Aí, pensou que era melhor dar água à vaca antes de levá-la para o telhado e pegou um balde para tirar água do poço. Porém, quando se debruçou na borda do poço, o creme escorreu para fora da batedeira, por cima dos ombros, pelas costas, e caiu todo no poço!

Agora já estava quase na hora do jantar e ele nem ao menos tinha feito a manteiga! Então, logo que colocou a vaca no telhado, achou melhor ferver o mingau. Encheu o caldeirão de água e pendurou-o sobre o fogo.

Quando acabou, imaginou que a vaca pudesse cair do telhado e quebrar o pescoço. Então, subiu na casa para prendê-la. Amarrou uma ponta da corda em volta do pescoço da vaca e a outra ele passou pelo buraco da chaminé. Voltou para dentro de casa e amarrou a ponta da corda em torno da cintura. Tinha que se apressar, pois a água agora começava a ferver no caldeirão e ele ainda tinha que moer a aveia.

Começou a moer bem rápido! Mas, quando ele estava bem empenhado, a vaca acabou caindo do telhado e na queda arrastou o homem pela chaminé, suspenso pela corda! Ele ficou entalado, bem apertado. E a vaca ficou balançando ao lado da casa, entre o céu e a terra, sem conseguir nem subir nem descer.

Enquanto isso a mulher, lá no campo, estava esperando o marido chamá-la para jantar. Por fim, achou que já tinha esperado demais e foi para casa.

Quando chegou lá e viu a vaca pendurada tão insolitamente, correu para cima e cortou a corda com a foice. Mas, logo que cortou, o marido despencou da chaminé! Quando ela entrou na cozinha, encontrou-o de cabeça para baixo, mergulhado no caldeirão de mingau.

— Que bom que você voltou — disse ele, depois que ela o pescou. — Preciso lhe dizer uma coisa.

Então ele pediu desculpas, beijou-a e nunca mais reclamou de nada.

(BLA)

A SENHORA HOLLE

Irmãos Grimm, tradução de Ana Maria Machado

Uma mulher tinha duas filhas. Uma era linda e trabalhadeira, a outra era feia e preguiçosa. Mas ela gostava muito mais da feia, porque era filha dela de verdade, e a outra era uma espécie de criada da casa, que tinha que fazer todo o trabalho. Todo dia a coitadinha tinha que se sentar perto de um poço, à beira da estrada, e fiar até que seus dedos sangrassem.

Acontece que um dia o fuso escorregou da mão dela e caiu no fundo do poço. Ela desatou a chorar e foi correndo para casa, contar à madrasta o que tinha acontecido.

A madrasta não teve pena nenhuma e ralhou muito com ela:

— Você deixou cair lá dentro! — gritou ela. — Então pode muito bem ir buscar...

A pobre moça voltou para junto do poço e não sabia o que fazer. No fim, estava tão assustada que acabou pulando lá dentro, para ver se conseguia pegar o fuso de novo. Mas acontece que então ela desmaiou e, quando acordou, estava numa linda campina, onde brilhava o sol e havia milhares de flores lindíssimas.

A moça começou então a caminhar pela campina e daí a pouco chegou junto ao forno de um padeiro. Estava cheio de pão, e o pão começou a gritar:

— Me tire daqui! Me tire daqui! Senão, eu vou queimar todinho... Já estou pronto há um tempão.

Então a moça encontrou uma pá de padeiro e tirou todos os pães lá de dentro, um por um.

Depois, continuou andando. Daí a pouco chegou a uma árvore carregadinha de maçãs. A árvore começou a gritar:

— Me sacuda! Me sacuda! Todas as minhas maçãs já estão maduras...

Então ela sacudiu a árvore e as maçãs foram caindo como se fossem uma chuva, até que não sobrou nenhuma. A moça empilhou as frutas todas e depois seguiu seu caminho.

Finalmente, chegou a uma casinha. Tinha uma velha espiando lá de dentro pela janela. Os dentes dela eram tão grandes que a moça ficou com medo e saiu correndo. Mas a velha gritou:

— Está com medo de quê, minha filha? Fique comigo. Se você me ajudar no serviço da casa e trabalhar direitinho, garanto que não vai se arrepender. É só você ter cuidado, fazer minha cama bem-feita e sacudir a coberta até que as penas voem, porque então vai chover na terra. Eu sou a senhora Holle.[1]

A velha falava de um jeito tão carinhoso que a moça se comoveu e concordou em trabalhar para ela. E fazia o trabalho direitinho. A senhora Holle ficou muito satisfeita com ela, que sempre batia a cama e sacudia as cobertas com tanta força que as penas saíam voando como se fossem flocos de neve. Em troca, levava uma boa vida, nunca brigava com ela e tinha carne cozida ou assada para comer todo dia.

Depois de estar trabalhando com a senhora Holle havia algum tempo, entretanto, a moça foi começando a ficar triste. Primeiro, ela não sabia bem o que era, mas depois foi descobrindo que era saudade. Apesar de estar agora mil vezes melhor do que em casa, ela queria voltar. Por isso, acabou dizendo à senhora Holle:

— Estou com saudades de casa. Sei que estou muito bem aqui embaixo, mas não estou aguentando mais. Tenho que voltar para junto da minha família.

A senhora Holle respondeu:

— Acho que é uma coisa boa que você tenha saudades de casa, e fico contente com isso. Mas, como você me serviu tão lealmente, eu mesma vou levá-la.

Dizendo isso, pegou a moça pela mão e levou-a até uma grande porta. A porta se abriu e, bem na hora em que a moça estava passando por ela, começou a chover ouro lá do alto, e ficava grudado nela. Num instante ela estava coberta de ouro da cabeça aos pés.

— É a sua recompensa por ter trabalhado tão bem — disse a senhora Holle.

E deu a ela o fuso que tinha caído lá embaixo, no fundo do poço.

Em seguida, a porta se fechou e a moça estava outra vez no mundo, perto da casa da mãe.

Quando ela entrou no quintal, o galo, que estava em pé na beirada do poço, começou a cantar:

— *Cocoricó...*

---

[1] *Holle* em alemão é um sobrenome, mas também significa inferno (N. T.).

Lá vem nossa menina
Coberta de ouro em pó...

Aí ela entrou em casa, e a mãe e a irmã ficaram falando sem parar, porque ela estava coberta de ouro.

A moça contou a elas tudo o que tinha acontecido. Quando a mãe ouviu a história de como é que ela tinha encontrado aquela riqueza toda, quis que a filha feia e preguiçosa tivesse a mesma boa fortuna. Então disse a ela que se sentasse junto ao poço e começasse a fiar. Para que o fuso ficasse cheio de sangue, ela meteu a mão numa moita de espinheiro e espetou o dedo. Depois, jogou o fuso no fundo do poço e pulou atrás dele.

Acordou na mesma campina bonita que a irmã e saiu caminhando pelo mesmo caminho. Quando chegou ao forno, o pão gritou outra vez:

— Me tire daqui! Me tire daqui! Senão vou queimar todinho... Já estou pronto há um tempão.

Mas a preguiçosa respondeu:

— Eu, hein? Está pensando que eu quero ficar toda suja?

E seguiu em frente. Daí a pouco chegou junto da velha macieira, que gritou:

— Me sacuda! Me sacuda! Todas as minhas maçãs já estão maduras...

Mas ela respondeu:

— Não faltava mais nada! Já imaginou se uma de suas maçãs cair na minha cabeça?

E seguiu em frente.

Quando chegou à casa da senhora Holle, não teve medo nenhum, porque já sabia que ela tinha aqueles dentes enormes. No mesmo instante, concordou em trabalhar para ela.

No primeiro dia, se esforçou para trabalhar bastante e fazer tudo o que a senhora Holle tinha mandado, porque só estava de olho no dinheirão que ia ganhar. Mas no segundo dia ela começou a afrouxar, e no terceiro foi pior ainda, porque ela não queria nem se levantar cedinho de manhã. E não fez a cama da senhora Holle direitinho, nem sacudiu a coberta até que as penas voassem. Num instante a senhora Holle se cansou do desmazelo dela e a mandou embora.

A moça ficou muito contente, porque achou que finalmente tinha chegado a hora da chuva de ouro. E, realmente, a senhora Holle a levou até a porta. Mas, na hora em que estava passando pela porta, não foi ouro o que choveu sobre ela.

O que se derramou foi um caldeirão cheinho de piche.

— É a recompensa pelo seu trabalho — disse a senhora Holle, fechando a porta.

A preguiçosa voltou para casa, toda coberta de piche. Quando o galo na beirada do poço a viu, começou a cantar:

— *Cocoricó...*
Lá vem nossa menina
E é uma sujeira só...

O piche não saiu de jeito nenhum e ficou grudado nela pelo resto da vida.

O FAZENDEIRO E OS FILHOS

Esopo

Um fazendeiro sentiu a morte próxima e chamou os filhos para contar um segredo.

— Meus filhos, eu vou morrer. Quero dizer que no nosso terreno há um tesouro escondido. Se vocês cavarem, vão encontrar.

Logo que o pai morreu, os filhos pegaram pás e ancinhos e reviraram o terreno de todo jeito procurando o tesouro. Não acharam nada, mas a terra trabalhada produziu uma colheita nunca vista.

O trabalho é o verdadeiro tesouro.

(LRM)

OS ELFOS

Irmãos Grimm, tradução de Ana Maria Machado

Era uma vez um sapateiro que tinha ficado tão pobre, mesmo sem culpa nenhuma, que a única coisa que lhe restara era um pedaço de couro que dava para fazer um único par de sapatos. De noite, ele cortou o molde dos sapatos, planejando começar a trabalhar neles no dia seguinte. Depois, de consciência tranquila, foi calmamente para a cama, entregou-se a Deus e adormeceu.

De manhã, rezou suas orações e ia se sentar para começar a trabalhar quando viu que os sapatos estavam prontinhos em cima da banca.

Ficou tão espantado, que nem sabia o que pensar. Pegou os sapatos e olhou de perto. Não havia um único ponto irregular e estavam perfeitos como se tivessem sido feitos por um mestre-artesão.

Melhor ainda: logo chegou um cliente que gostou tanto dos sapatos que pagou por eles mais do que seria o preço normal. Com o dinheiro, o sapateiro podia comprar um pedaço de couro que dava para fazer dois pares de sapatos.

Novamente, ele deixou os moldes cortados de noite, antes de ir deitar, pretendendo trabalhar neles com mais ânimo no dia seguinte. Mas nem precisou, porque quando se levantou os sapatos já estavam prontos. E também logo chegaram compradores, que lhe pagaram o suficiente para que ele comprasse couro para quatro pares novos.

Na manhã seguinte, ele encontrou os quatro pares prontos. E assim continuou: os sapatos que ele deixava cortados de noite estavam terminados de manhã.

Em pouco tempo ele estava conseguindo se manter decentemente e, daí a mais um pouco, estava rico.

Numa noite, pouco antes do Natal, depois que o sapateiro tinha cortado o couro e eles estavam se preparando para ir dormir, ele disse para a mulher:

— E se a gente ficasse acordado hoje para ver quem é que está nos ajudando?

A mulher gostou da ideia e deixou a lâmpada acesa. Os dois se esconderam num canto, atrás de umas roupas, e ficaram esperando.

À meia-noite, dois homenzinhos nus e com ar muito esperto entraram, se sentaram diante da banca de trabalho, pegaram as peças que estavam cortadas e começaram a furar, costurar e martelar com tanta rapidez e agilidade em seus dedinhos pequenos que o sapateiro nem acreditava, de tão espantado. Trabalharam sem um momento de descanso, até que os sapatos estavam prontinhos, em cima da banca. Então saíram correndo e foram embora.

Na manhã seguinte, a mulher disse:

— Esses homenzinhos nos fizeram ficar ricos. Devíamos mostrar a eles como estamos gratos. Eles devem ter frio, coitados, correndo de um lado para outro sem nada para vestir. Sabe de uma coisa? Vou fazer umas camisas e calças para eles, e coletes, e casacos... E você podia fazer uns pares de sapatos.

— Ótima ideia — disse o sapateiro.

Naquela noite, quando aprontaram tudo, deixaram os presentes em cima da banca de trabalho, em vez dos moldes de couro cortado. Depois se esconderam para ver o que os homenzinhos iam fazer.

À meia-noite, lá chegaram eles correndo, prontos para trabalhar. De início, ficaram meio intrigados ao ver aquelas roupinhas, em vez do couro cortado. Mas deram pulos de alegria. Ligeiros como o relâmpago, vestiram as roupinhas lindas, se ajeitaram todos e cantaram:

— Estamos lindos,
tão elegantes,
sem mais trabalho,
como era antes...

Pularam e dançaram, saltaram por cima das cadeiras e dos bancos, e finalmente saíram pela porta afora, sem parar de dançar. Depois disso, nunca mais voltaram, mas o sapateiro continuou prosperando até o fim de seus dias, porque tudo em que ele punha as mãos dava certo.

COMO O CAMELO GANHOU A CORCOVA

Rudyard Kipling

No início dos tempos, quando o mundo era tão novo, e tudo o mais, os Animais mal estavam começando a trabalhar para o Homem, havia um Camelo que vivia no meio de um Deserto dos Lamentos, porque não queria trabalhar; além disso, ele próprio era um lamentável absurdo. Comia galhinhos, espinhos, plantinhas, doído de tão preguiçoso; quando alguém falava com ele, só dizia:

— Uma ova! — Só isso: — Uma ova! — E nada mais.

Uma manhã de segunda-feira, o Cavalo chegou para ele, sela às costas e freio na boca, e disse:

— Camelo, ó Camelo, venha aqui trotar conosco.

— Uma ova! — disse o Camelo; e o Cavalo foi embora e contou para o Homem.

Veio o Cachorro, com uma vareta na boca, e disse:

— Camelo, ó Camelo, venha aqui catar conosco.

— Uma ova! — disse o Camelo; e o Cachorro foi-se embora e contou para o Homem.

Depois veio o Boi, com uma cangalha no pescoço, e disse:

— Camelo, ó Camelo, venha aqui atar conosco.

— Uma ova! — disse o Camelo; e o Boi foi embora e contou para o Homem.

No fim do dia, o Homem chamou o Cavalo, o Cachorro e o Boi e disse:

— Três, ó Três, lamento muito por vocês (neste mundo tão novo-e-tudo-o-mais); mas aquela Coisa-Ova no Deserto não consegue trabalhar, senão já estaria aqui agora. Por isso, vou deixá-la sozinha lá e vocês vão ter que trabalhar dobrado para compensar.

Isso deixou os Três furiosos (naquele mundo tão novo-e-tudo-o-mais) e foi um palavrório, uma confusão, um comício escandaloso na beira do Deserto. O Camelo veio mascando uma mamona, doído de tão preguiçoso, e ficou rindo deles. Depois disse:

— Uma ova! — E foi-se de novo.

Veio chegando o Djinn que reinava sobre Todos os Desertos, rolando numa nuvem de poeira (os Djinn sempre viajam assim, porque é Magia), e parou para um palavrório e um comício escandaloso com os Três.

— Djinn de Todos os Desertos — disse o Cavalo —, pode alguém ser tão preguiçoso, neste mundo tão novo-e-tudo-o-mais?

— Certamente que não — disse o Djinn.

— Bem — disse o Cavalo —, tem uma coisa no meio do Deserto dos Lamentos (e ele é o próprio lamentável absurdo) com um pescoço comprido e pernas compridas que não moveu uma palha de trabalho desde a manhã de segunda-feira. Ela nem trota.

— Puxa! — disse o Djinn, dando um assovio. — É o meu Camelo, por todo o ouro da Arábia! O que é que ele diz disso?

— Ele diz "Uma ova!" — disse o Cachorro. — E nem pega nem carrega.

— Ele diz alguma outra coisa?

— Só "Uma ova!", e ele nem ara — disse o boi.

— Muito bem — disse o Djinn. — Eu vou ovacioná-lo, se vocês fizerem a gentileza de esperar um minuto.

O Djinn se enrolou no seu casaco de poeira, determinou sua posição no deserto e achou o Camelo doído de preguiça, olhando seu próprio reflexo numa poça d'água.

— Meu amigo comprido e borbulhante — disse o Djinn —, que é que eu ando ouvindo de você não querer trabalhar, neste mundo tão novo-e-tudo-o-mais?

— Uma ova! — disse o Camelo.

O Djinn sentou-se, queixo na mão, e começou a pensar uma Grande Magia, enquanto o Camelo continuou olhando seu reflexo na poça d'água.

— Você fez os Três trabalharem dobrado desde a manhã de segunda-feira, só porque fica doído de preguiça — disse o Djinn; e continuou pensando em Magias, com o queixo na mão.

— Uma ova! — disse o Camelo.

— Eu não repetiria isso, se fosse você — disse o Djinn. — Você pode falar demais da conta. Bolas, eu quero que você trabalhe.

E o Camelo disse:

— Uma ova! — de novo.

Mas, logo que falou, viu suas costas, das quais tinha tanto orgulho, estufando, estufando, até virar uma enorme corcova.

— Viu só? — disse o Djinn. — Foi a sua própria preguiça que você trouxe como um peso às suas costas, por não querer trabalhar. Hoje é quinta-feira e você não trabalhou nada desde segunda, quando o trabalho teve início. Agora, você vai trabalhar.

— Como é que eu posso — disse o Camelo —, com essa corcunda nas minhas costas?

— Foi de propósito — disse o Djinn —, porque você faltou esses três dias. Agora, você vai poder trabalhar três dias sem comer, porque você vive da sua corcunda-uma-ova, que vai ser sua corcova; e nunca diga que nunca fiz nada por você. Saia do Deserto e vá com os Três, comporte-se. Corcove-se!

E o Camelo corcoveou-se, corcova e tudo, e foi juntar-se aos Três. E, desde aquele dia, o Camelo sempre teve uma corcova-uma-ova (a gente chama de corcunda, hoje, para não magoá-lo, lembrando "uma ova!"); mas ele nunca compensou os três dias que faltou no começo do mundo; e até agora ainda não aprendeu a se comportar.

A corcunda do camelo é feia e inchada
   Como no zoológico se pode ver;
Mais feia ainda é a corcunda curvada
   De quem não tem o que fazer.

Adultos e crianças também-ém-ém
Se pra fazer nada têm-êm-êm
   Ganham uma corcova —
   De camelo uma ova —
Corcunda de um vintém!

Saímos da cama com o cabelo louco,
   Falando enrolado e rouco.
Xingamos, brigamos, arrepiamos de medo
   Do banho, do sapato, do brinquedo.

Queria um cantinho, de mais ninguém
(E sei que tem pra você também)
   Se ganhar uma corcova —
   De camelo uma ova —
Corcunda de um vintém!

Pra curar o doente não é bom que se sente
   Lendo quieto em frente à lareira;
Bem melhor é pegar logo no batente:
   Pá e enxada, uma boa suadeira.

Aí se descobre que o sol e o vento
E o Djinn do Jardim também
   Tiraram a corcova —
   E o pé da cova —
E a corcunda de um vintém!

Como você, entendi muito bem-em-em
Que quem pra fazer nada tem-em-em
   Ganha uma corcova —
   De camelo uma ova —
Adulto e criança também!

(BLA)

POEIRA DEBAIXO DO TAPETE

Maud Lindsay

Era uma vez uma mãe que tinha duas filhas pequenas; como seu marido havia morrido e ela era muito pobre, trabalhava diligentemente o tempo todo, para alimentá-las e vesti-las. Era uma trabalhadora habilidosa e conseguiu um serviço longe de casa, mas as duas meninas eram tão boas e prestativas que mantinham a casa limpa e brilhante como um alfinete novo.

Uma das meninas era aleijada e não conseguia andar pela casa toda; assim, ficava sentada na cadeira costurando, enquanto Minnie, a irmã, lavava a louça, varria o chão e enfeitava a casa.

A casa delas ficava na beira de uma grande floresta; depois que terminavam as tarefas, as meninas se sentavam à janela e ficavam olhando as altas árvores se dobrando ao vento, até que as árvores ficavam parecendo gente de verdade, acenando, se curvando e cumprimentando umas às outras.

Na primavera havia pássaros, no verão flores silvestres, no outono folhas brilhantes e no inverno grandes torrentes brancas de neve; assim, o ano inteiro era um desfile de delícias para as duas crianças felizes. Porém, um dia, a querida mãe chegou em casa doente e ficaram muito tristes. Era inverno e precisavam comprar muitas coisas. Minnie e a irmãzinha sentaram-se perto da lareira conversando sobre isso e, por fim, Minnie disse:

— Querida irmãzinha, preciso sair e achar trabalho, antes que a comida acabe.

Assim, beijou a mãe, agasalhou-se e partiu. Havia um caminho estreito que passava pela floresta e ela resolveu segui-lo até chegar a algum lugar onde pudesse achar o trabalho que desejava.

Enquanto ela se apressava, as sombras iam-se adensando. A noite vinha caindo rapidamente quando ela viu, mais à frente, uma casinha muito pequena: uma visão muito bem-vinda. Correu para ela, batendo à porta.

Ninguém respondeu. Bateu de novo, de novo, e acabou achando que ninguém morava lá. Abriu a porta e entrou, pensando em passar a noite ali.

Logo que pisou dentro da casa, recuou espantada: viu doze caminhas, todas desarrumadas, doze pratinhos sujos sobre uma mesa mais suja ainda e o chão tão empoeirado que com certeza daria para fazer um desenho com o dedo.

— Nossa! — disse a menininha. — Nunca vai ficar direito!

E, logo que tinha aquecido as mãos, começou a trabalhar para arrumar a casa.

Lavou os pratos, arrumou as camas, varreu o chão, endireitou o grande tapete em frente à lareira e arrumou as doze cadeirinhas em semicírculo perto do fogo; mal tinha terminado, a porta se abriu e entraram as doze pessoinhas mais esquisitas que ela já tinha visto. Eram mais ou menos da altura de uma régua de carpinteiro e todas usavam roupas amarelas; quando Minnie viu aquilo, percebeu que deviam ser os duendes que tomavam conta do ouro no coração da montanha.

— Bem! — disseram os duendes, todos juntos, porque sempre falavam juntos e rimando.

— Ora, não é uma doce surpresa?
Custa a crer tamanha beleza!

Deram uma espiada em Minnie e gritaram, espantadíssimos:

— Quem é essa, tão delicada e generosa?
Nossa ajudante é uma criança misteriosa!

Minnie, ao vê-los, veio cumprimentá-los.

— Boa noite — disse ela —, eu sou Minnie Grey; estou procurando trabalho porque minha querida mãe está doente. Entrei aqui quando a noite caiu e...

Todos os duendes riram e gritaram alegremente:

— Achou nossa casa horripilante,
Mas logo a tornou limpa e brilhante!

Eram tão engraçadinhos, aqueles queridos duendezinhos! Depois de agradecerem a Minnie pelo trabalho, pegaram pão branco e mel do armário e a convidaram a jantar com eles.

Enquanto jantavam, contaram a ela que a fada que cuidava da casa deles havia tirado férias e a casa estava descuidada porque ela não estava indo lá.

Todos suspiraram quando disseram isso; depois do jantar, enquanto Minnie lavava os pratos e os guardava cuidadosamente, ficaram olhando muito para ela, confabulando entre si. Quando o último prato foi guardado, chamaram Minnie e disseram:

— Querida servente mortal, quer ser empregada
Durante todas as férias da nossa fada?
Se for de confiança e trabalhar bem,
Será recompensada como ninguém.

Ah, Minnie ficou muito alegre, pois tinha gostado dos gentis duendes e queria ajudá-los. Agradeceu e foi para a cama feliz a sonhar.

Na manhã seguinte, acordou com as galinhas e preparou um bom café da manhã; depois que os duendes saíram, limpou os cômodos e consertou as roupinhas. De noite, quando voltaram, encontraram um fogo brilhante e um jantar quentinho esperando por eles. E todos os dias Minnie trabalhava lealmente, até o último dia das férias da fada empregada.

Nessa manhã, quando Minnie olhou pela janela para vê-los partirem para o trabalho, viu, de uma das vidraças, o quadro mais belo da sua vida.

Um quadro de palácios de fadas, com torres de prata e picos congelados, tão lindo e maravilhoso que ficou olhando e se esqueceu de que tinha trabalho a fazer, até que o relógio cuco sobre a lareira bateu as doze horas.

Correu apressada a fazer as camas e lavar os pratos. Mas, mesmo com pressa, não conseguia trabalhar rápido e, quando pegou a vassoura para varrer o chão, estava quase na hora de os duendes chegarem em casa.

— Acho — disse Minnie, em voz alta — que não vou varrer debaixo do tapete hoje. Afinal, não tem nenhum problema a poeira ficar onde nem vai ser vista.

Correu para fazer o jantar, deixando o tapete como estava.

Logo os duendes chegaram. Os cômodos estavam como sempre e nada foi dito; Minnie não pensou mais na poeira, até ir para a cama com as estrelas espiando pela janela.

Mas, então, ficou cismando com a poeira, pois lhe pareceu que ouvia as estrelas dizendo:

— Lá está a menininha que é de confiança e trabalha bem.

E Minnie virou o rosto para a parede, porque uma vozinha, bem dentro do seu coração, dizia:

— Poeira debaixo do tapete! Poeira debaixo do tapete!

— Lá está a menininha — gritavam as estrelas — que mantém a casa brilhante como as estrelas.

— Poeira debaixo do tapete! Poeira debaixo do tapete! — dizia a vozinha no coração de Minnie.

— Nós estamos vendo! Nós estamos vendo! — gritavam todas as estrelas, alegremente.

— Poeira debaixo do tapete! Poeira debaixo do tapete! — dizia a vozinha dentro do coração de Minnie, até que ela não aguentou mais.

Levantou-se da cama de um salto, pegou a vassoura e varreu a poeira. E, oh!, debaixo do tapete havia doze moedas reluzentes de ouro, redondas e brilhantes como a lua.

— Oh! oh! oh! — gritava Minnie, muito surpresa. E todos os pequenos duendes vieram correndo para ver o que tinha acontecido.

Minnie contou-lhes tudo; quando acabou sua história, os duendes se reuniram amorosamente à volta dela e disseram:

— Querida criança, o ouro é todo seu,
Pois foi de confiança e nada escondeu;
Mas, se o tapete ficasse como estava,
Só um níquel velho você ganhava.
Nosso amor vai junto com esse ouro,
E, oh!, nunca se esqueça do tesouro:
Que no mínimo trabalho de cada dia
Se esconde a riqueza da alegria.

Minnie agradeceu a bondade dos duendes e, na manhã seguinte bem cedo, correu para casa com seu tesouro de ouro, que pagou muitas coisas para a querida mãe e a irmãzinha.

Ela nunca mais viu os pequenos duendes. Mas também nunca se esqueceu da lição: fazer seu trabalho merecendo confiança. E sempre varreu debaixo do tapete.

(BLA)

A SEMANA DE DOMINGOS

Era uma vez um homem chamado Bobby O'Brien, que nunca movia uma palha a menos que fosse absolutamente necessário.

— Vamos lá, Bobby — seus amigos costumavam dizer —, que é que há de errado com um pouquinho de trabalho pra valer? Parece até a peste negra, do jeito que você se esquiva!

— Amigos, não tenho nada contra o trabalho — respondia Bobby. — Na verdade, nada me fascina mais do que o trabalho. Posso passar o dia inteiro sentado assistindo a alguém trabalhar, se vocês me derem oportunidade.

Em casa, é claro que ele também era perfeitamente inútil.

— Puxa, você não tem vergonha? — choramingou sua mulher, Katie, um dia. — Belo exemplo você está dando às crianças! Você quer que elas também sejam essas lesmas lerdas quando crescerem?

— Hoje é domingo, querida, dia de descansar — Bobby lembrou-a. — Por que logo você vai querer perturbar? Se quer saber a minha opinião, é o único dia da semana em que vale a pena sair da cama. O único problema do domingo é que, logo que ele acaba, o resto da semana começa de novo...

Bobby era um grande filósofo, com tanto tempo disponível!

Naquela mesma noite, a família inteira estava sentada à volta da lareira, esperando a sopa ferver, quando o que é que ouvem? Um tec-tec-tec na janela! Bobby arrastou-se e levantou a vidraça: um homenzinho do tamanho de um galinho empertigado pulou para dentro da sala.

— Estava passando por aqui — falou o minúsculo homenzinho — e senti cheiro de comida boa e substanciosa; achei que podia comer um pouquinho.

— Fique à vontade, coma o quanto quiser — disse Bobby, conjeturando que um homúnculo daqueles não ia comer mais do que umas duas colheradas.

Assim, o sujeitinho sentou-se ao pé do fogo e, mal Katie lhe entregara um prato fervente, ele engoliu de uma vez e pediu mais. Katie deu-lhe o segundo e ele engoliu ainda mais rápido do que o primeiro. Serviu-lhe o terceiro e ele secou o prato mal ela o tinha enchido.

"Mas que porquinho", pensou Bobby com seus botões. "Vai comer tudo o que tivermos para jantar até ficar satisfeito. Mas eu o chamei para entrar, ele é nosso convidado; temos que segurar a língua."

Depois de cinco ou seis pratos fundos, o homenzinho estalou os lábios e pulou para fora do banquinho.

— Muito bondosos mesmo vocês foram.— Ele riu. — Nunca encontrei família mais hospitaleira. Agora preciso ir, mas, em agradecimento, será um prazer conceder-lhes o próximo desejo proferido em voz alta debaixo deste teto.

E com isso saltou pela janela e se esvaneceu dentro da noite.

Bem, cada um queria desejar uma coisa diferente. Uma criança queria um saco de balas; outra, uma caixa de brinquedos. Katie pensou logo numa cama nova, pois a antiga já anunciava um colapso iminente. Bobby fazia listas de dúzias de coisas que iam passando pela cabeça, talvez uma nova vara de pescar ou um bolo de chocolate.

— Precisamos de mais tempo para pensar — declarou ele. — O problema é que amanhã é segunda-feira, cheia de trabalho e afazeres para atrapalhar nossas ideias. Queria que essa semana fosse só de domingos; aí teríamos tempo de sobra para decidir.

— Agora, você estragou tudo! — gritou Katie. — Você desperdiçou nosso único desejo nessa semana de domingos! Você devia ter desejado mais cérebro nessa cabeça dura, em vez de abrir a boca pra pedir uma coisa dessas!

— Ora, ora, até que não é um desejo tão ruim assim — disse Bobby, que só agora ia percebendo o que tinha feito. — Uma semana de domingos, afinal, vai ser uma coisa ótima! Estou mesmo precisando de um pouco de descanso e agora vou conseguir.

— Descanso é a última coisa de que você precisa, seu balaio mole cheio de ossos — choramingou Katie, apressando as crianças para irem se deitar.

Mas na manhã seguinte, quando Bobby acordou e ouviu os sinos da igreja repicando e lembrou que teria sete dias inteiros pela frente sem ter a mínima coisa para fazer, concluiu que tinha feito o mais sábio dos desejos. Rolou na cama a manhã inteira, enquanto Katie levou as crianças à igreja, e nem se preocupou em se levantar, até que finalmente sentiu o aroma da galinha gorda que saía do forno para o ajantarado de domingo.

— Que acontecimento notável! — Bocejou e espreguiçou-se ao sentar à mesa. — Nem o próprio rei Salomão jamais teria desejado uma coisa tão maravilhosa como uma semana de domingos.

Depois de se empanturrar, passeou um pouco lá fora e tirou um cochilo debaixo da sua árvore favorita.

No dia seguinte, ficou na cama a manhã toda de novo, só se levantando quando a igreja já tinha terminado com certeza. Mas a única coisa que Katie pôs na mesa foi um pouco de ossos de galinha que sobraram da véspera, quando Bobby tinha comido todo o almoço de domingo. O dia seguinte foi até pior. Bobby sentou-se com um apetite ribombante, mas só encontrou mingau e batatas agraciando a mesa.

— Mas que raio de comida é essa? — perguntou ele. — Você esqueceu que dia da semana é este? Mingau e batatas não servem para domingo, minha querida.

— E o que mais você esperava? — gritou Katie. — Como é que eu vou comprar uma galinha nova, se todas as lojas da cidade estão fechadas durante sete dias seguidos? Isso é o que tem no armário e, por isso, é bom você ir se acostumando, meu caro.

Bem, na manhã seguinte o estômago de Bobby roncava tão desesperadamente que ele não resistiu e levantou-se um pouco mais cedo do que costumava aos domingos. Perambulou um pouco pela cozinha, procurando aqui e ali alguma coisa para comer, mas só achou um pedaço de pão bolorento na despensa.

— Sabe, minha querida — disse ele —, tenho pensado que preciso de um pouquinho de exercício. Acho que vou lá na horta e cavar umas batatas para o jantar.

— Você não vai fazer nada disso — disse Katie asperamente. — Não vou deixá-lo cavar batatas numa manhã de domingo, com os vizinhos passando por aí a caminho da igreja. Não vai mesmo.

— Mas só tem um pedaço de pão bolorento nesta casa! — gritou Bobby.

— E quem foi o culpado, não foi você, com a sua semana de domingos? — perguntou Katie.

No dia seguinte, Bobby se levantou ao romper da aurora, andando para lá e para cá pela casa, tamborilando os dedos em todos os batentes das janelas. As crianças iam andando atrás dele, até que os sinos da igreja começaram a dobrar e então elas começaram a berrar e chorar sem parar.

— O que é que está acontecendo com esses pequenos? — Bobby gemeu. — Foram-se todas as boas maneiras?

— E o que você esperava, afinal? — gritou Katie. — Os pobrezinhos ouviram mais sermões em uma semana do que você passou roncando durante o ano todo. As costas já estão assadas de tanto encostar no banco da igreja e já jogaram todas as moedas que economizaram no prato de coleta.

— Elas deviam é estar na escola, isso sim — declarou Bobby.

— E posso perguntar a quem devemos culpar por isso? — inquiriu Katie.

No sexto domingo, Bobby estava tão nervoso e aborrecido que decidiu ir à igreja com o resto da família. Todas as cabeças na congregação giraram quando ele entrou e atravessou a nave.

— Lá está o homem! — gritou o pastor, do púlpito. — Eis o tratante que me fez ficar acordado todas as noites desta semana, desmantelando meu pobre cérebro para fazer sermões novos! Eis o trapalhão que arruinou todas as gargantas do coro e ralou os dedos do coitado do organista! Suponho que tenha vindo inspecionar seu trabalhinho sujo, é isso?

E, quando o culto terminou, Bobby viu seus vizinhos fazerem fila para recebê-lo.

— Muito bem — perguntou um —, você parou para pensar como é que vamos trazer a colheita para cá, com tantos domingos atrapalhando?

— E como é que vamos ganhar a vida, tendo que fechar as portas a semana inteira? — perguntaram o açougueiro e o padeiro.

— E para lavar roupa, passar e remendar? — perguntou alguém. — Você já sabe o tamanho da pilha para a segunda-feira, se é que ela virá?

— Aliás — disse o diretor da escola —, você tem cuidado das lições dos seus filhos, ou eles já esqueceram como é que se lê e se escreve?

Bobby tomou o rumo de casa o mais rápido que pôde.

— Graças aos céus só falta um domingo! — suspirou, logo que chegou a salvo na própria casa. — Mais um pouco poderia ser prejudicial à saúde.

O último domingo foi o dia mais longo da vida de Bobby O'Brien. Os minutos passavam como horas, as horas se estendiam pela eternidade. Bobby girava os polegares, pulava num pé só, andava em círculos e vigiava o relógio.

— Essa coisa está quebrada? — gritava ele, agarrando o relógio da lareira e sacudindo até chocalhar por dentro. — Nunca o tempo se arrastou assim tão devagar!

— Desde quando você quis que algum domingo terminasse? — perguntou Katie. — Você não está se esquecendo de que amanhã é segunda-feira?

— Esquecer? Eu só consigo pensar nisso! — exclamou Bobby. — Nunca na vida ansiei tanto por um dia como por essa manhã de segunda-feira.

As sombras se esgueiraram lentamente sobre o gramado, o sol finalmente se pôs e, quando a primeira estrela pipocou no céu, quem apareceu batendo à janela, se não o mesmo homenzinho que os visitara uma semana antes?

— E então, aproveitou bem o seu desejo? — perguntou a Bobby.

— Não muito, infelizmente — disse Bobby.

— É mesmo? — exclamou o homúnculo. — Então você não trocaria outra refeição por uma semana de domingos?

— Oh, céus, não! — gritou Bobby. — Os únicos dias de descanso que eu quero são os que eu ganhar por ter trabalhado seis dias! Me custou uma semana inteira aprender essa lição e tão cedo não vou esquecê-la. Por isso, eu agradeço se você for embora com os seus desejos, meu amigo.

E assim o homenzinho desapareceu e nunca mais ninguém o viu.

(BLA)

A REBELIÃO CONTRA O ESTÔMAGO

Variações desta história existem desde a Antiguidade Clássica. Paulo emprega uma delas em Coríntios I 12:14-16.

Uma vez um homem sonhou que suas mãos, pés, boca e cérebro começaram todos a se rebelar contra o estômago.

— Sua lesma imprestável! — disseram as mãos. — Nós trabalhamos o dia inteiro, serrando, martelando, levantando e carregando. De noite estamos cobertas de bolhas e arranhões, nossas juntas doem e ficamos cheias de sujeira. Enquanto isso, você só fica aí sentado, pegando a comida toda!

— Nós concordamos! — gritaram os pés. — Pense só como nos desgastamos, andando para lá e para cá o dia inteiro. E você só fica se entupindo, seu porco ganancioso, cada vez mais pesado para a gente carregar.

— Isso mesmo! — choramingou a boca. — De onde você pensa que vem toda a comida que você tanto ama? Eu é que tenho que mastigar tudo; e, logo que termino, você suga tudo aí para baixo, só para você. Você acha que isso é justo?

— E eu? — gritou o cérebro. — Você acha que é fácil ficar aqui em cima, tendo que pensar de onde virá a sua próxima refeição? E, ainda por cima, não ganho nada pelas minhas dores todas.

Uma por uma, as partes do corpo aderiram às reclamações contra o estômago, que não disse coisa alguma.

— Tenho uma ideia — anunciou o cérebro finalmente. — Vamos todos nos rebelar contra essa barriga preguiçosa e parar de trabalhar para ela.

— Soberba ideia! — todos os outros membros e órgãos concordaram. — Vamos lhe ensinar como nós somos importantes, seu porco. Assim, talvez você também acabe fazendo algum trabalho.

E todos pararam de trabalhar. As mãos se recusaram a levantar ou carregar coisas. Os pés se recusaram a andar. A boca prometeu não mastigar nem engolir nem um bocadinho. E o cérebro jurou que não teria mais nenhuma ideia brilhante. No começo, o estômago roncou um pouco, como sempre fazia quando estava com fome. Mas depois ficou quieto.

Nesse ponto, para surpresa do homem que sonhava, ele descobriu que não conseguia andar. Não conseguia segurar nada nas mãos. Não conseguia nem abrir a boca. E, de repente, começou a se sentir bem doente.

O sonho pareceu durar vários dias. A cada dia que passava, o homem se sentia cada vez pior.

"É melhor que essa rebelião não dure muito", pensou ele, "senão vou morrer de inanição."

Enquanto isso, mãos, pés, boca e cérebro só ficavam à toa, cada vez mais fracos. No início, se agitavam só um pouquinho, para escarnecer do estômago de vez em quando; mas pouco depois não tinham mais energia nem para isso.

Por fim, o homem ouviu uma vozinha fraca vinda da direção dos pés.

— Pode ser que estivéssemos enganados — diziam eles. — Talvez o estômago estivesse trabalhando o tempo todo, ao jeito dele.

— Estava pensando a mesma coisa — murmurou o cérebro. — É verdade que ele fica pegando a comida toda. Mas parece que ele manda a maior parte de volta para nós.

— Devemos admitir nosso erro — disse a boca. — O estômago tem tanto trabalho a fazer quanto as mãos, os pés, o cérebro e os dentes.

— Então, vamos todos voltar ao trabalho — gritaram juntos. E, nisso, o homem acordou.

Para seu alívio, descobriu que os pés estavam andando de novo. As mãos seguravam, a boca mastigava e o cérebro agora conseguia pensar com clareza. Começou a se sentir muito melhor.

"Bem, eis aí uma lição para mim", pensou ele, enquanto enchia o estômago de café e pão com manteiga, de manhã. "Ou funcionamos todos juntos, ou nada funciona mesmo."

O REINO DAS ABELHAS

Shakespeare, Henrique V, *tradução de Barbara Heliodora*

... assim faz a abelha,
O ser que a natureza tem por norma
Para ensinar a ordem às nações.
Elas têm rei, e certos funcionários;
Há magistrados pra ordem doméstica,
Há mercadores que se arriscam fora,
Há soldados, armados com ferrões,
Que vão pilhar botões em pleno estilo,
Cujo sangue carregam com alegria
Para a tenda de seu imperador.
Este, ocupado em sua majestade,
Olha os pedreiros e seus tetos de ouro,
Os cidadãos que preparam o mel,
A chegada dos pobres que carregam
Até a estreita porta a grande carga,
O juiz triste, sempre ranzinzando,
Que entrega a algum carrasco, branco e pálido,
O zangão preguiçoso.

OS GRAVETOS

Esopo

Um homem tinha muitos filhos que viviam brigando. Não havia meio de conseguir harmonia na família. Um dia, ele pegou um feixe de gravetos e pediu que cada um quebrasse com o joelho. Todos tentaram e não conseguiram. Ele então desfez o feixe e deu os gravetos um por um. Ninguém teve dificuldade em quebrar todos os gravetos.

— Olhem só: se vocês se unirem, não há inimigo que os possa vencer. Brigando sempre e ficando separados, só podem perder.

A união faz a força.

(LRM)

HÉRCULES LIMPA AS ESTREBARIAS DE AUGIAS

O quinto trabalho de Hércules foi a famosa limpeza das estrebarias de Augias. Augias, rei de Élis, possuía um rebanho de 3 mil cabeças e havia construído uma estrebaria que se estendia por milhas. Ano após ano, seu rebanho ia crescendo e ele não conseguia homens suficientes para cuidar dos currais. As vacas tinham dificuldade para entrar por causa da sujeira ou, se conseguiam, nunca tinham certeza de saírem de novo, porque os detritos se empilhavam às alturas. Dizia-se que havia trinta anos não se limpavam as estrebarias. Hércules disse a Augias que as limparia em um dia, se o rei lhe desse um décimo do seu gado. Augias achou que o grande herói jamais o faria em tão pouco tempo e, assim, fez o acordo na presença do seu jovem filho.

As estrebarias do rei ficavam perto dos rios Alfeu e Peneu. Hércules cortou um grande canal juntando os dois rios na direção dos currais. A enxurrada lavou a sujeira tão rapidamente que o rei mal podia crer. Ele não tinha intenção de pagar a recompensa e fingiu jamais tê-la prometido.

A disputa foi levada à corte para decisão dos juízes. Hércules chamou o jovem príncipe como testemunha e o menino contou a verdade, o que provocou tamanha ira no rei que tanto o príncipe como Hércules foram expulsos daquelas terras. Hércules partiu do reino de Élis e prosseguiu com seus trabalhos, mas seu coração ficou cheio de desprezo pelo rei desleal.

(BLA)

A ESCOLHA DE HÉRCULES

Adaptação de James Baldwin

Quando Hércules ainda era um jovem imberbe com toda a vida pela frente, saiu um dia para levar um recado de seu padrasto. Caminhava com o coração pesado de pensamentos amargos; resmungava porque outros não melhores que ele levavam uma vida fácil e cheia de prazer, enquanto, para ele, a vida era só trabalho e dor.

Ruminando essas questões, chegou a uma bifurcação de estradas: parou, incerto sobre qual seguir. A estrada à direita era montanhosa e acidentada. Não havia beleza nela nem nos arredores, mas viu que conduzia diretamente às montanhas azuis que se perdiam na distância. A estrada à esquerda era larga e lisa, com árvores frondosas sombreando ambos os lados, nas quais cantavam inúmeros pássaros em coro; seguia meneando por verdes campinas enfeitadas por incontáveis flores. Mas terminava em bruma e neblina muito antes de chegar às maravilhosas montanhas azuis ao longe.

Enquanto o rapaz estava lá, parado, em dúvida quanto às estradas, vieram duas belas mulheres em sua direção, cada uma por uma das estradas. A que veio pelo caminho florido alcançou-o antes, e Hércules viu que era linda como um dia de verão. Tinha as faces coradas, os olhos faiscavam; dizia palavras amorosas e persuasivas.

— Oh, nobre jovem — disse ela —, não se curve mais ao trabalho e a tarefas árduas; siga-me. Eu o conduzirei por caminhos agradáveis, onde não há tempestades para perturbar nem problemas para aborrecer. Você irá viver uma vida fácil, numa sucessão sem fim de música e alegria; não precisa desejar nada que torna a vida alegre: vinho espumante, coxins macios, ricas vestes ou os olhos amorosos de belas virgens. Venha comigo, e a vida será para você um sonho vívido de contentamento.

A essa altura, a outra bela mulher já tinha se aproximado e agora falava ao rapaz.

— Eu não tenho nada a lhe prometer — disse ela —, exceto o que você irá conquistar por sua própria força. A estrada pela qual o conduzirei é acidentada e difícil, sobe por muitos morros, desce por muitos vales e pântanos. As vistas que por vezes você descortinará do topo dos morros são grandiosas, gloriosas, mas os vales profundos são escuros, e a subida é penosa. No entanto, a estrada leva às montanhas azuis da fama eterna, que você divisa no horizonte. Não se consegue alcançá-las sem trabalho; de fato, não há nada que valha a pena possuir se não tiver sido ganho com esforço. Se você quiser frutos e flores, deve plantá-los e cultivá-los; se quiser o amor dos seus companheiros, deve amá-los e sofrer por eles; se quiser gozar dos favores dos céus, deve se tornar digno desses favores; se quiser ter fama eterna, não deve desprezar a árdua estrada que conduz a ela.

Então Hércules viu que essa mulher, embora fosse tão bela quanto a outra, tinha o semblante puro e suave, como o céu numa manhã balsâmica de primavera.

— Qual é o seu nome? — perguntou ele.

— Alguns me chamam de Trabalho — respondeu a mulher —, mas outros me conhecem como Virtude.

Hércules virou-se para a primeira mulher.

— E qual é o seu nome? — perguntou.

— Alguns me chamam de Prazer — disse ela, com um sorriso feiticeiro —, mas eu prefiro ser conhecida como a Alegre e Feliz.

— Virtude — disse Hércules —, tomarei a ti por minha guia! A estrada do trabalho e do esforço honesto será a minha escolha, e meu coração não mais abrigará a amargura nem o descontentamento.

E ele tomou a mão da Virtude e seguiu com ela pela estrada reta e agreste que conduzia às claras montanhas azuis no horizonte pálido e distante.

(BLA)

ROBINSON CRUSOÉ CONSTRÓI UM BARCO

Daniel Defoe

Aquilo me deixou um bom tempo pensando se não seria possível construir uma canoa, ou *periagua*, como fazem os nativos desses climas, mesmo sem ferramentas ou, pode-se dizer, sem mão de obra, a saber, de um tronco grosso de árvore. Não só achei possível como até fácil e me agradou extremamente pensar em fazê-la e saber que seria muito mais conveniente para mim do que para qualquer dos negros ou índios; mas absolutamente não considerei as inconveniências especiais que pairavam sobre mim, mais do que sobre os índios, a saber, carência de mãos para levá-la, quando pronta, até o rio, dificuldade esta muito mais difícil para mim de transpor do que todas as consequências da carência de ferramentas o seriam para eles. Pois o que me adiantava, se depois que escolhi uma grande árvore no mato, conseguindo com muito custo abatê-la, e depois de cortar e aparar a parte de fora até tomar a forma própria de um barco e então queimar e cortar a parte de dentro para ficar oca, de modo a transformar num barco — se depois disso tudo, eu tive que deixá-la onde a encontrei, incapaz de lançá-la à água?

Pode-se pensar que não tive a mínima reflexão sobre minhas circunstâncias, enquanto fazia esse barco; eu deveria, sim, ter imediatamente pensado em como o colocaria no mar. Mas meus pensamentos estavam tão concentrados na minha viagem pelo mar, no barco, que nem por um instante refleti sobre como o retiraria da terra; e na realidade seria naturalmente mais fácil para mim guiá-

-la por 45 milhas de mar do que por 45 braças de terra, onde ele se encontrava, para fazê-lo flutuar no mar.

Comecei a trabalhar nesse barco, mais idiota do que qualquer homem com pelo menos um dos sentidos alerta. Diverti-me com o projeto, sem determinar se seria capaz de executá-lo; a dificuldade de lançar meu barco à água vinha frequentemente à cabeça, mas eu punha um ponto final às questões a respeito com essa resposta boba que eu dava a mim mesmo:

— Vamos primeiro fazê-lo; garanto que vou descobrir um jeito ou outro de levá-lo, quando estiver pronto.

Esse método era completamente despropositado; mas a ansiedade da minha fantasia prevaleceu, e pus mãos à obra. Abati um cedro. Duvido muito que Salomão jamais tenha conseguido um desses para a construção do Templo em Jerusalém. Tinha um metro e noventa de diâmetro na parte baixa perto da raiz e um e cinquenta de diâmetro a uma distância de 7 metros, a partir de onde afinava um pouco e se dividia em galhos. Não foi sem um trabalho infinito que consegui abater essa árvore. Fiquei 20 dias entalhando e cortando a parte de baixo. Fiquei mais 14 dias tirando os galhos e tocos, tirando a vasta copa espalhada, cortando e entalhando tudo com machado e machadinha, um trabalho inexprimível. Depois disso, levei um mês para moldá-lo e apará-lo até as proporções de algo que seria o fundo de um barco, para que pudesse flutuar aprumado. Custou-me quase três meses mais para abrir por dentro e modelar até torná-lo exatamente um barco. Isso eu fiz realmente sem fogo, usando apenas marreta e formão e por meio de trabalho árduo, até que consegui transformá-lo numa linda *periagua*, grande o bastante para carregar de seis a vinte homens e, consequentemente, grande o suficiente para transportar a mim e a toda a minha carga.

Quando completei esse trabalho, fiquei extremamente deliciado. O barco era de fato muito maior do que qualquer canoa, ou *periagua*, que eu já tinha visto na vida, feita de uma árvore. Muitos golpes cansados me custou, com certeza; e não restou nada além de levá-lo até a água; e se eu tivesse chegado a colocá-lo na água, nem questiono que eu teria partido na viagem mais louca, a mais improvável de se efetuar, que jamais se empreendeu.

Mas todos os meus esforços para levá-lo à água falharam, embora também me custassem infinito trabalho. Ele estava a cerca de cem metros da água, não mais. Mas o primeiro inconveniente era que o riacho estava morro acima; bem, para afastar esse desencorajamento, resolvi cavar a terra, para formar um declive. Cheguei a começar e custou-me uma quantidade prodigiosa de dores; mas quem se rende a dores, tendo a libertação em vista? Mas, quando isso foi feito e essa dificuldade resolvida, estava ainda bem empatado; pois eu não conseguia mexer a canoa, como fazia com o outro barco.

Então medi a distância do chão e resolvi cortar um cais, ou canal, para trazer a água até a canoa, já que não conseguia levar a canoa até a água. Bem, eu iniciei esse trabalho e quando comecei a detalhar e calcular a profundidade que teria que cavar, a largura, e como retirar os detritos, descobri, pela quantidade de mão de obra à disposição — que era só eu — que levaria uns dez ou doze anos até completar. Pois a praia estava no alto, de modo que a extremidade superior precisaria ter pelo menos seis metros de profundidade; assim, por fim, embora com grande relutância, desisti dessa tentativa também.

Isso me entristeceu profundamente, e agora percebi, apesar de muito tarde, o desatino de começar um trabalho antes de calcular o custo e antes de julgarmos corretamente nossas forças para executá-lo.

(BLA)

TOM SAWYER LARGA O PINCEL

Mark Twain

A manhã de sábado chegara, e todo o mundo do verão estava brilhante, transbordando de vida e frescor. Havia uma canção em cada coração; e, se o coração era jovem, a música aparecia nos lábios. Havia alegria em cada rosto e uma mola em cada passo. As acácias floresciam, e a fragrância dos botões enchia o ar. A colina de Cardiff, além e acima da cidade, estava verdejante e era distante o suficiente para lembrar uma Terra dos Deleites, que fazia sonhar, repousante e convidativa.

Tom apareceu na calçada com um balde de cal e um pincel de cabo longo. Inspecionou a cerca e toda a alegria o deixou, instalando-se no seu espírito uma profunda melancolia. Trinta metros de cerca de tábuas de 3 metros de altura. A vida lhe pareceu vazia, a existência, um fardo. Suspirando, mergulhou o pincel e passou-o pela tábua mais alta; repetiu a operação; outra vez; comparou a insignificante faixa caiada com o extenso continente de cerca não caiada e sentou-se num caixote, desanimado...

Logo os meninos livres apareceriam, partindo para todos os tipos de maravilhosos passeios e fariam um monte de gozações com ele por ter que trabalhar — só de pensar, sentia um fogo queimando. Tirou do bolso suas riquezas materiais e examinou-as — pedaços de brinquedos, bolas de gude e lixo; o bastante para comprar uma troca de trabalho, talvez, mas nem metade do necessário para comprar pelo menos meia hora de pura liberdade. Assim, devolveu seus parcos recursos ao bolso e desistiu da ideia de comprar os meninos. Nesse momento de trevas e desespero, uma inspiração explodiu dentro dele! Nada menos que uma grande, magnífica inspiração!

Levantando o pincel, voltou tranquilamente ao trabalho. Nessa hora, Ben Rogers despontou no horizonte — justo esse, de todos os meninos, e a ideia de ser ridicularizado o apavorava. Ben vinha saltitando — prova suficiente de um coração leve e expectativas elevadas. Vinha comendo uma maçã e, a intervalos, dava um longo apito melodioso seguido de um grave ding-dong-dong-ding-dong-dong, pois estava personificando um barco a vapor. Quando chegou mais perto, baixou a velocidade, foi para o meio da rua, inclinou-se bem longe a estibordo e contornou pesadamente, com laboriosa pompa e circunstância — pois encarnava o *Big Missouri* e se considerava saindo da água a 3 metros. Ele era o barco, o capitão e os sinos da máquina ao mesmo tempo, e tinha que se imaginar de pé no seu próprio convés superior, dando as ordens e executando-as:

— Pare o barco, senhor! Ting-a-ling-ling!

A marcha quase se esgotou, e ele se dirigiu lentamente para a calçada.

— Embarcação a ré! Ting-a-ling-ling!

Seus braços se esticaram e caíram duros dos lados do corpo.

— Aprume de volta a estibordo! Ting-a-ling-ling! Tchou! Tch--tchou-ou! Tchou!

Sua mão direita, enquanto isso, descrevia círculos majestosos — pois estava representando uma roda de 12 metros.

— Deixe voltar a bombordo! Ting-a-ling-ling! Tchou-tchou-tchou!

A mão esquerda começou a descrever círculos.

— Pare a estibordo! Ting-a-ling-ling! Pare a bombordo! Venha à frente a estibordo! Pare! Deixe o externo virar devagar! Ting-a--ling-ling! Tchou-ou-ou! Retire o cabo de proa! Força agora! Vem! Tira o cabo de regeira! Que é que está demorando aí? Dê uma volta no toco com a dobra feita do cabo! Fique aí nesse estrado, agora!, solta! Motores parados, senhor! Ting-a-ling-ling! *Ch't! ch't! ch't!* (experimentando as torneiras de prova).

Tom continuou caiando — não prestou nenhuma atenção ao barco a vapor. Ben o encarou por um momento, depois disse:

— O-oi! Você é que está enrolado, hein!

Nenhuma resposta. Tom inspecionou seu último retoque com olho de artista, depois deu mais uma suave pincelada e apreciou o resultado, como antes. Ben aprumou-se ao seu lado. Tom estava com água na boca pela maçã, mas ficou colado no trabalho. Ben disse:

— Ei, amigão, tem que trabalhar, é?

Tom virou-se de repente e disse:

— Nossa, é você, Ben! Nem tinha reparado.

— Olha, eu estou indo nadar, *eu* vou. Você também não queria? Mas é claro que você tá preferindo *trabalhar*, né? Claro que tá!

Tom contemplou o menino um pouquinho e disse:

— O que é que você tá chamando de trabalho?

— Ué, isso aí num é trabalho?

Tom recomeçou a caiar e respondeu com pouco caso:

— Bom, talvez seja, talvez não seja. Só sei é que combina com Tom Sawyer.

— Ah, vamo lá, você não vai querer dizer que tá gostando?

O pincel continuou em frente.

— Gostar? Bom, não sei por que não devia gostar. É todo dia que um menino tem chance de caiar uma cerca?

Aquilo lançou uma nova luz à cena. Ben parou de mordiscar a maçã. Tom passava o pincel delicadamente para lá e para cá — dava um passo atrás para observar o efeito — retocava aqui e ali — criticava o efeito novamente — Ben ia observando cada movimento e ficando cada vez mais interessado, mais e mais absorvido. Pouco depois, disse:

— Tom, deixe eu caiar um pouco.

Tom considerou, estava quase consentindo, mas mudou de ideia:

— Não, não, acho que não vai dar, Ben. Sabe, a tia Polly é terrivelmente exigente com essa cerca, bem aqui na rua, sabe como é, mas, se fosse a cerca dos fundos, eu não ligaria, e nem ela. É mesmo, ela é terrivelmente exigente com essa cerca, tem que ser feito com muito cuidado; acho que não existe um menino em mil, ou até em dois mil, que consiga fazer do jeito que tem que ser feito.

— Não, é mesmo? Ah, vamo lá, deix'eu só experimentar. Só um pouquinho, eu deixaria você, se você fosse eu, Tom.

— Ben, eu até queria, juro; mas a tia Polly... bom, o Jim queria fazer, mas ela não deixou; o Sid também queria, mas ela não deixou o Sido. Agora você entende como eu estou numa situação crítica? Se você pegasse essa cerca e acontecesse alguma coisa...

— Ora bolas, eu vou tomar o mesmo cuidado. Ah, deixe eu tentar. Olha, eu dou o miolo da minha maçã.

— Bom, olha aqui... Não, Ben, não. Tô cum medo...

— Eu dou ela toda!

Tom desistiu do pincel com relutância no rosto e alacridade no coração. E, enquanto o velho vapor *Big Missouri* trabalhava e suava ao sol, o artista aposentado sentou-se num barril na sombra ali perto, balançando as pernas, mastigando a maçã e planejando o massacre de mais inocentes. Não houve escassez de matéria-prima: surgiam meninos a toda hora; chegavam para zombar, mas ficavam para caiar. Quando Ben se esgotou, Tom já tinha negociado a próxima chance a Billy Fisher em troca de uma pipa em bom estado; e, quando ele se cansou, Johnny Miller pagou um rato morto e um barbante para amarrá-lo e balançar — e assim por diante, direto, hora após hora. E, quando a tarde já ia a meio, de coitado miserável na manhã, Tom passara literalmente a nadar na riqueza. Ao seu lado estavam as coisas já mencionadas, doze bolas de gude, parte de uma gaita de boca, um pedaço de vidro azul para olhar através, um canhão de carretel, uma chave que não destrancaria coisa alguma, um fragmento de giz, uma tampa de vidro de garrafa de licor, um soldado de chumbo, um par de girinos, seis fogos de artifício, um gatinho com um olho só, uma maçaneta de latão, uma coleira de cachorro — sem o cachorro —, um cabo de faca, quatro pedaços de casca de laranja e uma velha vidraça dilapidada.

O tempo todo ele ficou à toa, divertindo-se — cheio de companhia —, e a cerca ficou com três demãos de cal! Se não tivesse acabado a cal, teria arruinado todos os meninos da cidade.

Tom disse a si mesmo que até que o mundo não era tão vazio assim, afinal. Havia descoberto uma grande lei da atividade humana, por acaso — a saber, que, para se fazer um homem ou menino cobiçar alguma coisa, basta fazê-la difícil de conseguir. Se ele fosse um grande e sábio filósofo, como o autor deste livro, teria agora compreendido que o Trabalho consiste no que um menino é obrigado a fazer, e que a Diversão consiste no que não é obrigado. E isso o ajudaria a entender por que a construção de flores artificiais ou qualquer tarefa monótona é trabalho, ao passo que jogar boliche ou subir o Monte Branco é só diversão. Há homens ricos na Inglaterra que dirigem carruagens de quatro cavalos por trinta ou quarenta milhas diariamente, no verão, porque o privilégio lhes custa uma soma considerável; mas, se lhes oferecessem salários pelo serviço, isso o transformaria em trabalho, e eles pediriam demissão.

O menino meditou um pouco sobre a substancial mudança na sua situação terrena e em seguida dirigiu-se ao quartel-general para fazer seu relatório.

(BLA)

DA ESCRAVIDÃO AO SUCESSO

Booker T. Washington

Da escravidão ao sucesso, *de Booker T. Washington, é o relato da sua vida, que começou em 1856 numa plantação da Virgínia, onde sua mãe era cozinheira, e terminou em 1915 em Tuskegee, no Alabama, onde construíra um dos centros pioneiros mundiais de educação para negros.*

Um dia, durante o trabalho na mina de carvão, por acaso entreouvi dois mineiros conversando sobre uma grande escola para pessoas de cor em algum lugar da Virgínia. Foi a primeira vez na vida que ouvi falar de um tipo de escola ou faculdade com maiores pretensões do que a escolinha para pessoas de cor da nossa cidade.

Na escuridão da mina, esgueirei-me silenciosamente até chegar o mais perto possível dos dois homens que conversavam. Ouvi um dizer ao outro que a escola não só se destinava aos membros da minha raça, mas que também dava oportunidades aos estudantes pobres, mas aplicados, de ter seus estudos custeados em parte ou integralmente e, ao mesmo tempo, ensinava algo de comércio e indústria.

À medida que prosseguiam descrevendo a escola, ia me parecendo o mais grandioso lugar na terra e, na época, nem mesmo o Céu me acenava com tantos atrativos quanto o Hampton Normal and Agricultural Institute, na Virgínia, sobre o qual falavam. Resolvi imediatamente ir para aquela escola, embora não tivesse nem ideia de onde ficava, nem a que distância, nem como eu chegaria lá; só me lembro de me sentir sempre afogueado com uma única ambição, que era a de ir para Hampton. Esse pensamento me acompanhava noite e dia.

Depois de ouvir falar do Instituto Hampton, continuei ainda uns poucos meses a trabalhar na mina de carvão. Um dia, ouvi falar de uma vaga na casa do general Lewis Ruffner, proprietário da usina de sal e da mina de carvão. Mrs. Viola Ruffner, a mulher do general Ruffner, era uma ianque de Vermont. Em toda a vizinhança, ela tinha a reputação de ser muito severa com os empregados, especialmente com os rapazes que tentavam servi-la. Poucos tinham ficado com ela mais que duas ou três semanas. Todos partiam com a mesma explicação: ela era muito severa. Contudo, decidi que preferia tentar a casa de Mrs. Ruffner do que ficar na mina de carvão e, assim, minha mãe se apresentou a ela pedindo a vaga. Fui contratado por cinco dólares por mês.

Eu já tinha ouvido tanto sobre a severidade de Mrs. Ruffner que estava com medo de vê-la e tremi na sua presença. Porém, nem tantas semanas tinham se passado quando comecei a compreendê-la. Logo aprendi que, antes de mais nada, ela queria tudo limpo à sua volta, tudo cumprido pronta e sistematicamente e que, permeando tudo, ela queria absoluta franqueza e honestidade. Nada desleixado nem desmazelado; cada porta, cada cerca devia estar sempre bem cuidada.

Não me recordo de quanto tempo morei com Mrs. Ruffner antes de ir para Hampton, mas deve ter sido um ano e meio. De qualquer modo, repito aqui o que já disse mais de uma vez: as lições que aprendi na casa de Mrs. Ruffner me foram tão valiosas quanto qualquer instrução que obtive em qualquer lugar depois. Até hoje, não posso ver pedacinhos de papel jogados pela casa ou na rua, que tenho vontade de catar. Se vejo um quintal sujo, me dá vontade de limpar; uma tábua solta de cerca, fico querendo pregar; uma casa mal pintada, mal caiada, dá vontade de pintar ou caiar; não posso ver um botão solto ou uma mancha de gordura na roupa de alguém ou no chão, que sinto vontade de avisar.

Do medo inicial de Mrs. Ruffner, logo aprendi a considerá-la uma das minhas melhores amigas. Quando descobriu que podia confiar em mim, ela o fez implicitamente. Durante um ou dois invernos que passei com ela, deu-me oportunidade de ir à escola uma hora por dia, durante parte dos meses de inverno, mas a maior parte dos meus estudos era feita à noite, às vezes sozinho, às vezes com alguém que eu conseguia contratar para me ensinar. Mrs. Ruffner sempre me encorajou e foi solidária com todos os meus esforços para conseguir educação. Foi enquanto morava com ela que comecei a reunir minha primeira biblioteca. Arranjei um caixote de mercadoria, arranquei um dos lados, prendi umas prateleiras dentro e fui enchendo com qualquer tipo de livro que me caísse às mãos, chamando de minha "biblioteca".

Apesar do meu sucesso na casa de Mrs. Ruffner, não desisti da ideia de ir para o Instituto Hampton. No outono de 1872, decidi fazer um esforço para chegar lá, embora, como já disse, não soubesse nem em que direção ficava Hampton, nem quanto custaria para chegar lá. Acho que ninguém simpatizou completamente com minha ambição de ir para Hampton, exceto minha mãe, e mesmo ela estava cheia de medo de que eu estivesse partindo numa empreitada sem futuro. De qualquer maneira, só consegui dela um consentimento meio a contragosto para poder partir. A pequena soma de dinheiro que eu tinha ganhado fora consumida por meu padrasto e pelo restante da família, exceto um pouquinho de dólares; assim, tinha muito pouco para comprar roupas e pagar as despesas da viagem. Meu irmão John me ajudou o mais que pôde, mas claro que não foi lá essas coisas, pois trabalhava na mina de carvão, onde não ganhava muito, e a maior parte do que ganhava era destinada às despesas de casa.

Talvez o que mais me comoveu e agradou com relação à minha partida para Hampton tenha sido o interesse que muitas das pessoas mais velhas tiveram pelo assunto. Tinham passado os melhores dias das suas vidas na escravidão, e dificilmente esperavam viver para ver um membro da sua raça saindo de casa para estudar num colégio interno. Alguns desses mais velhos me deram cinco centavos, outros um quarto de dólar ou um lenço.

Finalmente chegou o grande dia, e parti para Hampton. Eu só tinha uma mochila pequena, barata, contendo as poucas peças de roupa que pude arrumar. Nessa época, minha mãe estava com a saúde bem fraca. Provavelmente eu não a veria de novo e, por isso, nossa separação foi ainda mais triste. Mas ela ficou firme o tempo todo. Naquela época, não havia trens ligando aquela parte do oeste ao leste da Virgínia. Os trens só cobriam um trecho, o restante era feito por diligências.

Andando, implorando por caronas em vagões de passageiros e de cargas, de um jeito ou de outro, depois de vários dias cheguei à cidade de Richmond, na Virgínia, a cerca de 80 milhas de Hampton. Quando cheguei, cansado, faminto e sujo, já era tarde da noite. Eu nunca havia estado numa cidade grande, o que contribuiu para minha desolação. Cheguei a Richmond completamente sem dinheiro. Não conhecia uma alma e, estranhando o modo da cidade, nem sabia para onde ir. Tentei me hospedar em vários lugares, mas todos queriam dinheiro — exatamente o que eu não tinha. Na falta de coisa melhor para fazer, fiquei andando pelas ruas. Passei por muitas vitrines de comida, onde se empilhavam frangos fritos e tortas de maçã em meia-lua, arrumados para ficarem o mais tentadores possível. Na hora, senti que poderia prometer tudo o que esperava possuir no futuro só para pegar uma daquelas coxas de galinha ou uma daquelas tortas. Mas não podia pegar nenhum dos dois, nem coisa alguma para comer.

Devo ter andado pelas ruas até depois da meia-noite. Por fim, fiquei tão exausto que não conseguia mais andar. Estava cansado, com fome, estava tudo, menos desanimado. Bem no instante em que atingi a exaustão física extrema, cheguei a uma parte da rua onde a calçada de tábuas era consideravelmente elevada. Esperei alguns minutos, até ter certeza de que nenhum passante ia me ver, esgueirei-me para baixo da calçada e passei a noite no chão, com a mochila de pano servindo de travesseiro. Ouvi o tropel de pés por cima da minha cabeça quase a noite inteira. Na manhã seguinte, senti-me descansado, mas estava extremamente faminto; já havia se passado muito tempo desde minha última refeição substancial. Assim que clareou o suficiente para que eu pudesse reconhecer os arredores, notei que estava perto de um grande navio, que parecia estar descarregando lingotes de ferro. Fui logo para o navio e pedi ao capitão para me deixar ajudar a descarregar em troca de dinheiro para comida. O capitão, um branco que parecia ter bom coração, consentiu. Trabalhei o tempo necessário para ganhar dinheiro para o café da manhã e, quando me recordo, parece ter sido o melhor café da manhã que já tive.

Meu trabalho agradou tanto ao capitão que ele me disse que poderia continuar, se desejasse, em troca de uma pequena quantia por dia. Fiquei muito contente com esse trabalho. Continuei trabalhando no navio por muitos dias. Descontando o gasto com a comida, não sobrava do pequeno salário muito para juntar a quantia necessária para seguir até Hampton. Economizando de todas as maneiras possíveis, para assegurar minha chegada a Hampton num prazo razoável, continuei a dormir sob a calçada que me abrigou na primeira noite em Richmond. Muitos anos depois, os cidadãos de cor de Richmond muito gentilmente me ofereceram uma recepção à qual devem ter comparecido duas mil pessoas. Essa recepção foi feita não muito distante do ponto onde eu dormira minha primeira noite naquela cidade, e devo confessar que meus pensamentos estavam mais na calçada que me abrigou no início do que na recepção, por mais agradável e cordial que fosse.

Quando já tinha economizado o que considerava dinheiro bastante para chegar a Hampton, agradeci ao capitão do navio por sua bondade e parti novamente. Sem maiores transtornos, cheguei a Hampton com um superávit de exatamente 50 centavos de dólar para começar minha educação. Para mim, havia sido uma viagem longa e acidentada, mas a primeira vista do grande prédio da escola, de três andares de tijolos, recompensaram por tudo a que me havia sujeitado para chegar lá.

(BLA)

ILIA

Tolstoi

Na cidade de Ufa vivia um homem chamado Ilia. Seu pai havia morrido um ano depois de encontrar uma esposa para ele e não deixara grandes bens. Ilia herdara apenas sete éguas, duas vacas e vinte carneiros. Era, porém, bom administrador e não tardou a aumentar seus bens. Ele e a mulher trabalhavam de manhã à noite; eram os primeiros a acordar e os últimos a dormir. Suas posses cresciam a cada ano.

Ilia viveu assim por trinta e cinco anos, acumulando riquezas. Ao fim desse tempo, possuía duzentos cavalos, cento e cinquenta cabeças de gado e mil e duzentos carneiros. Tinha muitos empregados: homens para cuidar dos rebanhos e levá-los ao pasto, mulheres para ordenhar as vacas, fazer *kumiss*, manteiga e queijo. Ilia tinha tudo em abundância, e todos na região o invejavam. Diziam:

— Ilia é que é feliz! Vive na fartura. Para ele, o mundo é uma maravilha.

As pessoas de prestígio lhe pediam conselhos e cultivavam sua amizade. Vinham de longe para visitá-lo e a todos Ilia recebia bem, oferecendo comida e bebida. A todos que chegassem eram servidos sorvete, *kumiss*, chá e carnes. À chegada de qualquer visitante, matavam-se um ou dois carneiros e, se eram muitos os convivas, sacrificava-se uma égua.

Ilia tinha dois filhos e uma filha. Havia casado os três. Enquanto eram pobres, os filhos trabalhavam com ele, cuidando dos rebanhos mas, quando ficaram ricos, só pensaram em se divertir, e um deles se entregou à bebida. O mais velho morreu numa briga, e o mais novo, casado com uma mulher voluntariosa, deixou de obedecer ao pai e não podia mais morar na mesma casa.

Ao se separarem, Ilia deu-lhe uma casa e parte do gado, diminuindo assim suas riquezas. Pouco tempo depois, muitos carneiros morreram numa epidemia. Seguiu-se uma colheita fraca, e não havia mais trigo; uma parte do gado morreu naquele inverno. Então os quirguizes roubaram os melhores cavalos de Ilia; e a fortuna diminuía. Diminuía cada vez mais, e Ilia estava cada vez mais abatido; perdia também as forças. Aos setenta anos, Ilia começou a vender suas peles, tapetes, arreios e tendas. Por fim vendeu o restante do gado e chegou à pobreza. Havia perdido tudo e agora, na velhice, ele e a mulher viam-se obrigados a trabalhar como servos. De seus antigos bens só restaram as roupas do corpo, um casaco de pele, um gorro, os chinelos, as botas e Cham Chemagi, a mulher, que também já era idosa. O filho se mudara para um país distante e a filha tinha morrido, portanto não havia ninguém para vir em auxílio do casal de velhos.

Seu vizinho Mukamedchak teve compaixão deles. Não era rico nem pobre, mas levava uma vida confortável e era um homem bom. Lembrando-se da hospitalidade de Ilia, propôs:

— Venham para minha casa, Ilia. No verão, você trabalhará na plantação de melões, na medida de suas forças, e, no inverno, pode alimentar o gado. Cham Chemagi pode ordenhar as éguas e fazer *kumiss*. Eu lhes darei roupas, comida e tudo o que pedirem.

Ilia agradeceu e se mudou com Cham Chemagi para a casa do vizinho. A princípio foi difícil ficarem na posição de servos do vizinho, mas depois se acostumaram e foram vivendo, trabalhando conforme as forças lhes permitiam.

Mukamedchak descobriu a vantagem de tê-los a seu serviço pois, tendo sido proprietários, conheciam bem os trabalhos e não tinham preguiça de fazer o melhor possível. Ao mesmo tempo, sentia pena daquelas pessoas tão bem situadas na vida terem descido tanto de posição.

Um dia, uns parentes que moravam muito longe vieram visitar Mukamedchak, acompanhados de um homem santo. Mukamedchak mandou Ilia matar um carneiro. Ilia matou-o e, depois de cozido, mandou-o para os hóspedes. Sentados em almofadas e tapetes, depois de comerem o carneiro e beberem chá, os hóspedes tomavam uma taça de *kumiss* enquanto conversavam com o anfitrião. Naquele momento Ilia terminou o trabalho e passou diante da porta. Vendo-o passar, Mukamedchak disse a um dos convidados:

— Viu o homem que acabou de passar?

— Sim — disse o visitante —, que há de notável nele?

— Era o homem mais rico da região. Chama-se Ilia. Talvez tenha ouvido falar.

— Claro que ouvi falar — disse o hóspede. — Não o conheci, mas sua fama se espalhou por toda parte.

— Sim, mas perdeu tudo — disse Mukamedchak. — Agora ele e a mulher moram em minha casa como servos; ela ordenha as éguas.

O hóspede ficou muito surpreso e, pensativo, comentou:

— A roda da fortuna gira sempre. Um homem sobe, outro desce. O velho não lamenta o que perdeu?

— Quem sabe? Não se queixa. Vive em paz e trabalha bem.

— Posso falar com ele? — pediu o hóspede — Quero perguntar o que acha da vida.

— Claro que sim — disse o anfitrião e, de onde estava, chamou:

— Avô! Venha tomar uma taça de *kumiss* conosco; traga sua mulher também.

Ilia entrou com a mulher, saudou o senhor e os convidados, disse uma prece e se sentou perto da porta. A esposa passou para o outro lado da cortina e ficou junto à senhora.

Ilia recebeu uma taça de *kumiss*, inclinou-se num brinde à saúde do senhor e dos convidados, deu um gole e pousou a taça.

— Avô — disse o hóspede —, deve ser muito triste nos ver, pois devemos lembrar a prosperidade que passou e o infortúnio do presente.

Ilia sorriu e respondeu:

— Se eu dissesse o que é felicidade e o que é desventura, não me acreditariam. Pergunte à minha esposa. Sendo mulher, o que está no coração está na língua. Ela contará a verdade.

O hóspede voltou-se na direção da cortina.

— Avó — disse alto —, o que pensa da felicidade que perdeu e da desventura do presente?

Por detrás da cortina, Cham Chemagi respondeu:

— Vou contar o que penso: meu marido e eu vivemos cinquenta anos procurando a felicidade e não a encontramos; só nesses dois últimos anos, depois que perdemos tudo e precisamos trabalhar para viver, é que encontramos a felicidade e não queremos nada além do que temos no presente.

Os hóspedes ficaram perplexos. O anfitrião, também surpreso, levantou-se e abriu a cortina para ver o rosto da mulher. Quieta, os braços cruzados, ela sorria para o marido, e ele sorriu para ela. A mulher prosseguiu:

— Não pretendo diverti-los, digo a verdade. Por meio século buscamos a felicidade e enquanto fomos ricos não a encontramos. Agora, depois que perdemos tudo e vivemos como servos, não queremos outra vida.

— Mas em que consiste a sua felicidade? — perguntou o hóspede.

— Eu direi: quando éramos ricos, tantas eram as preocupações que não tínhamos tempo de conversar, de cuidar da nossa alma, de fazer preces a Deus. Se tínhamos hóspedes, precisávamos pensar em que comida servir, que presentes dar, para que não falassem mal de nós. Quando partiam, tínhamos que vigiar os criados, sempre tentando escapar ao trabalho e pegar o melhor da despensa, enquanto tentávamos explorá-los. Pecamos. Vivíamos com receio de que os lobos atacassem os potros e bezerros, que os ladrões levassem nossos cavalos. Passávamos a noite acordados, temendo que as ovelhas esmagassem os cordeiros, levantando de hora em hora para ver se tudo estava em ordem. Mal resolvíamos um problema, outro surgia. E pensar nas provisões para o inverno? Além disso, costumávamos brigar: ele dizia que se devia fazer assim, e eu dizia para fazer assado, e discutíamos: mais pecados. Passávamos todo o tempo indo de um problema a outro, de um pecado a outro, e não encontrávamos a felicidade.

— E agora?

— Agora, quando acordamos de manhã, temos sempre uma palavra de carinho, vivemos em paz, porque não temos mais motivo para brigar. Nossa única preocupação é servir bem ao senhor. Trabalhamos na medida de nossas forças, e de bom grado, para dar lucro, e não prejuízo ao senhor. Quando chegamos, o jantar está pronto e temos *kumiss* para beber. Temos fogo e casacos no inverno. Temos tempo para conversar, tempo para cuidar da alma e tempo para nossas preces. Por cinquenta anos procuramos a felicidade, mas só agora a encontramos.

Os convidados riram, mas Ilia disse:

— Não riam, senhores. Não é um divertimento; é a verdade da vida. A princípio também fomos tolos e choramos a perda das riquezas. Mas Deus nos mostrou a verdade e a dizemos, não para nosso consolo, mas para o bem de todos.

O homem santo disse:

— Palavras sábias. Ilia falou a verdade exata, tal como está no Livro Sagrado.

E os hóspedes pararam de rir e ficaram pensativos.

(ALA)

Coragem

A PESSOA CORAJOSA NÃO é a que jamais tem medo. O grande romancista americano Herman Melville ilustra isso com perfeição na passagem de *Moby Dick* em que Starbuck, capitão do *Pequod*, se dirige à tripulação: "Não quero no meu barco nenhum homem que não tenha medo de baleia."

A natureza contagiante de uma atitude corajosa por parte de alguém pode inspirar um grupo inteiro. É a chave da coragem inspirada por Horácio na ponte e por Henrique V em Agincourt. Foi a chave para a coragem demonstrada por aqueles que, em silêncio, suportaram insultos ao se unir a Gandhi e a Martin Luther King Jr., em atos de protesto pacífico, para despertar a consciência pública contra a injustiça.

I - JUCA - PIRAMA

Gonçalves Dias (1823 -1864)

No meio das tabas de amenos verdores,
Cercados de troncos — cobertos de flores,
Alteiam os tetos d'altiva nação;
São muitos seus filhos, nos ânimos fortes
Temíveis na guerra, que em densas coortes
Assombram das matas a imensa extensão.

(...)

"Meu canto de morte,
Guerreiros, ouvi:
Sou filho das selvas,
Nas selvas cresci;
Guerreiros, descendo
Da tribo tupi.

"Da tribo pujante,
Que agora anda errante
Por fado inconstante,
Guerreiros, nasci:
Sou bravo, sou forte,
Sou filho do Norte;
Meu canto de morte,
Guerreiros ouvi."

(...)

— "Tu choraste em presença da morte?
Na presença de estranhos choraste?
Não descende o cobarde do forte;
Pois choraste, meu filho não és!

Possas tu, descendente maldito
De uma tribo de nobres guerreiros,
Implorando cruéis forasteiros,
Seres presa de vis Aimorés."

(...)

"Um amigo não tenhas piedoso
Que o teu corpo na terra embalsame,
Pondo em vaso d'argila cuidoso
Arco e frecha e tacape a teus pés!
Sê maldito e sozinho na terra;
Pois que a tanta vileza chegaste,
Que em presença da morte choraste,
Tu, cobarde, meu filho não és."

Isto dizendo, o miserando velho
A quem Tupã tamanha dor, tal fado
Já nos confins da vida reservara,
Vai com trêmulo pé, com as mãos já frias
Da noite escura as densas trevas
Palpando. — Alarma! alarma! — o velho para.
O grito que escutou é voz do filho,
Voz de guerra que ouviu já tantas vezes
Noutra quadra melhor. — Alarma! alarma!
— Esse momento só vale apagar-lhe
Os tão compridos transes, as angústias,
Que o frio coração lhe atormentaram
De guerreiro e de pai: — vale, e de sobra.
Ele que em tanta dor se contivera,
Tomado pelo súbito contraste,
Desfaz-se agora em pranto copioso,
Que o exaurido coração remoça.

(...)

O guerreiro parou, caiu nos braços
Do velho pai, que o cinge contra o peito,
Com lágrimas de júbilo bradando:
"Este, sim, que é meu filho muito amado!
E pois que o acho enfim, qual sempre o tive,
Corram livres as lágrimas que choro,
Estas lágrimas, sim, que não desonram."

Um velho Timbira, coberto de glória,
  Guardou a memória
Do moço guerreiro, do velho Tupi!
E à noite, nas tabas, se alguém duvidava
  Do que ele contava,
Dizia prudente: — "Meninos, eu vi!"

"Eu vi o brioso no lago terreiro
  Cantar prisioneiro
Seu canto de morte, que nunca esqueci:
Valente, como era, chorou sem ter pejo;
  Parece que o vejo,
Que o tenho nest'hora diante de mi.

"Eu disse comigo: Que infâmia d'escravo!
  Pois não, era um bravo;
Valente e brioso, como ele, não vi!
E à fé que vos digo: parece-me encanto
  Que quem chorou tanto,
Tivesse a coragem que tinha o Tupi!"

Assim o Timbira, coberto de glória,
  Guardava a memória
Do moço guerreiro, do velho Tupi.
E à noite nas tabas, se alguém duvidava
  Do que ele contava,
Tornava prudente: "Meninos, eu vi!"

A MULHER PIM PIM

James H. Van Sickle e Wilhelmina Seegmiller

Era uma vez uma mulher pim pim, que morava numa casa pim pim.

Uma noite estava deitada na cama pim pim, quando ouviu um barulho!

Saiu devagarinho da cama e acendeu a vela pim pim.

Olhou embaixo da cama pim pim. Olhou embaixo da mesa pim pim. Olhou embaixo da cadeira pim pim.

Não encontrou nada.

Soprou a vela pim pim e voltou de mansinho para a cama pim pim.

A mulher pim pim fechou os olhos. Estava quase dormindo, quando — ouviu um barulho!

Saiu devagarinho da cama pim pim, acendeu a vela pim pim e desceu devagarinho a escada pim pim.

Entrou na sala pim pim. Olhou embaixo da mesa pim pim. Olhou embaixo das cadeiras pim pim.

Não encontrou nada.

Subiu devagarinho a escada pim pim. Soprou a vela pim pim. Voltou de mansinho para a cama pim pim.

A mulher pim pim fechou os olhos. Estava quase dormindo, quando — ouviu um barulho!

Saiu devagarinho da cama. Acendeu a vela. Desceu devagarinho a escada. Entrou na sala de jantar pim pim. Foi devagarinho até a mesa. Levantou a toalha. Espiou lá embaixo. E de lá saiu — BUU!

— Ora, ora — disse a mulher pim pim. — Veja só! Ficar com medo de um buu!

(ALA)

DAVI E GOLIAS

Um homem chamado Golias, da cidade de Gate, saiu do acampamento filisteu para desafiar os israelitas. Tinha mais ou menos dois metros de altura e usava um capacete de bronze e uma armadura também de bronze, que pesava uns sessenta quilos. As pernas estavam protegidas por caneleiras de bronze, e ele carregava nos ombros um dardo, também de bronze. Sua lança era enorme, muito grossa e pesada; a ponta era de ferro e pesava mais ou menos sete quilos. Na frente dele ia um soldado e seu escudo. Golias veio, parou e gritou para os israelitas:

— Por que é que vocês estão aí, em posição de combate? Eu sou filisteu, e vocês são escravos de Saul! Escolham um dos seus homens para lutar comigo. Se ele vencer e me matar, nós seremos escravos de vocês; mas, se eu vencer e matá-lo, vocês serão nossos escravos. Eu desafio agora o exército israelita. Mandem alguém para lutar comigo!

Quando Saul e os seus soldados ouviram isso, ficaram apavorados.

Davi era filho de Jessé, do povoado de Efrata, que ficava perto de Belém de Judá. Jessé tinha oito filhos. No tempo em que Saul era rei, Jessé já estava bem idoso. Os seus três filhos mais velhos tinham ido com Saul para a guerra. O primeiro se chamava Eliabe, o segundo, Abinadabe, e o terceiro, Simeia. Davi era o filho mais novo. Enquanto os seus três irmãos mais velhos ficavam com Saul, Davi ia ao acampamento de Saul e voltava a Belém para tomar conta das ovelhas do seu pai.

Durante quarenta dias, Golias desafiou os israelitas todas as manhãs e todas as tardes. Um dia Jessé disse a Davi:

— Pegue dez quilos de trigo torrado e estes dez pães e vá depressa levar para os seus irmãos no acampamento. Leve também estes dez queijos ao comandante. Veja como os seus irmãos estão passando e traga uma prova de que você os viu e de que eles estão bem. Os seus irmãos, o rei Saul e todos os outros soldados israelitas estão no vale do Carvalho, lutando contra os filisteus.

Na manhã seguinte Davi se levantou cedo, deixou alguém encarregado das ovelhas, pegou os mantimentos e foi, como Jessé havia mandado. Ele chegou ao acampamento justamente na hora em que os israelitas estavam saindo a fim de se alinharem para a batalha e soltando o seu grito de desafio para a guerra. O exército dos filisteus e o exército dos israelitas tomaram posição de combate, um de frente para o outro. Davi deixou as coisas com o oficial encarregado da bagagem e correu para a frente de batalha. Chegou perto dos irmãos e perguntou se estavam bem. Enquanto Davi estava falando com eles, Golias avançou e desafiou os israelitas, como já havia feito antes. E Davi escutou. Quando os israelitas viram Golias, fugiram apavorados. Eles diziam:

— Olhem para ele! Escutem o seu desafio! Quem matar esse filisteu receberá uma grande recompensa: o rei lhe dará muitas riquezas, lhe dará sua filha em casamento, e a família do seu pai nunca mais vai ter de pagar nenhum imposto.

Então Davi perguntou aos soldados que estavam perto dele:

— O que ganhará o homem que matar esse filisteu e livrar Israel desta vergonha? Afinal de contas, quem é esse filisteu pagão para desafiar o exército do Deus vivo?

Aí eles lhe contaram o que ganharia quem matasse Golias. Eliabe, o irmão mais velho de Davi, ouviu-o conversando com os soldados. Então ficou zangado e disse:

— O que é que você está fazendo aqui? Quem é que está tomando conta das suas ovelhas no deserto? Seu convencido! Você veio aqui só para ver a batalha!

— O que foi que eu fiz agora? — perguntou Davi. — Será que não posso nem fazer uma pergunta?

Então Davi fez a mesma pergunta a outro soldado. E ouviu a mesma resposta.

Alguns soldados ouviram o que Davi tinha dito e contaram a Saul. Então ele mandou chamar Davi. Davi chegou e disse a Saul:

— Meu senhor, ninguém deve ficar com medo desse filisteu! Eu vou lutar contra ele.

Mas Saul respondeu:

— Você não pode lutar contra esse filisteu. Você não passa de um rapazinho, e ele foi soldado a vida inteira!

— Meu senhor — disse Davi —, eu tomo conta das ovelhas do meu pai. Quando um leão ou um urso carrega uma ovelha, eu vou atrás, ataco e tomo a ovelha. Se o leão ou o urso me ataca, eu o agarro pelo pescoço e o golpeio até matá-lo. Tenho matado leões e ursos e vou fazer o mesmo com esse filisteu pagão, que desafiou o exército do Deus vivo. O Deus Eterno me salvou dos leões e dos ursos e me salvará também desse filisteu.

— Pois bem — respondeu Saul. — Vá, e que o Deus Eterno esteja com você.

Então deu a sua própria armadura para Davi usar. Pôs um capacete de bronze na cabeça dele e lhe deu uma couraça para vestir. Davi prendeu a espada de Saul num cinto sobre a armadura e tentou andar. Mas não conseguiu, porque não estava acostumado a usar essas coisas. Aí disse a Saul:

— Não consigo andar com tudo isto, pois não estou acostumado.

Então Davi tirou tudo. Pegou a sua vara de pastor, escolheu cinco pedras lisas no ribeirão e pôs na sacola. Pegou também a funda e saiu para enfrentar Golias.

Golias, o filisteu, começou a caminhar na direção de Davi. O ajudante que carregava as suas armas ia na frente. Quando chegou perto de Davi, Golias olhou bem para ele e começou a caçoar, porque Davi não passava de um rapaz bonito e de boa aparência. Aí disse a Davi:

— Para que é essa vara? Você pensa que eu sou algum cachorro?

Em seguida rogou a maldição dos seus deuses sobre Davi e o desafiou, dizendo:

— Venha, que eu darei o seu corpo para as aves e os animais comerem.

Davi respondeu:

— Você vem contra mim com espada, lança e dardo. Mas eu vou contra você em nome do Deus Todo-Poderoso, o Deus dos exércitos israelitas, que você desafiou. Hoje mesmo o Deus Eterno entregará você nas minhas mãos; eu o vencerei e cortarei a sua cabeça. E darei os corpos dos soldados filisteus para as aves e os animais comerem. Então o mundo inteiro saberá que o povo de Israel tem um Deus, e todos aqui verão que Ele não precisa de espadas ou de lanças para salvar Seu povo. Ele é vitorioso na batalha e entregará todos vocês nas nossas mãos.

Então Golias começou novamente a caminhar na direção de Davi, e Davi correu rápido na direção da linha de batalha dos filisteus, para lutar contra ele. Enfiou a mão na sua sacola, pegou uma pedra e com a funda a atirou em Golias. A pedra entrou na testa de Golias, e ele caiu de cara no chão. Então Davi correu, ficou de pé sobre Golias, tirou a espada dele da bainha e o matou, cortando sua cabeça. E assim Davi venceu Golias e o matou apenas com uma pedra.

Quando os filisteus viram que o seu herói estava morto, fugiram. Aí os soldados de Israel e de Judá correram atrás deles, gritando, e os perseguiram até a cidade de Gate e até os portões de Ecrom. Os filisteus caíram feridos pela estrada de Saaraim, até Gate e Ecrom. Os israelitas voltaram da perseguição aos filisteus e levaram as coisas do acampamento deles. Davi pegou a cabeça de Golias e a levou para Jerusalém. Porém as armas de Golias ele guardou na sua própria barraca.

JOÃO E O PÉ DE FEIJÃO

Adaptado de Andrew Lang

Era uma vez uma viúva muito pobre que morava numa choupana com seu único filho, chamado João. João era um garoto meio bobo e sem juízo, mas de muito bom coração.

Um dia a pobre mulher disse ao filho para ir à feira vender a vaca que possuíam. A caminho da feira, João encontrou um açougueiro com um punhado de belos grãos de feijão. O açougueiro disse que aqueles grãos tinham muito valor e convenceu o menino a trocar a vaca pelos feijões.

É claro que, quando João chegou em casa com um punhado de grãos de feijão em troca da vaca, sua mãe rompeu em lágrimas.

João percebeu então a tolice que fizera e ficou muito arrependido, mas pensou: "Pelo menos posso plantar e colher os feijões." Plantou os grãos no jardim e foi dormir cheio de tristeza.

No dia seguinte, João acordou bem cedo e foi ao jardim. Cheio de espanto, viu que os feijões tinham crescido tanto durante a noite que a haste se elevava como uma escada e se perdia nas nuvens.

"Vai ser fácil subir", pensou João. E começou a subir, subir, subir cada vez mais alto no pé de feijão, até tudo lá embaixo sumir de vista — choupana, cidade, até mesmo a torre da igreja. Quando enfim chegou ao topo, viu-se num belíssimo campo cercado de bosques magníficos e capim lustroso, onde carneiros pastavam. Um riacho de cristal cortava as pastagens e mais além erguia-se um enorme castelo. Enquanto João estava parado admirando o castelo, uma velha senhora veio andando pelo caminho.

— Desculpe, minha senhora — disse João —, esse castelo é seu?

— Não — disse a velha —, esse castelo é de um gigante malvado que guarda enormes tesouros. Dizem que algum dia virá um jovem do vale lá embaixo para desafiar o gigante e levar os tesouros para sua mãe, que é muito pobre. Talvez esse jovem seja você. Mas a tarefa é muito difícil e perigosa. Será que você tem coragem?

— Quando faço o que é certo, não tenho medo de nada — disse João.

— Então — disse a velha —, você é um matador de gigantes. Se conseguir entrar no castelo, encontrará duas sacolas cheias de ouro, uma harpa que fala e uma galinha que põe ovos de ouro. Se conseguir pegar esses tesouros, você dará muito conforto a sua pobre mãe.

Então João seguiu para o castelo e, chegando lá, bateu na porta. A porta foi aberta por uma giganta horrenda, com um enorme olho no meio da testa, que foi logo agarrando João e arrastando-o para dentro.

— Ho, ho, ho, ho! — Ela deu uma terrível gargalhada. — Estou precisando de alguém para limpar os talheres, lustrar as botas e acender o fogo. Você será meu criado. Mas preciso escondê-lo quando meu marido estiver em casa, porque ele comeu todos os meus outros criados e você seria um bom petisco, meu rapaz.

João ficou com muito medo, como se pode imaginar, mas fez um esforço para manter a coragem e tirar o melhor proveito da situação.

— Estou pronto para servi-la — disse ele. — Mas peço que me esconda do seu marido, porque não tenho nenhuma vontade de ser comido.

— Bom rapaz! — disse a giganta. — É uma sorte você não ter gritado quando me viu, senão ele ouviria o grito e o comeria no jantar, como fez com os outros. Entre aqui, meu filho. Esconda-se no meu armário. Você estará em segurança, pois ele nunca vem olhar aqui.

A giganta abriu uma grande porta na sala imensa e fechou João lá dentro. Mas o buraco da fechadura era tão grande que deixava entrar bastante ar e ele podia ver tudo que se passava na sala. Pouco depois, ele ouviu um barulhão de pés enormes subindo a escada, pareciam estrondos de tiros de canhão, e uma voz de trovão falou:

Fo fo fum fi fino
Sinto cheiro de menino!
Vivo ou morto vou achar,
E cozinhar pro meu jantar!

— Mulher! — gritou o gigante. — Tem alguém no meu castelo. Quero comê-lo no jantar!

— Ora, seu velho tolo — gritou também a mulher. — Esse cheiro é do assado que fiz para você. Venha para a mesa e tenha um bom jantar.

O gigante sentou-se à mesa. Pelo buraco da fechadura, João olhava espantado. O gigante engoliu de uma só vez um leitão inteiro, depois tomou de um só gole todo um barril de cerveja.

Terminado o jantar, pediu à mulher para trazer a galinha dos ovos de ouro. A giganta saiu da sala e logo voltou com uma pequena galinha marrom que colocou na mesa, em frente ao marido.

— Ponha! — disse o gigante, e na mesma hora a galinha pôs um ovo de ouro.

— Ponha! — disse o gigante, e a galinha pôs outro.

— Ponha! — repetiu, e mais um ovo de ouro apareceu sobre a mesa.

Colocou a galinha no chão e pediu à mulher para trazer as sacolas de ouro. A giganta saiu e logo voltou trazendo nos ombros duas sacolas grandes, que pôs junto ao marido. O gigante tirou punhados e punhados de moedas de ouro, Contou-as e empilhou-as. Quando se cansou, guardou as moedas nas sacolas e disse à mulher:

— Acho que vou tirar um cochilo. Mas antes traga minha harpa, quero ouvir um pouco de música.

A giganta saiu da sala e voltou com uma linda harpa. A moldura faiscava de diamantes e rubis e as cordas eram de puro ouro.

— Toque! — disse o gigante, e a harpa tocou uma canção suave, muito triste.

— Toque algo mais alegre! — disse o gigante, e a harpa tocou uma canção alegre.

— Agora toque uma canção de ninar — trovejou o gigante. A harpa tocou uma doce canção, e ele adormeceu.

João saiu do armário bem de mansinho e espiou pela porta da enorme cozinha para ver se a giganta não estava olhando. Deslizou até a cadeira do gigante e, sem fazer ruído, pegou as sacolas de ouro, a galinha maravilhosa e a harpa mágica. Saiu correndo tão rápido quanto pôde, mas quando chegou à porta a harpa gritou: "Senhor! Senhor!"

E o gigante acordou!

Levantou-se da cadeira com um berro tremendo e com duas passadas atingiu a porta.

João era muito ágil e fugiu como um raio. O gigante andava depressa e estendeu a mão imensa para agarrá-lo, mas o garoto disparou para o topo do pé de feijão e desceu, atravessando as nuvens, com a maior rapidez.

Quando chegou ao jardim, João deu um fundo suspiro de alívio e olhou para cima. O gigante já vinha descendo atrás dele!

— Mãe! Mãe! — gritou João. — Corra e me dê o machado!

A mãe de João trouxe correndo uma machadinha e ele começou a golpear o pé de feijão. O gigante chegava cada vez mais perto.

— Mãe, saia da frente! — berrou João e, com um último golpe, cortou o pé de feijão e pulou para trás.

O gigante despencou e veio ao chão com um terrível barulho, quebrou o pescoço e ficou estendido, morto, de uma ponta à outra do jardim.

É claro que a pobre mãe de João ficou morrendo de medo, pois não era todo dia que um gigante despencava no jardim dela. João contou sua aventura e mostrou-lhe as sacolas de ouro, a galinha maravilhosa que botava ovos de ouro e a harpa mágica que tocava e cantava.

A mãe de João ficou muito feliz com aqueles tesouros e mais feliz ainda por seu filho ter voltado são e salvo. Estava orgulhosa da coragem dele.

— Ontem fiquei preocupada, pensando que você era um menino bobo e sem juízo — disse ela —, mas hoje você mostrou como é valente. Agora sei que seu destino é subir a escada da fortuna, como subiu no pé de feijão.

Juntos enterraram o gigante malvado e foram para casa contar o tesouro.

(ALA)

JOÃO E MARIA

Irmãos Grimm, tradução de Ana Maria Machado

Junto a uma imensa floresta, vivia um nobre lenhador com sua mulher e dois filhos. O menino se chamava João, e a menina se chamava Maria. Nunca havia muita coisa em casa para comer, e certa vez, numa época de muita fome, nem mesmo havia pão que desse para todo mundo.

Uma noite, o lenhador ficou acordado na cama, se revirando na cama sem conseguir dormir, preocupado, pensando. De repente, suspirou e disse para a mulher:

— Que será que vai nos acontecer? Como é que vamos alimentar nossos filhos, se nem temos comida que chegue para nós?

A mulher respondeu:

— Marido, ouça-me. Amanhã, quando o dia clarear, levamos as crianças para a parte mais fechada da floresta, fazemos uma fogueira para eles e damos a cada um dos dois um pedaço de pão. Depois, os deixamos lá e vamos trabalhar. Eles nunca vão conseguir achar o caminho de casa e, desse jeito, nos livramos deles.

— Não, mulher — disse o homem. — Não posso fazer isso. Como é que eu vou deixar meus filhos sozinhos no meio da floresta? As feras vão rasgá-los em pedaços.

— Você é um bobo! — disse ela. — Então, nós quatro vamos morrer de fome. Pode ir começando a preparar as tábuas para fazer nossos caixões.

E não o deixou em paz enquanto ele não concordou.

— Mas ainda me sinto mal em relação a essas pobres crianças — disse ele.

Acontece, porém, que as crianças estavam com muita fome e não conseguiam dormir. Por isso, ouviram tudo o que a madrasta disse ao pai delas. Maria chorou lágrimas de amargura e disse:

— Estamos perdidos, João!

— Sossegue, Maria — disse João. — Não se preocupe. Eu vou dar um jeito.

Quando os velhos dormiram, ele se levantou, vestiu o paletozinho, abriu a parte de baixo da porta da cozinha, que era daquelas que têm duas partes, como se fosse uma portinhola embaixo e uma janela em cima, e rastejou até lá fora. A lua brilhava, e as pedrinhas em volta da casa brilhavam como se fossem moedas de prata. João se abaixou e catou pedrinhas até atulhar os bolsos com elas. Depois, voltou e disse para Maria:

— Não se preocupe, irmãzinha. Pode dormir tranquila, que Deus não vai nos abandonar.

E também voltou para a cama.

Quando o dia raiou, antes mesmo de o sol se levantar, a mulher veio acordar as duas crianças:

— Levantem, seus preguiçosos. Vamos à floresta buscar lenha.

Depois, deu a cada um deles um pedaço de pão e disse:

— Isso é para o almoço de vocês. Não comam muito cedo, porque depois não tem mais...

Maria guardou o pão debaixo do avental, porque João estava com os bolsos cheios de pedrinhas. Depois, partiram todos juntos para a floresta.

Depois de terem caminhado um pouco, João parou, virou para trás e olhou em direção à casa. E daí a pouco fez a mesma coisa de novo, e de novo. Ficou toda hora fazendo isso. O pai perguntou:

— João, por que é que toda hora você se atrasa e fica olhando para trás? Acorde, vamos. Não se esqueça para que servem as pernas.

— Ah, papai — respondeu João —, estou olhando o meu gatinho branco em cima do telhado, querendo me dar adeus.

A mulher disse:

— Seu bobo, não é seu gatinho branco. É o sol da manhã batendo na chaminé e brilhando.

Mas João não estava olhando gatinho nenhum. Estava era tirando as pedrinhas do bolso, uma de cada vez, e as jogando no chão.

Quando chegaram no meio da floresta, o pai disse:

— Comecem a catar lenha, crianças, e eu faço uma fogueira para esquentar vocês.

João e Maria apanharam gravetos até formarem um monte. Os gravetos foram acesos e, quando o fogo já estava bem alto, a mulher disse:

— Agora, crianças, deitem-se junto ao fogo e descansem. Vamos cortar lenha na floresta. Quando acabarmos, voltamos para apanhar vocês.

João e Maria se sentaram junto à fogueira e, ao meio-dia, comeram seus pedaços de pão. Ouviam as pancadas de um machado a toda hora, e achavam que o pai estava por perto. Mas não era um machado. Era um galho que ele havia amarrado a uma árvore seca e que o vendo sacudia, batendo, de um lado para o outro. Depois de ficarem ali sentados por algum tempo, ficaram tão cansados que os olhos foram se fechando e caíram num sono profundo. Quando finalmente acordaram, já era noite alta.

Maria começou a chorar e disse:

— Como é que vamos conseguir sair desta floresta?

Mas João a consolou:

— Espere um pouquinho, Maria. Assim que a lua nascer, vamos achar o caminho.

E, quando a lua cheia nasceu, João pegou a irmãzinha pela mão e seguiu as pedrinhas, que brilhavam como moedas de prata que tivessem acabado de serem cunhadas, e mostravam todo o caminho. Andaram a noite inteira e chegaram à casa do pai quando o dia estava raiando. Bateram à porta e, quando a mulher abriu e viu João e Maria, exclamou:

— Crianças levadas! Por que é que vocês ficaram tanto tempo dormindo na floresta? Pensamos que não iam voltar nunca mais.

Mas o pai ficou contente, porque tinha ficado muito infeliz por abandoná-los.

Algum tempo depois, houve novamente muita fome em todo o país e as crianças ouviram a mãe conversando com o pai, de noite, na cama:

— Já comemos tudo o que havia para comer. Só sobrou meio pão e, quando acabar, não vai haver mais nada. As crianças têm que ir embora. Vamos levá-las ainda mais longe na floresta e desta vez elas não vão encontrar o caminho de casa. É a nossa única esperança.

O marido ficou com o coração pesado e comentou:

— Eu preferia dividir a última migalha com meus filhos.

Mas a mulher não queria prestar atenção a nada do que ele dizia. Ficava só reclamando e achando defeito em tudo. E, depois que a gente já disse sim uma vez, fica difícil dizer não. Por isso, o lenhador acabou cedendo de novo.

Só que as crianças estavam acordadas e ouviram toda a conversa. Quando os mais velhos dormiram, João se levantou outra vez. Queria pegar mais umas pedrinhas, mas desta vez a mulher tinha trancado a porta, e ele não conseguiu sair. Mas, mesmo assim, consolou a irmãzinha e disse:

— Não chore, Maria. Vá dormir. Deus vai nos ajudar.

De manhã cedo, a mulher veio e acordou as crianças. Deu a elas alguns pedaços de pão, mas bem menores do que da outra vez.

A caminho da floresta, João foi esmigalhando o pão dentro do bolso. De vez em quando parava e deixava cair algumas migalhas no chão.

— João — disse o pai —, por que é que você fica toda hora parando e olhando para trás? Vamos, ande.

— Estou olhando para meu pombinho — disse João. — Ele está pousado no telhado, tentando me dar adeus.

— Deixe de ser bobo — disse a mulher. — Não é seu pombinho, é só o sol da manhã brilhando na chaminé.

Mas, aos poucos, João conseguiu deixar cair todo o seu pão no chão.

A mulher levou as crianças até um lugar ainda mais fundo da floresta, um lugar onde elas nunca tinham estado em toda a vida. Mais uma vez, fizeram uma grande fogueira, e a mãe disse:

— Fiquem sentadinhos aqui. Se se cansarem, podem dormir um pouco. Vamos entrar na floresta para fazer lenha e, de noite, quando terminarmos, voltamos e pegamos vocês.

Ao meio-dia, Maria dividiu com João seu pedaço de pão, porque ele tinha gastado todo o dele marcando o caminho. Depois, adormeceram, e a tarde se passou. Mas ninguém veio buscar as duas crianças. Já era noite escura quando acordaram, e João consolou a irmãzinha:

— Maria — disse ele —, espere só até que a lua apareça. Aí nós vamos ver os pedacinhos de pão que eu deixei cair, e eles vão nos mostrar o caminho de casa.

Quando a lua surgiu, os dois partiram, mas não conseguiram achar nem uma migalhinha de pão, porque os milhares de pássaros tinham comido tudinho. No entanto, João disse a Maria:

— Não se preocupe, vamos achar o caminho.

Mas não acharam.

Caminharam a noite inteira, e depois o dia todo, da manhã à noite, mas ainda estavam na floresta, e cada vez com mais fome, porque não tinham nada para comer, a não ser algumas frutinhas de mato. E, quando ficaram tão cansados que as pernas nem conseguiam mais carregá-los, deitaram-se debaixo de uma árvore e dormiram.

Já era a terceira manhã desde que tinham saído da casa do pai. Começaram a andar outra vez, mas cada vez se embrenhavam mais na floresta e, a não ser que alguma ajuda chegasse logo, na certa iam morrer de fome e de cansaço. Ao meio-dia, viram um passarinho lindo, branco como a neve, pousado num galho. Cantava tão bonito que eles pararam e ficaram ouvindo. Quando acabou de cantar, bateu as asas e voou. As crianças foram seguindo o passarinho até que ele pousou no telhado de uma casinha.

Quando as crianças se aproximaram, viram que a casa era feita de pão, o telhado, de bolo, e as janelas, de açúcar cristalizado.

— Vamos comer — disse João —, e que o Senhor abençoe a nossa comida. Vou pegar um pedaço do telhado. E você, Maria, pode pegar um pedaço da janela; é bem docinho.

João levantou a mão e pegou um pedaço do telhado, para ver que gosto tinha. Maria tirou uma lasquinha da vidraça e começou a mordiscar.

Então, ouviram uma voz suave, chamando lá de dentro:

— *Chipe, chipe, meu ratinho,*
Está comendo meu docinho?

E as crianças responderam:

— *É o vento que dança,*
No céu feito uma criança...

E continuaram a comer.

João gostou do gosto do telhado. Então, resolveu tirar um pedaço grande. Maria quebrou uma vidraça redonda inteirinha e sentou no chão para comer melhor e apreciar bem.

De repente, a porta se abriu e apareceu uma velha muito velha, apoiada numa forquilha. João e Maria levaram um susto tão grande que deixaram cair o que estavam comendo. Mas a velha abanou a cabeça e disse:

— Ai, que crianças tão engraçadinhas! Como é que vocês chegaram aqui? Não tenham medo, venham, entrem e fiquem comigo... Não vou lhes fazer mal algum.

Pegou os dois pela mão e os levou para dentro da casa. Lá, botou diante deles uma bela refeição de leite, panqueca, açúcar, maçãs e nozes. E, depois, mostrou duas caminhas preparadas com roupa branca e bem limpinha. João e Maria se deitaram e acharam que estavam no céu.

Mas a velha só estava fingindo que era boazinha. Na verdade, ela era uma bruxa malvada, que armava ciladas para pegar crianças e tinha feito aquela casa toda de pão só para atraí-las. Ela matava, cozinhava e comia qualquer criança que caísse em suas mãos, e para ela isso era um grande banquete.

As bruxas têm olhos vermelhos e, por isso, não enxergam muito bem, mas têm um ótimo faro, como os animais. Por isso, sabem muito bem quando os humanos estão chegando perto. Quando João e Maria se aproximaram, ela soltou uma gargalhada bem malvada e disse para si mesma, fazendo careta:

— Aí vêm dois que nunca vão conseguir ir embora...

De manhã cedo, quando as crianças ainda estavam dormindo, a velha se levantou. Quando olhou para eles e viu que descansavam tão doces, com as bochechas tão rosadas, murmurou para si mesma:

— Que delícia que eles vão ser!

Então, ela agarrou João com sua mão esquelética, levou-o para um pequeno cela e fechou-o lá dentro, trancando a porta de barras de ferro. Ele berrou o quanto pôde, mas não adiantou nada.

Depois, a bruxa foi para perto de Maria, sacudiu a menina até que ela acordasse e gritou:

— Levante-se, sua preguiçosa. Vá buscar água e cozinhar alguma coisa bem gostosa para seu irmão. Ele está lá fora no barraco, e vamos ter que engordá-lo bastante. Quando ele estiver bem bonito e bem gordo, vou comer ele todinho.

Maria chorou muito, mas foi em vão. Tinha que fazer o que a bruxa malvada mandava.

A melhor comida era feita para o coitado do João. Maria só ganhava casca de camarão de água doce. Todas as manhãs a bruxa velha se arrastava até o barraco e dizia:

— João, mostre o dedo. Quero ver se você está engordando.

Mas João mostrava um ossinho.

A velha tinha vista fraca e não conseguia enxergar direito. Achava que era mesmo o dedo de João e não entendia como é que ele não engordava. Depois de terem passado quatro semanas, como João continuava tão magrelo como antes, ela perdeu a paciência e resolveu que não ia esperar mais.

— Vamos, Maria! — gritou ela. — Vá buscar água no poço, e não se demore pelo caminho. Magricela ou gordo, vou matar João amanhã e cozinhá-lo.

Ah, como a coitadinha chorava porque tinha que carregar essa água! Como as lágrimas rolavam pelas bochechas dela!

— Meu Deus! — chorava ela. — Por favor, o senhor não vai nos ajudar? Se os animais ferozes tivessem nos devorado na floresta, pelo menos tínhamos morrido juntos.

— Pare com essa choradeira! — mandava a bruxa. — Não vai adiantar nada...

De manhã bem cedo, Maria teve que encher a chaleira de água e acender o fogo.

— Primeiro, vamos fazer o pão — disse a bruxa velha. — Já pus o forno para esquentar e preparei a massa.

E levou a coitada da Maria para junto do forno, de onde a essa altura já saíam chamas.

— Vá lá dentro engatinhando — disse a bruxa — e veja se já está bem quente para poder assar o pão.

O que ela queria era, quando Maria estivesse lá dentro, fechar a porta e assar a menina para comê-la também. Mas Maria percebeu o que ela estava planejando e disse:

— Eu não sei como é que a gente faz isso. Como é que eu faço para entrar?

— Sua bobalhona! — exclamou a velha. — A porta é bem grande, veja. Até eu consigo entrar.

Então, a bruxa foi até a abertura e meteu a cabeça lá dentro. No mesmo instante, Maria deu um empurrão nela. Um empurrão tão forte que a bruxa caiu lá dentro com uma cambalhota. E a menina, rapidamente, fechou a porta de ferro e prendeu bem a tranca. Aaaaai! Como a velha berrava! Mas Maria saiu correndo e deixou a bruxa malvada queimar até morrer. Enquanto isso, a menina correu para junto de João, abriu a porta do barraco e gritou:

— João, estamos salvos! A bruxa velha morreu!

João saiu lá de dentro, pulando como um passarinho quando alguém abre a porta da gaiola. Como eles ficaram contentes! Dançaram de alegria, se abraçaram e se beijaram.

Depois, como já não havia mais motivo para ter medo de nada, entraram na casa da bruxa. Em cada canto havia caixas cheias de pérolas e pedras preciosas. João encheu os bolsos e disse:

— Vão ser muito melhores do que pedrinhas.

E Maria disse:

— Também vou levar umas para casa.

Depois, encheu o avental com elas.

— É melhor irmos andando agora — disse João. — Vamos sair logo desta floresta enfeitiçada.

Após andarem durante algumas horas, chegaram a uma grande extensão de água.

— Como é que vamos atravessar? — perguntou João. — Não vejo ponte nenhuma.

— Também não tem barco — disse Maria —, mas ali adiante estou vendo um pato branco. Se eu pedir, ele vai nos ajudar a passar para o outro lado.

E pediu:

— *Patinho, patinho,*
Vem nos ajudar,
Não tem ponte nem barco
Queremos passar.

Então o pato veio até junto dos dois. João montou nas costas dele e disse à irmã que se sentasse a seu lado.

— Não — disse Maria. — Ia ser demais para o coitado. É melhor que ele leve um de cada vez.

E foi isso que o bom patinho fez.

Depois que eles atravessaram e caminharam um pouco, começaram a reconhecer a floresta, cada vez mais, e finalmente viram ao longe a casa do pai. Começaram a correr, entraram pela casa adentro e se jogaram nos braços do pai. O pobre homem não conseguia passar um só momento feliz desde que tinha deixado os filhos na floresta e, enquanto as crianças estavam longe, a mulher dele tinha morrido.

Maria então abriu o aventalzinho e as pérolas e pedras preciosas se espalharam pelo chão da sala. João punha as mãos nos bolsos e tirava punhados e mais punhados de joias. Todas as preocupações deles se acabaram, e viveram juntos na maior felicidade.

Entrou pelo pé do pato, saiu pelo pé do pinto, quem quiser que conte cinco.

A ASSEMBLEIA DOS RATOS

Jean de La Fontaine, adaptado por Maria Helena Rouanet

A avareza tudo perde por tudo querer ganhar. Para comprovar isso, basta lembrarmos do homem que tinha uma galinha. A cada dia, segundo a Fábula, essa galinha botava um ovo de ouro.

Convencido de que havia um verdadeiro tesouro dentro do corpo da ave, o dono a matou e descobriu que, por dentro, ela era como qualquer outra galinha cujos ovos não lhe davam lucro algum.

Com isso, ele próprio destruiu o maior bem que possuía.

Bela lição para todos os que são gananciosos: nos últimos tempos, quanta gente não tem ficado pobre da noite para o dia simplesmente por querer ficar cada vez mais rica?

CHANTECLER

J. Berg Esenwein e Marietta Stockard

Era uma vez um quintal perto de um bosque num pequeno vale. Ali residia um galo que atendia pelo nome de Chantecler. Tinha a crista mais vermelha que o coral, penas lustrosas como ouro e uma voz maravilhosa. Todas as manhãs, bem antes de o sol nascer, seu canto ecoava pelo vale, e suas sete esposas ouviam com admiração.

Uma noite, pousado no poleiro ao lado de Dama Partlê, sua companheira preferida, Chantecler começou a fazer um estranho barulho com a garganta.

— Que é isso, querido? — disse Dama Partlê. — Parece que você está com medo.

— Oh! — disse ele. — Tive um sonho horrível! Sonhei que estava passeando pelo bosque quando apareceu um monstro que parecia um cachorro, e o monstro me agarrou. Era vermelho, tinha um focinho pequeno e olhos de carvão. Ugh! Terrível!

— Tut, tut! Será você um covarde, para ter medo de um sonho? Acho que está comendo mais do que deve. Gostaria que meu marido fosse sábio e corajoso, para merecer meu amor!

Dama Partlê cacarejou, alisou as penas e fechou suavemente os olhos escarlates. Estava aborrecida porque seu sono fora perturbado.

— Certamente tem razão, meu amor, porém ouvi falar de muitos sonhos que se tornam realidade. Tenho certeza de que algum infortúnio virá, mas não falemos nisso agora. Estou muito feliz por tê-la ao meu lado. Você é linda, querida!

Dama Partlê entreabriu levemente um olho e, do fundo da garganta, emitiu um som satisfeito.

Na manhã seguinte, Chantecler desceu do poleiro e chamou as galinhas para acompanhá-lo na refeição da manhã. Andava emproado pelo terreiro, fazendo "Chuc! Chuc!" a cada grão de milho que encontrava. Sentia grande orgulho dos olhares de admiração que recebia. Pavoneando-se à luz do sol, batia as asas para mostrar as penas, jogava a cabeça para trás e cantava, exultante. Tinha esquecido o sonho; não havia mais medo em seu coração.

Enquanto isso Renard, a raposa, se escondia entre as moitas do bosque junto ao quintal. Chantecler andava, chegando cada vez mais perto do esconderijo. Subitamente, avistou uma borboleta na relva e, ao se arremessar para pegá-la, viu a raposa.

— Coc! Coc! — gritou aterrorizado, virando-se para fugir.

— Aonde vai, caro amigo? — disse Renard com voz meiga. — Vim aqui apenas para ouvi-lo cantar. Você tem uma voz de anjo! Seus pais me visitaram uma vez, sabe? Eu adoraria que você também fosse à minha casa. Será que se lembra do canto do seu pai? Lembro-me dele, na ponta dos pés, esticando o pescoço longo para soltar a voz gloriosa. Sempre batia as asas e fechava os olhos para cantar. Você canta assim também? Não quer cantar só uma vezinha para mim? Estou curiosa para saber se você realmente canta melhor que seu pai.

Chantecler ficou tão envaidecido com o elogio que bateu as asas, ficou na ponta dos pés, fechou os olhos e cantou o mais alto que pôde.

Mal começou a cantar, Renard saltou sobre ele. Pegou-o pela garganta, apoiou-o nas costas e saiu correndo em direção à sua toca no bosque.

As galinhas fizeram tal alvoroço ao ver Chantecler sendo levado que as pessoas na casa ouviram e saíram correndo atrás da raposa. O cachorro ouviu e também saiu correndo e latindo. A vaca corria, o bezerro corria, os porcos gritavam e também corriam. Os patos e gansos grasnavam de pavor e voavam para o alto das árvores. Nunca se ouviu tamanho rebuliço. Renard sentiu certo temor.

— Como você corre ligeiro! — disse Chantecler, entre os dentes da raposa. — Se eu fosse você, não deixaria de zombar desses moloides tentando pegá-lo. Grite para eles: "Ei, lesmas paralíticas! Olhem só! Sou mais rápido que vocês todos e vou saborear esse galo antes que cheguem perto de mim!

Renard se envaideceu e abriu a boca para zombar dos perseguidores; tão logo abriu a boca o galo voou e foi se empoleirar numa árvore, fora do alcance da raposa.

Renard viu que tinha perdido a presa e apelou de novo para os velhos truques.

— Eu estava só mostrando como você é importante no quintal. Veja só a algazarra que provocou! Não quis amedrontar você. Desça daí e vamos à minha casa. Tenho uma coisa muito interessante para lhe mostrar.

— Não, não — disse Chantecler. — Você não me pegará de novo. Quem fecha os olhos quando deve abrir merece ficar cego.

A essa altura, os amigos de Chantecler estavam bem perto, e Renard virou-se para fugir.

— Quem fala quando deve calar merece perder a presa — disse ele, e disparou para o bosque.

(ALA)

A VINGANÇA DO LEOPARDO

Lenda africana

Uma vez um filhote de leopardo afastou-se de casa e se aventurou entre uma grande manada de elefantes. Seus pais o tinham advertido para manter distância daqueles gigantescos animais, mas ele não lhes deu ouvidos. De repente, houve um estouro da manada, e um elefante, sem sequer vê-lo, pisou no filhote. Pouco depois uma hiena encontrou o corpo e correu a contar aos pais.

— Trago notícias horríveis — disse ela. — Encontrei seu filhote morto na savana.

A mãe e o pai leopardos deram urros de raiva e desespero.

— Como aconteceu? — perguntou o pai. — Diga quem fez isso com nosso filho! Não descansarei até me vingar!

— Foram os elefantes — disse a hiena.

— Os elefantes? — repetiu o pai leopardo, surpreso. — Você disse que foram os elefantes?

— Sim — afirmou a hiena —, vi as pegadas deles.

O leopardo andou de um lado para o outro, rosnando e balançando a cabeça.

— Não, você se enganou — disse por fim. — Não foram os elefantes. Foram as cabras. As cabras assassinaram meu filho!

Imediatamente deu uma corrida morro abaixo, irrompeu entre um rebanho de cabras que pastavam no vale e, num ataque de fúria, matou todas em vingança.

(ALA)

O MINOTAURO

Adaptado de Andrew Lang

A história começa em Atenas, uma das maiores e mais nobres cidades da Grécia antiga. Entretanto, à época desses eventos, Atenas não passava de uma pequena vila empoleirada num rochedo que se erguia na planície, a umas três milhas do mar. Egeu, o rei, acabava de receber o filho que ele não via desde o nascimento, um jovem chamado Teseu, destinado a se tornar um dos maiores heróis gregos.

Egeu estava exultante por finalmente ter o filho em casa, mas Teseu percebia que o rei tinha momentos de tristeza e dor. Gradualmente, Teseu começou a perceber a mesma melancolia presente no povo de Atenas. Mães em silêncio, pais abatidos, jovens que passavam o dia a contemplar o mar, como se esperassem alguma coisa temível surgir do oceano. Muitos jovens atenienses estavam ausentes, e dizia-se que tinham ido visitar amigos em regiões mais longínquas da Grécia. Por fim, Teseu decidiu perguntar ao pai que mal assolava a terra.

— Você chegou numa hora triste — respondeu Egeu, com um suspiro. — Existe uma maldição sobre Atenas, maldição tão estranha e terrível que nem mesmo você, príncipe Teseu, pode vencê-la.

— Conte-me — disse Teseu —, pois, embora eu seja apenas um homem, os deuses imortais me protegem e me auxiliam.

— O problema é muito antigo — disse Egeu. — Vem de um tempo em que jovens de toda a Grécia e de outras terras vinham a Atenas para participar dos jogos, saltos, lutas e corridas. O filho do grande rei Minos, rei de Creta, era um dos participantes e morreu aqui. Ainda hoje sua morte é um mistério. Alguns dizem que foi por acidente, outros dizem que foi assassinado por adversários invejosos. De qualquer modo, seus companheiros fugiram durante a noite, levando a notícia a Creta. O mar ficou negro de navios do rei Minos vindo em busca de vingança, e seus exércitos eram poderosos demais para os nossos. Humildemente saímos da cidade para ir ao seu encontro implorar misericórdia, e ele disse: "Essa é a misericórdia que lhes darei. Não queimarei a cidade, não levarei seus tesouros e não farei seu povo prisioneiro. Mas pagarão um tributo. Jurem que de sete em sete anos me enviarão sete rapazes e sete moças." Não tivemos escolha senão concordar. A cada sete anos um navio de velas negras vem de Creta para levar os cativos. Este é o sétimo ano, e o navio virá a qualquer momento.

— E o que acontece a eles quando chegam a Creta? — perguntou Teseu.

— Não sabemos, pois jamais retornam. Os marinheiros de Minos contam que são levados a uma estranha prisão, chamada Labirinto. Cavado na rocha bruta, é cortado por muitos caminhos tortuosos e escuros, e lá dentro vive um monstro horrível, que se chama Minotauro. Esse monstro tem corpo de homem, cabeça de touro, dentes de leão e devora todos que se aproximam. Temo que seja esse o destino dos jovens atenienses.

— Vamos queimar os navios de velas negras e massacrar os marinheiros — disse Teseu.

— Sim, poderíamos — respondeu Egeu —, mas Minos mandaria sua esquadra e exércitos para destruir Atenas.

— Deixe-me ir como cativo — disse Teseu, pondo-se de pé — e matarei o Minotauro. Sou seu filho e herdeiro, é meu dever tentar libertar Atenas desta terrível maldição.

Egeu tentou persuadir o filho de que o plano era inútil, mas Teseu estava determinado, e, quando o navio aportou, juntou-se ao grupo de condenados. Chorando amargamente, seu pai veio lhe dar um último adeus.

— Se conseguir voltar a salvo — disse ele a Teseu —, arrie as velas negras e ice velas brancas quando chegar ao porto para que eu saiba que você não morreu no Labirinto.

— Não se preocupe — disse Teseu. — Aguarde as velas brancas, pois voltarei em triunfo.

O navio negro se fez ao mar e logo navegou para além do horizonte.

Após muitos dias no mar, o navio chegou a Creta. Os prisioneiros atenienses foram conduzidos ao palácio, onde o rei Minos os esperava no trono, rodeado por chefes e príncipes gloriosamente vestidos em sedas e adornados com joias de ouro. Moreno, com toques de branco nos cabelos e na longa barba, Minos sentava-se com o cotovelo apoiado nos joelhos, o queixo descansando na mão e os olhos fixos em Teseu. Teseu curvou-se num cumprimento e permaneceu de pé, ereto, olhos nos olhos de Minos.

— Vocês são quinze — Minos falou por fim —, e minha lei só exige quatorze.

— Vim por vontade própria — respondeu Teseu.

— Por quê? — perguntou Minos.

— O povo de Atenas quer a liberdade, ó rei.

— Há um modo — disse Minos. — Matem o Minotauro e ficarão livres do tributo.

— Tenho a intenção de matá-lo — disse Teseu, e sua fala alvoroçou a multidão de chefes e príncipes. Uma linda jovem deslizou entre eles e colocou-se atrás do trono. Era Ariadne, filha de Minos, uma donzela de coração terno e sábio. Teseu fez uma profunda reverência e novamente se pôs ereto, o olhar pousado na face de Ariadne.

— Você fala como um filho de rei — disse Minos, com um sorriso. — Talvez nunca tenha conhecido a adversidade.

— Conheço bem a adversidade e meu nome é Teseu, filho de Egeu. Vim pedir permissão para enfrentar sozinho o Minotauro. Se eu não conseguir matá-lo, meus companheiros seguirão meu destino no Labirinto.

— Entendo — disse Minos. — Muito bem, é desejo do filho do rei morrer sozinho. Que seja.

Os atenienses foram levados ao longo de galerias ao andar de cima, onde cada um foi conduzido a um quarto mais belo e rico do que jamais sonharam. Levados ao banho, receberam trajes novos e lhes foi servido um opulento banquete. Nenhum deles tinha apetite, porém, exceto Teseu, ciente de que precisaria de toda sua força.

Aquela noite, ao se preparar para dormir, Teseu ouviu uma leve batida na porta, e Ariadne, a filha do rei, entrou no quarto. Novamente Teseu mirou-a, e viu em seus olhos uma compaixão que nunca vira antes.

— Muitos conterrâneos seus desapareceram no Labirinto de meu pai — disse ela suavemente. — Trouxe-lhe um punhal e mostrarei a você e a seus amigos o caminho da fuga.

— Agradeço o punhal — respondeu Teseu —, mas não posso fugir. Se quer me mostrar um caminho, que seja o do Minotauro.

— Ainda que você tenha força para matar o monstro — sussurrou Ariadne —, precisará achar o caminho para fora do Labirinto. São tantas curvas e desvios escuros, tantas passagens falsas e vias sem saídas, nem mesmo meu pai conhece todos os segredos. Se está determinado a levar adiante esse plano, tome isso.

Ariadne tirou das vestes um carretel de fio de ouro e colocou-o na mão de Teseu.

— Logo que entrar no Labirinto — disse ela —, amarre a ponta do fio numa pedra e segure com firmeza o carretel todo o tempo. Quando quiser sair, o fio será seu guia.

Teseu olhou-a sem saber o que dizer, e perguntou por fim:

— Por que está fazendo isso? Estará em grande perigo, se seu pai descobrir.

— Sim — respondeu Ariadne lentamente. — Mas, se eu nada fizer, você e seus amigos estarão em perigo ainda maior.

E Teseu descobriu que a amava.

Na manhã seguinte, Teseu foi levado ao Labirinto. Tão logo os guardas o deixaram, atou a ponta do fio a uma pedra aguçada e se pôs a andar devagar, segurando firmemente o precioso carretel. Avançou pelo corredor mais largo, do qual saíam outros à esquerda e à direita, até chegar a uma parede. Voltou sobre seus passos e tentou outra passagem, e mais outra, parando a cada passo para tentar ouvir o monstro. Atravessou muitas passagens escuras e tortuosas, voltando às vezes a lugares por onde já passara, mas adentrando cada vez mais o Labirinto. Finalmente chegou a um salão cheio de pilhas de ossos. O monstro estava próximo.

Sentou-se, quieto, e ouviu ao longe um ruído abafado, como o eco de um rugido. Levantou-se e prestou atenção. O som estava mais perto e mais alto, não rouco como o bufar de um touro; era um ruído mais estridente, mais fino. Teseu abaixou-se rapidamente e pegou um pouco de terra do chão do Labirinto, erguendo o punhal com a outra mão.

O bufar do Minotauro se aproximava cada vez mais. Já se ouvia o barulho dos pés, ecoando pesados no chão. Um rugido, uma bufada e silêncio. Teseu recuou para o canto mais escuro de uma via estreita e se agachou. Seu coração batia forte. Veio o Minotauro. Percebendo a figura agachada, o monstro deu um rugido alto e avançou diretamente para ele. Teseu pulou e, desviando para o lado, atirou o punhado de terra nos olhos da besta.

O Minotauro urrou de dor. Com as mãos monstruosas, esfregou os olhos, bramindo em confusão. Sacudiu fortemente a cabeçorra, rodopiou, estendendo as mãos para encontrar a parede. Estava totalmente cego. Teseu agarrou o punhal, esgueirou-se por trás do monstro e desferiu-lhe um golpe rápido nas pernas. O Minotauro desabou com um urro e um estrondo, mordendo o chão com os dentes de leão, debatendo-se, as mãos dilacerando o ar. Teseu esperou a chance e, quando as mãos em garra pararam de se agitar, enfiou três vezes a lâmina afiada do punhal no coração do Minotauro. O corpo se contorceu no ar e caiu, quieto.

Teseu ajoelhou-se para agradecer aos deuses e, ao terminar a prece, pegou o punhal e cortou fora a cabeça do Minotauro. Segurando a cabeça degolada, pôs-se a seguir o fio para fora do Labirinto. Parecia que nunca mais conseguiria sair daquelas passagens escuras e sinistras. Teria o cordão se partido em algum lugar e ele, afinal, estava perdido? Seguiu ansiosamente até chegar à entrada, onde deixou-se cair exaurido pela luta e pela caminhada.

— Não sei que milagre o fez sair vivo do Labirinto — disse Minos, ao ver a cabeça do monstro. — Manterei minha palavra. Você e seus companheiros estão livres. Agora haverá paz entre seu povo e o meu. Boa viagem.

Teseu sabia que devia a vida e a libertação de sua terra à coragem de Ariadne, e sabia que não partiria sem ela. Alguns dizem que pediu sua mão ao rei, que a concedeu com prazer. Outros afirmam que ela escapuliu para o navio no último minuto antes da partida sem o conhecimento do pai. Seja como for, os amantes estavam juntos quando a âncora foi levantada e o navio partiu de Creta.

Mas esse final feliz se mistura à tragédia, como acontece em muitas histórias. Pois o capitão do barco não sabia que deveria içar velas brancas para anunciar a vitória de Teseu, e o rei Egeu, que, do alto de um penhasco perscrutava aflito as águas, viu as velas negras surgirem no horizonte. Seu coração se partiu, e ele despencou do alto do penhasco em pleno mar, que hoje se chama mar Egeu.

(ALA)

ULISSES E O CICLOPE

Essa história, recontada por Andrew Lang, pertence à Odisseia, *o grande poema épico de Homero sobre a longa viagem do rei Odisseu, ao voltar da guerra de Troia. Odisseu se destaca de todos os heróis gregos pela coragem aliada à inteligência. Vezes sem conta, enquanto outros se entregavam ao desespero, Odisseu lançava mão do seu talento criativo. Nessa narrativa do famoso encontro com o ciclope Polifemo, ele é chamado pelo nome romano, Ulisses.*

A esquadra de Ulisses chegou à terra dos Ciclopes, homens com apenas um olho redondo situado no meio da testa. Não moravam em casas, mas em cavernas nas montanhas, não tinham lei nem rei, não plantavam nem colhiam, o trigo e a vinha cresciam sem cultivo, e possuíam grandes rebanhos de carneiros.

Havia uma linda ilha deserta na entrada de uma baía. Era habitada apenas por cabras selvagens e barrava a entrada das ondas, de maneira que os barcos podiam parar no remanso e ancorar junto à praia, no mar tranquilo. Ali Ulisses fundeou seus navios, e os homens passaram o tempo caçando cabras selvagens e banqueteando-se com vinho e carne fresca. No dia seguinte, Ulisses deixou lá a esquadra e os homens e partiu apenas com seu navio e tripulação para descobrir que tipo de gente habitava o continente, pois até então não vira ninguém lá. Encontrou uma grande caverna junto ao mar, onde loureiros cresciam no teto rochoso e um muro de pedra bruta cercava um pátio na frente da entrada. Ulisses deixou os homens no navio e escolheu doze para segui-lo; encheu um odre de vinho forte, encheu um saco de farinha de milho e subiu à caverna. Não havia ninguém, mas havia todas as coisas que se encontram geralmente numa queijaria: cestos cheios de queijo, baldes e fôrmas cheios de leite e soro, cabritos e carneiros brincando no aprisco.

Tudo muito calmo e agradável. Os homens queriam pegar tantos queijos quanto pudessem carregar para o navio, mas Ulisses desejava conhecer o dono. Pondo-se à vontade, os homens acenderam um fogo, assaram queijos e comeram no fundo da caverna. De repente, uma sombra projetada pelo sol que se punha surgiu na entrada e um homem monstruoso entrou, atirando ao chão um tronco seco que ele trazia para virar lenha. Em seguida tocou as ovelhas para dentro, deixando os carneiros do lado de fora, pegou uma enorme pedra achatada e encaixou-a de modo a fechar a entrada da caverna, pois nem vinte e quatro parelhas de cavalos arrastariam aquela pedra. Por último, o homem ordenhou as ovelhas, colhendo o leite em baldes para beber no jantar. Tudo isso acontecia enquanto Ulisses e seus homens se encolhiam, calados e mortos de medo, pois estavam trancados numa caverna com um gigante de um olho só, cujo queijo tinham comido.

Então o gigante, após acender o fogo, os avistou e perguntou quem eram eles. Ulisses disse que eram gregos, que tinham tomado Troia e vagavam perdidos no mar, e pediu ao homem que fosse compassivo com eles em nome do deus dos deuses, Zeus.

— Nós, Ciclopes — disse o gigante —, não ligamos para Zeus e para os deuses, porque achamos que somos melhores que eles. Onde está seu navio?

Ulisses respondeu que tinha naufragado na costa, ao que o homem não fez comentários, mas agarrou dois dos doze, esmagou seus crânios contra o chão, esquartejou os corpos membro a membro, assou-os na fogueira, comeu-os e, depois de beber muitos baldes de leite, deitou-se e dormiu. Ulisses pensou em enfiar a ponta da espada no fígado do gigante e apalpou o corpanzil para localizá-lo. Lembrou-se porém que, mesmo matando o gigante, não conseguiria remover a imensa pedra da porta da caverna, e ele e seus homens morreriam de fome quando acabassem de comer todos os queijos.

De manhã, o gigante comeu mais dois homens no desjejum, tocou as ovelhas para fora e encaixou novamente a pedra na entrada, com a leveza de quem põe uma flecha na aljava. E lá se foi, tangendo o rebanho para os pastos verdes na montanha.

Ulisses não cedeu ao desespero. O gigante tinha esquecido o cajado na caverna: era do tamanho de um mastro de navio de grande porte. Ulisses cortou dois metros do cajado, seus homens o apararam, aplainaram como a haste de uma lança, ele afinou uma extremidade até torná-la uma ponta aguçada e levou-a ao fogo para endurecer. O resultado foi uma lança de madeira grossa, e os homens sortearam quatro dentre eles para enfiá-la no olho do gigante, quando ele estivesse dormindo. De volta ao cair do sol, ele tocou para dentro o rebanho, com carneiros e tudo. Colocou a pedra na entrada, ordenhou as ovelhas, matou dois homens e comeu-os cozidos.

Enquanto isso, Ulisses enchera de vinho forte uma tigela de pau-de-hera, sem acrescentar uma gota de água sequer. Ofereceu a tigela ao gigante, que nunca tinha ouvido falar de vinho e bebeu uma tigela após outra e, quando ficou alegre, disse que ia dar um presente a Ulisses.

— Como é seu nome? — perguntou o gigante.

— Meu nome é *Ninguém* — respondeu Ulisses.

— Então vou comer os outros antes, e Ninguém será o último — falou o gigante. — Este será o seu presente — disse, e adormeceu.

Ulisses levou ao fogo a lança de madeira até a ponta ficar vermelha. A seguir, os quatro homens enfiaram a lança no único olho do gigante e a mantiveram cravada com força, enquanto Ulisses a girava, e o olho chiava como ferro em brasa mergulhado na água fria, que faz a força do ferro. O Ciclope urrou e ficou em pé de um salto, gritando por socorro, chamando os outros gigantes que moravam nas cavernas vizinhas.

— Quem está aborrecendo você, Polifemo? — gritaram de lá os gigantes. — Por que nos acorda no meio da noite?

— Ninguém está me matando com a astúcia; Ninguém é injusto — respondeu o gigante.

— Se ninguém está lhe fazendo mal, ninguém pode ajudá--lo — gritou um dos gigantes. — Se está doente, reze a seu pai, Poseidon, deus do mar.

Assim, todos os outros gigantes voltaram a dormir, e Ulisses riu baixinho da esperteza com que os enganara. O gigante foi então à porta, retirou a pedra e sentou-se com os braços abertos, para pegar os prisioneiros na fuga.

Entretanto, Ulisses tinha um plano. Amarrou os carneiros juntos em grupos de três, com cordas de videira, e atou um homem a cada carneiro do meio, de modo que as mãos do gigante cego só sentiriam os dois carneiros de fora. Pegou para si o carneiro maior e mais forte e, colocando-se sob a barriga do animal, agarrou-se ao pelo com as mãos e os pés. O rebanho foi saindo e o gigante os sentia passar pela porta, sem saber que carregavam os homens.

— Querido carneiro — disse ele ao maior, que levava Ulisses —, você não saiu primeiro como sempre faz, mas ficou por último, se atrasou de tristeza por seu dono cujo olho Ninguém cegou!

Quando chegaram a campo aberto, Ulisses desamarrou os homens e embarcou os carneiros no navio. A tripulação chorava a morte dos seis companheiros, mas Ulisses os fez remar para o mar. Quando chegou à distância de um grito da caverna, zombou aos berros do Ciclope. O gigante então quebrou o pico rochoso de uma montanha e lançou-o na direção do som. A pedra caiu na frente do navio, levantando uma onda tão grande que o levou de volta à praia, mas Ulisses impulsionou-o com uma vara comprida, e os homens mais uma vez remaram para mar aberto, afastando-se. Ulisses gritou de novo para o gigante ouvir:

— Se alguém perguntar quem furou o seu olho, diga que foi Ulisses, filho de Laerte de Ítaca, arrasador de cidades!

O gigante rezou, suplicando a seu pai, Deus do Mar, que Ulisses jamais voltasse para casa e, caso conseguisse voltar, que fosse solitário e tarde demais, que perdesse todos os homens e encontrasse a casa em desolação. O Ciclope quebrou outra pedra e a lançou, mas a pedra caiu diante da popa, e a onda levou o barco para o alto-mar.

(ALA)

HORÁCIO E A PONTE

James Baldwin

Houve uma vez uma guerra entre os povos romano e etrusco, que viviam em margens opostas do rio Tibre. Porsena, rei dos etruscos, pôs em marcha um grande exército na direção de Roma. A cidade nunca correra perigo maior.

Naquela época, não havia muitos guerreiros entre os romanos. Sabendo que não tinham forças suficientes para enfrentar os etruscos em campo aberto, colocaram sentinelas nas estradas e fecharam os portões da cidade.

Um dia avistaram o exército de Porsena nas colinas do norte. Eram milhares de cavaleiros e soldados marchando para a ponte de madeira que levava diretamente a Roma.

— O que faremos? — disseram os patriarcas grisalhos que faziam as leis em Roma. — Se tomarem a ponte, não poderemos impedi-los de atravessar; e então que esperança haverá para a cidade?

Entre os sentinelas da ponte havia, porém, um corajoso rapaz chamado Horácio, montando guarda no outro lado do rio. Ao ver os etruscos tão perto, conclamou os romanos que estavam em posição mais recuada.

Assim fala Horácio, o forte
Sentinela da cidade:
"A todo homem na terra
A morte vem, cedo ou tarde.
Pelos deuses ancestrais!

A luta destemida encerra
Dos bravos a melhor morte,
Pelas cinzas de seus pais."

— Destruam a ponte a toda pressa! — gritou. — Eu e meus dois homens retardaremos o inimigo!

Empunhando escudos e lanças, os três valentes ficaram na estrada e rechaçaram os cavaleiros que Porsena tinha enviado para tomar a ponte.

Colunas e traves recebiam os golpes dos romanos. Machados zuniam, lâminas voavam, e logo a ponte tremia, prestes a ruir.

— Voltem! Voltem para salvar a vida! — gritavam os romanos a Horácio e seus companheiros.

Nesse momento, os cavaleiros de Porsena investiram novamente.

— Corram para salvar a vida! — disse Horácio a seus homens. — Eu defenderei a estrada!

Os homens correram a cruzar a ponte. Mal alcançaram o outro lado, ouviu-se o estalar das vigas. A ponte tombou para o lado e veio abaixo com grande estrondo.

Ouvindo o barulho, Horácio entendeu que a cidade estava salva. Sem desviar os olhos dos soldados de Porsena, recuou lentamente até a margem do rio. Uma flecha varou-lhe o olho esquerdo, mas ele não vacilou e, arremessando a lança no primeiro cavaleiro, virou-se rapidamente. Viu a varanda de sua própria casa entre as árvores da outra margem.

E clamou ao nobre rio
Que os muros de Roma umedece:
"Oh Tibre! Tibre paterno!
Que recebes romanas preces,
Uma vida romana, o romano brio,
Acolhe em teu leito eterno."

Horácio saltou nas águas profundas da correnteza. Ainda levava a armadura e, ao vê-lo levado pela torrente, todos julgaram que tinha desaparecido para sempre. Mas, além de forte, ele era o melhor nadador de Roma. Logo ressurgiu no meio do rio, a salvo da chuva de lanças e flechas dos homens de Porsena.

Não tardou a atingir o outro lado, onde os amigos aguardavam para ajudá-lo e todos bradavam aclamações enquanto ele subia a barranca do Tibre. E os homens de Porsena bradaram também, pois nunca tinham visto homem tão forte e bravo como Horácio. Ele os impedira de entrar em Roma, mas reconheciam que a façanha era digna de aplauso.

Quanto aos romanos, mostravam sua gratidão a Horácio por ter salvo a cidade. Chamaram-no Horácio Cocles, que significa "Horácio de-um-olho-só", porque perdera um dos olhos ao defender a ponte. Decidiram erigir uma estátua de bronze em sua honra e lhe deram a extensão de terras que pudesse arar em um dia. E por séculos depois...

Entre risos e alegria,
Um soluço ao peito assoma
Por Horácio, naquele dia
Do ato heroico por Roma.

(ALA)

OS TREZENTOS DE ESPARTA

A famosa batalha no Passo de Termópilas ocorreu em 480 a.C., quando Xerxes liderou o exército persa na invasão da Grécia. Apesar da derrota em Termópilas, a heroica resistência espartana contra a esmagadora força persa serviu de inspiração aos gregos e imortalizou o nome de Esparta como sinônimo de coragem. Este texto foi adaptado de um trabalho de James Baldwin.

A Grécia estava em perigo. Um poderoso exército liderado por Xerxes, o grande rei da Pérsia, vinha do leste. Marchava pela costa e em poucos dias estaria em território grego. Xerxes enviara mensageiros a todas as cidades, exigindo que lhe mandassem água e terra como símbolos de seu poder sobre o mar e a terra. Os gregos se recusaram e optaram por defender sua liberdade.

Um grande frêmito percorreu a terra. Os gregos se armaram, apressando-se a expulsar os invasores.

O único caminho para os persas invadirem a Grécia por aquela costa era através de um passo estreito entre as montanhas e o mar. Chamava-se Passo da Termópilas, que significa "portão quente", devido aos escaldantes verões da região.

Esse passo era guardado por algumas tropas sob o comando de Leônidas, rei de Esparta. Embora o número de soldados persas fosse muito superior, os gregos estavam confiantes.

Haviam se posicionado na parte mais estreita do passo, onde poucos homens armados de lanças poderiam deter uma companhia inteira.

O primeiro ataque persa aconteceu de madrugada. Os vigias espartanos reportaram que havia tantos soldados persas que suas flechas tampariam a luz do sol.

— Melhor! — disse Leônidas. — Combateremos à sombra!

As flechas foram lançadas, e os escudos gregos as aguardavam, enquanto as lanças faziam recuar os soldados que tentavam penetrar no passo. Os invasores renovavam os ataques e recuavam a cada vez, com pesadas perdas. Finalmente, Xerxes enviou para a frente de batalha seus melhores homens, conhecidos como os Dez Mil Imortais, mas nem estes conseguiram vencer a determinação dos gregos.

Ao fim de dois dias de ataques, Leônidas ainda dominava o Passo das Termópilas. Aquela noite, porém, um homem foi levado ao acampamento de Xerxes. Era um grego que conhecia bem o terreno das redondezas e estava pronto a vender um segredo: o passo não era o único caminho. Havia uma picada aberta por caçadores que conduzia a uma trilha no dorso da montanha, defendida por apenas um punhado de homens. Seria fácil derrotá-los, e Xerxes poderia atacar o exército espartano pela retaguarda.

O plano traiçoeiro foi executado. Os guardas da trilha secreta foram pegos de surpresa e rapidamente eliminados, mas alguns conseguiram escapar a tempo de avisar Leônidas.

Os gregos sabiam que, se não abandonassem imediatamente o passo, seriam apanhados na armadilha. Leônidas sabia também que deveria deter o avanço de Xerxes até que as cidades gregas tivessem organizado melhor suas defesas. Tomando a decisão de continuar, ordenou que a maioria dos soldados saísse sorrateiramente pelas montanhas e voltasse às cidades, onde eles seriam necessários. Manteve consigo a guarda real de trezentos espartanos e mais alguns homens, e preparou-se para defender o passo até o fim.

O exército de Xerxes avançou. Os espartanos os enfrentaram e caíram um a um. Depois que se partiram todas as lanças, os gregos se colocaram em fileiras e passaram a lutar com espadas, punhais e mãos nuas.

Durante um dia inteiro mantiveram os persas à distância, mas quando o sol se pôs não restava sequer um espartano com vida. No passo restava apenas a pilha dos corpos massacrados, trespassados por flechas e lanças.

Xerxes tomou o passo, mas às custas de milhares de homens e um atraso de vários dias. Esse atraso lhe custaria caro, pois a armada grega pudera reunir forças suficientes para, pouco depois, forçar Xerxes a retornar à Ásia.

Muitos anos depois, ergueu-se no Passo das Termópilas um monumento em memória da corajosa resistência daqueles poucos homens em defesa de sua terra natal, onde se lia a inscrição:

Seja qual for tua jornada, viajante, pare um momento
aqui, onde Esparta lutou até o último alento.

(ALA)

UMA RESPOSTA LACÔNICA

Esta famosa historieta sobre a coragem espartana data da época de Felipe da Macedônia (382-336 a.C.), que forçou a unificação da maioria das cidades e territórios gregos.

Nos primeiros tempos, os povos da Grécia não eram unidos como hoje. Havia uma série de cidades e territórios, cada qual com seu próprio governante. Felipe, rei da Macedônia, ao norte da Grécia, queria unir todos os povos gregos sob seu domínio. Armou então um poderoso exército e partiu para a conquista dos outros territórios, onde se fez aclamar rei. Esparta, porém, resistiu.

Os espartanos ocupavam a região no sul da Grécia chamada Lacônia, por isso eram também chamados lacões. Destacavam-se pelos costumes simples e pela bravura. Eram também famosos por usar poucas palavras, cuidadosamente escolhidas; ainda hoje se diz que as respostas curtas são "lacônicas".

Sabendo que precisava subjugar Esparta para ter o domínio total sobre a Grécia, Felipe cercou as fronteiras da Lacônia e enviou uma mensagem aos espartanos.

— Se não se renderem imediatamente — ameaçava —, invadirei suas terras. Se meus exércitos as invadirem, pilharão e queimarão tudo o que vocês mais prezam. Se eu marchar sobre a Lacônia, arrasarei suas cidades.

Alguns dias depois, Felipe recebeu a resposta. Abriu a carta e encontrou somente uma palavra escrita:

— "SE."

(ALA)

SE...

Rudyard Kipling (1865-1936),
tradução de Ruy Jungmann

Se puderes conservar a cabeça, quando todos à tua volta
Estiverem perdendo a sua e te culpando,
Se puderes confiar em ti quando todos os homens de ti duvidarem,
Mas perdoá-los também por suas dúvidas,
Se puderes esperar, mas não te sentires cansado com a espera,

E sendo objeto de mentiras a elas não recorreres,
Ou, sendo odiado, não cederes ao ódio,
E nem assim parecer bom demais nem falar como sábio
[demais:

Se puderes sonhar, mas não deixar que os sonhos te dominem,
Se puderes pensar — e não transformar os pensamentos em
[teu objetivo,
Se puderes receber Triunfo e Derrota
E tratar esses dois impostores de igual maneira,
Se puderes escutar a verdade do que disseste,
Deturpada por patifes para transformá-la em armadilha para
[os tolos,
E olhares as coisas pelas quais deste a vida, quebradas,
E te curvares e as reconstruíres com gastas ferramentas:

Se puderes fazer uma aposta com todos os teus ganhos
E arriscá-los em um único lance,
E perder, e recomeçar do nada,
E nunca uma palavra pronunciar sobre tua perda,
Se puderes forçar o coração, nervo e coragem,
A voltarem a te servir depois de acabados,
E resistires quando nada mais em ti existir
Exceto a Vontade, que lhe diz: "Resiste!"

Se puderes conversar com a turba e conservar tua virtude
Ou andar com reis — sem perderes a humanidade,
Se nem inimigo nem amigo carinhoso puderem te ferir,
Se, para ti, todos os homens têm valor, mas nenhum deles
[demais,
Se puderes preencher o minuto implacável
Com sessenta segundos de uma corrida de grande distância,
Tua serão a Terra e tudo o que nela há,
E — o que é mais — tu serás um Homem, meu filho!

CRUZANDO O RUBICÃO

Adaptado de James Baldwin

Na época áurea de Roma, o Rubicão — um riacho na região centro--norte da Itália — demarcava a fronteira com a Gália. Pela lei, os magistrados romanos só podiam admitir a entrada de exércitos na Itália com permissão do Senado. Conduzindo suas legiões através do Rubicão, em 49 a.C., Júlio César deu uma demonstração de força à própria Roma.

Roma era a cidade mais poderosa do mundo. Os romanos haviam conquistado todas as terras ao norte e a maior parte das terras ao sul do Mediterrâneo. Ocupavam também as ilhas e a parte da Ásia que hoje constitui a Turquia.

Júlio César se tornara herói de Roma depois de conquistar a Gália, a parte da Europa que hoje inclui a França, a Bélgica e a Suíça, tornando-a província romana. Além disso, seus exércitos tinham atravessado o Reno, invadindo parte da Germânia, e chegaram até a Bretanha, uma terra selvagem e remota para os romanos, onde fundaram colônias.

Por nove anos, César servira Roma com eficiência e lealdade, mas fizera muitos inimigos na metrópole, pessoas que temiam suas ambições e invejavam seus feitos, que estremeciam quando ele era chamado de grande herói.

Uma dessas pessoas era Pompeu, há muito tempo o homem mais poderoso de Roma e que, como César, era comandante de um grande exército, mas suas tropas pouco haviam feito para merecer os aplausos do povo. Pompeu percebia que, a não ser que fizesse algo para impedir, acabaria sob o comando de César. Assim, pôs-se a arquitetar planos para destruí-lo.

A missão de César na Gália estaria terminada em um ano, e esperava-se que ele retornasse a Roma para ser eleito cônsul ou legislador da poderosa república. Seria então o homem mais poderoso do mundo.

Decididos a impedir que isso acontecesse, Pompeu e outros inimigos de César convenceram o Senado a enviar uma ordem para que ele deixasse seu exército na Gália e voltasse imediatamente a Roma.

— Se não obedecer a esta ordem — dizia a mensagem do Senado — será considerado inimigo da república.

César sabia o que isso significava. Se voltasse sozinho a Roma, seus inimigos levantariam falsas acusações, e ele seria julgado por traição e impedido de se eleger cônsul.

Reuniu então os soldados de sua melhor legião e contou-lhes que conspiravam para levá-lo à ruína. Os veteranos, que o tinham seguido em tantas batalhas e ajudado em tantas vitórias, declararam que o acompanhariam. Iriam com César a Roma e exigiriam que recebesse as devidas recompensas. Abririam mão do soldo e ainda estavam dispostos a dividir as despesas da longa marcha.

Estandartes tremulando ao vento, as tropas seguiram em direção a Roma. O entusiasmo dos soldados era ainda maior que o de César. Subiram montanhas, vadearam rios, suportaram a fadiga e enfrentaram toda sorte de perigos por lealdade ao comandante.

Finalmente chegaram a um riacho chamado Rubicão, que marcava a fronteira da província da Gália; do outro lado era a Itália. Chegando à margem, César parou por um momento.

Sabia que cruzar o riacho seria declarar guerra a Pompeu e ao Senado, o que poderia envolver Roma inteira numa disputa temerária, cujo fim não se podia prever.

— Ainda podemos voltar — disse a si mesmo. — Atrás de nós está a segurança, mas, uma vez cruzado o Rubicão, será impossível voltar atrás. A escolha é agora.

Não hesitou por muito tempo. Deu o sinal e atravessou ousadamente as águas rasas.

— Atravessamos o Rubicão! — gritou ao atingir a outra margem. — Não há mais volta!

A notícia correu pelas estradas e atalhos que levavam a Roma: César atravessara o Rubicão! Gente de todas as vilas e cidades acorria para dar as boas vindas ao herói em sua marcha pelos campos. Quanto mais se aproximava de Roma, maior o ardor das celebrações de sua chegada. Por fim, César e suas tropas atingiram os portões da cidade. Não havia soldados de prontidão, nem resistência à sua entrada em Roma. Pompeu e seus aliados tinham fugido.

Por mais de dois mil anos, quando as pessoas se vêm frente a uma decisão que requer ousadia, pensam em César na margem do riacho, antes de decidirem cruzar seu próprio Rubicão.

(ALA)

GUILHERME TELL

James Baldwin

A história do legendário herói Guilherme Tell data do início do século XIV, durante a luta do povo suíço pela independência da dominação austríaca.

O povo suíço nem sempre foi livre e feliz como é hoje. Há muitos anos atrás, um tirano arrogante chamado Gessler infernizava suas vidas.

Um dia, esse tirano colocou um poste bem alto na praça pública, pôs seu chapéu no alto do poste e ordenou que todas as pessoas que chegassem à cidade se curvassem diante do chapéu. Mas um homem chamado Guilherme Tell se recusou. Parou de braços cruzados diante do poste e deu uma gargalhada ao ver o chapéu pendurado. Ele não se curvaria nem para o próprio Gessler.

Ao saber disso, Gessler ficou furioso. Temia que seguissem o exemplo de desobediência, e logo todo o povo poderia se rebelar contra ele. Resolveu punir aquele atrevimento.

A casa de Guilherme Tell ficava na montanha, e ele era excelente caçador. Ninguém manejava o arco e a flecha tão bem quanto ele. Sabendo disso, Gessler pensou num plano cruel para fazer a própria arte do caçador trazer-lhe a desgraça. Ordenou que colocassem o filho de Guilherme Tell de pé no meio da praça, com uma maçã na cabeça, e desafiou o pai a acertar a maçã com uma só flecha.

Guilherme implorou ao tirano que não testasse assim sua habilidade. E se o menino se mexesse? E se a mão do arqueiro tremesse? E se a flecha desviasse?

— Vai me fazer matar meu filho? — perguntou ao tirano.

— Não diga mais nada — respondeu Gessler. — Você tem que acertar a maçã com uma só flecha. Se errar, meus soldados matarão o menino diante de seus olhos.

Sem dizer mais nada, Guilherme levou a flecha ao arco, mirou e atirou. O menino ficou imóvel. Não tinha medo, pois confiava totalmente na habilidade do pai.

A flecha zuniu no ar. Acertou bem no meio da maçã, carregando-a para longe. As pessoas em volta gritavam de alegria.

Quando Guilherme Tell estava indo embora, uma flecha que estava escondida sob seu casaco caiu ao chão.

— Camarada! — gritou Gessler. — Para que era essa segunda flecha?

— Tirano! — gritou Guilherme com altivez. — Essa flecha era para o seu coração, se eu ferisse meu filho!

Diz a lenda que, não muito tempo depois, Guilherme Tell realmente atingiu Gessler com uma flecha, libertando seu povo da tirania.

(ALA)

ROSA PARKS

Kai Friese

A recusa de Rosa Parks em ir para o lugar reservado aos negros no ônibus, em 1955, marcou um momento histórico: o início do movimento que traria o fim da segregação jurídica nos Estados Unidos. Rosa certamente não suspeitava que seu gesto viraria uma página da história americana das relações inter-raciais.

Era quinta-feira, 1° de dezembro de 1955, fim de um dia de trabalho, e milhares de pessoas pegavam os ônibus verde e brancos que rodavam pelas ruas de Montgomery. Rosa Parks estava cansada após um dia inteiro costurando e passando camisas na loja de departamentos Montgomery Fair. Achou-se com sorte de pegar um lugar nos últimos bancos da parte de trás do ônibus Cleveland Avenue, que a deixaria perto de casa. O ônibus atravessou a Court Square, onde os negros eram vendidos em leilão nos tempos da Confederação, e parou no ponto em frente ao Empire Theater. O passageiro que entrou ali ficou de pé na parte da frente do corredor. Era um homem branco.

Ao notar que havia uma pessoa branca de pé, o motorista, James F. Blake, gritou para as quatro pessoas negras que estavam sentadas logo atrás da área reservada aos brancos, dizendo que dessem o lugar para o novo passageiro. Ninguém se levantou.

— Melhor não criar problema e levantar logo daí! — disse o motorista, ameaçador.

Três se levantaram e ficaram de pé na traseira do ônibus, mas Rosa Parks nem se mexeu. Ela já estivera nessa situação outras vezes e sempre cedera o lugar. Sempre se sentira insultada pela exigência.

— Significava que eu só tinha direito a entrar no ônibus, pagar a passagem e ser empurrada de um lado para outro, conforme a vontade deles — disse ela.

Por um capricho do destino, o motorista do ônibus nessa noite de dezembro era o mesmo James F. Blake que uma vez tinha expulsado a rebelde Rosa Parks de um ônibus por ela ter se recusado a entrar pela porta de trás. Isso fora há muito tempo, em 1943. Rosa Parks não estava com disposição para ser empurrada de um lado para outro de novo, então disse ao motorista que não estava na área dos brancos e não iria sair dali.

Blake, porém, conhecia as regras. Sabia que a área dos brancos ficava onde o motorista decidisse. Se entrassem mais passageiros brancos, ele estenderia a área dos brancos até a traseira do ônibus e todos os negros ficariam de pé. O homem gritou a Rosa Parks que fosse lá para trás. Ela não se intimidou. Disse-lhe mais uma vez que não sairia. Todos os passageiros estavam em silêncio, imaginando o que aconteceria a seguir. Finalmente Blake disse a Rosa Parks que a levaria à polícia por violar os códigos de segregação racial.

Em voz baixa, mas firme, ela respondeu que ele fizesse o que bem entendesse porque ela não sairia dali.

Blake saiu do ônibus e voltou com um guarda do Departamento de Polícia de Montgomery. Quando o policial deu voz de prisão a Rosa, ela perguntou, sem rodeios:

— Por que vocês nos empurram de um lado para outro?

Diante do olhar de todos os passageiros voltado para ele, o policial respondeu, confuso:

— Não sei, estou só obedecendo à lei.

Rosa Parks foi levada à delegacia, onde tiraram suas impressões digitais e registraram a ocorrência. Enquanto os policiais preenchiam os formulários, Rosa perguntou se podia beber água. Disseram-lhe que o bebedouro da delegacia ficava na área exclusiva dos brancos. Uma policial a conduziu por um longo corredor que terminava numa parede de barras de ferro. Uma porta gradeada se abriu. Ela entrou. A porta se fechou com estrondo. Ela estava presa.

A decisão de Rosa Parks de defender na Justiça o caso de sua prisão levou a comunidade negra de Montgomery a organizar um boicote de ônibus, numa demonstração de apoio.

Rosa Parks acordou na manhã de segunda-feira, 5 de dezembro, pensando no julgamento. Ao se levantarem, Rosa e seu marido ouviram o ruído familiar de um ônibus da City Lines parando no ponto do outro lado da estrada. Geralmente havia uma aglomeração de pessoas esperando o ônibus àquela hora. Os Parks correram à janela. À exceção do motorista, o ônibus estava vazio, e no ponto não havia ninguém. O ônibus ficou parado por mais de um minuto, exalando fumaça no ar frio de dezembro enquanto o motorista perplexo aguardava algum passageiro. Ninguém apareceu, e o ônibus arrancou.

Rosa Parks encheu-se de alegria ao ver que seus vizinhos realmente boicotavam o ônibus. Mal podia esperar a hora de sair para o tribunal, pois então veria como o restante de Montgomery estava reagindo ao boicote. Quando Fred Gray chegou para levá-la ao julgamento, não ficou desapontada. Rosa esperava que algumas pessoas ou, com um pouco de sorte, metade dos passageiros habituais aderissem ao boicote, mas os ônibus estavam vazios.

Na cidade inteira os ônibus circulavam vazios, levando não mais que o costumeiro pequeno grupo de brancos na frente e às vezes um negro solitário na parte de trás, sem saber o que estava acontecendo. As ruas estavam cheias de pessoas negras andando para o trabalho.

Chegando ao fórum, outra surpresa aguardava Rosa e seu advogado. Cerca de quinhentos negros se aglomeravam numa demonstração de apoio a ela. Lentamente, Rosa e o advogado abriram caminho entre as ovações da multidão e chegaram ao tribunal. O julgamento não tardou a começar. Rosa Parks foi sumariamente julgada culpada de violar a lei de segregação e condenada a pagar multa de dez dólares e mais quatro dólares de custas do processo. Assim havia terminado o julgamento de Claudette Colvin, sete meses antes. Colvin não tivera escolha a não ser acatar o veredicto de culpada e pagar a multa.

Dessa vez, entretanto, Fred Gray levantou-se e entrou com uma apelação para o caso de Rosa. Isso significava que o caso seria levado a uma instância superior num determinado prazo. Até lá, ela estaria em liberdade.

Do lado de fora, a multidão estava agitada. Alguns portavam armas, e os policiais já davam sinais de preocupação. E. D. Nixon saiu para acalmá-los, mas ninguém conseguia ouvi-lo naquele alarido. Vozes na multidão ameaçavam invadir o fórum se Rosa não fosse libertada logo. Quando ela apareceu, as ovações ecoaram novamente.

Após ver os ônibus vazios naquela manhã e a grande multidão destemida a seu favor, Rosa Parks soube que tinha tomado a decisão correta. Os negros estavam se unindo para mostrar à administração da cidade que estavam cansados dos insultos da segregação. Juntos, eles mudariam Montgomery. Podiam fazer algo útil.

(ALA)

PROCURA-SE

Ernest Shackleton

Sir Ernest Shackleton (1874-1922), explorador inglês da Antártica, colocou este anúncio nos jornais de Londres em 1900, quando preparava a Expedição Antártica Nacional (que não chegou a alcançar o Polo Sul). A propósito da procura de voluntários, Shackleton disse mais tarde que "a julgar pelo volume de respostas, parecia que todos os homens da Inglaterra estavam decididos a me acompanhar".

PROCURO HOMENS PARA VIAGEM ARRISCADA. Salário baixo, frio enregelante, longos meses de completa escuridão, perigo constante, retorno duvidoso. Honra e reconhecimento em caso de sucesso. — Ernest Shackleton.

A MOISÉS DE SEU POVO

Sarah Bradford

Harriet Tubman nasceu escrava numa plantação em Maryland por volta de 1821. Como a maioria dos escravos, não aprendeu a ler e escrever. Em 1844 seu proprietário forçou-a a se casar com John Tubman, seu companheiro de escravidão. Numa noite do verão de 1849, ela saiu em direção ao norte, em busca da liberdade. Voltou mais tarde para ajudar pessoas de sua família a escapar e realizou cerca de vinte viagens ao Sul, guiando trezentos escravos pelos trilhos da Ferrovia Invisível até o porto seguro do Norte. Quando estourou a Guerra Civil, ela seguiu para a Carolina do Sul com o exército da União, trabalhando como enfermeira, cozinheira, vigia e espiã. Terminada a guerra, continuou a trabalhar pela melhoria das condições dos escravos libertados. O relato a seguir foi retirado da biografia de Harriet Tubman, publicada em 1869 e revista em 1886. Faz justiça ao chamá-la "a Moisés de seu povo".

Naquele dia, via-se o medo na senzala, e rápidos cochichos passavam de um a outro. Ninguém sabia como começara, mas alguém ouvira dizer que Harriet e dois de seus irmãos iriam em breve, talvez hoje, talvez amanhã, ser mandados com um grupo para o extremo Sul, comprados para trabalhar nas plantações. Harriet tinha entre vinte e vinte e cinco anos e a ideia recorrente de fugir *algum dia* de súbito a dominou. Com sua costumeira presteza para a ação, decidiu partir imediatamente.

Consultou apressadamente os irmãos e tanto martelou em seus medos que eles expressaram a intenção de acompanhá-la naquela mesma noite para o Norte longínquo, onde, se chegassem em segurança, a liberdade os aguardava.

Os irmãos partiram com ela, mas o caminho era estranho, o Norte era tão longe, tamanho o desconhecido, os senhores iriam persegui-los e, se os recapturassem, seu destino seria pior que nunca. Separaram-se dela e, desejando boa viagem, correram de volta aos horrores conhecidos da escravidão, fugindo ao terror do que poderia ser pior.

Harriet ficou sozinha mas, após a retirada dos irmãos, voltou a face para o norte, fixou os olhos na estrela guia, encomendou ao Senhor a longa caminhada e recomeçou a longa jornada solitária. Sua canção de despedida ecoou por muito tempo nos barracos, e a velha mãe chorou a filha perdida. A intenção de Harriet não fora comunicada à mãe, pois a velha tinha temperamento muito impulsivo, e seus gritos e lamentações alertariam a quantos a ouvissem sobre a disposição de fuga de Harriet. Tendo por único guia a Estrela do Norte, nossa heroína iniciou seu caminho para a liberdade.

Sem dinheiro, sem amigos, atravessava regiões desconhecidas; andando à noite, se escondendo durante o dia, mas sempre consciente de um pilar de nuvens durante o dia e de fogo à noite, sob cuja proteção ela caminhava ou descansava. Sem saber em quem confiar ou quão perto estariam os perseguidores, ela escolhia cuidadosamente os caminhos e, fosse astúcia natural ou sabedoria enviada por Deus, pedia às pessoas certas comida e às vezes abrigo, apesar de quase sempre ter a terra fria por cama e as estrelas por guardiãs.

Após muitos dias de viagem exaustiva, descobriu que tinha atravessado a linha mágica divisória entre a terra da servidão e a da liberdade. Mas onde estavam as adoráveis damas brancas de suas visões, que a acolhiam de braços abertos em casa e no coração? Todas as visões se provaram ilusórias: estava mais só do que nunca; mas tinha cruzado a linha, ninguém podia capturá-la agora, e jamais tornaria a chamar alguém de "senhor".

Seria impossível uma descrição detalhada das viagens e missões dessa mulher intrépida para a redenção de seus parentes e amigos nos anos que se seguiram. Foram anos de trabalho dia e noite com o objetivo específico de libertar seu povo da escravidão. Tudo o que ganhava era dedicado a esse único propósito e, tão logo acumulava uma quantia suficiente, desaparecia do seu lar no Norte. Numa noite escura reaparecia do mesmo modo súbito e misterioso à porta de algum barraco nas plantações, onde um trêmulo bando de fugitivos, avisados da hora e lugar, aguardava ansiosamente a libertadora. Guiava-os em direção ao norte, caminhando à noite, se escondendo durante o dia, escalando montanhas, vadeando rios, trilhando florestas, desaparecendo à passagem dos perseguidores. Levava no braço uma cesta com bebês dormindo, sedados com elixir paregórico. Assim Harriet fez *dezenove* viagens, trazendo mais de trezentas peças de "mercadoria" viva, dotadas de alma dada por Deus...

Liderando um grupo de fugitivos numa das viagens ao Norte, ao raiar do dia Harriet chegou a uma cidade onde morava um negro, cuja casa era uma das estações daquela ferrovia invisível. Chegando à casa, Harriet deixou os companheiros encolhidos no meio da rua, debaixo de uma chuva torrencial, foi à porta e deu as batidas no código combinado com os amigos. Não houve a resposta rápida habitual, e ela repetiu várias vezes o sinal. Por fim, uma janela se abriu, e apareceu a cabeça de um *branco*, que perguntou com mau humor:

— Quem é você? O que você quer?

Harriet perguntou pelo amigo, e o homem disse que ele fora obrigado a se mudar por "esconder pretos".

Era um problema imprevisto. O dia clareava, e a luz era inimiga dos perseguidos em fuga. Por um momento, a corajosa líder ficou parada na rua, e nesse momento enviou uma mensagem mais rápida que o telégrafo a seu invisível Protetor, cuja resposta veio com igual rapidez na sugestão de um refúgio quase esquecido. Fora da cidade havia uma ilha num pântano, coberta de capim alto e cerrado, onde ninguém suspeitaria que um ser humano fosse se abrigar. A esse lugar Harriet conduziu o grupo; vadeou o pântano, levando na cesta dois bebês bem sedados (eram gêmeas que vim a conhecer mais tarde, como mulheres feitas), seguida pelos companheiros. Mandou que se deitassem entre o alto capim molhado e ali fez mais uma prece, e esperou a resposta. As pobres criaturas sentiam frio, estavam molhadas e famintas, e Harriet não se atrevia a deixá-las para buscar alimento. O homem em cuja casa ela batera certamente tinha dado o alarme na cidade, e a polícia devia estar atenta à presença deles. Estavam realmente numa situação miserável, mas a fé de Harriet era inabalável, sua prece silenciosa se elevava enquanto ela esperava, confiante de que alguma ajuda viria.

Ao anoitecer surgiu um homem andando lentamente pela trilha de terra firme na beira do pântano. Vestia-se como quaker e foi "amigo" naquela hora amarga. Parecia falar consigo mesmo, mas os ouvidos afiados pela longa prática captaram as palavras: "A carroça está no terreiro da próxima fazenda do lado de lá. O cavalo está no estábulo, e os arreios, pendurados." E o homem se foi. A noite desceu, e Harriet partiu para o lugar indicado. Não era apenas uma carroça que estava no terreiro, mas uma carroça cheia de suprimentos e não muito depois o bando era resgatado daquele sofrimento e se punha jubiloso a caminho da próxima cidade. Ali morava um quaker conhecido de Harriet que se encarregou de devolver a carroça e o cavalo ao dono. Como o bondoso homem que veio em seu auxílio tinha recebido aviso de sua presença nas vizinhanças, Harriet jamais soube. Mas essas soluções repentinas nunca lhe pareceram estranhas ou misteriosas; sua prece era a prece da fé, e ela *esperava* a resposta.

(ALA)

FALA DE HENRIQUE V EM AGINCOURT

Shakespeare, Henrique V, *tradução de Barbara Heliodora*

Westmoreland
Ah, ter aqui dez mil só dos ingleses
Que não trabalham hoje!

Rei Henrique
Quem quer isso?
Meu primo Westmoreland? Não, caro primo:
Se nós fomos marcados pra morrer,
Somos perda bastante para a pátria;
Se pra viver, maior a nossa honra.
Por Deus, não queira nem um só a mais!
Eu juro que por ouro eu não anseio,
Nem me importa quem coma às minhas custas;
Tanto faz que outros usem minha roupa.
Não é desejo meu a ostentação.
Mas, se é pecado cobiçar a honra,
Peca mais que ninguém a minha alma.
Não, primo, nem um homem da Inglaterra.
Por Deus, não abro mão de tanta honra
Quanta um só homem mais me tiraria
Em esperanças. Não, nem mais um só.
Antes proclame, Westmoreland, às hostes
Que aquele que não tem fome de luta
Pode ir embora, com licença e passe,
Levando umas moedas na sacola:
Não queremos morrer na companhia
De quem não quer ser amigo na morte.
Hoje é o dia da festa de Crispim:
Quem viver hoje e for pra casa a salvo,
Quando ouvir esse nome vai alçar-se
E vibrar só com o som de Crispiniano.
Para quem ficar vivo e envelhecer,
Vai ter vigília e festa todo ano,

Pra dizer "Amanhã é São Crispim",
Abrir a manga, mostrar cicatrizes
E contar que as ganhou em São Crispim.
Quando o velho esquecer de tudo o mais,
Mesmo assim há de ter sempre memória
Dos feitos deste dia: e os nossos nomes —
De Harry, o rei, de Exeter e Bedford —
Serão lembrados nas canecas cheias.
De pai pra filho irá a nossa história;
E nunca mais Crispim Crispiniano,
Desde este dia até o fim dos tempos,
Há de passar sem nós sermos lembrados.
Só nós, bando feliz, poucos irmãos;
Pois o que vai sangrar hoje comigo
É meu irmão. Pois quem for mal nascido
Será fidalgo só por este dia.
E os fidalgos ingleses que hoje dormem
Vão maldizer não terem estado aqui
E ter vergonha quando ouvirem falar
O que lutou no dia de Crispim.

LIBERDADE OU MORTE

Patrick Henry

Deputado estadual da Virgínia, delegado no Congresso Continental em 1774-1775, Patrick Henry (1736-1799) foi um dos mais destacados patriotas na causa revolucionária da época colonial. Famoso pela oratória, é ainda hoje lembrado principalmente por este discurso proferido na Segunda Convenção da Virgínia, em 23 de março de 1775, na Igreja de São João, em Richmond. Discutia-se a questão de armar ou não a milícia da Virgínia para lutar contra os ingleses. Patrick Henry sabia que era o momento de reunir as forças da colônia e partir para a ação.

Presidente, é natural que o homem faça concessões às ilusões e à esperança. Estamos prontos a fechar os olhos diante de uma verdade dolorosa — e ouvir o canto das sereias, até que elas nos transformem em animais. Será este o papel dos homens esclarecidos, engajados na árdua luta pela liberdade? Estamos dispostos a cerrar fileiras com aqueles que, tendo olhos, não veem, tendo ouvidos, não escutam as coisas que tocam tão de perto sua salvação secular? De minha parte, não importa a angústia que me custe ao espírito, quero conhecer toda a verdade; saber o pior para poder preveni-lo...

Não há mais lugar para a esperança. Se queremos ser livres — se queremos preservar invioláveis os inestimáveis privilégios por que vemos lutando há tanto tempo — se não queremos entregar a um abandono desprezível a nobre batalha em que há tanto tempo nos empenhamos e que juramos jamais abandonar até que o glorioso objeto da contenda nos pertença — devemos lutar! Repito, senhor, devemos lutar! Pegar em armas, apelar ao Deus dos Exércitos é tudo que nos resta!

Dizem-nos, senhor, que somos fracos — incapazes de enfrentar tão formidável adversário. Mas quando seremos fortes? Seremos fortes na próxima semana, no próximo ano? Quando estivermos totalmente desarmados, quando houver um guarda britânico em cada casa? Reuniremos forças com irresolução e inação? Obteremos os meios para uma resistência efetiva ficando quietos, abraçando o ilusório fantasma da Esperança até que nossos inimigos nos atem mãos e pés? Senhor, não somos fracos se fazemos uso apropriado dos meios que o Deus da natureza colocou ao nosso alcance. Três milhões de pessoas armadas pela causa sagrada da liberdade, num país tal como o que possuímos, são invencíveis, seja qual for o poderio do inimigo. Ademais, senhor, não estaremos sós nessa batalha. Existe um Deus de justiça que preside o destino das nações e que levantará amigos para lutar por nós. A luta, senhor, não é apenas dos fortes; é dos vigilantes, dos ativos, dos bravos. Ademais, senhor, não temos opção. Fôssemos nós desprezíveis o bastante para desejá-lo, ainda assim seria tarde demais para nos retirarmos da contenda. Não há como recuar, a não ser para a submissão e a escravidão! Nossos grilhões estão forjados, seu tinir ecoa nos prados de Boston! A guerra é inevitável — e que venha! Repito, senhor, que venha!

É tarefa vã, senhor, atenuar a questão. Os homens podem clamar paz, paz — mas não há paz. A guerra de fato começou! Das galeras que vêm do norte chegam aos nossos ouvidos o ressoar do clangor das armas! Nossos irmãos já estão nos campos de batalha! Por que ficar aqui ociosos? O que desejam os cavalheiros? O que lhes caberá? Será a vida tão preciosa e a paz tão doce que compensem o preço dos grilhões da escravidão? Preservai-nos, ó Deus Todo-Poderoso! Não sei que destino outros escolherão; mas, quanto a mim, dai-me a liberdade ou a morte!

(ALA)

AUTOCONFIANÇA

Ralph Waldo Emerson,
tradução de Carlos Graieb e José Marcos Mariani de Macedo

O homem é sua própria estrela; e a alma, que pode
Fazer um homem honesto e perfeito,
Comanda toda luz, toda influência, todo destino;
Nada lhe advém cedo ou tarde demais.
Nossos atos são nossos anjos, bons ou maus,
Nossas sombras fatais que andam ao nosso lado, silentes.

Epílogo a *A fortuna do homem honesto*, de Beaumont e Fletcher

Li outro dia alguns versos, escritos por um eminente pintor, que eram originais e nada convencionais. A alma sempre ouve uma admonição em tais poemas, seja o assunto qual for. O sentimento que instilam é de mais valor que qualquer pensamento que possam conter. Acreditar em vosso próprio pensamento, acreditar que aquilo que é verdadeiro para vós, no fundo de vosso coração, é verdadeiro para os homens — isto é o gênio. Exprimi vossa convicção latente, e ela será a opinião universal; pois aquilo que é mais íntimo torna-se, no seu devido tempo, o mais externo — e nosso primeiro pensamento nos é retribuído pelas trombetas do Juízo Final. Familiar como a voz da mente é para cada um, o mérito supremo que atribuímos a Moisés, Platão e Milton deve-se ao fato de eles haverem desprezado livros e tradições, e terem expressado não o que os homens, mas o que eles próprios pensavam. Um homem deveria aprender a detectar e espreitar este raio de luz que lampeja de dentro, através de sua mente, mais que o esplendor do firmamento dos bardos e sábios. No entanto, ele repudia inadvertidamente seu pensamento, apenas porque é seu. Em toda obra de gênio, reconhecemos nossos próprios pensamentos rejeitados: eles retornam a nós com uma certa majestade alienada. As grandes obras de arte não nos ofertam lição mais tocante do que esta. Elas nos ensinam a sermos fiéis, com inflexibilidade bem-humorada, a nossas impressões espontâneas, mormente quando o clamor inteiro das vozes encontra-se do lado oposto. De outro modo, um estranho dirá amanhã, com bom senso magistral, precisamente o que temos pensado e sentido o tempo todo, e seremos forçados a aceitar de outrem, com vergonha, nossa própria opinião.

Há uma hora na educação de todo homem na qual ele chega à convicção de que a inveja é ignorância; de que a imitação é suicídio; de que ele tem de considerar a si mesmo, por bem ou por mal, de acordo com seu quinhão; de que, embora o vasto universo esteja repleto de bem, nenhuma semente de trigo nutritivo pode-lhe advir senão por meio do suor vertido naquele lote de terra que lhe foi dado para cultivar. O poder que nele reside é de natureza inédita, e ninguém senão ele sabe do que é capaz de fazer, e tampouco ele o sabe, antes de o ter tentado. Não é a troco de nada que um rosto, um caráter, um fato lhe causam profunda impressão, ao passo que outros, nenhuma. Essa escultura na memória não prescinde de harmonia preestabelecida. O olho foi posto onde o raio iria incidir, para poder testemunhar esse raio particular. Não nos expressamos senão pela metade, e nos envergonhamos da ideia divina que cada um de nós representa. Pode-se ter em conta que esta é proporcional e de bons resultados, sendo fielmente transmitida, mas Deus não fará manifestas suas obras por meio de covardes. Um homem estará satisfeito e alegre quando houver empenhado toda a sua alma em seu trabalho e feito o melhor possível; mas aquilo que tiver dito ou feito de outro modo não lhe dará paz. É um livramento em que nada se livra. Na tentativa, seu gênio o abandona; musa alguma o favorece; nem astúcia, nem esperança.

Confia em ti: todo coração vibra em consonância com essa corda de ferro. Aceita o lugar que a providência divina te designou, a convivência com teus contemporâneos, a correlação de eventos. Grandes homens sempre agiram assim e fiaram-se, à maneira das crianças, no gênio de sua época, revelando sua percepção de que o absolutamente digno de confiança encontrava-se assentado em seus corações, trabalhava pelas suas mãos, predominava em todo o seu ser. E agora, sendo homens, devemos aceitar com elevação de espírito o mesmo destino transcendente; e não nos fazer de menores ou inválidos, protegidos em um canto, nem fugir como covardes ante uma revolução, mas exercer o papel de guias, redentores e benfeitores, obedecendo ao empenho do Todo-Poderoso e avançando sobre o Caos e as Trevas.

Perseverança

A PERSEVERANÇA É ESSENCIAL A TODOS. Sócrates, que se comparava a uma mosca para os atenienses, declarou com absoluta seriedade em seu julgamento (segundo a *Apologia* de Platão): "Enquanto eu respirar, não pararei de praticar a filosofia, de exortá-los a meu modo e de apontar a qualquer um que eu encontre: és um ateniense, um cidadão da maior cidade, com a melhor reputação de sabedoria e de poder; não te envergonhas do teu interesse em possuir tanta reputação, tantas riquezas e honras e não cuidar da sabedoria e da verdade, do melhor estado possível do teu espírito?" A persistência das exortações de Sócrates, entretanto, foi demais para os atenienses, e ele foi condenado. Mas existem fatos piores, como o próprio Sócrates mostrou: enquanto ele foi meramente condenado à *morte*, seus acusadores, pelo mesmo ato, foram condenados ao *mal*!

"Devagar se vai ao longe", diz a moral da conhecida fábula de Esopo, da tartaruga e a lebre. Na *Vida de Sertório*, Plutarco narra como esse grande soldado romano, enquanto pretor na Espanha no século I a.C., deu uma demonstração semelhante às tropas, terminando com o seguinte discurso: "Vejam, soldados, que a perseverança é superior à violência, e muitas coisas que não podem ser superadas de imediato cedem quando enfrentadas pouco a pouco. A assiduidade e a persistência são irresistíveis e, com o tempo, superam e destroem as mais poderosas forças, pois o tempo é amigo e protetor daqueles que usam o juízo para aguardar a melhor ocasião e é inimigo destruidor daqueles que se adiantam sem pensar."

SONETOS

Luís de Camões (1524?-1580)

O tempo acaba o ano, o mês e a hora,
A força, a arte, a manha, a fortaleza;
O tempo acaba a fama e a riqueza,
O tempo o mesmo tempo de si chora;
O tempo busca e acaba o onde mora
Qualquer ingratidão, qualquer dureza;
Mas não pode acabar minha tristeza,
Enquanto não quiserdes vós, senhora.
O tempo claro dia torna escuro,
E o mais ledo prazer em choro triste;
O tempo, a tempestade em grão bonança.
Mas de abrandar o tempo estou seguro
O peito de diamante, onde consiste
A pena e o prazer desta esperança.

— Que esperais, esperança? — Desespero.
— Quem disso a causa foi? — Uma mudança.
— Vós, vida, como estais? — Sem esperança.
— Que dizeis, coração? — Que muito quero.
— Que sentis, alma, vós? — Que amor é fero.
— E, enfim, como viveis? — Sem confiança.
— Quem vos sustenta, logo? — Uma lembrança.
— E só nela esperais? — Só nela espero.
— Em que podeis parar? — Nisso em que estou.
— E em que estais vós? — Em acabar a vida.
— E tende-lo por bem? — Amor o quer.
— Quem vos obriga assim? — Saber quem sou.
— E quem sois? — Quem de todo está rendida.
— A quem rendida estais? — A um só querer.

A TARTARUGA E A LEBRE

Esopo

A lebre estava caçoando da lerdeza da tartaruga. A tartaruga se abespinhou e desafiou a lebre para uma corrida. A lebre, cheia de si, aceitou a aposta. A raposa foi escolhida como juiz por ser muito sabida e correta. A tartaruga não perdeu tempo e começou a se arrastar. A lebre logo ultrapassou a adversária e, vendo que ia ganhar fácil, resolveu dar um cochilo. Acordou assustada e correu como louca. Na linha de chegada, a tartaruga esperava a lebre toda contente.

Devagar se vai ao longe.

(LRM)

O CORVO E O VASO

Esopo

O corvo estava morrendo de sede. Viu um vaso que tinha tão pouca água que o bico não alcançava. Tentou derrubar o vaso com as asas, mas era muito pesado. Tentou quebrar com o bico e as garras, mas era muito duro.

O corvo, com medo de morrer de sede tão perto da água, teve uma ideia brilhante. Pegou umas pedrinhas e foi jogando dentro do vaso. A água subiu, e ele pôde beber.

Não há beco sem saída pra quem se esforça na lida.

(LRM)

O PEQUENO HERÓI DA HOLANDA

Adaptação do original de Etta Austin Balisdell e Mary Frances Balisdell

A Holanda é um país cuja maior parte do território fica abaixo do nível do mar. Enormes muralhas chamadas diques são o que impede o Mar do Norte de invadir a terra, inundando-a completamente. Há séculos que o povo se esforça para manter as muralhas resistentes, a fim de que o país continue seco e em segurança. Até as crianças pequenas sabem que os diques precisam ser vigiados constantemente e que um buraco do tamanho de um dedo pode ser algo extremamente perigoso.

Há muitos anos, vivia na Holanda um menino chamado Peter. Seu pai era uma das pessoas responsáveis pelas comportas dos diques. Sua função era abri-las e fechá-las para que os navios pudessem sair dos canais em direção ao mar aberto.

Numa tarde do início do outono, quando Peter tinha oito anos, a mãe o chamou enquanto ele brincava:

— Venha cá, Peter. Vá levar esses bolinhos do outro lado do dique para o seu amigo cego. Se você andar ligeiro e não parar para brincar, vai chegar em casa antes de escurecer.

O menino gostou da tarefa e partiu feliz da vida. Ficou um bom tempo com o pobre cego, contando-lhe sobre o passeio da vinda e o sol e as flores e os navios lá no mar. De repente, lembrou-se da mãe dizendo para voltar antes de escurecer, despediu-se do amigo e tomou o rumo de casa.

Quando passava pelo canal, percebeu como as chuvas tinham feito subir o nível da água e que elas estavam batendo forte contra o dique, e pensou nas comportas do pai.

"Que bom que elas são tão fortes! Se quebrassem, o que seria de nós? Esses campos lindos ficariam inundados. Meu pai sempre diz que as águas estão 'zangadas'. Parece que ele acha que elas estão zangadas por ficarem presas por tanto tempo."

O menino parava a toda hora para pegar umas florezinhas azuis que cresciam à beira do caminho, ou para escutar o barulhinho dos coelhos andando pela relva. Mas, com maior frequência, sorria ao pensar no pobre cego que tão poucos prazeres tinha e tanto apreciava suas visitas.

De repente, percebeu que o sol estava se pondo e escurecia rápido. "Minha mãe vai ficar preocupada", pensou ele, já correndo para chegar logo em casa.

Nesse exato momento, ouviu um barulho. Parecia água respingando! O menino parou e foi procurar de onde vinha. Encontrou um buraquinho no dique por onde estava correndo um fio de água.

Qualquer criança na Holanda morre de medo só de pensar num vazamento dos diques. Peter compreendeu o perigo imediatamente. Se a água passasse por um buraco qualquer, de pequeno ele logo se tornaria grande, e todo o país seria inundado. O menino prontamente percebeu o que deveria fazer. Jogou fora as flores, desceu a encosta lateral do dique e enfiou o dedo no furo.

A água parou de vazar! E Peter ficou pensando com seus botões: "Ahá! As águas zangadas vão ficar presas. Posso contê-las com meu dedo. A Holanda não vai ser inundada enquanto eu estiver aqui."

Correu tudo bem no início, mas logo escureceu e esfriou. O menino começou a gritar bem alto:

— Socorro! Alguém, venha até aqui.

Mas ninguém ouviu; ninguém veio ajudar.

Foi fazendo cada vez mais frio; o braço começou a doer e a ficar dormente. Ele tornou a gritar:

— Será que ninguém vai vir até aqui? Mãe! Mãe!

Mas ela já tinha procurado pelo menino muitas vezes desde que o sol se fora, olhando pelo caminho do dique até onde a vista alcançava, e decidiu voltar para casa e fechar a porta, achando que ele havia decidido passar a noite com o amigo cego, e estava disposta a dar-lhe uma bronca no dia seguinte de manhã por ter ficado fora de casa sem sua permissão.

Peter tentou assobiar, mas os dentes batiam de frio. Pensou no irmão e na irmã, aconchegados no calor de suas camas, e no pai e na mãe queridos. “Não posso deixá-los afogar. Preciso ficar aqui até que alguém venha, mesmo que passe a noite inteira.”

A lua e as estrelas brilhavam, iluminando o menino recostado numa pedra junto ao dique. A cabeça pendeu para o lado, os olhos se fecharam, mas Peter não adormeceu, pois a toda hora esfregava a mão que estava detendo o mar zangado.

“De alguma forma, eu vou aguentar!”, pensava ele. E passou a noite inteira ali, contendo as águas.

De manhã, bem cedinho, um homem a caminho do trabalho achou ter ouvido um gemido enquanto passava por cima do dique. Inclinou-se na borda e encontrou o menino agarrado à parede da muralha.

— O que aconteceu? Você está machucado?

— Estou contendo a água do mar! — gritou Peter. — Mande vir socorro logo!

O alerta foi dado imediatamente. Chegaram várias pessoas com pás, e logo o furo estava consertado.

Peter foi levado para casa, ao encontro dos pais, e rapidamente todos ficaram sabendo que ele lhes havia salvado a vida naquela noite. E, até hoje, ninguém se esquece do corajoso pequeno herói da Holanda.

(RS)

O SOLDADINHO DE CHUMBO

Hans Christian Andersen

Era uma vez vinte e cinco soldadinhos. Eles eram irmãos porque tinham sido feitos do mesmo pedaço de chumbo. Tinham o fuzil no ombro, olhavam para a frente e usavam um belo uniforme vermelho e azul. A primeira coisa que ouviram, quando a tampa da caixa em que estavam foi levantada, foi um grito de alegria:

— Soldadinhos de chumbo! — O menino bateu palmas, feliz com o presente de aniversário.

Ele pôs os soldados de pé em cima da mesa. Eram todos iguais, menos um, que só tinha uma perna. Tinha sido feito por último e faltou chumbo para completar o seu corpo. Mas ele ficava em pé direitinho, e foi ele que ficou famoso.

Na mesa havia outros brinquedos, e o mais vistoso era um castelo de papelão. Podia-se ver as salas através das janelas. Na frente, havia um lago de espelho, onde nadavam cisnes de massinha. Era tudo muito bonito, mas o mais encantador era uma mocinha que ficava na porta. Também era de papelão, tinha uma saia de gaze e uma fita azul nos ombros. No meio da fita, uma lantejoula. Ela era uma bailarina: tinha os braços levantados e colocava a perna lá em cima. O soldadinho não conseguia ver e pensava que a moça também tinha uma perna só.

"É a mulher ideal para mim", pensou ele. "Mas mora num castelo, e eu só tenho uma caixa, junto com outros vinte e quatro irmãos... Não é o lugar para uma dama. Mas eu bem que queria ser apresentado a ela."

Ele se escondeu atrás de uma caixa de rapé e de lá ficou olhando para a moça que se equilibrava numa perna só.

De noite, os soldadinhos foram para a caixa, e as pessoas da casa, para a cama. Era hora de os brinquedos começarem a brincar de visita, de guerra e de dança. Os soldadinhos também queriam brincar mas não conseguiam levantar a tampa da caixa. Bonecos davam cambalhotas, lápis pulavam. Era tanta bagunça que o canário acordou e começou a falar em verso. Só estavam quietos o soldadinho e a bailarina: ela na ponta do pé, com os braços levantados, ele firme na sua perna, sem tirar os olhos dela.

À meia-noite em ponto a tampa da caixa de rapé saltou e pulou para fora um duende preto.

— Soldado de chumbo! — disse o duende. — Tire os olhos dela!

O soldadinho fingiu que não ouviu.

— Espere só até amanhã — falou o duende.

De manhã, as crianças botaram o soldadinho na janela. De repente, pela magia do duende ou pela força do vento, a janela abriu e o soldadinho caiu do terceiro andar, de cabeça para baixo.

Foi uma queda e tanto! Ele ficou com a cabeça e o fuzil espetados no chão e a perna no ar.

A empregada e o menino desceram para procurar o soldado, mas não acharam, embora quase pisassem nele. Se ele gritasse, seria encontrado, mas ele não achou correto pedir socorro estando de uniforme.

Começou a chover, e chovia cada vez mais forte. Quando passou, apareceram dois meninos na rua.

— Olha lá um soldadinho! — disse um. — Vamos fazer um barco para ele.

Fizeram um barquinho de jornal velho, puseram o soldadinho dentro, soltaram na sarjeta e foram acompanhando batendo palmas.

Puxa vida, como as ondas batiam e como o barco ia depressa! O soldadinho tremia, mas ficou firme, olhando para a frente e segurando o fuzil.

De repente, o barco caiu num bueiro, e o soldadinho se lembrou da escuridão da sua caixa. "Onde é que eu vou parar? Acho que a culpa é do duende. Se a bailarina estivesse aqui, eu nem ligava."

Foi quando apareceu um rato de esgoto.

— Você tem passaporte? — perguntou o rato. — Mostre o passaporte.

Mas o soldadinho ficou calado, segurando com mais força o fuzil. O barco deslizava e o rato ia atrás, rangendo os dentes e gritando para paus e pedras:

— Segurem o barco! O soldado não pagou pedágio! Ele não mostrou o passaporte!

A correnteza ficou mais forte. O soldadinho já via a luz no fim do túnel, mas ouviu um barulho enorme que faria tremer o homem mais corajoso do mundo. A sarjeta dava num canal que, para o pequeno soldado, era como se fosse uma cachoeira. Mas já estava muito perto, e nada podia parar o barco, que foi em frente. O soldadinho ficou firme e nem piscou. O barco deu voltas em cima de voltas, se encheu d'água e estava quase afundando. O soldado estava com água pelo pescoço, o barco afundava, e o papel amolecia. Quando a água já estava cobrindo a cabeça dele, o soldado pensou na bailarina que não ia mais ver e ouviu os versos de uma canção:

"Ó valente e corajoso amigo,
enfrentando a morte e o perigo..."

O barco de papel se rompeu, o soldadinho afundou e foi engolido por um peixe.

Como era escuro! Era mais escuro e mais apertado que no bueiro. Mas o soldado continuava valente e ficou lá com o seu fuzil.

O peixe nadou e deu muitas voltas até parar de repente. Foi atravessado por uma luz muito forte e ouviu-se uma voz:

— Soldadinho de chumbo!

O peixe tinha sido pescado, levado ao mercado, vendido, comprado, levado para a cozinha e aberto com uma faca. A cozinheira segurou o soldado com dois dedos e levou para a sala, onde todo mundo queria ver o homenzinho famoso que tinha viajado na barriga de um peixe. Mas ele estava impassível e nem um pouco orgulhoso com a façanha.

Mas, que coisa curiosa! O soldadinho, em pé na mesa, viu que estava na mesma casa de onde tinha saído. Ele olhou para as mesmas crianças e os mesmos brinquedos. E para a linda bailarina dançando numa perna só. O soldado ficou muito comovido e só não chorou lágrimas de chumbo porque homem não chora. Eles olharam um para o outro e não disseram nada.

De repente, sem nenhum motivo, um dos meninos pegou o soldadinho e jogou na lareira. Talvez o duende tivesse alguma coisa a ver com isso.

O soldadinho ficou no clarão vermelho, sem saber se o calor que sentia era do fogo ou do amor. As cores sumiram, não se sabe se por causa da aventura ou da tristeza. Ele olhou para a bailarina, e ela olhou para ele. O soldadinho sentiu que estava derretendo, mas ficou firme com seu fuzil.

Uma porta se abriu, e o vento levou a bailarina para junto do soldadinho na lareira. Ela brilhou e desapareceu! O soldadinho virou uma bolinha de chumbo. No dia seguinte, a empregada encontrou no meio das cinzas um coraçãozinho de chumbo. Da bailarina, só ficou uma lantejoula, pretinha como carvão.

(LRM)

AS ESTRELAS DO CÉU

Adaptação do original de
Carolyn Sherwin Bailey, Kate Douglas Wiggin e Nora Archibald Smith

Era uma vez uma garotinha que desejava nada mais do que tocar as estrelas do céu. Nas noites claras de luar, ela se debruçava na janela do quarto e ficava olhando para as milhares de luzinhas espalhadas pelo céu, imaginando como seria se pudesse ter nas mãos uma delas.

Numa noite morna de verão, quando a Via Láctea brilhava mais do que nunca, achou que já não aguentava mais esperar — tinha que tocar numa ou duas estrelas, fosse como fosse. Pulou da janela e partiu sozinha para ver se conseguiria satisfazer seu intento.

Ela andou, andou muito, e muito mais ainda, até que chegou a um moinho de vento, cuja roda girava, moendo os grãos.

— Boa noite! — disse ela para a mó. — Eu gostaria de brincar com as estrelas do céu. Você viu alguma por aqui?

— Ora! Vi, sim! — resmungou a mó. — Toda noite elas brilham no meu rosto; a luz vem desta lagoa e não me deixa dormir. Pode mergulhar, minha jovem, que você vai encontrá-las.

A menina mergulhou na lagoa e ficou nadando até cansar os braços, e teve que parar, mas não conseguiu encontrar estrela alguma.

Ela, então, se dirigiu à velha mó:

— Desculpe, mas eu não acho que esta lagoa tenha estrelas!

— Bem, tinha sim, até que você mergulhou e agitou a superfície da água — retrucou a mó.

A menina saiu da lagoa, procurou se secar o melhor que pôde e partiu de novo pelos campos afora. Depois de algum tempo, chegou a um riacho de águas murmurantes e pedras cobertas de musgo.

— Boa noite, riachinho! — disse ela, educadamente. — Estou tentando alcançar as estrelas do céu para poder brincar com elas. Você viu alguma por aqui?

— Ora! Vi, sim! — sussurrou o riacho. — Elas ficam cintilando a noite inteira nas minhas margens e não me deixam dormir. Entre na água, minha jovem, que você vai encontrá-las.

A menina entrou, ficou andando pelo riacho um bom tempo, subiu nas pedras cheias de musgo, mas não conseguiu encontrar estrela alguma. Dirigiu-se, então, ao riacho, com a máxima delicadeza:

— Desculpe, mas aqui não parece ter estrelas.

— Você está dizendo que aqui não tem estrelas? — replicou o riacho. — Pois há muitas estrelas por aqui, sim. Eu sempre vejo. Tem noite que cobrem toda minha superfície, daqui até a velha lagoa do moinho. São tantas que nem sei o que fazer com elas.

E o riacho continuou se lamentando, acabando por esquecer-se da garotinha, que aproveitou e saiu de fininho, tomando os campos outra vez.

Passado algum tempo, sentou-se para descansar numa campina. Deve ter sido a campina das fadas, porque num piscar de olhos cerca de cem fadinhas precipitaram-se a dançar sobre a relva. Não eram maiores do que os cogumelos, mas estavam todas vestidas de ouro e prata.

— Boa noite, Pequenas Criaturas! — cumprimentou a menina. — Estou tentando alcançar as estrelas do céu. Vocês viram alguma por aqui?

— Ora! Vimos, sim! — disseram as fadas. — Elas aparecem todas as noites em meio à relva. Venha dançar conosco, mocinha, que você vai encontrar quantas quiser.

Convite aceito, pôs-se a dançar. Entrou na roda das Pequenas Criaturas e dançou, dançou, dançou. A pouca luz permitia ver perfeitamente a relva, mas ela não conseguiu ver nenhuma estrela. Continuou dançando até a exaustão e acabou caindo no meio da roda.

— Já cansei de tentar e não consigo alcançá-las aqui embaixo. Se vocês não me ajudarem, não vou arranjar nunca uma estrela para brincar.

— Ahn! — suspiraram as fadas. Uma delas se aproximou e pegou a mão da menina: — Se você está mesmo determinada, continue em frente. Siga sempre em frente, e não deixe de pegar a estrada certa. Peça a Quatro Pés para levá-la até o Sem Pés, e diga ao Sem Pés para levá-la até a Escada Sem Degraus, e se você subir lá...

— Vou chegar até as estrelas do céu? — gritou a mocinha.

— Se você não chegar lá, chegará em outro lugar qualquer, não é mesmo? — A fadinha deu uma boa risada, e todas elas desapareceram.

A menina retomou o caminho, esperançosa, e logo encontrou um cavalo selado, amarrado a uma árvore.

— Boa noite! — disse ela. — Estou tentando alcançar as estrelas do céu e já andei tanto que até os ossos me doem. Você me daria uma carona?

— Não sei nada de estrelas do céu — retrucou o cavalo. — Só estou aqui para atender ao pedido das Pequenas Criaturas.

— Mas eu acabo de vir de lá e as Pequenas Criaturas me mandaram pedir ao Quatro Pés para me levar até o Sem Pés.

— Quatro Pés? Sou eu! — relinchou ele. — Monte aí e vamos embora.

E os dois se foram, e andaram muito, andaram tanto que saíram da floresta e chegaram à beira do mar.

— Eu trouxe você até o fim da terra, e isso é tudo que Quatro Pés pode fazer. Agora, preciso voltar para casa.

A menina apeou e começou a andar pela praia, tentando imaginar o que fazer, até que um peixe maior do que todos os que já tinha visto na vida veio nadando até bem pertinho dos seus pés.

— Boa noite! — disse ela. — Eu estou tentando alcançar as estrelas do céu. Você pode me ajudar?

— Sinto muito, mas não posso — falou o peixe, soltando borbulhas. — A não ser que você tenha ordem das Pequenas Criaturas.

— Mas eu tenho. Elas disseram que Quatro Pés me traria até o Sem Pés, e que Sem Pés me levaria até a Escada Sem Degraus.

— Ah, bom! Então, está tudo bem. Suba nas minhas costas e segure firme.

E partiram os dois — tchabum! — dentro da água, tomando um caminho que reluzia na superfície e parecia conduzir ao fim do mar, onde ele se encontra com o céu. Distante dali, a garotinha avistou um lindo arco-íris surgindo do oceano e indo acabar no céu, onde brilhavam todas as cores do mundo, tons de azul, de vermelho e de verde, uma maravilha de ver. Quanto mais se aproximavam, mais brilhava, até que ela precisou proteger os olhos de tanta luz.

Finalmente, chegaram até o início do arco-íris, e a menina pôde ver que era na verdade uma estrada ampla e iluminada, subindo íngreme em direção ao céu, e lá na outra ponta, bem longe, avistou umas coisinhas brilhantes dançando.

— Daqui eu não posso passar — disse o peixe. — Isso aí é a Escada Sem Degraus. Suba, se conseguir, mas segure-se bem. Essa escada não foi feita para os pés de uma mocinha como você, entende?

A menina pulou das costas do Sem Pés, e ele foi embora, espadanando na água. Ela começou a subir no arco-íris. Subiu, subiu, subiu. Era difícil. Cada passo que dava para cima, parecia escorregar dois para baixo. Mesmo depois de ter conseguido deixar o mar para trás, lá embaixo, bem longe, as estrelas do céu pareciam estar mais distantes do que nunca. Mas pensou: "Não vou desistir. Já cheguei até aqui, não vou voltar agora."

E continuou subindo. A temperatura foi baixando, mas o céu foi ficando cada vez mais claro, até a menina perceber que já estava chegando perto das estrelas.

— Já estou quase chegando! — gritou.

E, de fato, de repente ela chegou à pontinha do arco-íris. Olhou em volta e em todas as direções viu estrelas dançando. Corriam de um lugar para outro, de cima para baixo, da frente para trás, e brilhavam nas cores mais variadas ao redor da menina.

— Puxa! Cheguei — sussurrou ela. Nunca tinha visto uma coisa tão bonita; e ficou ali, olhando maravilhada para aquilo tudo.

Mas em pouco tempo percebeu que estava tremendo de frio e, ao olhar para baixo, não viu mais a terra, perdida na escuridão. Quis encontrar sua casa, mas não dava nem para ver as luzes das ruas ou das janelas em meio àquele breu. Começou a sentir-se um pouco tonta.

"Não vou embora sem ter tocado ao menos numa estrela", pensou ela. Colocou-se na ponta dos pés e esticou o braço o mais que pôde. Esticou ainda mais um pouco... e, de repente, uma estrela cadente passou zunindo pertinho dela. A menina tomou um susto tal que perdeu o equilíbrio.

E caiu, e foi caindo, caindo, escorregando pelo arco-íris. Quanto mais descia, mais o ar esquentava, e mais sonolenta ela se sentia. Abriu enorme bocejo, soltou um pequeno suspiro e, sem perceber, entrou em sono profundo.

Quando acordou, estava em sua própria cama. O sol adentrava pela janela e os pássaros entoavam seus cantos matinais, voando de galho em galho.

— Será que eu toquei mesmo nas estrelas? Ou será que foi tudo um sonho?

Sentiu que havia algo na mão e abriu-a, com a palma estendida para cima. Uma luzinha brilhou e num instante desapareceu. A menina sorriu contente, sabendo que aquilo era um restinho da poeira das estrelas.

(RS)

A HISTÓRIA DE ROSTO-MARCADO

Lenda dos índios Blackfoot, adaptada por Amy Cruse

Vivia numa tribo indígena um pobre menino cujos pais haviam morrido e que não tinha amigos para cuidar dele. As atenciosas mulheres da tribo o ajudavam o mais que podiam, dando-lhe algumas roupas e um pouco da comida que sobrava de suas famílias, e oferecendo-lhe abrigo nos penosos dias do inverno; e os homens o levavam nas caçadas e lhe ensinavam a arte indígena da sobrevivência nas florestas, tal qual faziam com seus próprios filhos. O menino crescia, forte e valente, e os homens diziam que ele um dia seria um bravo guerreiro. Quando era ainda muito pequeno, confrontou-se durante uma das caçadas com um grande urso cinzento, travando violenta batalha onde logrou matar o inimigo. Mas, durante a luta, o urso conseguiu enfiar cruelmente as garras no rosto do menino, provocando um terrível ferimento que, depois de sarado, deixou-lhe no rosto uma enorme marca avermelhada, razão pela qual recebeu o apelido de Rosto-Marcado.

O menino nunca se importou com a cicatriz que lhe desfigurava a fisionomia até se apaixonar pela linda filha do cacique. Quando via os jovens guerreiros, na plenitude da beleza, vestindo seus trajes de guerra para cortejar a moça diante da tenda do pai, sentia o coração abater-se, pois não tinha amigos, era pobre e, acima de tudo, trazia no rosto aquela terrível marca.

A moça não dava importância aos galanteios dos jovens guerreiros que dela se acercavam e, quando se aventuravam a ir pedir-lhe a mão em casamento, rejeitava-os um a um. Rosto-Marcado mal ousava aproximar-se, mas a moça o observava sempre embrenhando-se na floresta, e o achava mais corajoso e sincero do que todos os outros apaixonados que tentavam fervorosamente obter sua predileção.

Um dia, Rosto-Marcado vinha passando por perto da tenda do cacique quando viu a moça sentada do lado de fora, e em seus olhos estava estampado todo o amor e admiração que sentia por ela. Um jovem cuja proposta fora recusada percebeu o olhar e caçoou dele:

— Rosto-Marcado é agora um pretendente à filha do cacique. Ela não quer saber de homens que não trazem marcas no corpo; talvez deseje um homem marcado e desfigurado. Vá tentar, Rosto-Marcado, e veja se ela o aceita.

Rosto-Marcado sentiu um ódio profundo daquele zombeteiro. Encheu-se de orgulho, como se fosse o próprio filho do cacique em vez de um pobre guerreiro comum e desfigurado, olhou firme nos olhos do outro guerreiro e disse:

— Meu irmão diz palavras verdadeiras, mas sua língua é ferina. Eu vou pedir a filha do nosso grande chefe em casamento.

O jovem guerreiro soltou estrondosa gargalhada. Outros jovens da tribo se aproximaram, e ele contou o que se passara, e todos riram juntos, chamando Rosto-Marcado de grande chefe, falando de sua enorme riqueza e esplêndida beleza e ensaiando reverências. Rosto-Marcado não lhes deu importância e partiu silenciosamente com a expressão inabalada, embora desejasse do fundo do coração saltar sobre eles, como fizera o grande urso cinzento na floresta. Mas, ao chegar ao rio, atrás da filha do cacique, que fora em busca de palha para as cestas que tecia, a ira se esvaeceu. Aproximou-se dela, sabendo que se não falasse logo a coragem o abandonaria, pois, embora fosse a moça gentil e atenciosa, em sua presença Rosto-Marcado estremecia como nunca fizera diante do mais valente guerreiro ou do mais temível urso.

— Jovem donzela! Sou pobre, e todos fazem pouco de mim, pois não possuo peles nem víveres em minha tenda, como os maiores guerreiros de nossa tribo. Preciso conquistar, com o arco, a lança e meus próprios esforços, o sustento diário. E meu rosto é marcado por uma cicatriz repugnante. Porém, meu coração tem por você um grande amor, e desejo ardentemente tomá-la por esposa. Gostaria de se casar com Rosto-Marcado e viver com ele em seus parcos aposentos?

Eles trocaram um olhar, e isso bastou para que ele percebesse nela o amor que procurava. A moça, então, disse:

— Sua pobreza pouco importa. Meu pai me daria todos os suprimentos necessários como um bom dote de casamento. Mas não posso desposá-lo, nem a qualquer outro guerreiro da tribo. O grande Senhor do Sol me tem sob seu comando e me proíbe o casamento.

O coração do pobre Rosto-Marcado se partiu diante de tais palavras, mas o jovem não perdeu as esperanças:

— E ele não vai dispensá-la? O Senhor do Sol é bom, nos dá tantos presentes e não gostaria de nos ver tristes assim.

— Vá até ele e rogue o perdão da promessa que fiz. E peça-lhe, como testemunho, que remova de seu rosto a cicatriz.

— Irei, sim. Procurarei o deus brilhante em seu próprio território e implorarei sua compaixão.

E partiu, então, deixando a moça às margens do rio.

Começou a jornada viajando muitas milhas. Seguia ora contente, pensando: "O deus sol é bom; vai me conceder a esposa"; ora entristecido, achando que "talvez ele deseje desposá-la; e como se poderia esperar que desistisse de uma donzela tão linda?".

Seguia pelas florestas e montanhas em busca dos reluzentes portões dourados que marcavam a entrada do território do grande deus. Os animais selvagens que encontrou pelo caminho sabiam que desta vez ele não desejava caçá-los e se aproximaram, dispostos a responder-lhe as perguntas. Mas nenhum deles sabia dizer onde ficava a terra do deus sol. Disseram apenas:

— Nunca nos afastamos da floresta. Talvez os pássaros, que cobrem grandes distâncias em voos ligeiros, possam lhe dizer onde fica.

Rosto-Marcado chamou pelos pássaros, que desviaram seus rumos e puseram-se a escutá-lo. Mas responderam apenas:

— Voamos a grandes distâncias e vemos muitas coisas, mas nunca avistamos os dois reluzentes portões dourados e tampouco vimos a face brilhante do deus sol.

Rosto-Marcado ficou desapontado, mas continuou corajosamente. Um dia, quando estava exausto, encontrou um porco selvagem e fez a ele a mesma pergunta de tantas outras vezes. Para sua grande felicidade, o animal respondeu:

— Eu já vi os dois reluzentes portões e entrei no cintilante território do Senhor do Sol. Mas o caminho que leva até ele é longo e árduo, e você vai estar extremamente cansado quando chegar ao fim da jornada. Vou mostrar-lhe como se chega lá, e, se seu coração não esmorecer, você um dia vai ver o que eu já vi.

Com ânimo renovado, Rosto-Marcado prosseguiu. Continuou em frente, dia após dia, caminhando até a exaustão e parando muito pouco para descansar. No início de cada manhã, esperava encontrar os portões dourados, até que afinal chegou a uma grande massa de água, extensa e profunda demais para ser transposta.

Pareceu-lhe então que todo o esforço e cansaço haviam sido em vão; sentou-se às margens da grande água e sentiu a esperança esvair-se do coração. Mas logo avistou ao longe dois lindos cisnes que, ao se aproximarem, disseram-lhe:

— Vamos levá-lo até o outro lado. Suba em nossas costas e cruzaremos para a margem oposta.

Rosto-Marcado tornou a encher-se de alegria e equilibrou-se cuidadosamente sobre o dorso dos dois cisnes. Os belos animais puseram-se a nadar e logo atingiram a margem distante, onde deixaram o jovem guerreiro.

— Você quer encontrar o reino do deus sol? — perguntaram eles. — Siga essa estrada aí em frente e não tardará a encontrá-lo.

Rosto-Marcado agradeceu do fundo do coração. Sentiu-se feliz como não se sentia desde que iniciara a jornada e partiu ligeiro pelo caminho afora. Não havia andado muito quando encontrou um lindo conjunto de arco e flechas no chão. Deteve-se um instante a observá-los. “Devem pertencer a um caçador poderoso; são melhores do que os de um guerreiro comum”, pensou. Deixou-os, porém, onde estavam, pois, embora o coração de caçador os almejasse, Rosto-Marcado era honesto e não iria apoderar-se daquilo que não lhe pertencia. Prosseguiu, então, ainda mais contente do que antes, e logo deparou com um belo jovem que vinha caminhando alegremente em sua direção. Rosto-Marcado teve a impressão de que uma luz suave brilhava em torno do jovem quando este se aproximou e disse:

— Perdi meu arco e minhas flechas em algum ponto desta estrada. Você os viu?

Rosto-Marcado respondeu:

— Estavam logo ali atrás. Eu acabo de passar por eles.

— Ora, muito obrigado, mesmo! Sorte a minha ter sido um homem honesto que os encontrou; caso contrário, não tornaria a ver minhas armas.

O jovem sorriu para Rosto-Marcado, e o índio sentiu grande alegria no coração, e o ar pareceu encher-se de luminosos pontos dourados.

— Para onde você vai? — perguntou-lhe o rapaz desconhecido.

E Rosto-Marcado respondeu:

— Estou procurando a terra do grande Senhor do Sol, e acho que não está longe.

— E não está, mesmo. Sou Apisirahts, Estrela Matutina, e o Sol é meu pai. Venha comigo; vou levá-lo até ele.

Os dois seguiram pela estrada ampla e reluzente e chegaram aos portões dourados. Ao cruzá-los, avistaram uma enorme tenda cintilante de aspecto glorioso, repleta de quadros e entalhes adornos de uma beleza que Rosto-Marcado jamais vira igual. Na porta, uma mulher de fisionomia clara e olhos resplandecentes recebeu com delicadeza o estranho que chegava cansado da longa jornada:

— Entre! Sou Kokomikis, a deusa da lua, e este rapaz é meu filho. Entre! Você está cansado e caminhou muito; precisa de comida e repouso.

Rosto-Marcado, um pouco aturdido por toda a beleza que o circundava, entrou, e Kokomikis atendeu-o carinhosamente, e logo o rapaz estava com as forças renovadas. Passado algum tempo, o grande Senhor do Sol voltou para casa, e também ele foi muito atencioso com Rosto-Marcado:

— Fique conosco, pois acaba de empreender penosa viagem para me encontrar, e agora deve permanecer como meu hóspede durante uma estação inteira. Você é um grande caçador, e aqui encontrará boa caça. Meu filho, que adora caçar, o acompanhará, e você vai gostar de estar aqui conosco.

Imensamente satisfeito, Rosto-Marcado respondeu:

— Ficarei, sim, grande senhor.

E durante muitos dias ficou vivendo com o deus sol, Kokomikis e Apisirahts, e todas as manhãs saía com Estrela Matutina para caçar e retornava à noite para a tenda cintilante.

— Não se aproximem da Grande Água — preveniu o Senhor do Sol —, pois há pássaros selvagens lá, e eles podem querer atacar Estrela Matutina.

Mas acontece que Apisirahts desejava, secretamente, confrontar-se com os pássaros selvagens e matá-los, de tal forma que um dia afastou-se de Rosto-Marcado sem ser percebido e foi direto para a Grande Água. Durante algum tempo, o rapaz não deu por falta do companheiro, pois acreditava que ele estivesse pelos arredores; mas, depois, começou a procurá-lo e não o encontrou. Procurou-o ansiosamente, até que um terrível medo assomou-lhe ao coração, e o jovem guerreiro partiu o mais rápido que pôde em direção ao território dos pássaros monstruosos. Enquanto corria, gritos horripilantes chegaram-lhe aos ouvidos, e logo avistou um bando daquelas criaturas horrorosas em volta de Estrela Matutina, apertando tanto o cerco que este quase não conseguia usar as armas para defender-

-se. Rosto-Marcado teve medo que uma flecha pudesse atingir o alvo errado, mas atirou-se contra os terríveis animais, tomando-os de surpresa, de tal forma que eles voaram para longe, assustados. Então, pegou Estrela Matutina e o levou rapidamente até a floresta, onde estariam a salvo.

À noite, quando voltaram para a tenda, Apisirahts contou ao pai que o desobedecera e falou da coragem de Rosto-Marcado. O grande Senhor do Sol dirigiu-se ao pobre forasteiro:

— Você salvou meu filho de uma morte horrível. Faça um pedido para que eu possa atendê-lo. Por que veio me procurar? Decerto havia algum desejo em seu coração; caso contrário, você não teria viajado tanto, enfrentando todas aquelas dificuldades.

Ora, durante todo o tempo que estivera hospedado na Tenda Cintilante, o rapaz não deixou escapar o pedido que desejava fazer. Diversas vezes pensou: "Chegou a hora de falar." Mas, por ser a dádiva muito grande, o coração esmorecia, e ele reconsiderava o pedido: "Vou ter um pouco mais de paciência. É cedo demais para pedir tal favor de um deus que tem me tratado com tanta amabilidade." Mas ao ouvir as palavras do deus sol, ditas com tanta benevolência, encheu-se de coragem e retrucou:

— Ó poderoso Senhor, amo uma donzela que é filha do cacique da minha própria tribo. Sou apenas um pobre guerreiro e, como pode ver, tenho o rosto desfigurado, de aspecto repugnante. E ela, em sua virtude, me tem amor, e me desposaria, a não ser pela reverência que deve ao seu comando. Pois prometeu-lhe, ó grande Senhor, que não desposará homem algum. Por isso vim procurá-lo, na esperança de que a dispense da promessa para que possamos morar juntos em minha tenda e desfrutar da felicidade.

O deus sol sorriu e olhou com ternura para o rapaz, que falara com bravura, embora com o coração estremecido.

— Volte e tome essa donzela por esposa. Diga-lhe que é meu desejo que se case com você; e para simbolizar meu afeto — passou a mão diante do rosto do índio, e a hedionda cicatriz desapareceu imediatamente —, que ela veja em seu rosto a mão do Senhor do Sol.

O Índio — não mais Rosto-Marcado — recebeu vários presentes, roupas e adereços de um cacique. Eles, então, o acompanharam até a saída do território do Sol, atravessaram os portões dourados, e indicaram um caminho mais curto e menos árduo para retornar à sua terra.

O rapaz viajou ligeiro e logo chegou em casa. Todos da tribo vieram ver aquele jovem guerreiro, vestido com lindas roupas, de andar satisfeito, pleno de vida e felicidade; mas ninguém reconheceu nele o antigo Rosto-Marcado, de quem zombavam e escarneciam. Até mesmo a filha do cacique não o reconheceu à primeira vista; somente um segundo olhar lhe permitiu ver quem era, e a moça então pronunciou seu nome; depois, percebendo que a cicatriz sumira e, recordando o que aquilo significava, atirou-se em seus braços com grande alegria. A história de sua jornada maravilhosa foi contada, e o cacique entregou de bom grado a filha para aquele guerreiro que tinha sido glorificado pela mão do próprio deus sol. Eles se casaram no mesmo dia, e o cacique deu à filha uma esplêndida tenda como dote. Os dois ali viveram felizes por muitos anos; e Rosto-Marcado perdeu o apelido, passando então a ser conhecido como Rosto-Limpo.

(RS)

A LONGA FUGA

Aí Moisés levou o povo de Israel do mar Vermelho para o deserto de Sur. Eles caminharam três dias no deserto e não acharam água. Então chegaram a um lugar chamado Mara, porém não puderam beber a água dali porque era amarga. Por isso aquele lugar era chamado Mara. O povo reclamou com Moisés e perguntou:

— O que vamos beber?

Então Moisés, em voz alta, pediu socorro ao Deus Eterno, e o Eterno lhe mostrou um pedaço de madeira. Moisés jogou a madeira na água, e a água ficou boa de beber.

Foi nesse lugar que o Deus Eterno deu leis aos israelitas e os pôs à prova. Ele disse:

— Se vocês prestarem atenção no que eu digo, se fizerem o que é certo e se guardarem os meus mandamentos, eu não os castigarei com nenhuma das doenças que mandei contra os egípcios. Eu sou o Deus Eterno, que cura vocês.

Depois os israelitas chegaram a Elim, onde havia doze fontes de água e setenta palmeiras. E acamparam ali, perto da água.

O povo de Israel saiu de Elim e foi para o deserto de Sim, que fica entre Elim e o monte Sinai. Chegaram ali no dia quinze do segundo mês depois da sua saída do Egito. Ali, no deserto, todos eles começaram a reclamar contra Moisés e Arão, dizendo assim:

— Teria sido melhor que o Deus Eterno tivesse nos matado no Egito! Lá, nós podíamos pelo menos nos sentar e comer carne e outras comidas à vontade. Vocês nos trouxeram para este deserto a fim de matarem de fome toda esta multidão.

O Deus Eterno disse a Moisés:

— Agora eu vou fazer chover do céu pão para vocês. E o povo deverá sair, e cada um deverá juntar uma porção que dê para um dia. Assim eu os porei à prova para saber se eles vão obedecer às minhas ordens. No sexto dia deverão juntar e preparar o dobro do que costumam juntar nos outros dias.

Então Moisés e Arão disseram ao povo:

— Hoje à tarde vocês ficarão sabendo que foi o Deus Eterno quem os tirou do Egito. Amanhã de manhã vocês verão a luz brilhante da presença do Eterno, pois o Eterno ouviu as reclamações de vocês contra ele. Foi contra ele, e não contra nós, que vocês reclamaram; pois, afinal de contas, quem somos nós?

E Moisés continuou:

— É o Deus Eterno quem vai lhes dar carne para comerem de tarde e pão à vontade de manhã, pois o Eterno ouviu vocês reclamando contra ele. As suas reclamações são contra ele e não contra nós; pois, afinal de contas, quem somos nós?

Aí Moisés disse a Arão:

— Diga a todo o povo que venha e fique diante do Deus Eterno, pois ele ouviu as reclamações.

Enquanto Arão estava falando a todo o povo, eles olharam para o deserto, e de repente a luz brilhante do Deus Eterno apareceu numa nuvem. E o Eterno disse a Moisés:

— Eu tenho ouvido as reclamações dos israelitas. Diga-lhes que hoje à tarde, antes de escurecer, eles comerão carne. E amanhã de manhã comerão pão à vontade. Aí ficarão sabendo que eu, o Eterno, sou o Deus deles.

À tarde apareceu um grande bando de codornas; eram tantas, que cobriram o acampamento. E no dia seguinte, de manhã, havia orvalho em volta de todo o acampamento. Quando o orvalho secou, por cima da areia do deserto ficou uma coisa parecida com escamas, fina como a geada no chão. Os israelitas viram aquilo e não sabiam o que era. Então perguntaram uns aos outros:

— O que é isso?

Moisés lhes disse:

— Isso é o alimento que o Deus Eterno está mandando para vocês comerem. Esta é a ordem que ele deu: "Cada um de vocês deverá juntar o que for necessário para comer, de acordo com o número de pessoas que houver na família, dois litros por pessoa."

E assim fizeram os israelitas. Uns pegaram mais, e outros, menos. Quando mediram, aconteceu que os que haviam pegado muito não tinham demais; e não faltava nada para os que haviam pegado pouco. Cada um havia pegado exatamente o necessário para comer.

Então Moisés lhes disse:

— Ninguém deverá guardar nada para o dia seguinte.

Mas alguns não obedeceram à ordem de Moisés e guardaram uma parte daquele alimento. E no dia seguinte o que tinha sido guardado estava cheio de bichos e cheirava mal. Aí Moisés ficou muito irritado com eles. Todas as manhãs cada um pegava o necessário para comer naquele dia, pois o calor do sol derretia o que ficava no chão.

No sexto dia pegaram o dobro, isto é, quatro litros para cada pessoa. As autoridades do povo foram e contaram a Moisés o que estava acontecendo. E Moisés lhes disse:

— Amanhã é dia de descanso, o sábado santo, separado para o Deus Eterno. Por isso o Eterno deu a seguinte ordem: "Os que quiserem assar esse alimento no forno, que assem; e os que quiserem cozinhar, que cozinhem. E guardem para o dia seguinte o que sobrar."

Conforme a ordem de Moisés, todos guardaram para o dia seguinte o que havia sobrado. E não cheirou mal nem criou bicho. Moisés disse:

— Comam isto hoje, pois é sábado, o dia de descanso separado para o Deus Eterno. Neste dia vocês não acharão no campo nada de comer. Recolham esse alimento durante seis dias; porém no sétimo dia, que é o dia de descanso, não haverá alimento no chão.

No sétimo dia algumas pessoas saíram para pegar o alimento, porém não acharam nada. Então o Deus Eterno disse a Moisés:

— Até quando vocês vão desobedecer às minhas ordens e às minhas leis? Lembrem que eu, o Deus Eterno, dei a vocês um dia de descanso, e foi por isso que no sexto dia eu lhes dei alimento para dois dias. No sétimo dia fiquem todos onde estiverem; ninguém deverá sair de casa.

Assim o povo não trabalhou no sétimo dia.

Os israelitas deram àquele alimento o nome de maná. Ele era parecido com uma sementinha branca e tinha gosto de bolo de mel. Moisés disse:

— O Deus Eterno mandou que fossem guardados dois litros de maná para que, no futuro, os nossos descendentes possam ver o alimento que ele nos deu para comermos no deserto, quando nos tirou do Egito.

Então Moisés disse a Arão:

— Pegue uma vasilha, ponha nela dois litros de maná e coloque-a na presença do Deus Eterno, a fim de ser guardada para os nossos descendentes.

Arão fez como Deus havia ordenado a Moisés e colocou a vasilha diante da arca do acordo para que ficasse guardada ali. Durante quarenta anos os israelitas tiveram maná para comer, até que chegaram a uma terra habitada, isto é, até que chegaram à fronteira de Canaã.

VAI, MOISÉS

Spiritual, adaptação de Jucy Pessôa

Os spirituals *compostos por escravos anônimos situam-se dentre as canções norte-americanas mais belas e pungentes. Combinando elementos de música africana com temas do Velho Testamento, expressam a fé digna de todo um povo, apesar de condições de vida precaríssimas. É um tipo de canção singular, que demonstra nobreza de alma.*

Meu Israel cativo está
Deixa meu povo ir!
Opresso em duro labutar
Deixa meu povo ir
Vai, Moisés
É Deus quem diz
Meu Israel
Ó, Faraó!
Deixa meu povo ir!

É Deus que ordena
Em ti Moisés.
Deixa meu povo ir!
Senão teus filhos matarei
Deixa meu povo ir!
Vai, Moisés
É Deus quem diz
Meu Israel
Ó, Faraó!
Deixa meu povo ir!

Não mais trabalho, escravidão
Deixa meu povo ir!
Com os teus despojos partirão
Deixa meu povo ir

Vai, Moisés
É Deus quem diz
Meu Israel
Ó, Faraó!
Deixa meu povo ir!

EURECA!

James Baldwin

Famoso matemático da Antiguidade, Arquimedes nasceu por volta de 290 a.C. em Siracusa, na Sicília, uma colônia grega.

Houve um rei de Siracusa cujo nome era Hiero. Seu país era bem pequeno, mas por esta razão ele queria usar a maior coroa do mundo. Por isso chamou um ourives famoso, que conhecia muito bem todos os tipos de refinamento em seu ofício, e entregou-lhe cinco quilos de ouro puro:

— Leve este ouro e faça uma coroa que provoque inveja em todos os reis que a virem. Não deixe de usar nem um grão do ouro que estou lhe entregando e não misture nenhum outro metal.

— Farei como me é pedido, Majestade. Estou recebendo de vossas mãos cinco quilos de ouro puro. Dentro de noventa dias, trarei a coroa pronta, e ela terá exatamente este mesmo peso.

Noventa dias depois, sem faltar com a palavra, o ourives trouxe a coroa. O trabalho ficou muito bem feito, e todos diziam que não havia igual no mundo. Quando o rei Hiero a colocou sobre a cabeça, sentiu-se muito desconfortável, mas não ligou — tinha certeza de que nenhum outro rei tinha uma coroa tão refinada assim. Depois de admirá-la de um lado e do outro, pesou-a na balança real. O peso estava correto.

— Você trabalhou com louvor. Usou de extrema habilidade e não deixou faltar nem um grão do ouro que lhe dei.

Havia na corte um homem muito sábio que se chamava Arquimedes. Ao ser chamado a admirar a coroa do rei, ele a observou muito bem, olhando-a de todos os ângulos.

— Pois bem, o que você acha? — perguntou Hiero.

— O trabalho foi muito bem feito e está deveras bonito, mas... mas o ouro...

— O ouro está todo aí — gritou o rei. — Eu pesei na minha própria balança.

— Perfeitamente, mas não parece ter exatamente a mesma tonalidade avermelhada que tinha a granel. De fato, não tem um vestígio sequer de vermelho; é um tom amarelo brilhante, como Vossa Majestade bem pode ver.

— Quase todo ouro é amarelo. Mas, agora que você falou, eu me lembro que o ouro a granel tinha uma cor muito mais rica.

— E se o ourives tiver retirado umas tantas gramas do ouro e completado o peso com prata ou bronze? — perguntou Arquimedes.

— Ele não faria uma coisa dessas. O ouro simplesmente mudou de cor ao ser trabalhado — retrucou Hiero.

Porém, quanto mais pensava no assunto, menos satisfeito ficava com a coroa. Passado algum tempo, ele perguntou para Arquimedes:

— Existe alguma maneira de saber se o ourives me tapeou, ou se me devolveu o ouro todo honestamente?

— Eu não sei, Majestade.

Mas Arquimedes não era homem de dizer que uma coisa fosse impossível. Costumava ficar imensamente satisfeito ao tentar resolver problemas difíceis, e, quando uma pergunta o intrigava, punha-se a estudar até encontrar algum tipo de resposta. De tal sorte, passou a pensar diariamente no ouro e a tentar encontrar alguma forma de testá-lo sem danificar a coroa.

Um dia de manhã, estava pensando nesse assunto enquanto se preparava para o banho. A banheira estava cheia até a borda, e, quando ele entrou, certa quantidade de água derramou sobre o piso de pedra. Isto já acontecera centenas de vezes, mas foi a primeira a que Arquimedes prestou atenção. E ele pôs-se a raciocinar:

"Qual foi a quantidade de água que desloquei ao entrar na banheira? Qualquer um pode perceber que desloquei tanta água quanto o espaço que meu corpo ocupa dentro dela. Uma pessoa com metade do meu tamanho deslocaria metade dessa água."

"Vamos supor que, em vez de colocar meu corpo na banheira, eu coloque a coroa de Hiero; ela iria deslocar um tanto de água equivalente ao seu próprio volume. Vejamos! O ouro é muito mais pesado do que a prata. Cinco quilos de ouro puro não terão o mesmo volume que, digamos, três quilos de ouro misturados com dois de prata. Se a coroa de Hiero for de ouro maciço, vai deslocar a mesma quantidade de água que quaisquer outros cinco quilos de ouro deslocariam. Mas, se for de ouro misturado com prata, vai deslocar mais água. Encontrei a solução! Eureca! Eureca!

Esquecendo-se de tudo mais, saltou fora da banheira. Sem ao menos parar para se vestir, saiu correndo pelas ruas em direção ao palácio do rei, gritando: "Eureca! Eureca! Eureca!", expressão de origem grega que significa: "Descobri! Descobri! Descobri!"

A coroa foi testada. Verificou-se que ela deslocava muito mais água do que cinco quilos de ouro puro deslocariam. A culpa do ourives ficou comprovada, sem possibilidade de dúvida. Se ele foi punido ou não, eu não sei dizer, tampouco isso importa.

A simples descoberta que Arquimedes fez em sua banheira teve muito mais valor para o mundo do que a coroa de Hiero.

(RS)

O DISCURSO DE GETTYSBURG

Abraham Lincoln

Quando Abraham Lincoln subiu ao palanque, no dia 19 de novembro de 1863, para inaugurar o Cemitério Nacional dos Soldados em Gettysburg, na Pensilvânia, onde quatro meses antes milhares de soldados do Norte e do Sul haviam tombado, pretendia dizer ao país que, se fosse mantida a disposição de lutar, a União triunfaria. Em dois minutos, conseguiu dizer isso e muito mais.

Há oitenta e sete anos, nossos pais deram origem neste continente a uma nova nação, concebida na liberdade e comprometida com a proposição de que todos os homens são criados em igualdade.

Estamos agora envolvidos numa grande guerra civil, testando se esta nação, ou qualquer outra assim concebida e comprometida, pode durar muito tempo. Estamos reunidos num grande campo de batalha desta guerra. Viemos aqui dedicar parte deste campo como última morada para aqueles que deram suas vidas para que esta nação continue vivendo. O que estamos fazendo é absolutamente cabível e apropriado.

Porém, num sentido mais amplo, não podemos dedicar, não podemos consagrar, não podemos santificar este solo. Os corajosos homens, vivos ou mortos, que aqui lutaram o consagraram muito acima de nossa capacidade de acrescentar ou detrair. Pouca importância tem o que dizemos agora, e as palavras logo desaparecerão, mas o mundo jamais esquecerá o que eles fizeram aqui. Cabe a nós, os vivos, dedicarmo-nos aqui ao trabalho incompleto que eles, os que aqui lutaram, adiantaram de maneira tão nobre. Cabe a nós estarmos aqui, sim, dedicados à grande tarefa ainda por concluir — que cresça em nós, a partir destes mortos honrados, a devoção à causa pela qual se entregaram no mais elevado grau de sublimação; que tomemos providências dignas para que sua morte não tenha sido em vão; que esta nação, sob o domínio de Deus, experimente um renascimento de liberdade; e que o governo do povo, pelo povo e para o povo não desapareça da face da terra.

(RS)

LUTAREMOS NOS CAMPOS E NAS RUAS

Winston Churchill

Em maio de 1940, exércitos alemães contornaram a linha Maginot, romperam algumas posições da defesa francesa e, em questão de dias, varreram todo o território a oeste em direção ao Canal da Mancha. A Força Expedicionária Britânica na França, em vias de ser aniquilada, bateu em retirada para o litoral de Dunkirk, onde foi feita uma retirada épica de mais de trezentos mil soldados britânicos e franceses. Sob a proteção da Royal Air Force, embarcações britânicas de todos os tipos e tamanhos, algumas tripuladas por civis, cruzaram várias vezes o Canal a fim de transportar o destroçado exército para a Inglaterra. No dia 4 de junho, Winston Churchill divulgou para o Parlamento o sucesso da retirada. A descrição do feito heroico e seus protestos de coragem, união, determinação e sacrifício animaram o espírito do povo britânico. Suas palavras também ajudaram a fortalecer a determinação do Novo Mundo; uma semana depois, quando a Itália entrou na guerra junto às potências do Eixo, o Presidente Roosevelt assumiu publicamente o compromisso de colocar os recursos materiais norte-americanos à disposição da causa dos Aliados.

Desde o momento em que a defesa francesa em Sedan e Meuse foi quebrada, no fim da segunda semana de maio, somente uma rápida retirada em direção a Amiens e ao sul poderia ter salvado os exércitos britânicos e franceses que haviam entrado na Bélgica a pedido do rei belga; mas esse fato estratégico não foi realizado imediatamente...

A explosão alemã varreu como uma foice afiada a ala direita e a retaguarda dos exércitos do norte. Oito ou nove divisões armadas, cada uma com cerca de quatrocentos veículos blindados de diferentes tipos, mas cuidadosamente agrupadas para serem complementares e divisíveis em unidades autossuficientes, cortaram todas as comunicações entre nós e os principais exércitos franceses. Cortaram nossos suprimentos de víveres e munição, que antes se dirigiam para Amiens e depois através de Abbeville, e se fortaleceram ao longo do litoral até a região de Boulogne e Calais, e até quase Dunkirk. Atrás dessa investida armada e mecanizada vinham várias divisões alemãs em caminhões, e ainda atrás destas vinham a passo comparativamente lento a entorpecida massa bruta do exército comum alemão e seu povo, sempre ávido por invadir outras terras de liberdades e confortos que eles próprios nunca tiveram...

Entrementes, a Royal Air Force, que já estava intervindo na batalha a partir das bases domésticas até onde lhe permitia o alcance, passou a usar parte da sua força metropolitana de combate para atacar os bombardeiros alemães e os caças que, em grandes números, os protegiam. A luta foi prolongada e violenta. De repente, tudo sossegou, o alvoroço da destruição estancou por um instante — mas por um instante apenas. Torna-se evidente diante de todos nós o milagre de um resgate, conseguido com bravura, perseverança, disciplina perfeita, serviço impecável, expediente, habilidade e fidelidade inabalável. O inimigo se viu forçado a recuar pelas tropas britânicas e francesas em retirada. Foi pego de surpresa e não levou a sério sua partida. A Royal Air Force dominou o poderio principal da Força Aérea Alemã e causou-lhes perdas da ordem de quatro para um; e a Marinha, usando quase mil navios de todos os tipos, levou mais de 335 mil homens, franceses e britânicos, das garras da morte e da desonra para sua terra natal e para as tarefas que se faziam presentes. Precisamos tomar muito cuidado para não conferirmos a este resgate os atributos de uma vitória. As guerras não são ganhas com retiradas. Mas houve uma vitória embutida neste resgate, que deve ser observada...

Foi uma grande disputa de poderio entre as forças aéreas britânica e alemã. Seremos capazes de conceber um objetivo aéreo maior para os alemães do que impossibilitar uma retirada daquelas praias, e afundar todos aqueles navios que trafegavam, contando quase aos milhares? Poderia haver uma meta de maior importância e significado militar para todo o propósito da guerra do que esse? Eles se esforçaram muito e foram derrotados; sua tarefa foi frustrada. Retiramos o exército, e eles tiveram quatro baixas para cada uma que causaram. Em várias ocasiões, grandes formações de aviões alemães — e sabemos que são uma raça muito valente — se desviaram de ataques comandados por esquadrilhas da Royal Air Force de número quatro vezes inferior às deles e se dispersaram em diferentes direções...

Presto aqui minha homenagem a esses jovens aeronautas. O grande Exército Francês foi, por ora, forçado a recuar e se conturbou diante da investida de alguns milhares de veículos blindados. Acaso não seria a própria causa da civilização defendida pela destreza e dedicação de alguns milhares de aeronautas? Nunca houve, eu suponho, no mundo nem em toda a história da guerra, tal oportunidade para os jovens. Os Cavaleiros da Távola Redonda, os Cruzados, todos se situam no passado — não apenas distante, mas também prosaico; esses jovens audazes, que partiam todas as manhãs para defender sua terra natal e tudo aquilo que prezamos, tendo nas mãos instrumentos de um poder destrutivo colossal, de quem se pode dizer que

Toda manhã gerava uma nobre oportunidade,
E toda oportunidade gerava um nobre cavaleiro,

merecem toda nossa gratidão, assim como a merecem todos os homens corajosos que, de tantas maneiras e em tantas ocasiões, estão dispostos, e continuam dispostos, a dar a vida e tudo mais por sua terra natal...

Tenho plena confiança que se todos cumprirem com suas obrigações, se nada for negligenciado, e se forem tomadas as melhores providências, conforme estão sendo tomadas, conseguiremos provar mais uma vez que somos capazes de defender nossa estimada ilha, de emergirmos do interior da tormenta da guerra e sobrevivermos à ameaça da tirania, por anos a fio, se necessário, sozinhos, se necessário. De qualquer maneira, é isso que tentaremos fazer. É essa a determinação do Governo de Sua Majestade — de cada um dos seus membros. É essa a vontade do Parlamento e da nação. O Império Britânico e a República Francesa, unidos em sua causa e necessidade comuns, defenderão até a morte sua terra natal, ajudando-se mutuamente como bons camaradas no limite de suas forças. Embora grandes regiões da Europa e de muitos estados famosos e antigos tenham caído nas mãos da Gestapo e de todo o hediondo aparato do domínio nazista, não iremos esmorecer nem fracassar. Prosseguiremos até o fim e lutaremos na França, lutaremos nos mares e oceanos, lutaremos no ar com confiança e força cada vez maiores, defenderemos nossa ilha, a que custo for, lutaremos nas praias, lutaremos nas pistas de pouso, lutaremos nos campos e nas ruas, lutaremos nas colinas; jamais nos renderemos, e, mesmo se acontecer, no que sequer por um momento acredito, de ser esta ilha ou grande parte dela subjugada pela força ou pela fome, então nosso Império além mar, armado e protegido pela frota britânica, continuará a luta, até que, a tempo e a hora da Providência Divina, o Novo Mundo, com todo seu poderio e sua força, virá em defesa da libertação do velho.

(RS)

EU TENHO UM SONHO

Martin Luther King Jr.

Em 28 de agosto de 1963, mais de duzentas mil pessoas se reuniram entre o Monumento de Washington e o Memorial de Lincoln, na capital dos Estados Unidos, um protesto pacífico em prol da luta pelos direitos humanos. O ponto alto foi o discurso proferido pelo Reverendo Martin Luther King Jr., no qual conclamava o povo a trabalhar com fé, pois assim sobreviria uma mudança e algum dia todos seriam julgados não pela cor da pele, mas por seu caráter.

Há um século, um grande norte-americano, cuja sombra simbólica nos dá alento hoje, assinou a Proclamação de Emancipação. Esse momentoso decreto chegou como o grande farol da esperança para milhões de escravos negros que haviam sido marcados pelas brasas de vergonhosa injustiça. Chegou como alegre despertar que viria pôr um fim à longa noite de cativeiro.

Porém, cem anos depois, precisamos encarar o trágico fato de que os negros ainda não são livres. Cem anos depois, a vida do negro ainda é prejudicada pelos grilhões da segregação e pelas correntes da discriminação. Cem anos depois, o negro vive numa ilha solitária de pobreza em meio ao vasto oceano da prosperidade material. Cem anos depois, o negro ainda definha nos cantos da sociedade norte-americana e é exilado em sua própria terra. Pois estamos aqui hoje para expressar dramaticamente essa condição estarrecedora.

De certa forma, viemos para a capital do país para descontar um cheque. Quando os arquitetos de nossa república escreveram aquelas palavras magníficas da Constituição e da Declaração de Independência, estavam assinando uma nota promissória à qual todos os cidadãos norte-americanos viriam a ter direito. Essa nota era a promessa de que todos os homens teriam garantidos os inalienáveis direitos à vida, à liberdade e à busca da felicidade.

Hoje, é óbvio que os Estados Unidos não cumpriram com os termos dessa nota no que tange aos cidadãos de cor. Em vez de honrar essa obrigação sagrada, os Estados Unidos entregaram aos negros um cheque sem valor: ele voltou com um carimbo dizendo "sem fundos". Recusamo-nos, porém, a acreditar que o banco da justiça esteja falido. Recusamo-nos a acreditar que sejam insuficientes os fundos nos grandes cofres de oportunidades deste país. Viemos, então, descontar esse cheque — um cheque que nos dará sempre que solicitarmos a riqueza da liberdade e a segurança da justiça.

Também viemos a este lugar santificado para relembrarmos os Estados Unidos da imperiosa urgência de *agora*. Não é hora de permitir o luxo do arrefecimento ou de se tomar o tranquilizante do gradualismo. *Agora* é hora de realizar as promessas da democracia. *Agora* é hora de emergir do escuro e desolado vale da segregação rumo ao caminho ensolarado da justiça racial. *Agora* é hora de retirar nosso país do lodaçal da injustiça racial e colocá-lo sobre a sólida rocha da fraternidade.

Seria fatal para o país negligenciar a urgência do momento e subestimar a determinação dos negros. Este sufocante verão de legítimo descontentamento dos negros não passará até que sobrevenha o revigorante outono de liberdade e igualdade. 1963 não é um fim, mas sim um começo. Aqueles que esperam que os negros estejam satisfeitos agora, depois de ter aliviado a pressão, terão um difícil despertar se o país voltar ao que era antes. Não haverá descanso nem tranquilidade nos Estados Unidos até que os negros desfrutem de seus direitos de cidadania. A tormenta da revolta continuará abalando os alicerces de nosso país até que surja o belo dia da justiça.

Mas há algo que preciso dizer ao meu povo que se encontra no aconchegante limiar de acesso ao palácio da justiça. No processo de conquista do nosso lugar de direito, não devemos aceitar a culpa de erros passados. Não vamos saciar a sede de liberdade bebendo do cálice da amargura e do ódio. Devemos sempre conduzir nossa luta no elevado plano da dignidade e da disciplina. Não devemos permitir que nosso protesto criativo se degenere em violência física. Devemos nos elevar constantemente às majestosas alturas do confronto à força física pela força do espírito.

A esplêndida nova militância que assomou a comunidade negra não deve levar os brancos a perderem a confiança em nós, pois muitos de nossos irmãos brancos, como fica provado por sua presença hoje aqui, já perceberam que sua liberdade está inextricavelmente ligada à nossa. Não podemos seguir sozinhos.

E, ao prosseguirmos, precisamos fazer nosso voto de que caminharemos adiante. Não podemos voltar. Há os que perguntam aos devotos dos direitos civis: "Quando vocês estarão satisfeitos?"

Jamais poderemos estar satisfeitos enquanto os negros continuarem sendo vítimas dos inefáveis horrores da truculência policial.

Jamais poderemos estar satisfeitos enquanto nossos corpos cansados de viagem não puderem encontrar hospedagem nos hotéis à beira das estradas ou nas cidades.

Não poderemos estar satisfeitos enquanto a mobilidade básica dos negros se restringir a passar de um gueto menor para um maior.

Jamais poderemos estar satisfeitos enquanto os negros do Mississippi não tiverem o direito ao voto e os negros de Nova York acreditarem não ter por que votar.

Não estamos satisfeitos, não! E não estaremos satisfeitos até que a justiça a todos banhe como as águas das corredeiras e que seja a honestidade qual um córrego inesgotável.

Não relevo o fato de estarem muitos aqui hoje por causa de grandes provações e amarguras. Alguns de vocês acabam de sair dos minúsculos aposentos das cadeias em que foram confinados. Alguns de vocês vieram de áreas onde o encalço da liberdade os levou a serem abatidos pela tormenta da perseguição e cortados pelos ventos da truculência policial. Vocês são os veteranos do sofrimento criativo. Continuem a trabalhar com fé, pois o sofrimento imerecido é redentor.

Voltem para o Mississippi, voltem para o Alabama, voltem para a Carolina do Sul, voltem para a Geórgia, voltem para Louisiana, voltem para as favelas e guetos de nossas cidades do norte, sabendo que de alguma forma esta situação pode e vai se modificar. Não vamos nos arrastar pelo vale do desespero.

Digo hoje para vocês, meus amigos, que, apesar das dificuldades e frustrações do momento, ainda tenho um sonho. É um sonho profundamente arraigado no sonho norte-americano.

Sonho que este país um dia se levante e passe a viver o significado real de seu credo: "Tais verdades são, para nós, evidentes: que todos os homens são criados em igualdade."

Sonho que um dia, sobre as colinas avermelhadas da Geórgia, os filhos de antigos escravos e os filhos de antigos donos de escravos possam se sentar juntos à mesa da fraternidade.

Sonho que um dia, até mesmo o estado do Mississippi, um deserto sufocante do calor da injustiça e da opressão, venha a ser transformado num oásis de liberdade e justiça.

Sonho que meus quatro filhos um dia vivam num país onde não serão julgados pela cor da pele, mas por seu caráter.

Eu tenho um sonho hoje.

Sonho que um dia o estado do Alabama, cujo governador tem nos lábios as palavras da intervenção e da anulação, venha se transformar numa situação onde criancinhas negras possam andar juntas e de mãos dadas com as brancas, como crianças irmãs.

Eu tenho um sonho hoje.

Sonho que um dia todos os vales sejam exaltados, todas as colinas e montanhas sejam igualadas em um só nível, todos os terrenos ruins sejam cuidados, todas as áreas deformadas sejam endireitadas, a glória do Senhor seja revelada, e todos os seres vivos a encontrem juntos.

É essa a nossa esperança. É essa a fé com que volto para o sul. Com ela poderemos escavar da montanha do desespero a pedra da esperança. Com ela poderemos transformar a discórdia dissonante de nosso país numa bela sinfonia de fraternidade.

Com essa fé conseguiremos trabalhar juntos, orar juntos, lutar juntos, ir presos juntos, unirmo-nos em prol da liberdade juntos, sabendo que um dia seremos livres.

Será esse o dia em que todos os filhos de Deus poderão cantar com um novo significado: "Meu país é de vocês, doce terra de liberdade, por vocês eu canto. Terra onde meu pai morreu, terra do orgulho dos Peregrinos, em todas as encostas, que soe a liberdade."

E, se os Estados Unidos hão de ser um grande país, é preciso que isso se torne realidade. Pois que soe a liberdade nas pródigas colinas de New Hampshire. Que soe a liberdade nas grandiosas montanhas de Nova York. Que soe a liberdade nos altivos montes da Pensilvânia! Que soe a liberdade nos picos nevados das Montanhas Rochosas do Colorado! Que soe a liberdade nos montes curvilíneos da Califórnia. Mas que não seja só isso: que soe a liberdade na Montanha da Pedra na Geórgia! Que soe a liberdade nas montanhas do Tennessee! Que soe a liberdade em todas as colinas e recantos do Mississippi. Em todas as encostas, que soe a liberdade.

Se deixarmos que soe a liberdade, se a deixarmos soar em todos os vilarejos e povoados, em todos os estados e em todas as cidades, conseguiremos antecipar o dia em que todos os filhos de Deus, negros e brancos, semitas e não semitas, protestantes e católicos, poderão dar as mãos e cantar as palavras do antigo *spiritual* dos negros: "Livres, finalmente! Livres, finalmente! Graças a Deus Todo-Poderoso, estamos livres, finalmente!"

(RS)

RECUSO-ME A ACEITAR O FIM DO HOMEM

William Faulkner

William Faulkner (1897-1962) fez esse discurso pequeno e espetacular, na noite de 10 de dezembro de 1950, em Estocolmo, na Suécia, ao receber o Prêmio Nobel de Literatura.

Sinto que este prêmio não foi dado a mim pela minha pessoa, mas pelo meu trabalho — o trabalho de toda uma vida na angústia e ansiedade do espírito humano, não por glória e menos ainda por lucro, mas para criar a partir dos materiais da alma humana algo que ainda não existia. Portanto, ele está comigo em confiança. Não será difícil encontrar um destino para a parte em dinheiro que seja comensurável com o propósito e significado de sua origem. Mas eu gostaria de fazer o mesmo também com as aclamações, usando este momento como pináculo de onde poderei ser ouvido pelos jovens que se dedicam à mesma angústia e labuta, dentre os quais já se encontra aquele que algum dia estará aqui onde estou agora.

Nossa tragédia atual é um medo físico generalizado e universal, sustentado há tanto tempo que podemos até tolerá-lo. Não há mais problemas da alma. Há apenas a pergunta: Quando será que vou explodir? Por causa disso, os jovens que escrevem hoje esquecem os problemas do coração humano em conflito consigo mesmo — a única coisa capaz de produzir boa literatura, pois só tem valor o que se escreve acerca dessa questão, e só ela vale a agonia e o suor.

É preciso reaprender isso. Esses jovens autores precisam ensinar a si próprios que a coisa mais básica de todas é o medo; devem, depois, esquecê-lo de todo, sem deixar espaço em seu escritório para nada que não sejam as antigas verdades do coração, as velhas verdades universais sem as quais todas as histórias são efêmeras e fatídicas — amor e honra e piedade e orgulho e compaixão e sacrifício. Enquanto não o fizer, o jovem autor ou autora trabalha sob os auspícios de uma maldição. Escreve sobre a luxúria, não sobre o amor; escreve sobre derrotas em que não se perde algo de valor, sobre vitórias sem esperança e, pior de tudo, sem piedade ou compaixão. Lastima o pesar de uma essência que não é universal, não deixa marcas. Escreve sobre glândulas, e não sobre o coração.

Enquanto não tornar a aprender essas coisas, os jovens autores escreverão como quem toma parte e assiste ao fim do homem. Recuso-me a aceitar o fim do homem. É bastante fácil dizer que o homem é imortal simplesmente porque resistirá: pois, quando os derradeiros sons da ruína tiverem se esvaído na última pedra imprestável e inerte em meio à vermelhidão final do anoitecer, mesmo nesse momento haverá um ruído: o de sua débil e inexaurível voz, falando ainda. Recuso-me a aceitar isso. Acredito que o homem não irá simplesmente resistir: irá triunfar. Ele é imortal, não por ser a única das criaturas com uma voz inexaurível, mas porque tem alma, um espírito capaz de compaixão, sacrifício e resistência. O dever do poeta, do escritor, é escrever sobre essas coisas. É um privilégio dele ajudar o homem a resistir, elevando seu coração, lembrando-o da coragem e da honra e da esperança e do orgulho e da compaixão e da piedade e do sacrifício que fizeram a glória de seu passado. A voz do poeta não precisa ser apenas um registro do homem, pode ser também um dos alicerces, um dos pilares para ajudá-lo a resistir e a triunfar.

(RS)

Honestidade

Por que alguém quereria ser desonesto? É uma questão provocativa com que o satírico irlandês Jonathan Swift confronta o leitor em "A viagem a Houyhnhnms", nas *Viagens de Gulliver.* Os houyhnhnms são criaturas tão racionais que acham a desonestidade incompreensível. Como um deles explica a Gulliver, "o uso da fala é para as pessoas se entenderem e para receber informação sobre os fatos; se *alguém dissesse a coisa que não é* (a esquisita locução dos houyhnhnms para se referir à curiosa prática de contar mentiras), essas finalidades não são cumpridas".

A desonestidade não teria papel nenhum a desempenhar num mundo que reverencia a realidade e é habitado por criaturas totalmente racionais. Os seres humanos, porém, não são totalmente racionais, como Swift adorava apontar. Os humanos, ao contrário dos houyhnhnms, abrigam um conjunto disparatado de tendências e impulsos que não se harmonizam espontaneamente com a razão. Os seres humanos precisam de anos, tanto de prática como de estudos, para se tornarem pessoas íntegras e de boa vontade.

"Odeio o homem que, como o Portal da Morte, diz uma coisa mas esconde outra em seu coração", grita o angustiado Aquiles, na *Ilíada* de Homero. Disse profeta Jeremias: "Percorram as ruas de Jerusalém, procurem e observem! Procurem nas praças, vejam se encontram um homem justo e que busque a verdade." É a honestidade que o filósofo Diógenes procurou em Atenas e Corinto, numa imagem perene: "Com lampião e lanterna e à luz do sol, procurei um homem honesto, mas nenhum pude encontrar", conforme uma narrativa do século XVII.

A CUMBUCA DE OURO E OS MARIMBONDOS

Silvio Romero

Havia dois homens, um rico e outro pobre, que gostavam de pregar peças um no outro. Foi o compadre pobre à casa do rico pedir um pedaço de terra para fazer uma roça. O rico, pregando uma peça no outro, lhe deu a pior terra que tinha. Logo que o pobre teve o sim, foi para casa dizer à mulher, e foram ambos ver o terreno. Chegando lá nas matas, o marido viu uma cumbuca de ouro, e, como era em terras do compadre rico, o pobre não a quis levar para casa, e foi dizer ao outro que em suas matas havia aquela riqueza. O rico ficou logo todo agitado e não quis que o compadre trabalhasse mais nas suas terras. Quando o pobre se retirou, o outro largou-se com a sua mulher para as matas, para ver a grande riqueza. Chegando lá, o que achou foi uma grande casa de marimbondos; meteu-a numa mochila e tomou o caminho do mocambo do pobre. E logo que o avistou foi gritando:

— Ó compadre, fecha as portas e deixa somente uma banda da janela aberta!

O compadre assim fez, e o rico, chegando perto da janela, atirou a casa de marimbondos dentro da casa do amigo e gritou:

— Fecha a janela, compadre!

Mas os marimbondos bateram no chão e transformaram-se em moedas de ouro, e o pobre chamou a mulher e os filhos para ajuntá-los. O ricaço gritava então:

— Ó compadre, abra a porta!

Ao que o outro respondia:

— Deixe-me, que os marimbondos estão me matando!

E assim ficou o pobre rico, e o rico ridículo.

O MENINO QUE MENTIA

Esopo

Um pastor levava o rebanho para fora da aldeia. Um dia quis pregar uma peça nos vizinhos.

— Um lobo! Um lobo! Socorro! Ele vai comer minhas ovelhas!

Os vizinhos largaram o trabalho e saíram correndo para o campo para socorrer o menino. Mas ele estava às gargalhadas. Não havia lobo nenhum.

Outra vez ele fez a mesma brincadeira, e todo mundo veio ajudar. E ele caçoou de todos.

Mas um dia o lobo apareceu mesmo e começou a atacar as ovelhas. Morrendo de medo, o menino saiu correndo.

— Um lobo! Um lobo! Socorro!

Os vizinhos ouviram, mas acharam que era caçoada. Ninguém socorreu, e o pastor perdeu todo o rebanho.

Ninguém acredita quando o mentiroso fala a verdade.

(LRM)

O LENHADOR HONESTO

Este texto foi adaptado de uma história escrita por Emilie Paulsson, tendo por inspiração um poema de Jean de la Fontaine (1621-1695).

Há muito tempo, numa floresta verdejante e silenciosa, próximo a um riacho de águas cristalinas e espumantes corredeiras, vivia um pobre lenhador que trabalhava muito para sustentar a família. Todos os dias, empreendia a árdua caminhada floresta adentro, levando ao ombro seu afiado machado. Partia sempre assobiando contente, pois sabia que, enquanto tivesse saúde e o machado, conseguiria ganhar o suficiente para comprar todo o pão de que a família precisava.

Um dia, estava ele cortando um enorme carvalho perto do rio. As lascas voavam longe, e o barulho do machado ecoava pela floresta com tanta força que parecia haver uma dúzia de lenhadores trabalhando.

Passado algum tempo, resolveu descansar um pouco. Recostou o machado na árvore e virou-se para se sentar, mas tropeçou numa raiz velha e retorcida, e, antes que pudesse pegá-lo, o machado caiu pela ribanceira abaixo, indo parar no rio!

O pobre lenhador esquadrinhou as águas tentando encontrar o machado, mas aquele trecho era fundo demais. O rio continuava correndo com a mesma tranquilidade de sempre, ocultando o tesouro perdido.

— O que hei de fazer? Perdi o machado! Como vou dar de comer aos meus filhos? — gritou o lenhador.

Mal acabara de falar, surgiu de dentro do riacho uma bela mulher. Era a fada do rio, que viera até a superfície ao ouvir o lamento.

— Por que você está sofrendo tanto? — perguntou, em tom amável. O lenhador contou o que acontecera, e ela mergulhou em seguida, tornando a aparecer na superfície segundos depois com um machado de prata.

— É este o machado que você perdeu?

O lenhador pensou em todas as coisas lindas que poderia comprar para os filhos com toda aquela prata! Mas o machado não era dele, então balançou a cabeça, dizendo:

— Meu machado era de aço.

A fada das águas colocou o machado de prata sobre a barranca do rio e tornou a mergulhar. Voltou logo e mostrou outro machado ao lenhador:

— Talvez este machado seja o seu?

— Não é, não! Esse é de ouro! Vale muito mais do que o meu.

A fada das águas colocou o machado de ouro sobre a barranca do rio. Mergulhou mais uma vez. Tornou a subir à tona. Desta vez, trouxe o machado perdido.

— Esse é o meu! É o meu, sim; sem dúvida!

— É o seu — disse a fada das águas —, e agora também são seus os outros dois. São um presente do rio por você ter dito a verdade.

E, à noitinha, o lenhador empreendeu a árdua caminhada de volta para casa com os três machados às costas, assobiando contente e pensando em todas as coisas boas que eles iriam trazer para sua família.

(RS)

PINÓQUIO

Carlo Collodi (1826-1890)

As aventuras de Pinóquio *foram publicadas em episódios por Collodi — cujo verdadeiro nome era Carlo Lorenzini — no* Jornal para crianças, *em 1881 a 1883. Tornou-se o livro infantil italiano mais famoso do mundo. Este é o capítulo 17 da tradução de Esdras do Nascimento.*

Quando os médicos saíram do quarto, a Fada pôs as mãos na testa do boneco, para ver se tinha febre. Pinóquio estava quentíssimo. A Fada foi à sala e voltou com um pozinho branco que dissolveu em meio copo de água:

— Beba, Pinóquio, para você ficar bom.

Ele perguntou com voz de choro:

— É amargo ou doce?

— É amargo, mas lhe fará bem.

— Não gosto de bebidas amargas.

— Mas é remédio, meu filho. Você precisa beber.

— Não quero.

— Beba só um pouquinho. Depois eu lhe dou açúcar, para tirar o gosto amargo da boca.

— Cadê o açúcar?

— Está aqui — respondeu a Fada, abrindo um açucareiro de ouro.

— Quero o açúcar primeiro.

— Você promete beber o remédio depois?

— Prometo.

A Fada deu açúcar a Pinóquio e ele, depois de engoli-lo e lamber os beiços, falou:

— Se açúcar fosse remédio, eu tomava remédio todos os dias.

— Agora, meu filho, beba o remédio.

Pinóquio segurou o copo com má vontade, aproximou-o da boca e fez uma careta. Depois, enfiou o nariz dentro do copo e reclamou:

— Esse remédio é amargo demais. Não tem outro?

— Como é que você sabe que é amargo demais? Beba, Pinóquio. Beba logo.

— Sei pelo cheiro. Se a senhora me der mais açúcar, eu bebo.

Com paciência, a Fada pôs na boca de Pinóquio um pouco de açúcar e lhe passou de novo o copo.

— Não posso beber agora.

— Por quê, meu filho?

— Não posso por causa do travesseiro. É alto demais para mim.

A Fada arranjou outro travesseiro:

— E agora?

— Não posso beber porque a porta do quarto está aberta.

A Fada fechou a porta e se aproximou de Pinóquio. Ele revirou-se na cama:

— Não bebo remédio de jeito nenhum. Prefiro morrer.

— Você não tem medo de morrer, meu filho?

— Não, não tenho. Todo mundo tem de morrer um dia.

No mesmo instante, a porta se abriu, e entraram no quarto cinco coelhos pretos, carregando nos ombros um caixão de defunto.

Pinóquio sentou-se na cama:

— E vocês? Querem o quê?

— Viemos buscá-lo. Este caixão é para você.

— Mas eu não morri ainda.

— Não tem importância. Você tem poucos minutos de vida. Nós podemos esperar um pouco.

— Oh, minha boa Fada! Eu não quero morrer. Mande esses coelhos embora.

— Então, beba o remédio.

Pinóquio segurou o copo com as duas mãos e esvaziou-o de um só trago. Os coelhos puseram o caixão nos ombros e saíram resmungando.

Poucos minutos depois, Pinóquio pulou da cama, parecendo inteiramente curado. A Fada perguntou:

— Como é? Já ficou bom?

— Nem parece que estive doente, minha bela Fada. O remédio amargo me salvou.

— Não lhe disse? Por que você fez tanta onda para beber?

— É que eu tenho mais medo dos remédios que das doenças. Mas da próxima vez prometo não criar caso.

— Tomara... — disse a Fada. — E agora, Pinóquio, me conte a sua história. Quero saber tudo, tintim por tintim.

O boneco contou o que lhe acontecera desde o momento que saíra de casa rumo à escola e desviara do caminho para ir ver o teatrinho de fantoches. Falou no Come-Fogo, no Polichinelo, no Arlequim, no Gato e na Raposa, no Hotel do Camarão Vermelho, na viagem de madrugada, no meio da floresta escura, e no assalto dos bandidos.

— E o dinheiro? — perguntou a Fada.

— Perdi.

— Onde?

— No bosque onde me enforcaram.

Imediatamente o nariz do Pinóquio começou a crescer. Ele estava mentindo, pois guardara as moedas no bolso da calça, na hora em que fora salvo pelo cachorro policial.

— Se você perdeu as moedas no bosque, não há problema. Eu mando procurar.

— Ah, agora estou lembrando — falou Pinóquio. — Eu me enganei. Engoli as moedas, sem querer, quando bebi o remédio.

A essa mentira, o nariz cresceu mais ainda. Ao voltar-se para um lado, o boneco bateu com o nariz na cama. Virou-se para o outro e machucou-o no vidro da janela. Levantou a cabeça. O nariz quase furou o olho da Fada. Baixou o queixo. O nariz encostou no chão.

A Fada olhou para ele e soltou uma gargalhada.

— A senhora está rindo de quê?

— De você e de suas mentiras.

— Como a senhora sabe que estou mentindo?

— É fácil. Há duas espécies de mentira, Pinóquio: as que têm pernas curtas e as que têm o nariz comprido. As suas têm o nariz comprido.

Pinóquio, envergonhado, tentou fugir. Mas o nariz crescera tanto que ele não pôde passar na porta do quarto.

CINDERELA INDÍGENA

Este conto dos índios norte-americanos foi registrado no Canadá no início do século XX. A adaptação é de Cyrus Macmillan.

Às margens de uma grande baía no litoral do Oceano Atlântico vivia, há muito tempo, um grande guerreiro indígena. Diziam que ele foi um dos melhores ajudantes e amigos do deus Glooskap, tendo sido o autor de muitos feitos extraordinários em seu auxílio. Mas, quanto a isso, nada podem dizer os homens. Entretanto, ele tinha um estranho e maravilhoso poder: o de tornar-se invisível. Assim, conseguia entranhar-se em meio aos inimigos e ouvir seus planos. Era conhecido junto ao seu povo como Vento Forte, o Invisível. Morava com a irmã numa tenda perto do mar, e a irmã o ajudava bastante com seu trabalho. Muitas donzelas queriam desposá-lo, e ele era muito almejado por seus feitos; e todos sabiam que Vento Forte se casaria com a primeira que fosse capaz de vê-lo chegar em casa à noite. Quase todas tentaram, mas demorou muito até que uma delas conseguisse.

Vento Forte usava de um inteligente artifício para testar a veracidade daquelas que tentavam conquistá-lo. Todos os dias, ao entardecer, a irmã passeava pela praia com uma das jovens que desejavam empreender a tentativa. A irmã conseguia vê-lo sempre, mas só ela e mais ninguém. Sob a luz do crepúsculo, ao vê-lo aproximar-se de casa, a irmã perguntava à pretendente: "Você está conseguindo vê-lo?" E todas mentiam: "Estou, sim!" A irmã, então, perguntava: "Com o quê ele está puxando o trenó?" E elas respondiam: "Com uma pele de alce", ou "Com um cajado", ou "Com uma corda". E a irmã logo via que era mentira, pois não passavam de simples tentativas de adivinhações. Muitas foram as que tentaram e muitas foram as que mentiram; e todas falharam, pois Vento Forte não se casaria com quem não dissesse a verdade.

Vivia na aldeia um grande cacique com três filhas. A mãe das meninas morrera fazia muito tempo. Havia uma que era bem mais nova do que as outras. Era linda, amável e todos gostavam dela; e logo as irmãs passaram a ter ciúmes dos seus encantos e a tratarem-na muito mal. Deram-lhe roupas esfarrapadas para que tivesse má aparência, cortaram-lhe os compridos cabelos negros e jogaram-lhe em cima as brasas da fogueira para deixá-la marcada e com o rosto desfigurado. E mentiram ao pai, dizendo-lhe que ela própria tomara tais atitudes. Mas a jovem teve paciência e manteve o bom coração, continuando a fazer seus trabalhos com alegria e disposição.

Como outras jovens da tribo, as filhas mais velhas do chefe tentaram conquistar Vento Forte. Um dia, ao entardecer, foram passear pela praia com a irmã do guerreiro para esperar sua chegada. Ele não tardou a chegar, puxando o trenó. E a irmã, como sempre, perguntou:

— Vocês estão conseguindo vê-lo?

E cada uma, mentindo, respondeu:

— Estou, sim!

E ela perguntou:

— De que é feita a alça a tiracolo?

E cada uma, tentando adivinhar, respondeu:

— De couro cru.

E entraram na tenda onde esperavam encontrar Vento Forte preparando-se para jantar; e, quando ele tirou o manto e os mocassins, as jovens os viram, mas foi tudo que conseguiram enxergar. E ficou claro que haviam mentido; e Vento Forte manteve-se afastado; e elas foram embora, desiludidas.

Um dia, a filha mais nova do chefe, com seus andrajos e cicatrizes, resolveu procurar Vento Forte. Remendou as roupas com pedaços de casca das árvores, colocou os poucos ornamentos que possuía e foi tentar ver o Guerreiro Invisível como todas as outras moças da aldeia. E as irmãs caçoaram dela, chamando-a de "boba". E, a caminho da praia, todos fizeram pilhéria da moça em frangalhos e de rosto marcado; mas ela prosseguiu em silêncio.

A irmã de Vento Forte recebeu a jovem com amabilidade e, ao baixar o crepúsculo, levou-a para a praia. O guerreiro não tardou a chegar em casa, puxando o trenó. E a irmã perguntou:

— Você está conseguindo vê-lo?

E ela respondeu:

— Não!

E a irmã se surpreendeu muito, pois ela dissera a verdade. E tornou a perguntar:

— Você está conseguindo vê-lo agora?

— Estou, sim! E ele é maravilhoso!

— Com o que ele está puxando o trenó?

— Com o Arco-Íris — respondeu a jovem, bastante assustada.

— De que é feito o arco?

— Da Via Láctea.

A irmã de Vento Forte sabia que, por ter a jovem respondido a verdade da primeira vez, o irmão se deixara ver. E ela disse:

— É verdade, você o viu.

E levou, então, a jovem filha do cacique para casa, preparou-lhe um banho, e todas as cicatrizes do rosto e do corpo desapareceram; e os cabelos cresceram novamente, negros como as asas dos corvos; e deu-lhe bonitas roupas para vestir e ricos adereços. Convidou-a em seguida a tomar o lugar da esposa na tenda. E logo Vento Forte entrou, indo sentar-se ao seu lado, e disse-lhe que era agora sua noiva. No dia seguinte, ela se tornou sua esposa, e passou a ajudá-lo nos grandes feitos. Suas irmãs mais velhas ficaram furiosas e nunca chegaram a saber o que aconteceu. Mas Vento Forte, que sabia da crueldade das duas, resolveu castigá-las. Utilizando seu enorme poder, transformou-as em álamos e prendeu suas raízes bem fundo na terra. E, desde então, as folhas dos álamos tremem sempre, com medo de o Vento Forte chegar, mesmo que ele venha tranquilo, pois ainda recordam toda sua força e ira nos castigos recebidos pelas mentiras que contaram e pelas maldades que faziam com a irmã, muito tempo atrás.

(RS)

A VERDADE VENCERÁ

Ella Lyman Cabot

Esta história se baseia em eventos descritos no livro de Esdras na Bíblia. Zorobabel foi um líder do povo judeu na época de seu retorno do exílio na Babilônia, cerca de 520 a.C.

Quando foi coroado rei da Pérsia, Dario mandou celebrar uma grande festa para todos os seus súditos espalhados em cento e vinte e sete províncias.

Terminada a festa, voltou ao palácio e adormeceu, mas foi logo despertado pela conversa dos três vigias encarregados da guarda dos seus aposentos.

Eles discutiam acerca do que seria a coisa mais forte do mundo; e, à medida que foram ficando entusiasmados, passaram a falar alto demais e despertaram o rei. Mas este, em vez de mandá-los calar, prestou atenção na discussão. Estavam dizendo:

— Vamos escrever uma frase cada um dizendo qual é a coisa mais forte e vamos colocar os papéis debaixo do travesseiro do rei. Pela manhã, ele e os três príncipes da Pérsia decidirão qual das opções é a mais sábia. O vencedor receberá grandes dádivas pelo mérito.

Fizeram conforme o combinado. O primeiro escreveu: "O vinho é o mais forte."

O segundo escreveu: "O rei é o mais forte."

O terceiro escreveu: "Acima de tudo, a verdade prevalecerá."

E colocaram as frases sob o travesseiro do rei. No dia seguinte, ele se dirigiu à sala de julgamentos com todos os príncipes e governadores das províncias, e mandou buscar os três jovens para que justificassem suas opiniões.

Aquele que considerava o vinho como a coisa mais forte do mundo levantou-se e disse:

— Mas que força tem o vinho! É capaz de transformar em tolos mesmo os homens mais grandiosos. O rei mais poderoso e a criança mais ignorante se igualam sob sua força. Os tristes se alegram sob seus efeitos. Faz com que todos, até mesmo os mais pobres, sintam-se ricos. Ao falar, se envaidecem; a memória se lhes oblitera de tal forma que, se estiverem plenos de amor ou em meio a uma discussão diante dos cálices, tudo passa a ter o mesmo valor porque depois tudo cai no esquecimento. Se o vinho causa esses efeitos, não seria ele a coisa mais forte do mundo?

E o segundo defendeu seu argumento com as seguintes palavras:

— O rei é poderoso, acima de todas as coisas. Se manda os soldados irem à guerra, eles vão. Atravessam campos, cruzam montanhas, derrubam as muralhas das cidades e atacam as torres, e, depois de conquistado o país, trazem os frutos para o rei. Da mesma forma, o camponês ara a terra e faz a colheita do que semeou, pagando depois grande parte de sua safra em tributos ao rei. É apenas um homem, mas, se pronuncia uma sentença de morte, ela é cumprida. Se ordena que alguém seja poupado, salva-se uma vida. Todos os súditos o obedecem, e ele faz o que lhe agrada. Digníssimos juízes, não seria isso prova suficiente de que o rei é a mais poderosa dentre todas as coisas?

E o terceiro, então, falou. Zorobabel era seu nome.

— Ó rei! Grandiosa é a verdade, mais forte do que todas as coisas. O vinho é perverso, o rei é perverso, os filhos dos homens são perversos, e todos eles perecerão. Mas a verdade é eterna. É sempre forte; nunca morre, tampouco é derrotada. Prescinde do respeito entre as pessoas e não pode ser corrompida. Faz o que é justo. É a força, o domínio, o poder e a majestade de todos os tempos. Abençoado seja o Deus da verdade.

Ao concluir assim o que tinha a dizer, o povo irrompeu em estrondoso clamor:

— Grandiosa é a verdade, soberana de todas as coisas.

E o rei disse:

— Pede o que quiseres. Tu és o mais sábio.

E o jovem disse:

— Lembrai-vos da promessa de construir Jerusalém no dia em que subistes ao trono, Majestade. Foi assumido o compromisso de reconstruir nosso templo, e agora, ó rei, meu desejo é que vos mantenhais junto da verdade, e cumprais a promessa que fizestes diante do rei dos céus.

Em seguida, o rei fez-lhe uma saudação e o enviou a Jerusalém, em júbilo. E o jovem voltou-se para o céu e disse uma prece a Jeová:

— Vós concedeis a vitória, vós concedeis a sabedoria. Vossa é a glória, e eu sou vosso servo.

E assim, pela sabedoria do jovem Zorobabel, o rei da Pérsia foi persuadido a reconstruir Jerusalém.

(RS)

A HISTÓRIA DE RÉGULO

James Baldwin

Partindo-se de Roma e cruzando o mar, chegava-se antigamente a uma grande cidade chamada Cartago. Os romanos nunca foram muito simpáticos aos cartagineses, e os dois povos acabaram entrando em guerra. Durante algum tempo, não se podia dizer qual dos dois sairia vitorioso. Ora os romanos ganhavam uma batalha, ora os cartagineses; e assim prosseguiram por muitos anos.

Dentre os romanos, havia um corajoso general chamado Régulo, tido por todos como homem que jamais deixava de cumprir a palavra. Numa ocasião, foi derrotado e levado para Cartago. Na prisão, solitário e abatido, sonhava com a mulher e os filhos pequenos do outro lado do mar e tinha poucas esperanças de tornar a vê-los. Amava muito a família, mas tinha a obrigação para com seu país em primeiro lugar, por isso os havia deixado e partido para a guerra cruel.

Perdera uma batalha e tornara-se prisioneiro. Sabia, porém, que os romanos estavam ganhando terreno, e o povo de Cartago temia a derrota final. Os exércitos inimigos haviam pedido reforços a países vizinhos; mesmo assim, não seriam capazes de continuar lutando contra Roma por muito tempo.

Um dia, algumas autoridades de Cartago foram ter com Régulo na prisão.

— Nós gostaríamos de propor a paz aos romanos. Temos certeza de que, se soubessem do andamento da guerra, seus dirigentes ficariam satisfeitos em fazer as pazes conosco. Iremos libertá-lo a fim de que retorne para casa, se você concordar em seguir nossas instruções.

— E quais são elas? — perguntou Régulo.

— Em primeiro lugar, conte aos romanos sobre as batalhas que perdeu; e deixe claro, para todos, que nada ganharam com a guerra. Em segundo lugar, prometa que, se eles não aceitarem a paz, você retornará para a prisão.

— Pois bem! Prometo que, se eles não aceitarem a paz, eu retornarei à prisão.

Os cartagineses, então, deixaram-no partir, pois sabiam que um grande romano manteria a palavra.

Ao chegar a Roma, foi recebido por todos com alegria. A mulher e os filhos ficaram muito felizes, pois achavam que não mais tornariam a se separar. Os velhos membros do conselho municipal vieram vê-lo, e indagaram sobre a guerra.

— Fui enviado de Cartago para pedir-lhes a paz — disse ele. — Mas não será uma decisão sábia, se assim resolverem. É verdade que perdemos algumas batalhas, mas nossos exércitos estão ganhando terreno a cada dia. Os cartagineses estão temerosos, e com razão. Mantenham a guerra um pouco mais, e Cartago logo será sua. Quanto a mim, vim me despedir de minha mulher, de meus filhos e de Roma. Amanhã retorno para a prisão em Cartago, pois foi o que prometi.

Os conselheiros tentaram persuadi-lo a ficar.

— Vamos enviar uma outra pessoa em seu lugar.

— Como pode um romano deixar de cumprir com a palavra? — retrucou Régulo. — Estou enfermo e certamente não viverei muito tempo mais. Volto, conforme o prometido.

Sua família chorou muito, e os filhos pediram que não os deixasse.

— Empenhei minha palavra. O resto se resolverá.

Despediu-se de todos e retornou corajosamente para a prisão, ao encontro da morte cruel que o esperava.

Esse tipo de bravura foi o que fez de Roma a maior cidade do mundo.

(RS)

O REI SAPO

Irmãos Grimm, tradução de Ana Maria Machado

Nos velhos tempos, quando ainda adiantava querer as coisas, vivia um rei que tinha várias filhas. Todas eram bonitas, mas a mais moça era tão bonita, mas tão bonita mesmo, que até o sol, que já tinha visto muita coisa, ficava maravilhado cada vez que tinha que brilhar sobre o rosto dela.

Não muito longe do palácio do rei, havia uma floresta enorme e escura. Nessa floresta, debaixo de uma limeira velha, havia uma fonte. Quando fazia muito calor, a princesa gostava de entrar na floresta e se sentar perto daquela fonte fresca. E, quando não tinha o que fazer, gostava de levar uma bola de ouro, que ficava jogando para cima e pegando de novo. Era sua brincadeira predileta.

Mas acontece que, um dia, quando ela estendeu a mãozinha para apanhar o brinquedo, a bola de ouro passou por ela, caiu no chão e saiu rolando, direto para a água. A princesa seguiu a bola com os olhos, mas ela desapareceu. E a fonte era funda. Tão funda que não dava para ver o fundo.

A princesa ficou inconsolável e começou a chorar. Chorou cada vez mais alto, se lamentando.

De repente, ouviu alguém chamar:

— O que houve, princesa? Por que está chorando assim? Até uma pedra ia ter pena, se ouvisse.

Ela procurou, para ver de onde vinha a voz, e viu um sapo botando sua cabeça grande e horrorosa para fora da água.

— Ah, é você, seu velho lambão... — disse ela. — Estou chorando porque a minha bola caiu na fonte.

— Pare de chorar — disse o sapo. — Eu acho que posso ajudar, mas o que você me dará se eu lhe trouxer seu brinquedo de volta?

— O que você quiser, sapinho querido — disse ela. — Minhas roupas, meus colares, minhas joias todas, até a coroa de ouro que eu uso.

O sapo respondeu:

— Eu não quero suas roupas, seus colares, suas joias todas, nem a coroa de ouro que você usa. Mas, se você gostar de mim, me deixar ser seu companheiro e amigo, sentar à sua mesa, comer de seu prato de ouro, beber de sua taça de ouro e dormir na sua cama... se você prometer fazer tudo isso, eu vou lá no fundo e pego de volta sua bola de ouro.

— Prometo, sim — disse ela. — Prometo o que você quiser, mas traga logo a minha bola.

Mas ela estava pensando assim: "Que bobagem a conversa desse sapo... Ele vive na água, coaxando, com outros sapos e pererecas. Como é que pode ser amigo e companheiro de alguém?"

Assim que ela prometeu, o sapo abaixou a cabeça e mergulhou. Daí a pouco, apareceu de novo na superfície, nadando. Trazia a bola de ouro na boca e a jogou sobre a grama.

Quando viu seu lindo brinquedo, a princesa ficou toda feliz. Pegou a bola e saiu correndo.

— Espere aí, espere aí! — gritou o sapo. — Você tem que me pegar e me levar, eu não consigo correr assim...

Mas não adiantou coaxar a plenos pulmões. A princesa nem ligou. Foi para casa correndo e logo se esqueceu do coitado do sapo. Só lhe restava voltar para sua fonte.

No dia seguinte, quando a princesa tinha se sentado à mesa e estava começando a comer de seu prato de ouro, ouviu-se alguma coisa que vinha pulando *plip-plop-plip-plop*, subindo os degraus de mármore. Quando chegou no alto, bateu na porta e pediu:

— Princesa... Princesa caçula... Deixe-me entrar...

Ela correu para ver quem era e, quando abriu a porta, viu o sapo. Fechou a porta o mais rápido que pôde e voltou para a mesa, morrendo de medo.

O pai reparou que o coração dela estava todo assustado, *cutum--cutum-cutum* e perguntou:

— De que é que está com medo, minha filha? Tem algum gigante lá fora querendo carregar você?

— Não, nada disso — disse ela. — Não é nenhum gigante, é só um sapo nojento.

— E o que é que esse sapo quer com você?

— Ah, meu pai, quando eu estava ontem brincando perto da fonte, lá na floresta, minha bola de ouro caiu na água. Como eu estava chorando muito, um sapo foi buscá-la para mim. E, como ele insistiu muito, eu acabei prometendo que ia deixar ele ser meu amigo e companheiro. Achei que ele nunca ia conseguir sair daquela fonte. Mas, agora, ele está lá fora e quer ficar perto de mim.

A essa altura, o sapo bateu na porta pela segunda vez e pediu:

— Filha caçula do rei,
deixa-me entrar.
Junto à fonte fresca
prometeste me aceitar.
Filha caçula do rei,
deixa-me entrar.

Então o rei disse:

— Quando se faz uma promessa, é preciso cumprir. Abra a porta e ponha esse sapo para dentro.

Ela foi e abriu. O sapo entrou aos pulos, seguindo os calcanhares da moça bem de perto. Depois, sentadinho, pediu:

— Levante-me para eu ficar ao seu lado.

Ela não sabia o que fazer, mas o rei mandou que obedecesse. Depois de estar na cadeira, o sapo quis ficar em cima da mesa. Depois que estava na mesa, disse:

— Agora empurre seu prato de ouro para perto de mim, que é para podermos comer juntos.

Ela fez o que ele pedia, mas todo mundo podia ver que não estava nada contente com aquilo.

O sapo adorou a refeição, mas quase toda garfada entalava na garganta da princesa. No final, ele disse:

— Já comi bastante e agora estou cansado. Leve-me para o seu quarto e prepare sua cama de seda. Vamos deitar e dormir.

A princesa começou a chorar. Tinha medo daquele sapo frio. Não tinha nem coragem de tocar nele, e agora ele queria dormir na cama dela, limpinha e linda. Mas o rei se zangou e disse:

— Ele a ajudou quando você estava em dificuldades. Você não pode desprezá-lo agora.

Então ela segurou o sapo, entre o polegar e o indicador, levou-o lá para cima e o botou num canto. Mas, quando se deitou na cama, ele veio para perto e disse:

— Estou cansado e com tanto sono quanto você. Ponha-me na cama ou vou contar a seu pai.

Dessa vez ela ficou furiosa. Agarrou o sapo e o jogou de encontro à parede com toda a força.

— Agora pode descansar, seu sapo nojento.

Mas, quando ele caiu no chão, não era mais um sapo. Era um príncipe, filho de um rei, com belos olhos sorridentes. E, com licença do pai dela, tornou-se seu marido e companheiro de quarto. Contou a ela que uma bruxa malvada o encantara e que ela era a única pessoa no mundo que podia libertá-lo da fonte — e que, no dia seguinte, iriam juntos para seu reino.

Depois dormiram e de manhã, quando o sol os despertou, estava chegando uma carruagem suntuosa, puxada por oito cavalos brancos de arreios dourados, com alvas plumas de avestruz nas cabeças. Atrás da carruagem, de pé, vinha o criado do jovem rei, o fiel Henrique.

Esse fiel Henrique ficara tão desolado quando seu amo foi transformado em sapo que mandou forjar três cintas de ferro em volta de seu coração, para que ele não explodisse de dor e tristeza. Agora, trouxera a carruagem para levar o jovem rei para seu reino.

Depois de ajudar os dois a subir e se instalar na carruagem, o fiel Henrique sentou-se de novo lá atrás, exultante porque seu amo estava livre. Depois de percorrerem parte do caminho, o príncipe ouviu o barulho de alguma coisa que se partia lá atrás. Virou-se e gritou:

— Henrique, meu bom Henrique,
Está quebrando a carruagem...
— É só um anel de ferro.
Podemos seguir viagem.
Mandei forjá-lo em meu peito,
quase perdendo a coragem,
quando encantaram o senhor
e me encheram de dor
naquela linda paisagem.

Mais duas vezes se ouviu o mesmo estalo e de cada vez o filho do rei achou que um pedaço da carruagem estava se partindo. Mas eram apenas as três cintas de ferro que se quebravam e caíam do coração do fiel Henrique, porque seu senhor estava livre do encantamento e muito feliz.

(AMM)

O FLAUTISTA DE HAMELIN

Adaptação do original de Joseph Jacobs

Esta famosa lenda alemã sobre um acordo que não foi cumprido parece ter se baseado num fato real. Antigas inscrições nas paredes de algumas casas de Hamelin indicam que num dia de julho de 1284, um flautista realmente conduziu cerca de 130 crianças para fora da cidade e que eles se perderam em algum ponto das cercanias. Muitos acreditam que as crianças tenham sido raptadas, outros especulam que o misterioso flautista estava na verdade recrutando jovens a fim de emigrar para a Europa oriental.

Há muito tempo, a apática cidadezinha de Hamelin foi invadida por ratos, algo que jamais havia acontecido por ali. Aquelas criaturas horrorosas corriam pelas ruas e entravam nas casas. Enfrentavam os cães, perseguiam os gatos, mordiam os bebês nos berços, escondiam-se nos bolsos das roupas e faziam ninhos nos chapéus das pessoas. A situação foi ficando tão ruim que não dava para colocar os pés em lugar algum sem deixar de ouvir um guincho de animal pisoteado.

Ora, não é preciso dizer: o prefeito e o conselho municipal estavam desnorteados. Encontravam-se um dia reunidos no gabinete, quebrando a cabeça atrás de alguma solução e inconformados com seu pobre destino, quando adentrou o recinto ninguém mais do que o próprio chefe da polícia.

— Com sua licença, Excelência, há um sujeito bastante estranho que deseja vê-lo. Acaba de chegar à cidade, e eu não sei bem o que dizer dele.

— Deixe-o entrar — disse o prefeito; e o sujeito entrou. Tinha o aspecto esquisito, sem dúvida alguma. Era alto e desengonçado, de pele ressecada e bronzeada pelo sol, nariz torto, bigodes compridos, feito um rabo de rato para cada lado, e olhar penetrante. Diante de uma análise minuciosa, dava para ver todas as cores do arco-íris no casaco e nas calças que vestia.

— Chamam-me o Flautista. E o que estariam os senhores dispostos a me pagar caso eu retire todos os ratos de Hamelin?

Ora, por mais que os ratos incomodassem, gastar o precioso dinheiro dos contribuintes era incômodo ainda maior para a prefeitura (pois aqueles tempos eram bem diferentes, sabe?), e eles ficaram regateando o preço. Mas o Flautista não era homem de aturar conversa fiada, e o desfecho ficou em cinquenta dólares (o que significava muito dinheiro naquela época, mesmo para os governantes eleitos) que seriam pagos quando já não houvesse mais ratos guinchando e se escondendo pelas ruas de Hamelin.

Assim que colocou os pés fora da prefeitura, o Flautista levou o instrumento aos lábios, e um som estridente se espalhou pelas ruas e casas. Enquanto as notas penetravam o espaço, o que se viu em Hamelin naquele dia foi algo surpreendente. De todos os cantos surgiam ratos atônitos. Velhos e novos, grandes e pequenos, foram todos se juntar aos pés do Flautista. Marchando diligentemente com os focinhos erguidos, seguiram-no pelas ruas afora. Nem os pequeninos que mal sabiam andar foram deixados para trás, pois o Flautista parava a cada cinquenta metros e tocava com renovado vigor a fim de permitir que eles alcançassem os mais adiantados no cortejo.

Subiu a rua da Prata, desceu a rua do Ouro, e no fim da rua do Ouro ficava o rio. Enquanto o Flautista caminhava com seu passo lento e soturno, o povo de Hamelin assomava às janelas e portas invocando-lhe muitas bênçãos.

Ao chegar às margens do rio, entrou num barco; e ao empurrar o barco para longe do ancoradouro, tocando sua música estridente sem parar, todos os ratos o acompanharam, pulando dentro da água, espadanando e agitando os rabinhos, embevecidos. Continuou tocando até afastar-se bastante rio abaixo, onde a forte correnteza levou todos os bichos para muito longe.

Em seguida, o Flautista encostou o barco para retornar a Hamelin caminhando pela margem, rio acima. Dá para imaginar a algazarra que o povo estava promovendo, todos eufóricos, tomando as providências para tapar os buracos feitos pelos ratos e tocando os sinos da igreja para sinalizar sua alegria. Porém, mal o Flautista colocou os pés em terra firme e já não se ouvia um guincho sequer, o prefeito e o conselho, e praticamente o povo todo, começaram a balançar as cabeças, lamentando que "ahn!" e que "uhn!".

Pois os cofres da cidade haviam sido recentemente esvaziados (o que serve para mostrar que os governantes de então não eram, afinal, tão diferentes dos de hoje), e de onde iriam tirar os cinquenta dólares? Além disso, o trabalho do Flautista foi tão simples: bastou entrar num barco tocando seu instrumento! Ora essa, o próprio prefeito poderia ter feito a mesma coisa se tivesse pensado antes.

O prefeito fez "ahn!" e fez "uhn!" e acabou dizendo:

— Meu bom homem, veja só a pobreza de nosso povo. Como iríamos conseguir pagar-lhe cinquenta dólares? Aceite vinte, por favor. Pelo dito e pelo feito, vinte dólares são boa paga pelas atribulações sofridas.

— Cinquenta dólares foi o que combinamos. Se eu estivesse em seu lugar, cumpriria o prometido. Pois muitas são as melodias que conheço, conforme atestam muitas pessoas, a grande custo.

— Isso é uma ameaça, seu andarilho vagabundo? — vociferou o prefeito, dando uma piscadela para os membros do conselho municipal. — Os ratos já morreram todos afogados, e o senhor pode fazer o que lhe convier.

E voltou as costas para o Flautista.

— Pois bem! — retrucou o Flautista, com um sorriso nos lábios. — Não é a primeira vez que deixam de cumprir um acordo comigo; e não será a última, tenho certeza.

Levou de novo o instrumento aos lábios, mas desta vez as notas emitidas não tinham o som estridente das anteriores, que pareciam guinchos e ruídos de garras e dentes arranhando, correndo e roendo. A melodia era alegre e envolvente, repleta de risos, divertida. O Flautista tornou a percorrer as ruas e, ao passar, os adultos caçoaram dele; mas das escolas e dos parques, dos jardins e das casas, surgiram crianças em júbilo, atendendo prontamente ao chamado. Dançando e brincando, de mãos dadas, a esfuziante multidão subiu a rua do Ouro e desceu a rua da Prata, e além da rua da Prata ficava a mata verdejante, repleta de árvores enormes, com trepadeiras e cipós. Passada a floresta, havia as montanhas; e, quando a procissão atingiu o cume mais elevado, abriu-se uma porta na terra e por ela entrou o Flautista de Vários Matizes, tocando seu instrumento sem parar. As crianças todas o seguiram e a porta se fechou.

Ficou apenas um menino, por ser manco e não conseguir acompanhar o passo das outras crianças montanha acima em tempo de pegar a porta aberta. Quando o prefeito e os membros do conselho municipal chegaram, esbaforidos, encontraram-no chorando.

— O que aconteceu? — perguntaram eles.

Entre soluços, o menino respondeu:

— Eu queria ter ido com eles. A música falava de um lugar maravilhoso, onde faz sol todos os dias e os passarinhos não param de cantar, e onde as crianças não ficam doentes nem mancam. Eu corri o quanto pude, mas não consegui acompanhá-los; e agora eles se foram.

De fato, eles tinham ido. O povo de Hamelin procurou em todos os lugares, e o prefeito enviou deputados aos quatro cantos, a fim de encontrar o Flautista.

— Digam para aquele homem que lhe darei todo o ouro da cidade se ele trouxer as crianças de volta — falou o prefeito; mas, é claro, quem iria confiar nele?

As mães e os pais de Hamelin esperaram, e cansaram de esperar. Seus filhos nunca mais apareceram. E dizem até hoje que o povo de Hamelin não deixa de cumprir suas promessas, especialmente para flautistas estranhos.

(RS)

A ROUPA NOVA DO REI

Hans Christian Andersen

Há muito tempo atrás, havia um rei que gostava muito de roupas novas e gastava assim todo o dinheiro. Não ligava para exércitos, teatros ou passeios, a menos que fosse para mostrar roupas novas. Tinha um traje para cada hora do dia. Se de qualquer rei se diz: "Ele está na sala do Conselho", deste se dizia: "Ele está no quarto de vestir".

O reino era alegre e sempre recebia muitos estrangeiros. Entre eles vieram um dia dois trapaceiros fingindo ser tecelões. Disseram que sabiam tecer panos maravilhosos, com cores e padrões belíssimos.

Além de tudo, as roupas feitas com esses tecidos tinham a propriedade de se tornar invisíveis para as pessoas burras ou incompetentes.

"Que roupas fantásticas", pensou o rei. "Quando eu usar, vou saber quem não serve para seu cargo no meu reino. Vou poder distinguir o sábio do tolo. Vou pedir um tecido desses imediatamente."

E ele deu um bom dinheiro adiantado aos trapaceiros. Eles pegaram dois teares e fingiam trabalhar com fios invisíveis. Pediram sedas finas e puro ouro, que puseram na sacola enquanto trabalhavam até tarde nos teares vazios.

"Eu gostaria de saber se o trabalho está adiantado", imaginou o rei. Mas ficou preocupado quando pensou que os tolos ou os incompetentes não veriam o pano. Ele acreditava que não tinha nada a temer, mas achou melhor mandar alguém ver como ia o trabalho. Todo mundo já sabia da estranha propriedade do tecido e só queria ver quem era e quem não era burro.

"Vou mandar meu fiel primeiro-ministro visitar os tecelões", pensou o rei. "É ele quem pode julgar este assunto, por ser inteligente e capaz."

O velho ministro entrou na sala onde os trapaceiros trabalhavam nos teares vazios. "Céus!", espantou-se. "Eu não estou vendo nada!" Mas tomou cuidado para não falar alto.

Os malandros pediram que ele chegasse perto e dissesse o que achava do padrão e das cores. Apontavam para os teares vazios, e o pobre homem arregalava os olhos sem ver nada, pois não havia nada para ver.

"Céus!", pensou. "Será que eu sou tão tolo? Ninguém pode saber disso. Sou incompetente? Não posso dizer que não vejo o tecido!"

— O senhor não fala nada? — perguntou um, fingindo continuar o trabalho.

— Ah, é muito bonito e faz muita vista — falou o ministro, ajeitando os óculos. — Que desenho e que cores delicadas! Vou dizer ao rei que adorei o tecido.

— Estamos muito contentes — disseram os tecelões, falando sobre as cores e explicando o padrão. O primeiro-ministro prestava muita atenção para poder repetir tudo para o rei.

Os malandros pediram mais dinheiro, mais seda e mais ouro para continuar o trabalho. Meteram tudo no bolso e continuaram a fingir que teciam nos teares vazios.

O rei mandou logo depois outro funcionário honesto para ver como andava o trabalho e se o tecido já ia ficar pronto. Repetiu-se o caso do primeiro-ministro: o homem olhou, voltou a olhar e só conseguia ver os teares vazios.

— Não é um pano belíssimo? — perguntaram os tecelões, apontando para um tear e explicando cores e desenhos inexistentes.

"Eu não sou burro", pensou o homem, "então, devo ser incompetente. Tudo isso é muito estranho, mas não posso deixar ninguém perceber." Então, ele elogiou o tecido que não via e garantiu aos tecelões que gostava muito das cores e do padrão.

— É muito bonito — falou depois para o rei.

Todo mundo falava do tecido esplêndido. O rei quis ver pessoalmente, enquanto o pano ainda estava no tear. Com um grupo cuidadosamente escolhido, do qual faziam parte dois funcionários que já haviam estado lá, ele foi visitar os impostores que fingiam trabalhar duro.

— Não é magnífico? — perguntaram os funcionários. — Repare, Vossa Majestade, nos padrões e nas cores.

E apontavam para os teares, achando que os outros viam o que eles não enxergavam.

"Mas eu não estou vendo nada", pensou o rei. "Isso é terrível! Será que sou tolo? Ou não sirvo para ser rei? Era só o que faltava!"

— É mesmo muito bonito! — disse alto o rei. — Eu aprovo inteiramente.

E, olhando para o tear vazio, balançava a cabeça afirmativamente para não se trair.

O grupo todo, embora não enxergando nada, elogiava também:

— Muito, muito bonito!

E sugeriam que o rei usasse a roupa nova na procissão que ia haver.

— Esplêndido! Maravilhoso! Fantástico! — era o que se ouvia por toda parte.

O rei sagrou os dois impostores cavaleiros da Ordem Imperial dos Tecelões.

Na véspera do dia da procissão, os trapaceiros passaram a noite em claro, gastando dezesseis velas, de modo que todos vissem que eles estavam ansiosos por terminar a roupa nova do rei. Fingiram tirar o pano do tear, cortaram no ar com tesouras enormes, costuraram com agulhas sem linha e disseram:

— As roupas estão prontas.

O rei chegou acompanhado dos cavaleiros mais importantes. Os dois malandros fingiam segurar as roupas:

— As calças estão aqui. Eis o casaco. E aqui o manto. É tudo tão leve como uma teia de aranha. Parece que não se está usando nada, por isso é tão bonito.

— É mesmo — diziam os cavaleiros, que não viam nada porque não havia nada para ver.

— Vossa Majestade pode se despir para que possamos colocar a nova, aqui no espelho.

O rei tirou a roupa, e os trapaceiros fingiram vestir nele cada peça do traje novo. Faziam de conta que amarravam um cinto e apertavam aqui e ali. E o rei se virava diante do espelho.

— Como o rei está bem com a roupa nova! — exclamavam os cavaleiros. — É um traje esplêndido!

— O pálio que vai cobrir o rei na procissão já está lá fora — disse o mestre de cerimônias.

— Eu estou pronto — respondeu o rei. — A roupa não está ótima?

E dava voltas diante do espelho, como se admirasse o traje.

Os pajens, que deviam segurar o manto, se inclinaram e pegaram alguma coisa invisível. Eles não podiam demonstrar que não estavam vendo nada.

O rei seguiu a procissão, debaixo do pálio. E todo mundo dizia:

— Como é linda a roupa nova do rei! Como é elegante! Que manto esplêndido!

Todo mundo fingia para não ser considerado incompetente ou burro. Nunca uma roupa do rei tinha feito tanto sucesso.

— Mas o rei está nu! — disse uma criança.

— Falou a voz da inocência — disse o pai dela.

E um cochichou para outro o que a criança tinha dito.

— O rei está nu. A criança disse que ele está nu.

— O rei está nu — gritou o povo todo.

O rei ficou estatelado porque sentia que o povo falava a verdade. Mas pensou: "Tenho que enfrentar isso e seguir com a procissão até o fim."

O rei levantou a cabeça, e os pajens continuaram a segurar o manto que não existia.

(LRM)

O MENINO QUE FOI PARA O CÉU

Adaptação de Carolyn Sherwin Bailey

Era uma vez um menino, um dos melhores jogadores de sua aldeia da nação Cherokee. Sabia agarrar bem, tinha velocidade no ataque, quase nunca deixava seu time perder um jogo. Numa certa época, decidiram que o time da aldeia iria jogar contra o time da outra aldeia Cherokee, que ficava do lado de lá da Cordilheira. Os dois times foram se encontrar, então, num ponto próximo a Pilot Knob, e o jogo começou.

O menino queria muito que seu time ganhasse, igual a qualquer menino dos tempos atuais; e o jogo, por um determinado tempo, parecia estar correndo contra ele. Os meninos do time da aldeia de lá faziam um gol atrás do outro. E isso foi tirando o ânimo do menino, e também foi fazendo com que se esquecesse da honra.

O time precisava marcar um gol, pensou ele, e acabou fazendo algo proibido pelas regras do jogo. Pegou a bola com as mãos e tentou arremessá-la. Os índios movimentavam a bola apenas com os pés, não sendo considerado válido tocá-la com as mãos.

O menino achou que ninguém tinha visto e conseguiu marcar o gol. A bola passou direto pelas traves, mas não parou aí. Todas as crianças e os guerreiros da tribo, que estavam sentados num grande círculo em torno do gramado para assistir ao jogo, viram algo muito estranho acontecer. A bola quicou depois de passar pelo gol e começou a subir. E atrás dela seguiu o menino que tinha desprezado as regras do jogo. Seus pés ergueram-se do chão gramado. Parecia ter dado um salto para o céu, tentando trazer a bola de volta, mas tanto ele quanto ela não pararam de subir. E foram subindo, cada vez mais alto, atravessando os ares em direção ao céu azul, até que a bola se perdeu de vista, e logo depois o menino.

Foi um acontecimento mágico, e todos esfregaram os olhos estupefatos; e voltaram em silêncio, cada qual para sua aldeia. Consideraram aquilo uma lição, pois a trapaça do menino fora constatada não apenas pelo Grande Espírito da Nação Cherokee, mas também por alguns dos jogadores. Eles sabiam porque o menino tinha sido levado embora.

Esse fato ocorreu nos tempos antigos, quando a Lua ainda não havia surgido nos céus, mas naquela noite aconteceu uma coisa muito estranha. Sentados até tarde em torno das fogueiras, os guerreiros de todas as aldeias da nação Cherokee viram uma enorme bola redonda subir aos céus e lá postar-se, iluminando as árvores da floresta com sua maravilhosa e tênue luz prateada. E, na superfície dessa bola, podiam ver o rosto do menino que burlara as regras do jogo.

Era a bola que fora levada do campo para o céu, e lá ficou presa. Em sua luz, aparecia o rosto do menino que fora levado da terra junto com ela. A Lua chegara aos céus, uma bola tirada de um campo de jogo.

Às vezes, a Lua estava menor. Às vezes, sofria um eclipse. Todos se maravilhavam diante de um eclipse da Lua, pois a noite escurecia de repente, e os guerreiros pegavam suas armas e as disparavam enquanto faziam soar os tambores. Esses eclipses passaram a acontecer por causa de um Sapo, que tentou engolir a Lua, mas foi afugentado pelos tambores.

O fato mais esquisito a respeito da Lua, porém, eram os seus quartos minguante e crescente. De tempos em tempos, ela ficava tão grande que dava para ver o rosto do Menino-na-Lua, e logo depois surgia como um fiozinho prateado no céu, pouco acima da copa das árvores.

Isso acontecia, conforme lhes disse o próprio Menino-na-Lua, para relembrar aos jogadores que as regras deveriam ser sempre obedecidas. Quando a Lua aparecia pequena e quase sem luz, era porque alguém estava tentando trapacear no jogo. E, por isso, todo o povo Cherokee passou a jogar apenas na lua cheia.

(RS)

A VERDADE E A MENTIRA

Lenda grega

Houve uma ocasião em que a Verdade e a Mentira se encontraram numa estrada.

— Boa tarde! — disse a Verdade.

— Boa tarde! — retrucou a Mentira. — Como você tem passado?

— Sinto dizer que não vou lá tão bem. Sabe, os tempos andam difíceis para uma pessoa como eu — lamentou-se a Verdade.

— É, dá para perceber — disse a Mentira, olhando de cima a baixo as roupas esfarrapadas da Verdade. — Parece que você não faz uma boa refeição há algum tempo!

— Para ser honesta, não faço mesmo — admitiu a Verdade. — Ninguém mais quer usar meus serviços. Onde quer que eu vá, muita gente me ignora ou faz pouco de mim. Estou perdendo o ânimo, sabe. Estou começando a me perguntar se vale a pena continuar assim.

— E por que diabos você continua? Venha comigo que eu vou lhe mostrar como se dar bem. Não há razão nesse mundo para você deixar de comer o que quiser, como eu, nem de se vestir com as melhores roupas, como eu. Mas prometa que não vai dizer absolutamente nada contra mim enquanto estivermos juntas.

A Verdade prometeu e concordou em acompanhar a Mentira por algum tempo, não por gostar de sua companhia mas por ter tanta fome que estava prestes a desmaiar se não colocasse alguma coisa para dentro do estômago. Seguiram as duas pela estrada até chegarem a uma cidade, e a Mentira foi logo conduzindo a Verdade para a melhor mesa do melhor restaurante das redondezas.

— Garçom, traga a carne mais apetitosa, as sobremesas mais gostosas e o vinho mais saboroso que vocês tiverem — pediu ela, e as duas passaram a tarde inteira comendo e bebendo do bom e do melhor. Por fim, quando já não aguentavam mais, a Mentira começou a bater na mesa com o punho cerrado e a chamar pelo gerente, que veio correndo.

— Que diabo de lugar é esse? Eu entreguei uma moeda de ouro ao garçom há quase uma hora e ele ainda não trouxe o troco.

O gerente mandou chamar o garçom, que disse não ter recebido um centavo sequer daquela senhora.

— O quê? — gritou a Mentira, chamando a atenção de absolutamente todo mundo ali presente. — Não posso acreditar numa coisa dessas! Duas inocentes e respeitáveis cidadãs chegam a uma casa como esta para almoçar e vocês tentam roubar-lhes o dinheiro ganho com muito suor! Vocês são um bando de ladrões mentirosos. Podem me enganar uma vez, mas estejam certos de que não vão me ver nunca mais. Tome! — E jogou uma moeda de ouro nas mãos do gerente. — E não vá se esquecer do meu troco outra vez.

O gerente, porém, receando pela reputação do restaurante, recusou-se a aceitar a moeda e trouxe o troco para a primeira que a Mentira dizia ter entregado ao garçom. Levou depois o garçom para um canto, chamou-o de canalha e disse que estava pensando em demiti-lo. E, por mais que o pobre negasse ter recebido um centavo sequer da freguesa, o gerente continuou sem acreditar nele.

— Ora essa, onde foi parar a Verdade? — murmurou baixinho o garçom. — Será que ela abandonou as pobres almas devotadas?

"Não, eu estou bem aqui", resmungou a Verdade consigo mesma, "mas meu juízo cedeu à minha fome, e agora não posso dizer nada sem quebrar a promessa que fiz à Mentira."

Assim que as duas saíram na rua, a Mentira soltou uma tremenda gargalhada e congratulou-se com a Verdade:

— Está vendo como o mundo funciona? Você não acha que eu me saí muito bem?

Mas a Verdade se afastou dela.

— Prefiro morrer de fome a viver como você.

E então a Verdade e a Mentira se separaram e jamais tornaram a se encontrar.

(RS)

A VERDADE, A MENTIRA, O FOGO E A ÁGUA

Lenda etíope

Há muito tempo, a Verdade, a Mentira, o Fogo e a Água estavam viajando e chegaram a um rebanho de gado. Discutiram o assunto e chegaram à conclusão de que seria melhor dividir o rebanho em quatro partes iguais para que cada um pudesse levar consigo uma quantidade igual de animais.

Mas a Mentira era gananciosa e arquitetou um plano para ficar com uma parte maior.

— Ouça o meu conselho — sussurrou ela, puxando a Água para um canto. — O Fogo está planejando queimar toda a relva e as árvores das suas margens para conduzir seu gado pelas planícies e ficar com os seus animais. Se eu fosse você, acabaria com ele logo agora, e assim repartiríamos a parte dele entre nós.

A Água foi tola o suficiente para acatar o conselho da Mentira e lançou-se sobre o Fogo, apagando-o.

E a Mentira dirigiu-se em seguida para a Verdade, sussurrando-lhe:

— Veja só o que fez a Água! Acabou com o Fogo para ficar com o gado dele. Não deveríamos associar-nos a alguém assim. Deveríamos pegar todo o gado e partir para as montanhas.

A Verdade acreditou nas palavras da Mentira e concordou com seu plano. E, juntas, levaram o gado para as montanhas.

— Esperem por mim — disse a Água, correndo no seu encalço, mas é claro que não conseguiu correr morro acima. E foi deixada para trás, no vale.

Ao chegarem no topo da montanha mais alta, a Mentira virou--se para a Verdade e pôs-se a rir.

— Consegui enganá-la, sua idiota! — disse ela, soltando uma risada estridente. — Agora você vai me dar todo o gado e será minha escrava, ou eu a destruirei.

— Ora, essa! Você me enganou — admitiu a Verdade. — Mas eu jamais serei sua escrava.

E as duas brigaram; e, enquanto se batiam, os trovões ecoavam pelas montanhas. As duas se agrediram como o quê, mas nenhuma conseguiu destruir a outra.

Acabaram decidindo chamar o Vento para dizer quem seria a vencedora da disputa. E o Vento subiu a montanha a toda velocidade, e escutou o que ambas tinham a dizer. E, por fim, falou:

— Não me cabe apontar a vencedora. A Verdade e a Mentira estão fadadas à disputa. Às vezes, a Verdade ganhará; outras vezes a Mentira prevalecerá; neste caso, a Verdade deverá se erguer e tornar a lutar. Até o fim do mundo, a Verdade deverá combater a Mentira e jamais buscar o descanso ou baixar a guarda; caso contrário, será aniquilada para sempre.

É por isso que a Verdade e a Mentira continuam lutando até hoje.

(RS)

A MULHER ADÚLTERA

João 8,1-11

Depois todos foram para casa, mas Jesus foi para o monte das Oliveiras. No dia seguinte, de madrugada, ele voltou ao pátio do Templo, e o povo se reuniu em volta dele. Jesus estava sentado e ensinava a todos. Nisto os professores da Lei e os fariseus levaram a Jesus uma mulher apanhada em adultério e a obrigaram a ficar de pé no meio de todos. Eles disseram:

— Mestre, esta mulher foi apanhada no ato de adultério. De acordo com a Lei de Moisés, essas mulheres devem ser mortas a pedradas. Agora, que diz o senhor sobre isso?

Eles fizeram essa pergunta para pegarem Jesus em contradição, pois queriam acusá-lo. Mas ele se curvou e começou a escrever no chão com o dedo. Como eles continuaram a perguntar, Jesus endireitou o corpo e disse:

— Quem estiver sem pecado que atire a primeira pedra nesta mulher!

Depois curvou-se outra vez e continuou a escrever no chão. Quando ouviram isso, todos foram embora, um por um, começando pelos mais velhos. Ficaram só Jesus e a mulher, e ela continuou ali de pé. Então Jesus endireitou o corpo e disse:

— Mulher, onde estão eles? Ninguém ficou aqui para condenar você?

— Ninguém, senhor — respondeu ela.

— Eu também não a condeno. Vá e não peque mais! — disse Jesus.

O BOM BISPO

adaptado de Os miseráveis, *de Victor Hugo*

João Valjean, um camponês humilde, ficou órfão muito cedo e foi acolhido na casa de sua irmã casada, tão pobre quanto ele, e com sete filhos. Quando ela enviuvou, João passou a sustentar a família com enormes sacrifícios. Num inverno especialmente rigoroso, perde o emprego e vê a família ficar na miséria, passando fome. Desesperado, recorreu ao crime, roubando uma padaria. Com o braço machucado pelo vidro quebrado da vitrine, é facilmente agarrado, sendo julgado e condenado a cinco anos nas galés. O castigo era, sem dúvida, desproporcional ao furto, e João tinha consciência disto: roubara pão para matar a fome de uma família inteira.

Os trabalhos forçados, a convivência com a pior escória, a ignorância e a brutalidade da pena imposta fizeram com que perdesse a razão, apagando em sua mente as lembranças da aldeia e da família. Tentou fugir da prisão depois de quatro anos, mas ficou vagando pela mata, sendo facilmente recapturado. A pena foi dobrada. Outras duas tentativas de fuga só serviram para agravar sua situação.

Quando finalmente foi libertado era outro homem, endurecido, amargo e totalmente sem perspectiva. Sua reintegração na sociedade era dificultada pelos preconceitos e medos de um egresso das prisões. Os trabalhos que arranjava eram pesados e mal pagos, sendo sempre humilhado e escorraçado. Vivia perambulando pela cidade, até que foi recolhido por monsenhor Benvindo, que devolveu a ele um pouco de dignidade e calor humano. Dormindo num quarto asseado e numa boa cama, logo começou a se recuperar. Uma ideia fixa ocupou seu pensamento: voltar para Pontarlier, arranjar trabalho, recomeçar a vida.

Para tanto precisaria de algum dinheiro, e os talheres e a concha de prata que vira no jantar apareceram para João como uma possibilidade de sair dali. Às quatro horas da manhã, levantou-se em silêncio e, tentando não acordar monsenhor e a governanta, foi até o armário onde os talheres estavam guardados — talheres que certamente lhe renderiam bom dinheiro. Passou ao lado do velho adormecido, e a bondade excessiva do monsenhor o exasperou. A chave estava na fechadura do armário. Com firmeza atravessou o quarto, com os talheres em seu poder, pulou a janela, atravessou o jardim, e, pulando o muro, desapareceu nas ruas.

No dia seguinte, pela manhã, fazia o bispo seu passeio pelo jardim, quando D. Magloire veio correndo, a fisionomia transtornada:

— Monsenhor, sabe onde está a cestinha onde se guardam as pratas?

— Claro que sei.

— Graças a Deus! Não havia meio de encontrá-la!

O bispo estendeu o braço para um canteiro florido, apanhou a cesta e entregou-a a D. Magloire.

— Vazia! E os talheres de prata?

— Eram os talheres que procurava ou a cesta? Da prataria não sei.

— Jesus, os talheres foram roubados! Foi aquele homem, monsenhor! Foi ele! E fugiu por aquele lado!

E correu, em direção à casa, para se certificar da ausência do forasteiro. Na mesma hora, voltou para junto do bispo, que, distraído, continuava a caminhar entre os canteiros.

— Não disse, monsenhor? Foi ele: o celerado pulou a janela do quarto. Levou os talheres, senhor bispo!

— Convenhamos, D. Magloire, aqueles talheres ofendiam a modéstia desta casa. O certo era dá-los aos pobres. E quem mais pobre e infeliz do que aquele homem?

— Monsenhor gostava tanto deles. Eu e D. Batistina não ligamos. Com que talheres vamos agora servi-lo, senhor bispo?

— Há os de estanho, se não me engano.

— O estanho cheira mal.

— De ferro, então.

— Dá mau gosto à comida.

— Use os de madeira.

Durante o almoço, D. Magloire não parou com os comentários amargos sobre o excesso de confiança do bispo e a ingratidão do hóspede.

Quando monsenhor Benvindo e a irmã terminavam a refeição, bateram à porta. Três guardas apareceram segurando um homem, cabisbaixo e envergonhado. Um dos guardas avançou e fez continência:

— Com licença, monsenhor.

João Valjean, espantado, ergueu os olhos para o prelado:

— Monsenhor! Não é o cura da igreja?

— Silêncio! — gritou o guarda. — Respeite o senhor bispo!

— Estimo vê-lo novamente, senhor João — disse monsenhor Benvindo, aproximando-se do grupo. — É verdade! Por que não levou também os castiçais de prata? Olhe que podem render-lhe uns duzentos francos!

A expressão de João Valjean foi mais de humilhação do que de espanto.

O guarda observou:

— Bem, monsenhor, pelo que vejo o homem dizia a verdade. Achamos suspeita sua atitude, parecia fugir, e resolvemos prendê-lo. Os talheres de prata estavam na bolsa.

— E ele afirmou que um velho padre, em casa de quem passara a noite, lhe dera os talheres de presente, não foi? Não acreditaram e o arrastaram até aqui. Pois o homem disse a verdade.

— Sendo assim, podemos soltá-lo?

— Sem dúvida.

— Quer dizer que não estou preso — concluiu João.

— Está surdo? Não ouviu o que disse monsenhor Benvindo? Está solto, homem!

— Escute, amigo — disse o bispo. — Desta vez não sairá daqui sem os castiçais.

As duas mulheres, respeitando a decisão do bispo, não disseram nada.

João Valjean, trêmulo e contrafeito, mal podia sustentar os pesados castiçais.

— Um pedido, senhor João. Quando quiser nos visitar de novo, não entre pelo jardim. A porta da rua, dia e noite, é apenas fechada por uma taramela. Pode abri-la por fora. Nem precisa bater.

Voltando-se para os guardas, acrescentou:

— Boa tarde, senhores. Podem retirar-se.

Aproximou-se de João Valjean:

— E não se esqueça da promessa de empregar o dinheiro obtido com a venda da prataria no esforço de se tornar um homem de bem.

João Valjean encarou-o espantado: jamais fizera tal promessa, nem a prata lhe fora dada, mas roubada.

O bispo fingiu ignorar o espanto do homem e insistiu:

— Com essa promessa, meu irmão, está livre do mal. Sua alma está resgatada. Entrego-a a Deus.

(MAV)

HONESTIDADE INSINCERA

Adaptação de Warren Horton Stuart, de uma lenda chinesa

No reinado de Ts'u havia um jovem chamado Honesto. Seu pai roubou uma ovelha, e ele foi avisar o juiz, que mandou prender o culpado e resolveu puni-lo. O jovem Honesto pediu para arcar com a pena em lugar do pai. E, no momento em que o castigo ia ser aplicado, dirigiu-se ao oficial:

— Quando meu pai roubou a ovelha e eu dei parte, não agi com honestidade? Quando meu pai ia receber o castigo, não estaria eu, como filho, honrando meu pai? Se forem punidos igualmente o honesto e o filial, quem haveria de não ser punido em todo o reino?

Ao ouvir essas palavras, o juiz soltou o rapaz. Quando Confúcio ouviu a história, disse:

— Estranho! Um rapaz sujar o nome do pai para criar uma reputação para a própria honestidade! Se isso fosse honestidade, seria melhor ser desonesto.

(RS)

SUSPEITA INJUSTA

Adaptação de Warren Horton Stuart, de uma lenda chinesa

Um certo homem perdeu um machado. Suspeitou imediatamente que o filho do vizinho o havia roubado. Assim que avistou o menino, teve a impressão de estar vendo um sujeito que acabara de roubar um machado; quando o ouviu falar, suas palavras soaram como as de alguém que acabara de roubar um machado. Todas as suas atitudes e gestos eram os de quem acabara de roubar um machado. Mais tarde, quando estava cavando uma vala, encontrou o machado perdido. No dia seguinte, ao tornar a ver o filho do vizinho, achou que suas atitudes e gestos não eram mais as de quem acabara de roubar um machado. O menino não mudou, quem mudou foi o homem! E a única razão para essa mudança jaz em sua suspeita.

(RS)

O BARBANTE

Guy de Maupassant

Por todas as estradas ao redor de Goderville, camponeses e suas mulheres dirigiam-se para a cidade, pois era dia de feira. Os homens iam num passo tranquilo, o corpo inclinado para a frente a cada movimento de suas pernas tortas, deformadas pelo trabalho rude, pelo peso da charrua, que faz com que, ao mesmo tempo, levantem o ombro esquerdo e desloquem a cintura, pelo ceifar do trigo que separa os joelhos para ter equilíbrio, por todas as lidas lentas e penosas do campo. Suas camisas azuis, grossas, brilhantes, enfeitadas no colarinho e nos punhos por um galão branco, infladas sobre os torsos ossudos, lembram um balão prestes a voar, de onde saem cabeça, braços e pés.

Alguns levavam uma vaca ou um bezerro na ponta de uma corda. E suas mulheres, atrás do animal, cutucavam-lhe o flanco com um longo ramo ainda cheio de folhas para apressar a marcha. Levavam nos braços enormes cestos de onde saíam aqui e ali cabeças de frangos e de patos. E andavam num passo mais curto e mais esperto do que o de seus homens, o corpo seco, reto e envolto em um pequeno xale apertado, preso sobre o peito chato, a cabeça enrolada em um pano branco coberto por um toucado.

Depois, uma charrete passava num trote entrecortado, sacudindo de maneira estranha dois homens sentados lado a lado e uma mulher no fundo do carro, segurando firmemente a lateral para atenuar os duros solavancos.

Na praça de Goderville era uma multidão, uma balbúrdia de humanos e animais misturados. Os chifres dos bois, os chapéus altos e peludos dos camponeses ricos e os toucados das camponesas emergiam da superfície da massa. E as vozes gritantes, agudas, estridentes formavam um clamor contínuo e selvagem que era dominado por vezes por um grande estrondo de alegria saído do peito de um robusto camponês ou por um longo mugido de uma vaca amarrada a um muro de alguma casa.

Tudo cheirava a estábulo, a leite e a fumaça, a feno e a suor, espalhando um sabor acre horroroso.

Mestre Hauchecorne, de Bréauté, acabara de chegar a Goderville e se dirigia à praça quando viu no caminho um pequeno pedaço de barbante. Mestre Hauchecorne, sovina como um bom normando, pensou que valia a pena apanhar qualquer coisa que pudesse ter serventia; abaixou-se com grande sacrifício, pois sofria de reumatismo. Recolheu o pedaço de barbante e se dispunha a enrolá-lo com cuidado quando percebeu, na soleira de sua porta, Mestre Malandrain, o seleiro, que o observava. Eles tinham se desentendido no passado, a propósito de um cabresto, e continuavam brigados, rancorosos que eram. Mestre Hauchecorne foi tomado de uma súbita sensação de vergonha ao ser pego assim por seu inimigo, procurando na poeira um mísero pedaço de barbante. Escondeu bruscamente seu achado sob a camisa, no bolso interno da calça; em seguida fingiu estar procurando no chão mais alguma coisa, e depois seguiu para a feira, a cabeça inclinada para a frente, curvado em dois por suas dores.

Perdeu-se logo na multidão barulhenta e morosa, agitada por intermináveis discussões de preços e produtos. Os camponeses apalpavam as vacas, faziam-nas rodar para um lado e para o outro, sempre com a desconfiança de estar sendo passados para trás, perplexos, não ousando decidir, espiando no olho do vendedor, procurando sem parar a esperteza do homem ou o defeito do animal.

As mulheres, tendo pousado os cestos a seus pés, tiravam aves que jaziam no chão amarradas pelas patas, o olho estatelado, a goela escarlate.

Elas escutavam as propostas, mantinham preços, secas, o rosto impassível, ou de uma hora para a outra decidiam aceitar o desconto proposto, gritando para o cliente que se afastava lentamente:

— Está bem, Mestre Anthime! Estou lhe dando de graça.

Mais tarde, pouco a pouco, a praça começava a esvaziar e o *Angelus* anunciava o meio-dia, e os que moravam longe se espalhavam pelas tabernas.

Na cantina de Jourdain, a grande sala estava cheia de famintos, e o pátio, cheio de veículos de todo tipo: charretes, cabriolés, carroças, tilburis, carriolas não identificáveis, amarelas de poeira, deformadas, remendadas, levantando seus tirantes em direção ao céu como dois braços, ou então para baixo, a traseira no ar.

Bem perto dos comensais da fila da direita, a imensa chaminé, com suas chamas claras, lançava um calor vivo. Três espetos rodavam carregados de frangos, pombos e pernis de carneiro; um cheiro tentador de carne assada e de gordura que pingava da pele tostada evaporava do forno, iluminava as brincadeiras e aguava as bocas.

Toda a aristocracia do arado comia ali, no Jourdain, hoteleiro e negociante, um homem astuto em juntar seus tostões.

As travessas passavam e esvaziavam ao mesmo tempo que os jarros de cidra amarela. Cada qual contava seus negócios, suas compras e vendas. Trocava-se novidades sobre as colheitas. O tempo estava bom para as verduras, mas um pouco frio para o trigo.

De repente um tambor rufa no pátio diante da casa. Todo mundo se põe de pé ao mesmo tempo, com a exceção de alguns indiferentes, e corre para a porta, para as janelas, a boca ainda cheia, e o guardanapo na mão.

Depois de acabar de rufar o tambor, o pregoeiro público lança suas frases de maneira escandida:

— É feito saber aos habitantes de Goderville, e em geral a todos, às pessoas presentes à feira, que se perdeu hoje de manhã na estrada de Beuzeville, entre nove e dez horas, uma carteira de couro negro, contendo quinhentos francos e alguns papéis de negócios. Pede-se a quem encontrar devolver na prefeitura, incontinenti, ou para o Mestre Fortuné Houlbrèque, de Manneville. Haverá vinte e cinco francos de recompensa.

Em seguida o homem se foi. Ouviu-se ainda uma vez, ao longe, os batimentos surdos do instrumento e a sua voz enfraquecida.

A partir de então só se falava do acontecimento, enumerando-se as chances de Mestre Houlbrèque recuperar ou não sua carteira.

E a refeição terminou.

Já se tomava o café quando o oficial da guarda apareceu na porta e perguntou:

— Mestre Hauchecorne de Bréauté se encontra?

E Mestre Hauchecorne, do outro lado da mesa, respondeu:

— Aqui.

E o oficial retomou:

— Mestre Hauchecorne, poderia fazer o obséquio de me acompanhar à prefeitura? O senhor prefeito gostaria de lhe falar.

O camponês, surpreso, inquieto, esvaziou de uma vez seu copinho, levantou-se e, mais curvado ainda do que de manhã, visto que os primeiros passos após um breve descanso eram-lhe particularmente difíceis, pôs-se a caminho sempre resmungando:

— Estou aqui, estou aqui.

E seguiu o guarda.

O prefeito o aguardava, sentado em sua poltrona. Era o notário do lugar, homem gordo, grave, de frases pomposas.

— Mestre Hauchecorne — diz —, viram o senhor apanhar, esta manhã, na estrada de Beuzeville, a carteira perdida de Mestre Houlbrèque, de Manneville.

O camponês, aturdido, olhava o prefeito, já amedrontado pela suspeita que pesava contra ele, sem compreender o porquê.

— Mas, mas, eu apanhei esta tal carteira?

— Sim, o senhor mesmo.

— Palavra de honra, eu nunca nem vi isto.

— Viram o senhor.

— Me viram? Quem me viu?

— M. Malandrain, o seleiro.

— Ah! Então ele me viu, esse safado! O que ele viu foi eu apanhar este barbante. Espera aí, seu prefeito, vou lhe mostrar.

E, remexendo o fundo do bolso, tira o barbantinho.

— O senhor não quer que eu acredite, Mestre Hauchecorne, que M. Malandrain, que é um homem digno de fé, tomou este barbante por uma carteira de dinheiro!

Mas o camponês, furioso, levantou a mão, cuspiu para o lado para atestar sua honra, repetindo:

— No entanto é a pura verdade, por Deus, a santa verdade, senhor prefeito. Pela minha alma e pela minha salvação, eu juro!

O prefeito respondeu:

— Depois de ter recolhido a carteira, o senhor continuou procurando por um longo tempo na lama se uma moeda não teria escapado.

O velhote sufocava de indignação e de pavor.

— O que se pode dizer... o que se pode dizer... contra mentiras como essa, que desnaturam um homem honesto! O que se pode dizer!...

Por mais que protestasse, ninguém acreditava nele.

Foi acareado com M. Malandrain, que repetiu e sustentou sua versão. Os dois se xingaram durante uma hora. A seu pedido, foi revistado sem que se encontrasse nada em seu poder.

Enfim, o prefeito, bastante impressionado, liberou-o, prevenindo-o de que iria consultar o tribunal e pedir orientação.

A novidade se espalhou. Assim que saiu da prefeitura, o velho foi rodeado e interrogado por uma curiosidade entre séria e debochada, mas desprovida de qualquer indignação. E logo se pôs a contar e recontar a história do barbante. Ninguém acreditou. Todos riam.

Diziam:

— Velhote esperto, esse aí!

Ele se zangava, se exasperava, febril, desolado por estar desacreditado, sem saber o que fazer, contando sem parar a mesma história.

A noite veio. Tinha que partir. Retirou-se com três vizinhos a quem mostrou o lugar exato onde apanhara o pedaço de barbante; durante todo o trajeto só falou de sua aventura.

À noite, deu uma volta pelo povoado de Bréauté para contar a todos. Só encontrou incrédulos.

Passou mal a noite inteira.

No dia seguinte, perto de uma hora da tarde, Marius Paumelle, empregado da fazenda de Mestre Bréton, agricultor em Ymauville, devolveu a carteira e seu conteúdo a Mestre Houlbrèque, de Manneville.

Este homem, na verdade, dizia ter encontrado a carteira na estrada, mas, sem saber ler, levou-a a seu patrão.

A novidade espalhou-se pela região. Mestre Hauchecorne foi informado. Imediatamente ele se pôs em campo para narrar sua história, completada pela solução. Triunfava.

— O que me fazia mais indignado não era tanto a coisa em si, mas a mentirada, compreende? Não há nada mais destruidor do que ser acusado por uma mentira. Uma calúnia.

O dia inteiro ele falava de sua aventura, contava e recontava, nas estradas, às pessoas que passavam, no cabaré, às pessoas que bebiam, na saída da igreja, no domingo seguinte. Parava desconhecidos para lhes dizer. Agora, estava tranquilo, e, no entanto, qualquer coisa o incomodava sem que ele soubesse exatamente o quê. As pessoas tinham um ar de gozação ao escutá-lo. Não pareciam convencidas. Sentia uma desconfiança pelas suas costas.

Na terça-feira seguinte voltou à feira de Goderville, unicamente impelido pela necessidade de contar seu caso.

Malandrain, em pé na sua porta, começou a rir à sua passagem. Por quê?

Abordou um camponês de Criquetot que não permitiu que ele acabasse a história, dando-lhe um tapinha no ventre e dizendo-lhe na cara:

— Grande malandro, vai! — disse, dando-lhe as costas.

Mestre Hauchecorne ficou muito perturbado e cada vez mais inquieto. Por que o tinham chamado de "grande malandro"?

Quando estava sentado à mesa, na taverna do Jourdain, ele tornou a explicar sua desventura.

Um negociante de Montvilliers gritou-lhe:

— Vamos! Vamos! Velho golpe, eu conheço este teu barbante!

Hauchecorne balbuciou:

— Mas, afinal, não encontraram a maldita carteira?

Ao que o outro replicou:

— Cala a boca, vovô! Tem um que encontra e um que devolve. Ninguém viu, ninguém soube. Que embrulhada!

O velho camponês ficou sufocado. Enfim compreendeu. Acusavam-no de ter devolvido a carteira por um compadre, um cúmplice.

Ele quis protestar. Toda a mesa começou a rir.

Sem acabar a refeição, ele saiu em meio a gozações.

Entrou em casa humilhado e indignado, sufocado pela cólera, pela confusão, mesmo porque, com sua manha de normando, ele bem que seria capaz de fazer exatamente aquilo de que era acusado e, ainda por cima, de se vangloriar de tê-lo feito. Sua inocência era agora, confusamente, impossível de ser provada, se sua malícia era já tão conhecida. E, em seu coração, a injustiça da suspeita era uma punhalada.

Então, ele recomeçou a contar toda a história, aumentando a cada dia o relato, acrescentando por vezes novos elementos, protestos mais enérgicos, juramentos mais solenes que preparava nas horas de solidão, o espírito ocupado apenas em explicar o caso do barbante. Quanto mais sua defesa se complicava, menos se acreditava nele.

— São razões de um mentiroso — diziam por trás.

Ele percebia, seu sangue fervia, esgotava-se em esforços inúteis.

Definhava a olhos vistos.

Os gozadores o faziam repetir "o caso do barbante" para se divertir, como se faz com soldados quando chegam da batalha. Seu espírito, atingido, enfraquecia.

Perto do fim de dezembro, caiu de cama.

Morreu nos primeiros dias de janeiro, e, no seu delírio de agonia, atestava sua inocência repetindo:

— Um barbantinho... um barbantinho, olhe, senhor prefeito, este aqui.

(MAV)

A VERDADE

Francis Bacon (1561-1626)

A verdade, que só a si própria julga, ensina que a sindicância da verdade, que é o amor ou o carinho por ela, o conhecimento da verdade, que é sua presença, e a crença na verdade, que é dela desfrutar, são o bem soberano da natureza humana. A primeira criatura de Deus, no lavor dos dias, foi a luz do sentido; a última foi a luz da razão; e seu lavor sabático desde então tem sido a iluminação do Espírito. Primeiramente, verteu o alento da luz sobre a face da matéria ou caos; depois verteu o alento da luz sobre a face do homem; e todavia verteu e inspirou o alento da luz sobre a face dos seus escolhidos. O poeta embevecido com a seita que, de outra forma, seria inferior ao restante, disse ainda muito bem: *É um prazer postar-se no cais a ver navios lançados ao mar; um prazer postar-se na janela de um castelo a assistir às batalhas e aventuras que se desenrolam diante dos olhos; mas não há prazer que se compare a postar-se sobre o venturoso solo da verdade* (colina que jamais se submete, e onde o ar é eternamente puro e sereno), *e avistar os erros e devaneios e as névoas e tempestades no vale defronte*; para que essa perspectiva seja sempre plena de piedade e nunca de indignação ou orgulho. É certamente o paraíso na terra conseguir que a mente de um homem aja com caridade, repouse na providência e gire sobre os polos da verdade.

Passando da verdade teológica e filosófica para a verdade dos empreendimentos civis: será reconhecido mesmo pelos que não a pratiquem que uma negociação clara e honesta é a honra da natureza humana; e que uma mescla de falsidade é como uma liga inserida numa moeda de ouro e prata, que pode conferir melhores propriedades ao metal, mas o corrompe. Pois esses volteios sinuosos são a trajetória da serpente, que arrasta a barriga rente ao chão em vez de caminhar sobre os pés. Não há devassidão mais vergonhosa para o homem do que a falsidade e a perfídia. Portanto, belas foram as palavras de Montaigne ao indagar por que a mentira constituiria tamanha desgraça e tão odiosa acusação: *Atribuindo justos pesos e medidas, dizer que um homem mente equivale a dizer que ele é corajoso diante de Deus e covarde diante dos homens.* Pois a mentira confronta Deus e subtrai-se diante dos homens. A malevolência da falsidade e a violação da fé não se podem expressar tão bem quanto ao dizer-se que serão as últimas badaladas invocando que o julgamento divino recaia sobre as gerações dos homens; já tendo sido profetizado que, quando Cristo vier, *não encontrará fé sobre a face da terra.*

(RS)

Lealdade

A LEALDADE É A MARCA DA CONSTÂNCIA, da solidez dos elos com as pessoas, grupos, instituições e ideais a que deliberadamente nos associamos. Ser um cidadão e um amigo leal significa agir com atenção e seriedade para com o país e os amigos. É muito diferente de estar sempre de acordo com as instituições. A lealdade opera num nível bem mais elevado.

A Bíblia fornece vários exemplos ilustrativos. Putifar encarregou José de cuidar de sua casa. — "O meu senhor, tendo entregue tudo em minhas mãos, não pede contas do que tem em sua casa..." (Gênesis, 39:8), diz José à mulher de Putifar, ao recusar suas propostas. Ele é um servo leal e não trairia a confiança de Putifar. Mas Putifar também é um marido leal. Acreditando na calúnia da mulher, manda prender José (Gênesis, 39:19-20). A virtude por si só não é garantia da ação correta, que exige mais do que boas intenções. É preciso ter também a sabedoria para distinguir o que é correto e ter vontade de fazê-lo.

Em outra passagem exemplar, Davi permanece leal a seu rei — Saul, ungido pelo Senhor e pai de seu melhor amigo, Jônatas — mesmo quando Saul tenta matá-lo. Em duas ocasiões Davi tem oportunidade de destruir Saul, mas a lealdade o contém (1 Samuel, 24 e 26). Depois que Saul e Jônatas morrem na batalha, o famoso lamento de Davi — "Como caíram os poderosos" — é por ambos (2 Samuel, 1:17-27). Não precisamos *gostar* daqueles a quem somos leais, e eles não precisam gostar de nós. A lealdade é muito diferente da amizade, embora frequentemente andem juntas.

SONETO

Alphonsus de Guimaraens (1870-1921)

Hão de chorar por ela os cinamomos,
Murchando as flores ao tombar do dia.
Dos laranjais hão de cair os pomos,
Lembrando-se daquela que os colhia.

As estrelas dirão: "Ai! nada somos,
Pois ela se morreu, silente e fria..."
E, pondo nela os olhos como pomos,
Hão de chorar a irmã que lhes sorria.

A lua, que lhe foi mãe carinhosa,
Que a viu nascer e amar, há de envolvê-la
Entre lírios e pétalas de rosa.

Os meus sonhos de amor serão defuntos...
E os arcanjos dirão, no azul, ao vê-la
Pensando em mim: "Por que não vieram juntos?"

FIDELIDADE

Henriqueta Lisboa (1904-1985)

Ainda agora e sempre
o amor complacente.

De perfil de frente
com vida perene.

E se mais ausente
a cada momento

tanto mais presente
com o passar do tempo

à alma que consente
no maior silêncio

em guardá-lo dentro
de penumbra ardente

sem esquecimento
nunca para sempre

doloridamente.

SONETO DE FIDELIDADE

Vinicius de Moraes (1913-1980)

De tudo, ao meu amor serei atento
Antes, e com tal zelo, e sempre, e tanto
Que mesmo em face do maior encanto
Dele se encante mais meu pensamento.

Que vivê-lo em cada vão momento
E em seu louvor hei de espalhar meu canto
E rir meu riso e derramar meu pranto
Ao seu pesar ou seu contentamento.

E assim, quando mais tarde me procure
Quem sabe a morte, angústia de quem vive
Quem sabe a solidão, fim de quem ama

Eu possa me dizer do amor (que tive):
Que não seja imortal, posto que é chama
Mas que seja infinito enquanto dure.

O CHAPÉU QUE MAMÃE FEZ

Conto sueco adaptado por Carolyn Sherwin Bailey

Era uma vez um menino chamado Anders que ganhou um chapéu novo. Chapéu mais bonito ainda não se viu, pois aquele fora feito por sua mãe, e ninguém mais do que a própria mãe é capaz de tecer algo tão belo! Era vermelho, havia uma parte verde no meio (pois faltara-lhe fio vermelho) e tinha o coruto azul.

Anders perambulou com o chapéu novo pela casa, a fim de se deixar admirar um pouco pelos irmãos. Enfiou, então, as mãos nos bolsos e saiu para um passeio, pois queria que todos vissem o lindo chapéu que mamãe fizera.

A primeira pessoa que encontrou na estrada foi um fazendeiro, caminhando ao lado de uma carroça carregada de madeira. O homem curvou-se numa reverência tal que Anders chegou a imaginá-lo perdendo o equilíbrio e caindo.

— Ora, veja! É o Anders! — disse ele, alegremente. — Pensei logo que fosse um duque, ou talvez até um príncipe, com um chapéu tão lindo assim! Gostaria de dar um passeio na minha carroça?

Mas o menino sorriu educadamente, acenando que não, e prosseguiu orgulhoso, de cabeça erguida.

Numa curva da estrada, encontrou Lars, o filho do curtidor. Já era um menino crescido, que usava botinas de cano alto e trazia consigo um canivete. Ao perceber o chapéu novo, não conseguiu conter o olhar espantado, nem deixar de se aproximar e tocar com os dedos o coruto azul.

— Vamos trocar de chapéu — sugeriu. — Dou-lhe meu canivete também.

O canivete era muito bom, embora a lâmina estivesse desgastada, e o cabo, rachado. Anders o admirava bastante, mas não se equiparava ao chapéu novo que mamãe fizera.

— Não, essa troca não me interessa. — E prosseguiu, acenando para o amigo.

Não tardou a cruzar caminhos com uma velha senhora; ela desfez-se em tantas mesuras que até as saias se enfunaram, feito um balão.

— Ora, ora! Mas está um perfeito cavalheiro — disse a mulher. — Parece até que vai vestido para o baile real!

"E por que não?", pensou Anders. "Se estou tão bem vestido assim, tenho mais é que ir visitar o rei."

E foi o que fez.

Nos jardins do palácio havia dois soldados de capacetes reluzentes e mosquetões ao ombro. Quando Anders se aproximou dos portões, as armas foram baixadas para bloquear a passagem.

— Para onde se dirige o jovem cavalheiro? — perguntou um dos soldados.

— Vou para o baile real.

— Não vai, não! — retrucou o outro soldado, dando um passo à frente. — Só pode entrar no baile real quem estiver usando uniforme.

Mas, naquele exato momento, a princesa chegou aos jardins. Estava vestida de seda branca com laços de fita dourada.

— Este rapaz não está usando uniforme, é verdade — disse ela aos soldados —, mas o chapéu dele é muito elegante; assim, pode entrar.

Tomou Anders pela mão e subiram a escadaria de mármore, onde havia soldados postados a cada três degraus, e atravessaram lindos salões, onde inúmeros cortesãos vestidos de seda e veludo curvavam-se em reverências quando ele passava. Sem dúvida, tomavam-no por príncipe ao ver que usava um chapéu tão fino.

No outro lado do maior salão havia uma mesa com louça dourada disposta em fileiras compridas. Havia bandejas de prata repletas de tortas e bolinhos, e um espumante vinho tinto era servido em taças de cristal.

A princesa sentou-se na cabeceira da mesa e pediu que Anders se sentasse numa poltrona dourada ao seu lado.

— Mas você não pode comer de chapéu — disse ela, esticando a mão para tirá-lo.

— Posso, sim! Ele não me atrapalha em nada — disse Anders, segurando firme o chapéu. Pois achou que, se o tirasse, ninguém mais acreditaria ser ele um príncipe. Além disso, não tinha muita certeza de que o receberia de volta.

— Ora, ora! — disse a princesa. — Entregue-me o chapéu e eu lhe darei um beijo.

A princesa era muito bonita, sem dúvida, e Anders gostaria de receber um beijo dela; mas por nada no mundo abriria mão do chapéu que mamãe fez. Negou, apenas, com a cabeça.

A princesa encheu-lhe os bolsos de bolinhos, colocou no pescoço do menino o próprio colar de ouro, aproximou-se dele e beijou-o.

— E agora, você me dá o chapéu?

Mas Anders só fez afastar-se um pouco, ainda sentado na cadeira, e não tirou as mãos da cabeça.

De repente, as portas se abriram, e o rei adentrou os salões acompanhado por seus fidalgos de uniformes brilhantes e chapéus de plumas. O rei trazia aos ombros um manto roxo, que se arrastava pelo chão a cada passo, e sobre a cabeça uma enorme coroa de ouro recobrindo-lhe os cabelos brancos encaracolados.

Sorriu ao avistar Anders na poltrona dourada.

— Seu chapéu é muito bonito — disse ele.

— É mesmo — respondeu Anders. — Minha mãe o teceu com o melhor fio, e todos que o veem querem tirá-lo de mim.

— Mas certamente você vai querer trocar de chapéu comigo — disse o rei, levantando da cabeça a pesada coroa.

Anders permaneceu absolutamente calado. Ficou sem se mexer, imóvel; as mãos agarradas ao chapéu vermelho. Mas quando o rei se aproximou, com a coroa de ouro nas mãos, Anders ficou apavorado, como nunca havia ficado antes. Se não tomasse cuidado, o rei poderia tirar-lhe o chapéu da cabeça! Pois o rei pode fazer o que bem desejar, é claro.

Anders pulou fora da poltrona. Partiu em disparada, cruzou todos os lindos salões, desceu a escadaria de mármore e escapuliu pelo jardim.

Passou por entre os braços estendidos dos cortesãos, esgueirando--se como um peixe escorregadio, e por cima dos mosquetões dos soldados, pulando como uma lebre.

Correu tão rápido que o colar da princesa soltou-se do pescoço, e todos os bolinhos caíram fora dos bolsos. Mas o chapéu ainda estava com ele! Manteve as mãos firmemente agarradas ao chapéu até entrar correndo em casa.

— Ora, Anders, onde é que você andou? — perguntou-lhe a mãe. O menino subiu para o colo dela e falou das aventuras, comentando que sempre queriam ficar com o chapéu. Os irmãos todos se juntaram em torno dele e ouviram a narrativa boquiabertos.

Ao saber que Anders se recusara a trocar o chapéu pela coroa do rei, o irmão mais velho não se conteve e exclamou:

— Ora, essa! Seu bobalhão! Você poderia ter vendido a coroa por uma fortuna em ouro, e daria para comprar um castelo, uma carruagem com vários cavalos e um barco para passear no rio. E ainda iria sobrar dinheiro suficiente para comprar um chapéu novinho cheio de plumas roxas no coruto!

Anders não tinha pensado nisso e foi ficando vermelho da cabeça aos pés. Abraçou-se ao colo da mãe e perguntou:

— Mãezinha, eu fiz besteira?

A mãe o abraçou também e deu-lhe um beijo carinhoso.

— Não, filhinho. Mesmo todo vestido de ouro e prata, você não estaria mais bonito do que está com seu chapéu vermelho.

Anders sentiu-se reconfortado. Ele sabia muito bem que o chapéu da mãe era o melhor chapéu do mundo.

(RS)

A HISTÓRIA DE CINCINATO

Adaptação de James Baldwin

Havia um homem chamado Cincinato que morava numa fazenda próxima à cidade de Roma. Já fora um homem rico e ocupara as patentes mais elevadas no país, mas de uma forma e de outra acabou perdendo toda a riqueza. Era, agora, tão pobre que precisava fazer todo o serviço da fazenda com as próprias mãos. Mas, naquela época, o preparo da terra era considerado um trabalho nobre.

Cincinato era tão inteligente e justo que todos confiavam nele e pediam-lhe conselhos. Sempre que alguém estava em apuros e não sabia o que fazer, os vizinhos diziam:

— Vá ter com Cincinato. Conte-lhe tudo, e ele o ajudará.

Acontece que, nas montanhas perto dali, vivia uma tribo de homens atrozes, semisselvagens, que estavam em guerra contra os romanos. Haviam persuadido outra tribo de guerreiros corajosos a ajudá-los, e juntos marcharam em direção à cidade, saqueando e roubando pelo caminho. Vangloriavam-se de que seriam capazes de derrubar as muralhas de Roma e que iriam atear fogo às casas, matar todos os homens e fazer das mulheres e crianças seus escravos.

A princípio os romanos, que eram um povo orgulhoso, de bravos guerreiros, não viam perigo naquilo. Todos os homens eram soldados, e o melhor exército do mundo partiu para combater os saqueadores. Ninguém ficou em casa a não ser os chamados "Patriarcas" de cabelos brancos, os magistrados que faziam as leis da cidade, e uma pequena companhia de guardas encarregados de proteger as muralhas. Todos achavam que seria fácil forçar os homens das montanhas a voltarem para o seu devido lugar.

Porém, uma certa manhã, chegaram cinco cavaleiros pela estrada que vinha das montanhas. Cavalgavam em grande velocidade e tanto os homens quanto as montarias estavam cobertos de poeira e sangue. O vigia os reconheceu e perguntou-lhes, ao cruzarem os portões:

— Por que chegavam daquela maneira? O que acontecera ao exército romano?

Eles não responderam e continuaram cavalgando, percorrendo as ruas tranquilas a toda velocidade. Todos correram no seu encalço, curiosos por saber o que estava se passando. Roma não era muito grande naquela época, e os cavaleiros logo atingiram o mercado central, onde se encontravam os Patriarcas. Só então apearam e contaram a história.

— Ontem mesmo nosso exército atravessava um estreito vale entre duas escarpas. De repente, mil selvagens das montanhas saltaram sobre nós, saindo das reentrâncias das pedras por todos os lados. Bloquearam nosso caminho, e a passagem era tão estreita que não conseguimos lutar. Tentamos retornar, mas eles haviam bloqueado a retaguarda também. Surgiam de todos os cantos e jogavam pedras lá de cima. Fomos pegos numa cilada. Dez de nossos homens meteram as esporas nos cavalos e cinco conseguiram passar pelos inimigos; os outros cinco tombaram, atingidos pelas lanças dos selvagens da montanha. E agora, ó Patriarcas Romanos! Enviem socorros para o nosso exército imediatamente, ou serão todos mortos e nossa cidade será tomada.

E os sábios homens de cabelos brancos disseram:

— O que vamos fazer? Quem haveremos de enviar se só nos restam os guardas das muralhas e os meninos? E quem estaria apto a conduzi-los para salvar Roma?

Todos balançaram as cabeças, lastimando-se, pois não parecia haver esperança. Até que alguém gritou:

— Mandem buscar Cincinato. Ele vai nos ajudar.

Cincinato estava no campo, arando a terra, quando os enviados chegaram, sôfregos. Interrompeu o trabalho, cumprimentou-os com amabilidade e aguardou o que tinham a dizer.

— Ponha seu manto, Cincinato, para ouvir as palavras do povo romano.

Ele ficou intrigado com aquilo.

— Está tudo bem em Roma? — perguntou, enquanto pedia à mulher que lhe trouxesse o manto.

Ela trouxe o manto; Cincinato limpou a poeira das mãos e dos braços e o jogou sobre os ombros. Os enviados contaram-lhe, então, a razão da visita.

Falaram sobre o que havia ocorrido com o exército, composto dos cidadãos mais nobres de Roma, surpreendidos por uma cilada numa passagem das montanhas. Falaram do grande perigo que a cidade corria. E por fim disseram-lhe:

— O povo de Roma o nomeia agora monarca da cidade, a fim de conduzi-lo à melhor solução. E os Patriarcas pedem que venha imediatamente para poder partir de encontro aos nossos inimigos, os selvagens das montanhas.

Cincinato deixou o arado onde estava e partiu ligeiro em direção à cidade. Ao vê-lo passar pelas ruas dando as ordens do que deveria ser feito, algumas pessoas tiveram medo, pois sabiam que ele detinha todo o poder de Roma para fazer o que bem entendesse. Mas Cincinato mandou apenas que os homens se armassem, e também os meninos, e partiu à frente, conduzindo-os para a luta contra os terríveis selvagens da montanha, a fim de libertar o exército romano, capturado numa cilada.

Poucos dias depois, houve grande alegria na cidade de Roma. Cincinato enviava boas notícias. Os homens da montanha haviam sido derrotados, com muitas baixas. Foram forçados a recuar de volta ao seu devido lugar.

E agora o exército romano, incluindo os meninos e os guardas, retornava com as bandeiras desfraldadas, entoando os cânticos da vitória. E à frente marchava Cincinato. Ele salvara Roma.

Cincinato poderia ter-se tornado rei, pois sua palavra era a lei e ninguém ousaria erguer um dedo. Mas, antes que o povo pudesse expressar-lhe o agradecimento pelo que havia feito, devolveu o poder aos Patriarcas Romanos de cabelos brancos e retornou ao seu arado na fazenda.

Cincinato foi imperador de Roma por dezesseis dias.

(RS)

O AMIGO DEDICADO

Oscar Wilde, tradução de Barbara Heliodora

Certa manhã, o velho Ratão-d'água botou a cabeça para fora de seu buraco. Ele tinha uns olhinhos brilhantes e uns bigodes cinzentos e duros, e seu rabo parecia uma tira comprida de borracha. Os patinhos estavam nadando no lago, parecendo um bando de canarinhos amarelos, enquanto sua mãe, que era toda branca, com as pernas vermelhas, estava tentando ensinar-lhes, um a um, a ficar com a cabeça para baixo, dentro d'água.

— Vocês jamais poderão frequentar a alta sociedade se não aprenderem a ficar de cabeça para baixo — dizia ela.

E de vez em quando mostrava como é que se devia fazer. Mas os patinhos não prestavam a menor atenção. Eles eram ainda tão pequenos que não percebiam que vantagem poderia haver em ser aceito na alta sociedade.

— Que filhos mais desobedientes! — gritou o Ratão-d'água. — Eles realmente merecem se afogar.

— Nada disso — respondeu a Pata. — Todo mundo tem de começar em alguma hora, e os pais nunca podem ser por demais pacientes.

— Ah! Eu não sei nada a respeito desses sentimentos de pais — disse o Ratão-d'água. — Pessoalmente, não sou homem de família. Na verdade, jamais me casei, e nem pretendo casar. O amor pode ser uma coisa muito boa, lá à sua moda, mas a amizade é de nível muito mais alto. De fato, não há nada neste mundo que seja mais nobre ou raro do que uma amizade dedicada.

— E qual é, se me permite, a sua ideia de uma amizade dedicada? — perguntou um Pintarroxo verde, que estava pousado em um chorão ali por perto e ouvira a conversa.

— Era isso mesmo o que eu queria saber — disse a Pata, e nadou para a outra extremidade do lago, ficando de cabeça para baixo a fim de dar um bom exemplo a seus filhos.

— Que pergunta mais boba! — exclamou o Ratão-d'água. — Eu esperaria de um amigo dedicado que ele fosse dedicado a mim, naturalmente.

— E o que é que você faria em troca? — disse o passarinho, balançando-se sobre um jato prateado e batendo com suas asinhas pequeninas.

— Não estou compreendendo — respondeu o Ratão-d'água.

— Deixe que eu lhe conte uma história a respeito — disse o Pintarroxo.

— A história é a meu respeito? — perguntou o Ratão-d'água — Se for, quero ouvi-la, pois gosto muito de ficção.

— Aplica-se a você — respondeu o Pintarroxo.

E, voando para baixo, foi pousar na margem do lago, onde contou a história do Amigo Dedicado.

— Era uma vez — começou o passarinho — um homenzinho honesto chamado Hans.

— Ele era muito distinto? — perguntou o Ratão.

— Não — respondeu o Pintarroxo —, não creio que fosse muito, a não ser por seu bom coração e sua cara engraçada, redonda e bem-humorada.

Ele morava sozinho em um chalé bem pequenino, e todo dia trabalhava no jardim. Em toda aquela região ninguém tinha um jardim tão bonito quanto o dele. Nele cresciam Goivos, Cravinas, Bolsas-de-pastor e Ranúnculos. Havia Rosas adamascadas e Rosas amarelas, Crocos lilases e dourados, Violetas roxas e brancas. Aquilégias e Cardaminas, Manjericão e Basilicão Selvagem, Prímulas e Flores-de-lis, Narcisos e Cravos-da-índia cresciam e floresciam em sua sequência certa, à medida que os meses se passavam, cada flor tomando o lugar da outra, de modo que sempre havia lindas coisas para se olhar e perfumes agradáveis para se cheirar.

O pequeno Hans tinha muitos amigos, porém seu amigo mais dedicado era o grandão Hugo, o Moleiro. Na verdade, tão dedicado era o rico Moleiro ao pequeno Hans, que ele jamais passava por seu jardim sem se debruçar por cima do muro e colher um grande buquê de flores, ou um punhado de ervas cheirosas, ou sem encher seus bolsos com ameixas e cerejas, se era tempo de frutas.

— Os amigos de verdade compartilham tudo — costumava dizer o Moleiro.

O pequeno Hans acenava, sorria, e ficava muito orgulhoso de ter um amigo com ideias tão nobres.

Às vezes, na verdade, os vizinhos achavam meio estranho que o rico Moleiro jamais desse qualquer coisa em troca ao pequeno Hans, embora tivesse cem sacos de farinha guardados em seu moinho, e seis vacas leiteiras, e um grande rebanho de carneiros lanudos.

Mas Hans nunca encheu a cabeça com pensamentos assim, e nada lhe dava tanto prazer quanto ouvir todas as coisas maravilhosas que o Moleiro costumava dizer a respeito do altruísmo da verdadeira amizade.

De modo que o pequeno Hans continuava a trabalhar em seu jardim. Na primavera, no verão e no outono ele era muito feliz, mas, quando chegava o inverno e ele ficava sem flores ou frutas para levar para o mercado, sofria bastante de frio e fome, e muitas vezes ia se deitar sem comer mais que umas peras secas ou umas nozes duras. Além disso, no inverno ele se sentia extremamente só, já que nessas épocas o Moleiro jamais ia vê-lo.

— Não adianta eu ir ver meu pequeno Hans enquanto dura a neve — dizia o Moleiro à sua mulher —, pois quando as pessoas estão com problemas o melhor é deixá-las sozinhas, para que não tenham de se aborrecer com visitas. Pelo menos essa é a ideia que tenho da amizade, e tenho a certeza de que estou certo. E por isso esperarei até chegar a primavera, quando então irei visitá-lo, e ele poderá dar-me uma grande cesta de margaridas, o que o fará muito feliz.

— Não há dúvida de que você tem muita consideração para com os outros — respondeu a mulher, confortavelmente sentada em uma poltrona junto ao fogo de pinho em sua lareira. — Muita consideração mesmo. É um privilégio ouvir você falar sobre amizade. Tenho certeza de que nem mesmo um sacerdote seria capaz de dizer as coisas lindas que você diz, mesmo que morasse em uma casa de três andares e usasse anel no dedinho.

— Mas será que não podíamos convidar Hans para vir para cá? — disse o filho mais moço do Moleiro. — Se o pobre Hans está em dificuldades, eu lhe darei metade do meu mingau, e ainda lhe mostro meus coelhos brancos.

— Mas que menino tolo! — gritou o Moleiro. — Não vejo o que é que adianta mandá-lo para o colégio. Parece não estar aprendendo nada. Ora essa, se o pequeno Hans viesse aqui e visse nosso fogo quentinho, nosso jantar gostoso e nosso imenso barril de vinho tinto, ele poderia até ficar com inveja, e a inveja é uma coisa horrível, que pode estragar a natureza de qualquer um. E eu certamente não vou permitir que a natureza de Hans seja conspurcada. Eu sou o melhor amigo dele, e sempre hei de velar por ele, providenciando para que não caia em nenhuma tentação. Além do que, se Hans viesse aqui, seria capaz de pedir que eu deixasse ele levar um pouco de farinha fiado, coisa que eu jamais poderia fazer. Farinha é uma coisa, amizade é outra, e não se pode confundir as duas. Ora, as duas palavras se escrevem de modos diversos, e significam coisas radicalmente diferentes. Qualquer um pode ver isso.

— Como você fala bem! — disse a mulher do Moleiro, servindo-se de uma grande caneca de cerveja. — Fiquei até sonolenta, é como estar na igreja.

— Muita gente age bem — respondeu o Moleiro —, porém muito poucos falam bem. O que mostra que falar é mesmo, e de longe, a mais difícil das duas coisas, além de ser a mais requisitada.

E lançou um olhar severo para o outro lado da mesa, onde estava o seu filhinho, que se sentiu tão envergonhado que baixou a cabeça, ficou rubro e começou a chorar, deixando as lágrimas pingarem dentro do chá. No entanto, ele era tão pequeno que tinha de ser perdoado.

— E esse é o final da história? — perguntou o Ratão-d'água.

— É claro que não — respondeu o Pintarroxo. — Esse é o começo.

— Então você está muito fora de moda — disse o Ratão.

— Todo bom contador de histórias, hoje em dia, começa com o fim, e aí então é que passa para o começo, acabando com o meio. Esse é o novo método. Eu soube de tudo outro dia, de um crítico que estava passeando pelo lago com um jovem. Ele discorreu longamente a respeito, e estou certo de que devia estar correto, porque usava óculos azuis e era careca, e todas as vezes que o jovem fazia algum comentário, ele sempre respondia: "Pois sim!" Mas, por favor, continue com a sua história. Gostei muito do Moleiro. Eu também tenho toda espécie de bom sentimento, de modo que há grande afinidade entre nós dois.

— Pois bem — disse o Pintarroxo, pulando às vezes em uma perna, às vezes na outra —, tão logo o inverno terminou, e as margaridas começaram a abrir suas estrelas amarelo-pálido, o Moleiro disse à mulher que iria visitar o pequeno Hans.

— Ora, mas que bom coração você tem! — exclamou a Mulher. — Está sempre pensando nos outros. E não se esqueça de levar com você a cesta grande, para as flores.

Então o Moleiro amarrou as velas do moinho com uma forte corrente de ferro e desceu a colina, com a cesta no braço.

— Bom dia, pequeno Hans — disse o Moleiro.

— Bom dia — disse Hans, apoiando-se em sua pá, e sorrindo de orelha a orelha.

— Como é que passou todo esse inverno? — perguntou o Moleiro.

— Bem, na verdade — exclamou Hans —, é muita bondade sua perguntar, muita bondade mesmo. Temo que as coisas tenham sido um pouco duras, mas agora a primavera chegou, e eu estou muito feliz, e todas as minhas flores estão indo muito bem!

— Nós falamos de você muitas vezes durante o inverno, Hans — disse o Moleiro —, imaginando como você estaria passando.

— Muita bondade sua — disse Hans. — Eu estava com medo que tivesse se esquecido de mim.

— Hans, você me surpreende — disse o Moleiro. — Quem é amigo jamais se esquece. Isso é o que a amizade tem de maravilhoso, mas temo que você não compreenda a poesia da vida. Por falar nisso, como estão lindas as suas margaridas!

— Elas estão mesmo muito bonitas — disse Hans. — É uma sorte para mim que eu tenha tantas. Vou levá-las ao mercado, vendê-las à filha do Burgomestre e comprar de volta o meu carrinho de mão com o dinheiro!

— Comprar de volta seu carrinho de mão? Será que está dizendo que o vendeu? Mas isso é uma grande estupidez!

— Bem, na verdade — disse Hans —, eu fui obrigado. Sabe, o inverno é uma época muito difícil para mim, e eu não tinha nenhum dinheiro para comprar pão. Primeiro eu vendi os botões de prata do meu paletó de domingo, depois vendi minha corrente de prata, depois meu cachimbo grande e, finalmente, meu carrinho de mão. Mas agora eu vou comprar tudo de volta.

— Hans — disse o Moleiro —, eu lhe darei o meu carrinho de mão. Não está em estado muito bom, para falar a verdade está faltando um lado, e há qualquer coisa errada com os aros da roda, mas apesar disso eu o darei a você. Eu sei que é muito generoso de minha parte, e que muita gente vai pensar que é uma grande tolice eu me desfazer dele, mas eu não sou como o resto do mundo. Creio que a generosidade é a essência da amizade e, além do mais, eu tenho para mim um carrinho de mão novo. Isso mesmo, você pode ficar descansado que eu lhe darei o meu carrinho.

— Bem, é uma grande generosidade sua — disse o pequeno Hans, e sua engraçada carinha redonda brilhou de prazer. — Eu posso consertá-lo com facilidade, já que tenho uma tábua em casa.

— Uma tábua! — disse o Moleiro. — Pois era disso mesmo que eu estava precisando para o telhado do meu celeiro. Está com um buraco muito grande, e o milho vai ficar todo úmido se eu não tapá-lo. Que sorte você ter falado nisso! É notável como uma boa ação sempre gera outra. Eu lhe dei o meu carrinho de mão e você vai me dar a sua tábua. É claro que o carrinho vale muito mais do que a tábua, mas a verdadeira amizade jamais repara em coisas como essa. Por favor, vá logo pegá-la, que eu começo hoje mesmo a trabalhar no celeiro.

— Mas é claro — exclamou o pequeno Hans, que logo correu para seu barraco e arrastou a tábua para fora.

— Não é uma tábua muito grande — disse o Moleiro olhando para ela —, e temo que depois que eu consertar o buraco no telhado do meu celeiro não irá sobrar nada para você consertar o carrinho de mão. Mas é claro que isso não é culpa minha. E agora, já que eu lhe dei meu carrinho, estou certo de que você gostaria de me dar algumas flores em troca. Aqui está a cesta, e não deixe de encher bem.

— Encher bem? — disse o pequeno Hans, um tanto tristonho, já que a cesta era realmente muito grande, e ele sabia que se a enchesse não lhe sobrariam flores para o mercado, e estava com muita vontade de conseguir de volta seus botões de prata.

— Bem, na verdade — respondeu o Moleiro —, como eu lhe dei meu carrinho de mão, não creio que seja demais pedir-lhe algumas flores. Eu posso estar enganado, mas pensava que a amizade, a verdadeira amizade, era totalmente isenta de qualquer tipo de egoísmo.

— Meu querido amigo, meu melhor amigo — exclamou o pequeno Hans —, você é bem-vindo a todas as flores do meu jardim.

Eu prefiro seus bons olhos a meus botões de prata, em qualquer tempo. — E correu para colher todas as suas lindas margaridas, para encher a cesta do Moleiro.

— Adeus, pequeno Hans — disse o Moleiro, e subiu a colina com a tábua no ombro e a grande cesta na mão.

— Adeus — disse o pequeno Hans, e começou a cavar, muito alegre, de tão contente que estava com o carrinho de mão.

No dia seguinte, ele estava prendendo uns ramos de dama-da-noite na varanda, quando ouviu a voz do Moleiro, que o chamava, lá da estrada. Ele pulou da escada, correu pelo jardim e espiou por cima do muro. Lá estava o Moleiro com um grande saco de farinha nas costas.

— Querido Hans — disse o Moleiro —, será que você se importava de carregar esse saco de farinha para mim até o mercado?

— Ah, eu sinto muito — disse Hans —, mas hoje eu realmente estou muito ocupado. Eu tenho de prender todas essas trepadeiras, e tenho de regar as flores e de cuidar de toda a grama.

— Ora, realmente — disse o Moleiro. — Eu acho que, considerando que eu vou lhe dar meu carrinho de mão, a sua recusa não me parece nada amigável.

— Ah, não diga isso — exclamou o pequeno Hans —, eu não deixaria de ser amigável por nada deste mundo.

E, depois de correr para apanhar seu gorro, ele saiu carregando o grande saco em seus ombros.

O dia estava muito quente, e a estrada terrivelmente poeirenta, e, antes de Hans alcançar o sexto marco, já estava tão cansado que teve de sentar-se para descansar. No entanto, ele continuou o caminho corajosamente, e afinal chegou ao mercado. Depois de haver esperado por lá por algum tempo, vendeu o saco de farinha por muito bom preço, voltando imediatamente para casa, pois tinha medo de acabar encontrando ladrões pelo caminho.

— Não há dúvida de que foi um dia bem duro — disse o pequeno Hans para si mesmo, quando ia se deitar. — Mas estou contente porque não me recusei a ajudar o Moleiro, que é o meu melhor amigo e, além do mais, vai me dar o carrinho de mão dele.

Logo cedo, na manhã seguinte, o Moleiro apareceu para receber o dinheiro do saco de farinha, mas o pequeno Hans estava tão cansado que ainda estava na cama.

— Palavra que você é muito preguiçoso — disse o Moleiro. — Realmente, considerando que eu vou lhe dar meu carrinho de mão, acho que você poderia trabalhar um pouco mais. A ociosidade é um grande pecado, e eu por certo não gosto que nenhum de meus amigos seja preguiçoso ou ocioso. Você não deve se importar de eu falar com você assim com tanta franqueza. É claro que nem sonharia em fazê-lo se eu não fosse seu amigo. Mas o que é que adianta a amizade se não se pode dizer exatamente o que se pensa? Qualquer um pode dizer coisas encantadoras e tentar agradar e bajular, mas um verdadeiro amigo sempre diz coisas desagradáveis, sem se importar se causa dor ou não. Na realidade, se ele for amigo de fato, é isso o que ele prefere, por saber que está fazendo bem.

— Eu sinto muito — disse o pequeno Hans esfregando os olhos e tirando sua touca de dormir —, mas eu estava tão cansado que pensei em ficar deitado só um pouquinho, ouvindo os pássaros cantarem. Sabe que eu sempre acho que trabalho melhor depois de ouvir os pássaros cantando?

— Muito me alegro com isso — disse o Moleiro dando um tapa nas costas do pequeno Hans. — Porque eu queria que você viesse até o moinho assim que se vestisse, para consertar o telhado para mim.

O pobre Hans estava louco para ir trabalhar em seu jardim, pois fazia dois dias que suas flores não eram regadas, mas não quis recusar o pedido do Moleiro, que era tão seu amigo.

— Você acha que seria muito inamistoso de minha parte se eu dissesse que estou ocupado? — perguntou ele com voz tímida e envergonhada.

— Ora, na verdade — respondeu o Moleiro —, não me parece que eu esteja pedindo demais, levando em conta que eu vou lhe dar meu carrinho de mão. Mas, é claro que, se você se recusar, eu vou e conserto eu mesmo.

— Ora, de jeito nenhum — exclamou o pequeno Hans. E, pulando para fora da cama, vestiu-se depressa e foi para o celeiro.

Trabalhou lá o dia inteiro, até o pôr do sol, quando então o Moleiro apareceu para ver como estava indo.

— Como é, já consertou todo o telhado, pequeno Hans? — perguntou o Moleiro com voz muito alegre.

— Está tudo consertado — respondeu o pequeno Hans, descendo a escada.

— Ah! — disse o Moleiro. — Não há trabalho que se faça com mais prazer do que aquele que se faz para os outros.

— Não há dúvida de que é um grande privilégio ouvi-lo falar — respondeu o pequeno Hans, sentando-se e limpando a testa —, um privilégio muito grande. Mas receio que eu jamais terei ideias tão bonitas quanto as suas.

— Ora, elas lhe ocorrerão — disse o Moleiro. — Mas é preciso que você se esforce mais. No momento, você só conhece a prática da amizade, mas algum dia haverá de conhecer também a teoria.

— E você acha mesmo que eu consigo? — perguntou o pequeno Hans.

— Não tenho a menor dúvida — respondeu o Moleiro. — Mas, agora que você já consertou o telhado, é melhor ir para casa descansar, pois amanhã de manhã eu quero que você leve os meus carneiros para a montanha.

O pobre pequeno Hans ficou com medo de dizer qualquer coisa sobre o assunto, e logo cedo, na manhã seguinte, o Moleiro levou os carneiros até a cabana, e Hans saiu com eles para a montanha. Levou o dia inteiro para chegar até lá e voltar; e, quando chegou, estava tão cansado que caiu dormindo na cadeira e só acordou quando o sol já ia alto.

— Como eu vou me divertir no meu jardim! — disse ele, e pôs-se logo a trabalhar.

Mas por alguma razão ele nunca conseguia cuidar de suas flores, porque seu amigo, o Moleiro, estava sempre aparecendo para despachá-lo em tarefas distantes, ou pegando-o para trabalhar no moinho. O pequeno Hans volta e meia ficava muito perturbado, pois tinha medo que suas flores pudessem pensar que ele as havia esquecido, mas consolava-se pensando que o Moleiro era o seu melhor amigo.

— Além do quê — costumava ele dizer —, ele vai me dar seu carrinho de mão, o que é um ato da mais pura generosidade.

E, assim, o pequeno Hans continuava trabalhando para o Moleiro, que costumava dizer toda espécie de coisa bonita sobre a amizade, que Hans escrevia num caderninho e tornava a ler de noite, pois era muito bom estudante.

Aconteceu que certa noite o pequeno Hans estava sentado perto de sua lareira, quando ouviu uma forte batida em sua porta. Era uma noite muito tempestuosa, com o vento soprando e rugindo em volta da casa de modo tão terrível que a princípio ele pensou que era só a tempestade. Mas veio uma nova batida e depois uma terceira, ainda mais forte do que as outras.

— Será algum pobre viajante? — disse o pequeno Hans consigo mesmo, e correu até a porta.

Lá estava o Moleiro com uma lanterna em uma das mãos e um grande bastão na outra.

— Querido pequeno Hans — gritou o Moleiro —, estou com um terrível problema. Meu filhinho caiu de uma escada e se machucou, e eu vou chamar o Doutor. Mas ele mora tão longe, e a noite está tão feia, que acaba de me ocorrer que seria muito melhor se você fosse em meu lugar. Você sabe que eu vou lhe dar meu carrinho de mão, de modo que é muito justo que você também faça alguma coisa por mim.

— É claro — exclamou o pequeno Hans. — Considero um grande elogio ter vindo me procurar, e vou partir agora mesmo. Mas preciso que você me empreste a sua lanterna, porque a noite está tão escura que tenho medo de cair na vala.

— Lamento muito — respondeu o Moleiro — mas esta é minha lanterna nova e seria uma perda muito grande para mim se algo acontecesse com ela.

— Bem, então não faz mal, eu dou um jeito sem ela — disse o pequeno Hans, e depois de pegar seu casaco de peles, seu gorro vermelho quentinho e de amarrar uma echarpe de lã no pescoço, ele partiu.

Era uma tempestade terrível! A noite estava tão negra que o pequeno Hans mal enxergava onde ia, e o vento tão forte que ele não conseguia parar. No entanto, ele era muito corajoso, e, depois de caminhar umas três horas, ele chegou à casa do Doutor e bateu na porta.

— Quem está aí? — gritou o Doutor, metendo a cabeça do lado de fora da janela do quarto.

— É o pequeno Hans, Doutor.

— E o que é que você quer, pequeno Hans?

— O filho do Moleiro caiu da escada e se machucou, e o Moleiro quer que o senhor vá agorinha mesmo.

— Está bem! — disse o Doutor.

Ele pegou seu cavalo, suas grandes botas e sua lanterna, desceu e cavalgou na direção da casa do Moleiro, deixando o pequeno Hans a se arrastar atrás dele.

Mas a tempestade foi ficando cada vez pior, e caiu uma chuva torrencial. O pequeno Hans não conseguia ver para onde estava indo, nem acompanhar o cavalo. Finalmente ele se perdeu, e caminhou na direção da charneca, um lugar muito perigoso, porque era cheio de buracos profundos. E foi num deles que o pequeno Hans se afogou. Seu corpo foi encontrado no dia seguinte por uns pastores de cabras, flutuando numa grande poça d'água, sendo levado por eles de volta para a cabana.

Todo mundo foi ao enterro do pequeno Hans, porque ele era muito popular. E o Moleiro era o que mais chorava.

— Eu era seu melhor amigo — dizia o Moleiro. — É justo que eu ocupe o lugar mais importante.

De modo que ele é que foi na frente da procissão, usando uma longa capa preta, e volta e meia enxugava os olhos com um lenço branco.

— O pequeno Hans é, sem dúvida, uma grande perda para todos — disse o Ferreiro, quando o enterro acabou e todos eles já estavam confortavelmente sentados na taverna, bebendo vinho temperado e comendo bolos.

— Pelo menos uma grande perda para mim — respondeu o Moleiro. — Eu praticamente já lhe havia dado o meu carrinho de mão, e agora eu realmente não sei o que fazer com ele. Lá em casa fica atrapalhando muito, e está em tão más condições que não ia conseguir nada por ele se quisesse vendê-lo. Vou tomar o maior cuidado para nunca mais tornar a dar coisa nenhuma. Sofre-se muito quando se é generoso.

— E daí? — disse o Ratão-d'água, depois de uma longa pausa.

— Bem, aí acabou — disse o Pintarroxo.

— Mas o que aconteceu com o Moleiro? — perguntou o Ratão.

— Ora, eu não sei, realmente — respondeu o Pintarroxo. — Garanto que pouco me importa.

— É evidente que não há nenhuma solidariedade em sua natureza — disse o Ratão.

— Receio que você não tenha chegado mesmo a perceber qual é a moral da história — comentou o Pintarroxo.

— A... o quê? — gritou o Ratão.

— A moral.

— Você quer dizer que essa história tem uma moral?

— Certamente — disse o Pintarroxo.

— Ora, deixe disso — disse o Ratão-d'água, com ar muito zangado. — Acho que você devia ter me dito isso antes de começar. Se tivesse, eu por certo não teria escutado. Na verdade, eu teria dito "Pois sim", como o crítico. No entanto, eu ainda posso dizê-lo agora: Pois sim! — gritou a plenos pulmões, sacudiu o rabo e tornou a entrar em seu buraco.

— E o que é que você acha do Ratão-d'água? — perguntou a Pata, que chegou nadando alguns minutos mais tarde. — Ele tem vários pontos positivos, mas eu, do meu lado, tenho meus sentimentos maternos, e jamais consegui olhar para um solteirão convicto sem que as lágrimas não me viessem aos olhos.

— Receio que o tenha irritado — respondeu o Pintarroxo. — O fato é que eu contei a ele uma história com moral.

— Ah! isso é sempre uma coisa muito perigosa de se fazer — disse a Pata.

E eu concordo inteiramente com ela.

YUDISTHIRA ÀS PORTAS DO CÉU

Esta história é tirada do Mahabharata, *que é, junto com o* Ramayana, *um dos grandes poemas épicos da Índia.*

O bom rei Yudisthira governava o povo de Pandava havia muitos anos e os conduzira a uma guerra vitoriosa, porém muito longa, contra gigantescas forças do mal. Concluídos seus esforços, Yudisthira percebeu que já passara muitos anos na terra e que era hora de partir para o reino dos Imortais. Depois de terminado todo o planejamento, dirigiu-se até a grande Montanha a fim de alcançar a Cidade Celestial. Sua linda esposa, Drapaudi, foi com ele, e também o acompanharam seus quatro irmãos. Logo no início do caminho, juntou-se a eles um cão, que os seguia em silêncio.

Mas a jornada até a montanha era longa e penosa. Os quatro irmãos de Yudisthira foram morrendo pelo caminho, um a um, e, depois deles, sua linda esposa, Drapaudi. O rei ficou totalmente só, exceto pelo cão, que o acompanhou fielmente por toda a árdua e demorada subida em direção à Cidade Celestial.

Finalmente os dois, exaustos e enfraquecidos, chegaram diante das portas do Firmamento. Yudisthira curvou-se em humilde reverência ao pedir que fosse aceito.

O céu e a terra se encheram de estrondoso ruído quando o Deus Indra, o Deus de Mil Olhos, chegou para receber o rei no Paraíso. Mas Yudisthira ainda não estava pronto.

— Sem meus irmãos e minha querida esposa, minha inocente Drapaudi, não desejo entrar no Céu, ó Senhor de todas as divindades.

— Não tema — respondeu Indra. — Você os encontrará a todos no Céu. Eles chegaram antes e estão aqui!

Mas Yudisthira ainda tinha um pedido a fazer.

— Este cão acompanhou-me por todo o caminho até aqui. É devotado a mim. Por sua fidelidade, não posso entrar sem ele! E, além disso, meu coração lhe tem muito amor.

Indra balançou a enorme cabeça, e a terra toda tremeu.

— Só você pode ter a imortalidade — disse ele —, e a riqueza, e o sucesso, e todo o júbilo do Céu. Você conquistou isso empreendendo a árdua jornada. Mas não pode trazer um cão para dentro do Céu. Livre-se do cão, Yudisthira. Não é nenhum pecado!

— Mas para onde irá ele? E quem irá acompanhá-lo? Ele desistiu de todos os prazeres da terra para ser meu companheiro. Não posso abandoná-lo agora.

O Deus se irritou com aquilo e disse com firmeza:

— Você precisa estar puro para entrar no Paraíso. Um simples toque num cão eliminará todos os méritos da oração. Reconsidere o que está querendo fazer, Yudisthira. Deixe que o cão se vá.

Mas Yudisthira insistiu:

— Ó Deus de Mil Olhos, é difícil para uma pessoa que sempre tentou ser justa fazer algo que considere injusto; mesmo que seja para entrar no Firmamento. Não desejo a imortalidade se para tanto é preciso livrar-me de alguém que me é devoto.

Indra o instigou mais uma vez:

— Você deixou para trás, na estrada, quatro irmãos e a mulher. Por que não pode deixar também o cão?

Mas Yudisthira respondeu:

— Abandonei-os apenas porque já tinham morrido e eu não poderia mais ajudá-los nem trazê-los de volta à vida. Enquanto estavam vivos, eu não os abandonei.

— Você está disposto a abandonar o Céu, então, por causa desse cão? — perguntou-lhe o Deus.

— Grande Deus de todos os Deuses — retrucou Yudisthira —, sempre mantive minha promessa: nunca abandonar quem tivesse medo e viesse à minha procura, quem estivesse aflito e desvalido ou quem estivesse fraco demais para se proteger sozinho e desejasse ainda viver. Acrescento agora um quarto elemento. Prometo não abandonar quem for devoto a mim. E não vou abandonar meu amigo.

Yudisthira abaixou-se para acariciar o cão e estava prestes a afastar-se tristemente do Céu quando, de repente, bem diante de seus olhos, aconteceu um prodígio. O cão fiel transformou-se em Dharma, o Deus da Virtude e da Justiça.

Indra disse:

— Você é um bom homem, rei Yudisthira. Demonstrou fidelidade aos fiéis e compaixão por todas as criaturas. Mostrou-se capaz disso ao renunciar aos próprios Deuses em vez de renunciar a esse humilde cão que era seu companheiro. Será honrado no céu, ó rei Yudisthira, pois não existe um ato que seja mais elevado e mais ricamente recompensado do que a compaixão para com os humildes.

Então, Yudisthira entrou na Cidade Celestial tendo ao lado o Deus da Virtude. E lá tornou a encontrar-se com os irmãos e a querida esposa para desfrutarem da eterna felicidade.

(RS)

O ESTRONDO DA CACHOEIRA

Esta história dos Índios Kickapoo, uma tribo nômade (seu nome é uma palavra que significa "aquele que vagueia"), foi adaptada por Allan Macfarlan.

O cobertor da noite já envolvera na escuridão a aldeia Kickapoo. O povo estava reunido em torno da fogueira, aguardando a história que lhes seria contada pelo narrador da tribo. Os ouvintes sabiam que não seriam mencionados guerras nem guerreiros arriscando sua vida em ataques aos campos inimigos. Contudo, a história que iriam escutar falava de grande coragem. Falava de duas mulheres valentes, cuja soberba coragem e nobre sacrifício em nome da tribo são comemorados até hoje em seus cantos e danças. A história que ouviram foi assim:

Alguns homens de nossa tribo estavam caçando, logo depois que a terra verdejante surgira por debaixo da neve e os rios estavam cheios e as águas rolavam velozmente. Algumas mulheres os acompanhavam para ajudar a retirar a pele dos animais abatidos e cortar-lhes a carne em tiras que seriam postas para secar. O grupo estava formado havia três dias e já abatera muitos cervos com suas flechas de caça.

Enquanto viajavam por regiões distantes de nossos territórios, sempre existia o perigo de ataques inimigos. Havia guerreiros mantendo vigília, mas o cuidado nunca era suficiente. Um dia, o chefe achou melhor voltarem logo para a tribo, e o grupo todo se preparou para o retorno ao nascer do sol. Alguns dos guerreiros e algumas das mulheres jamais tornaram a ver o sol. Um enorme grupo de guerra dos Shawnees cercou o acampamento e empreendeu um ataque quando a noite estava prestes a ceder lugar ao amanhecer.

Os Kickapoos que não foram mortos nem estavam seriamente feridos escaparam pelo desfiladeiro abaixo. Quando estavam caçando por ali, encontraram uma enorme caverna sob a estrondosa cachoeira do grande rio. O chefe do grupo decidiu que se esconderiam todos ali caso encontrassem um grupo de guerra dos inimigos, de forma que os Kickapoos sabiam para onde se dirigir.

Os ferozes inimigos mataram os feridos e levaram duas de nossas mulheres para sua aldeia como prisioneiras. Elas eram jovens e seriam postas para trabalhar. As tendas dos Shawnees estavam armadas muito acima de onde ocorrera o ataque, às margens do grande rio de águas rápidas.

Durante seis sóis, os Shawnees saíram à procura dos que haviam sobrevivido ao ataque. Foram colocadas sentinelas em pontos bem afastados, de tal forma que os Kickapoos não pudessem escapar sem serem vistos. Os guerreiros Shawnees seriam prontamente avisados dos seus movimentos. Os inimigos empreenderam uma boa busca, mas nossos caçadores tinham um bom esconderijo e acabaram não sendo descobertos. Nosso chefe não deixou ninguém sair da grande caverna; tampouco precisavam, pois tinham carne-seca e água em abundância.

Depois de passados alguns sóis, os membros do grupo pediram ao chefe que os deixasse sair do abrigo da grande caverna sob a cachoeira. Estavam seguros lá, mas o estrondo das águas feria-lhes os ouvidos, pois caíam como uma cortina ininterrupta de trovões diante da caverna. Também o medo os afligia, pois temiam que aquelas gargantas rochosas e escuras fossem habitadas por espíritos do mal.

O chefe era corajoso, mas compreendia a aflição do grupo. Também ficaria satisfeito em poder deixar para trás aquele barulho ensurdecedor, mesmo que na escapada mais alguns dos companheiros tombassem vítimas das flechas dos Shawnees.

— Amanhã, o sétimo sol depois do ataque, será o último dia que permaneceremos aqui. Quando escurecer, tentaremos fugir do inimigo e voltar para o nosso território. Estejam prontos.

O chefe sabia que as chances de um retorno seguro eram poucas, pois os Shawnees eram muitos e deveriam estar zangados por termos, alguns de nós, escapado ao ataque. "Sua ira deve ser grande", pensou o chefe Kickapoo, "pois, embora tenham seguido as trilhas deixadas na floresta, não conseguiram seguir as pegadas sobre o solo rochoso da garganta do rio".

O feiticeiro dos Shawnees foi ter com o cacique na manhã do sétimo sol e contou-lhe um sonho que tivera. Seu pássaro totêmico, o gavião de cauda vermelha, surgira-lhe no sonho e ficara voando em círculos sobre ele, soltando trinados agudos e instando-o a segui-lo. O feiticeiro não pôde recusar-se; e seu espírito, então, acompanhou o pássaro em voo ligeiro até uma clareira no meio da floresta. Ali chegando, o feiticeiro viu em seu sonho um círculo do Povo das Sombras.

"Posso seguir o Povo das Sombras até o esconderijo dos nossos inimigos?", perguntou o feiticeiro ao gavião. "Qual deles sabe onde está o bando?"

O gavião partiu em voo direto até onde se encontravam as duas prisioneiras dos Shawnees e lá ficou descrevendo círculos sobre suas cabeças.

— Essas mulheres devem saber — declarou o feiticeiro, ao terminar a narrativa do sonho para o cacique. — Meu gavião nunca me leva a uma trilha falsa.

O cacique Shawnee tinha profunda confiança no feiticeiro e seu totem, e invocou um conselho de guerreiros. Contou-lhes sobre o sonho e mandou trazer as duas prisioneiras à sua presença. A pergunta lhes foi feita, e elas disseram não saber onde se escondia o grupo a que pertenciam.

— Elas falam com as línguas tortas — gritou o feiticeiro —, mas a tortura vai endireitá-las.

As prisioneiras foram torturadas; e, diante da dor das brasas encostadas em seus pulsos, disseram que iriam revelar onde estava o grupo. Durante um breve instante, confabularam baixinho em seu próprio dialeto e depois, através de sinais, mostraram-se dispostas a conduzir os Shawnees até o esconderijo.

Os guerreiros pegaram suas armas, prontos para segui-las; mas, em vez de conduzi-los em direção à floresta, elas indicaram o rio, dando-lhes a entender, através de sinais, que o bando estava longe e que de canoa chegariam mais rápido. Entretanto, o cacique apontou para a floresta, e os guerreiros as empurraram para lá. Elas insistiram, através da linguagem dos sinais, que não poderiam conduzi-los por terra e que somente pelo rio seriam capazes de encontrar o esconderijo dos companheiros Kickapoos.

O cacique concordou, e elas foram levadas até as enormes canoas deixadas à espera nas margens do grande rio. As duas prisioneiras indicaram com gestos e sons que havia um pequeno afluente próximo à cachoeira, que deveria ser tomado para chegarem até os Kickapoos. O cacique mandou-as entrar na canoa que seguiria à frente. Ele próprio as acompanhou, juntamente com o feiticeiro e seis de seus melhores guerreiros. O restante do grupo os seguiria de perto, ocupando diversas outras canoas. Os remos batiam forte na água, e o grupo se deslocava rapidamente, como os peixes descendo o rio.

Depois de muitas remadas, o cacique perguntou às prisioneiras se já não estavam perto do esconderijo dos inimigos. Elas indicaram que o local não estava longe, e os remos tornaram a mergulhar na água. Os guerreiros já não precisavam fazer muito esforço, pois a correnteza estava mais forte e mais rápida, e as canoas deslizavam velozmente. A velocidade aumentava cada vez mais. Cada vez mais alto ouvia-se o estrondo da cachoeira.

O cacique era corajoso, mas até ele estava apreensivo com a rapidez e a força das águas. Encontrava-se logo atrás das duas prisioneiras, sentadas na proa. Tocou-lhes o ombro, e elas se viraram prontamente. O cacique perdeu o medo ao ver que as duas sorriam. A mais velha apontou para a margem do lado sul, indicando que logo atingiriam a bifurcação do rio, para onde os remadores deveriam conduzir as canoas, afastando-se da forte correnteza e adentrando as águas calmas do afluente.

As canoas já deslizavam com enorme velocidade, cruzando as águas espumantes da torrente. O rio se estreitou, e o estrondo aumentou à medida que prosseguiam entre as sólidas paredes rochosas da garganta. Não havia mais tempo para desviar!

Tarde demais, o cacique e seus guerreiros perceberam que haviam sido enganados. Os mais valentes ainda conseguiram entoar algumas notas de seus cânticos da morte antes que a volumosa torrente arremessasse as canoas pela crista da enorme cachoeira. Orgulhosamente postadas à frente dos guerreiros inimigos, conduzindo-os para a morte sobre as pedras pontiagudas do leito do rio, iam as duas corajosas mulheres da tribo Kickapoo.

Minha história termina aqui, mas a história dessas duas corajosas mulheres que salvaram da morte nosso grupo de guerreiros persistirá enquanto a relva crescer e as águas rolarem.

(RS)

A RAINHA ESTER

Foi no tempo em que Xerxes era rei da Pérsia.

No terceiro ano do seu reinado, o rei deu um banquete para todos os seus oficiais e servidores.

A festa durou uma semana. O pátio estava todo enfeitado com cortinas de algodão brancas e azuis, amarradas com cordões de fino linho vermelho, que estavam presos por argolas de prata a colunas de mármore. O piso era feito de ladrilhos azuis, de mármore branco, de madrepérola e de pedras preciosas. Nesse pátio havia sofás de ouro e de prata. Os convidados tomavam as bebidas em copos de ouro, todos eles diferentes uns dos outros, e o rei mandou que o vinho fosse servido à vontade.

A rainha Vasti também ofereceu no palácio real um banquete para todas as mulheres dos convidados.

No sétimo dia de banquetes, o rei já havia bebido bastante vinho e estava muito alegre. Aí ele mandou chamar os sete eunucos que eram os seus servidores particulares.

O rei ordenou que eles fossem buscar a rainha Vasti e que ela viesse com a coroa de rainha na cabeça. Ela era muito bonita, e o rei queria que os nobres e os outros convidados admirassem a sua beleza. Mas a rainha não atendeu à ordem do rei, e por isso ele ficou furioso.

Mais tarde a raiva do rei já havia passado, mas mesmo assim ele continuava a pensar no que Vasti havia feito e no decreto que ele havia assinado contra ela. Aí alguns dos seus servidores mais íntimos lhe disseram:

— Ó rei, mande buscar as mais lindas virgens do reino. Escolha funcionários em todas as províncias e ordene que tragam as moças mais bonitas para o seu harém aqui em Susã, a capital. Hegai, o eunuco responsável pelo harém real, tomará conta delas e fará com que recebam um tratamento de beleza. E então, ó rei, que a moça que mais lhe agradar seja a rainha no lugar de Vasti.

O rei gostou da ideia e fez o que lhe sugeriram.

Em Susã morava um judeu chamado Mordecai, filho de Jair e descendente de Simei e de Quis, da tribo de Benjamim. Quando o rei Nabucodonosor, da Babilônia, levou de Jerusalém como prisioneiro o rei Joaquim, de Judá, Mordecai estava entre os prisioneiros que foram levados com Joaquim. Mordecai levou consigo a sua prima Hadassa, isto é, Ester, uma moça bonita e formosa. Os pais dela tinham morrido, e Mordecai havia adotado a menina e a tinha criado como se ela fosse sua filha.

Quando o rei mandou anunciar a ordem, muitas moças foram levadas para Susã, a capital, e entregues aos cuidados de Hegai, o chefe do harém do palácio. Uma dessas moças era Ester. Hegai gostou dela, e ela conquistou a simpatia dele. Imediatamente ele começou a providenciar para ela o tratamento de beleza e comida especial. Arranjou sete das melhores empregadas do palácio para cuidarem dela e colocou Ester e as empregadas nos melhores quartos do harém.

Ester fez conforme Mordecai tinha mandado e não disse nada a ninguém a respeito da sua raça e dos seus parentes. Todos os dias

Mordecai passeava em frente ao pátio do harém para saber como Ester estava passando e o que ia acontecer com ela.

O tratamento de beleza das moças durava um ano; durante seis meses perfumes de mirra e, no resto do ano, outros perfumes e produtos de beleza. Terminado o tratamento, cada moça era levada ao rei Xerxes. Quando chegava a sua vez de ir do harém até o palácio, cada moça tinha o direito de levar tudo o que quisesse. À tarde ela ia ao palácio e na manhã seguinte ia para outro harém e era entregue aos cuidados de Saasgaz, o eunuco responsável pelas concubinas do rei. Ela não voltava a se encontrar com o rei, a não ser que ele gostasse dela e mandasse chamá-la pelo nome.

Chegou a vez de Ester, filha de Abiail e prima de Mordecai, a moça que Mordecai tinha criado, a moça que conquistava a simpatia de todos os que a conheciam. Quando chegou a sua vez de se encontrar com o rei, ela levou somente aquilo que Hegai, o eunuco responsável pelo harém, havia recomendado. Ester foi levada ao palácio para apresentar-se ao rei Xerxes no mês de tebete, o décimo mês do sétimo ano do seu reinado. Ele gostou dela mais do que de qualquer outra moça, e ela conquistou a simpatia e a admiração dele como nenhuma outra havia feito. Ele colocou a coroa na cabeça dela e a fez rainha no lugar de Vasti. Depois ele deu um grande banquete em honra de Ester e convidou todos os oficiais e servidores. Ele decretou que aquele dia fosse feriado no reino inteiro e distribuiu presentes que só um rei poderia oferecer.

CASTOR E PÓLUX

Nas noites de inverno, a constelação de Gêmeos fica bem a pino, e suas duas principais estrelas, Castor e Pólux, são das mais brilhantes no firmamento. São conhecidas como as estrelas Gêmeas, mas os velhos mitos do tempo dos heróis gregos dizem que eram na verdade meio-irmãos. Leda era a mãe dos dois, sendo Castor filho de Tíndaro, rei de Esparta, e Pólux filho de Zeus, rei dos deuses. Assim sendo, a vida de Castor era delimitada, enquanto Pólux era imortal.

Segundo todos os relatos, os irmãos nunca se separavam, de tão devotados que eram um ao outro, e participaram de muitas aventuras juntos. Fizeram-se ao mar com Jasão e os Argonautas na procura do Velocino de Ouro, e resgataram a irmã Helena, quando foi raptada por Teseu, a mesma bela Helena cujo rosto posteriormente "lançou mil navios" e provocou a Guerra de Troia. Participaram também da famosa caçada, na qual muitos dos heróis mais valentes da Grécia se juntaram para livrar a terra de um monstruoso javali.

A lenda mais famosa de Castor e Pólux trata de como findaram suas vidas aqui na terra. O poeta grego Píndaro conta que Castor foi ferido numa batalha. O irmão correu para junto dele, mas encontrou-o à morte, com o peito arfando, prestes a dar o último suspiro. Pólux fez tudo que pôde, mas já não havia esperança.

— Ó Zeus, meu pai! — gritou Pólux. — Toma minha vida, em lugar da do meu irmão. Se não for possível, deixe-me morrer também. Sem ele, viverei consternado o resto dos meus dias.

Mal terminou de falar, Zeus aproximou-se e disse:

— Você é meu filho, Pólux, e por isso tem vida eterna. Seu irmão nasceu de semente mortal e está fadado, como todos os mortais, a experimentar a morte. Mas vou lhe conceder uma opção. Poderá vir para o Olimpo, conforme é seu direito, e viver com Atena e Ares e os outros deuses. Ou, se quiser compartilhar a imortalidade com seu irmão, então passará metade do tempo sob a terra e a outra metade no lar dourado do firmamento.

Pólux não hesitou um instante sequer e desistiu da vida no Olimpo, escolhendo compartilhar da luz e das trevas com o irmão. Zeus, então, tornou a abrir os olhos de Castor e devolveu-lhe o alento. E podemos ver os dois até hoje, como a constelação de Gêmeos. Passam metade do tempo junto às estrelas do firmamento e a outra metade semi-imersos na escuridão sob a linha do horizonte.

(RS)

O VÉU DE PENÉLOPE

A longa espera de Penélope pelo retorno do marido da Guerra de Troia talvez seja o conto supremo da fidelidade. A paciência, a criatividade, a constância e o amor da rainha de Ítaca fazem dela uma das personagens memoráveis da mitologia grega. A história é tirada da Odisseia, *de Homero, e Odisseu é tratado por seu nome latino,* Ulisses. *A adaptação feita por James Baldwin foi condensada.*

De todos os heróis que lutaram contra Troia, o mais sábio e astuto era Ulisses, rei de Ítaca. Contudo, foi para a guerra contrariado. Desejava ficar em casa, junto à esposa, Penélope, e ao filho, Telêmaco. Mas a princesa da Grécia solicitou sua ajuda, e ele acabou consentindo. A esposa lhe disse:

— Vá, Ulisses, que eu manterei a casa e o reino em segurança até seu retorno.

O pai idoso, Laerte, também falou:

— Cumpra com seu dever, Ulisses, e que a sábia Atena antecipe seu regresso.

E assim, despedindo-se de Ítaca e de tudo que mais estimava, partiu com seus navios para a Guerra de Troia.

Dez longos anos se passaram, e enfim chegaram notícias de que o desgastante cerco a Troia terminara, a cidade jazia em cinzas e os reis gregos estavam regressando para seus domínios. Um a um, os heróis foram voltando para casa; mas não chegavam notícias de Ulisses e seus companheiros. Todos os dias, Penélope, o jovem Telêmaco e o envelhecido Laerte postavam-se no cais, esforçando-se para enxergar além das ondas. Mas não havia sinal onde se vislumbrasse a ponta de uma vela no ar ou o brilho de remos espadanando água. Os meses se passaram, e logo os anos, e nenhum sinal.

— Seus navios naufragaram e ele jaz no fundo do mar — lamentou o velho Laerte, não mais tornando ao cais e permanecendo, daí por diante, recluso em seus pequenos aposentos.

Mas Penélope mantinha as esperanças, sempre:

— Não está morto. E, até ele voltar, resguardarei seu belo reino.

Todos os dias, reservavam-lhe o lugar na mesa. Seu manto era colocado junto à poltrona, seus aposentos eram conservados sempre limpos e seu grande arco que pendia do teto do grande salão era polido frequentemente.

E assim se passaram mais dez anos de vigília ininterrupta. Telêmaco já era um rapaz alto e bem educado. E, em toda a Grécia, só se falava da grande nobreza e beleza de Penélope.

— Mas que besteira! — diziam os príncipes e fidalgos gregos. — Ficar na espera eterna de Ulisses! Todos sabem que ele está morto. Ela deveria se casar com um de nós.

Então, um a um, os fidalgos e príncipes da Grécia que estavam à procura de uma esposa partiram para Ítaca, na esperança de conquistar o amor de Penélope. Eram todos sujeitos arrogantes e insolentes, deleitados com a própria importância e riqueza. Iam direto para o palácio, sem serem convidados, pois sabiam que seriam tratados como hóspedes honrados, fossem bem-vindos ou não.

E resolveram dizer-lhe o seguinte:

— Ora, Penélope! Todos sabemos que Ulisses está morto. Estamos aqui como pretendentes à sua mão; não recuse nossas propostas. Escolha um de nós e os outros irão embora.

Mas Penélope respondeu, entristecida:

— Príncipes e heróis, não pode ser assim. Tenho certeza de que Ulisses está vivo e devo preservar o reino até que regresse.

— Retornar, isso ele não vai fazer! Escolha logo, Penélope.

Mas ela implorou:

— Permitam-me esperar mais um mês. Tenho em meu tear um véu de linho ainda inacabado. Vou usá-lo como mortalha para nosso velho pai, Laerte, que está muito idoso e já não sobreviverá muito tempo. Se Ulisses não chegar até que esteja pronto, escolherei alguém, embora contra minha vontade.

Os pretendentes concordaram e instalaram-se confortavelmente. Aproveitaram o melhor que puderam. Perdulários, banqueteavam-se lautamente no suntuoso salão de refeições e beberam todos os vinhos da adega real. Foram hóspedes grosseiros e espalhafatosos, ocupando os outrora tranquilos aposentos do palácio, um insulto ao povo de Ítaca.

Todos os dias, Penélope sentava-se ao tear e adiantava a confecção do véu.

— Olhem só como aumentou! — dizia ela ao entardecer.

Mas durante a noite, quando todos os pretendentes estavam dormindo, desfazia o trançado dos fios tecidos durante o dia. E assim, embora se mantivesse constantemente ocupada, nunca concluía o trabalho.

Entretanto, as semanas foram passando, e os pretendentes começaram a se irritar com a demora. E, impacientemente, perguntaram:

— Quando estará terminado esse véu?

E Penélope respondeu:

— Tenho me dedicado a ele diariamente, mas o progresso é muito lento. Um trabalho delicado assim não pode ser concluído às pressas.

Mas um dos pretendentes, de nome Agelau, não se deu por satisfeito. Naquela noite, esgueirou-se silenciosamente pelo palácio e foi espiar a sala do tear. E viu Penélope ocupadíssima em desbaratar as tramas do tecido à luz de uma lamparina e sussurrando baixinho o nome de Ulisses.

Na manhã seguinte, o segredo foi espalhado para todos os hóspedes indesejáveis, que disseram à rainha:

— Ora, essa! Vossa Majestade tem agido com muita astúcia, mas nós descobrimos seu segredo. O véu deverá ser concluído antes do próximo nascer do sol e amanhã a escolha será feita. Não esperaremos mais.

No dia seguinte, ao entardecer, os indesejáveis hóspedes se reuniram no grande salão. O banquete foi servido, com muita comida, bebida, cantoria e festa. Fizeram tanto estardalhaço que o madeirame do palácio chegou a estremecer.

Quando a balbúrdia atingiu o apogeu, Telêmaco adentrou o salão, acompanhado de Eumeu, o criado mais antigo e fiel de Ulisses. Juntos, eles começaram a retirar os escudos e espadas que estavam pendurados nas paredes e balançavam com todo aquele alvoroço.

— O que estão fazendo com essas armas? — perguntaram os pretendentes, quando finalmente perceberam a presença do rapaz e do velho. E este lhes respondeu:

— Estão se estragando com a poeira e a fumaça; estarão melhor na sala do tesouro.

E Telêmaco acrescentou:

— Mas deixaremos o velho arco de meu pai pendurado no teto do salão. Minha mãe o mantém limpo e polido diariamente, e sentiria muita falta se o retirássemos também.

— Ela não vai ter muito tempo mais para cuidar dele — riram-se os pretendentes. — Antes do fim do dia, Ítaca terá um novo rei.

Naquele momento, um mendigo desconhecido entrou nos jardins do palácio. Tinha os pés descalços, a cabeça desprotegida e as roupas esfarrapadas. Aproximou-se da porta da cozinha, onde encontrava-se deitado perto do fogo um velho galgo, Argos. Vinte anos antes, era o preferido de Ulisses, e seu cão de caça mais fiel. Mas agora, tendo perdido os dentes e estando quase cego, era apenas vítima dos maus-tratos dos pretendentes de Penélope.

Ao perceber o mendigo atravessando os jardins vagarosamente, o cão levantou a cabeça para ver melhor, e logo despertou em seus velhos olhos uma vivacidade estranha. Abanou a cauda brandamente e tentou reunir as forças que ainda lhe restavam para se erguer. Olhou com carinho para o mendigo e soltou o longo uivo de alegria com que, em sua juventude, costumava saudar o dono.

O mendigo se abaixou e acariciou o animal.

— Argos, meu velho amigo! — sussurrou-lhe o mendigo.

O cão fez um último esforço para pôr-se de pé e caiu; morto, mas com a alegria estampada nos olhos.

Instantes depois, o mendigo se postava na entrada do grande salão, onde pôde ser visto ao dirigir algumas palavras a Telêmaco e ao fiel Eumeu.

— O que quer aqui, seu velho esfarrapado? — perguntaram-lhe os pretendentes, jogando-lhe pedaços de pão contra a cabeça. — Saia daqui. Vá embora.

Naquele momento, porém, Penélope descia as escadas, imponente e bela, cercada de criados e aias.

— A rainha! A rainha! — gritaram os pretendentes. — Ela veio escolher um de nós.

— Telêmaco, meu filho — disse ela —, quem é esse pobre homem que nossos hóspedes tratam com tanta indelicadeza?

— Minha mãe, trata-se de um mendigo errante que as ondas do mar lançaram em nossas praias na noite de ontem. Diz que tem notícias de meu pai.

— Então, é preciso que me conte o que tem a dizer. Mas, antes disso, deve descansar um pouco.

Diante disso, o mendigo foi conduzido a um assento na outra extremidade do salão, e a rainha mandou que lhe propiciassem alimentos e cuidados.

Uma velha criada, que fora ama-seca de Ulisses quando ele era criança, trouxe uma bacia com água e algumas toalhas. Ajoelhou-se diante do estranho e começou a lavar-lhe os pés. De repente, afastou-se assustada, entornando a bacia em seu alvoroço.

— Ó, senhor! A cicatriz! — murmurou baixinho.

— Minha querida ama — sussurrou-lhe o mendigo —, foi sábia sua discrição. Reconheceu-me pela antiga cicatriz que trago no joelho desde a infância. Guarde bem o segredo, pois estou ganhando tempo, e a hora da vingança não tarda.

Pois o mendigo esfarrapado era mesmo Ulisses, o rei. Só, dentro de um pequeno barco, naquela exata manhã, ele fora jogado contra as praias de sua própria ilha. Identificou-se apenas para Telêmaco e o velho Eumeu, e por ordens suas eles retiraram as armas das paredes do salão.

Enquanto isso, os pretendentes tornaram a se reunir em torno da mesa de banquetes e promoveram uma balbúrdia ainda maior do que a anterior. Gritaram para a rainha:

— Venha, adorável Penélope! Esse mendigo pode contar sua história amanhã. É hora de escolher seu novo marido. Decida logo.

— Fidalgos e príncipes — disse ela com a voz trêmula —, deixemos essa decisão nas mãos dos deuses. Vejam, lá está o arco de Ulisses, que só ele era capaz de vergar. Tentem demonstrar sua força ao vergá-lo, e eu escolherei aquele que demonstrar maior habilidade no arremesso da flecha.

— Muito bem! — gritaram os pretendentes, já formando a fila para o teste. O primeiro pegou o arco e tentou vergá-lo durante um bom tempo. Acabou perdendo a paciência, jogou o arco no chão e foi-se embora dizendo:

— Só um gigante seria capaz de vergar um arco assim.

Em seguida, os outros pretendentes empreenderam suas tentativas, um por vez, mas todas foram em vão.

— Talvez o velho mendigo queira entrar no concurso — disse um deles em tom de escárnio.

Ulisses, vestido em seus andrajos, levantou-se e, com andar hesitante, cruzou o salão. Pegou o arco e pôs-se a examiná-lo, a observar o material bem polido, suas formas bem torneadas e as extremidades rígidas como o ferro. E depois disse:

— Tenho a impressão de que, em minha juventude, vi um arco assim.

— Já chega! — gritaram os pretendentes. — Já chega! Vá embora, seu idiota.

De repente, operou-se enorme transformação. Quase sem fazer esforço, o mendigo vergou o arco e arremessou uma flecha. Nesse momento, assumiu sua postura correta, demonstrando que, mesmo vestido de trapos, era um rei da cabeça aos pés.

— Ulisses! Ulisses! — gritou Penélope.

Os pretendentes emudeceram. Entraram imediatamente em pânico tresloucado e tentaram fugir do salão. Mas as flechas de Ulisses foram rápidas e certeiras; nenhuma delas errou o alvo.

— Vingo-me assim daqueles que tentaram destruir meu lar — bradou ele. E os desregrados pretendentes foram sucumbindo, um a um.

No dia seguinte, Ulisses se reuniu no grande salão com Penélope, Telêmaco e todos do castelo, e contou-lhes a história de suas aventuras pelo mar. E Penélope, por sua vez, relatou todos os esforços empreendidos com toda a lealdade para manter o reino, conforme lhe prometera, embora atormentada pelos insolentes e perversos pretendentes. Em seguida, trouxe de seus aposentos um rolo de pano branco e macio, muito delicado e de imensa beleza, e disse:

— É esse o véu, Ulisses. Prometi que, no dia em que estivesse concluído, eu escolheria um marido; e escolho você.

(RS)

A ÚLTIMA LIÇÃO

Alphonse Daudet (1840-1897)

Naquela manhã eu estava muito atrasado para a escola e com muito medo de ser repreendido por M. Hamel, que havia avisado da arguição sobre os particípios, e eu não sabia nem uma linha. De repente me veio a ideia de matar aula e tomar a direção do campo.

O tempo estava tão quente e tão claro!

Ouvia-se os melros assobiarem nos confins do bosque, o que me tentava muito mais do que as regras dos particípios; mas tive força suficiente para resistir e fui correndo para a escola.

Passando na frente da prefeitura, vi que tinha muita gente parada diante do quadro de avisos. Há dois anos todas as más notícias vinham de lá: as batalhas perdidas, as ordens das novas autoridades, as convocações. Eu passei sem me deter. "O que aconteceu?"

Como eu atravessava a praça correndo, o ferreiro Wachter, que ao lado do aprendiz lia o aviso, gritou para mim: "Não corra tanto, pequeno! De qualquer maneira você vai estar adiantado para a escola!" Pensei que estava caçoando de mim e entrei todo ofegante no pequeno pátio de M. Hamel.

Comumente, no começo da aula, desde a rua já se ouvia o alvoroço das carteiras abrindo e fechando, vozes repetindo a lição, todos juntos gritando e tapando os ouvidos para poder compreender e a grande régua do velho mestre que batia nas carteiras. "Um pouco de silêncio!" Eu contava com isso para chegar ao meu banco sem ser notado; mas, justamente neste dia, tudo estava tranquilo como num dia de domingo. Pela janela aberta, eu via meus colegas já enfileirados em seus lugares, e M. Hamel, que passava e repassava com sua terrível régua de ferro na mão. Era preciso abrir a porta e entrar no meio desta calmaria. Imaginem como eu estava vermelho e como estava apavorado!

Que nada! M. Hamel me olhou sem cólera e me disse muito docemente: "Vai rápido para o seu lugar, meu pequeno Frantz, nós íamos começar sem você."

Pulei o banco e me sentei rápido em minha carteira. Somente então, um pouco refeito do meu pavor, observei que nosso mestre vestia sua bela sobrecasaca verde, peitilho plissado fino e o solidéu de seda preta bordada que só usava nos dias de inspeção ou de distribuição de prêmios. Mas o que mais me surpreendeu foi ver no fundo da sala, nos bancos que habitualmente ficavam vazios, pessoas da vila sentadas e silenciosas como nós, o velho Hanser com seu chapéu de três bicos, o antigo prefeito, o velho carteiro, aliás, muitas outras pessoas. Todo mundo parecia triste; e Hanser tinha trazido um velho abecedário, comido nas bordas, que ele segurava aberto sobre os joelhos, com seus grandes óculos colocados atravessados sobre as páginas.

Enquanto eu me espantava com tudo isto, M. Hamel subia em sua cadeira, e, com a mesma voz doce e grave com que havia me recebido, nos disse: "Minhas crianças, é a última vez que lhes dou aula. A ordem veio de Berlim, de só se ensinar o alemão nas escolas da Alsácia e da Lorraine... O novo mestre chega amanhã. Hoje é a sua última lição de francês. Eu lhes peço muita atenção." Estas poucas palavras me transtornaram. Eis o que estava afixado na prefeitura.

Minha última lição de francês!...

E eu mal sabia escrever! Portanto não aprenderia nunca mais! Seria preciso parar aí!... Como lamentava o tempo perdido, as aulas perdidas a caçar ninhos ou a deslizar sobre a Saar! Meus livros, que ainda há pouco achava tão maçantes, tão pesados para carregar, minha gramática, minha história santa, me pareciam agora velhos amigos que me dariam muita pena de abandonar. O mesmo em relação a M. Hamel: a ideia de que ele ia partir, de que eu não o veria mais, me fazia esquecer as punições, as reguadas.

Pobre homem!

Foi em homenagem a esta última aula que ele havia colocado suas belas roupas de domingo, e agora eu compreendia por que os velhos da vila tinham vindo se sentar no fundo da sala. Com isto pareciam dizer que lamentavam não terem vindo mais vezes a esta escola. Era também uma maneira de agradecer a nosso mestre pelos seus quarenta anos de bons serviços e de prestar homenagem à pátria que se ia...

Estava mergulhado em minhas reflexões quando ouvi chamar meu nome. Era minha vez de recitar. O que não daria eu para poder dizer do princípio ao fim toda esta famosa regra dos particípios, bem alto, bem claro, sem um erro! Mas eu me confundi nas primeiras palavras e fiquei de pé a me balançar no meu banco, o coração pesado, sem ousar levantar a cabeça. Eu ouvia M. Hamel, que me chamava: "Eu não lhe repreenderei, meu pequeno Frantz, você já deve estar bem castigado... É verdade. Todos os dias a gente diz: Ah! eu tenho muito tempo. Estudarei amanhã. E depois você vê o que acontece... Ah! este foi o grande mal da nossa Alsácia, de sempre deixar sua instrução para amanhã. Agora aquelas pessoas têm o direito de nos dizer: Como vocês pretendiam ser franceses, se vocês não sabem nem falar nem escrever sua língua?... Nisso tudo, meu pobre Franz, não é você o mais culpado. Todos nós temos nossa parte de reprovações a nos fazer.

"Seus pais não se empenharam muito em vê-los instruídos. Eles preferiram mandá-los trabalhar na terra e nas fiações para ter alguns trocados a mais. Eu mesmo não tenho nada a me reprovar? Será que não lhes fiz muitas vezes regar meu jardim, em vez de estudar? E, quando eu queria ir pescar trutas, me incomodava em lhes dar folga?"

Então, de uma coisa à outra, M. Hamel se pôs a falar da língua francesa, dizendo que era a mais bela língua do mundo, a mais clara, a mais sólida: que era preciso guardá-la entre nós e jamais esquecê-la, porque, quando um povo cai escravo, se conhece bem sua língua, é como se tivesse a chave da prisão!... Depois, pegou uma gramática e nos leu a lição. Eu estava espantado de ver como o compreendia. Tudo que ele dizia me parecia fácil, fácil! Eu acreditava também que nunca tinha escutado tão bem, e que ele nunca fora tão paciente em suas explicações. Parecia que, antes de ir embora, o pobre homem queria nos dar todo o seu saber, fazê-lo entrar de uma vez só em nossa cabeça.

A lição terminada, passamos à escrita. Para aquele dia, M. Hamel nos preparara novos exemplos, sobre os quais estava escrito num belo círculo: França, Alsácia, França, Alsácia.

Pareciam bandeirolas flutuando em volta da classe, penduradas na haste de nossas carteiras. Precisava ver como cada um se aplicava, e que silêncio! Não se ouvia nada além do ranger das penas sobre o papel. Num dado momento, besouros entraram; mas ninguém prestou atenção, nem mesmo os pequenos, que se esforçavam em traçar desenhos com seus bastões, com um coração, uma consciência, como se isto também fosse francês. Sobre o telhado da escola, os pombos arrulhavam baixinho, e eu me dizia, escutando-os: "Será que até eles vão ser obrigados a cantar em alemão?"

De tempos em tempos, quando eu levantava os olhos da minha folha de papel, via M. Hamel imóvel em sua cadeira, fixando os objetos em volta dele, como se quisesse levar com seu olhar toda a sua escolinha... Pense! Há quarenta anos, ele está lá, no mesmo lugar, com o pátio à sua frente e sua sala de aula sempre igual. Somente os bancos, as carteiras mais polidas, enceradas pelo uso, as nogueiras do pátio crescidas, e o lúpulo que ele mesmo plantara formava guirlandas das janelas até o teto. Que tristeza devia ser para este pobre homem deixar todas as coisas e sua irmã, que ia e vinha, no quarto em cima, fechando suas malas! Pois eles deveriam partir no dia seguinte, ir embora para sempre. Assim mesmo, teve a coragem de nos dar a aula até o fim. Depois da escrita, tivemos a lição de história; em seguida os pequenos cantaram BA BE BI BO BU. Lá no fundo da sala, o velho Hauser colocara seus óculos, e, segurando sua cartilha com as duas mãos, soletrava com eles. Via-se que também se esforçava; sua voz tremia de emoção, e era tão engraçado ouvi-lo que nós todos tivemos vontade de rir e de chorar. Ah! me lembrarei desta última aula...

De repente o relógio da igreja soou meio-dia, depois o Angelus. Ao mesmo tempo, as trombetas dos prussianos que voltavam do exercício explodiam sob nossas janelas. M. Hamel se levantou muito pálido em sua cadeira. Nunca tinha me parecido tão grande.

— Meus amigos — disse —, meus amigos, eu... eu...

Mas alguma coisa o sufocava, ele não podia mais acabar a frase. Então se virou para o quadro, pegou um pedaço de giz e, usando todas as suas forças, escreveu o mais forte que conseguiu:

VIVA A FRANÇA!

Depois, ficou lá, a cabeça apoiada na parede, e, sem falar, com a mão nos fazia sinal: "Acabou...vão embora!"

(MAV)

Fé

FÉ, ESPERANÇA E CARIDADE são chamadas de "virtudes teologais" na doutrina cristã. Assinalam disposições de pessoas que se desenvolvem na vida a partir dessa perspectiva religiosa. Entretanto, nada há de especificamente cristão em reconhecer que a fé acrescenta uma dimensão significativa à vida moral da humanidade. A fé é uma fonte de disciplina, força e poder na vida dos fiéis de qualquer credo religioso. É uma força poderosa na experiência humana. A fé compartilhada une as pessoas de uma maneira que não pode ser alcançada por outros meios.

A diferença de fé, por outro lado, cria divisões violentas entre as pessoas. A história mundial das religiões infelizmente confirma a análise de James Madison: "Tão forte é essa propensão da humanidade para cair em animosidades recíprocas que, quando não se apresenta uma ocasião substancial, as mais frívolas e fantasiosas diferenças são suficientes para acirrar suas paixões de inimizade e alimentar os mais violentos conflitos."

A fé contribui para a forma e o conteúdo dos ideais que guiam as aspirações que adotamos para nossa própria vida e afeta nossa maneira de ver e se conduzir em relação aos outros. Quando Paulo cita como "frutos do espírito" o amor, a alegria, a paz, a paciência, a bondade, a generosidade, a confiança, a gentileza e o autocontrole (Gálatas, 5:22-23), está de acordo com todas as religiões. Um ser humano sem fé, sem *reverência* por qualquer coisa, está moralmente à deriva. Num mundo tão fragmentado e cheio de tristezas, a fé, em sua unidade e bondade subjacentes, é um apoio e um estímulo àqueles que trabalham na "superfície" da realidade — seja qual for a tradição religiosa — em busca de amor, alegria, paz, paciência, bondade, generosidade, confiança, gentileza e autocontrole.

DEUS

Casimiro de Abreu (1839-1860)

Eu me lembro! eu me lembro! — Era pequeno
E brincava na praia; o mar bramia
E, erguendo o dorso altivo, sacudia
A branca escuma para o céu sereno.

E eu disse a minha mãe nesse momento:
"Que dura orquestra! Que furor insano!
Que pode haver maior do que o oceano,
Ou que seja mais forte do que o vento?!" —

Minha mãe a sorrir olhou p'r'os céus
E respondeu: — "Um Ser que nós não vemos
É maior do que o mar que nós tememos,
Mais forte que o tufão! meu filho, é — Deus!" —

O SUAVE MILAGRE

Eça de Queiroz (1845-1900)

Nesse tempo, Jesus ainda se não afastara da Galileia e das doces, luminosas margens do Lago de Tiberíade: — mas a nova dos seus milagres penetrara já até Enganim, cidade rica, de muralhas fortes, entre olivais e vinhedos, no país de Issacar.

Uma tarde, um homem de olhos ardentes e deslumbrados passou no fresco vale e anunciou que um novo Profeta, um Rabi formoso, percorria os campos e as aldeias da Galileia, predizendo a chegada do reino de Deus, curando todos os males humanos. E enquanto descansava, sentado à beira da *Fonte dos Vergéis*, contou ainda que esse Rabi, na estrada de Magdala, sarara da lepra o servo de um decurião romano, só com estender sobre ele a sombra das suas mãos; e que noutra manhã, atravessando numa barca para a terra dos Gerassênios, onde começava a colheita do bálsamo, ressuscitara a filha de Jairo, homem considerável e douto que comentava os livros na sinagoga. E como em redor, assombrados, seareiros, pastores, e as mulheres trigueiras com a bilha no ombro, lhe perguntassem se esse era, em verdade, o messias de Judeia, e se diante dele refulgia a espada de fogo, e se o ladeavam, caminhando como as sombras de duas torres, as sombras de Gogue e de Magogue, o homem, sem mesmo beber daquela água tão fria de que bebera Josué, apanhou o cajado, sacudiu os cabelos e meteu pensativamente por sob o Aqueduto, logo sumido na espessura das amendoeiras em flor. Mas uma esperança, deliciosa como o orvalho nos meses em que canta a cigarra, refrescou as almas simples; logo, por toda a campina que verdeja até Áscalon, o arado pareceu mais brando de enterrar, mais leve de mover a pedra do lagar; as crianças, colhendo ramos de anêmonas, espreitavam pelos caminhos se além da esquina do muro, ou de sob o sicômoro, não surgia uma claridade; e nos bancos de pedra, às portas da cidade, os velhos, correndo os dedos pelos fios das barbas, já não desenrolavam, com tão sapiente certeza, os ditames antigos.

Ora então vivia em Enganim um velho, por nome Obede, de uma família pontificial de Samaria, que sacrificara nas aras do Monte Ebal, senhor de fartos rebanhos e fartas vinhas — e com o coração tão cheio de orgulho como o seu celeiro era cheio de trigo. Mas um vento árido e abrasado, esse vento de desolação que ao mando do Senhor sopra das torvas terras de Assur, matara as reses mais gordas das suas manadas, sopra pelas encostas onde as vinhas se enroscavam ao olmo, e se estiravam na latada airosa, só deixara, em torno dos olmos e pilares despidos, sarmentos, cepas mirradas, e a parra roída de crespa ferrugem. E Obede, agachado à soleira da sua porta, com a ponta do manto sobre a face, palpava a poeira, lamentava a velhice, ruminava queixumes contra Deus cruel.

Apenas ouvira falar desse novo Rabi da Galileia, que alimentava as multidões, amedrontava os demônios, emendava todas as desventuras — Obede, homem lido, que viajara na Fenícia, logo pensou que Jesus seria um desses feiticeiros, tão costumados na Palestina, como Apolônio, ou Rabi Ben-Dossa, ou Simão, o Sutil. Esses, mesmo nas noites tenebrosas, conversavam com as estrelas, para eles sempre claras e fáceis nos seus segredos; com uma vara afugentam de sobre as searas os moscados gerados nos lodos do Egito; e agarravam entre os dedos as sombras das árvores, que conduzem, como toldos benéficos, para cima das eiras, à hora da sesta. Jesus da Galileia, mais novo, com magias mais viçosas decerto, se ele largamente o pagasse, sustaria a mortandade dos seus gados, reverdeceria os seus vinhedos. Então Obede ordenou aos seus servos que partissem, procurassem por toda a Galileia o Rabi novo, e, com promessa de dinheiros ou alfaias, o trouxessem a Enganim, no país de Issacar.

Os servos apertaram os cinturões de couro e largaram pela estrada das caravanas, que, costeando o Lago, se estende até Damasco. Uma tarde, avistaram sobre o poente, vermelho como uma romã muito madura, as neves finas do monte Hermo. Depois, na frescura de uma manhã macia, o Lago de Tiberíade resplandeceu diante deles, transparente, coberto de silêncio, mais azul que o céu, todo orlado de prados floridos, de densos vergéis, de rochas de pórfiro e de alvos terraços por entre os palmares, sob o voo das rolas. Um pescador que desamarrava preguiçosamente a sua barca de uma ponta de relva, assombreada de aloendros, escutou, sorrindo, os servos. O Rabi de Nazaré? Oh! desde o mês de Ijar, o Rabi descera, com os seus discípulos, para os lados para onde o Jordão leva as águas.

Os servos, correndo, seguiram pelas margens do rio, até adiante do vau, onde ele se estira num largo remanso, e descansa, e um instante dorme, imóvel e verde, à sombra dos tamarindos. Um homem da tribo dos Essênios, todo vestido de linho branco, apanhava lentamente ervas salutares, pela beira da água, com um cordeirinho branco ao colo. Os servos humildemente saudaram-no, porque o povo ama aqueles homens de coração tão limpo e claro e cândido como as suas vestes, cada manhã lavadas em tanques purificados. E sabia ele da passagem do novo Rabi da Galileia que, como os Essênios, ensinava a doçura, e curava as gentes e os gatos? O Essênio murmurou que o Rabi atravessara o oásis de Engada, depois se adiantara para além...

— Mas onde, "além?" — Movendo um ramo de flores roxas que colhera, o Essênio mostrou as terras de além Jordão, a planície de Moabe. Os servos vadearam o rio — e debalde procuraram Jesus, arquejando pelos rudes trilhos, até as fragas onde se ergue a cidadela sinistra de Macaur... No Poço de Iacube repousava uma larga caravana, que conduzia para o Egito mirra, especiarias e bálsamos de Gileade: e os cameleiros, tirando a água com os baldes de couro, contaram aos servos de Obede que em Gádares, pela lua nova, um Rabi maravilhoso, maior que Davi ou Isaías, arrancara sete demônios do peito de uma tecedeira e que, à sua voz, um homem degolado pelo salteador Barrabás se erguera da sua sepultura e recolhera ao seu horto. Os servos, esperançados, subiram logo açodadamente pelo caminho dos peregrinos até Gádares, cidade de altas torres, e ainda mais longe, até as nascentes de Amalha... Mas Jesus, nessa madrugada, seguido por um povo que cantava e sacudia ramos de mimosa, embarcara no Lago, num barel de pesca, e à vela navegara para Magdala. E os servos de Obede, descoroçoados, de novo passaram o Jordão na Ponte das Filhas de Jacó. Um dia, já com as sandálias rotas dos longos caminhos, pisando já as terras da Judeia romana, cruzaram um fariseu sombrio, que recolhia a Efraim, montado na sua mula. Com devota reverência detiveram o homem da Lei. Encontrara ele, por acaso, esse Profeta novo da Galileia que, como um deus passeando na terra, semeava milagres? A adunca face do fariseu escureceu, enrugada, e a sua cólera retumbou como um tambor orgulhoso:

— Oh escravos pagãos! Oh blasfemos! Onde ouvistes que existem profetas ou milagres fora de Jerusalém? Só Jeová tem força no seu Templo. De Galileia surgem os néscios e os impostores...

E como os servos recuavam ante o seu punho erguido, todo enrodilhado de dísticos sagrados — o furioso Doutor saltou da mula, e, com as pedras da estrada, apedrejou os servos de Obede, uivando: *Raca*! *Raca*!, e todos os anátemas rituais. Os servos fugiram para Enganim. E grande foi a desconsolação de Obede, porque os seus gados morriam, as suas vinhas secavam — e, todavia, radiantemente, como uma alvorada por detrás de serras, crescia, consoladora e cheia de promessas divinas, a fama de Jesus da Galileia.

Por esse tempo, um centurião romano, Públio Séptimo, comandava o forte que domina o vale de Cesareia, até a cidade e ao mar. Públio, homem áspero, veterano da campanha de Tibério contra os partas, enriquecera durante a revolta de Samaria com presas e saques; possuía minas na Ática, e gozava, como favor supremo dos deuses, a amizade de Flaco, legado imperial da Síria. Mas uma dor roía a sua prosperidade muito poderosa, como um verme rói um fruto muito suculento. Sua filha única, para ele mais amada que vida e bens, definhava com um mal sutil e lento, estranho mesmo ao saber dos esculápios e mágicos que ele mandara consultar a Sídon e a Tiro. Branca e triste como a lua num cemitério, sem um queixume, sorrindo palidamente a seu pai, definhava, sentada na alta esplanada do forte, sob um velário, alongando saudosamente os negros olhos tristes pelo azul do mar de Tiro, por onde ela navegara da Itália, numa opulenta galera. Ao seu lado, por vezes, um legionário entre as ameias apontava vagarosamente ao alto a flecha, e varava uma grande águia, voando de asa serena, no céu rutilante. A filha de Séptimo seguia um momento a ave, torneando até bater morta sobre as rochas: — depois, com um suspiro, mais triste e mais pálida, recomeçava a olhar para o mar.

Então Séptimo, ouvindo contar a mercadores de Corazim deste Rabi admirável, tão potente sobre os Espíritos, que sarava os males tenebrosos da alma, destacou três decúrias de soldados para que o procurassem pela Galileia e por todas as cidades da Decápolis, até a costa e até Áscalon. Os soldados enfiaram os escudos nos sacos de lona, espetaram nos elmos ramos de oliveira, e as suas sandálias ferradas apressadamente se afastaram, ressoando sobre as lajes de basalto da estrada romana, que desde Cesareia até ao Lago corta toda a tetrarquia de Herodes. As suas armas, de noite, brilhavam no topo das colinas, por entre a chama ondeante dos archotes erguidos. De dia invadiam os casais, rebuscavam a espessura dos pomares, esfuracavam com a ponta das lanças a palha das medas; e as mulheres, assustadas, para os amansar, logo acudiam com bolos de mel, figos novos, e malgas cheias de vinho, que eles bebiam de um trago, sentados à sombra dos sicômoros. Assim correram a Baixa Galileia — e, do Rabi, só encontraram o sulco luminoso nos corações. Enfastiados com as inúteis marchas, desconfiando que os judeus sonegassem o seu feiticeiro para que os romanos não aproveitassem do superior feitiço, derramavam com tumulto a sua cólera, através da piedosa terra submissa. À entrada das pontes detinham os peregrinos, gritando o nome do Rabi, rasgando os véus às virgens; e, à hora em que os cântaros se enchem nas cisternas, invadiam as ruas estreitas dos burgos, penetravam nas sinagogas, e batiam sacrilegamente com os punhos das espadas nas *Thebahs*, os Santos Armários de cedro que continham os Livros Sagrados. Nas cercanias de Hébron arrastaram os solitários pelas barbas para fora das grutas, para lhes arrancar o nome do deserto ou do palmar em que se ocultava o Rabi: — e dous mercadores fenícios que vinham de Jopé com uma carga de malobrato, a quem nunca chegara o nome de Jesus, pagaram por esse delito cem dracmas a cada decurião. Já a gente dos campos, mesmo os bravios pastores de Idumeia, que levam as reses brancas para o Templo, fugiam espavoridos para as serranias, apenas luziam, nalguma volta do caminho, as armas do bando violento. E da beira dos eirados, as velhas sacudiam como taleigos a ponta dos cabelos desgrenhados e arrojavam sobre eles as Más Sortes, invocando a vingança de Elias. Assim tumultuosamente erraram até Áscalon. Não encontraram Jesus e retrocederam ao longo da costa, enterrando as sandálias nas areias ardentes.

Uma madrugada, perto de Cesareia, marchando num vale, avistaram sobre um outeiro um verde-negro bosque de loureiros, onde alvejava, recolhidamente, o fino e claro pórtico de um templo. Um velho, de compridas barbas brancas, coroado de folhas do louro, vestido com uma túnica cor de açafrão, segurando uma curta lira de três cordas, esperava gravemente, sobre os degraus de mármore, a aparição do sol. Debaixo, agitando um ramo de oliveira, os soldados bradaram pelo Sacerdote. Conhecia ele um novo Profeta que surgira na Galileia, e tão destro em milagres que ressuscitava os mortos e mudava a água em vinho? Serenamente, alargando os braços, o sereno velho exclamou por sobre a rociada verdura do vale:

— Oh romanos, pois acreditais que em Galileia ou Judeia apareçam profetas consumando milagres? Como pode um bárbaro alterar a ordem instituída por Zeus?... Mágicos e feiticeiros são vendilhões, que murmuram palavras ocas para arrebatar a espórtula dos simples... Sem a permissão dos imortais, nem um galho seco pode tombar da árvore, nem seca folha pode ser sacudida na árvore. Não há profetas, não há milagres... Só Apolo Délfico conhece o segredo das cousas!

Então, devagar, com a cabeça derrubada, como numa tarde de derrota, os soldados recolheram à fortaleza de Cesareia. E grande foi o desespero de Séptimo, porque sua filha morria, sem um queixume, olhando o mar de Tiro — e todavia a fama de Jesus, curador dos lânguidos males, crescia, sempre mais consoladora e fresca, como a aragem da tarde que sopra do Hermo e, através dos hortos, reanima e levanta as açucenas pendidas.

Ora entre Enganim e Cesareia, num casebre desgarrado, sumido na prega de um cerro, vivia a esse tempo uma viúva, mais desgraçada mulher que todas as mulheres de Israel. O seu filhinho único, todo aleijado, passara do magro peito a que ela o criara para os farrapos da enxerga apodrecida, onde jazera, sete anos passados, mirrando e gemendo. Também a ela a doença a engelhara dentro dos trapos nunca mudados, mais escura e torcida que uma cepa arrancada. E, sobre ambos, espessamente a miséria cresceu como o bolor sobre cacos perdidos num ermo. Até na lâmpada de barro vermelho secara havia muito o azeite. Dentro da arca pintada não restava grão ou côdea. No estilo, sem pasto, a cabra morrera. Depois, no quinteiro, secara a figueira. Tão longe do povoado, nunca esmola de pão ou mel entrava o portal. E só ervas apanhadas nas fendas das rochas, cozidas sem sal, nutriam aquelas criaturas de Deus na Terra Escolhida, onde até às aves maléficas sobrava o sustento!

Um dia um mendigo entrou no casebre, repartiu do seu farnel com a mãe amargurada e, um momento sentado na pedra da lareira, coçando as feridas das pernas, contou dessa grande esperança dos tristes, esse Rabi que aparecera na Galileia, que de um pão no mesmo cesto fazia sete, que amava todas as criancinhas, que enxugava todos os prantos, que prometia aos pobres um grande e luminoso Reino de abundância maior que a corte de Salomão. A mulher escutava, com olhos famintos. E esse doce Rabi, esperança dos tristes, onde se encontrava? O mendigo suspirou. Ah esse doce Rabi, quantos o desejavam, que se desesperançavam! A sua fama andava por sobre toda a Judeia, como o sol que até por qualquer velho muro se estende e se goza; mas para enxergar a claridade do seu rosto, só aqueles ditosos que o seu desejo escolhia. Obede, tão rico, mandara os seus servos por toda a Galileia para que procurassem Jesus, que o chamassem com promessas a Enganim; Séptimo, tão soberano, destacara os seus soldados até a costa do mar para que buscassem Jesus, que o conduzissem, por seu mando, a Cesareia. Errando, esmolando por tantas estradas, ele topara os servos de Obede, depois os legionários de Séptimo. E todos voltavam, como derrotados, com as sandálias rotas, sem ter descoberto em que mata ou cidade, em que toca ou palácio, se escondia Jesus.

A tarde caía. O mendigo apanhou o seu bordão, desceu pelo duro trilho, entre a urze e a rocha. A mãe retomou o seu canto, mais vergada, mais abandonada. E então o filhinho, num murmúrio mais débil que o roçar de uma asa, pediu à mãe que lhe trouxesse esse Rabi, que amava as criancinhas, ainda as mais pobres, sarava os males, ainda os mais antigos. A mãe apertou a cabeça esguedelhada:

— Oh filho! e como queres que te deixe e me meta aos caminhos à procura do Rabi da Galileia? Obede é rico e tem servos, e debalde buscaram Jesus por areias e colinas, desde Corazim até ao país de Moabe. Séptimo é forte e tem soldados, e debalde correram por Jesus desde o Hébron até ao mar! Como queres que te deixe? Jesus anda por muito longe, e a nossa dor mora conosco, dentro destas paredes, e dentro delas nos prende. E mesmo que o encontrasse, como convenceria eu o Rabi tão desejado, por quem ricos e fortes suspiram, a que descesse através das cidades até este ermo, para sarar um entrevadinho tão pobre, sobre enxerga tão rota?

A criança, com duas longas lágrimas na face magrinha, murmurou:

— Oh mãe! Jesus ama todos os pequeninos. E eu ainda tão pequeno, e com um mal tão pesado, e que tanto queria sarar!

E a mãe, em soluços:

— Oh meu filho, como posso te deixar? Longas são as estradas da Galileia, e curta a piedade dos homens. Tão rota, tão trôpega, tão triste, até os cães me ladrariam da porta dos casais. Ninguém atenderia o meu recado e me apontaria a morada do doce Rabi. Oh filho! talvez Jesus tenha morrido... Nem mesmo os ricos e os fortes o encontram. O céu o trouxe, o céu o levou. E com ele para sempre morreu a esperança dos tristes.

Dentre os negros trapos, erguendo as suas pobres mãozinhas que tremiam, a criança murmurou:

— Mãe, eu queria ver Jesus...

E logo, abrindo devagar a porta e sorrindo, Jesus disse à criança:

— Aqui estou.

A ARCA DE NOÉ

Esta é a história de Noé. Ele foi pai de três filhos: Sem, Cam e Jafé. Noé era um homem direito e sempre obedecia a Deus. Entre os homens do seu tempo, Noé vivia em comunhão com Deus. Para Deus, todas as outras pessoas eram más e havia violência por toda parte. Deus olhou para o mundo e viu que estava cheio de pecado, pois todas as pessoas só faziam coisas más.

Deus disse a Noé:

— Resolvi acabar com todos os seres humanos. Eu os destruirei completamente e destruirei também a terra, pois está cheia de violência. Pegue madeira boa e construa para você uma grande barca. Faça divisões nela e tape todos os buracos com piche, por dentro e por fora. As medidas serão as seguintes: cento e trinta e três metros de comprimento por vinte e dois de largura por treze de altura. Faça uma coberta para a barca e deixe um espaço de meio metro entre os lados e a coberta. Construa três andares na barca e ponha uma porta num dos lados. Vou mandar um dilúvio para cobrir a terra a fim de destruir tudo o que tem vida; tudo o que há na terra morrerá. Mas com você eu vou fazer um acordo. Portanto, entre na barca e leve com você a sua mulher, os seus filhos e as suas noras. Também leve para dentro da barca um macho e uma fêmea de todas as espécies de aves, de todas as espécies de animais e de todas as espécies de seres que se arrastam pelo chão, a fim de conservá-los vivos. Ajunte e leve todo tipo de comida para que você e os animais tenham o que comer.

E Noé fez tudo conforme Deus havia mandado.

Depois o Deus Eterno disse a Noé:

— Entre na barca, você e toda a sua família, pois eu tenho visto que é a única pessoa que faz o que é certo. Leve junto com você sete casais de cada espécie de animal puro e um casal de cada espécie de animal impuro. Leve também sete casais de cada espécie de ave, para que se conservem as espécies que existem na terra. Pois daqui a sete dias eu vou fazer chover durante quarenta dias e quarenta noites. Assim vou acabar com todos os seres vivos que criei.

E Noé fez tudo conforme o que o Deus Eterno havia mandado. Noé tinha seiscentos anos de idade quando as águas do dilúvio cobriram a terra. A fim de escapar do dilúvio, ele entrou na barca junto com os seus filhos, a sua mulher e as suas noras. Os animais puros e os impuros, os que se arrastam pelo chão e as aves entraram com Noé na barca de dois em dois, macho e fêmea, como Deus havia mandado. Sete dias depois, as águas do dilúvio começaram a cobrir a terra.

Nesse tempo, Noé tinha seiscentos anos. No dia dezessete do segundo mês, se arrebentaram todas as fontes do grande mar, e foram abertas as janelas do céu, e caiu chuva sobre a terra durante quarenta dias e quarenta noites. Nesse mesmo dia Noé e a sua mulher entraram na barca junto com os seus filhos Sem, Cam e Jafé e as suas mulheres. Com eles entraram animais de todas as espécies: os domésticos e os selvagens, os que se arrastam pelo chão e as aves. Todos os animais entraram com Noé na barca, de dois em dois. Entraram machos e fêmeas de cada espécie, de acordo com o que Deus havia mandado Noé fazer. Aí o Deus Eterno fechou a porta da barca.

O dilúvio durou quarenta dias. A água subiu e levantou a barca, e ela começou a boiar. A água foi subindo, e a barca continuou a boiar. A água subiu tanto que cobriu todas as montanhas mais altas da terra. E depois ainda subiu mais sete metros. Morreram todos os seres vivos que havia na terra, isto é, as aves, os animais domésticos, os animais selvagens, os animais que se arrastam pelo chão e os seres humanos. Morreu tudo o que havia na terra, tudo o que tinha vida e respirava. Somente Noé e os que estavam com ele na arca ficaram vivos. O resto foi destruído, isto é, os seres humanos, os animais domésticos, os animais selvagens e os que se arrastam pelo chão e as aves. Só cento e cinquenta dias depois é que a água começou a baixar.

Então Deus se lembrou de Noé e de todos os animais que estavam com ele na barca. Deus fez que um vento soprasse sobre a terra, e a água começou a baixar. As fontes do grande mar e as janelas do céu se fecharam. Parou de chover, e durante cento e cinquenta dias a água foi baixando pouco a pouco. No dia dezessete do sétimo mês, a barca parou na região montanhosa de Ararate. A água continuou a baixar, até que no primeiro dia do décimo mês apareceram os picos das montanhas.

No fim de quarenta dias, Noé abriu a janela que havia feito na barca e soltou um corvo, que ficou voando de um lado para outro, esperando que a terra secasse. Depois Noé soltou uma pomba a fim de ver se a terra já estava seca; mas a pomba não achou lugar para pousar porque a terra ainda estava toda coberta de água. Aí Noé estendeu a mão, pegou a pomba e a pôs dentro da barca.

Noé esperou mais sete dias e soltou a pomba de novo. Ela voltou à tardinha, trazendo no bico uma folha verde de oliveira. Assim Noé ficou sabendo que a água havia baixado. E ele esperou mais sete dias e de novo soltou a pomba, e dessa vez ela não voltou.

Quando Noé tinha seiscentos e um anos, as águas que estavam sobre a terra secaram. No dia primeiro do primeiro mês, Noé tirou a coberta da barca e viu que a terra estava secando. No dia vinte e sete do segundo mês, a terra estava bem seca. Aí Deus disse a Noé:

— Saia da barca junto com a sua mulher, os seus filhos e as suas noras. Faça sair também todos os animais que estão com você, isto é, as aves, os animais domésticos, os animais selvagens e os que se arrastam pelo chão. Que eles se espalhem por toda parte e tenham muitas crias para encher a terra.

Assim Noé e a sua mulher saíram da barca, junto com os seus filhos e as suas noras. Também saíram todos os animais e as aves, em grupos, de acordo com as suas espécies.

Noé construiu um altar para oferecer sacrifícios ao Deus Eterno. Ele pegou aves e animais puros, um de cada espécie, e os queimou como sacrifício no altar. O cheiro dos sacrifícios agradou ao Deus Eterno, e ele pensou assim: "Nunca mais vou amaldiçoar a terra por causa da raça humana, pois eu sei que desde a sua juventude as pessoas só pensam em coisas más. Também nunca mais destruirei todos os seres vivos, como fiz desta vez. Enquanto o mundo existir, sempre haverá semeadura e colheita, frio e calor, verão e inverno, dia e noite."

Deus abençoou Noé e os seus filhos, dizendo o seguinte:

— Tenham muitos filhos, e que os seus descendentes se espalhem por toda a terra. Todos os animais selvagens, todas as aves, todos os animais que se arrastam pelo chão e todos os peixes terão medo e pavor de vocês. Todos eles serão dominados por vocês. Vocês podem comer os animais e também as verduras; eu os dou para vocês como alimento. Mas uma coisa que vocês não devem comer é carne com sangue, pois no sangue está a vida. Eu acertarei as contas com cada ser humano e com cada animal que matar alguém. O ser humano foi criado parecido com Deus, e por isso quem matar uma pessoa será morto por outra.

— Tenham muitos filhos, e que os descendentes de vocês se espalhem por toda a terra.

Deus também disse a Noé e aos seus filhos:

— Agora vou fazer o meu acordo com vocês e com os seus descendentes e com todos os animais que saíram da barca e que estão com vocês, isto é, as aves, os animais domésticos e os animais do mundo. Eu faço o seguinte acordo com vocês: prometo que nunca mais os seres vivos serão destruídos por um dilúvio. E nunca mais haverá outro dilúvio para destruir a terra. Como sinal deste acordo que estou fazendo para sempre com vocês e com todos os animais, vou colocar o meu arco nas nuvens. O arco-íris será o sinal do acordo que estou fazendo com o mundo. Quando eu cobrir de nuvens o céu e aparecer o arco-íris, então eu me lembrarei do acordo que fiz com vocês e com todos os animais. E assim não haverá outro dilúvio para destruir todos os seres vivos. Quando o arco-íris aparecer nas nuvens, eu o verei e me lembrarei do acordo que fiz para sempre com todos os seres vivos que há no mundo. O arco-íris é o sinal do acordo que estou fazendo com todos os seres vivos que vivem na terra.

JÓ

Na terra de Uz morava um homem chamado Jó. Ele era bom e honesto, temia a Deus e procurava não fazer nada que fosse errado. Jó tinha sete filhos e três filhas e era dono de sete mil ovelhas, três mil camelos, mil bois e quinhentas jumentas. Tinha também um grande número de escravos. Enfim, Jó era o homem mais rico de todo o Oriente.

Chegou o dia em que os servidores celestiais vieram apresentar-se diante do Deus Eterno, e no meio deles veio também Satanás. O Eterno perguntou:

— De onde você vem vindo?

Satanás respondeu:

— Estive dando uma volta pela terra, passeando por aqui e por ali.

Aí o Deus Eterno disse:

— Você notou o meu servo, Jó? No mundo inteiro não há ninguém tão bom e honesto como ele. Ele me teme e procura não fazer nada que seja errado.

Satanás respondeu:

— Será que não é por interesse próprio que Jó teme? Tu não deixas que nenhum mal aconteça a ele, à sua família e a tudo o que ele tem. Abençoas tudo o que Jó faz, e no país inteiro ele é o homem que tem mais cabeças de gado. Mas, se tirares tudo o que é dele, verás que ele te amaldiçoará sem nenhum respeito.

O Deus Eterno disse a Satanás:

— Pois bem. Faça o que quiser com tudo o que Jó tem, mas não faça nenhum mal a ele mesmo.

Aí Satanás saiu da presença do Deus Eterno e fez que o corpo de Jó ficasse coberto de feridas horríveis, desde as solas dos pés até o alto da cabeça. Jó sentou-se num monte de cinza e pegou um caco para se coçar. E a mulher dele disse:

— Você ainda continua sendo bom? Amaldiçoe a Deus e morra!

Jó respondeu:

— Você está dizendo uma bobagem! Se recebemos de Deus as coisas boas, por que não vamos aceitar também as desgraças?

Assim, apesar de tudo, Jó não pecou nem disse uma só palavra contra Deus.

Jó tinha três amigos: Elifaz, da região de Temã; Bildade, da região de Sua; e Zofar, da região de Naamá. Eles ficaram sabendo das desgraças que haviam acontecido a Jó e combinaram fazer-lhe uma visita para falarem de como estavam tristes pelo que lhe havia acontecido e para consolá-lo. De longe eles não reconheceram Jó, mas depois, quando viram que era ele, começaram a chorar e a gritar. Em sinal de tristeza rasgaram as suas roupas e jogaram pó para o ar e sobre as suas cabeças. Em seguida sentaram-se no chão ao lado dele e ficaram ali sete dias e sete noites; e não disseram nada, pois viam que Jó estava sofrendo muito.

Finalmente Jó quebrou o silêncio e amaldiçoou o dia do seu nascimento:

— Maldito o dia em que nasci! Maldita a noite em que disseram: "Já nasceu! É homem!" Por que não nasci morto? Por que não morri ao nascer? Por que a minha mãe me segurou no colo? Por que me deu o seio e me amamentou? Por que os infelizes continuam vendo a luz? Por que deixar que vivam os que têm o coração amargurado? Eles esperam a morte, e ela não vem, embora a desejem mais do que riquezas.

Elifaz:

— Jó, será que você ficará ofendido se eu falar? Mas quem é que pode ficar calado? Você ensinou muita gente e deu forças a muitas pessoas desanimadas. Quando alguém tropeçava, cansado e fraco, as suas palavras o animavam a ficar de pé. Mas agora que chegou a vez de sofrer, como é que você perde a paciência e a coragem? O seu temor a Deus não lhe dá confiança?

Então Jó respondeu assim:

— Eu reconheço, ó Deus Eterno, que para ti nada é impossível e que nenhum dos teus planos pode ser impedido. Tu me perguntaste como me atrevi a pôr em dúvida a tua sabedoria, visto que sou tão ignorante. É que falei de coisas que eu não compreendia, coisas que eram maravilhosas demais para mim e que eu não podia entender. Tu me mandaste escutar o que estavas dizendo e responder às tuas perguntas. Antes eu te conhecia só por ouvir falar, mas agora eu te vejo com os meus próprios olhos. Por isso estou envergonhado de tudo o que disse e me arrependo, sentado aqui no chão, num monte de cinzas.

Depois que acabou de falar com Jó, o Deus Eterno disse a Elifaz:

— Estou muito irado com você e com os seus amigos, pois vocês não falaram a verdade a meu respeito, como o meu servo Jó falou. Agora peguem sete touros e sete carneiros, levem a Jó e ofereçam como sacrifício em favor de vocês. O meu servo Jó orará por vocês, e eu aceitarei a sua oração e não os castigarei como merecem, embora vocês não tenham falado a verdade a meu respeito, como Jó falou.

Então, Elifaz, Bildade e Zofar foram e fizeram o que o Deus Eterno havia mandado, e ele aceitou a oração de Jó.

Depois que Jó acabou de orar pelos seus três amigos, o Deus Eterno fez que ele ficasse rico de novo e lhe deu em dobro tudo o que tinha tido antes. Todos os seus irmãos e irmãs e todos os seus amigos foram visitá-lo e tomaram parte num banquete na casa dele. Falaram de como estavam tristes pelo que lhe havia acontecido e o consolaram por todas as desgraças que o Deus Eterno havia feito cair sobre ele. E cada um lhe deu dinheiro e um anel de ouro.

O Deus Eterno abençoou a última parte da vida de Jó mais do que a primeira. Ele chegou a ter catorze mil ovelhas, seis mil camelos, dois mil bois e mil jumentas. Também foi pai de sete filhos e três filhas. À primeira deu o nome de Jemima; à segunda chamou Quezia; e à terceira, Querém-Hapuque. No mundo inteiro não havia mulheres tão lindas como as filhas de Jó. E o pai as fez herdeiras dos seus bens, junto com os seus irmãos.

Depois disso Jó ainda viveu cento e quarenta anos, o bastante para ver netos e bisnetos. E morreu bem velho.

EU NUNCA VI O URZAL

Emily Dickinson, tradução de José Lino Grünewald

Eu nunca vi o urzal,
Eu nunca vi o mar;
Mas sei como é a urze,
E onde a onda deve estar.

Jamais falei com Deus
Nem o céu visitei
Porém sei do lugar;
Pois o mapa eu ganhei.

A FORNALHA

Daniel 3, 1-30

O rei Nabucodonosor mandou fazer uma estátua que media vinte e sete metros de altura por dois metros e setenta de largura e ordenou que a pusessem na planície de Durá, na província da Babilônia. Depois ordenou que todos os governadores regionais, os prefeitos, os governadores das províncias, os juízes, os tesoureiros, os magistrados, os conselheiros e todas as outras autoridades viessem à cerimônia de inauguração da estátua. Todos eles vieram e ficaram de pé em frente da estátua para a cerimônia de inauguração. Aí o encarregado de anunciar o começo da cerimônia disse em voz alta:

— Povos de todas as nações, raças e línguas! Quando ouvirem o som das trombetas, das flautas, das cítaras, das liras, das harpas e dos instrumentos musicais, ajoelhem-se todos e adorem a estátua de ouro que o rei Nabucodonosor mandou fazer. Quem não se ajoelhar e adorar a estátua será jogado na mesma hora numa fornalha acesa.

Assim, logo que os instrumentos começaram a tocar, todas as pessoas que estavam ali se ajoelharam e adoraram a estátua de ouro.

Foi nessa hora que alguns astrólogos aproveitaram a ocasião para acusar os judeus. Eles disseram a Nabucodonosor:

— Que o rei viva para sempre! O senhor deu a seguinte ordem: "Quando ouvirem o som dos instrumentos musicais, todos se ajoelharão e adorarão a estátua de ouro. Quem desobedecer a essa ordem será jogado numa fornalha acesa." Ora, o senhor pôs como administradores da província da Babilônia alguns judeus. Esses judeus — Sadraque, Mesaque e Abede-Nego — não respeitam o senhor, não prestam culto ao deus do senhor nem adoram a estátua de ouro que o senhor mandou fazer.

Ao ouvir isso, Nabucodonosor ficou furioso e mandou chamar Sadraque, Mesaque e Abede-Nego. Eles foram levados para o lugar onde o rei estava, e ele lhes disse:

— É verdade que vocês não prestam culto ao meu deus nem adoram a estátua de ouro que eu mandei fazer? Pois bem, será que agora vocês estão dispostos a se ajoelharem e a adorarem a estátua, logo que os instrumentos começarem a tocar? Se não, vocês serão jogados na mesma hora numa fornalha acesa. E quem é o deus que os poderá salvar?

Sadraque, Mesaque e Abede-Nego responderam assim:

— Ó rei, nós não vamos nos defender. Pois, se o nosso Deus, a quem adoramos, quiser, ele poderá nos salvar da fornalha e nos livrar do seu poder, ó rei. E, mesmo que o nosso Deus não nos salve, o senhor pode ficar sabendo que não prestaremos culto ao seu deus nem adoraremos a estátua de ouro que o senhor mandou fazer.

Ao ouvir isso, Nabucodonosor ficou furioso com os três jovens e, vermelho de raiva, mandou que se esquentasse a fornalha sete vezes mais do que de costume. Depois mandou que os seus soldados mais fortes amarrassem Sadraque, Mesaque e Abade-Nego e os jogassem na fornalha. Os três jovens, completamente vestidos com os seus mantos, capas, chapéus e todas as outras roupas, foram amarrados e jogados na fornalha. A ordem do rei tinha sido cumprida, e a fornalha estava mais quente do que nunca; por isso as labaredas mataram os soldados que jogaram os três jovens lá dentro. E, amarrados, Sadraque, Mesaque e Abede-Nego caíram na fornalha.

De repente Nabucodonosor se levantou e perguntou, muito espantado, aos seus conselheiros:

— Não foram três os homens que amarramos e jogamos na fornalha?

— Sim, senhor — responderam eles.

— Como é, então, que estou vendo quatro homens andando soltos na fornalha? — perguntou o rei. — Eles estão passeando lá dentro, sem sofrerem nada. E o quarto homem parece um anjo.

Aí o rei chegou perto da porta da fornalha e gritou:

— Sadraque, Mesaque e Abede-Nego, servos do Altíssimo Deus, saiam daí e venham cá!

Os três saíram da fornalha, e todas as autoridades que estavam ali chegaram perto deles e viram que o fogo não havia feito nenhum mal a eles. As labaredas não tinham chamuscado nem um cabelo das suas cabeças, as suas roupas não estavam queimadas, e eles não estavam com cheiro de fumaça. O rei gritou:

— Que o Deus de Sadraque, Mesaque e Abede-Nego seja louvado! Ele enviou o seu Anjo e salvou os seus servos, que confiam nele. Eles não cumpriram a minha ordem; ao contrário, escolheram morrer em vez de se ajoelharem e adorarem um deus que não era o deles. Por isso ordeno que qualquer pessoa, seja qual for a sua raça, nação ou língua, que insultar o nome do Deus de Sadraque, Mesaque e Abede-Nego seja cortada em pedaços e que a sua casa seja completamente arrasada. Pois não há outro Deus que possa salvar como este.

Então o rei Nabucodonosor colocou os três jovens em cargos ainda mais importantes na província da Babilônia.

DANIEL NA COVA DOS LEÕES

Daniel 6, 1-28

O rei Dario resolveu dividir o país em cento e vinte províncias e escolher cento e vinte homens para governá-las. A fim de que tudo corresse bem e não houvesse prejuízo, o rei nomeou três ministros para controlarem os cento e vinte governadores. Um desses ministros era Daniel, e ele mostrou logo que era mais competente do que os outros ministros e governadores. Ele tinha tanta capacidade que o rei pensou em colocá-lo como a mais alta autoridade do reino. Aí os outros ministros e os governadores procuraram achar um motivo para acusar Daniel de ser mau administrador, mas não encontraram. Daniel era honesto e direito, e ninguém podia acusá-lo de ter feito qualquer coisa errada. Então eles disseram uns aos outros:

— Nunca encontraremos motivo para acusar Daniel, a não ser que haja alguma coisa que tenha a ver com a religião dele.

Então foram todos juntos falar com o rei e disseram:

— Que o rei Dario viva para sempre! Todos nós que ocupamos posições de autoridade no reino, isto é, os ministros, os governadores, os prefeitos e as outras autoridades, nos reunimos e concordamos em pedir ao senhor que dê uma ordem que não poderá ser desobedecida. Ordene que durante trinta dias todos façam os seus pedidos somente ao senhor. Se durante esse tempo alguém fizer um pedido a qualquer deus ou a qualquer outro homem, essa pessoa será jogada na cova dos leões. Portanto, ó rei, dê a ordem e assine a fim de que não possa ser anulada. De acordo com a lei dos medos e dos persas, essa ordem não poderá ser anulada.

O rei concordou; assinou a ordem e mandou que fosse publicada.

Quando Daniel soube que o rei tinha assinado a ordem, voltou para casa. No andar de cima havia um quarto com janela que dava para Jerusalém. Daniel abriu a janela, ajoelhou-se e orou, dando graças ao seu Deus. Ele costumava fazer isso três vezes ao dia.

Os inimigos de Daniel foram juntos até a casa dele e o encontraram orando ao seu Deus. Então foram procurar o rei a fim de falar com ele a respeito da ordem. Eles disseram:

— Ó rei, o senhor assinou uma ordem que proíbe que durante trinta dias se façam pedidos a qualquer deus ou a qualquer outro homem, a não ser ao senhor. E a ordem diz também que quem desobedecer será jogado na cova dos leões, não é verdade?

O rei respondeu:

— É verdade, e a ordem deve ser obedecida. De acordo com a lei dos medos e dos persas, ela não pode ser anulada.

Aí eles disseram ao rei:

— Mas Daniel, um dos prisioneiros que vieram da terra de Judá, não respeita o senhor nem se importa com a ordem, pois ora ao Deus dele três vezes por dia.

Ao ouvir isso, o rei ficou muito triste e resolveu salvar Daniel. Até o pôr do sol daquele dia ele fez tudo o que pôde para salvá-lo. Os inimigos de Daniel foram falar de novo com o rei e disseram:

— O senhor sabe muito bem que, de acordo com a lei dos medos e dos persas, nenhuma ordem ou lei assinada pelo rei pode ser anulada.

Então o rei mandou que trouxessem Daniel e o jogassem na cova dos leões. E o rei disse a Daniel:

— Espero que o seu Deus, a quem você serve com tanta dedicação, o salve.

Trouxeram uma pedra e com ela taparam a boca da cova. O rei selou a pedra com o seu próprio anel e com o anel das altas autoridades do reino, para que, mesmo no caso de Daniel, a lei fosse cumprida ao pé da letra. O rei voltou para o palácio, mas não comeu nada nem se divertiu como de costume. E, naquela noite, não pôde dormir.

De manhã, cedinho, ele se levantou e foi depressa até a cova dos leões. Ali, com voz muito triste, ele disse:

— Daniel, servo do Deus vivo! Será que o seu Deus, a quem você serve com tanta dedicação, conseguiu salvá-lo dos leões?

Daniel respondeu:

— Que o rei viva para sempre! O meu Deus mandou o seu Anjo, e este fechou a boca dos leões para que não me ferissem. Pois Deus sabe que não fiz nada contra ele. E também não cometi nenhum crime contra o senhor.

O rei, muito alegre, mandou que tirassem Daniel da cova. Assim ele foi tirado, e viram que nenhum mal havia acontecido com ele, pois havia confiado em Deus. Em seguida o rei mandou que trouxessem os homens que tinham acusado Daniel. Todos eles, junto com as suas mulheres e os seus filhos, foram jogados na cova. E, antes mesmo de chegarem ao fundo, os leões os atacaram e os despedaçaram.

Então o rei Dario escreveu uma carta para os povos de todas as nações, raças e línguas do mundo. A carta dizia o seguinte: "Felicidade e paz para todos! Eu ordeno que todas as pessoas do meu reino respeitem e honrem o Deus que Daniel adora. Pois ele é o Deus vivo, que vive para sempre. O seu reino nunca será destruído; o seu poder nunca terá fim. Ele socorre e salva; no céu e na terra ele faz milagres e maravilhas. Foi ele quem salvou Daniel, livrando-o das garras dos leões."

E Daniel continuou a ser uma alta autoridade no governo durante o reinado de Dario e, depois, durante o reinado de Ciro, da Pérsia.

SALMO 23

O Deus Eterno é o meu pastor:
Nada me faltará.
Ele me faz descansar em pastos verdes
e me leva a águas tranquilas.
O Eterno me dá novas forças
e me guia no caminho certo,
como ele mesmo prometeu.

Ainda que eu ande por um vale escuro como a morte,
não terei medo de nada.
Pois tu, ó Deus Eterno, estás comigo;
tu me proteges e me diriges.

Prepara um banquete para mim,
onde os meus inimigos me podem ver.
Tu me recebes como convidado de honra
e enches o meu copo até a boca.

Eu sei que a tua bondade e o teu amor
ficarão comigo enquanto eu viver.
E todos os dias da minha vida
morarei na tua casa, ó Deus Eterno.

A CURA DO PARALÍTICO

Marcos 2,1-12

Alguns dias depois, Jesus voltou à cidade de Cafarnaum, e logo se espalhou a notícia de que ele estava em casa. Muitas pessoas foram lá, e ajuntou tanta gente que não havia lugar nem mesmo perto da porta, do lado de fora. Enquanto Jesus anunciava a mensagem, trouxeram um paralítico, carregado por quatro homens. Mas, por causa de toda aquela gente, os homens não puderam chegar perto de Jesus. Então fizeram um buraco no teto da casa, em cima do lugar onde Jesus estava, e pela abertura desceram o doente na sua cama. Quando viu que eles tinham fé, Jesus disse ao paralítico:

— Filho, os seus pecados estão perdoados.

Alguns professores da Lei que estavam sentados ali começaram a pensar: "Como é que esse homem tem a coragem de falar assim? Isso é blasfêmia contra Deus! Ninguém pode perdoar pecados; só Deus tem esse poder!"

Jesus, sabendo o que eles estavam pensando, disse:

— Por que vocês estão pensando isso? O que é mais fácil dizer ao paralítico: "Os seus pecados estão perdoados" ou "Levante-se, pegue a sua cama e ande"? Vou mostrar a vocês que eu, o Filho do Homem, tenho poder na terra para perdoar pecados.

Então disse ao paralítico:

— Levante-se, pegue a sua cama e vá para casa.

No mesmo instante, o paralítico se levantou diante de todos, pegou a cama e saiu. Todos ficaram muito admirados e louvaram a Deus, dizendo:

— Nunca vimos uma coisa assim!

SERMÃO AOS PÁSSAROS

São Francisco nasceu na segunda metade do século XII em Assis, na Itália. Fundador da ordem dos Franciscanos, é admirado até hoje por sua vida simples e despojada, seu amor pela paz e respeito por todas as criaturas vivas. Esta é uma das histórias mais famosas a seu respeito, adaptada por James Baldwin.

São Francisco era muito amável e afetuoso, não apenas com os homens, mas com todas as criaturas vivas. Referia-se aos pássaros como seus irmãozinhos alados e não tolerava vê-los sofrer.

Na época do Natal, espalhava farelos de pão perto das árvores, para que eles pudessem festejar também.

Numa ocasião, quando um menino lhe deu um casal de pombas que havia capturado, São Francisco construiu-lhes um ninho onde a fêmea pôde pôr seus ovos.

O tempo foi passando, e os ovos chocaram, gerando uma linda ninhada. As pombinhas eram tão mansas que pousavam nos ombros de São Francisco e comiam diretamente de sua mão.

Contam-se muitas histórias acerca do grande amor e compaixão desse homem pelas receosas criaturas dos campos e das florestas.

Um dia, enquanto caminhava pelos bosques, os pássaros levantaram voo das árvores onde se encontravam e foram até ele para cumprimentá-lo. Entoaram os trinados mais encantadores para demonstrar seu afeto. E, ao perceberem que ele iria falar-lhes, pousaram na relva para escutá-lo.

— Ó, lindos passarinhos! Eu amo todos vocês, pois são meus irmãozinhos alados. Deixem-me dizer-lhes uma coisa, meus queridos irmãozinhos: vocês devem sempre amar e respeitar a Deus.

"Pois vejam o que Ele lhes dá. Dá-lhes asas para cruzarem os ares. Dá-lhes roupagem protetora e bela. Dá-lhes o ar para nele se movimentarem e dele fazerem sua morada.

"E pensem nisso, irmãozinhos: vocês não precisam plantar nem colher, pois Deus lhes dá o alimento. Dá-lhes os rios e córregos, cujas águas podem beber. Dá-lhes as montanhas e os vales, onde podem repousar. Dá-lhes as árvores, onde podem construir seus ninhos.

"Não trabalham a terra nem o tear; Deus cuida de vocês e de seus filhotes. Deve ser, então, porque Ele ama vocês. Portanto, não sejam ingratos; cantem em Seu louvor e agradeçam Sua caridade."

Nesse momento, parou de falar e observou ao redor de si. Todos os pássaros saltaram, alegres. Abriram as asas e os bicos para demonstrar que haviam entendido suas palavras.

E, depois de receberem a bênção do santo, fizeram ouvir seus trinados; e a floresta inteira se encheu de alegria e júbilo com o maravilhoso canto dos pássaros.

(RS)

O DISCÍPULO HONESTO

Lenda judaica

Uma vez, um rabino resolveu testar a honestidade de seus discípulos e convocou-os para uma reunião em que lhes foi feita uma pergunta:

— O que fariam se encontrassem pelo caminho uma carteira cheia de dinheiro?

— Devolveria para o dono — respondeu um dos discípulos.

O rabino pensou: "A resposta veio tão depressa que devo considerar se foi realmente sincera."

Um outro falou:

— Ficaria com o dinheiro se ninguém tivesse me visto.

O rabino disse consigo mesmo: "A língua é sincera, mas o coração é perverso."

E um terceiro foi dizendo:

— Bem, rabino, para ser honesto, ficaria tentado a guardar o dinheiro para mim. Portanto, pediria a Deus que me desse forças para resistir à tentação e agir corretamente.

E o rabino concluiu: "Aí está. Eis o homem em quem eu confiaria."

(RS)

SÃO NICOLAU E AS BARRAS DE OURO

Desde a Idade Média, São Nicolau é um dos santos mais populares da igreja cristã. É o santo padroeiro dos mercadores, dos viajantes, dos marinheiros, dos padeiros e, é claro, das crianças, que raramente deixam de se mostrar curiosas em relação ao "antepassado" do Papai Noel (em inglês, Santa Claus, derivado de Sinter-Klaas, São Nicolau em holandês).

Há muito tempo, viviam um marido e sua mulher, e eles não sabiam o que fazer com tanto dinheiro que tinham, mas que acima de tudo queriam um filho. Pediram a Deus, durante anos a fio, que lhes concedesse o desejo do coração; finalmente, tiveram um filho e tornaram-se as pessoas mais felizes do mundo. Deram-lhe o nome de Nicolau.

Achavam que não havia ninguém igual ao filho, que era realmente um menino muito tranquilo e afável, e que jamais lhes causava um momento desagradável sequer. Porém, quando o menino ainda era muito pequeno, uma terrível praga se abateu sobre o país e matou-lhe o pai e a mãe, deixando-o totalmente *só*.

Toda a riqueza dos pais ficou para Nicolau; dentre outras coisas, o menino herdou três barras de ouro. Eram seu maior tesouro; tinha mais apreço por elas do que por toda a sua fortuna.

Bem, na cidade em que morava o menino, vivia um nobre com três filhas. A família já fora muito rica, mas o infortúnio se abatera sobre eles e agora mal tinham o suficiente para sobreviver. O pai tentava encontrar emprego, mas, quando as pessoas viam a maciez de suas mãos, que nunca tinham enfrentado trabalhos árduos, consideravam-no preguiçoso e recusavam-lhe a oportunidade.

Chegou finalmente o dia em que o pão não era suficiente para todos, e as filhas disseram ao pai:

— Vamos para a rua pedir esmolas ou tentar qualquer coisa para arranjarmos algum dinheiro e não passarmos fome.

Mas o pai respondeu:

— Hoje à noite, não. Mal consigo pensar no assunto. Vamos aguardar até amanhã. Pode acontecer alguma coisa que nos evite essa desgraça.

No momento em que conversavam, Nicolau passou defronte à janela, que estava aberta, e ouviu tudo que diziam. Foi horrível constatar que aquela família fosse tão pobre a ponto de faltar-lhes o pão, e Nicolau pôs-se a pensar numa forma de ajudá-los. Sabia que o orgulho não lhes permitiria aceitar dinheiro seu; portanto, precisava pensar numa alternativa. E resolveu: "Pedirei a Deus que me mostre uma saída."

Naquela noite, antes de ir para a cama, Nicolau rezou com toda a devoção, pedindo a Deus que lhe guiasse os passos. De repente, lembrou-se das três barras de ouro e uma ideia surgiu-lhe imediatamente. Foi correndo pegar uma delas e se dirigiu à casa daquela família.

Tal como esperava, a janela ainda se encontrava aberta, e Nicolau mal podia alcançá-la, mesmo na pontinha dos pés. Esticou-se o mais que pôde e jogou a barra de ouro para dentro da casa, afastando-se rapidamente sem esperar para ouvir o resultado, pois não queria correr o risco de ser visto por ninguém.

Na casa, enquanto as filhas dormiam, o pai permanecia acordado, imerso em suas preocupações. Imaginava se ainda havia alguma esperança e rezava fervorosamente, pedindo aos céus que lhe enviassem algum tipo de socorro. "Amanhã sairei batendo em todas as portas até encontrar trabalho. Deus há de nos ajudar neste momento difícil."

De repente, algo caiu dentro da casa, bem pertinho dele. Procurou ao redor da cadeira e, para seu espanto e alegria, encontrou a barra de ouro puro.

Correu ao encontro da filha mais velha e disse, emocionado:

— Minha filha, Deus do Céu ouviu nossas preces e enviou-nos essa barra de ouro! Poderemos comprar comida e ainda nos restarão algumas economias. Vá chamar suas irmãs enquanto vou trocar este tesouro.

A preciosa barra de ouro foi logo vendida a um banco e rendeu tanto dinheiro que a família pôde tornar a viver com conforto e a comprar tudo de que necessitava. E não apenas isso, mas também sobrou o suficiente para que o pai pudesse arcar com um dote considerável, de tal forma que a filha mais velha logo pôde partir para um casamento feliz.

Quando Nicolau viu a enorme felicidade que a barra de ouro proporcionara à família daquele nobre homem empobrecido, resolveu propiciar à segunda filha um dote de casamento também. Foi até à casa e encontrou a janelinha aberta por onde conseguiu jogar a segunda barra, conforme a primeira vez. Agora, o pai estava imerso em sonhos alegres e só encontrou o tesouro quando acordou, na manhã seguinte. Logo depois, a segunda filha pôde contar com um dote e partiu para o casamento.

Desta feita, o pai ficou intrigado com acontecimentos tão incomuns: não somente uma, mas duas barras de ouro caídas do céu! E começou a imaginar se não estaria havendo a interferência de mãos humanas. Quanto mais pensava no assunto, mais intrigado ficava; e resolveu montar guarda todas as noites, caso uma terceira barra de ouro fosse enviada como dote para a terceira filha.

E aconteceu: ao tornar à casa para repetir a façanha, Nicolau foi pego pelo nobre, que saiu correndo de casa assim que a terceira barra caiu pela janelinha no chão da sala.

— Ora essa, Nicolau! Foi você quem nos ajudou diante das necessidades que estávamos atravessando? Por que se escondeu?

E jogou-se de joelhos, beijando as mãos que o ampararam com tanta benevolência. Mas Nicolau pediu-lhe que se levantasse e agradecesse a Deus, não a ele, e pediu-lhe também que não contasse a ninguém a história das barras de ouro.

(RS)

ENTENDEMOS TÃO POUCO

Lenda judaica

Era uma vez dois irmãos que passaram a vida inteira na cidade e nunca haviam visto um campo ou um pasto. Decidiram, um dia, fazer uma viagem para o interior. Enquanto caminhavam, observaram um fazendeiro arando a terra e ficaram intrigados com o que estava fazendo aquele homem.

E pensaram consigo mesmos: "Que tipo de comportamento é esse? Esse sujeito fica o dia inteiro marchando para a frente e para trás, escavando sulcos profundos na terra. Por que alguém iria destruir uma campina tão bonita assim?"

À tardinha, tornaram a passar pelo mesmo local e viram o fazendeiro colocando as sementes nos regos.

Desta feita, pensaram: "O que estará fazendo? Deve ser louco. Está jogando trigo bom dentro desses valões!"

— O campo não é lugar para mim. As pessoas agem como se fossem malucas. Vou voltar para casa — disse um dos irmãos. E retornou para a cidade.

Mas o outro ficou e, poucas semanas depois, verificou uma mudança maravilhosa. Os pés de trigo começaram a brotar, recobrindo os campos com um verdor que nunca fora capaz de imaginar. Tratou de escrever para o irmão, a fim de que ele viesse ver aquele crescimento milagroso.

E o irmão voltou da cidade, ficando maravilhado também com as mudanças. Passados alguns dias, o verde dos brotos foi dando lugar ao dourado dos trigais. Só então compreenderam a razão do trabalho do fazendeiro.

O trigo amadureceu completamente, e o fazendeiro trouxe a foice e começou a ceifá-lo. O irmão que havia retornado à cidade não acreditou.

— O que estará esse imbecil fazendo agora? Trabalhou o verão inteiro para cultivar esse lindo trigal e agora o está destruindo com as próprias mãos! Não passa mesmo de um doido varrido! Para mim, já chega. Vou voltar para a cidade.

Mas o outro tinha mais paciência. Ficou no campo e assistiu ao trabalho de colheita, quando o fazendeiro levou o trigo para o celeiro. Observou o esmero com que ele separou o joio e o cuidado ao armazenar o resto. E ficou estupefato ao constatar que a semeadura de um saco de trigo permitiu a colheita de todo um trigal. Só então compreendeu que havia uma razão por trás de cada ato do fazendeiro.

E percebeu:

— É assim que são as coisas com os trabalhos divinos. Nós mortais enxergamos apenas o início do plano de Deus. Não somos capazes de compreender todo o propósito e objetivo final de Sua criação. Portanto, precisamos ter fé em Sua sabedoria.

(RS)

DEUCALIÃO E PIRRA

Adaptação de Thomas Bulfinch

A mitologia grega descreve um Período Áureo de inocência e plenitude, seguido da idade da Prata, do Bronze e, por fim, a do Ferro. Esta última foi uma época de selvageria, onde "o crime irrompeu como uma inundação" e "a modéstia, a verdade e a honra se desvaneceram". A guerra se avultou; o hóspede não estava seguro na casa do amigo; irmãos e irmãs, maridos e mulheres, não podiam confiar uns nos outros. A reverência aos deuses era negligenciada e, um a um, eles foram deixando a terra. Somente a piedade de um casal conseguiu salvar a raça humana.

Júpiter, ao ver a degenerescência do mundo, encheu-se de ódio. Convocou os deuses para um conselho. Eles atenderam ao chamado e tomaram a estrada rumo ao palácio do céu. Esse caminho, que pode ser visto com facilidade numa noite clara, atravessa o centro do firmamento e chama-se Via Láctea. Nele ficam situados os palácios dos deuses ilustres; o povo comum que habita os céus vive separado, dividido entre os dois lados. Júpiter discursou para os participantes daquela assembleia. Apresentou a temeridade das condições vigentes na terra e concluiu divulgando sua intenção de destruir todos os habitantes a fim de providenciar uma nova raça, diferente da primeira, que seria mais merecedora da vida e bem mais devotada aos deuses.

E dispôs-se a executar o plano; pegou um raio e preparou-se para arremessá-lo sobre o mundo a fim de incendiá-lo; mas, reconsiderando o perigo de que o fogo poderia alastrar-se, atingindo o próprio céu, mudou de ideia e resolveu fazê-lo submergir. O vento norte, que espalha as nuvens, foi aprisionado; e assim o vento sul logo fez envolver o céu em profunda escuridão. As nuvens, aglomeradas, fizeram soar seus trovões e liberaram uma torrente de chuva; as plantações começam a ser arrasadas; o trabalho de um ano inteiro do agricultor é destruído em uma hora. Júpiter, insatisfeito com a quantidade de suas águas, pede que o irmão Netuno o auxilie com as dele. Inunda os rios, que passam a alagar tudo ao redor. Ao mesmo tempo, faz sacudir a terra e provoca também um maremoto. Revoadas de pássaros, rebanhos de gado, homens e casas são arrebatados; e os templos, com suas instalações sagradas, são profanados. Se restasse ainda alguma edificação de pé, era encoberta pelas águas até bem acima do topo de suas altas torres.

Tudo se transformou em mar, um mar sem litorais. Aqui e ali encontrava-se um indivíduo no topo de uma colina mais elevada; e outros, de dentro de uma embarcação qualquer, manejavam remos onde antes manejavam o arado. Os peixes nadavam, esgueirando-se entre as copas das árvores; as âncoras eram lançadas no que fora outrora um jardim. Onde anteriormente passeavam as reses, agora cabriolavam os deselegantes peixes-bois. Os lobos nadavam entre as ovelhas, os leões e os tigres debatiam-se na água. A força dos javalis selvagens de nada lhes valia, tampouco a agilidade às corças. Os pássaros, de tanto adejar, acabavam caindo no mar infinito, sem conseguir encontrar terra firme onde se refazer do cansaço. As criaturas vivas que não eram vitimadas pela água o eram pela fome.

O Monte Parnaso foi o único a sobressair acima do nível da água; e nele, Deucalião e a esposa, Pirra, da raça de Prometeu, encontraram refúgio — ele um homem justo, ela uma fiel devota dos deuses. Júpiter, ao ver que não restara nenhum ser vivo exceto o casal, e recordando-se de suas belas vidas e pia conduta, ordenou aos ventos do norte que espalhassem as nuvens e descobrissem a terra, abrindo-a para o céu. Netuno também ordenou que Tritão fizesse soar sua concha, comandando a retirada das ondas. As águas obedeceram, e o mar tornou aos seus confins, e os rios, aos seus leitos.

Deucalião, então, dirigiu-se a Pirra da seguinte forma:

— Ó esposa, única mulher sobrevivente, a mim unida primeiramente pelos laços da consanguinidade e do matrimônio, e agora pelo perigo comum, quiséramos investir-nos do poder de nosso antepassado Prometeu para renovar a raça como ele próprio já fez. Porém, como não podemos repetir-lhe o feito, busquemos o templo do além e perguntemos aos deuses o que nos resta fazer.

Adentraram o templo, semidestruído pelo lodo, e aproximaram-se do altar, onde o fogo se extinguira. E lá se prostraram por terra, implorando à deusa que lhes informasse como poderiam recuperar seus míseros afazeres. E o oráculo respondeu:

— Saiam do templo com a cabeça encoberta por um véu e liberem as roupas; e lancem para trás os ossos de sua mãe.

Não puderam evitar o espanto diante daquelas palavras. Pirra foi a primeira a quebrar o silêncio:

— Não podemos obedecer; não ousaremos profanar as ossadas de nossos pais.

Buscaram as regiões mais sombrias da floresta, com o oráculo a revolver em suas mentes. Afinal, Deucalião falou:

— Muito me engana minha sagacidade ou a ordem deve ser obedecida à risca. A terra é a grande mãe de todos; as pedras são seus ossos; estas poderemos deitar para trás; acho que é isso que o oráculo quis dizer. Pelo menos, tentar não nos fará mal.

Cobriram o rosto com um véu, soltaram as roupas, recolheram algumas pedras e as jogaram para trás. As pedras (maravilhoso relato) começaram a amolecer e a adquirir forma. Gradativamente, foram assumindo forma semelhante à dos seres humanos, qual um bloco inacabado nas mãos do escultor. O limo e a umidade que as envolviam foram se transformando em carne; o conteúdo rochoso, em ossos; os veios minerais passaram a servir de veias para os corpos que se formavam. As pedras arremessadas pelo homem viraram homens; aquelas arremessadas pela mulher, mulheres. Era uma raça resistente, mais afeita ao trabalho, conforme somos atualmente, propiciando fortes indícios de nossas origens.

(RS)

O MALABARISTA DE NOSSA SENHORA

Anatole France

Nos tempos do rei Luís, havia na França um pobre malabarista da Compiègne chamado Barnabé, que viajava de aldeia em aldeia mostrando sua arte. Nos dias de feira, ele abria um tapete no meio da praça e, atraindo o público com as mesmas piadas aprendidas com um mestre, juntava crianças e desocupados e começava suas piruetas balançando uma bandeja na ponta do nariz. De início, reinava uma grande indiferença. Mas quando virava de cabeça para baixo, apoiado nas mãos, e jogava para o alto seis bolas que deslizavam nos raios de sol, voltando a pegá-las com os pés, ou quando se atirava para trás até tocar a nuca com os calcanhares, fazendo uma roda com o corpo e, ao mesmo tempo, fazendo voar doze facas, um murmúrio de admiração escapava da plateia e choviam moedas no tapete.

Apesar disso, como a maioria dos que vivem desta arte, Barnabé de Compiègne tinha muita dificuldade para sobreviver. Ganhando o pão com o suor do rosto, gastava mais do que arrecadava, seguindo a sina dos filhos de Adão. Ele não tinha talento para um trabalho constante. O calor do sol e a luz do dia eram tão necessários para ele como para flores e frutos. No inverno, ele ficava como uma árvore sem folhas. O tempo gelado tornava difícil a vida do malabarista e, como na fábula da cigarra, a estação inclemente infligia-lhe ao mesmo tempo duas dores: frio e fome. Mas, por causa de seu temperamento afável, aguentava tudo pacientemente. Barnabé não se preocupava com a saúde. Acreditava piamente que passava por uma provação, que dias melhores viriam e que ele se recuperaria, atingindo o equilíbrio. Nunca havia passado pela sua cabeça a possibilidade de roubar ou ser desonesto, como outros que vendiam a alma ao diabo. Nunca blasfemava. Vivia corretamente e, apesar de não ter mulher, não cobiçava as dos outros, temendo que, como Sansão, viesse daí a sua desgraça. Na verdade, não era inclinado aos prazeres da carne. Por outro lado, não resistia a um bom copo. Mas era temente a Deus e muito devoto da Virgem Maria. Nunca deixava de entrar nas igrejas e, de joelhos diante da imagem de Nossa Senhora, rezava: "Virgem Santíssima, continue a olhar por mim e, quando eu morrer, assegure para mim as graças do paraíso."

Numa tarde chuvosa, Barnabé seguia pela estrada, triste e desanimado, carregando as facas e bolas enroladas num tapete velho, à procura de um lugar seco onde pudesse dormir. Ia no mesmo rumo um frade que o cumprimentou. Como iam para a mesma direção, foram conversando.

— Companheiro — disse o frade —, por que você se veste todo de verde? Você é um ator e está vestido para uma peça?

— Não, meu bom frade — respondeu. — Como pode ver, sou só um malabarista e me chamo Barnabé. Esta seria a ocupação mais prazerosa se pudesse garantir o pão de cada dia.

— Amigo Barnabé — replicou o frade —, cuidado com o que diz. Não há nada mais prazeroso que a vida monástica. Nós, os religiosos, só nos ocupamos com as preces ao bom Deus, à Santa Virgem e aos santos. Na verdade, a vida religiosa é um eterno hino ao Senhor.

Barnabé respondeu:

— Bom frade, confesso que falei como um ignorante. Sua missão não pode ser comparada à minha. Apesar disso, acho que deve haver algum mérito em dançar equilibrando uma moeda numa vareta na ponta do nariz, mas não é a mesma coisa que servir ao Senhor. Gostaria de cantar o ofício dia após dia como o senhor, principalmente se for um ofício em louvor à Virgem Maria, por quem tenho especial devoção. Eu largaria tudo para abraçar a vida religiosa, abandonaria até a arte pela qual sou conhecido em mais de seiscentas aldeias entre Soissons e Beauvais.

O frade ficou tocado pela simplicidade do malabarista e reconheceu imediatamente nele um daqueles homens de que falam as Escrituras: "Paz na terra aos homens de boa vontade." Por isso respondeu:

— Amigo Barnabé, venha comigo que farei com que seja admitido no mosteiro. Aquele que guiou Maria até o Egito através do deserto colocou-me no seu caminho para levá-lo à salvação.

Foi assim que Barnabé entrou para o mosteiro.

Os religiosos combinaram um ofício em louvor a Nossa Senhora, em que cada um mostraria o que sabia fazer de melhor. O prior tratou de escrever um livro sobre o ofício de Nossa Senhora. Irmão Maurício copiou tratados sobre a Virgem em folhas de pergaminho. Irmão Alexandre adornou as páginas com lindas iluminuras. Desenhou a Rainha do Céu no trono de Salomão rodeada de quatro leões e, tendo em volta da cabeça sete línguas de fogo representando os sete dons do Espírito Santo — confiança, piedade, sabedoria, força, bom senso, compreensão e conhecimento. Para sua corte, pintou seis virgens de cabelos de ouro — humildade, prudência, recolhimento, obediência, pureza e submissão. A seus pés, duas figuras em atitude de súplica: almas implorando sua poderosa intercessão para serem salvas. Na página oposta, Irmão Alexandre desenhou Eva. A queda e a redenção podiam ser percebidas num relance: Eva, a mulher decaída, e Maria, a mulher sempre louvada. O livro tinha ainda conselhos, a fonte, a lua, o sol e o jardim do Cântico dos Cânticos, as portas do céu, a cidade de Deus e tudo o mais que se tornaram símbolos de Nossa Senhora.

Irmão Melquíades era um dos filhos mais queridos de Maria. Passou dias e dias esculpindo Nossa Senhora, a ponto de ficar coberto de pó de pedra, com os olhos vermelhos e lacrimejantes. Nada disso diminuía seu entusiasmo e tudo indicava que a Rainha do Céu estava feliz com o seu protegido. Melquíades representou-a em seu trono coroada de pérolas, com a túnica cobrindo-lhe os pés, tendo ao lado uma linda criança.

Havia ainda poetas que compuseram hinos em latim, em prosa e verso, e até mesmo um frade da Picardia especialista em contar os milagres da Virgem em linguagem popular.

Barnabé via todo este movimento e lamentava sua ignorância e simplicidade: “Ah, como poderia louvar à Virgem sendo tão rude? Ah, como gostaria de ter habilidade como os irmãos! Não sou artista como Alexandre ou Melquíades. Nada tenho para oferecer a ela.”

Ficou um bom tempo desanimado, até que um dia, quando os frades estavam na hora de descanso, ouviu alguém falar de um religioso que nada sabia além da Ave-Maria. Ele foi desprezado por ser ignorante, mas, no dia em que morreu, brotaram de sua boca cinco rosas representando as cinco letras do nome de Maria, e sua santidade ficou provada.

Enquanto prestava atenção na história, Barnabé foi ficando mais seguro do amor da Virgem. A lição desta morte abençoada por ela consolou-o e animou-o a encontrar um modo seu de louvá-la. Procurava e pensava, mas era tomado de desânimo, até que um dia acordou cheio de alegria. Foi para a capela e recolheu-se por horas, voltando para lá depois do jantar. Passou a ir para a capela todos os dias nas horas em que os outros frades estavam ocupados. Todos notaram sua nova disposição. Voltou a ser alegre e confiante. Os irmãos se perguntavam qual seria a razão de tal mudança.

O prior, a quem nada escapava, passou a observá-lo durante suas idas à capela. Um dia, vendo-o sem o hábito, resolveu com dois outros frades descobrir o que se passava, olhando pela porta entreaberta.

Viram Barnabé diante do altar da Virgem, de cabeça para baixo, os pés para o ar, jogando seis bolas e as doze facas para cima. Em honra a Nossa Senhora ele fazia sua apresentação. Sem compreender que seu irmão tão simplório encontrara uma maneira de colocar a serviço da Virgem o que tinha de melhor, os dois frades exclamaram que se tratava de um sacrilégio.

O superior estava atento à fragilidade da alma de Barnabé, mas desconfiou de sua sanidade. Os três estavam a ponto de tirá-lo da capela, quando viram a Virgem Maria descer do altar e, com seu manto azul, enxugar o suor do rosto do malabarista.

O superior, caindo de joelhos e escondendo o rosto, exclamou:

— Abençoados os simples de coração, porque deles é o Reino dos Céus!

— Amém! — responderam os outros, e curvaram-se para beijar o chão.

(MAV)

A FÉ

Mary Wollstonecraft

A escritora inglesa Mary Wollstonecraft (1759-1797) foi uma pioneira do movimento pelos direitos da mulher. Sua obra mais importante, Reivindicação pelos Direitos da Mulher, *chocou seus contemporâneos ao reclamar a igualdade na educação das mulheres e no acesso às profissões.*

No atual estado de coisas de nossa sociedade, parece necessário volvermos aos princípios primordiais na busca das verdades mais simples e disputarmos a palmo o território de alguns preconceitos predominantes. Para abrir caminho, preciso fazer algumas perguntas simples, cujas respostas poderão soar inequívocas, como os axiomas sobre os quais se erige a razão; muito embora, quando emaranhadas em vários motivos, elas entrem em contradição formal nas palavras ou condutas dos homens.

No que consiste a preeminência do homem nos rudimentos da criação? A resposta é tão clara quanto o fato de que a metade é menor do que o todo para a Razão.

Qual conquista enaltece um ser mais do que outro? A Virtude, respondemos espontaneamente.

Com que propósito foram implantadas as paixões? Para que o homem, ao enfrentá-las, possa atingir um grau de conhecimento negado aos brutos, sugere a Experiência.

Consequentemente, a perfeição da nossa natureza e aptidão para a felicidade devem ser estimadas pelo grau de razão, virtude e conhecimento que distinguem o indivíduo e direcionam as leis que conformam a sociedade; e seja igualmente inegável que a partir do exercício da razão, fluem naturalmente o conhecimento e a virtude, caso desejemos encarar a humanidade coletivamente...

Quando o sábio Ser que nos criou e colocou aqui concebeu tal justiça, Ele determinou, permitindo que assim fosse, que as paixões desdobrassem nossa razão, pois via que o mal presente produziria o bem futuro. Poderia a indefesa criatura que Ele trouxe do nada livrar-se de Sua providência e aventurar-se a aprender o bem através da prática do mal, sem Sua permissão? Não. Como pôde aquele enérgico defensor da imortalidade [Rousseau] argumentar de forma tão inconsistente? Se a humanidade tivesse permanecido para sempre no estado bruto, que nem mesmo sua pena mágica é capaz de pintar como situação onde uma virtude sequer tenha se arraigado, ficaria claro, mas não aos olhos de um sensível ser errante incapaz de reflexões, que o homem nasceu para percorrer o circuito da vida e da morte e adornar o jardim de Deus visando a algum propósito de difícil harmonia com Seus atributos.

Mas se, para culminar, devessem ser produzidas criaturas racionais, aptas a galgarem a excelência através do exercício dos poderes implantados com esse propósito; se a própria benignidade resolvesse trazer à existência uma criatura superior aos brutos, que pudesse pensar e aprimorar-se, por que deveria essa dádiva inestimável, pois trata-se mesmo de uma dádiva, se o homem fosse assim criado para ter a capacidade de elevar-se acima do estado no qual a sensação produzisse o êxtase brutal, ser chamada, em termos diretos, de maldição? Maldição poderia ser, caso toda nossa existência estivesse limitada à nossa continuidade aqui neste mundo; pois por que deveria a graciosa fonte da vida nos dar paixões, o poder de refletir, somente para amargurar nossos dias e inspirar-nos com noções errôneas de dignidade? Por que deveria Ele nos afastar do amor próprio em direção às emoções sublimes que a descoberta de Sua sabedoria incita, se tais sentimentos não fossem postos em movimento a fim de aprimorar nossa natureza, da qual fazem parte, e nos capacitar a apreciarmos uma porção mais divina da felicidade? Firmemente convencida de que não há mal no mundo que Deus não tenha planejado, elaboro minha crença na perfeição de Deus.

(RS)

O VOLUNTÁRIO DE AUSCHWITZ

Chuck Colson

Entre 1940 e 1945, cerca de dois milhões de pessoas foram assassinadas no campo de concentração nazista de Auschwitz e em seu vizinho de extermínio de Treblinka, na Polônia. Incontáveis atos de coragem e fé ocorreram em meio ao horror que ali imperava. E esta é a história de um deles. O padre Maximilian Kolbe foi considerado santo pelo papa João Paulo II.

Maximilian Kolbe tinha quarenta e cinco anos de idade no início do outono de 1939, quando os nazistas invadiram sua terra natal. Era um frade do vilarejo de Niepokalanow, perto de Varsóvia, na Polônia. Lá viviam 762 padres e irmãos leigos no maior mosteiro do mundo. Frei Kolbe tinha grande ascendência e era muito querido pelos simpáticos confrades da região por sua dedicação, alegria, amor e humor.

Em seus aposentos simples, sentava-se todas as manhãs à escrivaninha, defronte a um enorme globo, e rezava pelo mundo. Fazia-o, torturado pelo fato de que um homem de pele clara, cativantes olhos azuis e um terrível poder de manipulação lançara o povo alemão num frenesi. Alguns países já haviam sucumbido inteiramente ao perverso Adolf Hitler e seus nazistas.

Um dia, depois de concluir suas orações, Frei Kolbe disse a um grupo de frades:

— Está sendo gerado um conflito atroz. Não sabemos o que sucederá daqui por diante. Em nossa querida Polônia, só temos a esperar o pior.

Estava certo. Seu país foi o próximo.

No dia 1º de setembro de 1939, os nazistas fizeram um ataque-relâmpago contra a Polônia. Passadas algumas semanas, um grupo de motociclistas alemães chegou a Niepokalanow e prendeu Frei Kolbe e todos os confrades, menos dois que haviam ficado para trás. Eles foram levados de caminhão e depois transferidos para vagões de trem reservados à carga de animais, chegando ao campo de concentração de Amtitz em dois dias.

As condições eram terríveis, mas não hediondas. Os prisioneiros passavam fome, porém nenhum morria de inanição. Intrigantemente, em poucas semanas os irmãos foram postos em liberdade. Ao retornarem ao mosteiro, encontraram as edificações vandalizadas pelos comandantes nazistas, que as estavam usando como campo de deportação para prisioneiros políticos, refugiados e judeus.

A situação mostrava-se oportuna para o sacerdócio; Frei Kolbe, então, aproveitou e empenhou-se em ajudar os doentes e confortar os que tinham medo.

Enquanto Kolbe e os outros frades usavam seu tempo para servir, os nazistas usavam o seu para decidir como iriam impor-se ao restante da Europa. Adolf Hitler achava que os judeus e os eslavos eram *Untermenschen* (subumanos). Suas culturas e cidades deveriam ser extintas, e a Alemanha se apropriaria da indústria. No dia 2 de outubro, Hitler rascunhou um memorando secreto para Hans Frank, o governador geral da Polônia. Em poucas frases, decretou um futuro sombrio para milhões de pessoas: "Os poloneses [comuns] nasceram especialmente para os trabalhos inferiores... os de nobreza mediana deverão deixar de existir... todos os representantes da inteligência polonesa deverão ser exterminados... Os poloneses terão um senhor: qualquer alemão."

E quanto às centenas de milhares de padres da Polônia?

"Pregarão o que quisermos que preguem", dizia o memorando de Hitler. "Se algum agir de forma diferente, daremos cabo dele. O trabalho dos padres será manter os poloneses calados, ignorantes e embrutecidos."

Maximilian Kolbe era, pois, um padre que "agia de forma diferente" daquela designada pelos nazistas.

No início de fevereiro de 1941, conseguiram informá-lo secretamente que seu nome constava numa lista da Gestapo: estava para ser preso. Kolbe tinha conhecimento do que acontecia aos entes queridos que tentava esconder das forças nazistas; os amigos e colegas eram presos em seu lugar. Não tinha mulher nem filhos;

a igreja era sua família. Não poderia arriscar a vida de seus irmãos em Cristo. Permaneceu, então, em Niepokalanow.

Às nove horas da manhã do dia 17 de fevereiro, Frei Kolbe estava em seus aposentos, sentado à escrivaninha e de olhos postos no globo, para o qual dirigia suas orações, quando o barulho de veículos pesados manobrando no pátio chegou-lhe aos ouvidos através das espessas janelas pintadas de verde. Sabia que eram os nazistas, mas continuou sentado. Esperou que viessem até onde se encontrava.

Depois de passar vários meses detido nas prisões nazistas, foi considerado culpado pelo crime de haver publicado materiais impróprios e recebeu a condenação: remanejamento para Auschwitz. Logo que chegou ao campo de concentração, em maio de 1941, um oficial da SS informou-lhe que a expectativa de vida dos padres ali era de cerca de um mês. Kolbe foi encaminhado para a madeireira; deveria transportar troncos de árvores de um lugar para outro. Havia vigias encarregados de manter os prisioneiros exaustos trabalhando a toque de caixa.

Parcas rações e trabalhos forçados em Niepokalanow durante alguns anos já o haviam enfraquecido. Agora, sob o fardo da madeira, cambaleou e perdeu os sentidos. Os oficiais vieram logo e meteram-se a chutá-lo com as botas bem engraxadas, passando em seguida a açoitá-lo. Frei Kolbe foi colocado sobre uma pilha de troncos e recebeu cinquenta chicotadas; depois, jogaram-no dentro de uma vala, cobriram-no de galhos e deixaram-no ali para morrer.

Mais tarde, tendo sido recolhido por prisioneiros corajosos, acordou num leito de hospital no campo de concentração junto com vários outros moribundos. E ali, miraculosamente, recuperou-se.

Os oficiais da SS brincavam uns com os outros:

— Nem precisamos gastar balas ou gás com esse aí; logo, logo ele morre.

Kolbe foi transferido para outro trabalho e levado para o Quartel 14, onde continuou a exercer o sacerdócio junto aos companheiros de cativeiro, tão atormentados pela fome que mal podiam dormir.

No final de julho de 1941, Auschwitz funcionava como uma máquina de matança muito bem organizada, e os nazistas parabenizavam-se uns aos outros pela eficiência. As cinco chaminés do campo nunca paravam de fumegar. O mau cheiro era terrível, mas os resultados, excelentes: conduziram oito mil judeus até ali, o Reich se apossou de seus bens, e foram todos cremados — em apenas vinte e quatro horas. A cada vinte e quatro horas.

O único problema parecia ser um ou outro prisioneiro da área dos trabalhos forçados que conseguia arranjar um jeito de escapar. Se pegos, o que normalmente acontecia, eram enforcados com nós corrediços que tiravam-lhes as sofridas vidas lentamente — sinistro aviso para dirimir nos outros a tentação da fuga.

Num certo dia do mês de julho, à tardinha, quando sapos e insetos davam início à cantoria noturna dos brejos em torno do campo de concentração, os cães começaram a latir, e os soldados, a vociferar, tendo ao fundo o barulho dos motores das motocicletas. Um homem fugira do Quartel 14.

No dia seguinte, durante a chamada matinal na praça do campo, uma tensão peculiar assomou-se nas fantasmagóricas fisionomias dos prisioneiros perfilados, de olhos postos no enorme cadafalso montado à sua frente. Mas o condenado não estava ali, com as mãos atadas às costas e o rosto ensanguentado pelas pancadas e as mordidas dos cães. Isso significava que o prisioneiro conseguira escapar. E também significava a morte para alguns dos que ficaram.

Depois de feita a chamada, o Comandante Fritsch, responsável pelo campo de concentração, dispersou a todos, exceto os do Quartel 14. Enquanto os demais se encaminhavam para suas tarefas, os prisioneiros do Quartel 14 permaneceram em forma. Ficaram aguardando. Passaram-se muitas horas. O sol de verão ardia no céu. Alguns desmaiaram e foram arrastados dali. Alguns cambalearam nas suas posições, mas permaneceram de pé: aqueles atingidos pelas coronhadas dos oficiais da SS. Frei Kolbe, por algum milagre, permaneceu firme, numa postura tão altiva quanto sua determinação.

Na hora da chamada vespertina, o comandante estava a ponto de executar a sentença. Os outros prisioneiros já haviam retornado do árduo dia de trabalho escravo; era a ocasião propícia para transformar o destino daquele quartel sofrido numa boa lição.

Fritsch começou a berrar com tanta raiva que as veias lhe saltavam do pescoço robusto:

— O fugitivo não foi encontrado. Por causa dele, dez de vocês serão levados para a casamata, onde ficarão até morrerem de fome. Da próxima vez, serão vinte.

As fileiras de prisioneiros exaustos começaram a cambalear quando a sentença foi proferida. Os vigias se afastaram; o terror era parte do castigo.

A casamata da fome! Qualquer coisa era melhor do que aquilo — a morte pela forca, uma bala na cabeça diante do pelotão de fuzilamento, ou mesmo as câmaras de gás. Todos esses métodos causavam morte rápida; quase humana, se comparados à inanição imposta pelos nazistas, pois até a água suprimiam.

Os prisioneiros tinham ouvido histórias acerca da casamata da fome nos porões do Quartel 11. Contava-se que os condenados nem pareciam figuras humanas depois de um ou dois dias. Até os guardas se assustavam ao vê-los. A garganta ardia como brasa, o cérebro parecia estar pegando fogo, os intestinos murchavam e se enroscavam feito vermes ressequidos.

O Comandante Fritsch pôs-se a passear entre os prisioneiros perfilados. Parava diante de um homem e proferia a seguinte ordem em seu polonês precário:

— Abra a boca. Ponha a língua para fora. Mostre os dentes. — E prosseguiu assim, escolhendo as vítimas qual cavalos.

Seu temerário assistente, Palitsch, acompanhava-o de perto. Quando Fritsch escolhia alguém, Palitsch anotava o número carimbado na camisa imunda do prisioneiro. Os nazistas, como sempre, eram metódicos. E logo chegaram a dez homens — dez números anotados numa bem organizada lista de condenados à morte. Os escolhidos tremiam da cabeça aos pés, suando de pavor. Um deles não se conteve:

— Minha pobre mulher! Meus pobres filhos! O que irão fazer?

— Tirem os calçados — gritou o comandante para aqueles dez homens. Era um dos seus rituais: deveriam marchar para a morte com os pés descalços. Vinte tamancos de madeira ficaram ali empilhados sobre o gramado da praça.

Subitamente, irrompeu a balbúrdia em meio às fileiras. Um prisioneiro havia saído da forma, chamando pelo comandante. Não se tolerava que alguém abandonasse a forma, muito menos que se dirigisse a um oficial nazista; era razão bastante para que fosse executado.

Fritsch levou a mão ao revólver, os oficiais postados logo atrás dele fizeram o mesmo. Mas foi aberta uma exceção. Em vez de matar o prisioneiro com um tiro, Fritsch apenas ralhou com ele:

— Alto! O que esse porco polonês quer comigo?

Os prisioneiros sustaram o fôlego. Era o querido Frei Kolbe, o padre que dividia a última migalha do próprio pão, que confortava os moribundos e fornecia alento para suas almas. Todos, menos o Frei Kolbe! O padre enfraquecido dirigiu-se ao carniceiro nazista de maneira bastante calma e com a voz branda:

— Eu gostaria de morrer no lugar de um dos condenados.

Fritsch fitou o número 16670. Jamais considerava os prisioneiros como indivíduos; tratavam-se apenas de formas acinzentadas. Mas, desta vez, olhou para ele. O número 16670 não parecia ter perdido o juízo.

— Por quê? — bradou o comandante.

Frei Kolbe percebeu a necessidade de usar de diplomacia. Os nazistas jamais retrocediam quando davam uma ordem; então, não podia deixar transparecer que era essa sua intenção. Kolbe conhecia a sentença de destruição dos nazistas: os fracos e os idosos em primeiro lugar. Jogaria com esse princípio arraigado.

— Senhor, já estou velho e não sirvo mais para coisa alguma. Minha vida de nada vale.

O artifício surtiu o efeito desejado. Fritsch perguntou:

— Em lugar de quem você quer morrer?

— No lugar daquele ali — respondeu o padre, apontando para o homem que, aos prantos, temia pela mulher e filhos.

Fritsch olhou de relance para o prisioneiro indicado. Parecia realmente mais forte do que o outro de número 16670 à sua frente.

Pela primeira e última vez, o comandante olhou Kolbe nos olhos:

— Quem é você?

O prisioneiro, com um brilho estranho no olhar, fitou o comandante:

— Sou um padre.

— *Ein Pfaffe!* — riu-se o comandante. Olhou para o assistente e consentiu. Palitsch riscou o número 5659 e escreveu 16670. Estava marcado o lugar de Kolbe na lista de morte.

O padre se abaixou para retirar os tamancos e foi-se juntar ao grupo que seria encaminhado ao Quartel 11. Ao começarem a caminhar, passaram a uma certa distância do número 5659; e no rosto do homem havia uma expressão de espanto que ainda não cedera lugar à gratidão.

Mas Kolbe não buscava gratidão. Se deveria entregar a vida por outrem, a satisfação deveria estar na própria obediência. O júbilo seria alcançado ao submeter sua ínfima vontade àquela de Alguém maior.

Quando os condenados entraram no Quartel 11, os guardas os empurraram escada abaixo em direção ao porão.

— Tirem suas roupas — gritou o oficial. *Cristo morreu despido na cruz*, pensou Frei Kolbe enquanto tirava as calças e a camisa desgastada. *É justo que eu sofra como Ele sofreu.*

Chegando ao porão, os homens foram conduzidos a uma cela escura, sem janelas.

— Vocês vão murchar feito folhas secas — disse um dos carcereiros, zombando dos pobres condenados. Em seguida, fechou a porta.

As horas e os dias foram se passando, entretanto, e todos no campo deram-se conta de que algo extraordinário estava se passando na cela da morte. Os prisioneiros anteriores passavam seus derradeiros dias aos berros, atacando-se uns aos outros, debatendo-se contra as paredes em desespero frenético.

Mas, desta vez, do lado de fora do cubículo da morte só se ouvia um cantarolar baixinho. Pois desta vez os prisioneiros tinham um pastor para conduzi-los suavemente através das sombras do vale da morte, indicando-lhes o caminho em direção ao Grande Pastor. E talvez tenha sido esta a razão pela qual Frei Kolbe foi o último a morrer.

No dia 14 de agosto de 1941, ainda havia quatro prisioneiros vivos na casamata, e os nazistas precisavam colocar nela os novos ocupantes. Um médico alemão chamado Boch desceu as escadas que conduziam ao Quartel 11 com quatro seringas na mão. Acompanhavam-no diversos soldados da SS e um prisioneiro chamado Brono Borgowiec (que sobreviveu) — este para testemunhar e aqueles para tirar dali os cadáveres.

Ao abrirem a porta da casamata, viram, à luz da lanterna que traziam, o Frei Maximilian Kolbe, um esqueleto vivo, recostado numa parede. A cabeça pendia um pouco para o lado esquerdo. Trazia o fantasma de um sorriso estampado no rosto e os olhos bem abertos, fixos nalguma visão distante. Ele permaneceu imóvel.

Os outros três prisioneiros estavam no chão, inconscientes, mas vivos. O médico encarregou-se deles primeiro; uma espetadela da agulha no esquelético braço esquerdo, a compressão do êmbolo na seringa. Percebeu que estaria desperdiçando a droga, mas tinha ordens a cumprir. Em seguida, aproximou-se do número 16670 e repetiu os procedimentos.

E logo Frei Kolbe estava morto.

(RS)

OH MORTE, NÃO TE ORGULHES

John Donne, tradução de Paulo Vizziolli

Oh Morte, não te orgulhes, pois ruim
Como dizem não és, medonha e forte;
Quem pensas que abateste, pobre Morte,
Não morre; nem matar podes a mim.
Se o sono, o teu retrato, agrada assim,
Contigo fluirá melhor a sorte;
E o bom, ao conhecer o teu transporte,
Descansa o corpo e se liberta enfim.

Serva de reis, destino, acasos e ânsia,
À droga, à peste e à guerra te associas;

E adormecem-nos ópios e magias
Mais que teu golpe. Então, por que a jactância?
Um breve sono a vida eterna traz,
E vai-se a morte. Morte, morrerás.

O CAMINHO DA VIRTUDE

Retirado do Dhammapada

O Dhammapada *(Caminho da Virtude) é tradicionalmente atribuído a Buda. A seleção aqui apresentada do texto Hinayana é uma coleção de provérbios sobre a vida espiritual.*

Quem não se ergue quando é o momento de fazê-lo; quem, embora jovem e forte, está cheio de preguiça; alguém cuja vontade e pensamentos sejam fracos; esse alguém, preguiçoso e indolente, jamais encontrará o caminho do conhecimento.

O que precisa ser feito é negligenciado, e o que não precisa é feito; os desejos das pessoas desregradas e de mente fraca aumentam sempre.

Mas naquelas pessoas sábias e atentas cujas atenções estejam sempre voltadas para seus corpos, que não seguem o que não deve ser feito e que de imediato fazem o que precisa ser feito, os desejos logo chegarão a um fim.

Aquele que diz o que não é vai para o inferno; também aquele que, tendo feito algo, diz que não fez. Após a morte, ambos são iguais: serão homens de feitos maléficos no próximo mundo.

Será melhor engolir uma bola de ferro de ódio, flamejante como o fogo, do que uma pessoa má e incontida viver da caridade da terra.

Quatro coisas ganha aquele que cobiça a mulher do próximo: o demérito; uma cama desconfortável; em terceiro lugar, o castigo; e, por último, o inferno.

Qual uma folha de grama que, se manuseada de mau jeito, corta a pele, o ascetismo mal praticado conduz ao inferno.

Se algo precisa ser feito, que o faça um homem e que o faça com vigor. Um peregrino descuidado consegue apenas espalhar ainda mais a poeira de suas paixões.

Aqueles que se envergonham do que não merece pudor e que não se envergonham daquilo que merece, tais pessoas, abraçando falsas doutrinas, ingressam no caminho do mal.

Aqueles que temem o que não devem temer e não temem o que devem, tais pessoas, abraçando falsas doutrinas, ingressam no caminho do mal.

Aqueles que enxergam o pecado onde não existe e nada enxergam onde o pecado existe, tais pessoas, abraçando falsas doutrinas, ingressam no caminho do mal.

Aqueles que enxergam o pecado onde ele existe e nada enxergam onde o pecado inexiste, tais pessoas, abraçando verdadeiras doutrinas, ingressam no caminho do bem.

Um homem não se torna um brâmane quando usa o cabelo trançado, mas, sim, através de sua família, ou de berço; aquele em quem existem a verdade e a justiça será abençoado, será um brâmane.

Não chamo alguém de brâmane por causa de sua origem ou de sua mãe. Tais pessoas são, na verdade, arrogantes e aquinhoadas; mas os pobres, que são livres de todos os vínculos, a eles eu chamo, sim, de brâmanes.

Chamo, sim, de brâmane àquele que está livre da raiva, que é diligente, virtuoso, que não é afeito a gostos, que é submisso e recebeu seu último corpo.

Chamo, sim, de brâmane àquele que não se prende aos prazeres sensuais, como a água na flor de lótus, como a semente da mostarda na ponta de uma agulha.

Chamo, sim, de brâmane àquele que, sem ferir criatura alguma, seja ela frágil ou forte, não mata nem causa a morte.

Chamo, sim, de brâmane àquele que é tolerante com os intolerantes, brando com os violentos e livre da ganância entre os gananciosos.

Chamo, sim, de brâmane àqueles de quem a raiva e o ódio, o orgulho e a hipocrisia desprendem-se como a semente da mostarda cai da ponta de uma agulha.

Chamo, sim, de brâmane àquele que articula fala verdadeira, instrutiva e livre de rancor, para que a ninguém ofenda.

Chamo, sim, de brâmane àquele que nada toma do mundo que não lhe tenha sido ofertado, seja longo ou curto, pequeno ou grande, bom ou ruim.

Chamo, sim, de brâmane àquele que neste mundo tenha se elevado acima dos dois laços, o bem e o mal, que está livre do pesar, do pecado e das impurezas.

(RS)

A NATUREZA DO HOMEM É BOA

Mêncio

Mêncio foi um sábio chinês contemporâneo de Aristóteles no Ocidente. A ele devemos muita da nossa compreensão do pensamento de Confúcio. Aqui ele explica a perspectiva de Confúcio acerca da natureza humana e seu desenvolvimento.

A tendência da natureza do homem para o bem é como a tendência da água em fluir para baixo. Não há quem não tenha essa tendência para o bem, como toda água tende a fluir para baixo.

Ao batermos na água, fazendo-a espirrar para cima, podemos conseguir que ela respingue acima de nossa cabeça e, ao represá-la e conduzir seu curso, podemos forçá-la a subir, morro acima — mas estariam tais movimentos de acordo com sua natureza? É a força exercida que os causa. Quando os homens são forçados a fazer o que não é o bem, sua natureza está sendo manipulada de maneira semelhante.

Nos anos bons, os filhos dos homens são, na maioria, bons; enquanto que, nos anos ruins, a maioria se entrega ao mal. Não se deve o fato aos seus poderes naturais conferidos pelo céu, que se comportam distintamente. A entrega se deve às circunstâncias que permitem que suas mentes se vejam envolvidas e imersas no engodo do mal.

Todas as coisas do mesmo tipo são semelhantes umas às outras — por que teríamos dúvidas quanto ao homem, como se ele fosse a única exceção a essa regra? O sábio e nós somos do mesmo tipo.

As árvores da Nova Montanha já foram belas. Encontrando-se, entretanto, na fronteira de um grande estado, foram cortadas pelos machados e pelas serras — e teriam conseguido manter sua beleza? Ainda através da atividade da vida vegetativa dia e noite, e da influência nutritiva da chuva e do orvalho, não deixaram de dar brotos e ramos; mas logo vieram os bois e as cabras, e deles se alimentaram. A tais coisas deve-se a aparência desolada e árida da montanha que, vista pelas pessoas, parece não ter sido muito bem coberta pelas matas. Mas será essa a natureza da montanha?

Da mesma forma se dá o que pertence propriamente ao homem — pode-se dizer que a mente de algum homem não tenha sido provida de benevolência e justiça? A maneira pela qual um homem perde o bem próprio de sua mente é semelhante àquela em que as árvores são tombadas por machados e serras. Talhada diariamente, poderá ela — a mente — manter sua beleza? Mas há um desenvolvimento de sua vida dia e noite, e no ar sereno da manhã, justo entre a noite e o dia, a mente sente em certo grau aqueles desejos e aversões característicos da humanidade, mas o sentimento não é forte e sofre o ataque e a destruição daquilo que se passa durante o dia. Acontecendo dia após dia tais obstruções ao seu desenvolvimento, a restauradora influência da noite não é suficiente para preservar o bem próprio da mente; e, quando se comprova essa insuficiência para tal propósito, a natureza se torna não muito diferente da natureza dos animais irracionais que as pessoas, ao observarem-na, acham que nunca teve esses poderes que estou afirmando. Mas tais condições representariam os sentimentos próprios da humanidade?

O jogo de xadrez não passa de uma pequena arte, mas, sem a entrega total da mente e sem os desejos voltados totalmente para tanto, um homem não é capaz de nela atingir bom êxito. Chess Ts'ew é o melhor enxadrista do reino. Suponhamos que ele esteja ensinando dois homens a jogar. Um deles entrega-se de mente aberta e volta toda a força do seu desejo para o aprendizado, e nada faz que não seja escutar o mestre. O outro, embora pareça estar prestando a máxima atenção aos ensinamentos de Chess Ts'ew, está na verdade pensando no cisne que se aproxima e querendo preparar o arco, ajustando bem a flecha para acertá-lo. Embora esteja aprendendo com o outro, não conseguirá se equiparar a ele. Por quê? Porque sua inteligência não é igual? Não se trata disso.

Gosto de peixes e gosto também de anzóis. Se não posso ter os dois juntos, deixo de lado o peixe e guardo comigo os anzóis. Da mesma forma, gosto da vida e também gosto da virtude. Se não posso manter as duas juntas, deixarei de lado a vida para ficar com a virtude.

Há casos em que os homens, por um determinado curso, podem preservar a vida e não seguem tal curso; em que, por determinadas coisas, podem evitar o perigo e não fazem tais coisas.

Portanto, os homens têm o que lhes apraz mais do que a vida e o que lhes desgosta mais do que a morte. Não serão homens de distintos talentos e virtudes somente aqueles que tenham essa natureza mental. Todos a têm; o que pertence a tais homens é simplesmente o que eles não perdem.

O discípulo Kung-too disse:

— Todos são igualmente homens; mas alguns são grandiosos e outros, insignificantes: como se dá isso?

Mêncio retrucou:

— Aqueles que seguem o que neles é grandioso são grandiosos; aqueles que seguem o que neles é insignificante são insignificantes. À mente cabe o ofício de pensar. Pensando, ela obtém a visão correta das coisas; negligenciando o pensamento, ela fracassa nesse intento. Apegue-se o homem à supremacia da parte mais nobre de sua constituição, e a parte inferior não será capaz de lhe tomar essa posição. É simplesmente isso que faz um homem grandioso.

(RS)

O CAMINHO DO TAO

Chuang-tzu

O pensamento taoísta se remete ao autor do Tao Te-ching, *tradicionalmente identificado como Lao-tzu. Este texto, retirado de* O Caminho do Tao, *de Chuang-tzu, é uma passagem na qual Lao-tzu explica o caminho da virtude.*

Tudo o que não for dito com sinceridade total é dito de forma errônea. E a incapacidade de livrar-se desse vício implica em aprofundar-se apenas no caminho da perdição.

Aqueles que praticam o mal em plena luz do dia, os homens os castigarão. Aqueles que praticam o mal em segredo, Deus os castigará. Quem teme aos homens e a Deus está apto a caminhar sozinho. Os que se devotam ao interior na prática não adquirem reputação. Os que se devotam ao exterior buscam a preeminência entre seus iguais. A prática sem a reputação confere prestígio aos mais perversos. Mas aquele que busca preeminência entre seus iguais é um mascate cuja fraqueza todos percebem, embora ele afete ares de felicidade.

Aquele que está em natural solidariedade com o homem, a ele todos os homens vêm. Mas aquele que se adapta por força das circunstâncias não encontra lugar nem para si mesmo, muito menos para os outros. E aquele que não tem lugar para os outros não tem laços. Tudo se encerra em si próprio.

O nascimento não é um início; a morte não é um fim. Há existência sem limitações; há continuidade sem um ponto inicial. A existência sem limitações é o espaço. A continuidade sem um ponto inicial é o tempo. Há o nascimento, há a morte, há o prosseguimento, há o ingresso. Aquilo em que alguém ingressa e de onde sai sem ver a forma são os Portais de Deus.

Os Portais de Deus são a não existência. Todas as coisas surgiram da não existência. A existência não poderia fazer da existência a existência. Ela só pode ter surgido da não existência, e a não existência e o nada são uma coisa só. Nisto reside o sábio.

Descarte os estímulos do propósito. Liberte a mente das perturbações. Livre-se dos emaranhados da virtude. Atravesse as obstruções ao Tao.

Honrarias, riqueza, distinção, poder, fama, ganhos — estas seis coisas estimulam o propósito.

Aparências, porte, beleza, argumentos, influência, opiniões — estas seis coisas perturbam a mente.

Ódio, ambição, júbilo, raiva, pesar, prazer — estas seis coisas são os emaranhados da virtude.

Rejeição, adoção, recebimento, dádivas, conhecimento, habilidade — estas seis coisas são as obstruções ao Tao.

Se não permitirmos que estas vinte e quatro coisas andem em desalinho, então a mente funcionará devidamente ordenada. E, devidamente ordenada, estará em repouso. E estando em repouso, terá clareza de percepção. E, tendo clareza de percepção, estará incondicionada. E, estando incondicionada, estará no estado de inação pelo qual nada existe que não possa ser conquistado.

(RS)

ÍNDICE

NOTA DO EDITOR 7
INTRODUÇÃO À EDIÇÃO NORTE-AMERICANA 9

Disciplina 13

JUSTIÇA Olavo Bilac (1865 - 1918) 16
O REI E O FALCÃO Adaptação de James Baldwin 16
O MENINO E A JARRA Adaptada de Esopo 19
A GALINHA DOS OVOS DE OURO Jean de La Fontaine, adaptado por Maria Helena Rouanet 19
MOSCAS E MEL Esopo 20
O SR. VINAGRE E A SORTE Adaptação de James Baldwin 21
AS RÃS E O POÇO Esopo 25
O PESCADOR E A MULHER Adaptação de Clifton Johnson 26
A LINHA MÁGICA Lenda francesa 31
O TOQUE DE OURO Adaptação de *O livro das maravilhas*, de Nathaniel Hawthorne 38
A RAPOSA E O CORVO Esopo 42
O REI CANUTO À BEIRA-MAR Adaptação do original de James Baldwin 42
FAETONTE Ovídio 44
O REBANHO DO SOL Da *Odisseia* de Homero, adaptação de Andrew Lang 50
DAVI E BETSABÁ 51
AMBIÇÃO (*Macbeth*, Shakespeare, tradução de Barbara Heliodora) 56
DE QUANTA TERRA UM HOMEM PRECISA? Tolstoi 59

SOBRE A DISCIPLINA *Górgias*, Platão 71

SOBRE A DISCIPLINA *Ética a Nicômaco*, Aristóteles, tradução de Leonel Vallandro e Gerd Bornheim 74

TEMPO PARA TUDO Eclesiastes 3, 1-18 76

Compaixão 77

VELHAS ÁRVORES Olavo Bilac (1865-1918) 80

O LEÃO E O RATO Jean de La Fontaine, adaptado por Maria Helena Rouanet 80

AS FADAS Charles Perrault 81

ANDROCLES E O LEÃO Adaptação de James Baldwin 84

POLEGARZINHA Hans Christian Andersen 86

A MENINA DOS FÓSFOROS Hans Christian Andersen 91

A BELA E A FERA Versão de Figueiredo Pimentel 93

O REI CRESO Heródoto, adaptação de James Baldwin 101

MOISÉS NO CESTO 104

O BOM SAMARITANO Lucas 10, 25-37 106

O VELHO E SEU NETO Irmãos Grimm, tradução de Ana Maria Machado 107

NÃO FOI EM VÃO Emily Dickinson (1830-1886) 108

SABEDORIA DE SALOMÃO 108

A GRAÇA DO PERDÃO Shakespeare, *O mercador de Veneza*, tradução de Bárbara Heliodora 109

ECO E NARCISO Adaptação de Thomas Bulfinch 110

O ESPECTRO DE MARLEY Charles Dickens, *Cântico de Natal* 112

ONDE ESTÁ DEUS, ESTÁ O AMOR Tolstoi 131

A INFLUÊNCIA DA DEMOCRACIA Alexis de Tocqueville (1805-1859) 141

Responsabilidade 145

OS OMBROS SUPORTAM O MUNDO Carlos Drummond de Andrade (1902-1987) 148

SÃO JORGE E O DRAGÃO Adaptação de J. Berg Esenwein e Marietta Stockard 149

O REI ALFREDO E OS BOLINHOS Adaptação do original de James Baldwin 152

“MEU REINO POR UM CAVALO!”Adaptado do original de James Baldwin 154

SIR WALTER RALEIGH Adaptação de James Baldwin 156

CAIM E ABEL 157
OS DEZ MANDAMENTOS 159
O SINO DE ATRI Adaptação de James Baldwin 160
ÍCARO E DÉDALO 163
A ESPADA DE DÂMOCLES Adaptação de James Baldwin 166
O CASAL SILENCIOSO 168
JURAMENTO ATENIENSE 170
ESCOTEIROS E BANDEIRANTES 170
PROMESSA ESCOTEIRA 171
LEI ESCOTEIRA 171
PROMESSA BANDEIRANTE 171
CÓDIGO BANDEIRANTE 171
CARTA PARA A FILHA Scott Fitzgerald 172
A DECLARAÇÃO DE INDEPENDÊNCIA Thomas Jefferson 174
OS ARTIGOS FEDERALISTAS James Madison, tradução de Maria Luiza Borges 174
DESPERTANDO A CONSCIÊNCIA Frederick Douglass 175
SEGUNDA MENSAGEM AO CONGRESSO Abraham Lincoln 179
CARTA DA PRISÃO Martin Luther King Jr. 181
HOMENS SEM PEITO C.S. Lewis 186

Amizade 189

PONTEANDO SOBRE O AMIGO RUIM Mário de Andrade, 1893-1945 192
O URSO E OS VIAJANTES Esopo 193
O GATO E O RATO FIZERAM UM TRATO Irmãos Grimm, tradução de Ana Maria Machado 193
O SAPO E A COBRA Lenda africana 196
O GIGANTE EGOÍSTA Oscar Wilde, tradução de Barbara Heliodora 198
INVASORES SERÃO PROCESSADOS 198
RUTE E NOEMI 202
JÔNATAS E DAVI 209
BAUCIS E FILEMON Thomas Bulfinch 215
DAMON E PÍTIAS 217

COMO ROBIN HOOD ENCONTROU JOÃO PEQUENO Adaptado de Henry Gilbert 220
HELEN KELLER E ANNE SULLIVAN 223
MENINAS MAIS SÁBIAS QUE HOMENS Tolstoi 229
MANUTENÇÃO CONSTANTE DAS AMIZADES 231
A AMIZADE EM ARISTÓTELES Da Ética a Nicômaco 232
A AMIZADE EM CÍCERO Do Lélio 234
SONETO 29 Shakespeare, tradução de Anna Amélia Carneiro de Mendonça 235
SONETO 30 Shakespeare, tradução de Barbara Heliodora 236
SOBRE A AMIZADE Ralph Waldo Emerson, tradução de Carlos Graieb e José Marco Mariani de Macedo 236
INFÂNCIA E POESIA Pablo Neruda, tradução de Hugo Langone 239
A FLECHA E A CANÇÃO Henry Wadsworth Longfellow 240
THOMAS JEFFERSON E JAMES MADISON 241

Trabalho 243

UM APÓLOGO Machado de Assis (1839-1908) 246
A CIGARRA E A FORMIGA La Fontaine (1621-1695) 248
A CASA Lenda escandinava, adaptada por Carolyn Sherwin Bailey 249
OS TRÊS PORQUINHOS Adaptação de Clifton Johnson 250
HÉRCULES E O CARROCEIRO Esopo 251
A AGULHA Hans Christian Andersen 251
O HOMEM QUE TEVE QUE CUIDAR DA CASA Lenda escandinava 254
A SENHORA HOLLE Irmãos Grimm, tradução Ana Maria Machado 256
O FAZENDEIRO E OS FILHOS Esopo 260
OS ELFOS Irmãos Grimm, tradução de Ana Maria Machado 261
COMO O CAMELO GANHOU A CORCOVA Rudyard Kipling 263
POEIRA DEBAIXO DO TAPETE Maud Lindsay 266
A SEMANA DE DOMINGOS 271
A REBELIÃO CONTRA O ESTÔMAGO 276
O REINO DAS ABELHAS Shakespeare, *Henrique V*, tradução de Barbara Heliodora 278
OS GRAVETOS Esopo 279

HÉRCULES LIMPA AS ESTREBARIAS DE AUGIAS 279
A ESCOLHA DE HÉRCULES Adaptação de James Baldwin 280
ROBINSON CRUSOÉ CONSTRÓI UM BARCO Daniel Defoe 282
TOM SAWYER LARGA O PINCEL Mark Twain 284
DA ESCRAVIDÃO AO SUCESSO Booker T. Washington 289
ILIA Tolstoi 293

Coragem 299

I - JUCA - PIRAMA Gonçalves Dias (1823 -1864) 302
A MULHER PIM PIM James H. Van Sickle e Wilhelmina Seegmiller 305
DAVI E GOLIAS 306
JOÃO E O PÉ DE FEIJÃO Adaptado de Andrew Lang 309
JOÃO E MARIA Irmãos Grimm, tradução de Ana Maria Machado 313
A ASSEMBLEIA DOS RATOS Jean de La Fontaine, adaptado por Maria Helena Rouanet 322
CHANTECLER J. Berg Esenwein e Marietta Stockard 322
A VINGANÇA DO LEOPARDO Lenda africana 325
O MINOTAURO Adaptado de Andrew Lang 326
ULISSES E O CICLOPE 331
HORÁCIO E A PONTE James Baldwin 335
OS TREZENTOS DE ESPARTA 337
UMA RESPOSTA LACÔNICA 339
SE... Rudyard Kipling (1865-1936), tradução de Ruy Jungmann 340
CRUZANDO O RUBICÃO Adaptado de James Baldwin 342
GUILHERME TELL James Baldwin 344
ROSA PARKS Kai Friese 345
PROCURA-SE Ernest Shackleton 349
A MOISÉS DE SEU POVO Sarah Bradford 349
FALA DE HENRIQUE V EM AGINCOURT Shakespeare, *Henrique V*, tradução de Barbara Heliodora 353
LIBERDADE OU MORTE Patrick Henry 354
AUTOCONFIANÇA Ralph Waldo Emerson, 356

Perseverança 359

SONETOS Luís de Camões (1524?-1580) 362
A TARTARUGA E A LEBRE Esopo 363
O CORVO E O VASO Esopo 363
O PEQUENO HERÓI DA HOLANDA Adaptação do original de Etta Austin Balisdell e Mary Frances Balisdell 364
O SOLDADINHO DE CHUMBO Hans Christian Andersen 366
AS ESTRELAS DO CÉU Adaptação do original de Carolyn Sherwin Bailey, Kate Douglas Wiggin e Nora Archibald Smith 370
A HISTÓRIA DE ROSTO-MARCADO Lenda dos índios Blackfoot, adaptada por Amy Cruse 374
A LONGA FUGA 381
VAI, MOISÉS Spiritual, adaptação de Jucy Pessôa 385
EURECA! James Baldwin 386
O DISCURSO DE GETTYSBURG Abraham Lincoln 388
LUTAREMOS NOS CAMPOS E NAS RUAS Winston Churchill 389
EU TENHO UM SONHO Martin Luther King Jr. 393
RECUSO-ME A ACEITAR O FIM DO HOMEM William Faulkner 397

Honestidade 401

A CUMBUCA DE OURO E OS MARIMBONDOS Silvio Romero 404
O MENINO QUE MENTIA Esopo 405
O LENHADOR HONESTO 405
PINÓQUIO Carlo Collodi (1826-1890) 407
CINDERELA INDÍGENA 410
A VERDADE VENCERÁ Ella Lyman Cabot 413
A HISTÓRIA DE RÉGULO James Baldwin 415
O REI SAPO Irmãos Grimm, tradução de Ana Maria Machado 417
O FLAUTISTA DE HAMELIN Adaptação do original de Joseph Jacobs 421
A ROUPA NOVA DO REI Hans Christian Andersen 425
O MENINO QUE FOI PARA O CÉU Adaptação de Carolyn Sherwin Bailey 429
A VERDADE E A MENTIRA Lenda grega 431
A VERDADE, A MENTIRA, O FOGO E A ÁGUA Lenda etíope 433

A MULHER ADÚLTERA João 8,1-11 434
O BOM BISPO Adaptado de *Os miseráveis*, de Victor Hugo 435
HONESTIDADE INSINCERA Adaptação de Warren Horton Stuart, de uma lenda chinesa 439
SUSPEITA INJUSTA Adaptação de Warren Horton Stuart, de uma lenda chinesa 439
O BARBANTE Guy de Maupassant 440
A VERDADE Francis Bacon (1561-1626) 447

Lealdade 449

SONETO Alphonsus de Guimaraens (1870-1921) 452
FIDELIDADE Henriqueta Lisboa (1904-1985) 452
SONETO DE FIDELIDADE Vinicius de Moraes (1913-1980) 453
O CHAPÉU QUE MAMÃE FEZ Conto sueco adaptado por Carolyn Sherwin Bailey 454
A HISTÓRIA DE CINCINATO Adaptação de James Baldwin 457
O AMIGO DEDICADO Oscar Wilde, tradução de Barbara Heliodora 460
YUDISTHIRA ÀS PORTAS DO CÉU 473
O ESTRONDO DA CACHOEIRA 475
A RAINHA ESTER 479
CASTOR E PÓLUX 481
O VÉU DE PENÉLOPE 483
A ÚLTIMA LIÇÃO Alphonse Daudet (1840-1897) 489

Fé 493

DEUS Casimiro de Abreu (1839-1860) 496
O SUAVE MILAGRE Eça de Queiroz (1845-1900) 496
A ARCA DE NOÉ 504
JÓ 508
EU NUNCA VI O URZAL Emily Dickinson, tradução de José Lino Grünewald 511
A FORNALHA Daniel 3, 1-30 511
DANIEL NA COVA DOS LEÕES Daniel 6, 1-28 513
SALMO 23 516
A CURA DO PARALÍTICO Marcos 2,1-12 517

SERMÃO AOS PÁSSAROS 518
O DISCÍPULO HONESTO Lenda judaica 519
SÃO NICOLAU E AS BARRAS DE OURO 520
ENTENDEMOS TÃO POUCO Lenda judaica 522
DEUCALIÃO E PIRRA Adaptação de Thomas Bulfinch 524
O MALABARISTA DE NOSSA SENHORA Anatole France 527
A FÉ Mary Wollstonecraft 531
O VOLUNTÁRIO DE AUSCHWITZ Chuck Colson 533
OH MORTE, NÃO TE ORGULHES John Donne, tradução de Paulo Vizzioli 540
O CAMINHO DA VIRTUDE Retirado do Dhammapada 541
A NATUREZA DO HOMEM É BOA Mêncio 543
O CAMINHO DO TAO Chuang-tzu 546

Direção editorial
Daniele Cajueiro

Editora responsável
Ana Carla Sousa

Produção editorial
Adriana Torres
Luisa Suassuna

Revisão
Luana Luz de Freitas
Rayssa Galvão
Sheila Louzada

Diagramação
Futura

Capa e ilustração
Rafael Nobre

Este livro foi impresso em 2021 para a Nova Fronteira

Volume 2

O LIVRO DAS VIRTUDES

3ª edição

EDITORA NOVA FRONTEIRA

WILLIAM J. BENNETT

CIP-Brasil. Catalogação na publicação
Sindicato Nacional dos Editores de Livros, RJ

L762
3. ed. O livro das virtudes – volume 2 : o compasso moral / organização William J. Bennett ; organização da edição brasileira Ana Maria Machado ; tradução Angela Lobo de Andrade , Aline Lobo de Andrade, Ricardo Silveira. - [3. ed.] - Rio de Janeiro : Nova Fronteira, 2019.
768 p. ; 23 cm.

Tradução de: The Moral Compass : Stories For a Life's Journey
Sequência de: O livro das virtudes – vol.1

Inclui índice
ISBN 978.85.209.4409-7

1. Antologias (Conto). 2. Antologias (Poesia). 3. Literatura - Coletânea. I. Bennett, William J. II. Machado, Ana Maria. III. Andrade, Angela Lobo de. IV. Andrade, Aline Lobo de. V. Silveira, Ricardo.

CDD: 808.8
CDU: 82-82

EDITORA NOVA FRONTEIRA PARTICIPAÇÕES S.A.
Rua Candelária, 60 — 7º andar — Centro — 20091-020
Rio de Janeiro – RJ – Brasil
Tel.: (21) 3882-8200 – Fax: (21) 3882-8312/8313

SUMÁRIO

Nota à edição brasileira 7

Introdução 9

Lar, doce lar 15

Pelo mundo afora 115

Lealdade aos princípios 247

Abrindo caminho 345

Mães e pais, maridos e mulheres 463

Cidadania e liderança 547

O que rege nossa vida 635

Índice 753

NOTA À EDIÇÃO BRASILEIRA

Dando prosseguimento ao trabalho iniciado com a publicação de *O livro das virtudes*, trazemos agora *O livro das virtudes II — O compasso moral*, outro sucesso do mesmo autor, William J. Bennett. Como a primeira, esta coletânea reúne poemas e narrativas de diversas épocas e culturas, tendo em comum uma preocupação com a construção da ética e a aquisição de valores morais.

Como no livro anterior, fizemos algumas modificações, permitidas pelo autor e sua agente. Por um lado, alguns dos trechos que faziam parte do original foram cortados, por serem excessivamente referentes a uma realidade norte-americana. Outros, porém, mesmo não sendo tão universais, foram conservados — pareceu-nos interessante que eventuais diferenças culturais e de comportamento pudessem ressaltar do contraponto desses textos com as escolhas brasileiras que fizemos. Afinal, toda cultura é diálogo. Mas, como a seleção do autor não se debruça muito sobre a criação literária de autores franceses, italianos, espanhóis, portugueses e de outros países latinos, achamos conveniente deixar para o leitor a sua visão saxônica ao contemplar o mundo e a humanidade.

Por outro lado, também, ao incluirmos em cada capítulo alguns textos brasileiros, propomos que a leitura da obra seja viva e crítica, visando a um enriquecedor confronto, pelo cotejamento de certas ênfases e atitudes. Não deixa de ser comovedor comparar o trecho de Erico Verissimo (talvez despercebido do leitor médio atual) evocando a fibra de Ana Terra, nos primórdios do Rio Grande do Sul, com a força dos pioneiros americanos se estabelecendo nas campinas, já tantas vezes vista em filmes. Igualmente, é interessante observar como, entre nós, a literatura tem abordado a cidadania e o crescimento do indivíduo com um tom menos moral e mais veemente e politizado, de Castro Alves a Ferreira Gullar ou Vinicius de Moraes, focalizando mais a questão social que o respeito individual. Num momento em que a preocupação com a ética na sociedade brasileira busca mais do que nunca os caminhos da ação, pode ser particularmente fecundo nos determos um pouco em alguma reflexão sobre esses pontos — nem que seja com um meio sorriso divertido nos lábios.

Fiéis ainda ao espírito do original, procuramos que os novos textos incluídos estivessem também ao alcance de uma leitura dos jovens — até mesmo escolhendo algumas páginas normalmente consideradas de literatura infantil. Igualmente, tentamos que nossa seleção cobrisse dos clássicos aos contemporâneos, buscando ainda fazer com que o leitor adulto nela reencontrasse algumas páginas literalmente antológicas, daquelas que fizeram parte dos cânones literários nacionais no tempo em que se lia antologia no colégio.

Como qualquer seleção, esta teve que deixar de fora muita coisa boa que desejaríamos incluir. Certamente, poderia ser bem diferente. Fica, pois, o convite para que o leitor faça sua própria escolha, acrescentando indefinidamente novos trechos que possam vir a discutir com estes, refutá-los, concordar com eles ou reforçá-los. Ou, pelo menos, que atenda a um desejo mais simples: de que o encontro ou reencontro com um destes textos escolhidos lhe dê vontade de seguir adiante por este caminho e o leve à procura do texto integral ou de outra obra, do mesmo autor ou não.

Se é verdade que lemos ficção e poesia porque temos a expectativa de encontrar sentido na narrativa, e isso reforça a esperança de que haja algum propósito na existência, então se pode concluir que, por meio da experiência da leitura, vamos atribuindo valores à aventura humana. Nessa perspectiva, ler literatura é seguramente um excelente modo de enveredarmos pelo rumo da ética.

INTRODUÇÃO

ASSIM COMO *O livro das virtudes*, este volume visa auxiliar a tarefa de educar moralmente os jovens. *O livro das virtudes* identificou e examinou dez traços de caráter — disciplina, compaixão, responsabilidade, amizade, trabalho, coragem, perseverança, honestidade, lealdade e fé. Este livro apresenta as mesmas virtudes, ordenadas segundo as etapas de uma jornada de vida.

As crianças devem aprender a maior parte de suas lições sobre o caráter em casa, que é por onde começa este livro. Essas primeiras lições permanecem com as crianças quando saem pelo mundo afora, moldando a maneira de verem a vida e, a longo prazo, determinando se irão vivê-la bem. Mais tarde, como jovens e depois adultos, através dos vários estágios da vida, certamente terão que fazer inúmeras escolhas, e as virtudes representarão um papel decisivo. No desenrolar dos capítulos deste livro, o leitor acompanha muitas dessas escolhas e suas implicações. As histórias e os poemas nestas páginas podem servir de pontos de referência de uma bússola moral, dando às crianças um senso de direção mais claro no que se refere ao certo e errado, ajudando a guiar suas ações no dia a dia e também nas eventuais decisões cruciais que são exigidas de todos os indivíduos.

O conceito básico que sublinha este volume é que a vida é, em grande parte, uma jornada moral e espiritual; nós a empreendemos para encontrar nosso caminho, tanto moral como espiritualmente. Assim, não faz sentido encaminhar os jovens para um tal esforço tendo oferecido a eles apenas algumas opiniões tímidas e vacilantes sobre modos de conduta, esperando que no decurso de suas trajetórias eles tropecem em preferências pessoais mais definidas, que passarão a ser seus "valores". Devemos dar às crianças uma bagagem melhor. Devemos criá-las como *seres morais e espirituais*, oferecendo-lhes padrões inequívocos e confiáveis do que é certo ou errado, nobre ou baixo, justo ou injusto. "É a virtude... o objetivo difícil e valioso que deve ser enfocado na educação", nos lembra o filósofo John Locke, "e não uma petulância atirada nas artes menores dos estratagemas. Todas as demais considerações e realizações deveriam dar prioridade a ele." As histórias deste livro enfocam conceitos evidentes de bem e mal sem hesitação ou apologia. Tratam a vida como uma diligência moral.

É claro que uma sólida educação do caráter não se obtém somente ouvindo ou lendo histórias, não importa quanto impressionem. O treinamento do coração e da mente na direção do bem envolve muito mais. (É bom lembrar que a palavra grega *charakter* significa "marcas resistentes", traços que podem se formar em uma pessoa por um número quase infinito de influências.) A educação moral deve englobar o cumprimento de regras de bom comportamento. Deve abranger o desenvolvimento de bons hábitos, que só são adquiridos pela prática insistente. E o treinamento do caráter deve prover exemplos, colocando as crianças na companhia de adultos responsáveis, que demonstrem um compromisso com o bom caráter, que mostrem a clara diferença entre certo e errado nos seus hábitos cotidianos.

Não obstante, os livros e as histórias que compartilhamos com as crianças podem ser influências morais importantes. Podem ser aliados inestimáveis dos pais e professores; como observou o reitor de Harvard, Charles W. Eliot, "na campanha pelo caráter, não se recusa nenhum ajudante". A literatura pode ter um papel crucial em casa, na escola, na comunidade ou outros *ethos* culturais — outra antiga palavra grega que significa o caráter distinto ou crenças diretrizes, os hábitos dos cidadãos. Como bem sabe qualquer pai ou professor, as crianças adoram histórias. Mesmo na era dos jogos de computador e brinquedos eletrônicos, ainda existe um poder ressonante na frase

"Era uma vez...". Assim, *o que* escolhemos para ler para as crianças tem muita importância. Lendas, folclores, histórias sagradas, biografias e poemas podem introduzir as crianças menores às virtudes; podem esclarecer noções de certo e errado para os jovens; podem ser poderosas formas de recordar os mais elevados ideais da humanidade, durante todo o percurso até a vida adulta. Não raro homens e mulheres famosos, em momentos críticos, lembraram-se de uma simples fábula, de um versinho familiar ou de um herói da infância.

Filósofos, teólogos e poetas há muito consideram a sabedoria virtude prima da moralidade. Se um indivíduo quer fazer o bem, os princípios do coração devem ser informados e dirigidos por uma mente bem treinada. De fato, os pensadores gregos clássicos consideravam a prudência uma das virtudes fundamentais; para eles, a palavra não significava circunspecção, como hoje, mas antes a habilidade de governar e disciplinar a si mesmo pelo uso da razão. Significava ser capaz de reconhecer a escolha certa em circunstâncias específicas, e era a virtude intelectual que possibilitava colocar em ação as virtudes morais. O leitor encontrará histórias envolvendo essa sabedoria prática dispersas por todo o livro; conhecê-las pode nos ajudar a lidar com algumas difíceis situações que brotam no dia a dia. Além disso, há muitas histórias neste livro que tratam de uma noção maior de sabedoria, histórias que ajudam a tentar obter até mesmo um conhecimento maior de si, dos outros seres humanos e da vontade de Deus. Essas histórias podem auxiliar a adquirir uma filosofia de vida. Foram selecionadas tendo em mente esse padrão.

Originalmente, eu não tinha a intenção de formar uma segunda coleção de histórias sobre moral, e só concordei em fazê-lo por insistência dos leitores que adoraram o material encontrado em *O livro das virtudes* e me escreveram pedindo mais. Contudo, confesso que comecei este projeto com um certo grau de dúvida. Embora existam fontes inesgotáveis de literatura maravilhosa, e *O livro das virtudes* pouco tenha sorvido, mesmo assim eu ponderava sobre a dificuldade de compor um segundo volume que pudesse igualar o primeiro em termos de oferecer histórias atemporais que tanto instruem quanto divertem. Ocorreu que minhas dúvidas foram injustificadas.

Para cavar mais fundo a mina de literatura maravilhosa, decidi ver mais de perto os livros que as crianças estavam lendo na escola e em casa na virada do século XX. A riqueza de material é espantosa, e compreende uma boa parte deste volume. Muito foi adaptado aos ouvidos modernos (e resumido para atender às restrições de uma antologia) e, assim, ocorrem a mesma instrução *e* diversão, hoje, que ocorriam há cem anos.

Em certos aspectos, considero esta uma coleção mais interessante do que *O livro das virtudes*. Muitas histórias me parecem mais fascinantes e imaginativas do que as do primeiro volume. Há mais histórias sobre o espírito, sobre os profundos recessos do coração humano. Acho que os leitores encontrarão um número maior de histórias desconhecidas neste volume; espero que este livro ajude o público de hoje a descobrir alguns contos que eram os favoritos em outra época, mas que escorregaram dos catálogos modernos, populares. Também há muitas histórias e personalidades (o nó górdio, a corrida da Maratona, o triunfo de Florence Nightingale) que nós adultos já conhecemos — ou deveríamos — e queremos repassar às crianças. Segundo Wordsworth, "o que já amamos, outros irão amar; e nós os ensinaremos". Nesse ponto, espero que este livro seja uma contribuição para a nossa literatura cultural, bem como moral.

Embora este livro se fundamente nas heranças da civilização ocidental, há muitos países, culturas e tradições aqui representados. Assim como o povo americano, estas histórias vêm de todas as partes do mundo, e atendem a um valioso objetivo no nosso consciente coletivo. Muitas dessas histórias vêm sendo passadas de geração a geração há centenas de anos. Passaram pelo teste do tempo. Contêm a sabedoria das eras.

Apesar da organização dos capítulos de acordo com os diferentes estágios da vida, o leitor não deve concluir que as histórias de um dado capítulo são significativas apenas para certas idades ou grupos (ou seja, Capítulo I é só para crianças ainda em casa, Capítulo V é só para pessoas casadas). Ao contrário, acho que há algo para cada idade em todos os capítulos. Por exemplo, crianças pequenas precisam ouvir histórias sobre o que é ser uma esposa ou um pai, para começarem a se conscientizar das alegrias e responsabilidades que terão quando elas também tiverem suas próprias famílias. E os adultos podem lucrar relendo e relembrando as primeiras lições, básicas, que a vida oferece, não só porque os ajudará a ensinar às crianças, mas também porque essas primeiras lições frequentemente são as mais importantes, que mesmo nós adultos precisamos muitas vezes acatar.

Alguns capítulos enfocam certas virtudes mais que outras. O Capítulo III, por exemplo, que foi concebido para ajudar a enfrentar as épocas difíceis da vida, concentra-se muito na perseverança e na coragem. O Capítulo IV, que nos inspira a ajudarmos uns aos outros na jornada da vida, lida mais com a compaixão. Naturalmente, essas virtudes são valiosas em qualquer idade, assim como a maioria das histórias naquelas seções. Os sete capítulos do livro não são fases estritamente cronológicas da vida; ao contrário, muito da vida é um processo de repetição das venturas, dos planos e das aspirações, e sempre se aprende e se cresce a cada novo esforço.

Assim como em *O livro das virtudes*, tentei arranjar cada capítulo de forma que o material mais fácil vem primeiro; contudo, quando as seleções compartilham certos temas e lições, as leituras foram agrupadas. Em resumo, este livro, como seu predecessor, pode ser aberto ao acaso, para descobrir as passagens e histórias favoritas, ler alto uns para os outros e memorizar versos. E espero que a maioria das histórias possa ser aproveitada tanto por jovens quanto por velhos, principalmente juntos.

Mesmo que as ideias e os temas neste livro sejam tão velhos e universais quanto a natureza humana, seria difícil juntar tal coleção sem ter em mente algumas correntes específicas da cultura contemporânea. Como observou Flannery O'Connor, "você tem que empurrar com a mesma força que a idade o empurra". Por isso incluí, por exemplo, muitas histórias sobre famílias — e como mantê-las sólidas — devido aos atuais apuros que afligem essa instituição. O declínio das famílias modernas constitui talvez a maior ameaça a longo prazo ao bem-estar das crianças; não deveríamos hesitar em apresentar aos jovens exemplos que ajudam a instilar a reverência a bênçãos e deveres de um lar, doce lar. O leitor também encontrará algumas histórias que trabalham a gratidão e a ingratidão. No discurso público de hoje em dia, parece haver pouca expressão da primeira, e muito tempo é dedicado à última, na forma de rancores, reclamações e acusações. Às vezes, precisamos nos lembrar de que a gratidão é realmente uma virtude; é algo que precisamos muito demonstrar.

O *feedback* mais encorajador que recebi sobre O *livro das virtudes* foi que as crianças — não só os pais — adoraram aquelas histórias antigas e pediam para ouvi-las repetidas vezes. Espero que este livro delicie e divirta na mesma medida, e que estas histórias ajudem os jovens a entender que as virtudes não são apenas coisas aborrecidas que estragam toda a alegria da vida. Antes, eu espero que essas maravilhosas histórias e versos os ajudem a entender que as virtudes podem fazer a vida valer a pena, podem ajudar a trazer significado e contentamento. As crianças devem saber que viver com amor e viver bem andam juntos. "Para nossa grande boa ventura, ainda na juventude nossos corações foram tocados pelo fogo", escreveu Justice Oliver Wendell Holmes sobre a sua própria infância. "Foi-nos dado aprender, desde o início, que a vida é uma coisa profunda e apaixonada." Espero que este livro inspire os leitores a lembrarem que a vida é uma fornada profunda e apaixonada, e espero que possa ser uma bússola de indicações que ajude a encontrar o caminho.

Gostaria de agradecer a Bob Asahina por seu já costumeiro escrutínio, sabedoria e ótima edição; Sarah Pinckney, colega de Bob na Simon and Schuster, pela paciência, cooperação e prestimosidade; e Bob Barnett pelos conselhos sagazes e julgamento clínico de excentricidades contratuais e formas de negociação. Novamente estou em débito com John Cribb por sua energia, imaginação, bom gosto e esforços prodigiosos em casa, em bibliotecas e em incontáveis viagens de avião. Ele é o guardião do cofre das histórias; nesse ponto, ninguém se iguala a ele.

Finalmente, ofereço meus agradecimentos à minha família, mais uma vez. John e Joseph foram a plateia imaginada e às vezes real, durante a montagem deste livro. O amor e os conselhos de Elayne foram o mais importante esteio não só deste, mas de tantos outros projetos de trabalho. "Sua lâmpada não se extingue à noite", e os leitores deste livro são os beneficiários.

Lar, doce lar

TODAS AS CRIANÇAS NECESSITAM de abrigo e alimento. Naturalmente, um lar de verdade oferece muito mais que isso. As crianças também precisam de amor, de organização, e, como não nascem distinguindo entre certo e errado, precisam de um lugar onde comecem a desenvolver um senso de moral. A transmissão das virtudes é uma importante razão de ser de um lar, e a atenção às virtudes é um forte laço de união da família. Segundo Aristóteles, "é uma peculiaridade do homem, em comparação com o resto do mundo animal, que só ele possui a percepção do bem e do mal, do justo e do injusto, e de outras qualidades similares, e a associação entre essas coisas é que constrói a família".

É no lar que recebemos os primeiros ensinamentos sobre as virtudes. É nosso primeiro campo de treinamento moral, o lugar onde aprendemos o que é certo e o que é errado, através do carinho e da proteção daqueles que nos amam acima de tudo. A formação do nosso caráter é guiada pelos *faça* e *não faça*, pelas instruções e exortações com que nos deparamos em casa. Também importantes na construção do nosso senso de moral são os exemplos dados por mãe, pai, irmãs e irmãos. No mundo familiar do lar doce lar, adquirimos o hábito da virtude que nos fortalecerá quando sairmos pelo mundo afora.

Este capítulo nos mostra algumas dessas lições do lar doce lar. São membros da família ajudando-se e contando com o auxílio uns dos outros; parentes demonstrando o que realmente significa ser "irmão" ou "irmã"; crianças aprendendo sobre o dever, a responsabilidade, o autossacrifício e a ajuda aos parentes, apenas por amor. Encontramos jovens corações prestando amorosa obediência; testemunhamos o crescimento da consciência, do desejo de alcançar as expectativas daqueles que nos amam. Observamos como a lealdade, a coragem e a perseverança sustentam a família através das adversidades, com um amor que vence qualquer tipo de obstáculo.

É claro que nenhum lar é perfeito. Pode ser o lugar onde nos são apresentados os vícios, bem como as virtudes. E, infelizmente, alguns lares não são bons lugares — nem todos os lares são portos seguros, nem todos os corações têm calor. Mas *todos* os lares ensinam alguma lição, mesmo que errada. Assim, embora muitos lares não se pareçam com os exemplos destas páginas, as histórias sempre terão valor, pois apresentam a todos nós alguma coisa a almejar. Elas nos recordam quais condições são necessárias para uma família e qual a atenção merecida por uma criança. Com esses exemplos, podemos sempre elevar nossa visão e nossos esforços.

Essas primeiras lições permanecem conosco muito tempo depois de sairmos de casa. Nas nossas afeições e lembranças, serão sempre uma parte de nós, muitas vezes a mais acalentada. "Onde achará o homem doçura maior que em seu lar e seus parentes?", Odisseu pergunta, na *Odisseia* de Homero. "Não nas terras distantes, mesmo que encontre uma casa de ouro." As primeiras experiências em casa formam os tempos do compasso moral, guiando-nos e instruindo-nos pelo resto da jornada da vida.

Em certo sentido, a jornada moral que começa ao sairmos de casa é uma sucessão de oportunidades para oferecer ao outro o mesmo carinho e amor que recebemos na infância. A lembrança do lar passa a pertencer ao passado; é uma experiência, um ideal que almejamos reconstruir na nossa própria maturidade e nas novas vidas que arrebanhamos pelo mundo. Construímos nossos próprios lares, ensinamos nossas próprias lições, alimentamos nossos próprios filhos com o carinho e o conhecimento que já obtivemos no primeiro aconchego do lar.

VISITA À CASA PATERNA

Luís Guimarães

Como a ave que volta ao ninho antigo,
Depois de um longo e tenebroso inverno,
Eu quis também rever o lar paterno,
O meu primeiro e virginal abrigo:

Entrei. Um gênio carinhoso e amigo,
O fantasma talvez do amor materno,
Tomou-me as mãos — olhou-me, grave e terno,
E, passo a passo, caminhou comigo.

Era esta a sala... (Oh! se me lembro! e quanto!)
Em que da luz noturna à claridade
Minhas irmãs e minha mãe... O pranto

Jorrou-me em ondas... Resistir quem há-de?
Uma ilusão gemia em cada canto,
Chorava em cada canto uma saudade.

MEUS OITO ANOS

Casimiro de Abreu

Oh! souvenirs! printemps! aurores!
V. HUGO

Oh! que saudades que tenho
Da aurora da minha vida,
Da minha infância querida
Que os anos não trazem mais!
Que amor, que sonhos, que flores,
Naquelas tardes fagueiras
À sombra das bananeiras,
Debaixo dos laranjais!

Como são belos os dias
Do despontar da existência!
— Respira a alma inocência
Como perfumes a flor;
O amor é — lago sereno,
O céu — um manto azulado,
O mundo — um sonho dourado,
A vida — um hino d'amor!

Que auroras, que sol, que vida,
Que noites de melodia
Naquela doce alegria,
Naquele ingênuo folgar!
O céu bordado d'estrelas,
A terra de aromas cheia,
As ondas beijando a areia
E a lua beijando o mar!

Oh! dias da minha infância!
Oh! meu céu de primavera!
Que doce a vida não era
Nessa risonha manhã!
Em vez das mágoas de agora,
Eu tinha nessas delícias
De minha mãe as carícias
E beijos de minha irmã!

Livre filho das montanhas,
Eu ia bem satisfeito,
Da camisa aberto o peito,
— Pés descalços, braços nus —
Correndo pelas campinas
A roda das cachoeiras,
Atrás das asas ligeiras
Das borboletas azuis!

Naqueles tempos ditosos
Ia colher as pitangas,
Trepava a tirar as mangas,
Brincava à beira-mar;
Rezava às ave-marias,
Achava o céu sempre lindo,
Adormecia sorrindo
E despertava a cantar!

Oh! que saudades que tenho
Da aurora da minha vida,
Da minha infância querida
Que os anos não trazem mais!
— Que amor, que sonhos, que flores,
Naquelas tardes fagueiras
A sombra das bananeiras,
Debaixo dos laranjais!

UBI NATUS SUM

Luís Delfino

Na Rua Augusta, em Santa Catarina,
A cama em cima duns pranchões de pinho,
Aí nasci. Foi este o humilde ninho
De uma criança mórbida e franzina.

No fundo de uma loja pequenina,
O lençol branco a arder na luz do linho,
Da minha mãe, daquela mãe divina
Tive o primeiro tépido carinho.

Meu pai foi sempre a honra em forma humana,
Tinha a virtude máscula e romana,
Não era austero só, era feroz.

Trabalhava incessante, noite e dia,
Como um leão seu antro defendia,
E era uma pomba para todos nós...

CANÇÃO DE NINAR

Johannes Brahms

Uma canção e boa-noite, de rosas ornado,
E lírios ao lado, no bercinho perfumado,
Deita-te e dorme um sono abençoado,
Deita-te e dorme um sono abençoado.

DOCE E SUAVE

Alfred Tennyson

Doce e suave, doce e suave,
Vento do mar do oeste,
Suave, suave, respira e investe,
Vento do mar do oeste!
Vai sobre as águas que rolam sem fim,
Vem da lua que morre, e traz, sim,
Tra-lo de volta para mim;
Enquanto meu pequeno, meu lindo, dorme.

Dorme e descansa, dorme e descansa,
Papai está quase chegando;
Descansa, descansa no meu colinho,
Papai está quase chegando;
Papai vem ver seu bebê no ninho,
Prata pelo mar do oeste singrando,
Sob a lua prateada brilhando:
Dorme, meu pequeno, meu lindo, dorme.

A DÍVIDA DE BRADLEY

Adaptada de Hugh T. Kerr

Era uma vez um menino chamado Bradley. Quando ele tinha quase oito anos, adquiriu o hábito de considerar tudo em termos de dinheiro. Queria saber o preço de tudo o que via e, se não custasse grande coisa, não parecia ter valor algum.

Mas há muitas e muitas coisas que o dinheiro não compra. E algumas são as melhores coisas do mundo.

Certa manhã, quando Bradley desceu para o café, colocou sobre o prato da mãe um papelzinho cuidadosamente dobrado. A mãe abriu-o e quase não acreditou no que o filho escrevera:

Mamãe deve a Bradley:	
Por levar recados	3 dólares
Por tirar o lixo	2 dólares
Por varrer o chão	2 dólares
Extras	1 dólar
Total que mamãe deve a Bradley	8 dólares

A mãe sorriu ao ler aquilo, mas não disse nada.

Na hora do almoço, ela devolveu a conta sobre o prato de Bradley, junto com os 8 dólares. Os olhos de Bradley faiscaram quando ele viu o dinheiro. Enfiou-o depressa no bolso, já sonhando com as coisas que ia comprar com sua recompensa.

No mesmo momento, ele viu outro pedaço de papel ao lado do seu prato, cuidadosamente dobrado, igualzinho ao seu. Quando abriu, viu que era uma conta da sua mãe:

Bradley deve a mamãe:	
Por ser boa para ele	nada
Por cuidar da sua catapora	nada
Pelas camisas, sapatos e brinquedos	nada
Pelas refeições e pelo lindo quarto	nada
Total que Bradley deve a mamãe	nada

Bradley ficou sentado, olhando para sua nova conta, sem dizer nenhuma palavra. Minutos depois, levantou-se e puxou os 8 dólares do bolso, colocando-os na mão de sua mãe.

E depois disso passou a ajudar a mãe por amor.

PREGOS NO POSTE

M. F. Cowdery

Era uma vez um fazendeiro que tinha um filho chamado John, um menino muito habilidoso mas inconsequente e desatento ao que lhe diziam para fazer.

Um dia, o pai lhe disse:

— John, você é tão descuidado e distraído que, toda vez que fizer algo errado, vou enfiar um prego neste poste, para você reparar quantas vezes faz bobagem. E toda vez que você agir certo, vou retirar um prego.

O pai fez o que disse, e todo dia tinha um ou às vezes um monte de pregos para enfiar, mas raramente algum para retirar.

Por fim, John reparou que o poste já estava muito coberto de pregos e sentiu vergonha de tantas falhas. Resolveu ser um menino melhor e, no dia seguinte, foi tão bom e cuidadoso que vários pregos foram retirados. No dia seguinte, foi a mesma coisa, e assim por um longo tempo, até que finalmente só restou um prego. Seu pai o chamou e disse:

— Olhe, John, este é o último prego e já vou retirá-lo. Está contente?

John olhou para o poste e então, em vez de mostrar alegria, como o pai esperava, explodiu em lágrimas.

— Ora — disse o pai —, o que foi? Pensei que você ia ficar muito feliz; os pregos acabaram-se todos!

— É — soluçou John —, os *pregos* sumiram, mas as *marcas* ainda estão aí.

É a mesma coisa, queridas crianças, com suas faltas e maus hábitos: vocês podem superá-los, consertá-los pouco a pouco, mas as marcas ficam. Por isso, ouçam meu conselho e, sempre que perceberem que estão fazendo alguma coisa errada, ou adquirindo um mau hábito, parem logo. Pois, cada vez que vocês cederem, vão estar enfiando outro prego, e isso vai deixar uma *marca* em sua alma mesmo que, mais tarde, o prego seja retirado.

PASSAGEM NOROESTE

Robert Louis Stevenson

I. BOA-NOITE

Quando recolhem o lampião,
Some o sol, volta a escuridão;
Cobrindo tudo, campo e estrada,
Vem de novo a noite assombrada.

Na lareira, brasas se apagam;
Nossos rostos pintados passam
Como pinturas em aquarela
Pela vidraça da janela.

Temos mesmo que nos deitar?
Então, homens, vamos nos levantar
E encarar com muita bravura,
Até a cama, a passagem escura.

Boa noite!, oh, irmão, irmã, senhor!
Alegres à lareira, cheios de calor,
Com tantas canções e tanta história,
Amanhã ainda estarão cheios de glória.

2. MARCHA NAS SOMBRAS

À volta da casa, negra como tição;
A noite me espia pelo janelão;
Rasteja nos cantos, se esconde da luz,
E nas chamas sua sombra seduz.

Bate como tambor o pequeno coração,
No cabelo, bafeja o bicho-papão;
À volta da vela, as sombras tortuosas
Marcham escada acima, inescrupulosas.

A sombra dos lustres, do lampião a luzir,
A sombra da criança que vai dormir —
Essas sombras retorcidas, *trão, trão, trão,*
Vêm pela noite negra, sem compaixão.

3. NO PORTO

Direto ao quarto onde me deito, seguro,
Meus passos medrosos estalam no escuro,
Me tiram da sombra e do friozinho,
Me levam ao porto alegre e quentinho.

Sãos e salvos, as costas viramos,
E lá fora as sombras deixamos;
Por fim, felizes, a porta fechamos
Sobre os perigos que enfrentamos.

Quando mamãe for se deitar,
Pé ante pé, vai me encontrar,
Bem quentinho e agasalhado,
Na Terra do Sono, aliviado.

O MORRO

Laura E. Richards

— Não consigo subir nesse morro — disse o menininho. — É impossível. O que vai me acontecer? Vou passar a vida inteira aqui no pé do morro. É terrível demais!

— Que pena! — disse a irmã. — Mas olhe, maninho! Descobri uma brincadeira ótima! Dê um passo e veja se consegue deixar uma pegada bem nítida na terra. Olhe só para a minha! Agora, você veja se consegue fazer uma tão boa assim!

O menininho deu um passo.

— A minha está igual!

— Você acha? — disse a irmã. — Olhe a minha, de novo, aqui! Eu faço mais forte que você, porque sou mais pesada e por isso a pegada fica mais funda. Tente de novo.

— *Agora* a minha está tão funda quanto a sua! — gritou o menininho. — Olhe! Esta, esta e esta, estão o mais fundas possível!

— É, está muito bom mesmo — disse a irmã —, mas agora é minha vez, deixe eu tentar de novo e vamos ver!

Eles continuaram, passo a passo, comparando as pegadas e rindo da nuvem de poeira cinzenta que lhes subia por entre os dedos descalços.

Dali a pouco, o menininho olhou para cima.

— Ei — disse ele —, nós estamos no alto do morro!

— Nossa! — disse a irmã. — Estamos mesmo.

OS TRÊS BODES MAUMOR

Lenda escandinava

Era uma vez três bodes que moravam numa campina ao pé de uma montanha. Eram irmãos, e o sobrenome deles era Maumor.

Num lindo dia, disseram-se uns aos outros:

— Vamos subir a montanha, comer grama e ficar bem gordos.

O mais jovem saiu na frente. Logo depois, chegou a uma ponte. O pequeno bode não sabia, mas debaixo dessa ponte morava um terrível Ogro, que tinha os olhos do tamanho de um pires e um nariz comprido como uma pá. Quando o pequeno bode foi passando, *trip-trap, trip-trap*, pela ponte, o Ogro rugiu:

— QUEM É que está passando pela minha ponte?

— Sou eu, o Bode Pequeno Maumor. Vou subir a montanha e comer grama, para ficar bem gordo.

— Ah!, eu vou aí devorar você! — rosnou o Ogro.

— Oh, não faça isso! Eu sou tão pequenininho, nem vai dar para uma mordida. Meu irmão, o Bode Médio Maumor, já vai passar por aqui. Ele vai render um almoço muito melhor. Você devia esperar por ele.

— Muito bem, cai fora! — disse o Ogro.

Assim, o bodezinho saiu correndo, *trip-trap, trip-trap*, atravessou a ponte e subiu para a montanha, onde ficou a salvo.

Logo depois, lá veio o segundo Bode Maumor.

Ele veio passando, *trip-trap, trip-trap*, pela ponte.

— QUEM É que está passando pela minha ponte? — trovejou o Ogro.

— Sou eu, o Bode Médio Maumor. Vou para o alto da montanha comer grama e engordar.

— Ah!, eu vou aí devorar você! — gritou o Ogro.

— Ooh, não faça isso! Eu não sou lá essas coisas, não vai ser tão bom assim me comer. Meu irmão, o Bode Grande Maumor, já vai passar por aqui. Ele vai dar um belo almoço. É melhor você esperar por ele.

— Está bem, cai fora! — disse o Ogro.

Então o Bode Médio Maumor saiu correndo, *trip-trap, trip-trap*, atravessou a ponte e subiu a montanha, ficando a salvo.

Pouco depois, chegou o Bode Grande Maumor. *TRIP-TRAP, TRIP-TRAP*, lá vinha passando pela ponte, que estalava e rangia com o seu peso.

— QUEM É que está passando pela minha ponte? — ribombou o Ogro.

— SOU EU, O BODE GRANDE MAUMOR! — disse o bode, com sua voz que era alta mesmo.

— Ah!, eu vou aí devorar você! — berrou o Ogro.

— HO! HO! — riu o Bode Grande Maumor. — Não diga! Pode vir! Eu vou quebrar você em pedacinhos, o corpo e os ossos!

Foi isso mesmo que o Bode Grande Maumor falou, com sua voz alta e áspera.

Lá veio o Ogro! Ele pulou para cima da ponte, baixou a cabeça peluda e partiu para cima do bode. O Bode Grande Maumor também baixou a cabeça e correu para o Ogro; eles bateram de cabeça bem no meio da ponte.

Mas a cabeça do Bode Grande Maumor era muito mais dura, e ele acabou derrubando o Ogro; bateu-o por todos os lados, pegou-o pelos chifres e jogou-o pela beirada da ponte, para dentro do rio! O Ogro afundou e desapareceu, e ninguém nunca mais o viu.

Então, o Bode Grande Maumor subiu para a montanha com os irmãos Maumor, que sabiam o tempo todo que seu irmão Grande iria castigar o terrível Ogro. E todos comeram grama e mais grama, até engordarem tanto que mal conseguiram voltar para casa.

LINDAS MÃOS

Adaptada de Lawton B. Evans

À beira de um riacho, algumas mocinhas conversavam, contando vantagens de suas lindas mãos. Uma delas mergulhou as mãos na água cintilante, e as gotas que caíam das palmas até pareciam diamantes.

— Olhem como minhas mãos são lindas! A água corre nelas como joias preciosas — disse ela, levantando as mãos para as outras admirarem.

Eram muito macias e brancas, pois a única coisa que fazia com elas era lavá-las em água limpa e fria.

Outra mocinha correu para colher morangos e esmagou-os nas palmas das mãos. O suco escorreu pelos dedos como vinho pisado, até os dedos ficarem rosados como o céu ao sol nascente.

— Vejam que lindas mãos, as minhas! O suco de morango escorre por elas como vinho — disse ela, levantando as mãos para as outras admirarem.

Eram muito rosadas e macias, pois a única coisa que fazia com elas era lavá-las com suco de morango todas as manhãs.

Outra mocinha colheu violetas e esmagou-as nas mãos, até ficarem muito perfumadas.

— Olhem que lindas, as minhas mãos! São perfumadas como as violetas dos bosques da primavera — disse ela, levantando as mãos para as outras admirarem.

Eram muito macias e brancas, pois a única coisa que fazia com elas era lavá-las com violetas todas as manhãs.

A quarta mocinha não mostrou as mãos, deixando-as no colo. Uma velha veio andando pela estrada e parou perto das mocinhas. Elas lhe mostraram as mãos, perguntando quais eram as mais belas. Para cada uma, ela balançou a cabeça e depois pediu para ver as mãos da última mocinha, que as mantinha no colo. Ela levantou as mãos timidamente.

— Hum, estas mãos estão bem limpinhas — disse a mulher. — Mas estão endurecidas pelo trabalho. Estas mãos ajudam os pais lavando a louça, varrendo o chão, limpando as janelas e semeando a horta. Estas mãos tomam conta do bebê, levam chá quente para a vovó e ensinam ao irmãozinho menor como empilhar os toquinhos e empinar pipa. Sim, estas mãos andam muito ocupadas fazendo da casa um lar feliz, cheio de amor e carinho.

Então a velha remexeu no bolso e retirou um anel de diamantes, com rubis mais vermelhos que o morango e turquesas mais azuis que as violetas.

— Tome, use este anel, querida. Você merece o prêmio pelas mais belas mãos, pois são as mais úteis.

E a mulher desapareceu, deixando as mocinhas sentadas à beira do riacho.

SR. NINGUÉM

Existe um homenzinho engraçado,
Quietinho, a gente nem sente,
Faz tudo o que há de errado
Nas casas de toda gente!
Seu rosto, ninguém revelou,
Mas dúvidas ninguém tem:
Se um prato quebra, quem rachou
Foi esse Sr. Ninguém.

Ele tem culpa dos livros rasgados,
E da porta que ficou aberta,
Dos botões da camisa arrancados,
E dos alfinetes perdidos, na certa;
A porta vai sempre ranger,
Porque você sabe, meu bem,
Quem com óleo vai resolver
É só o Sr. Ninguém.

Ele pega lenha úmida, que tristeza,
E não consegue ferver a chaleira;
É ele quem traz lama, com certeza,
E suja os tapetes da casa inteira.
Os papéis desarrumados,
Quem pegou por último, hein?
E quem os deixa jogados?
Só mesmo o Sr. Ninguém.

Se a porta tem marcas de dedos,
Nossas mãos não são culpadas;
Nem se as janelas abriram cedo,
Deixando as cortinas desbotadas.
A tinta, nunca respingamos,
Nem nossas botas espalhamos;

Devem ser todas, como convém,
Desse tal Sr. Ninguém.

A ÁRVORE SOLITÁRIA

Era uma vez um velho carvalho que já vivia há muito tempo na floresta.

Muitos anos antes, uma grande tempestade varrera a floresta, deixando o carvalho quebrado e feio. Não era mais altivo e belo como as outras árvores. A primavera cobria sua feiura com novas folhas verdes; no outono, as folhas se transformavam num belo manto carmim. Mas os ventos na floresta sempre sopravam, carregando o manto de folhas para longe. E, assim, nada restava para disfarçar sua feiura.

Passaram-se muitos e muitos anos e o carvalho começou a se sentir meio vazio por dentro. Sentia o coração também ferido, como o corpo. Quando ele já estava muito, muito velho, um vento de outono passou suspirando. O carvalho acabou se lamentando:

— Ninguém me quer. Não tenho mais nenhuma utilidade no mundo...

Toc, toc, to-ro-roc-toc, toc! Era o sr. Pica-Pau Cabeça-Vermelha, bicando o tronco do velho carvalho. *Toc-toc!* Foi martelando e furando, até que fez uma portinha de entrada para sua residência de inverno, numa parte oca da árvore. Ele havia encontrado um salão pronto, cheio de bichinhos para ele e sua família comerem, quando chegasse o frio. As paredes da casa eram quentinhas, tudo muito arrumadinho e aconchegante.

— Que felicidade ter encontrado esta árvore oca! Fico tão agradecido! — cantou o sr. Pica-Pau Cabeça-Vermelha.

Sschuip! Sschuup! Era o Bobby Esquilo. Ficou correndo pelo tronco do velho carvalho, até que achou um buraco redondo, que seria sua janelinha da frente. Bobby Esquilo espiou para dentro. Ah, como era confortável e aconchegante a casinha que ele viu! Forrou-a com musgo, e nas protuberâncias que formavam prateleirinhas amontoou pilhas e pilhas de nozes, prontas para os banquetes quando chegasse o frio. Ia ser ótimo morar lá, agasalhado no seu casaco de pele e bem alimentado. Ficaria seguramente abrigado até a chegada da primavera.

— Que felicidade ter encontrado esta árvore oca! Fico tão agradecido! — tagarelou Bobby Esquilo.

Então, uma coisa estranha aconteceu com a árvore. As asinhas do passarinho batendo animadas e o coração alegre do esquilinho aqueceram-na por dentro. O coração do velho carvalho inchou de alegria.

Em vez de suspirar com o vento, seus ramos cantavam de felicidade. As gotas das chuvas do outono, já congeladas, pendiam dos seus dedos de galhos como refulgentes diamantes. A neve cobriu seu corpo com um magnífico manto branco. À noite, a luz das estrelas e, de dia, os raios do sol mantinham uma brilhante coroa sobre sua cabeça.

Em toda a floresta, não havia árvore mais feliz nem mais bela que o velho carvalho.

O CORAÇÃO FELIZ DO PRÍNCIPE

I

Era uma vez um pequeno príncipe que morava em um país muito distante. Era um dos príncipes mais felizes que já existiram; ria, cantava e brincava o dia inteiro. Sua voz era doce como música, seus passos levavam alegria aonde quer que fosse. Todos pensavam que era alguma magia. O príncipe levava ao pescoço uma corrente de ouro com um maravilhoso coração, feito de ouro e enfeitado com pedras preciosas.

A madrinha do pequeno príncipe lhe dera de presente esse coração quando ele era bem pequenininho. Quando passou a corrente pela cabeça cacheada do príncipe, ela disse:

— Usando este coração, o príncipe vai ser sempre feliz. Cuidado para que não o perca!

Todas as pessoas que cuidavam do príncipe vigiavam muito para que a corrente estivesse sempre segura. Mas, um dia, encontraram o príncipe no seu jardim, muito triste e lacrimoso, franzindo o rosto numa careta feia.

— Vejam! — disse ele, apontando para o pescoço.

E todos viram o que havia acontecido.

O coração feliz havia sumido! Ninguém conseguiu encontrá-lo, e a cada dia o príncipe ficava mais triste. Um dia, perderam-no de vista. Ele havia partido, sozinho, para procurar o coração feliz de que tanto precisava.

II

O pequeno príncipe procurou o dia todo, pelas ruas da cidade e pelas estradas do campo. Procurou nas lojas, nas portas das casas onde moravam os ricos. O coração feliz que ele havia perdido não estava em lugar algum. Finalmente, veio chegando a noite. Ele estava muito cansado e com fome. Nunca havia andado para tão longe, nem se sentido tão infeliz.

Quando o sol já estava quase morrendo, o pequeno príncipe chegou a uma casinha pequenina. Muito pobrezinha e marcada pelo tempo, ficava na beira da floresta. Mas pela janela passava uma luz muito brilhante. Assim, ele abriu a porta, como faziam os príncipes, e entrou.

Viu uma mãe ninando um bebê. O pai lia uma história em voz alta. A filhinha arrumava a mesa para o jantar. Um menino da idade do príncipe estava cuidando do fogo. O vestido da mãe era velho, o jantar seria só mingau com batatas, e a lareira era muito pequena. Mas a família toda estava tão feliz quanto o pequeno príncipe queria estar. Como os rostos das crianças eram risonhos! E os pezinhos tão lépidos! Como era doce a voz da mãe!

— Quer jantar conosco? — convidaram.

Pareciam não ter reparado na expressão feia do príncipe.

— Onde estão os corações felizes de vocês? — perguntou ele.

— Não estamos entendendo o que você quer dizer — disseram o menino e a menina.

— Ora — disse o príncipe —, para rir e ser feliz como vocês, é preciso usar uma corrente de ouro no pescoço. Onde está a de vocês?

Ah, como as crianças riram!

— Nós não precisamos usar corações de ouro — disseram. — Nós todos nos amamos muito e brincamos que esta casa é um castelo e que vamos ter peru e sorvete para jantar. Depois, mamãe conta histórias. Só precisamos disso para sermos felizes.

— Vou jantar com vocês — resolveu o pequeno príncipe.

Assim, ele jantou na casinha pequenina que era um castelo. Brincou que o mingau com batatas eram peru e sorvete. Ajudou a lavar os pratos e depois todos se sentaram perto da lareira. Brincaram que o pequeno fogo era alto e ouviram as histórias de fadas que a mãe contava. Logo o pequeno príncipe começou a sorrir. Era o mesmo riso feliz de sempre. Sua voz voltou a ser doce como música.

Ele passou horas bem agradáveis, e depois o menino acompanhou-o uma parte do caminho de volta. Quando estavam chegando aos portões do palácio, o príncipe disse:

— É muito estranho, mas eu me sinto exatamente como se tivesse encontrado meu coração feliz.

O menino riu.

— Ora essa, você encontrou, sim! — disse ele. — Só que agora você o está usando por dentro!

AS JANELAS DOURADAS

Recontada por Laura E. Richards

O menino trabalhava duro o dia todo, no campo, no estábulo e no galpão, pois seus pais eram fazendeiros pobres e não podiam pagar um ajudante. Mas quando o sol se punha, seu pai deixava aquela hora só para ele. O menino subia para o alto de um morro e ficava olhando para outro morro, alguns quilômetros ao longe. Nesse morro distante, via uma casa com janelas de ouro brilhante e diamantes. As janelas brilhavam e reluziam tanto que ele piscava. Mas, pouco depois, as pessoas da casa fechavam as janelas por fora, ao que parecia, e então a casa ficava igual a qualquer casa comum de fazenda. O menino achava que faziam isso por ser hora do jantar; então voltava para casa, jantava seu pão com leite e ia se deitar.

Um dia, o pai do menino chamou-o e disse:

— Você tem sido um bom menino e ganhou um feriado. Tire esse dia para você, mas lembre-se de que Deus o deu, e tente usar para aprender alguma coisa boa.

O menino agradeceu ao pai e beijou a mãe. Guardou um pedaço de pão no bolso e partiu para encontrar a casa de janelas douradas.

Foi uma caminhada agradável. Os pés descalços deixavam marcas na poeira branca e, quando olhava para trás, parecia que as pegadas o estavam seguindo e fazendo companhia. A sombra também seguia ao seu lado, dançando e correndo como ele desejasse; estava muito divertido.

O tempo foi passando e ele ficou com fome. Sentou-se à beira de um riacho que corria atrás da cerca de amieiro e comeu seu almoço, bebendo a água clara. Depois jogou os farelos para os passarinhos, como sua mãe ensinara, seguindo em frente.

Passado um longo tempo, chegou ao morro verde e alto. Quando subiu ao topo, lá estava a casa. Mas parecia que haviam fechado as janelas, pois ele não viu nada dourado. Chegou mais perto e aí quase chorou, porque as janelas eram de vidro comum, iguais a qualquer outra, sem nada de ouro nelas.

Uma mulher chegou à porta e olhou carinhosamente para o menino, perguntando o que ele queria.

— Eu vi as janelas de ouro lá do nosso morro — disse ele — e vim para vê-las, mas agora elas são só de vidro!

A mulher balançou a cabeça e riu.

— Nós somos pobres fazendeiros — disse —, e não iríamos ter janelas de ouro. E o vidro é muito melhor para se ver através!

Fez o menino sentar-se no largo degrau de pedra e lhe trouxe um copo de leite e um pedaço de bolo, dizendo que descansasse. Então chamou a filha, da idade do menino, acenou carinhosamente com a cabeça para os dois e voltou aos seus afazeres.

A menininha estava descalça como ele e usava um vestido de algodão marrom, mas os cabelos eram dourados como as janelas que ele tinha visto e os olhos eram azuis como o céu ao meio-dia. Ela passeou com o menino pela fazenda e mostrou a ele seu bezerro preto com uma estrela branca na testa; ele contou do seu próprio bezerro em casa, que era castanho-avermelhado com as quatro patas brancas. Depois, quando já haviam comido uma maçã juntos, e assim se tornado amigos, ele perguntou a ela sobre as janelas douradas. A menininha confirmou, dizendo que sabia tudo sobre elas, mas que ele havia errado de casa.

— Você veio na direção completamente errada! — disse ela. — Venha comigo, vou mostrar a casa de janelas douradas e você vai conferir onde fica.

Foram para um outeiro que se erguia atrás da casa, e, no caminho, a menina contou que as janelas de ouro só podiam ser vistas a uma certa hora, perto do pôr do sol.

— É isso mesmo, eu sei! — disse o menino.

No cimo do outeiro, a menina virou-se e apontou: lá longe, num morro distante, havia uma casa com janelas de ouro brilhante e diamantes, exatamente como ele havia visto. E quando olhou bem, o menino viu que era sua própria casa!

Logo, disse à menina que precisava ir. Deu a ela sua melhor pedrinha, a branca com listra vermelha, que levava há um ano no bolso. Ela lhe deu três castanhas-da-índia: uma vermelha acetinada, outra pintada e outra branca como leite. Ele deu-lhe um beijo e prometeu voltar, mas não contou o que descobrira. Desceu o morro, enquanto a menina o olhava na luz do sol poente.

O caminho de volta era longo e já estava escuro quando chegou à casa dos pais. Mas o lampião e a lareira luziam através das janelas, tornando-as quase tão brilhantes como as vira do outeiro. Quando abriu a porta, sua mãe veio beijá-lo, e a irmãzinha correu para abraçá-lo pelo pescoço; sentado perto da lareira, seu pai levantou os olhos e sorriu.

— Teve um bom dia? — perguntou a mãe.

— Sim! — O menino havia passado um dia ótimo.

— E aprendeu alguma coisa? — perguntou o pai.

— Sim! — disse o menino. — Aprendi que nossa casa tem janelas de ouro e diamantes.

A LENDA DO MENINO JESUS

Adaptada da versão de Elizabeth Harrison

Uma vez, há muito, muito tempo, na véspera de Natal, um menininho perambulava sozinho pelas ruas de uma grande cidade. Havia muita gente na rua, mães e pais, irmãs e irmãos, tios e tias e até os avôs e as avós de cabeça branca, todos correndo para casa cheios de presentes uns para os outros e para os pequeninos. Magníficas carruagens passavam, carros expressos corriam, até as velhas carroças foram forçadas a ajudar. Tudo tinha um ar de pressa e alegre expectativa pela manhã de Natal que se aproximava.

Algumas janelas já lançavam suas luzes brilhantes, chegando a parecer que o dia recomeçava. Mas o menininho, pelo jeito, não tinha casa, e continuou perambulando desanimado. Ninguém reparou nele, exceto talvez o frio congelante, que mordia seus dedos descalços e fazia as pontas dos dedinhos das mãos formigarem. O vento do norte também pareceu notar o menininho, pois soprou através dele, perfurando suas roupinhas esfarrapadas e fazendo-o tremer de frio. Ia passando de janela em janela, espiando com olhos compridos as crianças alegres, felizes, quase todas ajudando a enfeitar as árvores de Natal para a manhã seguinte.

— Com certeza — disse ele para si mesmo —, onde há tanta alegria e felicidade, deve ter um pouquinho para mim.

Assim, em passos tímidos, aproximou-se de uma grande e bela casa. Pela janela, via uma linda árvore de Natal já toda iluminada. Muitos presentes pendiam em volta. Os galhos verdes estavam cobertos de enfeites dourados e prateados. Lentamente, subiu os largos degraus e bateu de leve à porta.

Quem abriu foi um lacaio alto e pomposo, de rosto amável, mas com uma voz profunda e arrogante. Olhou o menininho por um instante, depois balançou tristemente a cabeça e disse, parecendo lamentar ter que fazê-lo:

— Desça as escadas. Aqui não há lugar para gente como você.

Da porta vinha uma luz brilhante, e o ar cálido, perfumado pelo pinheiro de Natal, saiu soprando da sala e acariciou o pequeno andarilho, como um beijo. Voltando para o frio e a escuridão, o menino foi cismando por que o lacaio havia falado daquela maneira: certamente, pensou, as criancinhas de lá adorariam ter mais um companheiro para os alegres festejos de Natal. Mas as criancinhas lá dentro nem sabiam que ele batera à porta.

A rua foi ficando cada vez mais fria e escura, enquanto o menino vagava. Seguiu adiante, triste, dizendo para si mesmo:

— Será que ninguém nesta cidade tão grande vai compartilhar o Natal comigo?

Foi cada vez mais para longe, seguindo a rua; as casas já não eram mais tão lindas. Parecia haver criancinhas dentro de quase todas, dançando e fazendo brincadeiras. Através de todas as janelas viam-se árvores de Natal, cheias de bonecas, cornetas, livros ilustrados, bolas e outros maravilhosos brinquedos.

Em uma das janelas, o menino reparou num carneirinho feito de lã branca e macia, com uma fita vermelha no pescoço. Evidentemente havia sido pendurado na árvore para uma das crianças menores. O pequeno andarilho parou diante dessa janela e ficou olhando longa e intensamente para as lindas coisas lá dentro, mas o que mais o atraía era o carneirinho.

Por fim, subiu ao batente da janela e gentilmente deu umas batidinhas. Uma menininha veio até a janela e olhou para a rua escura, onde a neve já caía. Ela viu o menino, mas só franziu a testa e sacudiu a cabeça, dizendo:

— Vá embora e volte outra hora. Estamos muito ocupados para cuidar de você agora.

Ele voltou para a rua escura e fria. O vento o rodeava, parecendo dizer:

— Depressa, depressa, não há tempo a perder. É véspera de Natal e todo mundo está com pressa hoje, ninguém pode parar.

O menino continuou a bater gentilmente nas portas e janelas, mas nunca o deixavam entrar. Uma mãe teve medo de que ele passasse alguma doença para seus queridinhos, outro pai disse que só tinha o suficiente para seus próprios filhos, nada de sobra para moleques mendigos. Um outro ainda mandou-o ir para sua própria casa e parar de atrapalhar as pessoas.

As horas se passaram; a noite avançou, o vento esfriou e a rua ficou ainda mais escura. Ele foi seguindo cada vez mais para longe. Quase não havia ninguém na rua a essa hora, e os poucos remanescentes nem notavam o menino. De repente, surgiu um raio de luz fina e clara à sua frente, brilhando na escuridão, bem na direção dos seus olhos. Ele olhou para cima, sorrindo, e disse:

— Vou na direção dessa luz. Talvez eles compartilhem o Natal comigo.

Passou correndo pelas outras casas e logo chegou ao fim da rua, indo direto para a janela de onde vinha o raio de luz. A casa era velha e pequena, mas o menininho nem ligou para isso. A luz até parecia chamá-lo para dentro. De onde você acha que vinha essa luz? De uma simples vela, colocada numa velha caneca de alça quebrada, ajeitada na janela como um símbolo alegre da véspera de Natal. A janelinha quadrada não tinha nem cortinas nem venezianas, e quando o menininho olhou para dentro viu uma pequenina árvore de Natal sobre uma mesa de madeira bem cuidada. A sala tinha apenas móveis simples, mas estava muito limpa. Perto da lareira, uma mãe de rosto meigo sentava-se com uma criança de dois anos no colo e outra maior ao lado. As crianças olhavam para a mãe, ouvindo a história que ela contava. Acho que era uma história de Natal. Umas poucas brasas brilhavam na lareira, e tudo parecia claro e quentinho lá dentro.

O menininho subiu mais perto do batente da janela. O rosto da mãe era tão doce, as crianças pareciam tão amorosas que ele tomou coragem e bateu de leve, muito gentilmente, à porta. A mãe parou de falar e as crianças levantaram os olhos.

— Que foi isso, mamãe? — perguntou a menininha ao seu lado.

— Acho que foi alguém batendo à porta — respondeu a mãe. — Corra e abra depressa, querida, porque a noite está fria demais para deixar alguém esperando neste tempo.

— Ah, mamãe, acho que foi o galho da árvore batendo na janela! — disse a menina. — Por favor, continue a nossa história.

O pequeno andarilho bateu novamente.

— Minha filha, minha filha! — exclamou a mãe, erguendo-se. — Isso com certeza foi alguém batendo à porta. Corra depressa e abra! Ninguém pode ser deixado no frio, na véspera de Natal.

A menina correu para a porta e abriu. A mãe viu o menino desconhecido, esfarrapado, de pé lá fora, enregelado e tremendo, com a cabeça descoberta e os pés quase descalços. Ela estendeu ambos os braços e trouxe-o para a sala clara e quente.

— Oh, minha pobre criancinha! — foi tudo o que disse, abraçando-o contra o peito. — Ele está com muito frio, meus filhos! — exclamou. — Precisamos aquecê-lo.

— E também — acrescentou a menina — precisamos amá-lo e dar um pouco do nosso Natal para ele.

— Sim — disse a mãe —, mas primeiro vamos aquecê-lo.

A mãe sentou-se com o menininho no colo, enquanto seus dois filhos aqueciam-lhe as mãos quase congeladas entre as deles. A mãe ajeitou os cachos emaranhados e, curvando-se, beijou-o na testa. Aconchegou os três perto de si e a vela e a lareira rebrilharam sobre eles. Por um momento, a sala ficou bem quieta. Acho que ela rezou. Depois, a mãe sussurrou para a menina, que correu para o outro cômodo e trouxe uma tigela de leite e pão para o pequeno desconhecido.

Pouco depois, a menina falou, meiga, para a mãe:

— Podemos acender a árvore de Natal para ele ver como está linda?

— Sim — respondeu a mãe.

Sentou o menino em um banco baixo ao lado do fogo e ela mesma foi buscar mais alguns enfeites, que guardava ano após ano para a árvore de Natal dos seus filhos.

Enquanto se ocupavam com a árvore, notaram que a sala havia se enchido com uma luz diferente e magnífica. Foi ficando cada vez mais brilhante, até que brilhou como o sol; do chão ao teto, estava claro como o dia. E quando olharam para onde o menino estava, não havia mais nada. O menino sumira, mas a luz ainda estava na sala.

— Crianças — disse a mãe suavemente —, acho que o menino Jesus esteve conosco esta noite.

Abraçou e beijou seus filhos queridos, e houve grande alegria naquela casinha.

MINHAS DUAS CASAS

Henry Hallam Tweedy

De todas as casas no mundo
A que eu mais gosto, no fundo,
É onde acordo e vou brincar
E onde deito para descansar.

O suor do meu pai a construiu;
Minha mãe a torna um lar;
Lugar tão lindo nunca se viu
Não adianta procurar.

Quartos limpos, claros e brilhantes;
Com quadros, brinquedos, biblioteca,
Comida, roupas, camas e estantes,
Para toda a meninada sapeca.

Trabalhamos de verdade,
Ajudando a mantê-la limpinha;
É um palácio de felicidade,
Onde a mamãe é a rainha.

Pela força de papai está protegida,
Um rei de bondade e saber,
A quem prestamos a honra devida,
E vamos sempre obedecer.

É tão cheia de amor e alegria,
Tão segura, quente e brilhante,
Dela eu jamais me afastaria,
Para não sofrer nem um instante.

Mas sempre que saio ao aberto
E vejo esse céu imenso,
Estou na casa do Pai, é certo,
E sei que Seu amor é intenso.

Deus é Pai — e Mãe, como não?
Este mundo é minha casa, sim;
A grama verde é o meu chão,
O teto é o céu azul sem fim.

Há quadros em toda direção;
Nos campos, comida há de sobra;
E toda a Sua criação
É uma linda e boa obra.

Sua poderosa força me conduz,
Seu amor de Pai me faz feliz;
Seus caminhos são de alegria e luz,
Suas leis são justas e gentis.

E Seus filhos, que nesta casa vêm morar,
Junto à maravilha e ao mistério,
Devem aprender Sua verdade e se amar,
E confiar no Seu amor e critério.

Agradeço-vos, Pai, por estas moradias,
Onde podemos conVosco habitar,
Sem medo, dividindo as alegrias
Que Vós nos destes sem nada cobrar.

O ESPELHO DE MATSUYAMA

Lenda japonesa

I

Há muito tempo, numa aldeia tranquila e distante do Japão, viviam um homem e sua mulher. Tinham uma filha pequena, a quem amavam muito. Não sei os seus nomes, porque há muito foram esquecidos, mas o lugar onde moravam era Matsuyama.

Certa vez, quando a menina ainda era bebê, o pai precisou ir a trabalho até uma grande cidade, capital do Japão. Era longe demais para levar também a mãe e o bebê; assim, ele partiu sozinho, depois de se despedir e prometer trazer-lhes bonitos presentes.

A mãe nunca fora além da próxima vila, e não conseguia evitar a preocupação com o marido viajando para tão longe. Contudo, estava também um pouco orgulhosa, pois era o primeiro homem daqueles campos que ia até a grande cidade, onde moravam o Imperador e os grandes senhores, e onde havia tantas coisas lindas e curiosas para se ver.

Finalmente, o tempo passou e o marido já ia voltar. Ela vestiu o bebê com as melhores roupas e pôs um lindo vestido azul que ele apreciava.

Você nem imagina como a boa mulher ficou feliz ao vê-lo chegar firme e forte, e como a menininha bateu palmas e riu deliciada quando viu os lindos brinquedos que o pai trouxera! Ele tinha muito a contar das coisas maravilhosas que vira durante a viagem e na cidade grande.

— Trouxe uma coisa muito bonita para você — disse à mulher. — Chama-se espelho. Olhe e me diga o que vê lá dentro.

Deu a ela uma caixa simples de madeira branca, contendo um pedaço redondo de metal. Um lado era branco como prata congelada, ornamentado com pássaros e flores em relevo. O outro lado brilhava como o mais claro cristal. A jovem mãe olhou e ficou deliciada e admirada ao ver, nas profundezas do cristal, um rosto feliz sorrindo para ela.

— O que você está vendo? — perguntou o marido, contente com a admiração dela e feliz por mostrar que havia aprendido alguma coisa na viagem.

— Vejo uma linda mulher olhando para mim; ela move os lábios como se estivesse falando e... ai de mim!, que estranho, ela está com um vestido azul igualzinho ao meu!

— Ora, é o seu próprio rosto que você está vendo! — disse o marido, orgulhoso por saber algo que a mulher ainda não sabia. — Esse pedaço redondo de metal é chamado de espelho. Na cidade, todo mundo já tem o seu, embora ainda não tenhamos visto nenhum por estes campos.

A mulher se encantou com o presente e, durante alguns dias, não parava de se olhar no espelho — afinal, você deve compreender que era a primeira vez que via um espelho e, portanto, o belo reflexo do seu próprio rosto. Mas acabou refletindo que algo assim tão magnífico era precioso demais para uso diário; logo o devolveu à caixa, guardando-o cuidadosamente junto aos seus tesouros mais valiosos.

II

Os anos se passaram e o casal continuava sempre feliz. A maior alegria de suas vidas era a filhinha, que cresceu idêntica à mãe e era tão responsável e afetuosa que todos a amavam. A mãe, lembrando-se da vaidade que a envolvera ao descobrir sua própria beleza, mantinha o espelho bem escondido, temendo que seu uso pudesse germinar o orgulho em sua filhinha.

Ela nunca falou sobre ele; quanto ao pai, já tinha até se esquecido. Assim, a filha cresceu simples como a mãe havia sido e nada sabia da sua beleza nem do espelho que a teria revelado.

Tempos depois, uma tristeza se abateu sobre a pequena família feliz. A boa mãe caiu doente e, embora a filha velasse por ela dia e noite, com cuidado amoroso, ela foi piorando cada vez mais, até perder as esperanças de sobreviver.

Ao perceber que logo deixaria seu marido e a filha, a pobre mulher ficou muito triste, chorando por eles, principalmente pela filha.

Chamou a menina e disse:

— Minha filha querida, você sabe que estou muito doente. Em breve, vou morrer e deixar seu querido pai e você sozinhos. Quando eu me for, prometa-me olhar para este espelho todas as noites e todas as manhãs. Nele, você vai me ver e vai saber que ainda estou cuidando de você.

Com essas palavras, tirou o espelho do esconderijo e deu-o para a filha. A menina prometeu, entre muitas lágrimas; a mãe, calma e resignada, morreu pouco tempo depois.

A filha, responsável e obediente, nunca se esqueceu do último pedido da mãe. Todas as manhãs e todas as noites tirava o espelho do esconderijo e olhava-o longa e intensamente. Via a mãe perdida, clara e sorridente, não pálida e doentia como nos seus últimos dias, mas sim a jovem mãe de tempos atrás. À noite, contava-lhe as decisões e dificuldades do dia; de manhã, procurava consolo e coragem para o que viesse.

Assim, dia a dia, vivia como se estivesse sob as vistas da mãe, sempre se esforçando para agradá-la, como fizera a vida inteira, sempre cuidando de evitar qualquer coisa que pudesse magoá-la ou entristecê-la.

Sua maior alegria era poder olhar para o espelho e dizer:

— Mãe, hoje eu fiz tudo exatamente como você gostaria.

Vendo-a todas as manhãs e todas as noites, sem falta, olhando para o espelho e parecendo conversar, finalmente seu pai perguntou a razão daquele estranho comportamento.

— Pai — disse ela —, eu olho para o espelho todos os dias para ver minha querida mãe e conversar com ela.

Então ela contou o último pedido da mãe e que nunca falhara em atendê-lo. Comovido com tanta simplicidade, tanta obediência fiel e amorosa, o pai derramou lágrimas de pena e afeição. Seu coração não o deixou contar à filha que a imagem no espelho era apenas o reflexo do seu próprio rosto meigo, tornando-se cada vez mais parecido, dia a dia, com o da sua querida mãe.

A TIRA DO AVENTAL

Laura E. Richards

Era uma vez um menino que brincava pela casa toda, correndo ao lado da mãe; como ele era muito pequeno, a mãe amarrou-o à tira do avental. Ela lhe disse:

— Agora, quando você tropeçar, pode se segurar na tira do avental e se equilibrar; assim, você não cai.

O menino obedeceu e ficou tudo bem; e a mãe trabalhava cantando.

O tempo foi passando e o menino cresceu tanto que já ultrapassava o batente da janela. Olhando para fora, ele via ao longe as verdes árvores acenando, o rio que fluía cintilando ao sol e, acima de tudo isso, os picos azuis das montanhas.

— Ah, mamãe — dizia ele —, desamarre a tira do avental e me deixe sair!

Porém, a mãe dizia:

— Ainda não, meu filho! Ontem mesmo você tropeçou e teria caído se não fosse a tira do avental. Espere mais um pouquinho, até ficar mais forte.

Então o menino esperou e tudo ficou como antes; e a mãe trabalhava cantando.

Mas, um dia, o menino encontrou a porta da casa aberta; era primavera, e o tempo já estava bom. Ficou de pé no batente, olhando o vale: viu as árvores verdes acenando, o rio correndo ligeiro, com o sol refletindo nas águas, e as montanhas azuis se erguendo mais além. E, desta vez, ouviu a voz do rio chamando:

— Venha!

O menino deu um impulso à frente e a tira do avental arrebentou.

— Oh, como a tira do avental da mamãe é fraquinha! — exclamou o menino, correndo pelo mundo afora, com o resto da tira pendendo de lado.

A mãe puxou a outra ponta da tira, prendeu-a no peito e continuou a trabalhar, mas não cantava mais.

O menino correu, correu, radiante com a liberdade, o ar fresco e o sol da manhã. Atravessou o vale e começou a subir a montanha, onde o rio passava ligeiro entre pedras e barrancos. Bem, era fácil subir; às vezes ficava escarpado e íngreme, mas ele sempre olhava para cima, para os picos azuis mais além. A voz do rio estava sempre nos seus ouvidos:

— Venha!

Acabou chegando à beira de um precipício, onde o rio caía numa catarata, espumando e cintilando, formando nuvens de gotículas prateadas. A nuvem lhe enchia os olhos, e ele não conseguia ver claramente o chão. Ficou tonto, tropeçou e caiu. Mas, na queda, alguma coisa o prendeu numa ponta de pedra na beira do precipício. Ficou pendurado, balançando sobre o abismo. Quando procurou com as mãos o que o prendia, viu que era a tira do avental.

— Oh, como a tira do avental da mamãe é forte! — exclamou o menino.

Segurou-se nela e subiu, ficando firmemente de pé, e continuou subindo em direção aos picos azuis das montanhas.

AS QUATRO IRMÃS

Conto da América do Sul

Era uma vez uma mãe que tinha quatro filhas: Margarita, Emília, Carmem e Maria. As três mais velhas eram preguiçosas, rudes, e raramente obedeciam à mãe. Só a mais nova, Maria, fazia o possível para ser uma filha amorosa.

Um dia, a mãe reuniu as filhas:

— Vocês estão ficando mais velhas e eu também — falou ela. — Não vou poder tomar conta de vocês para sempre. Vocês têm que aprender a trabalhar, para algum dia conseguirem viver por conta própria. Por isso, vou dar tarefas para cada uma de vocês. Margarita, você tira poeira e teias de aranha. Emília, você varre o chão. Carmem, você passa o ancinho no quintal. E você, Maria, rega o jardim.

Mas Margarita, a filha mais velha, emburrou:

— Poeira? Eu é que não vou mexer com poeira! — falou, num pio debochado. — Preciso dormir meu sono de beleza.

Fez a mala e saiu de casa, para encontrar um lugar calmo onde deitar a cabeça.

Emília, a filha seguinte, jogou os braços para cima, andando em círculos.

— Quem disse que eu sei varrer? — gritou grosso. — Tenho certeza de que nem consigo aprender. Vou passear no campo, lá é muito mais agradável.

Fez a mala e saiu de casa.

Carmem, a filha seguinte, bateu os punhos na mesa.

— Eu também não sei trabalhar! — gritou fino. — Tenho coisa melhor a fazer, sabe? Vou me mudar para a cidade, onde as pessoas sabem se divertir.

Ela também fez as malas e saiu de casa de cara feia.

Só Maria, a mais nova, sorriu.

— Não se preocupe, mamãe — disse —, vou trabalhar no jardim, plantar o máximo de flores que couber e vendê-las no mercado da cidade. Desse modo, posso ficar aqui tomando conta de você enquanto for envelhecendo.

O tempo passou e Maria manteve a palavra. O jardim floresceu, assim como seu comércio no mercado, e ela ganhava dinheiro o bastante para proporcionar algum conforto à mãe.

Mas, finalmente, a mãe sentiu que sua hora havia chegado. Pediu a Maria que encontrasse as irmãs, para poder despedir-se delas.

Maria encontrou Margarita adormecida nas sombras da floresta.

— Mamãe está doente e pede para você ir lá em casa — disse ela.

— Agora eu estou dormindo. — Margarita bocejou. — Ainda está muito cedo. Diga a ela que vou mais tarde.

Maria encontrou Emília perambulando pelo campo, procurando no chão algum alimento nos restos das colheitas.

— Não tenho tempo para ir lá em casa — disse ela. — Espero conseguir catar alguma coisa para jantar.

Maria encontrou Carmem andando pelas vielas e ruelas da cidade, batendo de porta em porta, pedindo sobras.

— Agora eu não posso ir lá em casa — resmungou ela —, ninguém está generoso hoje. Preciso continuar batendo, para poder comer. — E virou as costas para bater em outra porta.

Maria voltou para a mãe, que lamentou os destinos das filhas.

— Minha Margarita vai viver na escuridão da floresta pelo resto da vida, dormindo pelos dias afora. — Ela chorava. — Minha Emília vai passar a vida perambulando sem rumo, satisfazendo-se com o que catar pelo chão. Minha Carmem vai ficar batendo sem parar nas portas pelo resto da vida, procurando sobras. Só você, Maria, vai ser bem-vinda e amada por todos.

A velha mulher fechou os olhos e suspirou pela última vez.

E sua profecia se realizou.

Depois da sua morte, Margarita se transformou numa coruja, que até hoje mora nas partes mais escuras da floresta, dormindo pelos dias afora.

Emília se transformou num feio abutre, que voa em círculos nos céus do campo, procurando no chão qualquer coisa para comer.

Carmem se transformou num pica-pau, que até hoje se escuta batendo e batendo o dia inteiro, procurando restos.

Quanto à pequena Maria, ainda trabalha duro no jardim, cuidando das suas flores, bebendo o néctar de seus copos de seda. E aonde quer que vá, é bem-vinda e amada, pois Maria transformou-se num beija-flor.

AS PÁGINAS NOVAS

Adaptada de Laura E. Richards

— Acorde! — disse uma vozinha fina.

Tommy acordou e sentou-se. Ao pé da cama viu um menino da sua idade, todo de branco, como neve fresca. Tinha os olhos muito brilhantes e olhava direto para Tommy.

— Quem é você? — perguntou Tommy.

— Eu sou o Ano Novo! — disse o menino. — Hoje é o meu dia, e trouxe para você páginas novas.

— Que páginas? — perguntou Tommy.

— Páginas bem novinhas, pode ter certeza! — disse o Ano Novo. — Tenho ouvido más notícias de você pelo meu pai...

— Quem é o seu pai? — perguntou Tommy.

— O Ano Velho, é claro! — disse o menino. — Ele falou que você fazia perguntas demais, e estou vendo que ele tinha razão. Ele também me disse que você guarda rancor, que às vezes belisca sua irmã mais nova e que, um dia, você jogou seu livro da escola no fogo. Agora, tudo isso tem que acabar!

— Ah, é mesmo? — disse Tommy. Ele ficou tão espantado que nem sabia o que dizer.

O menino fez que sim com a cabeça.

— Se não parar — disse ele —, você só vai piorar a cada ano, até virar o Homem Horrível. Você quer ser o Homem Horrível?

— N-não! — disse Tommy.

— Então você tem que parar de ser um menino horrível! — disse o Ano Novo. — Pegue as suas páginas!

E estendeu um maço do que parecia serem folhas de caderno, todas completamente brancas, como suas roupas.

— Todo dia, vire uma dessas páginas — disse — e logo você será um menino bom em vez de horrível.

Tommy pegou as folhas de papel e ficou olhando. Em cada uma, estavam escritas algumas palavras:

"Ajude sua mãe e seu pai!"

"Cate seus brinquedos!"

"Pare de sujar o chão de lama!"

"Seja bom para sua irmãzinha!"

"Não brigue com Billy Jenkins!"

— Ah, não! — gritou Tommy. — Eu *tenho* que brigar com Billy Jenkins! Ele falou que...

— Adeus! — disse o Ano Novo. — Vou voltar quando estiver velho, para ver se você foi um bom menino ou um menino horrível. Lembre-se:

Se bom ou horrível vai ser,
só você pode resolver.

Ele virou-se e abriu a janela. Um vento frio soprou, varrendo as folhas das mãos de Tommy.

— Pare! Pare! — gritou ele. — Diga-me...

Mas o Ano Novo tinha ido embora, e Tommy viu sua mãe entrando no quarto.

— Meu filho! — disse ela. — O vento está desarrumando tudo!

— Minhas páginas! Minhas folhas! — gritou Tommy.

Pulando da cama, procurou pelo quarto todo, mas não achou nenhuma.

— Não tem importância — disse Tommy. — Consigo ir virando-as do mesmo jeito, e juro que vou. Não vou virar o Homem Horrível.

E não virou mesmo.

O JARDIM DAS FLORES CONGELADAS

Versão de Frances Jenkins Olcott baseada no poema de William Cullen Bryant

A PROMESSA

Nos tempos antigos, há muitos e muitos anos, moravam nas montanhas um camponês, sua mulher e a filhinha, Eva. A casa ficava num lugar muito bonito, perto de um vale onde corria um riacho ladeado por muitas flores primaveris deliciosamente perfumadas.

Mas quando vinha o inverno o riacho era cercado por outros enfeites. Nas noites de novembro, brotavam flores exóticas, brancas, com folhas e talos de cristal. Quando o Vento do Inverno soprava com força, descia da montanha uma leva das Criaturinhas da Neve. Pertenciam a uma linda raça de fadas, de cabeleiras brilhantes e vozes parecidas com o som de passinhos quebrando a neve. Em longas vestes esvoaçantes, algumas vinham voando pelo ar, outras saltitando alegres pelos campos gelados.

Espalhavam cintilantes continhas de gelo prateado sobre a grama e formavam balaustradas reluzentes ao longo do riacho. Construíam pontes de cristal sobre a corrente e, quando tocavam na água, transformavam a superfície em vidro. Depois sacudiam dos colos tantos flocos de neve que cobriam o mundo inteiro com um manto macio.

Eva já ouvira falar muito dessas Criaturinhas, mas nunca as vira. Um dia, em pleno inverno, quando ela estava com 12 anos, agasalhou-se bem para brincar na neve.

— Não demore muito! — disse a mãe, ajustando o casaco de peles na menina e ajudando-a a calçar suas botas de pele. — Não demore muito, porque o Vento do Inverno é muito cortante. E não vá além da grande tília nos limites da nossa campina.

Eva prometeu tudo isso e saiu saltitando de casa. Subia nos montinhos de neve, firmes com o gelo, depois escorregava do outro lado, deslizando nas partes mais fundas. Brincava sozinha e feliz.

De repente, ao subir em um monte bem mais alto, viu uma mocinha minúscula sentada na neve. As faces eram como lírios, os cabelos de linho flutuavam, e os olhos azuis faiscavam como gelo; o vestido era de um branco menos brilhante que o rosto.

Quando viu Eva, a minúscula criatura caiu de joelhos e implorou:

— Oh, linda amiga, venha comigo! Eu já vi você muitas vezes e sei quanto você ama a neve, como constrói enormes bonecos de neve, leões e grifos. Venha, vamos passear por estes campos brilhantes. Você vai ver coisas que nunca viu antes!

Eva foi seguindo sua nova amiga. Juntas, deslizavam e subiam novamente nos montes brancos, até que chegaram à grande tília.

— Aqui, tenho que parar — disse Eva. — Prometi a minha mãe que não iria passar daqui.

Mas a pequena Mocinha da Neve riu.

— O quê? — exclamou. — Você tem medo da neve?, da pura neve?, da neve inocente? Neve nunca machucou nada nem ninguém. Com certeza, sua mãe a fez prometer porque pensou que ninguém iria guiar você! Eu mostro o caminho, depois trago você sã e salva para casa.

A fala macia venceu Eva, que quebrou a promessa e seguiu sua nova companheira. Correram sobre campos reluzentes e deslizaram por um íngreme banco de neve até o pé de uma enorme Montanha de Neve. Os ventos haviam cavado uma prateleira curva, que encobria uma grande abertura na montanha.

— Olhe! Olhe! Vamos entrar aqui! — gritou alegremente a criaturinha. — Venha, Eva, siga-me.

NO JARDIM DAS FLORES CONGELADAS

Eva e a pequena Mocinha da Neve passaram diretamente por baixo da cortina-prateleira e chegaram a uma passagem de paredes brancas. Acima delas, no teto arredondado, Estrelas da Neve espargiam um lusco-fusco invernal sobre tudo.

Eva seguia assombrada e nem conseguia falar, de tão maravilhada; rindo alegre, a pequena Mocinha da Neve ia saltitando na frente. Penetraram cada vez mais fundo, chegando ao coração da Montanha de Neve. As paredes foram se alargando e o teto ficou cada vez mais alto, até se expandir para um grande domo branco.

Eva olhou em volta. Ela estava em um grande jardim branco, onde tudo era caprichosamente esculpido com o delicado e silencioso gelo.

A seus pés, plantas brancas como a neve, de folhas rendadas e flores salpicadas de lantejoulas cintilantes. Ao lado, pomposas palmeiras de troncos brancos encimadas por brancas plumas. Enormes carvalhos, com troncos de gelo, abanavam os galhos transparentes no ar silencioso; as raízes pareciam profundamente enfiadas nos bancos reluzentes. Buquês de murta e rosas nevadas, em flor e botão, enfeitavam as curvas dos caminhos.

Tudo isso — flores, folhas, árvores — parecia minuciosamente trabalhado em alabastro. Entre as árvores havia rolos de jasmim de folhas e ramos tão brancos quanto as flores. Eva olhava para tudo, encantada com tanta maravilha.

— Pise macio, querida amiga — disse a Mocinha da Neve. — Não toque nessas frágeis criações, nem deixe esbarrar sua saia.

"Agora, olhe para cima e contemple como este Jardim das Flores Congeladas é belamente iluminado! Veja esses raios cambiantes de luz, que parecem ir e vir tão suavemente. São as Luzes do Norte que tornam tão lindo nosso Palácio de Inverno!

"Nas longas noites frias, eu e meus companheiros, as Criaturinhas da Neve, cuidamos deste jardim tão bonito. Guiamos para cá os flocos de neve perdidos e os combinamos de maneiras graciosas, formando as altas colunas, os arcos cintilantes, as árvores brancas e as lindas flores de gelo.

"Mas agora venha, querida Eva, vou mostrar-lhe uma coisa muito mais maravilhosa."

A DANÇA DAS CRIATURINHAS DA NEVE

Enquanto falava, a Mocinha da Neve conduziu Eva a uma vidraça de gelo transparente encaixada na parede de neve.

— Olhe — disse ela —, mas você não pode entrar lá.

Eva olhou.

Oh! Viu um glorioso, refulgente salão de palácio; da majestosa abóbada caíam faixas de luzes cintilantes — cor-de-rosa, delicados verdes e suaves azuis.

As luzes fluíam até o chão, envolvendo em seus matizes de arco-íris uma alegre multidão de criaturinhas que rodopiavam, dançando alegremente. Uma música prateada soava de címbalos de gelo transparente, habilidosamente tocados pelas minúsculas mãos.

Rodavam, dançavam, flutuando sob o domo de luzes coloridas, girando e revirando. Os olhinhos brilhavam sob as sobrancelhas cor de lírio. Os diáfanos cachecóis, luzindo como grinaldas de neve ao sol, flutuavam no vertiginoso rodopiar.

Eva ficou em transe, maravilhada com as Criaturinhas da Neve que dançavam e giravam nas luzes coloridas, passando ligeiras pela janela de gelo.

Durante um longo tempo ficou olhando fixo, escutando os doces sons que vibravam no ar gelado. Sentiu o intenso frio enrijecer suas pernas e seus braços e, então, lembrou-se da promessa que fizera à mãe.

A PROMESSA QUEBRADA

— Ai de mim! — chorou ela. — Foi demais, demais, estou aqui há tempo demais! Oh, que maldade, quebrei minha promessa! O que é que eles vão pensar, meus queridos lá em casa?

Depressa, achou a passagem de neve e seguiu-a para cima, em direção à luz, enquanto a Mocinha da Neve corria a seu lado, guiando seus pés.

Quando voltou ao ar livre, um golpe enregelante atingiu-a vindo do norte, formigando seu sangue, fazendo-a encolher-se de terror. Mas a pequena Mocinha da Neve, ao sentir o golpe cortante, saltitou em frente, soltando gritinhos de alegria, pulando de monte em monte. Dançava ao redor de Eva, enquanto a pobre criança subia enfraquecida os montes escorregadios de neve congelada.

— Ai de mim — suspirou Eva, por fim. — Ai de mim! Meus olhos estão pesados. Estão me forçando a dormir.

Enquanto falava, suas pálpebras se fecharam, e ela caiu ao chão e dormiu.

A Mocinha da Neve ficou ao seu lado, vigiando seu sono. Viu o rosado desaparecer da face de Eva e as sobrancelhas ficarem brancas como o mármore; a respiração lentamente parou de ir e vir. Seu corpo ficou completamente imóvel. A Mocinha da Neve lutou para acordá-la, puxando o vestido, gritando nos ouvidos, mas tudo em vão.

De repente, ouviram-se sons de passos rangendo na neve. Eram os pais de Eva procurando pela filha perdida. Encontraram-na deitada como uma estátua de mármore no seu sono mortal. A Mocinha da Neve lhes contou como tinha levado Eva para o Jardim das Flores Congeladas, e seus corações se apertaram de angústia.

Carregaram a filhinha querida para casa e, por mais que esfregassem seus braços e pernas e banhassem seu rosto, ela nunca mais acordou. A menina estava morta.

Chegou o dia do funeral. Enterraram Eva no lado branco do vale. Das rochas e montanhas à volta, mil vozinhas se elevaram, suspirando, chorando, e os ecos flutuaram em todas as direções, cobrindo todos os campos gelados.

Desde aquele dia, as Criaturinhas da Neve nunca mais foram vistas. Mas sempre, durante as noites frias de inverno, invisíveis mãozinhas minúsculas tecem ao redor do túmulo de Eva lindas grinaldas de gelo e ramalhetes de orvalho prateado, em formato de flores.

JOSÉ E SEUS IRMÃOS

Versão de J. Berg Essenwein e Marietta Stockard do Livro do Gênesis, Bíblia

Há muito tempo, na terra de Canaã, vivia um rico pastor e fazendeiro chamado Jacó. Ele tinha grandes rebanhos e muitos servos. Tinha também 12 filhos, sendo José o mais amado. Talvez porque José fosse sempre amável e obediente; talvez por ser o primogênito da bela Raquel, que morrera ao nascer o irmãozinho Benjamim; de qualquer modo, Jacó amava José profundamente, e com muita ternura.

Esse grande amor enfurecia e enciumava os irmãos:

— Nosso pai vai lhe dar todas as riquezas e torná-lo nosso senhor — diziam.

Quando José estava com 17 anos, o pai deu-lhe um belo casaco, de muitas cores. Quando passava pelos irmãos vestindo o casaco, eles sentiam ainda mais ciúme e raiva. Às vezes, José lhes contava uns sonhos estranhos, indicando que algum dia ele seria mais rico e poderoso que os outros. Isso fazia com que o odiassem amargamente.

Um dia, os irmãos levaram os rebanhos a um pasto muito distante; Jacó chamou José e disse:

— Vá ver se está tudo bem com seus irmãos e os rebanhos e volte com notícias.

José sempre ficava feliz por servir ao pai, e saiu na direção de Shechem para encontrar os irmãos. Mas estes haviam conduzido os rebanhos para ainda mais longe; José andou muito tempo pelos campos antes de achá-los.

Quando o viram ao longe, o ciúme que dia a dia corrompia seus corações tornou-se um ódio tão cego que começaram a planejar o assassinato do próprio irmão. Só Rubens, o mais velho, estava determinado a salvar José, se pudesse. Ele fingiu concordar com os demais e sugeriu:

— Vamos jogá-lo no poço e abandoná-lo nestes campos selvagens.

Ele tinha intenção de retornar, de alguma forma, e fazer com que José voltasse à casa do velho pai.

A medida que José foi se aproximando, os irmãos começaram a zombar dele.

— Cuidado com o sonhador! — caçoavam. — Vamos ver agora o que acontece com os seus sonhos!

Agarraram-no, arrancaram com rudeza o seu belo casaco e jogaram-no dentro do poço profundo. Depois, alguns sentaram-se ali por perto e comeram, rindo dos gritos e das súplicas de José.

Enquanto estavam ali sentados, uma caravana de mercadores passou pelo caminho. Os camelos estavam carregados de especiarias e mirra, que levavam para o Egito.

— Venham — disse Iudá —, vamos vender José a esses ismaelitas. Eles o levarão para o Egito e nunca mais o veremos. Vamos ficar livres dele, sem ter que manchar nossas mãos com o seu sangue.

Os outros concordaram e içaram José do poço. Ele implorou desesperado para que o deixassem voltar para casa, mas seus corações já estavam endurecidos, e eles o venderam por vinte peças de prata. Os ismaelitas colocaram José sobre um camelo e foram embora, rumo à estranha terra do Egito.

Rubens voltou ao poço e viu que José se fora. Rasgou as roupas, em grande tristeza, mas os outros irmãos disseram:

— Ainda bem que nos livramos mesmo dele. Agora, ele nunca nos governará.

Pegaram o casaco de José e rasgaram, depois molharam com sangue de um filhote, para que o pai pensasse que fora devorado por alguma fera. Ao ver o casaco, Jacó chorou amargamente.

Enquanto isso, os ismaelitas continuaram sua viagem para o Egito, carregando o rapaz solitário. Lembrava-se sempre dos ensinamentos do pai e mantinha o coração cheio de fé e coragem.

Chegando ao Egito, José foi vendido a Potifar, um oficial do rei, chamado o Faraó. Logo, os modos gentis e a aparência graciosa de José lhe garantiram o amor e a confiança de todos. Tudo o que fazia prosperava, e o capitão egípcio viu que Deus estava com ele; tornou-o então o supervisor de sua casa. Ali José aprendeu os costumes da terra, soube como comandar homens e conheceu as necessidades do país.

Mas os dias felizes e prósperos logo chegaram ao fim. A mulher de Potifar encheu-lhe as ideias com calúnias a respeito de José, que acabou jogado na prisão. Alguns servos do Faraó, presos por tê-lo desagradado, ouvindo as conversas tão sábias de José, sentiram que seu conhecimento provinha de Deus.

Dois longos anos se passaram, ao fim dos quais o Faraó ficou muito perturbado com um estranho sonho e precisou de aconselhamento. O açougueiro-chefe, que havia estado na prisão com José, lembrou-se de sua grande sabedoria:

— Mande buscar o jovem prisioneiro hebreu — disse ao Faraó. — Ele vai interpretar seu sonho.

O Faraó mandou chamar José, que foi retirado do calabouço e levado à sua presença. Ouviu o sonho estranho, onde havia sete vacas magras saindo do rio e devorando sete vacas gordas; sete espigas de milho murchas que brotavam e devoravam sete espigas cheias e boas. E Deus concedeu a José sabedoria para entender o significado do sonho.

— Oh, Rei — disse ele —, há sete anos de grande fartura à vista, mas esses sete anos serão seguidos por sete anos de fome na terra. Que o rei ordene que a comida seja reunida e armazenada durante os sete anos de fartura.

O Faraó acreditou nas palavras de José e o nomeou chefe governante da terra. Só o próprio rei o superava. Deu-lhe riquezas e poder, e a virgem de sangue nobre Asenath para mulher.

Nos sete anos que se seguiram, José ordenou a construção de grandes armazéns e encheu-os de grãos; assim, quando vieram os anos de escassez, havia pão no Egito e em nenhum outro lugar. De todos os países vizinhos acorriam compradores do pão do Egito.

O idoso Jacó soube que havia pão no Egito e enviou dez filhos para lá. Benjamim, o mais novo, ficou. O pai temia que o mal também se abatesse sobre o outro filho de sua bem-amada Raquel, mãe de José.

Os dez irmãos partiram para o Egito e foram ter com o governador da terra. Curvaram-se diante dele, sem saber que o rico e poderoso governador era seu próprio irmão, que tinham vendido aos ismaelitas muitos anos atrás. Mas José os reconheceu e lembrou-se dos seus sonhos na juventude. Alegrou-se com os tristes acontecimentos, pois haviam possibilitado este momento.

Seu coração ansiava por sua própria gente, mas quis testar seus irmãos e, assim, falou-lhes com aspereza, acusando-os de serem espiões:

— Vocês dizem que têm um irmão mais jovem em casa; tragam--no, para que eu saiba que são dignos de confiança.

Como eles não prometeram buscar Benjamim, colocou-os na prisão por três dias. Depois, ao estarem novamente com ele, de início os irmãos conversaram entre si, profundamente desgostosos. Por fim, contaram a José sobre um irmão, cuja angústia haviam ignorado quando o venderam como escravo, muitos anos atrás.

— É por causa da nossa culpa que essa tristeza se abateu sobre nós — disseram.

José afastou-se deles e chorou por essas palavras, mas sentia que ainda não era hora de se fazer reconhecer. Então, fez com que Simeão ficasse como refém e encheu de milho as sacas dos outros irmãos, mandando-os de volta a Canaã. Mas o dinheiro de cada um foi cuidadosamente colocado por cima de cada saca.

Os irmãos se encheram de admiração e medo quando encontraram seu dinheiro. Voltaram a Jacó e contaram tudo o que havia acontecido, e seu coração se apertou pelos filhos.

Finalmente, a comida acabou outra vez, e, para não morrerem de fome, precisavam voltar ao Egito. Assim, Jacó concedeu que levassem Benjamim, como o estranho senhor havia ordenado. Mandou também ricos presentes e dobrou o dinheiro para os grãos que queria comprar, esperando assim agradar ao poderoso governador.

Quando encontraram novamente José e este viu Benjamim com eles, ordenou ao supervisor de sua casa que aprontasse um grande banquete para eles. Curvaram-se até o chão diante de José e contaram a ele sobre o dinheiro encontrado nas sacas.

— Não temam — disse ele —, o Deus de seu pai deu esse tesouro a vocês.

Trouxe Simeão, mantido como refém, e tratou a todos com grande bondade. Por fim, mandou-os de volta e, como antes, o dinheiro de cada um foi colocado dentro de cada saca. Mas na de Benjamim foi colocada a própria taça em que José bebia.

Quando já estavam fora da cidade, José mandou atrás deles seu atendente, que os interpelou:

— Por que recompensais o bem com o mal? Vocês levaram a taça onde bebe o meu senhor!

Obrigou-os a abrir suas sacas e, quando a taça foi encontrada na saca de Benjamim, choraram muito desgostosos, apressando-se de volta à cidade. Jogaram-se aos pés de José e suplicaram pela liberdade de seu irmão mais novo. Iudá disse:

— O irmão dele está morto, e da sua mãe só restou este, que o pai ama muito.

Iudá implorou que ele mesmo ficasse como escravo no lugar do irmão.

Então José soube que seus corações não abrigavam mais o ciúme e o egoísmo e clamou-lhes:

— Eu sou José, seu irmão. Não se entristeçam mais por terem me vendido, pois Deus me mandou adiante de vocês para que a vida fosse preservada.

Beijou os irmãos e demonstrou-lhes um grande amor.

— Vão — disse ele —, busquem nosso pai e tudo o mais de suas casas em Canaã. As melhores terras do Egito serão suas.

Os irmãos de José partiram e fizeram como lhes havia sido ordenado. Retornando ao Egito, construíram suas casas. Por fim, Jacó tomou os filhos de José nos braços e abençoou-os, e uma grande felicidade reinou entre eles por todos os seus dias.

O LUGAR DA FRATERNIDADE

Lenda judaica

Nos dias do Rei Salomão, viviam dois irmãos que ceifavam trigo nos campos de Sião. Uma noite, quando apenas a lua brilhava, o irmão mais velho juntou vários feixes de sua colheita e levou-os para o campo do irmão mais novo, dizendo a si mesmo:

— Meu irmão tem sete filhos. Com tantas bocas para alimentar, pode ficar com uma parte do que consegui.

Pouco tempo depois, o irmão mais novo esgueirou-se para fora de casa, juntou vários feixes do seu próprio trigo e carregou-os para o campo do irmão mais velho, dizendo para si mesmo:

— Meu irmão é sozinho, sem ninguém para ajudá-lo a ceifar. Por isso, vou dividir uma parte do meu trigo com ele.

Quando o sol surgiu, cada um deles se admirou por encontrar exatamente a mesma quantidade de trigo que antes!

Na noite seguinte, cada um teve a mesma gentileza com o outro, e novamente, ao acordar, encontraram seus estoques sem redução.

Mas na terceira noite encontraram-se carregando seus presentes, um para o campo do outro. Abraçaram-se com força e derramaram lágrimas de alegria pela bondade que os unia.

E quando Salomão soube de seu amor, construiu o Templo de Israel naquele lugar da fraternidade.

AS JOIAS DE CORNÉLIA

Adaptada da versão de James Baldwin e William J. Sly
Lenda romana, século II a.C.

Era uma clara manhã de sol na antiga cidade de Roma, muitas centenas de anos atrás. Dois irmãos brincavam no jardim quando a mãe, Cornélia, chamou-os para entrarem.

— Uma amiga vem jantar aqui hoje — disse ela. — Ela é muito rica e vai nos mostrar suas joias.

Pouco depois a mulher chegou. Seus dedos reluziam com os anéis, os braços brilhavam com os braceletes. Correntes de ouro contornavam seu pescoço e fios de pérolas cintilavam-lhe nos cabelos.

— Você já viu uma pessoa tão bonita assim? — sussurrou o irmão menor ao outro. — Ela parece uma rainha!

Olharam para a própria mãe, vestida apenas com uma roupa branca. Suas mãos e seus braços estavam nus, e a cabeça era coroada apenas por tranças enroladas de seus próprios cabelos castanhos e macios. Mas o sorriso bondoso iluminava seu rosto mais do que qualquer outra pedra preciosa.

— Vocês gostariam de ver mais alguns de meus tesouros? — perguntou a rica mulher.

Um servo trouxe uma caixa e colocou-a na mesa. A mulher abriu-a, e viram um monte de rubis vermelhos como sangue, safiras azuis como o céu, esmeraldas verdes como o mar e diamantes que refulgiam como o sol!

Os irmãos olharam para as gemas.

— Ah! — suspirou o menor. — Se pelo menos nossa mãe pudesse ter essas coisas maravilhosas!

Enfim, a caixa foi fechada e levada embora.

— Diga-me, Cornélia — disse a rica mulher, com um sorriso de compaixão —, é verdade que você não tem joias? É verdade que você é tão pobre assim?

Cornélia sorriu.

— De maneira alguma — disse ela —, eu tenho joias muito mais valiosas que as suas!

— Então deixe-me vê-las. — A mulher riu. — Onde estão?

Cornélia puxou os meninos para si.

— Estas são as minhas joias. — Sorriu. — Não são muito mais preciosas do que as suas pedrarias?

Os dois meninos, Tibério e Caio Graco, nunca se esqueceram do orgulho, do carinho e do amor da mãe. Anos mais tarde, quando se tornaram grandes estadistas de Roma, gostavam de se lembrar dessa cena. E quando o povo romano erigia estátuas em honra dos irmãos, nunca se esqueciam de prestar tributo à mulher que os ensinara a serem sábios e bons. Os romanos inscreveram em sua tumba: "Cornélia, mãe dos Gracos."

A HISTÓRIA DOS PRIMEIROS DIAMANTES

Recontada por Florence Holbrook

O chefe de uma tribo indígena tinha dois filhos, que muito amava. Estavam em guerra com outra tribo, e, numa noite escura, dois inimigos se esgueiraram de mansinho pelas árvores, até chegarem onde os meninos dormiam profundamente. Os guerreiros pegaram cuidadosamente o menor e carregaram-no para longe de seu lar e de seus amigos.

Quando o chefe acordou, gritou:

— Onde está meu filho? Meus inimigos estiveram aqui e o levaram!

Todos os índios da tribo partiram à procura do menino. Vasculharam completamente toda a floresta, mas não encontraram a criança.

O chefe chorou muito pelo filho; aproximando-se a hora da sua morte, disse à mulher:

— Moneta, minha tribo não deverá ter nenhum chefe, até que meu filho seja encontrado e libertado de nossos inimigos. Nosso filho mais velho deve partir em busca do irmão e, até que retorne com o irmão mais novo, você deverá governar meu povo.

Moneta governou sua gente com sabedoria e bondade. Quando o filho mais velho tornou-se um homem, ela lhe disse:

— Meu filho, parta em procura de seu irmão, por quem tenho chorado todos esses anos. Eu o protegerei todos os dias, e todas as noites acenderei um fogo no alto da montanha.

— Não chore, mãe — disse o rapaz. — Você não vai precisar acender o fogo muitas noites, pois logo encontrarei meu irmão e o trarei para você.

Ele partiu cheio de coragem, mas nada de voltar. Todas as noites, a mãe ia para o alto da montanha; mesmo quando já estava tão velha que nem conseguia mais andar, os rapazes da tribo a carregavam nos braços até o alto, para que acendesse o fogo com suas próprias mãos trêmulas.

Uma noite, caiu uma tempestade tão forte que assustou até os mais bravos guerreiros. Mas Moneta não teve medo, pois da tempestade lhe chegou uma voz que dizia:

— Moneta, seus filhos estão voltando para você.

— Tenho que acender o fogo no alto da montanha mais uma vez. — Ela chorava.

Os rapazes da tribo tremiam de medo, mas não deixaram de carregá-la até o alto da montanha.

— Deixem-me aqui sozinha — pediu —, estou escutando uma voz. É a voz do meu filho, chamando "mãe, mãe". Venham para mim, venham, meus meninos.

Subindo lentamente a montanha, sob a tempestade, vinha o irmão mais velho. O mais novo havia morrido no caminho de volta; seu corpo jazia nos braços do irmão.

De manhã, os homens da tribo subiram ao topo da montanha à procura de Moneta e seus filhos. Não estavam em parte alguma, mas no lugar onde caíram as lágrimas da pobre mãe solitária havia um brilho nunca visto antes. As lágrimas rebrilhavam ao sol, como se cada uma fosse o próprio astro-rei em miniatura. Sim, as lágrimas haviam se transformado em diamantes.

A coisa mais preciosa em todo o mundo é a lágrima do amor materno, e é por isso que as lágrimas se transformaram em diamantes, as pedras mais claras e brilhantes de todas que existem na terra.

O MENINO QUE BEIJAVA A MÃE

Eben E. Rexford

Na varanda ao sol ela se sentava
Enquanto a rua eu descia.
A prata dos cabelos emoldurava,
Como um buquê, a face macia.
E de um jardim logo me lembro,
Onde, apesar da neve, do frio gelado,
Do clima cortante de novembro,
Cresce tardio o lírio perfumado.

Atrás de mim, um passo ecoou
E o som de um riso cantante,
Sabia que o coração onde brotou
Seria meu apoio reconfortante
Nas horas de atribulação;
Esperançoso, forte e valente;
Pode-se contar com esse coração,
Quando não se está contente.

Virei-me ao ouvir o portão
E encontrei seu já másculo olhar;
Esse rosto me dá a mesma emoção
De um livro agradável folhear.
Mostra um propósito vivo,
Brava e ousada determinação —
A promessa desse rosto altivo,
Deus permita a realização.

Ele subiu o caminho cantando.
Em boas-vindas, mudas como prece,
Vi os olhos da mulher brilhando,
Como a luz do sol os céus aquece.

"Voltei, mãe querida",
Exclamou, e curvou-se para beijar
A face amada, já erguida,
Para o que outras mães não têm a esperar.

Basta ter um menino assim ao lado,
Afirmo que é a pura verdade —
Um rapaz pela mãe apaixonado
Cresce um herói de qualidade.
Os maiores corações são os que amam,
Desde o início do mundo.
E o menino que a mãe beijava
É um homem mais profundo.

SOBRE ANJOS

Laura E. Richards

— Mãe — disse o filho —, os anjos existem mesmo?

— O Bom Livro diz que sim — disse a mãe.

— É — disse o menino —, eu vi uma figura. Mas você já viu algum, mãe?

— Acho que vi — disse a mãe —, mas ela não estava vestida como nas pinturas.

— Eu vou achar um! — disse o filho. — Vou correr pela estrada, milhas, milhas e milhas, até achar um anjo!

— É uma ideia boa — disse a mãe. — E eu vou com você, porque você é muito pequeno para sair correndo sozinho para longe.

— Eu não sou mais pequeno! — disse a criança. — Já tenho até calças; já sou grande.

— É mesmo! — disse a mãe. — Tinha me esquecido. Mas está um dia lindo, eu vou gostar de passear.

— Mas você anda tão devagar, seu pé é aleijado...

— Eu consigo andar mais depressa do que você pensa! — disse a mãe.

E lá se foram, o menino saltitando e correndo, e a mãe seguindo tão corajosa, mesmo mancando, que o menino logo se esqueceu disso.

O menino ia dançando na frente quando, de repente, viu chegando uma carruagem puxada por cavalos brancos muito aprumados. A carruagem levava uma dama esplêndida, envolta em veludos e peles, com plumas brancas flutuando ao lado dos cabelos escuros. Ao mover-se no assento, via-se o brilho de joias e ouro; mas os olhos dela brilhavam ainda mais que diamantes.

— Você é um anjo? — perguntou o menino, correndo ao lado da carruagem.

A dama nem respondeu, apenas olhou-o friamente. Em seguida, disse algo ao cocheiro, que bateu o chicote e a carruagem foi-se embora, desaparecendo numa nuvem de poeira.

A poeira encheu a boca e os olhos do menino, fazendo-o tossir e espirrar. Fez força para respirar e esfregou os olhos; nesse momento chegou sua mãe, que limpou a poeira com o avental de algodãozinho azul.

— Aquilo não era anjo! — disse o menino.

— Não era mesmo! — disse a mãe. — Não tinha nada de anjo!

O menino continuou a dançar, saltitando e correndo de um lado para outro da estrada; a mãe ia atrás como podia.

Pouco depois, o menino encontrou uma linda moça, vestida de branco. Os olhos pareciam estrelas azuis e o rosado ia e vinha das faces, como rosas espiando por entre a neve.

— Tenho certeza de que você é um anjo! — gritou o menino.

A moça enrubesceu com mais doçura.

— Oh, queridinho! — suspirou ela. — Uma pessoa me disse isso mesmo, a noite passada. Eu pareço mesmo um anjo?

— Você *é* um anjo! — disse o menino.

A moça carregou-o no colo e lhe deu um beijo, abraçando-o ternamente.

— Você é a coisinha mais linda que eu já vi! — disse ela. — Por que você acha isso?

Mas, de repente, o rosto dela se transformou.

— Oh! — gritou ela. — Lá vem ele, vindo me encontrar! E você sujou meu vestido branco com esses sapatos empoeirados, e desarrumou o meu cabelo todo! Vá embora depressa, menino, vá para casa com sua mãe!

Ela pôs o menino no chão, não grosseiramente, mas com tanta pressa que ele tropeçou e caiu. Mas ela nem viu, apressando-se ao encontro do amado que vinha pela estrada. (Se ao menos soubesse que ele a achou muito mais linda com a criança no colo... mas ela não soube.)

O menino ficou na estrada empoeirada, chorando, até que a mãe chegou e o carregou no colo, enxugando-lhe as lágrimas com seu avental de algodãozinho azul.

— Também não acho que ela era um anjo — disse ele.

— Não! — disse a mãe. — Mas um dia pode ser que seja. Ela ainda é jovem.

— Eu estou cansado! — disse o menino. — Você me carrega, mamãe?

— Oh, é claro! — disse a mãe. — Foi para isso que eu vim.

O menino passou os braços à volta do pescoço da mãe, que o abraçou com força, e foi mancando pela estrada, cantando a música que ele mais gostava.

De repente, ele olhou para ela.

— Mãe — disse ele —, acho que *você* não é um anjo, é?

— Ah, seu bobinho! — disse a mãe. — Quem já ouviu falar de anjo de avental de algodãozinho azul?

E ela seguiu cantando, e pisava tão corajosa com o pé aleijado que ninguém nunca ia reparar nisso.

APPIUS

Lenda romana recontada por H. Twitchell

Na época em que se aproximava a ruína da República romana e o Império estava por surgir, muitos inocentes foram vítimas do desgoverno geral. Eram proscritos e banidos pelas mínimas ofensas, e até sua pobreza era confiscada pelo Estado.

Um dos proscritos era um velho que sempre fora respeitado por todos. Havia servido duas vezes como cônsul, tornando-se velho e doente a serviço do Estado. Quando o Triunvirato que governava Roma decretou que ele deveria sair da cidade para sempre, mal pôde crer em tamanha ingratidão.

Ele não tinha forças para empreender uma longa viagem e, assim, decidiu permanecer em casa, embora soubesse que a desobediência seria punida com a morte.

Seu filho, o jovem Appius, que estava fora da cidade, soube do perigo que ameaçava seu venerável pai. Correu imediatamente para casa, tentando salvar o pai, que, a princípio, se recusou a lhe dar ouvidos.

— Por que deveria esperar pela morte numa terra estranha, se posso encontrá-la aqui mesmo? — disse. — Doente como estou, não conseguiria passar dos muros, mesmo se quisesse. Eu poderia até morrer na rua, e prefiro morrer na minha cama mesmo.

Chegou a noite do último dia em que lhe era permitido ficar. O filho mais uma vez insistiu com o pai para que se salvasse.

— Sei que você não consegue nem andar — disse o rapaz —, mas eu consigo carregá-lo. Deixe-me cuidar de você; vou ganhar forças para levá-lo para fora da cidade.

O pai acabou cedendo às súplicas do filho. Carregando sua preciosa carga às costas, Appius seguiu pelas ruas de Roma, aplaudido pela multidão. Comovidos ao verem aquela demonstração de amor filial, os poderosos não interferiram em sua passagem.

Aproximava-se a hora em que o velho seria morto se fosse encontrado dentro dos muros da cidade, e os dois ainda estavam a uma grande distância dos portões. O rapaz se curvava sob a carga, as forças quase no fim. Mesmo assim, ele avançava, sob os gritos de aprovação da multidão, e, poucos segundos antes de expirar o prazo, ele conseguiu sair da cidade.

Porém, o velho cônsul ainda não estava a salvo, pois não podia ficar nem mesmo em território romano. Encoberto pelas sombras da noite, Appius carregou-o até a praia, onde embarcaram para a Sicília.

Este ato de devoção foi inscrito nos anais da República, para que nunca fosse esquecido. Quando Appius ficou adulto, foi chamado a Roma, onde ocupou vários cargos importantes.

A MENINA OUSADA

Henry W. Lanier

Esta história faz parte de uma série de incidentes que conduziram ao mais famoso desastre envolvendo as travessias dos pioneiros do Oeste. O ato de amor e bravura de Virginia Reed trouxe enormes consequências para o grupo dos Donner. Mais tarde, no inverno de 1846-1847, quando a neve encurralou o grupo nas Montanhas da Sierra, o pai de Virginia empreendeu grandes esforços para salvar sua família e seus antigos companheiros. Quarenta dos 87 emigrantes sobreviveram ao frio e à fome, dentre eles a pequena Virginia.

Três anos antes que a descoberta de ouro em Sutter Mill atraísse milhares de pessoas através do continente, uma caravana seguia penosamente sobre as desoladas dunas de Nevada, a oeste do rio Humboldt.

Era composta de um grupo de mais de oitenta homens, mulheres e crianças, que haviam se separado de uma caravana maior em Fort Bridger, tentados pela notícia de que existia outra rota muito mais curta. Dentre eles estava James T. Reed com sua mulher e filha, e duas famílias de nome Donner.

Os bois de Reed, enlouquecidos de sede, haviam disparado rumo aos ermos do deserto de Salt Lake e desapareceram para sempre. Os índios tinham acabado de roubar outros bois no lamaçal do Humboldt. A viagem era exaustiva, e os nervos dos homens estavam em frangalhos.

À frente, surgia outra interminável sucessão de dunas de areia. As reses estavam tão fracas que o jeito era atrelar uma parelha dupla a cada vagão para vencer os morros arenosos; isso dobrava o número de viagens necessárias, o que exasperava os carroceiros.

Exaustos, os condutores paravam e preparavam para desengatar, descer e subir novamente. Mas um dos homens, Snyder, jurou que não ia mais se dar àquele trabalho e tocou seus bois duna acima, entre gritos e altos estalos de chicote. Os animais esforçavam-se para prosseguir, mas a pesada carroça afundava as rodas na areia macia. Era demais, mesmo para a força e paciência dos bois, que acabaram parando, esgotados e resfolegantes. Por mais que os instigasse e chicoteasse com selvageria, o condutor não conseguiu forçá-los um só passo a mais.

Louco de fúria, Snyder passou a espancar impiedosamente os pobres animais. Reed, que seguira pela lateral do morro para tomar uma estrada adiante, voltou e testemunhou o abuso brutal do homem sobre as pobres criaturas. Os bois procuravam tomar fôlego, revirando os olhos, tentando desviar as cabeças e os lombos dos golpes, que agora eram desfechados com o cabo grosso do chicote.

A inútil crueldade foi demais para Reed. Tentou acalmar o condutor, tão exaltado que na certa acabaria até matando um ou mais bois.

Mas a interferência acabou por estourar os nervos já abalados de Snyder. Pulando para a boleia do vagão, descarregou a fúria em Reed. Três vezes desceu violentamente o cajado sobre a cabeça do homem, até escorrer sangue dos ferimentos.

Desesperada, a mulher de Reed acorreu. Snyder estava cego pela fúria, e o golpe seguinte atingiu a cabeça dela.

Vendo que o maníaco já levantava o cajado para mais outro golpe, Reed pegou a faca de caça e atacou-o, como se ele fosse mesmo a fera que imitava. A rápida estocada entrou de lado em Snyder, matando-o quase instantaneamente.

Os homens do grupo se reuniram para um julgamento informal. O corpo estendido falava mais alto que a provocação causadora da tragédia. Covardes em sua maioria, julgaram a pena máxima, mas conseguiram se esquivar da responsabilidade direta chegando a uma decisão singular e atemorizante.

Um comitê anunciou que Reed deveria prosseguir sozinho pelo deserto, levando apenas as roupas do corpo.

Isso significava a própria morte, por tortura lenta. Sem comida, água, armas, munição nem cobertas, um homem sozinho naquele areal infinito não podia esperar mais que a morte por inanição, além da indescritível e insistente agonia da sede. Mas seus juízes poderiam manter o frágil argumento de que ele se afastara por sua própria vontade.

Reed se recusou. Qualquer um, depois de atravessar aquelas centenas de milhas de deserto, não hesitaria em preferir um pelotão de fuzilamento a esse moroso suicídio.

Mas sua mulher, já arrasada, tentando se agarrar a qualquer fiapo de esperança, implorou tanto que arriscasse a alternativa anterior que ele finalmente aceitou o veredicto.

Graças às súplicas da sra. Reed, os executores permitiram que ele levasse um cavalo, em vez de seguir a pé.

Assim, lá se foi ele sob o sol abrasador, ao encontro do que parecia ser uma sentença inexorável.

A mulher e a filha de 12 anos olharam-no desaparecer no deserto impiedoso. Depois voltaram ao seu vagão, onde a vista de qualquer coisa lhes trazia uma nova dor. Os líderes do grupo demonstraram um mínimo de humanidade, manifestando sua rude compaixão pelas duas sofredoras, mas, evidentemente, qualquer discurso aberto soava como um doloroso escárnio. Eles acabaram se afastando, e mãe e filha ficaram no mais completo isolamento, como se houvesse alguma doença contagiosa naquela moradia sobre rodas.

O hábito levou-as automaticamente a preparar o almoço. Tentaram consolar-se mutuamente com esperanças encorajadoras, mas nenhuma conseguiu enganar a outra; mal engoliram a tosca refeição.

Mais tarde, Virginia, que havia saído por alguns minutos antes do pôr do sol, olhou para o rosto da mãe, marcado pelas lágrimas.

— Mamãe — falou ela resolutamente —, vou sair e encontrar papai; vou levar suas armas e alguma coisa para ele comer.

— Que é isso, minha filha? — exclamou a sra. Reed. — Você não vai conseguir encontrar seu pai.

— Vou, sim — insistiu a menina. — Eu não vou sozinha; pedi ao Milt e ele vai comigo.

A sra. Reed protestou. Só faltava, agora, acrescentar mais um último toque de horror a este dia de pesadelo.

Mas a jovem Virginia estava decidida. Sabia que o Comitê de Vigilância designara guardas para impedirem qualquer tentativa de interferir na punição. Também tremia de medo ao pensar na escuridão do deserto e nos animais selvagens que uivavam nas sombras; mas seu pai estava lá sem nada para comer — e ela tinha que fazer alguma coisa para ajudá-lo, acontecesse o que acontecesse.

Quando o acampamento se aquietou e as crianças agitadas foram dormir, ela separou o que pôde das escassas provisões: um pedaço de toucinho, alguns biscoitos, café e açúcar; uma caneca de lata, o rifle e as pistolas e um pouco de munição. E mais uma lanterna a óleo e um suprimento de fósforos.

Impotente, a mãe observava todos os preparativos, numa dúvida crescente.

— Como é que você vai encontrá-lo nesta noite escura? — sussurrou ela.

— Vou procurar os rastros do cavalo e segui-los.

A mulher abanou a cabeça, desconsolada.

Bem nessa hora, ouviram o leve som de passos lá fora. Escutaram, com a respiração suspensa. Ouviram bater de leve no vagão.

— Já é o Milt — cochichou Virginia.

Cuidadosamente, Virginia passou a bagagem ao vulto silencioso do lado de fora. Em silêncio, abraçou a mãe, que murmurava uma prece. Desceu silenciosamente e, junto ao bom Milton, lançou-se à sua difícil missão.

Dentro da envolvente negritude, a luz das fogueiras iluminava pequenos círculos. Ao redor, as coberturas de lona dos vagões avultavam-se fantasmagóricas. Aproveitando-se das sombras, esgueiraram-se para fora do acampamento.

A luz bruxuleante das fogueiras revelou o guarda, adiante, marchando de lá para cá; nada mais se movia em todo o acampamento. Ao lado do guarda, a sombra dos vagões se alongava pela negra parede do nada que a tudo cercava.

Deitando-se, serpentearam silenciosamente até passar o ponto do perigo. Um cavalo relinchou inquieto atrás deles. A sentinela estacou. Virginia e Milton congelaram-se colados ao chão, apavorados. O homem vasculhou o acampamento imóvel, passeou os olhos pela escuridão em torno, depois retomou a monótona batida.

Mal ousando respirar, os dois saíram novamente rastejando. O guarda ficou para trás. Aventuraram-se a engatinhar. Já estavam ao aberto: de pé, correram pela areia e foram engolidos pelo mar de escuridão.

Quando já estavam a uma distância segura, Virginia tocou o braço do companheiro.

— Vamos acender a lanterna — sussurrou ela.

Postando-se entre a lanterna e o acampamento, Milton acendeu o pavio. A menina tomou a lanterna e, cobrindo-a com a saia de modo que só iluminasse para baixo, começou a andar em volta, procurando no pequeno círculo de luz algum rastro de cavalo.

Era muito difícil. Para a frente, para trás, mais longe, ela procurava em vão. Cuidar para que a luz da lanterna não chegasse ao guarda e, ao mesmo tempo, procurar em cada partezinha de areia era bastante complicado no escuro. Lentamente, já tinham dado uma volta completa no acampamento quando Virginia abafou uma exclamação de triunfo.

Lá estava a marca de ferradura na areia solta! Ajoelhou para ter certeza. Um pouco além, as marcas estavam bem melhores. Aliviados e ansiosos, correram naquela direção.

Foi uma longa jornada, sem nenhum marco para medir o progresso e com a inevitável perda de tempo quando ocasionalmente perdiam a pista. Milha após milha, o guia silencioso parecia conduzi-los ao nada sem fim. Os tristes uivos dos ameaçadores coiotes faziam a menina tremer toda vez que cortavam o espaço. O urro estridente e selvagem do leão da montanha foi ainda mais aterrador, pois quebrou o silêncio bem perto deles. E ela sabia muito bem que havia lobos rondando por lá, em perigosos passeios sem rumo. Até Milton, que escarnecia desses predadores noturnos, como qualquer jovem colono corajoso, estacou paralisado quando, pouco depois, escutaram outro barulho que não parecia vir de nenhuma fera, mas sim de um animal muito mais perigoso: acharam que demonstrava a presença, não longe, de algum bando de índios preparando uma emboscada para atacar homens ou bois desgarrados.

Mas nem esse aterrorizante pesadelo de infância foi mais forte que a lembrança do pai, sozinho, faminto e indefeso perante essas horríveis probabilidades.

Pararam alguns instantes, temendo ouvir os gritos de guerra. Mas estava tudo em silêncio. Virginia seguiu em frente.

Persistiram pelo que lhes pareceu muitas horas. Por fim, a menina deu um grito, apontando à frente.

— Lá está papai! — exclamou.

Milton perscrutou a negritude.

— É, tem mesmo uma fogueira.

Nenhum dos dois aventara a possibilidade — que agora lhes lampejava — de que aquele minúsculo ponto de luz poderia vir dos supostos índios que tanto pânico lhes causavam. Após estudarem novamente o rastro que tão longe os levara, recobraram a confiança e correram para a meta.

Um vulto desconsolado sentava-se curvado em frente ao fogo, com a cabeça entre as mãos.

Quando os dois chegaram perto, ele subitamente se ergueu. Reed olhava intensamente para a escuridão, esperando algum ataque.

E então uma figurinha esguia, deixando cair a lanterna no chão, saiu correndo das sombras e caiu nos braços do pai.

Amargamente contrariada, Virginia partiu com o companheiro de volta ao acampamento às primeiras luzes da aurora.

Mas ainda sentia a orgulhosa satisfação de ver o pai seguir rumo ao oeste, com a renovada coragem e confiança que ela lhe trouxera, além de condições menos improváveis de sobrevivência.

O grupo dos Donner, que o baniu, teve por destino abandonar metade dos seus membros mortos nas neves cruéis das Sierras no inverno, após lutarem desesperadamente. Mas a valente Virginia estava entre os que finalmente chegaram aos aprazíveis vales da Califórnia.

DR. JOHNSON E SEU PAI

James Baldwin

Samuel Johnson (1709-1784), poeta, crítico, ensaísta e lexicógrafo inglês, era considerado por muitos de seus contemporâneos o mais importante homem de letras de seu tempo.

I

A pequena livraria fica em Lichfield, Inglaterra. O chão acabou de ser varrido e a única janelinha já está com as venezianas abertas. É cedo; os clientes ainda não começaram a chegar. Lá fora, a chuva cai.

Diante de uma mesinha perto da porta, um velho frágil, cabeça branca, apronta alguns pacotes de livros e vai guardando numa grande cesta. Aqui e ali ele para, como se uma dor o incomodasse. Põe a mão no lado e tosse com muito sofrimento; depois senta e descansa, apoiando os cotovelos sobre a mesa.

— Samuel! — chama.

No canto afastado da sala, um rapaz lê, muito concentrado, um grande livro. É um jovem muito esquisito, talvez nos seus 18 anos, mas aparenta ter mais. Grande e desajeitado, tem um rosto redondo coberto de cicatrizes e marcas de alguma doença estranha. Não deve ter a vista boa, pois lê curvado até quase encostar o nariz no papel.

— Samuel! — chama novamente.

Mas Samuel nem responde. Está tão interessado no livro que nem escuta. O velho descansa mais um pouco, depois acaba de amarrar seus pacotes. Levanta a pesada cesta e coloca sobre a mesa. O esforço traz outro ataque de tosse, e, quando passa, chama pela terceira vez:

— Samuel!

— O que é, pai?

Desta vez, escutara.

— Samuel — diz —, você sabe que amanhã é o dia do mercado de Uttoxeter, e precisamos cuidar da nossa banca. Alguns amigos nossos vão lá para dar uma olhada nos livros novos, que esperam que eu leve. Um de nós precisa ir à banca esta manhã, para deixar tudo pronto. Mas eu não vou conseguir. Minha tosse está atrapalhando um bocado e, veja só, está chovendo muito.

— É, pai, é uma pena — responde Samuel, afundando de novo o rosto no livro.

— Pensei que talvez você pudesse ir ao mercado, enquanto eu fico aqui na loja — diz o pai.

Mas Samuel nem ouve. Está profundamente mergulhado no estudo de algum clássico.

O velho vai até a porta e olha para fora. A chuva continua a cair. Ele estremece e abotoa o casaco.

Uttoxeter fica a vinte milhas. Em cinco minutos, a diligência passará pela porta.

— Samuel, você não poderia ir ao mercado por mim, desta vez?

O velho já está vestindo o casacão.

Alcança o chapéu.

A cesta já está no braço.

Lança um olhar suplicante ao filho, torcendo para que ele se compadeça no último instante.

— Lá vem o coche, Samuel. — E o velho quase sufoca com outro ataque de tosse.

Se Samuel escutou ou não, eu não sei. Continua lendo e não faz o menor movimento.

O coche vem estalando rua abaixo.

O velho e a cesta de livros cambaleiam porta afora. O coche para um momento, enquanto ele sobe. Depois, o cocheiro bate o chicote e vão embora.

Lá fora, a chuva cai.

II

Passaram-se apenas cinquenta anos, e já é novamente o dia do mercado em Uttoxeter.

A chuva encharca as ruas. Os que têm mercadorias para vender amontoam-se sob os toldos e nas bancas e barracas cobertas.

Um coche de Lichfield avança pela entrada do mercado.

Desce um velho, de uns setenta anos de idade. É grande e não tem boa aparência. O rosto tem riscos e cicatrizes, e o sorriso parece um esgar. Desce agarrando-se ao coche. Chia e bufa, como se sofresse de asma. E anda com o auxílio de uma bengala.

Em passos lentos e cuidadosos, entra pela praça do mercado e olha à volta. Parece não perceber que está chovendo.

Olha para as pequenas bancas alinhadas pelas paredes do mercado. Algumas são cobertas e formam os centros do barulhento comércio. Outras caíram no desuso e estão vazias.

O estranho para diante de uma dessas últimas.

— É, é esta — diz ele. Tem o estranho hábito de falar sozinho, em voz alta. — Lembro-me bem dela. Era aqui que meu querido pai, em certos dias de mercado, vendia livros para os clérigos do país. Os bons homens vinham de todas as paróquias para ver suas mercadorias e ouvi-lo descrever seu conteúdo.

Ele se volta, abruptamente.

— Sim, é este o ponto — repete.

Fica de pé muito ereto e quieto, bem em frente à velha banquinha. Tira o chapéu e prende debaixo do braço. A grande bengala caiu na sarjeta. Ele baixa a cabeça e aperta as mãos. E não parece perceber que está chovendo.

O relógio na torre do mercado bate as 11 horas. Os passantes param e olham o estranho. As pessoas do mercado, nas bancas e nos quiosques, ficam espiando. Alguns riem, vendo a chuva cair em torrentes pelas velhas bochechas marcadas. É chuva mesmo? Ou serão lágrimas?

Os meninos passam vaiando. Alguns dos mais grosseiros chegam a ensaiar jogar-lhe lama, mas um senso de vergonha os faz desistir.

— É um pobre lunático. Vamos deixá-lo em paz — dizem os mais compadecidos.

A chuva cai sobre a cabeça descoberta e os ombros largos. Ele já está encharcado e enregelado. Mas permanece imóvel e silencioso, sem olhar nem para a direita nem para a esquerda.

— Quem é aquele velho abobalhado? — pergunta um jovem inconsequente, passando por ali.

— Você não sabe quem ele é? — responde um cavalheiro de Londres. — Ora, é o dr. Samuel Johnson, o homem mais famoso da Inglaterra. Foi ele que escreveu *Rasselas*, *Vidas de poetas*, *Irene* e muitas outras obras, que estão sendo elogiadas por todos. É dele o grande *English Dictionary*, o livro mais maravilhoso do nosso tempo. Em Londres, os mais nobres cavalheiros e damas têm muito prazer em honrá-lo. Ele é o leão da literatura da Inglaterra.

— Então, o que é que ele está fazendo em Uttoxeter, aí em pé desse jeito, tomando chuva?

— Não sei dizer. Mas, sem dúvida, tem bons motivos.

E o cavalheiro afastou-se.

O relógio na torre do mercado bate as 12 horas. O renomado estranho já está há uma hora imóvel na praça do mercado. E a chuva continua caindo.

Lentamente, devolve o chapéu à cabeça. Acha a bengala caída. Levanta os olhos reverentemente por um instante e, em seguida, altiva e penosamente, desce a rua até o coche que já está pronto para voltar a Lichfield.

Vamos segui-lo sob o tamborilar da chuva, até sua cidade natal.

— Ora essa, dr. Johnson! — exclama sua anfitriã. — Sentimos sua falta o dia todo. E o senhor está tão molhado e frio! Onde esteve?

— Madame — diz o grande homem —, há cinquenta anos, neste mesmo dia, eu me recusei tacitamente a obsequiar ou obedecer meu pai. O pensamento na dor que devo ter-lhe causado me assombra desde então. Para apagar o pecado daquele dia, fui esta manhã de coche a Uttoxeter e fiz penitência publicamente, diante da banca que meu pai usava.

O grande homem deixa a cabeça pender nas mãos e soluça.

Lá fora, a chuva cai.

O PINHEIRO FERIDO

Babrius
Fábula grega

Bem no meio da floresta, um lenhador serrava um velho e altivo pinheiro. A cada golpe do machado, a árvore gigante tremia e praguejava contra o aço duro e frio que lhe despedaçava o flanco.

Era uma velha árvore muito resistente. Pouco depois, o lenhador inseriu uma grande cunha de madeira no corte, para acabar de quebrar o tronco. Desfechou uma martelada na cunha e, entre grandes rasgões e lascas, o nobre pinheiro tombou, chocando-se ruidosamente contra o chão. Enquanto caía, gemeu:

— Como posso culpar o machado, que não é da minha espécie, e não essa cunha malvada, que é minha própria irmã?

Dói menos o ataque de um desconhecido que o de um ente querido.

O RETORNO DE UM PAI

Folclore africano

Era uma vez, na África, um homem que se considerava o mais feliz do mundo, porque tinha uma mulher apaixonada e quatro filhos saudáveis. O mais velho chamava-se Olhos-Agudos, porque conseguia seguir rastros através de campos e selvas melhor que qualquer outro da aldeia. O segundo filho era conhecido como Ouvidos-Afiados, porque distinguia melhor que ninguém os sons de todas as criaturas na natureza. O terceiro tinha o nome de Braços-Fortes, porque sempre ganhava qualquer disputa de força. O quarto filho ainda era bebê, mas o pai tinha certeza de que, quando crescesse, seria tão habilidoso e dedicado quanto os irmãos.

Certa manhã, ao acordar, a família descobriu que o pai tinha desaparecido. À noite, não voltou, e a manhã seguinte também não trouxe novidades sobre o seu paradeiro.

Eles discutiram a respeito, pensando aonde ele poderia ter ido.

— Talvez tenha decidido visitar nosso tio — disse Olhos-Agudos, dando de ombros.

— Ou pode ser que tenha ido ao festival na aldeia vizinha — sugeriu Ouvidos-Afiados.

— Também pode ter ido até as montanhas, para aproveitar a brisa fresca — disse Braços-Fortes.

A mãe ficava quieta, balançando a cabeça, incerta.

Outro dia se passou, depois uma semana, e nada de o pai voltar. Às vezes, os filhos conjeturavam abertamente sobre onde ele poderia estar, mas com o tempo pararam de falar no assunto: temiam que estivesse morto.

O filho mais novo no entanto nem pensava nisso, e certa manhã, sentado no colo da mãe, abriu a boca e falou suas primeiras palavras:

— Onde está o papai? Quero ver meu pai.

Os irmãos mais velhos olharam-no espantados.

— É isso mesmo — disse Olhos-Agudos —, onde está nosso pai?

— Algo de mau deve ter-lhe acontecido — disse Ouvidos-Afiados.

— Deveríamos ir procurá-lo — sugeriu Braços-Fortes.

Os três irmãos mais velhos partiram imediatamente, seguindo uma trilha que entrava pela selva.

— Vejam, ele veio por aqui — apontou Olhos-Agudos. — Estou vendo seus rastros na trilha.

Ele conduziu os irmãos por vales e montanhas, através de campos e florestas, cada vez mais longe de casa. Mas, por fim, os rastros desapareceram, e até Olhos-Agudos perdeu a pista.

— Temos que desistir — declarou ele.

— Esperem! — interrompeu Ouvidos-Afiados. — Estou ouvindo alguém gritando.

Ele conduziu os irmãos pela terra selvagem, onde nunca tinham se aventurado, parando aqui e ali para captar o som que só ele conseguia ouvir.

Finalmente chegaram a um rio e, ao lado, viram o pai mantendo afastado com a lança um leopardo que rosnava.

— Precisamos salvá-lo! — gritou Braços-Fortes, e, sem esperar pelos irmãos, jogou-se sobre a fera que arremetia e esmagou-a com seu aperto poderoso.

— Vocês chegaram bem na hora! — arquejou o pai. — Vim para a selva caçar, mas caí e machuquei a perna. Não consegui voltar para casa. Tenho sobrevivido comendo qualquer coisa, mas minhas forças estão se acabando, e o leopardo aproximou-se para acabar de me matar.

Os filhos envolveram a perna machucada, trouxeram comida para devolver-lhe as forças e carregaram-no para a casa na aldeia. Todos ouviram as façanhas de Olhos-Agudos, Ouvidos-Afiados e Braços-Fortes para salvar o pai, e todos elogiaram a habilidade e devoção dos três.

Mas o sucesso subiu à cabeça dos irmãos, que começaram a discutir entre si qual era o mais responsável pelo resgate do pai.

— Se não fosse por mim, nunca teríamos sabido por onde procurar — gabava-se Olhos-Agudos. — Eu segui o rastro pelo meio da selva.

— É, mas acabou perdendo a pista — lembrou-se Ouvidos-Afiados. — Fui eu que ouvi os gritos e acabamos chegando ao rio.

— Mas de que adiantaria se eu não estivesse lá? — argumentou Braços-Fortes. — Fui eu que matei o leopardo e salvei nosso pai da morte certa.

Discutiram, discutiram, e acabaram pedindo ao próprio pai que decidisse qual era o maior responsável pelo seu retorno.

O pai ouviu seus argumentos e depois ergueu a mão, pedindo silêncio.

— Devo minha vida aos três — falou-lhes —, pois cada um de vocês teve uma função importante no meu resgate. Mas se me perguntam qual dos meus filhos fez mais para que eu voltasse para casa, devo dizer-lhes que não é você, Olhos-Agudos, nem você, Ouvidos-Afiados, nem mesmo você, Braços-Fortes. O filho que verdadeiramente provocou meu retorno está aqui.

E tomou o mais novo nos braços.

Então, todos se lembraram de que esse era o filho cujas primeiras palavras foram:

— Onde está o papai?

Foi o coração amoroso do menininho que trouxe seu pai de volta para casa.

O PAI DE SIMON

Guy de Maupassant

Acabara de bater o meio-dia. A porta da escola se abriu e os jovens saíram atropelando-se, rolando uns sobre os outros, na pressa de irem embora. Mas, em vez de dispersarem-se imediatamente e irem para casa almoçar, como sempre faziam, pararam alguns passos adiante e começaram a cochichar.

O fato é que naquela manhã, Simon, filho de La Blanchotte, fora pela primeira vez à escola.

Todos tinham ouvido falar em La Blanchotte, em casa. Embora fosse muito bem tratada em público, entre si as mães consideravam-na com uma compaixão algo desdenhosa; as crianças percebiam, apesar de não saberem o motivo.

Quanto ao próprio Simon, nem o conheciam, pois nunca havia viajado nem galopado com eles pelas ruas da cidade ou ao longo do rio. Assim, amavam-no, mas pouco. E era com certo prazer, mesclado a um considerável assombro, que ao se encontrarem recitavam a frase lançada por um rapaz de 14 ou 15 anos, que aparentava saber tudo, tudo sobre aquilo, a julgar pela piscadela sagaz:

— Você sabe como é... o Simon... bem, ele não tem pai.

O filho de La Blanchotte surgia agora à porta da escola.

Tinha uns sete ou oito anos. Era um pouco pálido e muito asseado, de maneiras tímidas, até desajeitadas.

Já ia seguindo o caminho de casa quando os grupos de colegas, cochichando sem parar e lançando os olhares maldosos e desalmados das crianças prestes a fazerem alguma brincadeira cruel, chegaram-se aos poucos e acabaram por cercá-lo. Ele ficou imóvel no meio deles, surpreso e envergonhado, sem compreender o que queriam fazer com ele. Mas o rapaz que espalhara a notícia, estourando de prazer com o sucesso que já conseguira, perguntou:

— Ei, você, como é mesmo o seu nome?

— Simon — respondeu.

— Simon de quê? — retrucou o outro.

A criança, completamente admirada, repetiu:

— Simon.

O rapaz gritou-lhe:

— As pessoas costumam se chamar Simon alguma coisa... isso não é nome... Simon, veja só!

E ele, quase em lágrimas, respondeu pela terceira vez:

— Meu nome é Simon.

A garotada explodiu em gargalhadas. O rapaz elevou triunfante a voz:

— Vocês podem ver claramente que ele não tem pai.

Seguiu-se um profundo silêncio. As crianças estavam estarrecidas com aquela coisa extraordinária, impossível, monstruosa — um menino que não tinha pai. Olhavam para ele como se fosse um fenômeno, um ser não natural, e sentiram crescer por dentro aquele desprezo, até então inexplicável, que suas mães sentiam por La Blanchotte. Quanto a Simon, encolheu-se junto a uma árvore para não cair e ficou grudado ao chão, vítima de um desastre irreparável. Tentou explicar, mas não conseguiu pensar em nenhuma resposta que negasse o fardo terrível de não ter pai. Por fim, gritou--lhes, inconsequente:

— Eu tenho pai, sim!

— E onde ele está? — perguntou o rapaz.

Simon ficou em silêncio. Ele não sabia. As crianças rugiram, tremendamente excitadas; os bichos do mato, mais semelhantes a animais, sentiram aquela ânsia cruel que estimula as aves de rapina a destruírem um semelhante ao primeiro sinal de ferida. De repente, Simon divisou um menino seu vizinho, filho de uma viúva, que sempre era visto, como ele, andando sozinho com a mãe.

— Nem você tem — disse ele —, você também não tem pai.

— Tenho — respondeu o outro —, eu tenho pai.

— E onde ele está? — imitou Simon.

— Ele está morto — declarou o pirralho com soberba dignidade. — Está no cemitério, o meu pai.

Um murmúrio de aprovação elevou-se dos pequenos tratantes, como se o fato de ter um pai morto no cemitério engrandecesse o companheiro a ponto de esmagar o outro que não tinha pai nenhum. E aqueles moleques todos, cujos pais, na maioria, eram malfeitores, bêbados, ladrões e maltratavam as mulheres, acotovelaram-se, apertando-se cada vez mais, como se pudessem asfixiar alguém que era tão fora da lei.

Um deles, passando perto de Simon, subitamente mostrou-lhe a língua e gritou, debochado:

— Sem pai! Sem pai!

Simon puxou-o pelo cabelo com as duas mãos e partiu para destruir-lhe as pernas com chutes, enquanto era ferozmente mordido na bochecha. Foi uma briga violenta entre os dois combatentes. Logo, Simon viu-se batido, rasgado, machucado e jogado ao chão, no centro de um anel formado pelos vagabundos que aplaudiam. Quando se levantou, espanando mecanicamente a camisa toda empoeirada com suas pequenas mãos, alguém gritou:

— Vá contar para o seu pai!

Então ele sentiu um profundo aperto no coração. Eles eram mais fortes que ele, haviam batido nele e ele não tinha resposta para lhes dar, pois sabia muito bem que não tinha pai. Cheio de orgulho ferido, tentou por alguns instantes lutar contra as lágrimas que o sufocavam. Teve um ataque de tosse e em seguida, sem barulho, soluços incessantes começaram a sacudi-lo. Uma alegria feroz brotou de seus inimigos, e, naturalmente, como num atemorizante festim de selvagens, deram-se as mãos e começaram a dançar à sua volta, repetindo o refrão:

— Não tem pai! Não tem pai!

Mas de repente Simon parou de soluçar, tomado de um súbito frenesi. Havia pedras aos seus pés. Ele as pegou e com toda a força atirou-as nos seus torturadores. Dois ou três foram atingidos e fugiram gritando; ele parecia tão poderoso que o pânico tomou conta dos demais. Covardes, como a multidão sempre fica na presença de um homem exasperado, fugiram correndo. Abandonado, o menininho sem pai saiu correndo pelos campos, tomado por uma súbita lembrança que implantou uma firme determinação em sua alma. Ele resolveu se afogar no rio.

De fato, ele se lembrara de que, oito dias antes, um pobre-diabo que mendigava para sobreviver havia se jogado nas águas porque não tinha mais dinheiro. Simon estava lá quando o pescaram; e a visão do sujeito, que sempre lhe parecera feio e miserável, o chocou: as faces pálidas, a longa barba emaranhada e os olhos abertos estavam cheios de calma. A plateia havia dito:

— Ele está morto.

E alguém dissera:

— Agora, pelo menos, ele está feliz.

E Simon também queria se afogar porque não tinha pai, como o pobre coitado que não tinha dinheiro.

Chegou à beira d'água e ficou olhando-a fluir. Alguns peixes brincavam animadamente na água transparente; às vezes davam pequenos saltos e pegavam os insetos que voavam na superfície. Parou de chorar para observá-los, pois aquilo o interessava imensamente. Mas, aqui e ali, como as ondas das tempestades, que após tremendos golpes de vento que fustigam as árvores, subitamente se perdem no horizonte, o pensamento voltava com redobrada dor.

— Vou me afogar porque não tenho pai.

O tempo estava quente e agradável. Os deliciosos raios de sol aqueciam a grama. A água brilhava como um espelho. E Simon até desfrutou de alguns minutos de felicidade, naquele langor que segue o pranto, sentindo vontade de dormir na grama quentinha.

Um sapinho verde pulou entre seus pés. Ele tentou pegá-lo. O sapinho escapou. Seguiu-o e perdeu-o três vezes. Por fim, pegou-o por uma perna e começou a rir diante dos esforços da criatura para escapar. O sapinho encolhia as grandes pernas e então, num jato violento, esticava-as, duras como barras; enquanto isso, com os olhos arregalados dentro do círculo dourado, batia o ar com os membros dianteiros como se fossem braços. Ele se lembrou de um brinquedo feito de tiras de madeira presas em zigue-zague, que num movimento semelhante controlava a marcha de pequenos soldadinhos. Em seguida, pensou em sua casa, depois na mãe, e, tomado de uma grande tristeza, começou a chorar. Suas pernas tremiam; ajoelhou-se e disse suas orações, como fazia antes de ir dormir. Mas nem conseguiu terminá-las, dominado por violentos soluços sucessivos. Já não pensava em mais nada, nem via nada ao redor, completamente tomado pelo choro.

De repente, uma pesada mão desceu-lhe no ombro e uma voz grossa lhe perguntou:

— Por que você está tão triste, meu amigo?

Simon voltou-se. Um operário alto, de barba preta e cabelo todo encaracolado, olhava-o cheio de compreensão. Ele respondeu com os olhos, engasgado de lágrimas:

— Eles me bateram... porque... eu não tenho... pai... não tenho pai.

— O quê? — disse o homem, sorrindo. — Ora essa, todo mundo tem pai.

O menino respondeu penosamente, entre espasmos de dor:

— Mas eu... eu não tenho.

Então o operário ficou sério. Ele reconhecera o filho de La Blanchotte e, embora tivesse chegado há pouco na vizinhança, tinha uma vaga ideia da sua história.

— Bem — disse ele —, console-se, meu menino; venha comigo para a casa da sua mãe. Eles vão lhe arranjar... um pai.

E assim seguiram pelo caminho, o grande segurando o pequeno pela mão; o homem sorria contente, pois não lamentava ter que ver essa tal Blanchotte, que se dizia ser uma das moças mais bonitas daqueles campos. Talvez, dizia para si mesmo lá no fundo, uma moça que já se desviara do bom caminho bem que poderia se desviar mais uma vez.

Chegaram à frente de uma casa branca pequena e muito bem-arrumada.

— É aqui! — exclamou o menino, e gritou: — Mamãe!

Apareceu uma mulher, e o operário instantaneamente parou de sorrir, percebendo que não estava para brincadeiras a moça alta e pálida, austeramente postada à porta como se defendesse a entrada de qualquer homem àquela casa, onde já fora traída uma vez. Intimidado, chapéu à mão, ele gaguejou:

— Olhe, madame, eu trouxe seu menino, que estava perdido perto do rio.

Mas Simon rodeou os braços no pescoço da mãe e disse, chorando novamente:

— Não, mamãe, eu queria me afogar, porque os outros me bateram... me bateram porque eu não tenho pai.

Um ardente rubor cobriu as faces da jovem, que, profundamente magoada, abraçou o filho apaixonadamente, enquanto as lágrimas lhe corriam pelo rosto. O homem, muito comovido, ficou parado, sem saber como se retirar. Mas Simon de repente correu para ele e disse:

— Você quer ser meu pai?

Seguiu-se um profundo silêncio. La Blanchotte, muda e torturada pela vergonha, apoiou-se na parede, com ambas as mãos no coração. O filho, vendo que não obtinha resposta, ameaçou:

— Se você não quiser, vou voltar e me afogar.

O operário levou a questão na brincadeira e respondeu, rindo:

— Ora, é claro que eu quero, sim.

— Então, qual é o seu nome? — prosseguiu a criança. — Tenho que saber para poder dizer aos outros, quando me perguntarem.

— Phillip — disse o homem.

Simon ficou em silêncio um momento, para fixar bem o nome na mente; depois estendeu os braços, bastante consolado.

— Bom, Phillip, então você é o meu pai.

O operário, suspendendo-o do chão, beijou-o apressadamente nas duas faces e depois afastou-se a passos largos.

Ao voltar à escola, no dia seguinte, o menino foi recebido com risos zombeteiros, e, no fim das aulas, quando os sujeitos estavam a ponto de recomeçar, Simon lançou-lhes sobre as cabeças, como se fossem pedras, estas palavras:

— O nome do meu pai é Phillip.

Gritos de divertimento explodiram de todas as direções.

— Phillip quem?... Phillip de quê? Quem é esse Phillip? Onde é que você achou esse Phillip?

Simon não respondeu nada; cheio de fé inabalável, desafiava-os com os olhos, preferindo se martirizar a correr deles. O mestre-escola apareceu para resgatá-lo e ele voltou para a casa da mãe.

Nos três meses seguintes, o forte ferreiro, Phillip, acostumou-se a passar diante da casa de Blanchotte e algumas vezes curvava a cabeça respeitosamente, pedindo para lhe falar, quando a via costurando perto da janela. Ela respondia polidamente, sempre grave, nunca fazendo brincadeiras nem permitindo que ele entrasse na casa. Mesmo assim, vaidoso como qualquer homem, ele a achava mais rosada que o habitual quando conversavam.

Mas uma reputação manchada é tão difícil de recuperar, e permanece sempre tão frágil, que, a despeito da tímida reserva mantida por La Blanchotte, a vizinhança já começava a bisbilhotar.

Quanto a Simon, amava muito seu novo pai e caminhava com ele quase toda tardinha, quando o ferreiro terminava o trabalho. Continuava indo regularmente à escola e convivia com grande dignidade entre os colegas, sem nunca responder a eles.

Um dia, contudo, o rapaz que o atacara pela primeira vez lhe disse:

— Você mentiu. Você não tem nenhum pai chamado Phillip.

— Por que é que você está dizendo isso? — perguntou Simon, muito perturbado.

O jovem esfregou as mãos e respondeu:

— Porque, se você tivesse, seria marido da sua mãe.

Simon ficou confuso com a verdade desse argumento; mesmo assim, retrucou:

— Ele é meu pai do mesmo jeito.

— Pode até ser — exclamou o rapazola com um sorriso zombeteiro —, mas isso não é ser pai completamente.

O filho de La Blanchotte baixou a cabeça e seguiu sonhando em direção à forja do velho Loizon, onde Phillip trabalhava.

Essa forja parecia enterrada nas árvores. Era muito escura, e apenas o clarão vermelho do imenso forno iluminava, em grandes faíscas, os cinco ferreiros que martelavam as bigornas com um barulho enlouquecedor. Eles estavam de pé envoltos pelas chamas, como demônios, os olhos fixos no ferro em brasa que batiam; seus pensamentos distraídos elevavam-se e baixavam junto com os martelos.

Simon entrou sem ser notado e foi quietinho puxar seu amigo pela manga. Ele se virou. No mesmo instante, o trabalho foi suspenso e todos os homens ficaram observando com muita atenção. No meio desse silêncio incomum, elevou-se o pequeno fio de voz de Simon:

— Phillip, me explique o que o rapaz em La Michande acabou de me falar, que você não é completamente meu pai.

— E por que ele disse isso? — perguntou o ferreiro.

O menino respondeu, com toda a sua inocência:

— Porque você não é marido da mamãe.

Ninguém riu. Phillip continuou de pé, apoiando a testa nas costas das largas mãos que seguravam o cabo do martelo reto sobre a bigorna. Ele ficou refletindo. Os quatro companheiros o observavam, e, um cisco entre aqueles gigantes, Simon esperava ansiosamente. De repente, um dos ferreiros, respondendo ao sentimento de todos, disse a Phillip:

— La Blanchotte é, de qualquer modo, uma moça boa e honesta, firme e corajosa, apesar do seu infortúnio, e seria uma mulher de valor para qualquer homem honesto.

— É verdade — comentaram os outros.

O ferreiro continuou:

— É culpa dela ter caído? Afinal, prometeram-lhe casamento; e conheço mais de uma que, hoje em dia, é muito respeitada, mas que cometeu o mesmíssimo pecado.

— É verdade — responderam os outros três em coro.

Ele prosseguiu:

— E como ela tem trabalhado duro, pobrezinha, para educar seu menino sozinha! E quanto tem chorado desde que não sai mais, a não ser para a igreja, só Deus sabe.

— É verdade — disseram os outros.

E não se ouvia mais nada além dos foles que abanavam o fogo da fornalha. Phillip apressadamente abaixou-se até Simon.

— Vá e diga a sua mãe que irei conversar com ela.

E deu um pequeno empurrão no menino pelos ombros. Voltou ao trabalho, e, num golpe uníssono, os cinco martelos caíram de volta nas bigornas. E bateram o ferro até cair a noite, fortes, poderosos, alegres e satisfeitos. Mas, assim como o grande sino da catedral, nos dias de festa, sobressai sobre os repiques dos outros sinos, o martelo de Phillip dominava o barulho dos demais, soando a cada segundo, num ribombo ensurdecedor. De olhos afogueados, ele dedicou-se com extraordinário afinco, altivo no meio das centelhas.

O céu estava cheio de estrelas quando bateu à porta de La Blanchotte. Vestia seu casaco de domingo, uma camisa limpa, e a barba estava aparada. A jovem surgiu à soleira e disse, num tom grave:

— Não convém aparecer assim, depois que a noite já caiu, sr. Phillip.

Ele tentou responder, mas gaguejou e ficou confuso diante dela.

Ela prosseguiu:

— E, além disso, o senhor compreende muito bem que não é preciso que falem ainda mais de mim.

Então ele disse de uma só vez:

— E que me importa, se você vai ser minha esposa!

Nenhuma voz lhe respondeu, mas ele acreditou ouvir, nas sombras da sala, o barulho de um corpo que se deixa cair. Ele entrou, depressa; e Simon, que já tinha ido se deitar, distinguiu o som de um beijo e algumas palavras que sua mãe dizia, muito suavemente. De repente, sentiu-se levantado pelas mãos do seu amigo que, carregando--o nos hercúleos braços estendidos, disse com firmeza:

— Você vai dizer a eles, seus colegas de escola, que seu pai é Phillip Remy, o ferreiro, e que ele vai torcer as orelhas de todos os que fizerem qualquer mal a você!

Na manhã seguinte, com a escola cheia e as aulas quase começando, o pequeno Simon ficou de pé, bem pálido, os lábios tremendo.

— Meu pai — disse ele, com a voz bem clara — é Phillip Remy, o ferreiro, e ele prometeu socar as orelhas de todos os que me fizerem qualquer mal.

Desta vez, ninguém riu, porque já era bem conhecido esse Phillip Remy, o ferreiro, e qualquer um no mundo ficaria muito orgulhoso de tê-lo como pai.

A MULHER DO TROPEIRO

Henry Lawson

A casa de dois cômodos é feita de troncos redondos, lajes de pedra e grossas cascas fibrosas de árvore, e o chão é forrado de restos de lajes. A cozinha ampla, de cascas de árvore, fica em um dos extremos e é maior que o resto da casa, incluindo a varanda.

Arbustos para todo lado — só arbustos e nenhum horizonte, pois o campo é muito plano. Nenhuma serra ao longe. Os arbustos, na verdade, são macieiras anãs nativas envelhecidas. Nenhuma vegetação rasteira. Nada onde descansar a vista, exceto o verde mais escuro de uns poucos carvalhos que suspiram sobre o riacho estreito, quase seco. A 19 milhas da civilização mais próxima, é apenas uma cabana na estrada principal.

O tropeiro, um ex-posseiro, partiu com os carneiros. A mulher e os filhos ficaram sozinhos.

Quatro crianças esfarrapadas, ressecadas, brincam pela casa. De repente, uma delas grita:

— Uma cobra! Mãe, tem uma cobra aqui!!

A camponesa malcuidada, queimada de sol, dispara da cozinha, agarra o bebê do chão, montando-o no quadril esquerdo, e pega uma vara.

— Onde ela está?

— Aqui, entrou na pilha de lenha! — grita o mais velho, um garoto de11 anos, rosto agudo. — Pare aí, mãe! Deixe que eu pego. Afaste-se! Eu pego a maldita!

— Tommy, venha para cá, senão leva uma mordida! Venha de uma vez quando eu chamo, seu danadinho!

O jovem vem, relutante, carregando uma vara maior do que ele. Depois grita, triunfante:

— A-lá ela! Debaixo da casa! — E sai correndo com a vara já levantada.

Ao mesmo tempo, o grande vira-lata preto de olhos amarelos, que acompanhava com louca selvageria aquela movimentação, consegue arrebentar a corrente e sai correndo atrás da cobra. Foi por muito pouco; o focinho apenas bate na fresta entre as lajes, por onde desaparece a cauda fria. Mas o menino já vinha descendo a vara, que esfola o avantajado focinho. Crocodilo, o cão, não dá a menor importância, e fica escavando furiosamente sob a casa; depois de uma certa batalha, é subjugado e novamente acorrentado. Não podem se dar ao luxo de perdê-lo.

A mulher do tropeiro faz as crianças ficarem bem juntas, perto da casa do cachorro, enquanto fica vigiando a cobra. Coloca dois pratinhos de leite perto da parede, para tentar atraí-la, mas uma hora se passa sem qualquer sinal da cobra.

O sol está quase se pondo, e uma tempestade está se formando. As crianças têm que entrar. Mas ela não vai levá-las para dentro de casa, sabendo que a cobra está lá e pode sair a qualquer momento por alguma fenda no chão tosco de laje. Carrega então várias braçadas de lenha para a cozinha e depois conduz as crianças para lá. A cozinha não tem chão, ou melhor, é de terra batida, ou "chão de terra", como dizem naqueles campos. No centro, há uma grande mesa rústica, sobre a qual coloca as crianças. São dois meninos e duas meninas — meros bebês... Dá-lhes um jantar e, antes de escurecer, entra na casa principal e sacode os travesseiros e roupas de cama, esperando ver ou até encostar a mão na cobra a qualquer momento. Acaba arrumando a cama deles sobre a mesa da cozinha e senta-se ao lado para tomar conta a noite inteira.

Fica de olho nos cantos, já com uma grossa vara verde de prontidão sobre a cômoda ao seu lado. Também trouxe a cesta de costura e um exemplar do *Young Ladies'Journal*. Até o cachorro está ali dentro.

Tommy se deita, sob protestos; diz que vai passar a noite acordado e jura que vai esmagar aquela cobra desgraçada.

A mãe lhe pergunta quantas vezes já lhe disse para não blasfemar.

Ele até levou a vara para debaixo das cobertas, e Jacky reclama:

— Mamãe! O Tommy está me esfolando vivo com essa vara. Manda ele tirar!

E Tommy:

— Cala boca, seu...! 'Cê quer ser mordido pela cobra?

Jacky cala a boca.

— Se 'cê for mordido — diz Tommy, depois de uma pausa —, 'cê vai inchar, feder e vai ir ficando todo vermelho, verde e azul, até explodir. Não vai, mãe?

— Pare com isso, não assuste a criança. Vá dormir — diz ela.

Os dois mais novos tentam dormir. De vez em quando, Jacky reclama que está sendo "esmigaiado". Fazem mais lugar para ele.

De repente, Tommy diz:

— Mãe! Escute só os gambazinhos! Eu bem queria torcer aqueles pescocinhos pelados!

E Jacky protesta, sonolento:

— Mas eles não fazem nada com a gente, os peladinhos!

E a mãe:

— Olhe, eu avisei que você ia acabar ensinando Jacky a falar bobagem.

Mas ela prende um sorriso. Jacky dorme.

De repente, Tommy pergunta:

— Mãe! Você acha que algum dia eles vão *dextinguir* os cangurus?

— Oh, Senhor! Como é que eu vou saber, filho? Vá dormir.

— Você me acorda se a cobra sair?

— Acordo. Vá dormir.

Quase meia-noite. As crianças todas dormem, e ela continua lá sentada, costurando ou lendo. De tempos em tempos, rodeia o olhar pelo chão e pelas paredes e, sempre que escuta algum barulho, pega a vara. Cai a tempestade; o vento, assobiando pelas frestas da parede de cascas, ameaça apagar a vela. Ela a ajeita num canto protegido da cômoda e prende bem um jornal para abrigá-la. Cada clarão de relâmpago reluz pelas lajes nos encontros das paredes, como se fossem de prata polida. Os trovões se sucedem, e a chuva cai torrencialmente.

Crocodilo está espichado no chão, os olhos apontando para um canto da parede. Assim, ela fica sabendo que a cobra está lá. Há grandes frestas naquela parede, chegando até o chão da casa.

Ela não é medrosa, mas alguns acontecimentos recentes lhe abalaram os nervos. Um filhinho do seu cunhado fora mordido por uma cobra e morrera. Além disso, ela não tem notícias do marido há seis meses e está preocupada com ele.

Ele era tropeiro e se apossara desta terra quando se casaram. A seca de 18 o arruinara. Precisou sacrificar o resto de seus rebanhos e arrumar serviço de tropeiro novamente. Ele pretende levar a família para a vila mais próxima, quando voltar. Nesse ínterim, o irmão dele, que também tem uma cabana na estrada principal, aparece uma vez por mês com provisões. A mulher também possui algumas vacas, um cavalo e alguns carneiros. O cunhado ocasionalmente mata um carneiro, deixando com ela o que necessitar, e leva o resto em troca das provisões.

Ela está acostumada a ficar sozinha. Certa vez, viveu assim por 18 meses seguidos. Quando mocinha, sonhava com uma vida de rainha, mas as esperanças e aspirações da juventude já estão enterradas há tempos. Toda a diversão e o lazer de que precisa estão no *Young Ladies' Journal*, e — Deus tenha piedade — tem uma queda pela seção de moda.

O marido é australiano como ela. É descuidado, mas até que é um bom marido. Se ele pudesse, a levaria para a cidade e lhe daria uma vida de princesa. Eles já se acostumaram a viver separados; pelo menos, ela sim.

— Não adianta nada ficar choramingando — diz ela.

Pode ser que, vez por outra, ele se esqueça de que é casado. Mas, se voltar com uma boa paga, dará a ela a maior parte. Quando ele tinha dinheiro, levou-a diversas vezes à cidade: tomava um vagão-dormitório no trem e reservava os melhores hotéis. Até lhe comprara uma charrete, mas tiveram que sacrificá-la também.

Os dois últimos filhos já nasceram naqueles campos: um deles nasceu antes que o marido trouxesse, à força, um médico bêbado. Nessa ocasião, ela estava sozinha e muito fraca, restabelecendo-se de uma febre. Rezou a Deus para lhe mandar ajuda. Deus enviou-lhe Black Mary — o próprio barril de gim, o mais "branco" da região. Na verdade, primeiro Deus enviou King Jimmy, e ele então chamou Black Mary. Ele enfiou a cara preta pela soleira e percebeu a situação com um só olhar, dizendo alegremente:

— Tudo bem, dona. Vou trazer minha velha, ela 'tá logo ali na ribeira.

Um dos filhos morreu quando ela estava aqui sozinha. Ela cavalgou as 19 milhas procurando ajuda, carregando a criança morta.

Devem ser uma ou duas horas. O fogo queima baixo. Crocodilo está com a cabeça descansando sobre as patas, vigiando a parede. Não é um cachorro muito bonito, e a luz revela numerosas feridas antigas, onde o pelo não cresce mais. Não tem medo de nada na terra, nem debaixo dela. Enfrenta um bezerro com a mesma prontidão com que ataca um mosquito. Detesta todos os outros cães — exceto aqueles cães-cangurus — e desgosta especialmente dos amigos e parentes da família. Mas estes pouco aparecem para visitar, de qualquer modo. Às vezes, fica amigo de estranhos. Odeia cobras e já matou muitas; vai acabar sendo mordido e morrer — muitos "cães-de-cobra" terminam assim.

De tempos em tempos, a camponesa baixa o trabalho e fica vigiando, ou fica escutando, ou fica pensando. Pensa nas coisas da própria vida, pois quase não tem outros assuntos.

Pensa na chuva que vai fazer crescer a grama e aí se lembra daquele incêndio que ela apagara quando o marido estava fora. A grama estava alta e muito seca, e quase que o fogo pega nela também. Ela vestiu umas calças velhas do marido e bateu nas chamas com galhos verdes, até o suor correr em grandes gotas da testa para as faces, riscando os braços enegrecidos. Quando viu a mãe naquelas calças, Tommy quase morreu de rir! Ele trabalhava como um heroizinho ao seu lado, enquanto o bebê da época berrava "mamãe!" a plenos pulmões. O fogo a teria engolido, não fosse por quatro camponeses espantados que chegaram em cima da hora. Foi tudo uma completa confusão! Quando ela finalmente foi pegar o menorzinho, ele esperneou e berrou mais ainda, com medo daquele "homem preto". E Crocodilo, confiando mais na reação da criança do que nos seus próprios instintos, atacou-a furiosamente. Já meio velho e surdo, a princípio não reconheceu a voz da dona, continuando a morder as calças de molesquim até Tommy conseguir estrangulá-lo com os arreios. A vergonha que o cão sentiu pelo erro crasso e a ansiedade em demonstrar que fora um terrível engano eram evidentes no rabo encolhido e nos trinta centímetros de sorriso repuxado. Para os meninos, foi uma glória; aquele dia era lembrado, falado, e ainda riam de tudo muitos anos depois.

Agora ela se lembra da vez em que lutou contra uma enchente, quando o marido estava fora. Ficou horas se encharcando na chuvarada, cavando uma vala extra para salvar a barragem no riacho. Mas não conseguiu salvá-la. Há coisas que nem uma camponesa consegue fazer. Na manhã seguinte, a barragem estava rompida e seu coração também estava quase partido, imaginando como o marido iria se sentir ao ver o trabalho de anos simplesmente varrido. Dessa vez, ela chorou.

Também houve a luta contra a pleuropneumonia, quando medicou e fez uma sangria nas poucas reses que ficaram. E chorou novamente quando suas duas melhores vacas morreram.

Em outra ocasião, lutou contra um bezerro louco que sitiou a casa um dia inteiro. Ela fabricou balas e atirou nele pelas fendas da parede, com uma espingarda velha. De manhã, ele apareceu morto. Ela tirou o couro e conseguiu dezessete xelins e meio pela peça.

Ela também combate os corvos e as águias que demonstram certas intenções com relação às suas galinhas. Seu plano de campanha é muito original. As crianças gritam:

— Corvos, mamãe!

E ela corre para fora, mirando com um cabo de vassoura e gritando:

— Buum!!

Os corvos fogem em disparada; são espertos, mas a mulher é mais.

De vez em quando, passa por lá algum camponês aterrorizante, ou um andarilho de expressão maldosa, e ela morre de pavor. Costuma dizer ao estranho suspeito que o marido e os dois filhos estão trabalhando logo depois da barragem, ou lá nos fundos do quintal, porque eles sempre perguntam maliciosamente pelo dono da casa.

Na semana passada mesmo, um vagabundo com cara de malfeitor, trouxa às costas, verificou que não tinha homem nenhum por ali e jogou a trouxa na varanda, exigindo abrigo. Ela lhe deu alguma coisa para comer e depois ele manifestou a intenção de passar a noite lá. O sol já estava se pondo. Ela tirou uma tábua do sofá, soltou o cachorro e confrontou o estranho, a tábua numa mão e a coleira do cão na outra.

— Agora, pode ir andando! — disse ela.

Ele olhou para ela, para o cachorro, e disse, adoçando a voz:

— Está bem, senhora.

E partiu.

Ela tinha um ar muito decidido, e o brilho nos olhos amarelos de Crocodilo era ameaçador — assim como sua incessante mastigação, que lhe valera o nome.

Poucos pensamentos de prazer lhe passam pela cabeça, enquanto fica ali sozinha, em guarda contra a cobra. Seus dias são muito iguais. Mas nas tardes de domingo ela se veste, apronta as crianças, enfeita o bebê e saem para um passeio solitário pelas trilhas nos campos, ela na frente empurrando o carrinho velho do bebê. Todos os domingos é a mesma coisa. Ela se arruma, e às crianças, como se fosse passear pela praça da cidade. Mas não há nada para ver e nem uma vivalma para encontrar. Qualquer pessoa nessas trilhas poderia andar umas vinte milhas sem conseguir guardar nenhum ponto de referência — exceção feita aos camponeses. É essa eterna, enlouquecedora, mesmice das árvores anãs, é essa monotonia que faz as pessoas ansiarem por fugir e pegar um trem até o fim da linha, ou velejar até o horizonte — e mais além.

Mas a camponesa já está acostumada a essa solidão toda. Ainda recém-casada ela odiava, mas, agora, iria se sentir estranha longe dali.

Fica contente quando o marido volta, mas não se entusiasma nem faz muita festa. Traz alguma coisa boa para ele comer e arruma as crianças.

Parece satisfeita com seu quinhão. Ama os filhos, mas não tem tempo de demonstrar, parecendo até ser dura com eles. O ambiente não favorece o desenvolvimento do lado "feminino" ou sentimental da natureza.

Já deve ser quase de manhã, mas o relógio ficou na parte principal da casa. A vela está quase no fim; ela esquecera que estava sem velas. É preciso pegar mais lenha para manter o fogo alto: ela fecha o cachorro do lado de dentro e dá a volta correndo para o abrigo de lenha. A chuva amainou. Ela pega um galho, puxa e — craac! — a pilha inteira desmorona.

Ontem, ela havia tratado um negro sem paradeiro certo para lhe trazer madeira. Enquanto ele trabalhava, ela foi atrás de uma vaca perdida. Ficou fora uma hora, mais ou menos, e o negro não perdeu tempo. Quando voltou, ela ficou tão espantada com a altura do monte de lenha, quase até a chaminé, que deu a ele um naco extra de tabaco, elogiando sua boa disposição para o trabalho. Ele agradeceu e partiu com a cabeça ereta e o peito bem estufado. Podia ser o último da tribo, até um rei, mas tinha feito uma pilha completamente oca.

Ela se machucou, e saltam-lhe lágrimas dos olhos quando volta a se sentar perto da mesa. Pega um lenço para enxugá-las, mas acaba esfregando os olhos com os dedos mesmo. O lenço estava tão furado que o polegar passou por um buraco e o indicador, por outro.

Caiu na risada, para surpresa do cão. Ela tem um senso apurado, muito crítico, do ridículo, e qualquer dia desses ainda vai divertir os camponeses com este caso.

Já estivera em outras situações ridículas antes. Certa vez, sentou-se "para dar uma boa chorada", como disse — mas o velho gato ficou se esfregando na saia dela, "chorando também". Ela teve que rir.

Agora já deve estar clareando. O cômodo está muito fechado e quente por causa do fogo. Crocodilo ainda vigia a parede, de vez em quando. Subitamente, ele fica muito interessado. Rasteja alguns centímetros mais para perto da parede e estremece. O pelo na nuca se eriça e os olhos já mostram as cores de guerra. Ela sabe o que significa e põe a mão na vara. A parte de baixo do encontro de lajes na parede se abre em duas frestas lado a lado. Um maldoso par de olhos, parecendo duas continhas, brilha por um desses buracos. A cobra — uma das pretas — vem saindo devagar, cerca de um palmo e meio para fora, mexendo a cabeça para cima e para baixo. O cachorro fica imóvel, e a mulher continua sentada, como se estivesse fascinada. Sai mais um palmo de cobra. Ela levanta a vara, e o réptil, subitamente ciente do perigo, enfia a cabeça pela outra fresta nas lajes, puxando rapidamente o resto do corpo. Crocodilo salta como uma mola e trinca as mandíbulas num estalo. Não acerta, porque o focinho é mesmo muito grande e o corpo da cobra vai passando rápido, encaixado no ângulo que as lajes formam com o chão. Mas ele ataca de novo quando chega a ponta da cauda. Desta vez, ele pega a cobra e puxa para fora uns dois palmos. Tum! Tum! Tum!, desce a vara da mulher no chão. Crocodilo dá mais um puxão e a cobra sai inteira — uma monstra preta, de um metro e meio de comprimento. Estica a cabeça para o bote, mas Crocodilo morde bem perto do pescoço. É um cachorro grande e pesadão, mas rápido como um *terrier*. Sacode a cobra furioso, como se compartilhasse com a humanidade a dor do pecado original. O menino mais velho acorda, pega sua vara e tenta sair da cama, mas a mãe o força de volta com pulso de ferro. Tum! Tum!, o corpo da cobra está partido em vários pedaços. Tum! Tum!, a cabeça já está esmagada e Crocodilo está com o focinho esfolado outra vez.

Ela ergue o réptil mutilado com a ponta da vara, leva até o fogo e joga lá dentro; ajunta mais lenha e fica olhando a cobra queimar. O menino e o cachorro também ficam assistindo. Ela apoia a mão na cabeça do cachorro, e a luz feroz e decidida se apaga dos olhos amarelos. As crianças menores se aquietam e voltam a dormir. O menino, as pernas sujas saindo da camisola, fica de pé um pouco, olhando o fogo. De repente, olha para ela e vê as lágrimas: abraça-a pelo pescoço e exclama:

— Mãe, eu nunca vou sair por aí de tropeiro; juro que não vou!

Ela o aconchega no peito cansado e o beija; ficam juntos assim, enquanto a pálida luz da manhã vem surgindo sobre os arbustos.

TESEU E A PEDRA

Adaptada das versões de Charles Kingsley e Nathaniel Hawthorne

Na antiga cidade de Troezen, na Grécia, viveu há muito tempo uma princesa chamada Aithra. Ela tinha um filho, Teseu, o rapaz mais corajoso daquela terra. Aithra sorria cada vez que olhava para ele, mas era um sorriso triste, pois o menino jamais vira o pai, que morava longe, do outro lado do mar.

Um dia, ela levou o filho a um bosque atrás do templo. Conduziu-o até um velho carvalho, em cuja sombra cresciam medronheiros, almecegueiras e urzes roxas. Ela suspirou e disse:

— Teseu, meu filho, vá até aqueles arbustos; ao pé da árvore, você vai encontrar uma grande pedra chata. Levante-a e traga-me o que encontrar embaixo.

Teseu abriu caminho entre os densos arbustos, reparando que estavam intocados há anos. Procurou pelas raízes até achar uma grande pedra achatada, toda coberta de hera e musgo.

Tentou levantá-la, mas não conseguiu. Esforçou-se até rolarem da testa gotas de suor e dos olhos, lágrimas de vergonha, mas sem resultado. Por fim, voltou para sua mãe e disse:

— Encontrei a pedra, mas não consigo levantá-la. Acho que nenhum homem de Troezen consegue.

A mãe suspirou e disse:

— Os deuses sabem esperar, são justos. Vamos deixar passar mais um ano. Dia virá em que você será o homem mais forte de Troezen.

E ao final de um ano novamente levou Teseu atrás do templo, pedindo que levantasse a pedra. Mas ele não conseguiu.

Então ela suspirou, repetindo as mesmas palavras, e voltaram juntos para casa. No outro ano foi a mesma peregrinação, mas Teseu não conseguiu levantar a pedra nem nesse ano, nem no seguinte. Ele queria perguntar qual o significado da pedra e o que estava debaixo dela, mas, ao ver o rosto tão triste da mãe, desistia.

Enquanto isso, a pedra parecia se afundar cada vez mais na terra. O musgo foi ficando cada vez mais espesso, até a pedra ficar quase igual a um banco verde macio, só com algumas pontas de granito aparecendo aqui e ali. As árvores à volta também despejavam folhas secas a cada outono. Na sua base brotaram samambaias, flores selvagens e trepadeiras que se enroscavam cada vez mais. Para todos os efeitos, a pedra parecia tão firmemente presa como qualquer outra porção da própria Terra.

Contudo, por mais impossível que parecesse aquela tarefa, Teseu tinha certeza de que algum dia iria dominar a pedra.

— Mãe, ela se mexeu! — gritou, depois de uma das tentativas. — A terra em volta já está um pouco rachada!

E mostrou a ela um ponto onde, na interpretação dele, o talo de uma flor estava parcialmente desenraizado pelo movimento da pedra. Aithra apenas suspirou, sabendo que se aproximava a época de enviar o filho para enfrentar os perigos do mundo.

Para ficar mais forte, Teseu passava os dias treinando lutas, domando cavalos, caçando javalis e touros, perseguindo cabras e veados pelas rochas, até não existir, em todas as montanhas, caçador mais eficaz que Teseu.

Ao completar 18 anos, Aithra levou-o novamente ao templo e disse:

— Teseu, levante a pedra hoje, ou nunca saberá quem você é.

Teseu penetrou nos arbustos, chegou até a pedra e deu-lhe um puxão. E ela se moveu! Encheu-se de alegria e disse:

— Nem que eu estoure meu coração, ela vai sair!

Lutou com a pedra insensível, estirando todos os músculos, como se ela fosse um inimigo vivo. Arquejava, soerguia-se. Resolveu conseguir desta vez; senão, preferia morrer ali e deixar a pedra como lápide no seu túmulo, para sempre! De pé, Aithra o observava apertando as mãos, sentindo ao mesmo tempo orgulho e tristeza de mãe. Por fim, lentamente, a grande pedra saiu da terra, arrancando moitas e flores, e tombou de lado. Teseu a conquistara!

Quando ele olhou o lugar da pedra, na terra, viu uma espada de bronze, com o punho rebrilhando em ouro, e um par de sandálias também de ouro. Ele os pegou e disparou pelos arbustos como um javali selvagem, pulando até a mãe, levantando suas prendas bem acima da cabeça.

Ao vê-las, a mãe chorou longamente em silêncio, escondendo o rosto no véu. Teseu ficou conjeturando e acabou chorando também, sem saber por quê. Quando cansou de chorar, ela ergueu a cabeça e disse:

— Traga o que você achou e venha comigo onde podemos ver o mar.

Saíram dos muros sagrados e olharam o mar azul lá embaixo. Aithra apontou ao longe e disse:

— Lá fica Ática, onde moram os atenienses. É um bom lugar, uma terra de azeite e mel, alegrias dos deuses e dos homens. O que você faria, Teseu, se fosse rei de uma terra assim?

O coração de Teseu inflou.

— Se eu fosse rei daquela terra, governaria bem, com sabedoria e força, de forma que ao morrer todos chorariam sobre meu túmulo, lamentando o "pastor de seu povo".

Aithra sorriu e disse:

— Seu pai é o rei Egeu de Atenas. Quando se tornou rei, ordenou que eu o tratasse como criança até você demonstrar maturidade levantando aquela pesada pedra. A tarefa está cumprida, e agora você deve calçar essas sandálias, para seguir as pegadas de seu pai; e deve levar essa espada, para poder lutar contra gigantes e dragões, como fez o rei Egeu na juventude. Você deve encontrá-lo em Atenas e dizer: "A pedra foi levantada."

Mas Teseu chorou.

— Oh, minha mãe, vou ter que deixá-la?

Ela respondeu:

— Não chore por mim. O destino deve ser cumprido; não se deixe levar pela tristeza insidiosa.

Então ela beijou Teseu e chorou por ele; entrou no templo e nunca mais Teseu a viu.

NA EXTREMIDADE D'ALÉM-MAR

Hans Christian Andersen

O título desta linda história vem do Salmo 139: "Se eu tomar as asas da aurora e for habitar na extremidade d'além-mar, mesmo lá Tua mão me guiará e Tua destra me sustentará."

Algumas grandes embarcações foram enviadas ao Polo Norte com o objetivo de levantar as fronteiras entre terra e mar e de testar a distância que o homem poderia atingir.

Passaram-se um ano e um dia. Com grande dificuldade, através da névoa e do gelo, cada vez iam mais longe. Já era inverno; o sol sumira e teriam uma longa noite por muitas e muitas semanas. À volta deles se espalhava uma planície de gelo ainda não quebrado, e os navios estavam forçosamente atracados. A neve formava montes variados e até compunha casas cubiformes, algumas do tamanho de um carrinho de mão, outras que davam para abrigar dois ou três homens. Não podiam reclamar de escuridão, pois as Luzes do Norte — os fogos de artifício da natureza —, ora vermelhas, ora azuis, flamejavam sem cessar e a neve refulgia com brilho intenso.

Nas horas mais claras, às vezes apareciam grupos de nativos: figuras de estranha aparência, embrulhadas em peles felpudas, conduzindo trenós feitos de lascas bem duras de gelo. Chegavam para trocar peles, que vinham muito a calhar para os marinheiros. Usavam-nas como tapetes nas casas de neve, ou como camas onde descansavam nas tendas nevadas, protegendo-se de um frio tão intenso como nunca haviam experimentado nos seus piores invernos. Os marinheiros ficavam se lembrando de que, em casa, ainda era outono, e sonhavam com os cálidos raios de sol e as folhas ainda pendendo das árvores, em gloriosas nuances de carmim e ouro. Somente pelos relógios sabiam que era noite, hora de descansar. Em uma das casas de neve, dois marinheiros já haviam se deitado para dormir. O mais jovem destes estava com o seu maior tesouro trazido de casa, a Bíblia que a avó lhe dera ao partir. Todas as noites, guardava-a sob o travesseiro. Conhecia o conteúdo desde a infância, e todos os dias lia um trecho. Sempre que se deitava, trazia à mente as sagradas palavras de conforto: "Se eu tomar as asas da aurora e for habitar na extremidade d'além-mar, mesmo lá Tua mão me guiará e Tua destra me sustentará."

Essas sublimes palavras de fé ainda pairavam nos seus lábios quando fechou os olhos e chegou o sono, e com este os sonhos — agitados, esvoaçantes, provando que mesmo no descanso do corpo a alma está sempre desperta. De início, pareceu ouvir as doces melodias que tanto amava em casa. Sentiu uma suave brisa de verão, e uma luz brilhou sobre a cama, como se o teto de neve tivesse ficado transparente. Ele ergueu a cabeça e estacou! A cintilante luz branca não era neve; vinha das grandes asas de um anjo pairando sobre ele, os olhos luzindo de amor. A forma do anjo parecia saída das páginas da Bíblia, ou das pétalas de um broto de lírio. Ele estendeu os braços e oh! — as estreitas paredes da cabana de neve se dissolveram como a névoa ao raiar do dia. Os verdes campos e os bosques tingidos pelo outono de sua casa surgiram à sua volta, banhados na suave luz do sol. O ninho da cegonha estava vazio, mas ainda via maçãs na macieira silvestre. O melro cantava na gaiolinha verde pendurada na janela baixa, na casa de sua infância. Entoava a canção que ele mesmo lhe ensinara; a avó enrolara ervinhas nas grades da gaiola, como o neto também se acostumara a fazer. A linda filha do ferreiro tirava água do poço e acenava para a avó. Esta lhe respondia e mostrava uma carta que chegara naquela manhã para a mocinha, diretamente das terras geladas do norte, do próprio Polo Norte, onde agora estava o neto — seguro sob a proteção de Deus. As duas mulheres, a velha e a moça, riam e choravam alternadamente — e ele, enquanto isso, o jovem marinheiro que dormia entre o gelo e a neve, o espírito vagando no mundo dos sonhos, viu e ouviu tudo, rindo e chorando com elas. Da carta, estas palavras foram lidas em voz alta: "Mesmo na extremidade d'além-mar, Tua destra me sustentará com firmeza." Uma música solene flutuou em torno dele, e o anjo baixou as asas. Como um macio véu protetor, caíram sobre o adormecido.

O sonho acabou; tudo era escuridão na pequena cabana de neve, mas a Bíblia lá estava sob a cabeça do marinheiro, e a fé e a esperança permaneciam no seu coração. Deus estava com ele; e seu lar também estava com ele, "mesmo na extremidade d'além-mar".

NATAL NO MAR

Robert Louis Stevenson

As cordas duras de gelo cortavam nossas mãos nuas,
Os marinheiros caíam nos deques varridos de mar,
O vento nordeste soprava em fortes rajadas cruas,
Só vagalhões e penhascos se erguiam para nos abrigar.

Ouvimos o estrondo das ondas antes de raiar o dia
Mas o alcance da desgraça só na luz aparecia.
Gritando, ao convés subiram os marujos em alerta,
Enfrentamos a tormenta, a vela da gávea aberta.

O dia todo bordejamos entre o Pontal Sul e o Norte,
O dia todo nos cabos congelados, sem progressos,
O dia todo sofrendo no frio e temendo a morte,
Bordejando a própria vida e a natureza em excessos.

A maré cheia rugia; deixamos o Sul mais aberto,
Mas cada manobra trazia o Pontal Norte mais perto.
Vimos rochedos e as casas, altas ondas em esteira,
E de um jardim lá no alto, vigiava a guarda-costeira.

Os sinos na torre da igreja tocavam com alegria,
Pois ainda não contei (justamente nesse dia)
Que era dia de Natal e na encosta, bem ali
Acima da guarda-costeira, era a casa onde nasci.

Revi a sala agradável, mãe e pai, rostos bondosos,
Os óculos de aros de prata, prateadas as cabeleiras;
Vi o fogo a crepitar como duendes amistosos
Dançando nos pratos de louça em fila nas prateleiras!

E bem sabia que falavam de mim naquele momento,
Do desalento na casa, do filho no mar; e afinal
Que tolo insensível fui; e agora esse sofrimento
Aqui, a içar velas duras, no santo dia de Natal.

Acenderam o farol, caía a noite de fato.
"Soltar velas dos mastaréus!", ouvi do capitão o grito.
"Meu Deus, não vai aguentar", disse Jackson, o imediato.
"Não temos outro jeito, Jackson", falou o capitão, aflito.

Quase adernou na guinada, mas as velas abrem sem dobras
E o barco ruma a barlavento, compreendendo as manobras.
Na entrada da noite escura, no fim do dia sem sol,
Cruzou a barra agitada, passando a luz do farol.

Todos a bordo respiraram aliviados, porém,
Ao ver a proa apontando pro mar alto mais além,
Na escuridão e no frio, eu pensava tão-somente
Que meus pais envelheciam e eu estaria ausente.

AS MONTANHAS DE HAMPSHIRE

Eugene Field

Certa tarde, há muitos anos, dois irmãozinhos, Seth e Abner, brincavam no pomar. Não se incomodavam com o calor de agosto, pois um vento fresco soprava do rio no vale mais além, acariciando as bochechas vermelhas e fazendo travessuras com os cachos emaranhados. Por todo lado zumbiam abelhas e cantavam passarinhos; o perfume dos trevos enchia o ar e os grilos cantavam alegremente. O cachorrinho Fido corria atrás deles na alta grama ondulante, rolava com eles sob as árvores e latia até ficar rouco, tentando imitar as risadas. Completamente exaustos, deitaram-se sob uma árvore florida, contemplando as montanhas de Hampshire. Imaginavam se algum dia sairiam mesmo pelo mundo, para lá daquelas montanhas, já homens grandes e expressivos. Fido não entendia nada. Espichado na grama, refrescando a língua nos trevos, dava tratos à bola tentando saber por que seus pequenos donos ficavam tão quietos de repente.

— Eu queria ser um homem grande — disse Abner, pesarosamente. — Quero ser alguém, fazer alguma coisa. É muito chato ficar sendo só menino esse tempo todo, só tendo companhia de meninos e meninas, só vendo essas mesmas árvores velhas e a mesma grama alta, só ouvindo as mesmas músicas dos passarinhos, um dia atrás do outro!

— É verdade — disse Seth —, eu também já cansei de ser menino pequeno. Quero sair logo pelo mundo, me tornar um homem como vovô, ou meu pai ou meus tios. Meus olhos já estão cansados de só olhar para essas montanhas distantes e o rio no vale; vou ficar muito feliz quando crescer e puder sair deste lugar bobo!

Se Fido pudesse compreender, certamente teria ralhado com eles, pois o cachorrinho amava aquela casa e nem lhe passava pela cabeça algum prazer maior que irromper pelo pomar e brincar com seus pequenos donos o dia inteiro. Mas Fido não os compreendia.

Os trevos os escutaram com tristeza. Se os meninos pudessem ouvi-los dizer com meiguice:

— Fiquem conosco quanto quiserem, meninos; podem nos pisotear com esses pezinhos alegres; deixem-nos sentir a pressão dessas cabeças cacheadas e beijar o bronzeado dessas bochechinhas. Amem-nos quanto puderem, pois quando partirem nunca mais voltarão.

A árvore florida também os ouvira e balançou os galhos grandes e fortes, como se tentasse acariciar os impacientes garotos, sussurrando:

— Não pensem em me deixar, ainda: vocês são crianças e nada sabem do mundo além dessas montanhas distantes. É cheio de problemas, cuidados e tristezas. Permaneçam aqui, neste lugar calmo, até estarem preparados para enfrentar as adversidades do mundo lá fora. Nós existimos para *vocês*, nós as árvores, a grama, os passarinhos, as abelhas e as flores. Fiquem morando conosco e absorvam a sabedoria que ensinamos.

O grilo no pé de framboesa escutou-os e cantou, ai!, tão triste:

— Vocês vão sair pelo mundo e nos deixar, e nem vão se lembrar de nós, até ser tarde demais para voltar. Abram seus ouvidos, meninos, e ouçam minha canção de descontentamento.

Assim falaram os trevos, a árvore e o grilo; e o mesmo aconteceu com o tordo em seu ninho na tília mais adiante, com o grande abelhão que morava num buraco na porteira do pasto, com a borboleta e com a rosa; todos suplicaram ao seu jeito. Mas os meninos não os levaram em consideração, tão intenso era o desejo de sair e se misturar ao vasto mundo, para lá das montanhas.

Muitos anos se passaram; finalmente, Seth e Abner ficaram adultos, e chegou a época de saírem pelo mundo e serem homens fortes e corajosos. Fido morrera há muito tempo. Fizeram para ele uma sepultura sob a árvore florida — sim, exatamente onde brincara com eles naquela tarde de agosto, agora Fido dormia em meio ao zumbido das abelhas e ao perfume dos trevos. Mas Seth e Abner não estavam pensando em Fido agora, nem tiveram um só pensamento para seus antigos amigos — a árvore florida, o trevo, o grilo, o tordo. Seus corações batiam exultantes! Homens feitos, iam para além das montanhas conhecer e experimentar o mundo.

Estavam equipados para a batalha, sem vaidade nem frivolidade, mas com o essencial para jovens bons e corajosos. A mãe gentil os advertira, o pai prudente os aconselhara e da natureza tinham absorvido grande sabedoria, sem a qual todo o conhecimento não tem valor. Assim, sentiam-se bastante fortalecidos. Atravessaram as montanhas e rumaram para o Oeste. Como era vasto e fervilhante o mundo — como era grande e movimentado o Oeste! Quanta pressa, barulho, confusão, efervescência e agitação na conquista das melhores terras. E os dois prosperaram. As advertências da mãe, os conselhos do pai, a sabedoria da grama, das flores e das árvores de muito lhes valeram, e eles prosperaram muito. Ganharam honras e riquezas, eram felizes. No meio disso tudo, pensavam tão raramente na casinha rodeada de montanhas, onde aprenderam as primeiras lições de vida!

Agora já eram velhos grisalhos. Moravam em mansões esplêndidas, honrados por todas as pessoas.

Um dia de agosto, um mensageiro taciturno veio à presença de Seth e chamou-o com um gesto.

— Quem é você? — exclamou Seth. — Que estranho poder você tem que só de vê-lo meu sangue gela e meu coração para?

Então o mensageiro tirou a máscara, e Seth viu que era a Morte. Seth não protestou; sabia o que o chamado significava e estava contente. Mas mandou chamar Abner.

Quando Abner chegou, Seth estava esticado na cama, com um olhar estranho e as faces inflamadas, vítima de uma febre fatal.

— Você não pode morrer! — gemeu Abner. Abraçou-se ao pescoço de Seth e chorou.

Mas Seth fez com que Abner sossegasse.

— Sente-se aqui ao meu lado e converse comigo — disse ele. — Vamos falar das montanhas de Hampshire.

Abner foi tomado por uma maravilhosa emoção. Escutou com reverência, e sua alma foi gradualmente invadida por uma doce paz.

— Estou preparado para a Morte — disse Seth — e partirei com ela hoje. Vamos falar da nossa infância, agora; depois de toda a batalha com o mundo cá fora, é tão agradável lembrar e falar na nossa meninice entre as montanhas de Hampshire!

— Continue falando, irmão querido — disse Abner.

— Estou pensando em um dia de agosto, há muito tempo — disse Seth, suave e solene. — Foi há *muito* tempo mesmo, mas parece que foi ontem. Nós estávamos no pomar, juntos, debaixo da árvore florida, e nosso cachorrinho...

— Fido — disse Abner, lembrando-se de tudo, voltando no tempo.

— Fido, você e eu, debaixo da árvore florida — disse Seth. — Nós tínhamos brincado tanto, estávamos tão cansados, a grama estava tão fresca e o perfume das flores era tão doce! Você se lembra, meu irmão?

— Ah, claro — respondeu Abner —, e lembro que nos deitamos entre os trevos e ficamos olhando para as montanhas distantes, pensando no mundo para lá delas.

— E enquanto pensávamos e ansiávamos — disse Seth — parecia até que a velha árvore florida estendia os braços meigos para nós, como se quisesse nos proteger do mundo além das montanhas.

— E eu lembro que os trevos sussurraram para nós, e até o grilo no pé de framboesa cantou para nós — disse Abner.

— O tordo também cantou na tília.

— É muito doce lembrar disso agora — disse Seth. — As montanhas estavam tão azuis, enevoadas, e a brisa vinha tão fresca do rio; o velho laguinho parecia uma lagoa de prata, desmaiando sob o sol de verão, para lá do pasto e do sorgo. E como era alegre a música dos passarinhos e das abelhas!

Assim, os dois velhos que foram meninos juntos falaram sobre a tarde de agosto quando Fido viera brincar no pomar e descansaram debaixo da árvore florida. A voz de Seth foi enfraquecendo e seus olhos ficaram, oh!, tão apagados; mas até o fim ele falou dos queridos velhos tempos, do pomar, dos trevos e das montanhas de Hampshire. E quando Seth adormeceu para sempre, Abner beijou os lábios do irmão, ajoelhou-se ao lado da cama e rezou como sua mãe tinha ensinado.

Da rua vinham o barulho das carroças, os gritos dos comerciantes e todo o alvoroço da cidade grande e agitada. Mas, olhando para o rosto de Seth, Abner só ouvia as vozes musicais dos passarinhos, dos grilos e dos ventos de verão, como os ouvira com Seth quando eram meninos e brincavam juntos, cercados pelas montanhas de Hampshire.

UMA PRECE PARA O LAR E A FAMÍLIA

Robert Louis Stevenson

Senhor, veja nossa família, aqui reunida. Nós Te agradecemos por este lugar onde moramos; pelas pessoas que nos unem; pela nossa paz no dia de hoje; pela esperança com que aguardamos o amanhã; pela saúde, pelo trabalho, pelo alimento e pelos céus claros, que tornam felizes as nossas vidas; e por nossos amigos em todo o mundo.

Que a Tua paz habite em nossa humilde companhia. Livra nossos corações do ressentimento. Dá-nos graça e força para mantermos o controle e a perseverança. Se nós ofendemos, dá-nos a graça de aceitar e perdoar aos que nos ofendem. Se nós esquecemos, ajuda--nos a tolerar com leveza o esquecimento dos outros.

Dá-nos coragem, alegria e serenidade mental. Protege nossos amigos e suaviza nossos inimigos. Abençoa, se for para o bem, nossos sonhos inocentes. Se não, dá-nos a força para enfrentar o que vier; que sejamos bravos frente ao perigo, constantes nas tribulações, temperados na indignação e em todas as mudanças da sorte; e até os portais da morte, que tenhamos lealdade e amor entre nós.

Como a argila para o oleiro, como o vento para o moinho, como filhos do Pai, rogamos a Ti essa ajuda e misericórdia, pelo amor do Cristo.

Pelo mundo afora

NÃO TARDA A CHEGAR a época de deixarmos a segurança do lar e nos aventurarmos mundo afora por nossa própria conta. De início, avançamos lentamente, pé ante pé, alcançando novos marcos sem nos darmos conta de que conduzem à independência — a primeira viagem ao outro lado da rua sem ninguém nos dando a mão, o primeiro dia de aula, o primeiro pernoite na casa de um amigo, o primeiro emprego nas férias, o primeiro rito de passagem na igreja ou no templo, e assim por diante até que, um belo dia, olhamos para trás e descobrimos que o lar ficou bem distante. Percebemos, num lampejo, que o mundo é vasto e, com frequência, pouco familiar. E a jornada está apenas começando. George Eliot registra o que os jovens certamente sentem nesse baque de reconhecimento: "Entraram pela mata espinhosa e os portões dourados da infância fecharam-se para sempre."

Este capítulo ajuda a nos prepararmos para essa época, auxiliando nos primeiros passos hesitantes, da soleira de casa para o mundo externo. As lições aqui oferecidas podem servir de guia ao escolhermos os caminhos certos; podem dar apoio e segurança aos nossos passos, neste mundo que nem sempre tem compaixão por passos em falso. A vida pode ser uma jornada rude e trabalhosa; o chão pode ser áspero, o ar pode ficar frio. Algumas lições ensinam a adquirir e manter os bons hábitos necessários para suportar a longa escalada. Por exemplo, há histórias sobre a observância do que dizemos, e como as boas maneiras podem nos levar mais longe. Descobrimos formas de encarar o dever, desempenhar tarefas e executar um bom trabalho. Observamos o valor de se controlar o apetite, o temperamento e o ego. Para aguentar a viagem inteira, vamos precisar dessas lições de autodisciplina e responsabilidade.

Nem todas as lições do mundo ensinam verdades morais, e nem todas as histórias deste capítulo ensinam virtudes morais. Viajando pela vida, precisamos também conhecer outras regras do jogo, relacionadas a certos mecanismos do mundo. Há questões muito complicadas, e nem sempre é suficiente ser bom: às vezes também é preciso ser *esperto*. Como diz o evangelho de Mateus, "sábios como serpentes, inofensivos como pombas". Para isso, algumas histórias aumentam nosso estoque de sabedoria prática, quotidiana, histórias que ilustram as virtudes intelectuais em ação. Descobrimos a importância de conhecer nossas forças e fraquezas — e as dos outros. Aprendemos a fazer bom uso do que ganhamos e conquistamos; a discernir entre o que é bom para nós e o que só vai nos trazer problemas; a questionar se uma luta vale a pena, ou perceber claramente que não. Compreendemos que há um tempo de pedir conselhos e um tempo de confiar no nosso próprio julgamento.

Às vezes, o mundo chega a ser um lugar perigoso. Encontramos todo tipo de estranhos, alguns gentis, outros não; é bom ficar de sobreaviso. Este capítulo traz histórias a respeito de gente que fica só esperando cairmos na armadilha. Conhecemos pessoas que querem tudo — incluindo o que é nosso — e fazem qualquer coisa para conseguir. Aprendemos algumas coisinhas sobre a honestidade e a desonestidade, e alguns indicadores para escolhermos o tipo certo de amigos. Descobrimos que as lições sobre a prudência são muito importantes, já que as virtudes nem sempre estão disponíveis em abundância.

Nossa jornada será um pouco mais suave e segura se nos armamos desses exemplos, que auxiliam a ver mais clara e sabiamente e, assim, a evitar o perigo. É claro que *faremos* jogadas erradas e *cairemos* em algumas armadilhas. Na verdade, adquirimos sabedoria e virtude a partir dos nossos próprios fracassos, tanto quanto dos nossos sucessos. Como se diz, quem nunca cometeu um erro também nunca fez uma descoberta. E, já que o mundo às vezes é um mestre severo demais, os exemplos deste capítulo podem ajudar a arrefecer os golpes. Pelo menos nos confortaremos sabendo que, se erramos, não estamos sozinhos. E a maioria dos erros não é fatal. Em quase todos os caminhos que escolhemos por engano, há um retorno à mesma encruzilhada para tentarmos de novo, um outro dia.

TROPICAL SOL DA LIBERDADE

Ana Maria Machado

Lena já tinha perdido as esperanças quando o avô puxou pela corrente de ouro o relógio, que ficava no bolsinho junto ao cós das calças, bem na frente, e que ele chamava de algibeira. Imperturbável, como se não tivesse ouvido a discussão em que a menina insistia, quase chorando, frente ao tio e aos primos. Olhou as horas. Apoiou as costas do relógio na palma da mão esquerda enquanto dava corda com a direita, girando para lá e para cá um pininho no cocuruto do círculo de ouro. Não dizia uma palavra, não olhava para o filho e para os netos, só para o mostrador branco com seus números em algarismos romanos, até o quatro, que era IIII e não IV como se aprendia na escola. Mas apesar do silêncio, Lena sentia a iminência. Como a gente sente que vai desabar uma tempestade de verão momentos antes dos primeiros pingos liberarem o cheiro da terra. E ficou esperando. Vinha o ponto final. Depois que o avô falasse, ninguém mais ia discutir. E ela ia ter que dar boa-noite e guardar as lágrimas para o travesseiro e a escuridão. Não ia dar àqueles homens todos o gostinho de rirem dela e dizerem que era uma menina chorona. Aí mesmo é que nunca iriam deixar que ela fosse andar na mata com eles.

— Está na hora de ir deitar — o velho falou, guardando o relógio outra vez. — Amanhã temos que sair muito cedo. Você também, Helena Maria, se quer tanto ir conosco já devia estar na cama. Não vou chamar ninguém duas vezes.

— Boa noite, tio. A bênção, vovô — foi tudo o que a menina conseguiu dizer, com o coração batendo forte da emoção.

(...) Ainda estava escuro quando saíram e foram para a praia do Rio Grande onde dois caboclos já os esperavam com a canoa pronta. Lena se ajeitou no fundo da canoa, perto das pernas do avô, que ia num assento, e ficou bem quieta. Mesmo sendo moradora da cidade grande, não via grandes mistérios nessa viagem de canoa por ali. Todas as férias vinha até a cidadezinha à beira-rio que naquele tempo era bem pequena e nem tinha ponte. As férias mesmo eram na casa da praia, mas sempre havia uma viagem de alguns dias até a fazenda no interior, para os adultos verem o cacau. E para chegar à fazenda, era preciso pernoitar na cidade pequena, depois da travessia em balsa. Ou canoa, quando a fila de caminhões era muito grande e o tio mandava um motorista para ficar na espera e uma canoa para transportar as pessoas. Uma canoa dessas com o monograma dos tios pintado no casco, igual ao gado marcado no curral ou às toalhas bordadas no banheiro. Canoa funda e fina, cavada dentro de um tronco só, atravessando o Rio Grande bem depressa com seu motor de popa, cruzando com tantas outras que passavam carregadas de gente, no dia que amanhecia com seus clarões por detrás da mata. E que, mesmo com sol a pino, ia continuar o dia todo, de uma margem para outra, de um cais rústico para um barranco de tabatinga, rio acima ou rio abaixo, levando gente pra lá e pra cá.

(...) Num instante ia começar a melhor parte do passeio. Pelo menos até onde Lena sabia. O Rio Pequeno. Na mata, ela nunca tinha ido a pé, não sabia como podia ser. Mas o Rio Pequeno era uma de suas paixões. Por ele, ela já subira várias vezes, quando havia tempo ou não havia carro e tinham que fazer seu percurso inteirinho, mais de duas horas, até chegarem à fazenda, às margens da Lagoa Nova onde ele nascia. E de cada vez Lena gostava mais, tinha vontade de que a viagem demorasse, que aquela beleza fosse eterna. Feliz para sempre devia ser alguma coisa parecida com a subida de canoa pelo Rio Pequeno. E já ia começar.

A embarcação ia encostando na margem do Rio Grande e de repente entrava pela boca do Rio Pequeno. Tudo mudava de um momento para outro. Desligavam o motor de popa e acabava o tu-tu-tu constante que os acompanhara desde que tinham entrado na canoa. A força e a velocidade das águas diminuíam tanto e tão subitamente que no primeiro momento até parecia que estava tudo parado. E, de certo modo, estava mesmo. Mas por pouco tempo, só enquanto não se acostumava com o novo ritmo e começavam a remar e subir as novas águas, mais lentas, em seu leito preguiçoso, mas raso e bem estreito, cheio de curvas manhosas que obrigavam os canoeiros a uma atenção constante. Em alguns trechos mais fundos, até dava para ligarem o motor novamente, em velocidade baixa e cuidadosa. Mas havia outros trechos em que os bancos de areia e o desenho sinuoso das margens forçavam os caboclos a viajarem em pé, apoiando os remos no fundo como se fossem patas finas de um estranho animal de casco para baixo e ventre ao sol, que se amparasse na terra para impulsionar seu avanço, na água, quase aos arrancos. Como homem que rastejasse de bruços, apoiado nos cotovelos, silencioso até surpreender alguém.

(...) Os encantos do Rio Pequeno eram infinitos, Lena nunca conseguiria lembrar de todos. Mas seu conjunto era uma festa dos sentidos, única, incomparável. Brincando com os dedos na água fria sobre a borda da canoa que deslizava, salpicando o rosto com gotas do rio, vendo, ouvindo, cheirando e sentindo na pele tudo o que conseguia perceber, a menina se desligara dos primos e do tio, do mundo das pessoas que dão ordens e contrariam os desejos. Mesmo sem saber ainda que as marcas do Rio Pequeno em sua memória iam um dia ajudar a tecer a mulher cosmopolita que ela iria inventar, a pequena Helena Maria de Andrade estava naquele momento inteiramente entregue à difícil arte de ser feliz para sempre.

Com um solavanco, a canoa parou. Um dos canoeiros pulou sobre um tronco na margem e puxou com as duas mãos a grande árvore escavada onde todos viajavam. Todo mundo começou a falar ao mesmo tempo:

— Cuidado! Segure aí!

— Finca o remo bem firme no fundo, olha aí! Não deixe a correnteza levar.

— Senta, menino!

— Oi, quase!

— Senta, já falei! Calma!

— Me passe aí essa sacola...

— Me dê a mão, vamos!

Em pouco tempo a canoa estava descarregada e seus ocupantes em terra firme. Depois de breves despedidas, os canoeiros impulsionaram a embarcação para longe da margem e lá se foram rio abaixo, caminho de volta. Pai e filho ficaram na beirada da mata com as quatro crianças e um caboclo. Agora iam cortar caminho por um trecho da floresta e entrar pelos fundos na plantação de cacau. Para a menina, começava a aventura.

Lena já tinha entrado no mato várias vezes. Com o avô mesmo. Com o pai ou com tios e primos. Ia aos poucos aprendendo as regras básicas de orientação, a acompanhar a posição do sol, observar pontos de referências, decifrar as indicações simples que outros caminhantes tinham deixado — uma marca a facão no tronco de uma árvore, um galho quebrado apontando numa direção, duas folhas de palmeira em *x* fechando um caminho numa encruzilhada. Sabia alguma coisa de andar no mato, embora nunca tivesse ido sozinha. Mas na mata nunca entrara.

(...) Lena andava olhando para o chão, com cuidado para não pisar numa cobra, não tropeçar numa raiz, não esbarrar num toco, não esmagar um formigueiro. Durante o primeiro trecho, mal ousou olhar para cima, só captou uma sensação geral. Ia de olhos presos no chão, se esforçando para não ficar para trás e não fazer nada errado, para que os primos não rissem dela, preocupada em manter o passo. Mal reparava, de vez em quando, nos diferentes cogumelos e orelhas-de-pau em algum tronco, ou na profusão de teias de aranha com insetos presos. Depois foi acostumando melhor, ficando mais à vontade. E não precisava mais se preocupar em andar depressa porque todos estavam mesmo indo em caminhada mais vagarosa, pois passavam por um trecho em que a picada era menos percorrida e já começava a se fechar de novo. De quando em quando era preciso abri-la um pouco a golpes de facão, e todos esperavam os gestos certeiros e fundadores do caboclo que ia na frente da fila. Em seguida passava o avô, segurando um ou outro galho com cuidado para que não batesse no rosto da menina, que o seguia bem de perto. Vez por outra, uma recomendação:

— Olha o buraco!

Ou:

— Cuidado com o toco!

Ela prestava atenção, evitava o obstáculo e se virava ligeiramente para trás, a fim de repetir o aviso para Carlos Eduardo, que vinha em seguida e ia passando o recado para os irmãos e para tio Vicente, que fechava o grupo.

Ninguém falava muito, só o essencial, enquanto as respirações iam ficando mais fortes. A mata impunha também seu silêncio, feito de sons incessantes, gritos de pássaros, canto de cigarras, zumbido de insetos, estalar de galhos, ruído de vento nas folhas, barulho de alguma coisa que despenca do alto de uma árvore. O calor também aumentava, apesar da sombra quase fechada. A camisa grudava no corpo, o suor escorria na testa e ardia no olho. Calor úmido, pesado, habitado de picadas de mosquitos, borrachudos, maruins, pernilongos, muriçocas, deviam estar todos reunidos na mata, impossível imaginar que faltasse algum. De repente, o avô disse, em voz meio baixa e rápido, ela mal ouviu:

— Aquela ali é uma catleia.

Lena seguiu com o olhar e viu uma orquídea branca linda, num galho alto da árvore. Quase pediu para levar para casa. Mas viu que estava alto, desconfiou que não devia interromper a caminhada, percebeu de repente que o tom de voz do avô tinha sido quase de quem conta um segredo, teve medo de que o tio e os primos dissessem que ela ia atrasar o trabalho para apanhar florezinhas. E ficou orgulhosa de si mesma, compreendeu que tinha crescido naquele momento, que não seguiu seu impulso mas foi capaz de ver a orquídea branca, admirar a beleza dela e guardar dentro de si tudo o que pensou e sentiu, calada no silêncio geral.

Mais adiante, a picada rodeava um tronco imenso, o maior que Lena já vira ou ia ver em sua vida. O avô parou, levantou o braço esquerdo e disse:

— Alto!

Ele estava era mandando parar, mas a menina achou que era para olhar para o alto. Revirou o pescoço bem para trás e olhou. Quase ficou tonta. O tronco imenso subia até quase se perder de vista, na copa gigantesca. Perto dele, todas as grandes árvores da floresta, imensas, ficavam pelo meio do caminho, feito qualquer árvore de cidade, plantada em calçada. Nem dava para ver inteira, com os galhos de árvores menores tapando a visão. Ficaram todos parados, sem fala, olhando para cima. Depois o avô apresentou:

— É um jequitibá. O rei da mata.

Lena achou que era mais que um rei. Um deus. Se alguém um dia conseguisse subir nele devia chegar ao céu. E, lá de cima, ver tudo — a mata inteira, o Rio Pequeno, o Rio Grande, o mar bem lá longe, todas as cidades, os aviões pequeninos voando lá embaixo, a curva do mundo.

— Imponente. Parece uma catedral — comentou tio Vicente.

Palácio, castelo, catedral, igreja, alguma coisa assim. E os raios de sol que furavam aquele telhado de folhas e conseguiam vir cá para baixo eram tão poucos, tão definidos, fios retos de luz brilhante, igualzinho às ilustrações do missal da primeira comunhão, mostrando Deus na Eucaristia. Vai ver que aquela árvore chegava mesmo no céu, uma porta de entrada. Na certa lá de cima se ouviam os anjinhos cantando.

— Três homens não abraçam seu tronco — disse o avô.

Deu alguns passos à frente e se encostou na árvore, de braços abertos. Tio Vicente e o mateiro fizeram o mesmo e deram as mãos a ele, um de cada lado, como se fossem brincar de roda, três homens grandes que de repente ficavam tão pequeninos numa ciranda-cirandinha com o rei da mata. E não conseguiam rodear a árvore.

— Venham vocês também — chamou o tio, estendendo o braço em direção a Lena.

As crianças se aproximaram, com dificuldade, pelo meio das raízes. Tio Vicente segurou com firmeza a mão de Lena e ela achou bom, como se ele nunca implicasse e fosse um amigo que tomava conta dela. Pelo outro lado, Luís Carlos agarrou com firmeza o pulso da prima, e ela fez o mesmo no dele, numa vontade de nunca se separarem, na sombra do jequitibá. Só assim, com Zé Roberto e Carlos Eduardo emendando a roda até o mateiro, é que conseguiram contornar a árvore. E ficaram um instante parados, de mãos dadas, no calor da floresta, encostados no tronco e nas raízes, afundando os pés em folhas secas, em silêncio como se rezassem.

— Eta, bichão! — exclamou tio Vicente, rompendo o encanto.

Todos se soltaram as mãos e voltaram à fila indiana anterior, para seguirem pela floresta. Antes de continuarem a jornada, o avô ainda deu uma última olhadela em direção à árvore e disse uma coisa misteriosa, que Lena não conseguiu entender:

— Essa árvore devia se chamar Machado de Assis...

Era o nome da escola onde a menina estudava, e ela não conseguia entender por que devia ser nome de árvore. Uma árvore tão importante com nome de machado, era mesmo muito esquisito... Não dava para compreender e ela nunca perguntou. Mas também nunca mais esqueceu. E muitos anos mais tarde, quando de repente lembrou e percebeu o sentido do comentário, teve que sorrir, com as artes da memória que inesperadamente lhe transmitiam uma opinião do avô, então já morto. Mas ali, no meio da mata, quando ouviu a frase, foi só um mistério a mais, numa manhã já tão cheia de emoções.

Continuaram andando sem muita conversa. Lena começava a sentir um certo cansaço e a misturar um pouco as sensações e descobertas, destacando pouca coisa da impressão geral do encantamento de estar na mata. Viu um pássaro de bom tamanho, papo amarelo, brilhante, penugem arrepiada no alto da cabeça, apoiado na vertical no tronco de uma árvore. Mostrou:

— Olha ali um pica-pau, vô.

— Não. É um japu, ou japira. Também há quem chame de japim. Este ainda é pequeno.

Lena ficou esperando que o avô dissesse mais alguma coisa, completasse a aula, como ele costumava fazer. Por exemplo, dizendo se o pássaro cantava bem (às vezes, até imitando o canto ou pio), se comia frutas, se fazia ninho em algum tipo especial... Mas nada. Parecia que nesse dia o velho não estava muito para conversas. Talvez fosse porque na mata a gente não pode se distrair. Talvez fosse por causa dos primos e do tio, para não acharem que ele ficava conversando de florzinha e passarinho com menina. Lena estranhava.

De repente, mais uma vez, o avô levantou o braço esquerdo enquanto parava e dizia:

— Alto!

Mas desta vez ela nem pensou em olhar para cima, tão ocupada estava, vendo o que havia à frente deles. Um riozinho menor ainda que o Rio Pequeno, correndo, escondido por entre pedras e galhos no fundo de um barranco com suas águas muito claras. Pequeno, mas lá embaixo, não dava para descer ou passar para o outro lado. De uma margem a outra, um grande tronco caído era a única passagem possível para se conseguir atravessar. O caboclo pisou no começo da ponte improvisada, primeiro com cautela, depois balançando o corpo, como se estivesse experimentando a resistência. Aprovou:

— Podem passar, doutor, que a pinguela está firme.

Passar por ali? Lena ficou com medo. O tronco parecia tão estreito, tão roliço, tão liso... Só macaco podia andar por ali sem cair. Lá embaixo, o riozinho corria. Devia ser mais alto do que a goiabeira onde ela costumava subir, no quintal da casa do avô... E cheio de pedras, numa água gelada, no meio da mata, quem sabe se não tinha jacarés? Deu vontade de desistir, chorar, acordar, qualquer coisa que a livrasse de ter que atravessar aquele abismo passando pela tal pinguela.

— Acho que seria melhor nós desviarmos um pouco rio acima, até o vau. Para as crianças, é mais seguro... Ainda mais com essa aí... É preferível perdermos um pouco de tempo e atravessar em outro lugar. Bem que eu não queria trazer essa menina, mas já que ela veio... Não tem outro jeito.

Desta vez, a voz do tio Vicente trouxe um alívio para Lena. Vinha com a implicância de sempre, que ela odiava, mas lhe dava a esperança de não ter que passar por ali.

O avô, porém, tinha um ar de quem não ouvia nada. Continuava caladão como tinha estado a manhã inteira. Sentou no pedaço em que o tal tronco ou pinguela se apoiava na margem, bem na beira do barranco, como se fosse descansar. Começou a afrouxar os cadarços das botinas. Será que o sapato estava apertando e ele ia aproveitar para dar uma folga aos pés? Lena olhava, sem saber o que ia acontecer em seguida, dividida entre o medo e a curiosidade.

— Tire as botas e as meias.

A ordem do velho foi seca, num tom que não admitia perguntas. Lena sentou-se ao lado dele e, num instante, estava descalça. No mesmo tom, ele deu nova ordem ao mateiro:

— Leve isso para nós até o outro lado.

E, mudando a voz, naquele ar meio de segredo com que tinha mostrado a orquídea lá atrás, voltou-se para a neta:

— Abra os pés ligeiramente. Como o relógio às dez para as duas. Não se preocupe com o rio lá embaixo, nem olhe para ele. Faça de conta que o tronco está todo apoiado no chão. É muito fácil: é só não pensar no perigo, ver onde pisa e olhar para a frente, aonde você quer chegar.

Ela arregalou os olhos, sentiu o coração bater forte, *cutum-cutum-cutum*, como se fosse sair pela boca ou pelos ouvidos. Mas nem dava tempo para pensar nada. O velho já começava a atravessar pela pinguela, em direção ao caboclo que o esperava do outro lado, com os sapatos deles nas mãos. Se ela não fosse rápida, corria o risco de ficar para trás, longe do avô, no meio daqueles implicantes. Reparou bem nos movimentos do velho, pisou na pinguela e fez o mesmo. E lá se foi, pés ligeiramente abertos, braços estendidos para os lados, um passo depois do outro, a cada quatro batidas do tambor do coração, *cutum-cutum-cutum-cutum*, cada vez mais longe dos primos, cada vez mais perto do avô, que a cada passo dela desenhava mais nítido um começo de sorriso no rosto, por debaixo do bigode ralo e grisalho. A menina olhava para ele, para onde ia chegar, os olhos azuis que se adoçavam por detrás das lentes dos óculos, os braços que se abriam para acolher a neta quando ela conseguisse, *cutum-cutum-cutum-cutum*, outro passo, chegar até o outro lado. E ela não via o rio embaixo, só prestava atenção na casca lisa da árvore caída e levantava os olhos, *cutum-cutum-cutum-cutum*, a cada novo passo, em direção ao velho tenso e quase sorridente na outra margem, dava até para ouvir o pigarro dele apesar de toda a gritaria de tio Vicente que ficava para trás:

— Papai, desta vez o senhor exagerou! O senhor vai me desculpar, mas isso é uma irresponsabilidade! Ela não vai conseguir! Helena Maria, volte já! Não, não volte! Fique aí parada até alguém ir lhe buscar! Abaixe-se! Monte no tronco, vamos, uma perna de cada lado, é mais fácil! Vamos, Helena Maria, não seja teimosa!

Já passou da metade, *cutum-cutum-cutum-cutum*, mais um, é muito fácil, o avô disse. É só ver onde pisa, *cutum-cutum-cutum-cutum*, e saber aonde quer chegar.

— Isso, Helena Maria, muito bem, já está chegando, falta pouco.

No fim, quase na margem, *cutum-cutum-cutum-cutum*, mais um passo e um ligeiro saltito, quase uma corridinha para o colo do avô que a abraçou e só disse:

— Gostei de ver. Agora, calce as botas.

— Essa menina é uma danadinha, hein, doutor?

O comentário do mateiro ficou sem resposta. O velho já estava de cabeça baixa, ocupado em se calçar novamente, ao lado da neta. Nem levantou a vista para ver por que começava uma choradeira na outra margem do rio, uma gritaria confusa. Lena também tentou não olhar, mas não aguentava. Meio disfarçadamente, reparou e viu que Carlos Eduardo insistia em atravessar já e os irmãos não queriam. O tio dava ordens desencontradas. Acabou dando um berro:

— Chega! Está resolvido! Atravessamos aqui. Eu vou primeiro e vocês olham para ver como é.

Mas nem assim eles atravessaram logo. Lena e o avô já estavam prontos, ao lado do caboclo, esperando, enquanto a discussão e a hesitação continuavam na outra margem.

— Veja, Helena Maria, ali está outra orquídea. Esta é uma laélia — mostrou o avô. — Quer levar? Dá para pegar...

Nem precisava responder. O brilho dos olhos dela falava sozinho. O avô levantou os braços, retirou com cuidado a planta que se apoiava numa forquilha pouco acima de sua cabeça. Continuou, animado, exibindo nas mãos aquele amontoado de raízes, as folhas carnudas, o conjunto de três flores lilás, meio rosadas, com um roxo intenso no meio:

— Veja bem, esta orquídea é uma epífita. Quer dizer, cresce sobre um galho de árvore. Mas não é parasita, não se alimenta da seiva de outra planta. As raízes são aéreas, retiram do ar o alimento de que necessitam.

— As pétalas delas são lindas... — admirou a neta, encantada.

— Nem todas são pétalas, veja bem — ensinou o velho. — Toda orquídea tem apenas três pétalas, estas duas aqui e mais esta no meio, que sofre uma modificação, se enrola em volta do órgão reprodutor e se chama labelo. Essas outras três, que parecem pétalas, na verdade são sépalas, pois o cálice se abre nas orquídeas e elas adquirem a mesma coloração das pétalas.

— Labelo... — repetiu Lena, saboreando a palavra. Era mesmo belo, fácil de lembrar.

— Aqui, veja... — continuava o avô. — Veja bem... Dentro do labelo... temos a coluna, o órgão reprodutor. Repare como é longo e estreito. Devido à sua forma, o agente polinizador ideal para uma orquídea é o beija-flor. É por isso que orquídeas e colibris convivem tão bem nesta mata.

Na outra margem do rio começava a travessia. Enfileirados, como num trenzinho, lá vinham os quatro, sentados, montados na pinguela, agarrando o tronco liso com firmeza e se impulsionando com as mãos. Ajudavam com as pernas e a bunda ia andando bem devagarzinho para a frente. Primeiro, Carlos Eduardo. Em seguida os irmãos. No fim, bufava o tio Vicente. Mas Lena mal teve tempo de ver a cena. O avô já virava as costas para o riacho, dizendo:

— Vamos!

Seguiram mais um pouco pela picada, um atrás do outro. Desta vez, o velho, a menina e o caboclo. Os outros ficavam para trás. Pouco adiante, a mata cedeu lugar à plantação de cacau, mantida à sombra das grandes árvores remanescentes da floresta. Mas a paisagem na altura dos olhos não tinha mais aquela emaranhada diversidade de antes. Isso a menina também já conhecia, não tinha mais novidade, apesar de sua beleza: os frutos de ouro grudados nos troncos, as folhas novas rosadas, a sombra amena, o cheiro doce, o tapete mais macio do mundo, de folhas secas em camadas e mais camadas úmidas, se desmanchando. No espaço mais amplo que se abria, o avô retardou o passo e deixou que a neta emparelhasse com ele. Estendeu-lhe a orquídea.

— Tome. Quando chegarmos em casa, peça à sua avó para ajudar e amarramos a laélia em alguma árvore do jardim. Nem precisa ser árvore grande. Talvez aquele pé de manacá perto do portão. Assim você fica sempre com uma lembrança deste dia.

Lena abraçou a orquídea com o braço direito, como se pegasse um filhote de cachorro ou uma boneca no colo, com firmeza e com cuidado. Sentiu em sua mão esquerda a mão do avô, de articulações nodosas, veias azuis saltadas e pele bem fina. De mãos dadas, sessenta anos entre eles, seguiram os dois pisando a maciez das folhas de cacau. Beijando o rosto da menina, as cores da laélia. Lembrança daquele dia. Como se fosse necessário. Como se a lembrança corresse algum risco. Como se a memória não fosse durar muito mais que o avô, a orquídea, o pé de manacá, o jardim onde eles foram plantados. Mais que a fazenda de cacau, a mata e a pinguela. Mais até, que dor!, do que o jequitibá, com toda a sua realeza e divindade, incapazes de impor respeito às queimadas devoradoras de vida e fabricantes de pastos, onde orquídeas e beija-flores desapareceram, pacas e capivaras não bebem mais água, veados não se banham mais e os pequenos rios desviaram seus cursos para dentro da memória, nascendo no coração, *cutum-cutum-cutum-cutum*, e irrigando as palavras enquanto elas não se deixarem matar, em toda a sua fragilidade, tentando se equilibrar na pinguela, tão simples, tão fácil, é só a gente ver onde pisa, *cutum-cutum-cutum-cutum*, e saber aonde quer chegar.

No alto da árvore, visível pelo meio das folhas, a cambaxirra ainda cantava. Lena sentiu um arrepio. Esfriava um pouco na sombra, a pele estranhava o vento que ficava mais forte e sacudia bastante os galhos da amendoeira. Como um poeta romântico desafiando os raios em noite de tempestade, ela teve vontade de testar o imponderável.

Consultar oráculos, tentar decifrar augúrios no voo das aves. Ou no vento em sua amendoeira. Oferecia a si mesma em sacrifício. Pedia um sinal. Uma folha velha que despencasse, um galho que estalasse, um ramo que se partisse em cima dela. Mas talvez a brisa fosse ainda fraca demais, apesar de parecer mais fresca. E a árvore se limitou a despetalar ramos de florezinhas miúdas e brancas em seu colo. Resposta? Augúrio? Impossível saber ao certo. Amália interrompia seus pensamentos chamando:

— Minha filha, venha tomar o café! Está esfriando...

Em cima da mesa, a fileira de vidrinhos de remédio a esperavam também. E, de repente, decidiu. Diminuiu a dose de todos eles, em silêncio, sem dizer nada à mãe. E resolveu ir até o fim. Voltar para casa. Para *sua* casa. Para cair no seu canto quando voltasse a perder o equilíbrio. Perto do clínico que prometera acompanhá-la. E perto de Alonso, se ele se dispusesse a isso. Ou sem ele, se fosse o caso.

Só disse:

— A que horas tem avião para eu voltar?

— Às dez — informou Amália, meio surpresa.

— Você podia telefonar e ver se tem lugar, enquanto eu faço a mala?

Tinha. Arrumou os papéis todos no fundo da sacola. As poucas roupas por cima. Num instante estava pronta. Quando iam fechando a casa, Amália a olhou de perto e disse:

— Mas você vai assim, desse jeito? Está muito esquisito.

— O que é que tem?

— Seu cabelo está com uns sujinhos, cisco de alguma coisa, deixa eu botar os óculos para ver melhor...

E depois:

— Vá passar uma escova, Lena. Sua cabeça está cheia de flor de amendoeira.

A mulher respondeu, num meio sorriso:

— Pode deixar, por dentro também está.

Deu as costas para a casa, sólida e ensolarada. Pendurou a sacola no ombro e, mancando ligeiramente, caminhou em direção ao automóvel que a levaria para o aeroporto. Tão simples, tão fácil, o coração continua, *cutum-cutum-cutum-cutum*; é só a gente ver onde pisa, *cutum-cutum-cutum-cutum*, e saber aonde quer chegar.

MANUELZÃO E MIGUILIM

Guimarães Rosa

De repente lá vinha um homem a cavalo. Eram dois. Um senhor de fora, o claro da roupa. Miguilim saudou, pedindo a bênção. O homem trouxe um cavalo cá bem junto. Ele era de óculos, corado, alto, com um chapéu diferente, mesmo.

— Deus te abençoe, pequeninho. Como é teu nome?

— Miguilim. Eu sou irmão do Dito.

— E seu irmão Dito é o dono daqui?

— Não, meu senhor. O Ditinho está em glória.

O homem esbarrava o avanço do cavalo, que era zelado, manteúdo, formoso como nenhum outro. Redizia:

— Ah, não sabia, não. Deus o tenha em sua guarda... Mas, que é que há, Miguilim?

Miguilim queria ver se o homem estava mesmo sorrindo para ele, por isso é que o encarava.

— Por que você aperta os olhos assim? Você não é limpo de vista? Vamos até lá. Quem é que está em tua casa?

— É Mãe, e os meninos...

Estava Mãe, estava Tio Terêz, estavam todos. O senhor alto e claro se apeou. O outro, que vinha com ele, era um camarada. O senhor perguntava à Mãe muitas coisas do Miguilim. Depois perguntava a ele mesmo: "Miguilim, espia daí: quantos dedos da minha mão você está enxergando? E agora?"

Miguilim espremia os olhos. Drelina e a Chica riam. Tomezinho tinha ido se esconder.

— Este nosso rapazinho tem a vista curta. Espera aí, Miguilim...

E o senhor tirava os óculos e punha-os em Miguilim, com todo o jeito.

— Olha, agora!

Miguilim olhou. Nem não podia acreditar! Tudo era uma claridade, tudo novo e lindo e diferente, as coisas, as árvores, as caras das pessoas. Via os grãozinhos de areia, a pele da terra, as pedrinhas menores, as formiguinhas passeando no chão de uma distância. E tonteava. Aqui, ali, meu Deus, tanta coisa, tudo... O senhor tinha retirado dele os óculos, e Miguilim ainda apontava, falava, contava tudo como era, como tinha visto. Mãe esteve assim assustada; mas o senhor dizia que aquilo era do modo mesmo, só que Miguilim também carecia de usar óculos, dali por diante. O senhor bebia café com eles. Era o doutor José Lourenço, do Curvelo. Tudo podia. Coração de Miguilim batia descompassado, ele careceu de ir lá dentro, contar à Rosa, à Maria Pretinha, à Mãitina. A Chica veio correndo atrás, mexeu: "Miguilim, você é piticego..." E ele respondeu: "Donazinha..."

Quando voltou, o doutor José Lourenço já tinha ido embora.

— Você está triste Miguilim? — Mãe perguntou. Miguilim não sabia. Todos eram maiores do que ele, as coisas reviravam sempre dum modo tão diferente, eram grandes demais.

— Pra onde ele foi?

— A foi pra a Vereda do Tipã, onde os caçadores estão. Mas amanhã ele volta, de manhã, antes de ir s'embora para a cidade. Disse que, você querendo, Miguilim, ele junto te leva... — O doutor era homem muito bom, levava o Miguilim, lá ele comprava uns óculos pequenos, entrava para a escola, depois aprendia ofício. Você mesmo que ir?

Miguilim não sabia. Fazia peso para não soluçar. Sua alma, até ao fundo, se esfriava. Mas Mãe disse:

— Vai, meu filho. É a luz dos teus olhos, que só Deus teve poder para te dar. Vai. Fim do ano, a gente puder, faz a viagem também. Um dia todos se encontram...

E Mãe foi arrumar a roupinha dele. A Rosa matava galinha, para pôr na capanga, com farofa. Miguilim ia no cavalo Diamante — depois era vendido lá na cidade, o dinheiro ficava para ele. — "Mãe, é o mar? Ou é para a banda do Pau-Roxo, Mãe? É muito longe?" "Mais longe é, meu filhinho. Mas é do lado do Pau-Roxo não. É o contrário..." A Mãe suspirava suave.

— "Mãe, mas por que é, então, para que é que acontece tudo?!"

"— Miguilim, me abraça, meu filhinho, que eu te tenho tanto amor..."

Os cachorros latiam lá fora; de cada um, o latido, a gente podia reconhecer. E o jeito, tão oferecido, tão animado, de que o Papaco-o-Paco dava o pé. Papaco-o-Paco sobrecantava: "*Mestre Domingos, que vem fazer aqui? Vim buscar meia-pataca, p'ra beber meu parati...*" Mãe ia lavar o corpo de Miguilim, bem ensaboar e esfregar as orelhas, com bucha. — "Você pode levar também as alpercatinhas do Dito, elas servem para você..."

No outro dia os galos já cantavam tão cedinho, os passarinhos que cantavam, os bem-te-vis de lá, os passo-pretos: — *Que alegre é assim... alegre é assim...* Então. Todos estavam em casa. Para um em grandes horas, todos: Mãe, os meninos, Tio Terêz, o vaqueiro Salúz, o vaqueiro Jé, o Grivo, a mãe do Grivo, Siarlinda e o Bustiquinho, os enxadeiros, outras pessoas. Miguilim calçou as botinas. Se despediu de todos uma primeira vez, principiando por Mãitina e Maria Pretinha. As vacas, presas no curral. O cavalo Diamante já estava arreado, com os estrivos em curto, o pelego melhor acorreado por cima da sela. Tio Terêz deu a Miguilim a cabacinha formosa, entrelaçada com cipós. Todos eram bons para ele, todos do Mutum.

O doutor chegou. — "Miguilim, você está aprontado? Está animoso?" Miguilim abraçava todos, um por um, dizia adeus até aos cachorros, ao Papaco-o-Paco, ao gato Sessões que lambia as mãozinhas se asseando. Beijou a mão da mãe do Grivo. — "Dá lembrança a seo Aristeu... Dá lembrança a seo Deográcias..." Estava abraçado com Mãe. Podiam sair.

Mas, então, de repente, Miguilim parou em frente do doutor. Todo tremia, quase sem coragem de dizer o que tinha vontade. Por fim, disse. Pediu. O doutor entendeu e achou graça. Tirou os óculos, pôs na cara de Miguilim.

E Miguilim olhou para todos, com tanta força. Saiu lá fora. Olhou os matos escuros de cima do morro, aqui a casa, a cerca de feijão-bravo e são-caetano; o céu, o curral, o quintal; os olhos redondos e os vidros altos da manhã. Olhou, mais longe, o gado pastando perto do brejo, florido de são-josés, como um algodão. O verde dos buritis, na primeira vereda. O Mutum era bonito! Agora ele sabia. Olhou Mãitina, que gostava de o ver de óculos, batia palmas-de-mão e gritava: — "*Cena, Corinta!...*" Olhou o redondo de pedrinhas, debaixo do jenipapeiro.

Olhava mais era para Mãe. Drelina era bonita, a Chica, Tomezinho. Sorriu para Tio Terêz: — "Tio Terêz, o senhor parece com Pai..." Todos choravam. O doutor limpou a goela, disse: — "Não sei, quando eu tiro esses óculos, tão fortes, até meus olhos se enchem d'água..." Miguilim entregou a ele os óculos outra vez. Um soluçozinho veio. Dito e Cuca Pingo-de-Ouro. E o Pai. *Sempre alegre, Miguilim... Sempre alegre, Miguilim...* Nem sabia o que era alegria e tristeza. Mãe o beijava. A Rosa punha-lhe doces de leite nas algibeiras, para a viagem. Papaco-o-Paco falava, alto, falava.

OS CINCO ANJINHOS QUE PERDERAM AS ASAS

Mary Stewart

Cinco anjinhos se empoleiravam no balcão dourado do Paraíso, espiando curiosos o mundo lá embaixo.

— Olhem, ele brilha à luz do sol, como uma bola de fogo! — gritou um deles.

— Olhem, ele dança em roda, assim... — exclamou um outro, saltando do balcão e voando em círculo.

— Vejam que cores alegres, parecem pedacinhos de arco-íris! — gritou o terceiro anjinho. — Devem ser as flores da Terra. Eu gosto mais delas do que destas flores do Paraíso, todas só douradas ou prateadas!

— Estão vendo aqueles pontinhos brancos? — perguntou o quarto anjinho. — Santa Joana d'Arc me contou que são rebanhos de carneiros. Ela disse que eles são tão mansinhos! Ela cuidava deles quando era pastora, lá na Terra.

— Escutem! Escutem só! — gritou o quinto anjinho. — Nós nunca ouvimos esse som aqui no Paraíso! O que será?

Todos escutaram, estranhando, as carinhas de anjo cada vez mais intrigadas.

Era o som de um menininho chorando.

— Oh, vamos voar direto lá para baixo para consolar! — gritou um deles.

— É, vamos contar que o Céu é bem pertinho e os anjos estão sempre tomando conta! E vamos levar uma estrelinha de presente! — sugeriu outro.

— Mas nós não temos pés, não íamos conseguir andar pela Terra, nem o menino ia saber como brincar com a gente — objetou o terceiro anjinho.

— Olhem! — gritou o quarto anjinho. — Está ficando escuro na Terra, as nuvens escondendo as estrelas. Acho que tem muitas crianças com medo ou sozinhas, escutem só!

Os soluços e choramingos de muitas crianças subiam até seus ouvidos. Talvez as crianças felizes estivessem todas dormindo, pois não se ouviam cantos nem risos.

— Venham, venham! — gritou o quinto anjinho. — Vamos voar para o Gabriel, o guardião do berçário dos anjos. Ele ama as coisas pequeninas, bebês e anjos, e pode nos dar pés para corrermos pela Terra e brincarmos com as crianças sozinhas!

Gabriel estava curvado sobre um grande canteiro de lírios de prata quando os cinco anjinhos chegaram voando. Falavam todos ao mesmo tempo.

— Por favor, querido Gabriel, queremos voar lá para a Terra!

— Ah, dê-nos umas perninhas e uns pezinhos, para podermos brincar nas campinas com as crianças da Terra que estão chorando!

— Nós queremos contar para as crianças sozinhas que o Céu está sempre pertinho delas!

— Oh, Gabriel, ouça as crianças chorando e nos mande para lá agora mesmo, para a gente fazê-las sorrir!

Os anjinhos revoavam em torno do lindo anjo adulto, altivo e brilhante como se fosse um grande lírio, com as asas dobradas como pétalas fechadas.

— Ouçam, anjinhos — disse, e a voz era pura música —, isso que vocês querem pode ser uma viagem longa e perigosa. É difícil viver na Terra e continuar sendo anjo. Cada vez que ficarem aborrecidos ou forem egoístas, uma pena da sua asinha vai voar de volta ao Paraíso. Se vocês perderem todas as penas, não vão conseguir retornar. As crianças lá embaixo precisam de vocês, mas as que mais precisam não moram nos verdes campos nem cuidam de carneiros; elas moram em cidades feias, em casas difíceis até para o Sol visitar. Será que vocês vão conseguir manter esses sorrisos gloriosos e as suas asinhas de anjo lá?

— Sim! Sim, querido Gabriel! Ouça esses sons tão tristes! Ajude-nos a ir para lá depressa!

Gabriel abriu a caixa dourada onde guardava presentes para recém-nascidos e tirou cinco pares de perninhas com pezinhos. Os dedinhos eram cor-de-rosa com pequenas sardas; os cinco anjinhos ficaram maravilhados. Colocaram-nas e ficaram dançando, batendo palmas e abanando as asinhas.

— Todas as crianças da Terra vão estar dançando felizes assim, quando a gente voltar para casa! — gritavam. — E agora, querido Gabriel, já estamos prontos?

Gabriel abaixou-se e beijou a testa de cada um.

— Guardem o azul do céu nos seus olhos, a luz do Paraíso nos sorrisos e o amor nos seus corações! — disse ele.

— Até logo! Até logo! — gritaram. — Vamos descer nesta nuvem brilhante. Fique nos observando e escutando; você não vai ouvir nenhum chorinho amanhã de noite!

Mas, que pena! Os anjinhos ficaram tão animados com a viagem e as coisas diferentes que viram pelo mundo que sempre adiavam o que vieram fazer...

Chegaram à Terra logo ao nascer do sol, em uma campina coberta de margaridas e ranúnculos. Claro que tiveram que experimentar os pezinhos novos, dançando pelas flores; precisaram atender ao chamado dos passarinhos e olhar bastante para seus reflexos no lago. Acabaram ficando cansados — uma sensação desconhecida no Paraíso — e deitaram-se na grama fofa para dormir. Quando acordaram, a lua brilhava, e só ouviam o som dos alegres sapos: "gruac! gruac!" Rindo de alegria, correram para o riacho e passearam pela água rasa, molhando os dedinhos cor-de-rosa e imitando os sapos.

E assim passaram-se os dias. As asinhas eram invisíveis para a gente da Terra, e quem os via achava apenas que eram lindas crianças, as mais lindas que haviam visto. Durante um certo tempo, não tiveram apetite para o nosso tipo de comida; mas acabaram sentindo fome de verdade e encaminharam-se ousadamente até um palácio, pedindo um pouco do banquete que estava sendo servido.

— Que crianças principescas! — exclamaram os convidados. — São da sua família, decerto? — perguntaram ao velho Rei.

Os filhos do Rei eram muito feiosos e desagradáveis; já tinham crescido, e seus filhos também eram igualmente medonhos e rabugentos. O Rei encantou-se com a beleza dos anjinhos e seus trajes estrelados, e ficou felicíssimo em recebê-los como membros da família real. Deram-lhes todos os doces que conseguiram comer, colocaram coroas nas suas cabeças e, a princípio, tudo estava esplêndido para eles. Depois passaram para a guarda de professores que tentavam fazê-los estudar em livros muito chatos.

— Nós sabemos mais do que qualquer livro; ora, não viemos do Paraíso? — perguntavam-se. Acabaram rasgando e pisoteando os livros; sem que percebessem, algumas peninhas voaram para o Céu.

Mais tarde, as roupinhas estreladas ficaram encardidas, e o Rei, que os mimava e satisfazia todos os desejos, ordenou que lhes confeccionassem os mais finos trajes do reino.

Muito orgulhosos, os anjinhos desfilavam pomposamente vestidos de púrpura e ouro; comiam as mais ricas iguarias, brincavam o tempo todo e nunca ficavam satisfeitos. Todo dia, algumas peninhas flutuavam de volta ao jardim de Gabriel, mas os anjinhos nem se importavam.

— As asas não servem para nada aqui — diziam. — Podemos ter tudo o que quisermos e, quando tivermos vontade de voltar ao Paraíso, nós voltaremos.

Já tinham se esquecido das crianças solitárias com as quais vieram brincar, das crianças assustadas, doentes, que tanto ansiaram por confortar.

Um dia, descontentes com tudo, brincavam enfadados no jardim real, ao pôr do sol.

— Essas rosas têm espinhos! — gritou um anjinho, arrancando e despedaçando uma enorme rosa vermelha.

— Esses lírios não ficam direitos! — zangou outro, rasgando um esplêndido lírio branco.

— Essa borboleta não fica quieta para eu pegar! — reclamou o terceiro.

— Olhem para esta: é muito maior, e eu vou pegar! — gritou o quarto. Perseguiu a magnífica borboleta preta e laranja, correndo por cima dos canteiros de flores perfumadas.

— Ah, vejam, eu peguei! — gritou. — Ela vai me seguir aonde eu for!

Abriu a mão cerrada, na qual esmagara a pobre borboleta. Estava com as asas quebradas e as cores manchadas; saiu rastejando penosamente da mão do anjinho, que começou a chorar. Eram as primeiras lágrimas na história dos anjos, e os outros olhavam para ele espantados e assustados. De repente, lembraram-se de quando ouviram uma criança chorando antes. Havia sido no Paraíso, debruçados no balcão dourado; ouviram a criança chorando, sozinha, na Terra e ficaram aflitos para consolá-la.

— Nós já tivemos asas também — gemeu um anjinho. — Nós as perdemos, como essa borboleta, e também não servimos mais para nada!

O menor dos anjinhos também começou a chorar.

— Quero voar para o Paraíso! — soluçava. — Nós somos muito pequenos para nos deixarem aqui sozinhos!

Reuniram-se num canteiro de lírios, regando com suas lágrimas as pobres flores esmagadas. Estavam sozinhos e envergonhados.

— O que é que o Gabriel vai pensar de nós agora? — choravam.

Então o quinto anjinho se endireitou.

— Chorar não adianta nada! — gritou. — Nós ainda somos anjos e existem muitas crianças que precisam de nós. Não podemos voltar ao Paraíso, mas escutem só! Podemos fazer o mundo ficar tão parecido com o Céu que não vamos mais nos sentir abandonados aqui!

— Vamos começar logo! — gritaram os outros anjinhos, ficando de pé.

— Bravos anjinhos! Que será que vão fazer agora? — perguntava Gabriel, olhando-os lá de cima e sorrindo.

Os cinco saíram correndo pelos portões do jardim, à luz da lua. Como voltaram a ter pensamentos angelicais, pequenas asinhas começaram a brotar de seus ombros. Ninguém viu as asas; pelo menos, nenhuma gente grande. Mas talvez você tenha visto. Tenho certeza de que já escutou as asinhas batendo perto de você!

Desde então, os anjinhos passaram a viver entre as crianças da Terra, procurando por elas, longe ou perto. Sempre que uma criança fica doente, ou sozinha, ou triste, um dos cinco anjinhos vai estar lá, rápido como um relâmpago, trocando as lágrimas por risos de alegria. Escutamos as vozes dos anjinhos nas canções das crianças felizes; vemos os cinco anjinhos no brilho do olhar que sonha, nos sorrisos de amor e de coragem, em toda parte.

Agora, as asinhas já estão bem crescidas; até poderiam voar para o Paraíso, se quisessem. Mas ficam tão felizes trazendo o Céu para as crianças da Terra que nem pensam em ir embora.

— Queridos anjinhos! — diz Gabriel, observando e escutando. — Que as bênçãos do Céu estejam com vocês, noite e dia!

VINTE SAPINHOS

George Cooper

À escola foram os vinte sapinhos,
À beira do lago, de junco coberto;

Brancas vestes, verdes casaquinhos,
Os vinte mais limpinhos, decerto.

De jeito nenhum vamos nos atrasar:
Primeiro a lição e depois brincamos;
As regras da escola vamos acatar,
É assim que nós, sapinhos, estudamos.

Mestre Sapo-Boi, sério e batuta,
Chama cada classe bem alto,
Ensina a nobreza da luta,
Além do mergulho e do salto.

Ensinou das varinhas se defenderem,
Quando os maus meninos atacam.
Vinte sapinhos, de tanto crescerem,
São sapos-bois e até se destacam.

Instruídos e bem graduados,
Como os vinte sapinhos queriam,
Em troncos agora sentados,
Aos outros sapinhos ensinam.

INDO PARA A ESCOLA

John Martin

Querido Deus, vou à escola novamente,
E terei deveres em quantidade.
Abençoe meu coração, guie minha mente,
E me dê força, atenção e lealdade.
Posso até não gostar da lição,
E do tempo de estudo, que demora!

Mas se Você me ajudar, verei então
Que passa voando e é útil essa hora.

Ó meu Deus, siga hoje comigo,
Para minha cabeça e a mão proteger,
Pois com a Sua luz eu consigo
Tudo aprender e entender.
Abra meu coração e olhos para ver:
Que cada hora de estudo tem valor;
Pois cada uma vem me oferecer
Sabedoria, paciência, força e amor.

Amém.

A RAPOSA E O GATO

Certa vez, o gato encontrou a sra. Raposa na floresta e, considerando--a muito mais sábia e experiente, cumprimentou-a muito animado:

— Bom dia, minha cara sra. Raposa! Como vai? Como está se saindo, nestes tempos tão difíceis?

A raposa, cheia de orgulho, olhou o gato da cabeça aos pés, sem saber se deveria se dignar a responder. Por fim, falou:

— Ora essa, seu miserável lambedor de bigodes, seu bobalhão malhado, seu esfomeado caçador de ratos! O que é que você está pensando? Como ousa me perguntar como estou me saindo? Que tipo de instrução você recebeu? Você é mestre em quantas artes?

— Só uma — disse o gato, humildemente.

— E qual seria essa arte? — perguntou a raposa.

— Quando os cachorros correm atrás de mim, pulo para cima de uma árvore e me salvo.

— Só isso? — disse a raposa. — Eu sou mestra em uma centena de artes, e ainda por cima tenho uma mala cheia de truques espertos. Mas, coitado... estou com pena de você! Venha comigo, vou lhe ensinar a escapar dos cachorros.

Bem nessa hora, chega um caçador com quatro sabujos. O gato pulou como uma mola para cima de uma árvore, tremendo, e escalou com agilidade até o galho mais alto, onde ficou completamente escondido pelos galhos e folhas.

— Abra a mala, sra. Raposa! Abra a mala! — gritou o gato; mas os cachorros já haviam agarrado a raposa, sem escapatória.

— Oh, sra. Raposa! — exclamou o gato. — Mesmo com a sua centena de artes, e mais a mala de truques, está aí presa, enquanto eu, com só uma, estou a salvo. Se você aprendesse a subir aqui não iria perder a vida!

COMO USAR AS PALAVRAS

Recontada por F. J. Gould

Certa vez, uma jovem foi ter com o bom homem, São Filipe Neri, para confessar seus pecados. Ele já conhecia muito bem uma das suas falhas: não que ela fosse má, mas costumava falar dos vizinhos, deduzindo histórias sobre eles. Essas histórias passavam de boca em boca e acabavam fazendo mal — sem nenhum proveito para ninguém.

São Filipe lhe disse:

— Minha filha, você age mal falando dos outros; tenho que lhe passar uma penitência. Você deverá comprar uma galinha no mercado e depois caminhar para fora da cidade. Enquanto for andando, deverá arrancar as penas e ir espalhando-as. Não pare até ter depenado completamente a ave. Quando tiver feito isso, volte e me conte.

Ela pensou com seus botões que era mesmo uma penitência muito singular! Mas não objetou. Comprou a galinha, saiu caminhando e arrancando as penas, como ele dissera. Depois, voltou e reportou a São Filipe.

— Minha filha — disse o santo —, você completou a primeira parte da penitência. Agora vem o resto.

— Sim, o que é, padre?

— Você deverá voltar pelo mesmo caminho e catar todas as penas.

— Mas, padre, é impossível! A esta hora, o vento já as espalhou em todas as direções. Posso até conseguir algumas, mas não todas!

— É verdade, minha filha. E não é isso mesmo que acontece com as palavras tolas que você deixa sair? Não é verdade que você inventa histórias que vão sendo espalhadas por aí, de boca em boca, até ficarem fora do seu alcance? Será que você conseguiria segui-las e cancelá-las, se desejasse?

— Não, padre.

— Então, minha filha, quando você sentir vontade de dizer coisas indelicadas sobre seus vizinhos, feche os lábios. Não espalhe essas penas, pequenas e maldosas, pelo seu caminho.

A TARTARUGA TAGARELA

Adaptada do texto recontado por Sara Cone Bryant
Fábula hindu (As fábulas de Bidpai)

Era uma vez uma tartaruga que vivia num lago com dois patos, muito seus amigos. Ela adorava a companhia deles e conversava até cansar. A tartaruga gostava muito de falar. Tinha sempre algo a dizer e gostava de se ouvir dizendo qualquer coisa.

Passaram muitos anos nessa feliz convivência, mas uma longa seca acabou por esvaziar o lago. Os dois patos viram que não podiam continuar morando ali e resolveram voar para outra região mais úmida. E foram dizer adeus à tartaruga.

— Oh, não, não me deixem! — suplicou a tartaruga. — Levem-me com vocês, senão eu morro!

— Mas você não sabe voar! — disseram os patos. — Como é que vamos levá-la?

— Levem-me com vocês! Eu quero ir com vocês! — gritava a tartaruga.

Os patos ficaram com tanta pena que, por fim, tiveram uma ideia.

— Pensamos num jeito que deve dar certo — disseram. — Se você conseguir ficar quieta um longo tempo. Cada um de nós vai morder uma das pontas de uma vara e você morde no meio. Assim, podemos voar bem alto, levando você conosco. Mas cuidado: lembre-se de não falar! Se abrir a boca, estará perdida.

A tartaruga prometeu não dizer palavra, nem mexer a boca; estava agradecidíssima! Os patos trouxeram uma vara curta bem forte e morderam as pontas; a tartaruga abocanhou bem firme no meio. Então os patos alçaram voo, suavemente, e foram-se embora levando a silenciosa carga.

Quando passaram por cima das árvores, a tartaruga quis dizer: "Como estamos alto!" Mas lembrou-se de ficar quieta.

Quando passaram pelo campanário da igreja, ela quis perguntar: "O que é aquilo que brilha tanto?" Mas lembrou-se a tempo de ficar calada.

Quando passaram sobre a praça da aldeia, as pessoas olharam para cima, muito espantadas.

— Olhem os patos carregando uma tartaruga! — gritavam. E todos correram para ver.

A tartaruga bem quis dizer: "E o que é que vocês têm com isso?"; mas não disse nada.

Ela escutou as pessoas dizendo:

— Não é engraçado? Não é esquisito? Olhem! Vejam!

E começou a ficar zangada; mas ficou de boca fechada.

Depois, as pessoas começaram a rir.

— Vocês já viram coisa mais ridícula? — zombavam.

E aí a tartaruga não aguentou mais. Abriu a boca e gritou:

— Fiquem quietos, seus bobalhões...!

Mas, antes que terminasse, já estava caída no chão. E acabou-se a tartaruga tagarela.

OS 12 MESES

Recontada por James Baldwin
Antiga lenda do Leste Europeu

Há muito, muito tempo, duas menininhas moravam numa casa pequena, com uma velha rabugenta.

Uma delas chamava-se Dobrunka. Era filha da velha rabugenta e era igual à mãe. A outra menininha era muito bonita, e tão boa quanto bela. Chamava-se Katinka e era muito maltratada por Dobrunka e a mãe.

Dobrunka era muito preguiçosa; ficava jogada pela casa sem fazer nada o dia inteiro. E mandavam Katinka trabalhar dobrado. Tinha que varrer, cozinhar, fiar, tecer, tirar o leite e bater a manteiga.

Todos os dias, a velha ralhava com ela e às vezes até a castigava. Dobrunka também zangava e mandava-a executar tarefas bem difíceis.

Um dia, em janeiro, Dobrunka disse:

— Katinka, venha cá! Vá à floresta e colha um buquê de violetas para mim. Quero usá-las nos cabelos.

— Um buquê de violetas? — estranhou Katinka. — Mas estamos no inverno, e as violetas não crescem na neve!

— Dobre a língua e faça o que estou mandando! — disse Dobrunka.

— É isso mesmo — disse a velha rabugenta. — Saia já para a floresta; e se voltar sem as violetas, vai ser castigada!

A pobre Katinka entrou pela floresta. Os sapatos eram finos, muito gastos, e só tinha um xale para se agasalhar.

O vento estava bem frio; o chão estava coberto de neve, e não se via nenhuma trilha entre as árvores. Não é de estranhar que a coitadinha até chorou!

Acabou se perdendo. Estava com fome e morrendo de frio, e a noite vinha caindo.

Quando subia um morrinho, viu uma luz por detrás de umas pedras grandes. Seria uma fogueira? Ah, como ela queria se esquentar lá perto!

Era uma fogueira mesmo, grande e luminosa, armada na boca de uma pequena caverna. Katinka chegou mais perto.

À volta do fogo, ela viu 12 pedras brancas, sobre as quais se sentavam 12 homens muito estranhos. Cada um vestia um longo manto até os pés e um capuz cobria-lhes a cabeça.

Katinka reparou que três mantos eram brancos como a neve, três eram verdes como as folhas das árvores no verão, três eram amarelos como o trigo na época da colheita e três eram roxos como uvas maduras. A menina não ficou com medo.

— Por favor, meus bons homens — disse —, eu poderia me aquecer no seu fogo? Estou quase morta de frio!

— Certamente, doce criança — disse um dos que estavam de branco. — Venha sentar-se conosco. Nós somos os 12 Meses.

— Muito obrigada, sr. Mês — disse Katinka, aproximando-se do que lhe falara. E continuou: — Acho que você é o Janeiro.

— Acertou — disse ele. — Mas quem é você? Por que veio até aqui, nessa neve tão alta?

— Estou procurando violetas — respondeu Katinka.

— Violetas mesmo?! — exclamou Janeiro. — Não é tempo de violetas. Elas não crescem na neve!

— Eu sei — disse Katinka —, mas a mulher da casa onde moro disse que eu preciso levar as violetas, senão ela vai me castigar. Será que vocês sabem onde eu poderia encontrar?

Janeiro não respondeu, mas levantou-se e conversou com um dos sujeitos de manto verde.

— Irmão Março — disse ele —, você é que pode ajudar esta pobre criança.

Março se levantou e oh!, como ventou! Depois ele mexeu no fogo com um longo cajado. As chamas foram aumentando, quentes e brilhantes, até a neve derreter e as árvores brotarem. Em toda parte começou a nascer grama, e nas partes ensolaradas lindas flores surgiram.

— Vamos, querida — disse Março. — Colha depressa suas violetas!

Ela saiu correndo, feliz, saltitando aqui e ali, e colheu o que coube nas suas mãozinhas. Sentiu até calor, esquecida do frio e da neve.

— Muito obrigada, sr. Março! — disse ela. — Muito obrigada, sr. Janeiro! Muito obrigada a todos!

E correu depressa para casa, no meio da neve. Imagine a surpresa de Dobrunka e a mãe!

— Onde é que você arranjou isso? — perguntou a mulher.

— Encontrei na floresta — disse Katinka. — O chão debaixo dos arbustos estava coberto de violetas!

Dobrunka pegou as violetas sem nem agradecer à pobre menina.

Na manhã seguinte, a menina rabugenta teve outra ideia. Agora queria morangos. Tinha que conseguir morangos de qualquer jeito.

— Katinka — disse ela —, vá à floresta e traga uns morangos bem maduros para mim.

— Mas ainda estamos no inverno! — disse Katinka. — Morangos não crescem na neve!

— Dobre a língua e faça o que estou mandando! — disse Dobrunka.

— É isso mesmo — disse a velha rabugenta —, saia já para colher morangos; se voltar sem nenhum, vai ser castigada.

E empurrou a menina para o meio da neve, batendo a porta.

Katinka penetrou fundo na floresta, procurando a luz que vira no dia anterior. Já estava muito cansada quando de repente viu a boca da pequena caverna logo adiante. O fogo estava quente, brilhante, e os 12 Meses estavam sentados nos seus lugares, com os mesmos mantos.

— Por favor, meus bons homens — disse —, posso me aquecer na sua fogueira? Estou quase morta de frio!

— Certamente, doce criança — disse Janeiro. — Mas por que voltou aqui hoje?

— Estou procurando morangos — disse Katinka.

— Morangos mesmo?! — exclamou Janeiro — Mas não é época de morangos!

— Eu sei — disse a menina —, mas a mulher da casa onde moro disse que eu preciso levar morangos, senão vou ser castigada. Podem me dizer onde os encontro?

E Janeiro falou:

— Irmão Junho, é você que pode ajudar esta criança.

Junho levantou-se. Seu manto era amarelo como ouro e o capuz era coberto de rosas. Ele revirou a fogueira com seu cajado e as chamas subiram, animadas. A neve derreteu, as árvores se encheram de folhas, os campos ficaram verdes e o sol esquentou. Chegara o verão.

— Corra, querida, vá colher depressa os seus morangos! — disse Junho.

Katinka encheu o avental com as frutinhas vermelhas, bem maduras. Até se esqueceu de que ainda era inverno.

— Muito obrigada, sr. Junho! Muito obrigada, sr. Janeiro! Muito obrigada a todos! — disse ela.

E correu depressa para casa, no meio da neve.

Imagine a surpresa de Dobrunka e a mãe!

— Onde é que você arrumou essas coisas? — perguntou a mulher.

— Bem longe na floresta — disse Katinka. — Havia tantos que o chão estava todo vermelho!

Dobrunka e a mãe pegaram os morangos e comeram tudo, sem nem agradecer à pobre menina.

Na terceira manhã, a menina rabugenta teve outro capricho. Agora queria maçãs bem vermelhas. Tinha porque tinha que comer maçãs.

E mandaram Katinka novamente à floresta coberta de neve para consegui-las. Ela logo achou a pequena caverna. Os 12 Meses ainda estavam sentados ao redor da fogueira.

— Bem-vinda mais uma vez, doce criança — disse Janeiro. — Venha se aquecer.

Quando ela já estava bem quentinha e contente, ele disse:

— Agora conte-nos por que veio até nós esta terceira vez.

Katinka contou-lhe sobre as maçãs bem vermelhas e como seria castigada se não levasse nenhuma para casa.

— Irmão Setembro — disse Janeiro —, é a sua vez de ajudar esta criança.

Setembro levantou-se. Tinha uma barba comprida e grisalha. O manto era roxo e, na cabeça, trazia uma grinalda de folhas de outono.

Ele revirou a fogueira com o cajado e as chamas subiram alto. A neve derreteu, o chão ficou quente e seco, os grilos começaram a cantar na grama alta. As árvores revestiam-se de lindas cores, vermelho, marrom e dourado. Era o outono.

— Depressa, querida, colha suas maçãs! — disse Setembro.

Katinka viu uma macieira carregada com esplêndidas maçãs, bem diante dela. Sacudiu a macieira e caiu uma maçã bem vermelha. Sacudiu de novo e caiu outra a seus pés.

— Corra para casa agora, Katinka — disse Setembro.

— Muito obrigada, sr. Setembro! Muito obrigada, sr. Janeiro! Muito obrigada a todos! — disse ela.

Imagine a surpresa de Dobrunka e a mãe!

— Maçãs colhidas do pé, em pleno janeiro! — gritaram. — Onde é que você pegou?

— Bem longe, na floresta. A árvore está tão cheia que parece até uma cerejeira no verão!

— E você só trouxe duas! — gritou Dobrunka. — Comeu o resto todo no caminho!

— Não, não, Dobrunka! Só me deixaram sacudir a árvore duas vezes e só caíram estas duas maçãs!

— Saia daqui! Você está mentindo! — disse a menina rabugenta, dando um tapa em Katinka.

Dobrunka e a mãe comeram as maçãs e nem agradeceram a quem as trouxera.

— Nunca comi fruta tão gostosa! — disse a mãe.

— É mesmo, bem que eu queria ter mais! — disse Dobrunka.

— Que pena, deixar uma árvore cheiinha de maçãs no meio da floresta! — disse a mãe. — Agora Katinka tem que tirar leite das vacas, senão eu a mandaria voltar lá e colher o resto.

— Mãe, me dê meu casaco de peles — disse Dobrunka. — Vou sair e achar a árvore sozinha. Vou sacudir com tanta força que todas as maçãs vão cair no meu colo!

A mãe não queria que ela fosse; a noite já estava caindo e fazia muito frio. Mas Dobrunka nem ligou.

Enrolou-se no casaco de peles, vestiu um capuz e correu para a floresta.

Logo, Dobrunka se perdeu. O chão estava todo coberto de neve e não se via trilha alguma. Um tempo depois, viu uma luz lá no alto, no flanco de uma montanha. Foi subindo, subindo, pela neve, até ficar exausta.

Finalmente chegou à pequena caverna e viu os 12 Meses sentados à volta da brilhante fogueira. Sem nem dizer "boa noite", ela se acotovelou por entre eles e ficou se aquecendo.

— Por que você veio até aqui? — perguntou Janeiro. — O que é que você está procurando?

— Não é da sua conta, velhote — respondeu a menina mal-educada.

O rosto de Janeiro ensombreceu. Ele levantou o cajado e disse algo aos irmãos.

No mesmo instante, o fogo se extinguiu. Não havia mais caverna nenhuma. Os 12 Meses desapareceram.

Escuras nuvens cobriram o céu, e caiu ainda mais neve. O vento rugia nas árvores.

O que é que a rabugenta Dobrunka ia fazer agora? Onde é que ia achar abrigo da noite e da tempestade?

Ela saiu tropeçando pelas árvores e pedras. Gritou por socorro, mas ninguém ouviu.

A noite inteira, a mãe rabugenta ficou esperando pela filha. Ficou à janela, olhando a neve e escutando o rugir do vento.

De manhã, vestiu seu casaco de pele e o capuz.

— Preciso ir procurar Dobrunka — disse.

Saiu correndo pela alta floresta. Ainda nevava, ventava e não havia nem sinal de trilha.

— Dobrunka! Dobrunka! — chamava. Mas Dobrunka não ouvia. Nunca mais iria responder.

Em casa, Katinka trabalhava na roca de fiar. De vez em quando, ia até a porta e olhava para fora, vendo se escutava alguma coisa.

— Queria que elas voltassem — disse para si mesma.

Ao meio-dia, fez um delicioso almoço e arrumou a mesa. Esperou, esperou, esperou. Mas ninguém chegou para almoçar com ela.

Ainda nevava e ventava.

À noitinha, tirou leite das vacas e deu de comer às galinhas. Acendeu um fogo, arrumou a lareira e trouxe duas cadeiras para perto.

— Estou com medo que tenha acontecido alguma coisa com elas — disse.

Foi outra vez à porta. Ainda nevava e ventava. Já caía outra noite escura.

Dia após dia, Katinka ficou esperando, mas não teve nenhuma notícia da velha rabugenta nem da malcriada Dobrunka. E como não havia quem reclamasse, a casa agora era dela. E também as vacas, as galinhas, o lindo jardim e os verdes campos nos dois lados da casa.

Ela estava sempre muito, muito, muito ocupada, o tempo todo. Mas era sua própria patroa e não ouvia mais nenhuma rabugice pela casa.

Os 12 Meses não se esqueceram dela.

Março trazia violetas ao seu jardim todo ano.

Abril regava os campos e fazia a grama brotar e crescer.

Maio trazia o sol, os ninhos de passarinhos e as suaves brisas balsâmicas.

Junho se lembrava de trazer muitos morangos vermelhos.

Julho amadurecia o trigo.

Agosto trazia braçadas de aveia doce para o galpão de Katinka.

Setembro lhe dava maçãs maduras, deixando-a sacudir as árvores o quanto quisesse.

Outubro trazia muitas cestas de uvas roxas para sua cozinha.

Novembro deixava tudo arrumado e pronto para o inverno.

Dezembro enchia-lhe o colo de presentes de Natal.

Janeiro fazia o fogo brilhar na lareira e cobria o telhado com um macio manto branco.

Até Fevereiro trazia bons presentes para a boa menina. Você sabe quais são? (Os bichos da floresta vinham brincar o Carnaval!)

Assim, a gentil Katinka vivia feliz e contente, amada por todos. Como dizem, ela tinha a primavera no coração, o verão nos campos, o outono no pomar e o inverno tomando conta da porta.

REGRAS DE COMPORTAMENTO

Corações, como portas, facilmente vão se abrir
Com umas chaves pequeninas, que se usam a sorrir.
Duas delas, não se esqueça, use sempre aonde for;
São as mais importantes: "obrigado" e "por favor".

COMO OS BESOUROS GANHARAM NOVAS COURAÇAS

Recontada por Elsie Eells
Lenda brasileira

Em alguns países, os besouros têm couraças tão coloridas e resistentes, que são usadas até para enfeitar broches e colares, como se fossem preciosas gemas.

Há muito tempo, os besouros tinham couraças marrons, bem comuns. E foi assim que os besouros ganharam as novas couraças.

Um dia, um besourinho marrom tentava subir pela parede quando um ratão cinzento correu para fora da toca e ficou olhando zombeteiro para ele.

— Hu-hu! — disse o rato ao besouro. — Como você rasteja devagar! Assim, nunca vai chegar a lugar nenhum no mundo. Veja só como eu corro depressa!

O ratão cinza correu até o fim da parede, deu uma virada e voltou para junto do besouro, que só tinha avançado um pouquinho de nada.

— Você não queria correr rápido assim? — perguntou o ratão.

— É, vê-se bem que você corre depressa — respondeu polidamente o besourinho.

A mãe lhe ensinara que um besouro bem-educado de verdade nunca se gaba dos próprios dotes. Ele realmente nunca se vangloriava de nada. E continuou subindo lentamente pela parede.

Um vistoso papagaio verde e dourado, quieto numa mangueira do outro lado do muro, estava escutando a conversa.

— Você gostaria de apostar uma corrida com o besourinho? — perguntou o papagaio ao ratão cinza. — Meu vizinho é o passarinho alfaiate — continuou —, e, só para a corrida ficar mais animada, eu ofereço como prêmio ao vencedor um casaco de cores bem vivas. Vocês poderão escolher qualquer cor que desejarem, e eu farei a encomenda.

— Eu queria um casaco amarelo listrado, como dos tigres — disse o ratão cinza, olhando por sobre os ombros para as lúgubres costas cinzentas, como se já estivesse admirando o casaco novo.

— Eu também queria um casaco novo, bonito, cheio de cores alegres — disse o besourinho marrom.

O ratão cinza caiu na gargalhada, rindo de se sacudir.

— Ora, ora! Não me diga que você está sonhando que tem alguma chance de ganhar a corrida! — disse, quando conseguiu falar.

O vistoso papagaio verde e dourado marcou a grande palmeira, no alto do morro, como ponto de chegada. Deu o sinal de largada e depois voou até a palmeira para acompanhar o final da corrida.

O ratão cinza correu o mais rápido que pôde. Mas, pouco depois, achou que estava se cansando demais.

— Para que correr? — disse para si mesmo. — O besourinho marrom não vai ganhar de jeito nenhum. Se eu estivesse competindo com alguém que corresse de verdade, aí seria diferente.

E passou a correr mais devagar, embora seu coração lhe dissesse, a cada batida:

— Corra! Corra!

O ratão decidiu obedecer à voz do coração, e voltou a correr o mais que podia.

Quando chegou à palmeira, mal pôde acreditar no que viu. Pensou até que era um pesadelo. Lá estava o besourinho marrom, sentado quietinho entre a palmeira e o vistoso papagaio. O ratão nunca ficara tão espantado em toda a vida!

— Como é que você deu jeito de correr tanto, para chegar aqui tão antes? — perguntou ao besourinho logo que recobrou o fôlego.

O besourinho marrom abriu as asinhas dos dois lados.

— Ninguém disse que era preciso correr para ganhar a corrida — respondeu ele. — Então, eu preferi vir voando.

— Eu não sabia que você voava... — disse o ratão cinza, muito sem graça.

— Depois dessa — disse o vistoso papagaio verde e dourado —, nunca julgue ninguém somente pela aparência. Como adivinhar se existem asinhas escondidas? Você perdeu o prêmio.

E o papagaio voltou-se para o besourinho marrom, que esperava quietinho ao seu lado.

— Que cor você prefere para o seu novo casaco? — perguntou.

O besourinho olhou para as penas verdes e amarelas do papagaio, para as palmeiras verdes e douradas, para as mangas verdes de faces douradas, caídas da mangueira, e para o sol dourado sobre as verdes montanhas.

— Quero um casaco verde e dourado — disse.

Desde esse dia, o besourinho usa um casaco verde com luminosos reflexos dourados.

E até hoje, mesmo nesses países onde as flores, os pássaros, os bichos e os insetos são tão coloridos, o rato ainda usa o mesmo casaco cinzento e sem graça.

O IRMÃO PORCO

Laura E. Richards

Era uma vez um menino muito bagunceiro. Largava os livros pelo chão, deixava os sapatos cheios de lama em cima da mesa, enfiava o dedo nos potes de geleia e sempre respingava tinta nas melhores camisas. Era uma imundície só.

Um dia, o Anjo Limpinho apareceu no quarto dele.

— Assim não dá! — disse o anjo. — É mesmo um espanto! Você vai ter que sair e ficar lá fora com o seu irmão, enquanto eu arrumo isto aqui.

— Eu não tenho irmão! — disse o menino.

— Tem, sim, senhor! — disse o anjo. — Você pode nem reconhecê-lo, mas ele vai reconhecer você. Saia para o quintal e fique observando; logo ele aparece.

— Não estou entendendo nada! — disse o menino, mas saiu assim mesmo e ficou no quintal, esperando.

Apareceu um esquilo espanando a cauda.

— Você é meu irmão? — perguntou o menino.

O esquilo olhou-o meticulosamente.

— Bem, espero que não! — disse. — Meu pelo é limpo e penteado, minha toca é muito bem construída e arrumadíssima. Meus filhotes estão sendo muito bem educados. É até um insulto me perguntar uma coisa dessas!

E sumiu, espanando a cauda.

Depois apareceu um galo.

— Você é meu irmão? — perguntou o menino.

— De jeito nenhum! — disse o galo. — Que impertinência! Não há ninguém mais limpo que eu em todo o quintal. Nenhuma pena fora do lugar; e até os ovos das minhas galinhas são uma maravilha, lisos e belos. Irmão, ora essa!

E saltou fora, eriçando as penas.

Pouco depois, chegou o gato.

— Você é meu irmão? — perguntou o menino.

— Vá se olhar no espelho — desdenhou o gato Tommy. — Vê-se logo que não. Eu fiquei me lavando a manhã inteira ao sol, enquanto você, nota-se, não chega perto de água faz muito tempo. Não há criaturas como você na minha família, pelo que felizmente dou graças!

E saiu andando, ondulando o rabo; o menino continuou a esperar.

Finalmente, veio trotando um porquinho.

O menino não queria perguntar ao porco se ele era seu irmão; mas o porco não se fez de rogado.

— Olá, irmão! — grunhiu.

— Eu não sou seu irmão! — disse o menino.

— Ah, claro que é! — disse o porco. — Eu confesso que não fico lá muito orgulhoso de você, mas não se confunde um membro da própria família. Venha comigo, vamos dar uma boa rolada no chiqueiro! Tem uma belíssima lama preta por lá.

— Eu não quero rolar na lama! — disse o menino.

— Ora, vá contar essa para as galinhas! — disse o irmão porco. — Olhe bem para as suas mãos, seus sapatos, sua camisa... Vamos lá, venha! Você pode almoçar um pouco da lavagem, se sobrar.

— Não quero lavagem de porco! — disse o menino, começando a chorar.

Nesse instante, o Anjo Limpinho chegou.

— Já arrumei tudo — falou —, e espero que continue como está. E então, você vai com o irmão porco, ou volta comigo e fica sendo um menino limpinho?

— Com você, com você! — gritou o menino, agarrando-se às vestes do anjo.

O irmão porco grunhiu.

— Não foi tanta perda! — disse. — Vai sobrar mais lavagem para mim!

E foi-se embora trotando.

O GATO E O PAPAGAIO

Recontada por Sara Cone Bryant

Era uma vez um gato e um papagaio que combinaram convidar um ao outro para almoçar. O gato deveria convidar primeiro, depois o papagaio convidaria, e assim por diante. Era a primeira vez do gato.

O gato era muito avarento. Não providenciou nada para o almoço, só um pouquinho de leite, uma pequena posta de peixe e um biscoito. O papagaio era muito educado e não reclamou, mas não se divertiu nada.

Quando chegou sua vez de convidar o gato, preparou um almoço maravilhoso. Tinha carne assada, um bule de chá, um prato de frutas e — o principal — uma cesta cheia de bolinhos: pequenos, marrons, tostadinhos e deliciosos! Ah, e eram quinhentos. Ele serviu 498 bolinhos ao gato, ficando com apenas dois.

O gato comeu o assado, bebeu o chá, comeu as frutas e partiu para a pilha de bolinhos. Depois de comer os 498 bolinhos, olhou ao redor e disse:

— Estou com fome; você não tem nada aí para eu comer?

— Ora, como não? — disse o papagaio. — Tome os meus dois bolinhos, se quiser.

O gato engoliu os dois bolinhos, lambeu os bigodes e disse:

— Estou começando a ficar mesmo com fome. Tem alguma coisa para eu comer?

— Mas, francamente — disse o papagaio, zangado —, não tenho mais nada, a não ser que você queira comer a mim!

Ele achou que o gato ia se envergonhar ao ouvir aquilo; mas o gato só o encarou, lambeu bem os bigodes e chlip! chlop! glup! Lá se foi o papagaio goela abaixo.

O gato foi andando pela rua. Uma velha estava por ali e vira tudo; estava muito indignada com o gato por ter comido o amigo.

— Puxa vida, gato! — disse ela. — Que horror, comer o seu amigo papagaio!

— Ora bolas, um papagaio! — disse o gato. — E o que tem de mais, um papagaio? Estou é com uma vontade danada de comer você!

E antes de você falar abracadabra, chlip! chlop! glup! Lá se foi a mulher goela abaixo!

O gato continuou andando, bem serelepe, sentindo-se ótimo. Pouco depois, encontrou um homem conduzindo um jumento. Quando viu o gato, falou:

— Saia do caminho, gato. Estou com muita pressa e meu jumento pode pisotear você.

— Ora bolas, um jumento! — disse o gato. — Estou ligando muito para esse jumento! Já comi quinhentos bolinhos, comi meu amigo papagaio e até uma velha... o que é que me impede de comer esse miserável e o jumento?

E chlip! chlop! glup! Lá se foram o homem e o jumento goela abaixo.

O gato foi seguindo uma estrada, lépido e fagueiro. Logo depois, encontrou uma procissão que vinha na direção dele. O rei ia à frente, desfilando orgulhoso com sua jovem noiva; atrás deles vinham os soldados e, por fim, uma longa série de elefantes andando aos pares. O rei estava muito gentil com todos, pois acabara de se casar; e disse ao gato:

— Saia do caminho, gatinho, saia logo. Meus elefantes podem machucar você!

— Ah, me machucar! — disse o gato, sacudindo as gorduras. — Ho, ho, ho! Eu já comi quinhentos bolinhos, comi meu amigo papagaio, comi uma velha e até um homem e um jumento... o que é que me impede de comer esse desprezível rei?

E chlip! chlop! glup! Lá se foi o rei; lá se foi a jovem rainha; lá se foram os soldados e lá se foram todos os elefantes goela abaixo!

O gato seguiu adiante, mais devagar. Agora, já estava até satisfeito. Mas, um pouco à frente, encontrou dois caranguejos cavando na areia.

— Saia da nossa frente, gatinho! — esganiçaram eles.

— Ho, ho, ho, ho! — respondeu o gato, com uma voz terrível. — Eu já comi quinhentos bolinhos, comi meu amigo papagaio, comi uma velha, comi um homem e um jumento e até um rei, uma rainha, os soldados e todos os elefantes; e agora eu vou é comer vocês também!

E chlip! chlop! glup! Lá se foram os caranguejos goela abaixo.

Quando os caranguejos caíram lá dentro, olharam em volta: estava muito escuro, mas viram o pobre rei sentado num canto, abraçado à noiva, que tinha desmaiado. Perto deles estavam os soldados, muito sem graça, e os elefantes, ainda tentando fazer fila de dois em dois: não conseguiam, não havia espaço. No outro canto, estava a velha e, ali perto, o homem e o jumento. Mais adiante havia uma pilha de bolinhos, onde se empoleirava o papagaio, com as penas todas abaixadas.

— Vamos ao trabalho! — disseram os caranguejos.

E snip, snap, começaram a cavar um buraquinho de lado, com suas garras afiadas. Snip, snap, snip, snap, foram cavando até abrirem uma passagem. Então, pularam fora da barriga.

Depois saiu o rei, carregando a noiva; os soldados saíram marchando e os elefantes saíram em fila, dois a dois. Saiu o homem, batendo no jumento; saiu a velha, xingando o gato. Por último, saltou o papagaio, segurando um bolinho em cada pata. (Lembre-se de que ele só queria os dois bolinhos.)

E o gato, coitado, passou o dia costurando o buraco na barriga!

O AMIGO DE UM AMIGO DE UM AMIGO

Do folclore árabe

Um dia, um amigo que adorava caçar veio visitar Djuha.

— Trouxe para você este coelho que acabei de pegar — disse orgulhoso, ao entrar na casa. — Vai dar um belo almoço.

Djuha ficou muito feliz; preparou um excelente guisado e sentaram-se para o banquete.

Logo no dia seguinte, um estranho bateu à porta de Djuha.

— Quem é? — perguntou Djuha.

— Sou vizinho do seu amigo caçador, que lhe trouxe um coelho ontem — disse ele.

Djuha convidou-o polidamente a entrar e serviu-lhe o almoço.

— São os restos do nosso guisado de coelho — disse Djuha; e o visitante comeu com grande apetite.

Um dia depois, outro estranho bateu à porta de Djuha.

— Quem é? — perguntou Djuha.

— Sou primo do vizinho do seu amigo caçador, que lhe trouxe o coelho — explicou ele.

— Entre — disse Djuha.

Chamou o homem para se sentar à mesa e serviu-lhe uma vasilha de água quente.

— O que é isso? — perguntou o estranho.

— Isso — disse Djuha — é água fervida na mesmíssima panela do coelho do meu amigo, que é vizinho do seu primo.

OS DOIS BANQUETES DA ARANHA

Do folclore africano

Há muito tempo, numa época em que os animais falavam com fluência, a aranha era muito diferente do que é nos dias de hoje. Agora, ela tem uma cabeçona gorda e um corpão gordo, com uma cinturinha no meio, de onde saem as oito pernas bem compridas. Naqueles velhos tempos, porém, a aranha não tinha essa cintura fina. Era gorda por inteiro. Esta história conta como a barriga dela ficou tão fininha.

Um dia, a aranha estava andando pela floresta quando encontrou a lebre saltitando pelo caminho.

— Bom dia! — disse a aranha. — Por que você está saltitando tão ligeiro?

— Você não sabe? — perguntou a lebre. — Na Aldeia de Cima vai haver um banquete de casamento. Já vão começar a comer. E todo mundo está convidado!

A aranha ficou tão feliz que as oito perninhas começaram a dançar.

— Que sorte a minha! — dizia para si mesma, dando tapinhas na barriga redonda. — Vai ter batata-doce, peixe, arroz e feijão. Vou comer tudo o que quiser!

E partiu imediatamente para a Aldeia de Cima. Nesse momento, encontrou a raposa trotando na direção oposta.

— Bom dia! — disse a aranha. — Por que você está trotando tão ligeiro?

— Você ainda não ouviu falar? — disse a raposa. — A Aldeia de Baixo está dando uma festa da colheita. E já vão começar a servir. Todo mundo está convidado!

A aranha ficou tão feliz que pulou para cima e deu uma óctupla esperneada.

— Dois banquetes! — imaginava, esfregando a barrigona. — Estou felicíssima! Vou aos dois! Vou correr para a Aldeia de Baixo e encher a pança. Depois, corro para a Aldeia de Cima e encho outra vez!

Então, fez a volta e partiu para a Aldeia de Baixo.

Porém, pouco depois, pensou num detalhe que a paralisou.

— Mas onde é que vão servir a comida primeiro? Preciso ir para essa aldeia, comer o que aguentar, depois ir para a segunda aldeia, a tempo do segundo banquete. Mas como vou saber qual das aldeias vai almoçar primeiro?

A aranha sentou-se em uma pedra, ponderando sobre a questão. Se fosse na direção errada, poderia perder o outro banquete inteiro! Esse terrível pensamento fez sua barriga até roncar, e as oito perninhas tremerem todas.

De repente, teve uma ideia!

Correu para casa o mais rápido que pôde e achou duas cordas bem compridas. Chamou dois filhotes e levou-os até um lugar no rio, a meia distância entre a Aldeia de Cima e a Aldeia de Baixo.

A aranha amarrou uma das cordas à volta da cintura, dando a ponta para um dos filhotes.

— Leve essa ponta de corda até a Aldeia de Cima — disse ela. — Quando começar o banquete, puxe com força, para eu saber que é hora de ir para lá.

Depois, a aranha pegou a segunda corda, amarrou também à volta da cintura e deu a ponta para o outro filhote.

— Você leva essa ponta até a Aldeia de Baixo — disse ela. — Quando começar o banquete, puxe com força para eu ver que está na hora de ir para lá.

Assim, um filhote foi para a Aldeia de Cima e o outro foi para a Aldeia de Baixo; a aranha ficou bem sentada no meio.

— Ah, agora vou ficar sabendo quem vai servir primeiro! — exclamou triunfante, estalando os lábios. — Vou lá e como até encher, depois corro para a outra aldeia e como outro banquete!

Estava muito orgulhosa de si mesma.

Uma hora se passou, sem nada acontecer. Passou mais outra hora sem a aranha sentir nenhum puxão na corda. A barrigona começou a roncar, e ela começou a ficar zangada.

Então teve uma grande surpresa: os banquetes da Aldeia de Cima e da Aldeia de Baixo começaram ao mesmo tempo! Os dois filhotes puxaram as cordas no mesmo instante, e a aranha ficou presa no meio.

Os filhotes eram jovens e fortes; como a mãe não chegava, foram puxando cada vez com mais força. A aranha só pulava para a frente e para trás, sem sair do lugar, cada vez mais apertada nas cordas. Os filhotes insistiam, aumentando a força; as cordas só estrangulavam a aranha cada vez mais. Ela esperneou pedindo socorro, mas ninguém viu, pois estavam todos nos banquetes.

Muito tempo depois, os banquetes terminaram. Os filhotes pararam de puxar e correram para ver o que tinha acontecido com a mãe. Encontraram-na deitada no chão, tomando fôlego. As cordas tinham lhe espremido tanto a barriga que formaram uma cintura fininha como uma vareta!

Mesmo depois de retirarem as cordas, a aranha continuou daquele jeito. Até hoje, tem a cinturinha fina, cabeça grande e corpão gordo.

E sempre que os outros a veem lembram-se da sua tentativa de comer dois banquetes de uma vez!

A FORTUNA E O MENDIGO

Ivan Krylov

Um dia, um mendigo esfarrapado estava se arrastando de casa em casa, carregando uma malinha velha; em cada porta, pedia alguns centavos para comprar comida. Queixava-se da vida, imaginando por que as pessoas que tinham bastante dinheiro nunca estavam satisfeitas, sempre querendo mais.

— Por exemplo, o dono desta casa — disse —, eu o conheço muito bem. Sempre foi bem nos negócios e, há muito tempo, ficou imensamente rico. Pena que não teve a sabedoria de parar por ali. Podia ter transferido os negócios a outra pessoa e passado o resto da vida descansando. Mas, em vez disso, o que foi que ele fez?

Resolveu construir navios, enviando-os para comerciar com países estrangeiros. Pensou que ia ganhar montanhas em ouro.

"Mas caíram fortes tempestades; os navios naufragaram e toda a sua riqueza foi engolida pelas ondas. Agora, todas as suas esperanças jazem no fundo do mar, e sua grande riqueza desapareceu, como se acordasse de um sonho.

"Há muitos casos como esse. Os homens nunca ficam satisfeitos enquanto não conseguem ganhar o mundo inteiro!

"Quanto a mim, se tivesse o suficiente para comer e me vestir, não ia querer mais nada!"

Nesse momento, a Fortuna veio descendo a rua e parou quando viu o mendigo. Disse-lhe:

— Escute! Há muito tempo venho querendo ajudá-lo. Segure sua malinha enquanto eu despejo umas moedas de ouro nela. Mas só faço isso com uma condição: o que ficar na malinha será ouro puro, mas o que cair no chão vai virar poeira. Está compreendendo?

— Sim, sim, claro que compreendo — disse o mendigo.

— Então, tome cuidado — disse a Fortuna. — Sua malinha está velha, é melhor não a encher muito.

O mendigo estava tão contente que mal podia esperar. Abriu rapidamente a malinha e uma torrente de moedas de ouro foi despejada ali dentro. Logo, a malinha foi ficando muito pesada.

— Já é o bastante? — perguntou a Fortuna.

— Ainda não.

— Mas ela já não está rachando?

— Que nada!

As mãos do mendigo começaram a tremer. Ah, se a torrente de ouro pudesse fluir para sempre!

— Agora você já é o homem mais rico do mundo!

— Só mais um pouquinho — disse o mendigo. — Só mais uns punhados.

— Pronto, já está cheia. Essa malinha vai explodir!

— Mas ainda aguenta um pouquinho, só mais um pouquinho!

Caiu mais uma moeda — e a malinha estourou. O tesouro caiu ao chão e virou poeira. A Fortuna havia desvanecido. Agora o mendigo só tinha mesmo a malinha vazia, ainda por cima rasgada de alto a baixo. Estava mais pobre do que antes.

O LEÃO DE PEDRA

Adaptada da versão de W. P. O'Connor
Lenda tibetana

Era uma vez dois irmãos que moravam com a mãe numa grande casa de fazenda. O pai havia morrido. O irmão mais velho era astuto e egoísta; o mais novo era bondoso e gentil. O mais velho não gostava do mais novo, porque ele era honesto e nunca enganava ninguém para tirar vantagem. Assim, um dia disse a ele:

— Você precisa ir embora. Não aguento mais você.

Então o mais novo juntou tudo o que possuía e foi despedir-se da mãe. Quando ela soube o que o mais velho havia feito, disse ao mais novo:

— Também vou com você, meu filho. Não vou ficar morando aqui com um homem tão desalmado quanto seu irmão.

Na manhã seguinte, a mãe e o irmão mais novo partiram juntos. Ao cair da noite, chegaram a uma cabana ao pé de uma montanha. Dentro, só tinha um machado atrás da porta e mais nada. Mas deram um jeito de jantar e passaram a noite na cabana.

Quando amanheceu, viram que havia uma grande floresta desse mesmo lado da montanha. O filho pegou o machado, entrou na floresta e partiu lenha suficiente para fazer um carregamento até a cidade, do outro lado da montanha. Vendeu a lenha sem dificuldade e voltou alegre para a cabana, trazendo comida e algumas roupas para ficarem mais confortáveis.

— Veja, mãe — disse —, posso ganhar o suficiente para sustentar a nós dois. Podemos viver felizes aqui.

Dia após dia, ele saía e cortava lenha; à noite levava para a cidade e vendia. Sempre tinham o suficiente para comer, e tudo o mais de que precisavam para viverem com alegria e conforto.

Um dia, o rapaz foi mais longe que de costume, procurando madeira melhor. Foi subindo, subindo, até que deparou com um leão esculpido em pedra.

"Oh", pensou o rapaz, "deve ser o deus guardião desta montanha. Amanhã, vou trazer-lhe uma oferenda."

Naquela noite, comprou duas velas e levou-as para o leão. Acendeu-as, uma de cada lado do leão, e rezou pedindo que sua boa fortuna nunca se acabasse.

Enquanto estava rezando, o leão subitamente abriu a grande boca de pedra e disse:

— O que você está fazendo aqui?

O rapaz contou-lhe a história do irmão desalmado, de como ele e a mãe tinham saído de casa e estavam morando agora na cabana ao pé da montanha.

Após ouvir toda a história, o leão disse:

— Amanhã, você deverá trazer uma cesta e colocá-la debaixo da minha boca. Vou enchê-la de ouro para vocês.

No dia seguinte, o rapaz trouxe a cesta e colocou-a bem debaixo da boca do leão.

— Tome bastante cuidado para me avisar quando a cesta estiver quase cheia — disse o leão —, pois, se algum pedacinho de ouro cair no chão, você vai atrair muitos problemas.

O rapaz tomou muito cuidado e fez exatamente como o leão mandou. Pouco depois, já estava a caminho de casa, levando para a mãe a cesta cheia de ouro.

Ficaram tão ricos que compraram uma linda fazenda, bem grande, e foram morar lá. Tudo o que o rapaz empreendia logo prosperava. Ele trabalhava bastante, e ficou muito forte. Alguns anos depois, casou-se e trouxe a mulher para morar com eles. Viviam muito felizes.

O irmão mais velho acabou sabendo da prosperidade do mais novo. Ele também estava casado e tinha um filho. Resolveu ir com a família fazer uma visita ao irmão mais novo. Não demorou a saber toda a história da boa sorte deles, e como o leão lhes dera aquele ouro todo.

— Eu também vou tentar — disse ele.

Partiu com a mulher e o filho para a mesma cabana onde o irmão tinha morado e passaram a noite lá.

Logo na manhã seguinte, foi visitar o Leão de Pedra, já levando uma cesta.

Quando acabou de contar suas intenções, o leão disse:

— Vou satisfazer seu desejo, mas você deve tomar muito cuidado para me avisar quando a cesta estiver quase cheia. Se pelo menos uma pedrinha de ouro encostar no chão, uma grande desolação certamente vai se abater sobre vocês.

Mas o irmão mais velho era tão ganancioso que ficou sacudindo a cesta para caberem mais pepitas de ouro. E nem avisou ao leão quando a cesta estava quase cheia, como fizera o irmão mais novo; ele queria o máximo que saísse da boca do animal.

De repente, uma das pepitas caiu no chão.

— Oh — gritou o leão —, tem uma pedra muito grande entalada na minha garganta! Enfie a sua mão e retire-a; é a maior de todas!

O ganancioso foi logo enfiando a mão — e o leão fechou depressa a boca.

E o homem ficou preso lá; o leão não abriu a boca de jeito nenhum. Todo o ouro na cesta transformou-se em poeira e pedras.

Quando caiu a noite e o marido ainda não tinha voltado, a mulher ficou preocupada e saiu à sua procura. Acabou encontrando-o, com o braço bem preso na boca do leão. Estava cansado, com frio e com fome. Ela consolou-o como pôde e lhe trouxe comida.

Todos os dias, a mulher tinha que levar comida para o marido. Porém, um dia o dinheiro acabou, o filho estava doente e a própria mulher também estava passando muito mal, sem poder trabalhar. Ela foi até o marido e disse:

— Não há mais comida para você, nem para nós. Todos nós vamos acabar morrendo. Ai, ai! Quem me dera nós nunca tivéssemos vindo aqui para tentar ganhar o ouro!

O leão, que estava ouvindo tudo, ficou tão satisfeito com aquela desgraça que começou a rir deles. Só que, para rir, acabou abrindo a boca, e o homem ganancioso rapidamente tirou o braço para fora, antes que o leão fechasse os dentes de novo.

Fugiram correndo daquele lugar onde tiveram tanto azar e foram mais uma vez à casa do irmão mais novo. Este teve muita pena deles e lhes deu dinheiro suficiente para comprarem uma casa pequena, para onde se mudaram.

O irmão mais novo, a mulher e a mãe continuaram a viver felizes na sua linda fazenda, mas sempre se lembravam do Leão de Pedra na montanha, a quem deviam sua boa sorte.

O HOMEM QUE AMAVA MAIS O DINHEIRO QUE A PRÓPRIA VIDA

Recontado por Mary H. Davis e Cheow-Leung
Conto chinês

Nos tempos antigos, havia um velho lenhador que ia quase todos os dias à montanha para cortar madeira.

Dizia-se que esse velho era um sovina que escondia as suas pratas até virarem ouro e que dava mais importância ao ouro do que a qualquer outra coisa na face da terra.

Um dia, um tigre selvagem avançou para ele. Por mais que corresse, não conseguiu escapar, e o tigre saiu carregando-o na boca.

O filho do lenhador viu o perigo que ameaçava o pai e saiu correndo para tentar salvá-lo. Levou um facão bem grande e conseguiu alcançar o tigre, que não podia correr muito depressa, pois estava carregando um homem.

O pai não estava muito ferido, porque o tigre mordera as roupas. Quando o velho lenhador viu o filho já quase esfaqueando o tigre, gritou muito alarmado:

— Não estrague a pele do tigre! Não estrague a pele do tigre! Se você conseguir matá-lo sem fazer buracos na pele, vai nos render muitas peças de prata. Mate-o, mas sem cortar!

Enquanto o filho hesitava, ouvindo as instruções do pai, o tigre subitamente sumiu correndo pela floresta, carregando o velho para fora do alcance do filho, e logo o matou.

E o sábio que contou esta história disse:

— Ah, a coragem desse velho foi mesmo uma bobagem. Seu amor pelo dinheiro era mais forte que pela própria vida.

O PÃOZINHO

Há muitos anos, houve uma grande fome na Alemanha, e os pobres sofriam muito. Um homem rico, que amava crianças, chamou vinte delas e disse:

— Nesta cesta há um pão para cada um de vocês. Peguem e voltem todos os dias, até passar esta época de fome. Vou lhes dar um pão por dia.

As crianças estavam esfomeadas. Partiram para cima da cesta e brigaram pelos maiores pães. Nem se lembraram de agradecer ao homem que tivera tanta bondade com elas. Após alguns minutos de briga e avanço nos pães, todos foram embora correndo, cada um com seu pão, exceto uma menininha chamada Gretchen. Ela ficou lá sozinha, a pequena distância do homem. Então, sorrindo, ela pegou o último pão, o menor de todos, e agradeceu de coração.

No dia seguinte, as crianças voltaram e se comportaram pior do que nunca. Gretchen, que não entrava nos empurrões, ficou só com um pãozinho bem fininho, nem metade do tamanho dos outros. Porém, quando chegou em casa e a mãe foi cortar o pãozinho, caíram de dentro dele seis moedas bem brilhantes de prata.

— Oh, Gretchen! — exclamou a mãe. — Deve haver algum engano. Esse dinheiro não nos pertence. Corra o mais rápido que puder e devolva-o ao cavalheiro!

E Gretchen correu para devolver, mas, quando deu o recado da mãe, o senhor lhe disse:

— Não, não foi engano nenhum. Eu mandei cozinhar as moedas no menor dos pães, para recompensar você. Lembre-se de que as pessoas que preferem se contentar com o menor pedaço, em vez de brigar pelo maior, vão encontrar muitas bênçãos bem maiores do que dinheiro dentro da comida!

O AVARENTO

Esopo

Um avarento possuía uma barra de ouro, que mantinha enterrada no chão. Todos os dias ia lá dar uma olhada.

Um dia, descobriu que a barra fora roubada, e começou a se descabelar e a se lamentar aos brados.

Um vizinho, ao vê-lo naquele estado, disse:

— Mas para que tanta tristeza? Enterre uma pedra no mesmo lugar e finja que é de ouro. Vai dar na mesma, pois quando o ouro estava aí você não usava para nada!

O CÃO NA MANJEDOURA

Esopo

Um cão estava deitado numa manjedoura cheia de feno.

Um cavalo, uma vaca, uma ovelha e um bode foram chegando, um de cada vez, querendo comer um pouco do feno. Mas o cão pulava, rosnando e arreganhando os dentes; eles só tinham tempo de dar uma rápida abocanhada.

— Que bicho mais egoísta! — disse a vaca aos companheiros. — Ele nem pode comer feno nem deixa quem pode!

Tem gente que, só para atrapalhar, não deixa ninguém aproveitar.

O RATINHO DA CIDADE E O RATINHO DO CAMPO

Recontada por Sara Cone Bryant
Fábula de Esopo

Certa vez, um ratinho que morava no campo convidou um amigo da cidade para visitá-lo. Quando o Ratinho da Cidade sentou-se para almoçar, ficou surpreso ao ver que o amigo do campo só tinha cevada e grãos para comer.

— Francamente — disse —, você não passa nada bem. Você devia ver como é que eu vivo! Tenho todo tipo de coisas finas para comer, todos os dias. Você precisa ir me visitar para ver como é bom morar na cidade!

O Ratinho do Campo gostou muito do convite e, pouco tempo depois, foi à cidade visitar o amigo.

O primeiro lugar aonde o Ratinho da Cidade levou o Ratinho do Campo foi o armário da cozinha. Na prateleira mais baixa, atrás de algumas vasilhas, havia um grande saco de papel cheio de açúcar mascavo. O Ratinho da Cidade roeu um buraquinho no saco e convidou o amigo a dar uma mordiscada.

Os dois ratinhos roeram, mordiscaram, se esbaldaram; o Ratinho do Campo nunca havia provado nada tão delicioso na sua vida. Ele estava exatamente pensando na sorte do amigo da cidade quando a porta se abriu com estrépito e a cozinheira chegou para pegar farinha.

— Corra! — sussurrou o Ratinho da Cidade.

E correram o mais rápido que podiam, de volta para o buraquinho de onde haviam saído. Estavam a salvo, mas o Ratinho do Campo tremia dos pés à cabeça. O Ratinho da Cidade disse:

— Isso não foi nada; ela já vai embora e aí nós voltaremos.

Depois que a cozinheira saiu e fechou a porta, esgueiraram-se de volta, mas desta vez o Ratinho da Cidade tinha outra novidade para mostrar. Levou o Ratinho do Campo para um canto da prateleira mais alta do armário, onde havia um grande pote aberto, cheio de ameixas secas. Depois de muito cutucar e puxar, conseguiram tirar uma ameixa bem grande e começaram a roê-la. Isso era ainda mais gostoso que o açúcar mascavo! O Ratinho do Campo gostou tanto que comia o mais rápido que podia. Mas de repente, no melhor da festa, ouviram algo raspando na porta e um som alto e estridente:

— *Miau!*

— O que é isso? — perguntou o Ratinho do Campo.

O Ratinho da Cidade só cochichou:

— Psiu! — E correu desabalado para o buraco.

O Ratinho do Campo saiu correndo atrás, mais depressa ainda! Logo que ficaram fora de perigo, o Ratinho da Cidade disse:

— Era a gata velha. É a melhor caçadora de ratos da cidade. Se ela o pegar, você está perdido!

— Isso é terrível demais! — disse o Ratinho do Campo. — Não vamos mais voltar ao armário!

— Não — disse o Ratinho da Cidade —, vou levá-lo à despensa, no porão; há algo muito especial lá.

Então o Ratinho da Cidade conduziu o amiguinho: desceram as escadas e entraram em um grande armário, cheio de prateleiras. Havia potes de manteiga, queijos dentro e fora das embalagens; por cima, pendiam fios de salsichas. Havia barris de maçãs, tão perfumadas que o Ratinho do Campo ficou zonzo. Ele saiu correndo por uma prateleira e roeu um queijo aqui, um pouco de manteiga ali, e de repente viu um queijo muito especial, deliciosamente perfumado, sobre uma madeirinha esquisita, num cantinho. Estava quase mordendo o queijo quando o Ratinho da Cidade o viu.

— Pare! Pare! — gritou. — Isso é uma armadilha!

O Ratinho do Campo parou e perguntou:

— O que é uma armadilha?

— Aquilo ali é uma armadilha — disse o Ratinho da Cidade. — Assim que você morder o queijo, cai uma coisa em cima da sua cabeça e você morre!

O Ratinho do Campo olhou para a ratoeira e para o amigo.

— Por favor, me desculpe — disse —, mas acho melhor ir para casa. Prefiro comer cevada e grãos, confortável e em paz, do que açúcar mascavo, ameixas secas e queijo, mas morrendo de pavor o tempo todo!

E assim o Ratinho do Campo voltou para casa e ficou por lá o resto da vida.

O PEDREIRO DESCONTENTE

Lenda japonesa

Era uma vez um homem pobre que trabalhava em uma pedreira, no Japão. Seu nome era Hofus, e todos os dias ia até a montanha para cortar grandes blocos de pedra. Ele morava lá perto, em uma cabaninha de pedra, e era muito feliz.

Um dia, ele foi levar um carregamento de pedra para a casa de um homem muito rico. Chegando lá, viu tantas coisas bonitas que, ao voltar para a montanha, não conseguia pensar em outra coisa. Ficava só desejando também dormir numa cama macia como plumas, com cortinas de seda e cordões de ouro. E suspirava:

— Ai de mim! Ai de mim!
Se Hofus fosse rico assim!

Para sua surpresa, a voz do Espírito da Montanha respondeu:

— Vosso desejo está satisfeito!

Quando Hofus voltou para casa aquela noite, a cabaninha desaparecera e em seu lugar erguia-se um grande palácio. Estava cheio de coisas bonitas, e o melhor de tudo era a cama com colchão de plumas e cortinas de seda com cordões de ouro.

Hofus decidiu parar de trabalhar. Mas não estava acostumado a ficar à toa, e o tempo foi passando devagar demais, os dias pareciam muito longos!

Um dia, sentado à janela, ele viu uma carruagem passando ligeira. Era puxada por quatro cavalos branquíssimos e levava um príncipe. À frente e atrás, postavam-se lacaios trajados de azul e branco. Um deles segurava uma sombrinha de ouro sobre o príncipe.

Quando o pedreiro viu aquilo, começou a se sentir infeliz e suspirou:

— Ai de mim! Ai de mim!
Se Hofus fosse um príncipe assim!

E novamente a mesma voz que ouvira na montanha respondeu:

— Que sejais um príncipe!

Imediatamente, Hofus virou um príncipe, com servos em trajes carmesim e dourado, e já estava passeando em uma carruagem, com uma sombrinha de ouro protegendo a cabeça.

Durante certo tempo, foi feliz. Porém um dia, passeando pelo jardim, viu que as flores estavam murchas e a grama estava seca, marrom. E quando saiu na carruagem, sentiu o sol forte queimando-o, apesar da sombrinha.

— O sol é mais poderoso que eu — disse para si mesmo, e suspirou:

— Ai de mim! Ai de mim!
Se Hofus fosse o sol, aí sim!

E a tal voz respondeu:

— Que sejais o sol!

E ele já estava transformado no grandioso sol. Queimava a grama e os campos de arroz; secava os riachos, e todos, ricos e pobres, sofriam com o calor insuportável!

Um dia, apareceu uma nuvem e resolveu descansar na sua frente, escondendo a Terra da sua vista. Ele ficou zangado, e exclamou:

— *Ai de mim! Ai de mim!*
Se Hofus fosse uma nuvem assim!

E a voz mais uma vez respondeu:

— *Que sejais uma nuvem!*

E pronto: no mesmo instante, Hofus transformou-se numa nuvem. Flutuava na frente do sol, escondendo-lhe a Terra.

Dia após dia, a nuvem derramou chuva. Os rios transbordaram, os campos de arroz se encharcaram demais. Aldeias inteiras ficaram alagadas. Só as grandes pedreiras na montanha permaneceram intocadas pelas enchentes.

A nuvem olhou para as pedreiras, ponderando; depois, suspirou:

— *Ai de mim! Ai de mim!*
Se Hofus fosse uma pedreira assim!

E a voz logo respondeu:

— *Que sejais uma pedreira!*

Num átimo, Hofus viu-se transformado numa pedreira, e ficou muito orgulhoso! O sol não conseguia queimá-lo, nem a chuva lhe fazia mal.

— Agora, por fim — disse —, ninguém é mais poderoso que eu!

Entretanto, um dia, foi subitamente acordado de seus sonhos por um forte barulho — *pam! pam! pam!* — lá nos seus pés. Olhou e viu um pedreiro batendo com as ferramentas na rocha. Mais outro golpe, e a rocha tremeu: um grande bloco de pedra se desprendeu.

— Aquele homem é mais poderoso que eu! — exclamou Hofus, e suspirou:

— *Ai de mim! Ai de mim!*
Se Hofus fosse um homem, aí sim!

E a voz respondeu:

— *Que sejais vós mesmo!*

E instantaneamente Hofus voltou a ser o que sempre fora: um pobre pedreiro, que trabalhava o dia inteiro na montanha e voltava à noite para sua cabaninha de pedra. Mas ficou muito contente e feliz, e nunca mais desejou ser outra coisa!

A HUMILHAÇÃO DA HIPOPÓTAMA

Conto africano

Antigamente, a hipopótama era a mais linda criatura de todos os animais da selva. Tinha um pelo bonito e macio e lindos cílios sedosos. Suas orelhas eram longas e esguias; a cauda, que ela adorava abanar bem alto pelo ar, era a mais peluda, espessa e majestosa que jamais haviam visto.

Naqueles dias, a hipopótama não vivia nas águas escuras, como hoje. Ficava pela terra, para que todos os outros animais pudessem admirar sua beleza. Gostava muito de sentar-se à beira do rio, abanando a exuberante cauda e admirando o próprio reflexo na água.

— Como sou linda! — suspirava, virando-se para lá e para cá, para se ver melhor. — Que pelo sedoso! Que admiráveis orelhas! Que cauda magnífica! Sou, de longe, o animal mais esplêndido de toda a selva!

Um dia, houve um incêndio terrível na mata. Os ventos quentes espalharam as chamas em todas as direções, e todos os animais correram para o rio, onde a beldade enamorava-se da própria imagem.

Os elefantes correram, ribombando, sacudindo as trombas desesperadamente.

As girafas galoparam ligeiras, esticando ainda mais os pescoços para ver as chamas se aproximando por trás.

Os leões vieram zunindo, rugindo alarmados.

— Ai, ai!... — disse a hipopótama para si mesma —, como chegam ávidos para me admirarem!

Mais feliz ainda, olhou demoradamente para seu reflexo, sem nem reparar nas chamas enfurecidas que chegavam cada vez mais perto.

— Tomara que todos notem meus longos cílios sedosos! — lembrou, inclinando-se para a água.

Bem nesse instante, uma fagulha atingiu a longa e espessa cauda, que ela abanava tão orgulhosa.

— Socorro! — gritou ela, pulando e rodopiando, tentando apagar as chamas. Mas não adiantou nada. — Socorro! Socorro! Meu pelo tão macio e brilhante vai pegar fogo!

E pegou mesmo.

Só então ela fez a única coisa que podia para salvar a vida: pulou para dentro do rio e ficou lá no fundo, segurando a respiração o máximo que aguentou. Quando finalmente subiu à tona para tomar fôlego, o fogo já tinha se extinguido, depois de queimar tudo.

A hipopótama saiu da água e sentou-se à margem.

— Oh, como foi horrível! — gemia. — Estou encharcada até os ossos, e meu lindo pelo está coberto de lama. Devo estar com uma aparência deplorável!

Curvou-se sobre a água, para conferir.

Mas quem era aquela horrenda criatura careca, toda enrugada, olhando para ela? O susto foi tão grande que engasgou!

O lindo pelo brilhante tinha sido todo queimado! Os longos cílios sedosos chamuscaram até a raiz, desnudando dois olhões esbugalhados. As orelhas, longas e esguias, tinham se enrugado tanto que viraram dois toquinhos feiosos. E o pior de tudo, sua cauda exuberante, peluda, tinha simplesmente desaparecido!

Pobrezinha!, ficou tão envergonhada que pulou depressa para dentro do rio, escondendo-se dos outros animais. Até hoje fica dentro d'água, deixando somente os olhos e o nariz para fora, e só sai à noite, quando ninguém pode vê-la.

ARACNE

Recontada por Flora Cooke

Aracne era uma linda donzela, magnificamente bem-dotada para tecer e bordar. As ninfas vinham dos bosques e fontes para se reunirem ao redor do seu tear. As náiades saíam dos rios e as dríades desciam das árvores, e nunca se cansavam de admirá-la.

Ela pegava a lã do jeito que vinha da tosquia das ovelhas bem limpinhas e organizava-a em rolos. Habilidosamente, separava a lã e desembaraçava-a até ficar macia como nuvem. Depois, girava a roca com muita destreza, tecendo o fio. Quase sempre, tomava da agulha e fazia bordados em cores bonitas e suaves.

O pai de Aracne era afamado em toda a região por sua maestria nas cores. Era ele que tingia a lã de todas as cores do arco-íris.

Os trabalhos de Aracne eram tão maravilhosos que as pessoas comentavam:

— Com certeza, essa donzela foi treinada por Atenas.

Mas Aracne desmentia, orgulhosa. Não tolerava que pensassem que era discípula de ninguém, nem mesmo da deusa do tear.

— Se Atenas pensa que sabe tecer melhor que eu, que venha competir — dizia, gabando-se. — Se eu perder, pagarei a pena.

Em vão, o pai lhe dizia que talvez Atenas, invisível, estivesse guiando suas mãos. Aracne não dava ouvidos e não agradecia a ninguém pelo seu dom, pois a vaidade já a dominava inteiramente. E repetia:

— Atenas que ouse concorrer comigo!

Um dia, Aracne estava com as ninfas, gabando-se da beleza dos seus trabalhos, quando uma velha surgiu diante dela e aconselhou--a a aceitar com humildade seu raro dom. Aracne encarou a velha furiosa, dizendo:

— Pode dar seu conselho a outra, senhora. Eu é que não preciso dele.

Mas a velha continuou:

— Escute-me. Sou muito idosa e tenho muita experiência, por isso vim adverti-la. Até agora, Atenas tem ajudado você, sem pedir nenhum agradecimento; mas ela não vai mais poder ajudá-la, se você não perder o egoísmo e a vaidade. Minha principal advertência é para você pedir perdão a Atenas. Talvez ela ainda conceda perdoar seu orgulho egoísta. Pode desafiar seus companheiros mortais, se quiser; mas, eu imploro, não tente competir com a deusa.

Porém, Aracne retrucou:

— Vá embora. Eu não tenho medo nenhum de Atenas, nem de ninguém. Nada me daria mais prazer do que tecer com Atenas, mas ela está é com medo de competir comigo.

Então, subitamente, a velha jogou de lado o manto e à frente de Aracne surgiu uma deusa alta, majestosa, de olhos cinzentos e coroada por um elmo de ouro.

— Atenas está aqui — disse.

As ninfas curvaram-se profundamente em sua homenagem, mas Aracne permaneceu altiva. Empalideceu, mas não deu nenhum outro sinal de medo.

— Venha, menina tola; já que você quer competir comigo — disse Atenas —, que comece o concurso.

Ambas começaram depressa a trabalhar, e durante horas suas lançadeiras voaram de um lado para o outro. Atenas usou o céu em seu tecido, e nele bordou um quadro lindo demais para se descrever, algo como o céu do crepúsculo nas altas montanhas.

A deusa ainda teve piedade, e depois começou um trabalho menor, mais parecido com o de Aracne. Neste ela bordou uma advertência, mostrando como outros mortais arrogantes haviam fracassado ao tentar competir com deuses. Esperava que a moça ainda se arrependesse daquela imprudência. Mas Aracne recusou essa última chance de se salvar.

Seus tecidos eram tão lindos e perfeitos que até Atenas viu-se forçada a admirar. Os personagens bordados só faltavam falar, mas os temas continham muitas faltas e muitos fracassos dos deuses; seus trabalhos mostravam um grande despeito.

Quando as tarefas terminaram, Aracne finalmente olhou para os trabalhos de Atenas. Instantaneamente, soube que perdera.

Envergonhada e arrasada, tentou se enforcar nos próprios fios, mas Atenas gritou:

— Fique, menina desgraçada e perversa! Você não morrerá. Vai viver e executar o trabalho que melhor conhece. Você e seus filhos fabricarão os melhores fios e tramas da Terra. Você vai gerar uma numerosa raça, que será conhecida como as aranhas. Sempre que o homem encontrar sua teia, irá destruí-la, como eu destruo agora.

Enquanto falava, Atenas pegou a lançadeira e rasgou o trabalho da donzela de alto a baixo.

Em seguida, tocou a testa de Aracne e a moça foi encolhendo, encolhendo, até ficar do tamanho de uma mosca.

E até os dias de hoje, Aracne e sua família sempre fiam e tecem, mas trabalham bem quietinhos e em lugares escondidos. Poucas pessoas chegam a ver as maravilhosas tramas que criam. De manhã bem cedinho, pode-se ver suas teias cintilando de orvalho, espalhadas pela grama ou pendendo entre os galhos das árvores.

O PÃO DE OURO

Adaptada da versão de Kate Douglas Wiggin e Nora Archibald Smith
Em muitos lugares, o pão simboliza o lar e a família (uma antiga ideia preservada em nosso costume de servir bolo em festas de casamento). Em alguns países do Leste Europeu, a noiva é saudada à entrada de sua nova casa com pão e sal.

Era uma vez uma viúva que tinha uma linda filha. A mãe era modesta e humilde, enquanto a filha Marienka era o orgulho em pessoa. Possuía diversos admiradores, mas nenhum a satisfazia. Quanto mais tentavam agradá-la, mais os desdenhava.

Uma noite, a mãe não estava conseguindo dormir, e então pegou o terço e começou a rezar pela filha querida, que lhe dava tanta preocupação. Marienka dormia ao seu lado. A mãe estava olhando, cheia de amor, para a filha, quando esta começou a rir dormindo.

— Deve ser um sonho maravilhoso, para ela rir desse jeito! — disse a mãe.

Quando acabou de rezar, pendurou o terço na parede e deitou a cabeça no mesmo travesseiro que a filha, adormecendo em seguida.

— Minha querida filha — disse a mãe, na manhã seguinte —, o que você sonhou a noite passada que a fez rir tanto?

— O que eu sonhei, mamãe? Sonhei que um nobre veio me ver, numa carruagem de cobre, e colocou no meu dedo um anel com uma pedra que cintilava como as estrelas. E quando eu entrei na igreja, as pessoas só tinham olhos para a santa Virgem e para mim.

— Minha filha, minha filha, que sonho tão cheio de orgulho! — disse a mãe, sacudindo a cabeça. Mas Marienka virou as costas, cantarolando.

Nesse mesmo dia, entrou uma carroça no pátio. Um jovem e belo fazendeiro, em boa situação, veio convidar Marienka para dividir um pão de camponeses com ele. A mãe se agradou do admirador, mas a orgulhosa Marienka recusou-o, dizendo:

— Mesmo que você aparecesse numa carruagem de cobre e me pusesse no dedo um anel com uma pedra cintilante como as estrelas, eu não o aceitaria como marido.

E o fazendeiro foi embora, furioso com o orgulho de Marienka.

Na noite seguinte, a mãe acordou, pegou o terço e estava rezando ainda mais fervorosamente pela filha quando parou, assustada! Novamente, Marienka estava rindo alto, enquanto dormia.

— Não imagino o que será que ela está sonhando! — disse a mãe, rezando, sem conseguir dormir.

— Minha querida filha — disse ela na manhã seguinte —, o que você estava sonhando a noite passada, para rir tão alto?

— O que eu sonhei, mamãe? Sonhei que um nobre veio me ver em uma carruagem de prata e me ofereceu um diadema de ouro. E quando eu entrei na igreja as pessoas olhavam mais para mim do que para a santa Virgem.

— Cale-se! Você está blasfemando. Reze, minha filha, reze para não cair em tentação!

Mas Marienka saiu correndo, para escapar do sermão da mãe.

Nesse dia, uma carruagem entrou no pátio. Um jovem lorde veio convidar Marienka para compartilhar um pão da nobreza com ele.

— É uma grande honra — disse a mãe. Mas a vaidade é cega.

— Mesmo que você viesse numa carruagem de prata — disse Marienka ao novo admirador — e me oferecesse um diadema de ouro, eu não o aceitaria como marido.

— Tome cuidado, minha filhinha — disse a mãe, desolada. — O orgulho é obra do Mal.

"Ah! Mães nunca sabem de nada", pensou Marienka, e saiu dando de ombros.

Na terceira noite, a mãe estava insone de tanta ansiedade. Enquanto rezava pela filha, assustou-se outra vez. Marienka explodiu numa sonora gargalhada.

— Ai! — disse a mãe. — O que será que a pobrezinha está sonhando desta vez?

E continuou a rezar até o dia clarear.

— Minha querida filha — disse ela de manhã —, o que você sonhou a noite passada?

— Você vai se zangar se eu contar — respondeu Marienka.

— Não, não — insistiu a mãe. — Conte-me.

— Sonhei que um lorde da nobreza, com um grande séquito, veio me pedir em casamento. Ele chegou numa carruagem de ouro e me trouxe um vestido feito com rendas de ouro. E, quando entrei na igreja, as pessoas só olharam mesmo para mim.

A mãe apertou as mãos. Marienka, semidespida, pulou da cama e refugiou-se no outro cômodo, para evitar um novo discurso cansativo.

No mesmo dia, três carruagens entraram pelo pátio: uma de cobre, uma de prata e uma de ouro. A primeira era puxada por dois cavalos, a segunda por quatro e a terceira por oito, todos ajaezados com ouro e pérolas. Das carruagens de cobre e prata desceram pajens de culotes escarlates, jaquetas e mantos verdes; da carruagem de ouro desceu um belo nobre todo vestido em ouro. Ele entrou na casa e foi ter com a mãe. Dobrando um joelho ao chão, pediu a mão da filha em casamento.

"Quanta honra!", pensou a mãe.

— Meu sonho está se realizando — disse Marienka. — Está vendo, mamãe? Como sempre, eu estava certa e você não.

Ela correu para o quarto, teceu uma guirlanda de noivado e ofereceu-a sorridente, como voto de fidelidade ao belo lorde. Este, por sua vez, colocou-lhe no dedo um anel com uma pedra que cintilava como as estrelas e presenteou-a com um diadema de ouro e um vestido feito de rendas de ouro.

A moça orgulhosa correu ao quarto para se vestir para a cerimônia, enquanto a mãe, ainda preocupada, disse ao noivo:

— Meu bom senhor, que tipo de pão vai oferecer à minha filha?

— Entre nós — disse — há pão de cobre, prata e ouro. Ela pode escolher.

"Que será que ele quis dizer?", pensou a mãe.

Mas Marienka não estava nada preocupada. Surgiu tão bela quanto o sol, deu o braço ao amado e partiu para a igreja, sem nem pedir a bênção da mãe. A pobre mulher ficou rezando ali mesmo, abandonada à soleira. Quando retornou casada, e finalmente partiu com o marido, Marienka nem se voltou para um último olhar ou um aceno de adeus para a mãe, ao entrar na carruagem.

Os oito cavalos saíram galopando e só reduziram a marcha ao chegarem a uma imensa rocha, na qual havia um grande buraco, do tamanho dos portões da cidade. Os cavalos mergulharam na escuridão. A terra estremeceu e muitas pedras racharam e ruíram. Marienka procurou as mãos do marido.

— Não se alarme, minha bela. Ficará claro num instante.

Imediatamente, mil luzes dançaram no ar. Os anões da montanha, cada um levando uma tocha na mão, vieram saudar seu senhor, o Rei das Minas. Só então Marienka ficou sabendo o nome do marido. Tivesse ele o espírito do mal ou do bem, pelo menos era tão rico que ela não se arrependia da escolha.

Emergiram da escuridão e avançaram por pálidas florestas e montanhas que erguiam cumes desbotados para o céu. Pinheiros, faias, bétulas, carvalhos, rochas, tudo era feito de chumbo. Ao fim da floresta estendia-se uma vasta campina, cuja grama era feita de prata. Por baixo da campina havia um castelo subterrâneo de ouro, forrado de diamantes e rubis. A carruagem parou e o Rei das Minas ofereceu a mão à noiva, dizendo:

— Minha bela, tudo o que vê lhe pertence.

Marienka estava encantada! Mas era impossível fazer uma viagem tão longa sem ficar com fome. Assim, foi com prazer que viu os anões da montanha trazerem uma mesa, sobre a qual tudo rebrilhava em ouro, prata e pedras preciosas. Os pratos eram refulgentes: entradas de esmeraldas e assados de ouro em bandejas de prata. Todos comeram com grande apetite, exceto a noiva, que implorava ao marido algum pedaço de pão.

— Tragam o pão de cobre — disse o Rei das Minas.

Marienka não conseguiu comer.

— Tragam o pão de prata — disse ele.

Marienka não conseguiu comer.

— Tragam o pão de ouro — disse o rei, por fim.

Marienka não conseguiu comer.

— Minha bela — disse o Rei das Minas —, eu lamento muito. Porém, o que mais posso lhe oferecer? Não temos nenhum outro tipo de pão.

A noiva rompeu em lágrimas. O marido caiu na risada. Seu coração também era de metal, como todo o seu reino.

— Chore, se quiser — falou ele —, não vai adiantar nada. Tudo o que você desejava agora já possui. Coma o pão que você mesma escolheu!

E assim a rica Marienka continua vivendo no castelo subterrâneo, sempre faminta, sempre procurando em vão alguma raiz que possa comer.

Mas uma vez por ano, na primavera, quando a terra se abre para receber a chuva fertilizante, Marienka volta à superfície. Vestida em farrapos, pálida e enrugada, vai esmolando de porta em porta, satisfazendo-se com qualquer farelo que lhe atirarem. E assim recebe de umas poucas boas almas aquilo que lhe falta no palácio de ouro — um pouquinho de pão e alguma compaixão.

O PORCO DESCONTENTE

Recontado por Katherine D. Cather
Conto da Turíngia, antiga região da Alemanha

Há muito tempo, quando existiam fadas e os homens e os animais conversavam entre si, havia um porco com o rabicó todo enroladinho. Ele morava sozinho numa casa no limite da aldeia e todos os dias trabalhava na horta. Sob a chuva ou sob o sol, ele arava, cavava e semeava a terra, revolvendo em torno dos tomateiros, afofando o canteiro de cenouras. A notícia de suas excelentes hortaliças se espalhou por sete condados, e todos os anos era ele que ganhava o prêmio real da feira.

Mas depois de um certo tempo o porquinho ficou cansado daquela lida infindável.

— Que interessa eu ter as melhores hortaliças do reino — ponderou — se tenho que morrer de tanto trabalhar para cuidar delas? Estou com vontade de sair pelo mundo e encontrar um modo mais fácil de ganhar a vida.

Assim, trancou a porta de casa, fechou o portão da horta e saiu pela estrada.

Viajou umas boas três milhas e chegou a um chalé quase escondido pelas árvores do bosque. Uma música deliciosa o envolveu, e o parquinho sorriu, pois gostava muito de sons delicados.

— Vou procurar essa música — disse ele, seguindo na direção daquele som.

Quem morava naquela casa era o gato Thomas, que ganhava a vida tocando violino. O porquinho viu-o de pé à porta, puxando o arco para cima e para baixo sobre as cordas. E ficou pensando... Certamente aquilo devia ser muito mais agradável que ficar cavando na horta!

— Você me ensina a tocar violino, amigo gato? — perguntou.

Thomas olhou-o por entre as sobrancelhas e fez que sim com a cabeça.

— Com certeza — respondeu o gato. — Basta fazer igual a mim.

O gato lhe passou o arco e a rabeca.

O porquinho pegou-os e começou a raspar, mas só saíam barulhos horríveis, *cruiic! cruoong!* Não ouviu nada de música doce! Os sons que ouviu era como os vagidos dos seus irmãozinhos porquinhos, quando aparecia algum lobo!

— Oh! — gritou ele. — Isto não é música!

Thomas, o gato, confirmou com a cabeça.

— Claro que não — disse. — Você não treinou o suficiente. Quem quer aprender a tocar violino tem que trabalhar duro!

— Então, vou procurar outra coisa — respondeu o porquinho —, porque vai ser tão difícil quanto cuidar da minha horta.

E devolveu o arco e a rabeca, voltando para a estrada.

Foi andando, andando, até chegar a uma cabana onde morava um cachorro que fabricava queijo. Ele estava amassando e moldando o coalho em forma de bolos, e o porquinho achou que era muito fácil.

— Acho que eu também gostaria de entrar no negócio dos queijos — disse para si mesmo. E perguntou ao cachorro se ele poderia ensinar-lhe.

O cachorro bem que estava querendo ajuda, e logo o porquinho estava ao seu lado, trabalhando. Pouco depois, o porquinho ficou cansado, com muito calor, e parou para descansar e se abanar um pouco.

— Não, não! — exclamou o cachorro. — Você vai estragar o queijo! Não se pode parar para descansar enquanto o queijo não estiver pronto.

O porquinho arregalou os olhos.

— Verdade? Então isso aqui é tão difícil quanto cuidar da horta ou aprender a tocar violino. Eu quero achar alguma coisa mais fácil.

E tomou a estrada.

Do outro lado do rio, num campo verde e suave, um homem estava tirando mel das colmeias. Quando atravessava a ponte, o porquinho o viu e achou que, de todos os serviços que vira, este seria o mais apropriado. Devia ser muito bonito lá na campina, entre as flores. O mel não era pesado para se carregar, e além disso, de vez em quando, poderia lambiscar um pouco... Ele correu o mais que pôde e perguntou ao homem se queria empregá-lo.

A ideia agradou ao apicultor tanto quanto ao porquinho.

— Estou procurando um ajudante há mais de um ano — disse o homem. — Pode começar já.

Deu ao porquinho um véu e um par de luvas, instruindo-o para apertá-los bem. Depois mandou-o retirar um favo de mel da colmeia.

O porquinho saiu correndo para atendê-lo, enrolando ainda mais o rabinho, tão alegre estava por ter encontrado um trabalho que lhe servia. Mas... *zzuum! zzuum!* As abelhas se enfiaram por baixo do véu e dentro das luvas. Picaram-lhe os dedos, a boca, as orelhas e a ponta do nariz; ele deu um guincho estridente, derrubou o mel e saiu correndo.

— Volte aqui! Volte aqui! — chamava o homem.

— Não! Não! — respondia o porquinho. — Não, não! As abelhas me machucam!

O homem concordou com a cabeça.

— Claro que machucam — disse. — Elas me machucam também! Isso faz parte do trabalho. Não é possível tomar conta de abelhas sem levar alguma picada!

O porquinho piscou os olhinhos e começou a pensar seriamente:

"Parece que todo tipo de trabalho tem algum aspecto desagradável. Para tocar violino, é preciso praticar até doerem os braços. Para fazer queijo, não se pode nem ousar parar um minutinho para descansar enquanto o queijo não estiver pronto. Para tirar mel da colmeia, as abelhas picam até a cabeça ficar pegando fogo! Até que trabalhar na horta não é tão ruim assim; é para lá que eu vou voltar."

Disse adeus ao apicultor e pouco depois já estava de volta ao canteiro de cenouras. Cavou, revolveu e semeou, cantando enquanto trabalhava; não havia porquinho mais contente em todo o reino. Todo outono ele levava as hortaliças para a feira e trazia para casa o prêmio real. De vez em quando, nos feriados, o gato, o cachorro e o homem até apareciam para visitá-lo!

OS CEGOS E O ELEFANTE

Era uma vez seis amigos, todos cegos, que moravam na Índia — terra dos maiores animais da terra, os elefantes. Naturalmente, sendo cegos, os amigos não tinham a menor ideia de como era um elefante.

Um dia, estavam sentados, conversando, quando escutaram um grande urro.

— Acho que está passando um elefante pela rua — disse um deles.

— Então, é nossa chance de descobrir que tipo de criatura é esse tal de elefante! — disse outro.

E foram todos para a rua.

O primeiro cego esticou o braço e tocou na orelha do elefante.

— Ah! — disse para si mesmo. — O elefante é uma coisa áspera, espalhada. É como um tapete.

O segundo cego pegou na tromba.

"Agora entendo", pensou. "O elefante é uma coisa comprida e redonda. É como uma cobra gigante."

O terceiro cego pegou uma perna do elefante.

— Bom, eu jamais iria adivinhar! — espantou-se. — O elefante é alto e forre, igual a uma árvore.

O quarto cego pegou ao lado da barriga do elefante.

"Agora eu sei", pensou. "O elefante é largo e liso, como uma parede."

O quinto cego colocou a mão numa das presas.

— O elefante é um animal duro, pontudo, como uma lança — decidiu ele.

O sexto cego pegou no rabo do elefante.

— Ora, ora! — decepcionou-se. — Pode urrar bem forre, mas esse tal de elefante é apenas uma coisinha igual a uma cordinha fina!

Em seguida, sentaram-se juntos novamente, para conversarem sobre o elefante.

— Ele é áspero e espalhado, como um tapete! — disse o primeiro.

— Não, nada disso; ele é comprido e roliço, como uma cobra — disse o segundo.

— Não fale uma bobagem dessas! — riu o terceiro. — Ele é alto e firme, como uma árvore!

— Ah, nada disso — resmungou o quarto. — Ele é largo e liso, como uma parede.

— Duro e pontudo, como uma lança! — gritou o quinto.

— Fininho e comprido, como uma cordinha! — berrou o sexto.

E aí começaram a brigar. Cada um insistia que tinha razão. Afinal, não havia tocado com as próprias mãos?

O dono do elefante ouviu a gritaria e chegou perto para ver que confusão era aquela.

— Cada um de vocês está certo, mas cada um de vocês está errado também — falou ele. — Um homem sozinho não consegue saber *toda* a verdade, só uma pequena parte. Porém, se trabalharmos juntos, cada um contribuindo com a sua parte para a formação do todo, aí sim poderemos obter sabedoria.

TODAS AS CRIATURAS DE DEUS TÊM TRABALHO A EXECUTAR

Conto do sudeste asiático

Era uma vez dois primos que foram criados juntos. Aprenderam a rastejar e a engatinhar juntos, mais tarde a correr, nadar, jogar bola e tudo o mais que os meninos fazem juntos. Eram amigos leais e devotados.

Porém, com o tempo, foram se distanciando, como acontece até mesmo com bons amigos, ao saírem pela vida. Um deles dedicou-se aos livros; descobriu um certo prazer em aprender e estudou muito, acabando por triunfar nos exames. O outro primo resolveu que os livros não eram lá tão boa companhia. Faltou muito às aulas, para continuar a nadar e jogar bola; ignorou os deveres e acabou fracassando nos exames.

Como sói acontecer neste mundo, a sorte sorriu ao primeiro, que se tornou conselheiro do próprio rei. O segundo primo acabou arranjando serviço de remador do navio real.

Um dia, o rei e todos os conselheiros reais embarcaram para uma viagem rio acima. Sentados sob um dossel, na proa do barco, onde a brisa era mais agradável, discutiam negócios de estado enquanto o barco seguia.

O remador, vendo o primo bem à vontade com a realeza, ficou muito abalado.

— Olhe só aquele preguiçoso, espichado na sombra, enquanto eu fico aqui moendo os ossos ao sol — disse para si mesmo, continuando a remar. — Por que ele tem o direito de se sentar lá, e eu não? Afinal, nós dois não somos criaturas de Deus?

Quanto mais pensava, mais furioso ficava.

— Olhe só esses palermas inúteis — começou a resmungar para um companheiro remador. — Intitulam-se conselheiros, mas só ficam à toa, jogando conversa fora. Por que é que nós temos que suar tanto para puxar as carcaças deles contra a corrente? Isso não é nada justo! Eles deviam estar aqui, remando também. Não somos todos criaturas de Deus?

Aquela noite, ancoraram para pernoitar. Todos comeram e dormiram logo.

O remador acordou no meio da noite, com uma mão muito firme sacudindo-lhe os ombros. Era o próprio rei.

— Há um barulho esquisito vindo daquela direção — disse, apontando para terra. — Não consigo dormir, imaginando o que seja. Por favor, vá e descubra.

O remador pulou fora do barco e subiu correndo para o alto de um morro. Voltou poucos minutos depois.

— Não é nada, Majestade — disse. — Uma gata acabou de dar à luz uma ninhada de gatinhos barulhentos.

— Ah, sim. — disse o rei. — Que tipo de gatinhos?

O remador não tinha olhado para os filhotes. Correu de novo morro acima e voltou.

— Siameses — disse.

— E quantos são os gatinhos? — perguntou o rei.

Isso o remador também não tinha reparado. Voltou lá.

— Seis gatinhos — reportou.

— Quantos machos e quantas fêmeas? — perguntou o rei.

O remador correu para lá mais uma vez.

— Três machos e três fêmeas — gemeu, já quase sem fôlego.

— Está bem — disse o rei. — Venha comigo.

Foram pé ante pé até a proa do barco, e o rei acordou o primo do remador.

— Há um barulho esquisito em cima daquele morro — disse-lhe ele. — Vá lá e descubra o que é.

O conselheiro desapareceu na escuridão e voltou pouco depois.

— É uma ninhada de gatinhos recém-nascidos, Majestade — disse.

— Que tipo de gatos? — perguntou o rei.

— Siameses — respondeu o conselheiro.

— Quantos?

— Seis.

— Quantos machos e quantas fêmeas?

— Três machos e três fêmeas. A mãe deu à luz dentro de um barril revirado, logo depois de chegarmos. Os gatos pertencem ao prefeito do vilarejo. Ele espera não ter incomodado Vossa Majestade, e convida-o a escolher um deles, caso a corte precise de algum animalzinho real de estimação.

O rei olhou para o remador.

— Eu ouvi seus resmungos, hoje cedo — disse ele. — Sim, todos somos criaturas de Deus. Mas todas as criaturas de Deus têm o seu trabalho a executar. Precisei mandá-lo quatro vezes à praia, para obter as respostas. Meu conselheiro foi uma vez só. E é por isso que ele é meu conselheiro, e você fica com os remos do barco.

O HOMEM E O PEDAÇO DE PANO

Recontada por P. V. Ramaswani Raju
Fábula hindu

Em algum lugar do Oriente, onde o clima é ameno e não são necessárias muitas roupas, havia um homem que resolveu desistir de todas as questões materiais e retirou-se para a floresta, onde construiu uma choça para morar.

Sua única roupa era um pedaço de pano, que enrolava à cintura. Mas, para seu azar, a floresta era infestada de ratos, e ele logo arranjou um gato. O gato exigia leite para viver e, assim, ele trouxe uma vaca. Como a vaca requeria cuidados, ele teve que empregar um vaqueiro. Esse rapaz precisava ter onde morar, e por isso foi construída uma casa para ele. Para tomar conta da casa, acabou contratando uma empregada. Para que a empregada tivesse companhia, outras casas foram construídas e convidadas pessoas para morar nelas. Desse modo, brotou ali uma pequena aldeia.

O homem disse:

— Quanto mais tentamos fugir do mundo e suas exigências, mais elas se multiplicam!

A HISTÓRIA DE DOIS AMIGOS

Recontada por Rosetta Baskerville
Lenda de Uganda

Era uma vez um oleiro, a mulher e um filho. À medida que este crescia, os pais ficavam cada vez mais tristes, pois ele era diferente das outras crianças.

Nunca brincava com elas, nem ria, nem cantava. Só ficava sentado, sozinho. Mesmo com os pais ele só falava de raro em raro, e nunca aprendeu os modos educados das outras crianças da aldeia.

Ele ficava só sentado, pensando o dia inteiro — e ninguém sabia em que ele tanto pensava, o que entristecia muito aos pais.

As outras mulheres tentavam consolar a mulher do oleiro, dizendo:

— Talvez você ainda tenha outro filho, igual às outras crianças!

Mas ela dizia:

— Eu não quero outro filho. Eu quero é que esse aí seja sociável.

E os homens da cidade tentavam animar o oleiro, dizendo:

— Esses meninos estranhos frequentemente se tornam grandes homens!

E o homem dizia:

— Deixem o menino em paz. Algum dia vamos saber se ele é um homem sábio ou um idiota.

Ao chegar em casa, o oleiro contou à mulher a conversa com os outros homens. O menino escutou e pareceu despertar. Ficou pensando naquilo durante alguns dias e, por fim, um dia saiu bem cedinho, levando seu cajado, e foi para a floresta ficar lá pensando.

Perambulou o dia todo e acabou chegando a uma pequena clareira no flanco de um morro, de onde podia avistar todo o país. O sol estava se pondo sobre as distantes montanhas azuis e tudo tinha um luminoso tom róseo e dourado. Profundas sombras cobriam as bananeiras e florestas ao longe. Mas o menino não via nada disso. Estava com os pés doídos, exausto e miserável; sentou-se sobre um tronco caído, cansado do longo dia. De repente, um leão surgiu na clareira.

— O que você está fazendo aqui, tão sozinho? — perguntou o leão, ríspido.

— Estou muito desolado — disse o menino. — Vim para a floresta pensar, pois não sei se sou um homem sábio ou um idiota.

— E é só nisso que você fica pensando? — inquiriu o leão.

— É — respondeu o menino. — Penso nisso noite e dia.

— Então você é um idiota — falou o leão, decidido. — Homens sábios pensam sobre coisas que beneficiam o país.

E foi embora.

Um antílope veio saltando pela clareira e parou, encarando o menino.

— O que é que você está fazendo aqui? — perguntou.

— Estou muito desolado — respondeu o menino. — Não sei se sou um homem sábio ou um idiota.

— Você costuma comer alguma coisa? — perguntou o antílope.

— Sim — disse o menino. — Minha mãe faz comida duas vezes por dia, e eu como.

— E você alguma vez agradece?

— Não. Nunca pensei nisso — respondeu o menino.

— Então, você é um idiota — disse o antílope. — Os homens sábios são sempre agradecidos.

E foi embora saltitando para dentro da floresta.

Então chegou um leopardo, olhando-o desconfiado.

— O que é que você está fazendo por aqui? — perguntou, mal-humorado.

— Estou muito desolado — disse o menino. — Não sei se eu sou um homem sábio ou um idiota.

— Eles gostam de você, lá na aldeia? — perguntou o leopardo.

— Não, acho que não — disse o menino. — Eu não sou como os outros meninos. Eu nem os conheço direito.

— Então, você é um idiota — disse o leopardo. — Todos os meninos são bons; muitas vezes, *eu* tenho vontade de ser um menino. Os homens sábios se misturam aos companheiros e conquistam seu respeito.

E foi embora, fungando.

Nesse momento, um grande elefante cinza veio se embaralhando pela trilha da floresta, abanando o rabinho, catando um galhinho aqui, uma folhinha ali, das árvores por onde passava.

— O que você está fazendo tão sozinho aqui na floresta, com o sol já se pondo? — perguntou. — Você devia estar na sua casa, na aldeia!

— Estou muito desolado — disse o menino. — Não sei se sou um homem sábio ou um idiota.

— Que tipo de trabalhos você faz? — perguntou o elefante.

— Eu não trabalho em nada — respondeu o menino.

— Então, você é um idiota — disse o elefante. — Todos os homens sábios trabalham.

E afastou-se gingando pela trilha que levava ao lago na floresta, onde os animais matam a sede. O menino apoiou a cabeça nas mãos e chorou amargamente, de coração partido, pois não sabia o que fazer.

Pouco depois, ouviu uma voz ao seu lado, dizendo gentilmente:

— Oh, meu irmãozinho, não chore assim; conte-me qual é o seu problema.

O menino levantou o rosto lacrimoso e viu uma pequena lebre ao seu lado.

— Estou muito desolado — disse. — Eu não sou como as outras pessoas e ninguém gosta de mim. Vim para a floresta tentar descobrir se sou um homem sábio ou um idiota, e todos os animais me disseram que eu sou um idiota!

E voltou a afundar a cabeça nas mãos, chorando mais triste do que nunca.

A lebre deixou-o chorar mais um pouco e depois disse:

— Meu irmãozinho, não chore mais. O que os animais lhe disseram é a verdade. Disseram para você ter pensamentos grandiosos, para ser agradecido e simpático com as outras pessoas e, acima de tudo, para trabalhar. Todas essas coisas são grandiosas e sábias. Os animais não são ociosos e ficam admirados ao ver que os homens, apesar de tão bem-dotados, conseguem desperdiçar suas vidas. Pense em como ficaram surpresos ao ver um menino como você, forte e saudável, sem fazer nada o dia todo! Eles sabem que o mundo estará a seus pés, se você comandar. Mas há muito tempo; você ainda é um menino!

O sol já desaparecera atrás das montanhas distantes e a mansa escuridão ia cobrindo rapidamente toda a floresta. A lebre disse:

— Daqui a pouco vai ficar muito frio. Você está cansado, com fome e longe da sua aldeia. Passe a noite aqui comigo: nós vamos conversar sobre todas essas coisas.

Então, entraram pela floresta. A lebre trouxe água numa cuia e maravilhosas nozes para o menino se alimentar, e preparou-lhe uma cama macia com folhas secas.

Conversaram sobre muitas coisas, e por fim o menino disse:

— Meu pai é oleiro, e acho que eu gostaria de ser oleiro também.

— Se você for, nunca se contente com trabalho malfeito — disse a lebre. — Seus potes devem ser os melhores do país. Não descanse até conseguir fazer coisas realmente lindas. Nenhum homem tem o direito de espalhar coisas malfeitas pelo mundo.

— Ninguém vai acreditar que eu mudei, quando voltar para casa. Vão pensar que fiquei maluco.

E a pequena lebre respondeu:

— A vida do homem é como um rio, fluindo sem parar. O que passou acabou-se, mas sempre vêm outras águas. Ninguém pode dizer que é tarde demais; ainda mais você, que é só um menino, com a vida toda pela frente.

— Eles vão rir de mim — disse o menino.

— Os sábios não se importam com isso — disse a lebre. — Só os idiotas ficam desencorajados pela zombaria. Você tem que provar a eles que não é idiota. Vou lhe ensinar uma canção, para você cantar enquanto trabalha. Ela vai lhe dar coragem:

A aurora prateada as sombras dissipou;
Aos sonhos alegres, adeus eu dou.
A multidão da floresta já amanheceu;
Nas árvores, o canto dos pássaros ecoou,
Do longo sono, toda flor despertou;
E eu sei hoje o mundo é meu.

Meu passo é seguro e forte é minha mão;
Enquanto puder, muito vou trabalhar.
Quando num mar de luz o sol se apagar,
E a noite trouxer a escuridão
Por direito, vou então descansar,
Pois hoje o mundo eu vou ganhar.

De manhã bem cedo, a lebre acompanhou o menino até a orla da floresta e fizeram um juramento de amizade, tão sagrado para os animais da floresta quanto para os homens. A lebre falou:

— Volte de vez em quando para me ver. Podemos passar um longo tempo na floresta. Venha até este ponto e cante essa canção; os passarinhos vão me contar que você chegou, se eu estiver muito longe para escutar.

O menino voltou animado para a aldeia e encontrou a mãe trabalhando na horta. Ele se ajoelhou e cumprimentou-a tão alegre como qualquer outra criança simpática, e viu como ela ficara feliz. Depois foi ter com o pai e disse:

— Quero ser oleiro. Ensine-me o seu trabalho; vou tentar aprender.

O oleiro ficou muito contente com a ideia de futuramente passar o negócio ao filho. Todos na aldeia ficaram sabendo e alegraram-se com o oleiro e sua mulher.

O menino trabalhava com afinco e, anos mais tarde, tornou-se um oleiro famoso. Vinha gente de todas as regiões para comprar seus potes, pois ele era conhecido por nunca vender uma peça que não ficasse bonita e bem-feita. Fazia lindos potes de todas as cores, decorados ou não, todos de excelente qualidade.

Contudo, às vezes a antiga depressão retornava: ele se sentia cansado do trabalho e das pessoas. Nessas ocasiões, ia de manhãzinha para a orla da floresta e cantava a canção da lebre. Ela vinha correndo pela trilha, e os amigos passavam um ótimo dia juntos. O homem abria o coração para a lebre, contando-lhe todas as suas tristezas. E sempre recebia amor, consolo e encorajamento, voltando ao trabalho cheio de esperança.

Tudo isso aconteceu há muitos anos. Hoje em dia, os homens se julgam muito mais sábios que os animais; mas ainda se pode ver um estranho olhar nos animais, como a dizerem:

— Aquele homem se julga um sábio, mas não passa de um idiota.

Todos os animais, selvagens ou domésticos, observam tudo o que fazemos e certamente se admiram ao ver como alguns homens conseguem desperdiçar suas vidas!

A ÁRVORE QUE NÃO DAVA FRUTOS

Friedrich A. Krummacher

Um fazendeiro tinha um irmão jardineiro que possuía um magnífico pomar repleto das melhores árvores frutíferas; sua habilidade e suas maravilhosas árvores eram afamadas em toda parte.

Um dia, o fazendeiro foi à cidade visitar o irmão e ficou espantado com as fileiras de árvores que cresciam altivas e perfeitas como velas de cera.

— Olhe, meu irmão — disse o jardineiro —, vou lhe dar uma macieira, a melhor do meu pomar. Você, seus filhos e até seus netos irão aproveitar seus frutos.

O jardineiro chamou seus auxiliares e ordenou que retirassem a árvore e a levassem para a fazenda do irmão. Assim fizeram, e, na manhã seguinte, o fazendeiro ficou indeciso sobre o melhor lugar para plantá-la.

— Se eu a plantar no morro — dizia para si mesmo —, o vento pode bater muito forte, arrancando as deliciosas frutas ainda verdes. Se eu a plantar perto da estrada, os passantes vão vê-la e me roubar as suculentas maçãs. E se eu a plantar muito perto da porta de casa, meus empregados ou meus filhos vão pegar todas as frutas.

Depois de muito pensar, resolveu plantar a árvore espremida atrás do estábulo, dizendo consigo mesmo:

— Nenhum ladrão sorrateiro vai pensar em olhar lá atrás.

Mas que pena!, a árvore não deu frutos nem nesse ano, nem no seguinte. O fazendeiro mandou chamar o irmão jardineiro e repreendeu-o furiosamente, dizendo:

— Você me enganou! Deu-me uma árvore estéril, em vez de frutífera. Afinal, ora bolas, já é o terceiro ano e só brotam mesmo as folhas!

Quando viu onde a árvore estava plantada, o jardineiro disse:

— Você plantou a árvore num local exposto somente aos ventos frios, sem sol nem calor. Como quer que ela dê flores e frutos? Você plantou esta árvore cheio de ganância e desconfiança. Por que você acha que ela vai retribuir com uma rica e generosa colheita?

PARA VOCÊ E EU

Laura E. Richards

— Vim falar-lhe sobre o seu trabalho — disse o Anjo-que-cuida-de-tudo. — Não está satisfatório.

— É mesmo? — disse o homem. — Não sei por quê. Talvez você possa me explicar.

— E vou! — disse o anjo. — Para começar, o trabalho está sujo.

— Eu nasci descuidado — disse o homem. — É um defeito de família que sempre detestei.

— E também está mal ajustado — disse o anjo. — As partes não estão se encaixando.

— Nunca tive jeito para as proporções — disse o homem. — Admito que é uma infelicidade.

— Essa coisa parece um grande remendo! — disse o anjo. — Você não dedicou nem o cérebro nem o coração a esse trabalho; o resultado é esse ridículo fracasso! O que é que você sugere a respeito?

— Pensei que você fosse mais compreensivo — disse o homem. — Minhas falhas já nasceram comigo. Lamento que você não me aprove, mas fui feito assim mesmo. Entende?

— Entendo, sim! — disse o anjo.

Esticou as fortes e alvas mãos, agarrou o homem pelo colarinho e mergulhou-o da cabeça aos pés no fosso.

— Mas o que significa isso? — gritou o homem, quando conseguiu voltar, sem fôlego e encharcado. — Nunca imaginei um tal comportamento! Viu o que me fez? Estragou minhas roupas e ainda por cima quase me afogou!

— Sinto muito — disse o anjo. — *Eu também* fui feito assim mesmo!

A ATIVIDADE E A PREGUIÇA

Um jovem muito preguiçoso, ao ser questionado por que passava tanto tempo deitado na cama, respondeu na brincadeira:

— Todas as manhãs, sem falta, ouço argumentações judiciais. Quando acordo, já estão aqui duas elegantes donzelas, a Atividade e a Preguiça, e me apresentam casos discordantes. Uma insiste para que eu me levante, a outra me persuade a continuar deitado. Alternadamente, apresentam-me diversas razões para que eu me levante e também para que fique deitado. Como um juiz imparcial tem o dever de ouvir todos os argumentos de ambas as partes, fico retido tanto tempo que, ao fim das petições, já é hora de almoçar.

RIP VAN WINKLE

Washington Irving
(Tradução de Aurélio Buarque de Holanda Ferreira e Paulo Rónai)

Todos aqueles que viajaram pelo Hudson acima devem lembrar-se das montanhas Catskill, que formam um ramo desmembrado da grande família dos Apalaches e se avistam ao longe, a oeste do rio que com sua altiva elevação dominam, como à região adjacente. Cada mudança de estação e de tempo, cada hora do dia, por assim dizer, produz alguma modificação nos matizes e nos contornos mágicos dessas montanhas, consideradas um barômetro perfeito pelas boas esposas da região. Em tempo bom e fixo elas estão revestidas de azul e púrpura, e imprimem suas arrojadas linhas sobre o fundo do céu claro da tarde; de vez em quando, porém, enquanto o resto da paisagem fica sem a menor nuvem, cinge-lhes os cumes uma touca de vapores cinzentos, a qual, aos últimos raios do poente, arde e rebrilha feito uma coroa de glória.

O viajante pode ter avistado ao pé dessas belas montanhas a leve fumaça que sobe de uma aldeia, com seus telhados de ardósia e cintilar por entre as árvores justamente lá onde as cores azuis das elevações se fundem com o fresco verdor da paisagem próxima. É uma aldeiazinha bem antiga, fundada por algum colonizador holandês nos primeiros tempos da província, por volta do começo do governo do bom Peter Stuyvesant (descanse em paz!), e viam-se nela algumas das casas dos colonos primitivos, erguidas em poucos anos, de tijolinhos amarelos trazidos da Holanda, janelas de rótulas e frontões empenados, encimados de cata-ventos.

Nessa aldeia, numa dessas casas — na verdade bastante gastas do tempo e das intempéries —, vivia, há muitos anos, quando o país ainda era uma província da Grã-Bretanha, um homem simples e jovial, chamado Rip Van Winkle, descendente dos Van Winkles que desempenharam tão brilhante papel nos tempos cavalheirescos de Peter Stuyvesant e o acompanharam no assédio de Fort Christina. Ele, porém, quase nada herdara da índole marcial de seus antepassados. Acabo de dizer que era um homem simples e jovial; além disso, conheciam-no como ótimo vizinho e marido obediente, dominado pela mulher. Provavelmente devia a esta última circunstância a grande brandura que lhe granjeou popularidade geral, pois são justamente os homens submetidos em casa à disciplina de uma megera que fora de casa sabem ser obsequiosos e conciliadores. O temperamento deles, sem dúvida, torna-se flexível e maleável no cadinho terrível das suas atribulações domésticas, e as sabatinas que devem aguentar valem todos os sermões do mundo destinados a ensinar as virtudes da paciência e da longanimidade. Assim, pois, uma mulher despótica pode ser considerada, em certo ponto de vista, verdadeira benção; portanto, Rip Van Winkle era triplamente abençoado.

O certo é que era ele o favorito de todas as boas esposas da localidade, as quais, segundo um costume do sexo frágil, participavam de todas as altercações de família e, nas palestras diárias em que se comentavam tais assuntos, nunca deixavam de incriminar a sra. Van Winkle. Também as crianças da aldeia gostavam dele e gritavam de alegria ao vê-lo aproximar-se. Assistia-lhes aos jogos, fabricava-lhes brinquedos, ensinava-lhes a soltar papagaios e jogar bolas de gude, contava-lhes compridas histórias de fantasmas, feiticeiras e índios. Quando atravessava a aldeia, roçando as paredes, estava sempre rodeado de um grupo de garotos que se penduravam às suas vestes, lhe trepavam às costas e lhe pregavam impunemente uma infinidade de peças. Não havia cachorro da região que não o acolhesse sem latir.

O grave defeito do temperamento de Rip consistia numa insuperável aversão a toda espécie de trabalho útil. Não podia provir de falta de assiduidade ou perseverança, pois ele era capaz de ficar sentado numa rocha úmida, com um caniço tão longo como a lança de um tártaro, a pescar o dia inteiro sem um murmúrio, ainda que não fosse estimulado por nenhuma mordedura. Outras vezes carregavam ao ombro uma espingarda da caça durante quatro horas a fio, caminhando por matas e brejos, subindo morros e descendo a vales, para abater alguns esquilos ou algumas pombas bravas. Nunca se recusava a acudir a um vizinho, mesmo nas tarefas mais rudes, e era o primeiro em tomar parte nas diversões da debulha do milho ou da construção de cercas de pedra. As mulheres da aldeia também a ele recorriam para suas encomendas e toda espécie de pequenos trabalhos que seus maridos, menos obsequiosos, se negariam a fazer. Numa palavra, Rip sempre estava pronto a atender fosse a quem fosse, menos a si mesmo. Quanto a cumprir seus deveres familiares e a cuidar de sua própria fazenda, achava-o impossível.

De nada servia — costumava dizer — trabalhar a sua roça, que era o pedaço de terra mais desgraçado de toda a região. Lá, tudo crescia errado, e errado cresceria apesar de seus esforços. Suas cercas se desmoronavam continuamente; sua vaca se perdia ou entrava nas plantações de couve; o capim brotava com mais força na sua terra do que alhures; a chuva fazia questão de aparecer cada vez que ele tinha algum trabalho para executar ao ar livre — de sorte que, embora na sua administração a herdade diminuísse a olhos vistos, acre por acre, até ficar reduzida a um pequeno campo de milho e batatas, nem por isso deixava de ser a fazenda de piores condições de toda a vizinhança.

Os filhos, por sua vez, andavam tão rotos e selvagens como se não pertencessem a ninguém. Um deles, Rip, garoto feito à semelhança do pai, fazia prever que com os velhos trajes deste lhe herdaria também os costumes. Viam-no, em geral, a pular como um poldro atrás da mãe, metido num velho calção do pai, que ele segurava a custo, com uma das mãos, como uma senhora elegante segura a cauda em mau tempo.

Era Rip Van Winkle um desses felizes mortais de espírito bem-humorado e tonto que não levam o mundo a sério, comem pão branco ou preto indiferentemente, contanto que lhes custe poucos esforços, e preferem agonizar com um tostão a trabalhar por uma libra. Se o deixassem viver a seu gosto, passaria a vida a assobiar, e com perfeito contentamento; porém a mulher não deixava de resmungar contra a sua preguiça, a sua inatividade, e a ruína que ele preparava para a família. De manhã, de tarde e de noite não dava descanso à língua, e qualquer palavra ou ato do marido produzia infalivelmente uma nova torrente de eloquência doméstica: Rip só tinha um meio de responder às sabatinas de tal espécie, e este, pela frequência, acabou tornando-se hábito: encolhia os ombros, sacudia a cabeça e levantava os olhos sem dizer nada. Mas esse procedimento também provocava sempre uma nova salva por parte da mulher, e ele tinha de resignar-se, retirar suas forças e passar para o lado de fora de casa — o único, aliás, que pertence a um marido tiranizado.

O único partidário de Rip, em casa, era o seu cão Wolf, tão tiranizado quanto o dono, pois a sra. Van Winkle os considerava companheiros na preguiça e olhava de esguelha para o animal como a causa das frequentes vagabundagens do marido. Na realidade, Wolf tinha todas as qualidades convenientes a um cachorro honesto e era tão valente como qualquer bicho que já percorreu os bosques — mas qual é a valentia capaz de enfrentar os incessantes e terríveis ataques de uma língua de mulher? No momento em que Wolf entrava em casa, baixava a crista, metia o rabo entre as pernas e avançava, sonso, como um condenado, lançando olhares oblíquos à sra. Van Winkle a fim de, ao primeiro movimento de um cabo de vassoura ou de um colherão, deitar a correr em direção à porta, latindo desesperadamente.

A situação de Rip Van Winkle ia piorando à medida que aumentava o número de seus anos de casado. Um temperamento ácido nunca melhora com o tempo, e uma língua afiada é o único instrumento cortante que o suco contínuo faz mais aguçado. Durante muito tempo, Rip, quando enxotado, consolava-se frequentando uma espécie de clube permanente dos sábios, filósofos e outras personagens preguiçosas da aldeia, o qual realizava as suas sessões num banco posto em frente de uma pequena hospedaria, assinalada por um rubicundo retrato de S. M. Jorge III.[1] Ali ficavam eles sentados à sombra durante os longos e lentos dias do verão, a confabular molemente sobre assuntos de aldeia e a contar infinitas e tediosas histórias sobre coisa nenhuma. A qualquer homem de Estado, porém, valeria a pena pagar para ouvir as profundas discussões que lá se tratavam de quando em quando, se, por acaso, um velho jornal, deixado por algum viajante, lhes caía nas mãos. Com que solenidade escutavam os artigos lidos com vagar por Derrick Van Bummel, o mestre-escola, homenzinho esperto e sabedor em quem a palavra mais gigantesca do dicionário não incutia medo; com que sabedoria comentavam eles os acontecimentos públicos alguns meses depois de ocorridos!

As opiniões desta assembleia estavam sob a inteira direção de Nicholas Vedder, patriarca da aldeia e dono da hospedaria, à porta da qual ficava sentado desde a manhã até a noite, fazendo apenas os movimentos necessários para evitar o sol, mantendo-se à sombra de uma grande árvore, de maneira que os vizinhos, guiados por seus movimentos, podiam dizer a hora tão exatamente como se fosse um relógio de sol. Raras vezes, é certo, ouvia-se-lhe a voz, mas fumava o seu cachimbo incessantemente. Seus sequazes, no entanto (pois todo grande homem os tem), compreendiam-no às mil maravilhas, e sabiam como captar-lhe as opiniões. Quando alguma coisa, lida ou relatada, lhe desagradava, viam-no fumar o cachimbo com veemência, lançando cachimbadas breves, frequentes e irritadas; mas, quando concordava, absorvia a fumaça com vagarosa tranqui-

---

[1] Jorge III: rei da Inglaterra de 1760 a 1820, durante cujo reinado a Inglaterra perdeu as colônias da América.

lidade, e a emitia em nuvens leves e serenas, tirando por vezes o cachimbo da boca e deixando os vapores perfumados ondearem-lhe em torno do nariz, enquanto acenava com a cabeça em sinal de perfeita aprovação.

Até desse conforto, porém, o infeliz Rip se viu enfim privado pela esposa rabugenta, que chegou ao ponto de irromper na tranquila assembleia e qualificar-lhe todos os membros de vadios; nem o próprio Nicholas Vedder, esse augusto personagem, foi poupado pela atrevida língua daquela virago, que o acusava abertamente de estimular os pendores do marido para a preguiça.

Por um triz não foi o pobre Rip levado ao desespero; seu único meio de escapar ao trabalho da fazenda e ao barulho da mulher foi pegar do fuzil e ir vaguear pelos bosques. Ali, sentava-se ao pé de uma árvore e repartia o conteúdo de seu alforje com Wolf, ao qual estimava como a um companheiro perseguido.

— Pobre Wolf! — dizia-lhe. — Tua dona te faz levar uma vida de cachorro; mas fica descansado, meu velho: enquanto eu viver, nunca te faltará um amigo!

Wolf abanava a cauda e examinava ansiosamente o rosto de seu dono; e, se os cachorros são capazes de sentir piedade, sem dúvida lhe retribuía o sentimento com todo o coração.

Numa dessas longas excursões, por um belo dia de outono, Rip se aventurou, sem dar por isso, a uma das regiões mais altas das montanhas Catskill. Estava absorto em sua distração preferida, a caça aos esquilos, e a solidão silenciosa repercutia com frequência os estampidos de sua espingarda. Cansado e ofegante, deixou-se cair, pelo fim da tarde, num oiteirinho coberto de ervas sobranceiro a um precipício. Por uma fenda entre as árvores seu olhar pôde abranger toda a região de baixo, cheia de florestas, num raio de muitas milhas. A grande distância via o altivo Hudson, longe, longe, avançando em seu curso silente porém majestoso, refletindo ora uma nuvem purpúrea, ora a vela de um lento barco, a repousar de vez em vez em seu vítreo, e perdendo-se, por fim, na serra azul.

No outro lado via um profundo e estreito vale, selvagem, solitário e hirsuto, com o fundo cheio de fragmentos dos rochedos que sobre ele pendiam, mal iluminado pelo reflexo dos raios do poente. Durante algum tempo, Rip descansou, deitado, a contemplar o espetáculo. A noite avançava gradualmente; os montes principiavam a deitar sobre os vales longas sombras azuis. Viu que a escuridão chegaria muito antes de ele atingir a aldeia, e soltou um suspiro angustiado ao lembrar seu próximo encontro com o terrorismo da sra. Van Winkle.

Ia descer, quando percebeu uma voz chamando-o de certa distância:

— Rip Van Winkle! Rip Van Winkle!

Olhou ao redor de si: não viu senão um corvo que voava solitário acima da montanha. Pensou que fora enganado pela imaginação e outra vez se dispôs a descer, quando ouviu ressoar o mesmo grito pelo ar da tarde silenciosa:

— Rip Van Winkle! Rip Van Winkle!

Ao mesmo tempo, Wolf eriçava os pelos, rosnando e refugiando-se ao pé do dono, com os olhos esgazeados fitos no precipício. Rip sentia-se invadido por uma vaga apreensão: olhou no mesmo rumo e avistou uma figura estranha galgando a custo os rochedos, curvada ao peso de alguma coisa que trazia às costas. Surpreendeu-se de ver um ser humano naquele ermo, mas nem por isso deixou de lhe acudir, supondo tratar-se de alguém que precisava de sua ajuda.

À medida que se aproximava, surpreendia-se cada vez mais com o singular aspecto daquele que o chamara. Era um ancião baixo, de espáduas quadradas, espessos cabelos híspidos e barba grisalha. Vestia à antiga moda holandesa: um gibão de pano apertado por uma correia à volta do peito, e vários calções, um dos quais, o de fora, era largo, descendo-lhe de um dos lados filas de botões, e corcovado nos joelhos. Conduzia às costas um barril de bom tamanho, cheio, dir-se-ia, de algum licor, e fazia sinais a Rip para que se aproximasse dele e o auxiliasse a carregar o barril. Embora um pouco arisco e desconfiado do novo conhecido, Rip consentiu, com a usual presteza, e os dois, socorrendo-se mutuamente, subiram por um estreito barranco, que aparentava ser o leito seco de uma torrente. Enquanto avançavam, Rip ouvia estrondos retumbantes, como longínquos trovões que pareciam sair de um barranco profundo, ou antes, de uma fenda entre dois elevados rochedos, em cuja direção a senda abrupta os levava. Parou um instante, mas, supondo que era o ruído de um desses trovões acompanhados de aguaceiros, frequentes na alta montanha, prosseguiu. Atravessado o barranco, chegaram os dois a uma escavação semelhante a um pequeno anfiteatro, cercada de rochedos íngremes a cuja margem árvores estendiam seus ramos, de modo que apenas se vislumbrava o céu azul e as brilhantes nuvens da tarde. Durante todo o tempo, Rip e seu companheiro avançaram em silêncio. Embora o primeiro não pudesse compreender a utilidade de carregar um barril de licor sobre aquela montanha deserta, havia no desconhecido algo singular e incompreensível que inspirava medo e reprimia qualquer familiaridade.

Ao penetrarem no anfiteatro, surgiram novos motivos de espanto. Num lugar plano do centro via-se um grupo de pessoas esquisitas entretidas no jogo da bola. Vestiam trajes dos mais estranhos: uns, gibões; outros, vestes de couro, com facões compridos à cinta; a maioria usava calções enormes como os do guia. Também as feições eram extraordinárias. Um tinha barba grande, rosto largo e olhinhos de porco; o rosto de outro parecia consistir unicamente em um nariz enorme e era encimado por um chapéu branco, em forma de pão de açúcar, adornado com uma pena vermelha de galo. Todos usavam barbas, de feitios e cores diferentes. Um deles parecia ser o comandante. Era um velho robusto, de surrado aspecto, que trajava um gibão agaloado, cinta larga com alfanje, chapéu alto com penas, meias vermelhas e sapatos de salto alto, ornados de rosas. O grupo inteiro lembrava a Rip as figuras de um antigo quadro flamengo que havia na sala de visitas de Domine Van Schaick, pároco da aldeia, quadro trazido da Holanda na época da colonização.

O que Rip achava sobremaneira estranho era que toda aquela gente, embora manifestamente se estivesse divertindo, mantinha a expressão mais grave e o silêncio mais misterioso. Era a reunião alegre mais melancólica de quantas ele jamais vira. Nada interrompia o silêncio da cena a não ser o ruído das bolas, cujo rolar, repercutido pelas montanhas, dava a impressão de estrondos de trovões.

À chegada de Rip e seu companheiro, de repente os jogadores abandonaram a partida e o fitaram com olhares parados de estátuas, com um ar tão excêntrico, em expressão e sem vida, que ele sentiu soçobrar o coração e os joelhos chocarem-se. Então o companheiro despejou o conteúdo do barril em grandes garrafas e acenou-lhe que servisse ao grupo. Obedeceu com tremor e medo; eles engoliram o licor em profundo silêncio e depois voltaram ao jogo.

O medo e a apreensão de Rip cessaram progressivamente. Animou-se a ponto de saborear, quando ninguém olhava para ele, a bebida, cujo aroma lhe recordava o dos melhores vinhos holandeses. Era por natureza uma alma sedenta, e dentro em pouco sentiu-se tentado a repetir o gole. Um trago puxava outro, e ele reiterou suas visitas à garrafa tão amiudadamente que afinal os sentidos se lhe embotaram, a vista se ofuscou, a cabeça foi-lhe pendendo cada vez mais. Por fim, caiu num sono profundo.

Ao despertar, encontrava-se no oiteirinho verde de onde avistara o ancião do precipício. Esfregou os olhos. Linda manhã de sol. Pássaros saltitavam e gorjeavam dentro da mata, uma águia pairava no alto, enfrentando a brisa pura das montanhas. "Será", pensou Rip, "que eu dormi aqui toda a noite?" Evocava o que lhe ocorrera antes de adormecer. O homem estranho com o barril de licor... o barranco... o retiro selvagem... a melancólica partida de bola... a garrafa... "Oh, a garrafa, aquela maldita garrafa!", dizia Rip com seus botões. "Que desculpa darei à sra. Winkle?"

Procurou a arma, e em lugar de sua espingarda de caça, limpa e bem azeitada, encontrou, estirada ao pé de si, uma velha carabina, com o cano coberto de ferrugem, os fechos desprendidos, a coronha bichada. Entrou a suspeitar que os graves valentões da montanha lhe haviam pregado uma peça, surripiando-lhe a espingarda depois de havê-lo inebriado com o seu licor. Wolf também desaparecera, mas podia ter-se extraviado ao correr atrás de um esquilo ou de uma perdiz. Rip assobiou e gritou-lhe o nome; debalde: o eco repetia o assobio e o grito, mas o cachorro não aparecia.

Resolveu voltar ao cenário do jogo da véspera e reclamar, de quem encontrasse dentre os participantes da partida, a espingarda e o cachorro. Levantando-se, teve a impressão de estar com as articulações rígidas e com um vigor muito menor que o habitual. "Não me dou bem com essas camas de montanha", pensou, "e, se esta brincadeira me rende uma crise de reumatismo, terei de me aguentar com a sra. Winkle!" A certo custo chegou à fenda e encontrou o barranco por onde ele e seu companheiro haviam subido na véspera; mas, para espanto seu, corria ali agora uma torrente, lançando espuma, saltando de um rochedo para outro, enchendo o barranco de um doce murmúrio. Ele, porém, achou meio de vingá-lo, trepando por um dos lados, à custa de grandes esforços, entre as matas de vidoeiro, canela-sassafrás e hamamélis, tropeçando ou emaranhando-se alguma vez nas trepadeiras, cujas roscas e gavinhas passavam de uma árvore para outra e estendiam uma espécie de renda por cima do atalho.

Finalmente, chegou ao trecho onde o barranco, entre os rochedos, se alargava em anfiteatro; porém já não encontrou ali o menor vestígio da fenda da véspera. As rochas formavam uma parede alta e intransponível, por sobre a qual a torrente descia aos saltos num lençol de brancas espumas semelhantes a leve penugem e caía numa bacia larga e profunda, negra pelas sombras da floresta que a rodeava. Aí o pobre Rip teve de parar. Assobiou de novo, chamando o cão, mas não obteve outra resposta senão o grasnar de um bando de corvos indolentes que se divertiam circunvoando uma árvore seca pendida sobre um precipício ensolarado, e, seguros lá no alto, pareciam troçar da perplexidade do pobre homem. Que havia de fazer? Já ia adiantada a manhã, e Rip, que ainda não quebrara o jejum, sentiu uma fome terrível. Afligia-se com a perda da espingarda e do cachorro, e temia o encontro com a mulher; mas de nada lhe servia ficar ali entre os montes morrendo à míngua. Sacudiu a cabeça, pôs ao ombro a carabina enferrujada e, com o coração ansioso e perturbado, tomou o rumo de casa.

Aproximando-se da aldeia, encontrou certo número de pessoas, a nenhuma das quais ele conhecia, o que o deixou um tanto surpreendido, pois julgava conhecer todos os habitantes da região. O traje deles também era de feição diversa a que estava habituado.

Todos o encaravam com sinais não menores de surpresa, e ao fitá-lo todos invariavelmente acariciavam o queixo.

A repetição de tal gesto induziu Rip a imitá-lo inconscientemente, e, com espanto, notou que sua barba tinha um pé de comprido.

Chegou aos confins da aldeia. Um bando de crianças desconhecidas correu-lhe atrás, aos berros, apontando-lhe a barba grisalha. Também os cães, nenhum dos quais lograva reconhecer, latiam à sua passagem. A própria aldeia estava diferente: maior e mais povoada. Havia filas de casas que ele nunca tinha visto; outras que ele costumava frequentar, tinham desaparecido. Nas portas, liam-se nomes estranhos; às janelas, caras estranhas; tudo era estranho. Começou a duvidar do próprio juízo, perguntando a si mesmo se ambos — ele e o mundo ao redor — não tinham sido enfeitiçados. Sem dúvida era aquela a sua aldeia natal, que ele deixara na véspera. Ali estavam as montanhas Catskill; ali corria, a certa distância, o prateado Hudson; ali se achavam todas as colinas e todos os vales exatamente como dantes. Rip via-se numa dolorosa perplexidade. "Aquela garrafa de ontem", dizia consigo, "estragou a minha pobre cabeça!"

Só a custo descobriu o caminho de sua própria casa, da qual se aproximou com silencioso receio, imaginando ouvir a qualquer instante a aguda voz da sra. Van Winkle. Encontrou a casa em ruínas, com o telhado afundado, as janelas em pedaços e as portas fora dos gonzos. Um cão meio morto, parecido com Wolf, rondava a casa, esquivo. Rip chamou-o pelo nome, porém o animal rosnou, mostrou os dentes e afastou-se. Era uma ofensa realmente dolorosa.

— Até o meu cachorro — suspirou Rip — se esqueceu de mim!

Entrou na casa, que — a bem da verdade seja dito — a sra. Van Winkle sempre mantivera em rigoroso asseio. Achava-se vazia, deserta, evidentemente desamparada. O espetáculo desolador sobrepujou todos os seus temores conjugais... chamou em voz alta a esposa e os filhos... as peças vazias repercutiram por um instante a sua voz, e o silêncio tornou a reinar.

Saiu às pressas e dirigiu-se para o antigo ponto de reunião preferido, a hospedaria da aldeia — mas também esta desaparecera.

Ocupava-lhe agora o lugar um grande e raquítico edifício, de amplas janelas escancaradas, muitas delas partidas e remendadas com velhos chapéus e saias, e acima do portão lia-se: "Hotel União. Proprietário Jonathan Doolittle." No lugar da grande árvore que protegia a tranquila estalagem holandesa de outrora erguera-se um longo pau em cujo topo se avistava alguma coisa semelhante a um barrete de dormir vermelho; no pau agitava-se uma bandeira com estranha mistura de estrelas e faixas... tudo isso era esquisito e incompreensível. Na tabuleta Rip reconhecia, contudo, a cara rubicunda do Rei Jorge, sob o qual tirara tantas cachimbadas pacíficas, mas essa mesma se modificara de maneira incomum. O casaco vermelho fora mudado para azul e amarelo, a mão segurava uma espada em vez de cetro, a cabeça estava ornada de um tricórnio e, debaixo, via-se escrito em grandes caracteres: "General Washington."

Como de costume, havia uma multidão de pessoas à entrada, mas Rip não reconhecia nenhuma delas. O próprio caráter do povo parecia mudado: notavam-se-lhe uns modos atarefados, diligentes, altercadores, ao invés da fleuma e sonolência habituais. Em vão Rip procurava o sábio Nicholas Vedder, com a sua cara larga, o seu papo, e o belo cachimbo comprido, lançando nuvens de fumaça em vez de conversas frívolas; ou Van Bummel, o mestre-escola, a difundir o conteúdo de algum velho jornal. No lugar deles, um homem de cara chupada e biliosa, os bolsos cheios de impressos, discursava com veemência sobre os direitos dos cidadãos... eleições... membros do Congresso... liberdade... Bunker Hill... heróis de 76 e outras coisas que para o desnorteado Van Winkle constituíam uma perfeita gíria babilônica.

O aparecimento de Rip, com sua longa barba grisalha, sua carabina enferrujada, seu traje grosseiro e o bando de crianças e mulheres que o seguia, não deixou de atrair a atenção dos políticos da taverna. Rodeavam-no de pronto, examinando-o da cabeça aos pés com a mais viva curiosidade. O orador dirigiu-se a ele e, chamando-o à parte, perguntou-lhe "com quem votaria". Rip fitou-o com estúpida perplexidade. Outra pessoa, baixa mas expedita, tomou-o pelo braço e, erguendo-se na ponta dos pés, falou-lhe ao ouvido, inquirindo "se era federalista ou democrata". Rip continuava tão embaraçado como dantes, sem poder responder à pergunta. Mas um senhor idoso, sabedor, muito importante e de tricórnio, abriu caminho através da multidão, empurrando uns e outros dos dois lados ao passar, e plantou-se ante Van Winkle com uma das mãos no quadril e a outra na bengala. Enquanto seus olhos vivos pareciam penetrar até o fundo a alma de Rip, perguntou-lhe, em tom austero, "o que o trazia para a eleição com uma espingarda no ombro e uma multidão atrás de si, e se pretendia levantar um motim na aldeia".

— Ai de mim, senhores! — exclamou Rip, consternado. — Sou um pobre homem pacato, natural deste lugar, e um súdito leal do rei, a quem Deus abençoe!

Nisto os assistentes se puseram todos a gritar:

— É um tóri![2] um tóri! um espião! um refugiado! Ponham-no fora daqui!

Não foi sem grande custo que o importante cavalheiro de tricórnio restabeleceu a ordem e, reassumindo um ar dez vezes mais austero, indagou do réu desconhecido o que vinha fazer ali e a quem procurava. O pobre homem assegurou-lhe humildemente que não vinha fazer mal a ninguém; apenas pretendia encontrar alguns vizinhos seus que costumavam reunir-se em frente à hospedaria.

— Muito bem. Mas quem são eles? Diga-lhes os nomes.

Rip refletiu um instante e perguntou:

— Onde está Nicholas Vedder?

Houve um minuto de silêncio; depois um velho respondeu com a voz fina e sibilante:

— Nicholas Vedder? Está morto e enterrado há uns 18 anos. No cemitério havia uma lápide de madeira que falava nele, mas também esta apodreceu e desapareceu.

— E Brom Dutcher?

— Este se alistou no começo da guerra; uns dizem que foi morto no assalto de Stony Point... outros, que se afogou numa bor-

---

[2] Tóri: partidário do governo inglês.

rasca ao pé de Anthony's Nose. Por mim, não sei... o certo é que nunca mais voltou.

— E Van Bummel, o mestre-escola?

— Também foi à guerra; era um grande general da milícia, e agora está no Congresso.

Rip sentia-se morrer ao inteirar-se destas tristes modificações na sua aldeia e na vida dos seus amigos, e ao ver-se tão sozinho na vida. As respostas embaraçavam-no também, porque se referiam a períodos enormes e a coisas que ele não podia compreender: guerra... Congresso... Stony Point... e, sem ter a coragem de perguntar por outros amigos, exclamou com desespero:

— Ninguém aqui conhece Rip Van Winkle?

— Oh, Rip Van Winkle! — exclamaram dois ou três. — Conhecemo-lo, como não? Ei-lo, encostado na árvore!

Rip olhou e viu uma réplica de si mesmo tal como era quando partira para a montanha, réplica aparentemente tão preguiçosa e certamente não menos esfarrapada que o original. Agora o pobre homem estava numa confusão absoluta. Duvidava de sua própria identidade já não sabendo se continuava a ser ele mesmo, ou se era outro. No meio desse desnorteamento, o cidadão de tricórnio perguntou-lhe quem era ele e como se chamava.

— Só Deus sabe — exclamou, inteiramente desorientado. — Não sou eu mesmo... sou outro... aquele ali sou eu... não... é um outro que entrou na minha pele... ontem eu ainda era eu, mas adormeci na montanha, e eles trocaram-me a espingarda, e tudo está trocado, eu mesmo estou trocado, nem sei dizer quem sou e como me chamam.

Os circunstantes começaram a entreolhar-se; abanavam a cabeça, piscavam os olhos expressivamente, e tocavam a fronte com o dedo. Houve também um murmúrio sobre a conveniência de desarmar o velho para impedi-lo de praticar um desastre. Esta palavra bastou para que o importante cavalheiro de tricórnio se retirasse com certa precipitação. Nesse momento crítico uma jovem e bonita mulher atravessou a multidão para dar uma espiadela ao homem de barba grisalha. Trazia ao colo uma criança gorducha, que, assustada com o olhar do desconhecido, desatou a chorar.

— Caluda, Rip! — gritou a mãe. — Caluda, rolinho! O velho não te fará mal nenhum.

O nome da criança, o aspecto da mãe, o tom de sua voz, tudo isso despertou no espírito de Rip uma porção de lembranças.

— Qual é o vosso nome, minha gentil senhora? — perguntou.

— Judite Gardenier.

— E o nome de vosso pai?

— Coitado! Chamava-se Rip Van Winkle; mas saiu de casa há vinte anos com a espingarda ao ombro, e nunca mais ouvimos falar nele. O seu cachorro voltou sozinho, ninguém sabe, porém, se ele se matou ou se os índios o carregaram. Naquele tempo eu era uma criancinha.

Agora Rip só tinha uma pergunta para lhe fazer, e fê-la num tom de hesitação:

— Onde está vossa mãe?

— Oh, ela também morreu pouco tempo depois; rebentou um vaso sanguíneo num ataque de cólera provocado por um vendedor ambulante de Nova Inglaterra.

Esta informação, pelo menos, encerrava uma gotinha de consolo. O bom homem não pôde conter-se mais tempo, abraçou a filha e o neto, e exclamou:

— Eu sou vosso pai! Outrora o jovem Rip Van Winkle... agora Rip Van Winkle, o velho! Ninguém reconhece o pobre Rip Van Winkle?

Todos ficaram assombrados. Uma velha, depois de atravessar, cambaleando, a multidão, levou uma das mãos às sobrancelhas e, fitando-o por um momento, gritou:

— Não há dúvida, é Rip Van Winkle! É ele mesmo! Bons olhos o vejam, vizinho! Por onde andou estes vinte longos anos?

A história de Rip foi contada depressa, porque para ele os vinte anos não eram mais que uma única noite. Os vizinhos ouviam-no pasmados; alguns faziam sinais entre si com a cabeça e olhavam para ele com desconfiança irônica; e o homem importante, de tricórnio, que veio a aparecer depois de passado o alarma, franziu os cantos da boca e sacudiu a cabeça — o que produziu um sacudir de cabeça em toda a assembleia.

Resolveu pedir a opinião do velho Peter Vanderdonk, o qual vinha chegando, a passo lento. Descendia do historiador do mesmo nome, autor de um dos primeiros trabalhos a respeito da província. Sendo o habitante mais velho da aldeia, estava informado dos acontecimentos milagrosos e das tradições de toda a região. Reconheceu Rip sem demora, e corroborou-lhe a narração do modo mais satisfeito. Assegurou ao grupo que, de fato, segundo depoimento de seu antepassado historiador, as montanhas Catskill têm sido sempre frequentadas por seres estranhos. Afirmava-se que o grande Hendrick Hudson,[3] descobridor do rio e da região, fazia lá uma espécie de ronda a cada vinte anos com a tripulação do *Half Moon*, sendo-lhe dado, assim, rever o cenário do seu empreendimento e vigiar o rio e a grande cidade que lhe conservavam o nome. Seu pai os tinha visto uma vez em seus velhos trajos holandeses jogarem a bola numa escavação da montanha, e ele mesmo ouvira, numa tarde de estio, o barulho de suas bolas, semelhante a longínquos estrondos de trovão.

Para abreviar a história, o grupo dispersou-se e tornou a um assunto bem mais importante, a eleição. A filha de Rip levou-o consigo e manteve a seu lado, numa casa confortável e bem mobiliada. Seu marido era um fazendeiro robusto e alegre, de quem Rip lembrava como um dos garotos que costumavam trepar-lhe às costas. Quanto ao filho e herdeiro de Rip, tão parecido com ele e a quem vimos encostado na árvore, estava empregado nos trabalhos da fazenda, mas revelava uma hereditária disposição para não fazer nada a não ser o que lhe aprazia.

Agora Rip readquiriu os antigos hábitos e recomeçava os seus passeios; não tardou a encontrar alguns companheiros, mas todos muito mudados pelos estragos do tempo; por isso, preferia contrair amizades entre a geração nova, na qual não tardou a conquistar grande popularidade.

---

[3] Hendrick ou Henri Hudson: personagem real, navegador inglês morto em 1611. Em 1607, partindo de Amsterdã, atravessou o Atlântico, descobriu a foz do rio que hoje tem o seu nome, foi também ele quem mais tarde descobriu o atual estreito de Hudson.

Como nada tivesse que fazer em casa, e tendo chegado à idade feliz em que um homem pode ser preguiçoso impunemente, retomou o seu lugar no banco à porta da estalagem, e passou a ser reverenciado como um dos patriarcas do lugar e uma crônica do velho tempo de "antes da guerra". Custou-lhe um tanto, porém, conseguir tomar parte numa conversa e compreender os estranhos acontecimentos que se tinham verificado durante o seu torpor: que houvera uma revolução, que o país sacudira o jugo da velha Inglaterra, e que, em vez de ser um súdito de Sua Majestade Jorge III, ele era agora um cidadão livre dos Estados Unidos. Na realidade, Rip não era político; pouco se lhe dava das mudanças de Estados e impérios; mas havia uma espécie de despotismo sob o qual ele gemera durante muito tempo: a tirania conjugal. Felizmente, aquilo tinha acabado, ele tinha livrado o pescoço do jugo do casamento, podia entrar e sair quando quisesse sem temer a opressão da sra. Van Winkle. Porém, cada vez que o nome dela era mencionado, Rip meneava a cabeça, encolhia os ombros e levantava os olhos, o que tanto podia exprimir a sua resignação ao destino quanto a alegria da libertação.

Costumava narrar a sua história a todos os forasteiros que chegavam à estalagem do sr. Doolittle. A princípio, havia, sempre que a contava, divergências a certos pormenores, o que era devido, sem dúvida, ao ter ele acordado tão recentemente. Mas a narrativa terminou por se cristalizar exatamente tal como a referi, e não havia homem, mulher ou criança da região que não a soubesse de cor. Algumas pessoas pretendiam sempre pôr tudo em dúvida, afirmavam que Rip havia perdido o juízo por certo tempo e que a sua loucura se mantinha quanto àquele ponto. Contudo, os antigos habitantes holandeses quase universalmente lhe davam pleno crédito. Ainda hoje nunca eles ouvem uma trovoada em tarde de verão sobre as Catskill sem dizer que Hendrick Hudson e a sua tripulação estão jogando a bola; e todos os marinheiros tiranizados da região, quando a vida se lhes torna mais dura, desejam ter um gole repousante da garrafa de Rip Van Winkle.

A INGRATIDÃO E A INJUSTIÇA DOS HOMENS COM RELAÇÃO À SUA SORTE

Jean de La Fontaine

Um mercador pelos mares comerciava,
E a cada viagem mais rico ficava.
Nenhum golfo ou rocha sua paz abalava;
Nenhum navio com mercadorias voltava.

Outros conheciam a triste adversidade,
O Destino e Netuno tinham forte vontade.
A Fortuna o aportava com tranquilidade;
Seus servos tinham zelo e habilidade.

Vendia tabaco, açúcar, toda especiaria,
Sedas, porcelanas; que mais você queria?
Sua fortuna, nenhuma outra igualaria:
Tinha "a chave de ouro" que tudo abria.

Teve milhões em ouro, luxuosas roupagens,
Só em ouro lhe falavam as mensagens.
Cães, cavalos, postilhões de carruagens,
A Fortuna caprichava nas homenagens.

Um amigo perguntou a origem do esplendor.
E ele: "Eu sei a hora certa, sim, senhor;"
"De pedir, de emprestar seja o que for:
Tenho cuidado e talento, e tudo ao dispor."

Seus lucros eram de tal alçada
Que arriscou outra bela jogada.
Mas a frota acabou malograda:
Imprudente, penou com a empreitada.

Um navio velho na chuva naufragou,
E outro, um bando de piratas levou;
O terceiro até o porto, ileso, chegou,
Mas a mercadoria ninguém comprou.

A Sorte só dá uma chance, nós sabemos;
Reverteu seus servos em ladrões, aos remos.
O Destino o abateu com um golpe, e veremos,
Deixou a lição que raramente esquecemos.

O amigo soube da sua dor sem demora.
"Foi a Sorte, ai!", o mercador chora.
"Anime-se," diz o amigo, "e agora
Seja mais sábio com o mundo lá fora.

Dou-lhe um conselho saudável:
Costuma atribuir, o homem instável,
Ao Trabalho, a paz e a fortuna amável,
Ao Destino tudo que é desagradável!"

Pois cada vez que nós erramos,
Espantados, não nos conformamos;
É sempre assim, logo nos queixamos
E o Destino ou a Sorte culpamos.

O bem obtemos por nossa conta,
Mas o mal nos prende, nos monta;
Sempre certos, a verdade desponta:
Sempre o Destino é quem apronta!

OS CAVALOS DANÇARINOS DE SIBÁRIS

Recontada por James Baldwin

No sul da Itália, florescia, por volta de 510 a.C., uma colônia grega chamada Sibáris. A cidade era bem situada para o comércio, os campos adjacentes eram férteis e o clima era o melhor do mundo. Durante alguns séculos, os sibaritas foram muito laboriosos e empreendedores, lucrando muito no comércio com outros países, e, assim, acumularam imensas fortunas. Mas o excesso de fortuna acabou provocando sua ruína. Aos poucos, o povo perdeu o hábito do trabalho e da parcimônia, preferindo entregar-se ao lazer. Por fim, transferindo todo tipo de trabalho indispensável aos escravos, deixaram de lado suas obrigações básicas e passavam os dias comendo, bebendo, dançando, escutando as melhores músicas e indo ao circo para assistir às exibições dos acrobatas e animais treinados.

Na verdade, diz-se que chegavam a oferecer prêmios a quem inventasse novas formas de diversão. Um certo flautista teve a ideia de ensinar os cavalos a dançar: como as criaturas gostavam de se divertir tanto quanto seu mestre, a tarefa foi bastante facilitada. Pouco tempo depois, o som da flauta fazia todos os cavalos do país entrarem no ritmo. Pode-se bem imaginar como deve ter sido bem-humorada aquela época: um país inteiro de dançarinos humanos e equinos!

Mas até o mais alegre verão um dia termina. Os vizinhos dos sibaritas eram uma comunidade de trabalhadores dedicados, estudantes e comerciantes, chamados crotoniatas. Viviam com moderação, bebiam as águas do rio Crotona, ouviam as preleções de Pitágoras e olhavam cobiçosos para os belos pomares e altivos palácios brancos de Sibáris. Por diversas vezes, os crotoniatas haviam guerreado contra os sibaritas; mas seu exército era muito menor, não possuíam nenhuma cavalaria, e foram derrotados em todas as batalhas. Seus soldados a pé de nada valiam frente aos cavalos de guerra de Sibáris.

Mas quem tem valor sempre vence no final. Quando um espião contou aos crotoniatas que os cavalos de Sibáris dançavam ao som de flautas, o general de Crotona resolveu aproveitar aquele detalhe o quanto antes. Enviou aos territórios sibaritas um grande contingente de pastores e tocadores de pífaro, armados somente com flautas e pífaros usados para reunir rebanhos. Um pouco atrás deles, marchava o batalhão de soldados do exército crotoniata. Quando os sibaritas souberam que as forças do inimigo estavam chegando, enfileiraram toda a cavalaria — naquela época, a melhor do mundo — e partiram para atacá-los.

Acharam divertidíssima a ideia de assistir à fuga desabalada dos crotoniatas pelos campos, e metade dos sibaritas foi assistir à brincadeira. Certamente, era um confronto esdrúxulo: mil cavaleiros muito bem trajados, em esplêndidas montarias, diante de um punhado de pastores desarmados e reles soldados, esfarrapados, a pé!

As damas sibaritas abanavam lencinhos, animando os campeões para o ataque. Os cavaleiros posavam com arrogância, aguardando apenas a ordem de ataque. Subitamente... um som! Mil flautas começaram a tocar, e não eram as musiquinhas dos circos de Sibáris; devia ser alguma ária de Crotona. É dada a ordem para atacar: os sibaritas gritam e enfiam as esporas nos flancos dos cavalos. Vai ser uma ótima diversão! Mas os corcéis de guerra já não obedecem, não dão atenção a mais nada, a não ser à música! Batem os cascos em uníssono com os acordes inspiradores, sem saírem do lugar.

Nesse momento, os crotoniatas surgem pelos campos, mas os cavalos ainda estão dançando, concentradíssimos, ao som das flautas: cabriolando, corcoveando, rebolando, piruetando, valsando, dão um espetáculo de dança sobre os lépidos cascos bem treinados, esquecidos de tudo, hipnotizados pela deliciosa harmonia. Os cavaleiros sibaritas tinham tanta certeza da vitória que se preocuparam mais com os ornamentos do que com as próprias armas. Alguns foram derrubados dos cavalos pelos crotoniatas, outros pularam ao chão e correram o mais que permitiam as pernas preguiçosas, recuando para os muros da cidade. Os pastores e pífaros retiraram-se sem pressa na direção de Crotona, ainda tocando alegremente, seguidos pelos animados cavalos, sempre no ritmo da música.

Os cavalos dançarinos cruzaram a linha fronteiriça entre os dois países, valsando sobre os campos crotoniatas e rodopiando alegremente pelos portões da cidade. Quando os músicos pararam de tocar, as ruas de Crotona estavam repletas de excelentes cavalos de guerra!

E assim os sibaritas perderam sua preciosa cavalaria, da qual tanto se orgulhavam. Não tardaram a ser subjugados pelos crotoniatas, perdendo o poder e a cidade — mas, numa competição entre ociosos e trabalhadores, como poderia ser de outra forma?

O HOMEM QUE AMAVA DEMAIS A GUERRA

Adaptada da versão de F. J. Gould
Conto do historiador Plutarco

Pirro, o rei de Épiro, na Grécia Antiga, estava certa vez ouvindo dois flautistas. Um tocava uma melodia animada, e o outro, acordes melancólicos. Quando terminaram, perguntaram ao rei qual ária ele preferia.

— Nenhuma delas — disse Pirro. — A música que mais me agrada é o som espadas em luta e das flechas voando dos arcos.

Pirro amava a agitação da batalha. Era inquieto demais para permanecer na própria terra, cuidando do conforto de seu povo. Sua paixão era dominar reinos estrangeiros e anexar cada vez mais territórios ao seu. Ansiava por realizar as mesmas conquistas que Alexandre, o Grande. Assim que terminava uma guerra, arranjava outra, e, por mais que fosse derrotado, nunca desistia de lutar novamente.

Pirro resolveu lançar-se contra Roma. Aprontou sua frota e preparou-se para sair ao mar. Logo antes de embarcar, um amigo lhe disse:

— Os romanos são valorosos lutadores. E mesmo que os deuses estejam ao seu lado e você os derrote, o que fará depois?

— Vou varrer a Itália inteira, e todas as cidades se renderão a mim.

— E depois?

— Depois, vou tornar-me senhor da frutífera ilha da Sicília.

— E chega?

— Não. Depois, vou estar preparado para cruzar o mar até a África e capturar a grande cidade de Cartago.

— E depois disso?

— Vou marchar contra a Macedônia, um país que eu sempre quis anexar aos meus domínios.

— E depois?

— Ora, depois disso, poderemos ficar sossegados, celebrar e dar graças por nossa grande fortuna.

— Então, não seria melhor sossegarmos, celebrarmos e darmos graças por nossa fortuna agora mesmo, em vez de travar tantas lutas? Por que não descansar agora, em vez de deixar tantas terras arruinadas, tantas vidas perdidas?

Pirro deu as costas ao amigo.

Atracou nas praias da Itália com um vasto exército. Os romanos avançaram para encontrá-lo. A luta foi selvagem, seguindo-se diversas batalhas. Em uma delas, Pirro saiu vitorioso, mas as perdas humanas foram terríveis. Ele estava andando pelo campo, verificando as pilhas de mortos, quando um de seus oficiais veio congratulá-lo pelo triunfo. Pirro sorriu amargamente.

— Mais uma vitória dessas — disse — e estaremos arruinados.

Desde essa época, uma batalha vencida por um preço alto demais é chamada de "vitória de Pirro".

Por fim, foi forçado a deixar a Itália e desistir da Sicília. Tomou seus navios e carregou seu exército vencido — o que sobrou — para Épiro. Mas não conseguia parar. Guerreou contra a Macedônia e conquistou as terras da Alexandria; mas o rei da Macedônia conseguiu retomar tudo. Pirro foi para o Peloponeso e lutou contra os espartanos, mas foi expulso do território. As lutas nunca o cansavam.

A última campanha foi contra a cidade grega de Argos e teve um final inglório. A batalha efervescia pelas ruas, e Pirro estava no meio dos homens. Uma velha tirou uma telha do seu telhado e jogou-a, atingindo o rei guerreiro na cabeça. Ele cambaleou, aturdido e indefeso. O inimigo aproveitou e instantes depois ele estava morto.

E assim nunca pôde "sossegar, celebrar e dar graças por sua grande fortuna".

WOO SING E O ESPELHO

Recontada por Mary H. Davis e Cheow-Leung
Lenda chinesa

Um dia, o pai de Woo Sing chegou em casa com um espelho trazido da cidade grande.

Woo Sing nunca vira um espelho na vida. Dependuraram-no na sala enquanto ele estava brincando lá fora; quando voltou, não compreendeu o que era aquilo, pensando estar na presença de outro menino.

Ficou muito alegre, achando que o menino viera brincar com ele.

Ele falou muito amigavelmente com o desconhecido, mas não teve resposta.

Riu e acenou para o menino no vidro, que fazia a mesma coisa, exatamente da mesma maneira.

Então, Woo Sing pensou: "Vou chegar mais perto. Pode ser que ele não esteja me escutando." Mas quando começou a andar, o outro menino logo o imitou.

Woo Sing estacou e ficou pensando nesse estranho comportamento. E disse para si mesmo:

"Esse menino está zombando de mim; faz tudo o que eu faço!"

E quanto mais pensava, mais zangado ficava. E logo reparou que o menino estava zangado também.

Isso acabou de exasperar Woo Sing! Deu um tapa no menino, mas só conseguiu machucar a mão, e foi chorando até seu pai. Este lhe disse:

— O menino que você viu era a sua própria imagem. Isso deve ensinar a você uma importante lição, meu filho. Tente não perder a cabeça com as outras pessoas. Você bateu no menino no vidro e só conseguiu machucar a si mesmo.

"E lembre-se: na vida real, quando se agride sem motivo, o mais magoado é você mesmo."

O VEADO NO LAGO

Esopo

Um veado foi matar a sede em um lago. Enquanto bebia, viu seu reflexo na água. Ficou muito orgulhoso dos chifres, tão grandes e com tantas galhadas! Mas depois olhou para os pés, e ficou desapontado por serem tão pequenos e fracos.

Ele estava assim distraído quando surgiu um leão, saltando para cima dele. O veado virou-se e correu. Como era muito ligeiro, conseguiu manter uma boa dianteira do leão, na campina aberta. Porém, quando precisou entrar no bosque, a galhada do veado acabou presa nos ramos das árvores. Não conseguiu mais correr, e o leão o alcançou.

Quando o leão o agarrou nas presas, o veado gritou:

— Que desgraça a minha! Fui salvo pelas próprias partes que desprezei e fui traído pelas partes que admirei!

O CALCANHAR DE AQUILES

Adaptada da versão de James Baldwin
Da mitologia grega

O mais poderoso de todos os guerreiros gregos que lutaram contra os troianos era Aquiles, filho do rei Peleu e da ninfa do mar Tétis. Ao nascer, um profeta anunciou que sua vida seria gloriosa, porém curta.

A mãe decidiu contrariar a profecia; seu filho não deveria jamais morrer. Carregou a criança até o sombrio reino subterrâneo de Hades, onde corria o escuro rio Styx, em cujas margens os deuses proferiam juramentos inquebráveis. Se algum mortal fosse mergulhado em suas águas negras, nenhuma espada, flecha ou qualquer arma poderia feri-lo.

Tétis segurou o menino pelo calcanhar e gentilmente mergulhou-o na corrente. O misterioso rio envolveu o menino, fortalecendo seu corpo contra todos os perigos. Contudo, na pressa de retornar à luz do sol, a pobre mãe não percebeu que as águas não haviam banhado o pequeno calcanhar. Por pequeno e discreto que fosse, restou ali um ponto que poderia ser atingido.

Voltou orgulhosa e mostrou o menino a Peleu. As madeixas grisalhas e o rosto enrugado do rei assustaram a criança, que começou a chorar. Peleu saiu, dizendo:

— Ora, não passa de um chorão!

E passaram a chamá-lo de Ligyron, por causa do choro.

Ainda menino, Peleu enviou Ligyron para morar com Quíron, o sábio centauro, criatura metade homem, metade cavalo, que tinha uma escola para heróis nos bosques do Monte Pelion. Quíron trocou o nome do menino para Aquiles e alimentava-o com corações de leões e tutanos de ursos e javalis. Aquiles aprendeu a manejar o arco, a domar cavalos e a cuidar do próprio corpo, para crescer forte e corajoso. Dormia ao ar livre, caçava javalis pela floresta e derrotava ferozes assaltantes que passavam pela montanha. Quando terminou os estudos com Quíron, voltou para casa já rapaz, alto, louro, forte e tão gracioso quanto corajoso. A mãe chorou ao vê-lo, lembrando-se da antiga profecia. Mas o velho pai ficou muito orgulhoso e logo levou-o para conhecer os tesouros do palácio.

— Esta é a incomparável armadura de bronze que os deuses me deram, quando me casei. Nenhum homem a usou ainda, mas você logo vai crescer ao ponto de lhe servir. Olhe este escudo redondo, claro, esculpido com tão belas figuras, e este capacete com a pluma altaneira... Será que existe maior deleite para os olhos de um guerreiro? E esta é a lança que seus braços logo vão poder arremessar. E, por fim, estes são Veloz e Ouro Velho, os mais nobres corcéis jamais possuídos por um mortal. Tudo isso é seu, meu filho!

E Aquiles tornou-se um dos maiores guerreiros. Partiu com os gregos para a longa guerra contra Troia, provando ser mesmo o melhor. Mas, por mais bravo e forte que fosse, não atingira a perfeição — aliás, como nenhum mortal. Queria que todos soubessem que ele era o melhor; pensava muito e falava demais sobre a sua própria glória. E tinha mau gênio: quando era contrariado, fechava-se na sua tenda, aborrecido. Seu destino, previsto pelo profeta, chegou cedo demais.

Um dia em que a guerra estava bastante acirrada em Troia, Aquiles conduziu a biga até bem perto dos portões, mas parou para escarnecer dos infelizes troianos postados às ameias. Em vão, o fiel corcel Ouro Velho pisoteou, relinchou e lutou contra os freios, talvez pressentindo o trágico destino e tentando livrar o dono do perigo iminente. Mas Aquiles, altaneiro, gabava-se dos seus grandes feitos: como, do mar, havia devastado 12 cidades e, da terra,11; como subjugara a rainha das amazonas e matara Heitor, a esperança dos troianos; como ganhara grandes espólios e incontáveis tesouros, em tantos territórios; e como, em todo o mundo, não existia ninguém tão temível quanto ele, nem mesmo o solar Apolo!

Mal terminara esta última passagem, uma refulgente lança sibilou em sua direção, vinda de cima. E de nada adiantou a grandiosa armadura; a morte foi rápida. Alguns dizem que a lança foi atirada de uma ameia por Páris, o pérfido príncipe que causara aquela guerra infeliz. Outros afirmam que não foi lançada por nenhum mortal, mas que viera dos céus, do próprio Apolo, ofendido além dos limites pela jactância do herói. Não se sabe qual a verdade, e nem interessa, no caso. O fato é que o projétil atingiu exatamente o pequeno ponto no calcanhar que a armadura não cobria. O destruidor de tantas cidades caiu estendido e calado ao chão — como até hoje ocorre com tantos arrogantes —, e o mundo continuou a girar como antes. Seus maravilhosos corcéis, na falta da sua voz de comando e das fortes mãos nas guias, fugiram desabaladamente, galopando na velocidade do vento sobre as planícies.

O VELHO, O MENINO E O BURRO

Recontada por James Baldwin
Esta história é contada há séculos na África, Ásia e Europa.

Era uma vez um homem já velho que ia para o mercado com o filho pequeno e um burro andando atrás. Não haviam se afastado muito quando encontraram um fazendeiro que lhes disse:

— Vocês são muito bobos de andarem essa distância toda até a cidade, com esse burro preguiçoso andando atrás! Afinal, burros não servem para se montar?

— Bem, eu nem tinha pensado nisso — disse o homem. — Com prazer, faremos o que sugere.

E montou o menino no burro, seguindo viagem.

Pouco depois, passaram por alguns homens na estrada.

— Olhem só que menino preguiçoso! — disse um deles. — Vai refestelado no burro e faz o pobre pai, velho, seguir a pé!

O pai, ouvindo aquilo, chamou o filho:

— Pare um pouco. Vamos seguir a sugestão desses homens.

Mandou o menino apear e ele mesmo montou no burro.

A seguir, encontraram duas mulheres, e uma disse à outra:

— Já viu homem mais preguiçoso? Vai montado, descansando, e faz o filhinho andar a pé!

O homem não sabia o que fazer.

— Meu filho — disse —, acho que devemos seguir as sugestões de todos, mas como atender às mulheres e àqueles homens ao mesmo tempo?

Pensou um pouco e chegou a uma conclusão. Carregou o filho às costas e prosseguiram, o burro cambaleando um pouco com o peso dos dois.

Quando, enfim, chegaram à cidade, um grupo de pessoas começou a apontar e zombar deles. O pai parou e perguntou:

— O que está havendo, meus amigos?

— Muita coisa! — disseram os homens! — Você devia se envergonhar de tanta crueldade com o pobre burro. É muito peso para um animal tão pequeno como ele!

— Eu não tinha pensado nisso — disse o homem. — Parece demais para ele, mesmo; mas nós estávamos tentando agradar a alguns amigos que nos fizeram sugestões.

Assim, ele e o menino desmontaram, sem saber o que fazer desta vez. Pensaram, pensaram e por fim tiveram uma ideia. Acharam um pedaço comprido de madeira e amarraram as patas do burro, pendurando-o na tora. Com muito esforço, ergueram a tora, apoiando-a nos ombros. O burro não gostou nada disso, mas que podia fazer?

O velho e o menino prosseguiram, carregando o burro. Seguiam bem altivos, enquanto todo o povo ria deles.

— Acho que agora estamos agradando a todo mundo — disse o pai.

Quando chegaram à ponte do mercado, o burro soltou uma das patas e escoiceou. O menino assustou-se e largou sua ponta da tora. O burro se desequilibrou e caiu da ponte, afogando-se no rio.

— Eu acho, meu filho — disse o pai —, que aprendemos uma lição com tudo isso.

— E qual a lição, pai?

— Se você tentar agradar a todos, acaba não agradando a ninguém!

O LOBO E O CARNEIRINHO

Esopo

Um lobo viu um carneirinho bebendo em um riacho e ficou pensando em alguma maneira de agarrá-lo. Foi para um ponto um pouco acima, no riacho, e gritou:

— Como ousa enlamear a água que estou bebendo?!

— Mas como eu poderia — disse o carneiro — se encosto apenas a ponta dos lábios? E, além disso, a água corre de você para mim, não de mim para você.

— Bem... A noite passada eu não consegui pegar no sono, por causa dos seus balidos!

— Mas como pode ser? — perguntou o carneiro. — Eu dormi do outro lado da montanha, na estrebaria do meu dono, com o nariz enfiado ao lado da minha mãe!

— Bem... você andou xingando o meu pai, um ano atrás — resmungou o lobo, encontrando um novo motivo.

— Há um ano eu ainda nem tinha nascido! — disse o pobre carneirinho.

— Bem... Pode dar as desculpas que quiser, mas eu estou é com fome e vou comer você de qualquer jeito!

E, sem mais aquela, engoliu o pobre carneirinho.

Quando se resolve fazer uma má ação, não há razão que demova a intenção.

COMO O PESCOÇO DA AVESTRUZ FICOU COMPRIDO

Lenda africana

Antigamente, o avestruz tinha o pescoço curto, como todas as outras aves. Naqueles dias, ele queria mais que tudo ficar amigo do crocodilo. Todos os pássaros avisaram que estava cometendo um grande erro.

— Você não pode confiar no crocodilo — disse o macaco. — Ele é malvado, mal-educado, e espanta todos os animais para longe do rio.

— E, além disso, é preguiçoso — disse o gnu. — Não faz nada o dia inteiro, fica só deitado, esperando aparecer algum almoço.

— E só pensa nele mesmo — acrescentou o elefante. — É só você virar as costas que ele lhe dá uma mordida. Não, não dá para confiar no crocodilo.

Mas o avestruz nem ligava, insistindo em querer brincar com o crocodilo.

Um dia, o crocodilo estava especialmente faminto, pois ficara sem o desjejum. Assim, disse para o avestruz:

— Meu bom amigo, estou com uma terrível dor de dentes! Você se incomodaria de enfiar a cabeça na minha boca, para ver o que há de errado?

E escancarou bem as mandíbulas.

— Ora, é claro, querido crocodilo! — disse o avestruz.

E chegou a cabeça bem perto.

— Mas você tem tantos dentes! — gritou o avestruz. — Qual é o que está doendo?

— É um lá atrás — disse o crocodilo. — Olhe bem lá atrás!

E o avestruz enfiou a cabeça lá dentro.

— Está muito escuro aqui dentro — gritou. — E são tantos dentes! Ainda não vi qual é o que dói.

E o avestruz enfiou ainda mais a cabeça.

— É este? — gritou.

— É isto! — O crocodilo gritou de volta. E fechou a bocarra, prendendo a cabeça do pobre avestruz.

— Socorro!! — gritava, puxando para trás com o corpo, tentando retirar a cabeça.

Mas o crocodilo puxava para o outro lado, segurando firme. A ave puxava para um lado, ele puxava para o outro. E o pescoço do avestruz foi esticando.

E-s-t-i-c-o-u!

E-S-T-I-C-O-U!

Ficaram se puxando o dia inteiro, e o pescoço do avestruz esticava cada vez mais. Deve ter doído bastante, mas o avestruz continuava puxando, pois não queria perder a cabeça.

Por fim, o crocodilo ficou cansado de puxar e largou. O avestruz pulou para trás e saiu correndo do rio o mais rápido que podia. E até hoje tem o pescoço comprido, para se lembrar de ficar longe de tipos como o crocodilo.

UM SOM POR UM PERFUME

Várias versões desta lenda são contadas na África, na Ásia e em outras partes do mundo.

Um pobre viajante parou ao meio-dia para descansar à sombra de uma frondosa árvore. Ele viera de muito longe e sobrara apenas um pedaço de pão para almoçar. Do outro lado da estrada, havia um quiosque com tentadores pastéis e bolos; o viajante se deliciava sentindo as fragrâncias que flutuavam pelo ar, enquanto mascava seu pedacinho de pão dormido.

Ao se levantar para seguir caminho, o padeiro subitamente saiu correndo do quiosque, atravessou a estrada e agarrou-o pelo colarinho.

— Espere aí! — gritou o padeiro. — Você tem que pagar pelos bolos!

— Que é isso? — protestou o espantado viajante. — Eu nem encostei nos seus bolos!

— Seu ladrão! — berrava o padeiro. — É perfeitamente óbvio que você aproveitou seu próprio pão dormido bem melhor, só sentindo os cheirinhos deliciosos da minha padaria. Você não sai daqui enquanto não me pagar pelo que levou. Eu não trabalho à toa não, camarada!

Uma multidão se juntou e instou para que levassem o caso ao juiz local, um velho muito sábio. O juiz ouviu os argumentos, pensou bastante e depois ditou a sentença.

— Você está certo — disse ao padeiro. — Este viajante saboreou os frutos do seu trabalho. E julgo que o perfume dos seus bolos vale três moedas de ouro.

— Isso é um absurdo! — objetou o viajante. — Além disso, já gastei meu dinheiro todo na viagem. Não tenho mais nem um centavo.

— Ah... — disse o juiz. — Neste caso, vou ajudá-lo.

Tirou três moedas de ouro do próprio bolso, e o padeiro logo avançou para pegar.

— Ainda não — disse o juiz. — Você diz que este viajante meramente sentiu o cheiro dos seus bolos, não é?

— É isso mesmo — respondeu o padeiro.

— Mas ele não engoliu nem um pedacinho?

— Já lhe disse que não.

— Nem provou nenhum pastel?

— Não!

— Nem encostou nas tortas?

— Não!

— Então, já que ele consumiu apenas o perfume, você será pago apenas com som. Abra os ouvidos para receber o que você merece.

O sábio juiz jogou as moedas de uma mão à outra, fazendo-as retinir bem perto das gananciosas orelhas do padeiro.

— Se ao menos você tivesse a bondade de ajudar esse pobre homem em viagem — disse depois o juiz —, você até ganharia recompensas em ouro, no Céu.

PROCUSTO, O IMPIEDOSO

Recontada por James Baldwin

Atenas estava a cerca de vinte milhas apenas, mas a estrada que passava pelas montanhas Parnes era uma trilha estreita serpenteando pelas rochas e mergulhando em diversas ravinas isoladas, ladeadas por árvores. Teseu já vira estradas bem piores e muito mais perigosas; seguia corajosamente adiante, feliz por estar tão perto do fim dessa longa viagem. Contudo, a travessia das montanhas era lenta e nem sempre ele estava seguro de estar na trilha certa. O sol estava quase se pondo, quando ele chegou a um vasto vale verde, do qual haviam arrancado as árvores. Um estreito riacho corria pelo meio desse vale, ladeado por campinas cobertas de grama, onde pastavam algumas reses. Ali perto, no flanco de uma montanha, meio escondida entre as árvores, havia uma grande casa de pedra, coberta de vinhas que subiam até o telhado.

Teseu estava imaginando quem poderia morar neste lugar tão bonito e solitário quando um homem saiu da casa e apressou-se a encontrá-lo. Estava muito bem-vestido e sorria profusamente. Curvou-se numa humilde reverência e gentilmente convidou Teseu a se hospedar em sua casa durante a noite.

— Este lugar é muito solitário — disse —, e não passam muitos viajantes. Mas nada me alegra mais do que conhecer pessoas e celebrar com elas em minha mesa, escutando suas histórias sobre o que veem e ouvem. Suba, jante comigo e se abrigue sob o meu teto. Você dormirá em uma cama maravilhosa: é adequada para qualquer hóspede e cura todos os males.

Teseu agradou-se dos modos do homem e, como estava faminto e cansado, acompanhou-o e sentaram-se sob as vinhas perto da porta. O homem disse:

— Vou entrar e preparar a cama para você poder deitar-se e descansar. Mais tarde, quando estiver bem-disposto, vamos nos sentar à mesa e jantar. Quero ouvir as belas histórias que sei que me contará.

Quando ele entrou na casa, Teseu olhou em volta para ver melhor que tipo de lugar era aquele. Ficou muito surpreso com tanta riqueza, tanto ouro, prata e belos adornos que aparentemente estavam em todos os cômodos. Realmente, parecia feito para um príncipe. Enquanto olhava, distraído, as vinhas se abriram e surgiu o belo rosto de uma jovem.

— Nobre estrangeiro — sussurrou ela —, não se deite na cama de meu senhor, pois aqueles que o fazem não se levantam jamais. Fuja ravina abaixo e esconda-se bem na floresta antes que ele retorne, senão não terá salvação!

— Quem é o seu senhor, bela donzela, para que eu o tema assim? — perguntou Teseu.

— Os homens o chamam de Procusto, o Alongador — falou ela rápido e baixinho. — É um assaltante. Traz para cá todos os estranhos que viajam pelas montanhas e os faz deitarem-se na cama de ferro. Rouba tudo o que têm. Quem entrou nessa casa não saiu nunca mais.

— Por que o chamam de Alongador? E o que há nessa tal cama de ferro que ele tem?

— Ele não falou que é adequada para qualquer hóspede? — disse a moça. — E é bem verdade! Pois se o viajante é muito alto, Procusto corta-lhe as pernas com um machado para que caiba na cama; mas se for mais baixo, como ocorre com a maioria dos convidados, ele estica os membros e o corpo, com cordas e roldanas, até que se alongue o suficiente. É esta a razão de ser chamado o Alongador.

— Talvez eu já tenha ouvido falar desse Alongador... — disse Teseu.

E lembrou-se de que alguém o advertira para tomar cuidado com o ardiloso assaltante Procusto, que se escondia nas montanhas Parnes e atraía os viajantes ao seu covil.

— Ouça! Ouça! — cochichou a moça. — Ele está voltando!

E as vinhas se fecharam, ocultando seu esconderijo.

No instante seguinte, Procusto estava à porta, curvando-se e sorrindo como se jamais tivesse sequer ofendido nenhum ser humano.

— Meu caro amigo — disse —, a cama está pronta, vou mostrar-lhe o caminho. Depois de tirar um bom cochilo, vamos nos sentar à mesa e você me conta das maravilhas que vê em suas viagens.

Teseu levantou-se e seguiu o anfitrião. Quando chegaram a um certo cômodo, lá estava, sem dúvida, a cama de ferro, muito curiosamente forjada. Estava coberta com uma manta muito macia e convidativa. Mas Teseu espiou em volta e viu o machado e as cordas com as roldanas dissimuladas, escondidos atrás das cortinas. Também viu que o chão estava coberto de antigas manchas de sangue.

— Agora, meu caríssimo amigo — disse Procusto —, imploro que se deite e sossegue, pois sei que a viagem foi longa e você está enfraquecido, precisando descansar e dormir. Deite-se e, enquanto o doce sono cair sobre você, estarei cuidando para que nenhum ruído ou zumbido inconveniente dos insetos perturbe seus sonhos.

— Mas é essa a sua maravilhosa cama? — perguntou Teseu.

— É esta — respondeu Procusto. — Basta deitar-se; ela se adequará perfeitamente.

— Deite-se você primeiro — disse Teseu — e deixe-me ver como ela vai se adequar à sua estatura.

— Oh, não — disse Procusto —, isso desfará o encanto.

Enquanto falava, suas faces ficaram pálidas, acinzentadas.

— Mas eu insisto, você deve deitar-se nela! — disse Teseu.

Agarrou o homem, já trêmulo, pela cintura e jogou-o à força sobre a cama. No instante em que encostou na cama, estranhos braços de ferro surgiram e agarraram-no, segurando-o de modo que não conseguia mexer nem as mãos nem os pés. O miserável berrou e gritou pedindo misericórdia, mas Teseu ficou de pé, encarando-o com firmeza.

— É este o tipo de cama onde faz deitarem seus convidados? — perguntou.

Mas Procusto não disse uma palavra. Então, Teseu pegou o machado, as cordas e as roldanas e perguntou-lhe para que serviam e por que estavam escondidas naquele cômodo. Procusto continuou em silêncio; só tremia e chorava.

— É verdade — prosseguiu Teseu — que você já atraiu centenas de viajantes ao seu covil só para roubá-los? É verdade que você costuma prendê-los nesta cama e corta as pernas com o machado ou então estica os corpos até caberem nesta moldura de metal? Fale, é verdade?

— É verdade! É verdade! — soluçou Procusto. — Agora, tenha a bondade de puxar a mola sobre a minha cabeça e libertar-me. Darei a você tudo que possuo!

Mas Teseu virou as costas.

— Você caiu na mesma armadilha que preparou para os outros e para mim — disse. — Não se concede misericórdia a quem não a possui.

E saiu do cômodo, abandonando o desgraçado para morrer no seu próprio aparato cruel. Teseu percorreu a casa e encontrou grandes riquezas em ouro, prata e objetos valiosos que Procusto havia tomado dos viajantes que lhe caíram nas mãos. Foi até a sala de jantar e realmente a mesa estava posta para um grande banquete. Havia carnes, bebidas e iguarias dignas de um rei, mas somente um assento disposto para o anfitrião, nenhum para convidados.

Nesse momento, a moça que surgira por entre as vinhas entrou correndo na sala. Tomou as mãos do jovem herói, abençoou-o e agradeceu por ter eliminado o cruel Procusto.

— Há um mês — disse —, meu pai, um rico mercador de Atenas, estava viajando em direção a Elêusis. Eu estava junto, feliz e tranquila como um passarinho nos bosques. Esse assaltante atraiu-nos para cá, pois levávamos muito ouro. Meu pai foi alongado na cama de ferro e eu fui poupada para servi-lo como escrava.

Então Teseu reuniu todos os habitantes da casa, pobres coitados que Procusto havia escravizado. Dividiu as riquezas do assaltante entre todos, dizendo que estavam livres para irem aonde quisessem.

No dia seguinte, prosseguiu viagem pelos caminhos estreitos e tortuosos, sobre montanhas e colinas, chegando por fim aos campos planos de Atenas, divisando no meio da nobre cidade o grande Templo de Atenas. A pouca distância deste, finalmente avistou as paredes brancas do palácio real.

UMA PALAVRA CONTRA OUTRA

Lenda árabe

Um dia, um vizinho bateu à porta do prefeito e perguntou:

— Poderia me emprestar seu jumento um pouquinho?

— Meu bom amigo — respondeu o prefeito —, você sabe que eu faria qualquer coisa no mundo para lhe ajudar. Eu adoraria emprestar meu jumento, mas infelizmente ele não está aqui hoje.

Exatamente nesse instante o jumento zurrou tão alto que acordaria até os defuntos.

— Bem, hoje é o meu dia de sorte — disse o vizinho. — Parece que o seu jumento está aqui mesmo.

— Como se atreve? — protestou o prefeito, bufando de indignação. — Você ousa acreditar no jumento e duvidar de mim, um homem de tamanha distinção e *status*?

PEIXE OU GATO?

Lenda árabe

Ao nascer do sol, um homem foi para seu recanto favorito à beira do rio. Lançou o anzol e pegou um peixe gordo e reluzente, pesando exatamente seis libras.

Levou-o para casa e orgulhosamente exibiu-o para a mulher.

— É o peixe mais bonito que eu já pesquei — disse. — Seis libras de puro prazer. Vou fazer um belo banquete esta noite!

E saiu de casa para trabalhar.

A mulher não conseguia tirar os olhos do peixe. Estava com água na boca; o peixe era muito tentador. Acabou não resistindo mais! Cozinhou o peixe e mandou chamar o irmão dela; refestelaram-se até não sobrar nem uma migalha.

À noite, o marido chegou logo procurando o peixe.

— Sinto muito — gemeu a mulher —, mas enquanto eu estava no jardim o gato entrou na cozinha e comeu tudo, da cabeça ao rabo!

O homem pegou o gato e colocou-o sobre uma balança. Pesou exatamente seis libras.

— Bem, se isso é o meu peixe, onde foi parar o gato? — perguntou. — E se isso é o gato, onde será que foi parar o meu peixe?

OS TRÊS BADERNEIROS

Adaptada dos Contos de Canterbury, *de Geoffrey Chaucer*

Há muito tempo, havia em Flandres um grupo de rapazes que se entregavam à folia e à baderna. Vadiavam pelas tabernas o dia todo, bebendo, blasfemando, cantando, dançando e jogando. Já estavam tão corrompidos pela gula e pelo ócio que, quando ouviam falar de alguma depravação, não só riam a valer como corriam a experimentá-la.

Três desses baderneiros estavam bebendo na taberna, certa manhã, quando por acaso ouviram o tilintar de um sino. Este sino ia à frente de um cortejo fúnebre, como era o costume naquele tempo. Um dos bagunceiros chamou o servente da taberna e disse:

— Vá lá e pergunte o nome do morto que estão levando. E volte correndo para me contar.

— Senhor — disse o rapaz —, não preciso perguntar, pois me disseram o nome há menos de duas horas. Era, a bem da verdade, um companheiro seu, e foi morto esta noite passada, enquanto bebia neste mesmo lugar, pelo ladrão que vive à espreita, chamado Morte. Este derruba todas as pessoas desta Terra. Com a lança, ele partiu o coração em dois e foi embora em silêncio. Este mesmo assassino pestilento já matou milhares, e, meu senhor, antes de ir ter com ele, é bom estar preparado. É o que ensinou a minha mãe.

— Pela Virgem Maria, esse menino está dizendo a verdade — disse o gerente. — Esse tal de Morte matou quase todos, homens e mulheres, crianças e pajens, de uma cidade a uma milha daqui. Acho que ele mora lá, por isso tantos tombaram!

— Que diabos! — gritou um dos baderneiros, saltando da cadeira. — Será que é mesmo tão perigoso encontrar esse sujeito? *Eu vou* procurá-lo, pelos campos e estradas; juro que vou! Escutem, nobres companheiros, pois nisso estamos os três juntos. Vamos levantar a mão e jurar que nos tornamos irmãos. Vamos juntos descobrir e matar essa Morte traidora, que já matou furtivamente tantos amigos nossos!

Os outros comemoraram aos gritos, já bêbados, e juraram permanecer juntos e acabar com a Morte antes do anoitecer. Partiram imediatamente na direção da idade que o gerente lhes indicara; pelo caminho, fizeram juras e mais juras das coisas que iam conseguir.

Não haviam se afastado nem meia milha quando encontraram um velho muito pobre, numa passagem em uma cerca. O velho saudou-os polidamente:

— Deus esteja com vocês, meus senhores.

Porém, o mais arrogante dos três interpelou-o:

— Ora essa, pobre miserável! Um saco de ossos! Por que está tão embrulhado assim, quase cobrindo o rosto? E como é que você ainda está vivo, velho desse jeito?

O velho encarou-o e disse:

— Continuo vivo porque não consigo encontrar, em nenhuma cidade nem aldeia, e olhe que eu andei até a Índia, ninguém que troque a juventude pela minha idade. Assim, vou ficando mesmo idoso, enquanto Deus quiser, pois a Morte, ai, ai!, não vem me buscar. Por isso eu vou de um lado para o outro, perambulando sem descanso.

E o velho se empertigou com dignidade, acrescentando:

— Mais uma coisa, senhores. Não é nada cortês falarem com tanta rudeza a uma pessoa tão idosa como eu, já que não lhes fiz nenhum mal, por palavras ou atos. Vocês mesmos podem conferir na Bíblia que se deve ter respeito pelos cabelos brancos. Nada mais tenho a dizer; preciso seguir meu caminho.

— Nada disso, seu velhote! — falou outro dos atrevidos, com uma imprecação. — Você acabou de falar no astuto traidor, Morte, que anda matando todos os nossos amigos pelo país afora. Você está com cara de ser espião dele; pode ir falando onde ele está, ou vai se meter em encrenca!

— Calma, senhores — respondeu o velho —, não sejam tão ríspidos, pelo bem de suas almas. Se estão decididos a encontrar a Morte, posso lhes indicar o caminho. Sigam por esta passagem tortuosa; num bosque ali adiante, eu o vi sentado sob uma árvore. Ele estará lá e vai saber o que fazer com a sua bazófia. Veem aquele carvalho? Vocês o encontrarão por lá. Deus os salve, senhores, para o bem da humanidade, e os conserte!

Mesmo antes que o velho acabasse de falar, os três baderneiros já tinham saído correndo para o carvalho que ele lhes apontara. Chegando lá, não viram ninguém; mas descobriram, no chão, um monte de moedas de ouro, redondas e brilhantes. Quase uns trezentos quilos, estimaram. Tão encantados ficaram ao ver o montão de ouro refulgente que rapidamente se esqueceram de tudo sobre a Morte, pela qual estariam procurando. Mas a Morte estava bem perto e não se esquecera deles, como veremos.

Abaixaram-se junto ao tesouro, enfiando as mãos bem fundo e sentindo as moedas escorrerem por entre os dedos. O pior dos três falou primeiro:

— Irmãos — disse —, prestem atenção ao que vou dizer. Este tesouro é uma fortuna, e vamos poder passar o resto da vida alegres e jubilantes. Tão fácil como nos chegou, assim nós o gastaremos. Pelos céus, quem imaginaria que iríamos tropeçar em tamanha sorte?

E prosseguiu aconselhando-os com rara astúcia: não deveriam tentar carregar o tesouro à luz do dia, para não acabarem presos como ladrões. Em vez disso, ele achava melhor fazerem um sorteio. O escolhido deveria ir à cidade e trazer comida e bebida, enquanto os outros dois ficariam no bosque, escondendo o ouro até cair a noite.

Os outros concordaram e fizeram um sorteio, sendo escolhido o mais jovem deles para trazer comida. Este partiu sem perder tempo.

Assim que ele estava fora de vista, o primeiro, que sugerira tudo, disse ao segundo:

— Você bem sabe que é meu irmão por juramento; por isso, vou lhe dizer uma coisa, que é vantagem para você. Este belo ouro, em grande quantidade, terá que ser dividido por nós três. Mas um de nós não está aqui e, se eu der um jeito de dividir o ouro somente entre *dois*, não será uma ação fraternal?

O outro ouviu, ganancioso, mas hesitou:

— Não sei como será possível. Nosso companheiro sabe tudo sobre este ouro, não conseguiremos enganá-lo.

— Bem, posso lhe contar como vai ser, se você guardar segredo — disse o primeiro.

— Fale logo — disse o outro. — Não vou traí-lo.

O primeiro deu-lhe um tapinha no ombro e disse baixinho:

— Veja bem, nós somos dois, e dois são mais fortes do que um. Quando o rapaz voltar, nós vamos lhe aplicar um golpe. Você vai fingir uma luta com ele, enquanto ele estiver sentado, e eu espero uma chance de lhe dar uma punhalada. Você, então, saca a sua adaga e faz a mesma coisa. Depois disso, meu amigo, restarão apenas dois de nós para dividir o ouro.

O outro malfeitor concordou com a cabeça, e, assim, conspiraram para matar o terceiro a sangue-frio.

Enquanto isso, o jovem que voltara à cidade também não fazia por menos. Durante todo o caminho, não desviou o pensamento da gloriosa beleza das brilhantes moedas de ouro.

— Oh, Senhor! — dizia para si mesmo —, se ao menos eu conseguisse pensar num plano para ficar com o tesouro todo só para mim, eu seria o homem mais feliz desta Terra!

Por fim, o demônio, nosso inimigo comum, meteu-lhe na cabeça a ideia de comprar veneno e assim dar cabo de ambos os companheiros. O demônio sabia muito bem que ele faria aquela maldade pelo ouro, sem o menor remorso.

O rapaz não perdeu tempo. Correu ao boticário da cidade e pediu veneno para ratos. Deu a desculpa plausível de que havia um cangambá rondando seu quintal e já lhe roubara um ganso gordo; o veneno deveria ser forte o bastante para matá-lo.

O boticário respondeu:

— Pode deixar que lhe darei um veneno tão forte que matará qualquer ser vivente no mundo! Basta um bocado do tamanho de um grão de trigo.

O perverso conspirador alegrou-se secretamente com a instrução e comprou o veneno imediatamente. Na rua ao lado, comprou três garrafões de vinho e inseriu o veneno em duas, guardando a terceira para seu próprio uso. Estava planejando trabalhar a noite inteira para carregar o ouro e escondê-lo bem longe, depois do violento fim dos companheiros.

Depois de preparar os garrafões, comprou a carne e voltou aos outros dois baderneiros, sentados esperando o almoço.

E é preciso contar o resto? Pois, como planejaram, os outros dois assassinaram o rapaz logo que chegou. Quando terminaram a sangrenta tarefa, o primeiro disse:

— Ah! Agora que o bobalhão está fora do caminho, vamos beber e nos alegrar; depois vamos esconder o corpo.

Dito isto, pegou um dos garrafões envenenados e bebeu demoradamente, passando o garrafão ao companheiro. O boticário tinha razão. Em poucos instantes, o veneno fez efeito, e ambos morreram em dolorosa agonia.

Assim terminaram os três assassinos, por sua vez assassinados por quem vitimaram. E a Morte — de quem haviam se esquecido — compareceu ao encontro que tanto desejaram.

O NARIZ DO CAMELO

Certa noite muito fria, um xeque estava deitado em sua tenda quando um camelo afastou as abas de entrada e ficou espiando lá dentro.

— Eu imploro, meu amo — disse o camelo —, permita-me deixar meu nariz aqui dentro. Está frio demais lá fora.

— Pois muito bem — bocejou o xeque, apático e entediado depois de repousar nas almofadas o dia inteiro. — Faça como quiser.

O camelo enfiou o nariz dentro da tenda.

— Se eu pudesse aquecer o pescoço também... — disse.

— Para mim, dá no mesmo — respondeu o xeque.

O animal avançou o pescoço e distraiu-se durante certo tempo olhando em torno. Depois de virar a cabeça para lá e para cá, acabou falando de novo:

— Só vai ocupar mais um pequenino espaçozinho se eu colocar minhas patas dianteiras dentro da tenda. Eu me sentiria muito, muito melhor!

O xeque apenas deu de ombros e rolou de lado, para dar mais espaço.

Mal o camelo plantara as patas dianteiras dentro da tenda, observou:

— Meu amo, do jeito que estou, as abas estão ficando abertas. Acho melhor entrar por inteiro.

— Como quiser — concordou o xeque, afastando-se mais para o animal poder entrar inteiro.

O camelo entrou, entupindo a tenda. E logo começou a olhar feio para o xeque.

— Estou achando — disse — que não há lugar suficiente para nós dois aqui dentro. É melhor você ir lá para fora, já que é bem menor. Só assim vai ter lugar suficiente para mim.

Dito isto, empurrou o xeque, jogando-o no frio e na escuridão.

Sábia norma é resistir ao mal logo que surgir.

OS VIAJANTES E A OSTRA

Dois homens andavam pela beira da praia, na maré baixa, quando viram uma ostra. Os dois abaixaram-se ao mesmo tempo para pegá-la. Cada um puxava para um lado, e assim começou a disputa.

Vinha passando um viajante, e os dois resolveram lhe perguntar qual dos dois tinha mais direito a comer a ostra.

Enquanto contavam suas versões, o viajante gravemente sacou da faca, abriu a concha e soltou a ostra. Quando os dois terminaram e ficaram aguardando sua decisão, sempre muito grave, ele engoliu a ostra e deu a cada um metade da concha.

— A corte — disse — dispõe para cada um metade da concha encontrada. A ostra cobrirá as custas.

O HÁBITO

William James

Não adianta possuir um grande reservatório de *máximas* ou possuir muito bons *sentimentos*, enquanto não se aproveita todas as oportunidades concretas de *agir*, não ocorre nenhuma alteração para melhor no caráter. De meras boas intenções, o inferno está proverbialmente atulhado. Isso é consequência óbvia dos princípios que estabelecemos. Um “caráter”, como diz J. S. Mill, “é uma vontade completamente moldada”; e uma vontade, no sentido a que ele se refere, é um agregado de tendências a agir de modo firme, direto e definitivo em todas as principais emergências da vida. Uma tendência a agir torna-se efetivamente arraigada em nós apenas em proporção à frequência ininterrupta com a qual as ações realmente ocorrem; o cérebro se "molda" à sua execução. Cada vez que uma resolução ou um claro fulgor de sentimento se evaporam sem gerar nenhum fruto de ordem prática, é pior que simplesmente perder uma chance: o que advém é a obstrução definitiva do caminho habitual de descarga das futuras resoluções e emoções. Não há caráter humano mais desprezível do que o débil sentimentalista e sonhador, que passa a vida num mar encapelado de sensibilidade e emoção, mas que nunca executa uma valorosa ação concreta.

Não são apenas as *linhas particulares* de descarga, mas também suas *formas gerais* que são entalhadas no cérebro a partir do hábito. Por exemplo, se deixamos nossas emoções se evaporarem, elas se acostumam a evaporar; assim, há razões para supor que se nos esquivarmos com frequência de fazer um dado esforço, antes que o percebamos a capacidade de fazer esse esforço terá desaparecido. E se nos sujeitarmos a deixar vaguear a atenção, ela ficará dispersa o tempo todo. Atenção e esforço são... apenas dois nomes para o mesmo fato psíquico. A que processos cerebrais correspondem, não sabemos. A razão mais forte para se crer que dependem, de alguma forma, dos processos cerebrais, e não são meros atos do espírito, é apenas esse fato — em certo grau, parecem sujeitos à lei do hábito, que é uma lei material. Uma máxima prática conclusiva, relativa aos hábitos da vontade, que podemos então aqui oferecer seria: *mantenha viva a faculdade do esforço através de algum exercício gratuito, todos os dias*. Isto é, seja sistematicamente ascético ou heroico em pequenos aspectos irrelevantes; cada dia, ou em dias alternados, faça algo pelo simples motivo de que você preferiria *não* o fazer. Assim, quando se aproximarem épocas de tenebrosas exigências, você não será surpreendido fragilizado ou destreinado para enfrentar a prova. Esse tipo de ascetismo é como um seguro que se paga pela casa e pelos bens. Não é bom pagar a mensalidade, que talvez nunca lhe dê retorno algum. Mas se o incêndio *realmente* ocorrer, aqueles pequenos esforços o salvarão da ruína. O mesmo acontece com quem se disciplina diariamente com hábitos de atenção concentrada, vontade enérgica e autonegação de coisas desnecessárias. Permanece firme como uma torre, enquanto todo o resto se abala, e seus companheiros mortais mais frágeis voam como farelos na ventania.

Lealdade aos princípios

"OBSERVA UM HOMEM em meio à dúvida e ao perigo, e saberás, nessa hora de adversidade, o que ele realmente é", escreveu o filósofo romano Lucrécio. "É então que as expressões sinceras são arrancadas dos recônditos do seu peito. A máscara é arrancada; resta a realidade."

Algumas pessoas têm uma vida mais cheia de problemas que outras. Mas não se iluda: todas as jornadas de vida passam por trechos ásperos. Todos somos testados e chamados à ordem. Existirão ocasionais percalços na estrada, surpresas desagradáveis, atrasos irritantes, acidentes e enganos que aborrecem. Dias em que tudo dá errado. ("Quando vêm tristezas, não vêm isoladas como espiãs, mas aos batalhões", observa Shakespeare em *Hamlet*.) Há momentos em que o mundo inteiro parece estar desmoronando. A adversidade ocupa uma boa parte da vida, e, quanto mais cedo aprendemos a lidar com ela, mais suave flui a nossa vida.

Este capítulo ajuda a nos prepararmos para as ocasiões em que o caminho fica de repente mais íngreme, a estrada mais pedregosa, o vento e a chuva nos batem no rosto e uma parte de nós deseja, mais que tudo, voltar atrás. Nessas épocas, para se manter a firmeza de princípios, quase todas as virtudes do arsenal podem ser exigidas — perseverança, coragem, autodisciplina, responsabilidade, atividade e integridade. Também pode-se recorrer à lealdade e amizade de alguns bons companheiros, além da fé em Deus, para atravessar a batalha.

Encontramos alguns heróis neste capítulo. A fama de alguns se deve ao modo como aguentaram firmes, leais aos princípios, em tempos de crise. Outros são pessoas comuns que deram um passo à frente para enfrentar os testes da vida, que todos deveremos encarar. Aqui vemos pessoas mantendo-se firmes nos postos, agarrando-se aos compromissos, apesar de a tentação lutar para desviá-los. Testemunhamos pessoas que conquistam a vitória com pequenos passos, atacando as tarefas pouco a pouco. Descobrimos que, às vezes, o único modo de sair de uma enrascada é simplesmente trabalhar com afinco. Observamos que tal é abrir uma trilha difícil, nunca antes percorrida. E aprendemos a encarar situações muito penosas, nas quais certamente a perda e a dor nos aguardam mais à frente.

É claro que virtudes como a perseverança e a coragem devem ser guiadas pela sabedoria prática. Deve-se ter a habilidade de reconhecer *quando* é a hora certa e saber *o que* fazer para manter sua posição. As histórias deste capítulo, assim como as do anterior, auxiliam a afiar as virtudes intelectuais, além das morais. Encontramos exemplos da razão dirigindo a ação; aprendemos o valor da ingenuidade, em árduas circunstâncias, e da força, sob um bombardeio cerrado. Vemos atuar a verdadeira concentração, o emprego do pensamento e do talento na execução de uma tarefa à qual se dedicam toda a mente e todo o coração. E testemunhamos a coragem da imaginação, quando ousamos nos aferrar a ideias que valem a pena, apesar de todos insistirem que são equivocadas.

Se encarados da maneira correta, é claro, a maioria dos problemas que encontramos na vida tornam-se oportunidades de conhecer e aumentar a força das nossas virtudes. Os golpes da adversidade podem ser excelentes chances para melhorar. "A pedra não pode ser polida sem fricção, nem o homem ser aperfeiçoado sem provação", diz um provérbio chinês. Todo sucesso real, todo prêmio que vale a pena provavelmente será conquistado à custa de alguns fracassos. Fixamos nossa intenção e tentamos várias vezes, até atingirmos o objetivo.

O teste máximo, entretanto, não é se finalmente alcançamos a meta, mas como nos conduzimos durante o processo. Se às vezes o caminho é íngreme demais para prosseguirmos até o topo, devemos acreditar que o esforço em si valeu a pena e nos preparar para novos testes, sabendo que, como o clérigo Henry Ward Beecher disse há mais de cem anos, "estamos sempre na forja, ou na bigorna; através das provações, Deus está nos moldando para propósitos mais elevados".

O OPERÁRIO EM CONSTRUÇÃO

Vinicius de Moraes

"E o Diabo, levando-o a um alto monte,
mostrou-lhe num momento de tempo todos os
reinos do mundo. E disse-lhe o Diabo: 'Dar-te-ei
todo este poder e a sua glória, porque
a mim me foi entregue e dou-o a quem quero;
portanto, se tu me adorares, tudo será teu.'
E Jesus, respondendo, disse-lhe: 'Vai-te, Satanás; porque está escrito:
adorarás o Senhor teu Deus e só a Ele servirás.'"
Lucas, cap. V, versículos 5-8

Era ele que erguia casas
Onde antes só havia chão.
Como um pássaro sem asas
Ele subia com as casas
Que lhe brotavam da mão.
Mas tudo desconhecia
De sua grande missão:
Não sabia, por exemplo
Que a casa de um homem é um templo
Um templo sem religião
Como tampouco sabia
Que a casa que ele fazia
Sendo a sua liberdade
Era a sua escravidão.

De fato, como podia
Um operário em construção
Compreender por que um tijolo
Valia mais do que um pão?
Tijolos ele empilhava
Com pá, cimento e esquadria
Quanto ao pão, ele o comia...
Mas fosse comer tijolo!
E assim o operário ia
Com suor e com cimento
Erguendo uma casa aqui
Adiante um apartamento
Além uma igreja, à frente
Um quartel e uma prisão:
Prisão de que sofreria
Não fosse, eventualmente
Um operário em construção.

Mas ele desconhecia
Esse fato extraordinário:
Que o operário faz a coisa
E a coisa faz o operário.
De forma que, certo dia
À mesa, ao cortar o pão
O operário foi tomado
De uma súbita emoção
Ao constatar assombrado
Que tudo naquela mesa
— Garrafa, prato, facão —
Era ele quem os fazia
Ele, um humilde operário,
Um operário em construção.
Olhou em torno: gamela
Banco, enxerga, caldeirão
Vidro, parede, janela

Casa, cidade, nação!
Tudo, tudo o que existia
Era ele quem o fazia
Ele, um humilde operário
Um operário que sabia
Exercer a profissão.

Ah, homens de pensamento
Não sabereis nunca o quanto
Aquele humilde operário
Soube naquele momento!
Naquela casa vazia
Que ele mesmo levantara
Um mundo novo nascia
De que sequer suspeitava.
O operário emocionado
Olhou sua própria mão
Sua rude mão de operário
De operário em construção
E olhando bem para ela
Teve um segundo a impressão
De que não havia no mundo
Coisa que fosse mais bela.

Foi dentro da compreensão
Desse instante solitário
Que, tal sua construção
Cresceu também o operário
Cresceu em alto e profundo
Em largo e no coração
E como tudo que cresce
Ele não cresceu em vão.
Pois além do que sabia
— Exercer a profissão —
O operário adquiriu

Uma nova dimensão:
A dimensão da poesia.

E um fato novo se viu
Que a todos admirava:
O que o operário dizia
Outro operário escutava.
E foi assim que o operário
Do edifício em construção
Que sempre dizia *sim*
Começou a dizer *não*.
E aprendeu a notar coisas
A que não dava atenção:
Notou que sua marmita
Era o prato do patrão
Que sua cerveja preta
Era o uísque do patrão
Que seu macacão de zuarte
Era o terno do patrão
Que o casebre onde morava
Era a mansão do patrão
Que seus dois pés andarilhos
Eram as rodas do patrão
Que a dureza do seu dia
Era a noite do patrão
Que sua imensa fadiga
Era amiga do patrão.

E o operário disse: Não!
E o operário fez-se forte
Na sua resolução.

Como era de se esperar
As bocas da delação
Começaram a dizer coisas

Aos ouvidos do patrão.
Mas o patrão não queria
Nenhuma preocupação.
— "Convençam-no" do contrário —
Disse ele sobre o operário
E ao dizer isso sorria.

Dia seguinte, o operário
Ao sair da construção
Viu-se súbito cercado
Dos homens da delação
E sofreu, por destinado
Sua primeira agressão.
Teve seu rosto cuspido
Teve seu braço quebrado
Mas quando foi perguntado
O operário disse: Não!

Em vão sofrera o operário
Sua primeira agressão
Muitas outras se seguiram
Muitas outras seguirão.
Porém, por imprescindível
Ao edifício em construção
Seu trabalho prosseguia
E todo o seu sofrimento
Misturava-se ao cimento
Da construção que crescia.

Sentindo que a violência
Não dobraria o operário
Um dia tentou o patrão
Dobrá-lo de modo vário.
De sorte que o foi levando
Ao alto da construção

E num momento de tempo
Mostrou-lhe toda a região
E apontando-a ao operário
Fez-lhe esta declaração:
— Dar-te-ei todo esse poder
E a sua satisfação
Porque a mim me foi entregue
E dou-o a quem bem quiser.
Dou-te tempo de lazer
Dou-te tempo de mulher.
Portanto, tudo o que vês
Será teu se me adorares
E, ainda mais, se abandonares
O que te faz dizer *não*.
Disse, e fitou o operário
Que olhava e que refletia
Mas o que via o operário
O patrão nunca veria.
O operário via as casas
E dentro das estruturas
Via coisas, objetos
Produtos, manufaturas.
Via tudo o que fazia
O lucro do seu patrão
E em cada coisa que via
Misteriosamente havia
A marca de sua mão.
E o operário disse: Não!

— Loucura! — gritou o patrão
Não vês o que te dou eu?
— Mentira! — disse o operário
Não podes dar-me o que é meu.

E um grande silêncio fez-se
Dentro do seu coração
Um silêncio de martírios
Um silêncio de prisão
Um silêncio povoado
De pedidos de perdão
Um silêncio apavorado
Como o medo em solidão
Um silêncio de torturas
E gritos de maldição
Um silêncio de fraturas
A se arrastarem no chão.
E o operário ouviu a voz
De todos os seus irmãos
Os seus irmãos que morreram
Por outros que viverão.
Uma esperança sincera
Cresceu no seu coração
E dentro da tarde mansa
Agigantou-se a razão
De um homem pobre e esquecido
Razão porém que fizera
Em operário construído
O operário em construção.

ILUSÕES DA VIDA

Francisco Otaviano

Quem passou pela vida em branca nuvem
E em plácido repouso adormeceu;
Quem não sentiu o frio da desgraça,
Quem passou pela vida e não sofreu:
Foi espectro de homem, não foi homem,
Só passou pela vida, não viveu.

A MÃE DO MORRO

Adaptada de uma história de Katharine Pyle

Era uma vez, há muito, muito tempo, um lenhador, sua mulher e dois filhinhos, Peter e Roselein, que moravam em uma pobre cabana à beira de uma floresta. O pai e a mãe trabalhavam duro, e Peter e Roselein ajudavam o melhor que podiam, sendo bons; a família vivia muito feliz no chalé ao lado do bosque.

Uma noite, sentados diante da lareira, o pai esticou as costas cansadas e suspirou:

— É uma pena sermos tão pobres, há tanto tempo; e enquanto isso o ouro da Mãe do Morro continua escondido em algum lugar... Pilhas de ouro, que só quem procurar achará.

— Quem é a Mãe do Morro? — perguntaram juntas as crianças.

— Não fique enchendo a cabeça deles com bobagens! — exclamou a mãe. — Daqui a pouco, eles saem perambulando pelos campos como uns loucos, procurando potes desse ouro de tolos!

— Conte para nós! Conte! — imploraram as crianças.

Então o pai lhes contou tudo sobre a Mãe do Morro. Era uma mulher muito, muito velha que morava dentro de um morro situado além das Pedras Desoladas. Ela guardava o tesouro maior que existia no mundo e deixava escondido o ano inteiro dentro do morro. Mas sempre nas noites do alto verão, à lua cheia, ela trazia o tesouro para fora e contava quanto tinha à luz da lua. Nessa hora, se alguém a descobrisse, poderia pedir qualquer coisa que desejasse e ela teria que realizar.

— Mas os que a descobrem nunca mais voltam — disse o pai.

— Por que não voltam? — gritaram as crianças.

— Bem, primeiro por causa dos servos dela, os homenzinhos do morro. Eles ficam dançando em volta e enfeitiçam a pessoa, que não consegue mais se lembrar do caminho de casa.

— Nunca se lembram?

— Nunca. E ainda por cima, logo que ela realiza o desejo, a pessoa fica sob o seu poder e tem que entrar com ela para dentro do morro.

— Para sempre?

— Para sempre. A menos, é claro, que a pessoa consiga enganá-la e a force a ver a primeira luz da manhã. Só assim ela tem que libertar a pessoa. Mas ela é uma bruxa velha cheia de artimanhas, e até hoje ninguém conseguiu enganá-la.

— Chega dessas historinhas bobas — repreendeu a mãe. — Agora, vão para a cama, vocês doizinhos, e nada de sonhar com tesouros de nenhuma Mãe do Morro.

Porém, obviamente, assim que Peter e Roselein se deitaram, resolveram sair à procura do ouro da Mãe do Morro.

— Estamos no alto verão e a lua está cheia — cochichou Peter. — Vamos ter que ir esta noite.

— Mas e os homenzinhos do morro? — perguntou Roselein. — E se eles nos fizerem esquecer o caminho de casa?

— Vamos ter que levar alguma coisa para marcar o caminho — disse Peter.

— Nossas moedas! — exclamou Roselein. Espiou debaixo da cama e puxou um pequeno saco marrom. Eram as moedinhas que estavam economizando para o Natal. — Vamos levá-las e ir deixando cair pelo caminho. Se esquecermos, é só ir seguindo de volta.

Assim, quando a casa estava às escuras, seus pais na cama, eles abriram uma janela e se esgueiraram para fora. Saíram andando, andando pela floresta, deixando cair as moedinhas pelo caminho, enquanto Peter ia cantando:

A floresta é triste e fria,
E a sombra é cinzenta,
Mas o coração com alegria
No caminho a luz aumenta.

O pé já está cansado,
E a estrada é pedregosa,
Mas o coração animado
Faz a vida mais gostosa.

Por fim, chegaram a um campo vasto, acinzentado, onde não havia nada além de pedras e espinheiros.

Eram as Pedras Desoladas.

E o caminho ficou tão pedregoso que quase não conseguiam prosseguir. Um dos sapatos de Roselein já estava bastante gasto, e apareceram grandes furos na sola. Mas ela continuou, cantando para se animar:

Pelas Pedras Desoladas,
Sobre rochas e espinhos,
Nas névoas enluaradas
Nós procuramos sozinhos.

A lua está morrendo afinal,
e os morcegos estão a bailar,
Mas o coração corajoso e leal
Não precisa nunca duvidar.

Subitamente, diante deles estava a moita de espinhos mais esquisita que já tinham visto! E descobriram que não era espinheiro coisa nenhuma; era uma velha, muito grisalha e encurvada. Era a Mãe do Morro!

Estava sentada ao luar, contando o enorme tesouro em moedas de ouro, que formavam montes ao seu redor.

Para lá e para cá, no meio das pedras, figurinhas obscuras estavam dançando e saltitando. Eram os seus ajudantes, os homenzinhos do morro.

Enquanto dançavam, iam cantando. Suas vozes pareciam o vento sibilando por entre os espinheiros.

A velha Mãe do Morro não prestava a menor atenção aos homenzinhos, nem quando esbarravam nela; continuava só contando seu tesouro.

Peter e Roselein, escondidos entre as pedras, ficaram quietos espiando e escutando a canção dos homenzinhos:

Negra como um espinho, murcha e descaída,
É a Mãe do Morro contando ouro distraída.
Ó velha, ó velha, tudo isso é seu, pois?

A Mãe do Morro nem ligava para eles, continuando a contar:

Cem, mil e duzentos, dois mil e noventa e dois...

E os homenzinhos iam cantando:

Bem fundo morro adentro, com as pedras tapando,
Os martelos vamos batendo, com o fogo queimando.
Ó Mãe do Morro, nunca vai nos libertar de vez?

Mas a Mãe do Morro só ficava contando:

Mil, doze mil, um milhão e três...

Os homenzinhos do morro continuavam cantando e dançando:

Veja a velha Mãe do Morro contando sozinha,
Seca como a folha e fria como a pedrinha!
A lua está morrendo, a noite acaba também.

Dois milhões e trinta, dez milhões e cem!

— contava a Mãe do Morro.
Os homenzinhos do morro começaram a conversar pelas pedras:
— Passou uma nuvem pela lua, ou ela está morrendo?
— Está morrendo.
— Mas já caiu na floresta depois das Pedras Desoladas?
— Não, ainda está no céu.
— Então ainda há tempo para a velha Mãe do Morro contar o tesouro! — gritaram todos juntos.

Mas quando recomeçaram a dançar, um deles descobriu Peter e Roselein espiando de trás da pedra.

— Olhe, olhe, Narigão! — gritou para um outro —, tem alguma coisa se escondendo atrás daquela pedra. Olhe e diga o que é.

— Estou vendo à luz da lua — disse Narigão —, e já sei o que é. São dois seres humanos, como nós éramos.

— Como foi que chegaram aqui?

— Do mesmo jeito que nós, há muito tempo.

— E por que é que estão se escondendo?

— Estão querendo o tesouro da Mãe do Morro, como nós já quisemos também!

E começaram a cantar bem estridentes:

Quem chegou aqui nesta fria madrugada?
Dois atrás da Mãe do Morro e o tesourão.
Eles encontraram! Ela foi encontrada!
E sua viagem terminou, então.

Dez bilhões, doze bilhões e um milhão!

— contava a Mãe do Morro.

— Velha Mãe do Morro, velha Mãe do Morro, olhe para cá! — gritaram os homenzinhos. — Chegou alguém!

Só então a Mãe do Morro levantou a cabeça e olhou em torno; tinha os olhos pequeninos e embaçados. Quando viu Peter e Roselein, levantou-se, e algumas moedas de ouro caíram do avental, tilintando nas pedras.

— Quem são vocês, e o que é que estão procurando aqui nas Pedras Desoladas?

Peter falou que vieram à procura da Mãe do Morro.

— Então nem precisam procurar mais, porque eu sou a própria. E agora, para que mais vieram, e o que querem me pedir?

— Nós queríamos que nos satisfizesse um desejo — respondeu Roselein.

— Vou satisfazer — disse a Mãe do Morro —, mas vocês têm que se apressar. No instante em que a lua morrer no céu, eu tenho que levar o meu tesouro e escondê-lo dentro do morro, antes que a primeira luz da manhã surja no horizonte.

Eles já sabiam qual era o desejo, mas queriam saber outra coisa. Se a Mãe do Morro o satisfizesse, eles teriam que entrar no morro com ela e ficar vivendo lá?

— E daí se for isso? — gritou a Mãe do Morro. — Lá dentro é quentinho e espaçoso, e vocês vão ver muito mais tesouros do que jamais sonharam!

Até podia ser verdade, mas Peter e Roselein disseram que eles não iam poder descer para lá com ela, porque os pais estavam esperando por eles em casa. Se para fazer um desejo eles tivessem que descer, preferiam ir embora sem pedir nada.

— Peçam o desejo, peçam logo o desejo! — gritava a Mãe do Morro.

Mas eles não pediam nada.

— Então venham, meus homenzinhos — chamou a Mãe do Morro. — Trancem em volta deles, para lá e para cá, rodando e rodando, até que esqueçam o caminho de casa, pois nunca deverão sair das Pedras Desoladas!

E, antes que pudessem escapar, os homenzinhos do morro fizeram uma roda de mãos dadas em volta deles e começaram a rodopiar e girar tão depressa que as cabeças das crianças giravam também, e ficaram tão tontas que mal se aguentavam de pé.

Enquanto dançavam, os homenzinhos iam cantando com suas estranhas vozes de vento:

Asa de morcego e bafo de peste
Leste seja oeste e oeste seja leste.

Mãos ansiosas, cabeça sem sorte,
Norte seja sul e sul seja norte.

Vocês, crianças, em fugir nem pensem.
A Mãe do Morro fala e todos obedecem.

Depois os homenzinhos desfizeram o círculo, cada um rodopiando para um lado.

Peter e Roselein ficaram com as mãos na cabeça. Por mais que pensassem, não conseguiam se lembrar do caminho de casa.

— Agora vocês já esqueceram o caminho da sua casa — gritou a Mãe do Morro —, por isso é melhor me pedirem logo seu desejo, e depois descerem comigo de boa vontade, porque vão ter que descer de qualquer jeito!

— Está bem — disse Roselein. — Nosso desejo é que você encha meu sapato de ouro.

A velha Mãe do Morro bateu palmas sinistras e riu até as pedras ecoarem. Os homenzinhos riram também com estridência, batendo palmas.

— Hi-hi-hi! — gritavam. — Eles poderiam ter pedido metade do tesouro, mas só por causa de um sapatinho cheio vão descer e morar com ela no morro para sempre!

Roselein retirou o sapatinho gasto e estendeu-o à Mãe do Morro.

— É este — disse. — Agora, encha-o!

Ainda casquinando, a Mãe do Morro encheu as duas mãos de ouro e despejou no sapato, achando que ia encher de uma só vez.

Mas o ouro escorreu todo pelo buraco na sola, e o sapato ficou vazio do mesmo jeito.

— Olhem! Olhem! — gritavam os homenzinhos do morro. — O ouro está fugindo!

Aí, a Mãe do Morro percebeu que fora enganada.

— Mas eu vou acabar enchendo! — esganiçou.

Louca de pressa, despejou mais ouro no sapato, mais, mais, mais! De nada adiantava; o sapato continuava vazio.

A lua descia cada vez mais para o horizonte. Cada vez mais desesperada, a Mãe do Morro ia ajuntando punhados maiores e derramando no sapatinho, gemendo enquanto o fazia:

Um furo no sapato! Um furo, socorro!
Que pode fazer a velha Mãe do Morro?

De repente, o luar se apagou. A lua havia desaparecido atrás da floresta e um galo cocoricou. A Mãe do Morro deu um grito estridente:

O *galo cocoricou, a noite está acabada.*
Ai, ai, ai! A *Mãe do Morro foi enganada!*

Neste instante, a primeira luz do dia surgiu no céu. Chorando e torcendo as mãos, a Mãe do Morro fugiu voando para dentro do morro, que se fechou sobre ela com um estrondo.

E os homenzinhos ficaram pulando à toa pelas pedras.

— Agora, Roselein e Peter, o tesouro é de vocês — gritavam eles —, mas de que vai adiantar? Vocês esqueceram o caminho de casa. Vão ter que ficar conosco nas pedras para sempre!

Mas as crianças não estavam com medo.

— Nós podemos ter esquecido — disseram —, mas vamos conseguir descobrir. Só precisamos seguir as moedinhas que deixamos cair pelo caminho.

Quando os homenzinhos ouviram aquilo, rodearam os dois, implorando para ir para casa com eles. Eles também viviam no mundo das crianças antigamente, mas nenhum deles sabia mais o caminho de volta. A Mãe do Morro havia enfeitiçado todos eles, fazendo-os esquecer.

As crianças deixaram, e os homenzinhos foram depressa buscar os saquinhos que trouxeram para carregar o tesouro da Mãe do Morro, muito tempo atrás.

Encheram os saquinhos com o tesouro e jogaram às costas, como se fossem mochilas. Foram atrás de Peter e Roselein, que seguiram as moedinhas no chão e acharam o caminho, através da floresta e de volta para casa.

O CAMUNDONGO MEDROSO

Recontada por Catherine T. Bryce

Era uma vez um camundonguinho cinzento. Ele morava na mesma casa que uma velha gata cinza, e morria de medo dela.

— Eu seria tão feliz, se não fosse por essa gata velha! — dizia. — Fico com medo dela o tempo todo. Bem que eu queria ser um gato.

Uma fada escutou o camundongo, ficou com pena e transformou-o num grande gato cinza.

No início, ele estava muito feliz. Mas, um dia, um cachorro saiu correndo atrás dele.

— Puxa vida! — disse. — Não é tão divertido assim ser um gato. Fico com medo dos cachorros o tempo todo. Bem que eu queria ser um cachorrão grande.

Novamente, a fada ouviu-o. Ficou com pena do gato cinza e transformou-o num cachorrão grande.

E ele ficou feliz de novo. Mas, um dia, ouviu um leão rugindo.

— Ai, escutem só esse leão! — exclamou. — Fico com medo só de ouvir. É, não é lá tão seguro ser cachorro, afinal. Como eu queria ser um leão. Acho que eu não ia ter medo de nada.

E correu para a fada.

— Querida fada — disse —, por favor, me transforme num leão grande, forte!

E mais uma vez a fada ficou com pena e o transformou num leão grande e forte.

Um dia, um homem tentou matar o leão. E outra vez ele foi correndo até a fada.

— O que é, agora? — perguntou a fada.

— Por favor, me transforme em um homem, querida fada — gemeu. — Aí, não vou ter medo de ninguém.

— Você virar homem!? — gritou a fada. — Não, realmente não posso. Um homem deve ter um coração corajoso, e você tem coração de camundongo. Por isso, vai se tornar um camundongo de novo e ficar assim para sempre.

E, assim dizendo, transformou-o de novo num pequeno camundongo cinzento, e ele saiu correndo de volta a sua velha casa.

OS CAVALEIROS DO ESCUDO DE PRATA

Raymond M. Alden

Era uma vez um esplêndido castelo na floresta, com enormes paredes de pedra, um imenso portão e torreões que se erguiam acima das mais altas árvores. A floresta era escura e perigosa, habitada por muitos gigantes cruéis. Mas no castelo morava um grupo de cavaleiros tratados pelo rei para proteger os viajantes na floresta. Sempre que podiam, lutavam contra os gigantes.

Os cavaleiros usavam belas armaduras, carregavam longas lanças, e, no topo de cada elmo, flutuava uma grande pluma vermelha que podia ser vista a distância por quem estivesse correndo perigo. A maior maravilha das armaduras dos cavaleiros eram os escudos, que não eram como os demais. Haviam sido feitos por um grande mágico que já morara no castelo muitos anos antes. Esses escudos eram de prata e, em alguns casos, brilhavam com estonteante fulgor quando refletiam a luz do sol. Em outras circunstâncias, a superfície dos escudos ficava embaçada, como se uma névoa os encobrisse, e ninguém conseguia ver o próprio rosto refletido.

Quando o cavaleiro recebia a armadura e as armas, ganhava também um desses escudos feitos pelo mágico; porém, enquanto ainda novo, o escudo ficava sempre opaco e embaçado. Só quando o cavaleiro começava a agir contra os gigantes, ou saía em expedições para socorrer os pobres viajantes na floresta, seu escudo ia ficando cada vez mais brilhante, até refletir qualquer coisa, como um espelho. Entretanto, se o cavaleiro demonstrasse ser preguiçoso ou covarde, deixando os gigantes se safarem ou negligenciando os viajantes, o espelho ia ficando cada vez mais opaco, até o cavaleiro se envergonhar de carregá-lo.

Mas isso não era tudo. Quando qualquer cavaleiro se empenhava numa batalha especialmente penosa e vencia, ou quando executava com sucesso uma ordem muito difícil do senhor do castelo, não só o escudo de prata brilhava mais ainda como também se podia ver, olhando exatamente para o centro, uma estrela de ouro cintilando bem no seu coração. Era a maior honra que um cavaleiro poderia obter; referiam-se a isso como "ganhar sua estrela". Geralmente, só os bem velhos, soldados muito experimentados, conseguiam ganhá-la. Na época em que esta história começa, o próprio senhor do castelo era o único cavaleiro cujo escudo ostentava a estrela de ouro.

Houve uma ocasião em que os piores gigantes da floresta se juntaram para guerrear contra os cavaleiros. Acamparam em um vale escuro, não longe do castelo, e reuniram seus mais ferozes lutadores. Todos os cavaleiros se prepararam para lutar contra eles. As janelas do castelo foram fechadas e barradas, e o ar se enchia dos sons de armaduras sendo verificadas. Os cavaleiros estavam tão excitados que mal conseguiam descansar nem comer.

Um dos jovens cavaleiros ansiosos pela batalha era Sir Roland. Era um esplêndido guerreiro; seus olhos brilhavam sempre que se apresentava alguma oportunidade de agir como um nobre cavaleiro. E, apesar de ser ainda muito jovem, seu escudo já brilhava o bastante para demonstrar claramente que havia se portado com bravura em algumas de suas missões pela floresta. Esta batalha, pensava ele, seria a grande oportunidade de sua vida. Na manhã da partida, quando todos os cavaleiros se reuniram no grande salão do castelo para receber os comandos de seu líder, Sir Roland torcia para ser designado ao lugar mais perigoso de todos, para mostrar sua verdadeira essência de cavaleiro.

Porém, quando chegou a sua vez de receber as ordens, o senhor do castelo lhe disse:

— Um bravo cavaleiro deve ficar para trás e guardar o portão do castelo, e você, Sir Roland, sendo o mais jovem, foi quem eu escolhi para isso.

Ao ouvir a sentença, Sir Roland ficou tão decepcionado que mordeu o lábio e baixou o elmo sobre o rosto, para que os outros cavaleiros não o vissem. Por um instante, pensou em responder iradamente ao comandante, dizendo que não era certo deixar para trás um cavaleiro em pleno vigor, sobretudo estando tão ansioso para lutar. Mas dominou seu impulso e foi calmamente se postar à guarda do portão. Este era alto e estreito, e, de fora, chegava-se a ele através de uma ponte também estreita e elevada, sobre um fosso que circundava todo o castelo. Quando um inimigo se aproximava, o cavaleiro de guarda tocava um grande sino logo do lado de dentro do portão, e a ponte era içada até as paredes do castelo, deixando o inimigo do outro lado do fosso. Por isso, há muito tempo os gigantes já haviam desistido de tentar atacar o castelo em si.

A batalha de hoje se daria no escuro vale na floresta, e provavelmente não haveria nada a fazer no portão do castelo, exceto ficar tomando conta como um porteiro qualquer. Não era de se estranhar que Sir Roland achasse que era serviço para outra pessoa.

Todos os demais cavaleiros saíram marchando em suas reluzentes armaduras, as plumas vermelhas acenando sobre as cabeças e as lanças à mão. O senhor do castelo só parou para dizer a Sir Roland que ficasse de guarda no portão até que todos voltassem e não deixasse ninguém entrar. Depois penetraram nas sombras da floresta, sumindo de vista.

Sir Roland ficou olhando naquela direção muito tempo depois de terem partido, pensando em como se sentiria feliz se estivesse a caminho da batalha, como eles. Mas logo colocou esse pensamento de lado, tentando se distrair com coisas mais agradáveis. Passou-se um longo tempo sem que nada acontecesse, nem chegasse nenhuma notícia da batalha.

Por fim, Sir Roland viu um dos cavaleiros vir mancando pelo caminho do castelo, e saiu à ponte para encontrá-lo. Esse cavaleiro não era dos bravos, e apavorou-se logo que foi ferido.

— Eu fui ferido — disse —, e não consigo mais lutar. Mas posso vigiar o portão para você, se quiser voltar no meu lugar.

De início, o coração de Sir Roland saltou de alegria, mas depois lembrou-se das palavras finais do comandante e disse:

— Certamente eu gostaria de ir, mas um cavaleiro deve ficar onde seu comandante o colocou. Meu posto é aqui no portão, e não posso abri-lo nem para você. Seu lugar é no campo de batalha.

O cavaleiro ficou envergonhado quando ouviu isso, e acabou virando-se e voltando para a floresta.

E Sir Roland montou guarda, em silêncio, por mais uma hora. Depois apareceu uma velha mendiga vindo pelo caminho do castelo, pedindo a Sir Roland para entrar e comer alguma coisa. Ele lhe disse que ninguém poderia entrar no castelo aquele dia, mas ele mandaria um servente levar-lhe comida. Ela podia sentar-se e descansar o tempo que quisesse.

— Eu passei pelo vale onde está sendo travada a batalha — disse a velha, enquanto esperava a comida.

— E como acha que vai indo a batalha? — perguntou Sir Roland.

— Muito mal para os cavaleiros, eu acho — disse a velha. — Os gigantes estão lutando como nunca. Eu até acho que você deveria ir para lá ajudar seus amigos.

— Bem que eu gostaria — disse Sir Roland. — Mas fui designado para a guarda do portão do castelo, e não posso me ausentar.

— Um cavaleiro assim descansado faria grande diferença; os outros já estão exaustos — disse a velha. — Acho que, já que não há nenhum inimigo por aqui, você seria muito mais útil lá.

— E tem razão — disse Sir Roland —, eu também acho, mas nem eu nem você somos o comandante aqui.

— Pelo jeito — continuou a velha — você é daquele tipo de cavaleiros que preferem ficar longe das lutas. Você tem sorte de ter essa desculpa tão boa para ficar em casa. — E deu um risinho zombeteiro.

Sir Roland ficou muito zangado e pensou que, se fosse um homem em vez de uma mulher, ele ia mostrar se gostava ou não de lutar. Mas era apenas uma velha; ele fechou os lábios e trincou os dentes. Logo que o servente chegou com a refeição, deu-a depressa à mulher e fechou o portão para que ela parasse de lhe falar.

Algum tempo depois, ele ouviu alguém chamando lá fora. Sir Roland abriu o portão e, do outro lado da ponte, viu um velhinho usando um longo manto negro.

— O que deseja? O castelo está fechado hoje — disse Sir Roland.

— Você é Sir Roland? — perguntou o velhinho.

— Sim.

— Então não deveria ficar aqui enquanto seu comandante e os cavaleiros estão travando uma batalha tão dura com os gigantes; além disso, é uma oportunidade para você se tornar um dos maiores cavaleiros neste reino. Escute! Eu lhe trouxe uma espada mágica.

Dizendo isto, o velhinho tirou de dentro do manto uma magnífica espada que brilhava ao sol como se estivesse coberta de diamantes.

— Esta é a espada das espadas — disse — e vai ser sua, se em vez de ficar à toa no portão do castelo, você a levar para a batalha. Nada pode resistir a ela. Quando você a erguer, os gigantes vão cair, seu senhor vai ser salvo e você vai ser coroado como o cavaleiro vitorioso, o que logo tomará o lugar do seu comandante como senhor do castelo.

Sir Roland percebeu que o velhinho era algum mágico, pois certamente a espada parecia ser mágica. Era tanta maravilha aquela espada lhe ser oferecida que chegou a estender a mão para pegá-la. O velhinho adiantou-se para atravessar a ponte e entrar no castelo. Neste instante, Sir Roland lembrou novamente que a ponte e o portão estavam sob sua guarda e gritou:

— Não!

O velhinho parou onde estava, mas ficou acenando com a cintilante espada e repetiu:

— É para você! Pegue-a e conquiste a vitória!

Sir Roland temeu que, se olhasse mais uma vez para a espada ou escutasse mais alguma palavra do velhinho, não conseguiria mais permanecer no castelo. Assim, tocou o grande sino no portão, dando sinal aos serventes para puxarem as correntes e içarem a ponte. Imediatamente, começaram a içá-la, e o velhinho não conseguiu atravessar para entrar no castelo; e nem Sir Roland conseguiria sair.

Então, Sir Roland viu uma coisa miraculosa do outro lado do fosso. O velhinho tirou o manto negro e, ao fazê-lo, foi crescendo, ficando cada vez maior, até transformar-se num dos maiores gigantes da floresta. No início, Sir Roland não pôde crer no que viu. Depois percebeu que devia ser um dos gigantes inimigos que se transformara no velhinho usando algum poder mágico, e tentara entrar no castelo enquanto todos os cavaleiros estavam fora. Sir Roland tremeu ao pensar no que poderia ter acontecido se tivesse ficado com a espada e deixado o portão desguarnecido. O gigante sacudiu o punho para o castelo, olhando furioso para o fosso. Sabendo que nada mais poderia fazer, voltou derrotado para a floresta.

Depois disso, Sir Roland resolveu não abrir mais o portão nem dar atenção a nenhum outro visitante. Mas não tardou a ouvir um som que o fez saltar de alegria. Era o clarim do senhor do castelo, seguido pelos clarins dos muitos cavaleiros que o seguiam, ressoando tão festivos que Sir Roland teve certeza de que estavam bem e satisfeitos. Ao se aproximarem, ouviu seus gritos de vitória. Então deu o sinal para baixar a ponte e saiu para encontrá-los. Estavam empoeirados, ensanguentados e exaustos, mas tinham vencido a batalha contra os gigantes. E fora uma vitória tão grande que nunca houve um retorno à casa tão celebrado.

Sir Roland saudou-os todos enquanto passavam pela ponte. Depois de fechar e travar o portão, seguiu-os até o grande salão. O senhor do castelo tomou seu lugar no assento mais elevado, cercado pelos outros cavaleiros, e Sir Roland apresentou-se trazendo a chave do portão, para prestar contas do que havia feito no posto para o qual o designara seu comandante. O senhor do castelo curvou a cabeça para ele, sinal de que ele podia falar; porém, assim que abriu a boca para começar, um dos cavaleiros gritou:

— O escudo! O escudo! O escudo de Sir Roland!

Todos se viraram e olharam o escudo que Sir Roland levava no braço esquerdo. Ele mesmo só conseguia ver o topo do escudo e não sabia o que estavam vendo. O que viam era a estrela de ouro dos cavaleiros brilhando intensamente no centro do seu escudo! Nunca houve tanto assombro no castelo.

Sir Roland ajoelhou-se diante do senhor do castelo para receber novas ordens, ainda sem saber por que o olhavam com tanta excitação; imaginava que talvez tivesse feito alguma coisa errada.

— Fale, Sir Roland — disse o comandante, assim que recobrou a voz após a grande surpresa. — Conte-nos o que aconteceu hoje no castelo. Você foi atacado? Algum gigante veio até aqui? Você lutou sozinho com ele?

— Não, meu senhor — disse Sir Roland. — Só um gigante veio até aqui, mas foi embora em silêncio quando viu que não conseguiria entrar.

Em seguida, contou-lhes tudo o que acontecera durante o dia.

Quando terminou, os cavaleiros se entreolharam, sem dizer nada. Olharam novamente para o escudo de Sir Roland, para se certificarem de que não haviam se enganado: lá estava a estrela de ouro refulgindo.

Após um breve silêncio, o senhor do castelo falou:

— Os homens cometem enganos — disse —, mas nossos escudos de prata nunca erram. Sir Roland lutou e venceu hoje a mais dura batalha de todas.

Então todos os outros se levantaram e saudaram Sir Roland, que era o mais jovem cavaleiro a ostentar a estrela de ouro.

HANS, O MENINO PASTOR

Recontada por Ella Lyman Cabot

Hans era um menino pastor que morava na Alemanha. Um dia, estava tomando conta de suas ovelhas perto de um grande bosque quando um caçador aproximou-se dele.

— A que distância fica a cidade mais próxima, meu menino? — perguntou o caçador.

— A seis milhas, senhor — disse Hans. — Mas a estrada é apenas uma trilha de ovelhas, o senhor poderá facilmente se perder.

— Menino — disse o caçador —, se você me mostrar o caminho, posso pagar bem.

Hans balançou a cabeça.

— Eu não posso deixar as ovelhas, senhor. Elas iriam para dentro do bosque e os lobos as comeriam.

— Mas se uma ou duas ovelhas forem comidas pelos lobos, eu pago por elas. Eu lhe dou mais do que você ganha em um ano!

— Senhor, eu não posso ir — disse Hans. — Estas ovelhas são do meu senhor. Se alguma se perde, a culpa é minha.

— Se você não pode me mostrar o caminho, então me arruma um guia? Eu tomo conta das suas ovelhas enquanto você sai.

— Não — disse Hans —, não posso fazer isso. As ovelhas não conhecem a sua voz e... — interrompeu-se.

— Você não confia em mim? — perguntou o caçador.

— Não — disse Hans. — Tentou fazer com que eu quebrasse a palavra que dou ao meu senhor. Como vou saber que vai manter a sua?

O caçador riu.

— Você está certo — disse. — Eu gostaria de poder confiar nos meus empregados como o seu patrão confia em você. Mostre-me a trilha. Vou tentar chegar sozinho à cidade.

Neste momento, vários homens saíram cavalgando do bosque e gritaram de alegria.

— Oh, senhor! — gritou um deles. — Pensamos que estivesse perdido!

Então Hans soube, para sua grande surpresa, que o caçador era um príncipe. Ficou com medo de o grande homem estar zangado com ele. Mas o príncipe sorriu e agradeceu-lhe.

Alguns dias depois, um servente do príncipe veio levar Hans até o palácio.

— Hans — disse o príncipe —, quero que você deixe as ovelhas e venha me servir. Sei que você é um menino em quem se pode confiar.

Hans ficou muito feliz com sua boa sorte.

— Se meu senhor encontrar outro pastor para ficar no meu lugar, então virei para servi-lo.

Então, Hans voltou e cuidou das ovelhas até que encontrassem outro pastor. E serviu ao príncipe por muitos anos.

O FAZENDEIRO HONESTO

Recontada por Ella Lyman Cabot

Há muito tempo, houve uma guerra na Alemanha que espalhou soldados por todo o país. Um capitão da cavalaria, que tinha muitos homens e cavalos para alimentar, foi instruído por seu coronel a arranjar comida nas fazendas das redondezas. O capitão cavalgou algum tempo pelo vale solitário e finalmente bateu à porta de um pequeno chalé. O homem que atendeu era velho, aleijado e apoiava-se numa bengala.

— Bom dia, senhor — disse o capitão. — Poderia ter a gentileza de me mostrar um campo onde meus soldados possam colher grãos e levá-los para o nosso exército?

O velho conduziu os soldados pelo vale, e, a cerca de uma milha, eles viram a distância um campo de cevada ondulando ao vento.

— É exatamente o que queremos. Vamos parar aqui! — exclamou o capitão.

— Não, ainda não — disse o velho. — Vocês precisam me acompanhar um pouco mais longe.

Depois de mais uma ou duas milhas, chegaram a um segundo campo de cevada. Os soldados desmontaram, cortaram os talos, amarraram-nos em feixes e partiram com a provisão.

O capitão disse ao velho fazendeiro:

— Por que nos trouxe tão longe? O primeiro campo de cevada era melhor do que este!

— É verdade, senhor — disse o velho —, mas não era meu.

POR QUE OS POLEGARES SÃO ISOLADOS ?

Folclore africano

Antigamente, os cinco dedos ficavam bem juntos na mão, lado a lado. Eram todos amigos. Aonde um ia, seguiam os outros. Trabalhavam juntos, brincavam juntos; lavavam, escreviam e cumpriam seus deveres juntos.

Um dia, os cinco dedos estavam descansando juntos numa mesa quando espiaram um anel de ouro largado ali perto.

— Que anel brilhante! — exclamou o Primeiro Dedo.

— Ficaria lindo em mim — declarou o Segundo Dedo.

— Vamos pegá-lo! — sugeriu o Terceiro Dedo.

— Depressa! Agora, que ninguém está olhando! — cochichou o Quarto Dedo.

Já iam pegar o anel quando o Quinto Dedo, chamado Polegar, falou:

— Esperem! Não devemos fazer isso! — gritou.

— Por que não? — perguntaram os outros quatro dedos.

— Porque o anel não nos pertence — disse o Polegar. — É errado pegar uma coisa que não é sua.

— Mas quem vai saber? — perguntaram os outros dedos. — Ninguém vai nos ver. Vamos!

— Não — disse o Polegar. — Isso é roubo.

Então os outros quatro começaram a rir e a zombar do Polegar.

— Você está é com medo! — disse o Primeiro Dedo.

— Ai, que bonzinho que ele é... — disse o Segundo Dedo.

— Você está é com raiva porque o anel não vai lhe servir — resmungou o Terceiro Dedo.

— Nós achávamos que você fosse mais divertido — disse o Quarto Dedo. — Pensávamos que você fosse nosso amigo.

Mas o Polegar balançava a cabeça.

— Não ligo para o que vocês falam — respondia. — Eu não vou roubar.

— Então não fique mais junto de nós! — gritaram os outros quatro dedos. — Você não pode mais ser nosso amigo.

E saíram em grupo, deixando o Polegar sozinho. No começo, acharam que ele iria segui-los e implorar para voltar a ficar junto. Mas o Polegar sabia que estavam errados e ficou leal aos seus princípios.

É por isso que, hoje, o polegar fica isolado dos outros quatro dedos.

DEUS PROVERÁ

Folclore mexicano, adaptado de Esopo, "Hércules e o carroceiro"

Uma manhã, logo ao nascer do sol, dois fazendeiros vizinhos saíram para o mercado da cidade. Suas carroças estavam abarrotadas de tomates que iam amadurecer rapidamente ao sol do meio-dia. Por isso, conduziram os cavalos com firmeza a manhã toda, para que a carga não estragasse no caminho.

Porém, ao atingirem o morro mais íngreme dos arredores da cidade, os pobres animais já estavam exaustos e, por mais que se esforçassem, não conseguiam vencer a subida. As carroças ficaram ao pé do morro, sob o sol impiedoso que se erguia no céu.

— Não podemos fazer nada; eles precisam descansar — disse o primeiro fazendeiro, dando de ombros. — Pensando bem, eu até que poderia aproveitar e tirar uma sestazinha... Já estamos na estrada desde a aurora. Acho que vou me deitar um pouco à sombra desta árvore.

— Que é isso? Você não pode! — exclamou o companheiro. — Quando você acordar, sua carga vai estar arruinada!

— Não se preocupe, meu amigo. Deus proverá. Ele sempre ajuda. Vou fazer umas oraçõezinhas antes de tirar o cochilo.

E rolou de lado, bocejando.

O segundo fazendeiro, enquanto isso, andou até a traseira da sua carroça, encaixou os ombros na madeira e tentou empurrar, fazendo o máximo de força. Gritava para seu cavalo andar, mas não adiantava nada. Empurrou até as veias saltarem no pescoço, praguejando a plenos pulmões, mas a carroça não subiu nem um centímetro.

Nesse momento, o Senhor e São Pedro passaram pela estrada, como faziam às vezes, nos seus passeios terrestres de vistoria do que se passava nos corações humanos. O Senhor viu o desvairado fazendeiro, praguejando na luta pela sua carga. Sorriu e pousou a mão suavemente na roda da carroça, que instantaneamente subiu ao topo do morro.

O Senhor prosseguiu com São Pedro ao lado. O olhar do Porteiro do Céu baixou, como se refletisse sobre cada passo que davam.

— Não compreendo — disse por fim. — Por que você ajudou aquele homem? Mesmo quando nos aproximamos, ele continuou praguejando da forma mais irreverente! E, contudo, você não ajudou o amigo dele, que ofereceu preces por Sua ajuda.

O Senhor sorriu.

— O homem que eu ajudei praguejava, é verdade, mas não de coração. Aquilo era apenas a maneira de ele falar com o cavalo. No coração, ele estava pensando amorosamente na mulher, nos filhos e nos pais idosos, que dependem do seu trabalho e precisam que ele volte com algum lucro pelo seu esforço. Ele seria capaz de passar o dia todo lá, empurrando. Seu amigo, por outro lado, só me chama quando acha que precisa de mim. O que ele estava pensando era em dormir mesmo. Então, que tire o seu cochilo.

O HOMEM DESATENTO ÀS PORTAS DO PARAÍSO

Lenda dervixe

Era uma vez um homem que, como a maioria de nós, sabia no fundo da alma qual o caminho para o Céu. Sabia que devia amar o próximo como a si mesmo, honrar seus pais e lidar honestamente com todos. Ele sabia como ajudar os necessitados e defender os inocentes. Sabia que a humildade, a paciência e o autocontrole são virtudes sábias.

E esse homem certamente tentava cumprir todas essas coisas — mas só de vez em quando. Ele ajudaria um amigo, se por acaso lembrasse que esse amigo estava passando por necessidades; fazia uma prece de ação de graças, se julgasse conveniente; até dava dinheiro aos pobres, se lhe doesse a consciência pesada. Mas a maior parte do tempo ele se ocupava mesmo é com seus próprios assuntos.

Seus hábitos se impregnaram na alma e ele acabou desenvolvendo o defeito da desatenção. As oportunidades para um comportamento exemplar vinham e iam-se; em certas ocasiões chegava a percebê-las, mas de modo geral nem notava as chances de fazer o bem.

E um dia ele morreu. Enquanto subia o caminho do Paraíso, olhou para trás, para a sua vida. Lembrou-se das vezes em que havia amado e ajudado os seus companheiros na Terra e julgou-as suficientes.

Quando chegou aos imponentes portões do Céu, contudo, viu que estavam trancados.

Uma voz ressoou no ar:

— Vigie atentamente — avisava. — Os portões se abrem apenas uma vez a cada dez mil anos.

Ele estacou, os olhos arregalados e trêmulo com a expectativa. Decidiu ficar bem alerta. Porém, desacostumado de praticar a virtude da atenção, seu pensamento logo começou a vaguear. Depois de vigiar pelo que lhe pareceu uma eternidade, seus ombros descaíram e a cabeça começou a balançar. As pálpebras tremularam, pesaram e fecharam-se por um segundo de sono.

Nesse mesmo instante, os poderosos portões se abriram — e, antes que pudesse abrir os olhos, fecharam-se estrondosamente, com um trovão que derrubou todos os desatentos para fora do Paraíso.

A ESPADA MÁGICA

Existe uma história muito, muito antiga, do tempo dos cavaleiros em brilhantes armaduras, sobre um jovem comum que estava com muito medo de testar sua habilidade com as armas, no torneio local. Certo dia, seus amigos quiseram pregar-lhe uma peça e lhe deram de presente uma espada, dizendo que tinha um poder mágico muito antigo. O homem que a empunhasse jamais seria derrotado em combate.

Para surpresa deles, o jovem correu para o torneio e pôs em uso o presente, ganhando todos os embates. Ninguém jamais vira tanta velocidade e ousadia na espada. A cada torneio, a notícia de sua maestria se espalhava, e não tardou a ser ovacionado como o primeiro cavaleiro do reino.

Por fim, achando que não faria mal nenhum, um dos seus amigos revelou a brincadeira, confessando que o instrumento não tinha nada de mágico, era só uma espada comum.

Imediatamente o jovem cavaleiro foi dominado pelo terror. De pé na extremidade da área de combate, as pernas tremeram, a respiração ficou presa na garganta e os dedos perderam a força. Incapaz de continuar acreditando na espada, ele já não acreditava mais em si mesmo. E nunca mais competiu.

A CABEÇA DA GÓRGONA

Adaptada da versão de James Baldwin

Há muito tempo, num distante reino numa ilha, viviam uma linda mulher chamada Dânae e seu filho Perseu, um jovem alto e corajoso. O rei dessa ilha, Polidectes, enamorou-se tanto da beleza de Dânae que queria torná-la sua esposa. Mas ele era malvado e cruel; ela não gostava nada dele e recusava todas as suas ofertas. Polidectes culpou Perseu e procurou uma desculpa para mandar o rapaz numa longa viagem, pensando em forçar Dânae a recebê-lo como marido, quisesse ela ou não.

Para isso, ele deu uma grande festa, anunciando que todos os convidados deveriam trazer ricos presentes. Ele sabia que Perseu, sendo pobre, não conseguiria tal presente.

Quando começou o grande banquete, Perseu ficou à porta, observando tristonho os ricos nobres que chegavam. Ficava rubro quando o apontavam, zombando:

— E o que é que Perseu tem a presentear?

Ele acabou ficando louco de vergonha e, já não sabendo mais o que dizia, gritou:

— Vocês vão ver como eu vou trazer um presente melhor do que todos esses juntos!

— Escutem só que ousadia! — riu Polidectes. — E o que é que vai trazer? A cabeça da Medusa?

— É isso mesmo! Vou trazê-la! — jurou Perseu, e saiu furioso, enquanto todos riam de suas tolas palavras.

E o que era essa cabeça da Medusa, que ele tão temerariamente prometera trazer?

Muito, muito longe, na extremidade do mundo, viviam três irmãs monstras, esquisitas, chamadas Górgonas. O corpo e o rosto eram de mulher, mas tinham asas de ouro, terríveis garras de bronze e na cabeça cresciam serpentes em vez de cabelos. Eram tão terríveis que transformavam em pedra os que as olhavam de frente. Duas das irmãs eram imortais, e nenhuma arma poderia feri-las. Mas a mais jovem, Medusa, poderia morrer por qualquer golpe fatal.

Perseu saiu do palácio do rei arrependido das impensadas palavras. Ele nem sabia como encontrar as temíveis Górgonas. Foi até a praia e ficou olhando o mar, até que o sol se pôs e surgiu a lua. Então, de repente, duas pessoas apareceram diante dele, ambos altos e nobres. Eram Hermes, o mensageiro dos deuses, e Atenas, a deusa da sabedoria, e disseram a Perseu que iam ajudá-lo.

— Primeiro, você deve encontrar as três irmãs Greias — disse Atenas. — Elas moram no fundo do mar gelado, longe, muito longe, ao norte. Elas têm um segredo que ninguém sabe, e você deverá forçá-las a contar. Pergunte a elas onde poderá encontrar as três Donzelas que guardam as maçãs de ouro do Oeste. Assim que o revelarem, vá imediatamente para lá. As Donzelas lhe darão três coisas que serão necessárias para obter a terrível cabeça de Medusa, além de indicar-lhe onde vivem as Górgonas.

— Mas eu não tenho barco. Como irei? — perguntou Perseu.

— Você usará minhas sandálias aladas — disse Hermes.

Tirou as maravilhosas sandálias e calçou-as nos pés do jovem. Antes que Perseu pudesse agradecer a eles pela bondade, viu-se já nos céus, mais veloz do que uma águia.

As sandálias aladas o carregaram sobre o mar, direto para o norte. Foi voando, voando, e logo ultrapassou o mar. Voou sobre cidades, aldeias e uma serra de montanhas cobertas de majestosas florestas, seguidas por um vale onde corriam vários rios em busca do mar. Passou por pântanos congelados, campos selvagens cobertos de neve e, finalmente, chegou a um oceano de gelo. Sempre em frente, passou sobre *icebergs*, águas congeladas e um ar que o sol jamais aquecia, indo dar numa caverna onde moravam as três irmãs Greias.

Essas criaturas eram tão velhas que não se lembravam mais da própria idade. Já nasceram de cabelos brancos. Dividiam entre si um único olho e um único dente, que usavam uma de cada vez. Perseu ouviu-as murmurando e cantando, naquela desolada habitação, e ficou muito quieto, escutando.

— Nós sabemos um segredo que jamais revelaremos, não é, irmãs? — disse uma delas.

— Ha, ha! É mesmo! É mesmo! — tagarelavam as outras.

— Dê-me o dente, irmã, para eu me sentir jovem e bela novamente — disse uma.

— E me dê o olho, para eu olhar lá fora e ver o mundo — disse outra.

— Ah, sim, sim, sim — murmurou a terceira, tirando o dente e o olho e estendendo-os cegamente às irmãs.

Rápido como o pensamento, Perseu deu um salto e tomou ambas as preciosidades da sua mão.

— Onde está o dente? Onde está o olho? — gritavam as duas, esticando os longos braços, rateando aqui e ali. — Você os deixou cair, irmã? Perdeu-os?

— Seu dente e seu olho estão comigo — disse Perseu —, e só devolvo se me contarem seu segredo. Onde estão as Donzelas que tomam conta das maçãs de ouro da Terra do Oeste?

As irmãs Greias choraram, adularam, ameaçaram; gemeram, resmungaram, berraram, mas nada o demovia.

— Irmãs, vamos ter que contar para ele — disse uma delas, por fim.

— Ah, sim, é melhor revelar o segredo do que ficar sem o olho — disseram as outras.

Então disseram qual trajeto ele deveria seguir para achar as Donzelas. Quando esclareceram tudo a Perseu, ele lhes entregou o olho e o dente.

— Ha, ha! — Elas riram de alegria. — Agora, os anos dourados da juventude voltaram para nós!

Perseu saltou para o ar mais uma vez. Desde aquele dia, os ventos ainda sibilam pela caverna lúgubre, as frias ondas sussurram na praia do mar invernal e as montanhas de gelo erguem-se e desmoronam como sempre, mas nenhum outro homem jamais voltou a ver as irmãs Greias.

As sandálias aladas desta vez levaram Perseu para o sul. Deixou o gelo selvagem para trás e logo chegou a uma terra ensolarada, enfeitada por verdes florestas, campinas em flor, montanhas e vales, parando num lindo pomar cheio das mais lindas flores e frutos. E achou as três Donzelas do Oeste dançando e cantando ao redor de uma árvore de maçãs de ouro.

Perseu contou-lhes sua missão e disse que viera pedir-lhes três coisas para ajudá-lo a lutar contra as Górgonas.

As Donzelas responderam que não iam lhe dar três coisas, mas sim quatro. Uma deu-lhe uma espada afiada, que ele prendeu ao cinto. Outra deu-lhe um escudo mais brilhante que qualquer espelho. A terceira deu-lhe uma bolsa mágica, prendendo-a nos ombros do rapaz com um longo cordão. Por fim, as três o presentearam com um elmo mágico, o Elmo da Escuridão. Quando o colocaram em sua cabeça, nenhuma criatura da terra ou do céu podia mais enxergá-lo.

Depois disseram-lhe onde encontrar as Górgonas e o que deveria fazer para obter a terrível cabeça e escapar com vida. Perseu ajeitou o Elmo da Escuridão e partiu veloz em direção à mais longínqua extremidade da Terra. As três Donzelas voltaram a cantar e dançar, guardando as maçãs de ouro até que o mundo velho ficasse jovem novamente.

Perseu voou tão rápido que não tardou a cruzar o majestoso oceano que circunda a Terra, chegando ao lugar sem sol que fica além. Ouviu o som de uma respiração pesada e olhou em volta, alerta, para ver de onde vinha. Por entre as ervas daninhas que cresciam às margens de um rio lamacento, alguma coisa cintilava na luz pálida.

Voou mais para perto, mas não ousou olhar diretamente, temendo encontrar o olhar de alguma Górgona e ser transformado em pedra. Em vez disso, deu a volta, erguendo o brilhante escudo diante de si, refletindo as coisas atrás dele.

Ah, que visão tenebrosa! Meio escondidas no mato estavam as três monstras, dormindo profundamente, com as asas de ouro recolhidas. As garras de bronze estavam esticadas, como se prestes a agarrar uma presa, e os ombros estavam cobertos de serpentes adormecidas. As duas Górgonas maiores dormiam com as cabeças encolhidas sob as asas, como os pássaros. A terceira, porém, que estava entre as outras, dormia com o rosto voltado para o céu. Perseu soube que era Medusa.

Furtivamente, ele foi chegando cada vez mais perto, sempre de costas para as monstras, olhando apenas o reflexo no escudo para se orientar. Subitamente, pegou a espada afiada e, com um forte golpe, certeiro e rápido, arrancou a cabeça de Medusa pelos ombros. O sangue negro jorrava do pescoço como um rio. Rápido como uma flecha, jogou a cabeça dentro da sacola mágica, saltou novamente para os ares e fugiu na velocidade do vento.

As duas outras Górgonas acordaram e levantaram-se gritando terrivelmente. Logo abriram as asas para persegui-lo. Não conseguiam vê-lo, oculto pelo Elmo da Escuridão, mas sentiam o cheiro do sangue da irmã, e seguiram-no pelo ar. Ele ouvia as batidas das asas de ouro e o crispar das garras de bronze. Mas as sandálias aladas eram ligeiras como o vento, e ele não demorou a deixá-las bem para trás.

Sempre voando na direção de casa, passou sobre uma terra ensolarada, cheia de palmeiras, com um grande rio fluindo do sul. Ao olhar para baixo, viu uma cena estranha. Uma bela moça estava acorrentada a uma rocha à beira-mar, e ao longe viu uma enorme fera nadando para devorá-la.

Imediatamente, Perseu voou em descida, pegou sua espada afiada e cortou as correntes que a prendiam. O monstro já estava bem perto, chicoteando as águas com a cauda, as largas mandíbulas já abertas para engolir a moça e Perseu de uma vez só. Mas quando se aproximou da praia rugindo, Perseu tirou a cabeça de Medusa da bolsa e ergueu-a bem alto. Quando a besta viu o rosto pavoroso, parou de chofre e virou pedra. Dizem que o monstro de pedra ainda pode ser visto até hoje, no mesmo local.

A moça lhe disse que se chamava Andrômeda e era a princesa daquele lugar. Fora acorrentada à pedra em oferenda à terrível fera, que estava destruindo todas as terras. Perseu logo pediu-a em casamento, e casaram-se com grandes festejos. Os dois jovens viveram bem felizes naquele país ensolarado durante algum tempo.

Mas Perseu não esquecera a mãe; um belo dia de verão, velejou para casa, levando Andrômeda. Deixou seu navio na praia, e, ao encontrar a mãe, ambos choraram.

Depois Perseu foi ao palácio de Polidectes com a cabeça de Medusa na bolsa. Quando chegou ao salão, o perverso rei estava à mesa, ladeado por todos os nobres, banqueteando e tomando vinho. Perseu ficou de pé à soleira e chamou Polidectes pelo nome, mas nenhum dos convivas reconheceu o estranho; Perseu mudara muito na longa viagem. Partira ainda rapaz e voltava um homem, e um grande herói.

Mas Polidectes, o perverso, reconheceu-o e exclamou, sarcástico:

— Ah, o tolo impertinente! Achou mais fácil fazer uma promessa do que cumpri-la?

— Quando se faz uma promessa para acertar um erro, às vezes os deuses ajudam a cumpri-la — respondeu Perseu.

E, olhando para outro lado, abriu a bolsa e ergueu a cabeça da Górgona, gritando:

— Atenção!

Polidectes e seus convidados empalideceram ao olhar o rosto medonho. Tentaram fugir, mas nem chegaram a se levantar dos assentos. Enrijeceram imediatamente, formando um anel de pedras cinzentas.

Perseu virou-se e deixou-os, tomou seu galeão e partiu com a mulher e a mãe.

PROTEU

Trecho da Odisseia *adaptado da versão de Elizabeth Harrison*

Terminada a cruel guerra de Troia, o rei Menelau se fez ao mar de volta à sua amada Espana. A tripulação içou as velas para a longa travessia do mar misterioso.

Um vento favorável conduziu os barcos nos primeiros dias. Até uma noite em que lançaram âncora numa enseada para pernoitar ao largo de uma pequena ilha. No dia seguinte, acordaram com um vento forte soprando na direção oposta à que desejavam. Esperaram o dia inteiro que o vento amainasse ou mudasse de rumo. Passou-se um dia, outro e mais outro, e a ventania continuou sem alteração.

Embora invisível, o vento era mais forte que toda a tripulação, e era impossível zarpar. Soprava dia após dia, pondo em correria as nuvens no céu, estourando as ondas na praia, fustigando os homens com redemoinhos de areia, em uivos e rugidos roucos. Sabiam que os ruídos eram um aviso para não se atreverem a prosseguir viagem.

Vinte dias se passaram e o vendaval persistia, vindo do oeste longínquo, agitando as águas do mar vasto, lambendo os rochedos da ilhota, ordenando que os homens ali ficassem, e seguia soprando forte na direção do leste. Os marinheiros perdiam a coragem. As provisões chegavam ao fim, e a pescaria era difícil com a agitação das ondas.

Menelau caminhava sozinho pela praia, preocupado, pois temia que o problema fosse uma demonstração de desagrado dos deuses. O sol se punha, as sombras caíam sobre a ilha rochosa, a escuridão chegava, e subitamente apareceu diante de Menelau um ser de beleza tão radiante que só podia ser imortal. Sua túnica tinha as luzes do crepúsculo, a face era translúcida como os últimos raios do sol poente. Era a bela deusa Idoteia. Assumindo uma expressão severa, perguntou a Menelau por que se detinha tanto tempo naquela ilhota pedregosa. Ele respondeu que não estava ali por vontade própria, mas provavelmente tinha ofendido os deuses e eles lhe mandaram aquele vento contrário para atrasar a viagem. E

Menelau implorou à deusa que lhe dissesse o que fazer. À medida que ouvia a explicação, a expressão de Idoteia se suavizava. A deusa foi se aproximando, e sua túnica da cor do poente tremeluzia em tons de rosa, passando a azul, a pérola, envolvendo-a toda num maravilhoso jogo de luzes cambiantes.

Ela contou então que era filha de Proteu, o Velho do Mar, que vivia nas profundezas abissais do grande oceano, ia aonde as ondas iam e sabia os segredos da terra e do mar. Conhecia a canção do vento e sabia interpretar as mensagens enviadas pelos deuses. Portanto somente ele podia contar a Menelau o recado do vendaval daqueles vinte dias.

Proteu era uma figura extraordinária. Tinha o poder de se transformar no que quisesse. A única maneira de arrancar um segredo dele era agarrá-lo enquanto ele estivesse dormindo e *segurar firme*, fosse qual fosse a forma que tomasse, até que voltasse à forma de Velho do Mar.

Idoteia disse a Menelau que a estranha criatura se levantava do mar por volta do meio-dia e andava sobre as águas até uma enorme caverna na praia, onde sua criação de botos dormia depois do almoço. Contava as cabeças e deitava-se no meio deles para dormir também. Seria a ocasião propícia para Menelau e três homens de confiança agarrarem Proteu e *segurarem firme*, não importa o que acontecesse, até que ele retomasse a forma original. Nesse momento, Proteu seria compelido a responder a qualquer indagação que lhe fizessem.

Após dar essas instruções a Menelau, a deusa mergulhou no mar e as águas azuis se fecharam sobre ela.

Menelau voltou, pensativo e ansioso, à companhia dos homens reunidos perto dos barcos para a frugal refeição da noite. A noite caiu solene, desenhando as árvores em silhuetas negras, esmaecendo os contornos dos rochedos, e o silêncio reinou sobre a paisagem.

Os marinheiros se deitaram na areia e logo adormeceram. Menelau também se deitou, mas sua mente fervilhava de apreensão. O que o dia seguinte lhes traria? Iria ao encontro do arcaico Velho do Mar para uma terrível batalha. Seria capaz de vencer? Teria coragem de segurar firme? Que tenebrosas formas a criatura tomaria?

A noite findou lentamente e, quando a tênue claridade rósea suavizou o céu a oeste, ele se levantou e pediu a proteção dos deuses imortais. Acordou os três homens mais valentes e confiáveis e seguiu com eles para o lugar onde a deusa Idoteia prometera encontrá-los. Radiosa como a manhã, ela os esperava.

Ordenou que cavassem quatro covas rasas e se deitassem dentro delas. Eles obedeceram, ela cobriu cada um com uma pele de boto e se sentou numa pedra para esperar a chegada do pai.

Algum tempo depois começaram a aparecer grupos de botos. Saíam da água, arrastando-se pela areia, e iam se acomodando para dormir ao lado dos bravos heróis escondidos. Então as águas se abriram e surgiu o majestoso Velho do Mar. Tinha os cabelos, a longa barba e a túnica cobertos de espuma. Caminhou lentamente sobre as ondas, chegou à areia e contou os botos. O coração de Menelau batia forte, temeroso de que o deus os descobrisse. Mas a deusa tinha lhes dado um bom disfarce, e Proteu não percebeu a diferença entre eles e os botos verdadeiros. Quando terminou a contagem, deitou-se também no meio do rebanho e adormeceu.

Era o momento crucial! Menelau e seus homens se livraram do disfarce, levantaram-se correndo e, antes que o velho deus se desse conta, agarraram com força suas pernas e seus braços.

Imediatamente Proteu se transformou num grande leão furioso, tão forte que parecia prestes a estraçalhar quem estivesse por perto. Menelau e seus bravos companheiros *seguraram firme.* O leão se transformou numa enorme pantera de olhos faiscantes que encheu de terror o coração dos homens, mas eles *seguraram firme.* No instante seguinte, era uma imensa serpente se contorcendo entre as mãos deles, sibilando e arremessando a língua bífida, pronta a matá-los com uma boa dose de veneno, mas *seguraram firme.* As formas horripilantes e inesperadas se sucediam. Agora era uma corrente de água cristalina, fluindo graciosamente entre os dedos, e logo uma labareda de fogo surgiu, e outra e mais outra, ameaçando carbonizá-los, e no instante seguinte cresceu uma árvore frondosa, com os galhos grossos se espalhando e se enchendo de folhas, mas a cada mutação eles *seguraram firme*.

Por fim cessaram os encantamentos, e Proteu voltou à forma de Velho do Mar. Voltando-se para Menelau, o deus perguntou:

— Que desejas, mortal?

Menelau perguntou a causa daquele vento furioso que impedia que ele e seus valorosos marinheiros prosseguissem a viagem de volta para casa. Então Proteu, o Velho do Mar, que conhecia todos os segredos dos homens e dos deuses, respondeu que eles tinham negligenciado os deveres com os deuses, esquecendo-se de pedir que os guiassem em paz na viagem de volta. A impaciência para partir é que os tornara prisioneiros na enseada.

Menelau entendeu então o que o vento dizia. No dia seguinte, ele e a tripulação prestaram aos deuses as devidas homenagens e imediatamente o vento assoviou novas canções e enfunou as velas na direção do mar azul.

E nunca mais se esqueceram do poderoso Velho do Mar, da terrível luta que venceram em silêncio, *segurando firme* frente a todas as ameaças.

O CÃO DE MONTARGIS

Recontada por James Baldwin

No velho castelo de Montargis, na França, havia uma lareira de pedra lavrada famosa em toda a região. Não era apenas a beleza do trabalho que despertava o interesse das pessoas, mas a estranha cena entalhada na pedra. A todos que perguntavam o que significava, o guardião do castelo contava a seguinte história:

Há mais de quinhentos anos, esse castelo era uma grande fortaleza, e o modo de vida das pessoas era muito diferente. Dentre os jovens cavaleiros do castelo, nenhum era mais nobre do que Aubrey de Montdidier, sobrinho do conde de Montargis; e, dentre os cavaleiros de prestígio na corte, nenhum era mais corajoso que o jovem senhor de Narsac, capitão do exército do rei.

Os dois jovens eram grandes amigos e, sempre que o dever permitia, estavam em companhia um do outro. De fato, não se via um andando sem o outro nas ruas de Paris.

— Amanhã nos encontramos no torneio — disse Aubrey alegremente uma noite, ao se despedir do amigo.

— Sim, até amanhã no torneio — disse Narsac —, e não se atrase!

O torneio no dia seguinte seria um grande evento. Estava programada uma justa entre um cavaleiro da Provença e um famoso cavaleiro da Borgonha. Ambos eram conhecidos pela destreza na equitação e pela habilidade com a lança. Toda Paris estaria presente.

Mas Aubrey não apareceu na hora marcada, e ninguém o viu no torneio. Que poderia ter acontecido? Não era do seu feitio faltar a compromissos, e dificilmente perdia um bom torneio.

— Viu meu amigo Aubrey? — perguntou Narsac a todos que encontrou. Todos respondiam que não, e ele ficou imaginando o que teria havido.

O dia se passou sem notícias de Aubrey. Narsac foi aos aposentos do amigo, mas nada descobriu. O jovem fora visto pela última vez na manhã anterior ao torneio.

Três dias se passaram. Narsac estava muito preocupado. Sabia que tinha havido um acidente com Aubrey, mas como poderia descobrir?

Na manhã do quarto dia, acordou com um ruído esquisito na porta. Vestiu-se às pressas, abriu a porta e viu um cachorro encolhido no chão, um galgo tão magro que todas as costelas apareciam e tão fraco que não se sustinha de pé.

Sem mesmo olhar a coleira, Narsac reconheceu Dragon, o galgo de Aubrey — o cão que o seguia aonde quer que fosse, que nunca era visto sem o dono.

A pobre criatura tentou se levantar, esforçando-se para equilibrar o corpo nas pernas trêmulas de fraqueza. Balançou debilmente a cauda e tentou lamber a mão de Narsac. Era óbvio que estava faminto.

Narsac pôs o cão para dentro, deu-lhe um prato de leite e banhou com água fria o focinho e os olhos injetados.

— Onde está seu dono? — perguntou, oferecendo um belo pedaço de carne.

O galgo comeu vorazmente e aos poucos recuperou as forças. Lambeu as mãos de Narsac e correu para a porta, dando sinais de que Narsac deveria segui-lo. Gemia de dar pena.

— Quer me levar ao seu dono, já sei — disse ele, pondo o chapéu e saindo atrás do cão.

Dragon conduziu-o através da multidão pelas ruas e vielas. Parava em cada esquina e olhava para se certificar de que Narsac o seguia. Atravessaram a ponte — a única ponte sobre o Sena naqueles dias. Cruzaram o portão de San Martin e chegaram ao campo além dos muros da cidade.

O cachorro logo deixou a estrada principal e tomou um atalho para a floresta de Bondy. Narsac apertava o punho da espada, pois estavam em terreno perigoso. A floresta era um grande esconderijo de ladrões e fugitivos da justiça, e muitos crimes se cometiam ali.

Mas Dragon não penetrou muito na floresta. Parou subitamente junto a uma espessa moita de urzes, gemendo e uivando de tristeza. Pegou com os dentes a manga de Narsac e levou-o ao outro lado da moita.

Ali, sob os galhos baixos de um carvalho, a relva estava pisoteada e a terra fora remexida. Gemendo, o cão se deitou na terra e lançou um olhar implorante a Narsac.

— Ah, meu pobre amigo! — disse Narsac. — Você me trouxe aqui para mostrar a cova do seu dono.

E assim dizendo, correu de volta à cidade; mas o cão não se mexeu.

Na mesma tarde, Narsac conduziu uma companhia à floresta. Sob o carvalho, encontraram o que já era esperado — o corpo assassinado de Aubrey de Montdidier.

— Quem terá cometido essa atrocidade? — perguntavam-se, lastimando a morte do jovem, pois todos gostavam de Aubrey.

Improvisaram uma maca de ramos de árvores e levaram para a cidade. Dragon os seguiu até o cemitério do rei. Toda Paris chorou o fim prematuro do bravo cavaleiro.

Dragon passou então a viver com o senhor de Narsac e o seguia aonde quer que fosse. Dormia no quarto de Narsac e comia em sua mão, tão dedicado ao novo dono como fora ao antigo.

Um dia saíram a passeio. As ruas estavam cheias, pois era feriado e a fina sociedade de Paris aproveitava o dia ensolarado. Dragon, como sempre, seguia colado aos calcanhares do dono.

Narsac andava despreocupado, cumprimentando os muitos amigos, parando às vezes para conversar um pouquinho. De repente, chegando a uma esquina, o cachorro deu um salto adiante e plantou-se na frente do dono, rosnando ameaçadoramente para um jovem na multidão, pronto para atacar.

Antes que Narsac pudesse impedir, Dragon avançou. O rapaz levou as mãos à garganta para se proteger, mas a rapidez do ataque e o peso do cão o derrubaram. Não se sabe o que teria acontecido se os amigos que acompanhavam o rapaz não tivessem afastado o cachorro a bengaladas.

Narsac conhecia o homem. Seu nome era Richard Macaire, e pertencia à guarda pessoal do rei.

O galgo jamais tinha atacado ninguém.

— Que significa isso? Você se comportou muito mal! — disse Narsac a caminho de casa.

O cachorro se limitou a rosnar baixinho; era a única resposta que podia dar. O incidente lançou uma suspeita na mente de Narsac, e ele não conseguia afastá-la.

Menos de uma semana depois, a mesma coisa aconteceu. Desta vez Macaire andava por uma praça e Narsac vinha a alguma distância, seguido por Dragon. Tão logo o cão viu Macaire, disparou em sua direção. Somente os passantes impediram que ele pulasse na garganta de Macaire. Narsac correu, chamando Dragon de volta, mas o ódio do cão era terrível de se ver.

A inimizade de Aubrey e Macaire era fato conhecido em Paris. Sabia-se que havia brigado mais de uma vez, e agora as pessoas começavam a comentar a estranha atitude do cachorro. Alguns se adiantaram a tirar conclusões dos últimos acontecimentos.

O assunto terminou por chegar aos ouvidos do rei, e Narsac foi chamado à presença real. Ao fim de uma longa conversa, o rei falou:

— Volte amanhã e traga o cachorro. Temos que elucidar esse estranho caso.

No dia seguinte Narsac, seguido pelo cão, foi introduzido ao salão de audiências reais. O rei estava sentado no trono, cercado pelos cavaleiros e cortesãos. Mal Narsac entrou no salão, o cão correu em disparada na direção de Macaire, que estava num grupo de cavaleiros. Se não interviessem, Dragon o teria feito em pedaços.

Só havia uma explicação.

— Este galgo — disse Narsac — veio denunciar o cavaleiro Macaire como assassino de seu dono, o jovem Aubrey de Montdidier. Exige justiça e que o culpado seja punido pelo crime.

Macaire ficou pálido e trêmulo. Gaguejou alguma coisa, negando a culpa e declarando que o cão era um animal perigoso e devia ficar preso ou ser sacrificado.

— Então um soldado a serviço do rei é acusado por um cachorro? — gritou. — Um soldado poderá ser condenado por tal testemunho? Eu também exijo justiça!

— Entreguemos o caso à justiça de Deus! — gritaram os cavaleiros presentes.

E o rei decretou que a justiça de Deus decidiria o caso. Naqueles tempos, era muito comum determinar a culpa ou inocência dessa maneira — isto é, por meio de um combate entre acusador e acusado. Acreditava-se que Deus sempre ajudava a causa do inocente e trazia à luz a culpa do criminoso.

A luta seria travada na tarde do mesmo dia, no amplo descampado à margem do rio. O arauto real anunciou o evento, nomeando o cão como acusador e o cavaleiro Macaire como acusado. Uma grande multidão se reuniu para assistir a essa insólita modalidade da justiça de Deus.

O rei e seus conselheiros asseguraram que não houvesse injustiça para nenhuma das partes. O homem recebeu um pequeno bastão e foi colocado um barril onde o cachorro poderia se esconder de ataques mais violentos.

Foi dado o sinal e o combate começou. Macaire se pôs em guarda e Dragon partiu como uma flecha, evitando os golpes do bastão enquanto tentava atingir a garganta do inimigo. O homem parecia ter perdido toda a coragem. Sua respiração se acelerou e ele começou a tremer da cabeça aos pés.

De repente o cão saltou sobre ele e o derrubou no chão. Tomado de terror, Macaire gritou, confessando a culpa e implorando a clemência do rei.

— Está feita a justiça de Deus! — gritou o rei.

Os conselheiros correram a retirar o cão antes que ele matasse o homem. Macaire foi retirado do campo para receber a punição merecida.

Esta é a cena lavrada na lareira do velho castelo de Montargis — a decisão pela justiça de Deus. Afinal, um cão tão fiel e devotado também merece ter sua proeza gravada em pedra.

HÉRCULES E A HIDRA

Matar a Hidra foi o segundo dos 12 trabalhos que Hércules realizou para seu primo Euristeu, rei de Micenas.

A Hidra era uma serpente monstruosa que habitava os pântanos, uma besta assassina que tinha nove cabeças e a cabeça do meio era imortal. O monstro gigantesco devorava os rebanhos e qualquer mortal que se aproximasse da caverna onde ela morava era agarrado e esquartejado pelas nove bocas escancaradas, gotejantes de baba, cada uma com nove fileiras de dentes afiados e cheios de veneno. Mesmo assim, Hércules, acompanhado de seu amigo Iolau e confiante na vitória, entrou na carruagem e partiu para enfrentar o demônio dos pântanos profundos.

Quando o herói se aproximou, a Hidra se encolheu no fundo da caverna, com medo daquele homem com braços fortes como os ramos de carvalho, vestindo uma grande pele de leão presa nos ombros como um manto. Das profundezas da caverna, os 18 olhos viram a espada brilhando como fogo ao sol e o enorme bastão pendendo da cintura do herói.

Hércules logo arquitetou um plano para tirar o monstro do esconderijo. Embebeu uma flecha em enxofre e alcatrão, ateou fogo e atirou o dardo flamejante no fundo da caverna da Hidra. A serpente apareceu, ferida pela flecha e engasgada com a fumaça que já saía da entrada da caverna.

Hércules atacou imediatamente. A espada rebrilhou no ar e decepou uma das tenebrosas cabeças. O herói achou que a vitória seria fácil, mas estava subestimando o inimigo — mal tinha caído a cabeça, duas outras surgiram em seu lugar!

Era um problema sério. Hércules ficou sem saber o que fazer. Lutava corajosamente, mas de que serve a coragem se o inimigo não pode ser abatido e fica mais forte a cada golpe?

Para piorar as coisas, um gigantesco caranguejo veio em auxílio da serpente. Foi enviado por Juno, rainha dos deuses, que tinha uma antiga rixa com Hércules. Esse inusitado inimigo se incumbiu de distrair o herói para que a Hidra desse o golpe fatal. Enquanto Hércules brandia a espada, o caranguejo atacava por terra, beliscando e mordendo seus pés. Mas Hércules resolveu rapidamente o problema, pisoteando o caranguejo até esmagá-lo no chão.

Voltou-se com força total para a Hidra. Não era fácil enfrentar um adversário com tantas cabeças e tantos dentes carregados de veneno. Vendo que não conseguiria vencer sozinho, chamou Iolau para ajudar. O amigo tinha vindo somente para assistir, mas não hesitou em entrar na briga.

Sem interromper os golpes enérgicos, Hércules berrou instruções para Iolau, dizendo-lhe para cortar um galho de árvore e atear fogo à ponta. No momento em que Hércules decepasse uma cabeça, Iolau devia levar a tocha acesa ao pescoço degolado e queimar a ferida. A cauterização impediria que outras cabeças surgissem no lugar.

O combate prosseguiu. Iolau usou uma floresta inteira para fazer tochas e queimar os pescoços degolados do monstro. Finalmente venceram a batalha. A Hidra tombou morta aos pés dos vencedores — exceto a cabeça imortal. Hércules cortou-a também e enterrou-a sob uma pedra enorme. Antes de ir embora, mergulhou a ponta das flechas no sangue venenoso da vítima. O menor arranhão dessas flechas agora seria letal.

Hércules e Iolau entraram na carruagem e foram anunciar a vitória. Mas Juno, furiosa, pegou os derrotados e os levou para o céu. Até hoje estão lá, brilhando nas noites estreladas — Hidra, a serpente, e Câncer, o caranguejo.

PELO AMOR DE UM HOMEM

Jack London
Trecho de The Call of the Wild (*O chamado da floresta*)

O amor de Buck quase sempre se expressava como pura adoração. Ficava enlouquecido de felicidade quando John falava com ele e fazia um carinho, embora não provocasse essas manifestações. Contentava-se em adorar a distância. Passava horas deitado junto a John, alerta, perscrutando o rosto do dono, examinando atentamente suas feições, seguindo com o maior interesse cada mudança de expressão. Ou, quando por acaso se deitava mais longe, ficava observando os contornos e os movimentos ocasionais do corpo do dono. E viviam num tal estado de comunhão que a força do olhar de Buck fazia John virar a cabeça e retribuir o olhar, sem palavras; e o coração transparecia no brilho dos olhos, assim como brilhava o coração de Buck.

Mas apesar do grande amor por John Thornton, que indicava a gentil influência da civilidade, o traço primitivo que o Norte despertara nele permanecia vivo e ativo. A fidelidade e dedicação eram produto do acolhimento e do abrigo; no entanto, conservava os aspectos selvagens e obstinados. Era fruto do agreste, saído do agreste direto para junto do fogo com John Thornton; não um cachorro dócil do Sul marcado por gerações de civilização. Seu amor tão grande o impedia de roubar do dono; mas de qualquer outro, em qualquer outra situação, não hesitava um instante, e era astuto o bastante para sempre escapar impune.

Era mais velho que todos os seus dias já vividos e todo o ar já respirado. Ligava o passado ao presente, e a eternidade que o antecedera pulsava através dele num ritmo poderoso, no qual se deixava levar como as marés e as estações. Sentava-se sempre com John junto ao fogo, um cão de peito largo, dentes brancos e pelo longo. Mas por trás dele viviam sombras de todas as raças de cães, meio-lobos e lobos selvagens, frementes e rápidos, provando o sabor da carne que comia, sedentos da água que bebia, sentindo o vento com ele, ouvindo junto e lhe contando os sons da vida selvagem na floresta; ditando seus humores, dirigindo suas ações, deitando-se para dormir com ele, sonhando junto e além dele e se tornando a própria matéria dos seus sonhos.

Tão peremptória era a ação dessas sombras que os humanos e as exigências da humanidade se esvaíam a cada dia para mais longe dele. Do fundo da floresta vinha um chamado, e sempre que o ouvia, misteriosamente excitante e sedutor, sentia-se compelido a dar as costas ao fogo, ao terreno batido, e mergulhar na floresta, se aprofundar mais e mais, sem saber para onde ou por quê. Nem se perguntava para onde ou por quê, atendendo ao apelo imperioso da floresta. Mas, sempre que chegava à terra virgem e à verde penumbra, o amor por John Thornton trazia-o de volta à fogueira.

Era apenas Thornton que o detinha. O resto da humanidade não significava nada. Viajantes de passagem o elogiavam, brincavam com ele, mas ele permanecia insensível e se afastava dos eloquentes demais. Quando Hans e Pete, sócios de John, chegaram numa balsa há muito esperada, recusou-se a tomar conhecimento deles até saber que eram amigos de John; a partir de então, passou a demonstrar uma tolerância passiva, aceitando os agrados como se fizesse um favor. Tinham o mesmo tipo corpulento de John, também viviam junto à natureza, pensavam com simplicidade e viam com clareza; e antes de lançarem a balsa na forte correnteza da serraria de Dawson, já entendiam o jeito de Buck.

John, no entanto, sentia aquele amor crescer cada vez mais. Só ele, entre todos os homens, podia pôr uma carga nas costas de Buck nas viagens de verão. Nada era demais para Buck, se era desejo de John. Certo dia, após conseguirem provisões em troca de parte dos lucros com a balsa, saíram de Dawson para a cabeceira do rio Tanana. Homens e cães descansavam no alto de um penhasco de cem metros de altura, que se elevava sobre um leito de pura rocha. John Thornton estava sentado na borda, Buck junto a seu ombro. Um capricho insensato se apossou de John e ele fez sinal a Hans e Pete para prestarem atenção à experiência que tinha em mente.

— Buck, salta! — comandou, projetando o braço sobre a ravina.

No instante seguinte, estava atracado a Buck no extremo da borda do penhasco, enquanto Hans e Pete os puxavam para lugar seguro.

— É excepcional — disse Pete, depois de recuperar o fôlego.

John balançou a cabeça.

— Não, é esplêndido, e é terrível também. Sabe, às vezes isso me dá até medo.

— Eu é que não queria estar na pele de quem atacar você com ele por perto — declarou Pete sabiamente, balançando a cabeça na direção de Buck.

— Caramba! — Foi a contribuição de Hans. — Eu também é que não.

Mais tarde, no outono daquele ano, Buck salvou a vida de John Thornton. Os três sócios levavam um bote a vara, muito estreito e comprido, descendo um trecho de corredeiras perigosas do rio Quarenta Milhas. Pete e Hans seguiam pela margem, prendendo uma fina corda de cânhamo de árvore em árvore enquanto Thornton seguia no barco, controlando a descida com uma vara e gritando instruções para a margem. Buck acompanhava o barco pela margem, preocupado, o olhar ansioso colado no dono.

Num ponto particularmente difícil, onde despontavam rochas salientes mal encobertas pela água, Hans desenrolou a corda e, enquanto John, com a vara, desviava o barco para a correnteza, correu pela margem levando a ponta da corda para segurar o barco depois que desviasse das pedras. Assim foi, e, quando o bote já descia veloz corredeira abaixo, Hans o freou com a corda, mas foi rápido demais. O barco deu uma guinada para a margem e ali emborcou. John foi atirado na água e carregado para o pior trecho das corredeiras, um turbilhão onde nem o melhor nadador sobreviveria.

Buck mergulhou no mesmo instante e, ao fim de cem metros de corredeira, em meio ao torvelinho, ultrapassou John. Quando sentiu as mãos do dono agarrarem sua cauda, Buck nadou para a margem com toda a sua força extraordinária. Mas o progresso em direção à terra era lento, e a correnteza incrivelmente forte. Lá de baixo vinha o rugido fatal da corrente violenta explodindo em espuma contra as rochas que despontavam na superfície como dentes de um pente enorme. O empuxo da água em direção ao último e mais íngreme declive era aterrorizante, e John sabia que era impossível chegar à margem. Tentou furiosamente agarrar uma pedra, arranhou-se numa segunda e colidiu com força esmagadora contra uma terceira. Agarrou-se à superfície escorregadia da rocha com ambas as mãos, soltando Buck, e gritou acima do troar da água fervilhante:

— Vai, Buck! Vai!

Buck não conseguia se segurar e escorregava pela correnteza, lutando desesperadamente, mas incapaz de voltar. Ao ouvir John repetir a ordem, levantou-se parcialmente, erguendo alto a cabeça como se para um último olhar. E virou-se obedientemente para a margem. Nadou com todo o vigor e foi puxado por Hans e Pete no ponto crítico, onde já era impossível nadar e começava a destruição.

Eles sabiam que, pela pressão da correnteza, um homem ser arrastado de uma pedra escorregadia era questão de minutos, e correram o mais rápido que puderam para um ponto bem acima de onde John estava. Amarraram a corda que usavam para controlar o barco nos ombros e no pescoço de Buck, de maneira que não o estrangulasse nem lhe tolhesse os movimentos, e o atiraram na água. Ele nadou com firmeza, mas não manteve a linha reta. Descobriu o erro tarde demais. Passou por John a uma meia dúzia de braçadas e o deixou para trás, carregado impiedosamente pela água.

Hans puxou imediatamente a corda, como se Buck fosse um barco. O tranco da corda contra a força da corrente o submergiu de supetão, e ele assim ficou até seu corpo bater na margem e ser içado por Hans e Pete, Estava meio afogado, e os homens se atiraram sobre ele, forçando-o a respirar e a expelir a água. Tentou se levantar e tornou a cair. O som longínquo da voz de John chegou a eles, e, embora não distinguissem as palavras, sabiam que ele estava no limite final. A voz do dono atingiu Buck como um choque elétrico. Saltou de pé e correu margem acima, até o ponto de partida da primeira tentativa.

Mais uma vez lhe passaram a corda pelos ombros e pescoço e o atiraram à água; novamente nadou, mas dessa vez direto para o centro da corrente. Havia calculado mal antes, mas não seria culpado uma segunda vez. Hans dava corda sem afrouxar, e Pete evitava que se enroscasse em obstáculos. Buck atravessou a corrente até chegar a uma linha reta acima de John; então virou-se e, com a velocidade de um trem expresso, disparou na direção do dono. John viu Buck se aproximando e, quando golpeou-o como um aríete, com toda a força da água por detrás, segurou-o com os dois braços, agarrando-se firme ao pescoço felpudo. Hans puxou a corda em volta de uma árvore e John e Buck afundaram com um solavanco. Quase estrangulados, sufocando, ora um ora outro por cima e por baixo, chocando-se violentamente contra pedras e troncos submersos, foram puxados num repelão para a margem.

John voltou a si, de barriga para baixo sobre um tronco caído, empurrado energicamente para a frente e para trás por Hans e Pete. Seu primeiro olhar foi para Buck. Quando se recuperou, examinou cuidadosamente o corpo de Buck e achou três costelas quebradas.

— Está resolvido — disse. — Vamos acampar aqui.

E assim fizeram, até as costelas de Buck se soldarem e ele poder viajar.

Naquele inverno em Dawson, uma outra façanha de Buck, talvez não tão heroica, fez seu nome galgar vários estágios no totem da fama no Alasca. Essa proeza foi deveras gratificante para os três homens, pois estavam bem precisados do prêmio conquistado e puderam até fazer a viagem, há longo tempo desejada, para as terras virgens do leste ainda não invadidas pelos mineiros. A história surgiu de uma conversa no Bar Eldorado, onde os homens contavam vantagens de seus cães. Buck, detentor do recorde no momento, era o alvo da provocação dos homens, e John empenhava-se energicamente em defendê-lo. Ao fim de meia hora, um deles disse que seu cachorro era capaz de puxar um trenó carregado com duzentos quilos, outro se gabou que o dele puxava trezentos e um terceiro bravateou com 350.

— Ah! Grande coisa! — disse John Thornton. — Buck pega um trenó com quinhentos quilos!

— E dá a partida, e anda cem metros, com quinhentos quilos? — duvidou Matthewson, um ricaço de Bonanza, o dos 350 quilos.

— E dá a partida e anda cem metros com quinhentos quilos — respondeu John Thornton calmamente.

— É? — disse Matthewson com deliberada lentidão, para que ninguém deixasse de ouvir. — Pois aposto mil dólares que não. E aqui estão — e assim dizendo, jogou sobre o balcão do bar um saquinho de pó de ouro do tamanho de um salsichão.

Ninguém falou nada. Ele estava pagando para ver o blefe, se é que era blefe. John sentiu o sangue subir ao rosto, queimando as bochechas. Fora traído pela língua. Nem sabia se Buck era capaz de puxar quinhentos quilos. Meia tonelada! A enormidade do número o apavorou. Tinha muita confiança na força de Buck e não duvidava que conseguisse arrastar tamanha carga, mas nunca tinha encarado essa possibilidade concreta, como agora, sob o olhar silencioso de 12 homens fixos nele, à espera. Além disso, não tinha mil dólares, nem Hans nem Pete tinham.

— Estou com um trenó aí fora carregado com vinte sacos de 25 quilos de farinha — disse Matthewson, cruelmente objetivo. — A carga não é problema.

John não respondeu. Não sabia o que dizer. Seu olhar passeava de rosto em rosto, ausente como se tivesse perdido o poder de pensar, à procura de um ponto de partida para recomeçar. Seus olhos pousaram em Jim O'Brien, um ricaço de Mastodon e amigo de velhos tempos. Sua expressão foi a deixa para John fazer o que nunca imaginara.

— Pode me emprestar mil dólares? — perguntou, quase num murmúrio.

— Claro — disse O'Brien, jogando um saco num gesto bombástico ao lado do de Matthewson —, apesar de ter pouca fé, John, que o bicho seja capaz.

O Eldorado se esvaziou; todos os fregueses foram para a rua, deixando as mesas desertas. Apostadores e *bookmakers* surgiram de todos os lados para acompanhar os palpites e estipular os rateios. Centenas de homens agasalhados com peles e luvas formaram um círculo a certa distância do trenó de Matthewson. Carregado com quinhentos quilos de farinha e parado há algumas horas no frio intenso (sessenta graus abaixo de zero), o trenó estava com os esquis enterrados na neve bem endurecida. Os apostadores ofereciam dois dólares por um contra Buck. Surgiu uma controvérsia a propósito de "dar a partida". O'Brien argumentava que John tinha o direito de quebrar o gelo de cima dos esquis antes de Buck "dar a partida" com o trenó parado. Matthewson insistia que "a partida" de Buck incluía quebrar o gelo dos esquis. A maioria dos homens que tinha testemunhado o desafio decidiu em favor de Matthewson, e as apostas subiram a três dólares por um contra Buck.

Ninguém mais aceitava. Nenhum deles acreditava que Buck fosse capaz da proeza. John se precipitara ao apostar, e a dúvida crescia. Agora que via o trenó em si, o fato concreto, e o time normal de dez cães encolhidos na neve, ainda mais impossível lhe parecia a tarefa. Matthewson inflava, cheio de si.

— Três por um! — anunciou. — Aposto mais mil nessa parada. Vai topar, John?

A incerteza estava estampada na face de John, mas seu espírito de luta foi despertado — o espírito de luta que paira acima das probabilidades, que não reconhece o impossível, surdo a tudo, exceto ao desafio da batalha. Chamou Hans e Pete. Suas bolsas estavam murchas e, somando à de John, os três sócios levantaram apenas duzentos dólares. No auge da riqueza, era todo o capital que possuíam; mas não hesitaram em colocar junto os seiscentos dólares de Matthewson.

Desatrelaram os dez cães e Buck foi atrelado com seus próprios arreios. Percebeu a excitação contagiante e sentiu que, de algum jeito, precisaria fazer uma coisa extraordinária por John. Sua aparência esplêndida despertava murmúrios de admiração. Estava em perfeitas condições físicas, sem um grama de carne supérflua; seus 75 quilos eram pura disposição e virilidade. O pelo comprido brilhava lustroso como seda; ao longo do pescoço e dos ombros formava uma juba que, mesmo em repouso, parecia se eriçar a cada movimento, como se o excesso de vigor animasse cada fio. O peito largo e as fortes pernas dianteiras guardavam exata proporção com o resto do corpo, coberto de músculos rijos que ressaltavam firmes por baixo do pelo. Alguns homens apalparam os músculos, declarando que eram rijos como ferro; a cotação caiu para dois por um.

— Meu Deus, senhor! Muito bom! — gaguejou um ricaço emergente, o maioral da Skookum Benches. — Dou oitocentos por ele agora, antes da prova, senhor, oitocentos já!

John abanou a cabeça e foi para perto de Buck.

— Tem que ficar longe dele — protestou Matthewson. — Deixe-o livre, com bastante espaço.

A multidão ficou em silêncio; ouviam-se apenas as vozes dos apostadores ainda oferecendo em vão dois por um. Todos reconheciam que Buck era um animal excepcional, mas a enormidade dos vinte sacos de 25 quilos de farinha era demais para afrouxarem os cordões das bolsas.

John ajoelhou-se ao lado de Buck. Tomou-lhe a cabeça entre as mãos e encostou suavemente o rosto no dele. Não o sacudiu, brincalhão, como de hábito, nem murmurou doces imprecações de amor, mas sussurrou em sua orelha:

— Vai, vai do jeito que me ama, Buck. Com o amor que tem por mim.

Buck gemia de ansiedade refreada.

A multidão assistia com curiosidade. O caso estava ficando misterioso, parecia um feitiço. Quando John se levantou, Buck ainda prendeu entre os dentes a mão enluvada, apertou de leve e soltou devagarinho, quase com relutância. Era a resposta, não em palavras, mas em termos de amor.

— Agora, Buck — disse.

Buck esticou os tirantes depois recuou, afrouxando vários centímetros. Era assim que tinha aprendido.

— Eia! — a voz de John golpeou, áspera, a tensão do silêncio.

Buck deu um impulso para a direita e mergulhou na folga dos tirantes com um brusco solavanco, retesando os 75 quilos de músculos. A carga estremeceu, e debaixo dos esquis soou um nítido rangido.

— Vai! — comandou John.

Buck repetiu a manobra, desta vez para a esquerda. O rangido transformou-se num forte estalo, o trenó girou em torno do eixo e os esquis deslizaram, adernando para a esquerda. O trenó quebrara o gelo. Os homens sustinham o fôlego, inconscientes de que nem respiravam.

— Agora, ANDA!

A ordem de John reboou como um tiro de pistola. Buck se atirou para a frente, retesando os tirantes na penosa investida. Seu corpo era uma massa compacta de músculos num esforço brutal, retorcendo-se e saltando sob o pelo sedoso como se tivessem vida própria. O peito largo quase colado no chão, a cabeça baixa esticada à frente, girava loucamente os pés, escavando sulcos paralelos na neve dura. O trenó balançou, tremeu, ameaçou se deslocar. Um pé de Buck escorregou, um homem gemeu alto. Então o trenó deu uma guinada à frente e prosseguiu, aparentemente numa rápida sucessão de trancos, mas não parou mais... um centímetro... dois... cinco... Os trancos diminuíam perceptivelmente; à medida que tomava impulso, o trenó se estabilizava e passou a deslizar em ritmo constante.

Os homens engasgaram e retomaram a respiração, sem perceberem um momento sequer que a tinham interrompido. John corria atrás do trenó e incentivava Buck com gritos rápidos, animados. À medida que se aproximava da pilha de lenha que marcava a distância combinada, os vivas e os aplausos foram se elevando da multidão, cada vez mais altos, explodindo num clamor geral quando Buck passou pela pilha de lenha e estacou, ao comando de John. Todos festejavam, até Matthewson. Chapéus e luvas voavam pelo ar. Os homens se cumprimentavam sem nem ver a quem, numa balbúrdia eufórica, uma verdadeira babel.

John apenas caiu de joelhos ao lado de Buck e colou a cabeça na dele, ninando-o de lá para cá. Os que correram para perto ouviram--no dizer baixinho a Buck, ternamente, as mais doces imprecações, com fervor, com amor.

— Deus, meu Deus, senhor! — falou atabalhoadamente o ricaço de Skookum Benches. — Dou mil por ele, senhor, mil, senhor... mil e duzentos, senhor!

John se levantou. Seus olhos estavam molhados. As lágrimas lhe escorriam francamente pelo rosto.

— Senhor — disse ao ricaço —, não, senhor. Pode ir para o inferno, senhor. É o melhor conselho que posso lhe dar, senhor.

Buck pegou a mão de John entre os dentes. John continuou a balançá-lo para lá e para cá. Como se movidos pelo mesmo impulso, os observadores se afastaram a uma distância respeitosa, e nenhum outro teve a indiscrição de interromper.

O MOTIM

Alphonse de Lamartine

Quando Colombo deixou as ilhas Canárias e entrou com as três pequenas caravelas no oceano desconhecido, as erupções vulcânicas em Tenerife iluminavam o céu e se refletiam no mar, disseminando terror entre os marinheiros. Pensavam que era a espada flamejante do anjo que expulsou o primeiro homem dos jardins do Éden, empenhado agora em fazer voltar aqueles presunçosos que forçavam a entrada proibida de terras e mares desconhecidos. O capitão ia de uma embarcação a outra, explicando em palavras simples a ação dos vulcões, até os homens perderem o medo.

Mas quando o pico de Tenerife mergulhou no horizonte, uma grande tristeza caiu sobre os homens. Era a última baliza, o mais longínquo marco no mar do Velho Mundo. Foram tomados de indizível terror e solidão.

O capitão reuniu os marinheiros na nau capitânia e falou sobre as muitas coisas que poderiam encontrar no maravilhoso mundo novo — as terras e ilhas, os mares, reinos, as riquezas, a vegetação, o pôr do sol, as minas de ouro e a areia coberta de pérolas, as planícies cobertas de especiarias. As ricas descrições nas cores brilhantes da imaginação do capitão encheram os marinheiros de esperança.

Mas, à medida que atravessavam o oceano jamais trilhado e os dias se sucediam em ondas se elevando e desmanchando entre eles e o horizonte misterioso, novamente enchiam-se de medo. Faltava-lhes coragem para navegar avançando pelo longínquo desconhecido. A bússola vacilava e já não apontava o norte, trazendo confusão a Colombo e aos pilotos. Os homens entraram em pânico, mas o resoluto comandante os encorajou mais uma vez. Assim, apoiados na fé e na esperança de Colombo, continuaram navegando no mar sem rotas.

Certo dia, uma gaivota sobrevoou os mastros e os homens viram nela uma testemunha a confirmar as histórias de Colombo.

Na manhã seguinte os rolos de nuvens distantes, como aqueles que se acumulam em volta do topo das montanhas, tomaram a forma de penhascos e colinas assomando no horizonte. O grito "*terra*" saiu de todos os lábios. Segundo as previsões de Colombo, deviam estar ainda muito longe de qualquer terra, mas, temendo desencorajar os homens e, à falta de um amigo confiável e de coração firme a quem pudesse contar esse segredo, guardou seus pensamentos para si mesmo.

Na longa travessia, Colombo conversava com os próprios pensamentos, com as estrelas e com Deus, seu protetor. Passava os dias anotando o que observava e as noites na ponte de comando com os pilotos, estudando as estrelas e vigiando o mar. Voltou-se para dentro de si mesmo, e sua gravidade impressionava os companheiros, ora cheios de respeito, ora cheios de espanto e desconfiança.

A cada manhã as naus bojudas prosseguiam rumo ao fantástico horizonte que a bruma da tarde levara os marinheiros a tomar por terras. Seguiam navegando no oceano sem fundo e sem fronteiras. Gradualmente o terror e a insatisfação se insinuaram de novo entre a tripulação. Começaram a imaginar que o vento constante que os impelia para oeste soprava eternamente naquelas regiões e que, quando chegasse a hora de voltarem, esse mesmo vento impediria o retorno. Pois certamente as provisões de comida e água não durariam o suficiente para vencerem a distância para leste na imensidão dessas águas.

Os homens começaram a murmurar contra a aparente infrutífera obstinação do capitão, culpando-se por obedecê-lo, quando essa obediência poderia significar o sacrifício da vida de 120 marinheiros.

Mas, a cada vez que os murmúrios ameaçavam eclodir num motim, a Providência parecia enviar sinais de terra, que transformavam as queixas em esperanças. No fim da tarde, passarinhos de espécies que constroem ninhos em moitas e arbustos de jardins esvoaçavam em torno dos mastros. As asas delicadas e os trinados alegres não davam sinais do cansaço ou do pavor que se nota nos passarinhos varridos para o mar por uma tempestade. E a esperança retornava.

As algas verdes na superfície do mar pareciam com o milho embalado pelo vento, ainda sem espigas. A vegetação no fundo da água deliciava os olhos dos marinheiros cansados da infindável extensão de azul. Mas logo as algas se tornaram densas demais, despertando o receio de que se emaranhassem na quilha e no leme, fazendo-os prisioneiros eternos nas florestas do oceano, como os navios presos no gelo dos mares do Norte. Assim, tão terrível é o desconhecido para o homem que cada júbilo se tornava medo.

O vento cessou, a calma dos trópicos alarmava os marinheiros. Viram uma baleia imensa dormindo nas águas. Imaginavam monstros tenebrosos no fundo do mar que devorariam seus navios. O curso das ondas os levava a correntes, e não podiam desviar as naus, por falta de vento. Temiam estar se aproximando das cataratas do oceano, carregados na direção do abismo onde se derramaram as águas do dilúvio.

Rostos irados se reuniam em torno dos mastros. Os murmúrios se elevavam cada vez mais alto. Falavam em forçar os pilotos a mudar o rumo e jogar o capitão no mar. As expressões e ameaças dos homens revelaram os planos a Colombo. Enfrentou a situação desafiando-os com sua calma e desconcertando-os com sua frieza.

Novamente a natureza veio em seu auxílio, trazendo uma brisa de leste e um mar tranquilo. Antes do fim do dia ouviu-se o primeiro "*Terra à vista!*" do alto do tombadilho. Toda a tripulação, repetindo o grito de segurança, de vida e triunfo, caiu de joelhos no convés cantando o hino *Glória a Deus nas alturas*. Depois subiram nos mais altos mastros, no topo de vergas e cordames, para ver com os próprios olhos a terra nova que procuravam.

Mas a aurora rapidamente destruiu mais essa esperança. A terra imaginária desapareceu com a névoa da manhã, e mais uma vez os navios pareciam navegar numa infindável selva de água.

O desespero se apossou dos homens. Ouviu-se de novo o grito "*Terra à vista!*", mas os marinheiros acharam que não passava de outra ilusão. Nada exaure mais o coração do que falsas esperanças e amargas decepções.

Altos brados de indignação contra o comandante partiam de todos os lados. A água e o pão escasseavam. O desespero se tornou fúria. Os homens decidiram virar a proa dos navios na direção da Europa e navegar contra os ventos que tinham ajudado o capitão, a quem pretendiam acorrentar ao mastro da própria nau e entregá-lo à vingança da Espanha, se algum dia alcançassem o porto.

As queixas agora eram clamorosas. O comandante os refreou apenas com sua calma contenção. Pediu aos Céus a decisão do impasse. Não se esquivou. Ofereceu sua vida como penhor, desde que tivessem confiança para lhe concederem mais três dias. Jurou que, se ao fim dos três dias a terra não fosse visível no horizonte, atenderia ao desejo deles e rumariam para a Europa.

Os amotinados concordaram com relutância, concedendo-lhe três dias de prazo.

Ao nascer do sol do segundo dia, viram juncos arrancados recentemente flutuando perto dos navios. Um tronco cortado a machado, um pedaço de madeira entalhada, um ramo de pilriteiro florido e por fim um ninho num galho quebrado pelo vento, com a mãe passarinha chocando os ovos, passaram flutuando na superfície. Os marinheiros içaram para a bordo essas provas vivas da proximidade da terra. Eram uma mensagem da costa, confirmando as promessas de Colombo.

Eufóricos e arrependidos, os amotinados se lançaram aos pés do capitão que tinham insultado na véspera, implorando perdão pela desconfiança.

À medida que o dia passava e a noite avançava, surgiam novas evidências de que a costa estava muito próxima. Aromas maravilhosos e inteiramente desconhecidos chegavam aos navios trazidos por um vento terral, e ouvia-se o estrondo de ondas contra rochas.

A madrugada se espalhou no céu, erguendo gradualmente acima das ondas a silhueta de uma ilha. As extremidades distantes se perdiam na névoa matinal. O sol se levantou brilhando sobre a terra, que se elevava de uma praia amarelada até os píncaros de montanhas cuja cobertura verde-escura se destacava em forte contraste com o azul claro do céu. A espuma das ondas se espalhava na areia amarela, florestas de árvores imensas se estendiam, uma sobre a outra, em terraços sucessivos. Vales verdes e grotas profundas ofereciam um vislumbre da selva misteriosa. Assim apareceu a terra dourada de promessas, a terra de futuras grandezas, a Cristóvão Colombo, Capitão do Oceano.

A CORRIDA DE MARATONA

A corrida original, instaurada em 409 a.C., cobriu cerca de 25 milhas, a distância entre a cidade de Maratona e Atenas. A maratona olímpica atual cobre 26 milhas e 380 jardas — a distância entre o castelo de Windsor e o Estádio Olímpico de Londres — e foi estabelecida em 1908, quando o rei Eduardo VII da Inglaterra expressou o desejo de assistir à partida sem sair de casa.

Há 25 séculos, Dario I da Pérsia fundou um império que se estendia da Ásia à África. Era chamado “o grande rei” ou simplesmente "o rei", como se não houvesse outro governante na face da terra. E, se dependesse dele, não haveria mesmo. Havia decidido dominar os gregos, povo famoso pelas habilidades na paz e pela coragem nas guerras.

Dario enviou oficiais a todas as cidades gregas para cobrar tributos em terra e água, como símbolos de que as terras e os mares gregos pertenciam somente a ele. Algumas cidades se submeteram, outras se recusaram. Os atenienses atiraram os enviados num canal lamacento, gritando:

— Aí é que estão a terra e a água do seu rei.

Quando o insulto chegou ao conhecimento de Dario, ele reuniu seus exércitos, armou as esquadras e se fez ao mar Egeu. A notícia chegou a Atenas. Sabendo que a cidade logo seria arrasada, pensaram em pedir ajuda à famosa Esparta, que ficava 140 milhas para o sul, do outro lado do istmo de Corinto.

Os governantes de Atenas, reunidos em conselho na Acrópole, mandaram buscar o campeão de corrida Feidipides e lhe ordenaram que fosse correndo pedir reforços aos espartanos.

Feidipides saiu correndo. Atravessou terrenos pedregosos, desfiladeiros sombrios, riachos forrados de pedras escorregadias. Correu dois dias e duas noites, levando o apelo urgente. Chegou a Esparta faminto, sujo, exausto, os pés feridos.

Mas os espartanos, apesar de não temerem Dario, tinham inveja de Atenas e não confiavam nos atenienses. Receberam Feidipides em silêncio, com um sorriso sinistro, e cochicharam entre si enquanto o mensageiro esperava.

— Não devemos agir às pressas — disseram por fim. — Precisamos pensar no assunto. Além disso, você conhece nosso costume. Nunca lutamos na lua crescente ou minguante. Esperem a lua cheia. Então talvez possamos ir.

Feidipides teve vontade de gritar de desespero. Mas não era hora para ressentimentos — tinha que avisar a seus concidadãos. Não perdeu tempo em trocar insultos com os espartanos. Saiu correndo de volta, atravessando campos e montanhas, vadeando rios, escalando penedos, abrindo caminho nos bosques. Chegou a Atenas com a mensagem: os espartanos não queriam ajudar. Os atenienses só poderiam contar com as próprias forças.

Os persas haviam desembarcado na costa grega e avançavam pela planície de Maratona, 25 milhas além. Os atenienses decidiram enfrentá-los imediatamente. O exausto porém destemido Feidipides pegou a lança e o escudo e marchou com dez mil convocados ao encontro do inimigo.

Os livros de história contam como os gregos, em franca minoria, desceram das colinas para cercar os persas. Lutaram com bravura, em meio aos brados dos guerreiros e ao clamor das armas. Por algum tempo os persas aguentaram o embate, mas os gregos terminaram invadindo suas linhas. Ao fim do dia, Dario e seus exércitos fugiram para os navios.

O comandante grego ordenou a Feidipides:

— Leve a notícia a Atenas o mais rápido possível. Leve a notícia da vitória!

Embora exaurido pela batalha, Feidipides largou o escudo e saiu correndo, mais veloz do que nunca. Pensava na preocupação de seu povo, esperando para saber se seu destino era a vida ou a morte. O coração disparado, as têmporas latejando, os músculos das pernas trêmulos, Feidipides não parou uma só vez. Uma milha, cinco milhas, dez, vinte, 25 milhas de volta a Atenas. Os cidadãos abriram caminho quando ele entrou cambaleando na cidade, dizendo, já sem fôlego:

— Vencemos!

Os atenienses deram gritos de alegria e Feidipides caiu no chão. Quando as pessoas o erguerem ao alto, viram que estava morto.

CILA E CARIBDIS

Passagem da Odisseia, *adaptada da versão de Edmund Carpenter*

Os marinheiros de antigamente viam nos mares terrores incontáveis, reais e imaginários. Nenhum, porém, era mais temido do que uma certa passagem estreita que diziam haver na costa sul da Itália. Era um estreito traiçoeiro, ladeado por dois rochedos horrendos que todos os homens do mar tentavam evitar.

O primeiro era um penhasco tão alto que seus picos chegavam ao céu. O ponto mais alto, cercado por eternas nuvens negras, era imerso em perpétua escuridão. A encosta era tão íngreme e tão lisa que nenhum mortal conseguia subir ou descer, ainda que tivesse vinte mãos e vinte pés. À meia altura dessa escarpa havia uma caverna tão acima do nível da água que nenhum arqueiro, por mais forte que fosse, poderia atingi-la com uma flecha atirada de um navio.

Nessa caverna vivia Cila, o monstro horrendo que dava nome ao penhasco. Tinha seis pescoços longos, cobertos de escamas, cada um sustendo uma tenebrosa cabeça que latia. Cada cabeça tinha três carreiras juntinhas de vorazes dentes pontiagudos. A história dizia que Cila vivia escondida na caverna, mas de vez em quando se debruçava para fora e examinava as águas do estreito com os olhos faiscantes arregalados nas seis cabeças. Não havia peixe ou golfinho que escapasse à horrível vigilância, pois bastava passar por ali que ela o apanhava com as bocas enormes, arrastava para a caverna e devorava. Os navegantes evitavam a proximidade do penhasco porque Cila podia aparecer a qualquer momento, agarrar um pobre marinheiro incauto no convés e sumir com ele dentro da caverna.

Do outro lado do estreito havia outro penhasco, chamado Caribdis. Não era tão escarpado quanto o outro e no topo havia uma frondosa figueira, sempre carregada de frutos. Mas ao pé do rochedo havia um golfo encravado na rocha, onde a sucção da água era tão violenta que formava um tremendo redemoinho. E de repente a água borbulhava para fora com violência igual à da sucção, lançando às ondas carcaças de navios naufragados e esqueletos de marinheiros desafortunados. Tão intensos eram esses movimentos que, se um barco se aproximasse muito do rochedo, ou sumiria de vista tragado pelo vórtice ou seria projetado contra a rocha, fazendo-se em pedaços, e em qualquer dos casos os marinheiros morreriam afogados.

Na longa viagem de volta, após a guerra de Troia, Ulisses e seus homens tinham que passar entre Cila e Caribdis. Chegando ao horrível estreito, encheram-se de terror. Os remos caíam de suas mãos, o sangue sumia de suas faces. O pavoroso murmúrio dos demônios lhes atravessava o cérebro. Os imensos rochedos pareciam ameaçá-los com a catástrofe; a espuma das ondas escondia pontos traiçoeiros.

Vendo o desespero dos homens, Ulisses percorria o convés incentivando a tripulação e lembrando que haviam passado perigos maiores. Pediu que continuassem a confiar nele, assegurando que os conduziria ao outro lado. Bastava que se empenhassem com todo o vigor e destreza. Destacou o trabalho do piloto que estava no timão, que agora precisava mostrar mais firmeza que qualquer outro a bordo, pois tinha a maior parte da responsabilidade. Comandou que desviasse do redemoinho, que certamente os engoliria, e firmasse o curso pela rocha mais alta.

Os homens o ouviram e, mais uma vez tranquilizados pela bravura e pela orientação do seu líder, tomaram novamente os remos. Erguendo-se na proa, Ulisses se preparou, levando nas mãos duas lanças bem compridas, em guarda, pronto a enfrentar a medonha Cila, caso ela os atacasse quando passassem perto do penhasco.

O redemoinho de Caribdis rugia na escuridão cavernosa diante deles. A tripulação viu a horrível garganta negra escancarar-se inteira, girando loucamente, deixando à mostra a areia coalhada de ossadas no fundo do mar. E de repente vomitou de volta as águas agitadas numa imensa nuvem de espuma, fazendo o mar ferver como uma chaleira.

O troar das ondas, o rugido de Caribdis, o latido da horrenda Cila, os uivos do vento se juntavam num ruído ensurdecedor, aterrador. Mas incitados por Ulisses, os marinheiros avançavam com afinco, e, à medida que se afastavam da voragem, parecia que tudo correria bem.

Mas não seria assim. Do fundo da gruta escura, Cila avançou de repente os seis pescoços monstruosos e, antes que Ulisses a golpeasse, agarrou meia dúzia de marinheiros! Ulisses ouviu os berros dos infelizes erguidos no ar, de pés para cima e as mãos estendidas em sua direção, implorando socorro. Ele nada podia fazer. Em todos os seus percalços, nunca tivera uma visão tão desgraçada.

O restante da tripulação, tomado de terror diante do destino dos companheiros, remou loucamente para escapar ao perigo, antes que o monstro armasse um segundo bote. Furiosos com a escapada do restante da presa, Caribdis urrava e Cila latia, mas o navio completou a travessia do pavoroso estreito e chegou a mar aberto. Os homens, cansados e deprimidos, se curvaram sobre os remos, sonhando com o descanso.

A ESFINGE

Mito grego, adaptado da versão de Elsie F. Buckley

Aconteceu há muitos séculos, quando os deuses, zangados com os habitantes de Tebas, como castigo enviaram a Esfinge, um terrível monstro com cabeça e ombros de mulher, garras de leão e asas de águia. Agachada no alto de um rochedo, a Esfinge parava todos que por ali passavam e propunha um enigma. Quem acertasse a resposta podia passar; quem não acertasse morria ali mesmo. E ninguém tinha conseguido decifrar o enigma da Esfinge.

Certo dia, um homem chamado Édipo chegou às sete portas de Tebas. Encontrando os cidadãos aterrorizados com a ameaça do monstro, perguntou que enigma era aquele que ninguém sabia responder.

— Ninguém sabe — disseram. — Aquele que se propõe a decifrar o enigma deve subir sozinho ao rochedo. Até agora todos os candidatos foram esquartejados pela Esfinge. E, caso ninguém se apresente para enfrentar a Esfinge, ela vem buscar as vítimas na cidade. Os melhores cidadãos subiram ao rochedo e nunca mais foram vistos. Já não resta ninguém capaz de enfrentar o monstro.

— Vou subir ao rochedo e enfrentar o monstro — disse Édipo. — Quem sabe serei capaz de decifrar o enigma? É melhor tentar e fracassar do que nunca tentar.

Uma multidão acompanhou Édipo à porta da cidade. Ele pediu a proteção de Palas Atena, a deusa da justiça e da sabedoria, e seguiu adiante. Cruzou um rio e chegou a uma campina, de onde se via, ao longe, a silhueta escura do penhasco da Esfinge. Aproximou-se corajosamente, apesar de sentir o coração disparar ao ver o monstro. À primeira vista, parecia um grande pássaro de asas de ouro e bronze. Os raios de sol dançavam ao redor dela, formando um halo de luz, e no meio desse halo brilhava a face pálida e bela como a estrela da manhã. Quando Édipo se aproximou, a Esfinge abriu os olhos rutilantes, esticou as patas cruéis e abanou a cauda como um leão feroz.

Édipo falou com voz firme:

— Ó Esfinge, venho decifrar teu enigma!

— Tolo és, mortal! Tua face jovem e teu corpo forte são um belo acepipe que os deuses me enviam! — E lambeu os lábios vorazes!

Édipo sentiu o sangue ferver, ansioso para matar o monstro naquele instante.

— Enuncia teu famoso enigma, ó monstro cruel, e livrarei esta terra da tua maldição!

E a Esfinge falou lentamente, com um olhar implacável:

— Qual é o animal que de manhã anda em quatro pernas, ao meio dia anda em duas e, ao anoitecer, anda em três pernas? O que é nunca o mesmo e nem muitos, mas um só?

Édipo refletiu. Os deuses iluminaram sua mente e ele respondeu sem temor:

— Ó Esfinge! Que criatura será essa, senão o homem? Na manhã da vida, engatinha. Ao meio-dia, na plenitude, caminha ereto com as duas pernas. Na decrepitude do anoitecer, apoia no cajado o corpo débil. Decifrei teu enigma, Esfinge!

Com um grito de louco desespero, a Esfinge saltou do alto do penhasco, precipitando-se no abismo.

No outro lado da campina, os tebanos ouviram o grito e vislumbraram o fulgor das asas ao sol, cortando o ar como um relâmpago. Um clamor de júbilo se elevou aos céus, ecoando pelos campos nas sete portas da cidade. Édipo foi recebido com todas as honras devidas ao salvador e proclamado rei de Tebas.

Por muitos anos reinou com justiça e sabedoria, e a terra prosperou sob seu reinado.

O HOMEM QUE DIZIA A VERDADE

Narrativa de Filoxeno (436-380 a.C.), recontada por Grace H. Kupfer

Antigamente, reinava na cidade de Siracusa, na Sicília, um tirano cruel e vaidoso chamado Dionísio. Vivia cercado por uma corte de bajuladores, que não se atreviam a dizer senão elogios, embora o criticassem duramente pelas costas.

Uma das vaidades de Dionísio era se considerar poeta. Não perdia uma oportunidade de fazer versos. Reunia então os cortesãos e recitava suas últimas composições. Todos aplaudiam e expressavam admiração por seu gênio, louvavam a beleza da poesia e Dionísio ficava muito satisfeito.

O homem mais culto de Siracusa era um filósofo chamado Filoxeno. Dionísio já estava tão envaidecido pelos repetidos aplausos dos cortesãos que mandou chamar Filoxeno para que também ouvisse seus versos e louvasse seu talento de poeta.

Filoxeno se apresentou, ouviu os versos, e Dionísio mal podia esperar as palavras de admiração e louvor à sua arte. Mas, para espanto de todos, o filósofo afirmou que os versos eram tão maus que não mereciam ser chamados de poesia, assim como o autor não merecia o nome de poeta. Dionísio ficou fora de si diante de tamanha franqueza. Chamou os guardas, ordenou que acorrentassem Filoxeno e o levassem ao calabouço, destinado aos piores criminosos.

Quando a notícia chegou aos ouvidos dos amigos de Filoxeno, eles ficaram indignados. Como o tempo passava e o filósofo continuava preso, enviaram a Dionísio uma carta pedindo a liberdade de Filoxeno.

Talvez Dionísio temesse a ira de um bom número de súditos, ou talvez tivesse uma razão inteiramente diferente, como se verá. O fato é que Dionísio concordou em libertar o filósofo, com a condição de que viesse jantar com ele uma vez mais.

Filoxeno foi. Ao fim do grande banquete, na presença de todos os cortesãos, o rei se levantou e leu os novos versos de sua lavra. Queria que o filósofo, que só dizia a verdade, os ouvisse, pois achava-os excepcionalmente bons. Os cortesãos aduladores tinham a mesma opinião, a julgar por seus gestos e elogios. Apenas Filoxeno continuava em silêncio, sem nada dizer, sem que a expressão do rosto traísse seu veredicto.

Não era absolutamente o que Dionísio esperava. Controlou a impaciência tanto quanto pôde. Vendo que Filoxeno não se manifestava, o tirano dirigiu-se a ele com pretensa calma e, achando que ele não ousaria provocar novamente sua ira, disse:

— Diga-me, Filoxeno, sua opinião sobre este meu novo poema.

De fato, ninguém esperava a resposta que ele deu. Pois, dando as costas aos participantes do banquete, Filoxeno dirigiu-se aos guardas e disse, em tom de repugnância:

— Levem-me de volta ao calabouço!

Era a maneira mais clara de externar sua opinião. Sabendo que a honestidade resultaria em punição, escolheu o método mais direto. Preferia voltar à cela por sua própria vontade.

Os cortesãos ficaram horrorizados diante de tão óbvia declaração. Apavorados, aguardaram a reação de Dionísio. Mas o tirano, embora um poço de vaidade, tinha algum senso de humor e certo respeito pela coragem moral. Deixando os cortesãos trêmulos de medo, voltou-se com um sorriso para o imperturbável Filoxeno e deu-lhe permissão para ir em paz.

O ARTISTA DA CAPELA SISTINA

Certa manhã no inverno de 1494, o jovem Michelangelo Buonarroti olhava pela janela a cidade coberta de branco. A neve que caíra durante a noite inteira cobria as ruas, praças, igrejas e palácios, transformando Florença numa cidade de mármore. Mas a bela paisagem entristecia Michelangelo, pois lhe recordava que seu amigo e patrono, o duque Lorenzo de Médici, não mais existia. Lorenzo fora o primeiro a reconhecer o talento do jovem escultor, recebera-o em seu palácio e lhe encomendara várias esculturas em mármore.

Agora, depois da morte do duque, seu filho Piero assumira seu lugar. Piero era um bobo vaidoso e não via utilidade para artistas da estatura de Michelangelo. Gostava de festas, jogos e cavalos, e admirava mais um cavalariço que sabia montar bem do que um mero escultor.

Uma batida na porta despertou Michelangelo do devaneio. Pela janela, viu que era um dos impudentes mensageiros de Piero. O mensageiro olhou para cima e, dando com o escultor na janela, gritou:

— Desça aqui, Michelangelo! É seu dia de sorte. Piero me mandou buscar o famoso escultor para encomendar uma estátua!

Michelangelo custou a acreditar. Teria ouvido bem?

— Ande logo! — tornou a gritar o mensageiro. — Rápido! Sua Magnificência não vai esperar a vida inteira!

— Tem certeza? — perguntou Michelangelo. — Piero nunca me chamou ao palácio.

— Pois está chamando agora, meu amigo. Tem um bloco de mármore enorme para você usar seu dom. Ande logo!

Michelangelo vestiu o manto e correu escada abaixo e seguiu o mensageiro em silêncio, mas seu coração saltava a cada passo.

— É seu dia de sorte mesmo, hein? — escarnecia o mensageiro, cruzando a praça cheia de neve. — Trabalhar de novo para a nobre família Médici; pode existir coisa melhor?

Pouco depois chegaram ao palácio. Encontraram Piero com alguns amigos, junto à janela de um aposento do segundo andar.

— Aí está! — exclamou Piero. — Deve ter pensado que eu nunca chamaria você, jovem mestre! Mas estamos precisando da sua arte hoje. Você tem mesmo muito talento, não tem, meu amigo?

Michelangelo olhou diretamente nos olhos de Piero.

— Seu pai achava que sim — respondeu, sério.

Piero enrubesceu levemente, mas virou-se para a janela e continuou:

— Vou dar um jantar essa noite e quero mostrar uma bela estátua sua aos meus convidados. O material está no jardim: camadas de mármore branco com que você tanto sonha, cobrindo todo o chão. É claro que amanhã de manhã o sol derreterá sua obra de arte, mas nada dura para sempre, não é verdade, mestre?

Michelangelo empertigou-se. Não podia crer no que ouvia. Ele, Michelangelo, o orgulho de Florença, fazer uma estátua de neve!

Sentiu a raiva subir em seu peito, apertar seu coração, prender sua respiração, contrair sua garganta. Viu o sorriso zombeteiro de Piero e seus amigos. Teve vontade de matar, esmagar todos eles, fazê-los sentir sua fúria. Mas não ousava. A vergonha tomou o lugar da raiva, queria sair correndo, se esconder e nunca mais ser visto por aquele bando de tolos arrogantes.

Alguma coisa dentro dele no entanto o fez permanecer ali. Era um momento difícil de suportar, mas Michelangelo confiava em si mesmo. Sabia possuir um talento raro e nada seria obstáculo à sua arte. As ondas de raiva e humilhação se desfizeram, e ele encontrou uma resposta:

— Atenderei ao seu pedido, nobre Médici.

Abandonou-os e momentos depois chegava ao jardim, aliviado por estar só, o olhar fixo no imaculado lençol branco estendido a seus pés.

— Vou mostrar o meu talento — murmurou. — Até a neve serve à minha arte.

Começou a trabalhar com presteza. Empilhou a neve, fez um monte bem batido, empilhou mais, socou mais. Passou horas empilhando neve até conseguir um bloco enorme e bem rígido, como os de mármore.

Começou a esculpir, com o melhor de seu talento. Uma cabeça emergiu, os braços, mãos, pés. A massa de gelo ganhava vida. Uma figura vigorosa nascia no jardim. Afastava-se para avaliar o trabalho e voltava, alheio a tudo, exceto à sua arte.

Enfim ficou pronta a enorme estátua de neve.

Deu por terminada. Era um belo trabalho. Amanhã nada restaria dele, mas, por algumas horas, faria Florença mais bela.

Uma exclamação de assombro arrancou Michelangelo da contemplação da própria obra. Piero estava parado atrás dele, boquiaberto diante do imenso homem de neve. O sorriso de escárnio tinha se transformado num brilho de admiração nos olhos de Piero, mas o olhar deslumbrado logo deu lugar a uma nuvem de tristeza.

— Neve!... Neve, não — murmurou. — E uma coisa tão bela devia durar para sempre.

Os anos se passaram. Michelangelo conquistou a admiração de toda a Itália. Um dia foi chamado a Roma para atender a uma encomenda do papa Júlio II. Cheio de entusiasmo, foi às minas de mármore de Carrara, disposto a selecionar os melhores blocos. Encantado com as pedras gigantescas, via no interior de cada uma um ser à espera da libertação por meio do seu cinzel. Passou seis meses examinando, escolhendo, comprando, rejeitando, a mente repleta de imagens futuras.

Quando chegou a Roma, porém, o papa havia mudado de ideia. Levou-o à Capela Sistina, um grande retângulo de altas paredes e teto em abóbada.

— Vamos decorar o teto! — disse o papa. — Você vai pintá-lo.

Michelangelo empalideceu.

— Mas sou escultor! — protestou. — Não sou pintor.

— Você não aprendeu a misturar tintas com mestre Ghirlandaio? É só lembrar o que ele lhe ensinou!

— Mas não pinto há muitos anos! Chame Rafael. Ele é excelente pintor.

— Claro que não. Rafael está ocupado. Além disso, vi muitos desenhos seus. São os melhores.

Michelangelo olhou para o teto alto. Centenas de metros quadrados para cobrir de pinturas — levaria meses. Pensou nos blocos de mármore, que estariam parados, inúteis por todo esse tempo, e estremeceu. Não era o que queria fazer! Mas engoliu a raiva e o desapontamento. Não era fácil dizer não ao papa, principalmente a um papa tão insistente. E aceitou, mas com o coração pesado.

E lá se foi Michelangelo escada acima, para pintar deitado num andaime. Era um trabalho torturante. As tintas caíam em seu rosto, queimavam seus olhos, e cada vez ele odiava mais aquela missão.

— Sou escultor, não pintor! — resmungava.

Há muitos anos não pintava, e receava não ser capaz. Pediu ajuda a outros artistas, mas logo descobriu que atrapalhavam mais do que ajudavam. Dispensou-os e apagou tudo que haviam feito. Trabalhando sozinho, em contato somente com seu ajudante de preparo de tintas e com o papa. "Se vale a pena ser feito, vale a pena ser bem-feito", dizia a si mesmo. E prosseguia deitado, pintando no silêncio e na solidão.

Um dia viu, horrorizado, que a superfície recém-pintada começava a mofar.

— Eu avisei a Sua Santidade que não sou pintor! — gritou. — Tudo que já fiz está estragado!

Mas em seguida descobriu que apenas tinha posto água demais no gesso e não prejudicara o resultado.

E prosseguiu. Começava a pintar ao raiar do dia e só parava quando não enxergava mais as cores. Muitas noites nem saía da capela. Acostumou-se tanto à incômoda posição que, quando recebia uma carta, inclinava a cabeça para trás e levantava a carta para ler. Mal parava para comer, contentando-se geralmente com um pedaço de pão. Adoeceu de exaustão. Mas prosseguia.

Às vezes o papa, muito impaciente, subia ao andaime para fiscalizar a obra.

— Quando vai terminar? — Era a invariável pergunta.

— Quando eu acabar! — Era a invariável resposta.

Gradualmente emergiam do teto as mais perfeitas formas criadas por mãos humanas. Deus Pai separando a luz e as trevas; a criação de Adão e Eva; a expulsão do paraíso; o dilúvio. Uma após a outra, iam surgindo do pincel de Michelangelo mais de trezentas figuras, sublimes, plenas da mesma força e grandiosidade das esculturas do mestre.

Passados quatro longos anos de fadiga e isolamento, a imensa tarefa foi terminada. O andaime foi retirado, as portas da Capela Sistina foram abertas. As pessoas vinham olhar, boquiabertas diante da magnitude da obra de arte. Quando Rafael apareceu — o mesmo Rafael que Michelangelo pedira ao papa que contratasse em vez dele —, agradeceu a Deus ter nascido no mesmo século que Michelangelo.

Ainda hoje as multidões que visitam a Capela Sistina admiram o teto, extasiadas diante da obra de um único homem cobrindo tamanho espaço com tanta maestria artística, trazendo à vida tantas visões grandiosas. Quedam-se maravilhados perante o resultado da determinação e do gênio de um homem, das pinturas mais magníficas do mundo criadas pelas mãos de um escultor.

O HOMEM QUE MOVEU A TERRA

O astrônomo polonês Nicolau Copérnico (1473-1543) não foi o primeiro a afirmar que a Terra se move, mas foi o primeiro a provar esse fato.

Tudo começou com a matemática. Aos 21 anos, Nicolau Copérnico surpreendia os sábios da Universidade de Cracóvia com suas habilidades extraordinárias. De fato, a universidade se gabava do aluno brilhante, e sempre que havia visitas de dignitários o jovem Copérnico era mandado ao quadro-negro e punham à prova seu saber. Sabia resolver problemas que envolviam 12 dígitos e muitas frações com tal clareza e precisão que era visto como um prodígio.

Um professor de passagem pela Polônia convidou o jovem portento para ensinar matemática na Itália. Copérnico aceitou e mudou-se para Bolonha. Ali, assistiu a uma série de conferências sobre astronomia, que mudaram não apenas sua vida, mas a maneira de toda a humanidade ver o universo. Copérnico ouvia as palestras cheio de entusiasmo, percebendo imediatamente o valor da matemática para o cálculo do movimento dos astros.

Durante 14 séculos os astrônomos basearam todo seu conhecimento no grande livro O *Almagesto*, escrito por Ptolomeu. Ensinava que a Terra era o centro do universo e o Sol e as estrelas se moviam em torno dela. Os padres e os astrólogos se valiam dessa teoria para apoiar suas próprias ideias a respeito do céu. A maioria acreditava que a Terra era quadrada e tinha quatro cantos. As estrelas eram joias penduradas no céu, movidas por anjos. Cada estrela ficava aos cuidados de um anjo, que zelava também por todas as pessoas nascidas sob a influência daquela estrela ou indicava outro anjo para essa tarefa. Cada pessoa tinha um anjo guardião para protegê-la contra os espíritos maus que ocasionalmente saíam do inferno para vir à Terra tentar os homens.

Em conversas com diversos astrônomos, Copérnico percebeu que poucos tinham algum conhecimento de matemática. Essa ignorância o levou a duvidar do saber deles. Copérnico passava noites sentado na torre da catedral observando as estrelas. Moviam-se sempre da mesma maneira, em velocidade constante, sem caprichos. Era um fenômeno natural, e podiam ser reduzidas a um sistema matemático.

E começou a estudar o assunto. À medida que questionava e ponderava, a verdade começou a despontar: o universo não se move ao redor da Terra. De fato, a Terra é um globo que *gira em torno do Sol*. Como os outros planetas, a Terra é também um corpo celeste.

Copérnico passou a ensinar o que aprendera. Em suas palestras, fazia várias referências à recente viagem de Colombo, mencionando o fato óbvio de que, navegando sempre para oeste, ele não despencara no abismo na borda do mundo nem caíra diretamente no inferno, como profetizavam que aconteceria. Explicava também que o céu vermelho no poente não era causado pelos reflexos do fogo do inferno e que o Sol não era carregado por anjos gigantes para trás das montanhas ao anoitecer. Observava que, para um homem num barco, as margens é que pareciam se mover; logo, o aparente movimento das estrelas não poderia ser induzido pela rotação da Terra?

Certo dia, um cardeal do Vaticano veio visitar o jovem matemático. Com a melhor das intenções, advertiu Copérnico que um homem podia acreditar no que quisesse, mas que ensinar aos outros coisas não autorizadas não era uma atitude correta.

Copérnico ficou embaraçado. Era um homem profundamente religioso e queria apenas ajudar os homens a encontrar a verdade e entender as leis de Deus. Achava que suas ideias iriam contribuir para o conhecimento da Criação e a beleza da Igreja. Ficou arrasado ao saber dos rumores que circulavam a seu respeito — que estava tentando "destronar Deus com metros e medidas". Alguns padres o denunciaram publicamente, declarando que era culpado de heresia, acusando-o de afirmar coisas que não podia provar.

— Quer nos convencer de que a Terra esvoaça em torno do Sol, como uma mariposa em torno da lâmpada! — vociferavam. — Isso é um escândalo!

Então Copérnico arrumou as malas e voltou para a Polônia. Chegando lá, tornou-se cônego na catedral da sonolenta cidade de Frauenburg. E era sempre vigiado. Vivia no isolamento de um exílio, pois a Igreja o proibira de falar em público sobre assuntos não autorizados. O clero e as universidades receberam ordem para ignorar as teorias de Copérnico.

No entanto, as enfadonhas tarefas de um jovem cônego não aplacavam seu desejo de saber e compreender a verdade. Ele visitava os enfermos, fechava os olhos dos moribundos, mantinha em dia o registro da paróquia, mas seu coração estava na matemática. O verso das páginas do registro era coberto de números e fórmulas, de infindáveis problemas de astronomia. Nos fundos da velha casa de fazenda onde morava, abriu buracos no teto do celeiro para observar o céu. As estrelas desfilavam diante dele, noite após noite, cruzando majestosamente o céu. "É uma grande honra", dizia ele. "Estou proibido de falar com os grandes homens, mas Deus me envia essa procissão."

Enquanto a cidade dormia, ele estudava as estrelas e fazia anotações minuciosas de suas observações. Compilava tudo o que havia sido escrito sobre astronomia. Com vagar e paciência, testava cada hipótese com toscos instrumentos improvisados. "Certamente Deus não vai me condenar por querer descobrir a verdade de sua obra gloriosa", costumava dizer. "Olhar o céu e contemplar as maravilhas criadas por Deus levam o homem a curvar silenciosamente a cabeça e o coração. Estudei, trabalhei e pensei anos a fio e sei tão pouco. Só posso me prostrar em adoração ao contemplar essa regularidade infalível, o miraculoso equilíbrio e perfeição desse ajustamento. A majestade de tudo isso faz-me sentir insignificante como um grão de areia."

O exílio em Frauenburg lhe proporcionou tempo de sobra para desenvolver suas teorias sossegado. “Deus me isolou”, escreveu ele, “para que eu possa estudar e explicar suas obras.” Ainda assim sentia uma frustração amarga e constante por não poder comunicar suas descobertas.

Os camponeses simples com quem convivia tinham um temor respeitoso pelo grande homem. Adivinhavam seu valor, mas suspeitavam de sua sanidade. Tomavam suas vigílias por êxtase religioso e, cheios de receio, faziam o possível para não o perturbar. Assim se passaram os dias, e o jovial e ambicioso Copérnico se tornara um velho curvado e quase cego de tanto olhar o céu à noite.

Mas finalmente terminou seu tratado *Das revoluções*. Trabalhara nele durante quarenta anos e, conforme ele mesmo disse, nos últimos 27, nem um dia se passara sem que ele houvesse acrescentado um dado novo.

Sabia que seu trabalho dizia a verdade. Se os homens quisessem saber o que ocorria no céu, encontrariam a resposta em seu livro. Fizera da astronomia uma ciência que ele sabia ser consistente.

Mas que fazer com o volume de conhecimentos que descobrira? Estava todo arquivado em sua mente e nas muitas centenas de páginas do livro, que havia reescrito cinco vezes. Dentro de poucos anos, sua mente estaria emudecida pela morte. Em cinco minutos, a ignorância e a maldade podiam reduzir a cinzas o livro e uma vida inteira de trabalho estaria desperdiçada.

Enviar o livro a Roma e pedir permissão para publicá-lo estava fora de cogitação. A maioria iria fazer objeção, e a permissão seria recusada. Poderiam até destruir o manuscrito. Uma publicação local, sem o consentimento do bispo, seria igualmente perigosa, pois o livro contradizia e refutava tudo o que o clero pensava sobre a astronomia.

Copérnico esperou, pensou, ponderou.

Por fim, decidiu mandar o manuscrito a Nuremberg, para ser publicado. Esperando livrar-se de acusações de heresia, dedicou a obra ao papa Paulo III, que era também um estudioso sério e muito interessado em astronomia. “Tenho plena consciência, Santo Padre”, escreveu ele, "de que, tão logo saibam que no livro de minha autoria sobre a revolução dos astros no universo atribuo certos movimentos à Terra, alguns imediatamente erguerão contra mim um brado de condenação... Cabe a Vossa Santidade, por meio de vossa autoridade e julgamento, suprimir injúrias e calúnias, embora — como dizia o ditado — não haja cura para o veneno de uma falsa acusação."

Como o mundo receberia o livro? A Copérnico só restava esperar para saber.

Os meses se passaram, e o medo, a ansiedade e o suspense se sucediam. Tomado de febre, entrou em delírio e dizia: "O livro — digam-me — não queimaram, não foi? — sabem que escrevi a pura verdade!"

Em 24 de maio de 1543, chegou um mensageiro de Nuremberg, trazendo uma cópia do livro de Copérnico. Conduzido ao quarto do doente, colocou o livro nas mãos do ancião. Dizem que uma centelha de lucidez surgiu em seu rosto. Ele sorriu, olhou longamente o livro, passando a mão pela capa, como se o acariciasse, abriu-o e virou as páginas. Fechou o volume e, segurando-o apertado contra o coração, cerrou os olhos e mergulhou no sono para nunca mais acordar.

GALILEU E A TORRE INCLINADA

Há mais de quatrocentos anos, viveu na Itália um homem chamado Galileu Galilei (1564-1642). Possuía um espírito intensamente inquisitivo, ou seja, era o tipo de pessoa que faz questão de examinar a fundo tudo o que vê, pensar no assunto depois, e sempre perguntar "Por quê?". Começou como estudante de medicina, mas logo desistiu para se dedicar ao que realmente amava — a física e a matemática. Entregou-se de corpo e alma aos estudos e, aos 26 anos, passou a lecionar matemática na universidade de Pisa.

Naquela época, as pessoas não questionavam as afirmações teóricas herdadas dos grandes pensadores do passado. Nem passava pela cabeça delas testar por si mesmas a verdade dessas afirmações.

Aceitavam Aristóteles, o filósofo da Grécia antiga, como a autoridade máxima. "O mestre falou" era o lema na época de Galileu. Os doutores sabiam de cor as doutrinas de Aristóteles; duvidar delas era considerado blasfêmia, ou até mesmo um crime. De fato, o estudante que discordasse da opinião dos antigos era multado ou punido.

Uma das famosas afirmações de Aristóteles era: a velocidade com que um objeto cai na terra depende do seu peso. Um peso de dez quilos, por exemplo, cairia dez vezes mais rápido que um peso de um quilo.

Mas Galileu tinha observado diversos objetos caindo e não concordava com essa afirmação. Realizou algumas experiências, até ficar satisfeito.

— Aristóteles está errado — declarou. — O peso nada tem a ver com a velocidade da queda dos objetos. A resistência do ar é que afeta a razão de descida. Se dois objetos vencerem o mesmo grau de resistência do ar, chegarão juntos ao solo, independentemente do peso de cada um. Uma pedra pesada e uma leve podem cair exatamente com a mesma velocidade.

Os outros professores da universidade ficaram chocados e se irritaram com Galileu. Afirmaram que evidentemente Aristóteles estava certo e Galileu estava fazendo papel de bobo. Devia calar a boca e parar de aborrecê-los com aquelas ideias ridículas, se não quisesse perder o emprego.

— Tudo bem — disse Galileu. — Vamos fazer um teste. Será minha teoria contra a de Aristóteles. Se eu estiver errado, calo a boca. Encontrem-me na torre.

A Torre de Pisa é famosa no mundo inteiro, é claro, porque é inclinada e parece que vai desabar a qualquer momento. A construção dessa torre foi iniciada em 1174 e, quando alcançou o terceiro pavimento, um dos lados começou a afundar. Os engenheiros tentaram compensar o ângulo, fazendo os pavimentos restantes mais altos no lado da inclinação, mas a torre continuou a afundar. Quando ficou pronta, a torre de sessenta metros de altura estava tão inclinada que um objeto atirado do último pavimento chegava ao solo a uma distância de uns cinco ou seis metros da base.

Galileu subiu na torre. Uma multidão de professores, estudantes e curiosos se reuniu lá embaixo. A cada degrau que subia, ouvia mais risadas e zombarias.

Chegando ao topo, pegou duas bolas de ferro. Uma pesava dez quilos, a outra pesava apenas um quilo. A questão era: quando Galileu as empurrasse, exatamente no mesmo instante, a bola mais pesada atingiria o solo primeiro, como queria Aristóteles, ou...?

Colocou as duas bolas cuidadosamente equilibradas na balaustrada e empurrou-as ao mesmo tempo.

Aglomerados lá embaixo, os colegas e estudantes viram as duas bolas mergulharem da balaustrada, lado a lado a princípio, continuarem lado a lado e, finalmente... ouviram um tremendo baque. Um único baque. As duas bolas atingiram o solo no mesmo instante.

Galileu estava certo e Aristóteles, errado.

Ainda assim, algumas pessoas que assistiram à experiência não acreditaram nos próprios olhos. É muito difícil abrir mão de velhas ideias, principalmente se persistiram durante séculos. Alguns professores fizeram inúmeras objeções, continuando a insistir que Aristóteles é quem estava certo. Afinal, se admitissem que Galileu tinha razão, quantos outros princípios de Aristóteles estariam errados? Era preferível silenciar aquele agitador. Passaram a infernizar a vida de Galileu, vaiando suas aulas e palestras.

Mas Galileu não se dava por achado. Despediu-se de Pisa e arrumou um emprego de professor na universidade de Pádua, onde a liberdade de pensamento era um pouquinho maior. Em Pádua, continuou a questionar, descobrir, mostrando ao mundo quanto pode ser feito quando alguém ousa pensar por si mesmo.

O TRIUNFO DE BEETHOVEN

Desde menino, Ludwig van Beethoven sabia tocar piano melhor que a maioria dos adultos. Aos sete anos de idade, deu o primeiro concerto, aos 11 era organista da corte, em Colônia, e aos 12 apresentou sua primeira composição significativa. Quatro anos depois foi a Viena e tocou para o grande Mozart, que, após o recital, saiu dizendo:

— Esse menino vai longe! Um dia o mundo vai falar dele.

O pai de Ludwig era cantor da corte e já se via com montes de ouro que as pessoas pagariam para ouvir o "menino prodígio". Parece que pensava mais no dinheiro — e na bebida — do que na felicidade de Ludwig. Costumava chegar em casa cambaleando, já de manhã, e logo arrancava o menino da cama diretamente para o piano e o forçava a estudar até a noite, não poupando cascudos e safanões quando a criança, exausta, errava uma nota.

É de se admirar que a brutalidade do pai não levasse Ludwig a odiar a música. Talvez a suavidade de sua mãe o tenha ajudado a superar essas horas difíceis. Mas quando Ludwig tinha 17 anos, a mãe morreu. Imediatamente, seu pai vendeu as roupas dela para comprar bebida.

Ludwig sentiu profundamente essa perda. Agora não havia ninguém para cuidar dos seus dois irmãos menores. Tomando a si a responsabilidade da casa, ofereceu-se para trabalhar para o príncipe por metade do salário do pai, para sustentar os irmãos. O pedido foi atendido, a carreira do pai chegou ao fim e Ludwig se tornou o chefe da família. Passou o resto da vida cuidando dos irmãos, embora eles fossem causa de constantes problemas e aflições.

Em 1792, pouco antes de completar 22 anos, Ludwig mudou-se para Viena, para estudar com Joseph Haydn, o mais famoso compositor da época. Foram anos de muito trabalho. Aprendeu a tocar muitos instrumentos, como a trompa, a viola, o violino e o clarinete, para melhor escrever música para orquestra. Trabalhava sem cessar em suas composições, escrevendo, corrigindo, revisando, rejeitando e começando tudo de novo.

Aos poucos, espalhou-se a fama do seu talento. Os vienenses amavam a música e compareciam em massa para ouvir Beethoven. Deu uma série de concertos em 1795, um dos quais em benefício da viúva e dos filhos de Mozart. Daí por diante, seu sucesso estava garantido. Passou os anos seguintes compondo, viajando, dando concertos, afirmando-se como grande músico.

Aos 27 anos, começou a notar um zumbido nos ouvidos. A princípio, tentou ignorar, mas o zumbido piorava cada vez mais. Por fim, venceu a relutância e consultou alguns médicos. O diagnóstico foi pior que uma sentença de morte: Beethoven estava ficando surdo.

Por um longo tempo, não ousou contar a ninguém. Passou a se esquivar das pessoas. "Confesso que estou levando uma vida miserável", escreveu a um amigo. "Há dois anos que evito todas as reuniões sociais, pois me é impossível dizer às pessoas que estou ficando surdo. Se minha profissão fosse outra, seria mais fácil..."

Encontrou refúgio no campo, onde dava longos passeios pelos bosques. "Aqui, a surdez me incomoda menos que em qualquer outro lugar", escreveu. "As árvores parecem me falar de Deus."

Convencido de que ia morrer, Beethoven confessou sua vergonha e seu desespero num testamento endereçado a seus irmãos: "Não podia pedir às pessoas, 'Fale mais alto porque sou surdo'. Como poderia admitir a fragilidade do sentido que deveria ser mais perfeito em mim que em outros, um sentido que um dia possuí em alto grau de perfeição?... Devo viver no exílio. Se me arrisco a conviver com as pessoas, sou tomado de terror, há o risco terrível de dar a perceber minha condição... Que humilhação passei, quando alguém a meu lado ouviu uma flauta a distância e *eu* não ouvi *nada*, ou quando alguém ouviu um pastor cantando e eu novamente não ouvi nada. Esses incidentes me levaram à beira do desespero, um pouco mais e eu teria posto fim à minha vida..."

No entanto, Beethoven fez algo muito mais corajoso do que desistir. Entregou-se à arte. Continuou a compor, ainda que a melodia soasse cada vez mais fraca a seus ouvidos. À medida que perdia a audição, sua música adquiria uma qualidade muito diferente das elegantes obras de compositores que o antecederam. As composições de Beethoven se tornaram fortes, altamente emocionais e vibrantes — como sua vida corajosa e turbulenta. Por estranho que pareça, compôs suas melhores obras, aquelas que mais conhecemos, depois de perder a capacidade de ouvir.

Beethoven terminou por ficar totalmente surdo. Apesar de viver sozinho e infeliz, compôs músicas sublimes. Sua última sinfonia, a *Nona*, termina com a famosa *Ode à Alegria*. Quando concluiu a obra, Beethoven concordou em reger a orquestra e o coro num concerto em Viena.

O teatro estava lotado. Beethoven tomou seu lugar em frente à orquestra, de costas para a plateia, e, ao seu comando, a música começou. Os acordes magníficos enfeitiçaram a plateia. E Beethoven, que nada ouvia, seguia a pauta em sua mente. Os músicos receberam orientação para olhar para ele, mas que não dessem atenção à sua marcação do ritmo.

Quando terminou, o grande maestro baixou os braços e permaneceu imerso em silêncio, mexendo na partitura. Um dos cantores fez um gesto para que olhasse a plateia. Beethoven se virou e viu as pessoas ovacionando-o, aplaudindo de pé, batendo palmas com os braços erguidos. O músico surdo inclinou-se e em cada rosto rolou uma lágrima.

Os anos finais de sua vida foram tristes. Na última fase da doença, encontrava consolo na leitura das partituras. Passava horas agradáveis lendo composições de Haydn que um amigo lhe enviara. Gostava também de ler as obras de Schubert. Morreu em 1827, e dizem que suas últimas palavras foram: "No céu, vou tornar a ouvir."

THOMAS CARLYLE E A *REVOLUÇÃO FRANCESA*

No início de 1835, Thomas Carlyle finalmente terminou o primeiro volume de sua famosa A *Revolução Francesa*. Escrevê-lo exigira um tremendo esforço. Passara quase dois anos lendo histórias e fazendo anotações e mais alguns meses escrevendo e revisando o manuscrito. Contudo, foi uma época de poucas horas de sono e muito entusiasmo. Quando o primeiro volume ficou pronto, estava com os nervos em frangalhos e a conta no banco quase a zero. Mas tinha confiança em seu trabalho. Achava que seria um livro "razoavelmente tolerável".

Ficou encantado quando seu amigo o filósofo John Stuart Mill ofereceu-se para ler o manuscrito. O próprio Mill era um estudioso da Revolução Francesa e há muito vinha incentivando o amigo na realização do projeto. Carlyle pôs as páginas em ordem, embrulhou-as cuidadosamente e levou o embrulho a Mill, esperando que ele lhe desse alguma sugestão.

Uma noite, Carlyle e sua mulher, Jane, estavam sentados junto à lareira quando alguém bateu à porta. Mill entrou cambaleando e desabou numa poltrona. Suas mãos tremiam e seu rosto estava cinzento.

— Mill! — exclamou Carlyle. — Que há com você, homem? Que aconteceu?

Mill demorou um pouco até conseguir falar.

— O seu manuscrito — gaguejou ele. — Um acidente... estava embrulhado em jornal... a empregada pensou que era lixo... jogou no fogo. Queimou tudo. Tudo.

E não tinha cópia.

Um silêncio funesto caiu sobre a sala. Carlyle olhava o amigo boquiaberto, incapaz de compreender o desastre. Os três permaneceram imóveis por uma eternidade, como se a tragédia houvesse drenado toda a vitalidade deles.

Então Carlyle pôs a mão no ombro do amigo.

— Não se sinta mal, Mill — disse baixinho. — Não estava muito bom mesmo. E, mesmo que estivesse, acabou-se, e se sentir culpado não vai adiantar nada. Não vai trazê-lo de volta. Acidentes acontecem. Não vamos pensar mais nisso.

A mulher de Carlyle escondeu o rosto, incapaz de conter as lágrimas.

Carlyle continuou a falar, levando a conversa para outros assuntos. Pouco depois Mill foi embora, ainda arrasado. Ao fechar a porta, após a saída do amigo, Carlyle disse à esposa:

— Coitado do Mill, está muito abalado. Temos que fazer um esforço para esconder dele como isso é grave para nós.

Era mesmo muito grave. Não só o manuscrito estava perdido, mas todas as anotações de Carlyle — ele as jogara fora à medida que escrevia. O livro só existia em sua memória. E suas economias tinham chegado ao fim. Não sabia se devia ou não simplesmente abandonar o projeto. Foi dormir no auge do desespero, sentindo "alguma coisa me cortar ou apertar com força o coração".

Na manhã seguinte, porém, decidiu recomeçar.

"Não vou abandonar o jogo enquanto me for dada a faculdade para continuar", escreveu ele em seu diário. "Oh, mas eu tinha fé! Oh, isso eu tinha! Portanto, nada era pesado ou duro demais para mim. Chora em silêncio no mais recôndito do teu coração e pede a Deus que te dê fé. É certo que ela te será dada. De todo modo, é como se meu professor invisível tivesse rasgado meu caderno de exercícios, dizendo 'Não, meu filho! Faça melhor!'. Que posso eu, embora triste, fazer senão obedecer? Obedecer pensando que é o melhor a fazer?"

Carlyle voltou à mesa de trabalho e recomeçou a árdua jornada. Escreveu durante toda a primavera e o verão daquele ano, num esforço contínuo para "terminar logo o manuscrito queimado". No outono, havia conseguido reescrever o que fora perdido e voltou ao trabalho no segundo volume. Escrevia sem cessar, febrilmente, obstinadamente. Quando concluiu o segundo, mergulhou no terceiro volume do "livro selvagem, violento", que "saiu da minha própria alma, nascido na escuridão, no vendaval e na mágoa".

Quase dois anos após ter dado o manuscrito a Mill, Thomas Carlyle terminou seu grande *A Revolução Francesa*, "pronto tanto para chorar como para rezar". A obra é até os dias de hoje um clássico da literatura e o testemunho da resistência do espírito de um homem.

O *TITANIC*

Do The Sun

O maior navio até então construído chocou-se com um iceberg na noite de 14 de abril de 1912. O navio, supostamente impossível de naufragar, fazia sua viagem inaugural de Southampton a Nova York. Mas naufragou, causando a perda de mais de 1.500 vidas.

O *Titanic* navegava em boa velocidade e todos a bordo contavam chegar a Nova York em tempo recorde. O navio vinha funcionando maravilhosamente. O domingo fora calmo. Não havia lua, mas a noite estava perfeitamente clara. O mar estava tranquilo. Nenhum iceberg à vista durante o dia ou a noite, pelo menos a distância de risco para o navio.

O *Titanic* estava fazendo 22 nós por hora quando a noite caiu sobre o mar. Os passageiros passeavam no convés, conversavam nos salões. Havia música no salão de baile e alguns cantavam. À exceção de algumas mulheres e crianças, ninguém se recolhera antes das dez horas. A beleza da noite segurava as pessoas no convés.

Havia um vigia postado na proa e outro na cesta da gávea. Munidos de potentes binóculos próprios para enxergar à noite, mantinham-se alertas na observação do mar à frente. Até onde podiam ver, não havia gelo por perto. Exatamente às 23h37, um enorme iceberg surgiu na rota imediata do navio. Tinha quase a mesma cor da água. Num momento não se percebia nada e no seguinte via-se uma montanha de pelo menos trinta metros de altura emergindo do mar, com extensão igual à de um quarteirão da cidade.

Houve tempo apenas para os vigias de gávea e de proa gritarem "Gelo à frente!" e o contramestre ainda virou repentinamente a roda do leme antes que o *Titanic* abalroasse o bloco de gelo. Houve um primeiro abalo no lado esquerdo da proa, que cortou o iceberg e jogou o navio sobre o gelo, e logo depois um choque violento a estibordo. O *Titanic* havia cortado uma parte emergente do iceberg, precipitando milhares de toneladas de gelo no convés superior de proa. Descobriu-se depois que o *Titanic* havia literalmente escalado a parte submersa da montanha de gelo, logo abaixo da quilha.

Os homens saíram do salão de fumar perguntando: "Que diabos foi isso? Batemos em alguma coisa?" Nos restaurantes, nos salões de estar, no salão de baile, as mulheres exclamavam: "Meu Deus! Que terá sido isso?" Não houve tumulto. As luzes nem piscaram, e foi mais para espantar o tédio que as pessoas se levantaram calmamente para ir ao convés, buscando saber qual era a novidade. Paravam garçons e camareiros apressados para perguntar o que havia acontecido, e a resposta era: "Não sei. Talvez tenha esbarrado num bloco de gelo."

Passavam 25 minutos da meia-noite quando o capitão Smith, voltando da ponte de comando, ordenou ao primeiro-oficial Murdock que reunisse todos os passageiros no convés superior. Quatrocentos homens, entre camareiros e ajudantes de cozinha, correram imediatamente a chamar todas as pessoas. Mesmo assim, não houve alarme. As mulheres se levantavam devagar ao ouvir as instruções para vestir roupas quentes. Uma mulher, indignada por ter sido acordada no meio da noite, lembrou-se de que não tinha trancado o baú. A meio caminho do convés, voltou ao camarote e só depois subiu calmamente as escadas.

O segundo-camareiro Dodd só se apresentou ao primeiro-oficial Murdock 15 minutos depois de todos se reunirem. Ainda não havia sinal de pânico, medo ou alarme. As luzes continuavam acesas, e os passageiros se comprimiam a bombordo e estibordo no convés superior. O primeiro sentimento de medo percorreu a multidão dez minutos mais tarde, quando o primeiro-oficial Murdock disse secamente:

— Tripulação, aos botes! Mulheres e crianças primeiro!

Nesse momento, embora ninguém acreditasse ainda na iminência de uma tragédia, elevaram-se murmúrios de protesto das mulheres. Esposas diziam que não deixariam os maridos, mulheres recusavam-se a largar os filhos, irmãs permaneciam junto a irmãos. Algumas abraçaram-se ao parceiro, e essa recusa perpassou todas as classes.

— Vamos lá! — comandavam os oficiais, e houve uma pausa, pois nenhuma mulher queria dar o primeiro passo. A pausa se prolongou e ouviu-se uma ordem ríspida:

— Ponham as mulheres nos barcos.

A tripulação do primeiro bote simplesmente agarrou a mulher mais próxima e colocou-a no barco. Pegaram outra e, a partir de então, a cena se generalizou nos dois lados do convés. Os tripulantes agarravam qualquer mulher enlaçada ao pescoço de um homem e a colocavam num bote. Maridos, irmãos e filhos colaboravam com o pessoal de bordo.

A esposa do sr. John Jacob Astor recusou-se decididamente a deixar o marido, e ele, com a ajuda de um camareiro, carregou-a para o bote nº 1. Todos os sobreviventes lembram-se de John Jacob Astor, que não só manteve a cabeça fria como ajudou valentemente a tripulação a pôr as mulheres nos botes.

Foi então que apareceu a única demonstração de covardia. Um grupo de homens da terceira classe tentou se apossar de um dos botes. Murdock puxou o revólver e disse, curto e grosso:

— Mato o primeiro que embarcar.

Três homens correram aos botes. Ouviram-se dois tiros. Dois homens caíram, um deles com um tiro na testa e o outro atingido no maxilar. Não havia necessidade de atirar no terceiro. Mais rápido que a bala que atingira o outro, o punho do corpulento contramestre desceu sobre o maxilar do terceiro homem, e ele tombou como um poste. O trabalho prosseguiu.

Os barcos se enchiam, um após o outro, balançando-se ao lado do convés. O regulamento exigia seis membros da tripulação e mais um no comando de cada bote, mas, à medida que lotavam, os tripulantes pediam permissão para ceder o lugar.

— Pode seguir com quatro homens, senhor — dizia um camareiro. — Eu ficarei.

Às duas horas o capitão Smith deu ordem para baixar os botes. Os tripulantes a bordo dos 16 barcos salva-vidas e dos botes infláveis se afastaram uns vinte metros do navio e ali ficaram.

— Vão embora! — comandou o capitão, e os tripulantes se puseram a remar.

Nos barcos, todos os olhos permaneciam fixos no *Titanic*. A proa havia afundado quase dez metros, e a enorme popa se levantava acima da água. Mas mesmo então ninguém nos botes supunha realmente que o navio ia naufragar. Não havia lua, mas a noite estava clara. À luz das estrelas e das fileiras de lâmpadas no convés e escotilhas, viam os homens que haviam deixado para trás movendo-se no convés, ainda sem sinal de alarme. Ninguém nos barcos salva-vidas imaginava que dentro de alguns minutos assistiriam à maior tragédia no oceano.

E então, sem aviso, quando o último bote estava a uma milha de distância, viram a proa do *Titanic* mergulhar, como se empurrada para baixo pela mão de um gigante enquanto as últimas luzes tremeluzentes mostravam um corte escuro a dois terços da popa. O navio tinha se partido ao meio.

A parte da frente simplesmente deslizou para o fundo num instante, e, ao ser coberta pela água, houve uma série de estrondos. As caldeiras da frente tinham explodido. Nessa parte do navio, trabalhavam centenas de homens na casa de máquinas e de manutenção.

A parte posterior, onde toda a tripulação e os passageiros a bordo tinham se refugiado, perdendo o prumo com o impacto para trás, inclinou-se novamente para a frente e um murmúrio de esperança elevou-se dos botes quando viram que o casco parecia se estabilizar, mantendo-se sobre a quilha nivelada, e flutuar. Mas os vivas e graças duraram pouco.

Uma golfada de espuma saiu da frente da parte restante do navio, provocada por outra grande explosão. A enorme massa de aço se fez em pedaços. O fragmento de navio inclinou-se de repente e afundou na água, levando mais de mil homens. Enquanto afundava, ouvia-se ainda a banda tocar.

Nem todas as atitudes nos minutos finais do Titanic *foram heroicas, como mostra a seguinte notícia do* The Sun:

Havia um homem vestido de mulher entre os sobreviventes do barco nº 10, segundo a sra. Mark Fortune, de Winnipeg, que foi recolhida com suas três filhas deste barco. O marido de Fortune, corretor imobiliário em Winnipeg, e seu filho Charles desapareceram. As filhas Alice, Mabel e Ethel confirmam que um homem se salvou usando as roupas da esposa. Uma das filhas de Fortune estava sentada ao lado dele, no bote salva-vidas.

O bote, diz Fortune, estava superlotado. Além dos quatro tripulantes homens supunha-se que o restante fossem mulheres, à exceção de um foguista e de um chinês. Havia uma pessoa vestida com uma capa marrom e um xale típicos dos passageiros da terceira classe, com o rosto inteiramente coberto. Alice Fortune sentou-se ao lado desta suposta mulher.

Pouco após o bote deixar o navio, os tripulantes se transferiram para outro bote e então descobriu-se que a pessoa era um homem. Perguntaram quem era, mas ele se recusou a responder. O foguista e o chinês, os únicos a remar até então, exigiram que o impostor os ajudasse. Ele disse que não sabia manejar os remos e o foguista deu-lhe um soco no rosto.

As mulheres revezaram-se nos remos, fazendo o melhor que puderam no bote superlotado. Ao nascer o sol, viram as luzes do *Carpathia* a oeste. Foram os últimos sobreviventes resgatados. A despeito dos agasalhos, as mulheres estavam enrijecidas pelo frio. Foram içadas para bordo e não ouviram mais falar no impostor.

A CONQUISTA DO EVEREST

James Ramsey Ullman

Amargamente decepcionado diante do fracasso da primeira tentativa, George Herbert Leigh Mallory estava decidido a arriscar mais uma vez antes da chegada das monções. O Everest era a montanha *dele*, mais que de qualquer outro homem. Fora o primeiro a marcar um caminho de escalada. Seu espírito ardente era a principal força motivadora por trás de cada lance vencido, e a conquista do topo era o grande sonho de sua vida. Agora seus companheiros percebiam que ele se preparava para o esforço supremo.

Mallory movia-se com a velocidade de sempre. Acompanhado do jovem Andrew Irvine, iniciou a subida a partir do passo onde estavam, no dia seguinte à descida de Norton e Somervell. Passaram a primeira noite no Acampamento V e a segunda no Acampamento VI, a 28.600 pés. Ao contrário de Norton e Somervell, planejavam usar oxigênio na última etapa e seguir a crista da cordilheira a nordeste, em vez de atravessar a face norte do desfiladeiro. A cordilheira apresentava dificuldades de subida mais formidáveis que a rota de baixo, principalmente junto à base da pirâmide do pico, onde empinava em duas torres de rocha que os montanheses chamavam de primeiro e segundo degraus. Mallory, porém, preferia o ataque frontal e frequentemente expressava a opinião de que os degraus podiam ser vencidos. Os últimos Tigers que desceram aquela noite do acampamento mais alto trouxeram a notícia de que os dois alpinistas estavam em boa forma e confiantes no sucesso.

Apenas um homem ainda veria Mallory e Irvine.

Na manhã de 8 de junho — dia marcado para a escalada ao pico —, o geólogo Odell, que havia passado a noite sozinho no Acampamento V, seguiu para o VI, levando uma mochila de mantimentos. O dia estava ameno e sem o vento como todos naquela expedição, mas uma névoa cinzenta colava-se aos pontos mais altos, e Odell mal distinguia a montanha acima. Escalou um pequeno penhasco a cerca de 26 mil pés de altitude e, chegando ao topo, parou para olhar em volta. A névoa se dissipou por um momento, desvelando todo o alto da cordilheira e, muito acima dele, na crista da montanha, viu duas silhuetas diminutas recortadas contra o céu. Pareciam estar na base de um dos grandes degraus, não mais que setecentos ou oitocentos pés abaixo da base do píncaro final. Enquanto Odell olhava, as duas figuras se moviam lentamente para cima. Então, tão subitamente como se dissipara, a névoa se fechou de novo e eles desapareceram.

As provas de resistência por que Odell passou nas 48 horas seguintes não têm paralelo entre os alpinistas. Chegou no mesmo dia ao Acampamento VI com as provisões e subiu ainda mais, observando e esperando. Mas o topo permanecia encoberto e não havia sinal do retorno dos dois. Na chegada na noite, ele desceu novamente ao passo e ao raiar o dia voltou a subir. Não encontrou ninguém no Acampamento V. Passou uma noite solitária no frio abaixo de zero e na manhã seguinte subiu ao Acampamento VI. Ninguém lá também. Com o coração apertado, venceu mais mil pés de subida; sempre procurando e gritando, já nos limites da resistência humana. A única resposta era o gemido do vento. O grande pico acima assomava árido contra o céu, envolto na desolação solitária dos tempos. A esperança se fora. Odell desceu ao acampamento mais alto e sinalizou a tragédia para os observadores lá embaixo.

Assim terminou a segunda tentativa de conquista do Everest e, com ela, a vida de dois homens de coragem. Os corpos de George Mallory e Andrew Irvine repousam em algum lugar na vastidão agreste de rocha e gelo que guarda o topo do mundo. Quando e como a morte os encontrou, ninguém sabe. E se a vitória os encontrou antes do fim, também não se sabe. O último vislumbre dos dois foi através do olhar de Odell — duas silhuetas diminutas recortadas contra o céu, lutando para subir.

A MORTE DE BECKET

Arthur Penrhyn Stanley

Em 1162, Henrique II da Inglaterra sagrou Thomas Becket arcebispo de Canterbury, esperando que ele o ajudasse a ganhar controle total sobre o clero inglês. Becket, considerando que seu primeiro dever era defender os direitos e privilégios da Igreja, tornou-se alvo da ira do rei. As relações entre o rei e o arcebispo se deterioraram até que, em 1170, Henrique II fez um pronunciamento áspero em relação a Becket. Quatro cavaleiros tomaram literalmente as palavras do rei e, em 29 de dezembro, marcharam para Canterbury.

As vésperas já haviam começado e o coro de monges entoava cânticos quando dois rapazes irromperam na nave anunciando, mais por gestos aterrorizados que por palavras, que os soldados estavam invadindo o palácio e o monastério. A cerimônia transformou-se imediatamente em total confusão. Uma parte dos monges continuou rezando, outra parte correu para os numerosos esconderijos existentes na enorme construção, enquanto outra ainda desceu os degraus entre o coro e o transepto, ao encontro do destacamento na porta.

O arcebispo continuou parado do lado de fora e disse:

— Entrem para terminar as vésperas. Enquanto ficarem parados na porta, não vou entrar.

Recuaram alguns passos e o arcebispo chegou à soleira, mas, vendo o tumulto no interior da igreja, perguntou:

— Eles estão com medo de quê?

A resposta foi unânime:

— Dos soldados no mosteiro!

Ao se virar, dizendo "Vou ao encontro deles", ouviu o tilintar das armas atrás de si. Os cavaleiros haviam invadido o mosteiro e agora (como se via pela porta aberta) avançavam pela ala sul.

Estavam em cota de malha, que os cobria até os olhos, escondendo a face, e carregavam espadas desembainhadas. Três deles empunhavam o machado de guerra. Fitzurse vinha à frente, com o machado que tinha tomado dos carpinteiros, gritando:

— Por aqui, homens do rei!

Imediatamente atrás dele vinham Robert Fitzranulph e mais três cavaleiros, seguidos de um bando variado — alguns companheiros, outros da cidade — sem cota de malha, mas trazendo armas.

Diante dessa visão, insólita na pacata clausura de Canterbury, provavelmente nunca presenciada desde que o monastério foi saqueado pelos dinamarqueses, os monges, surdos a todos os protestos, fecharam a porta da catedral e se puseram a trancá-la com barras de ferro. Ouviu-se uma batida forte daqueles que, tendo saído para se empenhar inutilmente em impedir a entrada dos cavaleiros no convento, voltavam agora em correria para se refugiar no templo. Becket, que havia entrado na catedral mas resistia aos pedidos para se esconder no coro, arremessou-se em direção aos monges, gritando:

— Fora, covardes! Em nome da obediência, ordeno que não fechem a porta! A igreja não é fortaleza de guerra!

Com as próprias mãos, empurrou-os para longe da porta e, abrindo-a, puxou os monges para dentro, ordenando:

— Andem logo! Para dentro — mais depressa, mais depressa!

Os cavaleiros, que haviam se detido por um momento ao ver a porta fechada, encontrando-a aberta, investiram para dentro da nave.

Eram cerca de cinco horas de uma tarde de inverno. As sombras da noite começavam a descer, se adensando no ambiente já sombrio entre as grossas paredes da ampla catedral, iluminada apenas aqui e ali por lâmpadas solitárias diante dos altares. O anoitecer, que se alongava desde o dia mais curto do ano, 15 dias antes, revelava apenas a silhueta dos objetos.

Na penumbra espessa, só conseguiam ver um grupo de sombras subindo às pressas os degraus da escada de leste. Um dos cavaleiros comandou:

— Parem!

E outro perguntou:

— Onde está Thomas Becket, traidor do rei?

Não houve resposta. Fitzurse correu e, esbarrando num monge no primeiro degrau, ainda sem enxergar bem na escuridão, perguntou:

— Onde está o arcebispo?

A resposta foi imediata:

— Reginald, estou aqui, não traidor, mas arcebispo e sacerdote de Deus. Que deseja?

E do quarto degrau, com um leve movimento de cabeça — peculiar dele em momentos de tensão, segundo dizem —, Becket desceu ao transepto. Vestido com a sobrepeliz branca, o casaco e o capuz atirados sobre os ombros, enfrentou os perseguidores.

Fitzurse recuou dois ou três passos, e Becket, passando por ele, assumiu seu lugar entre o pilar central e a parede maciça que ainda hoje formam o canto sudeste que era então a capela de São Benedito. Ali os cavaleiros o cercaram, exigindo aos gritos:

— Absolva os bispos que excomungou!

— Não posso fazer diferente do que fiz — respondeu ele, e, voltando-se para Fitzurse, falou: — Reginald, você que recebeu tantos favores de minhas mãos, por que entra armado em minha igreja?

Fitzurse levou o machado ao peito e respondeu:

— Você tem que morrer. Vou arrancar seu coração.

Outro cavaleiro, talvez num gesto de bondade, bateu-lhe nas costas com o lado da espada, dizendo:

— Fuja... você é um homem morto.

— Estou pronto para morrer — disse o arcebispo — pela Igreja e por Deus. Mas aviso a vocês que os amaldiçoo em nome de Deus Todo-Poderoso se não deixarem meus homens em paz.

O conhecido horror que, naquela época, acompanhava os atos de sacrilégio, aliado à visão da multidão que acorria da cidade à catedral, fez com que se esforçassem para levá-lo para fora da igreja. Fitzurse largou o machado e tentou arrastar Becket pela gola do casaco longo, dizendo:

— Venha conosco. É nosso prisioneiro.

— Não vou fugir, sua criatura detestável — foi a resposta de Becket, voltando à habitual veemência e livrando o manto das mãos de Fitzurse. Os três cavaleiros tentaram colocá-lo com violência nas costas de Tracy. Becket encostou-se na coluna e resistiu com todas as forças, enquanto Grim, com protestos veementes, passou os braços em torno dele, para ajudá-lo a resistir. No tumulto, Becket investiu sobre Tracy, puxando-o pela cota de malha, e, com toda a força, atirou-o ao chão. Era inútil tentar removê-lo por bem. E na luta final que agora começava, Fitzurse, como antes, tomou a frente. Avançando com a espada desembainhada, brandiu-a sobre a cabeça gritando: "Atacar, atacar!", mas apenas arrancou-lhe o chapéu. Tracy se adiantou e desferiu um golpe mais decidido.

O sangue escorreu num fio pelo rosto de Becket. Ele limpou-o com o braço e, quando viu a mancha vermelha, disse:

— A ti, Senhor, encomendo a minha alma.

Ao terceiro golpe, caiu de joelhos, os braços se abaixando, mas ainda de mãos postas em oração. Voltando o rosto para o altar de São Benedito, murmurou baixinho:

— Em nome de Jesus e na defesa da Igreja, entrego-me à morte.

Sem mais um gesto, caiu de rosto no chão. Nessa posição recebeu um golpe tremendo, dirigido com tal violência, que separou o alto da cabeça do resto do crânio.

— Vamos embora, vamos — disse Hugh de Horsea. — O traidor está morto, não vai mais se levantar.

Abrindo caminho

"A VERDADEIRA RIQUEZA DO HOMEM está no bem que ele faz ao próximo neste mundo", diz Maomé. "Quando ele morrer, as pessoas dirão: 'Que bens nos deixou ao partir?', mas os anjos perguntarão: 'Que boas ações nos enviou antes de partir?'"

As virtudes não servem apenas para tornar mais suave e bem-sucedida nossa travessia por este mundo. Há muitas autoridades literárias, filosóficas e teológicas a nos lembrar que aplainar o caminho do outro é tão importante — senão mais — quanto suavizar o nosso. Este capítulo levanta a questão: "Que devemos aos outros?" Estas histórias ilustram o significado das palavras compaixão, bondade, caridade, generosidade, benevolência e sacrifício. Encontramos pessoas que de um modo ou de outro aproveitam oportunidades de fazer o bem aos companheiros de viagem.

No adorável romance de Harper Lee *O sol é para todos*, Atticus Finch dá à filha um conselho de valor inestimável: "Existe um jeito muito simples de você se dar bem com todo tipo de gente. A gente nunca compreende bem uma pessoa, até conseguir ver as coisas do ponto de vista dela... Tem que entrar dentro da pessoa e dar uma volta vestindo a pele dela." Tentar se colocar no lugar do outro, compartilhar por um instante seus sentimentos, é o ponto de partida da compaixão. Mas a verdadeira compaixão vai além das emoções. Para ajudar alguém, é preciso fazer alguma coisa, não apenas sentir. A compaixão exige algum empenho para se exercer uma ação em benefício do outro.

Como tudo o que requer esforço, a compaixão exige prática. É preciso trabalhar para adquirir o hábito de estar com o outro nos momentos maus. Às vezes a ajuda é uma questão simples, que não nos desvia do caminho — é se lembrar de dizer uma palavra amável a alguém, passar uma manhã de sábado em trabalho voluntário por uma boa causa. Outras vezes, ajudar envolve um verdadeiro sacrifício. "Dar um osso ao cachorro não é caridade", diz Jack London. "Caridade é compartilhar o osso quando a sua fome é igual à do cachorro." Se aproveitamos as pequenas oportunidades de ajudar o outro, estaremos prontos a agir nas ocasiões que exigem sacrifício.

Há outra razão para praticar a ajuda: devemos desenvolver a capacidade de julgar quem realmente precisa de auxílio. Nem todo mundo que pede precisa ou merece. Além disso, devemos ser capazes de discernir que *tipo* de ajuda a pessoa precisa. Abrir o caminho do outro não quer dizer apenas diminuir os obstáculos. Às vezes o melhor é lhes dar a responsabilidade; não aceitar desculpas pode ser uma grande ajuda. Afinal, a realidade da vida é que, se passamos o *tempo todo* tentando ajudar *todo mundo*, acabamos negligenciando nossas próprias responsabilidades, com a família e com outros que dependem de nós. Assim como todas as virtudes, a compaixão deve ser temperada com uma dose de razão.

Quando exercida adequadamente, de coração e mente abertos, a compaixão traz o maior grau de realização. Enriquece a vida com um sentimento de nobreza e propósito, traz o despertar moral e incentiva à vida em geral. Olhando para trás, muitas pessoas veem que os melhores momentos da vida foram aqueles em que doaram, ajudaram e amaram. Sentir-se bem no futuro, porém, não é a motivação primordial para agir. Ajudar sinceramente o outro traz uma satisfação real. Como Jeremy Bentham observa, a maneira de se estar bem é fazer os outros se sentirem bem, é mostrar que os ama. A maneira de mostrar o amor é amar de verdade.

DA ARTE DE SER BOM

Mário Quintana

Sê bom. Mas ao coração
Prudência e cautela ajunta.
Quem todo de mel se unta,
Os ursos o lamberão.

SONETO VI

Mário Quintana

Na minha rua há um menino doente.
Enquanto os outros partem para a escola,
Junto à janela, sonhadoramente,
Ele ouve o sapateiro bater sola.

Ouve também o carpinteiro, em frente,
Que uma canção napolitana engrola.
E pouco a pouco, gradativamente,
O sofrimento que ele tem se evola...

Mas nesta rua há um operário triste:
Não canta nada na manhã sonora
E o menino nem sonha que ele existe.

Ele trabalha silenciosamente...
E está compondo este soneto agora,
Pra alminha boa do menino doente...

ANA TERRA

Erico Verissimo

Quando Ana Terra viu pela primeira vez o senhor da estância de Santa Fé, seu espírito já estava cheio das histórias que se murmuravam a respeito dele. Ricardo Amaral chegou um dia montado no seu cavalo alazão, com aperos chapeados de prata, muito teso, de cabeça erguida e um ar de monarca. As largas abas do chapéu sombreavam-lhe parte do rosto. Ficou sob a figueira grande, à frente dos ranchos, e os poucos habitantes do lugar vieram cercá-lo — as mulheres de olhos baixos e os homens de chapéu na mão. Ricardo Amaral não apeou. De cima do cavalo informou-se sobre as colheitas, ouviu as queixas e resolveu duas ou três questões entre os moradores dos ranchos. Naquelas redondezas ele não era apenas o comandante militar, mas também uma espécie de juiz de paz e conselheiro.

Marciano Bezerra aproveitou uma pausa e disse:

— Coronel, esta é a moça que falei a vossa mercê.

Apontou desajeitadamente para Ana, que segurava a mão do filho.

— Ah! — fez o estancieiro, baixando os olhos. — Linda moça! — E num relâmpago Ana viu Rafael Pinto Bandeira a falar-lhe de cima do seu cavalo num dia de vento. — Vai ficar morando aqui?

— Se vossa mercê dá licença — respondeu Ana.

— Não há nenhuma dúvida. Precisamos de gente. Um dia inda hei de mandar uma petição ao governo pra fundar um povoado aqui.

Abrangeu com o olhar o coxilhão.

— O menino é filho? — perguntou depois, olhando para Pedro.

— É, sim senhor.

— Onde está o marido de vosmecê?

Ana não teve a menor hesitação.

— Morreu numa dessas guerras.

Contou-lhe também o que havia acontecido ao pai e ao irmão. O coronel escutou em silêncio e, depois de ouvir tudo, disse:

— Um dia essa castelhanada ainda nos paga. Deixe estar...

Pedro olhava fascinado para as grandes botas do estancieiro e para as chilenas de prata que lampejavam ao sol.

Quando ele se foi, o menino puxou o vestido da mãe e disse:

— Mãe, que velho bonito!

Ana sacudiu a cabeça devagarinho e acrescentou:

— E dizem que sabe ler e escrever.

Um dia — pensou ela — havia de mandar o filho para uma escola. O diabo era que não existia nenhuma escola naqueles cafundós. Ouvira dizer que um homem na vila do Rio Grande tinha aberto uma aula para ensinar a ler, escrever e contar. Mais tarde, quando Santa Fé fosse povoado, talvez o coronel mandasse abrir uma escola, se bem que no fundo ela achasse que uma pessoa podia viver muito bem e ser honrada sem precisar saber as letras.

Naqueles dias, ajudados por vizinhos, Ana Terra, Eulália e Pedro construíram o rancho onde iriam morar. Tinha paredes de taipa e era coberto de capim. Quando o rancho ficou pronto Ana, o filho e a cunhada, que até então tinham vivido com a família de Marciano, entraram na casa nova. O único móvel que possuíam era a velha roca de D. Henriqueta. Dormiam todos no chão em esteiras feitas de palha. Ana conservava sempre junto de si, à noite, a velha tesoura, pensando assim: Um dia inda ela vai ter a sua serventia.

E teve. Foi quando uma das mulheres da vila deu à luz uma criança e Ana Terra foi chamada para ajudar. Ao cortar mais um cordão umbilical, viu em pensamentos a face magra e triste da mãe. A criança veio ao mundo roxa e muda, meio morta. Ana segurou-lhe os pés, ergueu-a no ar, de cabeça para baixo, e começou a dar-lhe fortes palmadas nas nádegas até fazer a criaturinha berrar. E quando a viu depois com os beicinhos grudado no seio da mãe a sugá-los com fúria, foi lavar as mãos, dizendo ao pai que estava no quarto naquele momento:

— É mulher. — E a seguir, sem amargor na voz, quase sorrindo, exclamou: — Que Deus tenha piedade dela!

Desde esse dia Ana Terra ganhou fama de ter "boa mão" e não perdeu mais parto naquelas redondezas. Às vezes era chamada para atender casos a muitas léguas de distância. Quando chegava a hora e algum marido vinha buscá-la, meio afobado, ela em geral perguntava com um sorriso calmo:

— Então a festa é pra hoje?

Enrolava-se no xale, amarrava um lenço na cabeça, apanhava a velha tesoura e saía.

JÓ

Raimundo Correia

Quem vai passando, sinta
Nojo embora, ali para. Ao princípio era um só;
Depois dez, vinte, trinta
Mulheres e homens... tudo a contemplar o Jó.

Qual fixa boquiaberto;
Qual a distância vê; qual se aproxima altivo,
Para olhar mais de perto
Esse pântano humano, esse monturo vivo.
Grossa turba o rodeia...
E o que mais horroriza é vê-lo a mendigar,
E ninguém ter a ideia
De um só vintém às mãos roídas lhe atirar!

Não! Nem ver que a indigência
Em pasto o muda já de vermes; e lhe impera,
Na imunda florescência

Do corpo, a podridão em plena primavera;

Nem ver sobre ele, em bando,
Os moscardos cruéis de ríspidos ferrões,
Incômodos, cantando
A música feral das decomposições;

Nem ver que, entre os destroços
De seus membros, a Morte, em blasfêmias e pragas,
Descarnando-lhes os ossos,
Os dentes mostra a rir, pelas bocas das chagas;

Nem ver que só o escasso
Roto andrajo, onde a lepra horrível, que lhe prui,
Mal se encobre, e o pedaço
De telha, com que a raspa, o mísero possui;

Nem do vento às rajadas
Ver-lhe os farrapos vis da roupa flutuante,
Voando — desfraldadas
Bandeiras da miséria imensa e triunfante!

Nem ver... Jó agoniza!
Embora; isso não é o que horroriza mais.
— O que mais horroriza
São a falsa piedade, os fementidos ais;

São os consolos fúteis
Da turba que o rodeia, e as palavras fingidas,
Mais baixas, mais inúteis
Do que a língua dos cães, lambendo-lhe as feridas;

Da turba que se, odienta,
Com a pata brutal do seu orgulho vão
Não nos magoa, inventa,

Para nos magoar, a sua compaixão!

Se há, entre a luz e a treva,
Um termo médio, e em tudo há um ponto mediano,
É triste que não deva
Haver isso também no coração humano!

Porque n'alma não há-de
Um meio-termo haver dessa gente também,
Entre a inveja e a piedade?
Pois tem piedade só, quando inveja não tem!

A PRINCESA QUE QUERIA SER BONITA

Era uma vez uma princesinha muito infeliz, porque não era bonita como achava que uma princesa devia ser. Todo dia se sentava muito triste no jardim e chorava de dar pena, porque achava que nenhum príncipe faria dela uma rainha.

Um dia estava sentada perto do muro do jardim, quietinha, com aquela tristeza roda, quando passou na estrada uma velhinha, muito curvada, carregando uma trouxa. A velhinha viu a menina do outro lado do muro e perguntou:

— Por que chora, princesinha?

— Porque não sou bonita — respondeu a princesa —, e assim nunca vou ser rainha.

— Por que você não sai andando pelo mundo até encontrar alguém que a faça bonita? — perguntou a velha e continuou em seu caminho. A princesinha achou que seria uma grande aventura e, saindo pelo portão do palácio, pôs-se a andar. Procurou a velhinha, mas ela tinha desaparecido sem deixar rastro, como se tivesse sido tragada pela poeira da estrada. Antes que a princesa se afastasse muito, encontrou um menino que vinha tateando e tropeçando, como se fosse muito difícil encontrar o caminho certo. Quando ela chegou bem perto, o menino tocou a manga de seda do vestido dela e perguntou:

— Aonde você vai?

— Vou procurar alguém que me faça bonita — respondeu ela. — Senão nunca serei rainha.

— Pode me ajudar primeiro? — pediu o menino. — Sou cego e não sei voltar para casa.

A princesinha pegou a mão do menino e andou junto com ele, guiando-o com muita gentileza, até chegarem a uma casinha na beira da estrada, onde ele morava.

Voltou correndo à estrada, para continuar a viagem, pois achava que tinha perdido tempo. Mal tinha começado a andar, encontrou uma menina chorando à margem do bosque. Quando a menina avistou a princesa, perguntou:

— Aonde você vai?

— Vou procurar alguém para me fazer bonita — respondeu ela. — Senão nunca serei rainha.

— Pode me ajudar primeiro? — pediu a menina. — Minha mãe está doente e fui à leiteria buscar leite e ovos para ela, mas disseram que preciso pagar e não tenho dinheiro.

A princesa abriu uma bolsinha dourada que levava pendurada à cintura. Tinha apenas duas moedas para se manter durante a viagem, mas pegou uma reluzente moeda de ouro e deu para a menina, dizendo:

— Tome para comprar o leite e os ovos para sua mãe.

A menina sorriu, e o sorriso dela brilhava tanto de felicidade que iluminou as duas, como se fosse um raio de sol.

"Agora preciso me apressar", pensou a princesinha. "Já está ficando tarde e não estou nem um pouco mais bonita do que quando saí de casa." Continuou andando e, numa curva do caminho, encontrou de novo a velhinha que a tinha aconselhado a correr mundo.

— Fez o que aconselhei? — perguntou a velha.

— Sim — disse a princesa. — Mas ainda sou tão feia! — e baixou a cabeça, entristecida.

— Ah, isto é que não — disse a velhinha. — Veja só! — E, pegando um espelho, levantou-o diante do rosto da princesa.

E ela viu que uma coisa espantosa tinha acontecido. Por ter conduzido com a luz de seus olhos o menino cego, os olhos dela estavam grandes e luminosos como duas estrelas. Seus cabelos tinham se tornado dourados e reluzentes como a moeda de ouro que dera à menina.

— Então um dia serei rainha? — perguntou a princesa, encantada com sua visão no espelho.

A velhinha remexeu na trouxa, tirou de lá uma pequena coroa de ouro e colocou-a na cabeça da princesinha, dizendo:

— Você já é uma rainha, querida!

O PEITO DO PINTARROXO

Lenda indígena americana narrada por Flora Cooke

Há muitos e muitos anos, numa região muito fria do extremo Norte, existia apenas um fogo. Um caçador e seu filho tomavam conta de uma fogueira, mantendo-a acesa dia e noite. Sabiam que, se o fogo se apagasse, as pessoas morreriam congeladas e os ursos brancos tomariam conta de todas as terras do Norte.

Certo dia, o caçador ficou doente e o filho precisou fazer todo o trabalho sozinho. Durante muitos dias e muitas noites, ele caçou, cuidou do pai e manteve o fogo aceso.

O urso branco andava sempre por perto, olhando a fogueira. Queria apagá-la mas não se atrevia, pois tinha medo das flechas do caçador. Mas a cada dia o filho do caçador ficava mais cansado e sonolento, e o urso tomava coragem para se aproximar do fogo.

Uma noite o pobre rapaz estava tão cansado que não conseguiu manter os olhos abertos e pegou no sono. O urso veio correndo e pulou com os pés molhados de neve sobre as chamas. Rolou com os pelos molhados sobre as brasas até elas se apagarem e voltou para a caverna onde morava, no meio das geleiras.

Mas um pequeno pintarroxo que voava ali por perto viu tudo o que o urso fizera. Ficou muito preocupado quando o fogo se apagou, mas era tão pequenino que não pôde fazer nada até o urso sumir de vista. Então deu um mergulho na cinza ainda quente e, com os olhinhos espertos, procurou até encontrar um carvão com um restinho de brasa. Abriu as asas e ficou pacientemente abanando o carvãozinho. Seu peito ficou vermelho como brasa, mas ele não parou de abanar as asas até que o carvão ficou rubro e uma chama surgiu entre as cinzas.

O pintarroxo voou então a todas as cabanas do Norte. Cada vez que ele tocava o chão, a terra ardia e surgia o fogo. Assim, em vez de um fogo só, a terra se iluminou com muitas fogueiras, e os povos do Sul ficavam intrigados com aquela luz avermelhada que viam no céu, para os lados do Norte.

Quando o urso viu as fogueiras, fugiu para as cavernas nas geleiras mais longínquas e rosnou a noite inteira. Era o fim da sua esperança de dominar as terras do Norte.

E até hoje os pais contam aos filhos como foi que o peito do pintarroxo ficou vermelho como brasa.

ESTRELAS DE JOIAS

Adaptada de conto dos Irmãos Grimm

Era uma vez uma menina que morava com sua avó numa cabana perto da floresta. Eram tão pobres que mal tinham o que comer e o que vestir.

— Não se preocupe, vovó — dizia a menina. — Quando eu crescer, vou trabalhar e ganhar dinheiro para comprar tudo que precisamos e ainda ajudar os pobres.

Um dia, a menina saiu para catar lenha na floresta. Esperava ganhar um dinheirinho vendendo os gravetos na vila que havia detrás do morro. Como ia ficar fora o dia inteiro, levou no bolso um pedaço de pão e embrulhou-se num xale, pois era inverno e o ar estava gelado.

Andava bem depressa para espantar o frio e já sentia um pouquinho de fome, mas guardou o pão para comer depois de catar os gravetos. Chegando à borda da floresta, a menina viu um garotinho menor do que ela, chorando amargamente, acocorado debaixo de uma árvore. Perguntou ao menino por que ele chorava tanto e ele respondeu:

— Estou chorando porque estou com fome.

— Você não comeu nada hoje? — perguntou.

— Não tinha nada para comer. Estou morrendo de fome e nem sei onde arranjar comida.

— Deve estar com mais fome que eu — disse a menina com um suspiro, e, tirando o pão do bolso, deu-o para o menino.

Seguiu apressada seu caminho para a floresta, mas, um pouco adiante, encontrou uma menininha ainda mais miserável que o garoto, esfarrapada, quase congelando. Por entre os trapos que a cobriam, via-se a pele azulada pelo frio, e ela tremia tanto que mal conseguiu falar:

— Ah, se eu tivesse um vestido quentinho como o seu. Ajude-me, por favor, senão vou morrer de frio.

A menina encheu-se de piedade e pensou: "Não é justo eu ter um vestido e um xale e essa menina não ter nada, coitadinha." Tirou o vestido e deu-o para a menina. Embrulhou-se de novo no xale, fingindo que não sentia muito frio, e continuou a andar. Já estava perto da clareira onde havia lenha e consolou-se pensando que cataria um feixe bem grande e depois voltaria correndo para casa.

Apressou o passo, mas, quando chegou à clareira, viu que já havia alguém lá, catando os galhos do chão. Era uma velhinha, tão enrugadinha, tão curvadinha, tão pobrezinha que a menina sentiu um aperto no coração.

— Ai, ai — gemia a velha. — Meus velhos ossos doem tanto! Se eu tivesse um xale para me agasalhar não sentiria tanta dor.

A menina pensou nas dores que a avó dela sentia e ficou com muita pena da velhinha.

— Tome meu xale — disse ela, tirando o xale dos ombros e dando-o à pobre velha.

A menina então ficou só com o aventalzinho, em plena floresta. O vento soprava, mas ela não sentia frio. Não tinha comido, mas não sentia fome. Alimentada e agasalhada pela própria generosidade, catou um feixe de gravetos e se pôs a caminho de casa. Escurecia. As primeiras estrelas surgiam por entre os galhos nus das árvores da floresta. De repente, um velho apareceu diante dela, dizendo:

— Dê-me essa lenha. Meu coração está frio e estou muito velho, não tenho forças para buscar lenha na floresta.

A menina suspirou. Se desse os gravetos a ele, teria que voltar para apanhar mais. Mas não conseguiu negar.

— Tome — disse ela, entregando-lhe o feixe.

No mesmo instante o velho desapareceu e em seu lugar surgiu um anjo reluzente, que lhe disse:

— Você alimentou quem tinha fome, vestiu quem tinha frio e ajudou a quem pediu. Terá o prêmio que merece. Veja!

Na mesma hora uma luz intensa brilhou em toda a floresta, como se todas as estrelas do céu escorressem por entre os galhos das árvores nuas. Mas não eram estrelas; eram diamantes, rubis, esmeraldas, pedras preciosas que cobriam o chão. E o anjo disse:

— Pegue, menina, são suas.

Ela recolheu quantas conseguiu juntar no aventalzinho e, quando olhou novamente, o anjo tinha desaparecido. A menina correu para casa, doida para mostrar o tesouro à avó. Com toda aquela riqueza, puderam satisfazer todos os seus desejos e ainda dar para os pobres. Viveram felizes, pois, além do tesouro, tinham o amor de todos que as conheciam.

SENHOR PALHA

Conto japonês

Era uma vez, há muitos e muitos anos, é claro, porque as melhores histórias sempre se passam há muitos e muitos anos, um homem chamado Senhor Palha. Ele não tinha casa, nem mulher, nem filhos. Para dizer a verdade, só tinha a roupa do corpo. Pois o Senhor Palha não tinha sorte. Era tão pobre que mal tinha o que comer e era magrinho como um fiapo de palha. Por isso é que as pessoas o chamavam de Senhor Palha.

Todo dia o Senhor Palha ia ao templo pedir à Deusa da Fortuna para melhorar sua sorte, e nada acontecia. Até que um dia, ele ouviu uma voz sussurrar:

— A primeira coisa que você tocar quando sair do templo lhe trará grande fortuna.

O Senhor Palha levou um susto. Esfregou os olhos, olhou em volta, mas viu que estava bem acordado e o templo estava vazio. Mesmo assim, saiu pensando: "Eu sonhei ou foi a Deusa da Fortuna que falou comigo?" Na dúvida, correu para fora do templo, ao encontro da sorte.

Mas, na pressa, o pobre Senhor Palha tropeçou nos degraus e foi rolando aos trambolhões até o final da escada, onde caiu na terra. Ao se pôr de pé, ajeitou as roupas e percebeu que tinha alguma coisa na mão. Era um fiapo de palha.

"Bom", pensou ele, "um fiapo de palha não vale nada, mas, se a Deusa da Fortuna quis que eu pegasse, é melhor guardar."

E lá foi ele, segurando o fiapo de palha.

Pouco depois apareceu uma libélula zumbindo em volta da cabeça dele. Tentou espantá-la, mas não adiantou. A libélula zumbia loucamente ao redor da cabeça dele.

"Muito bem", pensou ele. "Se não quer ir embora, fique comigo."

Apanhou a libélula e amarrou o fiapo de palha no rabinho dela. Ficou parecendo uma pequena pipa, e ele continuou descendo a rua com a libélula no fiapo.

Logo encontrou uma florista com o filhinho, a caminho do mercado, onde iam vender as flores. Vinham de muito longe. O menino estava cansado, suado, e a poeira lhe trazia lágrimas aos olhos. Mas quando o menino viu a libélula zumbindo amarrada no fiapo de palha, seu rostinho se animou.

— Mãe, me dá uma libélula? — pediu. — Por favor!

"Bom", pensou o Senhor Palha, "a Deusa da Fortuna me disse que o fiapo de palha traria sorte. Mas esse garotinho está tão cansado, tão suado, que pode ficar mais feliz com um presentinho." E deu a libélula no fiapo para o garoto.

— É muita bondade sua — disse a florista. — Não tenho nada para lhe dar em troca além de uma rosa. Aceita?

O Senhor Palha agradeceu e continuou seu caminho, levando a rosa.

Andou mais um pouco e viu um jovem sentado num toco de árvore, segurando a cabeça entre as mãos. Parecia tão infeliz que o Senhor Palha lhe perguntou o que havia acontecido.

— Vou pedir minha namorada em casamento hoje à noite — queixou-se o rapaz. — Mas sou tão pobre que não tenho nada para dar a ela.

— Bom, também sou pobre — disse o Senhor Palha. — Não tenho nada de valor, mas se quiser dar a ela esta rosa, é sua.

O rosto do rapaz se abriu num sorriso ao ver a esplêndida rosa.

— Fique com essas três laranjas, por favor — disse o jovem. — É só o que posso dar em troca.

O Senhor Palha seguiu andando, carregando três suculentas laranjas.

Logo encontrou um mascate puxando uma carrocinha.

— Pode me ajudar? — disse o mascate, ofegante. — Estou puxando a carrocinha o dia inteiro e estou com tanta sede que acho que vou desmaiar. Preciso de um gole de água.

— Acho que não tem nem um poço por aqui — disse o Senhor Palha. — Mas se quiser pode chupar estas três laranjas.

O mascate ficou tão grato que pegou um rolo da mais fina seda que havia na carroça e deu-o ao Senhor Palha, dizendo:

— O senhor é muito bondoso. Por favor, aceite esta seda em troca.

E o Senhor Palha mais uma vez seguiu pela rua, com o rolo de seda debaixo do braço.

Não deu dez passos e viu passar uma princesa numa carruagem. Tinha um olhar preocupado, mas sua expressão se alegrou ao ver o Senhor Palha.

— Onde arrumou essa seda? — gritou ela. — É justamente o que estou procurando. Hoje é aniversário de meu pai e quero dar um quimono real para ele.

— Bom, já que é aniversário dele, tenho prazer em lhe dar a seda — disse o Senhor Palha.

A princesa mal podia acreditar em tamanha sorte.

— O senhor é muito generoso — disse sorrindo. — Por favor, aceite esta joia em troca.

A carruagem se afastou, deixando o Senhor Palha segurando a joia de inestimável valor refulgindo à luz do sol.

"Muito bem", pensou ele, "comecei com um fiapo de palha que não valia nada e agora tenho uma joia. Acho que está bom."

Levou a joia ao mercado, vendeu-a e, com o dinheiro, comprou uma plantação de arroz. Trabalhou muito, arou, semeou, colheu, e a cada ano a plantação produzia mais arroz. Em pouco tempo, o Senhor Palha ficou rico.

Mas a riqueza não o modificou. Sempre ofereceu arroz aos que tinham fome e ajudava a todos que o procuravam. Diziam que sua sorte tinha começado com um fiapo de palha, mas quem sabe foi com a generosidade?

O FIO DE LUZ DOURADA

Elizabeth Harrison

Era uma vez uma menina chamada Ávila. Era terna, carinhosa, bonitinha e tinha tudo para ser feliz, mas tinha uma irmãzinha que era cega e não conseguia ser feliz sabendo que os olhos da irmã estavam fechados para as belezas do mundo. Ávila ficava imaginando se não haveria alguma coisa que ela pudesse fazer para abrir os olhinhos da irmã.

Um belo dia ela ouviu falar de uma velha muito velha, tão velha que ninguém sabia quantos anos tinha. Essa velha morava numa gruta escura, muito longe dali. Diziam que a velha sabia fazer um encantamento que dava a visão aos cegos. Ávila pediu aos pais permissão para ir à gruta tentar convencer a velha a lhe contar o segredo da visão.

— Assim — exclamou, cheia de esperança —, minha irmãzinha vai poder sair da escuridão.

Os pais tinham ouvido muitas histórias esquisitas sobre a velha, e era uma longa viagem, mas, muito a contragosto, acabaram consentindo. Numa manhã de primavera, Ávila se pôs a caminho. Tinha uma grande distância a percorrer, mas a alegria no coração tornava seu passo ligeiro e a brisa soprava canções ao longo do caminho.

Quando chegou à entrada da gruta, a escuridão era tamanha que teve medo de entrar, mas ao pensar na irmã encheu-se de coragem e entrou. A princípio não enxergava nada, pois rochas tenebrosas guardavam o acesso, impedindo a entrada dos raios de sol. Aos poucos, porém, conseguiu divisar a velha sentada numa cadeira de pedra, cardando um monte de linho em fio finíssimo. Dobrada sobre si mesma com a idade, com uma expressão de preocupação e compaixão, parecia mais velha ainda.

Ávila aproximou-se, pensando: "É tão velhinha que deve ser meio surda." A velha não levantou os olhos, nem parou de cardar o linho. Ávila esperou um pouco, tomou coragem e disse:

— Vim aqui pedir para me contar como posso curar minha irmã cega.

A estranha criatura olhou para ela, muito surpresa, e falou numa voz cavernosa, tão rouca que parecia que ela não falava há muito tempo:

— Ah! — disse com desdém. — Posso contar, mas você não vai fazer. As pessoas que enxergam nem ligam para as cegas!

Disse isso com um suspiro e ficou olhando tão carrancuda para Ávila que o coração da menina disparou. Mas tornou a pensar na irmãzinha e novamente tomou coragem para insistir:

— Oh, *por favor*, me diga. Farei qualquer coisa para ajudar minha irmã!

A velha encarou-a com um olhar severo, penetrante. Curvou--se mais ainda e pegou a pilha de fio. Procurou até achar a ponta e entregou à menina, dizendo:

— Leve este fio pela ponta, dê a volta ao mundo e quando terminar volte aqui. Então eu conto como curar a cegueira de sua irmã.

A pobre Ávila agradeceu, pegou a ponta do fio, enrolou cuidadosamente em volta da mão, para não perder, e saiu depressa.

Andou um pouco e olhou para trás, receosa de que o fio, tão delicado, tivesse arrebentado. Imagine a surpresa dela ao ver, em vez da linha cinzenta, um fio de luz dourada reluzindo ao sol, como se fosse de ouro. Certa de que era um fio mágico, andou mais rápido, ansiosa para curar a irmã.

Caminhou lépida e feliz, até chegar a uma floresta escura, tão densa que a luz do sol não atravessava a copa das árvores. A distância, ouvia o rosnar dos ursos e o urro dos leões. O coração dela quase parou. "Ai, não vou conseguir atravessar essa floresta sinistra", pensou, e seus olhos se encheram de lágrimas. Pensou em voltar, mas ouviu a brisa murmurar: "Olhe o fio atrás de você! Olhe o fio dourado!" Olhando para trás, viu o fio de luz vindo desde longe, parecendo sorrir para ela, e, por estranho que pareça, onde o fio tocava o chão, cada folhinha de relva desabrochava em flor. Assim, ao olhar para trás, a menina viu um campo florido iluminado pelo brilho do fio dourado. "Que lindo!", exclamou ela. "Não tinha visto essas flores no caminho, mas o fio encantado vai iluminá-las para o próximo viajante."

Esse pensamento encheu-a de tanta alegria que continuou penetrando na escuridão da floresta. Às vezes dava uma cabeçada num tronco, tinha medo de estar perdida, mas quando olhava para trás sentia a coragem renovada. Chegou a imaginar animais selvagens bem na frente dela, mas ao se aproximar via que era a forma estranha de um tronco e ria do próprio medo. O fio misterioso parecia abrir caminho atrás dela, de modo que quem a seguisse não corria o risco de tropeçar em raízes e árvores caídas. Volta e meia um esquilinho simpático corria por perto, como se para mostrar que ela não estava sozinha na escuridão. Aos poucos, a floresta foi se tornando menos densa, as árvores foram se espaçando, e logo ela estava de volta à luz do dia.

Mas um novo obstáculo apareceu. À frente dela se estendia um enorme pântano, até onde a vista alcançava. O lamaçal nada tinha de convidativo, mas o pensamento na irmã mais uma vez a animou a atravessar. A lama grudava no vestido e pesava tanto nos pés que era um esforço levantá-los a cada passo. Às vezes parecia que tinha atolado para sempre e somente com grande esforço conseguia tirar primeiro um pé, depois o outro, e prosseguir. Uma rãzinha verde veio pulando em volta dela, parecendo dizer, numa voz rachada, de sapo: "Não ligue pra lama, já vai acabar." Por fim chegou ao final do pântano e, pisando no chão firme, olhou para trás. Adivinhe o que ela viu? Todo o terreno tocado pelo fio dourado estava seco e firme. Quem viajasse por ali passaria numa estrada larga sem cansaço nem perigo. Esse pensamento trouxe tal felicidade a Ávila que ela começou a cantarolar.

A alegria durou pouco. À medida que o dia avançava, o calor aumentava. Há horas não via uma árvore, e o capim parecia cada vez mais ressecado, até que ela se viu no meio de um terrível deserto. A areia se estendia por quilômetros de distância, e não havia uma pedra sequer para dar uma sombra. O sol inclemente ardia nos olhos, dava dor de cabeça, a areia quente queimava os pés. A menina avançava com dificuldade, mas não desanimava. Um bando de borboletas amarelas a acompanhou todo o tempo até que, quando o sol se pôs numa nuvem púrpura, chegou ao fim do deserto. Exausta, empoeirada, a pobre Ávila estava a ponto de se deitar no chão para descansar quando seu olhar esbarrou no fio dourado que a seguiu o dia inteiro na areia quente. E o que ela viu? Ora, viva! Altas árvores tinham brotado ao longo do caminho, e cada grão de areia tocado pelo fio tinha se transformado num diamante, rubi, esmeralda, safira ou topázio. De um lado do caminho, o deserto cintilava, em pedras preciosas, e, do outro, árvores frondosas ofereciam sua sombra.

Ávila parou, assombrada, olhando aquela transformação. Todo o cansaço sumiu de repente. O ar estava fresco e ela ouvia passarinhos cantando ao longe. As estrelas surgiram no céu, uma a uma, para velar o sono dela.

Na manhã seguinte, continuou a longa viagem. Estava feliz porque quem passasse por ali faria uma caminhada agradável pela nova estrada no deserto e poderia pegar as pedras preciosas. Ela não recolheu nenhuma pedrinha porque estava ansiosa para completar a missão e levar logo a luz aos olhos da irmãzinha.

Andou bastante até que o terreno começou a ficar cada vez mais pedregoso. Cada vez apareciam pedras maiores espalhadas por todo lado, como se tivessem caído ali numa guerra entre gigantes. O caminho foi ficando cada vez mais íngreme e as pedras pontudas machucavam os pés de Ávila. Logo só havia uma montanha de pedras que parecia dizer, muito zangada: "Como se atreve a me escalar?" A menina hesitou. Nesse momento duas águias decolaram de um ninho no alto do rochedo e, com as asas bem abertas, voaram majestosamente em direção a Ávila. Voando em círculos sobre ela, deram um grito que parecia dizer: "Tenha coragem, venha nos encontrar no topo da montanha."

As pedras cortantes rasgavam a barra do vestido da menina, prendiam o fio dourado e toda hora a menina tinha que voltar para desembaraçar. A subida era tão íngreme que volta e meia ela precisava se sentar para descansar um pouco, mas logo seguia em frente, sem perder de vista as águias planando lá no alto. Quando estava quase chegando ao topo, olhou para trás e viu outra maravilha do fio encantado. Os montes de pedras pontiagudas tinham se transformado numa escadaria de mármore branco, brilhando à luz dourada do fio!

Ávila prosseguiu a viagem, feliz ao pensar que mais uma vez tinha aberto caminho para quem passasse por ali. Mas dera só alguns passos quando, de repente, viu a entrada da gruta escura de onde tinha saído. Andou mais depressa, entrou na gruta e lá estava a estranha criatura que a tinha mandado dar a volta ao mundo. Mais curvadinha que nunca, a velha continuava a fiar. Ávila chegou bem perto dela e falou:

— Fiz tudo que você mandou. Agora me dê o segredo para curar minha irmã!

A velha se levantou de um salto, agarrou o fio dourado e gritou:

— Até que enfim! Estou livre! Estou livre!

E então aconteceu uma coisa tão estranha, tão maravilhosa, que Ávila mal acreditava em seus olhos. No lugar da velha bruxa fiandeira, havia uma linda princesa de longos cabelos dourados e ternos olhos azuis, a face radiante de alegria. A bela princesa contou à menina que era filha de um poderoso rei, mas era tão preguiçosa e egoísta que havia sido transformada naquela bruxa velha, obrigada a morar na gruta escura. Afastada da família e dos amigos, ela só poderia se livrar do encantamento quando aparecesse alguém com tanta coragem e generosidade que fosse capaz de dar a volta ao mundo pelo bem de outra pessoa. A mãe da princesa era uma fada e tinha ensinado a ela artes mágicas que nós, mortais, ainda não conhecemos. Dizendo isso, foi a um poço cristalino ao lado da gruta e mergulhou o fio dourado na água. Imediatamente a água se tornou também dourada e o poço brilhou como um raio de sol líquido. Encheram um cântaro de água dourada e juntas caminharam até a casa da menina, onde a irmãzinha esperava na escuridão da cegueira.

Quando chegaram, a princesa disse a Ávila para molhar os dedos na água dourada e esfregar nas pálpebras da irmã. Ao fazer isso, os olhinhos da menina se abriram e pela primeira vez ela viu o mundo.

A princesa ficou morando com Ávila e a irmã e ensinou muitas mágicas a elas, mas isso já é outra história.

O MENINO ALEIJADO

Sra. Charles A. Lane

Era pequenininho. E aleijado. Tinha seis anos. Sua mãe era uma pobre lavadeira, e moravam numa casinha num subúrbio da grande cidade.

Ele passava os dias sentadinho ao lado da janela, olhando o beco onde moravam. Dava para ver um pedacinho do céu azul acima do telhado da casa do outro lado da ruela. Às vezes uma nuvem branca navegava no pedacinho de céu azul. Às vezes o céu ficava cinzento.

Mas o beco era mais interessante. Sempre tinha gente. De manhã cedinho passavam mulheres e homens apressados para o trabalho. Depois as crianças vinham brincar. Às vezes brincavam de roda, mas geralmente brigavam muito. Na primavera, vinha o homem do realejo e todos se alegravam.

O menino via tudo isso, todo dia, com seu rostinho triste. Só quando via a mãe dele chegando, ele sorria e acenava com a mão.

— Queria poder ajudar você, mãe — disse ele uma noite. — Você trabalha tanto e eu não faço nada.

— Ah, você faz, sim! — disse ela, muito animada. — Você me ajuda quando vejo seu rostinho sorrindo na janela. Você me ajuda quando acena para mim. Meu trabalho fica mais leve porque sei que você vai acenar para mim quando eu chegar.

— Então vou acenar mais forte — disse ele.

Na noite seguinte, um operário que voltava cansado do trabalho viu a mãe do menino acenar para a janela e olhou para cima também. Viu aquela carinha sorridente na janela lá no alto. E que sorriso feliz! O homem levou a mão ao boné e, também sorrindo, cumprimentou o menino. Um pouco encabulado, o menino retribuiu o cumprimento.

E na noite seguinte o operário falou com um companheiro para olhar lá para cima, "para ver aquele menino, coitadinho, tão quietinho, na janela". Os dois cumprimentaram com o boné e o rosto do menino se abriu num sorriso.

Os dias se passaram e cada vez mais pessoas cumprimentavam o menino. Alguns saíam do seu caminho só para dar um sorriso para o menino. A vida já não era tão dura quando pensavam como devia ser terrível para o menino preso à janela. Às vezes alguém jogava uma flor para ele, uma laranja, uma figura colorida. Quando viam que ele estava olhando, as crianças paravam de brigar e faziam jogos para divertir o menino. Ficavam felizes ao ver como ele se alegrava só de olhar as brincadeiras deles.

— Diga ao garoto que não podemos passar sem ele — disse um operário à mãe do menino. — Vendo a coragem dele, todos nos sentimos corajosos. Diga isso ao menino.

E o menino sorriu, mais feliz.

A ÁGUIA DE WAUKEWA

James Buckham

Um dia o indiozinho Waukewa estava caçando na montanha e encontrou uma águia com a asa quebrada caída ao pé de um rochedo. A ave tinha caído do ninho e, como era muito pequena para voar, escorregou pela rocha e se machucou tanto que estava quase morta. Ao ver a águia no chão, o primeiro impulso de Waukewa foi levar uma flecha ao arco para acabar de matá-la, pois tinha a paixão da caça e as águias costumavam roubar os peixes salgados que os índios deixavam secando ao sol. Mas sentiu pena ao ver a pobrezinha tremendo de dor e medo a seus pés, e baixou o arco lentamente. Os olhos do filhote se fixaram nos do jovem índio e o olhar de ambos aos poucos foi se suavizando. A pequena águia parou de tremer, e Waukewa passou os dedos gentilmente sobre as penas arrepiadas. O instinto de voar para defender a vida ameaçada se rendeu à ternura dos olhos do menino. A partir desse momento, Waukewa e a águia se tornaram amigos.

Tomando o filhote nos braços, Waukewa andou devagar até a tenda de seu pai. Carregava o bichinho com tanto cuidado que a asa quebrada não deu sinal de dor e a ave ficou bem quietinha.

Waukewa aqueceu água, banhou a asa ferida e enrolou-a com tiras de couro fino. Fez um ninho de palha e capim e colocou lá o filhote, num canto da tenda. A mãe do menino observava tudo com ternura. Ela também tinha bom coração. Desde menina, amava todas as criaturas da natureza e se alegrava ao ver o espírito da bondade despertar no filho.

Quando o pai de Waukewa voltou da caça, quis torcer o pescoço da águia, mas o menino implorou que poupasse a vida dela e se postou na frente do ninho com tanta determinação que o bravo guerreiro riu.

— Está bem — disse o pai. — Pode cuidar dela, mas quando ficar boa deixe-a ir embora. Não vamos criar um ladrão nesta tenda.

Waukewa prometeu que, quando a águia pudesse voar, ele a levaria para longe e lhe daria a liberdade.

Um mês depois, ou, como dizem os índios, uma lua depois, a asa estava curada, o filhote tinha crescido e estava bastante forte para voar. Durante aquele mês, Waukewa cuidara da águia, dando alimento e carinho, criando uma sólida amizade entre os dois.

Afinal chegou o dia de libertar a ave. Waukewa levou-a para bem longe da aldeia, onde nenhum guerreiro ficasse tentado a lhe dar uma flechada. Ali Waukewa soltou a águia, que saiu voando em grandes círculos em direção ao céu, gozando a liberdade e a nova sensação de voar. Mas quando Waukewa começou a se afastar, a ave mergulhou e veio seguindo o menino durante o dia inteiro, acompanhando-o na caçada. Ao pôr do sol Waukewa se pôs a caminho da aldeia, e a águia continuava a segui-lo. O menino se escondeu no tronco de uma árvore oca e lá ficou muito tempo, até que a águia desistiu de procurar e se afastou num voo lento, enchendo o ar com um grito triste.

O verão se passou, o inverno também. A primavera chegou, enchendo os campos de flores e os rios de peixes. Nessa estação todos os índios, jovens e velhos, homens e mulheres, levam as canoas ao rio e, armados de lança, vão à pesca do salmão e da truta. Após o longo recolhimento no inverno, comendo apenas carne-seca e milho, agora se enchem da alegria do sol e da brisa, já pensando no sabor do peixe fresco.

Nas correntezas frias acima das cataratas do Apahoqui, o salmão se escondia embaixo das pedras úmidas, brincava nas corredeiras, saltava de corpo inteiro acima das águas claras. Em nenhum outro lugar havia tal abundância, nenhum outro rio tinha águas tão transparentes para se cravar a lança no salmão. Mas somente os mais valentes se aventuravam, pois a correnteza era forte e se a canoa fosse levada pelas corredeiras nada poderia salvá-la de se precipitar na imensa cachoeira.

Um dia claro de abril, na hora em que o sol nascia nas montanhas, Waukewa jogou a canoa meia milha acima das cataratas do Apahoqui e navegou rio abaixo, lança em punho, à procura do salmão. Era o único entre os jovens índios que ousava pescar ali. Muitas vezes tinha ido e nunca seu olhar atento e a mão forte no remo permitiram que a canoa chegasse à zona de maior perigo. Estava sozinho no rio. Tinha acordado antes do sol nascer para ser o primeiro a chegar.

As corredeiras estavam repletas de salmões, grandes, gordos, reluzentes, brilhando nas águas cristalinas em volta da canoa. Waukewa manejava a lança à esquerda e à direita, pegando um peixe atrás do outro. Tão concentrado estava que não percebeu que a canoa saía um pouco do curso, em direção às pedras. De repente se deu conta de que estava sendo levado pelo torvelinho; largou a lança e remou desesperadamente rio acima, subindo palmo a palmo contra a correnteza para chegar à margem. E então ouviu o barulho, alto, cruel, do remo se partindo, logo acima da pá. Waukewa gritou em agonia, pegou o cabo do remo e ainda tentou vencer a corrente, mas não adiantava. A força da água o levava, e ele ouvia cada vez mais perto o troar da cachoeira.

O jovem índio então ajoelhou-se na canoa, o rosto voltado para a névoa que se levantava do abismo à frente, e cruzou os braços. Com rosto duro e expressão serena, pensou que tinha vivido como um bravo caçador — e assim ia enfrentar a morte.

Cada vez mais rápido, a canoa se aproximava inexoravelmente da catarata. O brilho das rochas negras passava voando como fantasmas a seu lado. O rugido das águas furiosas soava como trovão aos ouvidos de Waukewa, mas ele continuou olhando em frente, sério, encarando seu destino como um índio valente. Começou a entoar a canção da morte, que aprendera com os anciães da tribo. Logo tudo estaria acabado. Chegaria à presença dos Grandes Espíritos trazendo nos lábios um hino de coragem.

Subitamente, uma sombra caiu sobre a canoa. Waukewa levantou os olhos e viu uma grande águia planando acima dele, as asas totalmente abertas e as pernas estendidas. Mais uma vez, o olhar do jovem índio encontrou o da águia.

Com um grito de alegria, Waukewa se pôs de pé, e a águia deu um voo rasante. Quando a canoa chegou à grande onda que precede a catarata, o menino estendeu os braços e agarrou as pernas da águia. No minuto seguinte viu abrir-se o precipício espumante da catarata. A canoa foi arrancada de debaixo dele, atirada no turbilhão da longa queda-d'água, e ele se viu flutuando em meio à névoa da cachoeira que rugia, reclamando a vítima roubada na última hora.

A espuma cegava a vista à medida que a água caía, e a águia lutava para se manter no ar com o peso de Waukewa. Suas longas asas cortavam o vento com um assobio, e cada vez mais afundavam, menino e águia, mas pouco a pouco deixavam para trás o inferno de espuma que se agitava violentamente abaixo deles. Num último impulso, chegaram ao banco de areia abaixo da cachoeira e lá ficaram, exaustos. Aos poucos a águia se recompôs, abriu novamente as asas e voou, deixando Waukewa ajoelhado na areia vendo-a subir mais e mais alto, até sumir sobre as rochas negras.

POR QUE AS ÁGUAS DO RIO CORREM

Adaptada da versão de Florence Holbrook

Há muitos e muitos anos acontecia todo tipo de coisas estranhas, mas a mais estranha era que os rios tomavam conta das crianças pequenas. As crianças e os riachos corriam juntos pelos campos e florestas. Às vezes o riacho ia na frente e a criança atrás. Às vezes a criança corria na frente e o riacho a seguia. Se algum bicho quisesse fazer mal à criança, o riacho rapidamente fazia uma volta em torno dela e a criança ficava numa ilha, a salvo da ameaça.

Havia um rei que tinha um filho e uma filha. Quando eles já estavam crescidinhos, o rei chamou todos os rios e riachos ao palácio. Eles vieram cheios de alegria, certos de que alguma coisa agradável ia acontecer, e esperaram, tão quietinhos que ninguém podia imaginar que fizessem brincadeiras e travessuras.

— Chamei vocês à minha presença — disse o rei — para tomarem conta dos meus filhos. Eles gostam muito de correr e querem ter muitos amigos. Por isso achei melhor chamar todos os rios e riachos para recomendar que não os deixem se perder nem se machucar.

— Vamos brincar com os filhos do rei! — cochicharam os rios. — Nunca nos aconteceu nada mais agradável!

E o rei continuou:

— Se cuidarem bem dos meus filhos eu lhes darei tudo o que pedirem. Mas se eu souber que se descuidaram um só momento, se eles se ferirem ou se perderem, vocês terão o maior castigo do mundo.

Os grandes rios e os barulhentos riachos ficaram quietos de novo por um momento e depois gritaram em coro:

— Oh, rei pode confiar em nós! Seremos os melhores amigos do príncipe e da princesa.

A princípio tudo correu bem. Os filhos do rei e os rios e riachos eram os melhores amigos do mundo. Mas um dia o sol brilhou com tanta força que o calor ficou insuportável. Os filhos do rei corriam mais rápido que qualquer criança na face da terra, e nem os riachos conseguiam correr mais que eles. Os rios sempre ficavam muito cansados de acompanhar as crianças reais, mas nesse dia de calor os rios ficaram exaustos e, um após o outro, foram ficando quietos, parados.

Um se queixou:

— Eu segui as crianças mais longe que qualquer outro rio!

— Pode ser — disse outro —, mas estou correndo para cima e para baixo há tanto tempo que até me esqueci como é ficar parado.

Outro declarou:

— Eu já dei voltas demais. Agora não vou mais correr.

Um riachinho falou:

— Se eu fosse um rio bem grande, talvez aguentasse correr mais.

E um rio grande respondeu:

— Se eu fosse um riachinho esperto, com certeza ia correr mais.

Assim falando, o dia foi passando. Quando viram, a noite tinha chegado e não sabiam onde estavam o príncipe e a princesa.

— Onde estão meus filhos? — gritou o rei.

— Na verdade, não sabemos — responderam os rios e riachos olhando uns para os outros, tremendo de medo.

— Vocês perderam meus filhos? — perguntou o rei. — Pois se não encontrarem minhas crianças vão receber um grande castigo. Vão procurá-los, já.

— Por favor, nos ajudem — os rios pediram às árvores, aos animais e a todas as plantas. E todos os seres vivos começaram a procurar as crianças perdidas.

— Talvez estejam debaixo da terra — disseram as árvores, lançando as raízes no fundo da terra.

— Podem ter ido para o leste — gritou um bichinho, saindo correndo para os lados do leste.

— Quem sabe estão na cidade? — disse outro bicho e disparou para as casas dos homens.

Muitos anos se passaram. O rei estava com o coração partido, mas sabia que não adiantava continuar a busca, e então deu uma ordem, muito triste:

— Parem de procurar. Agora cada planta e cada animal devem fazer sua casa onde está. A planta que cresceu no monte deve viver no monte. As raízes das árvores devem ficar no fundo da terra. Os rios — o rei parou, e os rios tremeram mais ainda. Sabiam que iam ser punidos, mas qual seria o castigo?

O rei olhou para eles.

— E vocês, rios e riachos — declarou por fim —, seu trabalho era cuidar dos meus filhos. As árvores, os animais e todas as plantas viverão felizes cada um em seu lugar, mas vocês vão procurar as crianças para sempre, e nunca terão sua casa.

Desse dia em diante, o rios e riachos nunca mais pararam de procurar as crianças perdidas. Eles nunca, nunca param, e alguns são tão preocupados que procuram fazendo curvas para um lado e para o outro.

AS ÁRVORES SEMPRE VERDES

Recontada por Florence Holbrook

O inverno vinha chegando e os pássaros tinham voado para o sul, em busca de terras mais quentes e frutas para comer. Um passarinho quebrou a asa e não pôde seguir os outros. Ficou sozinho naquele mundo de gelo e neve. A floresta parecia ser mais quentinha, e ele foi se arrastando até as árvores, para pedir ajuda.

Chegou perto de uma bétula e disse:

— Linda bétula, minha asinha está quebrada e meus amigos voaram para longe. Posso viver nos seus galhos até eles voltarem?

— Certamente não — respondeu a bétula. — Nós, da grande floresta, temos nossos próprios pássaros para cuidar. Não posso ajudar você.

“A bétula não é mesmo muito forte”, disse o passarinho consigo mesmo, “e talvez não possa me agasalhar bem. Vou pedir ao carvalho.” E disse assim:

— Grande carvalho, você, que é tão forte, me deixe viver em seus galhos até meus amigos voltarem na primavera?

— Na primavera? — gritou o carvalho. — Falta muito tempo. Como vou saber o que você vai fazer esse tempo todo? Os passarinhos estão sempre procurando alguma coisa para comer, e como vou saber que não vai comer minhas bolotas?

“Talvez o salgueiro seja mais bondoso”, pensou o passarinho, e disse:

— Gentil salgueiro, minha asa está quebrada e não pude voar com os outros pássaros para o sul. Posso morar nos seus galhos até a primavera chegar?

O salgueiro não foi nem um pouco gentil. Sacudiu os galhos e respondeu com altivez:

— Na verdade, nem conheço você, e os salgueiros não falam com desconhecidos. É possível que outras árvores aceitem estranhos. Passe bem.

O pobre passarinho não sabia mais o que fazer. Mesmo com a asa quebrada, tentou voar para longe, mas antes que conseguisse se afastar ouviu uma voz:

— Passarinho, aonde você vai?

— Na verdade, não sei — respondeu ele com tristeza. — Estou com muito frio.

— Venha cá, então — disse o amável abeto, dono da voz. — Pode passar o inverno no meu galho mais quente, se quiser.

— Você deixa? — perguntou o passarinho, incrédulo.

— Claro que sim — respondeu o abeto. — Se seus amigos voaram para longe, é hora de as árvores ajudarem você. Venha para esse galho aqui, que tem mais folhas e é mais fofinho.

— Meus galhos não são muito grossos — disse um pinheiro amigável —, mas sou grande e forte. Posso proteger você e o abeto contra o Vento Norte.

— Posso ajudar também — disse um pezinho de zimbro. — Dou frutinhas o ano inteiro, e todo passarinho adora frutinhas de zimbro.

Assim, o abeto deu um lar ao passarinho solitário, o pinheiro o protegeu do Vento Norte e o zimbro o alimentou com frutinhas. As outras árvores olhavam e comentavam, arrogantes:

— Eu não quero desconhecidos em meus galhos — disse a bétula.

— Eu não quero ninguém comendo minhas bolotas — disse o carvalho.

— Eu não quero nem saber de estranhos — disse o salgueiro.

E todas se fecharam dentro das folhas.

Na manhã seguinte, todas as folhas, tão verdes e brilhantes na véspera, estavam no chão, porque, durante a noite, o frio Vento Norte havia soprado e cada folha que o Vento soprou tinha caído no chão.

— Posso soprar todas as árvores da floresta? — perguntou o Vento, louco para fazer travessuras.

— Não — disse o Rei do Frio. — As árvores bondosas com o passarinho de asa quebrada devem manter todas as folhas.

E é por isso que o abeto, o pinheiro e o zimbro estão sempre verdes, mesmo no inverno.

ASAS PROTETORAS

Harriet Louise Jerome

Fazia um frio terrível. O ar claro parecia coalhado de minúsculas agulhas cristalizadas espetando todos os seres vivos. No meio da tarde, as ruas estavam quase desertas. Uma pessoa ou outra ainda fora de casa corria de abrigo em abrigo. Não havia um só cachorro na rua. Não se ouvia um pássaro cantar. Os pardais tinham se escondido em todos os buraquinhos e frestas que encontraram. Os pombos se encolhiam uns contra os outros sob os beirais. Muitos pássaros morriam congelados.

Sob o beiral da varanda de uma casa, abrigava-se um bando de pombos, coladinhos um no outro, tentando se aquecer, sem muito sucesso. Uns pardaizinhos, desalojados do abrigo em que estavam, viram o bando de pombos e vieram voando até a varanda.

— Queridos pombos — chilrearam os pardais —, podemos ficar com vocês? Aí está tão quentinho.

— Suas penas estão cheias de gelo. Não podemos receber vocês aqui. Nós também estamos quase congelando — murmuraram os pombos, desconsolados.

— Mas estamos quase morrendo.

— Nós também.

— Mas deve estar quentinho debaixo de suas asas, pombinhos. Por favor, nos deixem pousar aí! Somos tão pequenos e sentimos tanto, tanto frio!

— Venha — arrulhou uma pomba, e um pardalzinho trêmulo se acomodou debaixo da asa dela.

— Venha! Venha! — disse outro pombo de bom coração, e outro, e mais outro, até que metade do bando de pombos estava abrigando cada qual um pardalzinho, debaixo da asa quase enregelada.

As outras pombas diziam:

— Não sejam bobos! Por que arriscam a vida para proteger esses pardais que nada valem?

— Ah, eles são tão pequeninos, estão com tanto frio, coitadinhos — arrulharam as pombas. — Muitos vão morrer nessa noite cruel, muitos de nós também. Enquanto temos vida, vamos compartilhar com os mais fracos que nós.

O dia ficava cada vez mais frio. O restinho de sol se escondeu por trás de nuvens radiantes de luz e o vento aproveitou para soprar com mais força na casa onde os pombos e os pardais esperavam a morte.

Uma hora depois do pôr do sol, um homem chegou à varanda da casa. Fechou com força a porta ao entrar e, quando a porta bateu, uma menina viu um pombo morto despencar do beiral e cair no chão da varanda.

— Olha, papai — gritou, surpresa. — Um pombinho gelado no chão!

Quando o pai saiu para pegar a avezinha, viu o resto do bando encolhidinho sob o beiral. Não conseguiam mais se mover, não conseguiam mais piar. O homem pegou um por um e trouxe para a sala. Pouco depois, metade dos pombos arrulhava, levantando as asas, voltando à vida. E de baixo de cada asa que se levantava saía um pardal.

— Olha, papai! — gritou a menina. — Todas as pombinhas que voltaram à vida tinham um pardalzinho perto do coração!

Levantaram as asas de todos os pombos que ainda não tinha revivido. Não acharam nenhum pardal.

O vento lá fora soprava cada vez mais frio, cada vez mais cortantes eram as agulhas do ar cristalizado, mas os pombos que tinham dado abrigo aos pardais enregelados sob as asas trêmulas viviam para saudar o sol dos dias do porvir.

COMO O SOL CHEGOU AOS ANIMAIS

Lenda indígena norte-americana

Há muitos e muitos anos, o mundo era todo escuro. Os animais viviam se esbarrando uns nos outros e nunca sabiam onde estavam naquela escuridão. Resolveram se reunir em conselho para decidir como resolver o problema.

— Precisamos de luz — disse a Coruja. Ela presidia o conselho porque enxergava no escuro melhor que os outros bichos.

— Muito bem! Apoiado! — gritaram todos. — Mas como vamos arranjar luz?

— Não vai ser fácil — avisou a Coruja. — Dizem que existe luz no outro lado do mundo, mas é muito, muito longe. A viagem é perigosa. Quem for lá pode nunca mais voltar.

— Então quem deve ir? — gritaram todos a uma só voz. — Quem vai se arriscar na viagem?

Houve um longo silêncio. No escuro, todos os bichos encolheram os ombros.

Por fim, ouviu-se uma vozinha.

— Posso tentar — disse a Toupeira. — Minha cauda é longa. Se eu achar a luz, posso pegar, esconder nos pelos da cauda e trazer para cá.

E lá se foi a Toupeira a caminho do leste. Andou dias e dias pela terra escura, sem saber bem onde estava, até que viu uma pequena claridade no céu.

Correu em direção à luz, que se tornava cada vez mais forte. A luz cresceu e ficou tão brilhante que o bichinho tinha que franzir os olhos para não ficar cego. Até hoje, quando a gente vê uma toupeira, repara nos olhos fechadinhos e pensa que ela está dormindo.

Andando até o outro lado do mundo, a Toupeira finalmente achou o sol. Pegou um pedacinho, rápido como quem furta, embrulhou na cauda peluda e tomou o caminho de casa.

Mas a viagem de volta era longa e o pedacinho de sol era muito quente para a pobre Toupeira carregar. O solzinho queimou todo o pelo da cauda dela, que caiu no chão. Por isso é que hoje, quando a gente vê uma toupeira, repara no rabo pelado que ela tem.

— A Toupeira tentou e fracassou — disseram os bichos. — Nunca mais teremos luz!

— Eu vou tentar — disse o Corvo. — Talvez essa viagem seja para quem tem asas.

O Corvo voou para o leste e chegou ao sol. Deu um mergulho na luz e arrancou um pedacinho com as garras afiadas.

"A Toupeira tentou trazer o sol na cauda e não deu certo", pensou o Corvo. "Vou levar a luz na cabeça."

O Corvo pôs o pedacinho de sol na cabeça e tomou o rumo de casa, mas o sol era quente demais e queimou as penas da cabeça dele. O Corvo ficou tonto e começou a voar em círculos, até que o pedacinho de sol caiu. É por isso que os corvos não têm penas no alto da cabeça e estão sempre voando em círculos.

— Agora não tem mais jeito — lamentaram os animais. — A Toupeira tentou, o Corvo tentou, e ninguém conseguiu.

— Podemos tentar mais uma vez — disse uma vozinha sumida. — Dessa vez eu vou.

— Quem? — perguntaram os bichos. — Quem falou?

— Eu, a Velha Aranha. Sei que sou muito pequena, muito lenta, mas talvez eu consiga.

Antes de partir, a Velha Aranha pegou um punhado de argila e, com as oito mãos, fez um potinho.

— A Toupeira e o Corvo não tinham onde trazer o sol — disse ela. — Vou levar este potinho.

Depois teceu um fio e prendeu numa pedra, dizendo:

— A Toupeira e o Corvo ficaram cegos com a luz do sol no caminho de volta. Eu vou seguir esse fio.

E se pôs a caminho do leste, desenrolando o fio à medida que andava. Quando chegou ao sol, pegou um pedacinho e colocou no potinho de barro. Brilhava tanto que ela mal enxergava, mas, segurando o fio estendido, pegou o caminho de casa.

A Velha Aranha viajou toda iluminada, parecendo o próprio sol. Até hoje a teia brilha como se guardasse a luz do sol.

Quando afinal chegou em casa, todos os bichos puderam ver o mundo pela primeira vez. Olharam para a Aranha, tão pequenininha, imaginando como ela pudera fazer a viagem sozinha. Quando viram o potinho de barro com o pedacinho de sol dentro, aprenderam a fazer potes de argila e pôr ao sol para secar.

Mas a Velha Aranha também sofreu com o sol. Por isso é que até hoje ela tece a teia nas primeiras horas da manhã, antes do sol esquentar.

POR QUE O CARRILHÃO TOCA

Adaptada de Raymond M. Alden

Num país distante, havia uma bela igreja com uma torre de pedra coberta de hera. Na torre havia um carrilhão.

Todos os anos, na véspera de Natal, as pessoas iam à igreja levar presentes para o Menino Jesus. Quando o presente mais bonito era posto no altar, a gente ouvia as vozes dos sinos tocando entre a música do coro. Alguns diziam que o vento balançava os sinos, outros diziam que a torre era tão alta que os anjos é que tocavam o carrilhão.

Mas a verdade é que ninguém ouvia o carrilhão há muitos e muitos anos. Um velho que morava perto da igreja contou que a mãe dele tinha ouvido os sinos quando era menina. Agora parecia que as pessoas não ligavam muito para os presentes do Menino Jesus e nunca levavam alguma coisa tão bonita que merecesse a música dos sinos.

Numa aldeia bem longe da cidade, moravam um menino chamado Pedro e seu irmãozinho. Fazia muito frio naquela véspera de Natal, mas os meninos saíram cedo para a festa na igreja. Seguiram pela estrada de mãos dadas, e andaram tão depressa que antes de cair a noite avistaram as luzes da cidade. Já estavam chegando ao grande portão na muralha em torno da cidade quando viram um vulto escuro caído na neve. Foram ver o que era e encontraram uma mulher doente e com tanto frio que não resistira ao cansaço e tinha caído logo antes de entrar na cidade, onde poderia encontrar abrigo. Vendo que seus esforços para levantar a pobre mulher eram em vão, Pedro disse:

— Não adianta. Você vai ter que ir sozinho para a igreja.

— Sozinho? — gritou o irmãozinho. — E você não vai à festa do Natal?

— Não — disse Pedro, com um nó na garganta. — Olhe essa mulher, parece com a Nossa Senhora que está no altar. Se ninguém cuidar dela, vai morrer de frio aqui. Se você conseguir, quando ninguém estiver olhando, ponha essa campainha de prata no altar. É meu presentinho para o Menino Jesus.

A imponente igreja estava linda à noite. Depois da missa do galo, as pessoas seguiram em procissão levando os presentes. Algumas traziam belas joias, cestas tão carregadas de ouro que elas mal aguentavam levar até o altar. Um escritor famoso ofereceu um livro que ele tinha passado dez anos escrevendo. Por último foi o rei, esperando, como todos os outros, que o carrilhão tocasse para ele.

Um murmúrio percorreu a igreja quando as pessoas viram o rei tirar da cabeça a coroa real, faiscante de pedras preciosas, e deixá-la no altar como oferta para o Menino Jesus. "Com certeza", cochichavam todos, "agora vamos ouvir o carrilhão." Mas os sinos não tocaram.

A procissão terminou. Os presentes estavam todos no altar e o coro começou a cantar. De repente, o organista parou de tocar e todos olharam para o velho padre, que levantava a mão, pedindo silêncio. As pessoas se sentaram bem quietas e então ouviram nitidamente, atravessando a igreja, a música dos sinos da torre. A notas distantes eram as mais doces que jamais tinham ouvido; desciam à nave e subiam ao céu. Todos ficaram imóveis por um momento. E então se levantaram todos ao mesmo tempo para ver que presente maravilhoso tinha despertado os sinos.

Mas só o que viram foi o menininho, que, sem que ninguém notasse, pusera no altar a campainha de prata que Pedro mandara.

O PRÍNCIPE HARWEDA E A PRISÃO MÁGICA

Elizabeth Harrison

O pequeno Harweda era filho único de um poderoso rei e da rainha mais bela de todo o mundo. Desde o dia em que nasceu, o príncipe teve tudo o que é possível ter com muito amor e muito dinheiro. Nas janelas do quarto havia espelhos arranjados de maneira a refletir a lua, para que o luar fosse duas vezes mais claro no berço de Harweda. O próprio vento tocava uma harpa à entrada do quarto dele, trazendo as carícias de uma brisa musical. O travesseiro era recheado com penugem de peito de beija-flor, e a água do banho era fervida com pétalas de rosa. Tudo o que podia ser feito para o conforto e o luxo de menino era feito.

Mas seus pais, embora fossem rei e rainha, não eram muito sábios, pois nunca mostraram ao filho que devia pensar em outras pessoas além dele mesmo. Assim, o príncipe nunca, em toda a sua vida, abriu mão de qualquer luxo para dar conforto a outra pessoa. O menino cresceu egoísta e cheio de vontades. Aos cinco anos, já era uma criança tão desagradável que ninguém gostava dele. "Ai, ai, o que vamos fazer?", queixava-se a pobre rainha, e o rei apenas suspirava e dizia: "Sim, o quê?" Viviam muito preocupados, pois sabiam que o pequeno Harweda só seria um grande rei se fosse amado pelo povo.

Sem saber o que fazer, decidiram mandar chamar a fada madrinha do príncipe. Quem sabe ela tinha uma sugestão para curar o egoísmo do afilhado?

— Muito bem, muito bem! — exclamou a fada madrinha quando expuseram o caso. — Um belo estado de coisas, hein? Por que não fui chamada mais cedo?

A fada disse então que precisava de um dia, uma noite e mais um dia para pensar no caso.

— Mas — acrescentou ela — só posso assumir o menino se vocês prometerem não interferir durante um ano inteiro.

O rei e a rainha prometeram de bom grado que não falariam com o filho e sequer o veriam durante um ano, se a fada o curasse do egoísmo.

— Bem, bem, cuidaremos disso — disse a fada. — Humpf! Quer ser rei e não liga para ninguém além dele mesmo... belo rei ele será! — E, dizendo isso, desapareceu. O rei e a rainha não tiveram notícias dela por um dia, uma noite e mais outro dia. Então, de repente ela chegou.

— Deem-me o príncipe — disse ela. — Tenho uma casa pronta para ele. Daqui a um mês eu trago o menino de volta. Talvez esteja curado, talvez não. Se não estiver curado, vamos tentar dois meses da próxima vez. Vamos ver, vamos ver!

Sem mais conversa, a fada pegou o atônito príncipe e voou com ele debaixo do braço, como se fosse leve como uma pluma. A rainha implorou em vão por um último beijo. Enquanto enxugava uma lágrima, a fada já desaparecera com Harweda.

Voaram muito tempo, até chegarem a uma grande floresta. A fada pousou bem no meio da floresta, e o príncipe se viu em pé na relva, ao lado de um pequeno palácio de mármore rosa, que lhe pareceu uma residência de verão bastante apropriada.

— Esta é a sua casa — disse a fada madrinha. — Nela você vai encontrar tudo o que precisa e pode fazer do seu tempo o que quiser.

O pequeno Harweda ficou encantado, pois o que mais gostava era de fazer o que bem quisesse, e saiu correndo em direção à casa sem nem dizer "obrigado" à madrinha.

— Humpf! — disse ela ao vê-lo entrar. — Mal sabe o que o espera, caro príncipe — e voou no mesmo instante.

Mal o príncipe pôs o pé no palácio rosa, a porta se fechou com um estrondo e se trancou sozinha. Pois a essa altura já se imagina que era uma casa encantada, é claro, como qualquer casa construída por fadas.

O príncipe Harweda não se importou de ficar trancado, pois pouco ligava para as belezas da natureza, e, como a nova casa *só dele* era muito bonita, estava ansioso para ver tudo que havia ali. E depois, ele pensou, quando se cansasse de ficar lá dentro, era só dar um pontapé na porta e ia aparecer um criado para abrir. Ele sempre tivera um criado pronto a obedecer a todos os seus desejos.

A fada madrinha disse que a casa era *dele*. Portanto, estava interessado em explorar tudo.

O chão de cobre brilhava como ouro polido à luz do sol e, na sombra, parecia vermelho-escuro. Ele nunca tinha visto nada tão lindo. O teto de madrepérola refulgia em tonalidades rosa, amarelo, azul e verde, em furta-cor fundindo-se no branco cintilante, como só a madrepérola sabe fazer. Deste teto maravilhoso pendia uma gaiola dourada onde um belo canário cantava uma melodia de boas-vindas para o príncipe. Mas Harweda não ligava para pássaros e nem reparou no cantor.

Elaborados divãs estofados de brocado abraçavam almofadas macias. "Ah", pensou o príncipe, "aqui eu posso descansar à vontade sem ninguém me chamar para aulas idiotas!" Em todos os cantos havia vasos e jarras incrustados de ouro e prata, contendo diferentes perfumes. "Que delícia!", disse ele. "Agora tenho todos os perfumes sem me dar o trabalho de ir ao jardim."

No centro da sala uma fonte jorrava água cristalina numa grande bacia de mármore, num som ritmado que soava como suave música. Sobre a mesa, estavam arranjadas diversas bandejas das mais apetitosas peras, uvas e pêssegos e pratos com todos os tipos de doces, balas e bombons. "Bom", disse o jovem príncipe, "essa é a melhor parte", e pôs-se a comer as frutas e doces, enfiando tudo na boca ao mesmo tempo. Comeu tanto que sua barriga começou a doer, mas, por incrível que pareça, a mesa continuava cheia como antes, pois, tão logo ele pegava uma fruta, outra aparecia em seu lugar. O mesmo acontecia com as barrinhas de chocolate, os bombons e todas as guloseimas sobre a mesa. Claro, pois se o palácio era encantado, o que havia dentro dele também era.

Depois de comer até não poder mais, Harweda atirou-se sobre as almofadas, e uma mão invisível gentilmente acariciou sua cabeça até que ele adormeceu. Só quando acordou notou as paredes, que, por sinal, eram a parte mais estranha do palácio. Havia 12 janelas gradeadas que iam do teto ao chão. Os espaços entre as janelas eram cobertos de espelhos do tamanho exato das janelas, de maneira que todo o aposento era cercado de janelas e espelhos. Através das três janelas que davam para o norte via-se uma serra distante destacando-se contra o céu, chamada Serra Linda. À luz do sol, os picos nevados brilhavam em tons de ouro e rosa; refletindo as nuvens de tempestade, tinham uma coloração entre púrpura e azul. Das três janelas que davam para o sul viam-se o mar imenso, as ondas captando raios prateados de luar, as ondinhas de crista branca em sua eterna brincadeira com o vento. Porém, assim como as montanhas pareciam tão altas que ninguém conseguia escalar, o mar parecia se estender até o infinito, onde nenhum navio podia chegar. As janelas do leste mostravam a cada manhã o mistério da escuridão da noite se transformando em claridade cinza, se desmanchando em ouro e luzes róseas, na mais bela de todas as visões da terra. As janelas do oeste voltavam-se para uma enorme floresta, onde árvores coavam a luz do sol poente entre os galhos escuros.

O príncipe Harweda não dava a menor importância a essas maravilhas. Na verdade, mal olhou para as janelas e ficou muito interessado nos espelhos enormes, pois adorava se olhar no espelho. Mais feliz ficou ao descobrir que os espelhos não apenas mostravam seu corpo inteiro, cabeça, braços, pés, mas também sua imagem refletida em todos os outros espelhos. Assim podia se ver de frente, de costas e de ambos os lados ao mesmo tempo. Além de ser um menino muito bonito, era vaidoso, e adorou ficar fazendo poses, sentado, em pé, deitado, pulando, para ver todas as imagens de si mesmo fazendo a mesma coisa.

Passou tanto tempo se admirando nos esplêndidos espelhos que nem viu os livros e jogos à sua disposição. Todos os dias passava horas na frente de um espelho, depois do outro, e do outro, e nem notou que as janelas a cada dia se tornavam mais estreitas e os espelhos cada vez mais largos, até que as janelas ficaram tão estreitas que só deixavam passar luz suficiente para ele se ver no espelho. Mas não se preocupou muito, pois pouco se importava com o mundo lá fora. Passava mais tempo ainda na frente do espelho porque a cada dia era mais difícil se enxergar. Por fim as janelas se tornaram pequeninas frestas nas paredes, e os espelhos se alargaram tanto que refletiam não só o pequeno Harweda mas todo o salão imerso em penumbra.

Um dia o príncipe acordou cercado de total escuridão. Não entrava sequer um raio de luz, e é claro que não se podia ver nenhum objeto dentro da casa. Harweda esfregou os olhos e sentou-se para ter certeza de não estar sonhando. Chamou em voz alta, ordenando que abrissem as janelas, mas ninguém apareceu. Tateando, andou até a porta de ferro, mas, como se sabe, estava trancada. Esmurrou a porta, chutou-a, e só conseguiu machucar as mãos e o dedão do pé. Ficou furioso. Como se atreviam a trancá-lo, um príncipe, numa prisão escura assim! Berrou, chamando a fada madrinha, xingando todos os nomes feios que sabia. Acusou seu pai e sua mãe, o rei e a rainha, de irresponsáveis por deixá-lo viajar com uma madrinha daquela. Culpou todo mundo e todas as coisas pela sua presente condição, mas não adiantou nada. A única resposta era o som de sua própria voz. Parecia que o mundo inteiro tinha se esquecido dele.

Ao voltar para o divã, tropeçou num jarro de perfume, mas o perfume tinha desaparecido e o jarro vazio rolou pelo chão. Atirou-se no divã, mas as almofadas também tinham desaparecido e ele caiu na dura estrutura de ferro. Abismado com o que estava acontecendo, ficou um longo tempo pensando o que poderia fazer. Ao seu redor, a escuridão era tão negra como a mais negra das noites. Estendeu a mão para pegar uma fruta, mas só havia duas maçãs murchas na mesa — iria morrer de fome? De repente, reparou que o tilintar da fonte havia sumido. Correu para a fonte, tropeçando no escuro, e em lugar da água corrente só encontrou uma poça. O silêncio pairava em toda parte. Silêncio de morte no salão. Harweda se deitou no chão e desejou estar morto também. Ali ficou por muito, muito tempo.

Em certo momento ouviu, ou julgou ter ouvido, um som fraquinho. Ficou alerta, prestando atenção. Parecia ter alguma criatura tentando se mover perto dele. Pela primeira vez em quase um mês lembrou-se do pássaro na gaiola dourada. "Coitado!", gritou ele, levantando-se. "Você também está trancado nessa prisão horrível. A escuridão deve ser tão terrível para você como é para mim." Aproximou-se da gaiola e o pássaro deu um pio triste, meio rouco.

— Melhor que nada — disse o menino. — Deve estar com sede, coitado. — E, enchendo um copo de água na poça, colocou na gaiola. — É só o que posso fazer.

Nesse momento ouviu um ruído alto e áspero, como uma chave enferrujada rodando numa fechadura velha. Uma listrinha de luz, fina como um fio de cabelo, brilhou entre cada espelho. Harweda encheu-se de alegria. "Talvez", murmurou baixinho, "talvez eu possa ver a luz de novo. Ah, como o mundo lá fora me parece lindo agora!"

No dia seguinte, sentia tanta fome que arriscou comer uma das maçãs murchas, mas, na primeira dentada, lembrou-se do seu companheiro de prisão.

— Você também deve estar com fome — disse ele, dividindo a maçã e colocando a metade na gaiola. Novamente ouviu-se o som áspero, e o menino notou as frestas de luz um pouquinho mais largas. Mas ainda eram pequenas rachaduras, não se via nada do mundo lá fora. Mesmo assim era um conforto não precisar ficar tateando na escuridão total. Harweda colou o olho numa das frestas e, como se por um furo de alfinete numa folha de papel, conseguiu ver um pinguinho de capim verde e de céu azul. — Ah, meu pássaro, belo pássaro! — gritou de alegria. — Vi um pedacinho do mundo lá fora. Como é lindo! Venha olhar também.

O príncipe subiu numa cadeira, soltou a gaiola da corrente de ouro, carregou-a com cuidado até a fresta mais próxima e colocou-a próxima ao fiapo de luz. Mais uma vez ouviu o barulho áspero e as paredes se afastaram um pouquinho mais, abrindo gretas de dois dedos entre os espelhos. O pobre príncipe bateu palmas de felicidade. Sentou-se perto da gaiola e ficou olhando pela abertura. Nunca as árvores lhe pareceram tão altas e belas, e as nuvens flutuando no céu nunca foram tão brancas. No dia seguinte, Harweda estava limpando a gaiola para que o pássaro se sentisse mais confortável quando as paredes estalaram, rangeram e se afastaram, estreitando um pouquinho mais os espelhos. Mas o príncipe viu apenas os raios de sol que invadiram a sala e a beleza da paisagem um pouquinho mais larga. Não ligava mais para os espelhos idiotas que só refletiam o que estava na frente. A cada dia descobria alguma coisa interessante na vista estreita das janelas. Uma vez foi um esquilo subindo num tronco com tal rapidez que Harweda mal pôde segui-lo com os olhos. Outro dia foi uma mãe-passarinho alimentando os filhotes. A essa altura, as janelas já estavam com quase meio metro de largura.

Certo dia, dois pombos brancos levantaram voo em direção ao céu azul e o pobre canarinho engaiolado deu um trinado tão triste que o príncipe perguntou:

— Amiguinho, você também quer a liberdade? Vou fazer o possível. E, assim dizendo, abriu a porta da gaiola e o pássaro voou pela sala.

O príncipe ria de alegria ao vê-lo voar da cadeira para a mesa e de novo para a cadeira. Tão distraído ficou com o canário que não reparou que as paredes se abriram mais e as janelas voltaram ao tamanho anterior. Somente quando a luz do sol inundou o salão, Harweda olhou em volta. Tudo estava exatamente como ele tinha encontrado ao chegar tão cheio de orgulho porque tudo era dele. Agora a sala parecia abafada, muito cheia, e trocaria com prazer o palácio pela cabana mais humilde do reino de seu pai só para ver as pessoas, falar com elas e sorrir, mesmo que elas não o notassem.

No dia seguinte o pássaro voou para a janela e bateu as asas na vidraça, como se quisesse sair. O príncipe teve uma ideia e, pegando um jarro de ouro, atirou com toda a força contra o vidro.

— Você está livre, meu amigo — disse ele —, mesmo que eu tenha que continuar prisioneiro.

O pássaro voou pelo buraco aberto na vidraça e subiu pelo azul do céu.

— Vai, amiguinho, aproveite a liberdade! — exclamou o príncipe, apreciando o voo do ex-companheiro de prisão. Sua face se iluminou de felicidade pela alegria do amigo libertado. Nesse momento o palácio todo estremeceu, a pesada porta de ferro se escancarou e entrou o vento fresco do mar, envolvendo o menino em seus braços invisíveis. O príncipe Harweda mal podia acreditar em seus olhos. Correu para a porta e lá estava a fada madrinha, de braços abertos para ele.

— Venha, meu afilhado — disse ela sorrindo. — Agora vamos voltar para seu pai e sua mãe e festejar a cura da terrível doença do egoísmo. Vamos, vamos!

E grande foi a festa no palácio quando o príncipe Harweda retornou tão gentil e amoroso, cheio de cuidados com todos à sua volta. Ainda teve muitas lutas consigo mesmo e muitas vitórias sobre os antigos hábitos egoístas. Mas, com o passar do tempo, cresceu e se tornou um grande rei, amoroso e preocupado com o povo que, por sua vez, retribuía seu amor.

O PORTADOR DO FOGO

Da mitologia grega, adaptada das versões de Fanny E. Coe e Flora Cooke da peça de Ésquilo

Antigamente os gregos acreditavam que o mundo era governado por muitos deuses. O deus dos deuses era Zeus, que vivia no topo de um monte tão alto, chamado Olimpo, que ficava sempre escondido entre as nuvens.

Naquele tempo havia gigantes no mundo. Esses gigantes tinham brigado com Zeus. Tinham feito uma pilha de montanhas para chegar ao Monte Olimpo. Zeus atirou raios, derrotou os gigantes e os prendeu no fundo da terra.

Sobraram apenas dois filhos de gigantes. Um deles era Prometeu, que tinha bom coração e gostava de ajudar. Além de Prometeu e seu irmão, já existiam os homens na terra. Os homens eram muito pobres, moravam em cavernas e passavam frio e fome. Só comiam comida crua e não tinham pratos, nem talheres, não tinham conforto algum.

Prometeu sabia disso e tinha pena. "Coitados dos homens", pensava ele. "Se ao menos tivessem fogo, seriam mais felizes." Ficou muito tempo pensando e depois decidiu que devia fazer alguma coisa para ajudar os homens. Então foi à presença de Zeus e disse:

— Vim pedir um presente para os homens. Dê o fogo a eles!

Zeus ficou indignado.

— Nunca! — gritou ele. — O fogo não é para os homens. Se tiverem o fogo, vão acabar ficando sábios e fortes como os deuses. Nunca terão o fogo.

Prometeu foi embora. Chegando à terra, viu o frio, viu a fome, viu homens vivendo seminus em grutas e cavernas. Teve pena e decidiu dar o fogo aos homens, mesmo contrariando a vontade de Zeus.

Prometeu pegou uma espécie de bambu, cortou um pedaço e saiu caminhando em direção ao leste. Chegando à beira do mar, esperou o dia nascer. Quando o sol surgiu lentamente por cima do mar, ele roubou uma faísca das rodas de fogo do carro do sol e guardou no oco do bambu.

De volta ao mundo dos homens, ele entrou numa caverna e disse:

— Vejam essa maravilha!

Então fez uma pilha de pedras, apoiou pedaços de pau em toda a volta das pedras e tocou os gravetos com o bambu. Uma chama azul se elevou, logo se transformando em muitas chamas amarelas e vermelhas, espalhando luz e calor. O calor e a luz do fogo transformaram a caverna num lar.

Homens de terras distantes vinham ver a nova maravilha. Todos queriam levar o fogo para suas cavernas. Catavam gravetos, e Prometeu lhes dava carvão em brasa. Era chamado o protetor da humanidade.

Dizem que Prometeu foi também o professor da humanidade. Ensinou aos homens a cozinhar a comida, a fazer potes e pratos de barro cozido, a buscar os metais da terra e fazer instrumentos. Os homens aprenderam rapidamente e trabalhavam com alegria.

Um dia Zeus olhou para o mundo dos homens e achou muito estranho. Viu cidades, navios, minas e forjas. Viu um fogo em cada casa.

— O que é isso? — trovejou ele. — Quem deu o fogo aos homens?

E alguém disse: "Prometeu!"

— Prometeu será castigado! — trovejou Zeus de novo.

Chamou dois servos muito fortes e ordenou:

— Levem Prometeu para o topo do rochedo à beira do mar. Hefaísto estará lá e vai cumprir minhas ordens para castigar Prometeu.

Hefaísto era filho de Zeus. Era o ferreiro dos deuses. Ele gostava de Prometeu, mas não podia desobedecer a Zeus. Foi obrigado a forjar correntes, e com elas prendeu Prometeu à rocha.

Prometeu ficou acorrentado à rocha, exposto ao calor e ao frio. Todos os dias uma águia enviada por Zeus vinha comer o fígado dele. Todas as noites o fígado crescia de novo, e assim o castigo durava eternamente. Só seria libertado se devolvesse o fogo ao céu. Prometeu suportava o castigo em silêncio, às vezes tentado a devolver o fogo, mas via a fumaça saindo das chaminés e percebia o bem que tinha feito aos homens.

Muitos séculos e séculos depois, um herói grego chamado Hércules chegou à montanha. Vendo a águia devorar o fígado de Prometeu, matou-a com uma flecha de ouro, quebrou as correntes e libertou o bom gigante.

COMO OS ÍNDIOS APRENDERAM A CURAR

Lenda dos índios iroqueses recontada por Mabel Powers

Há muito, muito tempo, um grupo de índios ia andando por uma trilha que levava a uma aldeia. De repente, um coelho saltou de uma moita e parou na frente deles.

Os índios pararam, pois o coelho se sentou no meio da trilha e ali ficou imóvel. Atiraram flechas no coelho e as flechas saíram sem manchas de sangue.

Puxaram o arco para atirar mais flechas, mas o coelho tinha desaparecido. Em seu lugar havia um homem, parado no meio da trilha. Parecia muito fraco e doente.

O velho pediu comida e abrigo. Os índios não deram atenção e continuaram seu caminho. O velho seguiu atrás deles, a passo lento, até chegar às tendas da aldeia. Em frente a cada tenda, havia um mastro com uma pele de animal estendida, que era o símbolo do clã que morava na tenda.

O velho parou em frente à tenda com a pele do lobo e pediu para entrar, mas não deixaram: "Não queremos ninguém doente aqui", disseram.

Seguiu para outra tenda. Nesta havia um casco de tartaruga pendurado no mastro. Mas a família não o deixou entrar.

Pediu para entrar na tenda com a pele de castor e o mandaram embora. E foi mandado embora também das tendas dos clãs do veado, do condor, da garça e da saracura.

Ao ver uma tenda com a pele do urso, pensou: "Vou pedir abrigo mais uma vez." Na tenda do urso morava uma mulher velha que trouxe comida e estendeu peles para ele se deitar.

O velho contou que estava muito doente e pediu-lhe para buscar certas plantas na floresta que iriam curá-lo. Ela seguiu as instruções e em pouco tempo ele estava curado.

Alguns dias depois, o velho ficou doente de novo. Disse à mulher para buscar certas folhas e raízes na mata, ela obedeceu e logo ele se curou.

O velho ficou doente muitas vezes mais, cada vez uma doença diferente. A cada nova doença, ele dizia à mulher que ervas e raízes devia colher, e logo ficava curado.

Em pouco tempo, a mulher do Urso sabia curar mais doenças que qualquer pessoa na aldeia.

Um dia o velho disse à mulher que tinha sido enviado pelo Grande Espírito para ensinar à tribo os segredos da cura.

— Eu cheguei doente e faminto em muitas tendas. Ninguém abriu o pano para eu passar. Só você afastou o pano da porta e me fez entrar. Você é do clã do Urso. Os outros clãs terão que vir ao Urso para se curar. Você deve ensinar a todos os clãs as plantas, folhas e raízes que curam. E o Urso será o maior de todos os clãs.

A mulher quis agradecer ao Grande Espírito pelo conhecimento da cura, mas ele havia desaparecido. Foi à porta da tenda e não havia ninguém. Apenas um coelho corria lépido pela trilha.

O PRÍNCIPE FELIZ

Oscar Wilde
(Tradução de Oscar Mendes)

Na parte mais alta da cidade, sobre uma elevada coluna, erguia-se a estátua do Príncipe Feliz. Toda coberta de leves folhas de ouro fino, tinha por olhos duas brilhantes safiras e um grande rubi vermelho refulgia no punho de sua espada.

Era por isso muitíssimo admirada.

— É tão belo como um cata-vento — observou um dos Conselheiros da Cidade, que desejava granjear fama de possuir gosto artístico, acrescentando, no receio de que não o julgassem um homem prático, coisa que realmente não era: — Embora não seja tão útil.

— Por que não és como o Príncipe Feliz? — perguntou uma mãe sensata a seu filhinho que chorava querendo a lua. — O Príncipe Feliz nunca pensa em chorar para ganhar alguma coisa.

— Alegra-me saber que há alguém no mundo completamente feliz — murmurou um homem desiludido, ao contemplar a maravilhosa estátua.

— Parece um anjo — disseram os meninos de um asilo de caridade, ao saírem da catedral, com suas capas de um vermelho vivo e seus limpos aventais brancos.

— Como o sabeis? — disse o Professor de Matemática. — Nunca vistes nenhum.

— Oh! Vimo-lo em nossos sonhos — responderam os meninos e o Professor de Matemática franziu o cenho, tomando um ar de severidade, porque não podia admitir que crianças sonhassem.

Uma noite, voou sobre a cidade uma pequena Andorinha. Suas companheiras tinham partido para o Egito seis semanas antes, ela, porém, ficara para trás, pois se achava de amores com um Caniço. Vira-o logo no começo da primavera, quando voava sobre o rio, em perseguição a uma grande borboleta amarela, e sentira-se tão atraída pelo esbelto talhe dele que parara para dirigir-lhe a palavra.

— Deverei amá-lo? — disse a Andorinha, que gostava de entrar diretamente em assunto, e o Caniço fez-lhe uma profunda vênia. Pôs-se então a Andorinha a voar em redor dele, roçando a água com suas asas e fazendo tremulinas prateadas. Era sua maneira de fazer a corte e durou todo o verão.

— É uma paixão absurda — chirriavam as outras Andorinhas. — Ele não tem dinheiro e parentes não lhe faltam.

De fato, o rio estava repleto de Caniços. Depois, quando chegou o outono todas as andorinhas alçaram voo.

Uma vez partidas suas companheiras, sentiu-se ela sozinha e começou a cansar-se de seu amado.

— Não sabe conversar — disse ela —, e receio que seja infiel, porque está sempre a namorar o vento.

E, de fato, quando o vento soprava, o Caniço fazia as mais graciosas cortesias.

— Pelo que vejo é muito caseiro — continuou —, ao passo que eu adoro viajar, e meu marido, consequentemente, deveria gostar de viajar também.

— Queres vir comigo? — perguntou-lhe afinal, mas o Caniço abanou a cabeça. Era tão apegado a seu lar...

— Estiveste a zombar de mim — exclamou ela. — Parto para as Pirâmides. Adeus.

E voou.

Voou o dia inteiro e à noite chegou à cidade.

— Onde me alojarei? — disse. — Espero que a cidade tenha feito preparativos para receber-me.

Viu então a estátua sobre a alta coluna.

— Alojar-me-ei ali! — exclamou. — É uma bela posição, com muito ar fresco.

E pousou justamente entre os pés do Príncipe Feliz.

— Tenho um quarto de dormir dourado — disse ela baixinho, olhando em redor. E preparou-se para dormir. Mas, precisamente, quando ia pondo sua cabeça sob a asa, uma grande gota d'água caiu-lhe em cima. — Que coisa curiosa! — exclamou. — Não há uma nuvem sequer no céu, as estrelas estão bem claras e brilhantes e, contudo, está chovendo. O clima no norte da Europa é realmente terrível. O Caniço gostava de chuva, mas era puro egoísmo da parte dele.

Depois caiu outra gota.

— Para que serve uma estátua, se não resguarda da chuva? — disse ela. — Vou tratar de arranjar um bom cano de chaminé.

E decidiu voar.

Mas antes que abrisse as asas, caiu uma terceira gota. Olhou para cima e viu... Ah, que viu ela?

Os olhos do Príncipe Feliz estavam cheios de lágrimas, e lágrimas escorriam-lhe pelas faces de ouro. Seu rosto era tão belo ao clarão do luar que a pequena Andorinha encheu-se de compaixão.

— Quem és? — perguntou-lhe.

— Sou o Príncipe Feliz.

— Por que estás chorando então? — perguntou a Andorinha. — Molhaste-me toda.

— Quando eu era vivo e tinha um coração humano — respondeu a estátua —, não sabia o que eram lágrimas, pois vivia no Palácio da Despreocupação, onde não se permite a entrada da tristeza. Durante o dia, brincava com meus companheiros no jardim e à noite dirigia a dança no Grande Salão. Em torno do jardim corria um muro muito alto, mas nunca tive a preocupação de perguntar o que havia por trás dele, pois tudo quanto me cercava era maravilhoso. Meus cortesãos chamavam-me o Príncipe Feliz e feliz de fato eu era, se o prazer é felicidade. Assim vivi, e assim morri. E agora que estou morto, puseram-me aqui tão alto que posso ver toda a feiura e toda a miséria de minha cidade e, embora meu coração seja feito de chumbo, não me resta remédio senão chorar.

— Como? Não é de ouro de lei? — disse a si mesma a Andorinha. Era por demais delicada para fazer qualquer observação pessoal em voz alta.

— Bem distante — continuou a estátua em voz baixa e musical —, bem distante daqui, numa ruazinha, há uma pobre casa. Uma das janelas está aberta e através dela posso ver uma mulher sentada a uma mesa. Seu rosto é magro e fatigado, tem mãos ásperas e vermelhas, picadas todas de agulha, pois é costureira. Está bordando passifloras num vestido de cetim para a mais bela das damas de honor da Rainha usar no próximo baile da corte. Numa cama, a um canto do quarto, seu filhinho jaz doente. Tem febre e está pedindo laranjas. Sua mãe nada tem para dar-lhe senão água do rio, por isso ele chora. Andorinha, Andorinha, pequena Andorinha, não quererás levar-lhe o rubi do punho de minha espada? Meus pés estão presos ao pedestal e não posso mover-me.

— Estou sendo esperada no Egito — disse a Andorinha. — Minhas companheiras estão voando acima e abaixo do Nilo e conversando com as grandes flores de lótus. Em breve irão dormir no túmulo do grande Rei, que ali se encontra no seu ataúde pintado. Envolve-o um pano amarelo e está embalsamado com substâncias aromáticas. Em torno de seu pescoço vê-se uma corrente de jade verde-pálido e suas mãos assemelham-se a folhas secas.

— Andorinha, Andorinha, pequena Andorinha — disse o Príncipe —, não quererás ficar comigo uma noite e ser minha mensageira? O menino está com tanta sede e a mãe tão triste...

— Creio que não gosto de meninos — respondeu a Andorinha. — No passado verão, quando permanecia eu à margem do rio, dois meninos grosseiros, filhos do moleiro, estavam sempre a atirar-me pedras. Nunca me atingiram, naturalmente; nós, andorinhas, voamos bem demais para que isso aconteça, e além do mais, venho de uma família famosa pela sua agilidade; mas apesar de tudo, era uma falta de respeito.

Mas o Príncipe Feliz parecia tão triste que a pequena Andorinha também se entristeceu.

— Faz muito frio aqui — disse ela —, mas ficarei convosco por uma noite e serei vossa mensageira.

— Obrigado, pequena Andorinha — disse o Príncipe.

De modo que a Andorinha arrancou o grande rubi da espada do Príncipe e voou com ele no bico por cima dos tetos da cidade.

Passou pela torre da catedral, onde os anjos de mármore branco estavam esculpidos. Passou pelo palácio e ouviu o som de danças. Uma formosa moça surgiu no balcão com seu amado.

— Como são maravilhosas as estrelas — disse-lhe ele —, e quão maravilhoso é o poder do amor!

— Espero que meu vestido esteja pronto para o baile da corte — respondeu ela. — Mandei bordar passifloras nele, mas as costureiras são tão preguiçosas.

Passou sobre o rio e viu as lanternas penduradas dos mastros dos navios. Passou sobre o gueto e viu os velhos judeus barganhando uns com os outros e pesando dinheiro em balanças de cobre. Por fim chegou à casa pobre e olhou para dentro. O menino remexia-se febrilmente em seu catre e a mãe havia adormecido, tão cansada estava. A Andorinha penetrou na casa e depositou o grande rubi sobre a mesa, ao lado do dedal da costureira. Depois revoluteou delicadamente em redor da cama, abanando com suas asas a fronte do menino.

— Que frescor estou sentindo! — disse o menino. — Devo estar melhorando.

E mergulhou num delicioso sono.

Então a Andorinha voou de volta para o Príncipe Feliz e contou-lhe o que tinha feito.

— É curioso — observou ela —, mas sinto-me completamente quente agora, apesar do frio que está fazendo.

— É porque praticaste uma boa ação — disse o Príncipe.

E a pequena Andorinha começou a pensar, mas depois adormeceu. Pensar sempre a fazia dormir.

Quando rompeu o dia, voou para o rio e tomou um banho.

— Que notável fenômeno! — exclamou o Professor de Ornitologia, que passava pela ponte. — Uma andorinha no inverno!

E escreveu uma longa carta a respeito disso para o jornal local. Toda a gente a citou, pois estava cheia de numerosas palavras incompreensíveis.

— Esta noite partirei para o Egito — disse a Andorinha, e só em pensá-lo enchia-se de animação. Visitou todos os monumentos públicos e pousou por muito tempo no alto do campanário da igreja. Por todos os lugares onde passava os Pardais chilreavam, dizendo uns aos outros:

— Que estrangeira distinta!

Isto a enchia de satisfação.

Quando a lua surgiu, voou de volta para o Príncipe Feliz.

— Tendes algum recado para o Egito? — gritou ela. — Vou partir agora mesmo.

— Andorinha, Andorinha, pequena Andorinha — disse o Príncipe —, não queres ficar comigo mais uma noite?

— Esperam-me no Egito — respondeu a Andorinha. — Minhas companheiras voarão amanhã para a Segunda Catarata. Ali o hipopótamo repousa entre os juncos e o Deus Memnon está sentado sobre uma grande casa de granito. Durante a noite inteira contempla as estrelas e quando a estrela da manhã fulge, lança um grito de alegria, para depois ficar silencioso. Ao meio-dia os fulvos leões descem para beber na margem do rio. Seus olhos são como verdes berilos e seu rugido mais alto do que o estrondo da catarata.

— Andorinha, Andorinha, pequena Andorinha — disse o Príncipe —, bem distante daqui, do outro lado da cidade, vejo um rapaz num sótão, curvado sobre uma mesa coberta de papéis e num copo a seu lado vê-se um ramo de violetas murchas. Seu cabelo é castanho e anelado e seus lábios vermelhos como uma romã. Tem olhos grandes e sonhadores. Está tentando acabar uma peça para o Diretor do Teatro, mas sente tanto frio que não pode escrever mais. Não há fogo na grelha e a fome deixou-o enfraquecido.

— Passarei convosco mais uma noite — disse a Andorinha que, na realidade, tinha um bom coração. — Terei de levar-lhe outro rubi?

— Ai de mim! Não tenho rubi agora — disse o Príncipe. — Meus olhos são tudo quanto me resta. São feitos de raras safiras, trazidas da Índia há mil anos passados. Arranca uma delas e leva-a para ele. Vendê-la-á ao joalheiro, comprará lenha e acabará sua peça.

— Querido Príncipe — disse a Andorinha —, não posso fazer isso.

E começou a chorar.

— Andorinha, Andorinha, pequena Andorinha — disse o Príncipe —, faze como te ordeno.

De modo que a Andorinha arrancou o olho do Príncipe e voou para o sótão do estudante. Foi bastante fácil penetrar nele, pois havia um buraco no telhado. Varou-o e entrou no quarto. O rapaz tinha a cabeça mergulhada nas mãos, tanto que não ouviu o adejo das asas do pássaro e, quando olhou para cima, descobriu a bela safira entre as violetas murchas.

— Estou começando a ser apreciado — exclamou. — Isto deve provir de algum grande admirador meu. Agora posso acabar minha peça.

E parecia inteiramente feliz.

No dia seguinte, voou a Andorinha para o porto. Pousou no mastro de um grande navio e esteve vendo os marinheiros extraindo, por meio de cabos, grandes caixas do porão.

— Iça! — gritavam, à medida que cada caixa chegava em cima.

— Parto para o Egito! — gritou a Andorinha, mas ninguém se importou e, quando a lua se ergueu, voou de volta para o Príncipe Feliz.

— Vim dizer-vos adeus — gritou ela.

— Andorinha, Andorinha, pequena Andorinha — disse o Príncipe —, não quererás ficar comigo mais uma noite?

— Estamos no inverno — respondeu a Andorinha —, e a gelada neve não tardará a cair aqui. No Egito o sol é quente sobre as verdes palmeiras e os crocodilos jazem na lama, lançando em torno de si olhares ociosos. Minhas companheiras estão construindo um ninho no Templo de Baalbec e as pombas brancas e vermelhas as observam, e arrulham entre si. Caro Príncipe, tenho de deixar-vos, mas nunca me esquecerei de vós e na próxima primavera trar-vos-ei de volta duas belas joias para substituir aquelas que destes. O rubi será mais vermelho do que uma rosa vermelha e a safira tão azul como o grande mar.

— Lá embaixo, na praça — disse o Príncipe Feliz —, está uma vendedorinha de fósforos. Deixou seus fósforos caírem na sarjeta. Estragaram-se. Seu pai baterá nela, se não levar algum dinheiro para casa e ela está chorando. Não tem sapatos nem meias e sua cabecinha está descoberta. Arranca meu outro olho e entraga-lho e assim seu pai não lhe baterá.

— Ficarei convosco mais uma noite — disse a Andorinha —, mas não posso arrancar vosso olho. Ficaríeis completamente cego então.

— Andorinha, Andorinha, pequena Andorinha — disse o Príncipe —, faze como te ordeno.

De modo que ela arrancou o outro olho do Príncipe e voou rápida com ele. Desceu sobre a pequena vendedora de fósforos e deixou cair-lhe na palma da mão a joia.

— Que lindo pedaço de vidro! — exclamou a menina.

E correu para casa, rindo.

Então a Andorinha voltou para o lado do Príncipe.

— Estais cego agora — disse ela —, e por isso ficarei sempre convosco.

— Não, pequena Andorinha — disse o pobre Príncipe —, deves partir para o Egito.

— Ficarei convosco para sempre — disse a Andorinha e adormeceu aos pés do Príncipe.

Durante todo o dia seguinte ficou ela pousada no ombro do Príncipe e contou-lhe histórias do que tinha visto em terras estranhas. Falou-lhe dos íbis vermelhos, que se alinham em longas fileiras nas margens do Nilo e apanham com os bicos peixes dourados; da Esfinge, tão velha quanto o próprio mundo e que vive no deserto e sabe todas as coisas; dos mercadores, que caminham lentamente ao lado de seus camelos e levam nas mãos rosários de âmbar; do Rei das Montanhas da Lua, tão negro como ébano e adorador de um grande cristal; da grande serpente verde que dorme numa palmeira e tem vinte sacerdotes para alimentá-la de bolos de mel; e dos pigmeus que navegam sobre um grande lago em largas folhas chatas e estão sempre em guerra com as borboletas.

— Querida Andorinhazinha — disse o Príncipe —, falas-me de coisas maravilhosas, porém mais maravilhoso do que tudo é o sofrimento dos homens e das mulheres. Não há Mistério tão grande como a Miséria. Voa sobre minha cidade, pequena Andorinha, e conta-me o que vires ali.

De modo que a Andorinha voou sobre a grande cidade e viu os ricos divertindo-se em suas belas casas, enquanto os mendigos se sentavam diante dos portões. Voou sobre negras vielas e viu as caras pálidas de crianças famintas contemplando, indiferentes, as ruas escuras. Sob o arco de uma ponte, dois meninos jaziam abraçados para tentar aquecerem-se mutuamente.

— Estamos com muita fome — diziam.

— Não devem ficar aí — gritou o guarda e eles tiveram de afastar-se, debaixo da chuva.

Então ela voou e contou ao Príncipe o que vira.

— Estou coberto de fino ouro — disse o Príncipe. — Deves tirá-lo, folha a folha, e dá-lo a meus pobres; os homens sempre pensam que o ouro pode torná-los felizes.

Folha após folha de fino ouro a Andorinha arrancou, até que o Príncipe Feliz ficou inteiramente baço e cinzento. Folha após folha do fino ouro levou ela para os pobres e as faces das crianças tornaram-se mais rosadas e riam e brincavam nas ruas.

— Temos pão agora! — gritavam.

Então chegou a neve e depois da neve o gelo. As ruas pareciam feitas de prata, muito brilhantes e cintilantes; compridos pingentes como punhais de cristal pendiam dos beirais das casas, todos saíam envoltos em peles e os meninos usavam bonés escarlates e patinavam sobre o gelo.

A pobre Andorinhazinha foi ficando cada vez mais fria, mas não queria abandonar o Príncipe, porque o amava ternamente. Bicava as migalhas do lado de fora da porta do padeiro quando este não estava olhando e tentava conservar-se quente batendo as asas.

Mas por fim percebeu que ia morrer. Teve apenas a força suficiente para voar até o ombro do Príncipe mais uma vez.

— Adeus, querido Príncipe! — murmurou. — Permiti que eu vos beije a mão.

— Alegra-me grandemente saber que vais por fim para o Egito, pequena Andorinha — disse o Príncipe. — Ficaste aqui demasiado tempo. Mas deve beijar-me os lábios, porque te amo.

— Não é para o Egito que vou partir — disse a Andorinha. — Vou para a Casa da Morte. A Morte é irmã do Sono, não é?

E beijou os lábios do Príncipe Feliz e caiu morta a seus pés.

Naquele momento, curioso estalido soou no interior da estátua, como se alguma coisa se houvesse partido. O fato é que o coração de chumbo tinha-se partido certo em dois pedaços. Fazia certamente um frio tremendo.

Cedo, no dia seguinte, estava o Prefeito passeando lá embaixo, na praça, em companhia dos Conselheiros da Cidade. Ao passarem pela coluna, ergueu ele a vista para a estátua:

— Deus meu! — exclamou. — Quão andrajoso parece o Príncipe!

— Quão andrajoso, de fato! — exclamaram os Conselheiros da Cidade, que sempre concordavam com o Prefeito. E puseram-se a contemplar a estátua.

— O rubi caiu-lhe da espada, seus olhos desapareceram e não é mais de ouro — disse o Prefeito. — Na verdade, está pouco melhor que um mendigo!

— Um pouco melhor que um mendigo — disseram os Conselheiros da Cidade.

— E eis aqui sem dúvida um pássaro morto a seus pés! — continuou o Prefeito. — Devemos efetivamente lançar uma proclamação para que não seja permitido a pássaros morrerem aqui.

E os Conselheiros da Cidade tomaram nota da sugestão.

De modo que derrubaram a estátua do Príncipe Feliz.

— Uma vez que não tem mais beleza, não tem mais utilidade — disse o Professor de Arte da Universidade.

Depois fundiram a estátua numa fornalha e o Prefeito presidiu uma reunião da Corporação para decidir o que devia ser feito com o metal.

— Poderíamos ter outra estátua — propôs ele. — A minha, por exemplo.

— A minha — disse cada um dos Conselheiros da Cidade e travaram disputa. A última notícia que tive deles é que continuam ainda a discutir.

— Que coisa estranha! — disse o inspetor dos operários da fundição. — Este coração de chumbo partido não se deixa fundir na fornalha. Devemos atirá-lo fora.

De modo que o atiraram a um montão de lixo onde também jazia a Andorinha morta.

— Traze-me as duas coisas mais preciosas da cidade — disse Deus a um de Seus Anjos. E o Anjo trouxe-lhe o coração de chumbo e o pássaro morto.

— Escolheste certo — disse Deus —, pois no meu jardim do Paraíso esse passarinho cantará para todo o sempre e na minha cidade de ouro o Príncipe Feliz entoará meus louvores.

O SACERDOTE DO HIMALAIA

Lenda indiana, recontada por Frances Dadmun

Era uma vez, há muitos e muitos anos, quinhentos sacerdotes que viviam juntos ao pé da cordilheira mais alta do mundo, os rochosos Himalaias de picos cobertos de neve. Mas onde os sacerdotes moravam a terra não era rochosa nem havia neve; era coberta por uma vasta floresta de figueiras-bravas e espinheiros. Os sacerdotes moravam na borda da floresta porque as árvores davam boa sombra quando o sol estava quente e protegia do vento nas noites frias. Mas eles não passavam o dia inteiro deitados debaixo das árvores, pois não eram preguiçosos. Na verdade, eram muito laboriosos e trabalhavam em plantações de arroz nas planícies à beira do rio. Comiam arroz — e praticamente só. Exceto quando achavam umas nozes e o mel das colmeias que as abelhas faziam nas pedras e nas árvores ocas.

Houve um tempo, que eles nunca mais esqueceram, em que o rio secou tanto que não tinham água para beber. Não chovia há muitos meses. Os arrozais secaram. A terra ficou ressecada e o vento quente soprava poeira no rosto dos sacerdotes. Assim, passavam os dias à sombra das figueiras e descobriram uma fonte que não secava porque nascia nas profundezas da terra, debaixo das altas montanhas. Os sacerdotes matavam a sede com aquela água, mas estavam passando fome, pois o arroz tinha secado e as provisões de nozes e mel não duraram muito.

Quando não tinham mais nada para comer, uma coisa muito estranha aconteceu.

Certo dia, estavam sentados sob as figueiras perto da fonte quando ouviram um farfalhar nos espinheiros, um ruído de gravetos pisados, e antes que se mexessem uma pantera saiu silenciosamente da moita. Todos se levantaram correndo e foram se esconder entre as árvores — exceto um. Este ficou parado, imóvel, sentindo pena da pantera, que estava com a língua de fora por causa do calor e da sede.

A pantera nem olhou para o sacerdote. Arrastou-se até a fonte e tentou lamber os pingos d'água que escorriam na pedra.

— Oh, pobre bicho! — exclamou o sacerdote. — Assim não vai matar a sede. Vou buscar um balde para pegar água.

Como se tivesse compreendido, a pantera levantou os grandes olhos aveludados para ele. O sacerdote voltou com um balde, encheu-o de água, e a pantera bebeu o quanto quis. À medida que bebia, a pantera sentia as forças voltarem às pernas, e logo pôde andar tão bem, ou quase, como antes.

No dia seguinte o sacerdote ouviu o estalar dos gravetos outra vez. Seria sua amiga pantera? Ele esperava que sim, pois já gostava dela, como a gente gosta de um cachorro ou de um gato de estimação.

Era a pantera, mas não estava só. Vinha à frente de uma longa procissão de bichos — o elefante, o leão, o cervo, a raposa, o lobo, o urso, o macaco, o búfalo e, por último, um tímido coelhinho — todos morrendo de sede. Os outros 499 sacerdotes correram a se esconder entre as árvores, mas o que tratou bem a pantera não teve medo. Só temia não haver água para todos. E tinha razão. Mal enchia o balde, lá se ia toda a água, e os pobres bichos, com o olhar pedinte, imploravam mais. Havia tantos olhos ao mesmo tempo sobre ele que ficou sem saber o que fazer.

Nesse momento avistou um tronco de árvore caído ali perto e ocorreu-lhe a ideia de fazer um cocho. Cavou o tronco até ficar meio oco e arrastou-o para a fonte. Foi um trabalho pesado, pois ele estava fraco de fome, mas, quando o cocho se encheu de água e muitos animais puderam beber ao mesmo tempo, achou que valera a pena.

Quando os 499 sacerdotes viram os animais bebendo placidamente, ficaram tão surpresos que esqueceram o medo e saíram devagarinho de trás das figueiras, igualzinho à pantera saindo de trás dos espinheiros. Só que *eles* saíram devagarinho porque estavam fracos e famintos. Os animais perceberam, como já tinham percebido que o amigo que fizera o cocho cambaleava de fraqueza ao arrastar o tronco para a fonte.

Aquela noite, quando a lua estava bem alta, os animais se reuniram em conselho na floresta. Sentaram-se em círculo e o elefante falou:

— Amigos e inimigos. Vivemos brigando e matando uns aos outros. Às vezes matamos Homem, mas agora estamos todos unidos porque quase morremos de sede. E agora Homem é nosso amigo porque um sacerdote salvou nossas vidas. Mas nosso amigo Homem vai morrer em breve se não levarmos comida para ele. Que podemos fazer? Eu, por exemplo, posso arrancar um cacho de bananas com a tromba. Ouvi dizer que Homem come banana.

Todos os bichos concordaram em ajudar da maneira que pudessem. Decidiram que o elefante e todas as criaturas que sabiam subir em árvores iam apanhar frutas. Os outros ficavam encarregados do transporte.

No dia seguinte, os sacerdotes ouviram novamente o ruído de patas. Não tiveram medo. Imaginaram que os animais viessem beber água. Qual não foi sua surpresa ao ver a procissão carregada de bananas, cocos, mangas, jambos e todas as frutas encontradas na terra. Um a um, deixaram cair os presentes diante dos sacerdotes, beberam água e foram embora.

A cada dia, enquanto durou a seca, os animais traziam frutas para os sacerdotes e bebiam do cocho que o mais bondoso tinha feito para eles. Ajudando-se uns aos outros, todos salvaram a vida, pois os animais morreriam sem água, e os sacerdotes, sem comida.

A TORRE DO RATO

Conto medieval adaptado das versões de Robert Southey e Lilian Gask

Hatto, bispo de Mayence, na Alemanha, era rico e ambicioso. Ninguém duvidava disso. Em vez de se dedicar à oração e à caridade, só pensava em aumentar sua riqueza. Possuía as fazendas mais ricas da região, com celeiros sempre abarrotados de trigo e milho. Mas nunca estava satisfeito, e vivia aumentando os impostos. Chegou a construir uma torre de pedra numa ilha do rio Reno, e todos os barcos tinham que pagar pedágio em ouro e prata. Acumulava sacos tão cheios de dinheiro que arrebentavam nas costuras. Hatto nem se importava com o que acontecia com o povo.

Na primavera, o rio transbordou e as terras baixas foram inundadas. A colheita se perdeu e a fome se instalou. A ponto de morrer de fome, o povo foi pedir ajuda a Hatto.

— Tenha piedade das crianças com fome, senhor bispo — imploravam. — As crianças estão morrendo, e os seus celeiros estão repletos de trigo.

O bispo riu.

— Não posso fazer nada — disse. — Se querem trigo, é melhor comprar agora. Amanhã vou subir os preços.

Desesperados, voltavam a cada dia à casa do bispo. Por mais que tentasse, o bispo não conseguia se livrar deles. As crianças famintas arranhavam sua porta e as mães choravam, levantando os filhos à altura das janelas.

Cansado daqueles rogos, Hatto veio à porta.

— Muito bem — disse ele —, vocês me convenceram. Venham amanhã ao celeiro maior, o que está vazio, perto do rio. Dou minha palavra que vou acabar com esse sofrimento.

Enfim a alegria surgiu nas pobres criaturas. Os olhos encovados brilhavam de esperança, e a força voltou às pernas bambas enquanto se punham a caminho do celeiro do bispo.

— Esta noite teremos pão — diziam às crianças, e elas paravam de chorar.

Na hora marcada, o bispo Hatto apareceu. A boca cruel apertada, o ódio queimava nos olhos fundos ao olhar a massa esfomeada. Mandou as pessoas entrarem no celeiro. Quando todos estavam lá dentro aguardando a distribuição do trigo, fechou as portas e passou a tranca.

Por um momento as pessoas não entenderam o que estava acontecendo. Esperavam que Hatto entrasse para começar a distribuição. Então ouviram a voz cruel e a risada dele lá fora.

— Empestearam minha casa como ratos — gritou ele. — Agora vão morrer como ratos!

As pessoas esmurraram as portas, berraram e imploraram piedade. As portas continuaram trancadas, e as vítimas estavam fracas demais para conseguir arrombá-las. As horas se passaram, os dias se passaram, e todos morreram de fome.

— Prestei um bom serviço ao Estado — disse Hatto — livrando-nos desses ratos que só servem para acabar com o trigo.

O tempo se passou e os mortos lá ficaram. Um dia um empregado do bispo abriu as portas do celeiro para providenciar o enterro dos ossos. O lugar estava vazio.

— Melhor ainda — disse o bispo dando de ombros. — O pó volta ao pó.

Mas nessa noite seu sono foi perturbado por barulhinhos de alguma coisa arranhando, corridinhas no assoalho.

No dia seguinte ficou muito aborrecido ao encontrar um magnífico retrato dele, vestido com todos os paramentos episcopais e pintado por um artista famoso que cobrara um alto preço, rasgado em tiras, no chão. Podia ver as marcas de afiados dentes de rato na parte da tela onde esteve seu rosto. Sem querer, estremeceu.

Alguns dias depois, um criado veio à sua presença, pálido de terror.

— Meu senhor — disse o servo —, abri um grande celeiro hoje de manhã. Os ratos comeram todo o trigo.

Na mesma noite, Hatto estava jantando sozinho quando viu um rato na outra ponta da mesa. O rato ficou parado, com um olhar esfomeado. O bispo atirou um garfo e o rato fugiu.

A partir de então, encontrava ratos pela casa inteira. Era um focinho que aparecia numa fresta da parede, um rabinho que sumia rapidamente numa gaveta ou no armário da cozinha. Tropeçava neles ao subir a escada, sentava neles ao descansar na melhor poltrona. Corriam pelos lençóis, faziam ninhos nos travesseiros.

Trouxe gatos para casa, mas os gatos desapareceram.

Os ratos infestavam a cozinha e a despensa, devorando todos os mantimentos. Quando a comida acabou, passaram a roer tudo que era de madeira. Hatto ouvia os ruídos nas paredes, nas tábuas do chão, e pela primeira vez soube o que era ter medo.

Um dia um criado irrompeu no quarto dele.

— Fuja, senhor bispo, fuja! — gritou. — Estão vindo para cá.

Hatto olhou pela janela. Milhares de ratos cobriam o morro onde havia um celeiro — e vinham na direção da casa!

O pânico se apossou do homem que tinha cometido o crime horrendo. Montou seu cavalo e fugiu a pleno galope. Embora o cavalo fosse veloz e o bispo o esporeasse sem dó, o exército de ratos continuava se aproximando. Tomado de pavor, o bispo alcançou a margem do rio, pulou num pequeno bote e remou com todas as forças para o meio do rio, até chegar à torre na ilha.

Correu para dentro e passou a tranca na porta. Ali tinha segurança, pensou. As muralhas da torre eram bem altas e a ilha era cercada de escarpas. O rio era muito profundo naquele lugar e a correnteza era forte.

Olhou a despensa — repleta de alimentos. Sentindo-se mais tranquilo, foi contar o dinheiro que tinha escondido na torre. Sentiu-se ainda mais tranquilo. Dava para se manter muito bem até passar a invasão. Trancou todas as portas, fechou todas as janelas e subiu ao alto da torre. Então se deitou e dormiu.

Acordou no meio da noite. Resolveu espiar pela janela. Não acreditou no que via.

O rio estava negro e fervilhante à luz da lua. Ratos! Milhares, milhões de ratos nadavam na direção dele! O rio estava coberto de ratos. Ouvia o barulho das patas e os guinchos dos ratos galgando as escarpas da ilha.

Hatto subiu correndo as escadas e trancou-se no alto da torre. Apavorado, prestou atenção. Ouvia o ruído de dentes cravando nas pedras da muralha.

Desesperado, abriu a janela e começou a jogar pão, milho, queijo, na esperança de satisfazer a voracidade da horda. Mas não era o que queriam. Já ouvia lá embaixo o arranhar de milhares de pezinhos subindo a escada.

Gritou de terror. Arrastou tudo o que pôde — mesas, cadeiras, pesados sacos de dinheiro — e apoiou tudo contra a porta. Olhou em volta, desesperado. Não havia mais nada a arrastar, nenhum lugar aonde ir. Agachou-se num canto escuro e esperou.

Não esperou muito. Vindo do interior das paredes, de trás da porta, de cima do teto — o som de dentes roendo.

Alguns dias depois, os criados do bispo se encheram de coragem e entraram nas ruínas da torre. Encontraram pedaços de pão, queijo e milho espalhados e sacos e sacos de dinheiro. Mas nem sinal de Hatto.

O MURO DE KADDO

Lenda da África ocidental recontada por Harold Courlander e George Herzog

Na cidade de Tendella, no reino de Seno, ao norte do golfo da Guiné, havia um homem muito rico chamado Kaddo. Seus campos se estendiam em todas as direções em torno da cidade. Na época do plantio, centenas de homens e meninos aravam a terra e centenas de mulheres e meninas vinham semear o grão. O celeiro estava sempre cheio, porque a cada estação colhia mais do que conseguia usar. O nome de Kaddo era conhecido em todo o reino. Os viajantes que passavam por Tendella levavam histórias da riqueza de Kaddo muito além das fronteiras de Seno.

Um dia Kaddo mandou chamar os habitantes de Tendella para uma reunião em frente à sua casa. Todos compareceram, pois Kaddo era um homem importante e esperavam que fizesse um pronunciamento importante.

— Ando muito preocupado — disse ele. — Há muito tempo venho pensando num problema. Passo noites sem dormir, pensando nisso. Tenho tanto milho no celeiro que não sei o que fazer com ele.

As pessoas ouviram com atenção e pensaram nas palavras de Kaddo. Um homem disse:

— Na cidade há muita gente que não tem milho nenhum. São muito pobres, não têm nada. Você pode dar um pouco do seu milho para eles.

Kaddo abanou a cabeça e respondeu:

— Não. Não é boa ideia. Não me agrada.

Outro homem disse:

— Então pode emprestar grãos às pessoas que tiveram má colheita e não têm o que semear. Seria bom para a cidade e pode diminuir a pobreza.

— Não — disse Kaddo. — Não é uma boa solução.

— Bem, então pode vender um pouco do milho e comprar umas cabeças de gado — disse ainda outro homem.

Kaddo sacudiu a cabeça:

— Também não é bom conselho. É difícil para as pessoas aconselharem um homem rico como eu.

Muitos deram sugestões, mas nenhuma satisfez a Kaddo. Depois de pensar um momento, ele disse:

— Mandem todas as meninas da cidade aqui, para moerem o milho.

As pessoas foram embora zangadas com Kaddo. Mas no dia seguinte mandaram cem meninas para trabalhar, como ele tinha pedido. As meninas começaram a moer o milho nos cem moinhos de Kaddo. Passaram o dia inteiro pondo os grãos nos moinhos e retirando a farinha. O dia inteiro, o povo da cidade ouviu o som dos cem moinhos de Kaddo. A pilha de farinha crescia. Durante sete dias e sete noites, as meninas moeram milho sem parar.

Quando o último grão se transformou em farinha, Kaddo reuniu as meninas e disse:

— Agora tragam água da fonte. Vamos misturar água com a farinha para fazer argamassa.

As meninas trouxeram centenas de potes de água, misturaram com a farinha e fizeram uma argamassa bem dura. Então Kaddo mandou que fizessem tijolos com a argamassa.

— Quando os tijolos secarem, vou construir um muro em volta da minha casa — disse ele.

Correu a notícia de que Kaddo ia construir um muro de farinha ao redor da casa e os cidadãos vieram protestar.

— Não pode fazer uma coisa dessas, é um crime contra a humanidade! — disseram.

— Não está certo. Ninguém tem o direito de construir um muro de comida! — disse um homem.

— Ah, o que é certo e o que é errado? — respondeu Kaddo. — Meus direitos são diferentes dos seus, porque sou muito rico. Agora me deixem em paz.

— O milho é para comer, para manter a vida das pessoas — disse outro. — Não é para afrontar os menos afortunados.

— É um acinte afastar quem tem fome com uma parede de farinha — disse outro.

— Parem de reclamar — disse Kaddo. — O milho é meu. Tenho em excesso. Não posso comer tudo. Planto e colho nos meus campos. Sou rico. De que adianta alguém ser rico se não pode fazer o que quiser com o que possui?

As pessoas foram embora, com raiva da loucura de Kaddo. As cem meninas continuaram a fazer tijolos de farinha e pôr ao sol para secar. Quando os tijolos secaram, Kaddo mandou erguer o muro em volta da casa. Usando grude de farinha como cimento para unir os tijolos, começaram a levantar o muro. Decoraram com búzios enfiados no grude ainda molhado, formando belos desenhos, e quando o último tijolo de farinha foi colocado o muro ficou pronto. Kaddo percorreu toda a extensão do muro, muito orgulhoso. Examinou várias vezes a obra, por dentro e por fora. Estava muito feliz.

Agora, quando alguém vinha à sua casa, tinha que esperar do lado de fora do muro, e só podia entrar se ele convidasse. Quando os trabalhadores vinham arar, semear e colher, Kaddo dava as ordens sentado no muro ao lado do portão. E quando alguém da cidade queria sua opinião sobre algum assunto importante, Kaddo os recebia sentado no muro, enquanto eles ficavam de pé do lado de fora.

Assim foi por muito tempo. Kaddo se envaidecia da reputação de homem mais rico de uma grande região. A história do muro de Kaddo se espalhou além das fronteiras do reino.

Então chegou um ano em que a colheita de Kaddo foi ruim. Não choveu o bastante para o milho crescer, e os campos ficaram duros e poeirentos como a estrada. Não cresceu uma única espiga na plantação de Kaddo, nem nas de seus parentes.

No ano seguinte, a mesma coisa aconteceu. Kaddo não teve grãos para semear, então vendeu o gado e os cavalos para comprar sementes. Semeou os campos, mas no ano seguinte foi a mesma coisa. Não havia uma única espiga na plantação.

Ano após ano, a plantação de Kaddo não produzia. Alguns parentes dele morreram de fome, outros foram para regiões distantes no reino de Seno, pois não tinham mais grãos para plantar e não podiam contar com Kaddo. Os trabalhadores foram embora, pois ele não tinha como alimentá-los. Gradualmente, os vizinhos foram se mudando para outros lugares. Só sobraram uma filha de Kaddo e um burro sarnento.

Quando todo o dinheiro e todo o gado se foram, Kaddo teve fome. Raspou um pouquinho do muro e comeu. No dia seguinte, tirou mais um pedacinho para comer, e no outro dia também. Cada dia o muro ficava mais baixo. Pouco a pouco, ia desaparecendo. Chegou o dia em que nada restava da bela obra que Kaddo construíra ao redor da casa, onde se sentava para ouvir o povo da cidade que vinha pedir conselhos e um saco de grão para semear.

Então Kaddo se deu conta de que, se quisesse continuar vivo, ia precisar pedir ajuda. Ficou imaginando quem o ajudaria. O povo de Tendella é que não, pois ele os tinha insultado, humilhado, e não queriam saber dele. Somente um homem ele poderia procurar — Sogole, rei do povo de Gana, que tinha fama de rico e generoso.

Kaddo e a filha montaram no burro sarnento e subnutrido e viajaram sete dias e sete noites até o reino de Gana.

Sogole estava na porta de sua casa real quando Kaddo chegou. Mandou estender uma pele macia no chão a seu lado para Kaddo se sentar e mandou trazer cerveja de painço.

— Pois bem, estrangeiro no reino de Gana, beba para se refrescar da longa viagem de Tendella — disse Sogole.

— Obrigado, mas não posso beber muito — disse Kaddo.

— Por quê? — perguntou Sogole. — As pessoas devem beber quando têm sede.

— É verdade — disse Kaddo —, mas passo fome há tanto tempo que meu estômago encolheu.

— Então beba sossegado, porque agora é meu hóspede e não passará fome. Aqui terá tudo que precisar.

Kaddo agradeceu solenemente com um gesto de cabeça e tomou um gole da cerveja de painço.

— Agora conte-me — disse Sogole. — Você diz que vem da cidade de Tendella, no reino de Seno? Ouvi muitas histórias dessa cidade. A fome expulsou as pessoas porque não tinham milho.

— Sim — disse Kaddo. — Os tempos ficaram difíceis e o milho acabou.

— Mas diga-me, havia um homem muito rico e poderoso em Tendella, chamado Kaddo, não? Que aconteceu com ele? Ainda está vivo?

— Sim, ainda vive — disse Kaddo.

— Homem fabuloso, esse Kaddo — disse Sogole. — Dizem que construiu um muro de farinha com o excesso de grão e recebia as pessoas sentado no muro. É verdade?

— Sim, é verdade — disse Kaddo, tristemente.

— Ainda possui muito gado? — perguntou Sogole.

— Não, perdeu todo o gado.

— É uma infelicidade ter tanto e passar a ter pouco — disse Sogole. — Mas ainda tem muitos criados e lavradores?

— Os criados e lavradores também se foram — disse Kaddo. — De tudo o que tinha, só sobrou uma filha. O resto se foi, porque acabaram o dinheiro e a comida.

Sogole disse com melancolia:

— Ah, o que é um homem rico sem gado e sem criados? Mas diga-me, que aconteceu com o muro de farinha que ele construiu em torno da casa?

— Ele comeu o muro — disse Kaddo. — Todo dia raspava um pouco da farinha, até o muro acabar.

— Estranha história — disse Sogole. — Mas é a vida.

Ficou um momento pensando no que a vida faz com as pessoas, e perguntou:

— E por acaso você é parente de Kaddo?

— De fato, sou da família de Kaddo. Já fui rico. Já tive tanto gado que não conseguia contar. Tive muitas plantações. Tive centenas de lavradores cultivando meus campos. Meu celeiro estava sempre abarrotado. Já fui Kaddo, o lendário personagem de Tendella.

— O quê! Você é o próprio Kaddo?

— Sim, já fui rico e orgulhoso. Agora sou um trapo. Mendigando ajuda.

— Que posso fazer por você? — perguntou Sogole.

— Não tenho mais nada. Dê-me alguns grãos para semear de novo meus campos.

— Pegue o que quiser — disse Sogole. Ordenou aos criados que carregassem o burro com bolsas de milho. Kaddo agradeceu humildemente e, junto com a filha, começou a viagem de volta a Tendella. Viajaram sete dias. No meio do caminho, Kaddo ficou com fome. Há muito tempo não via tanto milho como trazia agora do reino de Gana. Pegou uns grãos e comeu. Engoliu e pôs outro punhado na boca. Então pôs uma mão cheia de milho na boca e engoliu. Não conseguia parar. Comeu até não poder mais. Esqueceu que levava os grãos para semear. Ao chegar a Tendella foi dormir e, quando acordou na manhã seguinte, começou a comer de novo. Comeu tanto que ficou doente. Voltou para a cama gritando de dor, porque seu estômago tinha esquecido o que fazer com a comida. Pouco tempo depois, Kaddo morreu.

Os netos e bisnetos de Kaddo são pobres até hoje. E no reino de Seno até hoje se usa dizer aos ricos:

— Não faça muro de farinha.

O LAGARTO DE ESMERALDA

Irmão Pedro viveu na Guatemala há muitos séculos, mas o bem que ele fez vive ainda hoje na história do seu trabalho. Era pobre e continuou pobre a vida inteira, pois dava tudo o que tinha aos necessitados. Transformou a própria casa, pequena e humilde, num lugar de tratamento para os doentes. Dizem que à noite percorria as ruas tocando um sininho para lembrar às pessoas de agradecer a Deus e compartilhar as graças recebidas.

Certo dia Irmão Pedro estava indo para a cidade e encontrou um homem muito pobre sentado à beira da estrada. Ao ver Irmão Pedro, o homem enxugou disfarçadamente uma lágrima.

— Por que está tão aflito, amigo? — perguntou Pedro, percebendo o desespero do outro.

— Estou com problemas sérios — disse o homem. — Minha mulher está doente e precisa de remédios. Meus filhos estão passando fome, mas não tenho dinheiro e não encontro trabalho. Não sei o que fazer.

Irmão Pedro olhou para o rosto sofrido e desejou ajudar. Mas suas roupas também estavam muito surradas, sua despensa também estava vazia e seu bolso mais ainda. Não tinha nada para dar.

Levantou os olhos, procurando uma solução. O calor do sol se espalhou pela face bondosa.

— Meu Deus — disse ele. — Ajude-me a ajudar esse homem.

Ouviram um barulhinho; um lagarto verde surgiu de trás de uma pedra e pulou na estrada. Irmão Pedro pegou o lagarto pela cauda e, com um sorriso, pôs o bichinho na mão do companheiro.

O pobre homem olhou espantado para Irmão Pedro. Então abriu a mão e ficou muito mais espantado. O lagarto tinha ficado duro e mais pesado, mas continuava verde. O homem examinou com atenção e viu o milagre. A criatura viva tinha se transformado num lagarto de pura esmeralda.

— Venda o lagarto — disse Irmão Pedro —, e compre os remédios para sua mulher e comida para seus filhos. Se sobrar dinheiro, ainda pode ajudar alguém que precise.

O homem ficou muito grato e obedeceu. Correu a um joalheiro e vendeu a rara esmeralda por muito dinheiro. Com os remédios e a comida, sua família tornou a ficar forte e saudável. Os anos se passaram. O homem trabalhou muito. Seus filhos cresceram, prosperaram e se tornaram ricos fazendeiros. A fortuna da família continuava a crescer sempre, mas eles levavam uma vida discreta e sensata. Cuidavam dos pais idosos e davam boa parte da fortuna para ajudar os pobres.

Chegou um dia em que o pai, já bem velho, voltou à joalheria onde vendera o lagarto milagroso. Comprou a joia de volta e foi visitar Irmão Pedro.

O bom velhinho estava mais pobre, suas roupas mais surradas e seus cabelos mais brancos. Mas o rosto enrugado era só bondade.

— Lembra de mim, padre? — perguntou o visitante.

Irmão Pedro olhou atentamente o estranho, procurando na memória.

— Encontrei-o na estrada, muitos anos atrás. Minha mulher estava doente, meus filhos passavam fome.

Irmão Pedro balançou a cabeça. Era a história de tantos!

— O senhor me deu um lagarto de esmeralda e me disse para vendê-lo.

A face do Irmão Pedro se iluminou.

— Claro, claro. E como estão as coisas? Como está sua mulher? E seus filhos?

— Estão bem — respondeu o homem. — Vim devolver sua esmeralda. Trouxe riqueza e prosperidade à minha família. O senhor passou a vida a serviço de outros. Tome a esmeralda e descanse. Pode vendê-la, como fiz, e ter uma vida mais confortável.

Tirou o lagarto do bolso e colocou na mão do velhinho.

Irmão Pedro sorriu e pôs a joia no chão. Imediatamente o lagarto criou vida e desapareceu debaixo de uma pedra.

O MENINO QUE TROUXE LUZ AO MUNDO DA ESCURIDÃO

Um dia, cerca de dois séculos atrás, um menino estava na oficina do pai, na cidade de Coupvray, perto de Paris. Louis Braille tinha apenas três anos e gostava de ver o pai fazer selas e arreios. O pai lhe dava tiras de couro para brincar e ele fingia estar fazendo arreios também. Quando crescesse, queria ser igual ao pai.

O sr. Braille trabalhava com afinco, cortando o couro com mão segura e olhar crítico. Levou uma peça de couro à luz e examinou com atenção para saber que faca usar. Largando a peça, atravessou a oficina para pegar a ferramenta adequada.

O pequeno Louis foi à mesa de trabalho, pegou a sovela e começou a bater numa tira de couro. Batia com força, tentando furar o couro duro, e seus dedinhos não tiveram firmeza para segurar a sovela. O instrumento pontudo escapou-lhe da mão e atingiu o olho esquerdo.

O sr. Braille ouviu o grito e correu para o menino, mas era tarde demais. O mal estava feito.

Horrorizados, os pais correram ao médico, na esperança de salvar a vista da criança, mas o ferimento era muito grave. A tragédia se completou quando a infecção atingiu o outro olho. Em pouco tempo, o menino não enxergava mais.

Naquele tempo as pessoas tratavam os cegos com negligência ou crueldade. Às vezes eram expulsos pela família e viviam de esmolas. Às vezes eram contratados para trabalho pesado, como bestas de carga. Em alguns lugares, a cegueira era vista como obra do demônio ou como castigo divino.

As coisas eram diferentes na cidade de Coupvray, onde todos cuidavam do pequeno Louis. Ao ouvirem a batida da bengalinha, interrompiam o que estavam fazendo para ajudá-lo a atravessar a rua ou virar a esquina. Ajudaram a contar quantos passos levava para ir ao mercado, aos limites da cidade, à escola.

Passeando junto com pai, Louis perguntava:

— De que cor está o céu hoje?

— Todo azul — dizia o pai. — Todo azul.

Mas, embora Louis se esforçasse para se lembrar do azul, as imagens da primeira infância gradualmente desapareceram, e ele não se lembrava mais da beleza das cores.

Aprendeu a ajudar o pai na oficina, trazendo ferramentas e peças de couro. Ia à escola com os amigos e todos se admiravam da facilidade com que aprendia e memorizava as lições. Gostava de conversar com os professores sobre história e geografia, e com o padre sobre as histórias da Bíblia.

Mas na verdade não estava feliz com os estudos, pois queria ler livros e escrever cartas como os colegas.

Um dia o professor falou com Louis sobre uma escola para cegos em Paris. Tinham livros especiais para cegos. Louis mal pôde acreditar. Implorou aos pais que o mandassem para essa escola, e o pároco ajudou a levantar o dinheiro para as despesas.

Assim, quando tinha dez anos Louis viajou com o pai para Paris e se matriculou no Instituto Nacional para Crianças Cegas. Logo ao chegar, levou aos professores a questão que ardia em sua mente.

Soube que a escola experimentava novas maneiras de ensinar aos cegos a ler. O fundador tinha mandado imprimir livros com letras grandes em relevo. Os estudantes cegos sentiam pelo tato as formas das letras e apreendiam as palavras e frases.

Não demorou, porém, que Louis descobrisse as limitações do método. As letras eram tão grandes que uma história curta enchia muitas páginas. Um simples livro chegava a pesar cem quilos! O processo de passar os dedos sobre as letras era demorado, e a leitura tomava muito tempo. E, como a confecção dos livros era muito cara, a escola só pôde imprimir alguns volumes. Em pouco tempo Louis tinha lido toda a biblioteca.

Apesar da decepção com a lerdeza do método, o menino de Coupvray estudava muito. Adorava música, e tornou-se ótimo estudante de piano e violoncelo. Passava as horas livres estudando no órgão da igreja, e tocaria nas cerimônias religiosas.

O amor à música aguçou seu desejo pela leitura. Além das letras, agora queria ler notas musicais. E queria aprender a escrever. Passava noites acordado pensando no problema. "Tem que haver um jeito", pensava. "Se os cegos podem aprender como todo mundo, devem ser capazes de ler e escrever. Tenho que descobrir um jeito."

Foi então que ouviu falar de um capitão do exército, chamado Charles Barbier, que havia desenvolvido um método para ler mensagens no escuro. A "escrita noturna" consistia em conjuntos de pontos e traços em relevo no papel; correndo os dedos sobre os códigos, os soldados podiam ler sem precisar de luz.

Louis viu imediatamente as possibilidades dessa ideia. Se um soldado podia ler e escrever no escuro, os cegos também podiam.

Procurou o capitão Barbier, que demonstrou o sistema com a maior boa vontade. Fez uma série de furinhos numa folha de papel, com um furador muito semelhante ao que tinha tirado a vista de Louis. Virando a folha, mostrou os pequenos relevos dos furinhos no outro lado do papel e explicou como as combinações de pontos e traços formavam palavras e frases.

Louis voltou ao instituto e começou a trabalhar. Noite após noite, mês após mês, trabalhou no sistema de Barbier, fazendo adaptações e aperfeiçoamentos. Sabia que a ideia era fundamental, mas o código de traços e pontos precisava ser mais trabalhado para ter real utilidade para os cegos.

Como muitas ideias e invenções, a de Louis foi encarada com suspeita. Os diretores do instituto não aprovaram a tentativa de mudança. Tinham gastado uma pequena fortuna na impressão dos livros com letras em relevo e não viam motivo para trocar por um sistema baseado em pontinhos. Argumentavam que uma escrita específica para cegos ia segregá-los ainda mais da sociedade. Não aprovavam os esforços de Louis.

Quando fez 17 anos, Louis tornou-se professor do instituto. De dia ensinava a ler pelo método das letras grandes, e à noite continuava a aperfeiçoar o novo sistema. Trabalhava longas horas, testando novos padrões, procurando as melhores combinações, e às vezes adormecia sobre os furadores e papéis. À exceção da música, dedicava todas as horas livres à pesquisa, confiante no sucesso.

Em 1829, aos vinte anos de idade, Louis chegou a um alfabeto legível com combinações variadas de um a seis pontos. O método

Braille estava pronto. Projetou um furador menor, mais adequado à função, e algum tempo depois era capaz de escrever tão rápido quanto falava. O sistema permitia também ler e escrever música.

A notícia correu, e alguns alunos iam secretamente ao quarto de Louis à noite para aprender o novo método. Louis passou a copiar livros — Shakespeare e outros clássicos —, e logo mais e mais cegos tomavam conhecimento do método. Louis começou a receber cartas de todas as partes do mundo pedindo informações sobre a invenção.

No entanto, infelizmente, muitos não reconheciam a importância do sistema de Braille. Alguns admitiam seu valor, mas não se interessavam. Outros, por inveja, se ressentiam do novo método. Alguns professores do instituto tentaram proibir o ensino dos pontos de Louis Braille.

Mas ele continuava a aprimorar e a divulgar sua invenção, esperando que algum dia os cegos do mundo inteiro aprendessem a ler e escrever como ele. Transcrevia novos livros e ensinava a leitura a quantos se interessassem. Falava sobre o método a quem quisesse ouvir, demonstrava quantas vezes fosse preciso, tentando atrair o interesse do público.

Ao fim de tantos dias e noites de trabalho incessante, sua saúde começou a dar sinais de fraqueza, e ele temia que a chance de os cegos aprenderem a escrever pelo seu método morresse com ele.

Entretanto, a ideia terminou por encontrar aceitação. No fim da vida de Louis, diversas cidades da Europa já reconheciam a importância do método Braille e cada vez maior número de cegos adotava os pontinhos em relevo. Era a luz que despontava. Semanas antes de morrer, no leito do hospital, Louis disse a um amigo:

— Oh, mistério insondável dos corações humanos! Tenho certeza de que minha missão na terra terminou.

Morreu em 1852, dois dias depois de completar 43 anos.

Nos anos seguintes à morte de Braille, o método se espalhou por vários países e finalmente se tornou aceito como o método oficial de leitura e escrita para aqueles que não veem. Assim, os livros puderam fazer parte de sua vida graças a um menino que dedicou sua vida a enriquecer a dos cegos.

DAMIEN E OS LEPROSOS

Charles Warren Stoddard

Joseph Damien de Veuster (1840-1888) foi um jovem padre belga que se dedicou a cuidar de uma colônia de leprosos em Molokai, no Havaí. Charles W. Stoddard, residente no Havaí e autor do presente relato, visitou a colônia de Molokai em companhia de dois médicos do governo, em 1884.

À primeira vista, Kalawao parece ao visitante uma próspera aldeia de quinhentos habitantes, se tanto. A única rua é margeada de chalés brancos com jardins floridos e graciosas árvores tropicais. Está situada tão perto da encosta que mais de uma vez as grandes pedras soltas pelas chuvas rolaram do alto da montanha até as cercas nos limites da aldeia.

Ao passarmos pela rua o dr. Fitch era cumprimentado por todos. Sua visita mensal já era esperada e sucediam-se as saudações de "*Aloha!*", partindo de todas as portas, varandas e janelas. Um grupo mais entusiástico jogava os chapéus para o alto dando vivas ao "*Kauka*" (o doutor), entremeando a animação com risadas infantis.

Até então, a breve visão dos habitantes nos dava a impressão de formarem a comunidade mais feliz na face da terra. Mas não esqueçamos de que chegamos no lusco-fusco do final da tarde, e nossa presença era a sensação do momento.

Na estrada entre a aldeia e o mar havia uma pequena igreja; a cruz erguida no modesto campanário e o cruzeiro no cemitério além nos diziam que os habitantes tinham assistência espiritual na hora extrema.

À nossa aproximação o portão do jardim da igreja foi aberto por um bando alegre de garotos que, com o chapéu na mão, nos davam boas-vindas. Só então notamos que eram todos desfigurados: tinham cicatrizes e marcas no rosto, pés e mãos mutilados, alguns sangrando, olhos de animal semidomesticado, boca sem forma definida. O aspecto geral de alguns chegava a ser repulsivo.

Eram leprosos, assim como todos os outros que nos saudaram na passagem pela vila. Assim como todos, com raras exceções, que habitavam as duas aldeias na base dos rochedos à beira do mar.

Outros leprosos nos cercaram ao entrarmos no jardim. Amontoavam-se nos degraus da igreja — pois são raras as visitas a Kalawao —, e, à medida que surgiam mais e mais, parecia que cada recém-chegado era ainda mais horrível que o anterior, que a deterioração não tinha limites, que o sofrimento da carne não alcançaria indignidade maior deste lado do túmulo. Afastavam-se espontaneamente à medida que avançávamos e tornavam a se unir atrás de nós, mantendo-nos no centro de um círculo.

A porta da igreja se abriu e um jovem padre parou à soleira para nos receber. Vestia uma batina surrada, tinha os cabelos desalinhados como um garoto, mãos duras de trabalhador. Mas o brilho da saúde em seu rosto, a alegria da juventude, o riso jovial, a simpatia e o magnetismo que irradiava deixavam claro que faria um trabalho nobre em qualquer esfera. E, na esfera que escolhera, fazia o mais nobre de todos os trabalhos.

Este era o padre Damien, sacerdote autoexilado, única pessoa não contaminada na colônia de leprosos.

Nasceu em Louvaine, Bélgica, em 3 de janeiro de 1840. Quando tinha 24 anos, seu irmão, recém-ordenado sacerdote, recebeu ordem de embarcar para Honolulu, mas na última hora foi atacado de febre tifoide. O jovem Damien, então estudante de teologia na universidade e postulante da mesma ordem — a Sociedade do Sagrado Coração de Jesus e Maria —, escreveu imediatamente ao seu superior, pedindo que o enviasse em lugar do irmão. Uma semana depois, estava a caminho. Foi ordenado ao chegar a Honolulu e passou alguns anos na vida de trabalho e privações típicas dos missionários católicos.

Em 1873, juntamente com outros clérigos, foi convidado para comparecer à consagração de uma bela igreja construída pelo padre Leonor em Wailuku, na ilha de Mauí. Lá ele encontrou o bispo, que expressou seu pesar por não ter conseguido ainda um padre para Molokai, pois havia maior demanda do que disponibilidade. E padre Damien disse:

— Senhor bispo, ouvi dizer que um barco partirá de Kawaihae na próxima semana para Kaulapapa. Se me der permissão, posso fazer os ofícios de Páscoa para os leprosos.

A permissão foi concedida e, em companhia do bispo e do cônsul francês, Damien desembarcou na colônia de oitocentos leprosos, sendo mais de quatrocentos católicos. Foi conclamada uma reunião pública presidida pelo cônsul e pelo bispo, que assim se dirigiu aos presentes:

— Tendo em vista que várias vezes vocês me escreveram pedindo um sacerdote, este ficará aqui por algum tempo.

Abençoando os fiéis, voltou imediatamente para o barco, que estava pronto para partir.

— Há tanto trabalho a fazer aqui — disse Damien ao bispo — que não o acompanharei ao barco.

Assim, sua obra começou no momento em que chegou. Já era tempo. Morriam de oito a 12 leprosos por semana. O padre não teve tempo sequer de construir uma cabana para morar — nem tinha material para isso —, e durante aquela estação dormiu ao ar livre, sob uma árvore, exposto ao vento e à chuva.

Pouco tempo depois recebeu uma carta de congratulações de brancos residentes em Honolulu — a maioria protestante —, acompanhada de boa quantidade de madeira e 120 dólares. Pôde então construir uma pequena casa.

Após algumas semanas em Kalawao, foi obrigado a ir a Honolulu, já que ali não tinha outro sacerdote a quem se confessar.

Damien naturalmente se reportou ao diretor do Departamento de Saúde, que ficou muito surpreso e recebeu o padre com fria polidez. Pediu autorização para retornar a Molokai e foi informado sucintamente de que certamente poderia retornar, desde que fosse em termos definitivos.

As tarefas do padre não tinham fim. Ficava ocupado desde a missa, nas primeiras horas da manhã, até muito depois de seu rebanho estar dormindo. E, quando enfim punha a cabeça no travesseiro, era comum ficar acordado fazendo planos ou ser chamado para aliviar o sofrimento de um moribundo.

Os chalés brancos que substituíram as choupanas toscas foram construídos sob sua supervisão. A pequena capela que encontrou na aldeia foi ampliada para se tornar a atual igreja. Com a ajuda de um grupo de leprosos, ele mesmo se encarregou da construção, da pintura e da decoração. Diariamente oferecia o santo sacrifício da missa, dava aulas de catecismo às crianças e desempenhava todos os ofícios na igreja.

Era um verdadeiro pau-pra-toda-obra: médico da alma e do corpo, magistrado, mestre-escola, carpinteiro, pedreiro, pintor, jardineiro, dono de casa, cozinheiro e, em alguns casos, agente funerário e coveiro. Grande era sua necessidade de ajuda. Mais de mil e seiscentos leprosos tinham sido enterrados sob sua administração, e havia sempre um moribundo à espera dele — às vezes dois ou três.

Lembro-me de que, enquanto percorríamos a enfermaria do hospital em Kalawao, padre Damien virou-se subitamente e disse:

— Ah, tem uma coisa horrível que preciso mostrar a vocês!

Chegamos a um monte de trapos, parecendo lixo, escondido sob um lençol sujo. Os médicos, curiosos, se acercaram para examinar, e o bom padre me segurou, dizendo:

— Não olhe! Não deve olhar!

Tranquilizei-o dizendo que não tinha medo do que poderia ver, pois meus olhos tinham se acostumado a horrores, e as piores visões não me impressionavam. Levantou cuidadosamente uma ponta do lençol. Um objeto vivo jazia ali: um rosto foi virado em nossa direção — um rosto que mal tinha traços humanos. A pele escura estava negra de pústulas, cobertas de matéria terrosa e gosmenta. Os músculos da boca, contraídos, deixavam à mostra todos os dentes, e a língua inchada parecia um figo. As pálpebras tinham se retraído de modo a expor a superfície interna dos olhos, e os globos oculares protuberantes, amorfos, lembravam uvas abertas. Era uma criança leprosa que há poucos dias tinha se transformado naquela visão horrível. Certamente o túmulo não conhece nada pior!

Uma vez fui sozinho à igreja. Havia um pequeno órgão perto da janela aberta, da qual se via a árvore que dera abrigo a padre Damien nos primeiros meses em Kalawao. Sentei-me no banco do órgão, brincando com as teclas, pensando que espécie de vida se podia ter naquele lugar, na necessidade e na falta de solidariedade humana, na solidão da alma destinada a uma comunhão perpétua com a morte — e, ouvindo um ruído atrás de mim, virei-me e vi a nave cheia de leprosos, que, um após outro, tinham sido atraídos pelo som do órgão. A situação era surpreendente. Perguntei onde poderia encontrar padre Damien e eles me indicaram, afastando-se para me deixar passar.

Encontrei-o trabalhando, como sempre, com um grupo de homens; era o mais enérgico. Aproximei-me sem me fazer notar, e logo o sino tocou a hora do ângelus. No mesmo instante todos se ajoelharam, descobrindo a cabeça. O padre disse a bela prece e eles respondiam em voz baixa, grave — enquanto a brisa suave espalhava folhas largas e o sol jorrava uma auréola de glória sobre as cabeças curvadas. Leprosos todos, à exceção do bom pastor, que em breve seguiriam a última procissão, os corpos imóveis abençoados no sono de paz.

Angelus Domini! Não era a visão mais cara aos olhos de Deus?

Pouco depois da visita de Stoddard, padre Damien descobriu que estava com lepra. Viveu mais quatro anos, trabalhando até o fim.

O NAUFRÁGIO

Charles Dickens
Trecho de David Copperfield

Uma vez decidido a partir para Yarmouth, fui ao escritório da diligência e comprei o lugar da boleia no carro do correio. Ao cair da tarde, neste meio de transporte, peguei a estrada.

— Esse céu está realmente extraordinário, não acha? — perguntei ao cocheiro, na primeira parada depois de Londres. — Não me lembro de ter visto outro assim.

— Nem eu... igual a esse, não — respondeu ele. — É o vento, senhor; acho vai haver desgraça no mar, e não demora.

O céu era uma confusão de sombras — manchado aqui e ali com uma cor de vapor de óleo — de nuvens rápidas atiradas em pilhas desordenadas, sugerindo alturas maiores que as profundidades dos mais profundos abismos na terra, e através delas a lua fantástica parecia mergulhar de cabeça como se, em tenebrosa alteração das leis da natureza, tivesse perdido o rumo e fugisse apavorada. Havia ventado o dia inteiro; e ventava agora, com um barulho incrivelmente forte. Uma hora depois tinha aumentado, o céu estava mais carregado, o vento soprava mais forte...

Avançávamos com dificuldade, cada vez mais próximos do mar, de onde soprava o vento furioso sobre a costa, com força ainda mais assustadora. Muito antes de avistarmos o mar, sentíamos a umidade nos lábios e a chuva salgada da maresia. A água estava distante, milhas e milhas além da planície adjacente a Yarmouth; e todo lago, todo charco, açoitava as margens com linhas de pequenas ondas que se quebravam pesadamente em nossa direção. Quando o mar surgiu ao longe, as ondas no horizonte, elevando-se a intervalos sobre o turbilhão do abismo, eram como um vislumbre de prédios e torres em outra costa. Quando enfim chegamos à cidade, as pessoas vinham espreitar à porta, os cabelos desalinhados, imaginando como o correio teria viajado através daquela noite.

Desci na velha estalagem e saí para olhar o mar, cambaleando pela rua varrida de areia e algas, de flocos de espuma do mar...

O mar tremendo, quando consegui uma pausa para olhar, na agitação do vento cegante, da chuva de areia, do terrível barulho, me tonteava. As muralhas líquidas rolando e se quebrando em espumas na crista pareciam querer engolir a cidade. O refluir trovejante da onda abria cavernas na praia, como se seu propósito fosse escavar a terra. Vagas de crista branca se levantavam rugindo e estouravam, se fazendo em pedaços antes de chegar à terra, e cada fragmento, possuído da força total do ódio concentrado no todo, corria a se reunir para compor outro monstro. Colinas ondulantes se transformavam em vales, vales ondulantes (com um ou outro pássaro agourento planando acima) se elevavam em montanhas; massas de água explodiam na areia com estrondo. Cada nova forma, tão logo se compunha, rolava num turbilhão a modificar a própria forma e lugar, se fundindo a outras formas desalojadas. Na costa imaginária no horizonte, os prédios e torres se elevavam e ruíam; as nuvens espessas voavam em disparada. Parecia-me assistir à sublevação da natureza, a se rasgar toda.

Como não encontrei meu amigo Ham entre as pessoas que aquele memorável vento — pois ainda é lembrado aqui como o mais terrível que já soprou na costa — reunira, segui para a casa dele. Estava fechada; e como ninguém respondeu ao meu chamado, voltei por atalhos e vias secundárias ao pátio onde trabalhávamos. Soube que tinha ido a Lowestoft para resolver um problema urgente de conserto de um navio, que exigia sua experiência; mas que estaria de volta cedo na manhã seguinte.

Voltei à estalagem; e, enquanto me lavava, me vestia e tentava, em vão, dormir, já eram cinco horas da tarde... Sentia-me deprimido, muito solitário, uma inquietação, desproporcional à causa, por Ham não estar lá... Temia que ele tentasse voltar de Lowestoft por mar e naufragasse. Esta suposição se avolumou de tal modo que resolvi voltar ao pátio antes do jantar e perguntar ao construtor de barcos se ele via alguma probabilidade de Ham tentar voltar por mar. Se ele me desse a mais ínfima razão para isso, eu iria a Lowestoft para impedir, trazendo Ham comigo.

Pedi rapidamente o jantar e fui ao pátio. Cheguei em cima da hora, pois o construtor, levando a lanterna, já estava trancando o portão. Riu muito da minha pergunta e disse que não havia o que temer; ninguém em seu juízo perfeito, ou mesmo fora dele, ia zarpar naquele vendaval, muito menos Ham, que tinha nascido marinheiro.

Voltei à estalagem. O rugido do vento, o chocalhar de portas e janelas, o estrondo do ar nas chaminés, o aparente sacolejar da própria casa que me abrigava e o prodigioso tumulto do mar eram mais aterradores do que pela manhã. Agora havia ainda uma grande escuridão que investia a tormenta de novos terrores, reais e imaginários.

Não consegui comer, não conseguia ficar quieto nem me concentrar em coisa alguma. Algo dentro de mim, numa pálida resposta ao temporal lá fora, revolvia as profundezas da minha memória, pondo-a também em tumulto. E por trás da correria dos pensamentos, desordenados como o mar trovejante, estavam sempre a tempestade e minha preocupação com Ham.

O jantar voltou quase intocado, e tentei espairecer com um ou dois copos de vinho. Em vão. Deixei-me cair em pesado torpor diante da lareira, sem perder a percepção do estrondo das portas e do lugar em que me achava. Ambos se sobrepunham em novo terror indefinível; e quando despertei — ou melhor, quando sacudi a letargia que me prendia à poltrona — meu corpo inteiro tremia de medo inexplicável, sem um sentido definido.

Andei de um lado para outro, tentei ler um jornal velho, prestava atenção os barulhos horríveis; via rostos, cenas e imagens no fogo da lareira. Ao fim de certo tempo, o tique-taque regular do relógio impassível na parede me atormentava a tal ponto que resolvi ir para a cama...

Um desalento sombrio pairava em meu quarto solitário; mas eu estava cansado e, deitando-me mais uma vez, desabei como uma torre num precipício, nas profundezas do sono. Tenho a impressão de que, embora tenha sonhado muito tempo que estava em outros lugares e em cenas variadas, havia sempre um sopro nos sonhos. Por fim perdi esse tênue contato com a realidade e me vi com dois amigos que, embora muito estimados, não sei quem eram, no cerco a uma cidade em meio ao troar de canhões.

O canhoneio incessante fazia tal alarde que eu não conseguia ouvir alguma coisa que desejava muito ouvir até que, com grande esforço, acordei. Era dia claro — oito ou nove horas; e a tempestade troava em lugar dos canhões. Alguém bateu à porta.

— O que é? — gritei.

— Naufrágio! Aqui perto!

Saltei da cama perguntando: que naufrágio?

— Uma escuna, de Espanha ou Portugal, carregada de frutas e vinho. Apresse-se, senhor, se quiser ver! Parece que vai quebrar a qualquer momento.

A voz excitada seguiu clamando, escada abaixo; e eu me enfiei nas roupas o mais rápido possível e corri para a rua. Uma quantidade de gente já estava lá, todos correndo numa só direção, para a praia. Corri para o mesmo lado, ultrapassando a maior parte das pessoas, e logo cheguei à beira do mar furioso.

O vento parecia ter arrefecido um pouco, embora como se não mais que meia dúzia de canhões, entre as centenas com que sonhei, tivesse se calado. Mas o mar, acumulando a turbulência adicional da noite, estava infinitamente mais aterrador que da última vez que o vira. Toda a aparência apresentada na véspera trazia uma expressão *dilatada*: a altura dos vagalhões que, uns sobre os outros, derrubavam uns aos outros e rolavam em hastes intermináveis era assombrosa.

Na dificuldade de ouvir qualquer coisa além do vento e das ondas, no meio da multidão, da confusão indescritível, tentando recobrar o fôlego e me firmar contra a tormenta, fiquei tão confuso que olhava para o mar à procura do naufrágio e só via a crista espumante das ondas enormes. Um barqueiro semivestido a meu lado apontou com o braço nu (onde se via uma flecha tatuada, apontando na mesma direção) um ponto à esquerda. Então, Oh, meu Deus! eu vi, a pequena distância de nós!

Um mastro totalmente quebrado a seis ou oito pés acima do convés estava caído para o lado, emaranhado num labirinto de velas e cordas; e enquanto o navio jogava à deriva — sem uma pausa e com inconcebível violência — o mastro em frangalhos batia contra o casco como se fosse arrombá-lo. Ainda se esforçavam para cortar fora o remanescente do desastre; pois quando o navio, até então com o costado voltado para nós, virou com a força das ondas na direção da praia, distingui claramente os homens empunhando machados, principalmente uma figura de longos cabelos cacheados que sobressaía entre as outras. Nesse momento um grito terrível, audível acima do vento e das vagas, elevou-se na praia: o mar, jogando o mastro contra o navio, abriu uma brecha no casco, varrendo homens, vergas, tonéis, pranchas, amuradas, pilhas de carga, que foram tragados pela voragem.

O segundo mastro ainda se mantinha em pé, com farrapos de velas e uma barafunda de cordame solto batendo de um lado e outro. O navio tinha arriado uma vez, disse o mesmo barqueiro roucamente em meu ouvido, depois tinha levantado e arriado de novo. Entendi-o acrescentar que estava se partindo a meia-nau e não duvidava, pois as pancadas eram tremendas demais para qualquer obra humana suportar durante muito tempo. Enquanto ele falava, outro grito de piedade percorreu a praia: quatro homens surgiram na superfície e se agarravam ao cordame do que restava do mastro tombado; a ativa figura de cabelos crespos predominava.

Havia um sino a bordo; e, enquanto o navio era arremessado e se espatifava aos poucos, como uma criatura enlouquecida de desespero, agora pouco mais que a quilha, exibindo o convés devastado ao adernar na direção da praia, enquanto saltava loucamente e voltava a proa para o mar, o sino tocava. O som, dobrando por aqueles infelizes, chegava a nós trazido pelo vento. Dois homens tinham desaparecido. A agonia aumentava na praia. Os homens gemiam, torcendo as mãos; as mulheres gritavam e viravam o rosto. Alguns corriam impensadamente para cima e para baixo, gritando por socorro onde não poderia haver socorro. Vi-me correndo como um destes, implorando em desvario a um grupo de marinheiros conhecidos meus que não deixassem aquelas criaturas morrerem diante de nossos olhos.

Também agitados, tentavam me explicar que tinham tentado pôr ao mar um bote salva-vidas, sem sucesso; e como ninguém teria a temeridade de tentar levar uma corda a nado, para estabelecer contato com a praia, nada havia a fazer. Notei então que nova sensação movimentava as pessoas na praia, a multidão se dividiu e Ham abriu caminho até a beira da água.

Corri a ele para repetir o apelo, mas, embora eu estivesse transtornado pela visão tão nova e terrível, a determinação em seu rosto, seu olhar firme no mar me despertaram para a consciência do perigo. Segurei-o com os dois braços e implorei aos marinheiros com quem tinha falado que não lhe dessem atenção, não cometessem um assassinato, não o deixassem sair da areia.

Outro grito se elevou na praia, e, olhando para o desastre, vimos a vela cruel, golpe após golpe, atirar na água o homem mais abaixo e voar em triunfo sobre a ativa figura que restava no mastro.

Diante dessa cena e diante da determinação e calma daquele homem desesperado já acostumado a liderar metade das pessoas presentes, seria o mesmo que suplicar ao vento que parasse.

— S'or Davy — disse ele animadamente, segurando minhas mãos. — Se minha hora chegou, chegou. Se não chegou, fica pra outra. Deus te abençoe e abençoe todos aqui! Companheiros, me ajudem aqui! Vou mergulhar!

Fui empurrado, mas com gentileza, a certa distância, onde as pessoas em volta me obrigaram a ficar. Diziam, como eu percebia confusamente, que ele iria com ou sem ajuda, e se eu atrapalhasse aqueles de quem ele dependia, só aumentaria o risco. Não sei o que respondi ou o que mais argumentaram, mas vi a correria na praia, homens puxando uma corda do cabrestante e entrando num círculo de gente que o escondia de mim. Então o vi sozinho, de camisa e calças de marinheiro, uma corda na mão, enrolada no pulso, outra em torno do corpo; e os homens mais fortes a pouca distância, segurando a outra ponta da corda que ele deixara cair, solta na areia, a seus pés.

O naufrágio, mesmo a meus olhos inexperientes, era iminente. Vi o navio se partindo ao meio e a vida do homem solitário sobre o mastro por um fio. E ele continuava se agarrando.

Ham observou o mar, sozinho entre o silêncio da respiração suspensa atrás dele e a tormenta à frente, até o refluxo de uma grande onda quando, com um olhar para aqueles que seguravam a corda, apertada em volta do corpo dele, arremessou-se no repuxo e no momento seguinte lutava com as ondas — levantando nas colinas, caindo nos vales, sumindo atrás da espuma; então foi arrastado de volta à areia. Os de terra o puxaram a toda pressa.

Estava machucado. De onde estava, vi o sangue em seu rosto; mas ele não deu atenção a isso. Parecia dar instruções apressadas para o deixarem mais livre, ou assim pensei, a julgar pelo movimento do seu braço — e se foi, como antes.

Agora dirigia-se para o navio — subindo com as colinas, caindo com os vales, perdido na turbulência da espuma, ora virado para a praia, ora virado para o navio, lutando com garra e coragem. A distância era irrisória, mas a força do mar e do vento tornava a luta mortal.

Aproximou-se do navio. Já estava tão perto que o alcançaria com mais uma braçada vigorosa — quando uma montanha de água, verde, imensa, elevou-se por detrás do navio, Ham pareceu saltar com um poderoso impulso e o navio desapareceu!

Vi fragmentos em redemoinho, como se fossem restos de um mero barril quebrado, enquanto corria para o lugar onde o puxavam. A tristeza surgiu em cada face. Ele foi arrastado bem para meus pés — inerte, morto. Foi carregado para a casa mais próxima; e, como agora ninguém me impedia, fiquei a seu lado, tentando por todos os meios reanimá-lo; mas tinha sido batido até a morte pela onda gigantesca, e seu generoso coração se calara para sempre.

A ÚLTIMA LUTA NO COLISEU

Adaptada da versão de Charlotte Yonge

No ano 399, em vista dos muitos protestos de cristãos eminentes, o imperador Honório aboliu as escolas de gladiadores. Por volta do ano 404, a opinião pública condenou as lutas depois do incidente aqui narrado.

O maior e mais famoso anfiteatro da antiguidade é o Coliseu, construído por Vespasiano e seu filho Tito num vale cercado pelas sete colinas de Roma. As paredes são tão sólidas e erguidas com técnica tão admirável que ainda hoje, após tantos séculos, é um dos mais belos monumentos de Roma. As arquibancadas que circundam a arena oval tinham capacidade para cinquenta mil espectadores.

Ali os romanos assistiam ao esporte, que se iniciava com um gesto do imperador. Às vezes o espetáculo começava com um elefante dançarino, ou com um leão portando uma coroa cravejada de pedras preciosas presa à cabeça, um colar de diamantes ao pescoço, a juba banhada em ouro e as patas douradas, fazendo cabriolas com uma pequena lebre a dançar sem temor entre suas garras.

Às vezes enchiam a arena de água e um barco soltava toda espécie de animais, que saíam nadando em todas as direções. Às vezes o chão se abria e surgiam árvores, como por encanto, carregadas de frutos de ouro.

Mas eram apenas as aberturas dos espetáculos, pois o Coliseu não tinha sido construído para esses passatempos inocentes. Os valentes romanos queriam divertimento mais forte, mais excitante. As portas dos calabouços em torno da arena se abriam, soltando diversos animais selvagens — tigres, rinocerontes, touros e leões, leopardos, ursos —, e as pessoas assistiam com feroz curiosidade aos vários tipos de ataque e defesa, admirando os urros e rugidos das nobres criaturas.

A gente imagina que animais selvagens se despedaçando e devorando-se uns aos outros deve satisfazer qualquer tendência ao horror, mas os espectadores exigiam adversários mais nobres para enfrentar as feras. Traziam homens em armadura que lutavam com coragem e, geralmente, com sucesso. Ou caçadores praticamente desarmados que obtinham a vitória por meio de agilidade e destreza, jogando uma rede sobre o leão, por exemplo, ou enfiando o punho até o fundo da garganta da fera. Mas, além da coragem e da esperteza, os romanos gostavam de ver a morte, e os criminosos e desertores eram condenados a enfrentar de mãos vazias os leões, saciando a população com variados tipos de morte. Entre esses condenados, muitos foram mártires cristãos, que confessavam sua fé diante dos olhares selvagens da plateia antes de "enfrentar a juba sangrenta do leão" com uma tranquilidade que a multidão era incapaz de compreender. O espetáculo da morte de um cristão imóvel, de olhos erguidos para o céu, era o mais estranho oferecido no Coliseu e, portanto, reservado para o final.

As carcaças eram retiradas com ganchos, a arena ensanguentada era coberta com nova camada de areia, borrifava-se uma camada de perfume forte e uma procissão entrava na arena — homens altos, bem constituídos, no auge da força. Alguns levavam uma espada e um laço, outros um tridente e uma rede; alguns vinham com uma armadura leve, outros totalmente equipados, como soldados; alguns a cavalo, alguns de charrete, alguns a pé. A procissão atravessava a arena, postava-se diante do imperador e, a uma só voz, gritavam a saudação que ecoava pelo estádio:

— Ave César! Os que vão morrer te saúdam!

Eram os gladiadores — homens treinados para lutar até a morte a fim de divertir a população.

Havia todo tipo de luta — o soldado em meia armadura contra o homem com a rede, o laço contra a lança —, todas as combinações em duplas e às vezes um entrevero generalizado. Quando um gladiador derrubava o adversário, olhava para o imperador, aguardando o sinal para matar ou poupar o perdedor. Se o imperador levantava o polegar, a vida do vencido era poupada; o polegar virado para baixo significava a morte. Nesse caso, se o derrotado relutava em apresentar a garganta para o golpe fatal, a multidão gritava, estimulando-o a "receber o aço"!

Entretanto, com o passar do tempo, o cristianismo foi se impondo como religião, adotada até pelo imperador. A perseguição terminou e acabaram-se os mártires para servir de alimento às feras no Coliseu. Os imperadores cristãos se empenhavam em acabar com os espetáculos de crueldade e morte, mas os costumes prevaleceram até contra a vontade do imperador. As lutas no Coliseu continuaram ainda por cem anos depois que Roma se tornou, pelo menos nominalmente, uma cidade cristã.

Enquanto isso, os inimigos de Roma se aproximavam cada vez mais. Alarico, chefe dos godos, tinha conduzido seu exército à Itália e ameaçava invadir a própria cidade. Honório, o imperador, era um rapaz covarde e um tanto idiota, mas o general Stilicho reuniu os exércitos para enfrentar os godos e os derrotou na Páscoa do ano 403. Perseguiu-os até as montanhas e, por essa vez, salvou Roma.

Nas comemorações da vitória, o Senado propôs que o imperador e o general entrassem em triunfo na cidade na abertura do ano-novo, montados em corcéis brancos, vestidos com mantos púrpura e com as faces rubras de ruge, como mandava a tradição. Em vez dos templos pagãos, visitaram a igreja, e os prisioneiros não foram sacrificados. Mas a sede de sangue romana não tinha se esgotado e, depois da procissão começou o espetáculo no Coliseu, a princípio com inocentes corridas a pé, a cavalo, de charrete. A seguir uma caça às feras tomou a arena, e depois uma dança de espadas. Mas depois da dança os espadachins se puseram em formação com espadas e lanças afiadas — para um verdadeiro combate de gladiadores. O povo aplaudiu com entusiasmo.

De repente, porém, houve uma interrupção. Um homem malvestido, descalço, pulou na arena e, tentando tirar os gladiadores, começou a gritar para a plateia que cessasse de derramar sangue inocente, que não abusassem da misericórdia divina, evitando a espada do inimigo e não incentivando o assassinato. Gritos, berros, impropérios acolheram suas palavras. Ali não era lugar para sermões — os antigos costumes de Roma deviam ser observados — "Fora!", "Em frente, gladiadores!"

Os gladiadores empurraram o intrometido para um lado e partiram para o ataque. Mas ele continuava a tentar impedir a luta, tentando apartá-los, tentando em vão se fazer ouvir. Os gritos do povo aumentavam. "Agitador! Agitador!" "Acabem com ele!" Enraivecidos com a interferência, os gladiadores o derrubaram. Uma chuva de pedras, ou o que quer que tivessem à mão, se abateu sobre o homem, e ele morreu no meio da arena.

Então o povo começou a refletir sobre o que tinha feito.

As roupas do pobre homem mostravam que era um religioso cuja vida era dedicada à prece e ao sacrifício, e por isso era reverenciado até pelos mais levianos. Os poucos que o conheciam disseram que ele tinha vindo de remotas regiões da Ásia em peregrinação aos relicários. Sabiam que era um homem santo — nada mais. Mas seu espírito se insurgiu à vista de milhares se reunindo para ver homens se massacrarem, e, na candura de seu coração, resolveu impedir a crueldade ainda que lhe custasse a vida.

Morreu, mas não foi em vão. A missão foi cumprida. O choque daquela morte diante de seus olhos tocou o coração das pessoas; foram capazes de ver a maldade em que cegamente consentiam.

Desde o dia em que o santo homem morreu na arena, não houve mais lutas de gladiadores. O costume foi abolido, e pelo menos um crime habitual foi varrido da terra pela devoção de um homem obscuro, humilde, anônimo.

TRISTEZA

Anton Tchekov

A quem confiar a minha dor?...

É crepúsculo. Grossos flocos de neve revoluteiam em torno das lâmpadas recém-acesas e pousam em camadas moles nos telhados, nos lombos dos cavalos, nos chapéus e nos ombros das pessoas. O cocheiro Iona Potapov, todo de branco, está um verdadeiro fantasma. Curvado sobre si mesmo, tão dobrado quanto é capaz um ser humano, está sentado na boleia, imóvel. Ainda que uma rajada de neve caísse inteira sobre ele, não veria a utilidade de se sacudir, ao que parece... O cavalinho está tão branco e imóvel quanto ele. A imobilidade, as formas angulosas, as pernas rijas como palitos lhe dão a aparência, mesmo de perto, de um cavalinho de marzipã de um copeque. Com toda probabilidade, está imerso em meditação. Se a gente fosse arrancada do arado, das cinzentas paisagens familiares, e atirada nessa voragem repleta de luzes monstruosas, de ruído incessante e de pessoas apressadas, como não meditar?...

Já faz muito tempo que Iona e sua mula não saem do lugar. Saíram antes do meio-dia e ainda não pegaram uma corrida sequer. Agora a névoa da noite cai sobre a cidade. A luz baça dos lampiões substitui as cores vivas, e o burburinho da rua vai se tornando mais intenso.

— Cocheiro, rua Vyborg! — Iona ouve alguém gritar. — Cocheiro!

Iona, sobressaltado, vê por entre os cílios colados de neve um oficial de casacão e capuz.

— Rua Vyborg! — repete o oficial. — Vamos lá, está dormindo? Rua Vyborg!

Em sinal de assentimento, Iona toma as rédeas, fazendo cair camadas de neve do lombo do animal e dos ombros do cocheiro. O oficial toma lugar no carro. O cocheiro estala os lábios, estica o longo pescoço delgado, se ajeita na boleia e, mais por hábito do que por necessidade, brande o chicote. O cavalinho também estica o pescoço, mexe as pernas de palito e sai num passo hesitante.

— Aonde é que você vai, palerma? — gritam vozes na massa escura à frente e atrás dele. — Que diabo, aonde é que está indo? Mantenha-se à direita!

— Não sabe dirigir? Fique à direita! — reclama o oficial.

Um cocheiro o insulta, um pedestre que atravessa a rua correndo e roça o ombro no focinho do cavalo o olha com rancor, sacudindo a neve da manga. Iona se mexe na boleia, como se estivesse sentado sobre pregos, mexe os cotovelos e gira os olhos assustados, como se não compreendesse onde está e o que está fazendo ali.

— Que patifes! — ironiza o oficial. — Estão todos contra você, ou fazem questão de se atirar debaixo das patas do cavalo. Deve ser uma conspiração.

Iona se volta para o passageiro e mexe os lábios. Quer dizer alguma coisa, sem dúvida, mas de sua garganta sai apenas um som gutural.

— Quê? — pergunta o oficial.

Iona esboça um sorriso sem graça e diz com esforço, numa voz rouca:

— Meu senhor, eu... perdi meu filho esta semana.

— Ah! Morreu de quê?

Iona vira o corpo inteiro e diz:

— Quem sabe! Deve ter sido de febre alta. Ficou três dias no hospital, e morreu... Foi a vontade de Deus.

— Vira, seu pamonha! — alguém grita na escuridão. — Está cego, idiota? Olha o que está fazendo!

— Vai em frente, vai — diz o passageiro —, senão só vamos chegar amanhã de manhã. Anda mais depressa!

O cocheiro estica o pescoço novamente, se endireita na boleia e brande o chicote com um ar pesado. Volta-se várias vezes para o passageiro, mas o oficial fechou os olhos e, ao que parece, não está disposto a ouvir. Depois de deixar o oficial na rua Vyborg, para diante de uma taverna, se encolhe na boleia e volta à imobilidade. A neve úmida os cobre de branco, a ele e ao cavalo. Uma hora, duas...

Três jovens barulhentos passam na calçada com um ruído de galochas, discutindo. Dois deles são altos e magros, o terceiro é baixo e corcunda.

— Cocheiro, à ponte da polícia! — diz o corcunda, em voz esganiçada. — Nós três... por vinte copeques!

Iona pega as rédeas e estala os lábios. Vinte copeques não é um preço razoável, mas pouco lhe importa o preço. Um rublo ou cinco copeques não faz diferença, contanto que tenha passageiros. Os rapazes se aproximam do carro e sobem os três ao mesmo tempo, se empurrando, falando palavrões. Começam uma discussão, quem vai ocupar os dois lugares, quem vai ficar de pé. Após um bom tempo de discussão, xingamentos, petulância, decidem que o corcunda vai de pé, já que é o menor.

— Anda logo! — se esganiça o corcunda, instalado atrás de Iona e exalando um bafo quente em sua nuca. — Mete o chicote, cocheiro! Mas que boné o seu, hein? Não tem nada pior em São Petersburgo inteira.

— Hi, hi, hi — Iona se sacode de rir. — Eu ponho o que tenho...

— Anda, "põe o que tem", mais depressa! Vai nesse passinho até lá? Hein?... Cadê o chicote?

— Minha cabeça está estalando... — diz um dos altos. — Ontem Vaska e eu entornamos quatro garrafas de conhaque na casa dos Dukmassov.

— O que é que você ganha mentindo tanto, eu não entendo! — diz o outro alto, irritado. — Como mente, essa besta!

— Que Deus me castigue se não é verdade!

— É, é tão verdade quanto um piolho tossindo.

— Hi, hi, hi — Iona dá um sorriso alvar. — Esses rapazes são engraçados.

— Oh, diabo! — explode o corcunda. — Vai andar ou não, peste? Não dá pra melhorar essa andadura? Mete o chicote no lombo dele! Anda, diabos! Dá-lhe com força!

Iona sente o corpo do corcunda se retorcer atrás do seu e o tremor em sua voz. Iona ouve os insultos, vê as pessoas em volta, e o sentimento de solidão aos poucos vai se diluindo. O corcunda o descompõe até se engasgar, sufocado por uma série de seis palavrões seguidos que se perdem num acesso de tosse. Os dois altos começam a falar de uma certa Nádia. Iona se vira repetidamente na direção deles. Aproveitando um breve momento de silêncio, ele se vira uma vez mais e resmunga.

— Essa semana, eu... perdi meu filho.

— Todo mundo morre — suspira o corcunda, enxugando os lábios. — Anda, mais depressa, mais depressa! Gente, sou absolutamente incapaz de aguentar o passo dessa mula! Quando é que nós vamos chegar?

— Atiça ele um pouco... Dá-lhe um bom tapa na nuca!

— Entendeu, sua praga? Prepara o cangote! Se a gente fizer cerimônia com vocês, melhor ir a pé. Ou acha que a gente está brincando?

E Iona ouve mais do que sente os tapas que lhe dão na nuca.

— Hi, hi... — ri ainda. — Esses rapazes são engraçados, benza-os Deus!

— Cocheiro, você é casado? — pergunta um dos altos.

— Eu? Hi, hi!... Esses rapazes são muito engraçados. Hoje, minha mulher é a terra... Hi! Ho, ho!... A cova, só!... Meu filho morreu, e eu, eu estou vivo... É uma piada, a morte errou a porta... Em vez de bater na minha casa, foi na do meu filho...

E volta-se para contar como é que o filho morreu, mas, nesse momento, o corcunda dá um ligeiro suspiro e anuncia que, graças a Deus, enfim chegaram. Iona recebe os vinte copeques, com um olhar comprido, vê os gaiatos desaparecerem no portal sombrio. Está só, mais uma vez, imerso no silêncio... A tristeza, esquecida por momentos, reaparece e cresce em seu peito com mais força ainda. Seu olhar inquieto e doloroso percorre os grupos que desfilam a cada lado da rua: entre milhares de homens e mulheres, não haveria uma única pessoa que o ouvisse? Mas a multidão apressada não o vê, nem vê seu sofrimento. Sofrimento imenso, sem limites. Se seu peito estourasse e a tristeza se derramasse, inundaria o mundo inteiro, mas nem por isso Iona é menos invisível. Enroscou-se num casulo tão insignificante que ninguém o veria, nem em pleno dia à luz de uma lanterna.

Iona vê um porteiro com um pacotinho e resolve puxar conversa.

— Que horas são? — pergunta.

— Já passa das nove... Por que parou aqui? Vai parar noutro lugar!

Iona toca o cavalo uns passos, se curva sobre si mesmo e se entrega à sua dor. Dirigir a palavra às pessoas não adianta nada, ele pensa. Nem cinco minutos tinham se passado e ele se apruma, sacode a cabeça, como sob o efeito de uma dor aguda, e toma as rédeas. Não aguenta mais. "Recolher" é só o que deseja, "recolher!".

E a eguazinha, como se houvesse compreendido, sai trotando. Uma hora e meia depois Iona está sentado ao lado de um grande fogão sujo. Em volta do fogão, no chão, nos bancos, pessoas roncam. Uma atmosfera sufocante, superaquecida. Iona olha as pessoas dormindo, coça a nuca e se arrepende de ter voltado tão cedo.

"Não ganhei nem pra forragem", reflete ele. "Por isso é que não dá certo. Um homem que conhece seu trabalho, que está de barriga cheia, e o cavalo também, não se atormenta nunca."

Um jovem cocheiro se levanta num canto, dá uns resmungos sonolentos e vai à tina de água.

— Está com sede? — pergunta Iona.

— Muita sede!

— Vai lá... Saúde!... Perdi meu filho, sabe... Não ouviu falar? Morreu no hospital, essa semana. História triste.

Iona aguarda o efeito produzido por suas palavras, mas não vê nenhum. O jovem cocheiro cobriu a cabeça com o cobertor e dormiu. O velho suspira e coça a cabeça. Tem tanta necessidade de falar quanto o jovem tinha de beber água. Logo fará uma semana que o filho morreu e ainda não conseguiu falar como se deve, do jeito certo, com ninguém. Essas coisas a gente fala com sentimento, com tempo... a gente conta como ele ficou doente, o quanto sofreu, o que disse antes de morrer, como é que morreu... a gente descreve os detalhes do enterro, a ida ao hospital para buscar as roupas do defunto. Tem uma filha que mora na cidade, Anissia... dela também, há que falar. Assunto de conversa é o que não lhe falta. Quem escutar vai lamentar, gemer, suspirar... Com mulheres, é sempre melhor. São burras, mas com duas palavras já estão em lágrimas. "Vai lá ver o cavalo", pensa Iona. "Amanhã você tem tempo para dormir. Não se preocupe, vai dormir até enjoar..."

Iona se veste e vai à estrebaria. Pensa na aveia, no feno, no tempo que está fazendo... Pensar no filho, quando está só, ele não aguenta mais. Falar com alguém, pode, mas pensar sozinho, evocar sua imagem, é intolerável.

— Está mastigando? — pergunta Iona, olhando os olhos brilhantes do cavalo. — Come, vai. Se não ganhamos para aveia, comemos feno. É...Estou muito velho para ser cocheiro. Esse lugar era do meu filho, o meu já passou... Ele era um bom cocheiro... Se pelo menos estivesse vivo...

Fica alguns instantes sem dizer nada, e prossegue:

— É isso aí, meu jumento valente... Kuzma acabou. Nos disse adeus... Morreu de repente, a troco de nada... Hoje, por exemplo, você tem um potrinho, e você é a mãe desse potrinho. E, de repente, por exemplo, esse potrinho diz adeus... Não é triste?

A eguazinha mastiga, escuta e sopra na mão do dono.

Iona não resiste e lhe conta tudo.

O FIM DO TIGRE

John D. MacDonald

Encontrei Tigre Shaw ontem. Não me reconheceu. Nem tinha motivo para reconhecer. Quando namorava minha irmã Christine, eu era parte da chusma de irmãozinhos dela, que tinham juízo bastante para manter distância, se não quisesse levar um cascudo dos dedos ossudos dele.

Vi-o numa ruela na cidade, descarregando um caminhão na frente de um armazém, os braços grossos tatuados, a barriga estufada como um saco de cimento, uma figura amarga, soturna e sem graça. Uma pena, porque era um belo rapaz, um dos melhores atletas que a escola já teve. Ficou um ano na faculdade até se envolver num escândalo de "entregar" o jogo e o convencerem a se alistar no Exército.

Christine e Tigre formavam um belo par naquele verão.

Éramos sete irmãos. Agora somos seis, e quando nos reunimos, com esposas, maridos, filhos, sobrinhos, lembramos de Bunny com tristeza, porque era a menorzinha e muito querida de todos nós. Essas reuniões são raras porque agora estamos muito espalhados pelo mundo. O marido de Christine é professor na Universidade de Toronto. Sua filha mais velha está com 12 anos. Todos nos casamos bem. Meu casamento é ótimo.

Quando nos reunimos, sempre contamos as histórias do meu avô. Tem um monte delas. Ele nos criou — ele e nossa mãe. Era um velho grandalhão, rude e impulsivo, chegado a uma cena dramática. Praticamente tudo que ele fazia não tinha o menor sentido para nós, crianças. Ele nunca explicava, apenas vivia de acordo com seus instintos imprevisíveis. Mas é estranho que, com o passar do tempo, começamos a ver que as coisas absurdas faziam sentido.

Até o dia em que morreu, acho que nem todos perdoamos de verdade o caso da gansa. Ontem, quando vi Tigre Shaw, desejei que meu avô tivesse pelo menos tentado explicar o caso de Gretchen. Gretchen era o nome da gansa.

Naquele verão, quando Christine namorava Tigre, Nan, a caçula, comprou a gansinha numa fazenda ali perto por noventa centavos, que tinha economizado da mesada. Durante três dias a gansa foi dela. Depois passou a pertencer a todos nós e a ser proprietária do lago à esquerda do quintal. Nós passamos a ser seus amigos gansos, e ela nos seguia rebolando, fazendo barulhinhos nervosos ante todos os perigos que o mundo encerra para uma gansa incauta. Suas penas brilhavam de tão brancas, e ela sabia se defender muitíssimo bem, com o bico serrilhado a postos. Quem se dispusesse a dar uma volta de esquife podia contar com Gretchen antes mesmo de pôr o barco na água. Ela se encarapitava no casco, grasnando de prazer.

Dois meses depois Gretchen estava bem crescida e ficava encantada com a cabeleira dourada de Christine. Alisava os cabelos de Christine com o bico, sem machucar, sem bicadas, fazendo ruídos de satisfação. Sabíamos tudo de que Gretchen gostava e de que não gostava. Gostava de carinhos na cabeça, mas não demais. Ficava nervosa à noite, ignorava gatos, desprezava cachorros e fazia uma reverência profunda, à moda oriental, quando alguém se aproximava.

Tigre estava sempre lá em casa naquele verão. Era um ídolo, certamente, grande e louro. Mas logo aprendemos a ter cautela. Ele era rápido e sabia os lugares que doíam mais. Morria de rir depois e nós, para não perdermos a dignidade, ríamos também, apesar dos olhos ardendo de vontade de chorar.

Lembro-me dos longos finais de tarde daquele verão, depois do jantar, antes da hora de enxotarem os menores para a cama. Íamos para o jardim, para a varanda do lado da casa, e Gretchen vinha rebolando, saindo do lago e cruzando o jardim, em reverências orientais.

Uma das histórias do vovô que não contamos é a de Tigre com o ganso.

Gretchen tinha suas restrições com Tigre Shaw, o que era um instinto plausível. Naquela noite Tigre ia levar Christine a um baile qualquer no município vizinho. Christine estava de vestido azul com florezinhas brancas, os cabelos escovados brilhando. As boas maneiras rurais exigiam que Tigre ficasse por ali, fazendo uma visitinha, antes de sair com ela ao anoitecer. O barulho do carro dele parecia um rosnado, e quando sumia na estrada lembrava uma abelha zumbindo no ouvido.

Estávamos brincando no jardim. Sheila estava um tanto pensativa. Em pouco tempo seria sua vez de sair com namorados. Nosso avô estava na cadeira de balanço na varanda, e no horizonte além das montanhas, a leste, via-se um pulsar inaudível de raios na escuridão.

Tigre e Christine estavam sentados a pequena distância um do outro. Gretchen veio rebolando por trás deles, deu um impulso desajeitado batendo as asas brancas e pulou no banco entre os dois, curvando o pescoço em reverências para Christine. Cacarejando baixinho, se pôs a pentear com o bico as mechas de cabelo louro.

Ficamos olhando com certa apreensão, pois Gretchen estava perigosamente perto de Tigre Shaw. Ele parecia lento, porque era grandão e musculoso, mas era muito rápido. E era raro não estar ruminando um chiclete. É uma das lembranças que guardo dele, as mandíbulas mastigando e o cheiro de hortelã.

Pegou Gretchen pelo pescoço, tirou a bola de chiclete da boca com a outra mão e, quando ela abriu o bico para grasnar um protesto, ele colou o chiclete por dentro do bico, na parte de cima. Soltou-a imediatamente, rolando de rir.

Todos rimos. Era ridículo. O bico de Gretchen colou. Ela ficou atônita, sacudindo a cabeça como a gente sacode a mão quando quer se livrar de alguma coisa grudenta. Tanto sacudiu que ficou tonta, caiu estatelada no chão e começou a correr em círculos no jardim, batendo as asas, tentando fugir de alguma forma daquele terrível impasse. Nossa risada se tornou um riso nervoso e já chegava à beira da histeria.

Acima do nosso riso nervoso e da gargalhada de Tigre, ouvimos a estrondosa risada rouca do meu avô descendo a escada. Aterrorizada, Gretchen passou a arremeter o precioso bico contra pedras, cerca e tudo o que havia de mais duro no chão. Nosso riso já era um uivo de dor, de pânico, pavor. Porque sabíamos o que o bico significava para ela — garfo e faca, pente e escova, arma, ferramenta, peneira, crivo, caça-minhocas.

Saímos correndo atrás dela, mas meu avô nos fez recuar com os braços enormes, rindo, trovejando que era muito engraçado. Odiei-o naquele momento, odiei os três — meu avô, Tigre e Christine.

Porque Christine também continuava a rir. Ficou em pé e se dobrava de rir. Meu avô e Tigre davam tapas nas costas um do outro, chorando de rir da pobre criatura desorientada esgaravatando o chão, apavorada. Christine veio devagar, rindo em falsete, e quando desceu os degraus o riso se transformou num gemido e as lágrimas correram pelo seu rosto.

A gargalhada de meu avô parou subitamente quando a porta de tela bateu atrás dele e desvencilhou-se rapidamente de Tigre.

Seguindo as ordens de meu avô, pegamos Gretchen, embrulhamos firmemente num saco de aniagem e a levamos à varanda. Meu avô apoiou a cabeça dela na coxa, abriu delicadamente o bico esfolado e retirou a massa grudenta da concavidade. Tigre olhava, ainda achando graça, e nossos soluços aos poucos substituíam as lágrimas. Meu avô pôs Gretchen no chão, tirou-a do saco, ela esticou o pescoço e, meio correndo, meio voando, partiu como uma flecha para a segurança do lago.

Tigre disse que estava na hora de saírem e mandou Sheila chamar Christine. Sheila voltou logo depois, dizendo que Christine estava com dor de cabeça e não podia ir. Tigre ficou ainda um pouquinho, de mau humor. E foi embora. O zumbido do carro depressa desapareceu. Fomos ao lago. Gretchen estava suja de terra, algumas penas tinham se quebrado, mas parecia imaculadamente branca no azul-escuro do anoitecer, no meio do lago, sem um grasnido para nós.

Acabaram-se os passeios de barco, os penteados na cabeleira de minha irmã, os barulhinhos atrás de nós no jardim, as visitas à varanda ao anoitecer. Concordamos que, se nosso avô tivesse deixado ajudá-la antes de ficar tão aterrorizada, ainda teríamos a confiança dela.

Nunca perdoamos totalmente nosso avô. Talvez não estivesse interessado em nosso perdão. Era um velho rude e impulsivo e fazia coisas sem o menor sentido. Mas quando encontrei Tigre ontem, de repente descobri que, se tivéssemos ajudado Gretchen logo, seria só mais uma brincadeirinha dele. Christine teria saído com ele aquela noite e muitas outras noites e a vida dela seria muito diferente hoje. Ao nos impedir, meu avô deixou-a ver o tipo de gargalhada de Tigre, que é tão comum nesse mundo.

Mas nunca explicou.

UM AMOR MAIOR

John W. Mansur

Não se sabe qual era o alvo pretendido, mas as bombas caíram em cima de um orfanato de missionários numa aldeia vietnamita. Os missionários e duas crianças morreram na hora e muitas ficaram feridas, inclusive uma menina de oito anos.

Os habitantes pediram socorro a uma aldeia vizinha que tinha contato por rádio com as forças americanas. Um médico da marinha e uma enfermeira chegaram de jipe, trazendo apenas maletas de primeiros socorros. Constataram que o caso mais grave era o da menina. Sem providências imediatas, morreria de choque e perda de sangue.

Era imperativo uma transfusão, e procurou-se um doador com o mesmo tipo sanguíneo. Os americanos não tinham aquele tipo de sangue, mas muitos órfãos que não tinham sido feridos poderiam ser doadores.

O médico conhecia algumas palavras em vietnamita, e a enfermeira tinha noções de francês. Usando uma mistura das duas línguas e muita gesticulação, tentaram explicar aos assustados meninos que, se não recolocassem o sangue perdido, a menina morreria. Então perguntaram se alguém queria doar sangue.

A resposta foi um silêncio de olhos arregalados. Finalmente uma mão levantou-se timidamente, deixou-se cair e levantou de novo.

— Ah, obrigada — disse a enfermeira em francês. — Como é o seu nome?

— Heng.

Deitaram Heng rapidamente na maca, esfregaram álcool em seu braço e espetaram a agulha na veia. Durante esses procedimentos, Heng ficou calado e imóvel.

Passado um momento, deixou escapar um soluço e cobriu depressa o rosto com a mão livre.

— Está doendo, Heng? — perguntou o médico. Heng abanou a cabeça, mas daí a pouco escapou outro soluço e mais uma vez ele tentou disfarçar. O médico tornou a perguntar se doía, e ele abanou a cabeça.

Mas os soluços ocasionais acabaram virando um choro declarado, silencioso, os olhos apertados, o punho na boca para estancar os soluços.

O médico e a enfermeira ficaram preocupados. Alguma coisa obviamente estava acontecendo. Nesse instante, chegou uma enfermeira vietnamita, enviada para ajudar. Vendo a aflição do menino, falou com ele, ouviu a resposta e tornou a falar com voz terna, acalmando-o.

Heng parou de chorar e olhou surpreso para a enfermeira vietnamita. Ela confirmou com a cabeça e uma expressão de alívio estampou-se no rosto do menino. Então ela disse aos americanos:

— Ele achou que estava morrendo. Entendeu que vocês pediram para dar *todo* o sangue dele para a menina poder viver.

— E por que ele concordou?

A enfermeira vietnamita repetiu a pergunta, e Heng respondeu simplesmente:

— Ela é minha amiga.

Maior amor não há que dar a vida por uma amiga.

UM PROBLEMA

Anton Tchekov

Tomaram-se as maiores precauções para que o segredo da família Ustov não vazasse para o conhecimento de todos. Mandaram metade dos criados ao teatro, ao circo. A outra metade não teve permissão para sair da cozinha, com ordens de não deixar ninguém entrar. A mulher do coronel, a irmã dela e a governanta, embora iniciadas no segredo, fingiam não saber de nada. Ficaram na sala de jantar, sem aparecer no escritório nem na sala.

Sasha Ustov, o jovem de 25 anos causador de toda aquela comoção, tinha chegado pouco antes. A conselho do bondoso Ivan Markovitch, seu tio, que tinha tomado seu partido, estava sentado humildemente no *hall*, ao lado da porta do escritório, preparando-se para dar uma explicação aberta e franca.

Do outro lado da porta, a família estava reunida em conselho. O tema em discussão era extremamente delicado. E desagradável. Sasha Ustov havia descontado no banco uma nota promissória falsa e há três dias tinha sido intimado a pagar. Agora os dois tios por parte de pai e Ivan Markovitch, irmão de sua falecida mãe, decidiam se era melhor pagar a dívida e salvar a honra da família, ou se lavavam as mãos e deixavam o caso ir a julgamento.

Para quem está de fora e não tem interesse pessoal no assunto, essas questões parecem muito simples. Para os que têm o azar de precisar decidi-las com critério, são extremamente difíceis. Os tios já conversavam há bastante tempo, mas não encontravam solução satisfatória para o problema.

— Meus amigos — disse o coronel, com uma nota de exaustão e amargura —, quem disse que a honra da família é mera convenção? Eu não penso assim. Estou apenas advertindo vocês contra uma visão falsa. Estou apontando a possibilidade de um erro imperdoável. Como não percebem? Não estou falando grego... estou falando russo!

— Meu caro amigo, nós entendemos — protestou Ivan Markovitch, conciliador.

— Como podem entender se dizem que eu não acredito em honra de família? Volto a repetir: a hon-ra da fa-mí-lia, mal-com-pre-en-di-da, é preconceito! Mal compreendida! Sejam quais forem os motivos, proteger um bandido e ajudá-lo a escapar da punição, é contra a lei e é procedimento indigno de um cavalheiro. Não é salvar a honra da família. É covardia cívica! O Exército, por exemplo... a honra do Exército é o que temos de mais valioso, mas não acobertamos os culpados; eles são condenados. E a honra do Exército fica manchada por isso? Muito pelo contrário!

O outro tio paterno, funcionário do Tesouro, homem taciturno, obtuso e reumático, ouvia em silêncio e só falou no fato de o nome Ustov ir parar nos jornais se o caso fosse a julgamento. Na sua opinião, a história devia ser abafada rapidamente e não se tornar domínio público. Mas, à parte a má publicidade, não ofereceu maiores argumentos para sustentar sua opinião.

O tio materno, o bondoso Ivan Markovitch, falava com suavidade e um leve tremor na voz. Começou por dizer que a juventude tem direito a tentações peculiares. Qual deles não tinha sido jovem, qual deles não tinha dado um mau passo? Nem os grandes homens tinham escapado dos erros da juventude, quanto mais os reles mortais! Veja as biografias de grandes escritores, por exemplo. Então não jogavam e bebiam quando jovens, não atraíam a ira das pessoas corretas? Se o erro de Sasha beirava o crime, deviam se lembrar que Sasha praticamente não tivera educação. Havia sido expulso do colégio no quinto ano, perdera os pais na primeira infância, sendo privado de orientação e bons conselhos, de boas influências, na mais tenra idade! Era nervoso, irrequieto, não tinha uma base sólida e, acima de tudo, não tivera sorte. Ainda que fosse culpado, merecia pelo menos indulgência e simpatia de pessoas compassivas. Certamente, merecia ser punido, mas já era punição suficiente a dor na consciência e a aflição por que passava agora, aguardando a sentença dos parentes. A comparação com o Exército era perfeita, à altura da inteligência arguta do coronel. Seu apelo ao sentimento do dever público era digno da nobreza do seu caráter, mas não deviam esquecer que, em cada indivíduo, há um cidadão intimamente ligado ao sentimento cristão...

— Estaremos traindo o dever cívico — concluiu Ivan Markovitch apaixonadamente — se, em vez de punir um jovem extraviado, lhe estendermos a mão?

Ivan Markovitch prosseguiu falando sobre a honra da família. Não tinha a honra de pertencer à família Ustov, mas sabia que essa nobre estirpe remontava ao século XIII. Tampouco esquecia um momento sequer sua amada irmã, que havia desposado um dos mais dignos representantes do nome. Em suma, a família lhe era cara por várias razões e se recusava a admitir a ideia de que, por conta de uns míseros quinhentos rublos, se manchasse um brasão de valor inestimável. Se todos os motivos mencionados não bastassem para convencê-los, ele, Ivan Markovitch, concluindo, implorava que os interlocutores se perguntassem o que se entende por crime. Crime é um ato imoral originado de vontade maldosa. Mas será livre a vontade do homem? A filosofia ainda não deu uma resposta definitiva a tal questão. Os pensadores apresentavam visões diversas. A nova escola de Lombroso, por exemplo, nega a liberdade da vontade e considera todo crime um produto das particularidades puramente anatômicas do indivíduo.

— Ivan Markovitch — disse o coronel, em tom de súplica —, estamos tratando de um assunto sério e você, com tanta sagacidade, nos fala em Lombroso! Pense um pouco, por que diz tudo isso? Acaso pensa que toda a sua retórica vai fornecer uma resposta ao problema?

Do outro lado da porta, Sasha Ustov ouvia. Não sentia medo, vergonha, nem desespero, apenas cansaço e um vazio interno. A seu ver, não fazia a menor diferença que o perdoassem ou não. Viera para ouvir a sentença e se explicar, simplesmente porque o bondoso Ivan Markovitch insistira que viesse. Não temia o futuro. O lugar não fazia diferença: aqui no *hall*, na prisão ou na Sibéria. "Se for a Sibéria, que seja, e dane-se o resto!"

A vida parecia-lhe insuportavelmente difícil, não aguentava mais. Estava inextricavelmente envolvido com dívidas. Não tinha um tostão no bolso. A família se tornara detestável para ele. Teria que deixar os amigos e as mulheres mais cedo ou mais tarde, pois já estavam aborrecidos demais com ele por explorá-los. O futuro era negro.

Sasha permanecia indiferente, perturbado apenas por uma circunstância: do outro lado da porta, o chamavam de canalha e criminoso. Sentia-se a ponto de invadir o escritório e responder num grito à detestável voz metálica do coronel: "É mentira!" "Criminoso" é uma palavra horrível — serve para classificar ladrões, assaltantes, assassinos, todo tipo de pessoas depravadas e moralmente incorrigíveis. E Sasha estava longe de ser algo assim... É verdade que devia grandes quantias e não honrava suas dívidas. Mas dívida não é crime, e é raro um homem que não tem dívidas. Tanto o coronel quanto Ivan Markovitch tinham dívidas...

— Que fiz de errado além disso? — perguntava-se Sasha.

Tinha descontado uma nota promissória falsa. Mas todos os rapazes que conhecia já haviam feito isso. Handrikov e von Burst sempre falsificavam títulos dos pais e dos amigos quando a mesada estava atrasada. Quando recebiam o dinheiro de casa, quitavam antes do prazo de vencimento. Sasha fizera o mesmo, e só não quitou porque não conseguiu o dinheiro que Handrikov prometera lhe emprestar. Não tinha culpa. A culpa era das circunstâncias. É verdade que fazer uso da assinatura de outra pessoa era considerado repreensível, ainda assim, não era um crime, mas um expediente geralmente aceito, uma formalidade desagradável que não prejudicava ninguém, perfeitamente inócua. Ao forjar a assinatura do coronel, Sasha não tivera a intenção de causar perdas ou danos a ninguém. "Não, isso não significa que eu seja um criminoso...", pensou Sasha. "Não está em meu caráter cometer um crime. Sou sentimental, emotivo... Quando tenho dinheiro, eu ajudo os pobres..."

Sasha se distraía com essas ideias, enquanto do outro lado da porta a conversa continuava.

— Mas vejam, amigos, isso não tem fim! — declarou o coronel, com veemência. — Suponhamos que ele seja perdoado, e paguemos o que deve. Sabem que ele vai continuar com a vida desregrada, esbanjando dinheiro, fazendo dívidas, encomendando ternos ao nosso alfaiate, em nosso nome! Podem garantir que será a última brincadeira dele? Quanto a mim, não acredito que vá se corrigir!

O funcionário do Tesouro resmungou uma resposta qualquer. Ivan Markovitch recomeçou a falar em tom brando e conciliador. O coronel mexia-se na cadeira com impaciência, abafando as palavras dos outros com a detestável voz metálica. Por fim a porta se abriu e Ivan Markovitch saiu do escritório. Tinha manchas vermelhas na face escanhoada.

— Venha cá — disse ele, pegando Sasha pela mão. — Fale com toda franqueza. Sem arrogância, meu rapaz. Fale com humildade, do fundo do coração.

Sasha entrou no escritório. O funcionário do Tesouro estava sentado, e o coronel, de pé, tinha a mão no bolso e um joelho apoiado na cadeira, atrás da escrivaninha. O ambiente enfumaçado era asfixiante. Sasha não olhou para o coronel nem para o funcionário. Sentia-se envergonhado, pouco à vontade. Olhou embaraçado para Ivan Markovitch e balbuciou:

— Eu vou pagar... Vou devolver...

— O que você imaginava quando descontou o título? — disse a voz metálica.

— Eu... Handrikov prometeu me emprestar o dinheiro antes do vencimento.

Sasha não tinha mais nada a dizer. Saiu do escritório e voltou a se sentar na cadeira ao lado da porta. Gostaria de ir embora de uma vez, mas estava engasgado de ódio, queria ficar para arrasar o coronel, dizer-lhe alguma grosseria. Tentava encontrar algo violento e eficaz para dizer ao tio odioso quando um vulto de mulher assomou na penumbra da porta da sala de estar. Era a mulher do coronel. Fez um gesto para Sasha se aproximar e, torcendo as mãos, disse, entre soluços:

— Alexandre, sei que não gosta de mim, mas... ouça. Ouça, por favor... Meu caro, como aconteceu isso? É terrível, terrível! Por amor de Deus, peça a eles, defenda-se, implore.

Sasha via o tremor das espáduas, as grossas lágrimas rolando nas faces dela, ouvia atrás de si o som abafado das vozes nervosas dos homens preocupados, exaustos, e deu de ombros. Nunca imaginou que seus parentes aristocráticos fizessem tamanha tempestade por uns míseros 500 rublos! Não conseguia entender as lágrimas dela, nem as vozes alteradas deles.

Uma hora mais tarde, percebeu que o coronel estava levando a melhor. Os tios finalmente se inclinavam a deixar o caso ir a julgamento.

— Está resolvido — disse o coronel com um suspiro. — Basta.

Após a decisão os tios, inclusive o enfático coronel, estavam obviamente deprimidos. Fez-se silêncio.

— Deus de misericórdia! — suspirou Ivan Markovitch. — Minha pobre irmã!

E começou a falar a meia-voz, como se sua irmã, mãe de Sasha, estivesse presente naquele momento no escritório. Chegou a sentir a tristeza, o lamento infeliz da santa senhora implorando pelo filho. Em respeito à sua paz no túmulo, deviam poupar Sasha.

Ouviu-se um soluço abafado. Ivan Markovitch chorava. Murmurava alguma coisa impossível de se ouvir através da porta. O coronel se levantou e começou a andar de um lado para o outro. A longa conferência começou de novo.

O relógio da sala bateu duas horas. O conselho de família chegou ao fim. O coronel saiu do escritório pelo vestíbulo, não pelo *hall*, para evitar pôr os olhos em quem lhe provocara tanto ódio. Ivan Markovitch chegou ao *hall*, agitado, esfregando as mãos de contentamento. Seus olhos marcados pelas lágrimas agora brilhavam de alegria e sua boca se curvava num sorriso.

— Capital! — disse a Sasha. — Graças a Deus! Pode ir para casa, meu querido. Durma em paz. Decidimos pagar, mas com a condição de que se arrependa. Deve vir amanhã comigo para o campo e começar a trabalhar.

Um minuto depois, Ivan Markovitch e Sasha, devidamente agasalhados, desciam a escada. O tio resmungava um conselho edificante. Sasha não prestava atenção. Sentia que um peso enorme saía aos poucos de suas costas. Tinha sido perdoado. Estava livre! Um assomo de alegria o inundava, um doce calafrio a percorrer-lhe o peito. Queria respirar, correr, viver! Vendo os lampiões acesos e o céu escuro, lembrou-se de que von Burst estava celebrando o dia do santo de seu nome no Urso Branco, e nova onda de alegria jorrou em seu coração...

— Eu vou! — decidiu.

Mas lembrou-se de que não tinha um tostão, que os amigos mostrariam desprezo pelos seus bolsos vazios. Tinha que arrumar dinheiro, de qualquer maneira!

— Tio, me empreste cem rublos — pediu a Ivan Markovitch.

O tio, perplexo, apoiou-se num poste.

— Vamos logo — disse Sasha, impaciente, mudando de um pé a outro e começando a sapatear. — Tio, por favor, me dê cem rublos.

Franziu o rosto. Tremia, parecia estar a ponto de avançar sobre o tio.

— Não vai me dar? — continuou a pedir, vendo o ar atônito do tio, que ainda não entendia bem. — Olhe aqui, se não me der, vou me entregar amanhã! Não deixo você pagar o título! Desconto outra nota falsa amanhã!

Petrificado de horror, Ivan Markovitch murmurou alguma coisa incoerente, tirou do bolso uma nota de cem rublos e entregou a Sasha. O jovem pegou o dinheiro e afastou-se rapidamente...

Sasha pegou um táxi e foi se acalmando, sentindo novamente a onda de alegria. Os "direitos da juventude" que o bondoso Ivan Markovitch mencionara no conselho de família voltaram a despertar. Sasha antevia a festa, as mulheres, as garrafas e os amigos, e um pensamento cruzou sua mente: "Agora vejo que sou mesmo um bandido. É verdade, sou um bandido!"

OS DOIS PRESENTES

Recontada por Lilian Gask

Caía uma forte tempestade de neve, os grandes flocos flutuando no ar como plumas soltas das asas de incontáveis anjos. À beira da estrada estava sentada uma pobre velhinha. As roupas ralas não a protegiam da corrente de vento gelado, e ela tinha muita fome, pois não havia comido nada aquele dia. Seus olhos cansados, porém, revelavam a calma e paciência de quem tem fé inabalável na Providência. Talvez, ela pensava, algum viajante tivesse compaixão e lhe desse uma esmola; então voltaria ao velho sótão que chamava de "casa" levando pão para comer e algum carvão para acender o fogo.

O dia se passava e ela esperava. Por fim apareceu um viajante. A camada de neve abafava os passos, e ela só percebeu a sua presença quando a figura corpulenta assomou diante dela. Ao ouvir a voz queixosa da mulher, voltou-se surpreso.

— Pobre mulher — exclamou, parando para olhá-la, cheio de piedade. — É terrível estar na rua com esse tempo.

E seguiu em frente sem dar nada a ela. A consciência lhe dizia que devia ter feito alguma coisa, mas não se sentia inclinado a tirar as grossas luvas naquele frio cortante, e, com as luvas, não conseguia tirar uma moeda do bolso.

A mulher naturalmente ficou desapontada, mas grata pelas palavras do homem. Então veio outro homem. Este viajava numa esplêndida carruagem, bem agasalhado num fofo casaco de peles. Ao ver a infeliz criatura na beira da estrada, sentiu uma ponta de remorso pelo contraste entre seu conforto e a miséria dela. Obedecendo a um súbito impulso, abriu a janela da carruagem, fez sinal ao cocheiro para parar e enfiou a mão no bolso. A mulher arrastou-se até a carruagem, uma luz de esperança dando um toque de cor à face exangue.

— O frio está terrível! — exclamou o homem, e, ao estender para ela uma moeda tirada do bolso, notou que era de ouro e não de prata. — Oh, meu Deus! Isso é muito! — ele assustou-se, mas no gesto de devolvê-la ao bolso a moeda escapuliu da mão dele e caiu na neve. Uma rajada de vento levou-o a fechar depressa a janela, aconchegando mais o casaco no pescoço.

— Realmente foi demais — murmurou ele filosoficamente, enquanto a carruagem partia —, mas sou rico e posso me dar o luxo de uma ação generosa de vez em quando.

Terminando o lauto jantar, sentou-se em frente à lareira e pensou novamente na pobre mulher na estrada.

— Afinal não estava tão frio como pensei — observou ele, ajeitando-se melhor na poltrona macia. — Realmente dei demais à pobre velha. Mas o que está feito está feito, e espero que ela faça bom uso do dinheiro. Fui generoso, muito generoso mesmo, e sem dúvida Deus vai me recompensar.

Enquanto isso o outro viajante também tinha chegado ao fim da viagem, também tinha encontrado um lauto jantar e um bom fogo à sua espera. Entretanto, não conseguiu jantar bem. Aquela figurinha curvada no meio da neve não lhe saía da lembrança, e sentiu remorso de não ter parado para ajudá-la. Afinal, não aguentou mais a culpa.

— Ponha mais um prato na mesa — disse ao empregado. — Serão dois para jantar. Volto logo.

Dizendo isso, correu pela escuridão da noite ao lugar onde tinha visto a velhinha. Ela ainda estava lá, procurando fracamente alguma coisa na neve.

— O que está procurando? — perguntou ele.

— Estou procurando uma moeda que um senhor me atirou da janela da carruagem — respondeu com voz entrecortada, mal podendo falar de tanto frio e fome. Não era para menos, pensou ele, que ela não conseguia achar a moeda, pois seus dedos estavam duros, quase congelados, e não era apenas velha, mas meio cega.

— Talvez você nunca encontre — disse ele. — Mas venha comigo. Venha ao meu hotel, que há um bom fogo e um jantar à nossa espera. Você é minha convidada para passar a noite num quarto confortável.

A pobre velhinha mal podia acreditar em tamanha sorte. Trêmula, preparou-se para seguir o novo amigo. Notando que, além de meio cega, ela mancava de uma perna, tomou-a pelo braço e conduziu-a a passos lentos ao hotel.

Naquela noite, quando o anjo escrivão fez as anotações do dia no Livro do Céu, não mencionou a moeda de ouro que o rico viajante dera por engano, pois somente os gestos nobres são lançados no Livro. Mas, entre as boas ações daquele dia, o anjo deu destaque à do homem que se arrependeu da insensibilidade e voltou a encarar o frio para compartilhar o conforto com um ser humano menos afortunado.

SANTA CATARINA E O CRUCIFIXO DE PRATA

Santa de muitos devotos na Itália, Catarina nasceu em Siena, em 1347, filha de pais ricos, e entrou muito jovem para a Ordem Dominicana.

Certa manhã, na cidade de Siena, Catarina estava indo para a missa na igreja de São Domingos. As ruas estreitas ainda estavam escuras, mas o sol já dava toques de ouro nos telhados e torres da cidade. Catarina olhava a luz do sol nascente quando sentiu alguém pegar em seu casaco.

— Por favor, me ajude — sussurrou uma voz.

Ao se virar para o dono da voz, ela viu um homem encostado à parede, tão magro e pálido que mal se aguentava em pé.

— De que você precisa? — perguntou ela caridosamente.

— Preciso de ajuda para viajar — respondeu o homem. — Moro muito longe, lá na montanha, e vim aqui procurar trabalho. Mandei tudo o que ganhei para minha família, para o pão das crianças, mas agora estou doente e fraco demais para trabalhar. Preciso de dinheiro para comer alguma coisa e recobrar as forças.

— Daria de todo coração — murmurou Catarina —, mas sou apenas uma irmã da ordem de São Domingos e não tenho dinheiro.

Ia seguindo seu caminho quando o homem tocou novamente em seu casaco.

— Por favor, me ajude! — insistiu ele. — Preciso de muito pouco.

Catarina olhou-o com piedade. Não queria ignorar o pedido, mas que podia fazer? Já dera tudo que possuía. Seus pais eram bondosos, mas não podia pedir que dessem o que tinham a um perfeito estranho. E havia tantos, tantos necessitados além desse homem...

Rezou pedindo auxílio, os dedos cruzados sobre o pequeno crucifixo de prata que usava desde menina e que sempre segurava quando voltava o pensamento para Deus. De repente, teve a solução. É verdade que era apenas uma cruzinha do tamanho de uma moeda, já um pouco gasta por tantas vezes tomá-la entre as mãos. Mas, sendo de prata, ele poderia vendê-la, comprar comida e voltar para casa.

Pôs o crucifixo nas mãos do homem e apressou o passo para chegar a tempo da missa. Embora tivesse dado o objeto que mais prezava, sentia o coração leve e feliz como se tivesse recebido um presente valioso.

Ao se ajoelhar na igreja, aconteceu uma coisa muito estranha. Catarina viu-se num amplo salão de teto em arco, cheio de tesouros mais belos do que se poderia sonhar. No meio do salão estava Jesus, trazendo nas mãos o mais belo de todos os objetos — uma cruz de ouro cravejada de pedras preciosas, tão refulgente de glória que lhe enchia os olhos.

— Veja esses tesouros — disse o Senhor. — São as mais belas ações dos homens, feitas em meu nome.

Catarina ficou encantada diante daqueles tesouros, mas um desejo aflorou em seu coração e ela disse:

— Oh, Senhor, sou apenas uma pobre irmã. Nada posso oferecer que encontre lugar entre tais maravilhas.

Jesus sorriu e, levantando a cruz, disse:

— Já viu esta cruz, Catarina?

— Não, Senhor. Nunca vi nada tão maravilhoso.

E à medida que fixava o olhar na joia, sentiu-se encher de imensa alegria. Pois no centro da cruz, cercado de ouro e das mais puras gemas, no coração mesmo do resplendor de luz, ela viu o pequeno crucifixo de prata que tinha dado ao homem na rua.

E enquanto a visão ia esvaecendo, uma voz soou em seus ouvidos:

— Aquilo que fizeres a teus semelhantes, ainda que seja o último deles, a mim estarás fazendo.

SÃO MARTINHO E O MENDIGO

Adaptada da versão de Peggy Webling

Nascido por volta do ano 316 na província romana de Pannonia (Hungria), Martinho foi forçado a entrar no serviço militar por seu pai, que era oficial do exército. Foi em 337, quando estava baseado em Amiens, na França, que o incidente narrado abaixo aconteceu. Martinho converteu-se ao cristianismo pouco depois, tornou-se bispo de Tours e fundou a abadia de Marmoutier. Seu símbolo é uma espada cortando uma capa ao meio.

É uma bela e fria manhã numa rua movimentada na velha cidade de Amiens, na França, há mais de mil anos. As pessoas vão para o trabalho, para o mercado, aqui e ali reúnem-se pequenos grupos conversando e as crianças correm, brincando e rindo, exatamente como costumam fazer hoje. Passam um jovem pensativo, uma senhora rica com a criada, um próspero comerciante com um empregado ouvindo atentamente as ordens do patrão.

À sombra do muro da cidade, ignorado como um monte de entulho, está um mendigo esfarrapado, tremendo de frio, a mão ossuda estendida na esperança de uma esmola. As pessoas passam. Muitos o ignoram, alguns olham com hostilidade, outros com piedade ou repugnância.

Tem a voz tão fraca que ninguém ouve. É absolutamente desprezado.

Então ouve-se o tilintar de esporas e patas de cavalo na estrada e um pequeno grupo de soldados do imperador passa a meio-galope, conversando alegremente. As espadas, as lanças compridas, os arreios dos corcéis brilham ao sol. Estão partindo para uma cidade distante e olham casualmente as pessoas que param à sua passagem, admirando sua juventude e seus trajes galantes.

Ao cruzar a sombra da muralha, um jovem soldado puxa as rédeas. Sua expressão se transforma. O que vê não atrai a atenção de ninguém: é apenas um mendigo trêmulo com a mão estendida e as faces encovadas. Mas, ao ver que os soldados passam pela infeliz criatura sem um olhar sequer, pensa que talvez aquele homem tenha sido enviado para que ele, Martinho, o ajude.

Não há dinheiro na bolsa do jovem — o que tinha foi gasto em caridade e em presentes de despedida. Mas ele sente que deve fazer alguma coisa.

Subitamente, tem um lampejo sugerido pelo vento frio que assobia na muralha. Solta dos ombros a capa militar grossa e ampla, segura-a com uma das mãos e, com a outra, puxa a espada e a corta ao meio. Inclina-se na sela e, com uma palavra de conforto, joga metade da capa sobre os ombros do mendigo. Enfia a espada na bainha, coloca nos próprios ombros a outra metade e parte a galope para alcançar os companheiros.

Alguns soldados dão uma gargalhada e zombam de Martinho com aquela tira de lã grossa pendendo dos ombros. Outros desejam ter feito o gesto que ele fez.

Nessa noite Martinho sonha que vê Jesus no céu, cercado de anjos. O Senhor está vestido com metade de uma capa e diz aos anjos:

— Vejam o agasalho que Martinho me deu.

Mães e pais, maridos e mulheres

HÁ MUITAS OBRIGAÇÕES NA VIDA, mas poucas são mais importantes do que quando aceitamos nos tornar marido ou esposa, pai ou mãe. Neste capítulo encontramos histórias sobre as virtudes envolvidas nesse trecho da trajetória da vida.

Na história moderna, o casamento evoluiu de sacramento a contrato, a convenção e, finalmente, a conveniência. (Ouvi dizer que o voto de um casamento moderno deixou de ser "até que a *morte* nos separe" para se tornar "até que a *vida* nos separe".) É claro que alguns casamentos simplesmente não dão certo. Mas a enorme quantidade de separações e divórcios hoje em dia indica que não acreditamos mais no que dizemos na cerimônia: que o casamento é um compromisso sério para a vida inteira, feito "na presença de Deus", um compromisso de doar um ao outro enquanto vivermos.

Aristóteles já disse que o casamento é na verdade um relacionamento baseado nas virtudes. A principal destas é a responsabilidade, pois o casamento, afinal de contas, é um contrato que repousa na dependência mútua e nas obrigações recíprocas. Mas os casamentos bem-sucedidos são algo mais que o cumprimento das condições do contrato. Nos bons casamentos, o homem e a mulher procuram se aprimorar pelo bem do ser amado. Ambos oferecem e inspiram força moral, dia após dia, compartilhando compaixão, coragem, honestidade, disciplina e uma série de outras virtudes. Assim o todo de uma união se torna mais forte e belo que a soma de suas partes. "Que bem maior possui a alma humana", diz George Eliot, "do que sentir que tem uma companhia para a vida inteira — para contar com o outro nas horas de dor, estimular um ao outro no trabalho, estar com o outro em lembranças mudas, inefáveis, no momento da última despedida?" As histórias neste capítulo falam dessas uniões.

Para a maioria de nós, as obrigações da paternidade geralmente vêm de mãos dadas com as do casamento. Nenhum dever é mais importante do que a criação dos filhos, e se os pais não ensinam honestidade, perseverança, disciplina, o desejo pela excelência e uma série de atividades básicas, é extremamente difícil para qualquer instituição da sociedade suprir esses ensinamentos. O filósofo John Stuart Mill resumiu a responsabilidade fundamental do adulto em relação aos filhos: "As obrigações dos pais em relação aos filhos estão indissoluvelmente ligadas ao fato de darem existência a um ser humano. Em relação à sociedade, cabe aos pais o empenho em fazer da criança um membro útil, e em relação à criança, cabe a eles o empenho em fazer o que estiver ao seu alcance para proporcionar a educação, a formação e os meios para que, por seu próprio esforço, o filho tenha uma vida bem-sucedida."

Neste capítulo, vemos mães e pais se dedicando a essas obrigações básicas e a outras mais. Vemos pais abrindo mão de seus desejos para atender às necessidades dos filhos, revendo prioridades e seu próprio comportamento de modo a dar bom exemplo. Vemos a dedicação dos pais à tarefa de educar, ora enchendo cada momento de alegria, ora se sacrificando, indo aos confins da terra pelo bem dos filhos.

Na *Ilíada*, o primeiro grande épico de Homero, há uma cena comovente em que o troiano Heitor diz adeus à mulher e ao filho ao deixar a cidade para combater os gregos. Tomando o filhinho nos braços, ele pede aos deuses que "algum dia os troianos digam dele: 'É melhor que o pai'". Certamente, é a esperança de todos os pais. Somos para nossos filhos o exemplo mais próximo de virtudes e defeitos, e oferecemos a sabedoria que aprendemos de ambos, esperando que venham a ser pelo menos um pouquinho melhores do que nós.

À CAROLINA

Machado de Assis

Querida, ao pé do leito derradeiro
Em que descansas dessa longa vida
Aqui venho e virei, pobre querida,
Trazer-te o coração do companheiro.

Pulsa-lhe o mesmo afeto verdadeiro
Que, a despeito de toda a humana lida,
Fez a nossa existência apetecida
E num recanto pôs o mundo inteiro.

Trago-te flores, restos arrancados
Da terra que nos viu passar unidos
E hoje mortos nos deixa e separados.

Que eu, se trago nos olhos malferidos
Pensamentos de vida formulados,
São pensamentos idos e vividos.

ELEGIA NA MORTE DE CLODOALDO PEREIRA DA SILVA MORAES, POETA E CIDADÃO

Vinicius de Moraes

A morte chegou pelo interurbano em longas espirais metálicas.
Era de madrugada. Ouvi a voz de minha mãe, viúva.
De repente não tinha pai.

No escuro de minha casa em Los Angeles procurei recompor tua
[lembrança
Depois de tanta ausência. Fragmentos da infância
Boiaram do mar de minhas lágrimas. Vi-me eu menino
Correndo ao teu encontro. Na ilha noturna
Tinham-se apenas acendido os lampiões a gás, e a clarineta
De Augusto geralmente procrastinava a tarde.
Era belo esperar-te cidadão. O bondinho
Rangia nos trilhos a muitas praias de distância...
Dizíamos: "Ê-vem meu pai!" Quando a curva
Se acendia de luzes semoventes, ah, corríamos
Corríamos ao teu encontro. A grande coisa era chegar antes
Mas ser marraio em teus braços, sentir por último
Os doces espinhos da tua barba.
Trazias de então uma expressão indizível de fidelidade e paciência
Teu rosto tinha os sulcos fundamentais da doçura
De quem se deixou ser. Teus ombros possantes
Se curvavam como ao peso da enorme poesia
Que não realizaste. O barbante cortava teus dedos
Pesados de mil embrulhos: carne, pão, utensílios
Para o cotidiano (e frequentemente o binóculo
Que vivias comprando e com que te deixavas horas inteiras
Mirando o mar). Dize-me, meu pai
Que viste tantos anos através do teu óculo de alcance
Que nunca revelaste a ninguém?
Vencias o percurso entre a amendoeira e a casa como o atleta exausto
[no último lance da maratona.
Te grimpávamos. Eras penca de filho. Jamais
Uma palavra dura, um rosnar paterno. Entravas a casa humilde
A um gesto do mar. A noite se fechava
Sobre o grupo familial como uma grande porta espessa.
Muitas vezes te vi desejar. Desejavas. Deixavas-te olhando o mar
Com mirada de argonauta. Teus pequenos olhos feios
Buscavam ilhas, outras ilhas... — as imaculadas, inacessíveis

Ilhas do Tesouro. Querias. Querias um dia aportar
E trazer — depositar aos pés da amada as joias fulgurantes
Do teu amor. Sim, foste descobridor, e entre eles
Dos mais provectos. Muitas vezes te vi, comandante
Comandar, batido de ventos, perdido na fosforescência
De vastos e noturnos oceanos
Sem jamais.
Deste-nos pobreza e amor. A mim me deste
A suprema pobreza: o dom da poesia, e a capacidade de amar
Em silêncio. Foste um pobre. Mendigavas nosso amor
Em silêncio. Foste um no lado esquerdo. Mas
Teu amor inventou. Financiaste uma lancha
Movida a água: foi reta para o fundo. Partiste um dia
Para um brasil além, garimpeiro sem medo e sem mácula.
Doze luas voltaste. Tua primogênita — diz-se —
Não te reconheceu. Trazias grandes barbas e pequenas águas-marinhas.
Não eram, meu pai. A mim me deste
Águas-marinhas grandes, povoadas de estrelas, ouriços
E guaiamus gigantes. A mim me deste águas-marinhas
Onde cada concha carregava uma pérola. As águas-marinhas que
[me deste
Foram meu primeiro leito nupcial.

Eras, meu pai morto
Um Grande Clodoaldo
Capaz de sonhar
Melhor e mais alto
Precursor do binômio
Que reverteria
Ao nome original
Semente do sêmen
Revolucionário
Gentil-homem insigne
Poeta e funcionário

Sempre preterido
Nunca titular
Neto de Alexandre
Filho de Maria
Cônjuge de Lydia
Pai da poesia.

Diante de ti homem não sou, não quero ser. És pai do menino que [eu fui.
Entre minha barba viva e a tua morta, todavia crescendo
Há um toque irrealizado. No entanto, meu pai
Quantas vezes ao ver-te dormir na cadeira de balanço de muitas salas
De muitas casas de muitas ruas
Não te beijei em meu pensamento! Já então teu sono
Prenunciava o morto que és, e minha angústia
Buscava ressuscitar-te. Ressuscitavas. Teu olhar
Vinha de longe, das cavernas imensas do teu amor, aflito
Como a querer defender. Vias-me e sossegavas.
Pouco nos dizíamos: "Como vai?" Como vais, meu pobre pai
No teu túmulo? Dormes, ou te deixas
A contemplar acima — eu bem me lembro! — perdido
Na decifração de como ser?
Ah, dor! Quisera tanto
Ser de novo criança em teus braços e ficar admirando tuas mãos!
Como quisera escutar-te de novo cantar criando em mim
A atonia do passado! Quantas baladas, meu pai
E que lindas! Quem te ensinou as doces cantigas
Com que embalavas meu dormir? Voga sempre o leve batel
A resvalar macio pelas correntezas do rio da paixão?
Prosseguem as donzelas em êxtase na noite à espera da barquinha
Que busca o seu adeus? E continua a rosa a dizer à brisa
Que já não mais precisa os beijos seus?
Calaste-te, meu pai. No teu ergástulo
A voz não é — a voz com que me apresentavas aos teus amigos:
"Esse é meu filho FULANO DE TAL." E na maneira

De dizê-lo — o voo, o beijo, a bênção, a barba
Dura rocegando a pele, ai!
Tua morte, como todas, foi simples.
É coisa simples a morte. Dói, depois sossega. Quando sossegou —
Lembro-me que a manhã raiava em minha casa — já te havia eu
Recuperado totalmente: tal como te encontras agora, vestido de mim.

Não és, como não serás nunca para mim
Um cadáver sob um lençol.
És para mim aquele de quem muitos diziam: "É um poeta..."
Poeta foste, e és, meu pai. A mim me deste
O primeiro verso à namorada. Furtei-o
De entre teus papéis: quem sabe onde andará... Fui também
Verso teu: lembro ainda hoje o soneto que escreveste celebrando-me
No ventre materno. E depois, muitas vezes
Vi-te na rua, sem que me notasses, transeunte
Com um ar sempre mais ansioso do que a vida. Levava-te a ambição
De descobrir algo precioso que nos dar.

Por tudo o que não nos deste
Obrigado, meu pai.
Não te direi adeus, de vez que acordaste em mim
Com uma exatidão nunca sonhada. Em mim geraste
O tempo: aí tens meu filho, e a certeza
De que, ainda obscura, a minha morte dá-lhe vida
Em prosseguimento à tua; aí tens meu filho
E a certeza de que lutarei por ele. Quando o viste a última vez
Era um menininho de três anos. Hoje cresceu
Em membros, palavras e dentes. Diz de ti, bilíngue:
"Vovô *was always teasing me...*"
É meu filho, teu neto. Deste-lhe em tua digna humildade
Um caminho: o meu caminho. Marcha ele na vanguarda do futuro
Para um mundo em paz: o teu mundo — o único em que soubeste
[viver; aquele que entre lágrimas, cantos e martírios, realizaste à
[tua volta.

“IF”

Paulo Mendes Campos

Meu filho, se acaso chegares, como eu cheguei a uma campina de horizontes arqueados, não te intimidem o uivo do lobo, o bramido do tigre; enfrenta-os nas esquinas da selva, olhos nos olhos, dedo firme no gatilho.

Meu filho, se acaso chegares a um mundo injusto e triste como este em que vivo, faze um filho; para que ele alcance um tempo mais longe e mais puro, e ajude a redimi-lo.

A MESA

Carlos Drummond de Andrade

E não gostava de festa...
Ó velho, que festa grande
hoje te faria a gente.
E teus filhos que não bebem
e o que gosta de beber,
em torno da mesa larga,
largavam as tristes dietas,
esqueciam seus fricotes,
e tudo era farra honesta
acabando em confidência.
Aí, velho, ouvirias coisas
de arrepiar teus noventa.
E daí, não te assustávamos,
porque, com riso na boca,
e a nédia galinha, o vinho

e mais o que alguém faria
de mil coisas naturais
e fartamente poria
em mil terrinas da China,
já logo te insinuávamos
que era tudo brincadeira.
Pois sim. Teu olho cansado,
mas afeito a ler no campo
uma lonjura de léguas,
e na lonjura uma rês
perdida no azul azul,
entrava-nos alma adentro
e via essa lama podre
e com pesar nos fitava
e com ira amaldiçoava
(perdoar é rito de pais,
quando não seja de amantes).
E, pois, tudo nos perdoando,
por dentro de regalavas
de ter filhos assim... Puxa,
grandessíssimos safados,
me saíram bem melhor
que as encomendas. De resto,
filho de peixe... Calavas,
com agudo sobrecenho
interrogavas em ti
uma lembrança saudosa
e não de todo remota
e rindo por dentro e vendo
que lançarás uma ponte
dos passos loucos do avô
à incontinência dos netos,
sabendo que toda carne
aspira à degradação,

mas numa via de fogo
e sob um arco sexual,
tossias. Hem, hem, meninos,
não sejam bobos. Meninos?
Uns marmanjos cinquentões,
calvos, vividos, usados,
mas resguardando no peito
essa alvura de garoto,
essa fuga para o mato,
essa gula defendida
e o desejo muito simples
de pedir à mãe que cosa,
mas do que nossa camisa,
nossa alma frouxa, rasgada...
Ai, grande jantar mineiro
que seria esse... Comíamos,
e comer abria fome,
e comida era pretexto.
E nem mesmo precisávamos
ter apetite, que as coisas
deixavam-se espostejar,
e amanhã é que eram elas.
Nunca desdenhe o tutu.
Vá lá mais um torresminho.
E quanto ao peru? Farofa
há de ser acompanhada
de uma boa cachacinha,
não desfazendo em cerveja,
essa grande camarada.
Ind'outro dia... Comer
guarda tamanha importância
que só o prato revele
o melhor, o mais humano
dos seres em sua treva?

Beber é pois tão sagrado
que só bebido meu mano
me desata seu queixume,
abrindo-me sua palma?
Sorver, papar: que comida
mais cheirosa, mais profunda
no seu tronco luso-árabe,
e que bebida mais santa
que a todos nos une em um
tal centímano glutão,
parlapatão e bonzão!
E nem falta a irmã que foi
mais cedo que os outros e era
rosa de nome e nascera
em dia tal como o de hoje
para enfeitar tua data.
Seu nome sabe a camélia,
e sendo uma rosa-amélia,
flor muito mais delicada
que qualquer das rosas-rosa,
viveu bem mais do que o nome,
porém no íntimo claustrava
a rosa esparsa. A teu lado,
vê: recobrou-se-lhe o viço.
Aqui sentou-se o mais velho.
Tipo do manso, do sonso,
não servia para padre,
amava casos bandalhos;
depois o tempo fez dele
o que faz de qualquer um;
e à medida que envelhece,
vai estranhamente sendo
retrato teu sem ser tu,
de sorte que se o diviso

de repente, sem anúncio,
és tu que me reapareces
noutro velho de sessenta.
Este outro aqui é doutor,
o bacharel da família,
mas suas letras mais doutas
são as escritas no sangue,
ou sobre a casca das árvores.
Sabe o nome da florzinha
e não esquece o da fruta
mais rara que se prepara
num casamento genético.
Mora nele a nostalgia,
citadino, do ar agreste,
e, camponês, do letrado.
Então vira patriarca.
Mais adiante vês aquele
que de ti herdou a dura
vontade, o duro estoicismo.
Mas, não quis te repetir.
Achou não valer a pena
reproduzir sobre a terra
o que a terra engolirá.
Amou. E ama. E amará.
Só não quer que seu amor
seja uma prisão de dois,
um contrato, entre bocejos
e quatro pés de chinelo.
Feroz a um breve contato,
à segunda vista, seco,
à terceira vista, lhano,
dir-se-ia que ele tem medo
de ser, fatalmente, humano.
Dir-se-ia que ele tem raiva,

mas que mel transcende a raiva,
e que sábios, ardilosos
recursos de se enganar
quanto a si mesmo: exercita
uma força que não sabe
chamar-se, apenas, bondade.
Esta calou-se. Não quis
manter com palavras novas
o colóquio subterrâneo
que num sussurro percorre
a gente mais desatada.

Calou-se, não te aborreças.
Se tanto assim a querias,
algo nela ainda te quer,
à maneira atravessada
que é própria de nosso jeito.
(Não ser feliz tudo explica.)
Bem sei como são penosos
esses lances de família,
e discutir neste instante
seria matar a festa,
matando-te — não se morre
uma só vez, nem de vez.
Restam sempre muitas vidas
para serem consumidas
na razão dos desencontros
de nosso sangue nos corpos
por onde vai dividido.
Ficam sempre muitas mortes
para serem longamente
reencarnadas noutro morto.
Mas estamos todos vivos.
E mais que vivos, alegres.
Estamos todos como éramos

antes de ser, e ninguém
dirá que ficou faltando
algum dos teus. Por exemplo:
ali ao canto da mesa,
não por humilde, talvez
por ser o rei dos vaidosos
e se pelar por incômodas
posições de tipo gauche,
ali me vês tu. Que tal?
Fica tranquilo: trabalho.
Afinal, a boa vida
ficou apenas: a vida
(e nem era assim tão boa
e nem se fez muito má).
Pois ele sou eu. Repara:
tenho todos os defeitos
que não farejei em ti,
e nem os tenho que tinhas,
quanto mais as qualidades.
Não importa: sou teu filho
com ser uma negativa
maneira de te afirmar.
Lá que brigamos, brigamos
opa! que não foi brinquedo,
mas os caminhos do amor,
só amor sabe trilhá-los.
Tão ralo prazer te dei,
nenhum, talvez... ou senão,
esperança de prazer,
é, pode ser que te desse
a neutra satisfação
de alguém sentir que seu filho,
de tão inútil, seria
sequer um sujeito ruim.
Não sou um sujeito ruim.

Descansa, se o suspeitavas,
mas não sou lá essas coisas.
Alguns afetos recortam
o meu coração chateado.
Se me chateio? demais.
Esse é meu mal. Não herdei
de ti essa balda. Bem,
não me olhes tão longo tempo,
que há muitos a ver ainda.
Há oito. E todos minúsculos,
todos frustrados. Que flora
mais triste fomos achar
para ornamento de mesa!
Qual nada. De tão remotos,
de tão puros e esquecidos
no chão que suga e transforma,
são anjos. Que luminosos!
que raios de amor radiam,
e em meio a vagos cristais,
o cristal deles retine,
reverbera a própria sombra.
São anjos que se dignaram
participar do banquete,
alisar o tamborete,
viver vida de menino.
São anjos: e mal sabias
que um mortal devolve a Deus
algo de sua divina
substância aérea e sensível.
se tens um filho e se o perde.
Conta: quatorze na mesa.
Ou trinta? serão cinquenta,
que sei? se chegam mais outros,
uma carne cada dia
multiplicada, cruzada

a outras carnes de amor.
São cinquenta pecadores,
se pecado é ter nascido
e provar, entre pecados,
os que nos foram legados.
A procissão de teus netos,
alongando-se em bisnetos,
veio pedir tua bênção
e comer de teu jantar.
Repara um pouquinho nesta,
no queixo, no olhar, no gesto,
e na consciência profunda
e na graça menineira,
e dize, depois de tudo,
se não é, entre meus erros,
uma imprevista verdade.
Esta é minha explicação,
meu verso melhor ou único,
meu tudo enchendo meu nada.
Agora a mesa repleta
está maior do que a casa.
Falamos de boca cheia,
xingamo-nos mutuamente,
rimos, ai, de arrebentar,
esquecemos o respeito
terrível, inibidor,
e toda a alegria nossa,
ressecada em tantos negros
bródios comemorativos
(não convém lembrar agora),
os gestos acumulados
de efusão fraterna, atados
(não convém lembrar agora),
as fina-e-meigas palavras
que ditas naquele tempo

teriam mudado a vida
(não convém mudar agora),
vem tudo à mesa e se espalha
qual inédita vitualha.
Oh que ceia mais celeste
e que gozo mais do chão!
Quem preparou? que inconteste
vocação de sacrifício
pôs a mesa, teve os filhos?
quem se apagou? quem pagou
a pena deste trabalho?
quem foi a mão invisível
que traçou este arabesco
de flor em torno ao pudim,
como se traça uma auréola?
quem tem auréola? quem não
a tem, pois que, sendo de ouro,
cuida logo em reparti-la,
e se pensa melhor faz?
quem senta do lado esquerdo,
assim curvada? que branca,
mas que branca mais que branca
tarja de cabelos brancos
retira a cor das laranjas,
anula o pó do café,
cassa o brilho aos serafins?
quem é toda luz e é branca?
Decerto não pressentias
como o branco pode ser
uma tinta mais diversa
da mesma brancura... Alvura
elaborada na ausência
de ti, mas ficou perfeita,
concreta, fria, lunar.
Como pode nossa festa

ser de um só que não de dois?
Os dois ora estais reunidos
numa aliança bem maior
que o simples elo da terra.
Estais juntos nesta mesa
de madeira mais de lei
que qualquer lei da república.
Estais acima de nós,
acima deste jantar
para o qual vos convocamos
por muito — enfim — vos querermos
e, amando, nos iludirmos
junto da mesa
vazia.

AMOR DE ESQUILO

Recontada por Ella Lyman Cabot

Há muitos e muitos anos, na longínqua Índia, havia um pé de tamarindo cujos galhos se debruçavam sobre um grande lago de águas plácidas. Manhã, tarde e noite refletiam em diferentes cores a beleza das folhas verdes ondulando ao vento.

No alto do tamarineiro havia uma casa de esquilos. O balanço dos galhos embalava o sono tranquilo do esquilinho, à espera do raiar do dia para brincar nas folhagens verdes, como sua mãe fazia em menina.

Um dia, houve uma grande tempestade. Nuvens negras enchiam o céu. As águas do lago se encresparam, o sol fugiu da superfície. O grande tamarineiro tremia, os galhos fortes açoitados pelo vento e a chuva.

Subitamente, o vento soprou mais forte ainda e a frágil casinha, arrancada do galho que a abrigava, foi cair no meio do lago. À deriva nas ondas agitadas, em pouco tempo afundaria, afogando o esquilinho que estava lá dentro.

À margem do lago, com a bolsa cheia de bolotas para o filhote, a mãe-esquilo sentiu o coração disparar de medo. Não havia por perto quem pudesse ajudar. Nenhum cisne em cujas penas brancas o esquilinho pudesse se aninhar, nenhuma águia que o trouxesse nas garras negras até a terra. Nenhum menino de barco para ajudar a mãe aflita. Não podia ficar ali assistindo ao filho se afogar. Que faria ela?

De repente uma ideia lhe ocorreu e uma grande alegria surgiu em lugar do medo. Só havia uma coisa a fazer: esvaziar o lago e levar o filho em segurança até a margem.

Sem hesitar um instante, ela se pôs a trabalhar. Molhou a cauda peluda no lago, correu para o alto do morro, sacudiu a água para o outro lado do morro e voltou para repetir a tarefa, muitas e muitas e muitas vezes.

Enquanto ela se empenhava de todo o coração em esvaziar o lago, o grande Pai viu com ternura aquela mãe, num ato de fé, fazendo o impossível para salvar o filho. Rápido como um raio, ordenou a um anjo que fosse ajudá-la. Ligeiro como o vento, ele partiu para cumprir a ordem. Com a velocidade da luz, o esquilinho foi devolvido, todo molhado, à beira do lago, pelo anjo enviado para realizar o milagre que a mãe se dispôs a fazer. Mas se o anjo foi um cisne branco, uma águia negra ou um garoto de bom coração, isso a história não diz.

A LAGARTINHA VERDE

Elizabeth Harrison

Esta história aconteceu no jardim de uma velha casa de tijolinhos vermelhos, numa sonolenta cidadezinha do interior. Nesse jardim, na folha externa de um repolho, morava uma lagarta verde. Não media mais que dois centímetros e não era mais gordinha que um bom fiapo de vassoura, mas era uma criaturinha séria à sua maneira. Passava os dias mordiscando buraquinhos na folha de repolho, que, como se sabe, é o que as lagartas fazem. O sol brilhante, no alto do céu azul, enviava seus raios para aquecer a lagartinha com a mesma regularidade e o mesmo amor com que os enviava para fazer as ondinhas dos rios cintilarem como diamantes, com a mesma tranquilidade com que os baixava no ocaso, além das montanhas ao longe.

A vida da lagartinha verde era muito limitada. Nunca tinha saído da folha de repolho. Na verdade, nem sabia que havia alguma coisa no mundo além de folhas de repolho. Poderia ter visto o belo luar de prata, as estrelas brilhantes, ou o próprio sol glorioso, se tivesse porventura olhado para cima. Mas nunca tinha olhado para cima. Assim, para ela, o mundo inteiro era uma grande folha de repolho, e a vida consistia em comer o quanto pudesse da folha de repolho.

Imagine só o espanto dela quando, um belo dia, uma borboleta de delicadas asas brancas pousou ao seu lado e começou a pôr ovinhos verdes. A lagartinha nunca tinha visto nada tão lindo como as brancas asas delicadas da borboleta, e quando ela terminou de pôr os ovinhos e voou, a lagarta, pela primeira vez em toda a sua vida, levantou a cabeça para o céu azul para ver o esvoaçar das asas. A borboleta logo sobrevoou as mais altas folhas do tomateiro, passou por cima das pontas dos aspargos e subiu além das ameixeiras. A lagarta continuou olhando, até a borboleta se tornar um pontinho no ar e sumir de vista. Então suspirou e voltou à folha de repolho. Ao se voltar, deu com os olhos nos vinte ovinhos verdes, cada um do tamanho de uma cabeça de alfinete.

— Será que ela deixou isso para eu tomar conta? — disse consigo mesma. E então ficou perplexa com a questão seguinte — como poderia ela, uma lagartinha rastejante, cuidar de bebês borboletas? Só podia ensiná-los a rastejar e comer folhas de repolho. Se fossem como a mãe, não voariam logo para longe? Este último pensamento deixou-a muito preocupada, mas mesmo assim cuidou dos ovos com carinho. Quando nascessem, podia contar como a mãe deles era linda e mostrar em que direção voar para encontrá-la.

Ficava imaginando como seriam aqueles filhotes, vinte borboletinhas delicadas esvoaçando sobre a folha de repolho e depois voando para o céu azul para, supunha ela, visitar as estrelas com a mãe. Agora apreciava muito o sol, porque ele enviava os raios para aquecer os ovinhos.

Certo dia, acordou da soneca depois do almoço justamente a tempo de ver a coisa mais extraordinária! Sabe o que estava acontecendo? Os ovinhos se abriam um após o outro e deles saíam — imagine o *quê*! Borboletinhas brancas? Não, nada disso. De cada ovinho saía uma lagartinha verde! A mãe de criação, como ela se intitulava, mal podia acreditar em seus olhos. Mas lá estavam, se enroscando, se contorcendo, mais parecendo as minhocas que andavam na terra.

"Ora essa!", disse para si mesma. "Quem poderia imaginar que os filhotes daquela magnífica criatura fossem simples lagartas?" Por mais estranho que lhe parecesse, não havia como negar o fato, e seu dever era ensiná-los a rastejar e mordiscar folhas de repolho. "Coitadinhos", dizia ela, rastejando entre eles. "Nunca irão conhecer o mundo de beleza em que a mãe de vocês vive, nunca irão voar livres pelo ar, vão ter que passar a vida rastejando na folha de repolho. Coitadinhos! Coitadinhos!"

As jovens lagartinhas logo se tornaram tão hábeis que não precisavam mais dos seus cuidados. Sentindo-se muito cansada e sonolenta, um dia resolveu fazer uma cama, um saco de dormir, e tirar um bom sono, sem se importar quando ou se algum dia acordaria novamente. Embrulhou-se da cabeça aos pés numa curiosa coberta que ela mesma fabricou, e dormiu profundamente, por três semanas ou mais. Quando por fim acordou, foi desembaraçando a cabeça do saco de dormir e pouco depois tinha livrado o corpo inteiro e respirava o ar puro, sentindo o calor do sol. Tinha certeza de que alguma coisa havia acontecido a ela, mas não sabia o quê. Olhou para um lado, para o outro, e por fim viu os dois lados do próprio corpo. Sabe o que ela viu? Asas! Lindas asas brancas! E o corpo também estava branco! O longo sono a tinha transformado em borboleta!

Abriu as asas devagar. Eram tão novas que custou a acreditar que eram parte dela mesma. Quanto mais abria as asas, mais belas

elas ficavam, e logo tremulavam graciosamente como as asas das outras borboletas. Nesse instante uma brisa fresca soprou forte no jardim e, antes que tivesse tempo de hesitar, a nova borboleta se viu erguida da folha de repolho e dançando no ar, pousando numa flor colorida, numa folhinha de grama, e novamente flutuando no ar. Por algum tempo esvoaçou alegremente, aproveitando a liberdade, mas logo veio o desejo de voar até o sol brilhante.

Antes de partir para a viagem ao desconhecido, porém, voou de volta à folha de repolho redonda onde tinha morado a vida inteira. Lá estavam as vinte lagartinhas, pequenininhas, rastejando lentamente e mordiscando buraquinhos na folha. Era só o que sabiam fazer, e faziam muito bem.

— Tudo bem, lagartinhas — disse ela, esvoaçando em torno da folha —, continuem o trabalho; a folha de repolho alimenta, e rastejar faz vocês ficarem fortes. Um dia vocês também serão borboletas, voando livres e felizes pelo mundo lá em cima.

Tendo dito, em voz tão baixa que só ouviu quem estava bem pertinho, voou para longe, tão longe que ninguém conseguia mais segui-la com os olhos. Mas as lagartinhas verdes devem ter ouvido, pois continuaram rastejando e mordiscando a folha de repolho muito alegremente e não se ouviu nenhuma reclamar de ser lagarta. Apenas uma ou outra levantava a cabeça de vez em quando, e duvido que não estivessem pensando no dia em que iam virar lindas borboletas brancas!

O ÁLAMO TAGARELA

Lenda indígena norte-americana adaptada da versão de Mary Stewart

Escuta! Estás ouvindo o sussurro das folhas tagarelando nessa árvore aqui em cima? Pois elas não param nunca. Murmuram o tempo todo, farfalham mesmo sem vento para mexer uma só folha de qualquer das outras árvores.

Os índios contam a história de como surgiu o álamo. Senta aqui, vou te contar.

Há muitos e muitos anos havia um lago em algum lugar, chamado Lago do Espírito, onde o sol sempre brilhava e a brisa soprava sempre. Os espíritos dos índios lá viviam, e eram todos muito belos. Luziam como se a luz perene do lago os iluminasse. Vestiam túnicas, mantos dourados; e as penas que ornavam os arcos tinham pontas de puro ouro.

Eram esplêndidos, radiantes. Ainda assim um deles, Wahontas, queria uma noiva humana. Deixando o Lago, vagou por muitas aldeias índias, procurando a moça perfeita.

Numa tenda ele encontrou Mistosis e Omemee, duas irmãs adoráveis. Mistosis tinha os olhos brilhantes como as estrelas. Omemee tinha os cabelos cintilantes como o luar.

Wahontas foi ao pai delas pedi-las em casamento. O velho chefe alegrou-se ao ver um pretendente tão nobre para casar com as filhas. Mas qual das duas meninas Wahontas quer desposar?

Wahontas pensou no assunto. As duas eram belíssimas, mas qual seria a melhor? Então veio-lhe uma ideia.

Disfarçou-se de índio velho. Sobre a túnica dourada vestiu um manto em farrapos; nos pés calçou mocassins usados, rotos, furados. Voltou à tenda das moças e encontrou-as à porta.

Uma torrente de impropérios recebeu-o ao chegar.

— Vai embora! Some daqui! Não há lugar para ti! — gritou Mistosis com raiva. — Anda logo, não temos tempo a perder com mendigos!

— Sou velho, fraco, tenho fome — Wahontas tentou comovê-la.

— Velho! — gritou Mistosis. — Só servem para dar trabalho. Pois não devia era haver velho nenhum neste mundo.

Mistosis soltou a língua, desprezando, insultando, humilhando o pobre velho.

Omemee adiantou-se. Não disse uma palavra. Com um gesto, convidou o pobre velho a entrar. Estendeu uma pele macia para ele se sentar. Acendeu um fogo alegre e cozinhou com capricho uma sopa de veado. Enquanto ele comia, ela olhava com tristeza os pés rotos do infeliz. Foi a um canto da tenda e pegou belos mocassins ornados de azul e ouro. Calçou-os nos pés do velho, sorrindo-lhe com meiguice, enquanto a língua de Mistosis despejava insultos cruéis.

Com a voz entrecortada, Wahontas agradeceu e levantou com esforço o pano da entrada da tenda. Na luz dourada que entrou, ele parou e se ergueu em todo seu esplendor. Tirou o manto dos ombros e a peruca branca e feia que lhe cobria os cabelos.

— Cheguei como velho cansado, abandonado, infeliz. Venho agora, não mendigo, mas como pareço e sou, porque quero me casar. Já fiz a minha escolha, pois apenas uma das duas é bela também por dentro. Me aceitas como marido, Omemee?

— Ninguém poderia aguentar — Wahontas falou ainda — a crueldade da língua dessa sua irmã Mistosis. Vai se transformar em álamo, que tem folhas tagarelas.

Enquanto falava, Mistosis, espantada e furiosa, criou raízes no chão. Seus braços viraram galhos; a língua, um milhão de folhas que murmuram sem parar!

Wahontas abriu os braços para receber Omemee.

— Vem, minha noiva querida. Vem, minha pombinha branca, para o Lago dos Espíritos. Vem para o lago dourado, onde a vida é doce e a dor é barrada, não entra!

Omemee aconchegou-se um pouco mais em seus braços. E os dois alçaram voo, em forma de pombas brancas, sobre os campos e a floresta até o lago dourado. Ali viveram felizes por muitos e muitos anos, ao passo que nas campinas, nas florestas e quintais, até hoje o álamo fala, tagarela sem cessar!

O ANEL MÁGICO

Recontada por Julia Darrow Cowles

Certo dia um lavrador parou para descansar um pouco. Sentado no cabo do arado, ficou pensando na vida. As coisas não iam bem ultimamente, andava um pouco deprimido. Foi então que viu uma velhinha atrás da sebe, olhando para ele.

— Bom dia! — disse ela. — Se você tem juízo, aceite meu conselho.

— Qual é seu conselho? — perguntou ele.

— Largue o arado e ande em linha reta durante dois dias. Ao fim do segundo dia, você vai estar no meio de uma floresta e vai ver uma árvore muito mais alta que as outras. Corte essa árvore e encontrará a fortuna.

Com essas palavras a velha se afastou manquitolando pela estrada, deixando o lavrador boquiaberto. Pensando no conselho, ele desatrelou os cavalos, levou para a estrebaria, despediu-se da mulher e, pegando o machado, saiu a caminhar.

Ao fim de dois dias chegou à árvore e pôs mãos à obra. Depois de muitas machadadas, a árvore veio ao chão e um ninho contendo dois ovos caiu do galho mais alto. Os ovos se quebraram; de um deles saiu um filhote de águia e do outro rolou um anel de ouro.

A águia no mesmo instante foi ficando maior, maior e, atingindo tamanho de adulta, bateu as asas e voou.

— Obrigada, bom homem, por me libertar — gritou a águia. — Em sinal de gratidão, o anel é seu. É um anel mágico. Se desejar alguma coisa, pense com firmeza e gire o anel no dedo. Mas pense bem antes, pois só tem direito a um pedido.

O homem pôs o anel no dedo e começou a viagem de volta. A noite vinha caindo quando chegou a uma vila. A primeira pessoa que viu foi um ourives na porta da loja. Parou e perguntou quanto valia o anel.

O ourives examinou o anel e devolveu com um sorriso.

— Não vale quase nada.

O lavrador deu uma risada.

— Errou, seu ourives — disse ele. — Este anel vale mais que a sua loja inteira. É um anel mágico que vai me dar o que eu quiser.

O ourives fechou a cara e pediu para ver o anel de novo.

— Muito bem, mas o anel não interessa — disse ele. — Imagino que você está longe de casa, precisando de um bom jantar e de uma cama para passar a noite. Se quiser, passe a noite em minha casa.

O lavrador aceitou com prazer e pouco depois dormia profundamente. No meio da noite o ourives tirou o anel do dedo dele e pôs um igualzinho no lugar.

Na manhã seguinte o lavrador seguiu viagem, sem desconfiar do furto. Quando ele já ia longe, o ourives fechou a janela e trancou a porta da loja. Girou o anel no dedo, dizendo ao mesmo tempo:

— Quero cem mil moedas de ouro!

Nem terminou a última palavra e caiu sobre ele uma chuva de moedas de ouro. Caíam sem parar, na cabeça, nos ombros, nas mãos, cobrindo o chão. Com o peso de tanto ouro, o chão afundou e o ourives caiu no porão junto com as moedas.

Na manhã seguinte, vendo que o ourives não abria a loja como fazia todos os dias, os fregueses arrombaram a porta e o encontraram soterrado na pilha de moedas de ouro.

Enquanto isso, o lavrador chegou em casa e contou à mulher a história do anel:

— Olhe só, mulher, aqui está o anel. Estamos ricos! Mas temos que pensar bem, é claro. Depois que a gente resolver, eu faço o maior pedido do mundo e giro o anel no dedo.

— Quem sabe pedimos uma boa fazenda — disse a mulher. — Nossa terra é tão pouquinha e não é lá muito boa.

— Sim — disse o marido —, mas por outro lado é só trabalhar bastante e gastar pouco durante um ano que vamos ter dinheiro para comprar muitas terras, e podemos pedir outra coisa ao anel.

Resolveram fazer isso mesmo. Durante um ano trabalharam sem cessar e tiveram uma ótima colheita. No final do ano, compraram uma boa fazenda e ainda sobrou algum dinheiro.

— Viu? — disse o homem. — Temos uma bela fazenda e ainda temos o desejo para pedir ao anel.

— E se a gente pedisse um cavalo e uma vaca? — disse a mulher.

— Não vale a pena gastar o pedido — disse o marido. — Podemos comprar o cavalo e a vaca do mesmo jeito que compramos a fazenda.

E passaram mais um ano trabalhando com afinco e economizando dinheiro. No fim daquele ano, compraram o cavalo e a vaca. Marido e mulher estavam muito contentes com a boa fortuna pois, diziam eles:

— Temos o que queríamos e ainda temos o desejo do anel.

O tempo foi passando e eles continuaram prosperando. Trabalhavam muito e eram felizes.

— Vamos trabalhar bastante enquanto somos jovens — um dizia ao outro. — Temos a vida inteira pela frente, e quem sabe se vamos precisar usar o anel para uma emergência?

Muitos anos se passaram. A cada colheita a fazenda crescia e os celeiros se enchiam cada vez mais. O lavrador passava o dia todo nos campos e a mulher cuidava da casa e das criações. Às vezes, conversando ao pé do fogo, lembravam-se do anel mágico e falavam sobre as coisas que queriam ter em casa. E sempre concordavam que tinham tempo de sobra para decidir. E assim viviam contentes.

Outros anos se passaram e eles ficaram velhos. Um belo dia, morreram — sem ter usado o anel. Estava no mesmo dedo há quarenta anos. Um filho ia tirá-lo, mas o mais velho disse:

— Deixe aí. Eles tinham um segredo com esse anel. Quem sabe foi nossa mãe que deu a ele? Muitas vezes ela olhava sorrindo para esse anel.

Assim o velho lavrador foi enterrado com o anel, que ele achava que era mágico, mas, como sabemos, não era. Mas trouxe ao marido e à mulher mais fortuna e felicidade que qualquer desejo traria.

OS TRÊS DESEJOS

Lenda sueca, recontada por Katharine Pyle

Era uma vez um homem que morava perto da floresta. Um dia pegou o machado e foi cortar lenha no mato. Era muito preguiçoso e saiu procurando a árvore mais fácil para cortar. Foi batendo com o cabo do machado nos troncos até encontrar uma árvore oca. "Essa não vai demorar muito para cair", pensou ele. Levantou o machado e golpeou a árvore com tanta força que voaram lascas em todas as direções.

Na mesma hora o tronco se abriu e um gnomo de longa barba branca saiu correndo lá de dentro.

— Por que você está dando machadadas na minha casa? — gritou ele, com faíscas vermelhas saindo dos olhos, de tão zangado.

— Não sabia que era sua casa — disse o homem.

— Pois é a minha casa e agradeço muito se a deixar em paz — berrou o gnomo.

— Muito bem — disse o homem. — Vou escolher outra árvore. Vou cortar aquela lá adiante.

— Aquela pode cortar — disse o gnomo, mais calmo. — Estou vendo que você é um sujeito decente, afinal. Vou lhe dar uma recompensa por ter poupado minha casa. Os três primeiros desejos que você e sua mulher falarem serão realizados. É a sua recompensa.

O gnomo entrou na árvore e o tronco se fechou.

O homem ficou olhando abismado para a árvore. "Que coisa estranha", pensou. Sentou-se para pensar no pedido que ia fazer. Ficou muito tempo pensando, mas não conseguia se decidir. "Vou para casa decidir junto com minha mulher", resolveu ele. Pôs o machado no ombro e foi andando. Entrou em casa chamando a mulher em altos brados, e ela veio correndo, assustada com os gritos.

Depois de ouvir a história, a mulher comentou:

— Que coisa maravilhosa nos aconteceu! Mas é preciso ter cuidado para escolher os desejos.

Sentaram-se junto ao fogo para discutir o assunto, pensando nas muitas coisas que desejavam ter — um saco de ouro, uma bela casa, uma carruagem puxada por duas parelhas, roupas finas, mas nada era satisfatório para usar um dos três desejos.

Conversaram tanto tempo que acabaram ficando com fome.

— Bom, ficamos aqui conversando, não resolvemos nada e não temos nada para jantar — disse o homem. — O que eu queria agora era um salsichão.

Mal tinha acabado de falar, ouviu alguma coisa despencando pela chaminé, e um belo salsichão caiu na lareira.

— Que é isso? — gritou ele assustado.

— Ah, idiota! Estúpido! — gritou a mulher. — É o salsichão que você desejou. Gastou um desejo num salsichão! Devia grudar esse salsichão no seu nariz, para não falar sem pensar!

Imediatamente, o salsichão pulou da lareira e grudou no nariz do homem. Ele puxou, torceu, sacudiu, mas o salsichão não saía do nariz. A mulher também puxou, torceu e sacudiu o salsichão, e de nada adiantou.

— Ah, não tem jeito, vamos ter que usar outro pedido.

A mulher começou a gritar e a chorar:

— Não, não! Só resta um desejo, não vamos gastar assim. Vamos desejar ser as pessoas mais ricas do mundo!

Mas o homem não concordou. O que mais queria no mundo era que o salsichão desgrudasse de seu nariz. E a mulher não teve outro jeito senão concordar.

— Quero que o salsichão saia do meu nariz — desejou o homem.

E assim só receberam do gnomo um salsichão para jantar; mas foi o melhor que já tinham comido.

— Afinal — disse o homem —, não há nada melhor do que estar de barriga cheia!

AS ROSAS DE SANTA ELIZABETH

Santa Elizabeth nasceu em 1207, em Presburgo, antiga cidade da Hungria. Filha do rei André II e da rainha Gertrude, foi prometida como esposa ao senhor da Turíngia. Depois de casada, Elizabeth construiu um hospital ao pé do castelo.

Há muitos e muitos anos, no reino da Hungria, o rei e a rainha tiveram uma filha que se chamou Elizabeth. A princesinha era tão bondosa e gentil que o povo a amava muito. Tinha sempre um sorriso e uma palavra amável para todos e, já crescida, procurava melhorar a vida das pessoas.

Na idade apropriada, casou-se com um nobre chamado Louis e foram morar na Turíngia, uma região da atual Alemanha. Louis era sério, calado, bem mais velho que Elizabeth, e a intimidava um pouco. Mas se amavam muito. Tiveram quatro filhos, e seu castelo era cheio de alegria.

Além de cuidar da família, Elizabeth continuava a se interessar pelos menos afortunados e fazia tudo para ajudar as pessoas em aflição. Mandava alimentos para as famílias mais necessitadas, ia em pessoa levar uma palavra de conforto aos doentes.

Apesar de admirar a generosidade da esposa, Louis não aprovava que ela frequentasse as pessoas comuns. Achava indigno de uma princesa andar pelas ruas junto com servos e camponeses, e as missões caridosas da mulher nem sempre o agradavam.

Um dia de inverno, Elizabeth aproveitou que Louis tinha ido à caça com amigos nobres e saiu em meio à neve para visitar uma família muito pobre. Levava sob o manto vários pães, tantos quantos conseguia carregar. Curvada ao peso dos pães, caminhava com dificuldade descendo a colina pela estrada coberta de gelo. Não ousava erguer os olhos do chão, temendo perder o equilíbrio. Finalmente, com um suspiro de alívio, chegou à base do monte. Levantou os olhos e, com grande surpresa, viu o marido e os amigos voltando da caça mais cedo do que esperava.

Elizabeth parou, subitamente ruborizada. Teria saído da estrada para se esconder no bosque, mas não havia mais tempo. Logo os cavalos a tinham alcançado e os cavaleiros olhavam, entre intrigados e divertidos, a princesa no meio da neve, apertando o manto contra o corpo.

O marido sorriu com ternura e cavalgando a passo a seu lado, perguntou:

— Aonde está indo, querida?

Elizabeth não sabia o que dizer. Louis se aborrecia com seu hábito de sair desacompanhada para visitar os pobres e doentes em cabanas miseráveis, e ela não queria envergonhá-lo na frente dos amigos nobres. Encolheu-se e segurou os pães mais perto do coração enquanto procurava uma resposta.

Louis percebeu a hesitação da esposa e perguntou, já com o cenho franzido:

— O que você está carregando sob o manto, que a faz andar tão curvada?

Ouvindo essa pergunta, os cavaleiros se aproximaram, ainda mais curiosos.

Cada vez mais embaraçada, Elizabeth ergueu o olhar para o marido. Sabia que os nobres cavaleiros ririam com desdém se ela dissesse a verdade e não queria despertar o desprezo deles. Sem mesmo pensar no que dizia, a palavra lhe escapou:

— Rosas!

Suas faces coraram no instante mesmo em que falou, pois sabia que era impossível. Daria tudo para ter coragem de admitir que havia mentido, mas, prevendo a risada dos caçadores, ficou em silêncio.

Atônito, Louis via que alguma coisa estava acontecendo e adivinhou a verdade. Só não se deixou levar pela compaixão por temor de ser ridicularizado pelos amigos. Inclinando-se na sela, disse em tom firme:

— Deixe-me ver.

E, tomando a gola do manto, abriu-o completamente.

Então um milagre aconteceu: nas dobras do manto, não encontrou os pães que Elizabeth esperava ver, mas rosas! Belas rosas frescas, vermelhas e brancas, em pleno inverno. A doçura do verão encheu o ar da mais rica fragrância.

Fez-se silêncio total. Louis olhou por um momento o rosto de Elizabeth e, tomando uma rosa vermelha de dentro do manto dela, colocou-a na lapela, junto ao coração. Inclinou-se para beijar a mulher, dizendo ternamente:

— Siga seu caminho, meu amor.

Retomou com os demais ao castelo, deixando Elizabeth muda de surpresa na estrada gelada, olhando a braçada de rosas que carregava.

As MULHERES DE WEINSBERG

Adaptada da versão de Charlotte Yonge

Aconteceu na Alemanha, na Alta Idade Média. O ano era 1141. Wolf, duque da Bavária, estava cercado em seu castelo de Weinsberg, sitiado pelos exércitos de Frederick, duque da Suábia, e de seu irmão, o imperador Konrad.

O cerco vinha de muito tempo, e Wolf sabia que a rendição era inevitável. Mensageiros iam e vinham, levando propostas de acordo, condições e decisões. Derrotados, Wolf e seus aliados se preparavam para se entregar ao pior inimigo.

Mas as mulheres desses homens não estavam nem um pouco preparadas para a derrota. Enviaram uma mensagem a Konrad, pedindo ao imperador a promessa de salvo-conduto para todas as mulheres das cercanias do castelo e permissão para levar todos os bens que pudessem carregar.

A permissão foi concedida e os portões do castelo se abriram. A mulheres foram saindo — levando uma estranha carga. Não traziam ouro ou joias. Cada uma vinha curvada sob o peso do marido, na esperança de salvá-los da vingança das hostes vitoriosas.

Dizem que Konrad, bom e piedoso de fato, comoveu-se até as lágrimas ante aquela atitude extraordinária. Apressou-se em garantir às mulheres a liberdade e segurança dos maridos. Convidou a todos para um grande banquete e fez a paz com o duque da Bavária em termos mais favoráveis que o esperado.

Desde então o monte do castelo passou a ser chamado de Monte de Weibertreue, que quer dizer "lealdade feminina".

O BEM MAIS PRECIOSO

Do folclore do Leste Europeu

Há muitos e muitos anos, um rapaz e uma moça se apaixonaram e resolveram se casar. Quase não tinham dinheiro, mas não ligavam para isso. A confiança mútua gerava a fé num belo futuro desde que tivessem um ao outro. Assim, marcaram a data para se unir em corpo e alma.

Antes do casamento, a moça fez um pedido ao noivo:

— Não posso nem imaginar que um dia a gente possa se separar. Mas pode ser que com o tempo a gente se canse um do outro, ou que você se aborreça e me mande de volta a meus pais. Prometa que, se algum dia isso acontecer, me deixará levar comigo o bem mais precioso que eu tiver então.

O noivo riu, achando uma bobagem o que ela dizia, mas a moça não ficou satisfeita enquanto ele não fez a promessa por escrito e devidamente assinada. Casaram-se.

Decididos a melhorar de vida, trabalharam arduamente e foram recompensados. Cada novo sucesso os fazia mais determinados a sair da pobreza, e trabalhavam ainda mais. O tempo passou e o casal prosperou. Conquistaram uma situação estável, cada vez mais confortável, e finalmente ficaram ricos. Mudaram-se para uma ampla casa, fizeram novos amigos e se cercaram dos prazeres da riqueza.

Mas, dedicados em tempo integral à prosperidade financeira, aprenderam a pensar mais nas coisas do que um no outro. Discutiam sobre o que comprar, quanto gastar, como aumentar o patrimônio.

Certo dia, enquanto preparavam uma festa para amigos importantes, discutiram sobre uma bobagem qualquer — o sabor do molho, os lugares à mesa, ou coisa assim. Começaram a levantar a voz, a gritar, e chegaram às inevitáveis acusações.

— Você não liga para mim! — gritou o marido. — Só pensa em você, em roupas e joias. Pegue o que achar mais precioso, como prometi, e volte para a casa dos seus pais. Não há motivo para continuarmos juntos.

A mulher empalideceu e encarou-o com um olhar magoado, como se acabasse de descobrir uma coisa insuspeitada.

— Muito bem — disse ela baixinho. — Quero mesmo ir embora. Mas devemos ficar juntos esta noite e receber nossos amigos, para salvar as aparências.

A noite chegou. Começou a festa, com todo o luxo e fartura que a riqueza permitia. Alta madrugada, os convidados se retiraram e o marido adormeceu. Ela então fez com que o levassem à casa dos pais dela e o pusessem na cama.

Quando ele acordou na manhã seguinte, não entendeu o que tinha acontecido. Não sabia onde estava e, quando se sentou na cama para olhar em volta, a mulher acercou-se da cama.

— Querido marido — disse ela —, você prometeu que se algum dia me mandasse embora eu poderia levar o bem mais precioso que tivesse no momento. Você é o que tenho de mais precioso. Quero você mais que tudo na vida, e só a morte poderá nos separar.

Nesse momento, ele viu o quanto ambos tinham sido egoístas. Tomou a esposa nos braços e beijaram-se ternamente. No mesmo dia voltaram para casa, mais apaixonados do que nunca.

LEMBRETE

Adaptada de Laura E. Richards

Um homem estava sentado ao lado do caixão de sua companheira de vida inteira, triste e amargurado. De repente viu passar à sua frente um desfile de formas belas e brilhantes, leves, de lábios rosados e olhos claros de alegria.

— Quem são vocês, belas criaturas? — perguntou ele. E elas responderam:

— Somos as palavras que você poderia ter dito a ela.

— Ah, fiquem comigo! — implorou o homem. — Suas belas formas são como um punhal me cortando o coração, mas mesmo assim fiquem comigo, pois ela está fria e muda e estou sozinho, não tenho mais ninguém.

Elas responderam:

— Não, não podemos ficar porque não temos existência. Somos apenas a luz que jamais brilhou.

E foram embora.

O homem continuou triste e amargurado.

De repente viu se erguer entre ele e o caixão um bando de formas terríveis, pálidas, de lábios brancos e olhos de fogo.

O homem estremeceu.

— Quem são vocês, formas horrendas? — perguntou ele. E elas responderam:

— Somos as palavras que ela ouviu de você.

O homem gritou, aterrado.

— Saiam daqui, me deixem só! Melhor a solidão do que a sua companhia!

Mas elas se sentaram em silêncio, fixaram os olhos no homem e permaneceram com ele para sempre.

O PELO DO LEÃO

Lenda etíope

Numa aldeia nas montanhas da Etiópia, um rapaz e uma moça se apaixonaram e se casaram. Por algum tempo foram perfeitamente felizes, mas então os problemas chegaram à casa deles. Começaram a ver os erros um do outro nas pequenas coisas — ele a acusava de gastar muito no mercado, ela o acusava de estar sempre atrasado. Não se passava um dia sem uma discussão sobre dinheiro, sobre trabalhos domésticos, sobre amigos. Às vezes ficavam tão bravos que gritavam, berravam impropérios e iam para a cama sem se falar, o que só piorava as coisas.

Depois de alguns meses ela achou que não aguentava mais aquilo e procurou um juiz velho e sábio para pedir o divórcio.

— Por quê? — perguntou ele. — Há menos de um ano que se casaram. Não ama seu marido?

— Sim, nós nos amamos, mas as coisas não vão nada bem.

— Como assim, não vão nada bem?

— Ah, brigamos muito, ele faz coisas que me irritam. Deixa roupas espalhadas pela casa toda, corta as unhas do pé na sala e deixa pelo chão, chega tarde em casa. Sempre que quero fazer alguma coisa, ele quer fazer outra. Não podemos viver juntos.

— Entendo — disse o velho juiz. — Talvez eu possa ajudar. Conheço um remédio mágico que vai fazer vocês se darem muito melhor. Se eu lhe der esse remédio, vai parar de pensar em divórcio?

— Claro! — gritou ela. — Qual é o remédio? Me dê!

— Calma — disse o juiz. — Para fazer o remédio preciso de um fio da cauda de um grande leão que vive perto do rio. Tem que trazer esse fio para mim.

— Mas como vou conseguir isso? — exclamou a mulher. — O leão vai me matar!

— Nisso não posso ajudar — disse o velho, abanando a cabeça. — Entendo muito de remédios, mas não entendo nada de leões. Você tem que descobrir um meio. Vai tentar?

A jovem esposa refletiu longamente. Amava muito o marido, e o remédio ia salvar seu casamento. Resolveu buscar o pelo do leão.

Na manhã seguinte, foi ao rio e se escondeu atrás de uma pedra. Pouco tempo depois, o leão veio beber água. Quando viu as patas enormes, ela ficou tremendo de medo. O leão abriu a boca, mostrando os dentes afiados, e ela quase desmaiou. Então o leão deu um rugido e ela saiu correndo para casa.

Mas na manhã seguinte ela voltou ao rio, trazendo um saco de carne fresca. Deixou a carne no capim da margem, a duzentos metros do leão, e ficou escondida atrás da pedra enquanto ele comia.

No dia seguinte, voltou e pôs o pedaço de carne a cem metros do leão; no outro dia, pôs a carne a cinquenta metros do leão e não se escondeu enquanto ele comia.

Assim, a cada dia chegava mais perto do leão, até um dia atirar-lhe a carne na boca. No outro dia, o leão veio comer em sua mão. Tremia ao ver os dentes enormes rasgando a carne, mas tinha mais amor ao marido do que medo do leão. Muito lentamente, ela abaixou-se e arrancou um fio do pelo da cauda da fera.

Voltou correndo ao juiz.

— Olhe! — gritou ela. — Trouxe um pelo do leão!

O velho pegou o fio e examinou atentamente.

— Foi muita coragem sua — disse ele. — E precisou de muita paciência, não?

— Ah, sim — disse ela. — Agora me dê o remédio para salvar meu casamento!

O velho juiz abanou a cabeça.

— Não tenho mais nada a lhe dar.

— Mas o senhor prometeu! — exclamou a jovem esposa.

— Então não vê? — perguntou ele com carinho. — Já tem o remédio de que precisa. Você estava decidida a fazer o que fosse preciso, por mais que demorasse, para ter o remédio mágico para seus problemas. Mas mágica não existe. Só existe a sua determinação. Você e seu marido se amam. Se os dois tiverem a paciência, a determinação e a coragem que você demonstrou para trazer esse pelo do leão, serão muito felizes. Pense nisso.

E a mulher voltou para casa, com novas resoluções.

POR QUE O BEBÊ FALA "GU"

Adaptada da versão de Gilbert L. Wilson

Numa aldeia perto das montanhas, vivia um chefe índio. Era um homem de coragem, que havia lutado em muitas batalhas. Ninguém na tribo tinha vencido mais lutas do que ele.

Estranhas criaturas invadiram suas terras. Gigantes de gelo vieram do norte e levaram muita gente embora. Bruxas malvadas viviam em cavernas, e nas montanhas moravam os *mikumwess*, que eram pequenos seres mágicos.

O chefe não tinha medo deles. Lutou com os gigantes do gelo e eles fugiram para o norte. Matou umas bruxas e expulsou as outras.

Todos amavam o chefe. Era tão valente e bom que a tribo inteira achava que não existia ninguém como ele.

Mas depois que expulsou as criaturas más, o chefe ficou muito vaidoso. Começou a pensar que era a pessoa mais importante do mundo.

— Posso vencer qualquer um — gabava-se —, e ninguém pode mandar em mim.

A esposa ouviu a gabolice do chefe e sorriu.

— Meu marido é *poderoso* — disse ela —, mas existe alguém a quem ele obedece.

— Quem é esse ser tão poderoso? — quis saber ele. — Onde está ele?

Ela sorriu novamente, dizendo:

— Já é conhecido seu. O nome dele é Wasis.

Quem seria esse Wasis? Era o gorducho bebê, filho deles. E no momento estava sentadinho no chão, chupando um torrão de açúcar, feliz da vida.

Mas o chefe, como todos os vaidosos, achava que sabia tudo. Pensava que o filhinho ia obedecer a ele. Sorrindo, chamou o pequeno Wasis:

— Meu filho, venha cá!

O bebê retribuiu o sorriso e continuou chupando o torrão de açúcar. O chefe ficou surpreso. Toda a tribo aceitava seu comando. Não entendia por que o bebê não obedecia, mas sorriu de novo e disse ao pequeno Wasis:

— *Meu filho, venha cá!*

O bebê também sorriu de novo e voltou ao torrão de açúcar.

O chefe ficou perplexo. Ninguém se atrevia a desobedecer a ele. Ficou zangado, franziu as sobrancelhas e gritou com o pequeno Wasis:

— MEU FILHO, VENHA CÁ!

Então o bebê abriu a boca a chorar e a berrar. O chefe nunca tinha ouvido um som tão horroroso. Nem os gigantes do gelo tinham um berro tão terrível.

O chefe ficou atônito. Não entendia mesmo como um bebê tão pequeno se atrevia a não obedecer.

— É inacreditável! — disse ele. — Todos os homens me temem. E esse bebezinho me responde com gritos de guerra. Talvez eu tenha que usar magia para dominá-lo.

Pintou o corpo com as cores rituais, pegou o chocalho cheio de ervas e poções e sacudiu-o na frente do bebê, dançando as danças da magia e cantando belas canções.

O pequeno Wasis arregalou os olhos e sorriu, achando muito engraçado. Nem por isso largou o torrão de açúcar.

O chefe dançou até cansar. O suor pingava do corpo, a tinta vermelha escorria pelo corpo. Até as penas do cocar ficaram encharcadas.

Sentou-se, exausto. Não aguentava mais dançar.

— Não disse que Wasis é mais poderoso que você? — falou a mulher. — Ninguém é mais poderoso que o bebê. É ele quem manda na tenda. É amado por todos e todos obedecem a ele.

— É verdade — disse o chefe, saindo da tenda. E enquanto saía, ouvia o pequeno Wasis falando consigo mesmo e chupando o torrão de açúcar.

— Gu, gu, gu!

Quando a gente ouvir um bebê falando "Gu, gu, gu", já sabe. É o seu grito de guerra. Fica feliz se lembrando do dia em que fez o chefe entender quem é que manda na tenda.

O PREÇO DE UMA SEMENTE

Conto da África oriental

Um marido não queria mais viver com a mulher e resolveu se divorciar. Mas o casal tinha um filho recém-nascido, e tanto o pai quanto a mãe queriam ficar com o bebê. Foram consultar o juiz e a mulher argumentou:

— Carreguei a criança no ventre nove meses. Amamentei-o em meu seio, cantei para ele dormir no meu colo, embalei-o todas as noites. Consolei-o quando chorava, cuidei dele quando adoecia. Estou com ele dia e noite e o amo mais que a vida. Deixe-me ficar com ele.

Então foi a vez do homem:

— Dei a semente que fez a criança. Portanto, o filho é meu e devo ficar com ele.

O juiz olhou para o homem e falou:

— Então você deu a semente?

— Isso mesmo! — respondeu ele com orgulho. — Só precisou de uma semente.

— Entendo — disse o juiz. — Então o pai dá a semente, a mãe carrega e alimenta a criança. Sendo assim, acho que posso dar uma decisão ao caso. Mas primeiro precisamos pesar umas coisas.

Mandou trazer uma balança e pesaram a criança.

— O menino pesa quatro quilos e meio — disse o juiz ao pai. — Se contribuiu com apenas uma semente, pode-se concluir que a mãe deu quatro quilos e meio menos o peso de uma semente. Se quer ficar com a criança, tem que pagar a sua mulher o valor de quatro quilos e meio de comida.

O homem olhou para o juiz como se estivesse na presença de um louco varrido.

— Espere, não acabei — continuou o juiz. — Vamos consultar um carregador de bagagem.

Mandou chamar um carregador e perguntou:

— Quanto cobra para levar uma carga?

— Uma moeda por dia por cada quilo de peso — respondeu ele.

— Muito bem — disse o juiz. — Vamos calcular que essa mulher tenha carregado meio quilo no primeiro mês de gravidez, terminando com quatro quilos e meio no nono mês. Portanto, calculando uma moeda por quilo a cada dia durante nove meses, ela tem direito a mil e quatrocentas moedas. O marido deve pagar a ela mil e quatrocentas moedas por levar a carga para ele.

O homem esbugalhou os olhos.

— Mais uma coisa — disse ainda o juiz. — Se custou tudo isso só para trazer a criança ao mundo, pense quanto vai custar para criá-la.

O homem ficou em silêncio, começando a entender.

— Agora entendo, senhor juiz — disse por fim. — Preciso é dividir a carga com minha mulher para equilibrar a balança.

A CAVERNA MÁGICA

Recontada por Frances Jenkins Olcott

Era uma vez uma mulher que morava numa casinha modesta ao pé de uma montanha onde havia uma grande floresta. Tinha um filho a quem amava muito.

No solstício de verão, a mulher levou o filho para colher os morangos maravilhosos que havia na floresta. Subiram a montanha e chegaram a um lugar coberto dos morangos maiores, mais vermelhos e mais saborosos que já tinham visto.

Colheram quantos puderam. Mas tão logo a mulher encheu a cesta, viu se abrir a porta de uma grande caverna diante dela. Enormes pilhas de ouro brilhavam no chão, e três virgens brancas guardavam o tesouro.

— Entre, boa mulher — disseram as virgens brancas. — Leve quanto ouro puder pegar de uma só vez.

A mulher entrou na caverna e, segurando o filho pela mão, pegou um punhado de moedas de ouro e pôs no avental. Mas o toque do ouro despertou uma enorme cobiça e, esquecendo o filho, pegou mais dois punhados de moedas e saiu correndo da caverna.

No mesmo instante ouviu um estrondo atrás dela e uma voz trovejou:

— Mulher infeliz! Perdeu seu filho até o próximo solstício de verão!

A porta da caverna se fechou e a criança ficou presa lá dentro.

A pobre mulher torceu as mãos desesperada, chorou e implorou, mas não adiantou, e ela foi para casa sem o filho. Voltou todos os dias ao lugar, mas a porta nunca mais se abriu e ela não conseguiu mais encontrar a caverna.

No ano seguinte, no solstício de verão, ela acordou bem cedo e foi correndo ao lugar. Ao chegar encontrou a porta aberta. As pilhas de ouro brilhavam no chão e as três virgens guardavam o tesouro. Ao lado delas estava o menino com uma maçã vermelha na mão.

— Entre, boa mulher — as três virgens convidaram. — Leve quanto ouro puder pegar de uma só vez.

A mulher entrou na caverna e, sem sequer olhar para o ouro, agarrou o filho e tomou-o nos braços.

— Boa mulher — disseram as três virgens —, leve o menino para casa. Nós o devolvemos a você, pois agora seu amor é maior que a cobiça.

A mulher voltou para casa com o menino e o amou mais que ao ouro pelo resto da vida.

O CARANGUEJO E SUA MÃE

Esopo

Um caranguejo corria na praia com sua mãe.

A mãe corrigiu o filho:

— Não corra de lado! Andar para a frente é muito mais adequado.

O jovem caranguejo respondeu:

— Claro, mamãe, quero aprender. Mostre como se anda para a frente e eu ando atrás de você.

As palavras são importantes, mas o que vale é o exemplo.

O BEBÊ

Laura E. Richards

Um homem estava sentado à porta de casa, fumando seu cachimbo, e o vizinho (que era um inimigo, embora nenhum dos dois soubesse) sentou-se ao lado dele e começou a tentá-lo.

— Você é pobre, está desempregado — disse o vizinho —, e sei de um meio para você melhorar de vida. É um trabalho fácil que vai render um bom dinheiro. E não é mais desonesto do que muita coisa que as pessoas respeitáveis fazem todo dia. Só um bobo jogaria fora uma chance dessa. Venha comigo e não vai se arrepender.

O homem ouviu a proposta.

Nesse momento, sua jovem esposa apareceu à porta. Vinha corada, suada, pois estava lavando roupa, e tinha o bebê nos braços.

— Pode carregar o bebê um pouquinho? — pediu ela. — Ele está muito agitado, e preciso estender a roupa.

O homem pegou o bebê e deitou-o nos joelhos; e então o bebê olhou para ele e falou:

— Carne da sua carne! Alma da sua alma! O que você semear eu vou colher, e aonde você for, eu seguirei. Mostre o caminho, pai, e seguirei seus passos.

O homem disse ao vizinho:

— Vá embora e não volte mais aqui!

Embalou o filho nos joelhos, assoviando uma canção. A esposa apareceu e pegou o bebê.

— Ah, bebezinho — disse ela —, por que chorou no colo do papai? Você tem um pai tão bom! Quando crescer vai ser um homem bom como ele!

E entrou na casa, cantarolando para o bebê.

UMA SORTE

Laura E. Richards

Certo dia um homem vinha andando muito triste pela rua. Os negócios não iam bem. Ele tinha cismado de comprar um cavalo que custava mil dólares e só tinha oitocentos. Claro que podia comprar outras coisas com oitocentos dólares, mas não queria; queria o cavalo. Tinha o coração pesado e estava de mal com o mundo.

Então uma criança veio correndo na direção dele. Era um menino estranho, o rosto aceso como o sol e cheio de sorrisos. O menino estendeu a mão fechada.

— Adivinha o que eu tenho! — gritou, com os olhos brilhantes.

— Alguma coisa boa, com certeza! — disse o homem.

A criança fez que sim com a cabeça, chegou mais perto e abriu a mão.

— Olha! — disse ele, e a rua se alegrou com o som de sua risada. O homem olhou e viu uma moedinha na mão do menino.

— Oba! — gritou o menino.

— Oba! — gritou o homem.

Cada um foi para o seu lado. O menino comprou um pirulito e viu o mundo cor-de-rosa através do pirulito de framboesa.

O homem depositou os oitocentos dólares na caderneta de poupança e guardou uma moedinha no bolso. Com a moedinha comprou um cavalinho de brinquedo para o filho, e o filho viu o mundo amarelo de manchinhas brancas como o cavalinho.

— É o cavalo que você queria comprar, pai? — perguntou o garotinho.

— É o cavalo que eu comprei! — disse o homem.

— Oba! — gritou o garoto.

— Oba! — gritou o homem.

E fez as pazes com o mundo.

PROSERPINA

Da mitologia grega, adaptada das versões de Flora Cooke, Frances Jenkins Olcott e outros

Em tempos arcaicos havia — as pessoas acreditavam — uma deusa chamada Ceres, que tinha poder sobre a terra. Fazia crescer plantações, as flores desabrocharem, cobria as árvores de verde, amadurecia os frutos e os grãos. A vida na terra inteira dependia do seu zelo e perfeição.

Ceres protegia a relva e as samambaias, todas as plantas e frutos, e mais que tudo amava sua filha Proserpina. E a filha a amava também, era feliz e brincava com os raios de sol nas flores, contente como o dia.

Certa vez a menina brincava no campo, tecendo uma coroa de flores para enfeitar seus cabelos. Colhia as flores mais belas — violetas, margaridas, lírios e miosótis.

No outro lado da campina viu brilhar uma flor branca. Correu para lá e achou a flor mais bela do mundo. Num único caule, havia mais de cem botões. Tentou apanhar, mas o caule não quebrava. Agarrou com toda a força e a planta saiu com a raiz.

Um barulho de trovão veio das entranhas da terra. No lugar onde estava a planta, a terra se abriu numa fenda que crescia cada vez mais. Do abismo surgiram quatro cavalos negros como carvão, puxando uma carruagem feita de ouro e rubis. Sentado no resplendor da carruagem, vinha Plutão.

Plutão era o deus dos subterrâneos do mundo. Vivia e reinava na escuridão sob a terra, onde o sol não brilha, não cantam pássaros e não nascem flores. Ao ver Proserpina, achou que a presença da adolescente, alegre e linda, traria um pouco de luz ao seu reino. Saltando da carruagem, foi até onde ela estava, ajoelhada na relva, colhendo as flores do campo. Pegou a jovem, levou-a para a carruagem e afastou-se a todo galope.

Pois mais que esperneasse, Proserpina foi agarrada e levada por Plutão a toda pressa para seu reino. Chegando ao portão das trevas, ela viu, desesperada, que não tinha salvação e atirou a coroa de flores a um rio, pedindo às ninfas das águas que a entregassem a sua mãe. As portas se abriram, a carruagem entrou e Proserpina tornou-se prisioneira no mundo subterrâneo.

Enquanto isso, na superfície, o sol se punha e Ceres voltava dos campos. Procurou a filha por todo canto, mas em vão. Chamou por ela nos bosques; à noite acendeu uma tocha e continuou a busca. A manhã chegou e nem sinal da menina.

Ceres saiu pelo mundo à procura de Proserpina e esqueceu a parte da natureza da qual lhe cabia cuidar. As plantações morreram, as flores murcharam, os frutos secaram. A terra ficou estéril e o trigo não brotou, a relva amarelou, as folhas caíram das árvores. A fome se espalhou no mundo e as pessoas imploravam à deusa que voltasse. Mas Ceres estava tão longe que não ouvia os chamados; só pensava na filha desaparecida.

— Zéfiro, gentil Zéfiro! — perguntou ao vento oeste. — Viu minha filha Proserpina?

E Zéfiro sussurrou:

— Não!

— Bóreas, poderoso Bóreas! — perguntou ao vento norte. — Viu minha filha Proserpina?

E Bóreas rugiu:

— Não!

Até que um dia, na margem de um rio muito largo, Ceres chorava a filha perdida quando as águas lhe trouxeram uma coroa de flores. Reconheceu na coroa o trabalho de Proserpina e entendeu que era um recado. Tentando adivinhar onde estaria a menina, ouviu a fonte murmurar que no mundo lá de baixo, onde essa fonte nascia, Proserpina estava no trono ao lado de Plutão.

— Ela está desconsolada — gorgolejou a fonte. — Tem as faces pálidas, os olhos inchados de chorar. Todo o poder e a riqueza de Plutão não a consolam por estar no fundo da terra.

Ouvindo isso, Ceres correu a Júpiter, deus dos deuses, implorando que mandasse Plutão devolver Proserpina. A princípio Júpiter não mostrou boa vontade para interferir com os poderes do deus das trevas, mas as lágrimas desesperadas da mãe tocaram seu coração. Os homens juntaram suas preces às de Ceres, implorando a intervenção de Júpiter, para que a deusa voltasse a cuidar da terra e os salvasse da morte. Os homens estavam prestes a morrer de fome. Finalmente, Júpiter cedeu.

— Proserpina pode voltar — disse ele —, desde que não tenha comido nada no mundo subterrâneo. Assim é a lei. Vou mandar Mercúrio, o deus mensageiro, ao reino de Plutão.

No reino de Plutão, Proserpina chorava. Não aceitava presentes, não provava comida. Queria voltar para sua mãe. Lembrando-se de que Ceres oferecia à filha os frutos da terra, mandou os servos buscarem as frutas mais saborosas na superfície.

Mas a terra devastada não dava mais alimento — nas árvores nuas não havia flores nem frutas. No caminho de volta, porém, os servos encontraram uma pequena romã e a levaram a Plutão.

— Coma a romã, Proserpina — pediu o deus. — Mandei buscar na terra para você.

Proserpina não tocou a fruta e Plutão, deixando a romã perto dela, retirou-se. Mas o aroma da romã era tão convidativo que Proserpina pegou-a e, com a fome que estava, levou-a à boca.

Então chegou Mercúrio.

— Não coma, Proserpina! Júpiter me enviou para levar você para casa, mas se der uma só mordida nunca mais poderá sair daqui. Assim é a lei.

— Já engoli seis sementes da romã! — disse ela.

A notícia foi levada a Júpiter, e ele decidiu que, para cada semente que havia comido, Proserpina passaria um mês no reino de Plutão.

Seis meses por ano, ela passa reinando nas trevas ao lado de Plutão e a terra lamenta sua ausência. As flores desaparecem, as folhas caem, os pássaros se calam e o céu chora sua partida. Mas quando os portões de Plutão se abrem, Proserpina vem passar seis meses com a mãe e a terra inteira se abre em flores para recebê-la. O céu torna a ficar azul, a relva verde, as árvores explodem em botões e os pássaros entoam belas canções. É o tempo da primavera.

Tendo Proserpina ao lado, Ceres trabalha com alegria, abençoa o mundo com o trigo e a vinha, traz colheitas abundantes para alimentar os homens. Mas cada vez que a filha volta para a temporada subterrânea, Ceres se entristece, chora de saudades e esquece a terra. Os homens aprenderam a guardar o produto da colheita para comer enquanto Proserpina está no reino das trevas. É o tempo do inverno.

Por mais rigoroso que seja o inverno, os homens não se desesperam porque sabem que Proserpina voltará sempre, trazendo a primavera e a alegria consigo.

A MORTE DE BALDER

Adaptada da versão de Anna McCaleb

Na mitologia nórdica, Balder é o filho dileto de Odin, o mais poderoso dos deuses, e é associado à mudança das estações

Balder era um deus muito amado em Asgard, pois vivia sorrindo e trazia a alegria a todos. Além de belo, era bondoso e nobre. Tinha sempre uma palavra amável e o braço forte para ajudar os fracos. Por onde passava, espalhava luz e felicidade.

Um dia, todos estavam reunidos no grande salão da terra dos deuses, chamada Valhalla, e notaram que Balder estava menos radiante. Quiseram saber o motivo e Balder apenas sorriu, dizendo que não era nada. Mas não era o sorriso de sempre. Parecia aos deuses que uma nuvem tênue cobria o sol da alegria de Balder.

No dia seguinte, quando Balder entrou no salão com a expressão mais abatida, seu pai e sua mãe, Odin e Frigg, insistiram em saber a causa da tristeza. Ele contou então que sonhou duas noites seguidas e não se lembrava bem do sonho, mas o efeito era muito deprimente.

— Sei apenas — disse ele — que tinha uma nuvem escura entre mim e o sol, sons e lamentos confusos, uma viagem no escuro, lugares difíceis.

Os deuses bem sabiam que os sonhos eram mensagens enviadas a eles pelo Destino. Frigg pressentiu que essas visões eram avisos de um perigo que ameaçava o filho bem-amado e articulou um plano, sugerido por seu amor materno.

Viajou pelo mundo inteiro, pedindo a todos os seres e a todas as coisas que não fizessem mal a Balder. E todos os pássaros e todos os outros animais, todas as plantas, pedras e metais, todos os venenos e doenças conhecidos dos homens e dos deuses, o ar, o fogo, a água e a terra — todos juraram jamais fazer mal a Balder, pois todas as coisas do mundo amavam sua alegria e bondade.

Frigg voltou ao Valhalla aliviada, certa de que Balder estava a salvo de tudo. Ao passar por um carvalho, viu o visco pendendo dos galhos e pensou: "É muito fraco para fazer mal a meu filho", e seguiu adiante.

Ao saberem que nada podia ferir Balder, os deuses inventaram uma brincadeira. Faziam um círculo em volta do deus e atiravam coisas em seu corpo dourado. Atiravam pedras, paus, lanças, espadas e até pesados machados de guerra que matariam qualquer pessoa instantaneamente. As armas caíam antes, ou depois, desviavam do alvo, ou simplesmente flutuavam no ar, como plumas ao vento.

Os deuses se divertiam, Balder voltara a ser feliz, a alegria voltara a Asgard.

Mas alguém não estava feliz — Loki, um gigante protetor da fraude e da maldade, que impusera sua presença aos deuses. Invejoso dos poderes de Balder, decidiu descobrir alguma coisa que o ferisse.

Disfarçado de velha, Loki foi procurar Frigg.

— Sabia — disse ele com voz roufenha — que os deuses e heróis inventaram uma brincadeira muito perigosa? Atacam seu filho com toda sorte de armas.

— Não há perigo — disse Frigg, sorrindo para a velhinha. E contou-lhe que todas as coisas do mundo tinham jurado não ferir Balder, menos o visco, pobrezinho, tão pequeno e fraquinho que não podia ferir ninguém.

Foi o quanto bastou para o malvado Loki. Foi embora e, longe dos olhos de Frigg, voltou à forma de gigante e reuniu-se aos deuses que ainda se divertiam com Balder. Mas na mão trazia um dardo, e ninguém suspeitava de que fora feito com o visco do carvalho do Valhalla.

Fora do círculo estava Hoder, irmão mais velho de Balder, que era cego e desamparado, mas tinha pelo irmão mais novo um grande amor fraterno.

Cheio de malícia, Loki aproximou-se de Hoder e perguntou:

— Não quer participar do jogo?

— Ora — disse Hoder —, eu bem queria, mas como posso, com os olhos cegos? Além disso, não tenho arma para atirar nele.

— Tenho um dardo — disse Loki. — Se quiser, posso guiar seu braço.

Tentado a tomar parte na brincadeira, Hoder pegou o dardo. Com a pontaria de Loki, Hoder atirou com toda força. O dardo foi direto ao coração de Balder, e ele caiu morto.

Em vez da gargalhada que esperava, Hoder ouviu um grito de horror se elevando e todos os deuses correram para o corpo sem vida de Balder, incapazes de compreender aquela atrocidade. Hoder se pôs a chorar, desesperado, implorando para tomar o lugar do irmão no reino dos mortos.

Frigg não perdeu a esperança. Pediu aos deuses um voluntário para pedir a Hel, deusa dos mortos, que mandasse Balder de volta a Asgard. Apresentou-se outro filho de Frigg — Hermod, o mais ligeiro dos deuses. Odin cedeu-lhe seu cavalo, o maravilhoso Sleipnir, mais rápido que o próprio vento, e Hermod partiu para a perigosa jornada.

Por nove dias e nove noites, Hermod percorreu vales tão escuros que não enxergava nada, até chegar ao rio que corre entre o mundo de cima e o mundo de baixo. Quando cruzou a galope a ponte de ouro, o guarda sentiu a ponte balançar e soube que não era alma, mas um ser físico que a atravessava, e barrou-lhe o caminho. Hermod contou-lhe sua missão e o guarda o deixou passar. Chegando à presença de Hel, implorou de joelhos que permitisse a Balder voltar a ver a luz do dia.

A princípio, a severa deusa ficou indiferente às preces de Hermod, mas terminou por responder:

— Se todas as coisas no mundo, todos os seres vivos, as plantas, pedras e metais chorarem por Balder, ele poderá retornar. Mas se algum ser ou alguma coisa não verter lágrimas, ele deverá ficar.

Animado com a promessa, Hermod voltou a Asgard. Todos os deuses se alegraram e saíram pelo mundo, pois todos queriam participar da tarefa de trazer Balder de volta à vida. A tudo e a todos os deuses pediram lágrimas por Balder. E as flores, os pássaros, as pedras, os metais e os animais de toda espécie choraram, pois amavam o deus da alegria e da beleza.

No caminho de volta a Asgard, julgando ter realizado a missão, passaram por uma velha sentada à entrada de uma caverna escura. Pediram que chorasse por Balder, como tudo o que havia no céu e na terra mas ela respondeu com aspereza, zombando dos deuses:

— Por que vou chorar por ele? Está muito bem com Hel. De mim, só esperem lágrimas secas!

E deixando no ar uma gargalhada estridente, fugiu para as profundezas da caverna. Os deuses souberam então que a velha era um disfarce de Loki, que tinha o dom de assumir a forma que quisesse. Pela segunda vez, Loki tirava a vida de Balder.

Assim, como uma criatura não chorou, Hel manteve o jovem deus no reino das trevas. Os deuses voltaram para Asgard, a tristeza pesando-lhes no coração, inconsoláveis porque a beleza se fora — Balder jamais voltaria para alegrar o mundo. O silêncio e a escuridão caíram sobre a terra.

Mas Odin, que tudo via, enxergava além da tristeza do momento. Sentado no grande trono, velando o céu e a terra, o deus dos deuses do Valhalla sabia que aquela aflição não duraria para sempre. Via um tempo em que as nuvens da desolação se afastariam e os raios do sol voltariam a brilhar, trazendo a luz para dissipar as sombras e a mágoa do mundo. Via a terra florescer, os frutos nas árvores, os campos verdes, e Balder novamente entre os deuses e os homens. Odin encheu o coração de coragem para suportar os tempos de trevas que começavam, olhando além da longa noite de inverno que se desdobraria na manhã radiosa da primavera.

"CONHEÇO UM JARDIM"

Martinho Lutero

Carta escrita em 1530 ao filho Hans Lutero, então com quatro anos de idade.

A meu filho Hans Lutero, a graça e a paz em Cristo

Filhinho querido do meu coração: soube que você estuda muito e reza com devoção. Continue assim, meu filho. Quando eu voltar para casa, vou levar um lindo presente para você.

Conheço um jardim, cheio de crianças alegres, vestidas com casaquinhos de ouro, que colhem belas maçãs, peras, cerejas e ameixas das árvores. Elas cantam, pulam e brincam. E têm lindos cavalinhos com sela de ouro e arreios de prata.

Perguntei ao homem que cuidava do jardim quem eram aquelas crianças e ele respondeu:

— São as crianças que gostam de estudar, de rezar e de ser boazinhas.

Então eu disse:

— Caro senhor, tenho um filhinho chamado Hans Lutero. Ele pode vir a esse jardim, colher lindas maçãs e peras, andar nesses belos cavalinhos e brincar com essas crianças?

Ele respondeu:

— Se ele quiser estudar, rezar e ser bonzinho, pode vir a esse jardim. E pode trazer os amigos dele, Lippus e Justus, também. Se vierem juntos, podem tocar e ouvir flautas, tambores, alaúdes e muitos outros instrumentos. Vão poder dançar e atirar com arco e flecha.

Então ele me mostrou um lugar para dançar, bem no meio do jardim, cheio de flautinhas de ouro, tamborezinhos e arcos de prata. Mas era muito cedo para ver a dança, porque as crianças ainda iam almoçar.

Eu disse:

— Ah, senhor, vou escrever agora mesmo ao meu filhinho Hans, para ele estudar, rezar e ser bonzinho para poder vir a esse jardim. Ele tem uma prima, chamada Lena, que vai querer vir junto com ele.

Ele então me falou:

— Muito bem. Vá para casa e escreva para ele.

Por isso, querido filhinho Hans, estude e reze bastante. E diga a Lippus e Justus para estudarem e rezarem também, para vocês virem juntos ao lindo jardim. Diga à prima Lena que eu mandei um beijinho. Que Deus esteja com todos vocês.

"A RESPEITO DO DEVER"

Robert E. Lee

Robert Lee (1807-1870) escreveu esta carta a seu filho G. W. Custis *Lee, que estava no colégio interno.*

Estude e seja franco: a franqueza é filha da coragem e da honestidade. Diga o que pretende fazer em todas as ocasiões e se certifique de fazer o que é correto. Se um amigo pedir um favor, faça, se for razoável; se não for, explique simplesmente por que não vai fazer; você estará enganando a ele e a si mesmo se alegar pretextos de qualquer natureza. Não faça nada incorreto para ganhar ou manter uma amizade; quem pedir para fazê-lo está pronto a se vender, e o preço é um sacrifício muito caro. Tenha uma atitude gentil porém firme com todos os seus colegas; você verá que é a melhor política. Acima de tudo, não tente parecer o que não é. Se tem queixa de alguém, fale com ele e não com outros; nada é mais perigoso do que ser uma coisa na frente de alguém e outra pelas costas. Devemos viver, agir e falar sem jamais ofender ou ferir outra pessoa. Não só é melhor, por uma questão de princípios, mas por ser o caminho da paz e da honra.

A respeito do dever, quero, concluindo esta carta apressada, informar a você que, cerca de cem anos atrás, houve um dia de inesquecível escuridão e tristeza — até hoje conhecido como o "dia negro" —, um dia em que a luz do sol se extinguiu aos poucos, como num eclipse. A assembleia de Connecticut estava em sessão, e, quando os participantes viram chegar a escuridão inesperada e inexplicável, foram tomados de espanto e terror. Muitos pensaram que era chegado o último dia — o dia do juízo final. Na aflição daquele momento, alguém propôs um recesso. Mas Davenport, um velho puritano de Stanford, levantou-se para dizer que, se o dia do juízo final havia chegado, ele queria ser encontrado em seu lugar, cumprindo seu dever, e propôs que mandassem trazer velas para prosseguir com a sessão. Esse homem tinha tranquilidade, a tranquilidade da sabedoria celeste e da inflexível vontade para obedecer ao dever de cada momento. Dever é, pois, a mais sublime palavra da nossa língua. Cumpra seus deveres como o velho puritano. Você não pode fazer mais que isso e não deve jamais desejar fazer menos. Não permita que eu e sua mãe tenhamos um só fio de cabelo branco por qualquer falha de sua parte no cumprimento do dever.

"ERGA O CORAÇÃO"

Amos Bronson e Abigail May Alcott

A família de Louisa May Alcott (1832-1888), autora de Mulherzinhas, *era muito unida, apesar das constantes dificuldades financeiras. O sucesso de seu famoso livro habilitou Louisa a sustentar o pai idoso, que, embora professor, filósofo e "palestrante" profissional, era menos bem-sucedido como provedor. Era hábito dos pais de Louisa deixarem mensagens, bilhetes instrutivos, de orientação e estímulo, como os dois seguintes:*

Minha filha,

Você faz hoje sete anos, e seu pai tem quarenta. Você já aprendeu muitas coisas, desde que vive em um Corpo, sobre o que há ao redor e dentro de você. Sabe pensar, resolver, amar e obedecer. Sente sua Consciência e só tem prazer real quando a obedece. Não pode amar a si mesma ou a qualquer outra pessoa, se não seguir seus conselhos. Ela diz sempre a você para SER BOA e tolerar Oh, com que doçura! com que paciência! todas as investidas do ódio e de tratamento cruel. Com que bondade ela acompanha você em todos os momentos. Com que amor sussurra a Felicidade em seu CORAÇÃO quando você Obedece às doces palavras dela. Sorri para você e dá Prazer quando você Resolve Obedecê-la! Mas que terríveis são seus CASTIGOS. É DEUS influindo em sua alma, para que você seja sempre Boa.

Querida filha, hoje você começa outro ano. Seu pai, sua mãe e suas irmãs, juntamente com seus amigos, demonstram seu amor lhe dando esta CAIXA. Abra-a e aceite o que está dentro, com os melhores votos de

Seu pai

Beach Street,
Manhã de sexta-feira, 29 nov., 1839

* * *

15º aniversário,
Hillside

Minha querida,

Aceite esta caneta de sua mãe e, pelo bem dela, use-a com liberdade & valor para que cada dia do seu décimo quinto ano seja testemunha de uma palavra boa, de um pensamento ou um trabalho.

Sei que nascerão em seu espírito novas esperanças, novos dons, pois Deus ajuda os corações que amam, confiam e se voltam para Ele. Erga seu coração para o mais alto, pois somente isso poderá satisfazer sua natureza vibrante, suas aspirações.

Seu temperamento é muito peculiar & poucos há que realmente possam ajudá-la. Tenha determinação para formar seu caráter & acredite-me, você é capaz de ter um caráter nobre. Trabalho, paciência, amor criam, suportam, dão todas as coisas, pois são os atributos do Todo-Poderoso & nos dão poder para tudo. Que o amor eterno a sustente, a infinita sabedoria a conduza & a paz do entendimento a recompense, minha filha.

Mamãe

29 nov., 1846

MÔNICA, MÃE DE AGOSTINHO

Laura M. Adams

Mônica nasceu no início do século IV, em Tagaste, no norte da África. Seus pais eram cristãos, e ela foi criada para ser mulher de caráter forte e nobre. No entanto, parece ter cometido um triste erro ao se casar com Patricius, um pagão de temperamento incontrolável.

A vida de Mônica foi duplamente miserável porque sua sogra, de quem Patricius deve ter herdado o temperamento, morava com eles, e acredita-se que se unia ao filho para abusar de Mônica e zombar de sua religião.

Na cidade em que moravam, porém, havia outras esposas infelizes cujas vidas amargas estariam condenadas à total infelicidade, não fossem a paciência e doçura de Mônica em todas as provações. No sofrimento era semelhante a elas, mas na elevação do espírito auxiliava-as a escalar as montanhas da esperança e da coragem.

Mônica e Patricius tinham três filhos, mas o famoso Agostinho foi quem levou o nome de Mônica à história, tornando-a conhecida e amada através dos séculos.

Quando pequeno, Agostinho era muito rebelde. Parece ter herdado do pai — e sem dúvida da avó também — o temperamento instável.

Era desobediente, preguiçoso e desonesto. Muitos anos depois ele diria, no famoso livro das confissões: "Eu roubei aquilo que tinha de melhor e com mais fartura. Não me importava o que roubava; gostava do roubo em si."

Da infância à idade adulta, tornou-se cada vez mais parasita e preguiçoso, entregando-se às vaidades do mundo e satisfazendo somente as paixões físicas. Em Cartago, onde estudou retórica e oratória durante três anos, participava de corridas de carros, das lutas de gladiadores e do teatro. Enquanto estudava lá seu pai morreu, depois de convertido ao cristianismo, e sua mãe sofria com os pecados de Agostinho.

Rezava sempre por ele. Assim como o amor de Deus se preocupa conosco com carinho e ternura, o coração de uma verdadeira mãe se preocupa e sofre com os pecados do filho e daria a própria vida para salvá-lo de si mesmo.

Os anos se passaram, e as orações de Mônica começaram a surtir efeito. Enojado da vida de pecados que levava, Agostinho tornou-se apático e insatisfeito com tudo.

Seu talento para a retórica e a oratória era tão pronunciado que se candidatou ao cargo de professor de retórica em Milão, onde passou satisfatoriamente nos exames.

A dedicada mãe foi morar em Milão com Agostinho, ainda rezando por sua alma pecadora. Lá o jovem conheceu um famoso bispo chamado Ambrósio, que teve influência forte e definitiva em sua vida.

Mônica viu o bastante da vida do filho em Milão para deixá-la aflita, mas sabiamente continha-se para não fazer "falatório" e se contentava em rezar com fé e dar o exemplo cristão. Pouco a pouco, a leitura da Bíblia, as preces da mãe e os sermões do bispo Ambrósio amaciaram o coração orgulhoso do filho. Mas, por mais que lutasse contra o temperamento, tornava a cair em tentação. Até chegar o dia da batalha final, em que lutou sozinho no jardim e Deus triunfou. A *vontade* de pecar foi destruída. A tristeza da mãe que tantas lágrimas vertera transformou-se em alegria.

Dezessete anos de lutas com Deus pela alma do filho. Valeu a pena? Pergunte a qualquer mãe que tenha percorrido esse calvário e sua face se iluminará ao responder:

— Meu filho foi perdido e encontrado — e isso vale qualquer sacrifício.

Agostinho demitiu-se do cargo de professor e dedicou-se em tempo integral ao serviço de Deus. Por algum tempo, ele e a mãe viveram tranquilamente, enquanto ele escrevia dois livros. À noite conversavam sobre as maravilhas de Deus, e, por essa época, Agostinho abriu seu coração com a mãe: queria voltar à África e pregar para aqueles que talvez tivesse desencaminhado no passado.

— Está bem, meu filho. Irei com você — disse ela, sem hesitar em deixar o próprio conforto, sem nada diminuir o zelo do amor materno. Foi uma viagem exaustiva sobre os montes Apeninos, e a corajosa mãe estava esgotada ao chegar ao porto de Óstia.

Antes de enfrentar a viagem por mar, descansaram em Óstia numa casa com um bonito jardim dando para o oceano. Sentados sob as estrelas, noite após noite, Mônica aos poucos foi revelando ao filho, talvez inconscientemente, a agonia dos anos passados, e Agostinho sentia-se tomado de remorsos.

Mônica morreu em Óstia, e amargo foi o sofrimento do filho. Entretanto, uma grande paz encheu seu coração, e decidiu viver como ela gostaria que ele vivesse, no amor e a serviço de Deus e dos seus semelhantes.

Voltando à África, foi ordenado padre e mais tarde tornou-se bispo na cidade de Hippo. Escreveu muitos livros, que influenciaram o curso do pensamento cristão até os nossos dias. Permaneceu bispo de Hippo até sua morte, 43 anos após seu batismo.

Quarenta e três anos servindo a Deus contra 17 anos de preces da mãe! Levante os olhos, mãe sofrida, mãe de orações; levante os olhos e não sofra mais. O filho rebelde de suas fervorosas preces talvez possa um dia ser um Agostinho. Continue rezando, enxugue os olhos e tenha esperança. De mãos dadas com Deus, com a esperança concentrada apenas em Sua glória, quem sabe seu filho entre no reino do céu?

ADMETO E ALCESTE

Baseada em adaptação de James Baldwin

Admeto era o nome de um rei grego que reinou há muitos e muitos anos. Ele se apaixonou por uma linda mulher chamada Alceste e pediu-a para esposa.

O dia do casamento chegou, e os convidados vieram de todos os cantos. O próprio Apolo desceu à terra para juntar-se à festa e trouxe um presente para o noivo. Era uma promessa dos deuses do Olimpo que se Admeto alguma vez adoecesse e corresse perigo de vida tornaria a ficar bem caso alguém que o amasse morresse em seu lugar.

Admeto e Alceste viveram felizes juntos por muito tempo, e todas as pessoas de seu pequeno reino os amavam e abençoavam. Mas Admeto adoeceu, e, como piorava a cada dia, todas as esperanças de que se recuperasse foram perdidas. Foi quando os que o amavam se lembraram do presente de casamento que Apolo lhe dera, e puseram-se a perguntar quem estaria pronto a morrer em seu lugar.

Seu pai e sua mãe eram muito idosos e só poderiam esperar viver mais um pouco, na melhor das hipóteses, e por isso pensou-se que um deles ficaria feliz em dar a vida em favor do filho. Mas, quando foram questionados a respeito, balançaram a cabeça e disseram que, embora suas vidas fossem curtas, iriam agarrar-se a elas o máximo que pudessem.

Então seus irmãos e irmãs foram questionados se morreriam por Admeto, mas eles amavam a si próprios mais que ao irmão e deram as costas e saíram. Havia homens no vilarejo dos quais ele se tornara amigo e que lhe deviam a vida; fariam qualquer outra coisa por ele, mas não isto.

Ora, enquanto todos balançavam as cabeças dizendo "Eu não", a bela Alceste foi aos seus aposentos, chamou por Apolo e clamou que ela daria a própria vida para salvar o marido. Então, sem nada temer, ela se deitou na cama e fechou os olhos; e pouco depois, quando suas criadas entraram nos aposentos, encontraram--na morta.

Ao mesmo tempo, Admeto sentiu que sua enfermidade o deixava, e levantou-se tão bem e tão forte como nunca estivera. Perguntando-se como ficara curado tão rapidamente, ele apressou-se em achar Alceste e contar-lhe a boa-nova. Mas quando entrou em seus aposentos, viu-a sem vida deitada em seu leito e logo compreendeu que ela havia morrido por ele. Seu desgosto foi tanto que não podia falar, e desejou que a morte o tivesse levado e poupado aquela a quem amava.

Em todo o reino os rostos se enchiam de lágrimas derramadas por Alceste, e o pranto de lástima era ouvido em todos os lares. Admeto sentou-se ao lado do leito onde estava sua jovem rainha e segurou a mão gelada na sua. O dia passou e a noite chegou, mas ele não queria deixá-la. E noite adentro lá permaneceu, sozinho. Amanheceu o dia, mas ele não queria ver a luz.

Finalmente o sol começou a levantar-se no leste, e então Admeto ficou surpreso ao sentir que a mão que segurava estava ficando morna. E viu corarem as pálidas faces de Alceste. Pouco depois, a ilustre dama abriu os olhos e sentou-se, vivaz, bem e feliz.

Como foi que Alceste retornou à vida?

Quando ela morreu e deixou seu corpo, o Guia das Sombras, que não conhece piedade, guiou-a, como guia os demais, para o átrio miserável de Proserpina, a rainha do Outro Mundo.

— Quem é esta que vem tão desejosa? — perguntou a rainha dos mortos.

E quando soube como Alceste, tão jovem e bela, dera sua vida para salvar a do marido, comoveu-se e ordenou ao Guia das Sombras que a levasse de volta para a alegre e ensolarada Terra.

Foi assim que Alceste tornou à vida, e por muitos anos ela e Admeto viveram em seu pequeno reino não muito longe do mar. Os Poderosos do Olimpo os abençoaram; e finalmente, já muito velhos, o Guia das Sombras os levou juntos.

ORFEU E EURÍDICE

Adaptada de V. C. Turnbull
Da mitologia grega

Nunca houve um músico como Orfeu, que cantava canções, inspiradas pelas musas, com uma lira que lhe foi dada por Apolo. A magia de sua música era realmente tão forte que a própria Natureza possuía seu balanço. Não apenas as rochas e os riachos repetiam suas trovas como até as árvores se desarraigavam do solo para seguirem-no em comboio, e as feras selvagens da floresta amansavam e lhe faziam festa quando tocava e cantava.

Mas de todos que ouviam encantados suas incomparáveis toadas, nenhum mostrou tamanho deleite quanto a jovem e doce Eurídice, recém-casada com o exímio cantor. Hora após hora, sentava-se aos pés do esposo atenta à música de sua voz e da lira, e os próprios deuses devem ter invejado o casal feliz.

E decerto algum deus os enxergou com os olhos da inveja. Pois num dia maligno, passeando com suas criadas pelos campos floridos, Eurídice foi picada no pé por uma víbora e consumiu-se em toda a sua beleza antes do sol se pôr.

Então Orfeu, transtornado em sua angústia, jurou que a própria morte jamais deveria roubá-lo de seu amor. Suas músicas, que podiam amansar feras selvagens e arrancar de suas raízes árvores seculares, deveriam subjugar as forças do inferno e retomar Eurídice de suas garras.

Neste momento ele jurou, clamando aos deuses que o ajudassem; e, pegando nas mãos sua lira, iniciou a jornada na temerosa romaria da qual nenhum homem — exceto Hércules, que era um herói, metade homem e metade deus — retornou vivo.

E então chegou ao caminho descendente, cujo fim se perde nas sombras. Desceu, desceu até que a luz do dia se esvaiu totalmente, e com ela todos os sons da agradável terra. Desceu com o silêncio lúgubre, atravessando escuridão mais profunda que a das noites mais tenebrosas da terra. E das trevas, tímidos a princípio, e mais altos à medida que prosseguia, surgiram sons que lhe fizeram gelar o sangue — gritos e berros além da mortal angústia, e as terríveis vozes das Fúrias, proferindo palavras que não podem ser pronunciadas em nenhuma língua humana.

Ao ouvir tudo isso, Orfeu sentiu tremerem os joelhos, e seus pés pararam como que enraizados no solo. Porém, lembrando uma vez mais de seu amor e de todo seu desgosto, tocou a lira e cantou, até que sua endecha, reverberando qual marcha fúnebre, suplantou todos os sons do inferno. E Charon, o velho jangadeiro, subjugado pela melodia, transportou-o pelo nonário rio Estige, que ninguém exceto os mortos pode cruzar. Quando Orfeu chegou ao outro lado, bandos de descorados fantasmas reuniram-se ao seu redor naquela margem lúgubre; pois o cantor não era nenhum fantasma das trevas como eles, mas sim um mortal, bonito embora pesaroso, e sua música falou-lhes, tal como milhares de vozes, do sol e da terra tão familiar e daqueles que ficaram para trás em seus adorados lares.

Mas Orfeu, não encontrando Eurídice entre eles, evitou qualquer retardo. Seguiu em frente, sobre as flamejantes águas de Phlegethon, pelos portais diamantinos nas nuvens do Tártaro. Ali, encontra-se Plutão, senhor do outro mundo, sentado no trono, em torno do qual os pecadores penam pelo mal que praticaram na terra. Ali, Ixion, assassino do próprio sogro, está preso à roda que nunca para de rodar, e Tântalo, que matou o próprio filho, padece de fome eterna diante do alimento e medo eterno da pedra prestes a cair. Ali, as filhas de Danaüs não param de verter água em urnas sem fundo. Ali, Sísifo, que perdeu a confiança dos deuses quando estes lhe permitiram retornar à Terra por uns instantes, empurra ladeira acima uma enorme pedra que, ao rolar do topo, esmaga o miserável na escabrosa descida.

Agora, porém, via-se uma grande maravilha no inferno. Pois quando Orfeu entrou cantando, suas melodias, as primeiras que jamais soaram na morada do medo, fizeram cessar por um momento o terror. Tântalo não agarrou os frutos que lhe escorriam pelos dedos, a roda de Ixion parou de girar, as filhas de Danaüs interromperam a diligência com as urnas, e Sísifo descansou na pedra. As próprias Fúrias deixaram de açoitar suas vítimas, e as serpentes que se confundiam em suas madeixas penderam para baixo, esquecendo-se de sibilar.

Assim chegou Orfeu ao trono do grande Plutão, ao lado de quem encontrava-se Proserpina, sua rainha. E o rei dos deuses infernais perguntou:

— O que desejas tu, mortal, que ousas entrar sem ser convidado neste nosso domínio da morte?

Orfeu respondeu, tocando sua lira entrementes:

— Não vim como espião nem inimigo onde sequer um ente vivo se aventurou antes; busco apenas minha esposa, que encontrou morte precoce nas presas de uma serpente. Amor como o meu por tão merecedora donzela há de derreter até o mais empedernido dos corações. Vosso coração não é de todo pétreo, e vós também na terra amastes digna donzela. Por estes lugares horripilantes, e pelo silêncio deste reino sem fronteiras, imploro-vos que restituais Eurídice à vida.

Fez então uma pausa, e todo o Tártaro aguardou com ele uma resposta. Os terríveis olhos de Plutão estavam deprimidos, e à Proserpina veio-lhe a lembrança dos dias longínquos quando também ela era uma donzela na terra passeando pelos campos floridos de Enna. Orfeu tornou a vibrar suas cordas mágicas e cantou:

— A vós todos pertencemos; a vós cedo ou tarde todos viremos. É apenas por um pequeno espaço que rogo por minha Eurídice.

Não, sem ela eu não retornarei. Concedei, portanto, minha súplica, ó Plutão, ou mate-me aqui e agora.

Então Plutão ergueu a cabeça e falou:

— Trazei Eurídice à minha presença.

E Eurídice, ainda pálida e claudicante de sua ferida mortal, foi retirada das trevas dos recém-mortos.

E Plutão falou:

— Toma, Orfeu, tua mulher Eurídice, e leva-a de volta para a Terra. Mas vai na frente e deixa que ela te siga. Não olha para trás uma vez sequer, até que tenhas ultrapassado minhas fronteiras e possas ver o sol, pois no momento em que voltares a cabeça tornarás a perder tua mulher, e para sempre.

Então com grande júbilo Orfeu virou-se e guiou Eurídice para fora dali. Deixaram para trás os mortos torturados e a algaravia dos fantasmas; atravessaram as chamas de Phlegethon, e Charon ajudou-os mais uma vez a cruzar o nonário rio Estige; e tomaram o escuro caminho de subida, com os gritos do Tártaro cada vez mais distantes em seus ouvidos; e finalmente a luz do sol surgiu tênue e distante onde a trilha reencontrava a terra, e ao forçarem a marcha avante o canto dos passarinhos respondeu à lira de Orfeu.

Mas a taça da felicidade foi furtada aos lábios que tocaram sua borda. Pois quando se encontravam no limiar do mundo das sombras, a luz do sol já tocando suas faces e os pés a um passo do solo terrestre, Eurídice tropeçou e gritou de dor.

Sem pensar, Orfeu virou-se para ver o que a afligiu, e nesse momento ela lhe foi tirada. Ele a viu desaparecer trilha abaixo, novamente um espectro, sumindo de vista como a fumaça, enquanto sua forma cada vez menos nítida se diluía nas sombras. Por um momento apenas pôde ver os braços embranquecidos se esticando em vão. Uma vez apenas pôde ouvir a última despedida inconsolável.

Pela trilha abaixo enveredou-se Orfeu, clamando por sua Eurídice perdida uma segunda vez; em vão foi sua angústia, pois Charon não mais o levaria ao outro lado do rio Estige. O cantor retornou então à terra, de coração partido e sem mais felicidade alguma na vida. Desde então seu único conforto foi sentar-se no monte Rhodope a cantar seu amor e sua perda.

A CANOA DE PEDRA BRANCA

Lenda dos índios chippewa

Havia uma moça índia muito bonita que morreu repentinamente no dia em que se casaria com um belo jovem guerreiro. Ele também era corajoso, mas seu coração não era à prova de uma perda como essa. Desde a hora em que ela foi sepultada, não existiu mais alegria ou paz para ele.

O jovem guerreiro ia frequentemente visitar o lugar onde a haviam enterrado, e lá se sentava, quando, assim pensavam alguns de seus amigos, seria melhor entreter-se com a caça ou distrair os pensamentos percorrendo as trilhas de guerra. Mas para ele guerra e caça haviam perdido o encanto. Seu coração já estava morto dentro dele. Ele deixou de lado o tacape e o arco.

Ouviu os anciães falarem que havia um caminho que levava à terra das almas, e resolveu segui-lo. E, conforme havia se determinado, partiu pela manhã, após terminar os preparativos para a viagem. A princípio, ele mal sabia que rumo tomar. Guiava-se apenas pela tradição de que deveria seguir para o sul. Durante algum tempo não via diferença no aspecto da região. Florestas, morros, vales e rios pareciam os mesmos que em seu lugar de origem.

Havia neve quando ele saiu, às vezes amontoada pelo chão ou recobrindo as árvores espessas e os arbustos. Passado algum tempo, a neve começou a diminuir e a desaparecer. A floresta adquiriu uma aparência mais alegre, as folhas mostravam seus botões, e, antes que tomasse consciência da completa mudança, ele se viu em plena primavera.

Deixara para trás a terra da neve e do gelo. O ar tornou-se ameno, as pesadas nuvens do inverno haviam se dissipado no céu; abria-se uma imensidão de puro azul, e, à medida que prosseguia, ele via flores pelo caminho e ouvia o canto dos pássaros. Por isso sabia que estava no caminho certo, pois esses sinais estavam de acordo com as tradições de sua tribo. Finalmente encontrou um atalho, passando por um arvoredo, subindo uma cordilheira elevada e comprida, no topo da qual ele chegou a uma tenda. Diante dela encontrava-se um velho de cabelos brancos, cujos olhos, embora profundos, tinham um brilho intenso. Trazia um manto de peles comprido jogado ao acaso sobre os ombros e um cajado nas mãos.

O jovem guerreiro chippewa começou a contar sua história; mas o venerável chefe o interrompeu antes que conseguisse pronunciar dez palavras.

— Eu esperava por você — disse —, e só me levantei para lhe dar boas-vindas à minha morada. Aquela a quem você procura passou por aqui há alguns dias e, cansada da viagem, parou aqui para repousar. Entre em minha tenda e sente-se; responderei a suas perguntas e lhe darei indicações de como seguir viagem a partir deste ponto. — E assim os dois se encaminharam para a entrada.

— Olhe aquele golfo — disse — e as amplas planícies azuis mais além. É a terra das almas. Você está na fronteira, e minha tenda é o portão de entrada. Mas não pode levar seu corpo. Deixe-o aqui com seu arco e flechas, seus pertences e o cachorro. Vai encontrá-los a salvo quando voltar. — Dizendo isso, retornou à tenda, e o viajante, com a permissão para adentrar o território, saltou adiante como se seus pés subitamente adquirissem o poder dos ventos.

Mas todas as coisas mantiveram suas cores e formas. Árvores e folhas, rios e lagos estavam apenas mais belos e reluzentes, como o jovem guerreiro jamais vira. Animais pulavam pelo caminho com liberdade e confiança, como a lhe dizer que nenhum sangue era derramado ali. Pássaros de belas plumagens pousavam nos arvoredos e brincavam na água. Mas havia algo diferente, que ele percebeu. Sua passagem não era interrompida pelas árvores ou outros objetos. Parecia atravessá-los diretamente. Eram, na realidade, o espírito ou a sombra das árvores materiais. E ele tomou consciência de estar na terra das sombras.

Depois de meio dia de viagem, atravessando uma região cada vez mais atraente, chegou à beira de um grande lago, em cujo centro havia uma ilha grande e bonita. Encontrou uma canoa de pedra branca e brilhante, amarrada à margem. Tinha certeza agora de que tomara o caminho correto, pois o velho assim falou. Havia também remos brilhantes. Ele imediatamente entrou na canoa e pegou os remos, quando ao virar-se, para sua alegria e surpresa, viu o objetivo de sua procura noutra canoa, seu reflexo exato de tudo. Ela havia imitado todos os seus movimentos, e eles se encontravam lado a lado.

E logo se afastaram da margem e puseram-se a atravessar o lago. As ondas pareciam se erguer, e a distância parecia prestes a tragá-los; mas assim que entravam em sua orla esbranquiçada elas pareciam se desfazer, como se fossem apenas imagens. Entretanto, mal passava uma grinalda de espuma e outra, mais grandiosa ainda, se levantava.

Desse modo eles estavam em temor ininterrupto; e o que colaborava com isto era a *transparência da água*, através da qual podiam ver pilhas de seres que haviam perecido antes, cujos ossos se espalhavam pelo fundo do lago. O Senhor da Vida, porém, decretara que eles passassem, pois nenhuma de suas ações fora prejudicial. Mas eles viram muitos outros se debatendo e afogando nas ondas. Velhos e jovens de todas as idades e níveis estavam lá: uns passavam, outros afundavam. Somente as canoas das criancinhas pareciam não encontrar as ondas.

Por fim todas as dificuldades se foram num segundo, e eles juntos saltaram para a ilha feliz. Sentiram que o próprio ar era alimento, que os fortalecia e nutria. Vagaram juntos pelos campos de felicidade, onde tudo era feito para agradar aos olhos e aos ouvidos. Não havia tempestades — não havia gelo, nem ventos frios —, ninguém lutava por falta de agasalho: ninguém passava fome — ninguém lamentava os mortos. Eles não viram túmulos. Não ouviram falar de guerra. Não havia caça aos animais; pois o próprio ar era seu alimento. De bom grado o guerreiro lá ficaria para sempre, mas foi obrigado a voltar para o seu corpo. Ele não viu o Senhor da Vida, mas ouviu sua voz numa brisa suave:

— Volte — disse a voz — para a terra de onde veio. Sua hora ainda não chegou. Os feitos para os quais eu o criei e que você vai realizar ainda não terminaram. Volte para o seu povo e realize as conquistas de um bom homem. Você vai ser o governante de sua tribo por muitos dias. As regras que você tem de seguir lhe serão ditadas por meu mensageiro, que guarda o portão. Ao lhe devolver seu corpo, ele lhe dirá o que fazer. Ouça-o e então você se juntará ao espírito que agora precisa deixar para trás. Ela foi aceita e estará sempre aqui, tão jovem e feliz como quando a chamei da terra das neves.

Quando a voz cessou, o narrador acordou. Era tudo fruto de um sonho, e ele ainda se encontrava na amarga terra das neves, da fome e das lágrimas.

MAIS FORTE QUE A MORTE

Recontada por Mary Stewart
Lenda hindu

De todas as formosas princesas que viveram e amaram na Índia, nenhuma se compara à perfeita Savitri. Enquanto se transformava de criança em mulher, sua beleza parecia conferir-lhe uma fulgurante aura dourada.

— Esta princesa decerto nasceu para ser uma deusa! — exclamavam os forasteiros, e tão impressionante era sua beleza que não havia príncipe, por mais rico e poderoso, que ousasse pedir-lhe a mão em casamento. Mas isso enchia de tristeza o coração do pai.

— Filha! — sussurrava-lhe —, escolhe um esposo merecedor de tua nobre mão, e àquele por quem teu coração almeja concederei minhas bênçãos mais preciosas.

E assim Savitri subiu à sua carruagem dourada e, na companhia da guarda mais fiel e de idosos cortesãos, partiu em longa jornada. Atravessou florestas sombrias e florestas agradáveis, parou para repousar em soberbos palácios ou em simples estalagens, e muitos foram os príncipes e os nobres e os valentes soldados que se curvaram em reverências à princesa. Dentre todos, quem ela escolheu?

Uma palavra encorajadora de seus lábios perfeitos teria feito do rei mais poderoso um amante apaixonado, do palácio mais deslumbrante um lar, seu reino maravilhoso. Mas Savitri buscava algo mais nobre que a riqueza, mais duradouro que o poder mundano. No coração de uma floresta sombria ela encontrou um rei, velho, exilado e cego. Em sua juventude, quando perdeu a visão, os inimigos tomaram-lhe o reino, e com a esposa e o filhinho ele se refugiou na floresta. O menino ali cresceu até tornar-se um homem, livre e destemido como um animal selvagem, amando as criaturas silvestres como irmãos e apreciando as grandes árvores recurvadas e estrelas cintilantes mais que os esplêndidos e perfumados aposentos de qualquer palácio. Satyavan, Espírito da Verdade, era o seu nome.

Foi assim que a princesa Savitri o encontrou e, ao curvar-se em reverência diante do trono, quando o pai lhe perguntou sobre a escolha, respondeu:

— Nas profundezas de uma floresta encontrei Satyavan, Espírito da Verdade, e somente a ele escolho para meu senhor e esposo!

Sentado ao lado do Rei estava seu mais sábio conselheiro, um ancião, muito idoso e envolto num manto cor-de-rosa, que previa o futuro. Ao ouvir as palavras da princesa, seu rosto se consternou.

— Tal escolha só trará tristeza e desgosto para Savitri! — exclamou ele.

— Advindos do quê? — indagou o Rei. — Será o príncipe um covarde, acaso falta-lhe sabedoria, seu coração estará impregnado de pensamentos impuros?

— Assim como seu rosto é belo e radiante, também seu coração é pleno de coragem e sinceridade, e sua mente, de sabedoria — respondeu o ancião. — Mas embora ele não saiba, os céus decretaram que de hoje a 12 meses Satyavan encontrará a morte!

Trêmulo de horror, o Rei gritou:

— Nunca, Savitri, tua vida jamais sofrerá tal consternação! Escolhe outra vez, jovem donzela, escolhe um senhor mais bem-fadado.

— Meu pai — respondeu Savitri, em tom suave e pausado —, uma donzela entrega seu coração uma vez apenas; e seja longa ou curta a vida de Satyavan, tenha ele grandes virtudes ou nenhuma, meu coração e minha vida lhe pertencem para sempre.

E assim na floresta celebrou-se o casamento, e depois de pronunciada a última fervorosa bênção Savitri despojou-se dos mantos e reluzentes joias reais e vestiu-se, qual a mãe de seu esposo a idosa Rainha, com a casca das árvores e um flamejante pano vermelho tecido com lã de ovelhas selvagens. Em seguida, com suas mãos alvas e claras, desabituadas a qualquer labuta, serviu aos pais do esposo, e a todos mais com tal graça e doçura que parecia uma tocha de luz dourada em meio às sombras da floresta, e Satyavan amou-a com indizível amor.

Mas, embora os lábios sorrissem e os olhos estivessem serenos, Savitri trazia oculto no coração o amargo segredo da iminente morte do esposo, segredo impensável para Satyavan e seus pais. Não pronunciou uma palavra sequer sobre o assunto, mas contava os dias, um após o outro, até que uma manhã seu coração enregelou-se, pois faltavam apenas três dias — três dias, e seu amado esposo, tão cheio de vida e força, logo estaria inerte e sem vida aos seus pés. Tomada de horror, ela fez uma promessa de passar aqueles três dias sem comer nem dormir, implorando aos deuses que lhe atendessem as preces.

Imóvel e calada, com lágrimas contidas a cintilar em seus grandes olhos escuros, Savitri passou três ensolarados dias e sombrias noites movendo os lábios incessantemente em silenciosa oração. Raiou a madrugada do terceiro dia, o dia fatídico, e a Princesa fez sua última e desesperada prece diante do fogo mantido em honra aos deuses. Em seguida, exausta, delicadamente recusou o alimento oferecido por seus dedicados pais. Era preciso jejuar mais um dia ainda, disse ela, e seu único desejo agora era acompanhar o esposo floresta adentro, onde ele, pleno de vida e vigor, iria cortar lenha. A princípio Satyavan teve medo de levá-la consigo, pois estava muito enfraquecida e pálida, embora adorável como a flor do lótus, mas ele não pôde conter suas súplicas urgentes, e juntos partiram para as profundezas da floresta.

O sol matinal brilhava sobre as flores alegres e a brilhante plumagem dos pássaros, as águas prateadas murmurejavam nos córregos, as árvores farfalhavam baixinho, e ainda mais doces que o canto dos pássaros foram as palavras de amor e carinho ditas por Satyavan à sua jovem esposa. Savitri sorriu para ele, sem deixar transparecer nenhum sinal da angústia que lhe afligia o coração.

Contente, Satyavan encheu uma enorme cesta de frutos silvestres. Brandiu o machado com sua força esplêndida, transformando em achas muitas árvores de madeira sólida. E então, subitamente, sentiu-se fraco, exausto, e murmurando: "Uma centena de agulhas me perfura o corpo, minha cabeça dói e está dormente; deixe-me repousar um pouco", caiu no solo ao lado de Savitri. Tomada de um terror pavoroso e mudo, ela o aconchegou nos braços, beijando seus lábios em desesperado anseio, enquanto a floresta escurecia ao redor e ele caía no sono, ela bem o sabia, o sono da morte!

Então, ela viu aproximar-se em meio à penumbra uma figura preta e terrível. Seus mantos negros flutuavam com as sombras; trazia uma coroa escura sobre a cabeça, os olhos vermelhos injetados, e na mão uma corda de seda. Em solene silêncio, postou-se a olhar para Satyavan, e Savitri sentiu assomar um terror gélido. Mas seu amor era mais forte do que o medo, e com a fala trêmula perguntou baixinho:

— Quem sois?

— Sou Yama, poderoso Monarca dos Mortos — respondeu a forma escura. — Os dias e os amores de teu esposo findaram. Com este laço, amarrarei e levarei a centelha de sua vida imortal. Princesa, deixa teu esposo partir.

Então, do corpo frio e descorado de Satyavan, Yama retirou a centelha vital — menor do que um dedo polegar —, com a corda de seda amarrou-a e, virando-se silenciosamente, atravessou a escuridão a caminho do mundo das sombras.

Em direção ao sul ele partiu ligeiro, mas não ia só; ao seu lado na fria escuridão caminhava Savitri.

— Retorna, Princesa — ordenou Yama. — Nenhuma criatura viva pode seguir o Monarca dos Mortos.

— Para onde vai a vida de meu esposo não escolho, sigo apenas — respondeu Savitri. — Não há lei que nos separe. A vida de uma mulher é repleta de obrigações para com os pobres e oprimidos, de piedade e de sabedoria, mas a coroa de todas é a verdade e o amor imorredouro. Não me ordenai que volte. Concedei-me um pedido.

— Tuas palavras são verdadeiras e sagradas, sincera Princesa — respondeu Yama. — Eu te concederia uma bênção se pudesse, mas conheço o pedido que desejas realizar, e os mortos não retornam à vida. Faze outro pedido e eu o concederei.

— Pelo exilado pai de meu esposo, então, eu imploro — disse Savitri —, concedei-lhe a visão e a força através de vossa misericórdia.

— Tua prece será atendida — respondeu Yama —, e agora, Savitri, volta; nenhum mortal pode penetrar os domínios da Morte.

Ao seu redor, a noite estava terrível, formas e seres obscuros surgiam nas sombras, sons estranhos do rufar de asas e gemidos se aproximavam cada vez mais.

Então naquele lugar horrível Savitri pôs-se a cantar. Discorria sobre o alvorecer quando ela e o esposo passeavam alegremente pela floresta, o gorjeio dos pássaros e a fragrância das flores, os córregos cintilantes e o céu azul. Yama escutou o canto e seu coração se enterneceu.

— Abençoada sejas, Savitri! — bradou ele. — Eu te concederia o desejo, mas os mortos não voltam à vida; faze outro pedido.

— Mais uma vez, peço pelo pai de meu esposo. Tornai a ele sua riqueza e seu reino, em vossa misericórdia.

— Filha adorável — retrucou Yama —, riqueza e reino concedidos, e agora te ordeno que voltes. Não há poder que te salve nesta morada do Monarca dos Mortos.

Em torno deles, o terror negro se abatia, sem alento nem remorso, terrível. E Savitri cantava apenas. Desta vez seu canto não falava dos pássaros, das flores, nem da primavera; falava do amor, o amor mais forte que a vida, o amor mais forte que a morte!

Então o Rei das Trevas voltou-se para ela e suas palavras caíram como refrescante chuva de verão.

— Nobre mulher, faze teu pedido. Não há deus que possa escutar em vão tuas súplicas.

— Concedei-me a vida de meu esposo — implorou Savitri. — Que ele viva para tornar-se pai, pai de príncipes tão corajosos e nobres quanto ele próprio!

— Teu desejo será concedido — respondeu Yama — pois tu me ensinaste a força do amor de uma mulher; ele perdura mais forte ainda do que a morte fatídica!

Savitri retornou apressadamente à floresta onde jazia o corpo do esposo. Ao levantar-lhe a cabeça inconsciente, seu toque o estremeceu de volta ao despertar da vida.

— Terei sonhado, minha doce Savitri — perguntou ele debilitado, abrindo os olhos —, com um obscuro e temível monarca que me capturou?

— O Rei das Trevas veio e se foi — respondeu Savitri. — Amanhã eu te contarei tudo. Mas vê, a noite nos cerca, os animais selvagens se aproximam pela mata e o fogo da floresta reluz na escuridão. Tomemos logo o caminho de volta para casa onde teus pais nos aguardam, felizes e abençoados como há muito não se encontravam.

Satyavan olhou atônito para a esposa; seu rosto estava radiante e em seu ser resplandecia um grande contentamento. Então, em júbilo silencioso, envolvendo-a com o braço forte, Satyavan caminhou com a esposa pela floresta, enquanto a noite palpitante se mirava no imortal amor de Savitri.

A ÁGUA DA JUVENTUDE

Rudolf Baumbach

Era o dia de São João, auge do verão, e o calor da estação corroía os milharais. De vez em quando, soprava colina abaixo uma brisa trazendo o frescor da floresta, recurvando os pés de milho e espalhando as pétalas escarlates das papoulas. O ar estava repleto do trinado das esperanças, e do espinheiro às margens do campo vinha o canto baixinho do uirapuru.

Pela trilha que cruzava o grande milharal veio uma figura esbelta e forte — uma jovem com roupas de camponesa, um lenço vermelho na cabeça, uma cesta no braço e uma jarra na mão.

Quando a avistou, o uirapuru voou para o galho mais alto do espinheiro e emitiu um trinado de boas-vindas:

— Jovem donzela, jovem donzela, como o mundo a tem tratado?

Mas ele estava cometendo um erro, pois a moça de cabelos dourados, Greta, não era uma donzela, e sim uma jovem esposa indo encontrar-se com o marido, que estava cortando lenha na floresta.

Às margens da floresta, ela parou para escutar. Seguindo o barulho do machado, logo avistou o marido, que estava derrubando uma árvore com fortes golpes, e saudou-o alegremente.

— Pare aí — gritou ele. — A árvore está caindo. — E o enorme pinheiro baixou a cabeça, soltou um grunhido profundo e veio barulhentamente ao chão.

Então Greta prosseguiu caminhando, e o lenhador de rosto moreno pegou a jovem esposa nos braços e beijou-a carinhosamente. Os dois se sentaram e abriram a cesta de comida que ela havia trazido, mas ao começar a comer Hans depositou no chão o pão, tomou nas mãos o machado e marcou com três cruzes o tronco da árvore que acabara de derrubar.

— Para que serve isso? — perguntou a esposa.

— É pelo bem das velhinhas da floresta — respondeu ele. — Seu inimigo, o caçador selvagem, fica à sua espreita dia e noite, e solta os cães em cima delas. Mas se as coitadinhas conseguirem chegar a um tronco como esse, o caçador selvagem não pode tocá-las por causa das três cruzes.

Greta arregalou os olhos.

— Você já viu essas pessoinhas alguma vez?

— Não; elas raramente se deixam ver. Mas hoje é o auge do verão, e talvez possamos ver uma delas. — E gritou para dentro da floresta com sua voz sonora. — Mulherezinhas da floresta, venham. — Ele só estava querendo brincar com a esposa, mas no dia de São João não é seguro fazer brincadeiras desse tipo.

Na mesma hora surgiu diante deles uma adorável criaturinha, com pouco mais de um metro de altura. Vestia-se com mantos brancos esvoaçantes, e em seus cabelos havia ramos de erva-de-passarinho entrelaçados. Os dois jovens pularam assustados, e Greta fez-lhe as maiores mesuras.

— Vocês me chamaram justamente no melhor momento — disse a mulherzinha apontando para o sol, que se encontrava exatamente sobre sua cabeça. — E uma boa ação — agora olhando para o tronco com as três cruzes — merece outra. Prata e ouro não tenho, mas tenho coisas melhores para lhes dar. Acompanhem-me sem medo, e tragam sua jarra; ela será útil.

Assim dizendo, voltou-se para a floresta, e foi seguida por Hans, machado ao ombro, e Greta, jarra em punho. Ela caminhava como uma pata, e Greta tocou o braço do marido apontando para a criaturinha saracoteante, e ia lhe sussurrar algo, mas ele levou o dedo aos lábios.

Nada é mais ofensivo àquelas boas criaturinhas do que ser alvo de zombarias. Têm pés de ganso, e é por isso que usam longas saias esvoaçantes.

Continuaram caminhando até chegarem a uma clareira na floresta. Árvores antigas circundavam uma pradaria verdejante; a relva estava viçosa, cheia de lírios e campânulas e agitadas asas de borboletas.

Hans achava que conhecia cada centímetro da floresta, mas nunca vira aquele adorável recanto antes. No prado havia uma casinha; as paredes eram feitas de cascas de árvore, o telhado, de lascas de pinha, todas presas por espinhos de rosas. Era a casa da mulherzinha da floresta.

Ela conduziu os convidados até os fundos da casa e mostrou-lhes um poço cujas águas brotavam silenciosamente da terra escura. Nas suas bordas cresciam íris e tussilagem, e libélulas coloridas de dourado e verde dançavam sobre ele.

— Este é o poço da juventude — disse ela. — Basta um mergulhinho para que o velho se torne jovem outra vez, e uma velhinha pode voltar a ser uma linda moça. Beber dessa água faz com que a pessoa permaneça jovem até o dia de sua morte. Encham sua jarra e levem-na para casa. Mas tenham muito cuidado com essa água preciosa: uma gota todos os domingos será suficiente para mantê--los jovens.

"Mais uma coisa. Quando vocês deixarem de se amar, o poder mágico da água cessará. Lembrem-se disso. Agora, encham a jarra e passem bem."

Antes que eles pudessem agradecer, a mulherzinha entrou na casa e desapareceu.

Greta encheu a jarra com a água da juventude, e eles voltaram logo para sua cabana. Ao chegarem em casa, Hans verteu a água dentro de uma garrafa e selou-a com resina de pinheiros.

— Neste exato momento não temos uso para a água da juventude — disse ele —, portanto podemos guardá-la para quando realmente precisarmos.

Ele colocou a garrafa no armário onde guardavam seus tesouros — algumas moedas antigas, um cordão de contas de granada com uma moedinha de ouro pendurada e duas colheres de prata verdadeira — e disse:

— Agora, Greta, precisamos ter muito cuidado, muito cuidado mesmo, para que a água não perca seu poder.

Um ano se passou, cheio de amor e felicidade para o jovem casal. E logo havia um bebezinho corado que esperneava e balbuciava tanto, ao ponto de fazer o coração do pai transbordar de orgulho.

— Agora é hora — disse ele — de abrirmos nossa garrafa. Não acha, Greta, que uma gotinha da água da juventude lhe faria bem?

A jovem mãe achou que sim, e ele foi pegá-la na sala ao lado. Estava tremendo de alegria ao romper o selo, de maneira que a garrafa escorregou-lhe das mãos e a água da juventude esparramou-se pelo chão. Hans quase caiu também, horrorizado com a má sorte. O que podia fazer?

Não ousou contar à esposa, para que ela não morresse de susto. Talvez mais tarde contasse, ou talvez tornasse a encontrar o poço da juventude, que em vão costumava procurar, e pudesse fazer um novo suprimento. Rapidamente pegou outra garrafa igual à primeira, encheu-a com água da fonte e levou-a para a mulher.

— Ah! — disse Greta. — Como isso me renova as forças e a vitalidade! Tome um pouco também, meu querido.

Hans obedeceu e disse que era uma bebida maravilhosa; e dali em diante os dois tomavam uma gota todos os domingos quando os sinos da igreja chamavam para a missa.

Greta florescia como uma rosa, e Hans era a imagem perfeita da varonilidade. Mas a cada dia que passava ele postergava a confissão, à espera de encontrar o poço da juventude. Por mais que perambulasse pela floresta, não conseguia encontrar aquele prado outra vez.

Assim se passaram dois anos. Uma menininha viera fazer companhia ao menino, e o queixo arredondado de Greta se duplicou, mas ela nem percebeu; não havia espelho naquela época. Hans percebeu, mas tomava cuidado para não dizer nada, e amava a rechonchuda esposa mais do que nunca. Então uma desventura os atingiu.

Um dia, quando Greta estava ocupada limpando a casa, o pequeno Peter, filho mais velho, entrou no armário onde a água da juventude ficava guardada e derrubou a garrafa, que se quebrou espalhando o líquido pelo chão.

— Ó Poderes misericordiosos! — gritou a mãe. — Graças aos céus Hans não está em casa! — Ela catou os cacos de vidro com os dedos trêmulos e substituiu a garrafa por outra, que encheu com água da fonte. — Logo serei descoberta, pois haverá um fim para a nossa eterna juventude. Infelizmente!

Mas ela resolveu não deixar o marido suspeitar que havia qualquer coisa errada.

O tempo passou, e Hans e Greta viveram e se amaram. Cada um tentava fazer o outro não pensar que a juventude se fora, e todos os domingos tomavam a gotinha mágica.

Uma manhã, quando Hans estava penteando o cabelo, um fio branco caiu-lhe sobre a manga da camisa. E ele disse consigo mesmo: “Agora preciso confessar à minha esposa!”

Cheio de pesar no coração, ele começou:

— Greta, parece que a água mágica perdeu o poder. Olhe. Encontrei um fio de cabelo branco! Estou ficando velho.

Greta se assustou, mas logo se recuperou e riu, embora sem muita naturalidade, enquanto respondia:

— Um fio de cabelo branco! Quando eu tinha só dez anos de idade havia um cacho de cabelos brancos na minha cabeça. Isso é muito comum. Você acabou de tirar o couro de um texugo, e é bem provável que tenha caído um pouco de gordura no seu cabelo. Você sabe que gordura de texugo embranquece o cabelo. Ora, meu querido Hans, a água continua com seu poder mágico, ou — e lançou-lhe um olhar ansioso — será que você acha que eu estou ficando velha também?

Hans riu muito do que ela disse.

— Você... velha? Você está tão viçosa quanto uma peônia! — Ele abraçou a corpulenta figura e beijou-a.

Mas quando estava só, disse alegremente consigo mesmo: "Ela não faz ideia de que estamos envelhecendo. Portanto, o que eu fiz deve ter sido o correto." E a mulher disse consigo a mesma coisa.

Naquela noite, os rapazes e as moças dançaram ao som de um violinista andarilho de passagem pela aldeia, e não houve casal que arrastasse os pés sob a copa das limeiras com tanta felicidade quanto Hans e Greta. Os camponeses fizeram troça deles, mas os dois alegres bailarinos sequer lhes deram ouvidos.

No outono seguinte, quando o casal e os filhos estavam comendo um ganso na celebração de São Martinho, Greta quebrou um dente da frente. Foi um grande desgosto, pois ela sempre tivera muito orgulho de seus alvos dentes.

Quando marido e mulher se encontraram a sós, Greta falou com a voz chorosa:

— Um infortúnio desses jamais teria acontecido se a água...

Mas Hans a repreendeu.

— Você acha que a água é capaz de manter toda má sorte afastada? Ora, se as crianças também não quebram dentes quando tentam abrir nozes! Como você pode reclamar? Essa água não a tem mantido disposta e saudável como um pé de alface fresquinho?

Ao ouvir isso, a mulher sorriu, secou as lágrimas e beijou seu velho até quase lhe tirar o fôlego. Depois os dois foram sentar-se no banco de pedra diante da casa e ficaram cantando cantigas sobre o amor verdadeiro. Os transeuntes diziam: "Que velhinhos bobos!" Mas o casal feliz não os escutava.

Muitos anos se passaram. A casa tinha ficado pequena demais para as crianças, e elas se casaram e seguiram suas vidas, e tiveram seus próprios filhos. Os dois velhinhos tornaram a viver sós outra vez.

Estavam tão apaixonados um pelo outro quanto no dia do casamento, e todos os domingos, quando soavam os sinos da igreja, eles tomavam uma gota de água da garrafa.

Tornou a chegar o auge do verão. Na véspera, Hans e Greta estavam sentados à frente da casa, olhando para a colina, onde a fogueira estava acesa, e os rapazes e as moças gritavam ao pular sobre as chamas de mãos dadas.

Greta dirigiu-se ao marido:

— Querido Hans, eu gostaria de ir à floresta outra vez. Você estaria disposto a irmos bem cedinho pela manhã? Será preciso apenas que você me acorde, pois quando brotam as bagas do sabugueiro as moças dormem até depois de raiado o dia.

Hans concordou. Na manhã seguinte acordou a esposa e juntos partiram para a floresta. Caminhavam de braços dados como dois namorados, e cada um prestava cuidadosa atenção aos passos do outro. Quando Hans levantava um pé para passar por cima da raiz de uma árvore, a mulher dizia: "Ora, Hans, você está saltitante feito uma criança!"

E quando Greta timidamente cruzava algum buraquinho na trilha, o marido gritava entusiasmado: "Segure a saia, mulher. Pule." Passado algum tempo, eles chegaram a um velho pinheiro, e à sua sombra estenderam uma toalha, onde puseram o lanche trazido na cesta de Greta.

— Foi bem aqui — disse Hans — que aquela mulherzinha da floresta apareceu para nós naquele dia, e lá deve estar o prado com o poço da juventude. Mas eu nunca consegui encontrá-lo de novo.

— E, misericordiosamente, não havia necessidade alguma de encontrá-lo outra vez — acrescentou Greta, apressadamente —, pois nossa garrafa não está nem perto de esvaziar.

— É bem verdade — concordou Hans —, mas, mesmo assim, eu gostaria de tornar a ver a boa velhinha, e agradecê-la pelo presente que nos deu. Vamos procurar por ela. Talvez tenhamos a mesma sorte que tivemos daquela vez.

Então eles se levantaram e foram para o coração da floresta. Andaram apenas um pouco e eis que surgiu a ensolarada pradaria bem diante deles. Lírios e campânulas vicejavam sobre a relva, alegres borboletas adejavam para todos os lados, e a casinha lá estava, exatamente como dantes.

Eles caminharam em torno da casa, com os corações em disparada, e lá estava o poço da juventude com as libélulas douradas e verdes pairando sobre ele. Hans e Greta chegaram até a borda. De mãos dadas, os dois se inclinaram sobre a água, e do fundo cristalino duas cabeças grisalhas com rostos dóceis e generosos olharam para eles.

Lágrimas quentes rolaram de seus olhos; com palavras entrecortadas por soluços, eles confessaram seus erros um para o outro; e algum tempo foi necessário para que pudessem entender que todos esses anos vinham enganando um ao outro pelo bem do amor!

— Então você sabia que estávamos os dois envelhecendo? — disse Hans.

— É claro que eu sabia — riu-se a esposa em meio às lágrimas.

— Eu também! Eu também! — gritou Hans, e tentou saltar de alegria. Ele pegou a cabeça de Greta entre as mãos e beijou-a, tal qual quando a tomara em casamento.

Então, como que surgida da terra, a velhinha da floresta postou-se diante do casal de velhos.

— Sejam bem-vindos! — disse ela. — Já faz muito tempo que vocês vieram me visitar. Mas o que é isso? — Ela apontou-lhes o dedo. — Vocês não cuidaram da água da juventude. Rugas e cabelos brancos! Assim não vai dar certo! Mas eu posso curar isso logo. Vocês chegaram no momento exato. Vamos. Rápido! Pulem no poço — não é fundo —, afundem essas cabeças grisalhas e vocês verão um milagre. Toda a força e beleza da juventude lhes serão devolvidas. Mas andem logo, ou o sol já terá partido.

Hans e Greta entreolharam-se indagativamente.

— Você quer? — perguntou ele com a voz vacilante.

— Nunca! — respondeu Greta prontamente. — Mal posso lhe contar a alegria que é finalmente poder ser velha. E depois, pense só em nossos filhos e netos. Não, minha querida mulherzinha, somos-lhe gratos de todo o nosso coração, mas vamos permanecer velhos. Não é mesmo, Hans?

— Vamos, sim! — disse Hans. — Vamos permanecer velhos. Oba! Greta, se você soubesse como o seu cabelo grisalho lhe cai bem!

— Como quiserem! — disse a velhinha da floresta. — Não vou insistir. — E com ares bastante ofendidos, ela entrou na casinha e fechou a porta.

Os velhinhos se beijaram mais uma vez e voltaram para casa. De braços dados atravessaram a floresta, e o sol do alto verão pôs uma coroa dourada sobre suas cabeças grisalhas.

CREIA-ME, SE TODOS ESSES TERNOS ENCANTOS JOVIAIS

Thomas Moore

Creia-me, se todos esses ternos encantos joviais,
Que tão calorosamente observo agora,
Amanhã se transformassem, e em meus braços definhassem,
Qual dádivas de fadas, desaparecessem,
Tu ainda serias adorada, como és neste momento,
Pois que definhe tua beleza, é inevitável,
E em torno da ruína querida cada desejo de meu coração
Continuará a se enroscar verdejantemente.

Não é enquanto a beleza e a juventude te pertencem,
E tuas faces permanecem imaculadas por lágrimas,
Que o fervor e a fé de uma alma se conhecem,
Para os quais o tempo far-te-á mais querida.
Não, o coração que amou de verdade jamais esquece,
Segue amando até o fim,
Qual a flor do girassol mostra ao seu deus, quando ele se põe,
O mesmo rosto que mostrou quando ele surgiu.

O MAIOR DE TODOS ESSES É O AMOR

São Paulo Apóstolo, primeira carta aos coríntios

Embora eu fale com a língua dos homens e dos anjos, e não tenha amor, torno-me qual bronze sonoro, ou címbalo repercutindo.

E embora eu tenha o dom da profecia, e compreenda todos os mistérios, e todo o conhecimento; e embora tenha toda a fé que me permita remover montanhas; se não tenho amor, nada sou.

E embora eu conceda todos os meus bens para alimentar os pobres, e embora eu dê meu corpo para ser cremado; se não tenho amor, isso nada me traz.

O amor suporta muito tempo e é delicado; o amor não inveja, o amor não se ufana de si, não se envaidece,

Não se comporta inconvenientemente, não busca a si próprio, não é facilmente provocado, não concebe o mal,

Rejubila-se não em iniquidade, mas sim na verdade.

Tolera todas as coisas, crê em todas as coisas, espera todas as coisas, suporta todas as coisas.

O amor jamais falha; mas se há profecias, elas falharão; mas se há línguas, elas cessarão; mas se há conhecimento, ele desaparecerá.

Pois conhecemos em parte, e profetizamos em parte.

Mas quando vem aquilo que é perfeito, então o que é apenas em parte se desfaz.

Quando eu era criança, falava como criança, compreendia como criança, pensava como criança, mas quando me tornei um homem afastei as coisas de criança.

Pois agora vemos obscuramente através de um vidro; mas então face a face: agora conheço em parte; mas então deverei conhecer assim como também sou conhecido.

E agora residem a fé, a esperança, o amor, os três; mas o maior de todos esses é o AMOR.

Cidadania e liderança

"O HOMEM É, POR NATUREZA, um animal feito para viver em **polis**", escreveu Aristóteles há mais de dois mil anos. Os humanos são seres sociais e políticos. Podemos aplicar a observação de Aristóteles acerca da *polis*, ou a cidade-estado grega, não somente ao nosso conceito moderno de cidade, estado e país, mas também a inúmeras associações. Somos todos membros de grupos. Associamo-nos a clubes, igrejas, organizações escolares e cívicas, e a partidos políticos, para nos aprimorarmos e melhorarmos as condições das outras pessoas.

O sucesso de qualquer organização depende do caráter de seus cidadãos. Bons cidadãos são aqueles que conhecem suas obrigações e as cumprem através do exercício de virtudes tais como a responsabilidade, a lealdade, a autodisciplina, o trabalho e a amizade. Neste capítulo achamos exemplos de indivíduos prontos e dispostos a cumprir com sua parte. Encontramos pessoas trabalhando juntas alegremente em prol de objetivos comuns. Vemos essas pessoas mantendo suas promessas e aceitando a responsabilidade por seus próprios erros. Deparamo-nos com algumas que se juntam prontamente aos seus camaradas — bem como outras que não. E conhecemos pessoas dispostas a sacrificar os próprios interesses, até mesmo a própria vida, pelo bem dos demais.

Em certos momentos de nossas vidas, muitos de nós somos chamados a assumir uma posição de liderança: chefe de uma equipe, presidente de um clube, representante de uma comunidade, membro de um conselho estudantil ou paroquial, ou de uma diretoria. Este capítulo também nos relembra as virtudes necessárias para ocupar essas posições, virtudes como a compaixão, a coragem, a perseverança, a sabedoria e, por vezes, a fé. Nestas histórias, vemos que líderes são julgados, em última instância, em termos de como atendem seus seguidores e pelos exemplos que propiciam. São líderes não apenas por ordens, mas pela força do bom caráter. E percebemos que, antes de serem líderes, aprendem a ser bons seguidores — sabem como ajudar a suportar um fardo e compartilhar provações.

Finalmente, incluí textos sobre uma virtude frequentemente deixada de lado hoje — a gratidão. Se não somos gratos por nossos dons e oportunidades, provavelmente não lhes daremos valor, e se não lhes damos valor provavelmente não nos esforçaremos para preservá-los e aprimorá-los. A gratidão é um importante atributo da boa cidadania. A boa cidadania e a boa liderança costumam exigir um certo grau de prestimosidade. Quem está sempre reclamando, por outro lado, não apenas deixa de contribuir como também costuma ser uma ameaça de malograr o empreendimento. Trata-se do indivíduo descrito por Joseph Conrad:

> Todos o conheciam! Era um sujeito incapaz de manejar o timão ou emendar os cabos, burlava o trabalho nas noites escuras; era ele que, na gávea, agarrava-se com braços e pernas e dirigia impropérios aos ventos, às saraivadas de chuva e granizo, à escuridão; aquele que insulta o mar enquanto os outros trabalham. O último a se apresentar e o primeiro a se recolher quando todas as mãos são convocadas. O homem que não sabe desempenhar a maioria das tarefas e não deseja fazer as restantes. O predileto dos filantropos e egoístas marinheiros de água doce. Criatura solidária e merecedora que sabe de todos os seus direitos, mas nada acerca da coragem, da resistência, nem da fé não revelada e da indizível lealdade que unem a tripulação de um navio.

Lamentos, queixas e reclamações não são simplesmente repulsivos; são sintomas de egoísmo. E uma sobrepujante preocupação consigo próprio não é do que trata a cidadania. Dentre bons cidadãos, disse-nos Aristóteles, "a salvação da comunidade é o assunto comum a todos".

O NAVIO NEGREIRO

Castro Alves

TRAGÉDIA NO MAR

1ª

'Stamos em pleno mar... Doudo no espaço
Brinca o luar — doirada borboleta —
E as vagas após ele correm... cansam
Como turba de infantes inquieta.

'Stamos em pleno mar... Do firmamento
Os astros saltam como espumas de ouro...
O mar em troca acende as ardentias
— Constelações do líquido tesouro...

'Stamos em pleno mar... Dois infinitos
Ali se estreitam num abraço insano
Azuis, dourados, plácidos, sublimes...
Qual dos dois é o céu? Qual o oceano?...

'Stamos em pleno mar... Abrindo as velas
Ao quente arfar das virações marinhas,
Veleiro brigue corre à flor dos mares
Como roçam na vaga as andorinhas...

Donde vem?... Onde vai?... Das naus errantes
Quem sabe o rumo se é tão grande o espaço?

Neste Saara os corcéis o pó levantam,
Galopam, voam, mas não deixam traço.

Bem feliz quem ali pode nest'hora
Sentir deste painel a majestade!...
Embaixo — o mal... em cima — o firmamento...
E no mar e no céu — a imensidade!

Oh! que doce harmonia traz-me a brisa!
Que música suave ao longe soa!
Meu Deus! Como é sublime um canto ardente
Pelas vagas sem fim boiando à toa!

Homens do mar! Ó rudes marinheiros
Tostados pelo sol dos quatro mundos!
Crianças que a procela acalentara
No berço destes pélagos profundos!

Esperai! Esperai! deixai que eu beba
Esta selvagem, livre poesia...
Orquestra — é o mar que ruge pela proa,
E o vento que nas cordas assobia...

Por que foges assim, barco ligeiro?
Por que foges do pávido poeta?
Oh! quem me dera acompanhar-te a *esteira*
Que semelha o mar — doudo cometa!

Albatroz! Albatroz! águia do oceano,
Tu, que dormes das nuvens entre as gazas,
Sacode as penas, Leviatã do espaço!
Albatroz! Albatroz! dá-me estas asas...

2ª

Que importa do nauta o berço,
Donde é filho, qual seu lar?...
Ama a cadência do verso
Que lhe ensina o velho mar!
Cantai! que a noite é divina!
Resvala o brigue à bolina
Como um golfinho veloz.
Presa ao mastro da mezena
Saudosa bandeira acena
Às vagas que deixa após.

Do Espanhol as cantilenas
Requebradas de languor,
Lembram as moças morenas,
As andaluzas em flor.
Da Itália o filho indolente
Canta Veneza dormente
— Terra de amor e traição —
Ou do golfo no regaço
Relembra os versos do Tasso
Junto às lavas do Vulcão!

O Inglês — marinheiro frio,
Que ao nascer no mar se achou —
(Porque a Inglaterra é um navio,
Que Deus na Mancha ancorou),
Rijo entoa pátrias glórias,
Lembrando orgulhoso histórias
De Nelson e de Aboukir.
O Francês — predestinado —
Canta os louros do passado
E os loureiros do porvir...

Os marinheiros Helenos,
Que a vaga iônia criou,
Belos piratas morenos
Do mar que Ulisses cortou,
Homens que Fídias talhara,
Vão cantando em noite clara
Versos que Homero gemeu...
Nautas de todas as plagas!
Vós sabeis achar nas vagas
As melodias do céu...

3ª

Desce do espaço imenso, ó águia do oceano!
Desce mais, inda mais... não pode o olhar humano
Como o teu mergulhar no brigue voador.
Mas que vejo eu ali... que quadro de amarguras!
Que cena funeral!... Que tétricas figuras!...
Que cena infame e vil!... Meu Deus! meu Deus! Que horror!

4ª

Era um sonho dantesco... O tombadilho
Que das luzernas avermelha o brilho,
Em sangue a se banhar.
Tinir de ferros... estalar do açoite...
Legiões de homens negros como a noite,
Horrendos a dançar...

Negras mulheres, suspendendo às tetas
Magras crianças, cujas bocas pretas
Rega o sangue das mães:
Outras, moças... mas nuas, espantadas,

No turbilhão de espectros arrastadas,
Em ânsia e mágoa vãs.

E ri-se a orquestra, irônica, estridente...
E da ronda fantástica a serpente
Faz doudas espirais...
Se o velho arqueja... se no chão resvala,
Ouvem-se gritos... o chicote estala.
E voam mais e mais...

Presa nos elos de uma só cadeia,
A multidão faminta cambaleia,
E chora e dança ali!
Um de raiva delira, outro enlouquece...
Outro, que de martírios embrutece,
Cantando, geme e ri!

No entanto o capitão manda a manobra
E após, fitando o céu que se desdobra
Tão puro sobre o mar,
Diz do fumo entre os densos nevoeiros:
"Vibrai rijo o chicote, marinheiros!
Fazei-os mais dançar!..."

E ri-se a orquestra irônica, estridente...
E da roda fantástica a serpente
Faz doudas espirais!
Qual num sonho dantesco as sombras voam...
Gritos, ais, maldições, preces ressoam!
E ri-se Satanás!...

5ª

Senhor Deus dos desgraçados!
Dizei-me vós, Senhor Deus!
Se é loucura... se é verdade
Tanto horror perante os céus...
Ó mar! por que não apagas
Co'a esponja de tuas vagas
De teu manto este borrão?...
Astros! noite! tempestades!
Rolai das imensidades!
Varrei os mares, tufão!...

Quem são estes desgraçados,
Que não encontram em vós,
Mais que o rir calmo da turba
Que excita a fúria do algoz?
Quem são?... Se a estrela se cala,
Se a vaga à pressa resvala
Como um cúmplice fugaz,
Perante a noite confusa...
Dize-o tu, severa musa,
Musa libérrima, audaz!

São os filhos do deserto
Onde a terra esposa a luz.
Onde voa em campo aberto
A tribo dos homens nus...
São os guerreiros ousados,
Que com os tigres mosqueados
Combatem a solidão...
Homens simples, fortes, bravos...
Hoje míseros escravos
Sem ar, sem luz, sem razão...

São mulheres desgraçadas
Como Agar o foi também,
Que sedentas, alquebradas,
De longe... bem longe vêm...
Trazendo com tíbios passos,
Filhos e algemas nos braços,
Nalma — lágrimas e fel.
Como Agar sofrendo tanto
Que nem o leite do pranto
Têm que dar para Ismael...

Lá nas areias infindas,
Das palmeiras no país,
Nasceram — crianças lindas,
Viveram — moças gentis...
Passa um dia a *caravana*
Quando a virgem na cabana
Cisma da noite nos véus...
...Adeus! ó choça do monte!...
...Adeus! palmeiras da fonte!...
...Adeus! amores... adeus!...

Depois o areal extenso...
Depois o oceano de pó...
Depois no horizonte imenso
Desertos... desertos só...
E a fome, o cansaço, a sede...
Ai! quanto infeliz que cede,
E cai p'ra não mais s'erguer!...
Vaga um lugar na *cadeia*,
Mas o chacal sobre a areia
Acha um corpo que roer...

Ontem a Serra Leoa,
A guerra, a caça ao leão,

O sono dormido à toa
Sob as tendas d'amplidão...
Hoje... o *porão* negro, fundo,
Infecto, apertado, imundo,
Tendo a *peste* por jaguar...
E o sono sempre cortado
Pelo arranco de um finado,
E o baque de um corpo ao mar...

Ontem plena liberdade,
A vontade por poder...
Hoje... cum'lo de maldade
Nem são livres p'ra... morrer...
Prende-os a mesma corrente
— Férrea, lúgubre serpente —
Nas roscas da escravidão.
E assim roubados à morte,
Dança a lúgubre coorte
Ao som do açoite... Irrisão!...

Senhor Deus dos desgraçados!
Dizei-me vós, Senhor Deus!
Se eu deliro... ou se é verdade
Tanto horror perante os céus...
Ó mar! por que não apagas
Co'a esponja de tuas vagas
De teu manto este borrão?...
Astros! noite! tempestades!
Rolar das imensidades!
Varrei os mares, tufão!...

6ª

E existe um povo que a bandeira empresta
P'ra cobrir tanta infâmia e cobardia!...
E deixa-a transformar-se nessa festa
Em manto impuro de bacante fria!...
Meu Deus! meu Deus! mas que bandeira é esta,
Que impudente na gávea tripudia?!...
Silêncio!... Musa! chora, chora tanto
Que pavilhão se lave no teu pranto...

Auriverde pendão de minha terra,
Que a brisa do Brasil beija e balança,
Estandarte que a luz do sol encerra,
E as promessas divinas da esperança...
Tu, que da liberdade após a guerra,
Foste hasteado dos heróis na lança,
Antes te houvessem roto na batalha,
Que servires a um povo de mortalha!...

Fatalidade atroz que a mente esmaga!
Extingue nesta hora *o brigue imundo*
O trilho que Colombo abriu na vaga,
Como um íris no pélago profundo!...
Mas é infâmia de mais... Da etérea plaga
Levantai-vos, heróis do Novo Mundo...
Andrada! arranca este pendão dos ares!
Colombo! fecha a porta de teus mares!

São Paulo, 18 de abril de 1868.

TECENDO A MANHÃ

João Cabral de Melo Neto

Um galo sozinho não tece uma manhã:
ele precisará sempre de outros galos.
De um que apanhe esse grito que ele
e o lance a outro; de um outro galo
que apanhe o grito que um galo antes
e o lance a outro; e de outros galos

que muitos com muitos outros galos se cruzem
os fios de sol de seus gritos de galo,
para que a manhã, desde uma teia tênue,
se vá tecendo, entre todos os galos.

2.

E se encorpando em tela, entre todos,
se erguendo tenda, onde entrem todos,
se entretendendo para todos, no toldo
(a manhã) que plana livre de armação.
A manhã, toldo de um tecido tão aéreo
que, tecido, se eleva por si: luz balão.

SUBVERSIVA

Ferreira Gullar

A poesia
quando chega
não respeita nada.
Nem pai nem mãe.
Quando ela chega

de qualquer de seus abismos
desconhece o Estado e a Sociedade Civil
desrespeita o Código de Águas
relincha
como puta
nova
em frente ao Palácio da Alvorada.

E só depois
reconsidera: beija
nos olhos os que ganham mal
embala no colo
os que têm sede de felicidade
e de justiça

E promete incendiar o país

AS CODORNAS

Fábula budista, que faz parte do grupo de histórias budistas conhecido como Contos Jataka.

Há tempos, um bando de mais de mil codornas habitava uma floresta da Índia. Seriam felizes, mas temiam enormemente seu inimigo, o apanhador de codornas. Ele imitava seu chamado e, quando se reuniam para atendê-lo, jogava sobre elas uma enorme rede e as levava numa cesta para vender.

Mas uma das codornas era muito sábia e disse:

— Irmãs! Elaborei um plano muito bom. No futuro, assim que o caçador jogar a rede, cada uma de nós enfiará a cabeça por dentro de uma malha e todas alçaremos voo juntas, levando-a conosco. Depois de tomarmos uma boa distância, deixaremos cair a rede sobre um espinheiro e fugiremos.

Todas concordaram com o plano. No dia seguinte, quando o caçador jogou a rede, todas juntas a içaram conforme a sábia codorna havia instruído, jogaram-na sobre um espinheiro e fugiram. Enquanto o caçador tentava retirar a rede de cima do espinheiro, escureceu e ele teve que voltar para casa.

Isso aconteceu durante vários dias, até que afinal a mulher do caçador se aborreceu e indagou:

— Por que você nunca mais conseguiu pegar nenhuma codorna?

O caçador respondeu:

— O problema é que todas as aves estão trabalhando juntas, ajudando-se entre si. Se ao menos elas começassem a discutir, eu teria tempo de pegá-las.

Dias depois, uma das codornas acidentalmente esbarrou na cabeça de uma das irmãs quando pousaram para ciscar o chão.

— Quem esbarrou na minha cabeça? — perguntou raivosamente a codorna ferida.

— Não se aborreça. Não tive a intenção de esbarrar em você — disse a primeira.

Mas a irmã codorna continuou a discutir.

— Eu sustentei todo o peso da rede! Você não ajudou nem um pouquinho! — gritou a outra.

A primeira então se aborreceu e em pouco tempo estavam todas envolvidas na disputa. Foi quando o caçador percebeu sua chance. Imitou o chamado das codornas e jogou a rede sobre as que se aproximaram. Elas ainda estavam contando vantagem e discutindo, e não se ajudaram a içar a rede. Portanto, o caçador a ergueu sozinho e enfiou as codornas dentro da cesta. Mas a sábia codorna reuniu as amigas e juntas voaram para bem longe, pois ela sabia que discussões dão origem a infortúnios.

QUANDO O SR. AZULÃO GANHOU SEU CASACO

Thornton W. Burgess

Isto aconteceu há muito tempo, quando o mundo era jovem. O sr. Azulão era o mais quieto e modesto de todos os pássaros. Usava somente um casaco cinza simples, e ninguém reparava nele. Na verdade, ele nem tinha nome. Nunca disputou com os vizinhos, tampouco sentiu inveja daqueles a quem Mãe Natureza dera casacos bonitos; ou, se sentiu, nunca demonstrou. Preocupava-se somente com suas obrigações e fazia o possível para realizar sua parte no trabalho do Grande Mundo da melhor forma possível, pois mesmo no princípio de tudo havia tarefas para cada um.

Ultimamente, Mãe Natureza andava muito ocupada fazendo do Grande Mundo um lugar possível de se viver, e tão logo criava uma nova família de pássaros ou animais já tinha que deixá-los por conta própria a fim de que cuidassem de si e procurassem se relacionar da melhor forma possível. Os que eram preguiçosos ou ignorantes demais para tanto desapareciam, e outros pegavam os seus lugares. Não havia nada de preguiça ou ignorância no sr. Azulão. Ele aprendeu rapidamente a olhar por si e a relacionar-se da melhor forma possível com os vizinhos.

Quando o lugar onde moravam os primeiros pássaros ficou superlotado e Rei Gavião os levou à terra nova que Mãe Natureza lhes preparara, o sr. Azulão pôs-se imediatamente a segui-lo. A terra nova era muito bonita, e havia lugar e comida suficientes para todos. Mas logo chegou João do Frio, com a neve e o gelo, e fez com que todos os pássaros voltassem para o lugar de onde tinham vindo. Eles resolveram ficar por lá, mesmo estando superlotado. Passado algum tempo, Mãe Natureza veio lhes dizer que, em breve, João do Frio seria retirado da maravilhosa terra nova, e que a doce Dona Primavera iria despertar todas as plantas e insetos adormecidos do lugar, que assim voltaria a ser tão bonito quanto antes, mais até do que onde se encontravam agora. Ela expressou o desejo de que eles chegassem ao novo lugar e o alegrassem com suas canções, que lá construíssem suas casas novas e a ajudassem a não deixar insetos e minhocas comerem todas as coisas verdes.

— Mas antes quero que alguém vá avisar a todos que lá viveram durante o período de neve e gelo que Dona Primavera está chegando. Quem deseja ser o portador desta notícia? — perguntou Mãe Natureza.

Todos os pássaros se entreolharam estremecidos e depois, um por um, tentaram sumir dali. O sr. Azulão aguardara modestamente que um de seus grandes e fortes vizinhos se oferecesse para levar a mensagem de alegria à terra congelada, mas quando os viu se afastando seu coração se encheu de vergonha e ele voou em direção a Mãe Natureza.

— Eu vou — disse ele, meneando a cabeça respeitosamente.

Mãe Natureza teve que sorrir, pois o sr. Azulão era muito pequeno comparado a alguns de seus vizinhos.

— O que um pequeno pássaro como você pode fazer? — perguntou ela. — Lá está muito frio, você vai morrer congelado!

— Posso, com sua devida permissão, pelo menos tentar — respondeu o modesto sr. Azulão. — Se eu não me sentir capaz de continuar, poderei retornar.

— E o que espera receber como recompensa? — perguntou Mãe Natureza.

— A alegria de espalhar a boa notícia da chegada da Dona Primavera é toda a recompensa que desejo — retrucou sr. Azulão.

Esta resposta agradou tanto que Mãe Natureza logo aceitou o sr. Azulão como arauto de Dona Primavera e o iniciou em sua longa jornada. Seria uma viagem longa, e muito difícil. Ora, tudo para ele era novidade. E depois estava tão frio! Ele não conseguia se acostumar. Às vezes, achava que ia morrer congelado. Nesses momentos, quando tremia de frio, procurava lembrar que a doce Dona Primavera não estava muito longe e que ele era o seu arauto. Isto lhe dava coragem, e ele bravamente seguia adiante. Sempre que parava para descansar, assobiava a notícia da chegada de Dona Primavera, e às vezes assobiava enquanto estava voando, pois percebeu que isto o ajudava a manter o ânimo. Para se aquecer durante a noite, entrava nas árvores ocas, e foi aí que aprendeu como esses lugares eram aconchegantes, confortáveis e seguros, e decidiu que, quando chegasse a hora, construiria seu ninho num lugar assim.

Durante a viagem, deixou muita alegria por onde passou. E, ao viajar para o norte, Dona Primavera deparou com todos a esperá-la ansiosamente, tanto nas florestas quanto nos campos, pois haviam escutado a mensagem de sua chegada. Ela ficou tão contente que foi falar para Mãe Natureza do bom serviço prestado por seu arauto. Satisfeito o propósito de sua viagem, o sr. Azulão construiu uma casa muito simples que lhe serviria de excelente retiro. Não parecia perceber que fizera algo além do normal. Bastava-lhe ao coração a ideia de ter cumprido o que Mãe Natureza pedira, e ele não se achava merecedor de nenhum outro tipo de recompensa além da sensação de ter feito o melhor que podia e levado alegria e esperança para todos.

Quando João do Frio deixou as bandas setentrionais no outono, todos os pássaros viajaram para o sul, e logicamente sr. Azulão foi com eles. Na estação seguinte, chegada a hora de Dona Primavera partir para o norte, Mãe Natureza reuniu todos os pássaros, mas agora, em vez de perguntar quem levaria a mensagem, ela chamou de antemão o sr. Azulão e perguntou-lhe se estava disposto a ser, mais uma vez, o arauto. O sr. Azulão disse que ficaria muito contente em ser o mensageiro se ela assim o desejasse. Então, Mãe Natureza contou a todos como o sr. Azulão fora fiel e corajoso, e fez com que os outros pássaros se sentissem envergonhados, especialmente os maiores e mais fortes que o sr. Azulão. Depois disse:

— Azulão, aqui e agora eu o nomeio arauto oficial da Dona Primavera, e esta honra deverá ser passada de geração em geração para sempre, e todos o amarão. E, por sua distinção, terá um casaco brilhante, como todo arauto deve ter; e, por ser fiel, seu casaco será azul, como o azul do céu.

Ela tocou no sr. Azulão, e fez com que o sóbrio casaco cinza se tingisse do mais maravilhoso azul. Em seguida, ele tornou a iniciar a longa jornada, assobiando sua mensagem com mais alegria do que antes. E como o seu assobio trazia alegria e felicidade, e por ser ele bonito de ver, acabou acontecendo o que Mãe Natureza previra: ele era um dos pássaros mais amados de todos, da mesma forma que é hoje o seu tetra-tetra-para-sempre-tetraneto.

A TORRE PARA A LUA

Lenda da República Dominicana

Numa ilha, viveu há muito tempo um rei que, durante uma noite, deixando seus pensamentos vagarem para além das praias arenosas de seus domínios, cismou que gostaria de tocar na lua.

— Por que não? — perguntou-se ele. — Eu sou rei. Consigo tudo que quero. E quero tocar na lua.

Na manhã seguinte, chamou o melhor carpinteiro das redondezas para vir à corte.

— Quero que me construas uma torre — ordenou ele —, alta o suficiente para alcançar a lua.

Os olhos do carpinteiro saltaram.

— A lua? Dissestes mesmo a lua?

— Tu me ouviste. A lua. Eu quero tocar na lua. Agora vai e faz o que te mandei.

O carpinteiro se foi e comentou com outros carpinteiros. Eles se espantaram e decidiram que Sua Majestade só podia estar brincando, e não construíram nada.

Passados alguns dias, o rei convocou o chefe dos carpinteiros de volta à corte.

— Não estou vendo a minha torre — esbravejou ele. — Por que está demorando tanto?

— Mas, Majestade! — exclamou o carpinteiro. — Não podes estar falando sério. Uma torre até a lua? Nós não sabemos como.

— Não me importa como — gritou o rei. — Faz de alguma forma. Tens três dias. Se no final deste prazo eu não tiver tocado na lua... odeio pensar no que te acontecerá!

O carpinteiro, trêmulo, voltou a falar com os amigos. Eles se espantaram mais ainda, rabiscaram alguma coisa num pedaço de papel e queimaram pestana atrás de uma resposta. Finalmente, elaboraram um plano.

O chefe dos carpinteiros voltou ao rei.

— Tivemos uma ideia que deve funcionar — disse ele. — Mas precisamos de todas as caixas do reino.

— Excelente! — bradou o rei. — Assim seja!

Baixou um decreto real para que todas as caixas da ilha fossem trazidas ao palácio. E o povo as trouxe, de todos os formatos e tamanhos — caixotes, baús, estojos; caixas de papelão, de sapatos, de chapéus, de flores, e até caixas de pães.

O carpinteiro, então, mandou empilhar as caixas uma em cima da outra, até a última. Mas a torre não era alta o suficiente para chegar até a lua.

— Precisamos de outras mais — disse ao rei.

Então saiu outro decreto real. Sua Majestade ordenava que todas as árvores da ilha fossem postas abaixo e a madeira trazida para o palácio.

— Acho que já está alta o suficiente — anunciou o rei.

Os carpinteiros olharam nervosos para o alto.

— Talvez eu devesse ir antes — sugeriu o chefe dos carpinteiros. — Só para garantir!

— Não seja tolo! — esbravejou o rei. — A ideia foi minha. Eu serei o primeiro a tocar na lua. A honra será minha.

E começou a subir. Escalou cada vez mais alto. Deixou os pássaros para trás e ultrapassou as nuvens. Quando chegou no topo, esticou os braços — mas faltava um pouco! Mais uns poucos centímetros e conseguiria tocar na lua! Ou, pelo menos, era o que lhe parecia.

— Mais uma caixa! — gritou para baixo. — Eu só preciso de mais uma caixa!

Os carpinteiros balançaram a cabeça. Haviam usado todos os pedaços de madeira da ilha.

— Não temos mais nada — gritaram com toda a força de seus pulmões. — Não há mais caixas. Tereis que descer, ó rei!

O rei bateu os pés, pulou e esperneou, e a torre inteira tremeu.

— Não vou descer! Não e não! — gritou ele. — Quero tocar na lua, e ninguém vai me impedir!

Foi aí que Sua Majestade teve uma brilhante ideia.

— Escutem — chamou ele. — Já sei o que fazer. Peguem a primeira caixa da base e tragam-na aqui para cima.

Os carpinteiros se entreolharam.

— Seus tolos! — bradou o rei. — Estão me fazendo perder tempo. Peguem a primeira caixa e tragam-na aqui em cima, já!

Os carpinteiros se admiraram.

— Este rei é muito teimoso! — disse o chefe dos carpinteiros. — Acho que deveríamos obedecer a ordem.

Então, puxaram a caixa de baixo. Não é preciso contar o final da história.

O NÓ GÓRDIO

Baseada em adaptação de James Baldwin

Na parte ocidental da Ásia, há uma região rica e bela que antigamente se chamava Frígia. O povo de lá teve um monarca chamado Górdio, homem que trouxe paz àquela terra reinando com sabedoria, corrigindo antigos erros e fazendo leis para o bem de todos.

E quando se tornou rei, Górdio fez algo muito estranho e maravilhoso. No templo de Júpiter, acima da cidade, ele amarrou uma corda com um grande nó. De tão entrelaçados os volteios e de tão habilmente escondidas as pontas da corda, ninguém conseguia desfazê-lo.

Depois de alguns anos de reinado com sabedoria, Górdio morreu. Mas o nó permaneceu, e todos os forasteiros que chegavam ao templo de Júpiter admiravam seu contorno e robustez.

— Somente um grande homem poderia ter tramado um nó assim — disseram.

— Falais a verdade — disse o oráculo do templo. — Mas aquele que o desmanchar será ainda maior.

— O que significa isso? — perguntaram os visitantes.

— O homem que desmanchar este maravilhoso nó terá o mundo por reino — foi a resposta.

Depois disso, inúmeras pessoas vinham todos os anos para ver o nó de Górdio. Príncipes e guerreiros de todas as terras tentaram desmanchá-lo. Mas as pontas da corda continuavam escondidas, e eles sequer conseguiam dar início à tarefa.

Centenas de anos se passaram. O Rei Górdio já morrera havia tanto tempo que as pessoas o conheciam apenas como o homem que tramara o maravilhoso nó que jamais era desfeito.

Então chegou à Frígia um jovem rei da Macedônia, de além-mar. O nome desse jovem rei era Alexandre. Ele tinha conquistado toda a Grécia e agora deitava os olhos sobre a Ásia.

— Onde fica o afamado nó de Górdio? — perguntou.

O povo o levou ao templo de Júpiter e mostrou o nó bem onde Górdio o havia deixado.

— O que o oráculo disse sobre este nó? — perguntou Alexandre.

— Disse que o homem capaz de desmanchá-lo terá o mundo por reino. Porém, muitos tentaram, e todos fracassaram.

Alexandre olhou cuidadosamente para o nó. Não conseguiu encontrar as pontas, mas que importava? Levantou a espada e, de um golpe, cortou-o em tantos pedaços que a corda se esparramou pelo chão.

— É assim — disse o jovem rei — que corto todos os nós de Górdio.

E então prosseguiu com seu pequeno exército para conquistar a Ásia.

— O mundo é meu reino — disse ele.

A MALA DO MASCATE

Adaptada de Mary De Morgan
Folclore inglês

Um mascate estava percorrendo a duras penas uma poeirenta estrada de chão batido, carregando sua mala nas costas, quando viu um burro pastando à beira do caminho.

— Bom dia, amigo! — disse. — Se estiver desocupado, você não se importaria em carregar um pouco o meu fardo para mim?

— Se eu o fizer, o que você me dará? — disse o burro.

— Vou lhe dar duas moedas de ouro — disse o mascate, mas não falou a verdade, pois sabia que não tinha ouro para dar.

— Concordo — disse o burro. Assim eles prosseguiram juntos muito amigavelmente, o burro carregando a mala do mascate e este viajando a seu lado. Passado algum tempo, encontraram um corvo que estava procurando minhocas perto da estrada, e o burro o chamou:

— Bom dia, negro amigo! Se você está indo pelo mesmo caminho que nós, seria bom que se sentasse em minhas costas e afastasse as moscas, que me aborrecem muito.

— E quanto você me pagará para fazer isto? — perguntou o corvo.

— Dinheiro não é problema para mim — disse o burro —, por isso lhe darei três moedas de ouro. — Também ele sabia que estava fazendo uma promessa falsa, pois na verdade não tinha ouro para dar.

— Concordo — disse o corvo.

Assim foram com muito bom humor, o burro carregando os artigos do mascate e o corvo sentado nas costas do burro espantando as moscas.

Passado um tempo, encontraram um pardal e o corvo o chamou:

— Bom dia, meu priminho! Você gostaria de ganhar um pouco de dinheiro? Se for o caso, traga-me algumas minhocas da beira da estrada enquanto passamos, pois não comi nada e estou faminto.

— O que você me dará por isso? — perguntou o pardal.

— Digamos quatro moedas de ouro — falou o corvo cheio de si —, pois sei como gastar. — Mas ele sabia que não era verdade, pois não economizara ouro algum.

— Pois bem — disse o pardal, e assim eles foram, o burro carregando o embrulho do mascate, o corvo afastando as moscas do burro e o pardal trazendo minhocas para o corvo.

Nesse momento eles viram a distância uma cidade bem grande, e o mascate retirou de sua mala alguns xales e camisas e os pendurou nas costas do burro para que os transeuntes pudessem ver e comprar se estivessem dispostos. Em cima das outras coisas encontrava-se um pequeno cobertor escarlate, e, ao vê-lo, o pardal disse para o mascate:

— Quanto você quer por este cobertor? Parece bom. Diga o seu preço e eu lhe darei o que quiser, pois estou precisando muito dele agora. — Mas, como não tinha um centavo sequer, o pardal sabia que não poderia pagar.

— O cobertor custa cinco moedas de ouro — disse o mascate.

— Está me parecendo muito caro — disse o pardal. — Não me importo em pagar quatro moedas de ouro por isto, mas cinco é muito.

— Concordo — disse o mascate, rindo-se, e pensou: "Agora poderei pagar ao burro; não fosse isso, eu teria problemas para me livrar dele."

O pardal voou até perto do corvo e sussurrou em sua orelha:

— Faça o favor de me pagar as quatro moedas de ouro que me deve, pois você está indo para a cidade e eu preciso voltar.

— Quatro moedas de ouro realmente é muito para trazer algumas minhocas — disse o corvo. — É um absurdo esperar tal pagamento, mas lhe darei três, e você as terá quase imediatamente. — Ele se inclinou até a orelha do burro e sussurrou:

— Meu amigo, é hora de me pagar as três moedas de ouro que me prometeu, pois o mascate irá parar nesta cidade e você não precisará mais prosseguir.

— Pensando bem — disse o burro —, cheguei à conclusão de que três moedas de ouro é realmente uma quantia exorbitante para espantar umas poucas moscas. Você deveria saber que eu estava brincando quando disse isso, mas lhe darei duas, embora considere que é muito mais do que o serviço merecia. — E o burro virou-se novamente para o mascate, dizendo: — Agora, bom senhor, suas duas moedas de ouro, por favor.

— Logo, logo — retrucou o mascate e, virando-se para o pardal, disse: — Eu realmente preciso do dinheiro pelo cobertor agora.

— E vai recebê-lo — respondeu o pardal, e pediu com raiva para o corvo: — Quero meu dinheiro agora, e não posso esperar.

— É pra já — respondeu o corvo, e tornou a sussurrar para o burro: — Por que você não pode me pagar honestamente? Eu ficaria envergonhado em tentar fugir de uma dívida desse jeito.

— Não vou fazê-lo esperar nem mais um segundo — disse o burro, e mais uma vez dirigiu-se ao mascate e pediu: — Vamos, dê-me o meu dinheiro. Que vergonha! Um homem como você tentando ludibriar um pobre bicho como eu.

Então o mascate disse para o pardal:

— Pague-me pelo cobertor, ou vou torcer-lhe o pescoço.

E o pardal pediu ao corvo:

— Dê-me o meu dinheiro ou vou bicar seus olhos.

E o corvo grasnou para o burro:

— Se você não me pagar, vou lhe arrancar o rabo.

E o burro novamente pediu ao mascate:

— Seu tratante miserável, dê-me o meu dinheiro ou lhe darei um grande coice.

E eles fizeram tanto tumulto fora dos muros da cidade que o delegado veio ver o que era. Cada um virou-se para ele e começou a reclamar do outro em voz alta.

— Vocês são um bando de marginais e vagabundos — disse o delegado — e devem comparecer diante do prefeito; ele resolverá esta briga muito rapidamente, e lhes dará o tratamento merecido.

Nessa hora todos imploraram permissão para ir embora, cada um dizendo que não se importava com o pagamento. Mas o delegado não lhes deu atenção e os levou direto à praça do mercado, onde o prefeito julgava as pessoas.

— Ora, que temos aqui? — perguntou ele. — Um mascate, um burro, um corvo e um pardal. Um bando de vagabundos imprestáveis, muito obrigado! Vejamos o que tem a dizer cada um.

Nesse momento o mascate começou a reclamar do pardal, o pardal do corvo, o corvo do burro, o burro do mascate.

O prefeito não lhes prestava muita atenção, mas olhou para a mala do mascate e logo os interrompeu, dizendo:

— Estou convencido de que vocês são um bando de sujeitos imprestáveis, e um é tão ruim quanto o outro, por isso ordeno que o mascate seja trancafiado na prisão, que o burro seja chicoteado vigorosamente, e que o corvo e o pardal juntos tenham suas penas do rabo arrancadas e que sejam banidos da cidade. Quanto ao cobertor, parece ser a única coisa boa nisso tudo, e como não posso permitir que você fique com a causa de tamanha bagunça, vou pegá-lo para mim. Delegado, leve os prisioneiros daqui.

O delegado obedeceu à ordem, e o mascate passou muitos dias na cadeia.

— É muito triste pensar a que um homem sério e honesto pode ser levado — suspirou consigo mesmo quando sentou-se lamentando seu duro destino. — No futuro isto servirá de exemplo para me manter longe de pardais. Se o pardal tivesse pagado como devia, eu não estaria aqui agora.

Enquanto isso o burro estava sendo vigorosamente chicoteado, e após cada golpe dizia:

— Ai de mim! Ai, ai, ai! Vejam o que acontece a um inocente quadrúpede por lidar com seres humanos. Tivesse o mascate me dado o dinheiro que devia, eu não estaria apanhando agora. No futuro nunca mais farei negócio com homens.

O corvo e o pardal saíram da cidade aos pulos, tomando caminhos diferentes, e ambos estavam muito tristes, pois haviam perdido todas as penas do rabo, que o delegado havia arrancado.

— Ai de mim! — grasnou o corvo. — Meu destino é mesmo muito duro. Mas bem feito para mim por ter confiado num burro, que anda a pé e sequer sabe voar! É realmente um aviso para que eu nunca mais confie em nada que não tenha bico.

O pardal estava de crista baixa e mal podia parar de chorar.

— Tudo isso só porque eu me deixei ludibriar por aquele corvo! — suspirou. — Mas eu deveria saber que esses pássaros grandes nunca são honestos! No futuro serei esperto e nunca farei negócio com nada maior ou mais forte que eu.

ALGUÉM DEVE PAGAR

Conto árabe

Uma certa manhã, um conhecido ladrão entrou no tribunal puxando de uma perna envolta numa tala e aproximou-se da bancada do juiz.

— Excelência! — começou a falar, fazendo a melhor reverência de que foi capaz. — Tenho uma reclamação. Ontem eu estava passeando pelas ruas, preocupado com meus próprios afazeres, quando percebi uma casa com a janela visivelmente destravada. Ora, quem deixaria passar um convite desses? É claro que eu tive de ir investigar. Pulei a cerca, atravessei o quintal e abri a janela. Mas eu ainda não estava totalmente do lado de dentro da casa quando o parapeito cedeu. Caí no chão e, como V. Excia. pode ver muito bem, quebrei minha perna. Agora quero justiça.

O juiz aquiesceu com um movimento de cabeça, alisou a barba e mandou que o dono da casa fosse intimado a comparecer imediatamente.

— Preste bem atenção — esbravejou ele logo que o dono chegou —, sua janela quebrou a perna deste homem quando ele tentava entrar na sua casa. O que o faz pensar que pode expor o público ao perigo de uma janela defeituosa?

Ora, o pobre dono da casa nunca tinha estado diante de um juiz antes, e ficou amedrontadíssimo. Revirou os miolos à cata de uma resposta.

— Excelência! — suplicou. — Não é culpa minha. Paguei um bom dinheiro ao carpinteiro para construir a janela. Ele deveria ter feito uma janela que não desmoronasse.

— Tem razão! Tragam o carpinteiro — esbravejou o juiz do alto de sua bancada.

O oficial de justiça foi buscar o carpinteiro.

— Como você ousa construir uma janela capaz de quebrar a perna de um homem? — vociferou o juiz. — Qual é o seu problema?

O carpinteiro estremeceu e alternou diversas vezes o pé de apoio.

— Excelência! — disse ele aos tropeços. — Talvez eu não tenha construído a janela tão bem quanto devesse. Mas não foi culpa minha. A verdade é que estava me sentindo mal no dia em que a montei. Eu tinha comido uma torta de uma padaria, e fiquei com dor de estômago.

O juiz deu com o punho na mesa.

— Vamos chegar à raiz deste problema — prometeu ele. — Tragam aqui o padeiro.

O padeiro viu-se levado ao tribunal.

— Ouvi dizer que o senhor anda fazendo tortas ruins — disse o juiz. — O carpinteiro diz que o senhor lhe vendeu uma torta que lhe fez mal, o que fez com que a janela ficasse ruim, o que quebrou a perna deste homem.

O padeiro balançou a cabeça.

— Eu me lembro do dia em que lhe vendi a torta — disse. — É verdade, Excelência, que talvez a torta estivesse malpassada. Talvez eu tenha colocado um bocadinho disso ou daquilo em excesso. Mas acontece que, enquanto eu a preparava, uma mulher muito bonita entrou na minha loja para comprar pastéis. E que vestido ela estava usando! Nunca vi um vestido assim — não se deveria permitir que usassem vestidos iguais em público! Logo, Excelência, eu posso não ter prestado a devida atenção às tortas.

— Vamos examinar essa questão — gritou o juiz. — Encontrem a tal mulher.

A mulher foi localizada. O juiz lhe disse como ela havia quebrado a perna de um homem.

— Mas, Excelência — protestou ela —, como o próprio padeiro admitiu, o vestido lhe chamou a atenção, não eu. O costureiro é quem tem a culpa.

— Prendam o costureiro — ordenou o juiz.

O costureiro foi trazido ao banco dos réus.

— Aonde o senhor quer chegar corrompendo o público dessa maneira? — indagou o juiz. — Seu vestido fez com que esta mulher virasse a cabeça do padeiro, que fez tortas ruins, que fizeram mal ao carpinteiro, que montou mal o parapeito da janela, que quebrou a perna deste pobre homem. O que o senhor tem a dizer em sua defesa?

Mas o costureiro não era bom orador. Gaguejou e balbuciou, sem conseguir pensar no que dizer. O juiz mandou que o enforcassem.

O oficial de justiça olhou o condenado da cabeça aos pés.

— É um homem bastante grande, Excelência — sugeriu ele. — Acho que é alto demais para os nossos cadafalsos. Seus pés vão bater no chão.

— Encontre um costureiro mais baixo, e enforque-o no lugar deste — vociferou o juiz. — Alguém deve pagar, afinal.

Então ele mandou que a mulher usasse outra roupa, e que o padeiro prestasse atenção às suas tortas, e que o carpinteiro consertasse a janela e que o dono a mantivesse trancada.

Mas uma tranca não significa nada para um ladrão. Logo que a perna sarou, o autor da ação retornou à casa e, sabendo que a janela estava segura agora, arrombou-a, entrou na casa e levou o que quis.

A CIDADE DOS RESMUNGOS

Era uma vez um lugar chamado Cidade dos Resmungos, onde todos resmungavam, resmungavam, resmungavam. No verão, resmungavam que estava muito quente. No inverno, que estava muito frio. Quando chovia, as crianças choramingavam porque não podiam sair. Quando fazia sol, reclamavam que não tinham o que fazer. Os vizinhos queixavam-se uns dos outros, os pais queixavam-se dos filhos, os irmãos das irmãs. Todos tinham um problema, e todos reclamavam que *alguém* deveria fazer alguma coisa.

Um dia chegou à cidade um mascate carregando um enorme cesto às costas. Ao perceber toda aquela inquietação e choradeira, pôs o cesto no chão e gritou:

— Ó cidadãos deste belo lugar! Os campos estão abarrotados de trigo, os pomares carregados de frutas. As cordilheiras são cobertas de florestas espessas, e os vales banhados por rios profundos. Jamais vi um lugar abençoado por tantas conveniências e tamanha abundância. Por que tanta insatisfação? Aproximem-se, e eu lhes mostrarei o caminho para a felicidade.

Ora, a camisa do mascate estava rasgada e puída. Havia remendos nas calças e buracos nos sapatos. As pessoas riram ao pensar que alguém como ele pudesse mostrar-lhes como ser feliz. Mas enquanto riam, ele puxou uma corda comprida do cesto e a esticou entre dois postes na praça da cidade.

Então, segurando o cesto diante de si, gritou:

— Povo desta cidade! Aqueles que estiverem insatisfeitos escrevam seus problemas num pedaço de papel e ponham dentro deste cesto. Trocarei seus problemas por felicidade!

A multidão se aglomerou ao seu redor. Ninguém hesitou diante da chance de se livrar dos problemas. Todo homem, mulher e criança da vila rabiscou sua queixa num pedaço de papel e jogou no cesto.

Eles observaram o mascate pegar cada problema e pendurá-lo na corda. Quando ele terminou, havia problemas tremulando em cada polegada da corda, de um extremo a outro. Então ele disse:

— Agora cada um de vocês deve retirar desta linha mágica o menor problema que puder encontrar.

Todos correram para examinar os problemas. Procuraram, manusearam os pedaços de papel e ponderaram, cada qual tentando escolher o menor problema. Depois de algum tempo a corda estava vazia.

Eis que cada um segurava o mesmíssimo problema que havia colocado no cesto. Cada pessoa havia escolhido o seu próprio problema, julgando ser ele o menor na corda.

Daí por diante, o povo daquela cidade deixou de resmungar o tempo todo. E sempre que alguém sentia o desejo de resmungar ou reclamar, pensava no mascate e na sua corda mágica.

O REI E A CAMISA

Certa vez um rei adoeceu gravemente. À medida que o tempo passava seu estado piorava. Os médicos e os sábios tentaram de tudo, mas nada parecia funcionar. Estavam a ponto de perder a esperança quando a velha criada gritou:

— Eu lhes mostrarei como salvar o rei. Se vocês puderem encontrar um homem feliz, tirar-lhe a camisa e vesti-la no rei, ele se recuperará.

Então o rei enviou seus mensageiros. Eles cavalgaram por todos os cantos do reino e não encontraram um homem feliz. Ninguém estava satisfeito; todos tinham uma queixa.

— Aquele alfaiate estúpido! — ouviram um homem rico dizer. — Fez as calças muito curtas! E a propósito, a comida está péssima! Este cozinheiro não consegue fazer nada direito?

— O que há de errado com os nossos filhos? — resmungou o moleiro para a esposa. — Eles nunca fazem o que mandamos! Não ensinam boas maneiras na escola? E fazem tanto barulho! Mande-os brincar lá fora.

— Meu teto está vazando — reclamou o artesão. — Isto não pode acontecer! O governo não pode fazer alguma coisa?

Os mensageiros do rei não ouviram nada além de queixas e lamentações, aonde quer que fossem. Se um homem era rico, não tinha o bastante; se não era rico, era culpa de alguém. Se era saudável, havia uma sogra indesejável em sua vida. Se tinha uma boa sogra, a gripe o estava acometendo. Todos tinham *algo* do que reclamar.

Finalmente uma noite o próprio filho do rei, ao passar por uma cabana ouviu alguém dizer:

— Obrigado, Senhor! Concluí meu trabalho diário e ajudei meu semelhante. Comi meu alimento, e agora posso deitar-me e dormir em paz. O que mais poderia eu desejar?

O príncipe exultou por ter, afinal, encontrado um homem feliz. Mandou que levassem a camisa do homem ao rei e pagassem o quanto pedisse.

Mas quando os mensageiros do rei foram à cabana despir a camisa do homem feliz, descobriram que ele era pobre demais e sequer possuía uma camisa.

A PEDRA NO CAMINHO

Conta-se a lenda de um rei que viveu num país além-mar há muitos anos. Ele era muito sábio e não poupava esforços para ensinar bons hábitos a seu povo. Frequentemente fazia coisas que pareciam estranhas e inúteis; mas tudo que fazia era para ensinar o povo a ser trabalhador e cauteloso.

— Nada de bom pode vir a uma nação — dizia ele — cujo povo reclama e espera que outros resolvam seus problemas. Deus dá as coisas boas da vida a quem lida com os problemas por conta própria.

Uma noite, enquanto todos dormiam, ele pôs uma enorme pedra na estrada que passava pelo palácio. Depois foi se esconder atrás de uma cerca, e esperou para ver o que acontecia.

Primeiro veio um fazendeiro com uma carroça carregada de sementes que ele levava para moagem na usina.

— Quem já viu tamanho descuido? — disse ele contrariadamente, enquanto desviava sua parelha e contornava a pedra. — Por que esses preguiçosos não mandam retirar essa pedra da estrada? — E continuou reclamando da inutilidade dos outros, mas sem ao menos tocar, ele próprio, na pedra.

Logo depois, um jovem soldado veio cantando pela estrada. A longa pluma do seu quepe ondulava na brisa, e uma espada reluzente pendia à sua cintura. Ele pensava na maravilhosa coragem que mostraria na guerra.

O soldado não viu a pedra, mas tropeçou nela e se estatelou no chão poeirento. Ergueu-se, sacudiu a poeira da roupa, pegou a espada e enfureceu-se com os preguiçosos que insensatamente haviam largado uma pedra imensa na estrada. Então, ele também se afastou, sem pensar uma única vez que ele próprio poderia retirar a pedra.

Assim correu o dia. Todos que por ali passavam reclamavam e resmungavam por causa da pedra colocada na estrada, mas ninguém a tocava.

Finalmente, ao cair da noite, a filha do moleiro por lá passou. Era muito trabalhadora, e estava cansada, pois desde cedo andava ocupada no moinho.

Mas disse a si mesma: "Já está quase escurecendo, alguém pode tropeçar nesta pedra à noite e se ferir gravemente. Vou tirá-la do caminho."

E tentou arrastar dali a pedra. Era muito pesada, mas a moça empurrou, e empurrou, e puxou, e inclinou, até que conseguiu retirá-la do lugar. Para sua surpresa, encontrou uma caixa debaixo da pedra.

Ergueu a caixa. Era pesada, pois estava cheia de alguma coisa. Havia na tampa os seguintes dizeres: "Esta caixa pertence a quem retirar a pedra."

Ela abriu a caixa e descobriu que estava cheia de ouro.

A filha do moleiro foi para casa com o coração feliz. Quando o fazendeiro e o soldado e todos os outros ouviram o que havia ocorrido, juntaram-se em torno do local na estrada onde a pedra estava. Revolveram o pó da estrada com os pés, na esperança de encontrar um pedaço de ouro.

— Meus amigos — disse o rei -—, com frequência encontramos obstáculos e fardos no caminho. Podemos reclamar em alto e bom som enquanto nos desviamos deles se assim preferirmos, ou podemos erguê-los e descobrir o que eles significam. A decepção é normalmente o preço da preguiça.

Então o sábio rei montou em seu cavalo e com um delicado boa-noite retirou-se.

O VELHO E A MORTE

Esopo

Um homem idoso, arqueado sob a fadiga dos anos e gemendo sob o peso de um fardo de lenha que carregava, cansado e com os pés doloridos de caminhar pela longa estrada poeirenta, buscava chegar à sua cabana distante. Não suportando mais o peso da carga, deixou-a cair na beira da estrada, e lamentou seu destino cruel.

— Que prazer tive eu desde que pela primeira *vez* respirei neste triste mundo? Da alvorada ao crepúsculo tem sido trabalho duro e remuneração pequena! Em casa, tenho uma despensa vazia, uma esposa descontente e filhos desobedientes e preguiçosos. Ó Morte! Ó Morte! Venha livrar-me dos meus problemas.

De imediato o fantasmagórico Rei dos Horrores se pôs adiante.

— O que desejas de mim? — indagou a Morte em tom cavernoso.

— Na-a-da — gaguejou o atemorizado camponês —, nada a não ser a sua ajuda para repor nos meus ombros esse monte de gravetos que eu deixei cair!

SÃO FRANCISCO E O LOBO

Adaptada de Frances Dadmun

São Francisco viveu há várias centenas de anos na Itália. Toda roupa que possuía era uma manta marrom com uma corda servindo de cinturão e uma sandália de couro. Em geral não cobria a cabeça a não ser que o sol estivesse quente ou a chuva forte, quando ele então puxava o capuz da manta por cima da cabeça e seguia seu caminho confortavelmente. Havia anos em que não tinha um lar, mas não fazia diferença, pois ele era feliz em qualquer lugar. Todo homem era seu amigo, e mesmo as feras selvagens confiavam nele.

Um dia, durante uma caminhada, São Francisco viu uma pequena cidade no topo de uma colina.

— Lá está Gubbio — disse a alguns amigos que caminhavam com ele. — Tenho bons amigos por lá. Temos que ir fazer-lhes uma visita.

Havia um muro alto de pedras que não podia ser escalado, pois era mais alto que uma casa e muito íngreme. As pessoas entravam e saíam por um portão que era trancado durante a noite para evitar ladrões, mas geralmente ficava aberto de dia.

Naquela manhã, quando São Francisco e seus amigos se aproximaram do portão, surpreenderam-se ao encontrá-lo fechado. Tiveram que bater várias vezes até que alguém viesse abri-lo.

— Qual é o problema, bom irmão, por que o portão está fechado? — perguntou São Francisco.

— É um grande Lobo! — disse o homem, que era um camponês. — Um enorme e violento companheiro, isto é o que ele é. Devora homens. É tão ousado que nós o vimos nesse mesmo portão por onde entraste, neste instante. É uma bênção que não tenha te devorado.

— Ninguém ousa sair? — disse São Francisco.

— Ninguém — disse o camponês.

A essa altura, a rua estava cheia de gente que tinha ouvido as batidas no portão. As pessoas pareciam tão assustadas, de olhos esbugalhados, que São Francisco ficou penalizado.

— Venham, irmãos — disse ele aos companheiros. — Vamos sair e encontrar esse Lobo.

— Não, não! — foram os gritos da população que ecoaram pela rua estreita. Aqueles mais próximos a São Francisco agarravam-se às suas vestes.

— Vamos, sim! — disse São Francisco. — Eu não tenho medo do Lobo. Ele será meu amigo.

O povo sabia que São Francisco falava sério, e abriu os portões, mas os dedos tremiam enquanto as travas eram retiradas.

São Francisco e seus companheiros foram direto para as colinas onde o Lobo estava escondido, e o povo de Gubbio os seguia a certa distância. Mas São Francisco era destemido. Depositava toda a sua confiança em Deus.

Então ele deixou até mesmo seus fiéis companheiros para trás e seguiu sozinho. Aí ele viu o Lobo, correndo velozmente com a cabeça baixa e a boca parcialmente aberta. São Francisco permaneceu de pé, imóvel.

— Vem cá, Irmão Lobo — disse São Francisco. — Em nome de Jesus, não machuque ninguém.

O Lobo fechou a boca e parou de correr. Arrastou-se para a frente e deitou-se aos pés de São Francisco.

— Irmão Lobo — disse São Francisco —, tens causado grandes danos por estas bandas, matando criaturas de Deus — não apenas outros animais, mas gente, que Deus fez à Sua imagem! Todos clamam contra ti e te odeiam nestas terras. Mas eu, Irmão Lobo, desejo estabelecer a paz entre tu e o povo. Não cause mais danos e eles te perdoarão, e nem as pessoas nem os cães te atormentarão mais.

O Lobo agitou a cauda e sua cabeça baixou-se tristonhamente. Sabia o que significava ser atormentado por pessoas e cães. Tanto quanto as pessoas, ele passara por dificuldades.

— Irmão Lobo — disse São Francisco, enquanto olhava os flancos emagrecidos do lobo, onde todas as costelas eram visíveis —, se estás disposto a ser pacífico, eu prometo que serás alimentado enquanto viveres; pois sei muito bem que causaste todos esses danos porque estavas faminto. Mas já que faço isso por ti, Irmão Lobo, promete que jamais machucarás nenhum animal ou ser humano.

O Lobo baixou a cabeça, mas São Francisco queria mais.

— Irmão Lobo, tens que fazer uma jura para que eu confie em ti com certeza.

São Francisco estendeu a mão direita. O povo soltou um enorme grito de admiração, pois o Lobo ergueu a pata direita e humildemente colocou-a na mão de São Francisco, dando-lhe toda a garantia possível a um Lobo.

— Irmão Lobo — disse São Francisco —, vem comigo e vamos repetir essa promessa perante todo o povo.

O Lobo seguiu São Francisco de volta à cidade, e, à medida que a notícia se espalhou, homens e mulheres, jovens e velhos, pequenos e grandes agruparam-se na praça do mercado para ver o Lobo com São Francisco. Quando todos da cidade lá estavam com toda certeza, São Francisco — e sabe-se a esse ponto que ele, de fato, era um santo — falou ao povo.

— Ouçam, irmãos. O Irmão Lobo, aqui diante de todos, prometeu-me ficar em paz convosco e não nos atormentar outra vez de modo algum; e vós deveis prometer dar-lhe tudo que ele precise para comer.

De imediato todos gritaram que alimentariam o novo amigo regularmente.

— E tu, Irmão Lobo — disse São Francisco —, prometes cumprir este acordo de paz, e prometes não mais ferir pessoas, animais ou outras criaturas?

O Lobo ajoelhou-se e curvou a cabeça. Contorceu-se delicadamente, abanou a cauda e ergueu as orelhas, demonstrando com a franqueza possível a um lobo que cumpriria o trato.

— Mas, Irmão Lobo — insistiu São Francisco —, quero que prometas diante de todas estas pessoas, como fizeste fora dos portões, e deixa-me prometer, por outro lado, jamais quebrar minha palavra para contigo.

O Lobo entendeu, pois ergueu a pata e a colocou na mão de São Francisco. Mais uma vez o povo gritou, desta vez de alegria, agradecendo a Deus por ter enviado São Francisco, que a todos salvara das garras do Lobo. Ninguém sabe o que este pensava, mas imaginamos que estivesse agradecido também, pois o Lobo jamais teria sido tão violento se não tivesse quase morrido de fome primeiro.

Ele viveu dois anos em Gubbio e perambulou pelas casas de porta em porta, sem jamais ferir ninguém. Foi alimentado pelo povo da maneira mais polida, e nem mesmo os cães latiam para ele. Após dois anos, o Irmão Lobo morreu de velhice, e todos lamentaram. Era amado não apenas por quem ele era, mas também por lembrar às pessoas o querido amigo, São Francisco.

A JOVEM DE ORLÉANS

Adaptada de Louis Maurice Boutet de Monvel

Ela nasceu Joana d'Arc em 1412, na pequena aldeia francesa de Domrémy. Seus pais eram pessoas simples e honestas que viviam do fruto de seu trabalho. Sua casa ficava tão perto da igreja que o jardim encostava no cemitério.

A menina cresceu ali, aos olhos de Deus.

Era uma menina doce e correta. Todos gostavam dela, pois conheciam sua natureza gentil. Trabalhadora de coragem, ajudava a família na labuta. Durante o dia, conduzia os animais ao pasto, e à noite sentava-se a fiar ao lado da mãe.

Amava a Deus, e costumava dirigir-lhe preces.

Ora, naquela época, a França e a Inglaterra estavam em guerra. A França não tinha verdadeiramente um monarca. O rei inglês invadira a terra, determinado a tomá-la para si. Os franceses não queriam ser dominados pelos ingleses, e lutaram para colocar Carlos, o Delfim, filho de seu último rei, no trono.

Mas o Delfim não tinha exército, dinheiro, nem vontade de lutar. Dia após dia, pedaços de seu reino caíam nas mãos do inimigo. Reinavam a fome e a anarquia em todos os cantos.

Um dia de verão, aos 13 anos de idade, Joana ouviu, ao meio-dia, uma voz no jardim de seu pai. A voz lhe disse que se comportasse bem e fosse à igreja. E depois lhe disse que ela iria salvar toda a França e precisava ir ajudar o Delfim.

— Mas eu sou apenas uma pobre menina! — exclamou Joana.

— Deus a ajudará — respondeu a voz.

E a menina, aturdida, ficou chorando.

A partir daquele dia, ela passava cada vez mais tempo afastada de suas amigas, ouvindo vozes celestiais. Com o passar do tempo, elas tornaram-se mais urgentes. O perigo era grande, diziam; ela precisava ir ajudar o rei e salvar o império.

E, é claro, quando Joana começou a falar de sua missão, muitas pessoas riram e disseram que estava louca. Porém, as pessoas mais simplórias, movidas pela fé da menina, acreditaram nela. Um rapaz gentil se ofereceu a levá-la até o Delfim. Os pobres camponeses, juntando seus parcos recursos, conseguiram dinheiro para dar roupas e armas para a menina. Compraram-lhe um cavalo, e no dia marcado ela partiu acompanhada de pequena escolta.

— Vai com Deus! — gritava a multidão, e todos choravam.

O inimigo se apossara da região pela qual o pequeno exército deveria atravessar. Era preciso viajar à noite e se esconder durante o dia. Alarmados, os companheiros de Joana falaram em regressar.

— Não tenham medo — disse ela. — Deus nos está conduzindo.

No 12º dia, eles chegaram à corte do Delfim. A princípio, parecia que ele não iria receber a inspirada menina. Mas afinal foi concedida uma entrevista. Uma noite, à luz de cinquenta rochas, Joana foi levada ao grande salão do castelo, ocupado por todos os nobres da corte. Ela nunca tinha visto o Delfim.

A fim de verificar se Deus realmente a estava conduzindo, conforme ela dizia, o Delfim trocou de lugar com um dos nobres da corte e disfarçou-se com roupas paisanas. Mas Joana o localizou imediatamente no meio da multidão, e ajoelhou-se diante dele.

— Que Deus vos conceda uma vida feliz, bondoso Delfim! — disse ela.

— Eu não sou o rei — respondeu ele. — Ali está o rei.

— Sois o rei, bondoso príncipe, e mais ninguém — retrucou ela com perfeita confiança. E lhe contou que Deus a enviara para ajudá-lo e pedir soldados para salvar a cidade de Orléans, que estava sitiada pelas tropas inglesas. Todos sabiam que se Orléans caísse a França estaria perdida.

O rei hesitou. A menina podia ser uma feiticeira. Ele a enviou para ser examinada por homens ilustrados. Durante três semanas eles a atormentaram com suas perguntas. Quando lhe disseram que Deus não necessitava de homens armados para libertarem a França, ela rapidamente se encheu de altivez e disse:

— Os soldados lutarão, mas Deus concederá a vitória.

O povo declarou que a moça era realmente inspirada, e os ilustres e poderosos foram forçados a ceder à multidão.

As tropas francesas se reuniram. Na quinta-feira, 28 de abril de 1429, o pequeno exército partiu, liderado por Joana. Ela trajava reluzente armadura e portava um galhardete branco bordado com os lírios da França. Quando ela entrou em Orléans, o povo se aglomerou para conhecê-la. Ela passou pela cidade à luz de tochas; homens, mulheres e crianças se espremiam para chegar mais perto, esticando as mãos para tocar no cavalo da jovem inspirada.

Joana dirigiu-lhes palavras afáveis, prometendo libertar a cidade. Sua confiança influenciou a todos nas redondezas. O povo de Orléans, ultimamente tão retraído e desencorajado, estava agora disposto a se lançar contra o inimigo. Joana, entrementes, mandou lançar cartas sobre as muralhas da cidade, ordenando aos sitiantes ingleses que fossem embora e retornassem ao seu próprio país. Eles retrucaram com insultos. Então Joana partiu imediatamente em sua montaria de guerra, conduzindo seus soldados à batalha.

Em torno de Orléans ficavam as fortificações mantidas pelos ingleses. Os franceses agora as tomavam uma a uma. Logo, faltava apenas uma a ser tomada pelos inimigos. Suas muralhas eram intransponíveis, e os generais franceses queriam aguardar a chegada de mais soldados antes de desferirem um ataque. Mas Joana os instigou.

A luta foi ferrenha. Em dado momento, Joana desceu para dentro do fosso e estava erguendo uma escada para encostá-la no parapeito quando uma seta inglesa se cravou entre sua nuca e o ombro. Ela caiu para trás dentro da trincheira, e os ingleses, considerando-a morta, uniram-se. Mas a corajosa menina retirou a seta do ferimento e logo retornava à dianteira da batalha.

— Avante! — gritou ela. — Vossa é a vitória!

Os ingleses foram cercados. E Orléans, que estivera sitiada durante oito meses, foi libertada em apenas quatro dias.

A Jovem de Orléans, como era chamada agora, dirigiu-se depressa à corte do Delfim. Ela desejava levá-lo imediatamente ao Rheims, onde poderia ser coroado. Ele a recebeu com grandes honrarias, mas recusou-se a acompanhá-la. Aceitou a devoção da heroica menina, mas não queria que seus generosos esforços perturbassem sua boa vida. E o que fez, pois, foi enviá-la para atacar as localidades ainda mantidas pelos ingleses às margens do rio Loire.

A cada batalha que travavam, os franceses saíam-se vitoriosos. Joana estava sempre à frente das fileiras. Expunha-se constantemente a golpes e frequentemente era ferida, mas nunca usava a espada. Sua única arma era o galhardete pintado com os lírios da França.

Finalmente o Delfim concordou em partir para o Rheims. Aos 16 dias do mês de julho, adentrou a cidade à frente de suas tropas. No dia seguinte na catedral, tendo Joana ao lado, foi coroado Carlos VII, Rei da França.

Mas depois da coroação, Joana parecia ter perdido seu poder. Começou a perder batalhas. Ao defender a cidade de Compiègne, seu exército foi forçado a retroceder. Durante a retirada, Joana, desertada por todos, encontrou-se quase cercada pelo inimigo. Defendeu-se dos golpes de seus adversários, batendo em firme retirada até alcançar as muralhas da cidade. Mais um passo e estaria a salvo do lado de dentro; mas por inveja, imprudência ou traição aqueles que defendiam a entrada da cidade fecharam os portões e levantaram a ponte, deixando Joana do lado de fora. Ela caiu nas mãos dos ingleses.

Envergonhados por terem sido derrotados tantas vezes por uma menina apenas, seus captores acusaram-na de feitiçaria. Arrastaram--na de prisão em prisão e acabaram lançando-a num calabouço de Rouen. Chegaram a retirá-la da masmorra para ser examinada 16 vezes, importunaram-na com todos os tipos de perguntas emaranhadas, e acabaram tornando a encarcerá-la. Usaram de tortura para fazê-la confessar que os céus não a tinham enviado.

Muitos ingleses acreditavam que enquanto Joana vivesse eles seriam derrotados, e exigiram sua morte. Um tribunal composto de padres franceses subornados recebeu o poder de julgá-la como bruxa e herege. A infeliz donzela opunha-se às insidiosas perguntas de seus juízes somente com a retidão e simplicidade de seu coração. "Nada mais tenho a fazer aqui", dizia ela. "Mandem-me de volta para Deus, que me enviou." Após um longo julgamento e um doloroso aprisionamento, Joana foi condenada e sentenciada à fogueira.

E durante toda a sua provação, o Rei Carlos da França, que tanto lhe devia, nada fez para ajudá-la.

Pela manhã do dia 30 de maio de 1431, às nove horas, Joana atravessou as ruas de Rouen na diligência do carrasco. Ao ver a lenha empilhada diante da praça do mercado, um grito escapou-lhe dos lábios.

— Ah, Rouen, Rouen, então serás minha última morada? — exclamou.

Ela se ajoelhou e rezou. Então, voltando-se para seus juízes e inimigos, implorou-lhes que mandassem celebrar uma Missa por sua alma. Subiu a pilha e, enquanto atavam suas mãos, pediu que lhe mostrassem um crucifixo. Eles então acenderam a fogueira. Em meio às nuvens de fumaça e ao apavorante brilho das chamas, perdoou a todos e fez sua última prece.

Todos os presentes choraram, inclusive os carrascos e juízes. Diz-se que muitos voltaram as costas, incapazes de tolerar a visão, e ao se afastar gritaram:

— Estamos perdidos! Levamos à fogueira uma santa!

GIDEÃO E SEUS TREZENTOS SOLDADOS

Baseada em adaptações de Frances Dadmun e Jesse Lyman Hurlbut
Do Livro dos Juízes

Há muito, vivia em Israel um rapaz cujo nome era Gideão. Era o único filho que restara ao pai. Seus irmãos, mais velhos do que ele, morreram em batalhas. Pois Israel estava pressionado pela tribo dos midianitas, que viviam na outra margem do rio Jordão. Durante algum tempo eles permaneciam quietos e Israel pensava que tudo estava bem; mas assim que os trigais de Israel ficavam amarelos e maduros para colheita, os midianitas cruzavam o rio, combatiam Israel e levavam o trigo. Israel fora derrotado tantas vezes que agora não ousava se mexer. Os homens viviam em cavernas, tal como os animais que se esgueiram para dentro de tocas para se proteger.

Gideão achava isso uma vergonha. Ele era corajoso, corajoso demais para se esconder sob a terra e deixar que os midianitas levassem o trigo de seu pai. Então Deus colocou em seu coração a ideia de salvar seu povo. E aconteceu que, numa certa manhã, quando um amedrontado mensageiro chegou correndo para dizer que os midianitas haviam tornado a cruzar o rio, Gideão subiu ao topo de uma colina e tocou uma trombeta.

Os israelenses saíram de suas cavernas logo que ouviram o toque e foram se juntar a Gideão. Então ele enviou mensageiros por todo o território para convocar os guerreiros. Os israelenses ficaram tão satisfeitos por terem um líder corajoso que Gideão logo conseguiu um exército de 32 mil homens.

Logo pela manhã eles armaram barracas ao sul do inimigo. Quando os midianitas acordaram e saíram de suas próprias barracas, olharam surpresos. Ali estava Israel, do outro lado, e, pela quantidade de barracas, parecia estar em grande número!

Mas Gideão não estava bem certo de seu exército. Todos haviam demonstrado coragem diante do toque da trombeta, mas, ao se defrontarem com o acampamento dos midianitas, subindo e descendo o vale até onde a vista alcançava, começaram a achar que teria sido melhor ficarem escondidos em suas cavernas. Não tinham a mesma certeza de Gideão de que Deus lhes daria a vitória. Afinal, diziam entre si, que tipo de comandante era Gideão? Ele era pouco mais que um menino.

Mas Deus disse a Gideão:

— Teu exército é demasiado grande. Manda para casa aqueles que têm medo de lutar.

Gideão percebeu que um pequeno exército de homens corajosos seria melhor do que uma multidão de covardes. Então ele mandou avisar por todo o acampamento que todos aqueles que estavam com medo do inimigo deveriam voltar para casa. Vinte e dois mil homens foram embora, restando apenas dez mil no exército de Gideão.

Mas Deus disse a Gideão:

— Ainda são muitos os homens. Só precisas de alguns dos mais corajosos e melhores guerreiros nessa batalha. Traze-os montanha abaixo, à beira d'água, e lá eu te mostrarei como encontrar aqueles de quem precisas.

Então, pela manhã, sob o comando de Deus, Gideão convocou seus dez mil homens e os fez descer a colina em marcha, exatamente como se fossem atacar o inimigo. E, quando estavam à beira d'água, observou como bebiam e os dividiu em duas companhias.

Ao se aproximarem do rio, muitos dos homens deixavam de lado os escudos e as lanças e se ajoelhavam para recolher a água com as duas mãos em concha. Se houvesse midianitas escondidos no mato, poderiam tê-los flechado no momento em que bebiam, pois não se encontravam em guarda. A esses, Gideão mandou formarem uma companhia.

Mas houve alguns homens que não pararam para tomar um bom gole de água. Segurando escudo e lança com uma das mãos, de olhos bem abertos caso o inimigo aparecesse subitamente, eles beberam apenas um bocado apanhado ao passarem perto do rio e prosseguiram em marcha, sorvendo a água da mão em concha.

Deus falou para Gideão:

— Separe esses homens que recolheram um bocado de água com apenas uma das mãos e dela beberam. São eles que escolhi para libertarem Israel.

Gideão contou-os e verificou que havia somente trezentos. Mas eram trezentos homens austeros e determinados que não se desviavam de seu propósito, nem para beber.

Gideão aguardou o pôr do sol. Quando já estava escuro, esgueirou-se até o acampamento dos midianitas e pôs-se à escuta. Ao ouvir sua conversa, ficou satisfeito, pois pôde perceber que os midianitas, apesar do grande contingente, tinham medo dos israelenses. Então voltou ligeiro para o seu acampamento.

Seu plano não carecia de um grande exército; precisava, sim, de poucos homens cuidadosos e audaciosos que fizessem exatamente o que seu líder ordenasse. Gideão entregou a cada um de seus trezentos soldados uma lamparina, uma jarra e uma trombeta, e lhes disse o que fazer com cada coisa. As lamparinas estavam acesas, mas dentro das jarras, de forma que não podiam ser vistas.

Ele dividiu os homens em três companhias e na calada da noite conduziu-os silenciosamente colina abaixo e os dispôs em torno do acampamento dos midianitas.

E um grito ecoou forte em meio à escuridão, seguido imediatamente do fragor de jarras partindo, e logo surgiram fachos de luz em todas as direções. Os homens tocaram as trombetas estrondosamente. Os midianitas foram arrancados do sono e se depararam com inimigos ao seu redor, luzes apontando para todos os lados, espadas zunindo no escuro e o alarde das trombetas.

Foram tomados de súbito terror e pensaram apenas em escapar, não em lutar. Mas, para onde se voltassem, os inimigos pareciam ali estar com as espadas em riste. Sua terra ficava a leste, além da margem oposta do rio Jordão, e eles fugiram para lá, descendo um vale entre as montanhas, e jamais retornaram àquele lugar.

Assim, Israel foi libertado, tudo porque Gideão foi corajoso e encontrou trezentos homens que permaneceram ao seu lado.

A RECONSTRUÇÃO DAS MURALHAS

Adaptada de Henry Hallam Tweedy
Livro de Neemias

Cerca de 450 anos antes do nascimento de Jesus, vivia no palácio do rei da Pérsia um rapaz judeu cujo nome era Neemias. Ele parecia ter tudo para ser feliz. Tinha roupas de seda, muita comida, e podia desfrutar das coisas finas do palácio. E, mais do que isso, o rei o adorava e confiava tanto no rapaz que fez dele seu escanção. Isso valia muito naquela época. Pois, quando homens maus queriam assassinar o rei, tentavam colocar veneno em seu vinho. Somente um verdadeiro amigo podia pôr o vinho na copa e apresentá-la ao rei, e o provava antes para mostrar que este não tinha o que temer.

Mas com tudo isso Neemias não estava feliz. Pois estava longe da cidade onde seus pais viveram e agora estavam sepultados. Tinha amigos por lá, de quem sentia falta, e tencionava se estabelecer junto ao seu povo, e servir, cuidar e proteger sua terra contra os inimigos.

Um dia seu irmão veio a ele acompanhado de alguns homens de Jerusalém, trazendo más notícias. Contaram-lhe que seus amigos estavam empobrecidos e passando por muitos problemas e pesares. Quanto à cidade que amava, sua grande muralha, que a resguardava dos inimigos, estava quebrada, enquanto os grandes portões, abertos durante o dia para que o povo pudesse entrar mas fechados à noite para manter inimigos e ladrões afastados, haviam sido queimados.

Ao ser informado disso, Neemias ficou muito triste. Sabia que os animais selvagens poderiam entrar e espreitar as ruas durante a noite. Pior ainda, homens maldosos poderiam esgueirar-se para dentro acobertados pela escuridão e roubar seus amigos ou até mesmo matá-los. Talvez um rei cruel marchasse com seus soldados contra a cidade e ateasse fogo aos lares e tomasse o povo como escravos. Não foi à toa que Neemias se entristeceu. Sentiu-se tão mal que se sentou e chorou, e passou dias e dias sem conseguir se alimentar.

Mas não adiantava chorar. Ele sabia disso. E ficar sem comer só o enfraqueceria, deixando-o incapaz de trabalhar, ao mesmo tempo em que não reconstruiria as muralhas de sua cidade nem auxiliaria seus amigos. Ele se decidiu, portanto, a fazer alguma coisa, e a primeira que fez foi pedir a Deus que o ajudasse e guiasse, para que pudesse voltar à sua terra e servir à sua cidade e aos seus amigos. Levantou-se, então, preparou-se para o trabalho de escanção e ficou aguardando o momento de atender ao rei.

O rei logo percebeu que o coração de seu fiel servidor estava cheio de pesar.

— Por que estás triste — perguntou ele —, visto que não estás doente?

A princípio Neemias quase teve medo de dizer, pois, embora soubesse que sua cidade precisava dele, temia que o rei não o deixasse ir. Mas afinal reuniu a coragem e, com uma prece no coração de que Deus fizesse com que o rei lhe concedesse o pedido, respondeu:

— Por que eu não deveria estar triste quando a cidade onde jazem meus pais está devastada, as muralhas destruídas e os portões queimados?

O rei teve pena dele e disse:

— O que posso fazer para ajudá-lo? Vamos, diga-me.

Neemias curvou-se em reverência ao rei e disse:

— Se realmente tenho vos atendido e Vossa Majestade de fato me tem amor, enviai-me para Jerusalém a fim de que eu possa reconstruir as muralhas.

Para grande felicidade de Neemias, o rei disse que ele poderia partir. Enviou inclusive alguns soldados para protegê-lo e ajudá-lo. Também deu ao jovem cartas para seus servos que governavam terras entre a Judeia e a Pérsia, ordenando-lhes que fornecessem a madeira para a construção dos portões. E assim Neemias partiu em sua longa jornada e afinal encontrou-se a salvo em Jerusalém, junto aos seus amigos.

Pareceu-lhe uma sábia decisão não lhes contar por que viera até que soubesse exatamente o que precisava ser feito. Uma certa noite, Neemias e alguns de seus homens passeavam pela cidade e observavam as muralhas. Ele logo percebeu que elas estavam bastante destruídas e de nada serviam, conforme lhe disseram. Antes que o povo acordasse, ele e seus amigos já estavam de volta a suas casas.

Na manhã seguinte, convocou todo o povo e disse:

— Vinde, e vamos reconstruir as muralhas de nossa cidade. O rei, meu senhor, diz que podemos fazê-lo. Deus há de nos ajudar, e se O amarmos e obedecermos Ele nos dará a força para rechaçarmos nossos inimigos.

Ora, a muralha era muitíssimo comprida, e precisava ser muito espessa e alta. Parecia que eles jamais seriam capazes de concluí-la, e não o teriam feito caso não tivessem trabalhado com bastante empenho. Havia, sem dúvida, homens preguiçosos que não queriam trabalhar, e alguns covardes temerosos de que os inimigos viessem e os ferissem enquanto trabalhavam, e mais alguns gananciosos, egoístas, que não amavam a cidade o suficiente e disseram que, a menos que Neemias lhes pagasse em dinheiro, não iriam trabalhar.

Mas Neemias fez os preguiçosos se envergonharem, encheu de ânimo os medrosos e avisou aos egoístas que se eles não trabalhassem os inimigos viriam e levariam o dinheiro que já possuíam.

Quase todos trabalharam de bom grado e de pronto começaram a construção perto de suas próprias casas. Alguns se dispuseram a construir um portão, e outros, um segundo portão. Tanto homens quanto mulheres participaram da construção. Meninos e meninas também se ocupavam. Todos trabalhavam e cantavam e gritavam enquanto empilhavam as pedras para erguer as muralhas. O trabalho era muito árduo. Suas mãos ficaram feridas, os braços doloridos e as costas cansadas. Mas amavam muito aquela cidade, e quando se trabalha por alguém ou alguma coisa a que se ama a mais árdua das tarefas é feita com satisfação e em geral parece fácil.

No mesmo país havia homens que odiavam Neemias e seu povo. Não queriam ver as muralhas reconstruídas, pois assim seria mais difícil tomar a cidade, seriam impedidos de penetrá-la para escravizar seu povo. Alguns costumavam ficar perto dos homens que trabalhavam, e deles se riam e gritavam:

— Jamais conseguireis construir muralhas tão grandes. De que vale tentar?

Vendo que o povo continuava, avisaram que se os trabalhos não fossem interrompidos eles viriam para lutar. Mas Neemias disse ao povo que nada temesse.

— Confiai em Deus e trabalhai com a ferramenta em uma das mãos e a espada na outra.

A cada dia havia menos buracos nas muralhas. Um a um os portões foram feitos e encaixados em seus devidos lugares. Finalmente, a grande tarefa estava concluída, e Neemias e seus amigos estavam tão alegres quanto cansados. Nenhum ladrão adentraria seus lares. Não haveria mais animais selvagens rondando as ruas à noite. Quanto aos homens que os espicaçaram e tentaram interrompê-los, os trabalhadores poderiam agora rir-se deles. O povo teve amor por sua cidade, suficiente para trabalhar por ela, atravessar provações e enfrentar o perigo. Mas, como resultado de seu esforço, a cidade passou a ser uma resistente fortificação, e suas vidas e lares estavam a salvo outra vez. E os homens e as mulheres e os meninos e as meninas que ajudaram Neemias estavam satisfeitos e amavam ainda mais sua cidade e dela tinham mais orgulho, pois cada um trabalhou e cumpriu sua parte na construção da grande muralha.

Neemias fez muitas outras coisas para ajudar sua cidade a ficar melhor e mais bela, e todos o adoravam e homenageavam porque ele havia servido muito bem ao seu país.

ELE DEU A VIDA POR SEU PAÍS

Há alguns anos, havia uma guerra entre os franceses e o povo de um pequeno país no nordeste da Itália chamado Tirol. Acredito que a maioria dos povos ame sua terra natal, mas nessa época os tiroleses estavam tão ansiosos para salvar seu país que mesmo as mulheres e crianças acompanharam os soldados à batalha, com a esperança de poder ajudá-los.

Um dos meninos que seguiu o pai chamava-se Albert Speckbacher. Tinha apenas dez anos, mas seu pai era um dos líderes mais corajosos do Tirol, e, mesmo sendo jovem, Albert estava determinado a ajudá-lo de alguma forma.

Um dia os franceses atacaram a vila. Chegaram a um profundo fosso onde corria o veloz rio Ard. O único caminho para chegar à vila era através de uma ponte, muito estranha por sinal, mas que garantia a segurança contra inimigos. Era uma árvore grande na encosta da montanha, que, ao ser derrubada, caiu exatamente atravessada sobre o fosso, e os galhos mais altos encostaram nas pedras do lado oposto. Era uma travessia perigosa, e só podia passar uma pessoa de cada vez.

Os tiroleses sabiam o que os franceses estavam pretendendo; então, um grupo de trezentos homens, tendo Speckbacher como líder, foi enviado para defender a ponte. A batalha foi acalorada durante uma hora nos dois lados do fosso, e os tiroleses pareciam estar levando vantagem. Então o general francês mandou que dois canhões fossem levados até as pedras, e em pouco tempo mais da metade dos bravos tiroleses havia morrido; Speckbacher foi um deles.

O pequeno Albert ajoelhou-se ao lado do cadáver do pai e pensou no que poderia fazer para salvar seu país. Ele viu que os tiroleses iriam tentar derrubar a ponte. Se isso fosse possível, os franceses não conseguiriam entrar na aldeia. Ele viu quando os homens pegaram seus machados e começaram a cortar a raiz e o tronco da árvore.

Mas, enquanto eles trabalhavam vigorosamente, os rifles dos franceses estavam matando um por um. Assim, a coragem se dissipou e nenhum deles veio continuar a tarefa que provou ter sido fatal para muitos. Uma boa parte da árvore já tinha sido cortada, mas ainda restava o suficiente para mantê-la firme.

Albert, por um momento, olhou para baixo, para o rosto pálido do pai, e olhou para cima, para o céu azul. Depois, segurou firme o machado e trabalhou com toda a força. Uma chuva de balas caía ao seu redor, mas nenhuma o acertou. A árvore finalmente foi cortada, com exceção de um ponto que ele não alcançava. Era apenas um pequeno pedaço da casca do tronco, mas ele não chegava até lá. Albert viu que só havia uma maneira de conseguir soltar a árvore do ponto pendente. Teria que colocar um peso no alto, e isto partiria a árvore.

Esperou os franceses dispararem os rifles mais uma vez e quando pararam para recarregá-los ele subiu e pulou com ímpeto sobre o tronco. Seu peso, por mais leve que fosse, partiu o ponto que sustinha a árvore, e ele e a ponte tombaram no fundo do fosso.

Foi assim que o bravo menino de dez anos sacrificou a vida para salvar sua aldeia nativa.

Os franceses recuaram quando viram a ponte cair, e no dia seguinte encontraram o corpo do pobre menino boiando na correnteza do rio ao pé da montanha. Mesmo sendo inimigos, eles conseguiram admirar a nobre façanha do menino. E sepultaram o herói no lado da montanha, e colocaram uma pedra contando a história de sua bravura.

UMA LENDA DO FÓRUM ROMANO

O Fórum de Roma era o centro da vida civil, uma área aberta, rodeada por templos, câmaras legislativas, mercados e outros prédios públicos.

No ano de 362 a.C., Roma foi abalada por um horrível terremoto, e no meio do Fórum abriu-se uma fenda enorme, tão profunda que não se conseguia enxergar o fundo. Os cidadãos trouxeram pedras e areia para tampá-la, mas, mesmo colocando uma grande quantidade, a fenda parecia continuar imensa como antes.

O Senado então consultou os adivinhos, e estes anunciaram que a cratera não seria fechada até que o objeto mais valioso de Roma fosse atirado dentro.

— Atenção! — disseram os videntes. — O tesouro mais sagrado tem que ser doado aos Deuses, neste local, o mais rápido possível, para que Roma continue de pé.

O povo horrorizado correu em direção à borda do abismo e começou a jogar os seus pertences mais valiosos — ouro, prata e joias —, mas o buraco continuava fundo como nunca. Enquanto estavam agoniados, pensando no que mais podiam fazer, chegou um jovem nobre chamado Marcus Curtis, armado como se fosse para uma batalha.

— O que pode ser mais valioso para Roma do que a coragem? — gritou ele. — O que pode ser mais valioso do que um cidadão disposto a se sacrificar por seu país?

Todos ficaram em silêncio. Curtis contemplou os templos dos deuses imortais, alinhados ao Fórum, e estendeu os braços para o céu. Depois, com a espada em punho, esporou o cavalo e pulou.

Imediatamente o chão se fechou atrás dele, e nem ele nem o cavalo foram vistos novamente. Tudo voltou a ser como era antes do terremoto.

DEUS E O SOLDADO

Inscrição descoberta na antiga pedra de uma guarita na ilha de Gibraltar

Deus e o soldado
Todos os homens adoram
Nos momentos difíceis,
E não mais;
Pois quando a guerra acaba
E todas as coisas se acertam,
Deus é negligenciado...
E o velho soldado menosprezado.

CHEVALIER D'ASSAS

Há muito tempo, franceses e alemães estavam em guerra. No sul da Alemanha, o exército francês se retirava diante do inimigo, depois de acampar durante a noite ao fim de um longo dia de marcha. O regimento de Auverne fazia parte do lado francês que conseguiu chegar mais perto do inimigo, e o posto mais avançado desse regimento era uma divisão que tinha como capitão um bravo jovem oficial, Chevalier D'Assas.

O general francês achou que o inimigo poderia tentar atacar seu exército no dia seguinte. Achou que não havia perigo durante a noite, pois não pensou que eles estivessem suficientemente perto, mas de qualquer forma queria saber sua localização. O coronel do regimento de Auverne ordenou que Chevalier D'Assas fosse verificar se o inimigo se encontrava por perto do acampamento.

Era uma noite escura. D'Assas foi sozinho e seguiu cuidadosamente, passando por matas e florestas. Não havia lua para ajudar, e ele teve que seguir em frente tateando pelo caminho.

A princípio, não encontrou qualquer sinal do inimigo, nem escutou nada. A floresta estava em completo silêncio, e ele procurou passar com toda cautela, sem fazer nenhum ruído.

Cobrira apenas uma pequena distância quando passou por uns arbustos pequenos e pareceu entrar numa área descampada.

Imediatamente, viu-se rodeado por escuras silhuetas. Sentiu o corpo sendo pressionado por baionetas de todos os lados e uma voz sussurrando-lhe ao ouvido:

— Se você fizer algum barulho, morre.

Num instante, D'Assas se deu conta de que o inimigo havia conseguido se aproximar do acampamento e iria tentar atacar de surpresa o exército francês. Se conseguisse avisar ao seu regimento, eles poderiam se aprontar a tempo para se defender e salvar o resto do exército. Mas ele também sabia que, ao emitir qualquer som, pagaria por isso.

Não hesitou, nem por um segundo.

Recuou, apenas para inspirar fundo, e depois, com todas as suas forças, gritou:

— Auverne! Auverne! O inimigo! O inimigo está aqui!

Imediatamente seu corpo foi atingido por vinte baionetas, e ele caiu morro no chão.

Sua divisão e o resto do regimento despertaram com o grito. Eles correram em socorro o mais rápido que puderam, mas foi tarde demais para salvá-lo. De qualquer forma, chegaram a tempo para retardar o inimigo até que o resto do exército francês estivesse pronto para o ataque. Ao verem que o ataque-surpresa havia falhado, os alemães recuaram.

O nome D'Assas foi honrado e admirado por toda a nação, pelo seu sacrifício heroico. A história nos faz lembrar que o destino de um exército às vezes depende da proeza de uma alma corajosa.

AS CHAVES DE CALAIS

Baseada em adaptação de Charlotte Yonge

Em 1346, no início da Guerra dos Cem Anos, o rei Eduardo III da Inglaterra marchou em direção a Calais, a cidade mais importante do norte da França. Chegou à cidade no início de agosto, com seus bravos cavaleiros e escudeiros trajando armaduras cintilantes, seus fortes arqueiros carregando longos arcos mortais e sua bandeira flutuando na brisa acima do reluzente exército. As muralhas da cidade eram enormes e espessas, com torres altíssimas, e o rei sabia que seria inútil tentar um ataque direto.

Um arauto, vestindo um traje longo e ricamente bordado com os escudos da Inglaterra, cavalgou até o portão, com a trombeta soando à sua frente, e chamou Sir Jean de Vienne, governador de Calais, para se render ao rei Eduardo. Sir Jean respondeu que guardava a cidade para Felipe, rei da França, e que a defenderia até o fim. O arauto recuou, e os ingleses começaram o ataque à cidade. Primeiro, cobriram toda a planície com suas tendas de lona. Depois, com o passar do tempo, ergueram uma pequena cidade de madeira, com ruas, um mercado e até um palácio de madeira para o conforto do rei.

Depois de algum tempo, uma frota grande e colorida cruzou as águas, vinda dos brancos penhascos de Dover. O rei Eduardo e seus cavaleiros, todos em suas montarias, foram receber a rainha Felipa e suas damas. Elas eram muitas. Vieram da Inglaterra para visitar seus maridos, pais e irmãos nos acampamentos. Houve então um grande baile, com danças e vários banquetes. Cavaleiros e escudeiros tentavam constantemente provar quem era capaz do ato de maior bravura para agradar as damas.

Enquanto ocorria toda essa algazarra no lado de fora das muralhas, o povo de Calais estava emagrecendo. Inicialmente, alguns valentes marinheiros franceses, que conheciam bem a costa, conseguiram guiar pequenas frotas de barcos carregados de pão e carne até a cidade. Em geral, foram perseguidos pelos barcos do rei Eduardo e até capturados algumas vezes, mas sempre conseguiam escapar. Até que finalmente o rei Eduardo, que estava ficando furioso, construiu um castelo de madeira às margens do canal e o encheu de arqueiros e máquinas que atiravam pedras enormes para destruir os navios. Eles vigiavam tão bem o porto que os marinheiros franceses não ousavam entrar. Então, os cidadãos de Calais começaram realmente a passar fome.

Uma noite, os entristecidos cidadãos olharam por cima das muralhas e avistaram o que desesperadamente esperavam: um nobre e grande exército francês cobrindo todas as colinas! Era uma bela visão para a esfomeada guarnição que observava seus conterrâneos fincando tendas logo atrás das forças inglesas. As armaduras dos cavaleiros resplandeciam e as bandeiras esvoaçavam ao luar. O rei Felipe havia chegado para expulsar os invasores!

Mas logo suas esperanças foram por água abaixo. O rei Felipe não estava disposto a arriscar uma derrota para os ingleses. Houve pequenas escaramuças. Os exércitos trocaram insultos e desafios durante três dias. Então, sem realmente ter se esforçado para salvar os cidadãos valentes e pacientes, o rei Felipe da França partiu com todos os seus homens. O povo de Calais viu o anfitrião francês que havia coberto as colinas evaporar-se qual chuva de verão.

O mês de agosto tornou a chegar, e eles haviam sofrido privações o ano inteiro por causa de um rei que os tinha abandonado quando mais precisavam dele. Estavam tão tristes e desesperados que não mais podiam suportar. O governador, Sir Jean de Vienne, dirigiu-se às ameias e fez sinal para mostrar que precisava chegar a um acordo. Admitiu que a guarnição estava reduzida ao máximo de miséria e pediu que o rei se contentasse em obter cidade e fortaleza, deixando cidadãos e soldados partirem em paz.

Mas Eduardo estava tão furioso com o atraso e o custo do ataque que só consentiria em receber a cidade sob as seguintes condições: ele mataria, enfrentaria ou aprisionaria quem bem entendesse, e deixou bem claro que havia uma pesada conta a pagar.

A corajosa resposta da cidade foi a seguinte:

— Estas condições são muito duras para nós. Somos apenas um pequeno grupo de cavaleiros e escudeiros que servem ao seu rei com lealdade, assim como vós. Sofremos muito, mas resistiremos bem mais antes de consentirmos em colocar nossas crianças em perigo. Portanto, pedimos que reconsidereis.

O rei com seu ar severo respondeu que perdoaria o povo da cidade mediante uma condição. Seis líderes da cidade de Calais devem vir a ele com cordas em volta do pescoço e carregando as chaves da cidade. Aos seis o rei puniria como bem entendesse; o restante poderia partir livremente.

Ao ouvir isso, Sir Jean de Vienne pediu permissão para consultar os cidadãos. Foi até o centro da cidade e tocou o sino para reuni-los. Ao contar-lhes as duras restrições, não conseguiu impedi-los de chorar. Deveriam morrer de fome juntos ou sacrificar os seus mais honrados camaradas?

Então ouviu-se uma voz. Era um dos mais ricos cidadãos da cidade, Eustache de St. Pierre.

— Senhores e senhoras, seria uma pena ver tantas pessoas morrerem de fome se podemos impedir que isto aconteça. Tal impedimento seria bem visto aos olhos do Salvador. Tenho tanta fé e confiança de encontrar a graça perante Deus, se eu morrer para salvar os habitantes desta cidade, que me candidato a ser o primeiro dos seis.

Ao terminar seu pronunciamento, os companheiros choravam copiosamente.

Outro cidadão, muito rico e respeitado, levantou-se e disse:

— Eu serei o segundo, junto com o meu companheiro Eustache.

Seu nome era Jean Daire. Depois dele, Jacques Wistant, outro homem rico, e primo dos outros dois, ofereceu-se para acompanhá-los. Dois mais também se ofereceram para juntar-se ao galante grupo, e o número exigido pelo rei Eduardo estava completo.

Os portões se abriram, o governador e os seis saíram, os portões tornaram a se fechar. Sir Jean cavalgou até os representantes ingleses, contou-lhes como estes seis habitantes do burgo haviam se oferecido como voluntários e implorou-lhes que fizessem o possível para salvá-los.

O governador então voltou entristecido para a cidade.

Os seis cidadãos foram levados à presença do rei e toda a corte. Eles se ajoelharam e o mais ousado falou:

— Ó galante rei, tendes diante de vós seis cidadãos de Calais que são mercadores importantes e vos trazem as chaves do castelo e da cidade. Entregamo-nos ao seu absoluto poder para salvar os habitantes de Calais, que sofreram muitas penúrias e miséria. Dignai-vos de vossa nobre mente e tende piedade de nós.

A piedade se espalhou entre os barões, cavaleiros e escudeiros ali reunidos. Eles viram os rostos pálidos, magros e resignados pela paciência de suportar a fome dos veneráveis homens que se rendiam para salvar as vidas de seus conterrâneos. Choraram, mas o rei não se comoveu. Lançou um olhar de raiva aos seis e ordenou que suas cabeças fossem cortadas.

Os cavaleiros ingleses imploraram piedade ao rei. Disseram-lhe que tal execução sujaria sua honra. Advertiram-no de que haveria represálias contra sua guarnição, e ressaltaram o ato de altruísmo e nobreza dos seis. Mas o rei se recusava a ouvir. Chamou o carrasco com seu grande machado.

De repente a rainha da Inglaterra, com o rosto banhado em lágrimas, jogou-se de joelhos entre os capturados e gritou:

— Ah, gentil senhor, eu cruzei o mar tão perigoso para estar convosco. Nunca pedi nenhum favor. Mas peço de presente, pelo amor d'O Filho da Sagrada Maria, e pelo amor que tendes por mim, poupai estes seis homens!

Por alguns minutos o rei olhou-a em silêncio. E então exclamou:

— Senhora, senhora, eu gostaria que estivésseis em qualquer lugar que não este! Interpelastes de tal forma que não vos posso recusar. Portanto, dou-vos estes homens para agirdes como vos aprouver.

A rainha conduziu os seis cidadãos aos seus aposentos, onde os recebeu e mandou tirar-lhes as cordas do pescoço. Deu-lhes roupas, alimentos e presentes para que se lembrassem dela. Depois mandou escoltá-los em segurança para fora do acampamento inglês. Esta é a história de seis homens corajosos e pacientes que se ofereceram como voluntários para enfrentar o que poderia ter sido uma morte cruel a fim de salvar seus conterrâneos.

O MORCEGO

Era uma vez uma guerra entre os pássaros e as feras. O morcego estava do lado dos pássaros. Mas na primeira batalha os pássaros foram severamente espancados. Ao constatar que as coisas estavam indo contra ele, o morcego saiu de fininho e se escondeu debaixo de uma tora, e lá ficou até terminar a briga.

Quando as vitoriosas bestas estavam indo para casa, ele se meteu no meio delas.

Após terem caminhado por um tempo, as feras notaram sua presença e disseram:

— Espere um minuto. Você não é um dos que lutou contra nós?

O morcego respondeu:

— Oh, não! Eu sou um de vocês. Não pertenço ao grupo dos pássaros. Vocês não estão vendo minhas orelhas e garras? E olhem os meus dentes. Vocês já viram algum pássaro com caninos como os meus? Claro que não. Não, eu faço parte do grupo das bestas.

Elas nada disseram, e deixaram o morcego ficar.

Logo depois houve uma nova batalha, e desta vez os pássaros venceram. Assim que percebeu a derrota do seu lado, o morcego saiu de fininho e se escondeu debaixo de uma tora. Quando a batalha terminou e os pássaros foram para casa, o morcego foi com eles.

Ao notarem sua presença, os pássaros disseram:

— Você é nosso inimigo. Nós o vimos lutando contra nós.

E o morcego respondeu:

— Oh, não. Eu pertenço ao seu grupo e não ao outro. Você já viu alguma besta com asas?

Eles nada disseram e o deixaram ficar.

Então o morcego ficou indo de um lado para o outro enquanto durou a guerra.

Mas, finalmente, cansados de lutar, os pássaros e as feras decidiram fazer as pazes. Organizaram um conselho para decidir o que fazer com o morcego.

— Você lutou com os pássaros, então vá viver entre eles — exclamaram as bestas.

— Nós não o queremos! — gritaram os pássaros. — Você lutou com as bestas. Vá viver entre elas.

Ficou decidido que eles o excluiriam, e disseram-lhe:

— De agora em diante, você voará sozinho à noite e nunca terá amigos dentre os que voam ou os que andam.

Por isso agora o morcego se esconde no escuro e vive nas cavernas sem luz. Ele voa como um pássaro, mas nunca pousa nos topos das árvores. Ninguém procura saber que tipo de criatura ele é.

TARPEIA

Adaptada de Sara Cone Bryant
Lenda romana

Existia uma menina chamada Tarpeia, cujo pai era guarda do portão externo de uma cidadela de Roma. Era tempo de guerra — os sabinos estavam atacando a cidade. Seu acampamento ficava perto da muralha.

Tarpeia costumava ver os soldados sabinos quando ia pegar água no poço público que ficava do lado de fora do portão. Às vezes, ficava por ali e deixava aqueles homens estranhos conversarem com ela, pois gostava de olhar para os cintilantes ornamentos de prata. Os soldados usavam pesados anéis e pulseiras de prata no braço esquerdo — alguns usavam até cinco ou seis.

Eles sabiam tratar-se da filha do guardião da cidadela, e observaram que ela cobiçava os ornamentos. Portanto, dia após dia conversavam e mostravam-lhe seus anéis de prata para tentá-la. E Tarpeia acabou fazendo uma troca: trairia sua cidade para eles. Disse que destrancaria o portão e os deixaria entrar caso lhe dessem o que usavam no braço esquerdo.

A noite chegou. Em meio a total escuridão e silêncio, Tarpeia levantou-se da cama, pegou a chave e destrancou, sem fazer barulho, o portão que protegia a cidade. Lá fora, no escuro, os soldados inimigos aguardavam. Tão logo ela abriu o portão, as sombrias fileiras se aproximaram silenciosamente e os sabinos entraram na cidadela.

Assim que o primeiro homem entrou, Tarpeia esticou a mão para a frente para receber sua recompensa. O soldado levantou bem alto o braço esquerdo.

— Pega tua recompensa — disse ele e, ao pronunciar estas palavras, jogou-lhe em cima o que estava usando. Sobre a cabeça da menina espatifou-se — não um monte de anéis de prata do soldado, mas sim o grande escudo de bronze que ele carregava na batalha!

Ela desabou no chão.

— Pega tua recompensa — disse o próximo, e o próximo, e o próximo, e o próximo... todos eles carregavam seus escudos no braço esquerdo.

Tarpeia foi enterrada pela recompensa que havia pedido, e os sabinos marcharam sobre o seu cadáver para dentro da cidadela que ela havia traído.

O HOMEM QUE COMIA NABOS NO JANTAR

Na Roma antiga, vivia um cônsul chamado Manius Curius. Em tempos de guerra, era um general incomparável, e um grande estadista em períodos de paz. Mesmo assim, morava numa pequena cabana. Sua comida e suas roupas eram simples, seus pertences eram poucos, e suas necessidades eram mínimas.

Sua honra brilhava como uma das joias mais ricas.

Uma vez os semitas, inimigos de Roma, estavam planejando uma guerra. Secretamente, enviaram embaixadores para convencerem Manius Curius a manter distância do exército romano.

Os embaixadores o encontraram em sua cabana, sentado à lareira, descascando nabos para o jantar. Eles depositaram ouro aos seus pés na esperança de persuadi-lo.

Manius Curius sorriu ao ver a oferenda.

— Vocês acham que um homem satisfeito em comer nabos no jantar tem alguma necessidade de ouro? — perguntou. — Acho que seria melhor conquistar os semitas do que aceitar seu suborno.

Os embaixadores partiram com ar de tolos.

E durante muitos anos os romanos apontavam para a pequena cabana e diziam:

— Esta cabana pertenceu ao cônsul que comia nabos no jantar.

O SENTINELA DORMINHOCO

Baseada em adaptação de Albert Blaisdell e Francis Ball

Esta história, baseada num incidente ocorrido no início da Guerra de Secessão, passou a fazer parte do conjunto das tradições de Lincoln quando foi colocada em verso e lida para o senado americano, diante de uma plateia que incluiu o próprio presidente Lincoln.

Numa manhã chuvosa em setembro de 1861, durante o primeiro ano da Guerra Civil americana, um grupo de soldados da União foi à Casa Branca implorar pela vida de seus amigos. Foi-lhes concedida uma audiência com o presidente Lincoln, e, com palavras hesitantes, contaram o motivo de sua presença.

Os soldados faziam parte do terceiro regimento de Vermont, que era, na sua maioria, constituído por jovens fazendeiros das Montanhas Verdes. Desde que chegaram a Washington, estavam alojados em Chain Bridge, algumas milhas acima da cidade. Esta ponte era de vital importância, já que as forças confederadas ocupavam as colinas da margem oposta do rio Potomac. As ordens dadas aos soldados eram bastante rígidas: qualquer sentinela que fosse encontrado dormindo em seu posto deveria ser fuzilado em 24 horas.

De acordo com a história dos soldados, um menino chamado William Scott se alistara na companhia K. Naquela noite ele estava de plantão, e na noite seguinte substituiu um companheiro que estava doente demais para montar guarda. Na terceira noite tornou a ser escalado para ficar de vigia. O rapaz não conseguiu ficar acordado por três noites seguidas. Quando o guarda que iria rendê-lo chegou, encontrou-o dormindo. Ele foi preso, julgado e condenado ao pelotão de fuzilamento.

— William Scott, senhor, é um soldado de coragem ímpar em todo o Exército — disseram os rapazes da Montanha Verde para Lincoln. — Ele não é um covarde. Não é justo fuzilá-lo como um traidor e enterrá-lo como um cachorro.

No mesmo dia, mais tarde, o presidente Lincoln cavalgou da Casa Branca em direção a Chain Bridge. Um dia depois, ou pouco mais, os jornais publicaram que o soldado condenado à morte por ter dormido no posto tinha sido perdoado pelo presidente e retornara para o seu regimento.

Muito tempo passou até que Scott falasse sobre a entrevista com o presidente Lincoln. Um dia, contou toda a história para um companheiro:

— Reconheci o presidente imediatamente por causa de uma medalha de Lincoln que uso há muito tempo. A princípio, fiquei com medo, pois nunca havia conversado com um grande homem antes. Ele perguntou pelos meus pais, meus irmãos e irmãs, que escola eu havia frequentado e se eu havia gostado. Depois perguntou pela minha mãe. Mostrei-lhe uma foto dela. Ele disse que se estivesse no meu lugar, tentaria fazer minha mãe feliz e nunca deixá-la ficar triste ou chorar.

— "Meu filho" — disse ele —, "você não será fuzilado. Voltará para o seu regimento. Já me causou bastantes problemas. O que desejo saber agora é como você vai me pagar por tudo isso. Minha conta é grande, e só há um homem no mundo inteiro capaz de pagá-la. Seu nome é William Scott. Se a partir de hoje você prometer cumprir o seu dever de soldado, sua dívida então estará paga. Você cumpriria esta promessa?"

O jovem soldado de Vermont fez a promessa de bom grado e cumpriu-a. Daquele dia em diante, William Scott tornou-se um exemplo para o seu regimento. Nunca estava ausente na hora da chamada. Estava sempre disposto a ajudar quando havia algum trabalho árduo a ser feito. De noite, trabalhava no hospital cuidando dos doentes e feridos, e isso fazia com que treinasse para ficar acordado. Bateu recordes no serviço de piquete e se distinguiu como batedor.

Pouco depois desse episódio, o terceiro regimento de Vermont partiu para uma de suas batalhas mais difíceis. As ordens foram para atacar as linhas confederadas, e William foi ferido pelo inimigo.

Seus companheiros o pegaram e, mesmo ferido e sangrando, carregaram-no para fora do campo de batalha e o colocaram numa rede.

— Digam ao presidente que eu tentei ser um bom soldado para o meu país — disse ele.

Depois, fazendo um último esforço, com o alento a lhe fugir, rogou por Abraham Lincoln.

A companhia K enterrou William Scott numa cova atrás do acampamento, ao pé de um grande carvalho. Na árvore, talharam as iniciais "W.S.", e abaixo delas: "Um Soldado Corajoso."

CARLOS MAGNO E O CAVALEIRO LADRÃO

Baseada em adaptação de Marie Frary e Charles Stebbins
Lenda alemã

Uma vez, o grande rei Carlos Magno construiu um magnífico castelo às margens do rio Reno, de onde podia ver suas águas e as colinas distantes e caçar com seus amigos nas profundezas das florestas verdejantes. Quando o castelo ficou pronto, foi visitá-lo. Na primeira noite em que o rei dormiu ali, apareceu em seus sonhos um anjo, de pé ao lado de sua cama, todo coberto de luz, dizendo:

— Levanta-te, bondoso imperador. Levanta-te, vai em segredo e furta.

Carlos Magno acordou perplexo com seu sonho. Parecia-lhe impossível que um imperador recebesse uma ordem para tornar-se um larápio. Então ele se deitou e voltou a dormir.

Mas o anjo apareceu novamente.

— Levanta-te, imperador — disse ele. — Vai e furta de teu próprio povo.

Carlos Magno tornou a acordar horrorizado com o comando. Ainda não conseguia acreditar que tal ordem tivesse vindo de um anjo, portanto não se mexeu. Mais uma vez o anjo apareceu ao lado de sua cama, estendeu a mão e disse:

— Levanta-te. Não demora. Vai à floresta e furta, ou irás te arrepender para sempre.

Carlos Magno levantou-se e caminhou silenciosamente pelos corredores do castelo. Seus cavaleiros dormiam profundamente. Foi para os estábulos, arreou sua montaria, armou-se e cavalgou silenciosamente pelas profundezas da floresta.

No meio do caminho, ouviu alguém se aproximando, e logo percebeu que era um cavaleiro com uma armadura preta. Carlos Magno não conseguiu imaginar por que o cavaleiro estaria cavalgando àquela hora, então desafiou o homem.

— Aonde vais a esta hora, e qual é tua missão?

O cavaleiro não respondeu, mas bateu com as esporas em seu cavalo e foi em direção ao imperador. Vendo seu movimento, o imperador resolveu fazer o mesmo, e os dois se bateram num choque violento. Ambos caíram de seus cavalos, e, no combate corpo a corpo que se seguiu, o imperador levou vantagem sobre o cavaleiro desconhecido e o derrubou no chão. Colocando a espada contra a garganta do desconhecido, exigiu que pronunciasse seu nome.

— Eu sou Elbegast — respondeu ele —, o cavaleiro ladrão que cometeu vários atos ousados. És o primeiro a conseguir me vencer.

— Levanta-te — disse o imperador, sem revelar quem era — e vem comigo. Estou numa missão parecida com a tua.

Sem hesitar, o cavaleiro ladrão juntou-se ao vencedor. Eles cavalgaram juntos pela floresta até chegarem a um casarão. Era a casa de Arnot, um dos ministros da maior confiança do imperador.

Elbegast não tardou a encontrar um meio de esgueirar-se para dentro da casa. Pediu que o companheiro o esperasse do lado de fora e entrou furtivamente.

Ao se aproximar do quarto do ministro, ouviu vozes. Escutou Arnot contando para a esposa o seu plano para matar o imperador no dia seguinte.

Esquecendo o motivo que o havia levado ali, correu para o companheiro e implorou-lhe que fosse imediatamente informar Carlos Magno do perigo que corria.

— Por que não vais tu mesmo e lhe conta? — perguntou o imperador.

Elbegast baixou a cabeça.

— Se eu pudesse, iria de bom grado, mas um homem como eu, que cometeu atos terríveis, não ousaria procurar o imperador. Para salvar sua vida, eu correria o risco de ir para a prisão, e de qualquer maneira não adiantaria: o imperador nunca acreditaria num homem com a minha reputação. Mas digo-te uma coisa: apesar do que já fiz, tenho grande admiração pelo homem que nunca foi vencido numa batalha e que sempre lutou pelo bem do seu povo. Ele reina com sabedoria e bondade, e eu gostaria de mantê-lo fora de perigo.

Então Carlos Magno e Elbegast partiram, um voltando para a sua fortaleza nas montanhas, e o outro seguindo lenta e pensativamente o caminho para o castelo.

No dia seguinte, Arnot e seus conspiradores tentaram executar o plano, mas o imperador estava preparado. Quando eles entraram no pátio do castelo montados em seus cavalos, os portões se fecharam e uma dúzia de soldados pulou diante deles.

— Que tipo de saudação é esta para alguém que vem prestar homenagens ao imperador? — perguntou Arnot, fingindo-se indignado.

— Que tipo de saudação trazes quando vens prestar homenagens assim? — perguntou um dos guardas. E, assim falando, rasgou as roupas de Arnot e seus companheiros, descobrindo as adagas escondidas.

Carlos Magno prendeu-os, e eles confessaram a trama.

O imperador então lembrou-se de Elbegast e enviou um mensageiro pedindo que ele comparecesse ao castelo.

"Eu, Carlos Magno, imperador da Alemanha", dizia a mensagem, "conversarei a sós com Elbegast, o cavaleiro ladrão, e lhe prometerei salvo-conduto de ir e vir ao meu palácio."

Elbegast cavalgou até o palácio e foi levado para a câmara particular do conselho. Logo depois um homem entrou, trajando uma armadura, e Elbegast reconheceu o cavaleiro que havia sido seu companheiro na noite anterior.

— Elbegast — disse Carlos Magno —, tu me reconheces mas não me conheces.

Então Carlos Magno levantou o visor de seu elmo, e o cavaleiro ladrão se viu na presença do imperador.

— Cometeste erros no passado — disse Carlos Magno. — Aqui está tua chance de recomeçar uma vida nova. Ofereço-te um lugar entre os meus serviçais. Um homem de coragem e lealdade merece um lugar no palácio do imperador.

Elbegast ficou tão comovido que mal conseguiu falar. Carlos Magno havia sido o único homem a derrotá-lo numa batalha, e por isso ele o admirava muito. Mais do que isso, porém, admirava a bondade e sabedoria do imperador. Então Elbegast, o cavaleiro ladrão, foi desarmado pelo próprio caráter de Carlos Magno. E por vontade própria esqueceu os caminhos do mal que percorrera escondido na floresta e passou a ser um amigo devotado até o final de sua vida.

E em homenagem à visita do anjo, que fora responsável pelo seu encontro com aquele leal cavaleiro, Carlos Magno deu ao seu novo castelo o nome Ingelheim, que significa "casa do anjo".

O AMIGO DE GEORGE PICKETT

Charles W. Moores

Grandes pessoas são capazes de pequenas demonstrações de amizade e generosidade. Abraham Lincoln é famoso por atitudes assim. Em 1863, seu amigo George Pickett liderou as tropas confederadas que participaram do famoso ataque em Gettysburg, agora conhecido como Ataque de Pickett.

George Pickett, que havia conhecido Lincoln anos antes em Illinois, ingressou no exército sulista e tornou-se um dos maiores generais da Confederação por sua notável habilidade e bravura. Pouco antes do final da guerra, quando grande parte da Virgínia estava sob o domínio do exército da União, o presidente foi à casa do general Pickett na Virgínia.

A esposa do general, carregando o neném nos braços, foi ao encontro dele. Ela mesma nos contou esta história.

"— Esta é a casa de George Pickett? — perguntou ele.

— Com toda a coragem e dignidade que eu consegui reunir, respondi: 'Sim, sou sua esposa, e este é o seu neném.'

— Sou Abraham Lincoln.

— O presidente! — exclamei. — Nunca o tinha visto, mas percebia o intenso amor e reverência quando meus soldados falavam nele.

— O desconhecido balançou a cabeça e respondeu: 'Não; Abraham Lincoln, velho amigo de George.'

"O neném me empurrou e esticou as mãos para o sr. Lincoln, que o pegou no colo. Ao fazê-lo, uma expressão embevecida, de ternura e amor quase divinos, iluminou-lhe a entristecida fisionomia. Era uma expressão que eu jamais vira no rosto de alguém. O neném abriu a boca e insistiu em dar um beijo molhado no amigo de seu pai.

"Quando o sr. Lincoln me devolveu o neném, disse: 'Diga ao tratante do seu pai que eu o desculpo por causa dos seus olhos brilhantes.'"

HOMEM SUFICIENTE PARA O TRABALHO

Adaptada de Ella Lyman Cabot

Este incidente se passou durante a primeira guerra americana, quando um oficial mandou seus soldados cortarem algumas árvores para fazerem uma ponte. Não havia homens suficientes, e o trabalho progredia muito lentamente. Um homem de aparência imponente, que estava passando a cavalo, falou com o oficial responsável quando este dava ordens aos subordinados, mas ele mesmo não fazia nada.

— Você não tem homens suficientes para o trabalho, não é?

— Não, senhor. Precisamos de ajuda.

— Por que você mesmo não põe mãos à obra? — perguntou o homem no cavalo.

— Eu, senhor? Por quê? Sou um cabo — respondeu o oficial, aparentemente ofendido com a sugestão.

— Ah, é verdade — respondeu o outro calmamente e, descendo do cavalo, pôs-se a trabalhar com os homens até estar concluído o serviço. Depois, montou novamente e, enquanto saía, falou para o oficial: — Cabo, da próxima vez que tiver uma tarefa a cumprir e poucos homens para o serviço, avise ao comandante superior, e eu tornarei a vir.

Este era o general Washington.

O HOMEM QUE NÃO QUERIA BEBER SÓ

Baseada em adaptação de Rosalie Kaufman
Fábula do historiador Plutarco

Alexandre, o Grande, conduzia seu exército de volta para casa depois da grande vitória contra Porus na Índia. A região que cruzavam no momento era árida e deserta, e os soldados sofriam terrivelmente de calor, fome e, mais que tudo, de sede. Os lábios rachavam-se e as gargantas ardiam por falta de água. Muitos estavam prestes a se deixar cair no chão e desistir.

Um dia, por volta de meio-dia, o exército encontrou um destacamento de viajantes gregos. Vinham montados em mulas, e carregavam alguns recipientes com água. Um deles, vendo o rei quase sufocar de sede, encheu um elmo com água e ofereceu-lhe.

Alexandre pegou o elmo nas mãos e olhou em torno de si. Viu os rostos sofridos dos soldados, que ansiavam, tanto quanto ele, por algo refrescante.

— Pode levar — disse ele —, pois se eu beber sozinho o resto ficará desolado, e você não tem o suficiente para todos.

E devolveu a água sem tomar uma gota. Os soldados, aclamando seu rei, puseram-se de pé e pediram que o líder continuasse a conduzi-los adiante.

FRATERNIDADE DE LONGA DATA

Fanny E. Coe

Há mais de duzentos anos, quando os Estados Unidos lutavam contra a Inglaterra, um nobre francês chamado Lafayette foi ajudar. Apesar de ser um jovem de apenas 19 anos, ele fugiu de seu país por seu desejo de lutar pela liberdade. Disse que fora para aprender, não para ensinar, e desde o princípio tomou George Washington por ideal.

Lafayette e Washington se tornaram amigos para a vida toda. Lafayette deu ao próprio filho o nome de Washington, e no seu retorno à América em 1787, fez uma agradável visita a Washington em Monte Vernon. Prometeu voltar em breve, mas passaram-se quase quarenta anos antes que conseguisse cumprir sua palavra.

Veio finalmente em 1824, já idoso, e de coração fiel como nunca ao país que adotara. Visitou cada estado e território da União, e em todos os lugares foi recebido com grande carinho e entusiasmo. Lafayette foi homenageado com recepções, jantares e bailes, um depois do outro, numa sucessão brilhante. As pessoas o recebiam entoando uma canção da época:

> Não baixamos a cabeça,
> Não dobramos o joelho,
> Mas nossos corações, Lafayette,
> A ti entregamos.

O incidente a seguir ocorreu durante a visita de 1824.

Desenrolava-se uma recepção maravilhosa, e a fila de convidados importantes progredia lentamente ao passar pelo velho nobre marquês, que cumprimentava cada um com graça e elegância. Nesse momento aproximou-se um velho soldado vestido com um uniforme todo roto. Trazia nas mãos um antigo mosquete e jogado ao ombro um pequeno cobertor, ou melhor, o pedaço de um cobertor. Ao se aproximar do marquês, o veterano se colocou na rígida posição praticada nos exercícios militares de outrora e bateu continência.

Ao responder à saudação, os olhos de Lafayette se encheram de lágrimas. O uniforme em farrapos, a velha espingarda de pederneira, o veterano grisalho, mais velho até do que ele, fizeram-no lembrar--se do passado querido.

— Sabe quem eu sou? — perguntou o soldado. Lafayette, com seu jeito cortês, fez de tudo para lembrar.

— Na verdade, não posso dizer que sim — foi sua franca resposta.

— Lembra da neve e do gelo do Vale Forge?

— Nunca poderia esquecer — respondeu Lafayette.

— Numa noite cortante, general Lafayette, o senhor fazia a ronda no Vale Forge. Encontrou um sentinela vestindo roupas leves e sem meias. Ele estava quase morrendo congelado. O senhor tomou-lhe das mãos o mosquete e disse:

"Vai à minha cabana. Lá encontrarás meias, um cobertor e fogo. Depois de te aqueceres, traze o cobertor para mim. Enquanto isso, eu ficarei de guarda."

"O soldado obedeceu às ordens. Quando voltou para o posto, o senhor rasgou o cobertor em dois pedaços. Ficou com uma das metades e entregou a outra ao sentinela. General, aqui está uma das metades daquele cobertor, pois eu sou o sentinela cuja vida o senhor salvou.

A MOÇA COM O LAMPIÃO

Elmer Adams e Warren Foster

Nascida em 1820 numa família rica, Florence Nightingale passou a infância em confortáveis propriedades da família, na Inglaterra. Aos 16 anos, pensou ouvir a voz de Deus dizendo-lhe que tinha uma missão específica na vida. Durante alguns anos, passava cada vez mais tempo estudando saúde pública e reformas para ajudar aos sofredores. Em 1850, contra a vontade da família, frequentou uma escola de treinamento para enfermeiras, e com 33 anos tornou-se superintendente de um hospital feminino em Londres.

Em 1854, quando Inglaterra e França entraram em guerra contra a Rússia na Crimeia, o povo inglês se horrorizava com os relatórios dos soldados doentes e feridos, morrendo em condições desgraçadas. Ante o apelo do ministro da Guerra, Nightingale viajou para Scutari, na Turquia, para assumir o comando do hospital militar de lá. Foi ao litoral para ver os soldados feridos recém-chegados da batalha de Balaklava, onde ocorrera o desastroso Ataque da Brigada da Luz. A história de como essa heroína resgatou Scutari e fundou a moderna profissão de enfermeira tornou-se lenda. Não foi apenas a incrível habilidade de organização e administração de Florence Nightingale que salvou a pátria. Foi a força de seu caráter notável — sua compaixão, coragem e perseverança.

Estava ocorrendo a guerra da Crimeia. França e Inglaterra se aliaram para defender a Turquia contra a agressão da Rússia. O exército britânico zarpara em direção a um clima desconhecido, com apenas um parco estoque de alimentos e poucos médicos. O clima era tempestuoso, e os soldados tinham pouca proteção para enfrentá-lo. Relatou um correspondente do *London Times*: “Chove intensamente, o céu está negro como o breu, o vento bate forte contra as frágeis barracas, as trincheiras se transformaram em diques; a água dentro das barracas chega a atingir mais de um palmo de profundidade; nossos homens não têm agasalhos nem roupas impermeáveis, passam até 12 horas seguidas nas trincheiras” — e por aí foi.

Uma grande quantidade de roupas e alimentos foi enviada de Londres, mas nunca chegou ao seu destino. Alguns navios se atrasaram; outros levaram o estoque empacotado no fundo dos porões, não tendo sido possível retirá-los depois; outros entregaram a mercadoria errada em porto errado — e, num outro, a mercadoria consignada constava de botas, mas todas para o pé esquerdo! Porém o aspecto mais criminoso de má administração foi o seguinte: alimentos, roupas e remédios devem ser estocados num galpão de fácil acesso para o exército, mas o oficial encarregado de despachá-los estava ausente e, de tão rigorosas que eram as normas do exército, ninguém ousava sequer apontá-las! Um sistema rígido era infinitamente pior do que a falta de um sistema. E os soldados estavam famintos em meio à abundância, e congelados à sombra de montanhas de boas roupas de lã.

Agora, para chegar logo ao pior, imaginem essas condições transferidas para hospitais militares. No grande hospital de campanha de Scutari encontravam-se dois mil homens feridos, e diariamente chegavam centenas de outros. As enfermarias estavam superlotadas, duas vezes além de sua capacidade — os doentes eram colocados em colchões dispostos lado a lado. O piso, as paredes e o teto estavam úmidos e imundos. Não havia ventilação. Havia ratos e insetos por toda parte. Os homens jaziam "com seus uniformes cobertos de sangue coagulado, num grau de imundície indescritível". Era um "antro terrível de sujeira, pestilência e morte".

É difícil imaginar uma cena de desordem e miséria pior! A proporção de mortes, apenas por doenças — malária e cólera —, era de sessenta por cento em todo o exército. Setenta morriam no hospital em uma só noite. Havia o perigo de todo o exército ser eliminado — a maior parte sem sofrer sequer um arranhão pelas armas do inimigo.

Foi nessa situação caótica que a nação britânica apelou para que Florence Nightingale salvasse os doentes e feridos — um exército de 28 mil desamparados como crianças diante da devastação da doença — e que salvasse a guerra. O ministro da Guerra pediu que ela organizasse um grupo de enfermeiras para Scutari, e autorizou-a a usar o governo no que fosse necessário.

A srta. Nightingale tinha 34 anos na época. Um conhecido descreveu-a como: "Simples, intelectualizada, doce, cheia de amor e benevolência, uma mulher fascinante e perfeita! Ela é alta e tem a pele clara. Seu rosto é extremamente lindo. Mas o melhor de tudo é a glória da alma que brilha exultantemente em cada traço. Nada pode ser mais doce do que o seu sorriso. É como um dia de sol no verão."

Passados seis dias depois que aceitou o posto, tendo selecionado 38 enfermeiras, a srta. Nightingale partiu para o local da guerra.

Chegou a Scutari no dia 4 de novembro de 1854 e caminhou por toda a campanha vistoriando o equivalente a três quilômetros de pacientes enfileirados. E no dia seguinte, antes que ela pudesse formular algum plano, começaram a chegar as vítimas de uma nova batalha. Não havia espaço físico para tantas, e centenas delas tiveram de ser alojadas do lado de fora, com o conforto que lhes pudessem propiciar. Uma das enfermeiras escreveu: "Muitos morrem logo depois que são trazidos para dentro — os gemidos são de partir o coração —, e a expressão de agonia nos pobres rostos moribundos nunca me sairá da memória."

Mas a enfermeira não hesitou. Mandou que os pacientes fossem trazidos para dentro, e mostrou onde deitá-los e de que tipo de cuidados necessitavam. Nesse dia, passou vinte horas sem dormir, e a mesma coisa no dia seguinte, até conseguir encontrar acomodações para todos os pacientes, inclusive nos corredores e patamares das escadas. Como chefe das enfermeiras, poderia ter-se limitado a cumprir tarefas administrativas — o que já seria suficiente para qualquer mulher — e a permanecer no escritório. Mas não. Ela não se furtava à visão de operação alguma. Na verdade, conseguia recuperar a saúde de casos em que os cirurgiões tinham perdido as esperanças. Numa ocasião, às duas da madrugada, um visitante a viu com o lampião na mão, à cabeceira da cama de um soldado moribundo. Ela estava escrevendo a última mensagem dele para seus familiares; e, para eles também, tomou conta de seus pertences — e depois o confortou nos últimos momentos. Este foi apenas um caso em mil. "Ela é, sem exagero, um anjo para estes hospitais", escreveu um correspondente do *London Times*, "e quando sua esbelta silhueta desliza silenciosamente por todos os corredores, cada rosto sofrido se enternece de gratidão ao vê-la. Depois que todos os oficiais médicos se recolhem à noite para dormir, e o silêncio e a escuridão se instalam sobre uma vasta extensão de doentes prostrados, ela poderia ser vista sozinha, carregando um lampião, fazendo suas rondas solitárias."

Entretanto, num lugar como Scutari, esse tipo de ternura feminina era muito pouco aproveitado. Faziam-se necessárias a ciência, a mais perfeita habilidade na enfermagem científica. As janelas eram poucas e, das poucas que havia, a maioria ficava trancada; e quando alguma estava aberta, entrava um odor de animais em decomposição para poluir ainda mais o ar fétido das enfermarias.

A comida para todo o hospital — para os doentes com febre, com cólera, para os feridos e portadores de toda sorte de mazelas, bem como para os saudáveis — era preparada como um "ensopado irlandês", em grandes panelas. Os legumes e as carnes eram despejados juntos, e qualquer um podia se servir quando estivesse com fome. Naturalmente, alguns pegavam comida bem passada, outros, crua; os mais bem contemplados pegavam uma massa quase desprovida de paladar; e os doentes geralmente não conseguiam comer nada. Quanto a outros assuntos, já se mostrou a sujeira das enfermarias de campanha e as "sete camisas" lavadas durante todas essas semanas infelizes, e como os lençóis infectados das camas de todos os tipos de pacientes eram lavados juntos de uma vez.

Mas Florence Nightingale havia passado 12 anos em hospitais da Europa e aprendeu a dominar situações como essas. Ela colocou o lixo e a sujeira do lado de fora e limpou as paredes. Depois abriu as janelas e encomendou a um carpinteiro outras mais. Num intervalo de dez dias, estabeleceu dietas na cozinha, e cada doente recebia os alimentos segundo a necessidade de seu caso. Instalou também uma lavanderia, onde cada peça de roupa dos enfermos poderia ser lavada dentro de padrões sanitários. Tudo isso foi fácil fazer, porque, com sábia previsão, ela trouxera consigo da Inglaterra todos os artigos necessários. O navio *Victus* doou galinha, gelatina e todos os tipos de iguarias; e, num único dia, "mil camisas, entre outras roupas". Em duas semanas aquele "terrível antro de sujeira, pestilência e morte" havia desaparecido; em seu lugar encontrava-se um prédio bem arejado e iluminado, com pacientes deitados em leitos limpos, desfrutando de alimentos saborosos servidos em pratos limpos, recebendo banhos diários e tomando seus remédios em intervalos regulares, sem ficar uma hora sequer sem a atenção necessária para sua recuperação.

Mas depois de tudo que foi dito sobre a simpatia e a ciência de Florence Nightingale, seu triunfo final na Crimeia deveu-se a um talento ainda mais raro, o da capacidade para uma cautelosa organização e para o desempenho executivo. Por que não lhe fizeram falta os recursos do sistema e da burocracia que impugnavam os melhores esforços dos médicos? Muitas das coisas necessárias podiam ser encontradas não muito longe do hospital de campanha. Mas os médicos comuns não conseguiam alcançá-las. Por que ela conseguia?

Primeiramente, ela dispunha de tato e evitava ofender o sistema. O ministro da Guerra a prevenira: "Um grupo de mocinhas sentimentalizadas cheias de entusiasmo à solta dentro do hospital em Scutari provavelmente depois de alguns dias seria *mises à la porte* por aqueles cujos negócios elas viessem a interromper e por aqueles cuja autoridade viessem questionar." A princípio, Florence Nightingale não interrompeu nem questionou ninguém. Começou fazendo coisas pequenas que eram negligenciadas porque ninguém tinha tempo para fazê-las. Ela abriu janelas. Esfregou soalhos e paredes. Lavou camisas. Descascou batatas e esquentou a sopa. Deu banho nos pacientes, deu-lhes remédios enquanto os cirurgiões exaustos dormiam, leu e escreveu cartas por eles. Ela não precisou pedir suprimentos ao sistema para tais atividades, bastou procurá-los em sua bagagem.

Os oficiais tacanhos mesmo assim demoravam em concordar com ela. Talvez sentissem inveja por verem expostas suas próprias incompetências. Houve um caso — somente um — em que ela reclamou com eles. Os internos do hospital estavam passando necessidade, e os artigos que poderiam ajudá-los estavam por perto em um depósito, mas não se podia mexer nos estoques até que fossem inspecionados. A srta. Nightingale tentou apressar a inspeção. Não tendo sucesso, tentou distribuí-los sem esperar pela inspeção. Isso também falhou. Ela disse: "Meus soldados estão morrendo. Preciso desses artigos." Chamou então dois soldados, tocou-os até o depósito e mandou que arrombassem a porta!

Este era o tipo de mão firme que podia usar. Mas, na maioria das vezes, alcançava seus objetivos de uma maneira tranquila. Foi necessário apenas um toque feminino para conseguir reunir os membros negligentes da junta militar e fazer com que destrancassem a porta. Em pouco tempo, ela conseguiu arrecadar em abundância os artigos necessários. E logo, além do seu pequeno grupo de enfermeiras, um grande número de auxiliares do hospital e soldados comuns estava trabalhando sob suas ordens. "Eles nunca usaram uma palavra", disse ela, "ou um olhar que um cavalheiro não teria usado — e muitos deles se ligaram a ela com afeição quase servil."

O resultado de seus esforços justificou essa fé. Quando ela chegou, o índice de mortalidade era de sessenta por cento. Em poucas semanas sob o seu comando, o mesmo índice ficou reduzido a um por cento. Nove de suas enfermeiras morreram em serviço; outras retornaram para casa inválidas; ela mesma ficou acometida de febre por longo tempo e quase morreu. Mas durante dois anos lutou contra a doença e ganhou a batalha. Venceu as doenças. E não é exagero dizer que ela venceu o exército russo e salvou a guerra para os aliados. Não é de surpreender que a Inglaterra a tenha recebido e aclamado como uma das grandes heroínas de toda a história.

OS PÁSSAROS QUE FICARAM AMIGOS DE UM REI

Adaptada da versão de Constance Armfield

— E vinham homens de todos os povos para ouvir a sabedoria de Salomão — conta-nos o primeiro Livro dos Reis na Bíblia. Não há na história um líder mais conhecido por sua sabedoria e justeza do que o monarca de Israel e Judeia no século X a.C. Todo menino ou menina que espera algum dia ser líder de empresa, comunidade ou país faria bom proveito ao aprender a lição oferecida por Salomão nas duas histórias que se seguem: Liderar é servir.

As poupas desta história são pássaros do tamanho dos gaios que habitam a África, a Índia e as regiões quentes e secas do sul da Europa. Devido à sua impressionante plumagem, inclusive um ostensivo penacho, a poupa é um dos pássaros preferidos das lendas e do folclore.

Uma vez, o grande Rei Salomão empreendeu uma viagem através do deserto. Pelas areias, a caravana do rei seguia; os xairéis dos camelos eram de um colorido vivo como o das flores, e os arreios enfeitados de joias brilhantes como a própria luz do sol. Mas o calor castigava-lhe a cabeça, e Salomão ansiava por uma sombra. Como que em resposta ao anelo do rei, quem surge senão um bando de poupas? Curiosas por natureza, descreveram círculos no céu até chegarem ao camelo do rei, onde permaneceram voando para poderem observar o mais famoso dos monarcas e talvez ouvir algumas palavras sábias.

Assim, os passarinhos projetaram sobre o rei bem-vinda sombra que o acompanhou durante toda a jornada. E foram ricamente recompensados. Pois Salomão, que era sempre gentil com as criaturas mais humildes de seu reino, conversou livremente com elas o tempo inteiro, concedendo-lhes muitas palavras sábias. Ao chegarem ao palácio, ele agradeceu-lhes pela sombra fornecida e perguntou o que poderia dar-lhes em troca.

Ora, as poupas tinham iniciado a conversa com Salomão de forma bastante modesta; na verdade, ficaram mesmo surpresas por ele sequer lhes falar. Mas ele indagara tão gentilmente sobre seu modo de vida, e seus gostos e preferências e relações, que elas perderam qualquer receio do rei. Entraram em seu maravilhoso palácio e viram todos os servos com seus mantos reluzentes postados atrás do trono, servindo as mesas e enfileirados no grande jardim. Viram as paredes de marfim incrustadas de ouro, e os leões dourados guardando as escadarias, e os pavões brancos nos patamares prateados. E isso virou a cabeça dos passarinhos, ao perceberem que haviam cruzado o deserto justamente com o dono de todas essas riquezas.

Então, em vez de responderem com agradecimentos e dizerem a Salomão que suas sábias palavras lhes foram rica recompensa pelo abrigo que lhe forneceram, as poupas pediram licença para conferenciar e foram se reunir no telhado do palácio, onde puseram-se a discutir o que iriam pedir.

Finalmente decidiram que iriam requisitar coroas de ouro iguais à que o rei usava; assim poderiam voltar aos outros pássaros e ser seu monarca. Imediatamente, os passarinhos voaram apressadamente até o rei e fizeram seu pedido enquanto ele caminhava pelo maravilhoso jardim.

— O que o rei disse está dito! — retrucou Salomão. — O presente que desejam lhes será dado. Contudo, por terem me prestado um bom serviço, quando desejarem livrar-se de suas coroas, poderão voltar e trocá-las por sabedoria.

— Não, ó Rei! — disseram as poupas. — Bem sabemos que a sabedoria vos trouxe grande renome, mas ninguém vos reverenciaria nem prestaria atenção a vossas palavras caso não usásseis a coroa de ouro. Seremos capazes de repetir vossas sábias palavras de forma lucrativa, pois todos escutarão quando virem as coroas douradas sobre nossas cabeças também.

— Mesmo assim, tornai a me procurar sem medo ou vergonha caso as coroas não mais vos satisfaçam — disse o Rei Salomão, delicadamente. Então mandou que seus ourives fornecessem às poupas coroas do mais fino ouro. E lá se foram as tolinhas, voando com suas coroas reluzentes sobre as cabeças, mais orgulhosas que os pavões e tagarelando mais alto que os papagaios.

Mal podiam esperar o momento de estar junto dos outros pássaros e ouvir suas exclamações. Mas quando as poupas anunciaram que agora eram Monarcas do Mundo dos Pássaros, os amigos riram e disseram que estavam bastante satisfeitos com Salomão, e que ele era o único rei que desejavam ou de que precisavam. E afugentaram as poupas das árvores, pois suas coroas douradas estavam sempre enganchando nos galhos, e os outros pássaros ficaram cansados de libertá-las. Mas as poupas acharam que os outros pássaros estavam apenas enciumados e, bastante lisonjeadas, reuniram-se em torno das lagoas para poderem se admirar nas águas.

Logo as pessoas começaram a perceber as cabriolas daqueles passarinhos tolos em suas idas e vindas, empinando as cabeças assim e assado. Finalmente um homem capturou uma delas e descobriu a maravilhosa coroa de ouro que a ave usava. Foi correndo até um ourives, que lhe deu um bom preço pela peça. O homem voltou correndo para a lagoa e preparou armadilhas para as poupas, que estavam tão absortas na admiração de si próprias que caíram direto nas arapucas.

Sobreveio então o período mais triste para as poupas. Todos começaram a caçá-las. Os pobres passarinhos não podiam mais se aproximar das fontes de água nem das lagoas, pois estavam cheias de redes. Não podiam ir até os jardins, pois havia caçadores escondidos atrás das flores. Não podiam voar até os telhados das casas, pois até no topo as pessoas colocavam armadilhas. Não havia lugar sobre a face da terra onde pudessem descansar. Afinal, os sofridos passarinhos voaram de volta ao palácio e aguardaram até que o grande Rei Salomão viesse para a sacada escutar os bardos cantando ao frescor da noite.

— Ó Rei! — disseram elas. — Descobrimos que coroas douradas são uma vaidade. Não sabemos o que fazeis para manter-vos a salvo de perseguições; portanto, voltamos para pedir-vos que nos retirai as nossas.

— Queridas poupas — disse o rei —, uma coroa que o povo espera reverenciar pesa muito sobre a cabeça, e uma coroa que incita a inveja é uma armadilha para os pés. A única coroa que pode ser usada confortavelmente é a coroa do serviço, e tal coroa deve surgir naturalmente, de forma que ninguém a perceba especificamente.

— Dai-nos essa coroa do serviço, ó sábio rei — disseram as pobres poupas muito humildemente, pois agora não queriam nada exceto viver sem serem percebidas.

— Que ela vos abrigue assim como me abrigou — disse o grande rei; e sobre suas cabeças, as poupas viram coroas de plumas. Mas com essas coroas veio um sentimento totalmente novo. As poupas não mais queriam reinar, queriam servir.

O REI SALOMÃO E AS FORMIGAS

John Greenleaf Whittier

Este poema é baseado numa velha história encontrada no Corão, o livro sagrado do Islã.

Fora de Jerusalém
O rei cavalgava com seus grandes
Chefes de guerra e senhores de estado,
E a rainha de Sabá também.

Orgulhosa sob o sol da Síria,
Num resplendor púrpura e dourado,
A fusca rainha etíope
Para o Rei Salomão sorria.

O mais sábio dos homens
Conhecia todos os idiomas,
As criaturas grandes e pequenas
Que sobre a terra marchavam ou voavam.

A trilha do rei o levou
A passar por um formigueiro,
E ao ouvir as criaturinhas
Assim as interpretou:

— Lá vem o rei que os homens aclamam
Como sábio, bom e justo,
Esmagar-nos na poeira
Com os seus pés descuidados.

O imponente rei baixou a cabeça,
E nos olhos da rainha de Sabá

Viu estampada a surpresa
Ao contar-lhe o que ouvira.

— Ó Rei! — sussurrou docemente,
Que feliz destino têm elas
De morrerem em teu caminho
Debaixo de teus graciosos pés!

— Tua coroa Deus emprestou,
E como ousam essas vis criaturas
Murmurar contra ti, então,
Onde outro rei se ajoelhou?

— Não — respondeu Salomão.
— O sábio e forte deve buscar
Para o fraco o bem-estar.
E tocou dali sua montaria.

Seus seguidores, sobressaltados,
Mudaram a direção
Evitando que o formigueiro
Fosse assim esmagado.

Curvando a cabeça adornada de joias
Ela disse: — Ó meu rei!
Doravante o segredo eu sei
Do teu valor e da tua sabedoria.

— Feliz é o Estado
Cujo líder dá mais atenção
Aos pobres e sua lamentação
Que aos grandes e seus agrados.

O REI JOÃO E A CARTA MAGNA

Por James Baldwin

O Rei João era tão cruel e egoísta que todas as pessoas de seu reino o temiam e odiavam.

Perdeu todos os domínios que seus antecessores haviam conquistado na França. Os homens o chamavam de o Sem-Terra, pois, no final, Rei João não possuía legalmente terras nem castelos.

Ele roubava o povo. Disputava com cavaleiros e barões. Ofendia todos os homens bons. Formulou um plano de guerra contra o Rei Felipe da França e convocou seus barões para se aliarem. Diante da negativa de alguns, queimou-lhes os castelos e destruiu-lhes os campos.

Os barões resolveram se reunir num lugar chamado St. Edmundsbury para conversar sobre as injustiças que estavam sofrendo.

— Por que devemos nos submeter ao domínio de um rei como este? — disse um dos mais audaciosos. Mas a maioria tinha medo de expor alguma opinião.

Stephen Langton, Arcebispo de Canterbury, estava com o grupo, e não havia mais audacioso amigo da liberdade! Ele fez um discurso emocionante que encorajou até o mais covarde.

— Vocês são homens? — disse ele. — Então por que se submetem a esse rei sem coração? Levantem-se e declarem a sua liberdade. Recusem-se a ser escravos deste homem. Exijam os direitos e privilégios que lhes pertencem por serem homens livres. Coloquem esta exigência por escrito — na forma de uma grande carta — e ordenem que ele assine. Isso será uma segurança para vocês e seus filhos contra a injustiça de monarcas indignos.

Os barões ficaram admirados com a ousadia deste discurso. Alguns recuaram por medo, porém os mais corajosos demonstraram por olhares e gestos que estavam prontos a fazer um audacioso levante pela liberdade.

— Avante! — gritou Stephen Langton. — Venham e jurem que só descansarão quando o Rei João tiver concedido os direitos que são seus. Jurem que terão a carta pelas mãos dele, ou irão declarar guerra até a morte.

Os ingleses nunca tinham ouvido um discurso assim. Os barões prestaram juramento ao que Stephen Langton havia prescrito. Depois, reuniram seus homens de luta e marcharam até Londres. O rei covarde estava assustado.

— O que esses homens desejam? — perguntou ele.

Eles mandaram dizer que queriam seus direitos como ingleses e que não mais descansariam até que ele assinasse a carta das liberdades com seu próprio punho.

— Ah, está bem! Se é só isso, terão certamente o que desejam — disse ele.

Mas ficou protelando, cada vez com uma desculpa diferente. Enviou um mensageiro a Roma para pedir ajuda ao Papa. Por meio de belas promessas, tentou persuadir Stephen Langton a abandonar a causa. Porém, ninguém conhecia melhor a falsidade de seu coração do que o Papa e o Arcebispo de Canterbury.

Pessoas de todos os cantos do país vinham e se aliavam ao exército dos barões. De todos os cavaleiros da Inglaterra, somente sete continuaram fiéis ao rei.

Os barões fizeram uma lista de exigências, e Stephen Langton levou-a ao rei.

— Queremos esses direitos — disseram eles —, e não haverá paz até que sejam concedidos.

Ora, como o Rei João ficou zangado! Ele espumou como uma fera; cerrou os punhos; bateu com os pés no chão. Mas não tinha saída. Afinal, disse que assinaria a carta em data e local determinados pelos barões.

— Que a data seja 15 de junho — disseram eles — e o local, Runnymede.

Na ocasião, Runnymede era um verde prado não muito distante da cidade de Londres, e para lá se foram o rei com seus poucos seguidores. Encontrou-se com os barões e um exército de homens resolutos na retaguarda.

A carta que Stephen Langton e seus amigos haviam preparado estava diante do rei. Não se tratando de um homem letrado, a carta lhe foi lida linha por linha. Era a promessa de que o povo não seria oprimido; que os direitos das cidades e dos municípios seriam respeitados; que nenhum homem seria aprisionado sem um julgamento justo; que a justiça não seria adiada ou negada a ninguém.

Pálido de raiva, o rei assinou a carta e voltou para o castelo de Windsor. Assim que se recolheu aos seus aposentos, começou a delirar como um louco. Rolou pelo chão. Esbravejou, dando murros no ar. Roeu gravetos e palhas. Espumou pela boca. Amaldiçoou os barões e o povo por terem tratado tão mal o rei.

Mas estava indefeso. A carta fora assinada — a Carta Magna, que os ingleses ainda apontam como a primeira garantia segura dos seus direitos e liberdades.

Como já era esperado, logo depois João tentou quebrar todas as promessas. Os barões declararam guerra e ele nunca mais teve um dia de paz. Sua raiva e ansiedade renderam-lhe uma febre que não tinha cura. Acabou morrendo desprezado e isolado como merecia. Duvido que alguém na Inglaterra tenha chorado por ele.

OS ÓCULOS DE WASHINGTON

No final da Guerra da Revolução, os recém-criados Estados Unidos chegaram perto do desastre. O governo tinha que saldar os pagamentos de vários oficiais do exército que haviam lutado longa e arduamente pela liberdade da nação. Mas o Congresso não tinha dinheiro, e havia rumores de que pretendia dissolver as forças armadas mandando os militares de volta para casa sem o soldo.

Passavam-se as semanas, e a exigência de pagamento do exército era cada vez mais intensa. Os soldados insistiam que haviam cumprido fielmente os seus deveres e agora o governo deveria fazer o mesmo. Apelaram para o Congresso, mas foi em vão. A paciência começou a se esgotar. Os nervos começaram a fumegar. Até que alguns oficiais, acampados em Newburgh, Nova York, resolveram ameaçar. O exército não iria debandar até que fosse pago; se necessário, marchariam sobre o Congresso. A munição estava ao seu alcance.

Ninguém tinha dúvida de que apenas um homem poderia persuadir o exército a dar mais tempo para o governo.

Em 15 de março de 1783, George Washington entrou no Templo da Virtude, um amplo vestíbulo construído pelos soldados para servir de capela e salão de bailes. Pairou no ar um silêncio entre os soldados reunidos quando a figura alta subiu ao palanque. Esses homens aprenderam a amar seu comandante em chefe durante os árduos e penosos anos de luta; e agora, pela primeira vez, eles o fitavam com olhos inquietos e ressentidos. Um silêncio mortal abateu-se sobre o ambiente. Washington começou a falar. Falou de sua própria dedicação ao serviço e lembrou ao grupo que ele mesmo servira sem receber pagamento. Falou do amor que nutria pelos seus soldados. Pediu-lhes paciência e apontou para o fato de o Congresso ter agido lentamente no passado mas que seria justo afinal. Prometeu que, de acordo com os seus poderes, faria o possível para que os homens recebessem o que lhes era devido.

Pediu-lhes que considerassem a segurança do seu novo país, implorou para que não "abrissem as comportas da discórdia civil e acabassem inundando de sangue nosso império em ascensão". Apelou para a honra do soldado.

— Senhores, eu imploro — disse ele. — Não tomem nenhuma atitude que, à luz tranquila da razão, possa comprometer a dignidade e macular a glória que até agora conseguiram manter.

Ele esperou. Uma inquietude infiltrava-se pelo ar. A plateia não parecia se comover. Os homens fitavam-no intensamente.

Washington apresentou a carta de um congressista explicando as dificuldades que o governo enfrentava. Leria para eles a carta em voz alta. Iria ajudá-los a compreender as novas dificuldades do governo. Desdobrou o papel. Começou a ler vagarosamente. Titubeou em algumas palavras e depois parou. Alguma coisa estava errada. O general aparentava estar perdido, levemente confuso. Os oficiais se aproximaram.

Então, Washington puxou do bolso algo que os homens nunca tinham visto seu comandante-em-chefe usar antes — óculos.

— Senhores, devem me desculpar — disse ele calmamente. — Ganhei cabelos brancos enquanto estava a seu serviço, agora me vejo ficando cego.

Não foi meramente o que general disse, mas a forma com que falou, com poucas e simples palavras. O humilde ato desse homem majestoso tocou os soldados de uma forma que seus argumentos não conseguiram. Havia nó em muitas gargantas, e lágrimas em todos os olhos. Silenciosamente, o general se retirou do salão e os oficiais decidiram dar mais tempo ao Congresso.

George Washington salvara seu país de uma rebelião armada. Como mais tarde disse Thomas Jefferson: "A moderação e a virtude de uma única personalidade provavelmente evitaram que esta Revolução tivesse um final, como tem acontecido com muitas outras, pela subversão da liberdade que se pretendia estabelecer."

AÇÃO DE GRAÇAS

Do Livro de Orações Comuns

Deus Todo-Poderoso, Pai de toda a misericórdia, nós, vossos servos indignos, vos oferecemos os mais humildes e sinceros agradecimentos por toda a bondade e o amor a nós concedido, e a todos os homens. Sede bendito por nossa criação, preservação, e por todas as bênçãos desta vida; mas, acima de tudo, por vosso amor inestimável à redenção do mundo através de nosso Senhor Jesus Cristo; no sentido da graça e da esperança de glória. E vos imploramos que nos conceda a percepção de todas as vossas misericórdias, que nossos corações vos agradeçam com toda sinceridade; e que vos louvemos, não apenas com nossos lábios, mas em nossas vidas, oferecendo-nos a vosso serviço, e caminhando diante de vós com santidade e justiça em nossos dias; através de Jesus Cristo nosso Senhor, a quem, convosco e com o Espírito Santo, sejam todas as honras e glórias, mundo sem fim. *Amém.*

O que rege nossa vida

QUEM SOU EU? Por que estou aqui? O que eu deveria fazer? Qual é o meu destino? Qual o significado de tudo isso?

Essas são algumas das profundas questões que nos fazemos ao empreendermos a jornada da vida. A busca de significado é intrínseca à natureza humana. Como criaturas pensantes, queremos compreender por que nos encontramos nesta estrada e aonde a viagem nos conduz. Este lugar nos deixará verdadeiramente felizes e satisfeitos? "Se pudéssemos saber primeiramente onde estamos e para onde nos dirigimos, teríamos a noção do que fazer e poderíamos julgar a melhor maneira para tal", observou Abraham Lincoln. Sem respostas para essas perguntas, sentimo-nos um pouco desorientados. Somos errantes, empenhados na busca de um fim e um objetivo, de um propósito e uma conexão.

E, é claro, se vamos nos ater fielmente a conceitos como a coragem e a perseverança, a responsabilidade e a lealdade, ajuda saber por que nos damos ao trabalho. Qual é o bem que, em última instância, isso nos traz? O que têm as virtudes a ver com nosso lugar no universo, a razão de estarmos aqui e a nossa natureza de seres humanos? Por que *deveríamos* ser criaturas morais?

Este capítulo final não fornece todas as respostas. Mas ajuda-nos a pensar sobre as questões. Desafia-nos a pensar profundamente em nossas ações, relembrando-nos que em muitos aspectos a vida é uma jornada interior. Os antigos filósofos gregos acreditavam que o autoconhecimento é o objetivo mais elevado: "A vida que deixamos de examinar não vale a pena ser vivida", diziam eles. É fácil admitirmos que sabemos bastante sobre nossas próprias vidas. Mas, na verdade, o sentimento de estarmos à deriva no mundo pode ser, em grande escala, o resultado de não conseguirmos viver conforme a máxima dos antigos: "Conhece-te a ti mesmo." Conhecer a si mesmo requer esforço, e por essa razão conferimos a tal conhecimento elevado grau de apreciação, ao ponto de lhe atribuirmos a categoria chamada sabedoria.

Para muitos, entretanto, a sabedoria acerca de si próprio nunca basta. Eles buscam não apenas o conhecimento de si mesmos, mas também o conhecimento da vontade divina. Para essas pessoas, as respostas às perguntas mais importantes vêm por meio da fé, da revelação, e não da razão. Portanto, neste capítulo encontramos também histórias sobre como a fé pode nos guiar na jornada da vida. Aqui vemos pessoas que retiram forças das alturas, contando com a ajuda de Deus para as grandes e as pequenas tarefas da vida. Nós as vemos vivendo prontas a atender ao chamado de Deus e descobrindo a direção a seguir através da busca de caminhos para servi-Lo. E as vemos descobrindo respostas para a pergunta "Por que estou aqui?" ao servirem a seus iguais e ajudarem a outrem pelo caminho da vida segundo os ditames de sua fé.

Por ser este o capítulo final, também encontramos aqui dois ou três textos sobre a aproximação do fim da vida. A sabedoria e a fé nos ajudam a encarar nossa mortalidade. Contudo, esta seção não aborda predominantemente a morte, porque, embora seja o fim da vida, ela não é seu propósito nem significado. A vida, num certo sentido, é uma jornada do berço ao túmulo, porém num aspecto mais importante é uma jornada de compreensão do próprio ser, de suas criaturas iguais e do desejo divino.

Nesse sentido, a coragem, a compaixão, a honestidade, a lealdade e todas as outras virtudes podem constituir toda a diferença. Podem ser *a* diferença. Podem ser um destino, porque a *maneira* de viajarmos é mais importante do que a distância que conseguimos percorrer. Conforme disse Samuel Johnson: "A vida, como todas as outras bênçãos, extrai seu valor do próprio uso apenas. Não por si mesma, mas por um propósito mais nobre que o eterno lhe concedeu; e este propósito é a virtude." No fim, podemos descobrir que as coisas a que chamamos virtudes estão entre as razões pelas quais nos encontramos aqui. Não são apenas meios; muito frequentemente, são os próprios fins. E quando se tornam preceitos pelos quais nos guiamos, nossas próprias ações acontecem de ser as melhores respostas para as grandes questões da vida.

OS DOIS LADOS

Murilo Mendes

Deste lado tem meu corpo
Tem o sonho
Tem a minha namorada na janela
Tem as ruas gritando de luzes e movimentos
Tem meu amor tão lento
Tem o mundo batendo na minha memória
Tem o caminho pro trabalho.

Do outro lado tem outras vidas vivendo da minha vida
Tem pensamentos sérios me esperando na sala de visitas
Tem minha noiva definitiva me esperando com flores na mão.
Tem a morte, as colunas da ordem e da desordem.

CÂNTICO A DEUS

Paulo Mendes Campos

O abismo da morte certa
Sempre terá mais delícia
Que a doce e fria malícia
De tua face encoberta.

Jamais fulgor tão constante
Perdeu meus passos no mundo

Mas quanto mais me aprofundo
Tu mais te ocultas distante.

Por que soberbo degredo
Toda vez que chego perto
De teu mistério deserto
Quero mais e tenho medo?

Que posso ter nesta vida,
Que paz, que porto, que pausa,
Se minha nítida causa
Perde-se em ti confundida?

Do caos sutil construíste
Uma fábula perfeita,
A certeza insatisfeita
De que existes; não existes.

PELO VOO DE DEUS QUERO ME GUIAR

Jorge de Lima

Não quero aparelhos
Para navegar.
Ando naufragado,
Ando sem destino.
Pelo voo dos pássaros
Quero me guiar.
Quero Tua mão
Para me apoiar,
Pela Tua mão
Quero me guiar
Quero o voo dos pássaros
Para navegar.

Ando naufragado,
Ando sem destino,
Quero Teus Cabelos
Para me enxugar!
Não quero ponteiro
Para me guiar.
Quero Teus Dois Braços
Para me abraçar.
Ando naufragando,
Quero Teus Cabelos
Para me enxugar.
Não quero bússolas
Para navegar,
Quero outro caminho
Para caminhar.
Ando naufragado,
Ando sem destino,
Quero Tua Mão
Para me salvar.

VELHO TEMA

Vicente de Carvalho

I

Só a leve esperança, em toda a vida
Disfarça a pena de viver, mais nada;
Nem é mais a existência, resumida,
Que uma grande esperança malograda.

O eterno sonho da alma desterrada,
Sonho que a traz ansiosa e embevecida,

É uma hora feliz, sempre adiada
E que não chega nunca em toda a vida.

Essa felicidade que supomos,
Árvore milagrosa, que sonhamos
toda arreada de dourados pomos,

Existe, sim: mas nós não alcançamos
Porque está sempre apenas onde a pomos
E nunca a pomos onde nós estamos.

Belas, airosas, pálidas, altivas,
Como tu mesmo, outras mulheres vejo:
São rainhas, e segue-as num cortejo
Extensa multidão de almas cativas.

Têm a alvura do mármore; lascivas
Formas; os lábios feitos para o beijo;
E indiferente e desdenhoso as vejo
Belas, airosas, pálidas, altivas...

Por quê? Porque lhes falta a todas elas,
Mesmo as que são mais puras e mais belas,
Um detalhe sutil, um quase nada:

Falta-lhes a paixão que em mim te exalta,
E entre os encantos de que brilham, falta
O vago encanto da mulher amada.

A SEMENTE

Num acalorado dia de outono, uma menininha jogou uma semente dentro de um buraco na terra, recobriu-a e esperou sua flor crescer.

Mas logo chegaram as neves do inverno e formaram um espesso cobertor branco sobre o chão. E a pobre semente não pôde crescer.

Depois de esperar pacientemente durante semanas e meses, a menininha olhou porta afora e disse:

— Vamos, sementinha, cresça logo, cresça muito, muito, até que você tenha um caule comprido coberto de folhas verdes e enormes flores amarelas.

Mas a semente respondeu:

— Ainda estou com frio, enregelada. Você terá que pedir a outrem.

— A quem? — perguntou a menininha.

— À terra enrijecida, em cujo seio me encontro — disse a semente.

— É o que vou fazer — gritou a menininha. — Terra, terra, por favor, amoleça para que a minha sementinha possa se aquecer e transformar numa flor.

Mas a terra respondeu:

— Você terá que pedir a outrem.

— A quem? — perguntou a menininha.

— À neve que me recobre — disse a terra.

— É o que vou fazer — gritou a menininha. — Neve, neve, por favor, derreta para que a terra amoleça e a minha sementinha possa se aquecer e transformar numa flor.

Mas a neve respondeu:

— Você terá que pedir a outrem.

— A quem? — perguntou a menininha.

— Ao sol que me derrete — disse a neve.

— É o que vou fazer — gritou a menininha. — Sol, sol, por favor, apareça para que a neve derreta e a terra amoleça e a minha sementinha possa se aquecer e transformar numa flor.

Mas o sol respondeu:

— Você terá que pedir a outrem.

— A quem? — perguntou a menininha.

— Às nuvens que me recobrem — disse o sol.

— É o que vou fazer — gritou a menininha. — Nuvens, nuvens, por favor, vão embora para que o sol apareça e a neve derreta e a terra amoleça para que a minha sementinha possa se aquecer e transformar numa flor.

Mas as nuvens responderam:

— Você terá que pedir a outrem.

— A quem? — perguntou a menininha.

— Ao vento que nos sopra para longe — disseram as nuvens.

— É o que vou fazer — gritou a menininha. — Vento, vento, por favor, sopre para que as nuvens vão embora e o sol apareça e a neve derreta e a terra amoleça para que a minha sementinha possa se aquecer e transformar numa flor.

Mas o vento sussurrou em seu ouvido:

— Você terá que pedir a outrem.

— A quem? — perguntou a menininha.

— A Deus que faz tudo crescer — disse o vento.

— É o que vou fazer — gritou a menininha. — Eu deveria ter pensado nisso.

Então ela se ajoelhou, juntou as mãos e pediu.

— Deus, peça ao vento que sopre para que as nuvens vão embora e o sol apareça e a neve derreta e a terra amoleça para que a minha sementinha possa se aquecer e transformar numa flor.

E Deus sorriu para a menininha.

Ela tornou a olhar porta afora. Havia uma brisa morna. As nuvens tinham ido embora, o sol estava brilhando, a neve derretendo e a terra amolecendo e se recobrindo de verde.

E em pouco tempo a flor surgiu.

O CARNEIRINHO PERDIDO

Baseada em Lucas 15:3-7

A mãe ovelha amava seu carneirinho da mesma forma que sua mãe ama você.

Era um filhote pequenino, de perninhas finas e com muito pouca lã ainda. Passava a noite no ovil, dormindo aconchegado no calor da lã de sua mãe. Passava o dia mordiscando a relva, bebendo a água do córrego e brincando na pradaria.

— Cuide do meu carneirinho — a mãe ovelha tentou dizer ao pastor do rebanho. — Ele é muito pequenino e frágil para cuidar de si.

O pastor compreendeu, e tratou de observar com atenção o carneirinho, embora houvesse cem ovelhas no rebanho.

Tratava-se de um bom pastor, ou não teria conseguido cuidar de todos. Todas as manhãs abria o portão do ovil e o rebanho saía. Ele então conduzia os animais a um pasto verde na encosta de um morro e ali passava o dia tomando conta. Havia lobos nas montanhas das redondezas, à espera de uma chance para pegar os carneirinhos. O pastor mantinha os lobos afastados.

Quando o sol começava a descer por trás do morro, o pastor conduzia o rebanho de volta para o ovil. E antes de fechar o portão, sempre contava suas ovelhas para ver se havia cem.

As tempestades em lugares altos assim são muito terríveis. Um dia houve uma tempestade, com vento, chuva fria e raios no céu. A ovelha mãe ficou assustada demais, sem saber para onde ir. Seguiu as outras ovelhas, que se abalroavam e quase esmagavam ao descer correndo a encosta. Mas o pastor as conduziu com tranquilidade, indicando o caminho com o cajado. Chamava cada uma pelo nome que lhes dera. Ia na frente para evitar que a tormenta as espantasse de volta antes de se sentirem seguras, pois já se avistava o ovil.

Ao atravessarem o portão, uma por uma, ele as contou.

Só havia 99.

Então o pastor olhou nos olhos suplicantes da mãe ovelha. Ela estava tentando dizer que seu filhote se perdera na tempestade.

Se não fosse um bom pastor, ele poderia pensar que um carneirinho daqueles não seria uma grande perda. Mas pensou apenas no frio que estaria sentindo o bichinho com tão pouca lã, no meio da tempestade. E lembrou-se de que, além da tormenta, escutara o uivo dos lobos.

Pois o bom pastor saiu no vento e na chuva para encontrar o carneirinho.

Já estava tão escuro que ele mal podia enxergar. O vento estava frio, a chuva encharcava seu manto e as pedras cortavam-lhe os pés. Qualquer outro pastor teria desistido. Mas o bom pastor via, através da tempestade, os olhos sofridos da ovelha mãe do carneirinho. E prosseguiu até encontrar o carneirinho perdido, deitado, com medo e com frio, à beira da estrada.

O pastor pegou o carneirinho nos braços. O animalzinho estava com frio demais para voltar andando. Levou-o para casa no colo, com o mesmo cuidado que sua mãe tinha por você quando bebê. Ficou muito feliz ao chegar ao ovil e poder devolvê-lo à mãe. Convidou os vizinhos a virem partilhar de sua alegria, pois nem um carneiro sequer havia se extraviado do rebanho.

Os vizinhos estranharam um pouco a alegria do pastor.

— Noventa e nove é quase cem — disseram. — Que diferença faria um carneirinho num rebanho tão grande?

O bom pastor sabia. O carneirinho que se perdeu era um dentre os seus, e ele os amava a todos.

SAMUEL NO TEMPLO

Adaptada de 1 Samuel 3:1-21

Uma vez, há muito tempo, quando coisas maravilhosas costumavam acontecer, existiram um homem chamado Elkanah e sua esposa, Hannah, que viviam nas colinas da região de Efraim.

Hannah adorava crianças. Mas não tinha filhos, embora muito os desejasse.

Era uma época em que as pessoas estavam começando a aprender que todas as coisas boas eram concedidas pelo Pai Celestial. Hannah também sabia disso e, enquanto trabalhava, pedia a Deus que lhe desse um filhinho. Depois de ter feito essa prece várias vezes, Deus a atendeu. Elkanah e Hannah tiveram um bebê. Deram-lhe o nome de Samuel, que significa "nome de Deus", pois ele veio em resposta ao pedido da mãe.

Enquanto Samuel crescia, deixando de ser um bebê e tornando-se um menininho, bondoso, forte e um conforto para o pai e a mãe, Hannah pensava bastante sobre o que ele deveria fazer e ser quando crescesse. Todos os anos Elkanah e Hannah empreendiam uma viagem ao templo, onde se encontrava o velho sacerdote Eli, para fazer uma oferenda ao Senhor. Quando Samuel estava crescido e se aproximava o momento de fazer mais uma visita ao templo, Hannah disse consigo mesma: "Eu roguei por esta criança, e o Senhor me atendeu ao pedido que fiz. Vou levá-lo a fim de que apareça diante do Senhor para sempre."

Então Hannah levou Samuel, que ainda era um menininho, até o templo e entregou-o ao velho sacerdote Eli para servir-lhe de ajudante na casa do Senhor. Embora amasse muito o pequeno Samuel, Hannah sabia que a melhor coisa que o menino poderia fazer seria servir a Eli no templo.

O templo era um lugar muito grande e sossegado, diferente da casa branca nas colinas com vinhedos e árvores repletas de flores ao redor que era o lar de Samuel. Seu pai e sua mãe o deixaram lá, depois de fazerem a oferenda de três novilhos e alguma carne e mais suco de uvas. Samuel passou a ver sua mãe uma vez por ano quando ela vinha trazer-lhe um robe novo. O linho ela mesma fiava e tecia com as próprias mãos. E não havia outra criança lá com Samuel.

O sacerdote Eli envelheceu bastante. Seus próprios filhos o deixaram, e Samuel encontrou muitas coisas a fazer para ajudá-lo. Afinal, chegou a época em que a visão de Eli tornou-se tão fraca que ele era incapaz de distinguir se a lamparina, mantida sempre dentro do templo, dia e noite, estava ou não acesa. Então Samuel mantinha-se responsável por ela, e dormia todas as noites na penumbra do enorme templo.

Era um lugar muito solitário e frio para um menino ficar sozinho à noite. As altas colunas de pedra deitavam sombras compridas sobre o chão, que tremelicavam e se moviam, quase como se tivessem vida. Samuel conseguia ser bastante corajoso e não sentir muita falta da mãe durante o dia, quando o sol brilhava e tudo era claro. Mas à noite ele era como qualquer outro menino. Tinha medo do escuro, e parecia-lhe que não poderia ficar sozinho no templo.

Uma noite, quando Samuel encontrava-se deitado na escuridão do templo, mas sem dormir, pois estava com medo, assustou-se de repente ao ouvir uma voz chamando seu nome.

— Samuel, Samuel — disse a voz.

— Estou aqui — respondeu o menino. Levantou-se de um pulo, correu para Eli e disse:

— Estou aqui, pois me chamastes.

Mas Eli disse:

— Não te chamei, Samuel. Volta para dormir.

Então Samuel voltou e se deitou, mas logo tornou a ouvir a voz chamando-o.

— Samuel, Samuel.

Então Samuel correu outra vez para Eli, acordou-o e disse:

— Aqui estou. Vós me chamastes.

Mas Eli disse:

— Eu não te chamei, meu filho. Volta a dormir.

Samuel ainda não conhecia a voz do Senhor, ou não teria sentido tanto medo. Ele voltou ao templo escuro e tornou a deitar-se; tentou dormir pela terceira vez. Mas uma terceira vez ele ouviu a voz a chamá-lo:

— Samuel, Samuel.

— Eli, Eli, estou aqui. Vós me chamastes, sim! — gritou o menino, enquanto corria novamente para o quarto do velho sacerdote. E desta vez Eli compreendeu que era a voz de Deus chamando Samuel. Então ele disse ao menino:

— Vai e te deita, e seja, se Ele te chamar, que tu deverás dizer: "Falai, Senhor, pois Vosso servo escuta."

E assim Samuel foi deitar-se.

E o Senhor veio, e parou, e chamou como das outras vezes:

— Samuel, Samuel.

Então Samuel respondeu, corajosamente, conforme Eli havia lhe dito:

— Falai, pois Vosso servo escuta.

E o Senhor conversou com Samuel durante longo período dentro do templo, falando de coisas verdadeiras e maravilhosas.

Samuel escutou, e compreendeu. Depois que a voz parou de falar, ele se sentiu confortado, não estava mais com medo nem se sentia solitário. Sabia que não estava só, pois seu Pai Celestial estava com ele, mesmo no escuro. E dormiu sem medo até amanhecer, quando chegava a hora de abrir as portas da casa do Senhor.

E Samuel cresceu, e o Senhor sempre falou com ele, e Israel inteiro sabia que havia sido determinado que Samuel seria o profeta de Deus.

A COROA DE PRATA

Adaptada de Laura E. Richards

— E eu serei um rei? — perguntou o menino. — E usarei uma coroa?

— Usarás certamente uma coroa — respondeu o Anjo —, e um reino está à tua espera.

— Que maravilha! — disse o menino. — Mas dize-me, como isto acontecerá? Eu agora sou apenas uma criança, e a coroa mal se ajeitaria sobre meus cachos.

— Isto eu não posso dizer — falou o Anjo. — Apenas esforça-te ao máximo, cavalgando e correndo, pois o caminho até o teu reino é longo, e o tempo é curto.

Então o menino seguiu seu caminho da melhor forma possível, cavalgou e percorreu morros e vales, cruzou largos rios e atravessou fortes tempestades. Em todo lugar, viu pessoas trabalhando ou brincando, e olhou-as com ansiedade.

— Talvez quando me virem — disse — virão ao meu encontro, irão me agraciar com uma coroa de ouro e me levarão ao palácio onde serei o rei.

Mas todos estavam muito ocupados com suas tarefas ou entretenimentos e não precisavam dele, tampouco deixaram os afazeres por sua causa; então, teve que prosseguir sozinho.

Viu muitos viajantes assim como ele; alguns vinham em sua direção, e outro apenas passavam. Fitou-os também com ansiedade, parando ora uns, ora outros, para perguntar:

— Acaso conheces algum reino por esta região onde o povo esteja com a coroa pronta e à espera de um rei?

Um ria, outro chorava, e mais outro zombava; mas todos negavam.

— Eu estou à procura de um reino e uma coroa para mim mesmo — gritou um. — Achas que é possível encontrar outro para ti?

Outro disse:

— Procuras em vão. Não existem coroas, somente chapéus de bobo, com orelhas de asno e guizos balançantes.

Mas quem já seguia seu caminho há mais tempo somente olhava para ele; alguns com tristeza, outros com delicadeza, mas nada respondiam. E ele seguiu viagem.

Algumas vezes parou para ajudar pobres almas atormentadas, e quando isso acontecia o caminho se iluminava à sua frente, e ele sentia uma luz no coração. Outras vezes, quando a pressa era mais forte, virou o rosto e tampou os ouvidos aos lamentos; e, ao fazê-lo, o caminho escurecia, e muitas vezes ele tropeçava e caía em buracos e charcos, e precisava implorar ajuda, algumas vezes àqueles a quem já negara ajuda.

Aos poucos, foi se esquecendo da coroa e do reino, ou quando pensava nisso, era como um distante sonho dourado cujo brilho esmaecera, como a luz do sol em manhã nublada. Mas ele sabia que o caminho era longo e o tempo era curto, e continuava cavalgando e correndo o mais que podia.

Já não era mais criança, e sim um homem idoso e cansado. Quando seus pés não podiam mais caminhar, olhou para o alto e viu à sua frente que o caminho chegara ao fim; avistou um portão e, sentada ao lado, uma pessoa que acenou para ele. Tremendo, apesar de contente, o velho se aproximou dessa pessoa e reconheceu o Anjo que lhe falara no início.

— Seja bem-vindo! — disse o Anjo. — Chegaste em boa hora.

— Vim o mais rápido que pude — disse o homem —, mas muitas coisas acabaram me atrasando, e agora estou cansado e não consigo mais prosseguir.

— Mas o que encontraste no caminho? — perguntou o Anjo.

— Ah! Encontrei alegria e tristeza — respondeu o homem —, uma boa parte de cada; mas não encontrei coroa nem reino, conforme havias prometido.

— Olha — disse o Anjo. — Estás usando a coroa. É de prata pura e brilha como cristais de gelo. E o teu reino chama-se Paraíso, e a entrada é aqui.

A LENDA DE SÃO CRISTÓVÃO

Baseada em adaptações de Eleanor Broadus e Peggy Webling

Faz muito tempo, havia um homem que era tão alto e forte que parecia um gigante. Era capaz de levantar qualquer peso, e as pessoas o chamavam de Ofero, que significa "o Carregador". Ofero tinha orgulho de sua força, e talvez por isso resolveu servir somente ao governante mais poderoso do mundo.

— Eu, Ofero, juro servir somente ao maior rei da Terra, e o servirei durante todos os dias de minha vida.

Então, começou sua busca, passando por reinos e mais reinos à procura do monarca mais poderoso. Atravessou florestas, derrotando com braço forte os animais ferozes que o atacavam. Desenterrou árvores e atirou-as sobre rios profundos e velozes, formando com isso pontes que, ao atravessar, o levavam a terras cada vez mais distantes. Cruzou mares com mercadores em seus barcos, e desertos acompanhando lentas caravanas, e caminhou sozinho por estradas.

Finalmente ouviu falar de um rei que todos acreditavam ser o mais rico do mundo. Foi até ele oferecer seus serviços.

— Grande monarca! — disse Ofero, postando-se diante do trono — Eu jurei servir ao rei mais poderoso. Vossa Majestade aceitaria meus serviços?

O rei, admirando o gigantesco estranho de olhar destemido, deu-lhe as boas-vindas e colocou-o ao lado do trono. Ofero ali ficou dia após dia, em meio ao ouro e ao tesouro de seu soberano, rejubilando-se do mestre merecedor de sua força.

Mas um dia chegou à corte um estrangeiro. Ele parou diante do trono e falou com entusiasmo tal que Ofero não conseguiu entender suas palavras. Quando o estranho virou-se para partir, Ofero viu seu monarca encolhendo-se no trono.

— Grande rei! — bradou ele. — Esse homem veio aqui proferindo palavras estranhas, e tremeis diante dele. Por quê? Eu poderia matá-lo apenas com um golpe de minha mão.

— Tremo por causa das notícias que ele me trouxe — exclamou o rei. — Ele fala de um outro rei, velho inimigo meu, que agora se aproxima de minhas terras com numeroso exército.

— Se o temeis, ele deve ser mais poderoso — disse Ofero com desdém. — Preciso encontrá-lo, pois jurei servir somente ao maior de todos os reis.

E assim Ofero saiu em busca de seu novo amo. Viajou por muitos dias até que, chegando ao alto de uma montanha deserta, avistou um vale largo e escuro se abrindo diante dele. No vale, marchava um exército poderoso, fileira após fileira, com armas cintilantes e estandartes manchados de sangue. Na retaguarda, cercado por homens em armaduras impetuosas, seguia um guerreiro em sólida charrete. Trazia na cabeça uma coroa de joias que reluziam como fogo.

Ofero desceu a montanha audaciosamente e se apresentou ao comandante do Exército.

— Viajei muitos quilômetros para alistar-me a seu serviço — disse ele — porque sois o mais poderoso de todos os reis, e eu servirei apenas ao mais poderoso.

Esse rei terrível aceitou de bom grado os serviços de Ofero, e fez uso imediatamente de sua força. O vasto exército marchava adiante, destruindo populações inteiras e deixando para trás terras desoladas. Ofero sempre lutava na primeira fileira. Seu coração doía por estar na companhia de um amo sanguinário, mas ele havia prometido servir somente ao monarca mais poderoso. E certamente ninguém conseguia vencer esse rei cruel, que a todos dominava na base do terror e matança.

Um dia o rei guerreiro foi ferido numa batalha, e enquanto jazia sangrando uma sombra de medo lhe assomou à face.

— O que temeis? — perguntou Ofero.

— O Príncipe do Mal — respondeu o rei, pálido. — Temo que venha apoderar-se de minha alma. Ele me chama entre turbilhões, tempestades e trevas.

Ofero olhou para o rei com espanto e disse:

— Sois uma criança com medo de tempestades.

— Não! — sussurrou o rei. — Apesar de teu corpo forte, tu que és uma criança. Não entendes essas coisas. Mesmo com toda a tua força, deves temer Satã.

— Meu coração não conhece o medo — disse Ofero. — Adeus, ó rei covarde! Irei procurar este que é mais poderoso que vós.

E prosseguiu com sua caminhada, em busca do Príncipe do Mal.

No dia seguinte, quando o sol estava a pino, Ofero se viu no meio de uma densa floresta. Estava escuro por causa das árvores cujos galhos se fechavam sobre sua cabeça, e a terra onde pisava estava fria. Ali, numa grande pedra, via-se uma sombra. Era o Maligno.

— Procuro por aquele que domina o mundo — anunciou Ofero com audácia.

— Ótimo! — gargalhou Satã. — Tu o encontraste. Vem comigo e te manterei ocupado.

Não era um trabalho agradável. O tempo todo, causavam problemas para outras pessoas. Mas Ofero fazia o que lhe era requisitado, pois Satã era temido por todos, e ele acreditava que, enfim, estava servindo ao rei mais poderoso.

Mas um dia, enquanto viajavam, encontraram uma cruz grosseiramente talhada na beira da estrada. Imediatamente Satã saiu de sua trilha e deu uma volta enorme, passando por pedras e arbustos, e finalmente voltou para a estrada com a cruz bem atrás de si.

— Por que fizeste isso? — perguntou Ofero, pois apesar de sempre trilhar caminhos circulares, Satã nunca havia feito um caminho tão complicado antes.

— Não gosto de passar perto de uma cruz — admitiu Satã. — Temo Aquele que é por ela simbolizado.

O coração de Ofero pulou de alegria.

— Qual é o nome dele? — exigiu Ofero.

— Não ouso dizer seu nome — respondeu Satã, trêmulo. — Mas alguns o chamam de Príncipe da Paz.

— Se o temeis, deve ser mais poderoso — disse Ofero. — Devo deixar-vos e servir a ele.

Mais uma vez ele partiu em busca de seu novo amo. Viajou para longe, pois não sabia o caminho, mas a coragem e a esperança nunca o abandonaram. Finalmente encontrou um homem, um velho eremita, que parecia saber como encontrar o Príncipe da Paz. Ofero contou-lhe sua história.

— Eu o servirei, se conseguir encontrá-lo — disse ao ancião. — Onde se encontra? Matarei todos os seus inimigos, se ele assim o desejar.

— Não seja precipitado — disse calmamente o eremita. — Agora não precisas mais matar. O rei é diferente de todos os outros. Eu te mostrarei como servi-lo.

Ele levou Ofero à margem de um rio largo e veloz.

— Aqui muitos viajantes perderam suas vidas, pois nenhum barco sobrevive nestas águas — disse ele. — Se ficares aqui na beira do rio e carregares pessoas que necessitem atravessá-lo, estarás servindo ao Príncipe da Paz. Ele saberá dos teus serviços e, na hora certa, tu o conhecerás.

Então, Ofero construiu uma cabana à margem do rio, cortou um cajado bem forte para guiar seus pés sobre as pedras submersas e ficou à espera dos viajantes. Eles sempre o encontravam na porta de sua cabana, pronto para ajudá-los a atravessar o rio carregando-os em seus ombros largos. Muitas almas cansadas teriam morrido sem sua ajuda. Trabalhou mês após mês, ano após ano, no calor do verão e no frio do inverno. Parecia estranho estar servindo a seu rei dessa maneira. Às vezes, cogitava se o Príncipe da Paz realmente sabia do trabalho que estava desempenhando. Mas aqueles a quem ajudava tornavam-se seus amigos, e ele não se sentia mais sozinho como antes.

Numa noite, quando o vento frio soprava em volta de sua pequena cabana, Ofero foi dormir. Sabia que nenhum viajante iria procurar sua ajuda para atravessar o rio numa tempestade daquelas.

Ele ouviu a chuva caindo e a maré subindo.

Ao cair em sono profundo, ouviu uma voz do lado de fora.

— Ofero! Levanta-te e leva-me até o rio.

O homem forte imediatamente se pôs de pé. Abriu a porta, curioso para ver o viajante que ousaria atravessar o rio numa noite assim.

Espreitou a escuridão, mas não havia ninguém.

"Devo ter sonhado", pensou ele, e tornou a proteger o interior da cabana do vento e da chuva antes de se estirar no chão.

— Ofero, levanta-te e leva-me até o rio.

Dessa vez a voz soou mais alto. As palavras ribombaram como um sino através da rajada do vento.

Ofero ficou parado na porta pensando. Estava só. As nuvens enegreciam o céu. Ele ouviu a correnteza do rio e os trovões distantes.

Pela segunda vez, assombrado com o eco da voz em seu coração, entrou na cabana e fechou a porta. Dessa vez não se deitou; esperou.

— Ofero! Levanta-te e leva-me até o rio.

Em meio à escuridão noturna, o gigante deu um salto e viu, rio abaixo, a figura de uma criança de pé sobre a margem.

O assombro de Ofero se transformou em dúvida. Ele conhecia bem os riscos do rio numa enchente. Mas a criança havia lhe pedido três vezes. E agora esperava por ele. Então, alçou o menino aos ombros, agarrou o resistente cajado com a mão direita e, lenta, cuidadosa e corajosamente, entrou nas águas.

A correnteza estava muito veloz, e as ondas, altas como nunca. Ele sentiu as pedras escorregando sob seus pés. As nuvens tempestuosas explodiam sobre sua cabeça em chuva torrencial.

A criança era mais pesada do que ele havia imaginado, e a cada passo tornava-se ainda mais pesada. Os ombros largos de Ofero doíam e escorregavam, mas ele avançava; todos os músculos estavam tensos.

As águas rodopiavam na altura da cintura, batendo contra o peito, estourando no rosto, escorrendo pelos cabelos. As costas lhe doíam com o peso sobre os ombros. O enorme cajado vergava em sua mão como um bambu. Por todo lado, árvores gigantes caíam da margem do rio, vinham rodopiando e se espatifavam correnteza abaixo. A chuva havia cessado, mas a claridade dos relâmpagos e o estrondo dos trovões ainda pairavam sobre sua cabeça.

Sempre avante, ele lutou, trêmulo e ofegante, contra as águas que batiam em seu rosto. Por fim, chegou cambaleante à margem oposta e gentilmente ergueu a criança de seus ombros.

— Quem és tu, minha criança? — suspirou ele. — Parecia que eu carregava o peso do mundo inteiro!

— Não me conheces? — respondeu a voz doce. — Eu sou Aquele a quem prometeste servir. Não sabias que com este trabalho árduo e humilde de ajudar tantos viajantes fatigados estavas Me servindo o tempo todo? E, de agora em diante, não mais serás chamado Ofero, o Carregador, e sim Cristóvão, o carregador de Cristo, pois eu te aceito como meu servo fiel.

Cristóvão caiu aos seus pés e louvou-o em silêncio. Quando abriu os olhos, viu-se só à beira do rio.

Levantou-se, pegou o cajado e viu que ele estava florido, cheio de folhas. Então retornou ao seu trabalho sagrado de servir aos homens pelo resto de sua vida.

A PEQUENA OFERENDA DA VIÚVA

Adaptada de Frances M. Dadmun
Lucas, 21:1-4

Era uma manhã da semana do Êxodo, e Jesus estava sentado com seus discípulos na corte do grande templo de Jerusalém. Eles estavam observando as pessoas passarem. Muitas delas eram ricas, a julgar pelas roupas e a maneira de andar com o queixo erguido.

Encontravam-se amarrados às colunas que sustentavam o teto receptáculos em forma de trombetas onde as pessoas punham suas oferendas ao templo. Jesus percebeu que os ricamente vestidos jogavam grandes quantias em moedas, que tilintavam ruidosamente ao cair. Todas as outras pessoas também percebiam isso — não tinham como evitar. Elas provavelmente os achavam muito generosos, e desejavam ter mais dinheiro para dar. Mas Jesus viu algo que os demais não perceberam — uma viúva de rosto magro e malvestida que se aproximou timidamente de uma das caixas e depositou ali duas moedas, as menores que os judeus tinham. Jesus também viu que ela não tinha mais para dar — seu bolso estava vazio. Ela olhou depressa ao redor de si, pois temia que alguém tivesse visto a ínfima quantia que podia doar, mas não precisava se preocupar. Suas moedas eram pequenas demais para fazer barulho, e suas roupas eram tão pobres que ninguém se importava com o que ela pudesse fazer. Eram os ricos que o povo admirava.

Jesus procurou por seus discípulos, mas eles também estavam observando os ricos. Tudo lhes parecia maravilhoso por seus lares serem tão pobres. Por isso Jesus teve que chamar sua atenção para a pobre viúva. E ele falou:

— Essa pobre viúva doou mais que todas as outras pessoas, pois elas doaram apenas um pouco, e ela doou tudo que tinha.

Então os discípulos esqueceram-se de observar os ricos, que não mais pareciam interessantes. Mas olharam reverentemente para a pobre viúva até que ela se foi, desaparecendo na multidão.

O MENINO E O ANJO

Adaptada de Joel H. Metcalf, baseada em poema de Robert Browning

Teócrito, embora fosse apenas um menino, ainda assim precisava ganhar a vida. Seus dias eram longos e seu trabalho duro, mas seu espírito estava fortalecido e ele sempre cantando *Glória a Deus*. Manhã, tarde e noite ele cantava ao trabalhar, e isso trazia alegria ao seu próprio coração e ao daqueles com quem vivia e trabalhava. E isso trazia alegria ao coração de Deus, que o ouvia das alturas.

Um dia, enquanto cantava em seu trabalho, um monge passou e, tocado pela docilidade e encanto da música, aproximou-se e disse:

— Muito bem, meu filho. Não tenho dúvida de que tua exaltação é ouvida por Deus como se fosses o Papa de Roma na Igreja de São Pedro entoando os cânticos abençoados de louvor à Páscoa.

Teócrito estava feliz com seu trabalho, mas, à sugestão de cantar na catedral de São Pedro, falou:

— Queira Deus que eu ainda cante em Seu louvor na grande catedral de São Pedro antes de morrer!

O anjo Gabriel escutou seu devotado anseio e no outro dia Teócrito se foi, pois o anjo o iniciara no caminho para tornar-se nada menos que o Papa de Roma.

Mas imediatamente Deus disse:

— Como é que não ouço a voz de Teócrito cantando em seu trabalho?

Então o anjo Gabriel deixou o reino celeste e transformou-se num menino igual a Teócrito, tomando seu lugar da melhor maneira que pôde. O trabalho do menino ele podia fazer facilmente, e tentava cantar as canções de louvor. Mas não conseguia.

Deus falou:

— Ouço uma voz de louvor, mas nela não há dúvida ou medo, como nos cânticos de Teócrito. Sinto falta de meu pequeno humano e seus louvores.

Então o anjo Gabriel desfez o disfarce. Ninguém pode preencher o lugar de outrem, e até mesmo o anjo descobriu que não poderia preencher inteiramente o lugar de um pequenino de cabelos cacheados.

E foi a Roma às vésperas da Páscoa, onde o novo Papa, Teócrito, estava prestes a louvar a Deus de maneira admirável, e disse:

— Retirei-te de teu labor, e fiz de ti o Papa de Roma, mas foi tudo um erro. Não fiz bem. Tu poderias ser um grande Papa, mas ninguém pode tomar teu lugar na velha casa.

"Tentei ocupar teu lugar. Deixei meu reino angelical para fazer teu trabalho.

"Tua voz parecia-me fraca, mas eis que, quando parou, não pude retomar sua música. Deus não ficou satisfeito.

"Todas as canções de louvor elevavam-se qual coro maravilhoso aos ouvidos de Deus, mas sem ti o coral estava incompleto, e Ele sentiu a falta de tua vozinha de louvor.

"Por isso, volta comigo para o teu antigo lugar e trabalho — volta para a tua meninice e canta novamente tua canção, *Glória a Deus.*"

E assim Teócrito envelheceu em sua casa. Nunca tornou a entoar cânticos de louvor a Deus "de maneira admirável" na igreja de São Pedro em Roma; mas quando ele e o novo Papa morreram, foram para o céu lado a lado.

TARDIO DESABROCHAR

Lenda mexicana

O cacto permanecia sozinho no deserto, perguntando-se por que estava fincado no meio daquela vastidão.

— Eu nada faço a não ser ficar aqui o dia inteiro — suspirou ele. — Para que sirvo? Sou a planta mais feia do deserto. Meus espinhos são finos e pontiagudos, minhas folhas são borrachudas e duras, minha casca é grossa e cheia de saliências. Não posso oferecer sombra nem frutos suculentos a nenhum viajante. Não vejo em mim utilidade alguma.

Tudo o que fazia era permanecer ao sol dia após dia, ficando cada vez mais alto e gordo. Seus espinhos encompridaram e suas folhas endureceram ainda mais, e inchou aqui e ali até ficar totalmente cheio de protuberâncias e disforme. Era realmente estranho de ver.

— Quisera eu pudesse fazer algo útil! — suspirou.

Dia após dia os gaviões descreviam círculos acima dele.

— O que posso fazer da minha vida? — gritou o cacto. Se ouviram ou não, os gaviões se afastaram.

À noite, a lua pairava no céu e deitava seu brilho pálido sobre as areias do deserto.

— O que posso fazer de bom da minha vida? — suplicou o cacto. A lua olhava apenas, friamente, enquanto prosseguia em seu curso.

Um lagarto passou rastejando ali por perto, marcando uma pequena trilha com a cauda na areia.

— Que feito digno posso fazer? — gritou o cacto.

— Você? — riu-se o lagarto, parando por um momento. — Feito digno? Ora, você não pode fazer nada! Os gaviões voam em círculos lá em cima, descrevendo formas delicadas para admirarmos. A lua mostra-se qual uma lanterna pendurada no céu à noite, e assim podemos enxergar o caminho de casa junto aos nossos entes queridos. Até eu, um ínfimo lagarto, tenho algo a fazer. Decoro as areias com lindas pinceladas quando arrasto minha cauda por aí. Mas você? Você nada faz a não ser ficar mais feio a cada dia que passa.

E assim foi, ano após ano. Finalmente o cacto envelheceu, e sabia que seu tempo era curto.

— Oh, Deus! — lamentou-se. — Tanto quis e tanto tentei! Perdoai-me se falhei ao tentar encontrar algo digno para fazer. Temo que agora seja tarde demais.

Mas nesse exato momento o cacto sentiu um estranho rebuliço e algo se desdobrando, e experimentou uma onda de prazer que suplantou todo o desespero. Em sua extremidade superior, qual súbita coroa, uma flor gloriosa repentinamente desabrochou.

Nunca antes o deserto conhecera tal florescer. Sua fragrância perfumou o ar das redondezas e trouxe felicidade a todos que passavam. As borboletas pousaram para admirar sua beleza, e naquela noite até a lua sorriu quando encontrou tamanho tesouro ao levantar-se.

O cacto ouviu uma voz.

— Você esperou tanto — disse o Senhor. — O coração que busca coisas boas reflete minha glória, e sempre trará algo digno para o mundo, algo com o qual todos podemos nos regozijar... mesmo que por um breve instante.

COMO O SÁBIO ENCONTROU O REI

Adaptada de Christine Chaundler e Eric Wood

Quando Cristo nasceu em Belém, três reis deixaram seus lares para encontrá-Lo e adorá-Lo. Eles viram uma linda estrela nova nos países do Oriente, onde moraram, e souberam que aquilo significava o nascimento de um grande Rei — um Rei cujos domínios nunca teriam fim, mais poderoso que o sol e maior que as estrelas — um Rei que era o Senhor da terra, do céu e do mar.

Esses três reis estudaram os antigos livros e profecias, e souberam que Deus havia prometido um dia enviar ao mundo este poderoso Rei, e ao avistarem a estrela regozijaram-se com desmesurada alegria. Reuniram os mais ricos tesouros que possuíam, ouro, incenso e mirra, e partiram imediatamente, guiados pela estrela, até que ela os conduzisse finalmente ao pobre estábulo onde se encontrava a Sagrada Criança.

Mas no país que deixaram havia outro rei. Ele também estudara as antigas profecias com seus irmãos-reis, e também aguardava algum sinal de que o Salvador do mundo havia chegado. Algo aconteceu que o atrasou quando finalmente a estrela trouxe a boa-nova do nascimento de Cristo. Não estava pronto para seguir com os outros sábios, e foi deixado para trás. Quando reuniu seus tesouros e encontrava-se pronto para começar a jornada, estava muito atrasado para seguir a estrela que guiava os demais, por isso foi obrigado a encontrar seu próprio caminho pelo mundo da melhor maneira que podia.

Trouxera consigo três joias para dar ao grande Rei a quem iria louvar. Uma delas era um rubi, tão vermelho quanto os últimos raios do poente. Outra era uma safira, que possuía em seu interior todo o azul do mar e do céu. E a terceira era uma pérola, tão pura e branca quanto o pico de uma montanha coberta de neve. Nenhum dinheiro do mundo seria suficiente para comprar essas preciosas pedras, de tão valiosas que eram; mas o rei estava pronto a entregá-las ao Deus que procurava.

Seguiu durante meses a fio e, por onde passava, buscava indicações dos outros três reis. Não pôde alcançá-los; eles estavam muito adiante. Mas, perguntando diligentemente a todos que encontrava, o rei mantinha-se mais ou menos no seu encalço.

Era uma jornada longa e muito cansativa, e os perigos e dificuldades pelas quais os sábios passaram eram dez vezes maiores para ele, só e desassistido. Mas o rei seguia adiante, impulsionado por seu desejo de alcançar o Cristo-Criança e inclinar-se em adoração a Ele. Guardando as três joias escondidas no peito, enfrentou corajosamente os perigos e suplantou todas as dificuldades até que, enfim, chegou à Judeia, e soube que não podia estar longe de seu objetivo.

Enquanto atravessava o país, ouviu por todos os lados o som de lamentos e desgostos. O cruel Herodes, amedrontado pelo que os sábios haviam dito do Rei que nascera em Belém, determinou que fosse encontrada e morta a Sagrada Criança, temendo que, quando adulto, Ele tentasse usurpar-lhe o trono de Israel. Então ordenou aos três sábios que viessem avisá-lo quando encontrassem o Messias para que também ele pudesse vir e adorá-Lo. Mas Deus avisou-os em sonho, e eles retornaram a seus países por outro caminho.

Quando descobriu que os sábios haviam retornado a seus países por outro caminho e não tencionavam vir contar-lhe onde Cristo se escondia, Herodes enviou uma ordem para que todas as crianças daquela parte do país com menos de dois anos fossem mortas. Os duros soldados saíram e, arrancando as crianças de suas mães, mataram-nas rudemente.

Mas havia uma criança que eles não mataram — dentre todas as outras, a que queriam. José fora avisado em sonho por Deus e, pegando a Criança e Sua mãe, fugiu para o Egito. Lá viveram por muitos anos até que Herodes morreu, havendo assim segurança para a pequena família habitar sua própria terra novamente.

Quando o homem sábio que estava tão atrasado enfim chegou a Belém, soube que o Rei dos judeus, a quem ele próprio se deslocara de tão longe para vir louvar, não estava mais lá. Havia partido, ninguém sabia para onde.

O sábio entrou em desespero. Viera de tão longe e tantas coisas ousara, e agora parecia-lhe impossível oferecer afinal seus presentes ao Rei. Mas reanimou-se. Já que fora tão longe, que diferença faria ir um pouco mais além? Estava decidido a homenagear o Rei, e viajaria por todo o mundo, se necessário, até O encontrar.

Por isso, pôs-se a caminho novamente.

Não tinha andado muito quando ouviu uma mulher gritando, amargurada, pedindo ajuda. O rei correu ao lugar de onde vinham os gritos, e lá encontrou uma pobre mãe com um bebezinho nos braços, que um cruel soldado tentava tirar e matar. A mãe havia escondido o pequenino em segurança durante todo o massacre, e agora, pensando ter passado o perigo, surgira-lhe o soldado que encontrara a criança e, apesar das preces e súplicas, estava pronto a matá-la.

O rei largou as rédeas e saltou de sua montaria ao lado da pobre mulher, implorando que o soldado poupasse a vida do pequenino. Mas o rude soldado riu, apenas, e disse que era seu trabalho; ele devia cumpri-lo em quaisquer circunstâncias. E novamente tentou arrancar a criança das mãos da mãe.

Então o rei tirou do peito a joia que levava para Cristo. Descobriu-a e mostrou o rubi ante o olhar atônito do homem.

— Eu lhe darei isto se você poupar a vida desta criança — disse ele.

O soldado fixou os olhos na maravilhosa joia, e a tentação foi demais para ele. Deixou a criança e a mãe irem, sãs e salvas, e partiu com o rubi, rico como nunca sonhara ou esperara.

Entristecido, o rei continuou seu caminho. Não tinha mais nenhum rubi para oferecer ao Cristo-Criança quando O encontrasse. Porém, havia ainda as outras duas joias. Ele não precisava ficar envergonhado de seus presentes até agora, e retomou o caminho com coragem renovada.

Após alguns cansativos meses de viagem, chegou a um lugar onde grassava fome terrível. Os pobres estavam morrendo de doenças e inanição. Não tinham quem os ajudasse, e o rei, tomado de piedade, dividiu sua segunda joia para comprar comida para os famintos e roupas para os desabrigados, e propiciar atendimento aos doentes. Ele permaneceu naquele lugar afetado pela fome até fazer tudo que podia pelos pobres e famintos. Então pôs-se a caminho novamente, mais pobre com a perda da outra joia, mas rico de bênçãos daqueles que ajudara a salvar da morte e da miséria.

Agora o sábio dispunha apenas da pérola, dentre as valiosas ofertas com as quais começara a jornada. Não lamentava a perda das outras duas gemas, pois sabia que se pudesse recomeçar partiria com elas. Desejava apenas, ardentemente, que tivesse mais tesouros para oferecer ao Rei.

Mas a pérola que lhe restara tinha tanto valor quanto as outras joias, e, embora a desejasse mil vezes mais rara e preciosa, ainda assim sabia que era um presente digno de um rei, mesmo que fosse o Rei de toda a terra. E assim se foi, em busca do Cristo--Criança.

Muito tempo se passou, e o rei ainda viajava procurando pelo Salvador, apesar de nunca encontrá-Lo. Anos depois, chegou a um lugar onde uma pobre menina escrava iria ser vendida para um senhor muito bruto. O rei tentou persuadi-lo a libertar a menina. Mas o homem riu apenas, e o rei, afinal, percebendo que palavras de nada adiantavam, e determinado a resgatar a pobre amedrontada de um terrível porvir, tirou a última joia e comprou sua liberdade com a preciosa pérola, embora condoído por ter de abrir mão do único presente que restara.

E mais uma vez recomeçou a busca, desgostoso por não ter mais o que levar ao Rei, embora estivesse determinado a nunca desistir até encontrar o Senhor a quem procurava tão fervorosamente por tanto tempo.

Durante 33 anos vagou pelo mundo até que finalmente, velho e abatido, chegou a Jerusalém no dia da crucificação de Nosso Senhor. E lá, na Cruz do Calvário, encontrou o Rei a quem tanto procurara. Apesar da cruz e da coroa de espinhos, apesar das palavras de desprezo e zombaria daqueles que estavam ao redor, o homem sábio reconheceu o Salvador e soube que havia chegado ao fim de sua jornada. Não se tratava do pequeno Bebê que decidira procurar havia muito tempo, contudo era ainda o Rei.

Ele forçou passagem entre a multidão e deixou-se cair, exausto, e confessou que vinha de mãos vazias. Enfim encontrara o grande Rei, mas não tinha o que Lhe oferecer.

Não tinha nada mesmo? Diz a lenda que ele se ajoelhou aos pés da cruz, esse homem que tão ansiosa e fervorosamente havia procurado, e ouviu uma voz celestial vinda de longe — simples e ternas palavras que lhe preencheram o ávido coração.

— Ao fazer pelos menos aquinhoados dos Meus irmãos, tu o fizeste a Mim.

E o homem sábio entendeu que sua longa e cansativa jornada não havia sido em vão.

DEUS VERÁ

Há muito tempo, na Grécia Antiga, um idoso escultor estava lapidando um bloco de pedra. Usava de todo cuidado, examinando a rocha com o formão, lascando um fragmento por vez, avaliando as medidas com suas mãos vigorosas antes de dar mais um talho. Quando estivesse pronta, a peça serviria de capitel, parte superior das colunas, sendo içada e colocada sobre o topo de um comprido pilar. E a coluna, assim, comporia o suporte do teto de um suntuoso templo.

— Para que gastar tanto tempo e esforço nessa parte? — perguntou um funcionário do governo que passava. — Essa peça vai ficar 15 metros acima do chão. Nenhum olho humano será capaz de ver esses detalhes.

O velho artista pôs de lado martelo e formão, olhou fixamente para seu inquiridor e respondeu:

— Mas Deus verá!

ROBERTO DA SICÍLIA

Adaptada de Sara Cone Bryant
Da Gesta Romanorum, *coleção de contos antigos compilados mais provavelmente na Inglaterra no início do século XIV*

Uma antiga lenda conta que havia um rei chamado Roberto da Sicília, que era irmão do grande Papa de Roma e do Imperador da Alemanha. Era um rei muito egoísta e arrogante. Preocupava-se mais com seus prazeres do que com as necessidades do povo, e seu coração estava tão cheio de sua própria grandeza que não tinha tempo para Deus.

Um dia, esse rei orgulhoso ocupava seu lugar na igreja, para a missa vespertina. Os cortesãos o seguiram, enfeitados em suas melhores vestes, e ele próprio se apresentava nos trajes reais. O coro entoava a missa em latim, e enquanto as belas vozes aumentavam o volume o rei percebeu um verso específico que parecia ser repetido várias vezes. Virou-se para o coroinha ao seu lado e perguntou o que aquelas palavras significavam, pois não sabia latim.

— Significam: "Ele despojou os fortes de seus lugares, e exaltou os de grau inferior." — respondeu.

— É bom que tais palavras tenham sido proferidas em latim, então — falou o rei com raiva —, pois é mentira. Não há poder na terra ou no céu que possa me despojar de meu trono! — E fez pouco-caso da bela cantoria, enquanto tornava a se recostar.

Naquela hora, o rei adormeceu, enquanto a missa continuava. Dormiu profundamente por um longo tempo. Ao acordar, a igreja estava escura e em silêncio, e ele, sozinho. Ele, o rei, fora deixado sozinho na igreja, para acordar no escuro! Ficou furioso, irado e surpreso, e, tateando pelas laterais, alcançou os portais e bateu, como louco, chamando aos berros por seus criados.

O velho zelador ouviu alguém gritando e fazendo barulho, e achou que seria algum vagabundo bêbado que se esgueirara para dentro da igreja durante a missa. Veio até a porta com as chaves e gritou:

— Quem está aí?

— Abre! Abre! Sou eu, o rei! — falou a voz grave e enraivecida lá de dentro.

"É um maluco!", pensou o zelador, e ficou com medo. Abriu as portas cuidadosamente e ficou escondido, vasculhando a escuridão. Passou por ele rapidamente a figura de um homem em roupas sumárias e esfarrapadas, com os cabelos em desalinho e faces muito brancas. O zelador não sabia que já o vira antes, mas vigiou-o por algum tempo, intrigado com sua selvageria e pressa.

Maltrapilho, sem coroa ou manto, sem saber que coisa estranha lhe acontecera, o Rei Roberto correu para os portões do palácio, empurrou para os lados os servos assustados e continuou, cego de raiva, subindo a grande escadaria e atravessando os largos corredores até o recinto de onde podia ouvir as vozes dos cortesãos. Homens e mulheres, seus servos, tentaram parar o homem maltrapilho que tinha de alguma maneira entrado no palácio, mas Roberto nem os via. Passou direto pelas portas abertas do grande salão de banquetes e surgiu em meio a grandiosa festança.

O salão estava cheio de luzes e flores. As mesas estavam repletas de ricas e delicadas iguarias. Os cortesãos, em seus melhores trajes, riam e conversavam. E na cabeceira da mesa do banquete, no próprio trono do rei, havia um rei. Seu rosto, sua figura, sua voz eram exatamente como as de Roberto da Sicília. Nenhum ser humano poderia distinguir; ninguém sonhava que ele não era o rei. Vestia-se com as roupas do rei, usava a coroa do rei e trazia ao dedo o anel do rei. Roberto da Sicília, semidesnudo, maltrapilho, sem um sinal de seu reinado em si, prostrou-se diante do trono e olhou furiosamente para essa imagem de si próprio.

O rei do trono olhou-o.

— Quem és tu, e o que fazes aqui? — perguntou.

E embora sua voz fosse como a própria voz de Roberto, havia algo de doce e profundo nela, como o som dos sinos.

— Eu sou o rei! — gritou Roberto da Sicília. — Eu sou o rei e tu és um impostor!

Os cortesãos levantaram-se de suas poltronas e tiraram suas espadas. Teriam matado o louco que insultou o rei. Mas este levantou a mão impedindo-os e, com os olhos nos olhos de Roberto, falou:

— Não o rei; serás o truão do rei, o bobo da corte! Usarás a boina e os guizos, e farás minha corte rir. Serás o servo dos criados, e terás um mico por companhia.

Às gargalhadas, os cortesãos tiraram Roberto da Sicília do salão. O serviçal do banquete, aos risos também, levou-o à sala dos soldados; lá, os pajens trouxeram-lhe o companheiro, e colocaram o capuz de bobo na cabeça de Roberto. Era como um sonho terrível. Ele não podia crer que fosse verdade. Não conseguia entender o que lhe acontecera. E quando acordou na manhã seguinte acreditou que fora tudo um sonho, e que era rei novamente. Mas ao virar a cabeça, sentiu roçar-lhe no queixo um tecido áspero em vez de seu travesseiro macio, e viu que estava no estábulo, com o mico a tremer ao seu lado. Roberto da Sicília era o bobo, e ninguém mais o conhecia como rei.

Passaram-se três longos anos. Toda a Sicília estava feliz e tudo ia bem para o rei, que não era Roberto. Este ainda era o bobo, e seu coração se endurecia com mais amargura todo ano. Muitas vezes, durante esses três anos, o rei que tinha seu rosto e sua voz chamara-o para perto de si, quando ninguém mais podia ouvir, e fazia-lhe uma única pergunta: "Quem és tu?" E a cada pergunta seus olhos procuravam os de Roberto, para encontrar seu coração. Mas a cada vez Roberto virava a cabeça e respondia orgulhoso: "Eu sou o rei!" E os olhos do rei ficavam tristes e severos.

Ao final de três anos, o Papa convidou o Imperador da Alemanha e o Rei da Sicília, seu irmão, para uma grande reunião na cidade de Roma. O Rei da Sicília foi, com seus soldados e os criados da corte — uma grande procissão de homens a cavalo e a pé. Jamais se vira séquito mais alegre do que aquele: homens em armaduras brilhantes, cavaleiros em esplêndidos trajes de veludo e seda, servos carregando presentes maravilhosos para o Papa. E bem no final vinha Roberto, o bobo. Seu cavalo era um pobre coitado, multicolorido, e o mico seguia montado com ele. Todos nas vilas por onde passavam iam atrás do bobo, apontando e rindo.

O Papa recebeu o irmão com seu séquito na praça em frente à igreja de São Pedro. Com música, bandeiras e flores, deu-lhe as boas-vindas e cumprimentou-o como irmão. Nesse momento, o bobo passou pela multidão e jogou-se aos pés do Papa.

— Olha para mim! — gritou. — Eu sou teu irmão, Roberto da Sicília. Este homem é um impostor que roubou meu trono. Eu sou Roberto, o rei!

O Papa olhou penalizado para o pobre bobo, mas o Imperador da Alemanha virou-se para o Rei da Sicília e disse:

— Não é perigoso, irmão, manter um louco como seu bobo?

E novamente Roberto foi empurrado de volta entre os servos.

Era Semana Santa, e o rei e o imperador, com todo o séquito, iam todos os dias para a grande missa na catedral. Algo maravilhoso e sagrado parecia fazer daquelas as mais belas missas. Todo o povo de Roma sentia como se lá houvesse a presença de anjos. Os homens pensavam em Deus e sentiam suas bênçãos sobre si. Mas ninguém sabia quem trouxera esse sentimento lindo. E quando chegou o dia da Páscoa, nunca houve dia tão sagrado e adorável! Nas grandes igrejas, cheias de flores e com o suave odor do incenso, as pessoas ajoelhadas escutavam os corais, e a música era como a voz dos anjos. Suas orações eram mais merecedoras que antes, as glórias mais alegres; havia algo celestial em Roma.

Roberto da Sicília foi para a missa com os demais e sentou-se no lugar mais humilde junto com os criados. E muitas vezes ouviu as vozes suaves dos coros entoando as palavras em latim que há muito ouvira: "Ele despojou os fortes de seus lugares, e exaltou os de grau inferior." E finalmente, enquanto ouvia, seu coração se enterneceu. Ele também sentiu a estranha e abençoada presença de um poder celestial. Pensou em Deus, e em sua própria fraqueza; lembrou-se de como fora feliz e do pouco que fizera de bom; compreendeu que seu poder não lhe pertencia totalmente. Na noite de Páscoa, enquanto se arrastava para a cama de palha, ele chorou, não porque se encontrava tão miserável, mas porque não fora um bom rei quando tinha poder.

Enfim todas as festividades terminaram, e o Rei da Sicília voltou para sua própria terra com seu povo. Roberto, o bobo, foi também.

No dia do retorno, havia uma missa especial na igreja real, e mesmo após terminada para as pessoas os monges continuavam em orações de glória e agradecimento. O som dos cânticos chegava baixinho até as janelas do palácio. No grande salão de banquetes, o rei sentou-se, em seus trajes reais e ostentando a coroa, enquanto muitas pessoas vieram cumprimentá-lo. Então, ordenou que todos saíssem, pedindo para ficar sozinho; mas mandou que o bobo ficasse. E, quando se encontravam a sós, o rei fitou os olhos de Roberto, como fizera antes, e perguntou, calmamente:

— Quem és tu?

Roberto da Sicília inclinou a cabeça.

— Sabeis melhor que eu — disse. — Eu só sei que pequei.

Enquanto falava, ouviu as vozes dos monges cantando "Ele despojou os fortes de seus lugares" e sua cabeça baixou mais ainda. De repente a música pareceu mudar. Uma luz maravilhosa brilhou por todo canto. Ao levantar os olhos, Roberto viu o rosto do rei sorrindo para ele radiante como nada na terra, e quando se ajoelhou ante a glória daquele sorriso, uma voz soou junto com a música, como uma melodia tacada numa única corda:

— Eu sou um anjo, e tu és o rei!

E Roberto da Sicília ficou só. Suas vestes reais estavam nele mais uma vez. Trazia em si a coroa e o anel real. Ele era rei. E quando os cortesãos voltaram, encontraram seu rei ajoelhado ao trono, absorto no silêncio de uma oração.

O TRIPÉ DE OURO

Adaptada de James Baldwin

Esta história fala dos Sete Sábios da Grécia Antiga, sete sábios legisladores e filósofos que viveram entre 620 e 550 a.C.

Os tripés eram panelas que se sustentavam sobre três pés. Eram utensílios domésticos comuns na Grécia Antiga, mas às vezes também eram obras de arte decoradas elaboradamente. Homero menciona os tripés como prêmios oferecidos aos vitoriosos em vários concursos.

Numa manhã, há muito tempo, um mercador de Mileto estava passeando pelo litoral. Alguns pescadores puxavam uma grande rede, e ele parou para observá-los.

— Meus bons homens — disse —, quantos peixes esperam tirar desta vez?

— Não podemos dizer — responderam. — Nunca contamos com o peixe antes de pegá-lo.

A rede parecia estar bem pesada. Certamente havia algo nela. O mercador tinha certeza de que os pescadores estavam fazendo uma boa pescaria.

— Quanto vocês vão ganhar com os peixes que estão pescando? — perguntou.

— Quanto você pagaria? — disse o pescador.

— Bem, darei três moedas de prata por todos que estiverem na rede — respondeu o mercador.

Os pescadores conversaram baixinho entre si por instantes e então disseram:

— Negócio fechado. Sejam poucos ou muitos, serão seus por três moedas de prata.

Em poucos minutos a grande rede foi tirada da água. Não havia peixe algum. Mas havia um lindo tripé de ouro que valia mais do que milhares de peixes.

O mercador ficou maravilhado.

— Aqui tem o dinheiro — disse. — Deem-me o tripé.

— Nada disso — disse o pescador. — Você ficaria com todos os peixes que houvesse na rede e nada mais. Não lhe vendemos o tripé.

Eles começaram a discutir. Conversaram e argumentaram por muito tempo e não chegaram a um acordo. Então um dos pescadores disse:

— Vamos consultar o governador e fazer o que ele disser.

— Sim, vamos perguntar ao governador — disse o mercador. — Vamos deixar que ele decida a questão para nós.

Assim eles carregaram o tripé até o governador, e cada um contou-lhe sua história.

O governador ouviu mas não pôde decidir quem estava certo.

— Trata-se de uma contenda muito importante — disse ele. — Precisamos ir até Delfos e perguntar ao oráculo se o tripé deve ser dado aos pescadores ou ao mercador. A peça fica sob meus cuidados até que possamos chegar a uma conclusão.

Naquela época o oráculo era tido como muito sábio. Gente de toda parte do mundo ia até lá para contar seus problemas e obter conselhos.

Assim o governador enviou um mensageiro a Delfos para perguntar ao oráculo o que deveria ser feito com o tripé. O mercador e os pescadores esperaram impacientemente até a resposta chegar. E o oráculo falou o seguinte:

"Não dê o prêmio aos pescadores nem ao mercador,
Mas àquele que o mais sábio dos sábios for."

O governador ficou muito satisfeito com a resposta.

— O prêmio deve ir para o homem que mais merecer — disse. — O nosso vizinho, Tales, a quem todos conhecem e amam. Ele é famoso em todo o mundo. Vem gente de todos os lugares para vê-lo e aprender com ele. Daremos o prêmio a ele.

Assim, com as próprias mãos, ele carregou o tripé de ouro para a pequena casa onde Tales morava. Bateu à porta e o próprio sábio a abriu.

O governador contou-lhe como o tripé fora achado e como o oráculo dissera que deveria ser dado ao mais sábio dos sábios.

— E então eu trouxe o prêmio para você, amigo Tales.

— Para mim! — disse Tales, surpreso. — Por quê? Há muitos homens mais sábios que eu. Meu amigo Bias de Priene, por exemplo, supera todos os outros. Envie o lindo presente para ele.

Assim o governador chamou dois de seus oficiais de confiança e mandou que carregassem o tripé até Priene e o oferecessem a Bias.

— Digam ao sábio homem por que trazem o presente, e repitam para ele as palavras do oráculo.

Naquela época, todo mundo ouvia falar da sabedoria de Bias. Ele ensinava que os homens deveriam ser gentis até mesmo com os inimigos. Também ensinava que um amigo é a maior bênção que alguém pode ter.

Era um homem pobre e não tinha nenhum desejo de se tornar rico. "É melhor ser sábio que rico", dizia ele.

Quando chegaram a Priene com o tripé, os mensageiros do governador encontraram Bias trabalhando em seu jardim. Falaram de sua tarefa e mostraram o belo prêmio.

Ele não o aceitaria.

— O oráculo não pretendia que eu o recebesse — falou. — Não sou eu o mais sábio dos sábios.

— Mas o que devemos fazer com o tripé? — perguntaram os mensageiros. — Onde encontraremos o tal sábio?

— Em Mitilene — respondeu Bias. — Lá existe um grande homem chamado Pitacus. Deve ser agora o rei de seu país, mas prefere usar todo o seu tempo estudando a sabedoria. Ele é o homem a quem o oráculo se referiu.

O nome de Pitacus era conhecido por todo o mundo. Tratava-se de bravo soldado e sábio professor. O povo de seu país o fez rei, mas assim que decretou boas leis, ele desistiu da coroa.

Um de seus lemas era: "O que quer que faça, faça-o bem-feito."

Os mensageiros o encontraram em casa conversando com seus amigos e ensinando-lhes sabedoria.

Ele olhou para o tripé.

— Que belo tripé! — disse.

Então os mensageiros contaram-lhe como fora apanhado do mar, e repetiram as palavras do oráculo:

"Não dê o prêmio aos pescadores nem ao mercador,
Mas àquele que o mais sábio dos sábios for."

— Estamos lhe entregando o prêmio — disseram os mensageiros — porque você é o mais sábio dos sábios.

— Vocês estão enganados — respondeu Pitacus. — Eu ficaria satisfeito em possuir obra de arte tão bela, mas sei que não sou o melhor.

— Então, para quem devemos dá-lo? — perguntaram os mensageiros.

— Levem-no para Cleóbulo, o Rei de Rhodes — respondeu o sábio. — Ele é o mais belo e mais forte dos homens, e acredito que seja o mais sábio também.

Os mensageiros prosseguiram até chegarem finalmente à ilha de Rhodes. Lá todos comentavam sobre o Rei Cleóbulo e sua maravilhosa sabedoria. Ele estudara em todas as escolas do mundo, e não havia nada que não conhecesse.

— Eduquem as crianças — dizia, e por esta razão seu nome é lembrado até hoje.

Quando os mensageiros mostraram-lhe o tripé, ele falou:

— Trata-se realmente de uma bela obra de arte. Vocês vão vendê-la? Qual é o preço?

Eles lhe disseram que não estava à venda, mas que deveria ser dado ao mais sábio dos sábios.

— Bem, vocês não encontrarão este homem em Rhodes — disse. — Ele mora em Corinto, e seu nome é Periander. Levem o precioso presente para ele.

Todos ouviam falar de Periander, Rei de Corinto. Alguns ouviam sobre seus grandes ensinamentos, e outros sobre seu egoísmo e crueldade.

Os estrangeiros o admiravam por sua sabedoria. Seu próprio povo desprezava-o por sua fraqueza.

Quando soube que alguns homens tinham vindo a Corinto com um caríssimo tripé de ouro, ele mandou que os conduzissem à sua presença.

— Ouvi falar tudo sobre esse tripé — disse — e sei por que vocês o estão carregando de um lugar para outro. Esperam encontrar algum homem em Corinto que mereça tão rico presente?

— Esperamos que você seja este homem — disseram.

— Ha! ha! — riu Periander. — Acaso pareço o sábio dos sábios? Decerto que não. Mas em Lacedaemon existe um homem bom e nobre chamado Chilon. Ele ama seu país e seus companheiros; adora aprender. Para mim, ele merece o prêmio de ouro. Portanto, sugiro que o levem para ele.

Os mensageiros ficaram surpresos. Nunca tinham ouvido falar de Chilon, pois o nome era pouco conhecido fora de seu país. Mas quando chegaram a Lacedaemon, ouviram falar de suas glórias por todo canto.

Ficaram sabendo que Chilon era um homem muito quieto, que nunca falava de si mesmo e passava todo o seu tempo lutando pela grandeza, pelo poderio e pela felicidade de seu país.

Chilon estava tão ocupado que os mensageiros tiveram que esperar muitos dias antes de poderem vê-lo. Por fim receberam permissão para ir vê-lo e cumprir sua missão.

— Temos aqui um lindo tripé — disseram. — O oráculo de Delfos ordenou que fosse dado ao mais sábio dos sábios, e por esta razão trouxemo-lo para você.

— Pois cometeram um engano — disse Chilon. — Lá em Atenas existe um homem muito sábio de nome Solon. É poeta, soldado e legislador. É meu pior inimigo, e ainda assim eu o admiro como o mais sábio homem no mundo. É para ele que devem dar o tripé.

Os mensageiros se apressaram em carregar o prêmio de ouro para Atenas. Lá não tiveram problemas em achar Solon. Ele era o principal governante daquela grande cidade.

Todas as pessoas que viam falavam encantados de sua sabedoria.

Quando lhe contaram sua tarefa, ele ficou em silêncio por instantes; depois disse:

— Nunca pensei em mim como um homem sábio, e por isso este prêmio não é para mim. Mas sei de pelo menos seis homens que são famosos por sua sabedoria, e um deles deve ser o mais sábio de todos.

— Quem são eles? — perguntaram os mensageiros.

— Seus nomes são: Tales, Bias, Pitacus, Cleóbulo, Periander e Chilon — respondeu Solon.

— Nós oferecemos este prêmio a cada um deles — disseram — e todos, por sua vez, o recusaram.

— Então só há uma coisa a fazer — disse Solon. — Levem-no até Delfos e deixem-no lá no Templo de Apolo, pois Apolo é a fonte da sabedoria, o mais sábio dos sábios.

E foi isso que eles fizeram.

Os homens famosos de quem falei nesta história são normalmente chamados os Sete Sábios da Grécia. Eles viveram há mais de dois mil anos. Cada qual ajudou a tornar famoso seu país, e cada qual se lembrou de que, por mais que soubesse, sempre havia muito mais que não sabia.

A LENDA DIVINA

De Tales of a Wayside Inn,
de Henry Wadsworth Longfellow

Um monge estava ajoelhado sozinho em sua fria e humilde cela, rezando muito fervorosamente. Era um gentil devoto que fora para um monastério recluso, esperando viver uma existência aceitável para Deus. Muitas vezes por dia ele rezava, agradecendo ao Senhor por todas as bênçãos da vida, buscando perdão por seus pecados e pedindo forças para rejeitar a tentação.

Quando se aproximou o meio-dia, a pequena cela de pedra subitamente se encheu de uma luz brilhante. Na hora, erguendo os olhos, o santo homem teve uma visão. Pareceu-lhe que via Cristo, usando vestes simples, andando pelas ruas da vila e pelas terras de colheita, conforme deve ter feito há muito tempo quando pregava na Galileia. Observando, então, o bom monge viu Jesus curando o coxo e o cego, abençoando aos pequeninos e trazendo a palavra de Deus à multidão que se amontoava ao seu redor.

O monge encheu-se de temor e exaltação diante do que via. Sentiu-se abençoado além de todos os desertos, e seu coração se viu repleto de amor e graças ao Senhor por mostrar-se assim ao seu humilde servo.

"É maravilhoso que um pobre monge seja agraciado com esta visão divina, e que Jesus de Nazaré visite minha cela solitária!", pensou.

E permaneceu ajoelhado sobre a pedra dura e fria, regozijando-se por ser testemunha de tamanha glória, e evitando até mesmo respirar, temeroso de que a visão celestial desaparecesse.

Mas sua alegria foi subitamente interrompida por um som familiar. O sino da capela começou a tocar ruidosa e persistentemente, chamando-o para deixar a cela e cumprir seus afazeres diários. Era a hora do encontro, quando, com chuva ou sol, no frio do inverno ou calor do verão, o doente, o pobre, o coxo e o cego juntavam-se diante dos portões do monastério. Ali recebiam sua cota diária de pão, que os bons irmãos faziam especialmente para os necessitados. E era tarefa deste monge ir todas as tardes distribuir a caridade.

O santo homem estava cheio de dúvidas e pesares. O que deveria fazer? Como poderia voltar as costas para a magnífica visão? Não viera o próprio Jesus agraciar sua pequena e fria cela? Certamente ele não deveria insultar a visão divina levantando-se e deixando vazio o lugar por uma multidão de maltrapilhos mendigos diante do portão. Eles poderiam esperar um pouco, afinal. Não haveria mal nisso. Era bem melhor ficar ajoelhado em oração ante este glorioso sinal, enquanto durasse.

Mas a ideia dos pobres esperando nos portões não lhe abandonava a mente. Ele recordou a ansiedade, os olhares de preocupação estampados em seus rostos, a tristeza em seus olhos, a fraqueza com que esticavam os braços. Muitos não tinham outro alimento que não o pão recebido uma vez ao dia das mãos do bondoso irmão. É claro que poderiam esperar, mas seria certo deixá-los esperar famintos e receosos até mesmo por poucos minutos quando suas vidas já se encontravam repletas de um triste esperar?

Parecia ao monge que as duas sensações agora brigavam em sua alma — êxtase com a radiante visão diante de si e um profundo sofrimento pelas pessoas à sua espera. Deveria ir ou ficar? Se voltasse as costas, a radiante visão permaneceria ou fugiria? Se desaparecesse, alguma vez voltaria? Ele vasculhou o coração em busca de uma resposta, e tentou pensar o que teria feito o próprio Jesus em seu lugar. Iria o Mestre, cujo trabalho na terra era curar os doentes e confortar os aflitos, que mostrou ao homem como amar a seu próximo, que falou de caridade, compaixão e fraternidade — deixaria ele seus irmãos e irmãs esperando com frio e fome diante dos portões, mesmo que por um breve instante?

E enquanto o monge assim se questionava, parece que ouviu uma voz sussurrar-lhe no peito:

— Cumpra sua tarefa, e deixe o resto com Deus.

Então ele soube o que deveria fazer. Levantou-se enquanto dava uma última e longa olhada para a bendita visão, deixou a cela e correu para alimentar os pobres.

Havia tantos carentes naquele dia! O monge trabalhou o mais rápido que pôde, passando por entre as figuras amontoadas, colocando os preciosos pães em suas trêmulas mãos. E toda vez que esvaziava a cesta, mais rostos implorantes apareciam. Ele teve a impressão de que nunca terminaria sua tarefa! Ansiava por voltar para a reclusão de sua cela, onde poderia refletir com calma sobre a maravilhosa visão que lhe fora enviada. Preocupava-se por tê-la desprezado voltando-lhe as costas. Deveria ter ficado? A pergunta ardia-lhe na consciência. Se ao menos sua tarefa terminasse logo, então poderia voltar à solidão de seus aposentos e examinar sua decisão, para saber se fizera a escolha correta.

Finalmente, após uma longa hora, o trabalho do dia terminou, e ele se viu livre para voltar à cela. Ao voltar o rosto para o mosteiro, viu como se as altas paredes estivessem a emitir uma luz suave. Prendeu a respiração como uma súbita esperança. Apressando-se pelo longo e estreito corredor até seu quarto, empurrou a porta e parou no umbral, espantado.

Pois ali em seu quarto permanecia ainda a radiante visão, como antes. Durante a longa hora de ausência, Jesus aguardara o retorno do bom monge.

O santo homem sentiu uma onda de júbilo crescer em seu coração, e ajoelhou-se ante a imagem celestial.

Ele inclinou sua cabeça, e a visão falou:

— Tivesses ficado, e eu teria de fugir.

E então o monge soube que fizera a escolha certa quando foi ajudar seus irmãos e irmãs.

SANTIDADE VERDADEIRA

Baseada em adaptação de Joel H. Metcalf

Havia um eremita que morava numa caverna do deserto e cujo único alimento consistia em raízes, avelãs e um pouco de pão que os camponeses lhe davam. Ele passava o dia inteiro rezando e lendo as sagradas Escrituras, e a cada hora da noite ele se levantava e fazia uma breve oração.

Fazia isso pois desejava levar uma vida aceitável para Deus e ser um santo verdadeiro — um dos maiores e melhores que já se viu no mundo.

Finalmente, quando envelheceu, tendo-se mantido fiel em suas orações, jejuns e vigílias por muitos anos, pediu ao Senhor que lhe mostrasse o progresso obtido na vida espiritual.

— Oh, Deus! — rogou. — Mostrai-me alguém que tenha conseguido maior santificação que eu, e assim poderei ver como melhorar minha vida. — E imediatamente sua prece foi atendida.

Um anjo vestido de branco veio até ele e disse:

— Amanhã vai até a cidade mais próxima e no mercado encontrarás um palhaço fazendo truques e provocando o riso das pessoas. Ele é o homem que procuras.

O eremita ficou surpreso e humilhado, pois suspeitava que não houvesse alguém melhor que ele. Mas fez o que lhe foi dito, e na praça pública achou um homem que tocava primeiramente uma música, depois entoava uma canção, em seguida fazia uns truques de mágica, e por fim passava o chapéu.

O eremita o observou com desgosto, mas, terminada a apresentação, levou-o a uma pequena distância e perguntou-lhe se fora sempre um palhaço, o que fizera de bom, e que orações e penitências teria feito para tornar-se amado por Deus.

O sorriso no rosto do palhaço desapareceu, e ele disse:

— Não fazei troça de mim, santo pai. Envergonho-me ao confessar que esqueci como se reza. Nem me recordo de ter feito alguma caridade. Tudo que faço é tocar minha flauta, rir e cantar por uns poucos trocados, mesmo quando meu coração está triste.

Mas o eremita não quis aceitar essa resposta, pois o anjo lhe dissera que o palhaço era mais santo que ele. Então insistiu:

— Lembra-te! Alguma vez deves ter feito algo grandioso em nome de Deus.

Mas o menestrel falou:

— Não, não consigo lembrar nada de bom que tenha feito. Nunca mereci nenhuma glória de Deus ou do homem.

— Mas — insistiu o eremita — sempre foste um vagabundo? Sempre um mendigo, como és agora?

— Oh, não — disse. — Vou contar-te como fiquei pobre. Há alguns anos, quando eu era jovem, acabara de receber minha parte na propriedade de meu pai, na longínqua cidade onde morava, quando vi uma mulher à beira da estrada, cansada e chorando, como que perseguida por inimigos. Perguntei-lhe o que houve, e ela disse que seu marido e filhos haviam sido vendidos como escravos por uma dívida. Não só estava desabrigada e pobre como homens maus queriam levá-la como escrava também. É claro que não havia nada a fazer senão comprar sua liberdade e a de sua família, o que levou todo o dinheiro que eu tinha. Isto explica minha pobreza. Não houve mérito algum nisso. Qualquer um faria o mesmo, e eu já havia quase esquecido.

O eremita, então, entendeu por que o Senhor considerou o palhaço mais santo que ele.

— Toda a minha vida me esforcei pela minha salvação, e os homens me chamavam de santo. Mas este pobre flautista, por uma boa ação, posicionou-se muito à frente na corrida para o céu. Ele pode esquecer o que fez, mas Deus não.

Então o eremita voltou para sua caverna, um pouco mais triste porém mais sábio, pois sabia agora que a verdadeira santidade não poderia ser egoísta. Acrescentou em suas orações e jejuns o desejo de ajudar aos outros da maneira que pudesse, mas ainda vivia sozinho em sua caverna.

Dez anos depois, tornou a rogar a Deus que lhe mostrasse alguém mais santo que ele, para que pudesse imitá-lo em sua retidão.

Então o anjo veio, como antes, e disse-lhe que numa pequena fazenda ali por perto moravam duas mulheres, e nelas poderia encontrar duas almas que lhe mostrariam o apelo superior do dever e da santidade.

E ele empreendeu a segunda peregrinação. Quando chegou à fazenda, as duas mulheres o receberam com alegria. Estavam honradas em receber a visita de um santo tão perfeito. Sua fama chegara antes. Elas lhe trouxeram comida e bebida, e o receberam tão fartamente quanto lhes permitiram suas pequenas provisões.

O eremita, porém, mal podia esperar para descobrir delas o segredo de sua aceitabilidade para com Deus; portanto, perguntou--lhes de suas vidas.

— Não temos história — disseram. — Sempre trabalhamos duro na casa e no campo, com nossos maridos. Temos muitos filhos amados de quem devemos cuidar. Sofremos pobreza, doenças e mortes, mas assim são todas as famílias, pois não somos diferentes dos demais.

— Sim, mas... — disse o eremita —... e suas boas ações? O que têm feito para Deus?

— Ora, nada! — disseram. — Não temos dinheiro para dar. Somos pobres. Não temos tempo para fazer muito por outras pessoas, pois nossas famílias nos mantêm ocupadas da manhã à noite, mas somos muitos felizes e contentes.

Apesar de todos os questionamentos, o monge não conseguiu obter nenhuma resposta, por isso desistiu. E partiu desapontado, quando pensou em passar numa casa vizinha e ali perguntar sobre as duas mulheres.

— Ora — disseram —, são as melhores pessoas que já existiram. Moram aqui há 25 anos e ninguém ouviu qualquer animosidade delas; e passaram por muitos sofrimentos, isso sim! Elas se importam com seus próprios problemas e recebem a todos com palavras doces e um sorriso agradável.

Então uma luz imensa pareceu abrir a mente do eremita.

Ele viu quantas maneiras existem para servir a Deus. Alguns O servem em igrejas e celas reclusas através de glórias e oração. Alguns O servem nas estradas, ajudando estranhos em necessidade ou desespero. Outros vivem na fé e na ternura de lares humildes, trabalhando, educando os filhos, mantendo-se alegres e gentis. Outros mais suportam a dor pacientemente, pela graça de Deus. Infinitas são as maneiras, que somente o Pai Celestial vê.

E o eremita pensou: "Tenho vivido sozinho todos esses anos, controlando meu temperamento, sendo paciente e cordato. Mas poderia ter feito o mesmo com as preocupações de uma vida em família? Posso viver com muito pouco, mas como estaria na pobreza quando outros sofrem além de mim? A fadiga e o desgaste de ganhar o pão para outrem talvez fossem demais para mim. Agora sei o que Deus queria me dizer. É mais difícil ser um santo em casa que num deserto, e para aqueles que, com muita fé, seguiram o caminho mais árduo é maior o crédito. Talvez tenha sido um erro egoísta de minha parte ir para o deserto quando a vida comum teria me fornecido tudo que eu poderia pedir — espaço para abnegação e uma estrada que me levasse diariamente um pouco mais para perto de Deus.

TRÊS PERGUNTAS

Leon Tolstoi

Certo rei um dia apercebeu-se que se soubesse sempre a hora certa de começar, se soubesse sempre quem eram as pessoas a ouvir e a quem evitar, e acima de tudo se soubesse o que era mais importante a fazer, ele nunca falharia no que empreendesse.

E quando ocorreu-lhe a ideia, proclamou por todo o reino que daria uma grande recompensa a quem lhe pudesse ensinar a hora certa de agir, quem eram as pessoas mais necessárias e como poderia distinguir o mais importante a ser feito.

E homens cultos vieram ter com o rei, mas cada qual respondeu às perguntas de maneira diferente.

Tão distintas foram as respostas que o rei não concordou com nenhum deles e não deu a recompensa a ninguém. Mas, ainda desejando encontrar a resposta certa para suas perguntas, decidiu consultar o eremita, muito conhecido por sua sabedoria.

O eremita vivia numa floresta da qual nunca saíra, e não recebia ninguém a não ser pessoas comuns. Então o rei vestiu roupas simples e, antes de chegar ao regaço do eremita, apeou do cavalo e, deixando seu guarda-costas para trás, foi sozinho.

Quando o rei se aproximou, o eremita cavava o chão em frente à sua cabana. Vendo o rei, cumprimentou-o e continuou cavando. O eremita estava fragilizado e enfraquecido, e, cada vez que enfiava a pá no chão e remexia um pouco de terra, inspirava profundamente.

O rei veio até ele e falou:

— Vim ter contigo, sábio eremita, para pedir-te que respondas a três perguntas: Como posso aprender a fazer o que é certo na hora certa? Quem são as pessoas de que mais preciso, e a quem devo, portanto, prestar mais atenção que aos demais? E que assuntos são os mais importantes e precisam primeiramente da minha atenção?

O eremita ouviu o rei mas nada respondeu. Apenas cuspiu em suas mãos e recomeçou a cavar.

— Estás cansado — disse o rei. — Deixa-me pegar tua pá e trabalhar um pouco para ti.

— Obrigado! — disse o eremita, e, dando a pá ao rei, sentou--se no chão.

Depois de ter cavado duas sementeiras, o rei parou e repetiu as perguntas. Novamente o eremita nada respondeu, mas levantou-se, esticou a mão para a pá e disse:

— Agora descansa um instante e deixa-me trabalhar um pouco.

Mas o rei não lhe deu a pá e continuou a cavar. Uma hora se passou, e mais outra. O sol começou a descer por trás das árvores; o rei finalmente enfiou a pá no chão e disse:

— Vim a ti, sábio homem, para obter respostas às minhas perguntas. Se não podes me dar nenhuma, dize-me então, e voltarei para casa.

— Vem alguém correndo — disse o eremita. — Vamos ver quem é.

O rei virou-se e viu um homem barbado sair correndo da floresta. O homem trazia as mãos pressionadas contra o próprio flanco, e por ali escorria-lhe o sangue. Quando alcançou o rei, caiu desmaiado no chão, gemendo baixinho. O rei e o eremita afrouxaram suas roupas. Havia uma grande ferida em seu corpo. O rei lavou-a da melhor maneira que pôde, cobriu-a com seu lenço e uma toalha do eremita. Mas o sangue não parava de jorrar, e o rei muitas vezes lavou e cobriu a ferida. Quando finalmente o sangue estancou, o homem se recuperou e pediu algo para beber. O rei trouxe água fresca e deu-a para ele. Entrementes, o sol se pôs e começou a fazer frio. Então o rei, com a ajuda do eremita, carregou o ferido para dentro da cabana e deitou-o na cama. Já deitado, o homem fechou os olhos e se aquietou, mas o rei estava tão cansado da caminhada e do trabalho que havia executado que se agachou na entrada e também pegou no sono — tão profundamente que dormiu toda a curta noite de verão. Ao despertar pela manhã, demorou a se lembrar onde estava, ou quem era aquele homem barbado deitado na cama e encarando-o tenazmente com olhos brilhantes.

— Desculpa-me! — disse o homem barbado com a voz fraca, ao ver que o rei estava acordado e olhando para ele.

— Não te conheço, e não tens nada a ser perdoado — disse o rei.

— Não me conheces, mas eu te conheço. Sou aquele inimigo que jurou vingar-se de ti por teres executado seu irmão e tomado sua propriedade. Soube que tinhas vindo sozinho para ver o eremita e resolvi matar-te pelas costas. Mas o dia passou e tu não voltavas. Assim, saí de minha emboscada para encontrar-te e cheguei até teus guarda-costas. Eles me reconheceram e feriram. Eu escapei deles, mas teria sangrado até a morte se não tivesses cuidado de minha ferida. Eu queria matar-te e salvaste minha vida. Agora, se eu sobreviver, servir-te-ei como o mais fervoroso servo e direi a meus filhos para fazerem o mesmo. Perdoa-me!

O rei ficou muito satisfeito por ter feito a paz com seu inimigo tão facilmente e por tê-lo ganhado como amigo; portanto, não apenas o perdoou como disse também que mandaria seus servos e seu próprio médico para atendê-lo, e prometeu devolver-lhe a propriedade.

Tendo deixado o homem ferido, o rei foi para o alpendre e procurou pelo eremita. Antes de ir embora, desejava mais uma vez solicitar respostas para as perguntas que fizera. O eremita estava lá fora, ajoelhado, plantando na sementeira que fora cavada no dia anterior.

O rei se aproximou e disse:

— Pela última vez, peço que respondas a minhas perguntas, homem sábio.

— Já recebeste tuas respostas — disse o eremita, ainda agachado sobre as pernas delgadas e erguendo os olhos para o rei, que se postava diante dele.

— Como? O que queres dizer? — perguntou o rei.

— Não vês? — replicou o eremita. — Se não tivesses ficado com pena de minha fraqueza ontem e cavado essas sementeiras para mim, mas tivesses ido embora, aquele homem o teria atacado e terias te arrependido por não teres permanecido comigo. Por isso a hora mais importante foi quando cavavas as sementeiras; eu era o homem mais importante; e fazer-me um favor foi a coisa mais importante. Depois disso, quando aquele homem chegou correndo, a hora mais importante foi quando cuidavas dele, pois se não tivesses cuidado de suas feridas ele teria morrido sem estar em paz contigo. Por isso ele era o homem mais importante, e o que fizeste por ele foi a coisa mais importante. Lembra-te então: há somente um momento que é importante — agora! É a hora mais importante porque é o único instante em que temos algum poder. O homem mais necessário é aquele com quem estás, pois ninguém sabe se vai tornar a lidar com outro alguém; e o assunto mais importante é fazer o bem para ele, pois com este propósito apenas foi o homem enviado a esta vida.

SANTO AGOSTINHO NA PRAIA

Adaptada da versão de Peggy Webling

Esta lenda é sobre Santo Agostinho de Hippo (354-430).

Aconteceu que num lindo dia de verão Santo Agostinho estava andando sozinho pela praia.

O sol brilhava no oceano e na areia branca. De vez em quando uma gaivota voava no céu ou tirava um rasante das ondas. Pequenos flocos de nuvens macias flutuavam no azul do céu, e o sussurro das águas era o único barulho.

O solitário homem refletia profundamente sobre um assunto que nem ele podia entender, embora fosse um dos homens mais inteligentes e cultos. Ponderava sobre os atos de Deus, tentando ver o interior de seu significado oculto. Lutava para compreender o Plano Divino por trás dos acontecimentos, e seu coração se enchia de frustração e angústia por não conseguir encontrar explicações claras.

De repente ele se aproximou de um menininho que cavara um buraco na areia. Ele enchia um pequeno balde na beira da praia, corria e o esvaziava no buraco, então retornava para buscar mais água do mar. Balde após balde, ele derramava no buraco.

— O que está fazendo, menino? — perguntou o sábio.

A criança não mostrou nenhuma surpresa com a pergunta, nem mesmo ergueu a cabeça.

— Vou esvaziar a água do mar por este buraco, meu Pai — respondeu ele.

— Isto é impossível, meu pequeno! — exclamou o sábio, com um sorriso.

O menino olhou para o seu rosto.

— Não mais impossível que para você compreender os mistérios de Deus — respondeu baixinho.

O santo homem foi atingido pela verdade das simples palavras. Seu coração estava humilhado. Nesse instante a frustração deixou sua mente. Ele cobriu os olhos com as mãos e sentiu-se agradecido, pois a fé pôde preencher o vazio onde o entendimento não bastara.

Ao levantar a cabeça depois de alguns instantes, deu-se conta de que estava só com o céu e o mar.

A MELANCIA E O PROFESSOR

Adaptada de Mary Hayes Davis e Cheow-Leung
Lenda chinesa

Wu-Kiao era professor em uma grande universidade chinesa, e um homem muito orgulhoso e culto. Dava aulas a centenas de estudantes, e milhares deles o louvavam. Quando saía de sua casa, cinco pessoas o seguiam, cantando e batendo o tambor por todo o caminho, e oito homens carregavam sua liteira. Em casa, tinha seis criados ao seu dispor. À mesa, trinta pratos eram servidos a cada refeição.

O professor era um grande homem. Através de sua sabedoria e profundo conhecimento, explicava todas as questões.

Um dia Wu-Kiao estava sentado à sombra de uma árvore em seu jardim. Então virou-se e viu uma melancia no chão, quase toda coberta por suas folhas verdes. Vendo a figueira com tantos figos, ele falou:

— Acho que o Criador deveria ter feito a melancia crescer nesta árvore.

Tocou nela e disse:

— Como és forte! Bem poderias dar frutas grandes como a melancia!

E disse à videira:

— Tu, tão fina e pequenina, deverias dar frutas pequenas como o figo. As coisas não estão bem ordenadas. Há erros na criação.

Nesse momento um figo caiu da árvore em cima do seu nariz, fazendo um pequeno hematoma.

Então ele disse:

— Eu estava errado. Se a figueira desse frutas grandes como uma melancia e uma caísse em meu nariz, acho que estaria morto. Seria uma árvore perigosa para todos. Preciso estudar mais cuidadosamente. Conheço muitas coisas e muitas pessoas; e se eu estudar e pensar mais profundamente, talvez venha a saber que o trabalho do Criador é perfeito.

A ÁRVORE MARAVILHOSA

Adaptada da versão de Friedrich A. Krummacher

Em um dia de primavera, o Príncipe Salomão estava sentado debaixo das palmeiras nos jardins reais quando viu o profeta Natan caminhando pelas redondezas.

— Natan — disse o Príncipe —, eu gostaria de ver uma maravilha.

O profeta sorriu.

— Tive o mesmo desejo nos dias de minha juventude — retrucou.

— E foi realizado? — perguntou Salomão.

— Um Homem de Deus veio até mim — disse Natan — com uma semente de romã nas mãos. Ele disse: "Observa em que isto se transformará." Então fez um buraco no chão, plantou a semente e cobriu-a. Quando retirou a mão, a terra se abriu em torrões, e vi duas folhinhas brotando. Mas eu nem bem as tinha visto quando se juntaram e viraram um pequeno caule envolvido numa casca; e o caule cresceu diante de meus olhos — e ficou mais espesso e alto, e cobriu-se de galhos.

"Fiquei maravilhado, mas o Homem de Deus me pediu, com um gesto, para fazer silêncio. 'Vê', disse ele, 'inicia-se uma nova criação.'

"Então ele pegou da água na palma da mão e borrifou os galhos três vezes, e eis que os galhos ficaram cobertos de folhas verdes, tanto que uma sombra fresca se espalhou sobre nós, e o ar se encheu de perfume.

"De onde vêm este perfume e esta sombra?, perguntei.

"'Então não vês?', disse ele. 'Estas flores da cor do carmim brotando em buquês por entre as folhas?'

"Eu ia quase falando, mas uma brisa suave movia as folhas, espalhando as pétalas das flores ao nosso redor. Elas mal tocaram o chão quando vi romãs avermelhadas penduradas sob as folhas da árvore, como amêndoas na varinha de Aarão. Então o Homem de Deus se foi, e eu fiquei tomado de espanto."

— Onde está ele, esse Homem de Deus? — perguntou o Príncipe Salomão interessado. — Qual é o seu nome? Ele ainda está vivo?

— Filho de Davi — disse Natan —, eu falava de um sonho.

Ao ouvir isso, o Príncipe ficou desapontado.

— Como pudeste me enganar assim? — perguntou.

Mas o profeta retrucou:

— Eis que nos jardins de teu pai podes ver diariamente o desdobrar de árvores maravilhosas. O mesmo milagre não acontece com o figo, a tâmara e a romã? Eles nascem da terra, seus galhos e folhas brotam, florescem, dão fruto — não em um momento, talvez, mas em meses e anos. Mas não reconheces a diferença entre um minuto, um mês ou um ano aos olhos d'Ele para quem um dia é como milhares de anos, e milhares de anos como um dia?

AS TRÊS PEDRAS PESADAS

Esta história vem de uma leitura escolar de meados do século XIX.

Era nos confins do deserto, entre rochas desnudas e inacessíveis, que Ben Achmet, o Dervixe, levava uma vida de austeridade e devoção. Uma caverna nas rochas era sua morada. Raízes e frutas, escassos produtos da estéril região que habitava, satisfaziam-lhe a fome, e a fonte borbulhante embaixo de um penhasco das redondezas saciava-lhe a sede.

Ele um dia foi sacerdote numa imponente mesquita, e conduzira escrupulosamente as cerimônias da fé maometana. Mas, na busca de uma vida de total devoção, abandonou a mesquita e sua autoridade sacerdotal e foi se instalar no deserto para levar seus dias como eremita.

Anos se passaram para Ben Achmet, e a fama de sua santidade se espalhou por terras longínquas. Ele frequentemente supria os viajantes do deserto com água de seu pequeno poço. Nos tempos de praga, deixava sua solitária morada para cuidar dos doentes e confortar os moribundos nas vilas que se espalhavam pela região. Muitas vezes estancou o sangue de árabes feridos, curando-os. Sua fama se espalhou pelo mundo; seu nome inspirava veneração, e até mesmo os nômades saqueadores desistiam de seus ataques a pedido de Ben Achmet, o Dervixe.

Akaba era um ladrão árabe. Tinha um bando de homens sem lei sob seu comando prontos a fazerem o que mandasse. Possuía um depósito recheado de tesouros usurpados e um sem-número de prisioneiros. A santidade de Ben Achmet chamou-lhe a atenção; sua consciência o atormentou com culpas, e passou a desejar fama tão grande por sua devoção como tinha sido por seus crimes.

Ele foi até a morada do Dervixe e falou-lhe de seus anseios.

— Ben Achmet — falou —, tenho quinhentos ladrões prontos a me obedecerem. Tenho um sem-número de escravos sob meu comando. E tenho um ótimo depósito recheado de tesouros. Diga--me como acrescentar a isso a esperança de uma imortalidade feliz.

Ben Achmet levou-o à base de um penhasco próximo, que era bastante escarpado e alto. Apontando para três pedras grandes que se encontravam perto umas das outras, disse-lhe para pegá-las do chão e segui-lo rochedo acima.

Akaba, carregado com as pedras, mal podia se mexer. Subir o rochedo era impossível.

— Não posso segui-lo com esta carga, Ben Achmet — disse ele.

— Então livre-se de uma das pedras — respondeu o Dervixe — e siga-me depressa.

Akaba largou uma, mas seu fardo ainda era pesado demais para prosseguir.

— Estou lhe dizendo que é impossível — gritou o chefe dos ladrões. — Não consigo dar nem um passo com tamanha carga.

— Largue outra pedra, então — disse Ben Achmet.

Akaba prontamente soltou no chão a segunda e, com grande dificuldade, subiu um pouco. Mas logo, exausto pelo esforço, gritou novamente que não poderia seguir adiante.

Ben Achmet disse-lhe para largar a última pedra, o que de pronto atendeu, e se pôs a subir com facilidade, logo chegando junto com seu guia ao topo do rochedo.

— Filho — disse Ben Achmet —, você tem três cargas que o atrasam no caminho para um mundo melhor. Dispense sua tropa de saqueadores sem lei. Liberte seus prisioneiros. Devolva as posses roubadas a seus donos. É mais fácil para Akaba subir este rochedo com estas rochas que jazem sob seus pés do que seguir em busca de um mundo melhor ambicionando poder, prazer e posses.

O FARISEU E O COLETOR DE IMPOSTOS

Adaptada da versão de Eva March Tappan

Parábola baseada em Lucas 18:9-14

Jesus contou uma parábola para algumas pessoas que pensavam ser mais corretas que todas as outras e escarneciam das demais.

Ele disse:

— Havia uma vez dois homens que foram ao Templo rezar. Um era um fariseu e o outro, um coletor de impostos.

Nesse momento as pessoas começaram a prestar mais atenção, pois muitas achavam que o coletor de impostos era tão ruim que quase não tinha o direito de entrar no Templo. Os fariseus, por outro lado, eram conhecidos por sua correta observância das cerimônias sagradas.

— E foi assim que eles rezaram — continuou Jesus. — O fariseu afastou-se e disse em voz alta, para que todos pudessem ouvir: "Deus, agradeço por não ser como os outros homens. Sou feliz por não ter ganância por dinheiro e por não ser injusto, como este coletor de impostos. Jejuo duas vezes por semana, e dou ao Templo um décimo de todo o meu dinheiro."

"O coletor de impostos não se aventurou a adentrar totalmente o Templo, ficando no canto do pátio. Não ousou levantar os olhos para o céu, mas, ao fazer sua oração, bateu no peito com pesar e pensou: 'Sou um pecador, mas que Deus tenha piedade de mim!'

"Então", disse Jesus, "o coletor de impostos foi para casa aceito por Deus, mas o fariseu deixou de ser aceito porque não estava realmente arrependido. Pois todo aquele que exaltar a si mesmo será humilhado, mas aquele que se humilhar será exaltado."

ORAÇÃO DO VERDADEIRO CONHECIMENTO

Thomas à Kempis

Concedei-me, ó Senhor, o conhecimento do que devo conhecer,
O amor do que devo amar,
O louvor ao que mais Vos deleita,
O valor do que é mais precioso aos Vossos olhos,
O ódio ao que Vos é mais ofensivo.

Não tolerai que eu julgue conforme a visão de meus olhos,
Nem que sentencie segundo o que escutam ouvidos de homens ignorantes;
Mas que discirna verdadeiramente entre coisas visíveis e as espirituais,
E acima de tudo, que indague sempre qual é o benéfico prazer da Vossa vontade. Amém.

ABRAÃO E O VELHO

Adaptada de Horace E. Scudder

Parábola atribuída ao sábio e clérigo Jeremy Taylor (1613-1667)

O patriarca Abraão sentou-se à porta de sua tenda. Era noite, quando habitualmente ficava atento a quaisquer estranhos que pudessem por lá passar, pois a estes ordenava que entrassem em sua tenda. Abraão notou um ancião aproximando-se, curvado sobre seu bastão, cansado de viajar e arqueado pela velhice, pois o homem tinha cem anos de idade.

Abraão ergueu-se e pediu ao velho que entrasse em sua tenda. Após lavar-lhe os pés e dar-lhe o melhor assento, Abraão ofereceu-lhe carne. O velho comeu em silêncio, sem antes fazer uma prece.

— Por que não cultuaste o Deus do céu? — indagou Abraão.

— Eu adoro o fogo apenas; não conheço outro Deus — disse o velho.

Abraão enfureceu-se e expulsou seu hóspede para as trevas noturnas. Então Deus chamou Abraão e disse:

— Onde está o desconhecido que estava em tua tenda?

— Eu o expulsei — disse o patriarca —, pois ele não O adorava.

Então Deus respondeu a Abraão:

— Nestes cem anos eu o tenho tolerado, embora ele não me honre, e tu não pudeste tolerá-lo por uma noite sequer, embora não tenha te causado problema algum?

Arrependido, Abraão saiu, trouxe o velho de volta, deu-lhe repouso e o deixou seguir pela manhã.

SEU SEGUNDO EMPREGO

Narrado a Fulton Oursler por Albert Schweitzer

Uma das figuras realmente marcantes do século XX, Albert Schweitzer (1875-1965) já havia se tornado o organista mais importante da Europa, um aclamado biógrafo, e um teólogo de primeira linha, aos trinta anos, quando decidiu estudar medicina para devotar sua vida a ajudar pessoas na África. Em 1913, Schweitzer e sua esposa Helena viajaram para a então África Equatorial Francesa para fundar o Hospital Schweitzer às margens do rio Ogooué, onde milhares de pessoas receberam tratamento durante as décadas seguintes. Nesta passagem, o homem cuja obra inspirou o mundo nos desafia a buscar aventuras para o espírito.

Muitas vezes dizemos: "Gostaria de fazer o bem na terra, mas, com tantas responsabilidades em casa, no trabalho e nos negócios, estou sempre numa roda-viva. Ando enterrado em minhas ocupações triviais, e não consigo dar sentido à vida."

Este erro é perigoso e comum. Para ser útil aos outros, todo homem pode encontrar à sua porta aventuras espirituais — nossa fonte de paz verdadeira e satisfação ao longo da vida. Para conhecer esta felicidade, não é preciso negligenciar os deveres ou fazer coisas espetaculares.

Esta carreira para o espírito eu chamo de "seu segundo emprego". Nele não há pagamento, a não ser o privilégio de executá-lo. Nele você achará chances nobres e encontrará força profunda. Aqui toda a sua energia sobressalente poderá ser utilizada, pois o que o mundo mais carece hoje é de homens que se ocupem com as necessidades de outros homens. Nesta obra destituída de egoísmo, uma bênção cai tanto sobre aquele que ajuda quanto sobre aquele que é ajudado.

Sem tais aventuras espirituais o homem ou a mulher de hoje caminha nas trevas. Sob a pressão da sociedade moderna, tendemos a perder nossa individualidade. Nosso desejo de criação e autoexpressão é sufocado; a verdadeira civilização é, neste aspecto, retardada.

Qual é a solução? Não importa quão ocupados estejamos, qualquer ser humano pode configurar sua personalidade, aproveitando toda oportunidade de uma atividade espiritual. Como? Através do seu segundo emprego; através de uma ação pessoal, por menor que seja, para o bem do próximo. Ele não terá que ir muito longe procurar por oportunidades.

Nosso maior erro como indivíduos é que seguimos pela vida com os olhos fechados às nossas chances. Assim que os abrimos e deliberadamente olhamos à nossa volta, vemos muitos que precisam de ajuda, não apenas em grandes projetos, mas nas menores ações. Para onde quer que vire seu rosto, o homem poderá encontrar alguém que precise dele.

Um dia eu estava viajando pela Alemanha num vagão de terceira classe ao lado de um jovem angustiado que parecia estar à procura de algo que não podia ser visto. À sua frente estava um velho inquieto e bastante preocupado. O rapaz comentou que anoiteceria antes que pudéssemos chegar à cidade mais próxima.

— Não sei o que fazer quando chegarmos lá — disse o velho ansiosamente. — Meu filho único está muito doente no hospital. Recebi um telegrama pedindo que eu viesse imediatamente. Preciso vê-lo antes que morra. Mas sou do interior e receio que vá me perder na cidade.

— Conheço bem a cidade — replicou o jovem. — Saltarei do trem com o senhor e o levarei até seu filho. Tomarei outro trem mais tarde.

Ao deixar o compartimento, eles caminharam juntos como irmãos.

Quem pode julgar o efeito daquele pequeno ato de bondade? Você também pode cuidar de pequenas coisas que precisam ser feitas.

Durante a Primeira Guerra Mundial, um motorista de táxi foi declarado muito velho para o serviço militar. Ele foi de um escritório a outro, oferecendo sua força de trabalho durante o seu tempo livre, e era sempre rejeitado. Finalmente ele se deu uma tarefa. Os soldados dos acampamentos fora da cidade recebiam licença para vir ao centro antes de ir para a linha de frente. Às oito horas o velho motorista ia à estação de trem e procurava por soldados que pareciam confusos. Quatro ou cinco vezes todas as noites, até o momento da desmobilização, ele servia como guia voluntário através da confusão das ruas de Londres.

Por nos sentirmos constrangidos, relutamos em nos aproximar de um estranho. O receio de ser rejeitado é motivo de grande parte da frieza do mundo; parecemos indiferentes quando na verdade, em geral, estamos apenas tímidos. A alma aventureira tem de quebrar essa barreira, decidindo com antecedência não se importar com uma rejeição. Se ousarmos com sabedoria, mantendo sempre certa reserva ao nos aproximar, descobriremos que, ao nos abrirmos para os outros, também abrimos portas nos outros.

Trabalho organizado de assistência é, logicamente, uma necessidade, mas as lacunas devem ser preenchidas por atendimento pessoal, desempenhado com carinhosa gentileza. A organização da caridade é um negócio complexo; como um automóvel, ela precisa de uma autoestrada ampla para se mover, e não pode entrar pelos atalhos; estes são para que homens e mulheres nele caminhem, com os olhos abertos e os corações cheios de compreensão.

Não podemos privar nossa consciência de uma organização nem de um governo. "Acaso sou o guardião de meu irmão?" Certamente! Não posso fugir à minha responsabilidade simplesmente dizendo que o Estado fará tudo que for preciso. É uma tragédia que hoje em dia muitos pensem e sintam o oposto.

Mesmo no âmbito familiar os filhos acreditam que não têm de cuidar dos pais. Mas as pensões dos idosos não são suficientes para livrar os filhos de seus deveres. Desumanizar tais cuidados é um equívoco porque desfaz o princípio do amor, que é o pilar do crescimento dos seres humanos e da própria civilização.

Você pode achar que minha esposa e eu levamos uma vida maravilhosa na selva equatorial. Mas este é apenas o lugar onde por um acaso estamos. Mas você pode ter uma vida ainda mais maravilhosa aí mesmo onde está, colocando sua alma à prova através de milhares de pequenos testes, e obtendo triunfos de amor. Tal carreira espiritual exige paciência, devoção, audácia. Ela requer força de vontade e determinação de amar: a maior provação de um homem. Mas nesse difícil "segundo emprego" é que se encontra a única e verdadeira felicidade.

O QUE É O SUCESSO?

Ralph Waldo Emerson

Rir frequentemente e muito;

Ganhar o respeito de pessoas inteligentes
[e o afeto das crianças;

Merecer a apreciação de críticos honestos
[e suportar a traição de falsos amigos;

Apreciar a beleza;

Encontrar o que há de melhor nos outros;

Deixar o mundo um pouco melhor,
[seja através de um filho saudável, um jardim
[ou uma condição social redimida;

Saber que ao menos uma vida pôde respirar melhor
[porque você viveu;

Isso é ser bem-sucedido.

DOE ATÉ SOFRER

Madre Teresa de Calcutá

Em 1948, Madre Teresa de Calcutá fundou a Ordem dos Missionários da Caridade, uma congregação católica romana de mulheres dedicadas a ajudar os carentes, especialmente os destituídos da Índia.

Não basta dizer: "Amo a Deus." Também tenho que amar meu próximo. São João diz que é mentiroso quem afirma que ama a Deus e não ama seu próximo. Como se pode amar a Deus, a quem não se pode ver, e não amar o próximo, a quem se pode ver, tocar, e com quem se convive? É muito importante compreendermos que o amor, para ser verdadeiro, tem de machucar. Devemos estar dispostos a dar o que for preciso para não magoar outras pessoas e, na verdade, fazer o bem a elas. Isto requer que estejamos dispostos a dar tudo de nós até que soframos. Caso contrário, não há amor verdadeiro, e produzimos injustiça, não paz, para aqueles ao nosso redor.

Jesus sofre para nos amar. Fomos criados à Sua imagem para coisas grandiosas, para amar e ser amado. Devemos "vestir Cristo", como as Escrituras nos dizem. Fomos criados para amar como Ele nos ama. Jesus se faz o faminto, o desnudo, o desabrigado, o indesejável, e diz: "Tu fizeste isto a Mim."

No dia final ele dirá àqueles à Sua direita: "O que fizestes aos mais fracos, fizestes a Mim", e Ele também dirá àqueles à sua esquerda: "O que deixastes de fazer pelos mais fracos deixastes de fazer por Mim."

Quando morria na cruz, Jesus disse: "Tenho sede." Jesus tem sede de amor, e essa é a sede de todos nós, pobres e ricos igualmente. Somos todos sedentos do amor dos outros e vivemos na ansiedade de que eles se empenhem para nos evitar magoar e que nos façam o bem. Este é o sentido do verdadeiro amor, doar até sofrer.

Não posso esquecer da experiência que tive ao visitar um asilo de idosos cujos filhos os haviam esquecido — talvez. Notei que nesses lares os idosos dispunham de tudo — boa comida, conforto, televisão, tudo, mas todos olhavam para a porta. Não vi um único velho com um sorriso no rosto. Virei-me para uma Irmã e indaguei: "Por que essas pessoas que têm todo conforto estão sempre olhando para a porta? Por que não sorriem?"

Estou habituada a ver nosso povo sorrir — mesmo os que estão à morte sorriem. A Irmã respondeu: "É assim quase todos os dias. Eles aguardam na esperança de que um filho ou uma filha venha visitá-los. Estão magoados porque foram esquecidos." A negligência ao amor traz pobreza espiritual. Talvez em nossa própria família haja alguém que esteja se sentindo só, doente e aflito. Será que nós estamos presentes? Será que estamos dispostos a doar tudo que for possível para estar com nossas famílias, ou colocamos nossos interesses em primeiro lugar? São perguntas que devemos nos fazer sempre. Devemos lembrar que o amor começa na família e devemos lembrar também que "o futuro da humanidade passa pela família".

Fiquei surpresa de ver como tantos jovens no Ocidente são ligados a drogas. Tentei descobrir a razão. Por que isso acontece quando no Ocidente as pessoas dispõem de mais bens do que no Oriente? A resposta foi: Porque não há ninguém na família para acatá-los. Nossos filhos dependem de nós para tudo — saúde, alimento, segurança e o conhecimento e amor de Deus. Por tudo isso eles nos olham com confiança, esperança, expectativa. Mas frequentemente os pais estão tão ocupados que não têm tempo para os filhos, ou talvez nem sejam casados ou desistiram do casamento. Como consequência, os filhos vão para as ruas e se envolvem com drogas ou outras coisas. Falamos aqui do amor à criança, que é onde o amor deve começar. Estes são os fatores do rompimento da paz...

Pessoas materialmente pobres podem ser maravilhosas. Certa noite saímos e apanhamos quatro pessoas na rua [na Índia]. Uma delas estava em péssimas condições. Eu disse às Irmãs: "Vocês cuidam das outras três; cuidarei daquela que parece estar em piores condições." Fiz por ela tudo que meu amor permite. Ao colocá-la na cama, havia um lindo sorriso em seu rosto. Ela segurou minha mão e disse apenas uma palavra: "Obrigada!", e então morreu.

Não pude deixar de fazer um exame de consciência perante a mulher. E me perguntei o que eu diria se estivesse em seu lugar. A resposta era simples. Teria tentado atrair um pouco de atenção para mim, dizendo: "Estou com fome, vou morrer; estou com frio e sinto muita dor" — ou algo assim. Mas ela me deu muito mais — seu amor agradecido. Morreu com um sorriso nos lábios.

Houve também um homem que pegamos no esgoto, parcialmente comido por vermes, que, depois de levado ao asilo, disse apenas: "Tenho vivido na rua como um animal, mas vou morrer como um anjo, amando e recebendo atenção." Então, depois de removermos todos os vermes do seu corpo, com um grande sorriso tudo que disse foi: "Irmã, vou para casa estar com Deus", e morreu. Foi maravilhoso ver a grandeza daquele homem que podia falar daquela maneira sem culpar ninguém, sem fazer comparações. Como um anjo — essa é a grandeza das pessoas espiritualmente ricas embora materialmente pobres.

Não somos assistentes sociais. Podemos estar fazendo um trabalho social aos olhos de alguns, mas devemos ser contemplativos diante do coração do mundo. Temos que trazer a presença de Deus para a família, pois a família que ora unida permanece unida. Há muito ódio e miséria pelo mundo, e nós, com nossa prece e sacrifício, começamos o ensinamento do amor em casa, e não importa o quanto fazemos, mas quanto amor colocamos naquilo que fazemos.

E aqui me dirijo a você. Quero que encontre o pobre em sua casa primeiro. E comece o amor assim. Traga as boas-novas ao seu próprio povo primeiro. E descubra sobre seus vizinhos. Você sabe quem são eles?

Tive a experiência de amor de vizinho com uma família de hindus. Um cavalheiro veio à minha casa e disse: "Madre, há uma família que não come há muito tempo. Faça algo." Imediatamente fui a eles levando um pouco de arroz. Vi as crianças — os olhos brilhando de fome. Não sei se já viram a fome. Eu a vejo com frequência. A mãe pegou o arroz que lhe dei e saiu. Quando voltou, perguntei-lhe aonde tinha ido e o que tinha feito. A resposta foi simples: "Eles também têm fome." O que me causou surpresa foi que ela sabia — e quem são eles? Uma família muçulmana — e ela sabia. Eu não trouxe mais arroz naquela mesma noite pois queria que eles, hindus e muçulmanos, desfrutassem da alegria de repartir.

Mas havia aquelas crianças, radiantes, compartilhando alegria e paz com a mãe porque ela possuía amor para dar até sofrer. Como se pode ver, é aí que o amor começa — em casa na família.

O MOINHO MÁGICO

Em Apolda, contam, há um moinho mágico. Sua aparência é a de um enorme moedor de café, mas gira de baixo para cima, e não de cima para baixo. Duas grandes barras formam as manivelas, com as quais dois fortes serventes mantêm o moinho em movimento.

E que tipo de grão é moído nessa máquina? Narrarei a história como me foi contada, mas não vou confirmar sua veracidade. Mulheres velhas são jogadas dentro do moinho, amassadas e envergadas, sem cabelos ou dentes, e quando saem na parte de baixo estão jovens e belas, com as faces coradas feito maçãs.

Uma volta do grande moinho basta. Crique-craque, e a transformação mágica está feita. E quando perguntam às mulheres que se tornaram jovens novamente se o processo é doloroso, elas respondem que, ao contrário, é um deleite! É como despertar de manhã depois de uma noite bem-dormida, e ver o brilho do sol em seu quarto, ouvir o farfalhar das árvores e o gorjeio dos pássaros nos galhos.

Longe de Apolda, continua a história, vivia uma vez uma velha que frequentemente ouvia falar no moinho mágico. Tinha sido feliz na juventude, e desejava acima de tudo ser novamente jovem. Por fim a velha senhora decidiu fazer uso do tal moinho. A viagem era longa e difícil, pois a estrada subia e descia muitas ladeiras íngremes e seguia por prados pantanosos e desertos pedregosos onde não havia sombra alguma.

Mas depois de algum tempo a mulher estava diante do moinho.

— Quero me tornar jovem outra vez — disse a um dos serventes que, tranquilamente sentado num banco, soltava baforadas em forma de anéis azulados que a falta de brisa não desmanchava.

— E qual é o seu nome? — perguntou o homem.

— As crianças me chamam de Redcap — foi a resposta.

— Sente-se aqui neste banco, então, sra. Redcap — o homem entrou no moinho e, abrindo um espesso livro, retornou com uma longa tira de papel.

— Isso é a conta? — indagou a velha.

— Oh não! — respondeu o outro. — Não cobramos nada aqui; apenas assine seu nome neste papel.

— E por que tenho de fazer isso? — perguntou a mulher.

O homem sorriu e respondeu:

— Esta é a lista de todas as tolices que você cometeu. A lista está completa até o presente momento. Antes de se tornar jovem de novo, tem que prometer a si mesma cometer todas as tolices mais uma vez na mesma ordem em que foram cometidas. A lista é muito longa. De quando você tinha 16 anos até os trinta, houve pelo menos uma tolice todos os dias, e aos domingos havia duas; você melhorou um pouco até os quarenta; mas depois disso as tolices têm sido fartas, posso lhe assegurar.

A velha suspirou e disse:

— Sei que tudo que diz é verdade. Não creio que valha a pena recuperar a juventude a tal preço.

— Também acho que não — respondeu o homem. — Valeria para muito poucos. Por isso o trabalho aqui é muito fácil — sete dias de descanso a semana inteira! O moinho está sempre parado, pelo menos nos últimos anos.

— Não poderíamos eliminar algumas coisas? — apelou a mulher, com um tapinha nas costas do homem. — Digamos que umas 12 coisas das quais me arrependo fossem suprimidas! Não me importaria de cumprir todo o resto.

— Não, não! — respondeu o homem. — Não nos é permitido eliminar coisa alguma. A regra é tudo ou nada!

— Pois então muito bem, não quero nada com seu velho moinho — disse a mulher enquanto se retirava.

Ao chegar em casa, a boa gente que veio vê-la exclamou:

— Ora, Redcap, você voltou mais velha do que quando partiu! Nunca acreditamos que fosse verdadeira a história sobre o velho moinho.

Ela deu uma tossidela seca e respondeu:

— Qual a importância de ser jovem outra vez? Se fizermos um esforço, a velhice pode ser tão bela quanto a juventude!

O MANDARIM E O ALFAIATE

Lenda do Vietnã

Um dia um homem recebeu a notícia de que acabara de ser nomeado mandarim. Ficou tão eufórico que quase não se conteve.

— Serei um grande homem agora — disse a um amigo. — Preciso de roupas novas imediatamente, roupas que façam jus à minha nova posição na vida.

— Conheço o alfaiate perfeito para você — replicou o amigo. — É um velho sábio que sabe dar a cada cliente o corte perfeito. Vou lhe dar o endereço.

E o novo mandarim foi ao alfaiate, que cuidadosamente tirou suas medidas. Depois de guardar a fita métrica, o homem disse:

— Há mais uma informação que preciso ter. Há quanto tempo o senhor é mandarim?

— Ora, o que isso tem a ver com a medida do meu manto? — perguntou o cliente surpreso.

— Não posso fazê-lo sem obter essa informação, senhor. É que um mandarim recém-nomeado fica tão deslumbrado com o cargo que mantém a cabeça a altiva, ergue o nariz e estufa o peito. Assim sendo, tenho que fazer a parte da frente maior que a parte de trás. Anos mais tarde, quando está ocupado com seu trabalho e os transtornos advindos da experiência o tornam sensato, e ele olha adiante para ver o que vem em sua direção e o que precisa ser feito a seguir, aí então eu costuro o manto de modo que a parte da frente e a de trás tenham o mesmo comprimento. E mais tarde, depois que seu corpo está curvado pela idade e pelos anos de trabalho cansativo, sem mencionar a humildade adquirida através de uma vida de esforços, então faço o manto de forma que as costas fiquem mais longas que a frente.

"Portanto, tenho que saber há quanto tempo o senhor está no cargo para que a roupa lhe assente apropriadamente.

O novo mandarim saiu da loja pensando menos no manto e mais no motivo que levara seu amigo a mandá-lo procurar exatamente aquele alfaiate.

O EDREDOM

Dorothy Canfield Fisher

Dentre todos os membros da família Elwell, a tia Mehetabel era sem dúvida a mais insignificante. Foi nos tempos da Nova Inglaterra, quando uma mulher solteira era uma moça velha aos vinte, aos quarenta era criada de todos, e aos sessenta já tinha passado por tanta disciplina que não tinha mais nada que esperar do além-túmulo. A tia Mehetabel tinha 68 anos.

Nunca, nem por um momento, teve o prazer de sentir-se importante para alguém. Não que fosse inútil na família do irmão; era sua tarefa, é óbvio, cuidar da parte mais desinteressante e monótona das tarefas caseiras. Às segundas, tinha como certo lavar as camisas dos homens, pesadas de suor e rijas da sujeira do trabalho no campo e de seus próprios corpos extenuados. Às terças nunca esperava que lhe permitissem passar alguma coisa bonita ou interessante, como as camisolinhas brancas do nenê ou os aventais vistosos de suas sobrinhas. Ela ficava todo o dia passando a ferro uma sucessão cansativa e sem graça de toalhas de prato e de banho e lençóis.

Nas horas de preparar a conserva, não lhe permitiam ter a agradável responsabilidade de decidir quando a fruta chegara no ponto, nem compartilhava do singelo prazer de despejar o caldo de cheiro adocicado dentro dos recipientes de pedra. Sentava-se num canto com as crianças e ficava retirando os caroços das cerejas, ou limpava tantos morangos que os dedos ficavam vermelhos até os ossos.

Os Elwell não eram propositadamente rudes com sua tia — de certa forma até gostavam dela —, mas fora uma figura tão insignificante em suas vidas que não lhe dispensavam nenhuma atenção. Tia Mehetabel não se importava com o tratamento; aceitava-o de forma quase inconsciente. Era de se esperar isso por ser uma solteirona dependente em uma família muito atribulada. Ela recolhia os fragmentos de consolo que podia quando lhe reservavam algum gesto gentil despretensioso e tentava esconder a dor que ainda a fustigava diante das piadas grosseiras do irmão. No inverno, quando sentavam defronte da grande lareira, assavam maçãs, bebiam sidra quente e provocavam as meninas e os meninos falando de seus pares, Mehetabel encolhia-se em um canto sombrio com a sua costura, feliz da vida se a noite terminasse sem que seu irmão dissesse com sarcasmo: "Perguntem à sua tia sobre os namoradinhos que viviam atrás dela!", ou: "Mehetabel, como foi mesmo quando você se apaixonou pelo Abel Cummings?" Na verdade, ela fora a mesma aos vinte e aos sessenta anos, uma criaturinha discreta como um camundongo, tímida e reservada demais para ser notada ou para erguer os olhos por um instante e ter o desejo de seguir sua própria vida.

Sua cunhada, uma dona de casa vigorosa que comandava a casa de forma tão autocrática quanto o marido cuidava da fazenda, era bem generosa de um jeito casual e espontâneo para com a velhinha retraída, e era através dela que Mehetabel usufruía do único prazer de sua vida. Mesmo moça, já demonstrara ter um dom para a confecção de edredons. Mais que isso, nunca conseguira aprender. As roupas que fazia para si mesma eram uma lástima, e ficava humildemente grata quando alguém a ajudava a sair da confusão que era costurar as peças. Mas quando se tratava de colcha de retalhos, sentia-se discretamente importante. Podia fazer aquilo tão bem quanto qualquer outra pessoa. Após anos de devoção à arte, acumulou uma grande variedade de padrões. De vez em quando, os vizinhos batiam à porta para perguntar a Dona Mehetabel por esse ou aquele desenho. Em meio a uma agradável agitação, por sentir-se capaz de ajudar alguém, ia até a penteadeira, dentro do quartinho simples sob os caibros do telhado, e extraía do portfólio repleto o desenho pretendido.

Ela nunca soube exatamente como a ideia lhe ocorreu. Por vezes chegou a pensar que deveria ter sonhado, outras imaginava de forma respeitosa, usando o palavreado do encontro religioso semanal, que a ideia lhe fora "enviada". Nunca admitiu a si mesma que pudesse ter tido a ideia sem a ajuda de ninguém. Era um projeto muito grandioso, muito ambicioso, muito elevado para ter sido concebido por sua mente humilde. Mesmo depois de ter encerrado o projeto com suas próprias mãos, contemplou-o incrédula, não ousando acreditar que pudesse realmente ter sido feito por ela. A princípio, pareceu-lhe um sonho interessante mas totalmente impraticável. Não pensara em executá-lo — um padrão tão elaborado, intricado, tão belo e difícil que só os anjos no céu poderiam fazê-lo. Mas é curioso como nos familiarizamos mesmo com as coisas mais maravilhosas, e, à medida que ela seguia convivendo com essa incrível criação de sua mente, tornava-se cada vez mais forte o desejo de dar-lhe uma vida material através de seus velhos dedos ágeis.

Ficou estarrecida com a própria ousadia quando a ideia lhe ocorreu pela primeira vez. Rejeitou-a como se fosse uma noção egoísta e pecaminosa, mas não conseguiu se ver livre dela. Por fim, assumiu o compromisso consigo mesma de fazer um "quadrado", só uma fração do desenho, para ver como ficaria. Acostumada à sua completa dependência do irmão e da cunhada, não ousaria fazer nem mesmo isso sem pedir a permissão de Sophia. Com o coração cheio de esperança e medo bombeando sofregamente contra as costelas envelhecidas, aproximou-se da senhora da casa em dia de bater manteiga, prevendo com a astúcia inocente típica das crianças que a camponesa provavelmente estaria de bom humor por estar trabalhando em meio a um aroma agradável e à temperatura fresca do porão.

Sophia ouviu sem dar muita atenção ao pedido hesitante e entrecortado da cunhada.

— Ora, claro, Mehetabel — respondeu ela, inclinando-se bem para dentro da grande desnatadeira em busca dos últimos resíduos dourados. — Ora, sim, comece outro edredom se quiser. Tenho um monte de pedaços das costuras que fiz na primavera que vão servir muito bem. — Mehetabel tentou honestamente fazê-la ver que esse não seria um edredom qualquer, mas o vocabulário limitado e a emoção se plantaram entre ela e sua capacidade expressiva. Por fim, Sophia proferiu de forma impaciente mas gentil: — Ora bolas! Não me amole. Nunca consegui mesmo acompanhar os seus desenhos. Você pode fazer o que bem entender.

Depois dessa aprovação generosa e peremptória, mesmo que inconsciente, Mehetabel subiu correndo a escada íngreme do sótão até seu quarto e, alegre como nunca, começou os preparativos para o trabalho de sua vida. Era melhor do que esperava. Por intermédio de alguma inspiração divina, ela inventara um padrão que nenhum outro edredom poderia suplantar.

Era muito pouco o tempo que lhe restava do ciclo incessante de trabalho caseiro para essa nova e instigante ocupação, e ela não ousava ficar acordada até tarde com receio de gastar muita vela. Levou semanas até que o pequeno quadrado começasse a tomar forma, a apresentar o padrão. Depois disso, Mehetabel passou a sofrer de impaciência, ansiosa por vê-lo terminado. Ela era muito escrupulosa para evadir mesmo que fosse uma pequena fração de suas tarefas da casa, mas procurava fazer tudo com tamanha rapidez que ficava ofegante ao subir para o seu quartinho. Era como se fosse um momento encantado curvar-se diante dos inúmeros retalhos que, em sua imaginação, já haviam se transformado no padrão infinitamente variado de sua obra de arte. Por fim, não podia esperar mais, e, certa noite, aventurou-se a descer com seu trabalho até a sala onde a família se reunia, torcendo para ter sorte de conseguir um lugar ao lado das velas de sebo sobre a guarnição da lareira. Ela estava no último canto do quadrado, e sua agulha entrava e saía do tecido com incrível rapidez. Ninguém havia notado a sua presença, fato que a deixou muito aliviada, e, chegada a hora de dormir, faltavam-lhe apenas alguns pontos a mais.

Ao se levantar com os outros, o quadrado voou de suas mãos idosas e trêmulas e foi parar sobre a mesa. Sophia viu o objeto de relance, sem lhe dar muita atenção.

— É esse o novo edredom que você está começando? — indagou ela com um bocejo. — Está parecendo bem bonitinho. Vamos ver.

Até aquele momento, Mehetabel trabalhara pela devoção mais desinteressada a um ideal. No momento em que Sophia segurou seu trabalho junto da vela e soltou uma exclamação de surpresa e admiração, sentiu uma alegria inusitada ao perceber que sua criação passara pelo teste de vir a público.

— Minha nossa! — exclamou a cunhada ao contemplar o quadrado multicor. — Ora, Mehetabel Elwell, onde foi que conseguiu esse desenho?

— Eu inventei — respondeu ela com serenidade, mas discretamente orgulhosa.

— Puxa! — exclamou Sophia incrédula. — Foi mesmo?! Puxa, nunca vi um padrão assim em toda a minha vida. Meninas, venham só ver o que a sua tia Mehetabel está fazendo.

As três filhas altas voltaram da escada de má vontade.

— Não acho muita graça nesses trabalhos com retalhos — comentou uma delas, indiferente.

— Nem eu tampouco — disse Sophia —, mas até uma imagem de pedra se interessaria por esse desenho. Honestamente, Mehetabel, você bolou isso sozinha? E de onde tirou tanta coragem para iniciar um trabalho desses? Minha nossa! E olha só essa costura minúscula! O lado do avesso só tem costura!

As meninas fizeram eco às exclamações da mãe, e o próprio sr. Elwell veio ver sobre o que elas estavam falando.

— Olha, não há dúvida! — disse ele fitando a irmã com o olhar de aprovação mais intenso de que ela podia recordar. — Isso aqui é melhor que o edredom da velha sra. Wightman, que ganhou a fita azul tantas vezes na feira do condado.

O coração de Mehetabel se inchou e lágrimas de felicidade umedeceram seus olhos envelhecidos enquanto se deitava à noite em sua cama estreita e dura, orgulhosa e agitada demais para dormir. No dia seguinte, a cunhada a surpreendeu ao retirar a enorme panela de batatas do seu colo e mandar uma das crianças mais novas descascá-las.

— Não quer continuar com o edredom? — perguntou ela. — Estou querendo ver como você vai fazer o desenho da parreira aparecer no canto.

Antes do final do verão, o interesse da família tinha crescido tanto que Mehetabel ganhou uma pequena mesinha na sala onde podia deixar seus retalhos e trabalhar no tempo livre. Ela quase veio às lágrimas diante de tanta gentileza e decidiu não tirar proveito disso deixando de lado o seu trabalho, que desempenhava com extrema eficiência. Mas tudo à volta havia se transformado. Tudo ganhara um significado agora. Ao longo do árduo trabalho de lavar as vasilhas de leite, erguia-se o arco-íris da promessa de seu trabalho matizado. Tomou seu lugar ao lado da mesinha e encaixou o dedal no dedo duro e enrugado com a solenidade de uma sacerdotisa executando um ritual sagrado.

Ela conseguiu até suportar com algum grau de dignidade a extrema honra de receber os comentários elogiosos do pastor e de sua esposa acerca do grandioso projeto. A família sentiu-se muito orgulhosa de tia Mehetabel quando o pastor Bowman disse que era um trabalho da melhor qualidade "e que não tinha visto melhor!". O comentário foi repetido *ipsis litteris* para os vizinhos nas semanas seguintes, quando apareciam e examinavam num silêncio perverso algum trecho do trabalho incrivelmente difícil que Mehetabel acabara de executar.

A família se gabava em especial do lento progresso do edredom.

— Mehetabel está trabalhando naquele canto há seis semanas. Se você voltar na terça, ela ainda não chegou na metade — explicavam eles às visitas. Pararam de esperar que fosse sempre ela a cuidar dos pequenos afazeres, mesmo para as crianças.

— Não incomodem a sua tia Mehetabel — dizia Sophia. — Não estão vendo que ela chegou a um ponto delicado do trabalho?

A velha se empertigava na cadeira e olhava o mundo de frente. Finalmente tornara-se parte dele. Ela participava das conversas, e seus comentários eram ouvidos. Disseram inclusive às crianças para atenderem a qualquer pedido que fizesse, apesar de ela raramente pedir qualquer coisa, devido ao hábito de autoanulação já estar muito enraizado.

Certo dia, um pessoal da cidade vizinha chegou de carro e perguntou se podia dar uma olhada no edredom maravilhoso do qual tinham ouvido falar lá do outro lado do vale. Depois disso, esse tipo de visita passou a ser comum e fez da casa dos Elwell um lugar de destaque. O edredom de Mehetabel passou a ser um dos pontos de interesse da cidade, e ninguém podia sair de lá sem prestar homenagem à sua beleza. Os Elwell passaram a cuidar para que sua tia estivesse sempre bem-vestida, e uma das meninas fez para ela uma graciosa touca para colocar sobre os finos fios de cabelo branco.

Um ano depois, um quarto do edredom estava terminado; após dois anos, a metade estava pronta. No terceiro ano, Mehetabel contraiu pneumonia e ficou de cama durante várias semanas, tomada de pânico diante da possibilidade de morrer sem terminar o trabalho. Ao término do quarto ano, já se podia notar a grandiosidade do desenho como um todo; e em setembro do quinto ano, com todos da família à volta olhando, ansiosos e admirados, Mehetabel deu os últimos pontos na sua obra. As meninas seguraram o edredom pelos quatro cantos e todos ficaram a contemplá-lo num silêncio solene. Logo a seguir, o sr. Elwell bateu uma mão calejada dentro da outra e exclamou:

— Pela madrugada! Isso tem que ir para a feira do condado!

Mehetabel ficou visivelmente corada. O pensamento chegou a lhe ocorrer num momento mais arrojado, mas ela não ousara lhe dar trela. A família aclamou a ideia e um dos meninos foi imediatamente despachado para a casa do vizinho que era o presidente do comitê na vila. Voltou radiante.

— Claro que vai levar. Não garante que vá ganhar prêmio, disse ele, mas tem que mandar logo, porque tudo está indo amanhã de manhã.

Mesmo plena de orgulho, Mehetabel sentiu a dor da separação no momento em que o volumoso pacote era carregado para fora de casa. À medida que os dias iam se passando, ela se sentia cada vez mais perdida sem o seu trabalho. Durante anos ele fora sua única ocupação. Ela nem conseguia suportar olhar para a mesinha sem o monte de retalhos que lá ficara depositado por tanto tempo. Um dos vizinhos que fez a longa viagem até a feira relatou que o edredom estava dependurado num lugar de destaque dentro de uma vitrine no Pavilhão de Agricultura. Mas aquilo pouco significava, considerando-se a completa ignorância de Mehetabel com relação a tudo que existia fora da casa do irmão. A família percebeu sua depressão e um dia Sophia indagou delicadamente:

— Está se sentindo meio perdida sem o edredom, não é?

— Ele foi embora tão rápido! — disse ela, melancólica. — Mal consegui dar uma olhada nele direito.

O sr. Elwell não fez nenhum comentário, mas um ou dois dias depois perguntou à irmã qual o horário mais cedo que ela podia acordar.

— Não sei. Por quê? — perguntou ela.

— Bem, Thomas Ralston tem que ir até West Oldton para ver um advogado, e são só seis quilômetros depois da feira. Ele disse que se você conseguir levantar a tempo de sair às quatro da madrugada, ele leva você até lá. Pode ficar todo o dia, e depois ele a traz de volta à noite.

Mehetabel não conseguia acreditar no que ouvira. Era como se lhe tivessem oferecido uma carona numa carruagem dourada até os portões do céu.

— Não! Você não está falando sério! — retrucou, empalidecendo de tanta emoção.

O irmão riu com certo desconforto. Apesar de sua costumeira indiferença, essa alegria revelava a limitação da vida que ela levava em sua casa.

— Não é tanto assim, ir à feira. Falo sério, sim. Vai arrumar suas coisas que amanhã você vai ter que acordar cedo.

Por toda a noite, uma velhinha trêmula e ansiosa permaneceu acordada fitando os caibros do telhado. Ela, que nunca se afastara mais que nove quilômetros de casa em toda a sua vida, ia agora viajar 45 quilômetros — parecia ficar num outro mundo. Ela, que nunca vira nada mais vibrante que um jantar de igreja, ia agora para a festa do condado. Para Mehetabel, era como se fosse uma volta ao mundo. Nunca sonhara fazer isso. Não fazia a menor ideia do que encontraria pela frente.

Tampouco as advertências da família, enquanto se despediam dela, ajudaram a elucidar a confusão. Todos haviam visitado pelo menos uma vez a feira, e enquanto ela tentava tomar o café da manhã eles a enchiam de conselhos conflitantes que só faziam sua cabeça girar. Sophia lhe disse para não deixar de ver a mostra de conservas. O irmão lhe mandou observar o gado, as sobrinhas disseram que só valia a pena ver os trabalhos de agulha, e os sobrinhos lhe pediram para contar depois como foram as corridas. A charrete parou à porta. Ajudaram-na a entrar e lhe passaram os pertences. Ficaram todos juntos acenando enquanto o veículo deixava o quintal. Ela acenou de volta, mas mal conseguia vê-los. Ao regressar à noite, estava bastante pálida e tão cansada e enrijecida que seu irmão teve que pegá-la no colo para que pudesse sair do carro, mas o sorriso nos lábios era de pura satisfação. Fizeram um círculo à sua volta e lhe cravaram de perguntas até que Sophia os afastou dizendo que a tia Mehetabel estava muito cansada e só iria responder às perguntas depois do jantar. Durante a refeição, as crianças amargaram um silêncio forçado, e só a seguir Mehetabel foi conduzida até o sofá perto da lareira. Fizeram uma roda em torno dela ávidos por notícias do mundo lá fora, e Sophia disse:

— Agora diga, Mehetabel, conte tudo que viu!

Mehetabel respirou fundo.

— Foi simplesmente perfeito! — disse ela. — Até melhor do que eu esperava. Ele estava dependurado bem no meio de uma espécie de armário de vidro, e um dos cantos de baixo estava aberto e virado para trás para mostrar a costura do lado do avesso.

— O quê? — fez Sophia, um tanto confusa.

— Ora, o edredom! — respondeu Mehetabel, surpresa. — Havia muitos outros na mesma sala, mas nenhum que se pudesse ver de perto, à luz de vela, e se eu digo isso quem não diria. Ouvi muitos dizerem a mesma coisa. Você tinha que ter ouvido as mulheres falando sobre aquele canto, Sophia. Disseram... bem, eu ia ficar envergonhada de contar o que elas disseram. Não posso...

O sr. Elwell indagou:

— O que você achou daquele boi enorme de que tanto falaram?

— Não fui ver o gado — respondeu a irmã, indiferente. — Os pedaços que você me arranjou, Maria, do seu corpete vermelho ficaram simplesmente ótimos! — comentou ela, dirigindo-se a uma das sobrinhas. — Ouvi uma mulher dizendo que podia quase sentir o cheiro das rosas vermelhas aveludadas.

— Algum dos cavalos daqui da cidade correu? — perguntou o pequeno Thomas.

— Não vi as corridas.

— E as conservas? — perguntou Sophia.

— Não vi as conservas — afirmou Mehetabel serenamente. — Eu fui direto até a sala onde o edredom estava, e depois não queria mais sair de lá. Já fazia tanto tempo que não via o trabalho. Eu tinha que dar uma boa olhada nele eu mesma. Depois fui ver se tinha algum outro parecido. Então as pessoas começaram a entrar e fiquei tão interessada em ouvir o que elas iam dizer que não consegui sair dali. Comi meu almoço ali mesmo, e sabem o que aconteceu? — indagou, contemplando à volta com os olhos brilhando. — Enquanto eu estava lá com o sanduíche na mão, não é que o responsável pelo pavilhão entra, abre a porta de vidro e prega "Primeiro Prêmio" bem no meio do edredom!

Formou-se uma onda de parabenizações e exclamações de orgulho. A seguir Sophia voltou ao ataque.

— Foi ver alguma outra coisa? — inquiriu.

— Ora, não — respondeu ela. — Só o edredom. Por que iria?

E mergulhou num devaneio onde via novamente a gloriosa criação de suas mãos e cérebro dependurada diante de todo o mundo com a marca de aprovação máxima em cima. Ela queria que seus ouvintes tivessem a mesma visão sublime que ela. Lutava com as palavras, buscando cegamente superlativos desconhecidos.

— Estou dizendo a vocês, era como... — iniciou ela, interrompendo, hesitante.

Vagas recordações de expressões do livro de cânticos religiosos lhe vieram à mente, a única forma de expressão literária que ela conhecia; mas foram desconsideradas. Seria um sacrilégio, e também não eram tão adequadas. Por fim, assegurou-lhes:

— Foi uma visão muito *bela*!

Então, sentou-se contemplando o fogo, e sobre o rosto envelhecido pairava o contentamento supremo de uma artista que realizou seu sonho.

O ANJO

Hans Christian Andersen

Sempre que uma criança boa morre, um anjo do Céu desce à Terra e a segura nos braços, estende suas enormes asas brancas, sobrevoa todos os lugares que lhe eram queridos e recolhe um bom punhado de flores que carrega para o Todo-Poderoso a fim de que floresçam no céu mais radiantes que na Terra. E o Pai leva todas as flores ao coração; mas beija a que mais lhe agrada e a contempla com uma voz para que se junte ao grande coral de louvor!

— Vê? — foi isso que um anjo disse enquanto carregava uma criança morta até o céu, e a criança ouviu, como se fosse um sonho; e passaram sobre os recantos onde a criança havia brincado e por jardins com belas flores. — Qual dessas devemos levar conosco para plantar no céu? — perguntou o anjo.

Nesse momento, bem perto deles, havia uma linda e esguia roseira. Mas algum malvado havia quebrado sua haste de forma que todos os galhos cobertos de botões entreabertos encontravam-se espalhados pelo chão, muito secos.

— Pobre roseira! — disse a criança. — Vamos pegá-la que ela pode florescer lá em cima.

E o anjo a pegou, e beijou a criança, e o pequenino entreabriu os olhos. Colheram algumas flores vistosas, mas também o amor-perfeito e a negligenciada botão-de-ouro.

— Agora temos flores — disse a criança.

E o anjo assentiu com a cabeça, mas não voou rumo ao céu ainda. Era noite e tudo estava silencioso. Eles continuaram na cidade grande. Flutuaram sobre uma viela onde viram enormes montes de palha, cinzas e lixo, pois era dia de coleta de lixo. Havia fragmentos de pratos, pedaços de gesso, farrapos e chapéus velhos, e nada em muito bom estado. E em meio a essa confusão, o anjo apontou para os restos de um vaso de flores, e um punhado de terra que tinha saído dele e se mantido junto pelas raízes de uma grande flor do campo seca, que não tinha mais serventia e, portanto, havia sido jogada fora.

— Vamos levá-la conosco — disse o anjo. — Vou lhe contar por que enquanto voamos.

"Lá embaixo, naquela rua estreita, no pequeno porão, vivia um garotinho pobre e doente condenado a ficar de cama desde pequeno. Nos seus melhores momentos, ele podia andar de um lado para o outro do quarto umas poucas vezes, apoiado em muletas. Era o máximo que podia fazer. Certos dias de verão, os raios de sol entravam no seu abrigo, e se estivesse sentado no chão, o solo alcançava, e ele podia observar o sangue fluindo nos três dedos enquanto os mantinha diante do rosto e dizia: 'É, hoje ele saiu!' Ele conhecia a floresta e seu belo verde primaveril somente pelo fato de o menino filho do vizinho ter lhe trazido o primeiro galho verde de uma faia, e ele segurou o presente sobre a cabeça e imaginou que estivesse na floresta, onde o sol brilhava e os passarinhos cantavam.

"Num dia de primavera, o filho do vizinho lhe trouxe também algumas flores do campo, e dentre elas, por acaso, havia uma cujas raízes ainda estavam dependuradas. E por isso pôde ser plantada num jarro e colocada ao lado da cama, perto da janela. A mão que plantou a flor era boa, e ela cresceu, deu novos ramos e novas flores a cada ano. Tornou-se um esplêndido canteiro de flores para o menino doente — seu pequeno tesouro aqui na Terra. Ele regava e cuidava dela, procurava fazer com que ela tivesse contato com todo raio de sol, até o último que conseguisse penetrar através da janela estreita. A flor passou a fazer parte dos seus sonhos, pois crescia para ele e alegrava seus olhos, e espalhava sua fragrância a toda volta. E foi para ela que ele se voltou ao morrer, quando o Pai o chamou.

"Ele agora já está com o Todo-Poderoso há um ano. Há um ano a flor ficou esquecida na janela e definhou; e então, quando o carro do lixo passou, foi jogada fora. Foi essa a pobre flor que recolhemos para o nosso buquê; pois essa flor deu mais alegria do que a mais bela no jardim da rainha.

— Mas como você sabe disso tudo? — perguntou a criança.

— Eu sei — respondeu o anjo — porque o menino que andava de muletas era eu. Conheço bem a minha flor.

E o menino abriu os olhos e viu a expressão feliz e gloriosa do anjo; e no mesmo instante entraram nas regiões onde há paz e felicidade. E o Pai apertou a criança morta contra o próprio peito e então ela recebeu asas como o anjo e saiu voando com ele de mãos dadas. E o Todo-Poderoso beijou a flor do campo seca e ela ganhou voz e cantou com todos os anjos à volta, alguns próximos, outros em círculos mais distantes, e alguns bem ao longe, mas todos igualmente felizes. E todos cantaram, pequenos e grandes, o bom menino feliz, e a pobre flor do campo que antes andava jogada em meio aos dejetos no dia da coleta de lixo na viela estreita e escura.

A INDIAZINHA E SEU PÁSSARO MENSAGEIRO

George W. Ranck

Era uma vez um índio que vivia numa grande floresta às margens de um belo rio, e que nada fazia além de pescar e caçar cervos. Bem, esse índio tinha duas adoráveis filhas. Uma chamou de Raio de Sol porque era muito viva e alegre, e a outra de Luz das Estrelas, porque, dizia ele, seus olhos eram tão doces que cintilavam como as estrelas.

Raio de Sol e Luz das Estrelas andavam sempre ocupadas, da manhã ao anoitecer. Apostavam corrida sob a sombra das árvores, faziam buquês de flores silvestres, brincavam em balanços de vinha, transformavam frutinhas e bolotas em contas e adornavam os cabelos escuros e brilhosos com as penas coloridas que os pássaros deixavam cair. Amavam-se tanto e eram tão felizes juntas que nunca souberam o que significava ter problemas. Até que um dia Luz das Estrelas caiu muito doente e, antes que a grande lua surgisse por cima da copa das árvores, a doce indiazinha já havia cerrado seus olhos reluzentes para sempre e repousado pela última vez sobre sua caminha macia de pele de cervo.

E agora, pela primeira vez, o coração de Raio de Sol sentia tristeza. Não podia mais brincar porque Luz das Estrelas tinha ido embora, e ela não sabia para onde. Retirou então as plumas coloridas do cabelo e foi se sentar perto do rio, e chorou, chorou muito para que Luz das Estrelas voltasse para ela. Mas quando o pai lhe contou que Luz das Estrelas tinha ido para a Terra dos Espíritos, onde só havia amor e beleza, e que ela seria feliz para todo o sempre, Raio de Sol ficou mais confortada.

— Agora que já sei onde Luz das Estrelas está — disse ela —, posso beijá-la e conversar com ela de novo.

Luz do Sol tinha ouvido seu povo dizer que os pássaros eram mensageiros da Terra dos Espíritos. Então ela saiu caçando pela floresta até encontrar um pequeno passarinho que cantasse mas fosse muito novo para voar. Achou um adormecido no ninho. Levou o bichinho com cuidado para casa, colocou-o numa gaiola e cuidou dele com todo o carinho dia após dia, até que suas asas ficassem fortes e ele pudesse encher a floresta de música. Depois, ela o levou no aconchego de suas mãos macias até onde Luz das Estrelas estava enterrada. Depois de carregá-lo de beijos e mensagens de amor para a irmãzinha, disse para ele nunca calar seu canto doce nem dobrar suas asas reluzentes sem antes chegar à Terra dos Espíritos. Soltou então o passarinho feliz, que, conforme voava por cima das enormes árvores verdejantes, entoava a melodia mais alegre que Raio de Sol jamais ouvira. Foi voando cada vez para mais longe, e cada vez mais doce tornava-se seu canto, até que por fim tanto seu contorno quanto seu canto se perderam em meio às nuvens de verão.

Em seguida, Raio de Sol deu uma corrida ligeira sobre a grama macia em direção ao pai e lhe disse com um sorriso aberto e o coração leve que tinha conversado com Luz das Estrelas e beijado sua boca doce e rosada de novo. E assim voltou a ser a indiazinha viva e alegre de sempre.

A MORTE DE THOMAS MORE

James Anthony Froude

Estadista, erudito, católico romano fervoroso, Thomas More (1478-1535) renunciou ao cargo de presidente da Câmara dos Pares em 1532 quando o clero da Inglaterra aceitou o Rei Henrique VIII como seu chefe. Retirou-se da vida pública e deu sequência a seus escritos, mas em 1534 foi convocado a jurar acatar a Lei de Sucessão, o que implicava negar a supremacia papal. More se recusou a prestar o juramento e foi aprisionado na Torre de Londres. Em 1535, foi julgado por traição e sentenciado à morte. Aqui temos um homem que viveu segundo os ditames de sua consciência e também por eles morreu, chegada a hora.

Ao raiar do dia foi acordado por Sir Thomas Pope, que viera confirmar o que já estava previsto e lhe dizer que era o desejo do rei que ele fosse executado às nove horas daquela manhã. Recebeu a notícia com a máxima compostura.

— Sou eternamente grato ao rei — disse ele — pelos benefícios e pelas honrarias que me concedeu; e, que Deus me ajude, acima de tudo, sou-lhe grato por ser do seu desejo livrar-me logo do suplício deste mundo atual.

Pope lhe comunicou que o rei desejava que ele não "usasse de muitas palavras no patíbulo".

— Sr. Pope — retrucou ele —, bem fez em me alertar, pois era meu propósito dizer algumas palavras; mas não importa o que diga, Sua Alteza encontraria motivos para se sentir ofendido. Não obstante as minhas pretensões, obedecerei às ordens de Sua Majestade.

A seguir, discutiu os detalhes de seu funeral e suplicou que sua família estivesse presente. Depois de tudo arranjado, Pope se ergueu para se retirar. More era um velho amigo. Pope pegou em sua mão e a apertou com força. Transtornado, caiu em lágrimas.

— Fique tranquilo, sr. Pope — disse More. — Não se desespere, pois acredito que vamos nos encontrar logo e seremos profundamente felizes. Viveremos a glória eterna.

Assim que ficou só, vestiu-se da forma mais elaborada. Era em homenagem ao carrasco, disse ele, que iria lhe prestar um serviço tão nobre. Sir William Kingston objetou, e com alguma dificuldade conseguiu convencê-lo a usar um traje mais discreto; mas para que sua pretendida generosidade não ficasse no vazio, iria enviar um anjo dourado ao homem a título de compensação, "como retribuição por não me querer mal e sim amar-me profundamente".

E assim, às nove horas, More saiu da Torre conduzido pelo tenente, de barba longa como nunca usara antes, o rosto pálido e magro. Levava nas mãos uma cruz vermelha e, com frequência, elevava o olhar ao céu. Fora impopular como juiz, e uma ou duas pessoas em meio à multidão lhe foram desrespeitosas; mas a distância era curta, não tardou a chegar, assim como tudo mais não tardaria também.

O patíbulo havia sido construído precariamente, e balançou no momento que More colocou o pé na escada.

— Cuide para que eu suba em segurança — disse ele a Kingston. — Pois para descer não vou precisar de ajuda.

Iniciou um discurso para o povo, mas o xerife pediu que não prosseguisse. Contentou-se então em pedir aos presentes que testemunhassem que ele morrera um fiel servo de Deus e do rei. Em seguida, repetiu o Miserere de joelhos. Ao término da reza, ergueu-se, e o carrasco, emocionado a ponto de colocar em dúvida sua capacidade de executar corretamente sua parte da tragédia, suplicou clemência.

More deu-lhe um beijo.

— Vós me prestareis o maior favor que eu posso receber — disse ele. — Criai coragem e não temais cumprir o vosso dever. Meu pescoço é bastante curto. Tomai cuidado portanto para não baterdes de viés e manter, assim, vossa dignidade.

O carrasco ofereceu-se para vendar seus olhos.

— Eu mesmo vou cobri-los — disse ele.

E o fez utilizando-se de uma tira que trouxera consigo. Ajoelhou-se e deitou a cabeça sobre o bloco.

O golpe fatal estava prestes a ser desferido quando ele pediu um instante mais para afastar a barba.

— Seria uma pena cortá-la — murmurou —, ela não cometeu traição.

Com essas estranhas palavras, talvez as mais estranhas ditas em tal hora, os lábios mais famosos da Europa por sua eloquência e sabedoria calaram-se para sempre.

O ALUNO

Anton Tchekov

A princípio, o tempo estava bom e tranquilo. O grito dos tordos ecoava, e no pântano próximo algum ser vivo zumbia lamurientamente lembrando o som de um sopro numa garrafa vazia. Uma narceja passou voando, e o tiro a ela destinado ressoou como uma nota aguda e estridente no ar primaveril. Mas, quando começou a escurecer na floresta, um vento frio e penetrante soprou inadvertidamente do leste, e tudo caiu num profundo silêncio. Agulhas de gelo se formaram pelos lagos, e tudo ficou desanimado, distante e solitário na floresta. Era o sopro do inverno.

Ivan Velikopolsky, filho de um sacristão e aluno da academia clerical, ao voltar para casa depois da caçada, caminhava todo o tempo pela trilha da campina que bordejava o rio. Seus dedos haviam perdido a sensibilidade e o rosto queimava ao vento. No seu entender, o frio que surgiu repentinamente havia destruído a harmonia das coisas, era como se a própria natureza se sentisse desconfortável, e por isso a escuridão da noite caía mais rápido que de costume. Tudo à volta estava deserto e inusitadamente sombrio. A única luz era a que brilhava nos jardins das viúvas perto do rio. A vila, a uns cinco quilômetros de distância, e tudo à volta estavam mergulhados na névoa fria da noite. O aluno lembrou que, quando saíra de casa, sua mãe estava sentada no chão, diante da casa, de pés descalços, limpando o samovar, enquanto o pai trabalhava no fogão e tossia. Como era Sexta-Feira da Paixão, nenhuma comida havia sido preparada, e o aluno estava faminto. E agora, encolhendo-se de frio, começou a imaginar que um vento idêntico soprara nos dias de Rurik, e no tempo de Ivan o Terrível, e Pedro, e no tempo deles havia a mesma miséria e fome, os mesmos telhados de colmo furados, ignorância, tristeza, a mesma desolação, a mesma escuridão, o mesmo sentimento de opressão — tudo havia existido, existia, e iria existir, e o intervalo de mil anos não melhoraria em nada a vida das pessoas. E ele não queria voltar para casa.

Os jardins eram chamados de jardins das viúvas porque duas viúvas tomavam conta dele, mãe e filha. Uma fogueira queimava forte e crepitava, iluminando a uma boa distância a terra arada. A viúva Vasilisa, uma mulher alta, velha e gorda, vestida com um casaco de homem, estava próxima olhando o fogo pensativamente. Sua filha, Lukerya, uma mulher pequena de pele marcada e cara de boba, estava sentada no chão, lavando um caldeirão e algumas colheres. Pareciam ter acabado de jantar. Ouvia-se o ruído de vozes masculinas; eram os operários dando água para os cavalos no rio.

— E lá vem o inverno de volta — disse o aluno, indo em direção à fogueira. — Boa noite.

Vasilisa assustou-se, mas logo o reconheceu e sorriu cordialmente.

— Não vi que era você; que Deus o abençoe — disse ela. — Vai ficar rico.

Ficaram conversando. Vasilisa, uma mulher experiente que havia trabalhado para a nobreza, primeiro como ama de leite, depois como ama-seca, expressava-se com requinte, e um sorriso leve e sereno nunca abandonava seu rosto. Sua filha, Lukerya, uma camponesa da vila que havia sido oprimida pelo marido, simplesmente olhava de esguelha para o aluno e não dizia nada, e apresentava uma expressão estranha como a de um surdo-mudo.

— Numa fogueira como essa o apóstolo Pedro se aqueceu — disse o aluno, aproximando as mãos do fogo. — Então deve ter feito frio naquela época também. Que noite terrível deve ter sido, vovó! Uma longa e tenebrosa noite!

Ele olhou em torno na escuridão, balançou a cabeça abruptamente e indagou:

— Você deve ter estado presente na leitura dos Doze Evangelhos?!

— Estive sim — respondeu Vasilisa.

— Você se lembra? Na Última Ceia, Pedro disse a Jesus: "Estou pronto a vos acompanhar na escuridão e até a morte." E nosso Senhor respondeu o seguinte: "Eu vos digo, Pedro, antes do galo cantar, ireis me negar três vezes." Depois da ceia, Jesus antecipou a agonia da morte no jardim e orou, e o pobre Pedro, fraco e de espírito combalido, sentiu as pálpebras pesadas e deixou-se abater pelo sono. Depois você ouviu como Judas na mesma noite beijou Jesus e o entregou a seus verdugos. Eles o levaram amarrado ao sumo sacerdote e bateram nele, enquanto Pedro, exausto, esgotado pela tristeza e pelo medo, mal conseguindo segurar o sono, sentindo que algo de terrível estava prestes a acontecer na Terra, seguiu atrás... Ele amava Jesus profundamente, intensamente, e agora via a distância como o estavam fustigando...

Lukerya largou as colheres e fixou os olhos no aluno.

— Chegaram até a residência do sumo sacerdote — continuou ele. — Começaram a interrogar Jesus, e nesse meio-tempo os operários acenderam uma fogueira no quintal para se aquecer. Pedro, também, estava entre eles e se aquecia da forma como estou fazendo. Uma mulher, ao vê-lo, disse: "Ele também estava com Jesus." O que é o mesmo que dizer que ele também deveria ser interrogado. E todos os operários próximos à fogueira devem ter olhado para ele de forma áspera e desconfiados, pois ele ficou confuso e disse: "Não o conheço." Pouco tempo depois uma outra pessoa o reconheceu como um dos discípulos de Jesus e disse: "Vós também sois um deles." Mas novamente ele negou. E pela terceira vez alguém virou-se para ele e disse: "Por que não vos vi no jardim com ele hoje?" Pela terceira vez ele negou. E logo depois o galo cantou e Pedro, olhando Jesus de longe, lembrou-se das palavras que ele lhe havia dito à noite... Lembrou-se, deu-se conta do que havia feito, saiu ao quintal e chorou copiosamente. No Evangelho está escrito: "Ele saiu e chorou copiosamente." Posso imaginar: no jardim escuro e sem movimento, no silêncio, um soluço quase inaudível, sufocado...

O aluno suspirou e entrou em meditação. Ainda sorrindo, Vasilisa de repente engoliu em seco, e pesadas lágrimas lhe escorreram pelo rosto, e ela protegeu a face do fogo com a manga do casaco como que envergonhada por seu pranto; Lukerya continuava imóvel fitando o aluno, completamente enrubescida, e sua expressão ficou tensa e pesada como a de alguém passando por uma dor intensa.

Os operários voltaram do rio, e um deles que estava a cavalo chegou bem próximo, e a luz do fogo tremeluziu sobre ele. O aluno deu boa-noite às viúvas e seguiu viagem. E novamente a escuridão o envolveu e seus dedos ficaram entorpecidos. Soprava um vento cruel; o inverno havia realmente regressado, e não parecia que a Páscoa seria dali a dois dias.

Agora o aluno pensava em Vasilisa: suas lágrimas denotavam algum tipo de relação entre ela e tudo que havia acontecido com Pedro na noite anterior à Crucificação...

Ele olhou à volta. A luz solitária ainda brilhava na escuridão e não se via ninguém perto agora. O aluno pensou novamente que se Vasilisa havia chorado e sua irmã ficara incomodada, era evidente que o que ele acabara de contar, e que aconteceu 19 séculos antes, tinha alguma relação com o presente — para ambas as mulheres, para a vila isolada do mundo, para ele e para todas as pessoas. A velha havia chorado não pela maneira comovente com que ele contara a história, mas porque Pedro estava perto dela, porque todo o seu ser havia se interessado pelo que estava se passando na alma de Pedro.

E, subitamente, a alegria se fez presente em sua alma. Chegou até a fazer uma pausa para tomar fôlego. "O passado", pensou ele, "é ligado ao presente por uma corrente ininterrupta de eventos que surgem um a partir do outro." E lhe pareceu ter visto ambos os lados daquela corrente, como se quando tocasse uma extremidade a outra estremecesse.

Depois de cruzar o rio de barco e subir a colina, contemplou sua vila e a oeste o pôr do sol violeta frio com sua estreita nesga de luz, e pensou que a verdade e a beleza, que haviam guiado a vida humana lá no jardim e no quintal do sumo sacerdote, continuaram sem interrupção até os dias atuais, e evidentemente sempre foram os valores mais importantes da vida sobre a Terra; e o sentimento de juventude, saúde, vigor — ele tinha apenas 22 anos — e a indizível expectativa doce da felicidade, da misteriosa e desconhecida felicidade, tomou conta dele pouco a pouco, e a vida lhe pareceu encantadora, maravilhosa e cheia de significados elevados.

O QUE REGE OS HOMENS

Esta linda parábola é a adaptação de um antigo conto encontrado em diferentes versões no Corão, no Talmude, nos Livros Apócrifos e em As Mil e Uma Noites. *Tolstoi introduziu pela primeira vez esta história junto com uma série de versos da primeira carta de João na Bíblia, inclusive o verso dezesseis do capítulo quatro: "Deus é amor, e aquele que reside no amor reside em Deus, e Deus reside nele."*

I

Um sapateiro chamado Simão, que não tinha casa nem terra própria, vivia com a mulher e os filhos numa cabana rústica de camponês e ganhava a vida com seu trabalho. O labor era barato mas o alimento era caro; e o que ganhava, ele gastava com comida. Marido e mulher tinham apenas um casaco de peles para repartir durante o inverno, e mesmo o velho abrigo estava maltrapilho; já era o segundo ano que o sapateiro desejava comprar umas peles de carneiro para fazer outro. Antes do inverno, Simão economizou algum dinheiro: havia uma nota de três rublos escondida na caixa da mulher, e mais cinco rublos e vinte copeques lhe eram devidos por fregueses no vilarejo.

Então ele se preparou para ir até lá comprar as peles uma certa manhã. Vestiu sobre a camisa a jaqueta de nanquim acolchoada da mulher e sobre ela seu próprio casaco de pano. Levou a nota de três rublos no bolso, cortou um galho para servir de cajado e partiu após o desjejum. "Cobrarei os cinco rublos que me devem", pensou, "e somarei os três que tenho; com isso conseguirei comprar as peles para o casaco de inverno."

Chegou ao vilarejo e foi ter à cabana de um camponês, mas o homem não estava. A esposa prometeu-lhe que o dinheiro seria pago na semana seguinte. Ele foi então atrás de outro camponês, mas este jurou que não tinha dinheiro e pagaria apenas vinte copeques devidos pelo conserto que o sapateiro lhe fizera nas botas. Simão resolveu tentar fazer a compra a crédito, mas o comerciante não estava disposto a confiar.

— Traga o dinheiro — disse — e poderás escolher as peles. Sabemos bem o que é uma cobrança de débitos.

Portanto, os únicos negócios que o sapateiro conseguiu realizar foram o recebimento de vinte copeques por um conserto de botas e mais um par de botas de feltro que lhe deu um camponês para colocação de um solado de couro.

Simão ficou abatido. Gastou vinte copeques com vodca e voltou para casa sem ter comprado as peles. De manhã ele sentira o frio, mas agora com a vodca sentia-se aquecido mesmo sem um casaco de peles. Prosseguiu na penosa caminhada, fincando o cajado no solo enregelado com uma das mãos, girando as botas de feltro com a outra e conversando consigo mesmo.

"Estou bem aquecido, embora não tenha casaco de carneiro. Bastou aquela gotinha e já a sinto correr nas veias. Não preciso de peles. Sigo em frente e não me preocupo com coisa alguma. É esse o tipo de homem que sou! O que me importa? Posso viver sem peles de carneiro. Não preciso. Minha mulher vai se queixar, decerto. E, de fato, *é* uma vergonha; trabalha-se o dia inteiro e não se recebe paga. Espera aí! Se tu não trouxeres esse dinheiro, deixa estar que te arranco o couro, ora se não! Que tal? Ele paga vinte copeques por vez! O que posso fazer com vinte copeques? Beber — é só o que se pode fazer! Teso, é o que ele diz! Pode estar, e daí? E quanto a mim? Tu tens casa, e gado, e tudo; eu só tenho de meu o dia e a noite. Tens milho de tua própria colheita, eu tenho que comprar cada grão. Não importam meus esforços, preciso gastar três rublos toda semana só para o pão. Chego em casa e o pão acabou, e aí preciso arranjar mais um rublo e meio. Então paga logo tudo que me deves e deixa de conversa fiada."

A essa altura, já estava quase chegando ao santuário na curva da estrada. Levantando os olhos, ele percebeu algo esbranquiçado ali por trás. A luz do dia escapava, e o sapateiro forçou a vista para enxergar algo que não conseguia perceber o que era. "Não havia nenhuma pedra branca por aqui antes. Seria um boi? Não parece. Tem cabeça igual à de um homem, mas é branca demais; e o que estaria fazendo um homem ali?"

Aproximou-se um pouco mais, e o objeto tornou-se bem visível. Para surpresa sua, era mesmo um homem, morto ou vivo, sentado nu, imóvel, recostado no santuário. O sapateiro viu-se tomado de horror e pensou: "Alguém o matou, tirou-lhe as roupas e o deixou aqui. Se eu me meter, decerto vou arranjar encrenca."

Então o sapateiro prosseguiu. Passou pela frente do santuário para que não pudesse ver o homem. Depois de se afastar um pouco, olhou para trás e viu que o homem não estava mais recostado no santuário, e sim encaminhando-se como se viesse em sua direção. O sapateiro ficou ainda mais assustado do que antes e pensou: "Devo ir lá ter com ele, ou prosseguir? Se me aproximar dele, algo horrível pode acontecer. Quem seria esse sujeito! Não veio até aqui por nada. Se eu me aproximar, ele pode dar um pulo e me enforcar, e eu não vou ter como fugir. Caso contrário, ainda assim seria um fardo. O que eu poderia fazer com um homem nu? Não poderia dar-lhe minhas últimas roupas. Que os céus me ajudem a escapar!"

E o sapateiro apurou o passo, deixando para trás o santuário — quando subitamente a consciência o fez parar no meio da estrada.

— O que estás fazendo, Simão? — disse consigo mesmo. — O homem pode estar passando necessidades, e tu passas direto, assustado! Acaso ficaste rico ao ponto de temer ladrões? Ah, Simão, que vergonha!

Então ele voltou e foi ter com o homem.

II

Simão acercou-se do desconhecido, olhou para ele e viu que se tratava de um rapaz, em boa forma, sem hematomas pelo corpo, mas evidentemente congelando e assustado, e estava lá recostado sem olhar de volta, como se estivesse fraco demais para erguer os olhos. Simão se aproximou bastante e então o rapaz pareceu despertar. Virando o rosto, ele abriu os olhos e enxergou o rosto de Simão. Bastou esse olhar para que Simão simpatizasse logo com ele. Jogou as botas de feltro no chão, desfez a faixa, deitou-a sobre as botas e tirou o próprio casaco de pano.

— Não é hora de falar — disse ele. — Anda, põe este casaco logo. — Simão pegou o rapaz pelos cotovelos e o ajudou a levantar-se. Ao vê-lo de pé, pôde perceber que tinha o corpo limpo e em boas condições, mãos e pés bem-feitos, e o rosto bom e meigo. Jogou-lhe o casaco sobre os ombros, mas o rapaz não conseguiu encontrar as mangas. Simão orientou-lhe os braços, puxando o casaco para ajeitá-lo bem e envolvendo-o justo ao corpo, prendendo-o finalmente com a faixa amarrada em torno da cintura.

Simão chegou até a tirar o próprio boné para colocá-lo no rapaz, mas sua própria cabeça se resfriou e ele pensou: "Eu sou bastante calvo, enquanto ele tem cabelos encaracolados e compridos." Então voltou a pôr o boné na própria cabeça. "Será melhor arranjar-lhe algo para os pés", pensou; fez o rapaz sentar-se e ajudou-o a calçar as botas de feltro, dizendo:

— Pronto, amigo! Agora anda um pouco para te aqueceres. Outras questões poderão ser acertadas depois. Consegues andar?

O rapaz se levantou e olhou para Simão com meiguice, mas nada conseguiu dizer.

— Por que não falas? — indagou Simão. — Está frio demais para ficarmos aqui; precisamos chegar logo em casa. Vamos, pega meu cajado e quando te sentires fraco apoia-te nele. Agora anda.

O rapaz começou a andar e mexia-se com facilidade, sem ficar para trás.

Enquanto caminhavam, Simão perguntou:

— E a que lugar pertences?

— Não sou destas bandas.

— Foi o que pensei. Conheço a gente daqui. Mas como foste parar ali perto do santuário?

— Não sei dizer.

— Alguém andou te maltratando?

— Ninguém me maltratou. Deus me castigou.

— É claro. Deus a tudo comanda. Enfim, precisarás encontrar comida e abrigo em algum lugar. Para onde queres ir?

— Não faz diferença para mim!

Simão ficou impressionado. O rapaz não parecia ser um malfeitor, e falava com delicadeza; contudo, nada informou sobre si. E Simão pensou ainda: "Quem sabe o que pode ter acontecido?" E disse ao forasteiro:

— Ora, então vem para minha casa comigo e pelo menos te aqueces durante algum tempo.

Então Simão caminhou na direção de casa, e o forasteiro o acompanhou, caminhando ao seu lado. O vento tinha aumentado e Simão sentiu o frio por baixo da camisa. Estava se recuperando da embriaguez e começava a sentir o frio.

Prosseguiu fungando e apertando o casaco da mulher em torno do próprio corpo, e pensou consigo mesmo: "E agora — pensar em peles de carneiro! Saí para comprar umas peles e volto para casa sem ao menos um casaco para me proteger as costas, e além do mais estou trazendo comigo um homem nu. Matrena não vai gostar!" E ao pensar na mulher, sentiu-se triste, mas quando olhou para o rapaz e se lembrou de como ele o olhara no santuário, seu coração ficou satisfeito.

III

A mulher de Simão tinha aprontado tudo cedo naquele dia. Cortara lenha, trouxera água, alimentara as crianças, e a si própria, e encontrava-se sentada a pensar. Cogitava de quando deveria fazer pão: agora ou amanhã? Ainda havia sobrado um bom pedaço.

"Se o Simão comeu alguma coisa na cidade", pensou ela, "e não comer muito no jantar, sobrará pão para amanhã."

Sentiu o peso do pão nas mãos algumas vezes e pensou: "Não vou fazer mais hoje. Só temos farinha para mais uma fornada. Podemos dar um jeito de fazê-lo durar até sexta-feira."

Então Matrena guardou o pão e sentou-se à mesa para remendar a camisa do marido. Enquanto trabalhava, pensava nele comprando as peles para um casaco de inverno.

"Se ao menos o comerciante não o ludibriar! Meu bom homem é simples demais; não engana ninguém, mas qualquer criança lhe passa a perna. Oito rublos é muito dinheiro — ele vai conseguir um bom casaco por esse preço. Não serão peles; será um casaco de inverno de verdade. Como foi difícil suportar o último inverno sem um agasalho bom! Eu não conseguia ir até o rio, nem mesmo sair de casa. Quando saía, ele usava todos os agasalhos que tínhamos e eu ficava sem nada. Ele não saiu muito cedo hoje, mas mesmo assim já era hora de ter chegado. Só espero que não tenha feito nenhuma farra."

Mal concluíra esses pensamentos e ouviu passos chegando à porteira da casa e entrando. Matrena enfiou a agulha nos panos que remendava e foi até o alpendre. Lá encontrou dois homens: Simão, e com ele um homem sem chapéu usando botas de feltro.

Matrena percebeu logo que o marido cheirava a bebida. "Ora, essa! Ele andou bebendo", pensou. E ao ver que ele estava sem casaco, vestido apenas com a jaqueta dela, não trazendo consigo volume algum, ali postado em silêncio e parecendo envergonhado, seu coração quase se partiu de decepção. "Ele bebeu o dinheiro", pensou ela, "e andou na farra com um imprestável qualquer, a quem trouxe para casa!"

Matrena deixou-os entrar, acompanhou-os e viu que o desconhecido era jovem e delicado, vestido com o casaco do marido. Não se via a camisa por baixo dele, e o rapaz não estava usando chapéu. Já dentro da cabana, ele ficou parado sem erguer os olhos, e Matrena pensou: "Deve ser um homem mau — está com medo."

Matrena franziu o cenho e ficou ao lado do forno esperando para ver o que eles fariam.

Simão tirou o boné e sentou-se no banco como se nada houvesse.

— Vamos, Matrena; se o jantar estiver pronto, vamos comer.

Matrena resmungou algo consigo mesma e ficou parada, bem onde estava, ao lado do forno. Olhou primeiro para um e depois para o outro e balançou a cabeça apenas. Simão viu que a mulher estava aborrecida, mas tentou superar o fato. Fingindo nada perceber, pegou o estranho pelo braço.

— Sente-se, amigo — disse ele —, e vamos jantar.

O desconhecido sentou-se no banco.

— Não cozinhaste nada para nós? — disse Simão.

Matrena não conseguiu mais conter a raiva.

— Cozinhei, sim, mas não para ti. Parece que bebeste até perder a conta. Tu saíste para comprar um casaco de pele de carneiro, mas voltas para casa sem ao menos o agasalho com que partiste, e trazes um vagabundo nu para casa contigo. Não faço jantar para bêbados como tu.

— Já chega, Matrena. Não dá com a língua nos dentes sem razão. É melhor perguntares que tipo de homem...

— E tu me dizes o que fizeste com o dinheiro?

Simão buscou o bolso da jaqueta, retirou a nota de três rublos e esticou-a.

— Aqui está o dinheiro. Trifonov não pagou, mas prometeu que logo pagará.

Matrena ficou ainda mais irritada; ele não comprara as peles, mas emprestava o próprio agasalho para um sujeito nu e o trouxera, ainda por cima, para casa.

Ela tirou bruscamente a cédula de cima da mesa, levou-a para guardá-la em segurança, e disse:

— Não tenho jantar para ti. Não podemos dar comida a todos os bêbados nus do mundo.

— Ora essa, Matrena! Segura a língua um pouco. Ouve primeiro o que o homem tem a dizer... !

— Muita sabedoria é o que vou ouvir de um bêbado idiota. Eu estava certa quando não quis me casar contigo — um bêbado. O linho que minha mãe me deu tu bebeste; e agora sais para comprar um agasalho — e bebes tudo, outra vez!

Simão tentou explicar à esposa que gastara apenas vinte copeques; tentou contar como encontrara o rapaz — porém Matrena não o deixou falar palavra. Falava ela, a três por dois, e trazia à tona coisas que tinham acontecido havia dez anos.

Ela falou, falou, e afinal voou em cima de Simão e o agarrou pela manga da camisa.

— Dá-me minha jaqueta. É a única que tenho, e para usá-la tu tens que pedir a mim. Dá-me logo, seu cachorro sarnento, e o diabo que te carregue!

Simão começou a tirar a jaqueta e virou uma das mangas pelo avesso; Matrena agarrou-a, e o gesto brusco rasgou a costura. Matrena arrancou-a, jogou-a sobre a cabeça e dirigiu-se até a porta. Queria sair mas parou, indecisa — precisava espairecer a raiva, mas também desejava saber que tipo de homem era o desconhecido.

IV

Matrena parou e disse:

— Se ele fosse um homem bom, não estaria nu. Ora, sequer está usando uma camisa! Se fosse bom, tu dirias onde o encontraste.

— É exatamente o que estou tentando dizer-te — falou Simão. — Quando cheguei ao santuário, vi-o sentado nu, enregelado. E esse tempo não é o melhor para se sentar nu em qualquer lugar! Deus mandou-me até ele; caso contrário, o pobre teria perecido. O que eu podia fazer? Como podemos saber o que teria acontecido com ele? Então eu o peguei, coloquei nele o agasalho e o trouxe comigo. Não fica tão zangada, Matrena. É um pecado. Lembra-te, todos morreremos um dia.

Palavras de raiva vieram aos lábios de Matrena, mas ela olhou para o desconhecido e ficou em silêncio. Ele estava sentado na beirinha do banco, imóvel, com as mãos cruzadas sobre os joelhos, a cabeça pendendo sobre o peito, de olhos fechados e as sobrancelhas contraídas como se sentisse dor. Matrena estava calada, e Simão disse:

— Matrena, não tens amor a Deus?

Matrena ouviu tais palavras e, ao olhar para o desconhecido, seu coração se sensibilizou repentinamente por ele. Ela voltou da porta e, dirigindo-se ao forno, tirou o jantar. Colocou uma xícara sobre a mesa e serviu um pouco de *kvas*. Depois pegou o último pedaço de pão e dispôs os talheres.

— Come, se quiseres — disse ela.

Simão convidou o desconhecido.

— Senta-te à mesa, meu jovem — disse ele.

Simão cortou o pão e o esfarelou dentro da sopa, e eles começaram a comer. Matrena sentou-se ao canto da mesa, com a cabeça apoiada na mão, e ficou olhando para o desconhecido.

E Matrena encheu-se de piedade e começou a simpatizar com o rapaz. E logo o rosto dele se iluminou; a fronte se descontraiu, ele ergueu os olhos e sorriu para Matrena.

Terminado o jantar, a mulher tirou a mesa e começou a indagar ao desconhecido:

— De onde és?

— Não sou destas bandas.

— Mas como foste parar na estrada?

— Não posso contar.

— Alguém te roubou?

— Deus me castigou.

— E tu estavas nu por aí.

— Estava, nu e congelando. Simão me viu e apiedou-se. Tirou seu casaco, vestiu-me com ele e trouxe-me até aqui. E tu me deste comida e bebida, e demonstras piedade de mim. Que Deus te pague!

Matrena se levantou, pegou na janela a camisa de Simão que estava remendando e a entregou ao desconhecido. Trouxe-lhe também um par de calças.

— Toma — disse ela —, estou vendo que não tens camisa. Veste esta e recosta-te onde quiseres, no abrigo do sótão ou perto do forno.

O desconhecido tirou o agasalho, vestiu a camisa e foi deitar-se no sótão. Matrena apagou a vela, pegou o agasalho e foi para junto do forno com o marido. Então puxou as fraldas do casaco sobre si e deitou-se, mas não adormeceu; não conseguia tirar o desconhecido da mente.

Quando se lembrou de que ele comera o último pedaço de pão e que não havia mais para o dia seguinte, e pensou na camisa e calças que lhe dera, sentiu-se pesarosa; mas, quando se lembrou de como ele sorrira, seu coração ficou satisfeito.

Durante muito tempo permaneceu acordada, e percebeu que Simão também estava — ele puxou o agasalho para cima de si.

— Simão!

— Sim?

— Comeste o último pão, e eu não pus mais massa para crescer. Não sei o que vamos fazer amanhã. Talvez eu possa pegar emprestado com nossa vizinha Martha.

— Se estivermos vivos, encontraremos o que comer.

A mulher ficou quieta um pouco e depois disse:

— Ele parece ser um homem bom, mas por que não nos diz quem é?

— Acho que deve ter suas razões.

— Simão!

— Sim?

— Nós damos, mas por que ninguém nos dá nada?

Simão não soube o que dizer, então disse apenas:

— Vamos parar de conversar — e virou-se para dormir.

V

De manhã Simão acordou. As crianças ainda dormiam; a mulher tinha ido até a vizinha para pegar emprestado um pouco de pão. O desconhecido estava sentado sozinho no banco, vestido com a velha camisa e o par de calças, olhando para cima. Seu rosto estava mais vivo do que no dia anterior.

Simão disse-lhe:

— Ora, amigo, a barriga pede pão e o corpo nu, roupas. É preciso trabalhar para ganhar a vida. Qual ofício é o teu?

— Não tenho.

Simão ficou surpreso, mas disse:

— Os homens que desejam aprender são capazes de aprender qualquer coisa.

— Os homens trabalham, e eu trabalharei também.

— Qual é o teu nome?

— Miguel.

— Ora, Miguel, se não queres falar de ti mesmo, é uma questão tua, mas terás que ganhar teu próprio pão. Se trabalhares como eu mandar, dar-te-ei comida e abrigo.

— Deus te pague! Vou aprender. Mostra-me o que fazer.

Simão pegou um fio de lã, enrolou-o no dedo polegar e começou a torcê-lo.

— É bem fácil! Vês?

Miguel observou, depois pegou um fio e enrolou no polegar, da mesma forma, pegou o jeito e começou a fiar também.

Então Simão mostrou como passar cera na linha. Essa tarefa Miguel também dominou. Em seguida, Simão mostrou como inserir a cerda e como costurar, e isso também Miguel aprendeu de pronto.

O que quer que Simão lhe mostrasse, ele logo compreendia, e depois de três dias trabalhava como se costurasse botas a vida inteira. Trabalhava sem parar e comia pouco. Quando estava concluído o trabalho, sentava-se em silêncio, olhando para cima. Mal ia à rua, só falava quando necessário, e não ria nem brincava. Nunca o viram sorrir, exceto na primeira noite, quando Matrena lhes serviu o jantar.

VI

Dia após dia e semana após semana o ano passou. Miguel vivia e trabalhava com Simão. Sua fama cresceu até que as pessoas diziam que ninguém era capaz de fazer costuras tão bem-acabadas e resistentes em suas botas quanto o ajudante de Simão, Miguel. De todas as redondezas do distrito chegava gente trazendo botas para Simão consertar, e ele começou a melhorar de vida.

Num dia de inverno, enquanto Simão e Miguel trabalhavam sentados, um coche com lâminas de trenó, três cavalos e sinos chegou até a cabana. Eles olharam pela janela. O coche parou diante da porta, um elegante criado saltou da boleia e abriu a porta. Um cavalheiro de casaco de peles saiu e dirigiu-se à cabana de Simão. De um salto Matrena foi abrir a porta, escancarando-a. O cavalheiro se inclinou para entrar na cabana, e quando tornou a se erguer a cabeça quase atingia o teto, e ele dava a impressão de preencher todo o ambiente em que se encontrava.

Simão levantou-se, fez uma reverência e olhou espantado para o cavalheiro. Nunca vira alguém assim. Simão era esbelto, Miguel magro, e Matrena quase só pele e osso, mas aquele homem parecia vindo de um outro mundo: rosto corado, robusto, com o pescoço igual ao de um touro, e parecia ser todo feito de ferro.

O cavalheiro se enfunou, tirou o casaco de peles, sentou-se no banco e disse:

— Quem é o exímio sapateiro que confecciona botas?

— Sou eu, Excelência — disse Simão, adiantando-se.

Então o cavalheiro gritou para o seu rapaz:

— Ei, Fedka, traga o couro.

O criado entrou ligeiro, trazendo um embrulho. O cavalheiro pegou-o e colocou-o sobre a mesa.

— Desamarre-o — disse ele. O criado o desamarrou.

O cavalheiro apontou para o couro.

— Olha aqui, sapateiro — disse ele. — Vês este couro?

— Vejo sim, Excelência.

— Mas sabes que tipo de couro é?

Simão sentiu o couro nas mãos e disse:

— É um couro bom.

— Bom, sim. Ora, tolice! Nunca viste um couro assim em rua vida. É alemão, e custou vinte rublos.

Simão estava assustado e disse:

— E onde eu iria ver um couro assim?

— Pois bem! Olha, tu consegues fazer-me umas botas com ele?

— Consigo, sim, Excelência.

Então o cavalheiro gritou-lhe:

— Consegue, *sim*, não é mesmo? Então, lembre-se para quem vais fazê-las e o couro que é. Far-me-ás botas que durem um ano, sem se deformar nem descosturar. Se consegues fazê-las, toma o couro e corta-o; mas se não consegues, diga. Vou logo avisando, se as botas se deformarem ou descosturarem dentro de um ano, mandarei colocá-lo na cadeia. Se elas não rasgarem nem se deformarem no prazo de um ano, pagar-te-ei dez rublos pelo trabalho.

Simão sentiu-se amedrontado e não soube o que dizer. Lançou um rápido olhar para Miguel e, cutucando-o com o cotovelo, sussurrou:

— Aceito o trabalho?

Miguel assentiu com a cabeça, como se dissesse: "Aceita, sim".

Simão seguiu o conselho de Miguel e comprometeu-se a fazer botas que não se deformassem nem rompessem a costura durante um ano inteiro.

Chamando o criado, o cavalheiro mandou que ele puxasse a bota de sua perna esquerda, que esticara.

— Toma minhas medidas — disse ele.

Simão pespontou uma tira de papel com 17 polegadas de comprimento, esticou-a, ajoelhou-se, esfregou bem as mãos no avental para não sujar a meia do cavalheiro e começou a fazer um molde. Mediu a sola, a curvatura do pé, e foi medir a perna, mas a tira foi curta demais. A panturrilha era grossa como uma pilastra.

— Cuidado para que não me fiquem apertadas na panturrilha!

Simão pespontou outra tira de papel. O cavalheiro remexeu os dedos do pé dentro da meia, olhando para os demais na cabana, e nisso percebeu Miguel.

— Quem é este que tu tens aqui? — perguntou.

— É meu ajudante. Ele irá costurar as botas.

— Cuidado! — disse o cavalheiro para Miguel. — Lembra-te de que vais fazer botas para durar um ano.

Simão também olhou para Miguel, e viu que este não olhava para o cavalheiro e sim para o canto atrás do mesmo, como se visse alguém lá. Miguel olhou e olhou, e de repente sorriu, e seu rosto se iluminou.

— Do que estás sorrindo, ó tolo? — bradou o cavalheiro. — É melhor que essas botas fiquem prontas logo!

— Ficarão prontas em muito breve — disse Miguel.

— É bom que fiquem! — disse o cavalheiro, e calçou as botas e vestiu o casaco de pele, aconchegando-se dentro dele, e encaminhou-se para a porta. Mas esqueceu de abaixar-se e deu com a cabeça na verga.

Ele praguejou e esfregou a testa. Em seguida, entrou no coche e partiu.

Depois que o cavalheiro se foi, Simão disse:

— Que homem extraordinário! Tu não conseguirias matá-lo nem com uma marreta. Quase arrancou do lugar a verga, e pouco se machucou!

E Matrena disse:

— Vivendo como vive, como poderia deixar de ficar forte? Nem a própria morte é capaz de tocar numa rocha assim.

VII

Então Simão disse para Miguel:

— Ora, aceitamos o trabalho, mas precisamos tomar cuidado para não arranjarmos encrenca com ele. O couro é precioso, e o cavalheiro esquentado. Não podemos errar. Vamos, teus olhos são mais apurados e tuas mãos estão agora mais ágeis que as minhas, portanto pega este molde e corta as botas. Eu darei acabamento na costura das palas.

Miguel cumpriu as ordens. Estendeu o couro sobre a mesa, dobrou-o ao meio, pegou uma faca e começou a recortá-lo.

Matrena veio e ficou vendo o trabalho, e surpreendeu-se ao ver como o rapaz recortava o couro. Ela estava acostumada a ver como se faz botas, e viu que Miguel não estava fazendo um talhe normal, e sim um corte redondo.

Quis dizer algo, mas pensou consigo mesma: "Talvez eu não saiba como se faz botas para cavalheiros. Acho que Miguel entende mais do assunto — não vou interferir!"

Depois de recortar o couro, Miguel pegou uma linha e começou a costurar, não sobre duas folhas, como se faz com botas, mas uma só, como se faz com chinelos macios.

Matrena tornou a se surpreender, e de novo não interferiu. Miguel costurou sem parar até o meio-dia. Então Simão levantou-se para almoçar, olhou ao redor e viu que Miguel fizera chinelos do couro do cavalheiro.

— Ahn! — gemeu Simão, e pensou: "Como é que Miguel, estando comigo há um ano inteiro sem fazer erro algum, faz uma coisa horrorosa dessas? O cavalheiro encomendou botas altas, debruadas, com palas inteiriças, e Miguel fez chinelos macios de solado simples, e estragou o couro. O que vou dizer ao cavalheiro? Jamais conseguirei restituir um couro como esse."

E disse para Miguel:

— O que estás fazendo, amigo? Tu me arruinaste! Sabes que o cavalheiro pediu botas altas, e o que fizeste!

Mal começara a repreender o rapaz e o anel de ferro pendurado na porta fez "toc-toc". Alguém bateu. Eles olharam pela janela; chegara um homem a cavalo e o estava prendendo naquele momento. Eles abriram a porta, e entrou o criado que viera com o cavalheiro.

— Boa tarde! — disse.

— Boa tarde! — cumprimentou Simão. — Em que podemos servir-te?

— Minha patroa me mandou vir aqui a respeito das botas.

— Pois não?

— Meu patrão não mais precisa delas. Está morto.

— Será possível?

— Nem chegou em casa depois que saiu daqui; morreu a caminho. Quando chegamos em casa e os criados foram ajudá-lo a descer, ele rolou para fora do coche como um saco. Já estava morto, e tão duro que mal conseguimos tirá-lo de lá. Minha patroa me mandou vir; ela falou: "Diga ao sapateiro que o cavalheiro que fez a encomenda e deixou o couro não mais precisa de botas, mas que ele deve fazer rapidamente chinelos macios para o defunto. Aguarda até que fiquem prontos e traze-os contigo." É por isso que vim.

Miguel recolheu as sobras do couro, enrolou-as, pegou os chinelos macios que fizera, bateu um contra o outro, esfregou-os com o avental e os entregou junto com o rolo de couro ao criado, que pegou tudo e disse:

— Até mais ver, meus patrões! Passem bem.

VIII

Passou mais um ano, e mais outro, e Miguel já estava morando com Simão havia seis anos. Vivia como antes. Não ia a lugar algum, falava somente quando necessário e sorrira apenas duas vezes em todos aqueles anos — uma quando Matrena lhe deu de comer, outra quando o cavalheiro esteve na cabana. Simão estava mais do que satisfeito com o ajudante. Não mais perguntava de onde ele vinha, e só temia que Miguel pudesse ir embora.

Estavam todos em casa um dia. Matrena estava colocando panelas de ferro no forno; as crianças corriam ao longo dos bancos e olhavam pela janela; Simão costurava junto a uma janela e Miguel pregava um solado junto à outra.

Um dos meninos correu até Miguel ao longo de um banco, apoiou-se no ombro dele, e olhou pela janela.

— Olha, tio Miguel. Há uma dama acompanhada de umas meninas. Parece que está vindo para cá. E uma das meninas é coxa.

Quando o menino disse isso, Miguel deixou cair o trabalho, virou-se para a janela e olhou em direção à rua.

Simão ficou surpreso. Miguel não costumava olhar para a rua, mas agora se encostava à janela, olhando para alguma coisa. Simão também olhou para fora e viu que uma mulher bem-vestida realmente se dirigia à sua cabana, trazendo pela mão duas menininhas de casacos de peles e cachecóis de lã. Mal se distinguia uma menina da outra, exceto pelo fato de que uma delas era aleijada da perna esquerda e andava coxeando.

A mulher subiu o degrau de fora e chegou até a porteira. Tateando pela entrada, encontrou o ferrolho, que levantou, e abriu a porta. Deixou as duas meninas entrarem primeiro, e seguiu-as cabana adentro.

— Bom dia, bondosa gente!

— Sede bem-vindas — disse Simão. — Em que vos podemos ser úteis?

A mulher sentou-se à mesa. As duas menininhas se espremeram contra os joelhos dela, com medo das pessoas na cabana.

— Quero encomendar sapatos de couro para essas duas meninas, para a primavera.

— Podemos fazer os sapatos. Nunca os fizemos tão pequenos assim, mas nós os faremos — debruados ou virados, forrados de linho. Meu ajudante, Miguel, é exímio trabalhador.

Simão olhou de relance para Miguel e viu que ele deixara o trabalho de lado e estava sentado com os olhos pregados nas meninas. Simão ficou surpreso. De fato, as meninas eram bonitas, rechonchudas, de olhos negros e faces coradas, e usavam bonitos lenços na cabeça e finos casacos de peles; contudo, Simão não conseguia entender por que Miguel as olhava assim — como se as conhecesse de antes. Simão ficou intrigado, mas continuou falando com a mulher e acertando o preço. Feito isto, foi tirar as medidas. A mulher colocou no colo a menina coxa e disse:

— Tira dois moldes para esta. Faz um sapato para o pé aleijado e três para o sadio. As duas meninas calçam o mesmo tamanho. São gêmeas.

Simão tirou o molde e, falando da menina coxa, disse:

— Como isso aconteceu com ela? É uma menina tão bonita. Nasceu assim?

— Não, a mãe esmagou-lhe a perna.

Então Matrena entrou na conversa. Teve curiosidade em saber quem seria essa mulher e de quem seriam as crianças, e disse:

— Não és a mãe delas, então?

— Não, bondosa mulher. Não sou a mãe, tampouco parente. Eram-me totalmente desconhecidas, mas eu as adotei.

— Não são tuas filhas e ainda assim gostas tanto delas?

— Como posso deixar de gostar delas? Dei de mamar às duas em meu próprio seio. Tive um filho meu. Deus o levou. Eu não gostava tanto dele quanto gosto agora destas duas.

— Então, de quem são filhas?

IX

A mulher, tendo começado a falar, contou-lhes a história toda.

— Já faz cerca de seis anos que os pais morreram, na mesma semana os dois. O pai foi sepultado na terça-feira e a mãe faleceu na sexta. Estas órfãs nasceram três dias depois da morte do pai, e a mãe não viveu até o dia seguinte. Meu marido e eu estávamos vivendo como camponeses no vilarejo. Éramos vizinhos deles, nossos quintais eram adjacentes. O pai era um homem solitário, lenhador na floresta. Enquanto derrubava árvores um dia, uma caiu-lhe em cima. Esmagou-lhe o corpo, fazendo saltar-lhe as entranhas. Mal o trouxeram para casa antes que a alma subisse ao céu, e na mesma semana a esposa deu à luz as gêmeas — estas meninas. Era uma mulher pobre e só; não tinha ninguém por ela, fosse velho ou novo. Deu à luz sozinha, e sozinha encontrou a morte.

"Na manhã seguinte eu fui vê-la, mas quando entrei na cabana a coitada já estava fria, rígida. Ao morrer ela rolou sobre esta criança e esmagou-lhe a perna. O povo do vilarejo veio até a cabana; todos cuidaram de lavar o corpo e colocá-lo no caixão, que eles mesmos prepararam, e providenciaram o enterro. Eram pessoas boas. As gêmeas ficaram sós. O que seria feito delas? Eu era a única mulher que tinha um bebê na época. Estava amamentando meu primogênito — de oito semanas. Então fiquei com elas durante algum tempo. Os camponeses se reuniram e pensaram e pensaram no que fazer com elas, e afinal me falaram: 'Por ora, Mary, é melhor que tu fiques com elas, e depois providenciaremos o que fazer.' Então eu amamentei a menina sã, mas a princípio não alimentei a aleijada. Não achava que ela fosse sobreviver.

"Mas logo pensei comigo mesma, por que deixar a pobre sofrer? Apiedei-me dela e dei-lhe de comer. Assim, fiquei alimentando meu filho e estas duas meninas — todos os três — do meu próprio seio. Eu era jovem e forte e comia bem, e Deus me deu tanto leite que às vezes chegava a vazar. Eu costumava amamentar dois de cada vez, enquanto o terceiro aguardava. Quando um se dava por satisfeito, eu amamentava o terceiro. E Deus quis que estas duas crescessem, enquanto o meu próprio foi sepultado antes de completar dois anos. E não tive mais filhos, embora tenhamos prosperado. Agora meu marido trabalha para o dono do moinho de trigo. A paga é boa e estamos bem de vida. Mas não tenho filhos próprios, e estaria muito só sem estas duas. Como posso deixar de amá-las? São a alegria da minha vida!"

Ela estreitou a menina coxa contra si com uma das mãos, enquanto com a outra limpava as lágrimas do rosto.

E Matrena deu um suspiro e disse:

— É verdade o provérbio que diz: "Pode-se viver sem pai ou mãe, mas não se pode viver sem Deus."

E elas assim conversaram quando de repente toda a cabana foi iluminada como que por um relâmpago de verão a partir do canto onde Miguel estava sentado. Todos olharam para ele e o viram sentado, com as mãos cruzadas sobre os joelhos, olhando para cima e sorrindo.

X

A mulher se foi com as meninas. Miguel levantou-se do banco, deixou de lado o trabalho e tirou o avental. Então, curvando-se em reverência a Simão e à esposa, disse:

— Adeus, meus patrões! Deus me perdoou. Peço vosso perdão, também, por qualquer erro.

E eles viram que uma luz emanava de Miguel. E Simão se levantou, curvou-se diante dele e disse:

— Vejo, Miguel, que não és um homem comum, e não posso manter-te nem questionar-te. Mas diz-me apenas, como é que quando eu te encontrei tu estavas sombrio, e quando minha mulher te deu de comer tu sorriste para ela e te alegraste? E quando o cavalheiro veio encomendar as botas, tu sorriste outra vez e te iluminaste mais ainda? E agora, quando esta mulher trouxe as meninas, tu sorriste uma terceira vez e te tornaste luminoso como o dia? Dize-me, Miguel, por que teu rosto brilha tanto, e por que sorriste essas três vezes.

E Miguel respondeu:

— A luz emana de mim porque fui castigado, mas agora Deus me perdoou. E sorri três vezes porque Deus me enviou para aprender três verdades, e eu as aprendi. Uma eu aprendi quando tua mulher teve piedade de mim, e por isso sorri pela primeira vez. A segunda aprendi quando o homem rico encomendou as botas, e sorri outra vez. E agora, quando vi as meninas, aprendi a terceira e última verdade, e sorri a terceira vez.

E Simão disse:

— Diz-me, Miguel, por que Deus te castigou? E quais foram as três verdades para que eu também as conheça?

E Miguel respondeu:

— Deus me castigou por desobedecê-Lo. Eu era um anjo no céu e desobedeci a Deus. Ele me enviou para resgatar a alma de uma mulher. Voei para a terra e vi uma mulher doente, deitada sozinha, que acabara de dar à luz gêmeas. Elas se mexiam, delicadas, ao lado da mãe, mas ela não as conseguia levar ao seio. Ao ver-me, compreendeu que Deus me enviara por sua alma e chorou, dizendo: "Anjo de Deus! Meu marido acaba de ser sepultado; morreu esmagado por uma árvore. Não tenho irmãs, tias, nem mãe, ninguém para cuidar de minhas órfãs. Não leva minha alma. Deixa-me amamentar minhas filhas, nutri-las e acompanhá-las até que andem antes de morrer. Crianças não conseguem viver sem pai ou mãe." E eu a atendi. Levei-lhe ao seio uma menina e coloquei a outra em seus braços, e voltei ao Senhor no céu. Voei até Ele e disse: "Não pude levar a alma da mãe. O marido foi esmagado por uma árvore, a mulher teve gêmeas e implora que sua alma seja poupada. Diz ela: 'Deixa-me amamentar e nutrir minhas filhas e acompanhá-las até que andem. Crianças não conseguem viver sem pai ou mãe.' Não lhe tomei a alma." E Deus disse: "Vai — toma a alma da mãe, e aprende três verdades: Aprende O *que Reside no Homem;* O *que Não É Dado ao Homem;* e O *que Rege os Homens.* Quando tiveres aprendido estas verdades, voltarás ao paraíso." Então voei de volta à terra e tomei a alma da mãe. As gêmeas soltaram-se do seio. O corpo rolou sobre a cama e esmagou um bebê, deformando-lhe a perna. Ergui-me sobre o vilarejo, na intenção de levar sua alma a Deus, mas um vento me arrebatou e minhas asas caíram e se desprenderam. Sua alma alçou-se sozinha a Deus, enquanto eu caía na terra perto da estrada.

XI

E Simão e Matrena compreenderam quem estivera vivendo com eles, e a quem deram abrigo e alimento. E choraram de espanto e contentamento. E o anjo disse:

— Eu estava só no campo, nu. Nunca conheci as necessidades humanas, o frio ou a fome, até quando tornei-me um homem.

Senti fome, frio, e não sabia o que fazer. Vi, perto do campo em que me encontrava, um santuário construído para Deus, e fui até lá na esperança de encontrar abrigo. Mas o santuário estava trancado e não pude entrar. Então sentei-me do lado de trás para proteger-me ao menos do vento. Caiu a noite; eu estava faminto, enregelado e dolorido. De repente ouvi um homem vindo pela estrada. Ele carregava um par de botas e falava consigo mesmo. Pela primeira vez desde que me tornara um homem vi a face mortal de um, e seu rosto pareceu-me horrível e afastei o olhar. E ouvi-o falar de como recobrir o corpo contra o frio do inverno, e como alimentar mulher e filhos. E pensei: "Estou perecendo de frio e fome, e eis um homem pensando apenas em vestir a si próprio e à esposa, e como conseguir pão para a família. Ele não pode me ajudar." Quando me avistou, ele se consternou e tornou-se ainda mais horrível, e deixou-me para trás, seguindo pelo outro lado. Eu me desesperei, mas de repente ouvi-o retornar. Ergui os olhos e não reconheci o mesmo homem: antes, vira a morte em seu rosto, mas agora ele estava vivo e reconheci nele a presença de Deus. O homem aproximou-se de mim, vestiu-me, levou-me consigo e trouxe-me para sua casa. Eu entrei; uma mulher veio nos receber e começou a falar. Era ainda mais horrível do que o fora o homem. O espírito da morte vinha de sua boca; eu não conseguia respirar por causa do odor da morte que se espalhava ao seu redor. Ela desejava fazer-me voltar para o frio lá fora, e eu sabia que se fizesse isso ela morreria. De repente o marido falou-lhe de Deus, e a mulher mudou totalmente.

"E, quando me trouxe comida e olhou para mim, olhei-a de relance e vi que a morte não mais a habitava. Ela retomara a vida, e nela também vi Deus.

"Então lembrei-me da primeira lição que Deus me mandara. '*Aprende o que reside no homem.*' E aprendi que no homem reside o Amor! Fiquei feliz por Deus já ter começado a me mostrar o que Ele prometera, e sorri pela primeira vez. Mas eu ainda não aprendera tudo. Ainda não sabia *O que não é dado ao homem* e *O que rege os homens.*

"Vivi convosco e um ano se passou. Um homem veio encomendar botas que durassem um ano sem se deformarem ou romperem. Olhei para ele, e de repente, por trás de seu ombro, vi meu camarada — o anjo da morte. Exceto eu, ninguém viu esse anjo, mas eu o conhecia e sabia que antes do pôr do sol ele levaria a alma do homem rico. E pensei comigo mesmo: 'O homem está tomando providências para um ano e não sabe que morrerá antes do anoitecer.' E lembrei-me do segundo dito de Deus: '*Aprende o que não é dado ao homem.*'

"O que reside no homem eu já sabia. Agora aprendia o que não lhe é dado. Não é dado ao homem saber suas próprias necessidades. E sorri pela segunda vez. Fiquei satisfeito em ver meu camarada: anjo — satisfeito também por Deus ter-me revelado o segundo dito.

"Mas eu ainda não sabia tudo. Não sabia ainda O *que rege os homens*. E continuei vivendo, aguardando que Deus me revelasse a última lição. No sexto ano, veio a mulher com as gêmeas, reconheci as meninas e fiquei sabendo como elas foram mantidas vivas. Tendo ouvido a história, pensei: 'A mãe procurou-me pelo bem das filhas, e acreditei quando ela disse que crianças não podem viver sem pai ou mãe, mas uma desconhecida as amamentara e as estava educando.' E quando a mulher me mostrou seu amor pelas meninas que não eram suas próprias filhas, e chorou por elas, vi nela o Deus vivo, e compreendi o que rege os homens. E soube que Deus me revelara a última lição, e perdoara o meu pecado. Então eu sorri pela terceira vez."

XII

E o corpo do anjo foi despido, e foi vestido de luz para que olhos não o pudessem ver; e sua voz tornou-se mais alta, como se viesse não dele, e sim das alturas do céu. E o anjo disse:

— Aprendi que os homens não são regidos por cuidados consigo mesmos, e sim pelo amor.

"Não foi dado à mãe saber o que as filhas precisavam para a vida. Nem foi dado ao homem rico saber o que ele mesmo precisava.

Tampouco é dado a qualquer homem saber se, ao cair da noite, ele precisará de botas para seu corpo ou chinelos para seu cadáver.

"Eu permaneci vivo quando era um homem não por cuidados comigo mesmo, mas porque o amor estava presente num transeunte, e porque ele e a esposa se apiedaram de mim e me amaram. As órfãs permaneceram vivas não por causa dos cuidados da mãe, mas porque havia amor no coração de uma mulher, desconhecida delas, que se apiedou delas e as amou. E todos os homens vivem não pela consideração que dispensam ao seu próprio bem-estar, mas porque o amor existe no homem.

"Eu sabia antes que Deus deu vida aos homens e deseja que eles vivam; agora compreendi mais do que isso.

"Compreendi que Deus não deseja que os homens vivam separados, e portanto não lhes revela o que cada um precisa para si. Ele deseja que os homens vivam unidos, e portanto revela a cada um o que é necessário para todos.

"Agora compreendo que, embora pareça aos homens que eles vivem pelo cuidado dispensado a si próprios, na verdade vivem apenas pelo amor. Aquele que tem amor está em Deus, e Deus está nele, pois Deus é amor."

E o anjo cantou em louvor a Deus, de forma que a cabana estremeceu com sua voz. O teto se abriu e uma coluna de fogo se ergueu da terra ao céu. Simão e a mulher e os filhos prostraram-se ao chão. Surgiram asas nos ombros do anjo, e ele se alçou aos céus.

E quando Simão voltou a si, a cabana estava igual, como antes, e não havia ninguém ali a não ser sua própria família.

A HISTÓRIA DA CRIANÇA

Charles Dickens

Era uma vez, há muitos e muitos anos, um viajante, e ele partiu numa jornada. Era uma jornada mágica, e parecia muito longa quando ele a iniciou e muito curta quando estava na metade.

Ele viajou por um caminho bastante escuro durante um pequeno período de tempo, sem encontrar nada, até que finalmente chegou a uma linda criança.

Então ele disse para ela:

— O que você faz aqui?

E a criança respondeu:

— Estou sempre brincando. Venha brincar comigo.

Então ele brincou com aquela criança durante todo o dia, e eles ficaram muito felizes. O céu estava tão azul, e o sol tão brilhante, e a água tão cintilante, e as folhas estavam tão verdes, e as flores tão adoráveis, e eles ouviram tantos cantos de pássaros e viram tantas borboletas que tudo estava lindo. Assim era com tempo bom. Quando chovia, eles adoravam ver as gotas caindo, e sentir os aromas refrescantes. Quando ventava, era delicioso escutar o vento e apreciar o que ele dizia quando vinha rápido de sua casa — onde ficaria?, pensavam eles! —, assobiando e uivando, empurrando as nuvens adiante, recurvando as árvores, zunindo nas chaminés, balançando a casa e fazendo o mar rugir em fúria. Mas quando nevava era ainda melhor, pois eles gostavam, mais do que tudo, de olhar para os flocos brancos caindo rapidamente em grande quantidade, como penugem do peito de milhões de pássaros brancos, e de ver a profundidade da neve acumulada e a superfície lisinha que ficava, e de escutar o silêncio sobre as trilhas e estradas.

Eles tinham abundância dos melhores brinquedos do mundo, e dos mais impressionantes livros ilustrados — tudo sobre cimitarras e chinelos e turbantes, e anões e gigantes e gênios e fadas, e Barba-Azul e pés de feijão e riqueza e cavernas e florestas e promessas e juras — tudo novo e tudo verdade.

Mas um dia, de repente, o viajante perdeu a criança. Chamou-a várias vezes, mas não obteve resposta. Então ele foi para a estrada e prosseguiu um pouco sem nada encontrar, até que afinal chegou a um menino muito bonito.

E disse ao menino:

— O que você faz aqui?

E o menino respondeu:

— Estou sempre aprendendo. Venha aprender comigo.

Então ele aprendeu com o menino sobre júpiter e Juno, e gregos e romanos, e não sei o que mais, e aprendeu mais do que posso contar — ou então, melhor dizendo, pois ele logo esqueceu muito do que aprendeu. Mas eles não estavam sempre aprendendo; tinham os jogos mais alegres que já foram jogados. Remavam no rio durante o verão, e esquiavam no gelo durante o inverno; passeavam a pé, e passeavam a cavalo, jogavam críquete, e todos os jogos de bola; brincavam de pique, de esconder, faremos-tudo-que-seu-mestre-mandar, e mais esportes do que consigo me lembrar. Ninguém se comparava a eles. E tinham feriados também, caíam na folia de Reis, e dançavam nas festas até meia-noite, e iam a teatros de verdade onde viam palácios de ouro e prata mesmo saindo da terra, e viram todas as maravilhas da terra de uma vez. Quanto a amigos, tinham tantos e tão queridos que preciso de tempo para lembrar de todos. Eram todos bem novinhos, como o menino bonito, e jamais se esqueceriam um do outro pelo resto de suas vidas.

Mesmo assim, em meio a todos esses prazeres, o viajante perdeu o menino como perdera antes a criança, e depois de chamá-lo em vão continuou sua jornada.

E prosseguiu um pouco sem ver nada, até que afinal chegou a um rapaz.

Então ele disse ao rapaz:

— O que você faz aqui?

E o rapaz respondeu:

— Estou sempre apaixonado. Venha se apaixonar junto comigo.

Ele acompanhou o rapaz, e logo os dois se depararam com uma das moças mais bonitas que já se viu — igual à Princesa Encantada — e seus olhos eram de princesa, e o cabelo de princesa, e as covinhas no rosto de princesa, e ela ria e corava como a princesa quando falo dela. E o rapaz se apaixonou logo de cara — igual a Alguém cujo nome não vou dizer, quando veio aqui pela primeira vez, se apaixonou pela Princesa. Bem, ele foi provocado algumas vezes — da mesma forma que Alguém costumava ser pela Princesa; e eles brigavam às vezes — igual a Alguém e a Princesa costumavam brigar; e faziam as pazes, e se sentavam no escuro, e escreviam cartas diariamente, e nunca estavam felizes separados, e sempre procuravam um pelo outro e fingiam que não, e noivaram no Natal, e sentaram-se bem pertinho um do outro próximo à lareira, e em breve iriam se casar — tudo exatamente como Alguém cujo nome não vou dizer e a Princesa!

Mas o viajante os perdeu um dia, como perdera os demais amigos, e, depois de chamá-los de volta, coisa a que nunca atenderam, prosseguiu em sua jornada.

Continuou um pouco mais sem ver nada, até que afinal chegou um cavalheiro de meia-idade. Então ele disse ao cavalheiro:

— O que você está fazendo aqui?

E sua resposta foi:

— Estou sempre ocupado. Venha se ocupar comigo.

Então ele passou a se ocupar bastante acompanhando o cavalheiro, e os dois atravessaram a floresta juntos. Toda a jornada se deu através de uma floresta, só que esta era aberta e verde a princípio, como as matas na primavera, e agora começava a se fechar e a ficar escura, como as matas no verão. Alguns dos arbustos que surgiram primeiro já estavam até ficando marrons. O cavalheiro não estava sozinho, tinha uma dama com mais ou menos a mesma idade, que era sua esposa; e tinham filhos, que estavam com eles também. Então todos atravessaram juntos a floresta, cortando árvores e abrindo caminho entre os galhos e as folhas caídas, e carregando fardos e trabalhando muito.

Às vezes chegavam a uma grande avenida verde que desembocava em matas mais densas. Então ouviam uma vozinha distante gritando: "Pai, pai, sou mais um filho! Espere-me." E logo viam uma diminuta figura, crescendo enquanto se aproximava, correndo para se juntar a eles. E quando chegava todos se reuniam em torno dela, e beijavam-na e davam-lhe as boas-vindas; e então todos prosseguiam juntos.

Às vezes chegavam a várias avenidas juntas, e todos paravam, e uma das crianças dizia: "Pai, eu vou para o mar", e outra dizia: "Pai, eu vou para a Índia", e outra mais: "Pai, vou tentar minha sorte onde eu puder", e ainda mais outra: "Pai, eu vou para o Céu." E assim, com muitas lágrimas nas despedidas, eles prosseguiram solitários por essas avenidas afora, cada filho no seu caminho; e aquele que foi para o Céu elevou-se na luz dourada do ar e desapareceu.

Sempre que aconteciam essas despedidas, o viajante olhava para o cavalheiro e o via lançar um olhar para o céu acima das árvores, onde o dia começava a declinar e o pôr do sol a surgir. Viu também que seu cabelo estava ficando grisalho. Mas eles nunca podiam descansar por muito tempo, pois tinham que concluir sua jornada, e era-lhes necessário estar sempre ocupados.

Afinal, houve tantas despedidas que não havia mais crianças, e somente o viajante, o cavalheiro e a dama acompanhavam-se caminho afora. E já a mata estava amarela; e depois marrom; e as folhas, até as árvores da floresta, começaram a cair. Chegaram a uma avenida que era mais escura que as demais, e forçaram o passo da travessia sem olhar quando a dama parou.

— Meu marido — disse ela —, estão me chamando.

Escutaram, e ouviram uma voz, lá no fim da avenida, dizendo:

— Mãe, mãe!

Era a voz do primeiro filho que dissera: "Eu vou para o Céu!", e o pai disse: "Rogo que não seja agora. O pôr do sol está bem perto. Rogo que não seja agora!"

Mas a voz gritou: "Mãe, mãe!", sem dar-lhe atenção, embora seu cabelo já estivesse bastante grisalho, e ele tivesse lágrimas nos olhos.

Então a mãe, que estava sendo atraída para as sombras da avenida escura e se afastando com os braços ainda em torno do pescoço dele, beijou-o e disse: "Meu querido, chamam-me, e eu vou!" E ela se foi. E o viajante e ele ficaram juntos.

E prosseguiram muito, juntos, até que chegaram bem perto do fim da floresta; tão perto que podiam ver o brilho avermelhado do pôr do sol logo adiante através das árvores.

E mais uma vez, enquanto abria caminho por entre os galhos, o viajante perdeu o amigo. Chamou, e chamou, mas não obteve resposta, e quando saiu da floresta, e viu o sol baixando em paz contra o vasto fundo de cor arroxeada, chegou a um velho sentado sobre um tronco de árvore caída. Então ele falou para o velho:

— O que você faz aqui?

E o velho disse, com um sorriso calmo:

— Estou sempre me recordando. Venha recordar-se comigo.

Então o viajante sentou-se ao lado do velho, de frente para o pôr do sol sereno; e todos os seus amigos vieram em silêncio e se sentaram ao redor. A bela criança, o bonito menino, o rapaz apaixonado, o pai, a mãe, e os filhos: todos estavam lá, e ele não havia perdido nada. Então ele os amou a todos, e foi gentil e tolerante com todos, e estava sempre satisfeito em vê-los, e todos o homenageavam e o amavam. E eu acho que o viajante deve ser você mesmo, meu caro Avô, porque é isso que você faz por nós, e nós por você.

O GRANDE MANDAMENTO

Mateus 22:37-40

Deves amar o Senhor teu Deus de todo o coração,
e com toda a tua alma, e com toda a tua mente.
Este é o primeiro e grande mandamento.
E o segundo é como ele;
Deves amar teu semelhante como a ti mesmo.
Nestes dois mandamentos baseiam-se todas as leis e os profetas.

ÍNDICE

NOTA À EDIÇÃO BRASILEIRA 7
INTRODUÇÃO 9

Lar, doce lar, 15

VISITA À CASA PATERNA (Luís Guimarães) 19
MEUS OITO ANOS (Casimiro de Abreu) 20
UBI NATUS SUM (Luís Delfino) 22
CANÇÃO DE NINAR (Johannes Brahms) 22
DOCE E SUAVE (Alfred Tennyson) 23
A DÍVIDA DE BRADLEY (Hugh T. Kerr) 23
PREGOS NO POSTE (M. F. Cowdery) 25
PASSAGEM NOROESTE (Robert Louis Stevenson) 26
O MORRO (Laura E. Richards) 28
OS TRÊS BODES MAUMOR (Lenda escandinava) 28
LINDAS MÃOS (Lawton B. Evans) 30
SR. NINGUÉM 32
A ÁRVORE SOLITÁRIA 33
O CORAÇÃO FELIZ DO PRÍNCIPE 34
AS JANELAS DOURADAS (Laura E. Richards) 36
A LENDA DO MENINO JESUS (Elizabeth Harrison) 39
MINHAS DUAS CASAS (Henry Hallam Tweedy) 43
O ESPELHO DE MATSUYAMA (Lenda japonesa) 45

A TIRA DO AVENTAL (Laura E. Richards) 48
AS QUATRO IRMÃS (Conto da América do Sul) 49
AS PÁGINAS NOVAS (Laura E. Richards) 51
NO JARDIM DAS FLORES CONGELADAS 55
A DANÇA DAS CRIATURINHAS DA NEVE 56
A PROMESSA QUEBRADA 57
JOSÉ E SEUS IRMÃOS (Livro do Gênesis) 58
O LUGAR DA FRATERNIDADE (lenda judaica) 63
AS JOIAS DE CORNÉLIA (lenda romana) 63
A HISTÓRIA DOS PRIMEIROS DIAMANTES (Florence Holbrook) 65
O MENINO QUE BEIJAVA A MÃE (Eben E. Rexford) 67
SOBRE ANJOS (Laura E. Richards) 68
APPIUS (lenda romana) 70
A MENINA OUSADA (Henry W. Lanier) 72
DR. JOHNSON E SEU PAI (James Baldwin) 78
O PINHEIRO FERIDO (Babrius) 82
O RETORNO DE UM PAI (Folclore africano) 82
O PAI DE SIMON (Guy de Maupassant) 85
A MULHER DO TROPEIRO (Henry Lawson) 94
TESEU E A PEDRA (Charles Kingsley e Nathaniel Hawthorne) 103
NA EXTREMIDADE D'ALÉM-MAR (Hans Christian Andersen) 106
NATAL NO MAR (Robert Louis Stevenson) 108
AS MONTANHAS DE HAMPSHIRE (Eugene Field) 109
UMA PRECE PARA O LAR E A FAMÍLIA (Robert Louis Stevenson) 113

Pelo mundo afora, 115

TROPICAL SOL DA LIBERDADE (Ana Maria Machado) 119
MANUELZÃO E MIGUILIM (Guimarães Rosa) 132
OS CINCO ANJINHOS QUE PERDERAM AS ASAS (Mary Stewart) 135
VINTE SAPINHOS (George Cooper) 140
INDO PARA A ESCOLA (John Martin) 141
A RAPOSA E O GATO 142
COMO USAR AS PALAVRAS (F. J. Gould) 143

A TARTARUGA TAGARELA (Fábula hindu) 144
OS 12 MESES (Lenda do Leste Europeu) 146
REGRAS DE COMPORTAMENTO 153
COMO OS BESOUROS GANHARAM NOVAS COURAÇAS (Elsie Eells) 153
O IRMÃO PORCO (Laura E. Richards) 155
O GATO E O PAPAGAIO (Sara Cone Bryant) 157
O AMIGO DE UM AMIGO DE UM AMIGO (Folclore árabe) 160
OS DOIS BANQUETES DA ARANHA (Folclore africano) 161
A FORTUNA E O MENDIGO (Ivan Krylov) 163
O LEÃO DE PEDRA (Adaptada da versão de W. P. O'Connor) 165
O HOMEM QUE AMAVA MAIS O DINHEIRO QUE A PRÓPRIA VIDA (Mary H. Davis e Cheow-Leung) 168
O PÃOZINHO 169
O AVARENTO (Esopo) 170
O CÃO NA MANJEDOURA (Esopo) 170
O RATINHO DA CIDADE E O RATINHO DO CAMPO (Sara Cone Bryant) 171
O PEDREIRO DESCONTENTE (Lenda japonesa) 173
A HUMILHAÇÃO DA HIPOPÓTAMA (Conto africano) 176
ARACNE (Flora Cooke) 178
O PÃO DE OURO (Kate Douglas Wiggin e Nora Archibald Smith) 180
O PORCO DESCONTENTE (Katherine D. Cather) 185
OS CEGOS E O ELEFANTE 188
TODAS AS CRIATURAS DE DEUS TÊM TRABALHO A EXECUTAR (Conto do Sudeste asiático) 189
O HOMEM E O PEDAÇO DE PANO (P. V. Ramaswani Raju) 192
A HISTÓRIA DE DOIS AMIGOS (Rosetta Baskerville) 192
A ÁRVORE QUE NÃO DAVA FRUTOS (Friedrich A. Krummacher) 198
PARA VOCÊ E EU (Laura E. Richards) 199
A ATIVIDADE E A PREGUIÇA 200
RIP VAN WINKLE (Washington Irving) 200
A INGRATIDÃO E A INJUSTIÇA DOS HOMENS COM RELAÇÃO À SUA SORTE (Jean de La Fontaine) 217

OS CAVALOS DANÇARINOS DE SIBÁRIS (James Baldwin) 219
O HOMEM QUE AMAVA DEMAIS A GUERRA (Adaptada da versão de F. J. Gould) 221
WOO SING E O ESPELHO (Mary H. Davis e Cheow-Leung) 223
O VEADO NO LAGO (Esopo) 224
O CALCANHAR DE AQUILES (James Baldwin) 224
O VELHO, O MENINO E O BURRO (James Baldwin) 227
O LOBO E O CARNEIRINHO (Esopo) 228
COMO O PESCOÇO DA AVESTRUZ FICOU COMPRIDO (Lenda africana) 229
UM SOM POR UM PERFUME 231
PROCUSTO, O IMPIEDOSO (James Baldwin) 232
UMA PALAVRA CONTRA OUTRA (Lenda árabe) 236
PEIXE OU GATO? (Lenda árabe) 237
OS TRÊS BADERNEIROS (Geoffrey Chaucer) 237
O NARIZ DO CAMELO 242
OS VIAJANTES E A OSTRA 243
O HÁBITO (William James) 243

Lealdade aos princípios, 247

O OPERÁRIO EM CONSTRUÇÃO (Vinicius de Moraes) 251
ILUSÕES DA VIDA (Francisco Otaviano) 257
A MÃE DO MORRO (Katharine Pyle) 258
O CAMUNDONGO MEDROSO (Catherine T. Bryce) 266
OS CAVALEIROS DO ESCUDO DE PRATA (Raymond M. Alden) 267
HANS, O MENINO PASTOR (Ella Lyman Cabot) 273
O FAZENDEIRO HONESTO (Ella Lyman Cabot) 275
POR QUE OS POLEGARES SÃO ISOLADOS? (Folclore africano) 275
DEUS PROVERÁ (Folclore mexicano) 277
O HOMEM DESATENTO ÀS PORTAS DO PARAÍSO (Lenda dervixe) 278
A ESPADA MÁGICA 279
A CABEÇA DA GÓRGONA (James Baldwin) 280
PROTEU (Elizabeth Harrison) 286

O CÃO DE MONTARGIS (James Baldwin) 289
HÉRCULES E A HIDRA 294
PELO AMOR DE UM HOMEM (Jack London) 296
O MOTIM (Alphonse de Lamartine) 305
A CORRIDA DE MARATONA 309
CILA E CARIBDIS (Edmund Carpenter) 311
A ESFINGE (Mito grego) 314
O HOMEM QUE DIZIA A VERDADE (Filoxeno) 316
O ARTISTA DA CAPELA SISTINA 317
O HOMEM QUE MOVEU A TERRA 322
GALILEU E A TORRE INCLINADA 326
O TRIUNFO DE BEETHOVEN 328
THOMAS CARLYLE E A REVOLUÇÃO FRANCESA 331
O *TITANIC* 333
A CONQUISTA DO EVEREST (James Ramsey Ullman) 338
A MORTE DE BECKET (Arthur Penrhyn Stanley) 340

Abrindo caminho, 345

DA ARTE DE SER BOM (Mário Quintana) 349
SONETO VI (Mário Quintana) 349
ANA TERRA (Erico Verissimo) 350
JÓ (Raimundo Correia) 352
A PRINCESA QUE QUERIA SER BONITA 354
O PEITO DO PINTARROXO (Lenda indígena) 356
ESTRELAS DE JOIAS (Irmãos Grimm) 357
SENHOR PALHA (Conto japonês) 360
O FIO DE LUZ DOURADA (Elizabeth Harrison) 362
O MENINO ALEIJADO (Sra. Charles A. Lane) 368
A ÁGUIA DE WAUKEWA (James Buckham) 369
POR QUE AS ÁGUAS DO RIO CORREM (Florence Holbrook) 372
AS ÁRVORES SEMPRE VERDES (Florence Holbrook) 375
ASAS PROTETORAS (Harriet Louise Jerome) 377
COMO O SOL CHEGOU AOS ANIMAIS (Lenda norte-americana) 379

POR QUE O CARRILHÃO TOCA (Raymond M. Alden) 381
O PRÍNCIPE HARWEDA E A PRISÃO MÁGICA (Elizabeth Harrison) 383
O PORTADOR DO FOGO (Mitologia grega) 390
COMO OS ÍNDIOS APRENDERAM A CURAR
(Lenda dos índios iroqueses) 392
O PRÍNCIPE FELIZ (Oscar Wilde) 394
O SACERDOTE DO HIMALAIA (Lenda indiana) 404
A TORRE DO RATO (Robert Southey e Lilian Gask) 407
O MURO DE KADDO (Robert Southey e Lilian Gask) 410
O LAGARTO DE ESMERALDA 416
O MENINO QUE TROUXE LUZ AO MUNDO DA ESCURIDÃO 418
DAMIEN E OS LEPROSOS (Charles Warren Stoddard) 422
O NAUFRÁGIO (Charles Dickens) 426
A ÚLTIMA LUTA NO COLISEU (Charlotte Yonge) 433
TRISTEZA (Anton Tchekov) 437
O FIM DO TIGRE (John D. MacDonald) 442
UM AMOR MAIOR (John W. Mansur) 447
UM PROBLEMA (Anton Tchekov) 448
OS DOIS PRESENTES (Lilian Gask) 455
SANTA CATARINA E O CRUCIFIXO DE PRATA 457
SÃO MARTINHO E O MENDIGO (Peggy Webling) 459

Mães e pais, maridos e mulheres, 463

À CAROLINA (Machado de Assis) 467
ELEGIA NA MORTE DE CLODOALDO PEREIRA DA SILVA MORAES,
POETA E CIDADÃO (Vinicius de Moraes) 467
"IF" (Paulo Mendes Campos) 472
A MESA (Carlos Drummond de Andrade) 472
AMOR DE ESQUILO (Ella Lyman Cabot) 482
A LAGARTINHA VERDE (Elizabeth Harrison) 483
O ÁLAMO TAGARELA (Lenda indígena norte-americana) 486
O ANEL MÁGICO (Julia Darrow Cowles) 488
OS TRÊS DESEJOS (Lenda sueca) 491

AS ROSAS DE SANTA ELIZABETH 493
AS MULHERES DE WEINSBERG (Charlotte Yonge) 495
O BEM MAIS PRECIOSO (Folclore do Leste Europeu) 496
LEMBRETE (Laura E. Richards) 498
O PELO DO LEÃO (Lenda etíope) 499
POR QUE O BEBÊ FALA "GU" (Gilbert L. Wilson) 501
O PREÇO DE UMA SEMENTE (Conto da África oriental) 503
A CAVERNA MÁGICA (Frances Jenkins Olcott) 504
O CARANGUEJO E SUA MÃE (Esopo) 506
O BEBÊ (Laura E. Richards) 506
UMA SORTE (Laura E. Richards) 507
PROSERPINA (Mitologia grega) 508
A MORTE DE BALDER (Mitologia nórdica) 511
"CONHEÇO UM JARDIM" (Martinho Lutero) 515
"A RESPEITO DO DEVER" (Robert E. Lee) 516
"ERGA O CORAÇÃO" (Amos Bronson e Abigail May Alcott) 518
MÔNICA, MÃE DE AGOSTINHO (Laura M. Adams) 519
ADMETO E ALCESTE (Mitologia nórdica) 522
ORFEU E EURÍDICE (Mitologia grega) 524
A CANOA DE PEDRA BRANCA (Lenda dos índios chippewa) 528
MAIS FORTE QUE A MORTE (Lenda hindu) 531
A ÁGUA DA JUVENTUDE (Rudolf Baumbach) 536
CREIA-ME, SE TODOS ESSES TERNOS ENCANTOS JOVIAIS (Thomas Moore) 544
O MAIOR DE TODOS ESSES É O AMOR (São Paulo) 545

Cidadania e liderança, 547

O NAVIO NEGREIRO (Castro Alves) 551
TECENDO A MANHÃ (João Cabral de Melo Neto) 560
SUBVERSIVA (Ferreira Gullar) 560
AS CODORNAS (Fábula budista) 561
QUANDO O SR. AZULÃO GANHOU SEU CASACO (Thornton W. Burgess) 563
A TORRE PARA A LUA (Lenda da República Dominicana) 566

O NÓ GÓRDIO (James Baldwin) 568
ALGUÉM DEVE PAGAR (Folclore inglês) 574
A CIDADE DOS RESMUNGOS 576
O REI E A CAMISA 578
A PEDRA NO CAMINHO 579
O VELHO E A MORTE (Esopo) 581
SÃO FRANCISCO E O LOBO (Frances Dadmun) 581
A JOVEM DE ORLÉANS (Louis Maurice Boutet de Monvel) 585
GIDEÃO E SEUS TREZENTOS SOLDADOS (Livro dos Juízes) 589
A RECONSTRUÇÃO DAS MURALHAS (Livro de Neemias) 592
ELE DEU A VIDA POR SEU PAÍS 596
UMA LENDA DO FÓRUM ROMANO 598
DEUS E O SOLDADO 599
CHEVALIER D'ASSAS 599
AS CHAVES DE CALAIS (Charlotte Yonge) 600
O MORCEGO 604
TARPEIA (Lenda romana) 606
O HOMEM QUE COMIA NABOS NO JANTAR 607
O SENTINELA DORMINHOCO (Albert Blaisdell e Francis Ball) 608
CARLOS MAGNO E O CAVALEIRO LADRÃO (Lenda alemã) 610
O AMIGO DE GEORGE PICKETT (Charles W. Moores) 613
HOMEM SUFICIENTE PARA O TRABALHO (Ella Lyman Cabot) 614
O HOMEM QUE NÃO QUERIA BEBER SÓ (Plutarco) 615
FRATERNIDADE DE LONGA DATA (Fanny E. Coe) 616
A MOÇA COM O LAMPIÃO (Elmer Adams e Warren Foster) 617
OS PÁSSAROS QUE FICARAM AMIGOS DE UM REI (Constance Armfield) 623
O REI SALOMÃO E AS FORMIGAS (John Greenleaf Whittier) 627
O REI JOÃO E A CARTA MAGNA (James Baldwin) 629
OS ÓCULOS DE WASHINGTON 631
AÇÃO DE GRAÇAS (Livro de Orações Comuns) 633

O que rege nossa vida, 635

OS DOIS LADOS (Murilo Mendes) 639
CÂNTICO A DEUS (Paulo Mendes Campos) 639
PELO VOO DE DEUS QUERO ME GUIAR (Jorge de Lima) 640
VELHO TEMA (Vicente de Carvalho) 641
A SEMENTE 643
O CARNEIRINHO PERDIDO (Lucas) 645
SAMUEL NO TEMPLO (Samuel) 646
A COROA DE PRATA (Laura E. Richards) 649
A LENDA DE SÃO CRISTÓVÃO (Eleonor Broadus e Peggy Webling) 651
A PEQUENA OFERENDA DA VIÚVA (Lucas) 656
O MENINO E O ANJO (Robert Browning) 657
TARDIO DESABROCHAR (Lenda mexicana) 659
COMO O SÁBIO ENCONTROU O REI
(Christine Chaundler e Eric Wood) 661
DEUS VERÁ 665
ROBERTO DA SICÍLIA (Sara Cone Bryant) 666
O TRIPÉ DE OURO (James Baldwin 671
A LENDA DIVINA (Henry Wadsworth Longfellow) 676
SANTIDADE VERDADEIRA (Joel H. Metcalf) 679
TRÊS PERGUNTAS (Leon Tolstoi) 683
SANTO AGOSTINHO NA PRAIA (Peggy Webling) 686
A MELANCIA E O PROFESSOR (Lenda chinesa) 687
A ÁRVORE MARAVILHOSA (Friedrich A. Krummacher) 688
AS TRÊS PEDRAS PESADAS 690
O FARISEU E O COLETOR DE IMPOSTOS (Lucas) 692
ORAÇÃO DO VERDADEIRO CONHECIMENTO
(Thomas à Kempis) 693
ABRAÃO E O VELHO (Jeremy Taylor) 693
SEU SEGUNDO EMPREGO (Albert Schweitzer) 694
O QUE É O SUCESSO? (Ralph Waldo Emerson) 697
DOE ATÉ SOFRER (Madre Teresa de Calcutá) 698
O MOINHO MÁGICO 701

O MANDARIM E O ALFAIATE (Lenda do Vietnã) 703
O EDREDOM (Dorothy Canfield Fisher) 704
O ANJO (Hans Christian Andersen) 714
A INDIAZINHA E SEU PÁSSARO MENSAGEIRO (George W. Ranck) 717
A MORTE DE THOMAS MORE (James Anthony Froude) 718
O ALUNO (Anton Tchekov) 720
O QUE REGE OS HOMENS 724
A HISTÓRIA DA CRIANÇA (Charles Dickens) 747
O GRANDE MANDAMENTO (Mateus) 752

Direção editorial
Daniele Cajueiro

Editora responsável
Ana Carla Sousa

Produção editorial
Adriana Torres
Luisa Suassuna

Revisão
Anna Beatriz Seilhe
Frederico Hartje
Luana Luz
Nina Lopes
Roberto Jannarelli

Diagramação
Futura

Capa e ilustração
Rafael Nobre

Este livro foi impresso em 2021 para a Nova Fronteira.